比较文学与世界文学
学科建设教材系列

国家社会科学基金重点项目(项目编号12AZD090)"'世界文学史新建构'的中国化阐释"
教育部人文社科研究规划基金项目(项目编号12YJA751011)"世界文学史重构与中国话语创建"
阶段性成果

世界文学史教程

THE TEXTBOOK OF WORLD LITERATURE HISTORY

上

主　编　方汉文
副主编　王晓燕　吴雨平　张荣兴　夏凤军　徐文

北京师范大学出版集团
BEIJING NORMAL UNIVERSITY PUBLISHING GROUP
北京师范大学出版社

图书在版编目（CIP）数据

世界文学史教程/方汉文主编. —北京：北京师范大学出版社，2014.10

比较文学与世界文学学科建设教材系列

ISBN 978-7-303-17363-1

Ⅰ.①世… Ⅱ.①方… Ⅲ.①世界文学-文学史-教材 Ⅳ.①I109

中国版本图书馆 CIP 数据核字（2013）第 298669 号

营销中心电话	010-58802181　58805532
北师大出版社高等教育分社网	http://gaojiao.bnup.com
高教网址	gaojiao@bnupg.com

出版发行：北京师范大学出版社　www.bnup.com
　　　　　北京新街口外大街 19 号
邮政编码：100875
印　　刷：北京中印联印务有限公司
经　　销：全国新华书店
开　　本：184 mm×260 mm
印　　张：47.5
字　　数：905 千字
版　　次：2014 年 10 月第 1 版
印　　次：2014 年 10 月第 1 次印刷
定　　价：88.00 元（全两卷）

策划编辑：马佩林	责任编辑：马佩林　周劲含
美术编辑：焦　丽	装帧设计：焦　丽
责任校对：李　菡	责任印制：陈　涛

编委会

目　　录

第二编　世界文学的古典时代

第三编　17—18 世纪的文学

第四编　19 世纪世界文学

第五编　20－21 世纪的世界文学

序言：全球化时代的多元世界文学史

本书是由中国、美国和墨西哥等国学者共同参与编写，与《世界文学经典》共同构成书系，主要目的是反映 21 世纪世界文学史新建构与全球化时代世界文学史教学与研究的新进程，是当代世界文学史体系的构成部分。谨遵循以下原则：

第一，在研究视域与范围上进行创新。本书所说的"世界文学"是马克思与歌德所提倡的"世界文学"概念，也是当代"世界文学史重构"的新型世界文学史。从范围上来看，涵盖世界各民族国家的文学的历史，不同于传统的外国文学史，也不同于比较文学史。

本书将中国文学作为世界文学史的构成部分，区别于我国目前的世界文学史著述只收入中国文学以外的各国文学而不包括中国文学的写法。

全球化时代国际世界文学史的体例发生较大变化，欧美国家从 21 世纪初期就已经陆续出版了《世界文学史》。如瑞典国家学术委员会主持的大型课题"全球化语境下的文学和文学史"（*Literature and Literary History in Global Context*，1996 —2004）及其成果，四卷本的《文学史：走向全球视域》（*Literary History：Towards a Global Perspective*，2006）也具有全球化的视域。这些论著有两个特点：其一是将本国文学列入世界文学史；其二是建构一种本土化的主体性视域，突破传统的以西方文学传统为中心的框架，将非洲、大洋洲、拉美文学等以前不见经传的区域文学、民族文学纳入"世界文学史"的体系。本书同样如此，不但要将中国文学纳入世界文学，而且要建构一种中国本土化的世界文学史话语体系。

美国的世界文学研究经验尤其值得关注。美国主要有四大"世界文学作品选"，即《朗曼世界文学选集》（如 David Damrosch et al.，eds. *The Longman Anthology of World Literature*. 6 vols. New York：Harper，1994.）、哈泼·柯林斯出版社的《世界文学手册》（如 Mary Ann Caws and Christopher Prendergast，eds. *The Harper Collins World Reader*. New York：Harper，1994.）、贝德福特出版社的《贝德福特世界文学选集》（Paul Davis，et al.，eds. *The Bedford Anthology of World Literature*. 6 vols. Bedford—St. Martin's，2003.）、《诺顿世界文学选集》（如 Sarah Lawall，etal，eds. *The Norton Anthology of World Literature*，6 vols. New York：Norton，2003.），其中中国读者最熟悉的当然是发行较广的诺顿公司与朗曼公司的两种选本。但是所有这些选本在 21 世纪之前，基本上没有选入中国作家与多数东方现代作家的作品。诺顿选本自 1650 年就发行了，但是几个世纪以来所选的主要是西方作家作品，即所谓的"西方传统"（Western Tradition）。进入 21 世纪以来，《朗曼世界文学选集》等的研究视域与范围发生重要改变，不但开始选入中国古典文

学，也把从美索不达米亚文明的《吉尔伽美什》史诗到日本作家村上春树等东方作家的作品选入。

本书则同时收入东方与西方从古至今的优秀文学作品，按照历史发展的阶段顺序，保持各大文明体系的完整性与持续性，基本勾勒出世界文学的历史系统全景。

我们特地邀请了美国《诺顿世界文学选集》的主编马丁·普契纳教授作为本书编委会顾问，他对本书的编写提出了建设性意见，这是东西方学者共同建构新的世界文学史的开端。

第二，如果我们要对世界文学做一个简明的定义，可以表述为：世界文学就是各个民族和国家文学差异性的同一性的交合与融新。在此基础上，建立"多元文明时代的世界文学史观"就是必然的了。

所谓多元文明，是指世界各民族和国家的文明差异性与多样性，这是无可怀疑的，无论是欧美亚太的小说，还是美洲印第安人神话、拉美魔幻现实主义小说、铭刻在泥板上的古代苏美尔史诗、波斯史诗阿维斯塔，都有其不可磨灭的艺术审美价值。

世界文学当然是各大文明体系的文学的汇融，这种汇融建立于人类审美同一性的基础上，反观的恰恰是民族文学的差异性即"同异交得"。世界文学史当然是也只能是各大文明的作家作品的共同历史，而不能只为某一种文化所垄断。中国、印度、阿拉伯、拉丁美洲与非洲作家与西方的优秀作家们将共同彪炳史册。

第三，编选目标与原则的创新是最基本的，编写世界文学名著选集的目标是再现作家文本的鲜活个性风貌及其对文学传统的继承与创造。故此，无论是对西方文学史家所提出的浪漫主义文学"六大家"（Big Six）还是对"意识流四位代表作家"、拉美文学的"魔幻现实主义代表作家"等，我们都在尽量考虑本土文化代表性的基础上予以取舍。

不同语言文学中的文类是我们研究的主线，各个历史时代的文学思潮与流派，包括现实主义、浪漫主义、自然主义、现代主义与后现代主义，都创造出自己本土化的文类，如西方的史诗、悲剧与小说等叙事文类；中国的古典格律诗、词、曲、赋等传统文类；阿拉伯人的抒情诗、小说等文类。我们依据语言与文化将文学主要划分为四大民族文类形态：

其一，西方拉丁语（包括以后英、法、德、俄等语言）的诗歌与叙事文类；

其二，中国格律诗与章回体小说，新文学史的现代诗歌与叙事文类；

其三，波斯阿拉伯文学的抒情诗与《一千零一夜》为代表的文类形态，现代文学史的多种文类；

其四，拉美独创的新小说文类形态（虽然西班牙语等与拉丁语系有历史渊源，但拉美的文学语言仍然具有创新性）。

各国的创造不一一划分，以上四种是基本类型。我们在《东西方比较文学史》（北京大学出版社 2005 年版）中已经有详细划分，可以作为参考。

第四，"经典融新"是本书在文学史叙述线索与断代观念方面的原则，本书从公元前 4000 年前后的古埃及文学、苏美尔人史诗《吉尔伽美什》起，到 21 世纪加拿大作家爱丽丝·门罗（Alice Munro，2013 年诺贝尔文学奖获得者）的创作，涵盖大约

6000 年的文学史，当然不仅只是时代更久与更新，而是反映世界文学历史传统的多样性与一体性。

第五，全球化时代的文学经典应当有多种语言文化的资料选辑，本书力求反映多元化的批评观念与评价体系，特别是资料与史料追求与时俱进，改变传统文学史被陈旧的文献资料与过时的评价观念统治的局面。直到现在，文学史文献相当多地停留于 20 世纪 50 年代俄罗斯批评家与当时的国内理论文献为主的阶段。而本书以 20 世纪 80 年代以后特别是 21 世纪以来的文学批评观念为主导，作品与理论共同反映全球化时代的特性。

最后要说明的是，《世界文学史教程》与《世界文学经典》两书互为配套。以上所述，体现经史子集中的"史"与"集"的互补关系，也符合理论与实践相结合的精神，以期珠联璧合，相互辉映，为教学科研、文学研究和阅读欣赏提供资源。

前修未密，后出转精。我们希望国内外专家与阅读者不吝赐教，以利于本书在不断的修订中臻于完善。

方汉文

初稿审定于 2013 年春节韩国全北大学贵宾馆

修订稿于 2014 年 6 月北京大学静园

第一编 世界文学的滥觞

DIYIBIANSHIJIEWENXUEDELANSHANG

第一章 美索不达米亚、古代埃及、希伯来与波斯文学

第一节 世界文学的起源

一、古代世界文学体系划分

从新石器时代后期即大约公元前 2500 年起到公元前 6 世纪是世界古代文学的起源阶段。世界古代文明孕育了人类社会最早的文学，为公元前 6 世纪之后的世界古典文学时代奠定了基础。

大约距今 10000 年前，人类社会的新石器时代到来。经历了采集生产和渔猎生产等历史阶段之后，农业与畜牧业生产使部分古代民族从渔猎为主业的不定居生活方式转向定居生活方式，以种植和畜牧业为主业，这就是农牧业文明时代。古代农牧业在世界多个地区起源，经过长期的发展之后，形成了多元化的文明体系。我们现在对当代世界各文明体系的划分如下：

1. 亚洲太平洋文明体系。也可称为环太平洋文明或亚太文明，包括东北亚的中国、日本、朝鲜与美国的西海岸。如今尚没有这种文明起源与迁移的具体路线，估计这种文明体系在亚洲大陆起源，在远古时代经过白令海峡到了美洲，另外它还分布于从东南亚到南太平洋的广袤地区。

2. 南亚文明体系。从南亚到东南亚与亚洲太平洋文明体系交叉，是以印度半岛与印度洋为中心的文明体系。它同样传播到东南亚地区，古代曾经有过较大影响，达到东亚与西亚的部分国家与地区。

3. 地中海—大西洋文明体系。从地中海向北与向东西方向延伸，包括了东欧、北欧、西欧直到俄罗斯西伯利亚地区。这种文明起源于地中海，以后中心西移大西洋沿岸，其中东西欧洲、南北欧洲都有一定差异，但基本类型是相同的。

4. 中东阿拉伯文明体系。从阿拉伯半岛、西亚到欧洲的土耳其、东南亚部分地区与南亚巴基斯坦、伊朗，甚至包括了阿富汗、非洲埃及和突尼斯（它们在历史上与西亚和地中海文明有密切关联）等地。这是以伊斯兰教的传播范围为主的文明体系。

5. 北美大洋洲文明体系。从北美洲包括美国、加拿大直到大洋洲的澳大利亚、新西兰，主要是由于 16 世纪以后海上交通发展形成的本土与外来文明相结

合的新型文明。外来文明主要是欧洲移民所带来的地中海—大西洋文明传统，在北美洲和大洋洲这一文明占有主流地位。

6. 拉丁美洲文明体系。以拉丁美洲为主体，传统的美洲三大古代文明玛雅文明、阿兹特克文明与印加文明被西方殖民主义者所毁灭后，混合形成了一种新的文明体系。

7. 非洲文明体系。非洲古代文明历史久远，《圣经》中就已经记载了非洲的古代强国，北非文明也是世界上最早的文明之一。环球海上航线开通之后，东西非、南部非洲和中非地区，在古代文明传统与宗教、民族的同一性基础上所形成的非洲的区域文明体系。

8. 犹太文明体系。如今的以色列是古老的犹太文明重新建立的国家，这一文明以犹太民族与宗教为主要构成。除了以色列之外，尚有大量的犹太人分布于世界其他国家（主要是欧美地区），他们相当大程度上保持了犹太文明传统。①

以上每一种文明体系都发展出具有本土特性的、更为丰富多彩的民族国家的文学。即使在同一个文明体系中，各国文学也是异彩纷呈。例如同在亚太文明体系的中国、日本、朝韩文学就各有特色，而欧洲、美洲、非洲各国也是如此。世界文学体系其实是建立在文明体系之上的，不同文明的性质与历史决定了各国文明的传统与特性，文明是文学的土壤，世界文学之花盛开其中，也是我们研究世界文学的重要依据与线索。

由于各种文明进程不同，文学起源的时代也有所不同。在世界文明体系形成的过程中，较早的文学首先在亚洲西部美索不达米亚（即所谓的两河地区，或称巴比伦）、地中海南岸的北部非洲埃及地区兴起。这两种古代文学相距较近，彼此之间的交往频繁。以后这两种古代文学影响到地中海文学，也就是西方古希腊罗马文学，这是一种以拉丁语文学为主的文学（包括以后的英、法、德、俄、西班牙等语言文学）的前驱。此外陆续形成了黄河、长江流域的中国汉语文学与印度河、恒河流域的印度梵语文学，这是古代世界主要文学体系的萌生与形成。

二、世界文学的起源：从《吉尔伽美什》到《诗经》

公元前 3000 年前后，北非的古代埃及人已经创作了诗歌、古代《亡灵书》等宗教文学。大约在公元前 2500 年前后，西亚的苏美尔人创作了史诗《吉尔伽美什》，标志着世界文学的诞生。

公元前 6 世纪前后，世界文学进入一个转折阶段。此时强大的古代埃及王朝已经衰落，从公元前 525 年起，埃及先后经历了波斯的两次入侵，波斯人统治埃及达 200 年之久，直到公元前 332 年亚历山大征服埃及，埃及进入希腊化时代，结束了古代埃及文明的历史。同样是在公元前 6 世纪，美索不达米亚文明的巴比伦王朝内政外交到了

---

① 方汉文：《比较文明史：新石器时代至公元 5 世纪》，20～21 页，上海，东方出版中心，2009。

危急关头，波斯王居鲁士二世（Syrus）于公元前 539 年发兵攻陷巴比伦城，将巴比伦立为波斯帝国的巴比伦尼亚行省的首府。在古代印度，公元前 1500 年前后雅利安人进入印度后的 200 年到 300 年间，雅利安人最早的经典《梨俱吠陀》开始形成，大约到公元前 1000 年，这部宗教诗集完成。从公元前 6 世纪起，印度的吠陀经典进入向印度古典史诗转化的时期。公元前 8 世纪，古代希腊人荷马完成了史诗《伊利亚特》与《奥德赛》，也就是著名的《荷马史诗》。

旧石器时代后期的"太平洋文化圈"在中国南北方及其他周边地区形成，时间大约为 20000 年前到 12000 年前，以周口店地区的人种和独特的石器造型为主，经考古学家认定为中国传统石器文化类型特征。从中石器与新石器时代起，以黄河与长江流域为主体的多种文化群落开始崛起。中国先民的活动范围更加集中，所创造文化类型的早期特征显现出来。帝尧时代的《击壤歌》中唱道："日出而作，日入而息。凿井而饮，耕田而食。帝力于我何有哉。"诗中歌咏了古代小农耕作的农民生活的乐观情绪。还有《康衢谣》《卿云歌》和帝舜时代的《南风歌》及《夏后铸鼎谣》等，都是公元前 2000 年前的诗歌，是中国古代文学的滥觞。① 而著名的《弹歌》"断竹续竹，飞土逐肉"则记载了先民们使用竹子制作弓箭射杀猎物的活动，是描写古代农牧渔猎生产的诗歌。更为重要的是，公元前 6 世纪前后，中国古代文化经典"六经"也基本定型。

根据《夏商周断代工程 1996—2000 年阶段成果报告》的推断，中国第一王朝夏王朝开始于公元前 2070 年，历时 470 年，至公元前 1600 年进入殷商，武王克商为公元前 1046 年。② 殷周时代中国人发明了甲骨文并广泛使用，标志着中国进入发达的古代文明社会。公元前 8 世纪到前 5 世纪的中国春秋时代，公元前 5 世纪及稍后的雅典帝国时代，中国的孔子、孟子、墨子、韩非子等春秋诸子，雅典的塞诺芬尼、苏格拉底、柏拉图、亚里士多德等希腊哲学家群，分别在东西方开始了人文精神的创造。

孔子（前 551—前 479），就是所谓的"孔夫子"（拉丁文 Confucius），或称"夫子"，他姓孔，名丘，字仲尼，是春秋时期鲁国陬邑人，其生活的年代主要是春秋时期（前 770—前 476）后期。孔子撰写了鲁国的历史《春秋》。孔子死后，门徒整理了他的言论集《论语》，这是研究孔子思想的主要资料。孔子另外一个重要活动是周游列国。大约在公元前 498 年，他曾经带领学生到各国去游说，以图实现自己的政治抱负，历时 14 年，公元前 484 年自卫返鲁后，以授徒与著述为业，据说此时孔子"删定六经"，这标志着一个旧历史阶段的结束与新时代的开始。"六经"之一就是《诗经》，《诗经》是中国古代诗歌的总集，是中国古典文学的开端。

至此，东西方古代文化重要经典基本上全部形成。文化经典的形成代表着文化类型的基本固定，这一时期世界文化的主要经典与文化类型对后世有重大影响。而古代

---

① 夏商周断代工程专家组在《夏商周断代工程 1996—2000 年阶段成果报告》（82 页，北京，世界图书出版公司，2000）中将夏代始年定为公元前 2070 年。

② 参见夏商周断代工程专家组在《夏商周断代工程 1996—2000 年阶段成果报告》（北京，世界图书出版公司，2000）中的有关论述。

文学则是经典的组成部分，因此我们将公元前 2500 年的《吉尔伽美什》到公元前 484 年前后《诗经》的形成，作为世界文学的起源阶段。现有的研究表明，世界主要的古代文明与文学是独立起源的，以后也有向其他地区的传播。

三、世界其他区域的文学源流

世界古代文学不仅在欧亚大陆与北非产生，在美洲和非洲其他地区也有古代文学的兴起。非洲是人类文明的起源地，公元前 5000 多年时，在东北非地区建立了一种努比亚文明。它的历史发展形态齐全，包括从新石器到陶器、铜器、铁器的进化全过程，是一个由黑色人种建立的古代发达的文明。《荷马史诗》称赞道："它们是最遥远的国家，人类最公正的地方，诸神最宠爱的地方；奥林匹斯山的圣贤翩翩而至，前去参加他们的盛宴，在凡人向神灵敬献的所有供品之中，他们的牺牲最为适宜。"虽然地中海的诗人们可能不会访问这里，但是在古代世界里这种文明影响深远。公元前 2000 年他们建立了库施王国，虽然目前尚没有证据证明这个国家的最初形态是什么，但可以肯定的是，这是一个十分强大的国家。

库施人与埃及人进行过长期的战争，最突出的是公元前 8—前 7 世纪时，也就是埃及第二十五王朝时，库施人战胜埃及人，统治了全埃及。这就是埃塞俄比亚王朝时代，是埃及历史上第一个完全由黑人统治的王朝。埃塞俄比亚与亚述都是当时的世界强国，亚述人曾经建立过强大的亚述帝国，他们在战争中的手段十分残酷，以屠杀俘虏与无辜而出名。埃塞俄比亚人并不畏惧这个军事强国，曾经大败亚述军队。《圣经》中也曾经记载下了这个王朝的国王特哈加的名字，这种文明因此闻名遐迩。库施人早在公元前 1 世纪前后就已经掌握了冶铁技术，由于冶铁业发达，素有"古代非洲的伯明翰"之称。

公元 350 年，库施人的王国被阿克姆王国所取代。阿克姆也是一种古老的文明，它最初是黑人所建立的农业国家，大约距今 4000 年前就已经建立，阿克姆人早已经开始种植大麦、小麦与谷类。

公元前 10 世纪，闪族人从阿拉伯半岛进入东非，开始将新的文明在东非传播。闪族人与当地的班图人通婚定居，建立了努比亚王国，曾经长期抵抗埃及人的入侵。这里的斯瓦希里文明也是一种持续文明，肯尼亚地区早在公元前几个世纪就已经有了古代文明，班图人大迁移后来到这里定居，发展农业、种植业。他们与东非海岸众多民族融合，创造了斯瓦希里语言与文字。非洲古代民族创造了大量的神话传说与诗歌，他们擅长歌舞，唱歌与舞蹈相结合，独具文化特色。

公元前 1200 年前后的奥尔梅克文化，推动了古代美洲的玛雅文明，也可被看成美洲文明的一种革命性发展。从公元前 3000 年起，中美洲的墨西哥、危地马拉、萨尔瓦多、洪都拉斯与伯利兹等 5 个国家的印第安民族开始创造古代文明——玛雅文明。大量的陶器在美洲出现，标志着美洲文明进入早期发展，危地马拉等地形成玉米经济，这是美洲最早的农业经济之一。玛雅人对玉米有特殊的情感，产生过多种关于玉米的传说，翻开当代美洲文学史，处处可以看到关于玉米的作品，可见这种传统是多么深厚。这种农业文明在发展进程中，曾经受到奥尔梅克文化的影响。奥尔梅克文化发生于公元前 1000 年左右，这种文化的中心在墨西哥高原，这种文化比玛雅文明更为高级。受到这种高原文化的影响，玛雅文明城邦生活制度、宗教信仰都得到新的发展。

安第斯山孕育了古老的印第安文明，公元前 16 世纪到公元 6 世纪，这里就有查文文化等古代文化存在。这些文化遗址中发现了动物崇拜的石刻。这里与奥尔梅克文化一样，以美洲虎为崇拜对象，因此可以考虑彼此之间可能存在一定的关联。同一历史时期的帕拉卡斯文化遗迹中，古墓里的木乃伊身着棉织品，并且有精美的刺绣，这说明当时的棉纺织业与手工艺已经发展到了较高的水平。稍后，公元前 5—3 世纪的帕斯卡文化中，陶器与陶绘已经十分精美。大约从 12 世纪起，这里的印加王国进入发达时期，从 1438 年第 9 位印加王帕查库蒂开始，印加王国成为一个大的帝国，如同罗马帝国一样，国王确立了太阳神崇拜的宗教、政教合一的社会制度，独掌大权。印加人征服了卡哈马克、利马、奇穆、纳斯卡等地。

印第安人有丰富多彩的文学传统，以印第安神话传说和诗歌最为突出。这些神话在 20 世纪以来被重新整理，对拉美当代文学发展有重要作用。此外，在古代波斯形成了古代史诗《阿维斯塔》，以色列产生了古代犹太人的《圣经·旧约》等。总之，古代文学在世界各文明体系中发生，虽然时间上并不完全一致。

四、世界文学的概念及其起源的认识

世界文学是世界不同文明体系、不同民族国家文学的整体性观念。世界文学既重视不同文学之间的同一性，如文学的文体形式、审美观念等的共同之处，也不忽略各民族国家文学所表现的文明历史与民族文学传统的差异性。总之，世界文学是以全球化时代的整体性文学的视域来研究世界各民族的文学史。

关于文学起源的认识论历来有多种学说，主要集中于世界文学起源的原因、文学产生的动力、最早的文学在何处起源等。其中争论最多的是关于最早的文学起源地与如何判定最早的文学形式问题。一种传统的见解认为：世界文学是一个中心起源的，就是从古代希腊产生最早的文学，最早的文学形式是史诗如《荷马史诗》等，世界文学是随着希腊文学的传播形成的。而与此相对的看法是：世界文学是多元独立起源的，同时最早的文学也具有多样性，并不一定全都是史诗。21 世纪以来，世界文学史观念得到重建，关于文学起源也有了较多的新解释。本书作者结合全球化时代世界文学研究的成果，对世界文学起源提出以下看法。

第一，世界文学是多元起源的，因为世界文明体系就是多元产生和发展的，无论是欧亚大陆还是美洲与非洲，各民族都有自己独立起源的文学。古代世界文学的观念与形式也是多种多样的，具有本土与民族特性。西亚与地中海的史诗，印度与希腊的戏剧，中国的抒情诗，美洲与非洲的神话，都具有自己的特色。

第二，世界文学是人类社会文明进步的产物，特别是农牧业生产的发达，青铜器与铁器的使用，定居生活与语言文字的发明，都对世界文学起源有决定性作用。而不同民族文学处于不同的地域与历史阶段，形成了独特的文学传统，具有自己的特色，世界不同民族文学是平等的，具有各自的历史与审美价值。

第三，世界文学虽然是独立起源，但是不同地区、国家与民族之间的文学有密切的交流，如西亚与北非的文学就曾经对地中海文明有过一定的影响。希腊化时期，《圣经》被译成希腊文，东西方之间的文学艺术交汇，创造了新的文学，如犍陀罗地区的文学艺术的形式革新。希腊化时期用"融新"（Syncretism）来表达这一创新，极有说服力。中国丝绸之路开通之后形成的文化交往已经成为世界史上光辉的一页。特别是 16 世纪以后，随着环球海上航线的开通，世界文学之间的融新已经成为一种历史潮流。

第四，世界文学是一定历史语境下的产物，它具有阶段性特色，如古代社会中的文学有观念与形式的差异与同一性，东西方各有自己的本土化形式。而作为整体性观念，世界文学具有历史统一性。无论是古代社会还是全球化时代，世界文学都有历史的共同规律与联系，即作为人类文明的产物的整体特性。但在任何一个时代与本土文明中，文学都会保持自己的传统，这就是世界文学的多元文明特性。

第二节　美索不达米亚文学与史诗《吉尔伽美什》

一、美索不达米亚历史文献

亚洲西部的美索不达米亚地区是世界文明的起源地之一。《圣经·创世记》中说，有 4 条河流从伊甸园中流出，其中第 3 条河叫底格里斯河（Tigris River），第 4 条河叫幼发拉底河（Eupharates River）。这两条大河从土耳其的安纳托利亚高原发源，自北向南，最终汇流入波斯湾。两河之间的平原是亚洲西部最肥美的土地，被称为"美索不达米亚"（Mesopotamia）。这个名称来自于希腊文，意思是"两河之间的地方"，所以西亚文明又称"两河流域文明"，也就是美索不达米亚文明。这个大的文明区域联结起了西北部土耳其的安纳托利亚、波斯、印度和埃及，辐射地中海沿岸、小亚细亚、巴勒斯坦和叙利亚。而且古代中国长安至大秦即中国到地中海岸边的亚历山大里亚城之间的丝绸之路也从这里经过，所以美索不达米亚是一个位居中枢的重要文明，是连接众多古代民族与国家的纽带。

公元前 3300 年左右，正值美索不达米亚的乌鲁克第 4 期，一种刻写在泥板上的文字开始流行。最初书写的是象形文字，以后逐渐演变成为一种独特的刻符文字，这种文字的形状像楔子，人们用拉丁文命名它为"楔形文字"（Cuneiform）。从美索不达米亚的苏美尔人、阿卡德人、巴比伦人、亚述人等，经历了长期的传承与递进，这种文字迅速流传，遍布东西方交界处的安纳托利亚高原、伊朗高原、埃及、美索不达米亚等地。古代世界首次出现了一种大范围内的统一文字，取代了埃及、印度、伊朗等各地的原始文字，成为书写公文、写作诗歌、记录历史的规范文字，也产生了最早的文学。它一般刻写在泥板之上，所以亦称"泥板文字"。当然，泥板文字应当包括其他一些文字，不过最重要的仍然是楔形文字，所以这个名称仍然是通行的。根据国内外对美索不达米亚文明研究的成果，泥板文字应用后的历史阶段如下：

1. 苏美尔早期王朝时期：阿卡德帝国统一美索不达米亚之前，前 3500 年前后的古代图画文字开始，根据《苏美尔王表》等推算，大约为前 3500—前 2900 年前后；

2. 阿卡德帝国时代：约前 2288—前 2147 年；

3. 乌尔第三王朝时代：前 2111—前 2004 年；

4. 巴比伦王国时代：前 2004—前 1595 年；

5. 古典帝国时代：前 1400—前 323 年，多个民族在美索不达米亚建立王国，直到波斯帝国灭亡。[①]

简单说，美索不达米亚文明由苏美尔人肇始，在巴比伦王国时代达到顶峰。公元前 1894 年，在幼发拉底河岸边，阿摩利人建立了巴比伦城，经历了古巴比伦与新巴比伦王朝，直到公元前 539 年波斯王居鲁士二世攻陷巴比伦城，新巴比伦王国灭亡，巴比伦人创造了辉煌的文化。其主要文学作品有神话、祭神诗歌、英雄史诗、叙事诗、箴言、颂词等丰富多样的文体，其中最重要的是祭神诗与史诗。传统的文学史特别是西方文学史一般将形成于公元前 8 世纪的《荷马史诗》作为世界最早的史诗，而 20 世纪后期以来，多数文学史都将形成于公元前 15 世纪前后的美索不达米亚的苏美尔人的史诗《吉尔伽美什》作为最早的史诗。

二、神话与诗歌

最早的苏美尔和阿卡德神话主要包括创世神话、冥界神话、大洪水神话等。这些神话反映了美索不达米亚人民的天才想象力与文学创造性，是世界文学史上的珍宝，也是研究古代美索不达米亚宗教、哲学思想、城邦社会政治经济生活的重要材料。苏美尔人信奉众多的神灵，或称为自然神，主要出自于大地、植物、动物等自然现象，如：天神安（又称阿努或安努），他是乌鲁克的保护神；大气之神，又称"风神"，恩利尔，他以狂风暴雨为武器，威力无比巨大，是尼普尔城邦的保护神；水神、智慧之神恩基（埃阿），是埃利都城邦的保护神，他一直以人类朋友的形象出现，教人类农耕和驯养动物，是文化的创造者。除此以外还有母神宁胡萨格、月神南纳尔、爱神兼生育女神伊什妲尔等。这些神，有些产生于苏美尔时期，有些产生于阿卡德时期。

苏美尔神话中较早出现了创世神话内容的传说，虽然并未构成完整系统的创世神话。到了巴比伦时期，创世神话就已经完全体系化了，其中最重要的是泥板文书《埃努玛·埃里什》。这则神话至今被完好地保存在七块泥板上面，神话的名称取自诗歌

---

① 参见张强：《古代近东与西方古典年代学研究综述》，见东北师范大学世界古典文明史研究所编著：《世界诸古代文明年代学研究的历史与现状》（夏商周断代工程报告集），1 页，西安，世界图书出版公司，1999。

的第一句。故事讲述在宇宙之初的洪荒时代只有咸水神蒂阿玛特和淡水神阿普苏，而其他的神则先后诞生，他们的喧闹扰乱了咸水和淡水的安宁生活，于是阿普苏决定毁灭新神，不想却被智慧之神埃阿所杀。蒂阿玛特意欲为丈夫报仇，也被埃阿的儿子马尔都克所杀。马尔都克是从苏美尔时代就出现的大神，有过多种身份。马尔都克将蒂阿玛特的尸体分成两半，一半为天，一半为地。随后马尔都克又创造了日月星辰以及各种植物，用唆使蒂阿玛特叛乱的金古的血来造人，免去神的劳役。由于有这样的功绩，众神拥戴马尔都克为众神之王。这则神话反映了美索不达米亚人对宇宙开创、万事万物产生的丰富想象力。在叙述创世的过程中特意突出了马尔都克的形象，以及以巴比伦为中心的位置，这是由于马尔都克就是巴比伦城邦的保护神。

第二类神话名著是冥界神话。美索不达米亚的先民对万物的产生充满了好奇，同样对万物的死亡也会产生奇特的想法。巴比伦的冥界神话《伊什妲尔下冥府》明显与苏美尔的《伊南娜下冥府》有继承关系。从口述到神话叙事诗，其中也经过了一些改编。大体情节为植物神（今说为掌握农业的土地神）塔穆斯死后进入冥府。他的女友——生命、生育女神（也有一种说法是爱神）伊什妲尔去冥界解救爱人，在冥界经历了千辛万苦。冥后命人夺去伊什妲尔的饰物并且把她也囚禁起来。当两位神都被困于地狱时，大地上的一切没有了生机，草木凋零，动物休眠，人类也无法繁育后代，世间的一切全都了无生机。阴间冥后迫于压力把伊什妲尔和塔穆斯放回人间，于是春回大地，一切恢复了正常。这则神话反映了美索不达米亚先民对大自然四季更替、草木枯荣规律的认识和想象。季节变换与生命循环用男女主人公的爱情故事来诠释，显示了这则神话的浪漫主义色彩，也表达了先民对生活的热爱和礼赞。

除了上述两类神话以外，美索不达米亚还产生了最著名的大洪水神话。正是这则重要神话的破译引起了全世界对美索不达米亚文明的关注。苏美尔人文化的发现，把人类文明的产生向前推进了几个世纪，有人认为由此也找到了西方经典的文学之源，这种文学影响到后世的许多民族。这则神话的主要内容是，众神开会决定毁灭世界上的一切生物，凡人鸠什杜拉由于事先得到消息，乘船躲过了这 7 天 7 夜的暴风雨并且被赐永生不死。这类大洪水神话可能是后世众多的洪水神话如诺亚方舟等的起源之一，《吉尔伽美什》《圣经》《古兰经》中都有基本相近的叙事，特别是人类乘船从洪水中逃出等情节，都与美索不达米亚泥板文字的记载相似，引起了研究者们极大的兴趣。

美索不达米亚文学的一个独特贡献是产生了充满宗教、哲理色彩的诗歌。其中赞美诗与祈祷词构成了美索不达米亚诗歌文学的重要组成部分。这些诗歌通常由祭司和国王在宗教仪式中颂唱。源于苏美尔时期并且在亚述和古巴比伦时期都有所发展。如《宇宙主宰恩利尔的赞歌》，诗中赞颂了"众神之父"恩利尔的能力、品德和性格。长达 200 行的《沙马什赞歌》是最长、最优美的楔形文字赞美诗之一。沙马什被奉为公正和正义之神，他光照大地，甚至阴冥地府也能得到他的恩泽，所以永远受到尊敬，享受各种崇拜和供奉，包括来自美索不达米亚以外的崇拜和供奉。《沙马什赞歌》反映了美索不达米亚宗教自然崇拜的特征，太阳因其自然属性给人间带来光明和温暖而受到崇拜和歌颂，被视为生命之本源。另一篇《对众神的祈祷》是献给所有神的祈祷词，内容是祈求神的保护和宽恕，使自己从痛苦中解脱出来。作者先是检讨了自己，认为可能对神灵有所冒犯。而事实上他并不知自己究竟犯了何错误，尽管这样，他仍愿意为神高唱赞歌；"噢，我神，仁慈之神，我向你祈祷，永远喜欢我。……"①

哲学箴言诗在美索不达米亚文学中也占据了重要位置，在艺术性和思想性上都达到了较高层次。较为著名的有《咏正直的受难者的诗》与《主人和奴隶的对话》。前者讲述了一个虔诚的宗教信徒，也是一个老实本分的人，却接连遭遇厄运，他开始向神祈求帮助，不料境遇却每况愈下，他因此对神产生了怀疑。后者在艺术上采取了奴隶与主人直接对话的方式，向人们展现了一个戏剧性的场面。奴隶主百无聊赖，以取笑奴隶为乐，向奴隶提出很多问题。这个奴隶极为聪明，每次都随声附和奴隶主，看起来唯命是从。可当奴隶主说的话威胁到奴隶的利益甚至生命时，这位奴隶反唇相讥，以机智的语言维护了自己的尊严：

> 主人：眼下，这年头，有啥取乐的事可干啊?! 我要砍下你的头，然后再砍下我自己的头；或者把我们两个一起扔到水中去。这才是有趣的事咧！不！奴才！我只是想杀死你一个人，让你死在我的前面。
> 奴隶：这么说，主人是想在我死后能多活几天喽？但至多也不过是三天呀!②

这样的箴言诗通过主人与奴隶的直接对话，在轻松幽默的氛围中揭示了社会现实的不公，引起人们对当时两大对立阶级不平等生活状态的思考。

当然，除了赞美诗、祈祷词、宗教哲理箴言诗以外也有一些爱情诗。研究表明，最早的爱情诗篇诞生在苏美尔，内容多是歌颂国王和神的爱情故事，向我们展示了生活在 4000 多年前的苏美尔人的婚姻和爱情观。

在美索不达米亚的所有文学体裁中，最具文学价值的当数史诗文学。关于 3 位英雄的史诗最为著名，分别为：关于恩美尔卡的史诗，关于卢伽尔班达的史诗和关于吉尔伽美什的史诗。这三者在著名的《苏美尔王表》中均有记载，是真实的历史人物。其中，关于恩美尔卡和卢伽尔班达的史诗都各有两部；关于吉尔伽美什的则有五部之多，也是最具有代表性的。古代美索不达米亚的史诗文学是在私有制和阶级出现、原始的氏族制度开始解体、国家从萌芽到逐渐形成这一历史潮流下应运而生的，它反过来又折射出这一时代变革的社会背景。因此，它不仅在文学史上占有重要的一席之地，而且有较高的史料价值。在人类历史早期文献史料相对较少的情况下，它显得尤其珍贵。

如以上所介绍的，古代美索不达米亚的文学创作题材多样，主题深刻。在各种体裁的文学作品中表达出人与自然斗争的主题、对生命意义探索的主题，以及在生产和

---

① 此段参见史仲文、胡晓林主编：《百卷本世界全史——古代前期文学史》，44～50 页，北京，中国国际广播出版社，1997。

② 季羡林主编：《简明东方文学史》，6 页，北京，北京大学出版社，1987。

社会生活中所表现出的当地人民对自然、社会最初的认识和理解，既有消极厌世的，也有积极乐观的，可谓丰富多彩，是古代先民留传下来的一份宝贵的文学思想遗产。尽管其在岁月无情的流逝中，出于种种原因被埋于黄沙，但通过对这笔财富的慢慢挖掘、研究，其光辉夺目的一面必将越来越受到重视。

三、美索不达米亚史诗的杰作

公元前 2700 年的苏美尔早期第二王朝，苏美尔人文化进入兴盛阶段，国家政治文献与文学艺术作品大量涌现，其中包括大洪水泥板 Ziusudra。这块泥板的发现，证实了《圣经》中所说的大洪水与诺亚方舟故事可能是历史事实。在黑格尔《美学》一书中，曾经认为东方没有真正的史诗，即使是对于与西方同为印欧语系的印度史诗，黑格尔也予以否定，不无讽刺地声称对其"实体性基础就不能感到满足或同情"。[①]当然这种看法早就被事实所否定了。近年来新版的美国《诺顿世界文学选集》中就说道："《吉尔伽美什》是最古老的诗歌，是世界文学史第一部英雄叙事文体作品。"[②]西方学者们对东方史诗从鄙薄与否定到公正的评价，这是一个根本性的转变，其价值与意义是无可怀疑的。

20 世纪中期，学者们在苏美尔出土的众多泥板文书中发现了一首长诗，分别写在20 多块泥板上，长达 600 多行，名为《恩梅卡尔和阿拉特发》。这份文献十分重要，原因在于它可能是世界上最早的关于人类战争的记录，而且这场战争发生在苏美尔的乌鲁克城邦与现在属于伊朗的阿拉特发城邦之间。这是古代世界不同民族之间，甚至可能是不同文明之间的战争。当时的阿拉特发城邦有可能就属于以后的波斯王国诸多城邦之一，这是一场 4000 年前的大战，依赖泥板文书传世。迄今为止，任何史书关于这场文明之战都没有记载。这就具体表现出泥板文书的价值，古代世界的重大事件最可靠的记载来自这种文字的文献。

实际上这场战争并没有真实进行，而只一场外交战，最终使对方不战而降，是"不战而屈人之兵"的杰出典范。乌鲁克是苏美尔最强大的城邦，它们位于两河之间的中心地带，在乌鲁克王恩梅卡尔统治时期，与其不远的阿拉特发城以富裕闻名。这里集聚了来自各地的金属与宝石，特别是所谓的青金石，被美索不达米亚人视为最珍贵的宝石。这就引起了贪婪的乌鲁克王的欲望。他派人向阿拉特发王说，乌鲁克王受到保护神伊南娜的恩宠，要求阿拉特发王交出金银与宝石，为的是建造恩利尔的神庙，如果抗拒，就会将他的城市摧毁。使臣说道：

> 恩梅卡尔，乌迪王子，派我来见你

---

① 参见［德］黑格尔：《美学》，第三卷，下册，朱光潜译，271 页，北京，商务印书馆，1982。

② *The Norton Anthology of World Masterpieces*，Maynard Mack，General editor，W. W. Nort-on&Company. Inc. New York，1995. P16.

我的国王，以下便是他的话
"我要赶走城中的居民"
像鸟儿……逃离栖树飞奔
我要赶走他们，如鸟散兽散状，直到倾巢而尽
我要让阿拉特发成为废墟，如同……之地
……
对，我们毁灭阿拉特发
如同那已毁的地方
伊南娜张弓搭箭，身着戎装
她虽然曾经赐给它神谕，但已经将它弃若灰尘……

　　阿拉特发王听了这番话后，当然不会俯首称降，他坚持自己也是受到伊南娜保护的，正是女神本人将他推上王位的。但是这位使臣显然有备而来，他声称伊南娜女神已经答应恩梅卡尔让阿拉特发投降。这使得阿拉特发王既屈辱又恐慌，他让使臣回去告诉恩梅卡尔，他等着对方动武，他自己所推崇的方法是一对一的决斗。但是，他又话锋一转，说如果伊南娜既然已经命令他投降，他就准备服从神旨，不过有一个条件，恩梅卡尔必须给他大量的谷物。于是使臣急归乌鲁克，转告恩梅卡尔。

　　恩梅卡尔先是进行了一系列的祭神仪式，然后听取了智慧女神尼达巴的建议，派人送去了谷物，同时要求对方马上献上宝石。下边是一段不清楚的记录，似乎恩梅卡尔进行了占卜，又有一个神谕要使臣带给阿拉特发。于是使臣再次来到该国。带来的谷物使当地臣民大为欢喜，但是阿拉特发王的表现十分奇怪，他一方面对神谕十分恐惧，一方面又与大臣商议对策，再次提出决斗的主张。使臣再次急归乌鲁克，恩梅卡尔让他向阿拉特发王转达：第一，恩梅卡尔接受挑战，准备派一名壮士与阿拉特发王决斗；第二，他要求阿拉特发之主为伊南娜准备金银和宝石；第三，他重申，如果阿拉特发不交出建造埃利杜圣殿的宝石，就要发动战争。经过反复交涉，最终，这场战争并没有发生，但是阿拉特发人交出了金银和宝石。全诗结束。

四、史诗《吉尔伽美什》的叙事结构分析

　　世界文学史上更为著名的是另一首史诗《吉尔伽美什》。这首诗大约创作于公元前2500年前后，内容与《恩梅卡尔和阿拉特发》十分相近，诗风与语言也相似，甚至故事过程与结局都有相同的地方，战争双方最后都是通过调解达到和平。我们可以推测，这是美索不达米亚叙事文学中的一种流行观念，毕竟和胜于战，调解对于双方都是有利的。很可能史诗是当时相当流行的一种文体，多个城邦都可能有过自己的史诗，现在流传的只是其中的部分作品。但是《吉尔伽美什》史诗又不同于其他史诗，这是一首相当完整的长篇叙事史诗。除了战争之外，史诗的主体是英雄人物冒险与流浪、为民除害、建功立业、反思人生意义等连续的情节结构，是古代史诗中的一篇杰作。

　　史诗是古代民族特有的文学形式，可以分为两大类：一类是古代史诗（其中包括

上古史诗与中世纪以后的英雄史诗），著名的《荷马史诗》等就是这类史诗的代表，这类史诗在当代社会流传但是不再创作；另一类是"活史诗"，即在现代的流传中还有不断的创作。史诗一般取材于民族的历史，是以叙事诗形式对民族历史与英雄人物进行的文学描绘。世界上许多民族都曾有过属于自己民族的史诗。根据卡顿《文学术语词典》的解释，史诗是指"在大范围内描述武士和英雄们的业绩的长篇叙事诗，是多方面的英雄故事，包括神话、传说、民间故事与历史"。它的内容带有明显的神话传奇色彩，但也有真实的历史事件和英雄人物的成分，所以又统称为英雄史诗。

《吉尔伽美什》已经成为世界文学名著之一，最初发现的文本是由 11 块泥板文书组成的，记述了公元前 3000 年到公元前 2500 年的苏美尔人的英雄吉尔伽美什的事迹。1949 年美国亚述学者克拉米尔（Samuel Noah Kramer）在《美国考古学杂志》第 53 卷第 1 期公布了图板、音译文和英译文。以后又发现了巴比伦版本的《吉尔伽美什》，我们以下对两种有代表性的版本进行分析，以便从史诗的整理过程分析其意义与价值。

苏美尔史诗《吉尔伽美什和阿伽》描写基什国王阿伽派使者到埃勒克（即乌鲁克）王吉尔伽美什面前，提出过分的要求，于是吉尔伽美什召开了城邦长老会议以决定战还是降。长老会议决定求和，引起吉尔伽美什的不满，于是再次召集了全城的民众会议，这次会议的结果是选择应战。随后基什王阿伽的军队包围了乌鲁克城，乌鲁克的英雄比尔胡尔图里与沙巴狄布努伽英勇作战，随后吉尔伽美什登上城墙宣布胜利。最后基什王阿伽与乌鲁克王吉尔伽美什握手言和，重归于好。

史诗记载完整，语言活泼，比如城市民众会议对吉尔伽美什的答复一段：

> 啊，你们站着的，你们坐着的，
> 啊，你们和王子们一起来的，
> 啊，你们赶着驴来的，
> 任何扶持它（乌鲁克城邦）存在的人
> 不要向基什家族投降，我们要用武器打它。

首先从社会历史价值而言，这首史诗具有极高的学术价值，它向我们证明了古代东方城邦制度与军事民主制度的具体形态。西方学者一向认为，民主制度是西方文明的产物，东方是集权主义的故乡，没有民主制度，国王专制独裁。而史诗中关于民众会议压倒长老会议的描写则具体说明了古代东方国家不但有民主制度，而且可能更为彻底。荷马史诗《伊利亚特》第 9 卷中有一个情节与《吉尔伽美什和阿伽》十分相像，希腊人要征服特洛伊时召开军事民主会议，长老会议起决定作用，而民众会议（agora）则不被重视。这种情况与《吉尔伽美什和阿伽》相反，这里是民众会议否决了长老会议的决议。

这部史诗也主要取材于苏美尔—阿卡德的神话传说。我们已经看到，在更早的几部苏美尔史诗作品中已出现了吉尔伽美什这位英雄人物，这些神话故事的内容就是后来巴比伦史诗《吉尔伽美什》的主要情节。如《吉尔伽美什和天牛》《吉尔伽美什和生物之国》《吉尔伽美什的死亡》《洪水》《吉尔伽美什、恩奇都和冥界》等，这些史诗中出现了英雄吉尔伽美什与作恶的天牛、杉妖斗争的情节，也有关于大洪水的情节描写，有的故事中写英雄拒绝女神的求爱，并且有与亡灵对话的情节。可以说其中有西亚流传的神话的普遍因素。这种史诗一般是先经过口头流传的，由民间艺人世代传唱，最终用古巴比伦语写成了最后的定本《吉尔伽美什》，早期版本刻写在泥板上，用楔形文字记录。

虽然关于最早的写定本有一定的争论，但是基本可以肯定的是，其大约写定时间是巴比伦第一王朝时期（公元前 19 世纪至公元前 16 世纪）。现在习惯上称《吉尔伽美什》为巴比伦史诗，实际上它是苏美尔人和巴比伦人的共同创造。更确切地说，它可能是公元前两千年代的巴比伦人对公元前三千年代苏美尔的史诗进行加工与记录的结果，所以，有人称之为苏美尔史诗，有人称之为巴比伦史诗，叫法不统一。为了规范起见，我们建议定名为美索不达米亚史诗，这一称呼现在正在得到国际的普遍承认。

史诗的中心人物为英雄吉尔伽美什，这是美索不达米亚史诗的一个特点，即用一个中心英雄人物为史诗命名，相当于中国的《格萨尔王传》等史诗。从结构上看，史诗结构由英雄的活动所组成，即一个人的英雄冒险与奋斗经历。这与《荷马史诗》有所不同，《荷马史诗》结构的中心事件是特洛伊战争，并且集中于十年战争的最后一段时间，结构较紧凑，这与其他东方更早时代的历史史诗是不同的——在这些史诗中，一般是描写一位英雄的冒险与奋斗经历，由此而串联起其他的神话传说和故事。

巴比伦史诗《吉尔伽美什》的主人公吉尔伽美什并不是一个神话人物，而可能是实际存在的历史人物，当然史诗并不是完全根据真人真事来进行写作的。有学者认为，吉尔伽美什是乌鲁克城第一王朝的第五位国君，他是一位杰出的君主，在位期间曾经以其文韬武略闻名于世，对美索不达米亚地区的社会生活产生极大影响。为了纪念这位英雄人物，诗人们进行想象与创造，将吉尔伽美什塑造成为一位具有神话性的人物。史诗的大致结构可以分为四个部分。第 1 部分，吉尔伽美什在乌鲁克城的统治手段过于严酷，引起国内外的斗争，另一位英雄恩启都出现，但是两位英雄最终化敌为友。第 2 部分，两位英雄共同合作，最终击败了危害人类的杉妖芬巴巴和由伊什妲尔带来的天牛。第 3 部分，描写英雄恩启都之死和吉尔伽美什的悲痛与人生反思，他痛感人生短暂、死亡的悲哀，于是开始寻求长生不老之药。第 4 部分，吉尔伽美什与亡友之间进行对话，谈到人生的意义。由于这部史诗是刻写在 12 块泥板上的，于是有学者将这些泥板分为 6 个大的叙事部分，从叙事结构对史诗进行研究，这是一种相当有价值的方法。

第一部分由第 1、第 2 两块泥板组成，主要叙述英雄吉尔伽美什在乌鲁克城的残暴统治及其受到另一位英雄恩启都的威胁，然后两人化敌为友。作为国王的吉尔伽美什"三分之二是神，三分之一是人"①，虽然英勇而有智慧，并且文韬武略都有大的

---

① 参见赵乐甡译著：《世界第一部史诗〈吉尔伽美什〉》，16 页，沈阳，辽宁人民出版社，1981。

成就，但是作为一位城邦国家的统治者，他却并不成功。这主要在于他的政权统治相当严酷，对民众采取暴力手段，而且赋税极为沉重。个人生活方面，他也过着骄奢淫逸的生活。在他的城邦中，盛行所谓的"初夜权"，甚至对于已婚的女性，他也肆意行暴。这种统治与行为引起人民的愤怒，但也只是敢怒不敢言，只好向上天乞求公正。美索不达米亚人崇拜天神与城邦保护神，基本上处于多神信仰阶段。天神听到了来自民间的呼声，看到吉尔伽美什虽然是一个杰出的君主，但是他的骄横心态导致他胡作非为，已经到了不能令人容忍的地步。于是天神决定找一个人来制约他。天神创造了一个身上仍然有兽性的野人——恩启都，这是一个半兽半人的英雄。他与吉尔伽美什的神妓相结合之后，受到了开导，逐渐有了人类的思维。受到神启，恩都启来到乌鲁克城与暴君吉尔伽美什决斗。双方恶斗一场，但是势均力敌，未能分出胜负，反而互生敬慕之情，两位英雄结下兄弟一般的友情，吉尔伽美什从此也改变了自己的行为。

第二部分由第 3、第 4、第 5 块泥板所组成。正在此时，城邦遭到妖怪的威胁，于是二人携手战胜杉妖芬巴巴。自从两人结为生死之交，原来吉尔伽美什暴虐无道的性格也有了彻底的转变，开始为自己的臣民着想，决心做出一番为民造福的业绩。但是被击败的杉妖芬巴巴并未死亡，他跑到森林之中，劫持了女神伊什姐尔，为非作歹。这个妖怪法力无边，他能制造大洪水，喷出火焰，甚至还能释放出有毒的气体，对臣民的生命造成了很大的威胁。吉尔伽美什决定铲除这个妖孽。在恩启都的陪伴下，两人与芬巴巴展开了激烈的战斗。起初，英雄们并不占优势，恩启都还受了伤，最后他们在太阳神舍马什的帮助下砍翻雪杉树，打败了芬巴巴。山林又恢复了往日的平静，女神伊什姐尔获救，杉木得以运回乌鲁克城。

第三部分主要铭记在第 6 块泥板之上，吉尔伽美什拒绝女神求爱而得罪天神。被救的女神倾慕于吉尔伽美什的英雄气概，主动向吉尔伽美什求爱，愿意嫁他为妻：

> 请过来，作为我的丈夫吧，吉尔伽美什！
> 请以你的果实给我做赠礼，
> 你作为我的丈夫，我将做你的妻子。
> 我给你宝石和黄金的战车，
> 车轮由黄金制成，马饰由宝石做成。
> 请到我们那杉树芳香的家里。
> 你若到了我们家，
> 王爷、大公、公子都将在你的脚旁屈膝，
> 在门槛、台阶之上就把你的双足吻起。
> 他们将把山野的（土特产）作为贡物向你献礼。

虽然面对美丽的女神的热情，吉尔伽美什却不为所动，最后拒绝了女神的"美意"，并且公开斥责伊什姐尔为人不贞，从未忠实于任何人，而且那些爱过她的人都已经深受其害。可见这时的英雄与以前已经是判若两人了。女神当然不能容忍这种羞辱，于

是伊什妲尔被激怒了，她要挟自己的父亲，为她制造一头力大无比的天牛来报复吉尔伽美什。于是两位英雄又与天牛展开了殊死搏斗，最终将其杀死。当消息传来时，乌鲁克城邦再次沸腾起来，全城的居民为他们的胜利庆功。

第四部分为第7、第8块泥板所记录。这是一场悲剧，讲述英雄恩启都之死及吉尔伽美什的悲悼。在大家欢庆胜利的那个晚上，恩启都做了一个奇怪的梦，由于他们俩杀死了天牛，众神决定他们两人中必须要死一个。于是在天神的诅咒下，恩启都暴病12天之后不幸死去。面对挚友的突然离世，吉尔伽美什悲痛难抑。史诗形容他像被夺走幼狮的母狮子一般，一边把自己身上的毛发、佩戴的饰物乱弃，一边回忆着与好友在一起的战斗岁月。

> ［我的朋友哟，你］曾猎过山上的骡马、原野的豹，
> 恩［启都，我的朋友］哟，你曾猎过山上的骡马、原野的豹，
> 我们曾经踏遍［群山］，把一切［征服］，
> 夺取了都城，［把"天牛"杀掉］，
> 曾经使"杉林"中的芬巴巴把罪遭。
> 但是现在，降在你身上的这长眠究属何物？
> 昏暗包围了你，［我说的话］你已经听不到。

第五部分由第9、第10、第11块泥板来讲述。这是相当有哲学深度的描写，写吉尔伽美什不畏艰险去寻求长生不死之术，寻找人类始祖乌特那庇什提牟。面对挚友的突然死亡，吉尔伽美什也感受到了死亡的威胁。他在人生轨道上第一次感到了上天的巨大力量，而自己则无能为力。这就是人类对死亡的永恒思考。而他的内心又极不甘愿承认死亡的必然性，于是决定上穷碧落下黄泉，一定要寻找出人生的答案。他想起了人类的始祖乌特那庇什提牟，这是一位在大洪水中活下来的圣贤，并被列入神籍而从此获得了永生，他是在美索不达米亚神话中赫赫有名的人物。在这种探索的路途上，吉尔伽美什历经了千难万险，他与猛兽搏杀，走过极乐花园。面对困难，他始终没有退却，并在途中遇到了大神舍马什和酒馆女老板。舍马什同情吉尔伽美什，善意地告诉他此行可能落空。女老板更是给他泼冷水，告诉他是诸神创造了人，在创造的同时也把死亡派给了人，与其这样徒劳无益地追求，还不如抓紧时间享受现世的快乐：

> 至于你，吉尔伽美什，
> 应如此度过此生：
> 饱餐终日，大腹便便，
> 欢天喜地，始终如意，
> 寻欢作乐，每日每时，
> 歌舞游戏，日夜消遣，
> 香汤沐浴，不忘梳洗，

> 衣冠整洁，鲜艳华丽，
> 娇养溺爱，膝下儿女，
> 戏谑调笑，怀中爱妻，
> 若问此道，做人道理。

这是一种十分庸俗的生命观，当然不会入英雄之耳。听了这番劝导，吉尔伽美什并没有回头，仍然坚持前行，终于找到了乌特那庇什提牟，向他请教如何求得永生。乌特那庇什提牟向他讲述了天神以大洪水毁灭人类以及他自己如何幸免于难的经过。天神准备用洪水淹没世上的一切，乌特那庇什提牟由于得到神的启示提前准备好了方舟，把自己的妻儿和其他生物保存在船上经历了 6 天 6 夜的风风雨雨，直到第 7 天放出的乌鸦找到休息的地方不再飞回，他才知道水势已退，逃过一劫。而且他还被天神列入神籍，获得了永生。吉尔伽美什得到了如下结论：机会是不会再有了，人注定是要死的。但在乌特那比什提牟妻子的劝说下，乌特那比什提牟决定告诉吉尔伽美什返老还童的秘密。吉尔伽美什潜入海底取得了使人长生不老的生命草，正准备把它带回家，却由于一时疏忽，在去水泉洗澡时被从水里钻出来的蛇叼跑了。吉尔伽美什听到这一切后，不由悲从心中来，流着泪失望而归。

第六部分也是最后一部分，只由第 12 块泥板所叙述，内容是吉尔伽美什与恩启都幽灵的对话。事情的起因是吉尔伽美什的工具鼓槌掉进阴间，恩启都提出到阴间去把它找回来。吉尔伽美什告诫恩启都不能违反任何一条阴间的禁规，如不可穿干净的衣服，不可涂橄榄油，不要绑紧鞋子，不可吻妻儿，等等。而恩启都下到阴间去以后并没有遵照吉尔伽美什说的做，因而被扣留在阴间不得返回。吉尔伽美什十分伤心，祈求神灵涅嘎尔在地里凿开了一个洞，使恩启都的灵魂得以穿洞上升与吉尔伽美什会面。恩启都的灵魂向吉尔伽美什诉说了他在阴间所看到、经历过的可怕情形。全诗在两人的悲伤哭泣中结束，为这首诗留下一重悲剧的阴影，从中反映出对于生死价值之反思的沉重。

当然，这并非说明人生意义的追索是没有价值的，相反，诗中所赞颂的恰是这种上下求索的奋斗精神，反映了古代美索不达米亚人与自然和天命的抗争。虽然这种努力的结局具有悲剧性，而悲剧性的反思才可能永远为人类所铭记，重视生命的意义与价值。此外，史诗中的大洪水传说与《圣经》诺亚方舟故事的联系也引起学术界的关注，这一领域的研究正是跨文化的课题，目前方兴未艾。

五、《吉尔伽美什》史诗的主题与母题意义

主题是文学作品的核心观念，是组织结构故事的中心线索，作者围绕主题来展开叙事与抒写情怀，表达出题材的主要意义。而母题一般指文学中所流行的、传统的文学主题，母题在世界文学史上相当多样，如世界神话中的大洪水与"创世记"母题、多国流传的"灰姑娘的故事"的母题、西方的唐璜或者中国杜十娘故事的"始乱终弃"母题等。在巴比伦史诗《吉尔伽美什》中，既有史诗的主题，同时也交织了多种

母题，通过史诗叙事，具有重要的价值与意义。

首先，作为最早的古代史诗，对于古代社会，特别是美索不达米亚文明的城邦国家的宗教观念的反映是其重要内容，这是古代社会先民意识形态的真实反映，也是宗教文学与美学的表现。

美索不达米亚的古代宗教占有极为重要的地位，所有民族都有自己的城邦保护神或是主神崇拜。对于一个城邦而言，是以城邦保护神为代表的，亵渎一个城邦的保护神就意味着要毁灭这个城邦。美索不达米亚人以多神崇拜为主，设有多种神灵，其中最重要的有城邦守护神、农业神、财富女神、森林与河流等自然神等，有的神话中有了主神与其他神的区分。在史诗中，神明有决定性的能力与权力，决定城邦命运的是神明，并且在不同的生活环境中有相对的主要神灵。君权神授是史诗的重要思想观念，但当君主统治不公时，神明可以对君主进行处罚。吉尔伽美什和恩启都这两者最初是相互对立的。吉尔伽美什是王国的君主，功勋卓著，但是对臣民的统治却蛮横凶残。所以天神决定对他进行警戒，派了恩启都作为他的对立面，最终使得吉尔伽美什悔过前非。古代神话中有一种"双王制"，这个母题经常含有对于世俗统治者的警戒与惩罚的观念，在这首史诗中体现得较为充分。另一个特点是神明的人性化。女神伊什妲尔一方面具有神灵的强大能力，另一方面性格却人性化，不能脱离俗世情爱的樊篱。主人公吉尔伽美什是半神半人，性格变化多端，为人时好时坏，既有人性化的一面，也有神灵与英雄的一面。

其次，史诗反映了古代的社会政治制度。美索不达米亚曾存在古代城邦制度，在政治上有一定的民主特性，如重大的事件发生时，要召开民众大会进行讨论。这种制度反映了古代军事民主的实际情况。特别是面临战争与强敌来袭等困境时，城邦民众可以发表自己的看法，通过决议来处理事件，这在这首史诗中得到了真实的描绘。但是，这种古代民主当然是有限度的，所以吉尔伽美什才会有对民众的残酷统治，激起民怨，引发了史诗一系列重要事件的发生。比这种制度更为重要的是，史诗表达了这样的思想：史诗英雄固然重要，他们创立丰功伟绩，但是人民生活的安定幸福是城邦社会最重要的意义与价值体现，这既是神灵的意旨，也合乎社会发展的规律。当英雄人物吉尔伽美什违背人民的意愿与利益，实行暴政，使得人民生活在苦难之中时，就会被历史和神灵所抛弃。而当他改邪归正、重视民生时，才会得到神灵的恩典与人民的拥护。这种民生的主题是史诗的主线，一直贯穿始终。

再次，史诗的重要母题之一是"命运"母题，这是古代史诗戏剧中的重要母题之一。好友的死亡引发了吉尔伽美什对"命运"的思考，深感人生无常，生死无法预测，人类无法掌握自己的命运，于是就去寻访人类始祖和永生草，追求永生不死。这些，包括恩启都讲述地狱遭遇的故事，都是美索不达米亚神话想象力的表现。人有生老病死，在秋季凋零的植物在来年春季复苏，这些自然现象，上古初民早已察觉，但碍于认识水平的限制一直无法破解生命之谜。这个问题几乎困扰着所有人类童年时代的民族，如在希腊神话中就有著名的斯芬克司之谜。人类原始的恐惧就是死亡，为了能够长生不老，古代帝王与英雄费尽心力。而事实上，这种愿望并不可能带给人类任何益处。古代苏美尔、巴比伦人把这种永生的愿望在《吉尔伽美什》中做了最为直接而集中的表达。在吉尔伽美什追寻人生意义的过程中，酒馆的女老板对他说，人生苦短，为欢几何，所以要及时行乐享受人生。这种观念反映了从古至今一种普遍的俗世思想，但是吉尔伽美什却并不赞同这种平庸的生死观。他愿意历经千辛万苦去追求。虽然最终作为人类的成员之一，他不可能获得永生，但是其生存的价值与意义却因这种探索给后人留下重要启示。吉尔伽美什的这种探索只是古代人类的想象，但却具有永恒的意义，它向人类表达了在有限的时间内创造无限的意义与价值的愿望。

最后，从吉尔伽美什的经历和其性格特征的展示可以看出，吉尔伽美什的英雄特征带有时代文化的特殊性。在处于人类文化发展初期的神话时代，产生的是人与自然（神）浑然一体的神话，神是神话的主角。当人类的主体意识开始觉醒，察觉到可以凭借自己的力量改造自然、造福人类时，便会产生变换主角的愿望。半人半神的英雄人物作为从神向人演变的带有过渡性质的文学形象，就是这种愿望的产物，吉尔伽美什正是这种新型形象的代表。吉尔伽美什是世界文学史最早将神从主角的地位上置换下来并使之成为配角的艺术典型。

六、史诗的叙事艺术与形式特征

其一，作为世界文学史上最早的史诗，《吉尔伽美什》为史诗和神话创造了一种基本的英雄传奇的叙事模式，这是史诗最重要的贡献之一。古代史诗多数是叙事诗，但也有叙事与抒情相结合的文体。这首史诗以一个中心人物为主体的神话英雄传奇叙事模式，是古代史诗的典型模式之一。史诗以吉尔伽美什的一生主要事业为中心线索，包括他对城邦的文治武功，他与对手和朋友恩启都之间的斗争与友情，他们共同诛杀妖怪与冒险的故事，他的爱情，他的流浪与追索过程等。史诗围绕英雄活动，展开叙事，表现了多姿多彩的神话与现实社会生活。

其二，史诗人物的性格突出，塑造出古代民族英雄、城邦君主的英勇善战、坚强意志和超人的胆识与能力。作为一部英雄史诗，它所塑造的两位英雄人物形象之间形成对比。主要英雄吉尔伽美什是历史上真实存在的人物、功勋卓著的君王。人们为了纪念他，表达自己的崇敬之情而把他神化了。经过史诗的转变后，他才真正展示出民族英雄的本色。他不但是一个有才能的君主，也是一个武艺高强、能力超人的战士。象征着自然灾害与敌人的杉妖、天牛危害到城邦的安全时，作为城邦首领，他自然要挺身而出为民除害。他还善于用人，发现了恩启都的才能后，求贤若渴，使英雄为自己和城邦服务，立下功勋。特别是在与女神的爱情冲突中，他为了城邦的利益，拒绝了女神，显示了他以民族和城邦的利益为重，识大体顾大局的领导人特色。作为一个具有独立思想与坚定意志的人，他还是一个精神的探索者，在寻访乌特那庇什提牟的征途上历经千辛万苦，在与恶魔妖怪的斗争中，既有勇气又有智慧，最后与朋友共同作战，消灭敌人，取得最终胜利。

其三，史诗语言具有口语化、生活化的特性，可以看出是由口耳相传的民间说唱而来，保留了浓厚的口述文学创作的特征。古代民族的语言朴素而自然，通俗易懂，具有民族与地方的特色。史诗的叙事话语又具有极高的艺术性，采取了夸张、比喻、排比、反复等修辞手段以加强艺术感染力,特别是在一些对话中。这是史诗的语言特点之一,如吉尔伽美什反唇相讥拒绝伊什妲尔的求爱:把她比作寒夜中熄了火的炉灶、不能抵御风暴的门窗、砌了墙会倒塌的大理石、腐蚀男子汉的殿堂、践踏行旅的大象、硌人脚趾的草履等,语言活泼动人,讥讽时入骨三分,表达出人物爱恨分明的性格特色。

其四,史诗的故事性强,这也是后世"流浪汉"小说的一个重要特点。史诗情节发展跌宕起伏,故事串联巧妙。整部史诗是通过两位主人公的活动把一个个小故事串联而成的,从情节上看始终能吸引读者的注意力。从吉尔伽美什残暴统治到其与恩启都不打不相识、互相珍重,一直到其改变性情;从大战杉妖到勇斗天牛;从吉尔伽美什拒绝女神求爱到恩启都遭报复而亡;从吉尔伽美什出征探求生死奥秘到与恩启都灵魂相会,故事紧凑而布局匀称。从结构而言,还有一个突出之处:史诗围绕主要故事情节另外穿插众多神话故事。这也是一种叙事技巧,使得史诗的结构如同一棵巨树,在参天的主干上生长着累累果实与伸展的枝丫。

其五,神话具有丰富的想象力。这种想象力宏大而不荒诞,气象万千,神话与真实、神性与人性浑然一体,令人叹为观止。这部史诗中所展现的很多内容的形象都具有美索不达米亚神话的特色,如杉妖芬巴巴、天牛、女神、洪水故事、可以使人长生不老的仙草等。这些神话因素民族特色浓烈,是古代美索不达米亚文明的伟大创造。同时,作为一个民族英雄,吉尔伽美什的身上也集中了古代战争英雄与武士、智者与思想家的多种特色,他力大无穷,可以力胜杉妖、天牛,同时又深思熟虑,对人生与命运的问题进行了深思与探索。这种想象又是置于现实社会基础上的,比如史诗中的伊什妲尔是女神,她可以通过亲情来说服天神报复吉尔伽美什和恩启都,作为神灵,她的个人意气与情感历程也给人以深刻印象。史诗中有着充满现实感的想象,引人入胜。

第三节 古代埃及的文学

一、古代埃及文学起源

与美索不达米亚相邻,在地中海南岸,非洲东北部的尼罗河流域,埃及人创造了自己的文明。古代的尼罗河每年定期会有一次泛滥,这给尼罗河两岸的土地带来了天然肥料并且形成了土壤肥沃的三角洲,正如古希腊历史学家希罗多德说的:"埃及是尼罗河的赠礼。"这里温暖的气候、充足的水源、适于耕作的土地,孕育了古代埃及灿烂的文明、艺术和文学。大约公元前5000年,古埃及人在尼罗河流域发展了农业文明。

古埃及的历史年代排列如下:

前王朝时期　　　　史前文化(约前4500—前3100年)
早王朝时期　　　　第一至第二王朝(约前3100—前2680年)

古王国   第三至第六王朝（约前 2680—前 2181 年）

第一中间期   第七至第十王朝（约前 2181—前 2040 年）

中王国   第十一至第十二王朝（约前 2040—前 1786 年）

第二中间期   第十三至第十七王朝（约前 1786—前 1567 年）

新王国   第十八至第二十王朝（约前 1567—前 1085 年）

后王朝时期   第二十一至第三十一王朝（约前 1085—前 332 年）

马其顿希腊与罗马统治时期（前 332—642 年）

埃及是一种独立起源的文明，公元前 3000 年前后建立统一的王朝国家，历史学家们指出：

> 按照传统的观点，前王朝是以第一王朝的创立者美尼斯统一上下埃及为下限的。这一事件大约发生于公元前 3000 年，所以埃及前王朝要在这个大约时间之前。[①]

埃及是一种典型的神权加王权的社会结构，从古王国时代起，埃及实行法老专制统治，这是最古老的君主专制制度之一。法老号称"太阳神之子"，他集神权、政权与军权为一体进行统治。埃及法老制度也是世界上最早的政教合一制度。古代埃及人的文字是最早的象形文字，关于这种文字的产生时代有多种看法，一般认为它产生于公元前 3000 年即埃及第一王朝时代。简单地说，主要是一些被称为"灵学"的经文，如《亡灵书》（*The Book of the Dead*）、《生死之书》（*The Book of the Living and Dying*）和《金字塔经文》（*The Pyramids Texts*）等。这些经文以对大神奥西里斯为首的广大神圣世界的赞颂为主，所关注的是亡灵的世界与超度，由于面对的是"冥界"与超度，所以保存木乃伊成了生者重要的活动。这种活动的结果是保存下了大量的木乃伊，成为世界文化史上的奇观。

二、早期王国和古王国时期的神话与箴言

埃及古代文学的产生比文字的产生更早，在早期王国和古王国时期，口头文学创作已在埃及人民中间流传开来。这些作品反映了广泛的社会生活，题材也是多种多样，出现了神话传说、传记文学、箴言作品、戏剧等，其中神话占有很大比重。古埃及盛行图腾崇拜，在法老强化中央政权以后，埃及人民把太阳神奉为最高的神，认为是太阳给大地万物带来了温暖，带来了生命。所以关于拉神（太阳神）的神话是这个时期最具代表性的作品。对太阳神的尊重体现了古埃及人对生活的热爱，对生产的重视。同时，法老借称自己是"太阳之子"，这是向普通民众灌输王权神授观念的表现。

---

① 郭丹彤：《古代埃及年代学研究的历史与现状》，见东北师范大学世界古典史研究所编著：《世界诸古代文明年代学研究的历史与现状》，18 页，西安，世界图书出版公司，1999。

关于奥西里斯的神话也流传很广。奥西里斯集植物之神、尼罗河神、水神、土地神、丰收神于一身，后来又作为农业和文化的传播者。传说奥西里斯曾是古埃及的国王，深受人民爱戴，被弟弟塞特害死以后，其妻为他生了一个遗腹子——赫鲁斯。儿子长大后为父亲报仇，使得奥西里斯复活。奥西里斯把王权交给赫鲁斯后自己成为冥府的统治者。这则神话反映了古埃及人受自然现象中周而复始的规律的启迪，探索生与死的奥秘。有研究者指出，古埃及人的看法其实是，在奥西里斯身上的死而复活的永恒力量，是人死后获得重生的一种保证。奥西里斯从自然的神到永生之神的转变，不过是反映了氏族社会到奴隶社会的变化，也间接地反映了从氏族酋长之间的矛盾到奴隶主之间的矛盾的发展变化。关于奥西里斯的故事在后代流传过程中不断被加工、补充，在埃及被亚历山大占领以后又受到古希腊罗马的思想与艺术技巧的影响。

在古王国时期开始出现了传记文学，数量不多，写作水平不高，反映了散文发展初期的水平。较有代表性的主要是第四王朝时期产生的《梅腾传》以及第六王朝时期出现的《大臣乌尼传》。《梅腾传》行文简单，据实记录了梅腾的出身、经历、职务和国王曾赐给他的财产等，具有早期现实主义因素。《大臣乌尼传》把乌尼描绘成一个奴隶制时代的英雄，主要描述乌尼如何由普通的管理房屋的长官爬到国王宠臣地位的过程。这些传记作品极力宣扬这些"英雄"的所谓文治武功，是为奴隶制暴力统治服务的。

这一时期还出现了一些具有较高文学价值的箴言作品，主要是统治者规劝、训诫子女的教育用书。这些作品内容丰富，涉及谦逊、正直、诚实、自我克制等各种美德。代表作品主要有《王子哈尔德夫箴言》《大臣普塔霍蒂普箴言》。此外，还出现了世界上最早的宗教性戏剧作品，一些片段和脚本保存于这一时期的《金字塔铭文》中。这些戏剧不仅比希腊戏剧早 3000 年左右，而且对希腊戏剧产生了深远的影响。

三、中王国时期的诗歌

在中王国时期，古代埃及不但经济繁荣，政治与宗教力量日益强大，而且在社会生活的各个领域都有了很大的发展。与之相应，文学活动也空前繁荣，神话、传说、故事、寓言、诗歌等的创作进入全盛发展时期，其文学作品在修辞、表意、描绘等各方面都成为以后各时期文学作品的典范。

在这段时期类型丰富的作品中，口头文学的歌谣创作显得尤为突出，由于年代久远，保存至今的很少。在第十八王朝（前 16 世纪）用象形文字记录下来的，保存在埃尔·开布地方的帕赫里墓壁上的 3 首劳动歌谣是最早的，分别是《庄稼人的歌谣》《打谷人的歌谣》和《搬谷人的歌谣》。诗中抒发了奴隶对奴隶主无休止剥削的愤懑，真实再现了两个阶级截然不同的对立生活。除了反映劳动人民生活的诗歌外，还出现了一些世俗诗歌，如《竖琴之歌》《绝望者和自己灵魂的谈话》《饮宴歌》等。诗中表现的内容在古王国时期是难以见到的，如鼓励人们抛开冥国的幻想，享受现世生活，对冥国的宗教信条产生怀疑，否定"神圣"的王权统治等观念。这一时期最为成熟的莫过于赞颂神灵的宗教诗歌，这一类型诗歌产生于古王国时期，到了中王国时期又有了进一步的发展，作品大都保存在《亡灵书》中。《亡灵书》是埃及古诗歌总集。古代埃及人认为，人死后要经历一段冥国的生活。在那里通过诸门考验之后，才能获得再生。因而，他们除将死人制成木乃伊外，还要在尸棺中放进死者阅读的书，这就是所谓"亡灵书"。《亡灵书》可以说是宗教诗篇的庞大总集，内容驳杂，种类繁多，汇编了歌谣、颂神诗、神话、祈祷诗，等等。《亡灵书》反映了古埃及人的宗教信仰，是具有珍贵文学价值的诗歌总集，也是我们认识、了解古埃及人生活和思想的宝贵资料。

特别值得一提的是，民间故事的创作达到了空前的繁荣，不仅数量增多，而且经大众加工、流传，在艺术上也达到了较高的水平，代表作有《遇难水手的故事》《辛努赫特的故事》及《能说会道的农夫的故事》。《遇难水手的故事》主要描写了第十二王朝创始人阿曼迈哈特一世的一位使臣奉命航海遇难的经过。故事内容虽有些荒诞离奇，却表现了古埃及人的海外冒险精神和对财富的渴望。《能说会道的农夫的故事》又译为《乡民与雇主的故事》或《有口才的庄稼人的故事》，讲述了一个普通劳动者面对统治阶级的刁难和无理取闹表现出斗争智慧和反抗决心，并最终取得胜利的故事。

四、新王国时期的颂诗

新王国时期是埃及文学的又一次高潮，各种文学题材进入一个完全成熟的阶段，民间口头文学创作繁荣的同时出现了文人的创作。有人认为这是古埃及文学的高峰，随后就逐渐走向低谷。首先引人关注的是表达爱情的诗歌在这一时期的诗歌中占有从未有过的比例，民间诗歌中的长期以来被压抑的强烈真挚的爱情此时爆发出来，健康清新的情感，对男女之间用情专一的赞美，特别是男女平等的感情投向在这些爱情诗歌中浓墨重彩地表达出来。宗教诗歌仍然居于显要位置，形式上的创造更为突出，出现了埃及文学史上最长、最美的赞颂太阳神的诗歌——《阿顿颂诗》。诗中的太阳神形象光辉灿烂，神圣而令人敬畏。毋庸讳言，这种对于太阳神的赞颂，最终目的仍然是为法老统治服务的，法老就是人间的神，赞颂神就是赞美法老的统治与权威。

新王国时期的民间故事与中王国时期相比，情节更为复杂，曲折离奇，人物性格更加鲜明突出，出现了一批流传至今深受人民喜爱的优秀故事，如《占领尤巴城》《真理和虚假的故事》《韦南门的航行》《厄运被注定的王子》《昂普、瓦塔两兄弟》等。其中，《厄运被注定的王子》神秘色彩浓厚，王子虽意志坚强、行动勇敢，但仍无法使他摆脱注定的厄运，揭示了神意安排的命运观念是当时人们生活的主要力量。《昂普、瓦塔两兄弟》是另一种风格的故事，通过农夫兄弟二人经过重重磨难，最后相继做了国王的基本情节，反映了劳动人民百折不挠反抗王权统治的强烈愿望和必胜的信心。

除上述诗歌、故事以外，这一时期的传记文学同古王国时期相比，写作水平有了大幅度提高，出现了《乌努·阿蒙游记》《桡夫长亚赫摩斯传记》和《图特摩斯三世年代记》等作品。这一时期也出现了古埃及文学理论与批评的萌芽，那是产生于第十九王朝时期（前1342—前1205年）的作品，作者在一封长信中讨论了如何描写叙利亚和巴勒斯坦的事物。这可以看作最早的文艺理论与写作的开端，虽然文字相当简单，但毕竟有开创之功，其价值是可贵的。

五、古代埃及的《亡灵书》

《亡灵书》又称《死者之书》或《白昼通行书》，与印度的《吠陀》和中国的《诗经》并称世界三大诗歌总集。《亡灵书》中汇集了埃及古代神话诗、颂神诗、歌谣、咒语等。其内容包罗万象，还有许多祭文，用来赞颂死者，祝愿其早日超度。在埃及人的信仰中，人死后灵魂不灭，来到另一个世界——冥界。这里一片黑暗，到处是恶魔，它们阻挠亡灵们通过自己的地区，而亡灵们则要前往奥西里斯王国。于是，亡灵们就祈求宙斯来保护自己，得到宙斯的咒语就可以得到保护。由于宙斯的咒语有如此强大的力量，神庙的祭司们就以宙斯的名义写了大量的咒语，送给那些国王、王后、王子和显贵们。这些咒语献给形形色色的神灵们，所祈愿的事情五花八门，无所不有。这是人类精神史上的一朵奇葩，它充分展现了古代人类对生命奥秘的好奇、激动与悲哀，这些情感激发了他们的想象，创造出一种对死亡的畏惧与再生的希望。从这里我们也可以看到埃及文明的一种创造，这就是所谓的命运轮回思想，这种思想最早见于埃及文献，虽然以后在其他文明中也曾经出现，但是埃及人这一历史贡献仍然是应当肯定的。

古代埃及人同其他古代民族一样，也对人的死亡充满了疑惑，无法解释死亡的原因。他们总认为人死后灵魂是依然存在的，认为每个人不只有一个灵魂。死亡与睡觉的区别就是灵魂离开人体时间的长短。古埃及人认为人生并不以现实为限。有一种眼睛看不见的"卡"（Ka），与人一同生存，并为人的生存服务；人死后，它依然单独生存，住在坟墓的周围。所以在坟墓中要备上水和食物，以供养"卡"。而人的灵魂叫作"库"（Khu），人活着时它们住在人体内，有时也在人睡觉时离体外出，这就成了梦；死后它去游历下界，以后如能回到死者的身体中，就再生了。《亡灵书》就是给它读的，所以汉译本不译作"死者"或"死人"，而是译成"亡灵"。另外还有一种人首鸟体的"巴"（Ba），则是尸体的守护者。因此，古埃及人对尸体保存的重视程度高于其他任何民族、地区的人民。为了不使尸体腐朽，他们用香料涂满尸身，制成木乃伊，用麻布仔细包裹好，安放于密不透气的坟墓中，祈祷再生。《亡灵书》就是一部放入尸棺中供死者阅读的书。埃及人认为下界有 12 片国土，入口处都是绝壁、大门，沿途有遭毒蛇和鳄鱼袭击的危险。想要经过这 12 片国土，需要经历种种磨难，亡灵必须进行搏斗或诵念咒语才能通过。《亡灵书》可以说是一部给死人准备的冥界生活指南和旅行手册。现存的善本《亡灵书》，是新王国时期的第十八王朝出现的作品，其实在更早的古王国时期的金字塔墓室与过道墙壁上就刻有大量祭司收集整理的诗歌、神话以及葬礼等仪式记录。这些被称为"金字塔铭文"，但那时这种铭文还只是法老的特权。到了中王国时期，一些贵族、平民死后也可在其棺椁中刻录部分"金字塔铭文"的章节了，这就是"石棺铭文"。新王国时期《亡灵书》的某些篇章在以前的"金字塔铭文"、"石棺铭文"中已出现过，可见是前者在后者的基础上最终形成的。也正是到了新王国时期，《亡灵书》的体例篇章基本成型。

《亡灵书》全书内容由一百多章构成，其思想内容并不是完整统一的，结构松散，章与章之间并无必然联系，但中心内容是确定的，即指导亡灵如何应付种种提问与刁难，顺利通过冥王奥西里斯在公平殿（又称"真理的殿堂"）上的审判，最终目的是得到再生。据记载，奥西里斯是所有神和人群的主人，他具有最高权威，是一位严厉的审判长。他判定死者良心的天平是以一根象征公正的羽毛为砝码的。由神安努毕斯掌秤，智慧与司书之神托司做记录，此外还有 42 位判官当陪审。在审判过程中会问死者各种问题，诸如："你偷过别人的东西吗"、"你杀过人吗"、"你欺骗过人吗"，等等，根据死者的回答来决定此人是上天国还是被怪兽吞食。在旁蹲着的一只鳄鱼头、狮子身、河马尾的怪兽司职吞噬罪恶灵魂。正因公平殿被描述得如此恐怖，人们才需要指导顺利通过冥国考验的《亡灵书》。

《亡灵书》的代表作品之一是《阿尼的纸草》。阿尼是底比斯的一位祭司，他以自己为体验主体记载了进入"奥西里斯冥土"时的程序、各种咒语和有关的神话。第 1 章主要记载的是在葬礼之日吟诵的祭文；第 2 章至第 13 章记载了使死者能在冥府中得到自由活动的方法以及使死者能在墓中自由出入并且打倒敌人的咒文。第 15 章记载的是对太阳的赞歌，对奥西里斯的哀歌。第 17 章记载了古埃及诸神、天和地的起源以及关于神话形象的各种说法。到第 20 章至第 24 章，载有教死者讲话和措辞的各种方法。第 26 章到第 30 章述说了亡灵被赐予心脏的仪式，所谓心脏常常指的是具有心脏形状的护符。第 33 章到第 40 章记载了一系列咒文用来防御死者的敌人——鳄鱼、蛇、山猫和作为恶神塞特化身的阿匹龙的咒文。由第 52 章开始述如何在墓中获得空气和水的方法。第 74 章以后记载的是化身底比斯守护神普塔神或奥西里斯神之神力的方法。第 89 章中记有将灵魂和肉体合二为一的方法。在第 91 章到第 92 章中记的是如何从墓中潜逃的咒文。第 94 章到第 96 章记述与智慧、学问之神——透特结合的咒文。第 98、第 99 章记的是魔法船以及乘这条船赴奥西里斯神住处——火岛的咒文。第 101 到第 102 两章记述有关拉神乘坐的船。第 108 章以后介绍亡灵所要去的乐园（阿门提，在西方）以及那里的几个城市。第 125 章以绘画的形式展示在奥西里斯面前对阿尼的审判。以后的许多章节连续地记录了奥西里斯的神态、各种咒文、取得复活的方法等各种各样的内容。

由于把再生的希望寄托在神灵之上，所以最伟大的太阳神自然被赞颂到无以复加的地步，在《献给大神的祝愿再生赞美诗》中首先是《献给太阳神拉的赞美诗》：

> 啊！尊敬的太阳神拉，
> 你来到天堂，成为众神的造物主，
> 坐上神主之宝座。
> ……
> 啊！太阳神拉，我愿得到你的保佑，
> 让我看看这美景，让我环游世界！
> ……
> 太阳之舟启航时，
> 请留一个座位给我。
> 让我跟随奥西里斯，

去世界的神圣之境。①

作者把再生的希望完全寄托在太阳神拉身上，希望他能够在"太阳之舟"启航时给自己留下位置，就是死后重生。这种幻想源于古埃及的宗教，在这种太阳神崇拜中，金字塔旁往往有一艘帆船，那就是太阳神之舟，传说太阳神就是启动这个帆船开始每天的航行的。于是亡灵就认为可以搭上这艘船，重新开始人生的旅程。金字塔是法老们的陵墓，法老们也不甘落后，希望能在太阳之舟上有一个自己的位置，因此就在金字塔旁修建太阳舟。

所谓冥界对人的审判，主要是通过对心灵的评价来完成的。古埃及人认为心脏与灵魂密不可分，恶人的心中有罪恶的重负，因此在审判中将心脏放到天平上时，天平就会下沉。相反，善人的心比羽毛还轻。一个人在阳间是善良、纯正还是邪恶、卑劣，都可以通过对心脏的称量而真相大白。所以，亡灵都会讨好持有天平的神，企求重生的心愿在诗中表露无遗。在审判过程中，亡灵也会对自己在阳间的行为进行辩护，企图用事先准备好的言辞蒙混过关：

> 最伟大的神，真理之神啊！向你致敬！神啊！我恭顺地来到您面前，景仰您！神啊！我是一身清白而毫无谬误地来到您身边的。我没有欺负过别人，没有误入过歧途，没有言而无信，没有心怀邪念去窥视别人的妻子，也没有伸手偷过别人的钱财，我没有撒过谎，骗过人，没有违背过神的旨意，没有诬陷过他人的奴隶。神啊！我没有忍心让别人啼饥号寒，我没有杀过人，没有暗算过人，也没有怂恿别人去杀人，我没有从寺庙中偷过祭品，没有侵占过不义之财，没有对亡灵亵渎不敬，我没有荒淫放荡过，没有玷污过任何神圣的东西，我没有高价卖过小麦，也没在禀粮食时做过手脚……我是纯洁的，我是纯洁的，我是纯洁的……我既然清白无辜，神啊！请高抬贵手放过我吧！②

为这样琐碎的小事辩解反而是欲盖弥彰的表现。诗中的这个亡灵想用虚假的诡辩躲避审问，逃脱生前所犯下的错误，反而是错上加错，不可饶恕，所以结果是受到严惩。

古埃及一直都有亡灵佑护神的观念，而除了太阳神之外，奥西里斯神是受到普遍尊崇的亡灵佑护神，在《献给奥里西斯的赞美诗》中写道：

> 荣耀归于奥西里斯，"永无穷尽"的王子，
> 他通过了千万年而直入永恒，
> 以南和北为冠冕，众神与人群的主人，
> 携带了慈悲和权威的拐杖和鞭子。

---

① [美] E. A. 华理士·布奇：《埃及亡灵书》，罗尘译，233～234 页，北京，京华出版社，2001。

② 季羡林主编：《简明东方文学史》，15～16 页，北京，北京大学出版社，1987。

啊王中的王，王子中的王子，主人中的主人，

世界重又回春，由于你的热情；

"昔是"和"将是"都成为你的扈从，你把他们率领，

你的心将满足地安息于隐秘的山顶。①

奥西里斯作为自然神、尼罗河神、土地之神、植物生长和丰收的保护神，他的死亡与再生，正反映了埃及人关于植物荣枯代谢的朴素理解和想象。奥西里斯的地位几乎同拉神并列，因而在《亡灵书》中对以上二神大唱赞歌，这真切地反映了当时埃及人对死的恐惧，以及对生的无限渴望。当然，有时这种想象也是模糊不清的，如时而希望在"天堂"再生，而想象的生活却又是俗世类型的农业文明社会，"让我在天堂也会种植五谷"，但有时又希望自己变身成为"神灵的面包与蛋糕"，虽然其中有如此多的不谐之处，但仍然可见其愿望之迫切与想象之丰富。

虽然《亡灵书》是一部宗教性很强的诗歌总集，宣扬宗教信仰、来世观念，但其中保存了一些对宗教仪式的描绘、对冥界生活的丰富想象，表现了古代埃及社会生活的各个方面，具有宝贵的研究价值，哲学可被视为古埃及的一部"百科全书"。在艺术技巧方面，诗歌语言优美，节奏感强，便于吟唱，多用比喻、排比等艺术手法。值得一提的是，诗集还有大量的插画，如第 125 章《阿尼纸草》上"奥西里斯神法庭图"，用比文字更直观的形象来表现。因此，无论从思想内容还是艺术表现来看，《亡灵书》的意义都已超越了时空界限，成为世界文学中不可多得的珍品。

第四节　古代犹太文学与《圣经》

世界上最早的农业生产发达地区就在欧亚两大洲交界的"肥沃新月形"（Fertile Crescent）地带，这里土地肥美，至今仍然是适合于农业发展的地区之一。这块地区从美索不达米亚南部起向北，经过两河谷地，向西穿过叙利亚，转而向南到地中海，形状如一轮弯弯的新月。在这弯新月的最西端，有一块被称为"流着奶与蜜的地方"（A Land Flowing with Milk and Honey），《圣经》中说这是上帝赐给以色列人的，名为"迦南地"，今天归属于巴勒斯坦地区。巴勒斯坦的名称来自一个民族"巴莱斯特"，这是最早在巴勒斯坦定居的民族之一。这里是古代农业起源地，曾经水系纵横，气候温润，并且有众多的城邦，人烟稠密，商业贸易发达，畜牧业也相当发达，这里出产的物产主要是小麦、玉米、葡萄酒、橄榄油、陶器、羊毛、皮制品等。由于位处古代文明体系最集中的地区，地扼欧亚非大陆交通要衢，与历史上的以色列文明与埃及、两河流域等文明都有直接联系，所以一直受到世界关注。

---

① 本诗有多种译本，选本可以参见季羡林主编：《东方文学作品选》，下，794～795 页，长沙，湖南人民出版社，1986。也可以参考［美］E. A. 华理士·布奇：《埃及亡灵书》，罗尘译，235～237 页，北京，京华出版社，2001。

一、以色列文明的历史

据公元前 1900 年前后的埃及泥板文书记载，这一时期有一个游牧民族来到迦南地。当时这里是埃及的殖民地，埃及法老接到当地人民的上书，要求派兵镇压迦南地的盗匪。其中提到一个新的民族"哈卑路人"（Habiru），意为"渡河来的人"，这就是以后由于音转所形成的"希伯来人"，可能是指他们是从幼发拉底河下游过河而来的。这个游牧民族希伯来人就是以后的犹太人。

犹太人的先祖亚伯拉罕奉耶和华之命，从迦勒底的吾珥途经哈兰等地来到了迦南地。到此之后，亚伯拉罕开始宣扬一种宗教，这种宗教就是日后的犹太教，这种宗教是一种一神教，信奉唯一的神耶和华，在示剑、伯特利、希伯仑等地设坛祭祀耶和华。以后迦南地遇到大灾荒，由雅各带领众多的子孙迁移到了埃及，定居于尼罗河畔的歌珊地区。他们在这里生活了 400 多年，繁衍生息，成为人口众多的大部族。公元前 16 世纪喜克索斯人在埃及的统治结束，埃及新王朝法老把与喜克索斯人一起来的以色列人全都贬为奴隶，开始对他们进行迫害。耶和华通过燃烧的荆棘丛首次向犹太人首领摩西启示其名字，命令摩西带领犹太人走出埃及。公元前 13 世纪中期，摩西率众离开埃及，渡过红海，到达了西奈高地。摩西独自登上了西奈山，领受了耶和华的"十诫"（Decalogue），其中明确规定了犹太教的基本教义，这标志着犹太教的正式诞生。

摩西本人虽然未能进入迦南地，但是他的继承人约书亚占领了迦南，并且将所占有的土地分封给以色列人的 12 个支系。以后的 200 年，史称士师秉政时代，犹太人的势力在迦南扩展开来，建立了犹太人的王国，国王先后有扫罗、大卫、所罗门。到那时为止，犹太人的上帝仍然没有一个固定的居住地，只是以会幕与约柜来作为上帝的象征。大卫定都耶路撒冷之后，把约柜迁入这个圣城，并且开始筹建耶和华圣殿，直到所罗门时代才正式建成了圣殿。从此之后，圣殿成了犹太教的信仰中心。巴比伦帝国于公元前 586 年攻入耶路撒冷，灭亡了当时仅存的南方犹太王国（有的史书记为犹大王国；在此之前的公元前 721 年，北方的以色列王国已经为亚述人所亡），大批的犹太人被劫掠到巴比伦，这就是著名的"巴比伦之囚"（Babylonian Exile），从此之后，犹太民族散失世界各地。在公元前 539 年，波斯王居鲁士战胜新巴比伦人，解放了被囚的犹太人。犹太人重返耶路撒冷后，再修圣殿。直到公元前 331 年，亚历山大王灭亡波斯后，犹太人其实在希腊人的统治下生活，这一时期中犹太人再次大流亡。公元前 142 年，经过血与火的斗争，犹太人建立起自己的国家马卡比王国。可惜的是，在公元前 64 年，马卡比王国再次被罗马人所亡，圣殿第二次被毁，犹太人被迫流落世界各地。

罗马时代特别是公元前后，犹太教这个古老宗教在异族统治下，长期遭受压迫，自我救助的意识终于发展到了极点，产生了弥赛亚主义，宗教革新到来了。在这种改革中产生了新的宗教，这就是基督教。135 年，罗马皇帝哈德良镇压了犹太人反抗罗马统治的最后一次武装起义，还下令再次完全毁灭耶路撒冷，并且不准犹太人进入这座城市，这是历史上的第三次大离散，亦即"世界大离散"（Diaspora Era）。从此，犹太人在没有祖国、没有独立国家甚至没有定居地的情况下持续自己的文明。直到1948 年 5 月 14 日以色列宣布成立时，犹太人才再次有了独立国家。

有几个概念容易混淆：希伯来人、以色列人与犹太人。

"希伯来人"一词在希伯来语中是"Iberi"，意为过河来的人或是穿过者，指的是从幼发拉底河对岸迁移到巴勒斯坦的人，也就是以色列人。以色列（Israel）原文意为与天神角力者。据说，以色列是亚伯拉罕的儿子以撒的次子，原名雅各，在来到迦南地的途中，曾经在渡口与神人角力获得胜利，被神人赐以"Israel"的光荣称号。以后这一名称成为以色列民族之名。在《新约》中，保罗就自称为希伯来人，可见"希伯来人"与"以色列人"是同义的。无论是希伯来人还是以色列人，都属于犹太人，只是希伯来没有成为国家的名称。以色列与犹太都曾经是国家的名称。这两个国家曾经并存过一段时间，以色列国位于北部，犹太国位于南部。公元前 8 世纪，亚述人灭亡了北方的以色列王国，公元前 6 世纪，巴比伦人灭亡了南方的犹太国，这都是历史上的重大事件。西方的《圣经》来自于犹太人经典，不但是一部宗教经典，同时也是一部文学经典。自古至今，对于《圣经》文学的研究一直十分兴盛，总体来说，经历了从对《圣经》中的文学内容或是形式的研究向将《圣经》作为一种伟大的文学经典进行全面研究的转型。特别是 20 世纪以来，"作为文学的《圣经》"已经成为相当流行的观念，这也是本书一个重要的视域创新。

二、《圣经·旧约》的基本内容

以色列古代文学的主要代表是《旧约》，其他还有犹太教古代典籍《次经》《伪经》和 20 世纪中期发现的《死海古卷》。基本上全部是宗教经典，但是几乎每一部经典都有相当浓重的文学色彩，所以也成为文学研究的重要内容。

我们通常说的《圣经》其实由两部不同历史时期的不同文献所组成，就是《旧约》与《新约》。前者是"巴比伦之囚"事件之后大约 500 年间的古代犹太教经典文献的汇集本；而后者则是基督教建立后的新经典，由四福音书（《马太福音》《马可福音》《约翰福音》和《路加福音》）所构成，主要记叙基督教创始人耶稣的言行与其向门徒传教的故事。基督教会后来将《旧约》与《新约》合在一起称为《新旧约全书》，即所谓的《圣经》。

《旧约》共有 39 卷，分为律法、历史、先知书和诗文集四个部分。

律法 5 卷，包括《创世记》《出埃及记》《利未记》《民数记》和《申命记》，大约编订于公元前 444 年之前。《创世记》是脍炙人口的世界与人类起源神话，特别是历史人物与神话宗教人物共存，情节完整生动。《出埃及记》写以色列人从埃及逃出，回到迦南地建立犹太国的历史。《利未记》是犹太教祭祀的法典。《民数记》记叙以色列人数变化与士师阶层的状况。《申命记》是摩西到约旦河东岸后要求以色列人忠诚崇拜耶和华的训诫，这五卷统称《摩西五经》。

史书 10 卷，包括《约书亚记》《士师记》《撒母耳记》（上、下）、《列王记》（上、下）、《历代志》（上、下）、《以斯拉记》和《尼米记》。史书成书晚于律法，为祭司与记史官在公元前 300 年前后所作，主要是以色列人的历史记录。这是世界上最早也是最全面的一部神教史观的系统论述，文字声情并茂，文学价值极高。

先知书 16 卷，包括《以赛亚书》《耶利米书》《以西结书》《但以理书》《何西阿书》《约珥书》《阿摩斯书》《俄巴底亚书》《约拿书》《弥迦书》《那鸿书》《哈马谷书》《西番亚书》《哈该书》《撒迦利亚书》和《玛拉基书》，即所谓"四大先知书"和"十二小先知书"，其中部分以诗歌来写成，成书年代约在公元前 7 世纪前后。

诗歌与文学作品集中于诗文 8 卷，即《诗篇》《哀歌》《雅歌》《箴言》《传道书》《约伯记》《路得记》和《以斯帖记》，成书时间最晚，大约是公元 1 世纪左右。

综上可见，《旧约》不仅思想深邃，而且文体形式相当多样，包括其特有的散文、历史小说与宗教小说（部分学者主张不用小说概念）、宗教戏剧与民间戏剧、史诗、民间谣曲、抒情诗、格言与箴言、传记、演说等文体，应有尽有，成为现代多种文体的滥觞。其语言更是丰富多彩，以希伯来语言为主体，有不同时期的苏美尔、阿卡德、亚述、赫梯、巴比伦等国家民族的历史语言，也有他们的诗歌、铭文、言辞、箴言等，林林总总，多姿多彩，是一个美不胜收的文学宝库。

三、《旧约》的文学意义与价值

《旧约》是公认的最伟大而且最有影响的世界文学经典，具有重要的社会生活认识与审美价值。

其一，古代农牧业文明社会与以色列人生活场景的全景式文学描绘。《旧约》是古代文明的重要经典，是古代史诗。它真实记录了古代社会产生与生活的历史，再现了古代农业文明的历史。它通过一个具有悠久历史的民族——以色列民族的历史进程描绘了一个历史时代。

在进入埃及之前，以色列仍然是一个以游牧为主的民族，只有短暂的从事农业的历史，亚伯拉罕的儿子以撒来到基拉耳后，与非利士人共同从事农业生产，以后逐渐占领了迦南的土地。《圣经》中的《创世记》中写道，亚当和夏娃被逐出伊甸园后，他们生了两个儿子亚伯与该隐，"亚伯是牧人，该隐是种地的。有一天，该隐将地里的出产为供物奉献给耶和华，亚伯将羊群中头生的羊与脂油献上，耶和华看中的是亚伯的供物，看不中该隐的供物"，所以该隐嫉妒亚伯，并杀了亚伯，上帝因此惩罚了该隐。这种描写是古代以色列人农业与畜牧业并重的表现。来到埃及后，以色列人学习了先进的农业生产技术，并且在农业生产上成为重要的力量，所以才可能取得一定的社会地位。约瑟曾经担任埃及法老的大臣，他所建议的"存粮备荒"国策恰恰反映出以色列人对于农业的重视。《路得记》中详细描写了农业生产包括打谷扬场的生产过程，没有亲身参加劳动的人是无法想象的。出埃及之后，以色列人以农业定居生活为主。特别是犹太人建国之后，以色列人战胜非利士人，发展农业生产，此后的希伯来王国时代，国运愈加昌盛，成为西亚与北非地区最富裕的国家。《旧约》中几乎记载了当时所有国家民族的生活与历史。

其二，独具特色的人物形象与民族精神的塑造。《旧约》描写了以色列民族所经历的历史苦难，并且通过神话与想象，通过社会生活环境与细节，塑造了一系列突出的人物性格。如亚伯拉罕、摩西、大卫、所罗门王、参孙等，这些人物无论是历史人物还是神话传说中的英雄，个个性格鲜明，栩栩如生，成为世界文学史反复出现的典型。《旧约》特别着力于民族性格与心理描绘，突出了他们对犹太宗教与民族传统的忠诚与崇拜精神。

诗篇中的《以色列人被迫离开耶路撒冷篇》是一首史诗，记载了犹太人被囚巴比伦的悲惨境遇：

> 在巴比伦的河边坐下时，
> 想起了锡安山不禁泪水流下。
> ……
> 耶路撒冷陷落的岁月
> 伊多米特人喊道："拆毁它，拆毁它，
> 将它连根拔去！"
> 耶和华啊，你记下了这一切
> 即将被灭亡的巴比伦城，
> 复仇者将像你们对我们一样。

《旧约》中经常提到巴比伦城，特别是围绕"巴比伦之囚"这一段历史，这也是由来有自的。由于在新巴比伦与埃及争战时期，原本归顺新巴比伦的犹太国王约雅敬曾经投靠埃及，巴比伦国王尼布甲尼撒大为震怒，立誓要荡平犹太国。公元前 597 年，尼布甲尼撒二世首次攻陷耶路撒冷，掳掠数千亲埃及的犹太人；公元前 586 年，再次攻陷耶路撒冷，灭亡了犹太王国，俘虏万余犹太人，其中包括王室成员与社会各界精英。国王齐德启亚竟然被残忍地挖去双目带回了巴比伦，这就是史册所载的"巴比伦之囚"。这些囚徒直到波斯人征服巴比伦后才得以返回巴勒斯坦。《圣经·列王记》和《圣经·但以理书》等章节，详细记述了这一历史事件。《旧约》正是通过这个民族所经历的苦难来刻画其坚强奋斗的精神。当然其中也有一神教所特有的宗教观念的过度渲染，这是要置于一定历史主义原则中来全面衡量的。

其三，文学形式与文体的审美价值。《旧约》是融合了多种文体与多样化的文学形式的经典，其中有动人的神话传说，如《圣经》中的伊甸园是最美好的地方，是古今世人心目中的极乐世界。大洪水与诺亚方舟的故事等都是引人入胜的神话。同时作为一首史诗，所记录的重大的历史事件与人物不可胜数，但全都记叙全面，描写逼真，给人以身临其境之感，成为古代叙事文体的代表。《旧约》中的散文、叙事文体、诗歌与箴言格言等形式相当多样，而且每一种文体都相当成熟，成为后世学习的样本。其中用希伯来文写的诗歌形式独特，并不以韵律取胜，而讲究诗行与内容对称，形式和谐，以抒情为特长，大量运用比喻、象征、拟人等多种表现形式，擅长以浓墨重彩描写重大环境与事件。如《旧约》中的《约书亚记》写道：摩西带领以色列人走出埃及后，死于约旦河畔，约书亚受耶和华之命，率领以色列人渡过约旦河，由祭司吹响七个羊角号，耶利哥城"城墙崩塌"（the wall fell down flat），以色列人夺取了耶利哥城。这类战争描写场面宏大，叙事精练，给人以深刻印象。诗歌可以分为抒情与哲理两大类，《雅歌》分为 8 章，主要内容是民间恋歌，表达了男女之间可贵的忠贞爱情，同时也有相当开放的、热烈而优美的爱情描绘，高雅而富于生活气息。

也有学者认为，《旧约》中已经有了希伯来小说、戏剧、先知文学等文体的划分，各有其主题与体裁。例如，小说《路得记》颂扬民族团结，《苏撒娜的故事》宣传正义必定战胜邪恶的主张；先知文学中的《约伯记》被有的学者认为近似于古希腊戏剧《普罗米修斯》，其中有 6 个人物以戏剧表演的方式进行对话，约伯为"好人必须吃苦"进行辩护，言论激昂，甚至有不敬神之处，具有民间戏剧的风格。

其四，《旧约》的历史叙事具有跨学科的研究意义，学者从文学与历史、考古、社会学、神话学、语言学、符号学、阐释学等多种学科角度来研究《圣经》。《圣经》研究已经是当代学术界的一门显学。如考古学家在 20 世纪的美索不达米亚遗址挖掘中，发现了近似亚当、夏娃和蛇的石刻，这幅图案出土之后，再次引起了西方对《圣经》所描写的史实的兴趣。一个多世纪以来，无数西方学者来到近东从事考古挖掘，希望能找到更多的《圣经》中所描绘的历史证据，用田野挖掘来弥补史书记载的不足。1899 年到 1917 年，德国学者罗伯特·科尔德威挖掘了古代巴比伦，这座古城是由汉谟拉比（前 1792—前 1750）建立的。以后在新巴比伦王国的尼布甲尼撒（前 605—前 562）时代建成了当时世界最大的城市，是财富、权势与发达文明的象征。

当然，在对《旧约》的文本解读中，从文学角度的研究更是兴旺，在当代西方学术研究中有不可替代的作用。在世界文学史上，包括《旧约》在内的《圣经》与古希腊文学一起成为西方文学的两大源流。一方面"《圣经》文学"（The Bible as Literature）流传极广，受到广大读者喜爱。另一方面，无数杰出的作品取材于《圣经》，或是受到《圣经》的影响，从但丁、莎士比亚、弥尔顿、拜伦、雪莱直到 T. S. 艾略特、乔伊斯等人，无不从《圣经》中获取灵感，使《圣经》直到今天仍然保持罕有其匹的历史地位。

第五节　古代波斯史诗

在西亚与中亚相交的地区有一个大高原伊朗高原，总面积达到 200 多万平方公里。它的南部是波斯湾与阿曼湾，北方是土库曼斯坦和里海，东接巴基斯坦与阿富汗，西北是阿塞拜疆、亚美尼亚，西边则是土耳其与伊拉克，这里就是伊朗。古代的波斯帝国就诞生在这片土地之上。

公元前 2000 年，雅利安人来到西亚。雅利安人是曾经生活在中亚与欧洲东部地区的古代民族，属于印欧语系，雅利安的本义是"高贵的民族"。他们先来到伊朗（伊朗的名称就意为"雅利安人的土地"），继而南下，进入印度，征服了已经存在1000 多年的印度河流域文明。雅利安人是农牧业民族，他们掌握了冶铁技术，擅长骑马与驾车，有较先进的犁耕技术。他们越过兴都库什山之后，其中的一支米底人曾经在这里建立米底帝国，后来亡于波斯人。

公元前 550 年前后，波斯大帝国变得强盛起来，与古代希腊人进行战争。波斯帝国就是西方人所认识的最早的东方，经过长期战争后，最终波斯人被希腊人所战胜。公元前 4 世纪，亚历山大王远征东方，灭亡了波斯帝国。从中世纪起，先后有安息帝国、萨珊王朝等在这里建立。公元 7 世纪之后，这里成为伊斯兰帝国的领土，从此伊斯兰教在这里占据统治地位。

古代伊朗曾经是拜火教的中心，这个宗教就是琐罗亚斯德教，大约在公元前 11 世纪创立。自从伊斯兰教进入伊朗之后，拜火教势力逐渐衰退。

伊朗是一个多民族的国家，共有 40 多个民族，以波斯人为主要民族，除此之外，还有库尔德人、卢尔人、巴赫蒂亚尔人、俾路支人、阿塞拜疆人、沙赫塞文人、卡拉帕帕赫人、卡拉达格人、土库曼人等多个少数民族。官方语言为波斯语，反映了伊朗的民族历史来源。但是现代波斯语中有相当多的阿拉伯语等异族语汇。古代波斯人曾经使用过美索不达米亚的楔形文字等多种文字，公元前 11 世纪形成的《阿维斯塔》与琐罗亚斯德所作的《伽萨》（意为颂诗）中的记载说明，雅利安人最早定居的地区是波斯西北部的一个名叫戴蒂亚的河边。① 现在这条河的具体地理位置已不可考，古代雅利安人可能定居于此。

最迟到公元前 10 世纪，出现史诗《阿维斯塔》，并且据说形成了阿维斯塔语，阿维斯塔就是所谓的"吠陀"，即福音书。阿维斯塔语是伊朗最古老的语言之一，它与古波斯语、印度语同属于雅利安人的语言，其中阿维斯塔语更接近古代梵语。公元 3 世纪时，萨珊王朝编订阿维陀经，共为 21 卷，包括《伽萨尼克》《达蒂克》和《哈塔克·曼萨里克》三大部分，348 章，约 345700 字。第一部分是对古代伽萨颂诗的解释，歌颂天国的美好；第二部分是宗教法规和礼仪，是关于尘世的知识；第三部分则研究尘世与天国之间的关系。三大部分互相联系，内容包括神话、宗教理论、仪式、诗歌、地理、医学、星相学等，是一部史诗与百科全书。全书的中心观念是：第一，认为善与恶是对立的，这是一种二元论的世界观。第二，主张扬善抑恶，认为善必将战胜恶。第三，提倡"三善"（善思、善言和善行）。第四，在社会发展观上，主张以农业与畜牧业来取代游牧生活。第五，提倡信仰宗教，教徒务祈祷，灵魂可以升入光明天国。第六，崇拜火神，歌颂光明，认为光明必将驱除黑暗。

作为一部民族史诗，《阿维斯塔》记录了丰富的历史资料，如其中涉及雅利安人与匈奴之间的战争，可以说是最早的关于匈奴的记录之一，可与中国关于匈奴的记载相印证。诗中描写伊朗人与古代突朗国之间的战争，这个所谓的突朗国似乎就是匈奴人，伊朗军队首领扎里尔不幸在战斗中阵亡，王子巴斯塔瓦为父报仇，诗中写道：

> 呵，我声名显赫的父亲，
> 你怎么会倒在血泊里？
> 呵，神鹰般矫健的英雄，
> 是谁掠走了你的坐骑？

---

① 参见［伊朗］贾利尔·杜斯特哈赫选编：《阿维斯塔——琐罗亚斯德教圣书》，元文琪译，411 页，北京，商务印书馆，2005。

你曾发誓歼灭匈奴顽军，

如今何以落到这步田地？

呵，你的须发被风吹乱，

你纯洁的身躯惨遭踩躏！

诗中所提到的匈奴军队可能属于较迟的时代，是以后补充进去的。

　　从诗中可以看出，古代波斯人与印度文明之间有密切关系，关于琐罗亚斯德的描绘也与印度吠陀史诗十分相似，这也可以看成雅利人神话宗教的一种传播与延续。但是更重要的是，诗中已经充分显露出波斯民族的性格，其宗教、神话与制度是与印度不同的，这种文明以后的历史命运也与印度相异，这种文明特性赋予波斯人独特的使命，使它在历史舞台上成功扮演了自己的角色。

　　波斯帝国兴起后，历经居鲁士二世、冈比西斯二世和大流士一世三位君主的对外战争，波斯大帝国疆土辽阔，地跨欧亚非三大洲。公元前 539 年居鲁士攻入巴比伦，解放了被囚的犹太人，帮助重建耶路撒冷，使波斯帝国声名远扬。

　　除了史诗《阿维斯塔》之外，古代波斯神话也有一定影响，波斯神话的创世记很有特色。巴列维语典籍《班达喜兴》（《班达赫什》，原译为《创世记》）中，宇宙是一个巨大的鸟蛋形物体，大地是蛋黄，天空是蛋壳。万物孕育其中，已经有 3000 多年的历史。① 琐罗亚斯德教创造了自己的神系，有三大主神和众多的辅佐神。神与魔之间是二元对立关系，善与恶之间不可妥协。人类的起源是兄妹婚，《班达喜兴》中记载，人类始祖盖约玛尔特被恶神所杀害，临死时，他的精子遗落到大地之上，长出了两株植物，从中生出最早的兄妹二人。这两人在恶神的诱惑下，偷食禁果，结合后繁衍了人类。此外，波斯神话中也有大洪水的传说。总体来说，波斯神话具有多民族特性，很多方面与印度、美索不达米亚传说甚至《圣经》相近。

　　此外还有一些与琐罗亚斯德宗教文献有关的古代作品，主要在萨珊王朝时修订成书，包括：《本达喜兴》，原书据说有 30000 个词汇，但是保留下来的只有 13000 个左右；《丁卡尔特》，这一部琐罗亚斯德教的礼仪文献，原书有 9 卷，但保留下来只有 7 卷。以后有一部比较重要的叙事诗《缅怀扎里尔》，还有一些可能与印度古代文学有关的著作，如《一千个故事》，后来成为阿拉伯《一千零一夜》的来源。总体来说，波斯文学到中古以后，即 651 年阿拉伯人征服伊朗之后，才进入了新的历史阶段，产生了鲁达基、菲尔多西及哈菲兹等伟大诗人，他们以抒情诗为主要文体，造就了波斯文学的黄金时代。

　　居鲁士二世于公元前 525 年征服了埃及，形成一个横跨亚非两大洲的波斯大帝国。冈比西斯之后，阿黑门尼德氏族的大流士取得政权，经过两年时间的十八次征战，平定暴乱，巩固了政权。大流士将征战过程用波斯文、埃兰文和巴比伦文三种文字刻在贝希斯敦大崖石上，即"贝希斯敦铭文"，成为美索不达米亚和波斯历史的重要文献。

　　下图就是大流士王颂歌中的部分，我们将它分成三部分进行分析，第一是方框中

---

① 参见［日］冈田美惠子：《波斯神话》，21～22 页，东京，筑摩书房，1982。

的碑文原文，下边是对楔形文字的注音，注音下边是汉译文。注音与楔形文字是完全相对的，因为一字一音；而汉译文字则不相对称，因为文字体系不同。[①] 这则文字虽然简略，但可以从中看出古代波斯的一种重要文体颂词的基本风格。

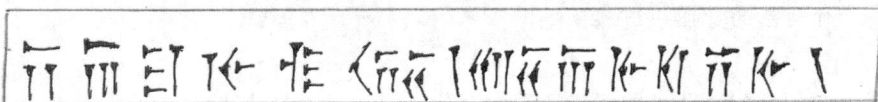

da a ra ya va u sha kha sha a ya ha i ya

大流士　　　　　　　　　　　国王

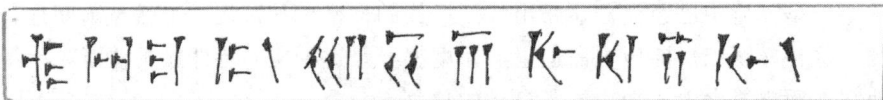

va za ra ka kha sha a ya tha i ya

最伟大的　　　　　　国王

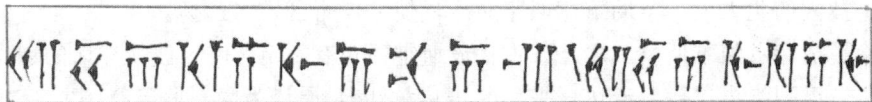

kha sha a ya tha I ya a na a ma kha sha a ya tha i ya

所有国王之　　　　　　　　王

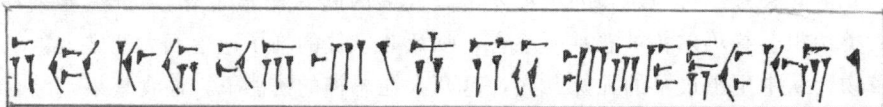

da ha ya u na a ma vi i sha ta a sa pa ha ya a

所有省的，　　　　　希斯塔斯培斯的

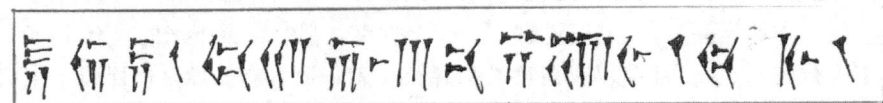

pa u thra ha ha a ma na i sha i ya ha ya

儿子，　　　　　阿开门尼德　　　　他

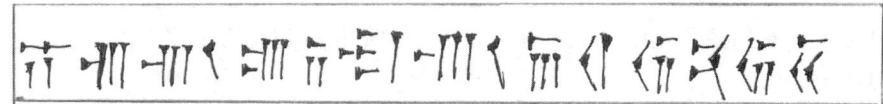

ih ma ma ta cha re ma a ku u na u sha

这　　个　　　宫殿的　　　　　　建造

据说公元前 4 世纪，希腊的亚历山大东征时，曾经小心地进入居鲁士二世 200 年

---

① 引自方汉文：《陶泥文明》，132～134 页，济南，山东美术出版社，2008。

前的陵墓，墓中陈设出奇的简单："一把镀金长椅和镀金的桌子，上面放着杯子，还有一具镀金的棺材。"这就是世界征服者居鲁士二世的长眠之所。亚历山大在失望之余也颇生感慨，于是让人将陵墓上的铭文从波斯文译成了希腊文，并且铭刻在波斯文之旁，以纪念这位伟人。希腊历史学家普鲁塔克记载的这段铭文是：

> 啊，世人啊，无论你是谁，无论你来自何方（因为我知道你会来），我是居鲁士，创建了波斯人的帝国。因此不嫉恨覆盖着我身体的这点儿泥土吧。

这段铭刻的石碑早已经无法寻觅，普鲁塔克的铭文与阿里斯托布的铭文也有出入，但是这段铭文流传极广，其真实性无可怀疑，这可能是一切世界征服者的感慨，虽然征服世界，身后却难保葬身之地的一块泥土。

波斯大帝国土崩瓦解，伊朗高原成为另一个代之而起的大帝国亚历山大帝国的领土，亚历山大去世后，公元前312年到前129年，波斯被塞琉古王朝所统治，这个王朝是亚历山大帝国的一部分，属于希腊文明，波斯从东方古国变为希腊化时代的一个行省。公元前250年，一支中亚地区的游牧部落阿帕勒人来到波斯，他们先是攻占了塞琉古的帕提亚，在阿萨克城建立王朝。这个王朝在东西方有不同的称呼，中国人称之为"安息"（Arsak），司马迁等历史学家记录了这个王朝与汉朝之间的交往；西方称这个国家为"帕提亚"，是一个骁勇善战的古代国家。从公元前247年到226年的阿萨息斯王朝，希腊传统仍然是主要的，其间与中国有直接交通，开启了东西方文明交流的新篇章。

3世纪，波斯人的萨珊王朝兴起，226年灭亡了安息，从此，波斯重归于自己的文化传统，直到7世纪，波斯成为阿拉伯世界的一员。

第二章　古代印度吠陀经典与史诗

在古代，"印度"一词是对南亚次大陆的统称，它包括现在的印度、巴基斯坦、孟加拉等南亚七国的领土，还包括缅甸的一部分。古代波斯人称这块大陆为"Hindu"，西方人称"India"，我国古代文献称"身毒"、"贤豆"、"天竺"等。印度是四大文明古国之一，丰富多彩的印度文学一直是世界文学的重要组成部分。

印度河流域是印度文明的发源地。大多数学者认为，印度河文明是由达罗毗荼人所创造，其年代为公元前 2500 年至前 1750 年。约在公元前 15 世纪，外来的雅利安民族开始到来，其中一支向西进入了伊朗（波斯）境内，另一支向东进入印度。雅利安人的到来，开启了印度文化发展史上的新时代——吠陀时代，这一时代的经典被称作"吠陀经典"。实际上，吠陀文化是雅利安人与以达罗毗荼人为主要代表的本土民族共同创造的，是各自的文化互相交汇、融合的结果，这种交汇、融合经历了一个漫长的历史过程。当代学者有不同看法，有的认为吠陀经典和史诗属于"文学"，也有人持相反的意见，本书中我们将吠陀经典与史诗作为印度古代文学的一种特有文体。

大约在公元前 1000 多年，奴隶制阶级社会逐步在印度河和恒河流域确立起来。在由原始社会向奴隶制社会转型的过程中，印度出现了一种特殊的等级制度——种姓制度。为了进一步维护奴隶主阶层的利益，并与这种种姓制度相配合，公元前 7 世纪，古代印度出现了婆罗门教。这一宗教是在古雅利安人的早期宗教形式吠陀教的基础上产生、发展起来的，主要代表了僧侣阶层婆罗门的利益。除了吠陀教和婆罗门教外，古代印度还涌现出了另外两种重要的宗教形式即佛教和耆那教，它们的产生年代明显要晚于吠陀教和婆罗门教，大约诞生于公元前 6 世纪左右，代表的主要是世俗奴隶主阶层刹帝利的利益。古代印度的这种复杂的社会发展过程和众多宗教的出现既构成了这一时期印度文学的重要的社会发展背景，同时也为这一时期的印度文学提供了丰富的创作内容。

第一节　古印度文学的历史分期

古代印度文学是当时世界上最繁荣的文学之一。古代印度文学用梵语作为记录手段，所以统称为梵语文学。一般说来，古代印度文学史大致可以分为两个重要的时期：吠陀时期（约公元前 15 世纪到前 5 世纪）和史诗时期（约公元前 4 世纪到 3 世纪至 4 世纪）。《吠陀本集》与印度两大史诗分别是这两个时期文学最高成就的代表。

一、吠陀时期的文学

早在公元前 30 世纪，古代印度的西北部和西部等地就出现了高度的人类文明，那里的人民已经知道使用铜器，有了农业和手工业，并创造了最初的宗教和艺术，主要宗教是吠陀教。

从公元前 1500 年到前 500 年，雅利安人在征服和融汇本土民族的过程中建立种姓制度，形成了婆罗门教。大约公元前 7 世纪，婆罗门教盛行，吠陀经典也逐渐集结起来。

吠陀文学是古代婆罗门教的经典，上古的印度人民在对自然进行艰苦斗争的生产实践中，凭借幻想对自然现象大胆加工，并把自然现象和社会生活联系起来，创造了一些美丽的神话。他们对在长期的氏族混战中领导和组织本族胜利的英雄人物，以及那些在生产中有发明创造的劳动者，也进行了想象加工，又创造出一些神话传说。这几种神话传说，都在吠陀文学中用诗歌的形式记录下来。他们还用诗歌唱出自己的生活、爱情和劳动的情景。

"吠陀"一词为梵文"Veda"的音译，其本义是"知"（知识和学问），即知识的总汇。吠陀文学有狭义与广义之分，狭义的吠陀文学指的是《吠陀本集》，广义的吠陀文学除了本集外，还包括与之相关的众多阐释发挥之作。《吠陀本集》共有四部，即《梨俱吠陀》《娑摩吠陀》《夜柔吠陀》和《阿达婆吠陀》。这四部"吠陀"是印度古往今来的多种宗教的圣典，它们在印度人民心目中的地位不啻《圣经》对西方基督徒的意义。四部吠陀中，《梨俱吠陀》的产生年代最为久远，同时地位也最高，它是整个《吠陀本集》的基础。"梨俱"是这部吠陀本集所用诗体的名称。

广义的吠陀文学中，《吠陀本集》的附属性解释文献主要是指《梵书》《森林书》《奥义书》等。它们基本上都是由婆罗门的祭司积累起来的，是古代印度人对吠陀本集的补充说明。里面的内容非常庞杂，其中有关于祭仪的描写，有神秘的哲学议论，有反映古代人民生活与想象的故事、传说，乃至生动的对话，但往往都具有浓厚的宗教说理性，文学性上要远远地低于《吠陀本集》。就文体而言，这些文献多数是用散文写成的，因此在一定意义上它们也可被视为印度最古老的散文作品。

《吠陀本集》所使用的语言现在一般被叫作"吠陀语"，这一语言是目前世界上有文献可查的最古老的语言形式之一，语形变化非常复杂，在使用范围上往往具有很大的局限性。后来适应文化发展的需要，吠陀语日趋规范化，在这一基础上诞生了一种新的语言即梵语（诸梵书所使用的语言就已经是由吠陀语演变而来的古梵语）。梵语后来成了古代印度的"雅语"，在古代印度是全国通用的文学语言，从 1 世纪至 12 世纪，是古典梵语文学的兴盛时期，而其中的 1 世纪至 6 世纪，则可以看作印度古代经典文学时代。

二、史诗时期的文学

史诗时期(公元前 500—500 年)因印度两大史诗《罗摩衍那》和《摩诃婆罗多》的诞生而得名。这两大史诗是印度史诗的代表作。

史诗时期除了两大史诗外,还有另一种比较突出的文学形式——佛教文学。佛经是佛教徒的宗教经典,统称为"三藏":律藏、经藏和论藏。与吠陀文献一样,佛经中也包含大量的古老的神话和寓言故事,因此在一定意义上也可视为印度古代文学的一个重要组成部分。

佛教文学中的《本生经》是印度佛教寓言故事的集大成者,同时也是世界上最古老、最庞大的寓言故事集之一。按照佛教的说法,释迦牟尼在成佛之前,曾经经过无数次的轮回转生,在这些转生中,他曾经做过国王、太子、大臣、天神、商人、大象、猴子等。释迦牟尼每一次转生都有一个与之相应的转生故事,而《本生经》就是这些故事的汇集。

《本生经》规模宏大,故事丰富,在思想内容上也常常是精芜并存。一方面,它主要服务于宗教宣传的目的,因此消极保守的倾向难免在许多故事中有着十分明显的流露;另一方面,其中的一些故事虽然经过了佛教徒的精心加工和修改,但仍然保留着民间故事的某些特有的民主性成分,如对欺诈虚伪、自私残暴的讽喻,对团结友好、知恩图报的肯定和歌颂等,这类故事的存在使《本生经》即使顶着宗教的名义,也仍然闪烁着人文思想熠熠的光辉。另外在艺术上,《本生经》进一步发展了《梵书》《奥义书》中已经开始出现的诗文并用的形式,而且在运用比喻说理的技巧方面也已经非常娴熟。

1 世纪的《五卷书》是经过文人修改编纂的民间故事集,内容为歌颂友谊、善良,反对贪婪与欺骗等,形式具有短篇寓言特色,为印度以后的小说兴起埋下伏线。公元前后的伐致呵利写了抒情诗《三百咏》,专业文人开始创作,马鸣的佛教戏剧《佛所行传》《美难陀传》等,与其后跋娑的《惊梦记》、首陀罗迦的《小泥车》直到迦犁陀娑的作品,形成印度古代戏剧的辉煌。

三、古代印度文学的总体特色

神话、宗教与文学的水乳交融突出地反映在古代印度文学的发展过程中。

印度是世界上有名的神话王国,古代印度吠陀文学和史诗中都保存着大量的神话故事,在一定意义上它们也都可以被看作古代印度神话的重要的汇集文献。不仅如此,除了吠陀和两大史诗外,成书较晚的《往世书》中也保存着大量的上古神话。就目前从各种文献所保存下来的古代印度神话来看,其内容的丰富多彩、数量的庞大丝毫不逊色于古希腊神话。

有人曾经指出,就数量而言,印度神话堪称世界之最。上古印度神话不仅数量众多,而且神祇之多也往往非其他民族所可比。古代印度人的"泛灵论"思维特别发达，在他们的意识中，山川河流、花草树木、牛鼠蛇鸟等皆可为神，不但如此，即使是无形的"时间"和"无限"等抽象性概念在印度人的想象中也都有与之相对应的神祇形象，如古代印度人用"伽利"来指称"时间神"，用"阿底提"来指称"无限神"。

古代印度的神话大致可以分为两大类，即自然神话和社会神话。

所谓自然神话，主要是指古代人类为了解释说明自然物或自然现象而创造出来的神话，它集中反映了古代人类对自然现象的理解。吠陀文学中有关自然神的神话特别多，里面充斥着大量的关于天神伐楼那、雷雨神因陀罗、火神阿耆尼、太阳神苏利耶、酒神苏摩等神灵的故事。其中雷雨神因陀罗在吠陀文学中受到了最高的礼遇，他被称为"众神之王"，吠陀文学中描述他的诗句也最多。对以因陀罗为首的众多自然神的崇拜形象地反映了早期雅利安人在未掌握自然的奥秘之前对自然所怀有的那份特定的敬畏之情。

与自然神话相比，社会神话则较多地反映了古代人类对带有明显的社会性因素的现象和事件的思考与理解。如印度古代神话中著名的《搅乳海》的故事就是这类神话故事的典型代表。在这则神话中，为了能求得长生不老，众天神曾与恶神阿修罗们暂时达成协议，他们相约共同搅动乳海，并约定在将来共同分享具有长生不老魔力的甘露，但是当那种甘露从乳海中冉冉升起的时候，天神们却先背弃了他们的诺言，一场混战之后，阿修罗们死伤无数，甘露最终仍为天神所得。

印度民族是一个具有十分浓重的宗教情结的民族，自古以来宗教气氛在印度就非常浓重。据考古发现，早在公元前3000多年，古代印度河流域就已经形成了比较成熟的宗教意识，此后吠陀教、婆罗门教、佛教、耆那教等宗教在古代印度相继出现。一般说来，宗教都具有一定的排他性，但相对于犹太教、基督教等一神教来说，以多神或主神崇拜为特色的这几种古代印度宗教的排他性往往显得比较温和与宽容，因此多种宗教共同存在的景象在古代印度一直长期存在。也正因如此，明显地代表了婆罗门利益的印度两大史诗的形成和发展期也正是佛教流行的时期。

在古代印度，吠陀又被称为"吠陀经"，很早的时候就被确立为吠陀教的圣典，《吠陀本集》中也充满了大量的颂神诗和咒语诗。其中《娑摩吠陀》《夜柔吠陀》与宗教祭祀具有更为直接的联系，一个是祭祀时用的歌集，一个是解释祭祀如何进行的经文。另外，分别被婆罗门教和佛教视为重要的宗教经典的两大史诗和《本生经》等也是典型的宗教与文学高度结合的产物。具有比较齐全的文类是古印度文学的另一大特色，包括神话、史诗、抒情诗、戏剧等丰富多样的文类，使印度文学成为世界古代文学中文类最多样化的民族之一。同时，古印度文学的类型特征又相当明显，以宗教颂神诗为源流，以神话、史诗和戏剧的叙事文类为主流，是印度古代经典文学的类型特色，是东方文学中很有特点的文学。

第二节 印度文学的源头：《吠陀本集》

《吠陀本集》是印度现存最古老的文化文献，同时也是印度文学的源头，它与埃及的《亡灵书》、中国的《诗经》并称为世界上最古老的三大诗歌总集。

《吠陀本集》的成书年代，大致是在公元前 1500 年到前 500 年之间。其中《梨俱吠陀》的产生年代最早，约在公元前 1500 年左右；《阿达婆吠陀》的产生年代最晚，约在公元前 500 年左右；《婆摩吠陀》和《夜柔吠陀》居其间，约编订于公元前 1000 年左右。

一般认为，《吠陀本集》是古代印度先民的集体创作，但是毫无疑问，在四部吠陀的编订、成书过程中，宗教祭司们起了重大的主导作用。它里面的诗歌一般都可为宗教祭司们在祭祀时所用，其中许多诗歌都具有较高的文学价值。四部吠陀中文学价值最为突出的是《梨俱吠陀》，其次是《阿达婆吠陀》。《婆摩吠陀》和《夜柔吠陀》都是《梨俱吠陀》的附属性文献，里面的诗歌也大都选自《梨俱吠陀》，一部分是祭祀时配曲演唱的歌词的选集，一部分是说明祭祀如何进行的经文，相对而言，它们在文学史上的意义都不是很大。因此在这里，本书对《吠陀本集》的介绍也仅着重突出《梨俱吠陀》和《阿达婆吠陀》这两部诗集。

一、颂神诗集：《梨俱吠陀》

《梨俱吠陀》是吠陀文学中最为重要的作品，它是整个吠陀文献的根基与核心，也是最有文学价值的部分，在印度文学史上有着崇高的地位。虽然比其他作品的完成时期早，它却是整个吠陀文学的最高峰。"梨俱"在梵文中是颂诗的"诗节"的意思，特指与咏唱相对立的咏诵。《梨俱吠陀》的现行文本共收有诗歌 1028 首，4 万余行，分 10 卷，约有 10589 个梨俱（诗节），篇幅相当于希腊《荷马史诗》的总和。《梨俱吠陀》的内容极其丰富，反映了当时的宗教、社会和文化生活，成为印度传统文化最古老的源泉，被誉为"印度的精神金字塔"。

印度传统上认为《梨俱吠陀》出自"仙人"之手，大约每一卷都传自于上古的一个仙人家族。如第 2 卷到第 7 卷就被分别认为是 6 个著名的仙人家族的创作，另外，传统上《梨俱吠陀》的每一首诗上也都署有一个仙人的名字。但实际上，这并不能代表该诗就是此仙人所作，而那些所谓的仙人其实也主要是喻指婆罗门祭司中的圣贤们，他们是上古诗歌的主要收集、编纂和加工者，其中也有一小部分诗歌可能就是那些祭司们所作。

《梨俱吠陀》把整个宇宙分成天、空、地三界，把三界中的许多自然现象、自然物人格化，作为赞颂的对象。每一界有 11 位神，三界共 33 位神，其中重要的有：（1）天界神的帝奥斯（光天）、婆楼那（水天）、密多罗（友天）、苏利耶（日天）、婆维特利（生天）、普善（护生神）、阿须云（双马仙童）、乌莎（黎明女神）、罗底莉（司夜女神）；（2）空界神的因陀罗（雷电神）、阿邦那波陀（海神群）、鲁陀罗（暴恶神）、伐由（风神）、摩鲁特（风暴神群）、波罗阇尼耶（云雨神）、阿波斯（水神群）；（3）地界神的毕利提韦（地母神）、阿普尼（火神）、苏摩（树神、月亮神）。从《梨俱吠陀》中，我们可以清楚地看到最初的宗教是怎样形成的，人们怎样从相信万物有灵进化到崇拜多神，进而，又怎样从多神崇拜发展为主神崇拜，从而表现出向一神论演化的倾向。

　　《梨俱吠陀》产生于遥远的上古时期，距今年代久远，其所使用的语言也是印度最为古老的吠陀语，因此其给后人的印象常常是艰涩难读。但经过一代代学者的共同努力，今天人们对该诗集的内容大致有了一个比较清晰的认识，一般说来，该诗集中的诗歌按照内容大体上可分为四类。

　　神话传说　《梨俱吠陀》中，古代印度的原初神话的数量非常庞大，但是由于诗体的限制及上古时代人类文明的不成熟，这些神话故事大都没有系统地展开，而只是大量地提到了当时人们所共知的一些神话人物和事迹片段。因此在一定意义上，该诗集中的神话故事难免显得粗疏、古拙，所塑造的神也比较抽象、简单，但即使如此，该诗集中的神话仍广泛地涉及了神话所能涉及的一切方面，如创世神话、生殖神话、英雄神话和自然神话等。其中对后世影响较大的是创世神话。

　　《梨俱吠陀》第 10 卷的第 90 首诗歌曾这样来解释世界的诞生：布卢沙是天神创造的第一个人，即"原人"，他拥有千手、千眼、千足，一出生就立刻向东西方扩展，充塞于宇宙之间，弥漫大地。后来布卢沙被天神切割献祭，他的身体的各个部分也就幻化成了宇宙万象。印度著名的四大种姓也同样产生于这一创造过程。诗中，布卢沙不同的器官幻化成了四种不同的人，这一神话故事后来被婆罗门祭司们所借用，他们依此宣扬人的差别与隔离，并说这是神的旨意，印度的种姓制度也是以此为根据而建立起来的。

　　《梨俱吠陀》中的神话传说除了解释了宇宙、人类的起源外，还包括大量描述、歌颂神的事迹的颂神诗，这类诗歌是整部诗集的主体。三界中的许多自然物和自然现象都被人格化、神话化了，成了人们所敬畏和称赞的对象。其中天上诸神有太阳神、黎明女神、天空神（提奥）、无限女神（阿底提）等；空中诸神主要有众神之王因陀罗、风神伐由和伐多、水神阿波那、风暴雨神摩录多等；地上诸神主要有火神阿耆尼、酒神苏摩等。另外还有死神阎摩，他是第一个死去的，后来就成了阴间之王。

　　在众多的颂神诗中，众神之王因陀罗受到的赞美最多，诗集中歌颂他的诗歌约有250 首以上，占全部诗歌总数的 1/4。因陀罗在吠陀神话中既是雷雨神又是战神，同时还是火的创造者。他虬须满面，变化多端，手执金刚杵，嗜饮苏摩酒，英勇威猛，善于作战。因陀罗有两个著名的称号：一个是"杀死弗栗多者"，一个是"破坏城堡者"。这两个称号都是与他的丰功伟绩紧密相连的。前者指他杀死围困住大水的巨龙弗栗多（旱魔或阻碍者），劈山引水，解放了七河，使滔滔洪水流向大海；后者是指他劈开了 99 座城堡，杀死或赶走了众多黑皮肤、无鼻子（一般认为是塌鼻子的夸张说法，喻指达罗毗荼人）的达沙人，并把从达沙人手中抢来的众多的牲畜交给了雅利安人。

　　上古雅利安人把因陀罗视为本民族的主神和保护神，在《梨俱吠陀》中，人们为了表达对他的崇敬和赞颂之意，曾留下了许许多多的气势磅礴的优美诗篇，其中一节这样写道：

　　　　他使摇荡的地球恒定，
　　　　他给原始的山岳形体，

> 他举起拱环的苍穹，
>
> 他划分浩瀚的天空，
>
> 他是——听着我的歌——
>
> 因陀罗，宇宙的统治者！

除了因陀罗外，火神阿耆尼和酒神苏摩在《梨俱吠陀》中受到赞颂也非常多，前者的赞歌有 200 首，后者的赞歌有 120 首，这表明了这两位神祇所代表的事物在古代印度人民的生活中也都具有极为重要的意义。如果说因陀罗是天空的主神，阿耆尼就是地球上最主要的神，是吠陀神中常受祈求的一位。阿耆尼是火的化身，也是吠陀教仪式的中心，他身体的各个部分都象征着火，他有火焰般的头发，牙齿和舌头也象征着燃烧的动作。他从干柴中降生，出生后就立刻吞下了他的父母。他有三重性格，在下界为祭火，在空中为电火，在天上为日光。他还与祭祀有着密切的关系，所以他在印度神话中也是一个伟大的祭司。

苏摩并不是吠陀教的创造物，对他的崇拜远在雅利安人进入印度以前。在《梨俱吠陀》中，苏摩被称为植物之王，它的化身是最重要的三位天神之一。它生长在山上，也有种说法认为天堂是它的本土，后来是被鹰带到世上来的。这种植物的茎被石头捣碎后，汁液经过过滤流到木桶内，然后倒在神圣的草地上献给众神。苏摩汁是一种仙酒，饮了可以使人长生不老，也是一种兴奋剂，因此也被视为热情的鼓舞者，歌颂的产生者、诗人的领导者。苏摩一定程度上反映了古代的酒神崇拜。后来，苏摩酒与月亮神联合起来，于是在后期的吠陀文学中，他就成为月神了。

大自然的颂歌 《梨俱吠陀》产生的时代，人类还处在幼年期，这时的人类与自然还未完全分离，他们与自然息息相关，既有血缘之亲，同时也对赋予他们生命与生存权利的自然充满了热爱和敬畏之情。对大自然的这种浓厚的爱，在古代印度先民那里往往演化成了他们对大自然的衷心的讴歌。

《梨俱吠陀》中关于黎明女神（朝霞）的颂歌约有 20 首，诗中用优美的辞藻和生动的比喻，将朝霞拟人化，其中第 4 卷第 52 首是这样的：

> 这个光华四射的快活的女人，从她的姊妹那儿来到我们面前了。天的女儿啊！
>
> 像闪耀着红光的牝马似的朝霞，是奶牛的母亲，是双马童的友人，遵循着自然的节令。
>
> 你又是双马童的朋友，又是奶牛的母亲，朝霞啊！你又是财富的主人。
>
> 你驱逐了仇敌。欢乐的女人啊！我们醒来了，用颂歌迎接你。
>
> 欢乐的光芒，像刚放出栏的一群奶牛，现在到了我们面前。曙光弥漫着广阔的空间。

诗中，黎明（朝霞）具有人的形体和性格，她以光为衣，一次又一次地出生，永远年轻而又非常古老。诗歌极富神话色彩，生动地体现了古代印度人细腻的观察力和丰富的想象力。

　　与黎明相比，黑夜往往会给人一种阴郁、忧伤的感觉。《梨俱吠陀》中献给黑夜的诗歌只有一首，但是即使如此，《梨俱吠陀》中的"黑夜颂"既不忧伤，也不阴郁，更无一种"黑夜漫漫何时旦"的焦灼感。相反，在这首诗中，"黑夜"星光灿烂，光华无限，她是黎明的姊妹，是朝霞的先行：

> 夜女神来了。他用许多眼睛观察各处，她披戴上一切荣光。
> 不死的女神布满了广阔区域，低处和高处，她用光辉将黑暗驱除。
> 夜女神来了，引出姊妹黎明；黑暗也将离去。

第 7 卷第 103 首诗《群蛙雨歌》是《梨俱吠陀》自然颂歌中的一首脍炙人口的佳作。这首诗描绘了大旱之后，青蛙们喜迎雨季的欢快景象。全诗的风格活泼、欢快，处处洋溢着一种喜庆之气。同时它也借助对久旱逢甘霖的青蛙们的欢快情态的描写，表达了印度先民们对雨季的期盼、喜爱和对美好生活的向往。

> 雨季到来了，雨落了下来，
> 落在这些渴望雨的青蛙身上。
> 像儿子走到了父亲的身边，
> 一个鸣蛙走到另一个鸣蛙身旁。
> 一对蛙一个揪住另一个，
> 它们在大雨滂沱中欢乐无边。
> 青蛙淋着雨，跳跳蹦蹦，
> 花蛙和黄蛙的叫声响成一片。
> 一个模仿着另一个的声音，
> 好像学生学习老师的经文。
> 他们的诵经声连成了一片，
> 像雄辩家在水上滔滔辩论。

神圣河流的膜拜是印度文化的重要内容，有代表性的诗歌是《娑罗室伐蒂河颂歌》。在印度先民的心目中，娑罗室伐蒂河是一条神河，它能带来财富、子孙和长寿，因此尊它为女神，并认为它是河流七姊妹中最伟大的一位。但是对于这条河流在泛滥时所带来的灾难性后果，印度先民们也常常是心有余悸，因此在献给这条河流的颂歌中，他们既坦诚地表达了自己的敬意，也毫无保留地提出了自己的希望和要求：

> 但愿你不要泛滥成灾，
> 但愿你引导我们富强，
> 但愿你和我们友好，
> 别让我们远走他乡。

反映社会现实的诗篇 《梨俱吠陀》中反映社会现实的诗篇非常多,对古代印度社会生活的反映也非常翔实。古代印度人民生活的方方面面,如男女情爱、婚礼丧葬、贫富之别、战争伤亡、酿酒、赌博等都在该诗集中有着生动的展示。

从有关诗作中,我们不难看出当时印度河流域的文明已经相当发达,社会分工比较精细,出现了各种各样的职业。与此同时,社会分工的细化也使不同职业的人往往有着与自己的职业密切相关的特定的企愿和追求。《梨俱吠陀》中一首意在描述苏摩酒的生产场景的诗歌对此曾有过非常诙谐的描绘:

> 人的愿望各色各样:木匠等待车子坏,医生盼人跌断腿,婆罗门希望施主来。苏摩酒啊!快为因陀罗流出来。
>
> 铁匠有木柴在火边,有鸟羽扇火焰,有石砧和熊熊的炉火,专等着有金子的顾主走向前。苏摩酒啊!快为因陀罗流出来。

爱情的痛苦与甜蜜,以及背后所蕴含的社会内涵很早就得到了古代诗人们的注意,并成了他们最爱咏叹的对象之一。《阎摩与阎蜜的情歌对唱》描绘了一对青年男女的爱情纠葛,形象地反映了当时正在逐步走出族内婚姻制度的青年男女们在婚恋观念上的差异。诗中阎摩与阎蜜是一对亲生兄妹,妹妹阎蜜热情奔放,大胆泼辣,她痴情地爱上了自己的哥哥,并毫不掩饰地向他表达了自己的浓情蜜意。但哥哥阎摩信奉的是代表新生事物的族外婚姻制,他害怕自己与妹妹的恋爱会招致天神的干涉和惩罚,因此,面对妹妹的大胆求爱,他百般推托,极力回避,并劝自己的妹妹说:

> 诸神的天使在我们周围巡行,他们并未休息,也未闭上眼睛。你这多情者别来找我,快去寻找别人。像车轮一样,迅速与他相亲。
>
> 耶弥(阎蜜),你去拥抱旁人,让旁人也拥抱你,像环绕树的藤。去争取他的心,也让他取得你的痴情,他和你可以做成幸福的联姻。

诗歌反映了人类古代社会中,从血缘姻亲走向族外婚,从血缘家庭进化到系族社会与对偶制家庭的历史进程。

在古代印度,除了种田、放牧、酿酒、纺织等生产劳动外,人们也有自己的休闲娱乐活动,其中掷骰子这一人类最为古老的赌博活动在当时的社会生活中也已经出现。《梨俱吠陀》中《赌徒之歌》就是一首极具代表性的诗歌。这首诗歌借助于对一位沉迷于赌博中不能自拔的赌徒的矛盾心态的描写,既形象地揭示了赌博的诱惑力之大,同时也为众多的赌徒敲响了警钟,具有极大的醒世作用:

> 骰子真是带钩又带刺,
> 骗人,烧人,使人如火焚;
> 像孩子给东西,让人到手又夺回;

骰子像拌上了蜜糖，迷惑嗜赌人。

关于祭祀、巫术的描写 吠陀诗歌的搜集、编订在很大程度上是由祭司们来操作的，而且长期以来，吠陀诗歌也一直服务于宗教祭祀的目的，因此吠陀诗集中自然也会收录一些与祭祀、巫术等有关的作品。

印度雅利安人认为只有依靠神的保佑才能得到幸福的生活，而沟通人神的方法就是祭祀。所以他们向神奉上丰厚的祭品和谀美的颂诗，以祈求战斗的胜利、得妻、多子、降雨、丰收等。也通过祭祀而祈求息灾，希求赎罪或用祭祀来诅咒别人。祭祀被当作最主要的宗教活动，他们认为只有这样才能邀神取宠，否则会招致神谴。《梨俱吠陀》第 10 卷第 19 首诗用神的口吻说："我是供养者的支持者。凡不供养我者，皆于战场击毙之。"因此，在当时，祭祀是一种不得不进行的事。在祭祀中，神是高高在上的接受者，人是诚惶诚恐的供养者。

《梨俱吠陀》中还有 40 多首"布施诗"。所谓"布施"，就是贵族、奴隶主或富豪等对婆罗门祭司的赏赐。在古代，布施之物多为牛、马、奴隶等。很明显这些诗歌往往由祭司们创作，是他们献给奴隶主、贵族等人，并用以颂扬、肯定后者的布施行为的。

与祭祀、巫术相关，在《梨俱吠陀》中还有一些被认为是含有东方神秘主义因素的哲理诗或神秘诗，《金胎歌》《水胎歌》《无有歌》都是这类诗歌的代表。例如《无有歌》中有诗句如下：

泰初，黑暗掩于黑暗之中；所有这一些都是无法识别的洪水。为虚空所包围的有生命力者，独一之彼由于它那炽热的欲望之力而出生。

泰初，爱欲临于其上，它是识的第一种子。智者索于内心，经过深思熟虑，使有之连锁在无中被发现。

他们的绳尺横贯其中。那么，有在上者吗？又有在下者吗？那里有含种子者，那里有延伸的力量。下面是欲望，上面是满足。

由于年代久远，许多字词的确切含义今天的人们已无法知晓，然而或许也正是因为这类诗歌的神秘难懂及其背后所可能寓含的东方文化的独特性，今天这类诗歌越来越引起许多西方学者的关注，研究的人也越来越多。我们认为，这类诗歌中包含了古代人民对自然现象的认识，大自然的各种现象与因素如洪水、矿藏和其他一些当时难以理解的力量引起人们的反思与探索。既有神秘莫知的一面，又有勇于探求自然奥秘的欲望。

二、咒语诗集：《阿达婆吠陀》

《阿达婆吠陀》意为禳灾吠陀，在四部吠陀中，它成书最晚，约形成于公元前500年左右。该诗集共收有诗歌 731 首，分 20 卷。如果说颂神诗是《梨俱吠陀》的诗歌主体,《阿达婆吠陀》则是以咒语诗为主的,不占主流地位。《阿达婆吠陀》作为一部充满了巫术咒语的古诗集,其咒语的涉及面很广,从驱虫除害,祈求富饶、爱情、甘霖、赌运,乃至求子、求寿、求福、求德等,均可在《阿达婆吠陀》中找到相应的符咒诗。阿达婆是个仙女,据说这些诗篇就是她传授的。《阿达婆吠陀》所歌咏的不是天神,而是魔鬼的世界,它所表现的是原始时代的巫术思想,里面的材料有助于研究宗教思想的嬗变与进化,有一定的学术价值。

咒语诗在吠陀文学中的大量出现是与当时生产力水平的低下及原始初民所特有的原始性思维紧密相关的。在原始初民那里,"语言"也往往被神秘化了,人们认为只要念动与自己的心愿有关的某种咒词,就可以消灾免祸或心想事成。因此在《阿达婆吠陀》中我们常常可以看见一种非常有趣的现象,即无形的语言常常可以像有形的石头或武器一样被掷来掷去。如其中有一首咒语诗曾这样写道:

> 诅咒啊!绕一个弯过去吧,
> 像大火绕过湖;
> 打那咒我的人去吧,
> 像雷电打倒树。
> 我们没咒他,他倒来咒我;
> 我们咒了他,他又来咒我;
> 我把他投向死亡,
> 像把骨头投向狗窝。

咒语诗在古代印度虽主要是为治病或消灾等实用性的目的而被创作出来的,但是从其中某些诗歌的言辞、意象和想象力来看,我们不难发现古代印度人即使是在这类诗歌的创造上也表现出了非常高超的艺术表现力。

如治咳嗽的诗:

> 像磨尖了的箭,
> 迅速地飞向远方,
> 咳嗽啊!远远飞去吧,
> 在这广阔的地面上。
> 像太阳的光芒,
> 迅速飞向远方,
> 咳嗽啊!远远飞去吧,
> 跟着大海的波浪。

这首诗风格清新、活泼,富有浓郁的生活气息,尤其是诗中对咳嗽像"磨尖了的箭"、像"太阳的光芒"一样飞去的想象,把古代民族所特有的天真烂漫显露无遗。

再如求爱诗:

　　　　这一指要把你掀起，使你在床上睡不稳。爱情的箭真凶狠，我用来刺进你
的心。

　　　　相思当箭羽，爱情当箭头，不移的意志当箭杆，爱情的箭瞄得准，一直刺进
你的心。

这首求爱诗言辞泼辣，用语"霸道"，妙象驰骋，既充分地显示了为单恋之苦所折磨
的青年人的心理，也表现出了创作者高妙的才情，即使是今天也让世人深感叹服。

三、《吠陀本集》的地位与影响

　　《吠陀本集》是印度古代文学的源流和经典，也是印度文化的重要根基，几千年
来，印度的宗教、哲学、文学、艺术等无一不受其影响。在宗教领域，《吠陀本集》
自古至今一直被婆罗门教和印度教尊为最高的宗教圣典，对印度人民的思想生活具有
深重的影响。尤其是近代以来，随着印度人民反抗殖民统治斗争的深入展开，"吠陀"
甚至成了印度人民争取民族独立的一面文化旗帜，他们响亮地喊出了"回到吠陀去"
的口号，"吠陀"在印度人民心目中的重要地位由此也可见一斑。

　　在国际上，近代以来，吠陀在西方世界的声誉也日渐提高。尤其是随着近几年来
东方文化研究热潮的兴起，《吠陀本集》引起了越来越多的西方学者的兴趣。事实上，
自 19 世纪中叶开始，欧洲就已经开始了对吠陀文献的翻译和研究工作，仅以《梨俱
吠陀》为例，1848 年法译本面世，1850 年英译本、1876 年日译本、1972 年俄译本先
后问世，中间还有不少重译本。目前世界学者对吠陀研究关注的角度是多方位和多层
次的，人们不但从语言学、神话学、社会学、神学、人类学等角度来关注这部印度古
籍，而且还从天文学、数学等角度对其进行深入的研究，在许多领域也已取得了极为
可观的成绩。特别值得关注的是，作为一个文明古国，印度的历史文献却极为缺乏。
因此，吠陀经典实际成为印度古代社会历史文化最有价值的文献。

第三节　印度两大史诗

　　在吠陀时代的后期，古印度雅利安语发展到最后的阶段，因语法学家的努力而获
得了固定的形式，成为我们现在所熟悉的"雅语"（梵语）。此后长达 2000 年之久，
雅语一直是婆罗门教的传播工具，也是印度作家的主要语言。约在同一时期，从吠陀
文字中另外蜕变出一种语言来，与雅语平行发展，被称为"俗语"，是佛教和耆那教
的语言。最神圣的佛教经典，就是用俗语中最古老的巴利语写成的。在雅语文学的范
围内，史诗不仅是最古老也是创作最丰富的文类。史诗承接着吠陀时代的神话与宗教
伦理，有强大的传统影响，同时也启迪着当时印度民族的政治、宗教和道德思想。从
文学的眼光看，史诗也是东方民族想象力的结晶，具有诗歌与历史的双重价值。

　　《摩诃婆罗多》与《罗摩衍那》并称为印度的两大史诗，它们既是印度最为珍贵

的文化瑰宝之一，同时也是世界上最为古老的文学遗产之一。

印度两大史诗都是卷帙浩繁的皇皇巨著。《摩诃婆罗多》全书约有 10 万颂，《罗摩衍那》约有 24000 颂，这两大史诗的篇幅总和几乎相当于《荷马史诗》的十倍之多。在印度，这两部巨著的形成都经历了一个漫长而复杂的过程。它们最初都是在口头文学的基础上发展起来的，作为史诗它们大约成型于公元前 4 世纪到 4 世纪之间，但在此后一千多年的传播过程中，它们的具体内容仍在不断地丰富和扩充着。印度人一般认为这两大史诗都有一个确定的作者即广博仙人和蚁蛭仙人，但实际上这两大史诗的作者都是一个历史性的群体，不同时代的婆罗多、苏多（印度古代的宫廷歌手）、民间歌手等都曾对这两大史诗的最后形成做出过巨大的贡献。

漫长的创作过程，复杂的创作、改编群体，口耳相传或手抄式的随意性极强的传播方式，使两大史诗的形成过程明显具有开放性。这一特点既造成了目前印度两大史诗的版本混乱杂多的局面，同时也使得这两大史诗犹如两条饱经沧桑的大河，有着印度不同历史时代社会心理的和宗教意识的沉积，思想内涵极其丰富而又十分复杂。

一、叙事与历史：《摩诃婆罗多》

《摩诃婆罗多》（*Mahabharata*）的书名意思是"伟大的婆罗多家族的故事"，其中"摩诃"（Maha）是"伟大"的意思，而"婆罗多"（Bharata）则是指"印度古代帝王的姓氏"，在书中具体是指般度族和俱卢族。《摩诃婆罗多》一诗中的故事核心，是般度和俱卢二族的战争，他们同为婆罗多的后裔，属于月神世系。他们的祖先统治着印度北部的旁遮普东南地区，那是古代婆罗门的国土。

在印度，相传《摩诃婆罗多》是由广博仙人（Vyasa，音译为毗耶娑）所作，而且毗耶娑本人（所谓的"岛生黑仙人"）也曾在书中出现过，并在书中扮演着十分重要的角色。他既是福身王后贞信婚前与波罗沙罗大仙的私生子，也是作品中持国王、般度王和维杜罗亲王的亲生父亲，书中作战的双方俱卢百子和般度五子都是他的孙子。据书中介绍，毗耶娑当年就是因为目睹了儿孙们为争夺王位和国土而相互厮杀的全过程，才以此为题材，创作了这部不朽的史诗，并让弟子们传扬于世。但是关于毗耶娑这一人物，历史上究竟有无此人，现在已很难查考，而且就作品的实际内容来看，它绝非一人一时之作，而只能是众多诗人、歌手和婆罗门们长年累月地集体创作的结果。因此，毗耶娑在历史上如果真实存在，那么他也只能是这一史诗的一位代表性的奠基者或编订者。

《摩诃婆罗多》是世界上最长的史诗之一，它的长度是《荷马史诗》的 8 倍，在世界所有的史诗中仅次于我国的藏族英雄史诗《格萨尔王传》。另外单就史诗的内容来看，《摩诃婆罗多》具体内涵的庞大错杂，也称得上世所罕见。全诗共分为 18 篇：《初始篇》《大会篇》《森林篇》《毗罗吒篇》《备战篇》《毗湿摩篇》《德罗纳篇》《迦尔纳篇》《沙利耶篇》《夜袭篇》《妇女篇》《和平篇》《教诫篇》《马祭篇》《林居篇》《杵战篇》《远行篇》《升天篇》。此外，被称为第 19 篇的《诃利世系》，虽然附在书后，实际上是独立的著作，并非大史诗的组成部分。

这部史诗在内容上大体可分为三大部分：一是英雄史诗，即婆罗多后裔般度族和俱卢族之间的争斗史；二是众多的插话，内容包括神话、传说、寓言、童话和民间故事等，有200多个；三是非文学性著述，内容大量关涉及宗教、政治、法制、风俗和道德规则等方面的说教。三大部分中，英雄史诗在文字上仅占全书的1/5，有2万颂左右，但却是整部史诗的核心，其余的两大部分都是以它为主线而穿插、布局的。

在非文学性著述中，《薄伽梵歌》最为著名。《薄伽梵歌》意译《神之歌》或《世尊歌》，共18章，700多颂。尽管它是《摩诃婆罗多》的一部分，但在印度，不论是古代还是现代，都有一部分大师和学者认为，它比整部大史诗更重要。它不但是薄伽梵教义的主要经典，而且和《奥义书》《吠檀多经书》一起，成为印度古代各宗教教派的基础。《薄伽梵歌》在国外也有广泛而深刻的影响，各国学者经过研究，得出各自不同的结论：善行说、美德论、伦理学、伦理分析、天职论、行止律和社会维持论等，不一而足。

实际上，《薄伽梵歌》是综合性的宗教哲学诗，摄取印度古代三大哲学派别数论、瑜伽、吠檀多的思想与观念，宣扬通过业瑜伽（行为）、智瑜伽（知识）和信瑜伽（虔信）的修炼，达到个体灵魂"我"和宇宙灵魂"梵"的结合，进入脱离生死轮回的最高境界——涅槃。三种瑜伽是有机整体，相辅相成。由于面临大战，阿周那出现心理危机，所以黑天有针对性地对他重点讲述了业瑜伽。黑天认为：行为是人类本质；停止行为，世界便会毁灭；行为本身不构成束缚。所以，业瑜伽要求以超然的态度来履行个人的社会职责，不计成败得失，不能抱有个人的愿望。

因为这种超然态度容易走向消极，所以必须与智瑜伽和信瑜伽结合起来：认知梵（绝对精神）的存在，达到梵我同一，不但使行为无私无畏，而且能保持个人灵魂的纯洁；同时崇信黑天，将一切行为视为对黑天的献祭，这样就能摆脱恶果，获得解脱。

《薄伽梵歌》是建立在来世论基础上的，它神化黑天，宣扬对黑天的崇拜，开创了中世纪印度教虔诚运动的先河，同时也为虔诚文学的出现和发展定下了基调。

史诗情节简介 "岛生黑仙人"毗耶娑为了确保母亲——福身王后贞信一支的血脉能在王室继续延续，在母亲的安排下，借腹生子，为王室留下了两位法定继承人，即持国和般度。哥哥持国天生眼瞎，于是弟弟般度先于哥哥登上了王位，但不久，般度病逝，持国又成了一国之君。持国生子百人，人称俱卢族；般度有子五人，人称般度族。俱卢族和般度族的这些晚辈们自小就充满了矛盾和竞争，双方明争暗斗，互相较量，这主要是因为俱卢族嫉贤妒能。般度族的长子坚战长大成人后，理应继承王位，成为新王，但这引起了俱卢族长子难敌的极大不满，他想方设法对般度五子进行迫害，于是皇室内部的纠纷也随之白热化。难敌先是让人修建了一所用易燃材料建成的行宫，并令般度五子与他们的母亲一起搬入其中，接着又派人放火，企图火焚五子。般度一家由于事前早有防备，死里逃生，侥幸逃过一劫，之后他们隐姓埋名，一度隐居于民间。后来般度五子在参加般遮国木柱王为女儿黑公主所举行的选婿大会上，凭借三子阿周那的高超箭术，勇挫群雄，独占鳌头。般度五子合娶黑公主，后者成了他们兄弟五人的共同的妻子，而般度族与木柱王也由此结成了联盟。不久，持国王召回般度五子，并分给他们一半的国土。般度五子勤于治国，很快就使原来一片荒芜的国土出现了极为繁荣的景象，而这又引起了难敌更大的嫉恨。难敌设计诱使坚战参加赌博，结果坚战不仅输掉了一切国土，同时也使五兄弟连同黑公主一起沦落为奴隶。另外按照协议，般度五子还要在森林中流放 12 年，而且在第 13 年他们还必须隐姓埋名躲藏起来，不能被人认出，否则就要被重新流放 12 年。

在度过了漫长的流放期后，般度族的盟国纷纷支持般度五子向俱卢族讨还国土，难敌却拒绝归还，在多次协商未果的情况下，双方展开了空前绝后的大战。俱卢族在战争中投注了 11 个师的兵力，般度族拥有 7 个师的兵力，附近的许多国王也分别参加到了双方的战斗中。其中多门岛的国王黑天成了般度族的最得力的军师，在黑天的策划辅助下，俱卢族的几任统帅毗湿摩、德罗纳、伽尔那等一一被杀，最后俱卢族全军覆没，除难敌外，仅剩下了 3 个人，而难敌最终也因伤重而死。俱卢族剩下的最后 3 个人深夜趁般度军熟睡之际，进行夜袭，将般度军全部屠杀殆尽，而般度五子、黑公主及黑天却因恰巧不在军营而幸免于难。百子惨死，持国王非常伤心，但他仍在众神的劝说下同意与坚战讲和。战争结束后，坚战代替持国成了新的国君，但他的内心一直不能平静，深深地愧疚于战场上众多生灵的死亡，最终他又把王位让给后人，自己则率领着 4 位兄弟和黑公主入深山修道。般度五子与黑公主死后，被天神一一接入天堂，在这里他们重新又见到了俱卢百子。俱卢族和般度族在天堂最终恩仇尽泯，共享仙界太平、友爱。

大史诗所描写的两个家族之间的冲突，不是一般的王国内争，不是一般的贵族的内部矛盾，而是互相对立的两种统治者的斗争。坚战五兄弟对难敌一伙，是弱小的对强暴的，受侮辱损害者对加侮辱损害者，是遭遇流放迫害因而接近人民的贵族对高踞王位骄横酷虐的贵族的斗争。作者的同情和立足点，一直是在失势和无权的，无辜受辱和惨遭迫害的一方面，因而能够揭露蛮横无道的统治者的面目，主题是伸张正义，扶助弱势，赞颂公平与道德。由于作者为凶残的统治者难敌安排了一个可悲的下场，让坚战获得胜利，即位称帝，平定天下，暗示了时代的发展趋势，指出了王国纷争必然经过带有毁灭性的大战而趋向统一。作者笔下的难敌，不仅是个残暴奸险的统治者，而且是整个统治阶级当权人物的典型形象，他的命运代表了统治阶级的命运，因此，难敌的罪恶政权的垮台，使人深刻地感觉到这种充满内外矛盾的贵族统治绝不能永存。

史诗的母题 《摩诃婆罗多》篇幅庞大，内容繁复，如何对该史诗的母题与文本的主题进行确切的定位一直是东西方学术界在对《摩诃婆罗多》的研究过程中所面临的一大难题。在借鉴众多名家研究成果的基础上，我们可以把该史诗的主题思想大致归纳如下。

宣扬非战观念：在《摩诃婆罗多》的叙事中，般度族和俱卢族之间的矛盾斗争一直是整部史诗谋篇布局的主线。而双方厮杀 18 天，死伤人数以数十亿计量的大战更是整部史诗的中心，这种集中主要事件描绘的写法是史诗的精华。因此，有人曾形象地把《摩诃婆罗多》又翻译为《大战书》。但是，战争并不是《摩诃婆罗多》所表达的主题，相反，对"和谐"与"和平"的肯定倒是该史诗主题立意的重点。

《摩诃婆罗多》的非战观念首先突出地表现在作者对般度族为争取和平而做出的努力上。在开战之前，般度族曾多次派人去和难敌协商，希望能和平解决争端，他们的要求也从一开始的要求归还一半国土到要求归还五个村庄、一个村庄，但是难敌"连针尖大的地方"也不给的回复彻底地粉碎了和谈的希望，至此，战争才最终成了般度族的迫不得已的选择。在两大家族的矛盾斗争中，《摩诃婆罗多》的作者的立场是非常鲜明的，他始终站在代表正义一方的般度族这边，作品中般度族力图避免战争行为是作者对他们大加赞扬的一个重要原因。

另外《摩诃婆罗多》的非战观念还明显地表现在作者对战争的毁灭性和灾难性后果所进行的大篇幅的反复渲染上。大战中两大家族的兵力都死伤惨重，战争结束时，俱卢族 11 个师的兵力只剩下了 3 个人，俱卢百子无一人生还；而般度族虽是胜利的一方，但他们也付出了极为惨重的代价，7 个师只有 7 人生还，般度五子的孩子也全部被杀。战后的象城一片哀号之声，妻子哭丈夫，母亲哭儿子，姐妹哭兄弟，整座城市成了哭丧之城。面对眼前的一切，无怪乎坚战即使登上了王位，内心也痛苦异常，他的内疚之情形象地表现在对那罗陀大仙的一番话语之中："大仙，王国确实归我掌管了，可是我的亲属都死了。我们的那些可爱的儿子一个也没有了。这胜利在我看来其实是惨败。"正是因为内心强烈的赎罪感，坚战在战后不但举行了盛大的"马祭"，悼念所有的阵亡者，而且他最终也抛弃王位遁入深山。作者表达出对战争的反思，书中坚战对战争的诅咒也正是作者心声的表达。

达摩思想的颂扬：对达摩思想的宣传是《摩诃婆罗多》的核心主题之一，同时也是印度古代两大史诗的共同主题之一。"达摩"又称"正法"，是印度的一个古老的哲学概念，具有很强的抽象性。对于"达摩"的具体内容，从古至今，不同的学者仁者见仁，智者见智，各有不同的解释和理解，但具体到《摩诃婆罗多》来说，它是指对人的行为、思想、品行和社会责任等具有一定的正面导向作用的信仰、法规、职责和事物的内在规律等。"正法"思想是《摩诃婆罗多》安排故事、评价人物和评判事件的基本标准。《摩诃婆罗多》中的人物以对"正法"思想是否躬行大致可分为两大类，其中难敌一方是非法的代表，坚战一方是正法的代表。尤其是坚战这一形象几乎就是"正法"精神的化身，作品处处以他的行为作为"正法"规范的样本。般度五兄弟中，坚战虽不以勇武有力而最为醒目，但他以对"正法"精神的恪守而显得最为崇高。艰苦的流放期间，三子怖军和黑公主多次提出要以血还血，以牙还牙，主张立刻用武力与难敌决一死战，夺回王位。但面对自己昔日的诺言，坚战毫不动摇，他坚决主张要用宽容、坚忍的行为来维护"正法"。不但如此，当难敌在森林被他人所擒，遭受凌辱的时候，坚战还主动率领众兄弟以德报怨，对其进行积极的营救，因为在他看来，这一行为本身就是"正法"精神的一种要求。诚如坚战自己所说："我把法看得比生命本身，甚至比进天堂更重要。王国、儿子、名誉、财富，所有这些的重要性还抵不上真理之法的十六分之一。"在这个世界上，没有任何东西能够动摇坚战对"正法"的虔诚，作品中他也正是因为对"正法"精神的坚守而赢得了众人的最高的尊敬。与坚战对"正法"的虔诚相反，难敌的行为、思想则处处显示出了对"正法"精神的破坏和践踏，作品中他是"非法"精神的集中代表。难敌从小就嫉贤妒能，贪恋权势，未成年时他就因为出于对怖军力大超人的嫉恨，设计在怖军的食物中掺入毒药，差点将他害死。长大之后，难敌对王权的贪婪既迫使般度五子颠沛流离，同时也把整个国家拖入了战争的旋涡之中，他的"非法"思想不但使千万人死于非命，同时也搭上了自家 99 位兄弟的生命。

《摩诃婆罗多》中，作者对达摩思想的宣扬，除了明显地体现为"正法"对"非法"的胜利外，还通过对"新法"和"旧法"的斗争的表现，从另一个侧面肯定了达摩精神的开放性和灵活性。正如中国的古人很早就提出了"世易时移，变法宜矣"的思想一样，印度的先哲们也很早就洞察到了时代的发展必然会带来社会规范的改变的道理，《摩诃婆罗多》中"新法"和"旧法"的斗争所演示的也正是这一道理。在《摩诃婆罗多》中，达摩精神虽然在一定程度上表现得与世俗伦理具有很强的一致性和吻合性，但是它又毕竟不同于后者，而具有更高的超越性，它往往比后者更能体现和适应历史的新发展方向。作品中黑天形象的塑造对达摩精神的超越性和灵活性的演示具有重要的作用。在般度族和俱卢族 18 天的血腥厮杀中，黑天对般度族在战场上的最后取胜起着至关重要的作用，俱卢族的几任杰出的统帅如毗湿摩、德罗纳、伽尔那等都是在他的授意下被打败的。但是客观说来，黑天计谋的得逞又常常是建立在对约定俗成的战争规则的破坏的基础上的。如指示阿周那施放暗箭射杀毗湿摩，怂恿坚战谎称德罗纳的儿子死了，令后者分心，不等伽尔那从泥泞中推出战车就让阿周那偷袭。黑天的这些计谋相对于当时敌我共知的不能暗箭伤人、不能在对方注意力不集中的情况下进行进攻、不能偷袭的战争规则来说，的确是不够光明正大，为此他也招致了难敌甚至自己同胞哥哥的指责和诅咒，但是，面对自己的"非法"行为，黑天却做出了这样的解释：现在已经是世界历史的第四时代，前一时代定下的法已不适用了。黑天的话形象地体现了古代印度人对达摩精神的辩证理解，而且也正如史诗研究者们所指出的那样，对达摩精神的辩证理解恰恰是两大史诗的一大高明之处。

史诗的叙事艺术 在古代印度，《摩诃婆罗多》通常并不被认为是"诗"，而被称为"史"，这一称呼与人们称《罗摩衍那》为"最初的诗"形成了鲜明的对比。古代印度人对两大史诗的不同评价，形象地说明了很早的时候人们就已经觉察到两大史诗在内容、风格等方面所存在的差异。而且相对而言，人们也更倾向于认为《罗摩衍那》更符合文学作品的创作规范，在艺术上的成就也更为突出。但是即便如此，《摩诃婆罗多》也仍然具有自己独特的艺术魅力，并具有极高的文学价值。它的叙事艺术特色明显地体现在以下几个方面：

其一是结构宏伟、气势恢宏，具备概括整个时代面貌的艺术力量。《摩诃婆罗多》是一部百科全书式的巨著，其具体内容诚可谓天上人间，应有尽有。史诗丰富的形象体现在印度的一句古谚中："在《摩诃婆罗多》中找不到的，在婆罗多国（印度）也不会找到。"另外，《摩诃婆罗多》的中心故事与附加成分的比例更是世所罕见，后者的篇幅有前者的 4 倍之多。但就整部史诗的艺术构架来看，《摩诃婆罗多》包罗万象而结构完整，内容庞杂而形式统一，头绪纷繁却主次分明。《摩诃婆罗多》高超的艺术架构能力突出地表现在其对"框架式"结构形式的灵活运用上。该史诗以两大家族的纷争为中心，既具有"框架式"文体结构的一般特点，同时独具特色。《摩诃婆罗多》采用的是一种对话式的框架结构，戏剧式的对白对整部作品的框架建构具有举足轻重的意义，该史诗的众多故事常常都是在吟诵者与听众、作品人物与人物的对话中展开，并结构成整体。《摩诃婆罗多》中两个最为著名的插话《那罗传》和《莎维德丽》无不是通过这种形式呈现出来的：它们都是林中修道仙人为安慰五兄弟而为后者所讲述的故事。对话式框架结构的采用既极大地方便了史诗中博大内容的连接、贯穿，同时也为史诗对广阔生活场景的描绘大开方便之门。唯其如此，《摩诃婆罗多》才具有了海纳百川般的气魄和容量，它既是人们实际生活的最好的指南，也是神圣的道德经典，是将士们克敌制胜的法宝，也是学者们知识和智慧的源泉。而这些也正是它千百年来一直在印度历久弥珍的一个重要原因。

其二是艺术风格平易朴实，艺术想象大胆夸张，而又朴素自然。《摩诃婆罗多》在古代印度被称为"史"，而非"诗"，其中一个很重要的原因就在于与《罗摩衍那》相比，它的艺术风格比较平易朴实。这一特点既突出地表现在它的语言简洁朴素、不事雕琢上，同时也更鲜明地体现在它新颖独特而又朴素自然的艺术想象力上。

善用夸张是两大史诗的共有特色，而这一共有的艺术特色的形成无疑也与印度人形象思维能力的高度发达紧密相关，但即使如此，我们也仍能从中发现它们之间的显著不同。如在极言事物的"大"或"多"上，《摩诃婆罗多》与《罗摩衍那》都喜欢使用大数字，动辄上亿上万，但是在《罗摩衍那》中，这些数字常常是以不确定的概数的形式表现出来的，如"成亿成兆的猴子"、"多于一亿的罗刹"；与此相反，《摩诃婆罗多》中的数字即使是夸张也常常喜欢以一种非常精确的形式来表现。如在极言俱卢大战的惨烈上，《摩诃婆罗多》用来描述尸体数目的数字就带有这一鲜明的特点，书中的相关数目是"1660044165亿"，如此精确的数字，即便是夸张也丝毫不会让人觉得故弄玄虚，这一用法所体现的正是一种印度式史学的求真精神。

另外，《摩诃婆罗多》朴素自然的艺术想象力还十分生动地体现在该作品对持国夫妇的丧子之痛的细节刻画上。作品中，大战结束后，持国夫妇丧失了100位儿子，他们满怀悲愤无法倾诉，虽然理智上他们接受神的调解，同意与般度五子讲和，但是他们情感上的怒火却仍有不由自主的流露。在与怖军拥抱时，黑天早已利用持国的眼瞎，偷梁换柱把一尊铁像塞到了持国的怀里，而不知情的持国在面对这位杀死自己长子的凶手时，双臂不由自主地越勒越紧，最后竟然把铁像也勒碎了。而他的妻子甘陀利的愤怒的目光虽然只是从蒙眼的手巾的缝隙里露出了一点点，但也立刻把坚战的脚趾给烧焦了。作品中有关持国夫妇的愤怒之情的细节描写显然也使用了夸张手法，但是读者在读后并不觉得匪夷所思、不可思议，相反，联系两位老人白发人送黑发人的哀痛，这样的描写反而会让读者觉得十分贴切。这一细节描写也形象地反映出了《摩诃婆罗多》即使是在运用夸张的艺术手法时，也仍十分注意把想象与现实合理调配，在追求玄妙感的同时优先考虑真实感。

二、最初的诗：《罗摩衍那》

在印度的两大类史诗中，钦定诗是较为晚出的一种。它是宫廷诗人的作品，是为上流社会的艺术欣赏而产生的，并不像往世书那样是流传于僧人阶层或民间的作品。一般的钦定诗还有作者的姓氏，严格地遵守着修辞与赋诗的规律，故事也较为连贯一致，不像《摩诃婆罗多》那样庞杂与枝节繁多，这一类的作品在印度史诗中占有重要地位。在印度，《罗摩衍那》就是这一类诗，它的文学声誉要远远高于《摩诃婆罗多》，长期以来，它一直被认为是印度长篇叙事诗的典范，享有"最初的诗"、"众诗中之最优秀者"等极高的赞誉。《罗摩衍那》（Ramayana）梵文书名中的"yana"（衍那）意思为"舟船"，引申为"行迹"，"Rama"（罗摩）是主人公的名字，合起来的意思就是"罗摩的漫游"或"罗摩传"，所叙述的是英雄罗摩的冒险故事。该史诗在长度上只有《摩诃婆罗多》的1/4，约24000颂，但这也仍是《荷马史诗》的2倍之多。

与《摩诃婆罗多》一样，《罗摩衍那》也有一位传说中的作者，即蚁蛭仙人。在印度，关于蚁蛭仙人的传说非常多，其中最为经典的一种是：他原是一位凶残的强盗，烧杀抢掠，无恶不作，但一次他在行凶时得到仙人的点化，弃恶从善，静坐修行，数年不动，以至于蚂蚁在他身上筑满了巢穴他也浑然不觉，他的"蚁蛭仙人"的美誉也由此而得（在印度，"蚁蛭"就是"蚁穴"的意思）。关于蚁蛭仙人"创作"该史诗的缘起，《罗摩衍那》中也有介绍，书中说蚁蛭仙人因无意中看见一位猎人残忍地杀害了一只正在交欢的雄麻鹬，不由悲从心起，随即口占四句言辞，没想到这四句话竟然成就了一种新的诗体，即"输洛迦"。后来他遵创造神大梵天之命，用这一新的诗体写成了这部长篇巨著。像广博仙人一样，蚁蛭仙人究竟在历史上有无其人，其"创作"这部作品的真实原因究竟是否如上所述，这些问题都已很难查考，但是联系印度民族极爱讲故事的文学传统，史诗中蚁蛭仙人的故事极有可能只是一个"故事中的故事"。但是，现在也有一些学者指出，《罗摩衍那》中开头、结尾之外的五章，无论是在思想上还是在艺术风格上都存在比较一致的倾向，很像是出自同一位诗人之手，因此这里我们也并不能完全排除蚁蛭仙人很有可能就是那位对全书的创作、加工或编订起过关键作用的人。

情节简介 十首魔王罗波那横行三界，四处作恶，人神共愤。因他曾受过创造神大梵天的祝福，拥有无敌的本领，不能被神所杀，因此众神对他也都无可奈何。为除掉罗波那，保护之神毗湿奴分身为四，投胎于人间阿逾陀国国王十车王的家中，成了十车王的四个儿子，即长子罗摩、次子婆罗多、三子罗什曼那、四子设睹卢袛那，其中罗摩和婆罗多分别由王后乔萨厘雅与小王妃吉迦伊所生。

罗摩才华出众，勇武盖世，16岁的时候就已能斩妖除魔，深得民众爱戴。他在参加邻国国王遮那竭王为女儿悉多所举行的选婿大赛上，勇挫群雄，拉断了神弓，于是娶到了美丽的悉多。悉多是大地的女儿，她是遮那竭王耕地时在犁沟里捡拾来的，她的名字"悉多"也是"犁沟"的意思。

十车王年老体衰，决定让位于长子罗摩，但这引起了小王妃吉迦伊的极大不满，她在驼背侍女的煽动下，胁迫十车王立自己的儿子婆罗多为王，并提出要把罗摩流放14年。十车王早年曾经允诺过可以无条件地满足吉迦伊的任意两个心愿，现在面对吉迦伊的这种无理要求，他在苦劝不成的情况下，只好违心地答应了小王妃的要求。

而罗摩为了不让父亲食言，也同意前往森林接受流放。妻子悉多和弟弟罗什曼那虽然对罗摩遭受到的不公待遇深感不平，但是他们也都心甘情愿地跟随罗摩前去流放。罗摩走后，十车王伤心过度，不久死去。婆罗多在得知自己王位的来历后，对母亲大为不满，他亲自率人深入重林，恭请哥哥回来即位。但罗摩拒绝了弟弟的请求，坚守要流放14年的誓言，婆罗多无奈，只好捧了罗摩的一双鞋子回宫代兄摄政，等待罗摩流放归来。

森林中罗摩三人的生活虽然清苦但也并不寂寞，他们在林中除怪安民，深得人心。但不久罗摩与罗什曼那因拒绝了罗刹女妖首哩薄那迦的求爱，而将其深深地得罪了。于是哩薄那迦找到哥哥十首魔王罗波那，要求哥哥为自己复仇，同时她还故意极言悉多的美丽，怂使罗波那劫掠悉多。罗波那设下调虎离山之计，趁罗摩在为妻子追赶金鹿的时候将悉多劫掠到了楞伽岛的魔宫里。

妻子失踪后，罗摩心急如焚，四处寻找，为了能探听到妻子的下落，他与猴群的废王须羯哩婆结成了联盟。在罗摩的帮助下，须羯哩婆杀死了自己的哥哥，夺回了王位，同时他也应允发动群猴四处寻找悉多。神猴哈奴曼最先探听到了悉多的踪迹，他凭借神力只身漂洋过海，来到楞伽岛上，在这里他见到了忠贞不渝的悉多，并把罗摩的信物交给了她。接着，众猴协助罗摩共同攻打魔宫，几场生死交锋之后，罗波那终于被罗摩所杀，而悉多也回到了自己丈夫的身边。但这时她的贞洁遭到了罗摩的怀疑，悲愤之中，悉多跳入火中，焚身明志，火神却将其从火中托起，证明了她的清白。

流放期满后，罗摩三人回到宫中，婆罗多让位，罗摩成了阿逾陀国的新国王。几年过后，民间有关悉多失贞的谣言再次流传，为平民议，罗摩只好把已经怀孕的悉多再次流放。所幸的是悉多为蚁蛭仙人所救，生下了两个儿子。蚁蛭仙人把这两个孩子收为徒弟，并把自己创作完成的《罗摩衍那》故事教给两个徒弟传诵。后来在蚁蛭仙人的帮助下，罗摩终于与自己的两个儿子相认，但是十几年过去后，他仍不能完全相信悉多当年的清白。无助中，悉多向母亲求救，大地裂开，悉多纵身跳入了母亲的怀抱，从人间永远地消失了。作品最后，罗摩四兄弟升天，还原为毗湿奴大仙，在天堂与悉多重新团圆。

主题与思想观念　《罗摩衍那》的主题立意与《摩诃婆罗多》的主题有着一致性。中心仍是对达摩思想的宣扬，所以正法对非法的胜利在《罗摩衍那》的故事设置、人物安排等方面也起着核心性的指导意义。

《罗摩衍那》中的人物按照达摩思想的标准同样可以分为两大类，即以罗摩兄弟为代表的正义的一方和以十首魔王罗波那为代表的非正义的一方。作品中这两类人物之间的斗争，有私人之间的恩怨情仇，但更主要的还是代表了正法与非法、正义与邪恶所进行的抗衡和较量。

与《摩诃婆罗多》中的坚战一样，罗摩也是达摩思想的坚定捍卫者。作品中罗摩流放的悲剧表面上看似乎是由小王吉迦伊一手造成的，但究其实质，这背后的主要原因仍在于罗摩对达摩思想的坚决守护。因为就当时的实际情况来看，小王妃无论是在实力上还是在人心的向背上都不足以挡住罗摩迈向王位的步伐。但是为了不使父亲蒙上失信的污名，为了尽到一个儿子的责任，为了不造成宫廷流血、兄弟相残的惨剧，罗摩仍义无反顾地选择了自我流放，作品中罗摩的高尚品行所显示的正是达摩思想的魅力。与罗摩相反，罗波那却是一个十恶不赦的达摩思想的践踏者，他的行为与罗摩的言行形成了极为鲜明的对比。他恃强作恶，横行三界，为了独霸楞伽岛，他不惜赶走自己的同父异母兄弟财神，为了满足自己的淫欲，他连自己亲侄子的女友天女兰跛也不放过。他的后宫里美女如云，但他仍四处抢掠人间弱女，甚至包括悉多。如此不义之人，处处违背达摩的训诫，人神共愤也是在所难免的。作品中罗摩四兄弟的降生，一开始就是抱着非常明确的替天行道的目的来到人间的，因此作品中罗摩与罗波那的对抗所体现的实际上也正是正法与非法的斗争，结尾处罗波那的惨败所展示的也正是正法对非法的最后胜利。

虽然对达摩思想的宣传是《罗摩衍那》与《摩诃婆罗多》共有的主题，但是仔细对照二者对达摩思想的具体表现，我们也不难发现这两者的侧重点其实有所不同。其中最为突出的一点就是，《罗摩衍那》中的达摩更加侧重于对家庭伦理的强调和宣传。

与《摩诃婆罗多》侧重于描写王室家族内部的矛盾斗争不同，《罗摩衍那》中的斗争主要不是发生在家族内部，而是发生在家族外部，罗摩兄弟与十首魔王罗波那的冲突是整部作品的斗争主线。而且王权之争在《罗摩衍那》中也比在《摩诃婆罗多》中有着更加多样化的表现，不仅涉及人世间的王室之争，还有猴国乃至妖国的王权争斗。在这几种王室争斗中，阿逾陀国的王权更替过程无疑是最为作者所称道的。从对王权的和平演变起关键作用的罗摩四兄弟的关系来看，他们虽不是一母同胞，但是他们无一不谦让克己，宁可牺牲自己，也不愿伤害兄弟。作品中他们都是孝悌的典型：罗摩为了父亲接受苛刻的流放；婆罗多不贪图王位，尊敬兄长，反对母亲的不义行为；罗什曼那与罗摩生死与共，患难相随。在四兄弟的关系中，不但俱卢族与般度族之间的血腥厮杀不见了踪影，即使是那种为了王室权位，血亲之间尔虞我诈、互相倾轧的现象也从未出现。作品中猴国、妖国的王权更替的过程也无一不是作为对罗摩兄弟高尚道德的衬托而出现的，这些衬托也更加形象地显示了作者的价值倾向与作品的主题立意。

史诗的艺术价值　《罗摩衍那》在印度被尊称为"最初的诗"，"众诗中之最优秀者"，从艺术上看，它的确是独具特色，有所创新，这突出地表现在以下几个方面。

人物形象的深化：《罗摩衍那》与《摩诃婆罗多》都着力于对英雄形象的描写和歌颂，而且这两部作品中也都涌现出了大批的非常成功的艺术形象，但就人物形象的塑造的艺术功力来说，《罗摩衍那》明显更为成熟与更具丰富性。《罗摩衍那》的作者非常善于把人物置于多种矛盾的风口浪尖上，注重从多个角度、多个侧面来塑造人物，因此该史诗中的人物个性相对也就更加丰满，更有立体感。

如《摩诃婆罗多》在对坚战这一形象的塑造上，坚战的个性集中地体现在他的名言——"容忍是最高的美德"中，而且综观全书，《摩诃婆罗多》也主要是从单一的政治斗争的领域来突出地表现他的这种个性特征的。但是与此相对比，《罗摩衍那》对罗摩形象的塑造则要复杂得多。

《罗摩衍那》中作者对罗摩这一形象的塑造主要是从政治、战场和爱情这三个角度来精心刻画的。首先在政治领域，罗摩不仅像坚战一样诚实守信，克己容忍，而且他的政治才能更突出地表现在爱民上。早在罗摩还是个王子的时候，他就以自己的德行赢得了百姓的一致爱戴。在他启程流放之日，整个都城的百姓都为他送行。流放期间，罗摩虽然自己不能亲政，但是他把自己的"仁政"理念托付于弟弟婆罗多，让弟弟一定要勤于政务，关心和热爱人民，赏罚分明。后来他复位后，对仁政之道更是恪守躬行。对于老百姓的意见，他不管好坏都能诚恳地倾听："好的我要去照办，坏的我定要避开。"后来因为民间流传着许多关于悉多失贞的议论，为了平息民议，他甚至不惜放弃自己的家庭幸福去消除百姓的疑虑。对这些爱民行为的描绘使罗摩作为理想国王的形象比坚战更加丰满完美。其次在战场上，他勇武盖世，骁勇善战。在流放期间，他独自一人一张弓就把14000个前来进犯的罗刹杀得干干净净。在与罗波那的血战中，他只身闯入罗刹军中，就像燃烧的太阳进入了乌云中，敌人围着他，却无法靠近他，最后连天神也敬畏不已的十首魔王终于死于他的手中。这些勇武的行为也是坚战所无法企及的。另外，在爱情上，他与悉多心心相印，充满激情。在突遭流放变故的时候，因害怕悉多受苦，他极力劝阻妻子与自己同行。到了森林中，因怕妻子寂寞，他陪伴着悉多在山水间奔走，既耐心又坚韧。妻子被劫后，他日夜遭受相思的煎熬，忧愁焦虑使他变得像疯了一样，踏遍千山万水四处寻找。虽然在救出妻子后，对悉多贞洁的怀疑使他变得冷酷无情，但这也正是他作为一个世俗丈夫的真情流露。而且在看到悉多投身火堆后，他自己也立刻流下泪水，失声痛哭，并哽咽着说，没有了悉多自己也无法存活，其哀痛之情甚至令天神也感动得流泪。为平息民间的议论，他被迫再次流放妻子，但此后他也发誓决不再娶。出于相思之情，他特意让人用金子铸造了一尊悉多的塑像，日夜陪伴着自己。史诗中罗摩对妻子的爱或许并不完美，但是在当时多妻制盛行的情况里，一个君王能对自己的妻子爱得如此专一，如此深情，这种描写也是令人感动的。

正是因为有了作者对罗摩这一形象的多方位、多侧面的立体式雕刻，才使得这一人物形象的塑造极为成功。也正因如此，罗摩才在几千年漫长的时间里一直深受印度人民的喜爱，即使是今天，罗摩的名字也仍在印度人的日常生活中被频繁地使用着，成了印度人用来表达祝福之意的一句常用的问候语。

自然景物描写的典范：《罗摩衍那》对自然风景的描绘，代表了古代印度文学在自然景物的描写方面所取得的最高成就。《罗摩衍那》的作者一改吠陀文学和《摩诃婆罗多》在景物描绘方面的简单、粗率的做法，而是自觉地使用多种手法极尽渲染、描摹之能事，天光月色、高山湖泊、风雨晦晴种种景物之美无不尽收笔端，仔细描绘。而且《罗摩衍那》中的风光、景物描写也常常并不是单纯地作为静态的故事背景而存在着，作者总是善于把写景与抒情、叙事、写人水乳交融地融会在一起，作品中的景色常随人物心情的不同、命运的起伏而变化多端。如在流放之初，罗摩因有妻子的陪伴，心情平和愉悦，这时作者笔下的自然景物也处处洋溢着一种欢乐的情调，但是当悉多被魔王抢走之后，史诗中的山水花鸟似乎也因此变得失去了往日的光彩。另外，史诗中罗摩遍寻山野，四处探询妻子下落的一节在写景、叙事、抒情相结合方面也表现得极为精彩：

> 多罗树！如果你看到悉多，
> 她的乳房像熟透的多罗果；
> 她这个众人称誉的美臀女，
> 请你无论如何要告诉我。

无论是印度吠陀文献还是史诗，都是印度文学的组成部分。当代西方印度文化学者巴沙姆曾经说过：

> 由于大史诗《摩诃婆罗多》的美学力量，有些评论家同意将它既视为"传说"，也视为"文学"。①

我们认为，从广义的文学而言，传说或是史诗都是文学，古代印度的吠陀经典与史诗，既具有重要的史料价值与古代宗教思想意义，又是世界文学的宝藏。

---

① ［澳大利亚］A. L. 巴沙姆：《印度文化史》，闵光沛等译，246 页，北京，商务印书馆，1997。

第三章　古希腊神话、史诗与戏剧

第一节　古希腊文学的源流与历史分期

一、希腊文学源流

新石器时代晚期到青铜时代早期，众多的民族来到爱琴海地区，创造了古代文明。他们主要是从两个方向往这里聚集：首先来到希腊半岛的是亚细亚民族，包括皮拉斯吉人、勒勒古人、卡里亚人等。从人种来说，他们是地中海人种与其他亚洲种族，这种地中海人种的民族至今还有相当多的人在北非、西亚地区生活。另一个方向是来自北方，这是印欧语系的民族，被称为"赫伦人"。公元前3000年代后期，这些人来到希腊的中南部，与当地人混合，成为希腊人的主体，以后在希腊半岛上创造了麦锡尼文明的就是他们之中的阿开亚人。除此之外，还有爱奥尼亚人、伊奥利亚人、马其顿人等。这些民族在以后的希腊文化创造中，各自做出了独特的贡献。如果从文化构成来分析，古希腊文化与东方有相当密切的关系，20世纪以来，对爱琴海地区进行了多种形式的大规模的考古开掘。这一开掘的结果证明，在公元前2000年到公元前1000多年前，操希腊语的多利亚人入侵这一地区之前，古代爱琴海地区存在一个完整的古代文明。

古代希腊文明最早是克里特文明（公元前30世纪至前15世纪），以后发展出迈锡尼文明（公元前1500年至前1200年），最后进入荷马时代（公元前10世纪起）。

新石器时代后期，克里特文明产生，这一文明开始于米诺斯。克里特文明形成于克里特岛上，至少于公元前3000年就已存在。克里特岛是爱琴海的岛屿群中最大的岛，总面积大约有8600多平方千米，它地扼爱琴海向地中海的出口，是亚、非、欧三大洲的交往要道。《奥德赛》中描绘这一岛时说它"美丽富饶，在它的九十座城镇中，最大的就是米诺斯"。所以克里特岛的文明以米诺斯命名被称为米诺斯文明。1900年，著名考古学家阿瑟·伊文思在克里特岛米诺斯宫发现了古代文字，我们称之为"米诺文字"，亦称"线形文字"。米诺斯第一宫修建的时间大约是公元前2000年，毁于公元前14世纪，这就意味着，米诺文字是公元前14世纪之前的文字。荷马时代大约是公元前10世纪至公元前8世纪，《荷马史诗》依赖口头流传，证明当时希腊还没有文字。那么米诺文字可能是古代希腊文的前身。

克里特文明后来被来自希腊半岛上的迈锡尼文明所取代。迈锡尼文明产生于伯罗奔尼撒半岛，它的形态是一种早期城邦文明，它从公元前 1500 年到前 1200 年，这种文明留下的青铜武器、工艺品，都说明这已经是相当发达的文明了。而且它也留下了早期的文书。

公元前 10 世纪至前 8 世纪，古希腊文化兴起，这种古代文化的时代稍晚于埃及、美索不达米亚、中国与印度的古代文明。古代希腊文化与古埃及和西亚之间有一定历史关系，如有古代神话与史诗等相近的文类。

古希腊以城邦为社会政治形式，建立起众多城邦，城邦是西方最早的国家形式，对以后西方民族国家形态具有重要影响。公元前 492 年，希腊人与东方的波斯帝国爆发战争，历时半个世纪，以希腊获胜为结局。这一胜利极大地鼓舞了希腊人的信心，并使希腊出现社会文明的鼎盛时代。公元前 4 世纪前期，希腊城邦开始衰落，与希腊相邻的马其顿人入主希腊，以后开始东征，战胜波斯直达印度，建立了横跨欧、亚、非三大洲的亚历山大帝国。但这个帝国存在时间不过 10 年左右，便随着亚历山大王的去世而崩溃。希腊城邦则被马其顿人所统治，以后为罗马人所征服。公元前 6 世纪，意大利半岛上的罗马人强盛起来，他们在公元前 2 世纪中期征服了地中海地区，建立了罗马共和国。罗马共和国曾经有过一个多世纪的繁荣，从公元前 30 年开始，罗马由共和制度改为元首政治，进入罗马帝国时代。罗马帝国也只经历了两个多世纪的繁荣时代，从 3 世纪起就危机四伏，开始解体，分为东、西两个罗马。476 年，最具有西方文化特征的西罗马帝国在内外交困中灭亡。现代西方民族国家的规模及其宗教政治与西罗马帝国有不可分割的联系，古希腊罗马文明是西方文化的起源，是西方文化最重要的历史时期之一，也是西方文化传统所形成的时代，现在一般把古希腊罗马时代称为"古典时代"。

二、古希腊美学观念与诗学体系

在古希腊文化最为昌盛的雅典时代，希腊哲学与美学也达到了高峰，创造了发达的文学理论。代表人物是哲学家苏格拉底（Socrates，前 469—前 399）、柏拉图（Platon，前 427—前 347）与亚里士多德（Aristoteles，前 384—前 322），人称"雅典三杰"。

苏格拉底的父亲是一位雕塑师，母亲是接生妇，他早年就已经继承父业，学会了雕塑。他的哲学主要是自学，但可能师从阿契劳斯并且与智者学派的学者们有过交往。大约从伯罗奔尼撒战争之前，他已经开始进行他的事业，即将雅典人从无所用心的状态中唤醒。当然，这是一个不同凡俗的目标。因为他所处的历史时代，正是雅典最兴盛的时期，经济发达，文化昌盛。但苏格拉底仍然坚持认为，雅典人处于精神的危机之中，这种危机的表征就是对日常生活的盲目满足，失去对生活意义的思考。苏格拉底认为自己的使命就是唤起同胞的觉醒。

苏格拉底为人正直，品德高尚，早自青年时代起，就在雅典城中以有教养而著称。在雅典的对外战争中，他亲身参加过三次战役，忠实履行了公民的职责。他本人并不积极从事政治，但是一旦卷入政治事件，则能够以严肃的态度来对待自己的职责。他本人声言：站在一个维护正义的战士的立场，使得他与政治无缘。这与当时世俗的雅典人热衷于政治的立场截然相反。他在雅典广泛讲学授徒，培养了众多的弟子。

苏格拉底被认为是唯心主义的哲学家，他认为自然是神所安排的，万物是神按照一定目的创造的，所以他其实并不重视自然科学，甚至可以说反对研究自然，因为这是渎神的。不过，他并没有与毕达哥拉斯学派完全对立，他赞成对人自己的研究，"认识你自己"，这是雅典神庙的刻辞，也是苏格拉底哲学的目标之一。认识自己主要是认识自己的灵魂，只有认识了自己的灵魂，才可能具有道德。他主张知行联系，他的名言是"美德即知识"，即知识包含一切的善，只有天生有知识者才可能有美德。这样的人可以治理国家，而无知者不可能有德。他教育学生与众人的方法极为特别，在对话中，他向对方提出问题，使对话者感到无可奈何，最后被迫承认自己的无知，帮助对话者产生正确的认识。最后，他又把所得到的概念通过定义的方式加以明确，此刻的读者已经对所谈论的话题有了深刻的印象。这种对话体是古代东西方的重要文体，中国的《论语》等也是同样的文体，不过这种文体现在已经很少见到了。关于苏格拉底的哲学与生平，后人主要是从柏拉图与色诺芬尼等人的著作中间接了解的。色诺芬尼的《苏格拉底言行回忆录》等著作是关于苏格拉底的重要著作，柏拉图则在自己的一切著作中，以苏格拉底为主角，与不同的人进行对话，以对话的方式宣传苏格拉底的见解。

由于亲眼看到自己的老师苏格拉底被雅典人处以极刑，曾经热衷政治的柏拉图急流勇退，希望以献身学术来完成先师的未竟之业。

柏拉图出身于雅典世族，父系的先祖是高德鲁，为雅典的名门望族，而母系家族与著名的政治家梭伦有关，所以在柏拉图著作中经常出现一些雅典的名人，如克里狄亚等人，这些人物都与他的出身有关。他20岁左右认识苏格拉底，深受其精神的感召，决心献身哲学，放弃了自己以前以文学创作为终身职业的理想。苏格拉底被处死后，柏拉图开始游学四方，曾经到过对希腊文化有巨大影响的埃及。公元前387年，柏拉图开设了学园（Academy），开始授徒讲学的生活，在以后的岁月里，虽然他也曾经有过小范围的政治活动，但主要精力放在著述与培养弟子上，直到80岁辞世。

柏拉图是雅典时代最多产的学者，也是著作被保存下来最多的人物之一。他的主要作品多达36篇，其中最为重要的有：《申辩篇》《克里托篇》《尤息弗罗篇》《拉黑斯篇》《查密迪斯篇》《普罗泰哥拉篇》、大小《希比亚篇》（这两篇作品受到哲学史家们不同的评价）、《伊安篇》《李思篇》《会饮篇》《理想国》《克拉底鲁篇》《尤息底莫斯篇》《米纳仁纳篇》《高尔吉亚篇》《曼诺篇》《斐多篇》《斐德罗篇》《巴曼尼德斯篇》《泰阿泰德篇》《法律篇》《蒂迈欧篇》等。这些著作虽然篇幅都不大，但是流传极广，直到今天仍然受到世界各国读者的喜爱，而且除了哲学的读者群，对知识与思想感兴趣的人都为这些华美的文章所折服。

柏拉图注重思想体系建构，他的哲学以辩证法为主要方法，他的方式已经与苏格拉底式的感性方式有较大区别，更具有希腊式的形而上学色彩。与苏格拉底相比，他更为强调认识活动的重要性。但是，他强调，在认识的对象方面，一切可以感知的事物都并不是真实的，因为事物都是在变化之中。所以，只有概念才是真实的、不变的。他的认识建立在"理念"的基础上，理念是永恒的。客观世界不过是理念的摹本或影子。在理念的世界中又划分为不同的等级，最低级的才是实物的理念。在认识活动的主体方面，最深刻的知识是不能言传的，只有灵魂才可以感知。所以一般认为他是唯心论者。同时，他又强调事物的非感觉的特性是真正的实在。他学说的中心是理念论，理念论的探讨中，又以肉体与灵魂之间的关系为线索来进行。人类的灵魂最初是在理念的世界之中，而在进入人类的躯体之后才忘记了理念世界，这就需要进行回忆，以达到理念世界。他的世界观也很具体，国家如同个人一样，应当由智慧者来治理国家，这就是哲学家。而武士则次之，最后才是农民与工匠，他们只从事劳动，他们的欲望是要节制的。他的国家理论是重要的国家理论，只是划分的原则是职业，显然是不妥的。马克思曾经把他的国家理论称为"种姓制度在雅典的理想化"，这是一种最贴切的评价。

柏拉图的《理想国》是古希腊重要的文学理论著作，其中总结了希腊人重要的文学观念——模仿说，从而与亚里士多德的《诗学》齐名，成为西方文学理论的渊薮。柏拉图认为，诗与艺术是模仿的模仿，以木匠做床为例，木匠制作的床是根据床的理念来的，而诗人的床又是根据木匠的床来做的，这样就与理念的床隔了两重，是模仿的模仿。他还有所谓"剧场效应"的说法，认为戏剧表演对人的心理是不利的，观众在剧场中被想象所迷惑，会产生脱离现实的心理等。但是，如果认为柏拉图是反对文学艺术的那也是不对的，应当说，柏拉图只是从一种唯心论观念来评价希腊人的模仿说。

公元前 384 年，亚里士多德出生于马其顿宫廷医生的家里，医学经验对亚里士多德的哲学有很大影响，比如他著名的悲剧概念"卡撒西斯"就是从医学概念转化来的。亚里士多德 18 岁来到雅典，进入学园师从柏拉图，从此进入了真正的哲学世界。20 年后，柏拉图去世之后，亚里士多德离开他所尊敬的导师的学园，来到了特洛亚的阿索斯，并且与阿塔尔尼亚的君主赫尔米亚的侄女结婚，从此，他与在位君主之间的联系一直没有断绝。公元前 342 年，亚里士多德受到马其顿王腓力普的邀请，充任王子的老师，这位王子就是日后建立了大帝国的亚历山大。公元前 335 年，亚里士多德回到雅典，并且在城东的吕克昂建立自己的学校，学校被称为"吕克昂"。在这里，亚里士多德与他的弟子们在散步过程中讨论学问，被称为"逍遥学派"。这所学校的规模已经远远超过了柏拉图的学园，变成了一所有严格的教学体系的学术中心，享有崇高声誉。亚历山大王去世后，希腊人中的民族主义情绪高涨，由于亚里士多德与马其顿的亲密关系，他自然受到怀疑。有人对他发动攻击，罪名与苏格拉底相近，就是所谓"渎神"之罪。亚里士多德退出学校，回到母亲的庄园里，公元前 322 年去世。

也正是在吕克昂学校里，西方的各种学科包括天文学、地理学、逻辑学与雄辩术、艺术、数学与科学等，已经具备雏形。亚里士多德的著作一度失传，以后才被人整理出来，虽然整理出来，但是其流传并不顺利。亚里士多德著作宏富，据统计至少有 400 卷，有人估计在 1000 卷左右。亚里士多德流传较广的著作多达 47 部，主要是关于自然科学与自然哲学、逻辑学、认识论、雄辩术等各个领域的学术论著。

　　早期著作《论灵魂》（又名《欧德穆》）与《规劝篇》中，明显带有柏拉图哲学的痕迹，也是采用对话体，谈论灵魂与肉体的关系，带有宿命论的色彩。书中人物西勒诺斯甚至说："最好是不要出生，因为生不如死。"但是，亚里士多德的论说逻辑严密，从推理的角度来影响读者，这是与柏拉图不同的。另一篇对话体的名著是《论哲学》，这可以说是第一部哲学史，内容涉及三个方面：哲学历史、主要批评与理论体系。虽然仍然是对话体，但是已经显示出亚里士多德式的构筑宏大学术体系的治学理念。他关于道德思想的论著《欧德谟伦理学》继承了从苏格拉底到柏拉图的传统，将道德作为最高标准。这一观念其实与中国孔子的思想是一致的，所以我们千万不能简单地比较中西文化，例如认为西方人重智慧，中国人重道德；西方人重人力，中国人重自然等。亚里士多德认为通过直觉可以认识到上帝是最高的善与绝对的准则，只能以此来调节道德行为。他把善作为目的，来论述自己的国家观念，这样就必须批判柏拉图的理想国，那只是一种虚幻的国家。在亚里士多德看来，理想国家的规范并不是唯心的，而是产生于自然的。当然，他也把柏拉图所说的基本政体也包括在其中。

　　亚里士多德也是西方科学哲学的奠基者之一，他在《形而上学》等著作中讨论了西方的物理学与宇宙理论，其中的《物理学》《论天》等批判了柏拉图的自然观念，为西方科学发展提供了理论基础。在吕克昂学校期间，亚里士多德学术发展进入高潮，写就了大量的著作。主要包括以下方面：（1）《工具篇》中包括了逻辑与思维方面的内容，如《范畴篇》《解释篇》、前后《分析篇》等。（2）《形而上学》其实不是现代意义上的形而上学，而是建立在《物理学》之上的"第一哲学"，是"世界的基本原理"的科学，其中也涉及对学园派的批评，如以一种一元论来反对学园派的二元论，简单地说，这是希腊哲学中关于存在的理论，既有感觉世界又有超感觉的世界，把二者结合为一。（3）《物理学》等自然科学著作，如《气象学》《宇宙论》《论生灭》《动物史》《解剖学》《植物学》等。（4）《伦理学》等著作，涵盖了伦理与政治方面的内容，包括《大伦理学》《政治学》《亚历山大出征献辞》等。亚里士多德的政治观念为亚历山大的远征与殖民活动而鼓吹，对奴隶们表示轻视，以今天的标准来看都是错误的。（5）《诗学》与《修辞学》等关于文学艺术类的著作，其中的《诗学》是西方古代文学理论的重要早期作品，与西方历史上另一位杰出哲学家黑格尔的《美学》，是西方美学与诗学史上的双峰。《诗学》划分了希腊文学的主要文类，继承了希腊的模仿说，发展了柏拉图关于模仿的对象与特性的学说，并且结合各种文类，对希腊文学的历史进行了总结。

三、希腊文学的主要文类

　　古希腊文学基本划分为 4 个历史阶段：公元前 10 世纪到前 8 世纪，史称荷马时代；公元前 8 世纪到前 5 世纪，这是古希腊城邦国家兴起的年代，史称古风时代；公元前 5 世纪到前 4 世纪初，希腊以雅典为中心的城邦文明进入鼎盛时期，希腊文学与文化成就辉煌，这就是古希腊的古典时代；以后的希腊进入了希腊化时期，"地中海区域和近东起自亚历山大大帝逝世（公元前 322 年）迄罗马征服埃及、奥古斯都皇帝即位时期（公元前 30 年）"，这一时期称为希腊化（Hellenism）时期。[①]

古希腊诗歌　荷马时代除了神话史诗外，还有公元前 8 世纪末的叙事诗诗人赫希俄德的《工作与时日》和《神谱》，这其实是两部叙事长诗，较早沿用了《荷马史诗》的风格，即六音步的扬抑抑格和爱奥尼亚方言。《工作与时日》共有 828 行，内容是农民一年的劳动，这是用史诗文体来写日常劳作，风格与史诗的浓烈浪漫气息形成鲜明对比。《神谱》是希腊神的谱系的研究，反映了宙斯与提坦神系之间的斗争。

抒情诗配以音乐，但是这种音乐具有民间性或古代多神宗教色彩，所以在罗马时代毁于基督教会，实在是令人遗憾。抒情诗根据乐器与感情而划分为不同类型。

笛歌顾名思义是以笛子来伴奏的诗，主要诗体是战争诗歌、爱情诗歌与挽歌体。著名的诗人有提尔泰奥斯等。这种抒情诗体也可称为"埃勒格体"（Elegeion），这个词来自古代希腊的弗律基亚语，原意是"芦苇"，估计古代希腊的笛子最初是由芦苇制成的，所以称为笛歌或是哀歌体。这种诗体起源于小亚细亚的爱奥尼亚，第一位有名的哀歌诗人是公元前 7 世纪的卡得诺斯。哀歌取材于战争与动乱的时命哀叹，以后形成了一种文体，而反映的内容也广泛起来，不仅有悲哀的内容，也有相当多的关于政治、军事、哲学思想与历史的作品，以及部分关于爱情的诗歌。总之，在史诗之后，抒情诗成为时代的主要诗歌，这是一种历史潮流。

这种诗以两行为一组，也称为双行体（Distinchon），这两行是对称的，第一行是六音步扬抑抑格（也就是长短短歌），第二行是前行的变奏，就是六音步诗的前半部分反复一次，成为一种近似五音步的组合。

我们已经说过，六音步扬抑抑格是史诗的格律，可见，这种哀歌基本上是袭用了史诗的音步，其基本格式如下：

— V V — V V — ⋮ V V — V V — V V — V

— V V — V V — ⋮ — V V — V V V

其中—是长音节，而 V 是短音节，⋮是诗行中的停顿，表示换气。基本音步是—VV，其中第一行的 1234 音步中的两个短音节可以用一个长音节来代替，第 6 音步中的第 2 音节可以长也可以短。第二行中的两个短音节也可以用一个长音节来替换，诗行中的最后一个音节也可长可短。这种音步与音节的多样化，互相替换的功能，形成了这种诗歌的多变与流畅的特点，韵律丰富而优美，相当于中国诗歌中的古风一类。

哀歌在希腊化时代仍然兴盛不衰，学者卡利马科斯（前 305—前 240）创作了《起源》，这部 4 卷体的名著已经散佚，现在留存在世的只有《赫卡勒》，这是一首千行的叙事诗，写一个贫妇的故事，这种书写民间疾苦的诗歌，在希腊化时期相当流行。与当时的一些形式主义的诗歌形成对照。

琴歌体是以希腊人所特有的竖琴来伴奏的，这种诗歌的著名诗人是阿尔奥凯斯，他写了 10 卷诗歌，内容较丰富，包括颂歌、饮酒歌与情歌，诗风雄健豪放，节奏明快。著名的女诗人萨福（前 612—?）主要以这种诗体写作，她在当时是极有影响的

[①]　《简明不列颠百科全书》（中文版），第 8 卷，86 页，北京，中国大百科全书出版社，1986。

抒情诗人，被人称之为"第十位文艺女神"，可见其地位之高，有人说她是与荷马齐名的诗人，虽然有些过誉，但从中可以看出其影响之大。萨福著有 9 卷诗歌，但传世的只有两首完整的诗及一些片段。她的诗以田园风光与爱情为主题，感情复杂而细腻，主要侧重于诗人内心情感的描绘。诗风婉约缠绵，是希腊诗歌历史过程中的一位代表性人物。下面是她的一首《无题》：

> 没有听她说一个字
> 坦白地说，我宁愿死去
> 当她离开，她久久地
> 哭泣；她对我说：
> "这次离别，一定得
> 忍受，萨福。我去，并非自愿。"
> 我说："去吧，快快活活的
> 但是要记住（你清楚地知道）
> 离开你的人戴着爱的镣铐
> 如果你忘记了我，想一想
> 我们献给阿佛洛狄忒的礼物
> 和我们所同享的那一切甜美
> 和所有那些紫罗兰色的头饰
> 围绕在你年轻的头上的
> 一串玫瑰花蕾、莳萝和番红花
> 芬芳的没药撒在你的
> 头上和柔软的垫子上，少女们
> 和她们喜爱的人们在一起
> 如果没有我们的声音
> 就没有合唱，如果
> 没有歌曲，就没有开花的树林"。

正是通过萨福，抒情诗的社会影响才得以扩展。但是总体来说，希腊文学的主体是叙事文学，特别是史诗与戏剧这样的叙事文类一直居于主体性地位。这种影响一直到今天仍然存在，而中国与阿拉伯文学中的文类则以抒情诗为主体，特别是古代文学，当然东方史诗戏剧也相当发达，但是毕竟一个民族文学的主要文类是对整个文化产生决定性影响的，如果从这一标准而言，这样一个基本观念是可以确立的：西方文类以模仿说为主导，因此文学写作中以叙事文类为主体，而东方文学特别是中国文学，以"诗言志"的情感表现为主，主流文类是抒情诗。美国当代学者厄尔·迈纳（E. Miner）曾经从叙事与抒情角度比较了中国与西方文类：

> 尽管有许多种表演形式都被笼统地称做"中国戏剧"，但也只有在相当晚近

的时期，它们才得到尊重：它们不能与广义的抒情"诗"或与抒情诗一直构建文学的早期写作即"文"相提并论。……即使在英国，尽管如德莱顿充满怀旧之情地说，在洪水之前就存着巨人种族，但无论是专政复辟时期的戏剧，从萧伯纳到贝克特的戏剧，还是中世纪戏剧，都无法与莎士比亚媲美。[①]

另外一位风格柔靡、纤秾艳丽的诗人阿那克里翁（前 550?—前 465）写了 5 卷诗，他的诗同样由于遭到基督教教会查禁而失传，不过仍然有一些片段流传下来，内容是畅饮美酒与欣赏美女的快乐，这样的诗遭到教会的反对是必然的。

另外一种诗体是所谓的"合唱琴歌"，这种诗体可能因为与公开演出有关，所以名家辈出，公元前 7 世纪末期，阿尔克曼以合唱琴歌出名，到了公元前 6 世纪，西摩尼得斯与他的侄子巴克基利得斯都以合唱琴歌名声远播。品达（全名品达罗斯，前 522?—前 442）是这一诗体最伟大的作者，他共写了 17 卷诗，其中流传下来的有 4 卷，流传最广的是奥林匹克运动会获胜者诗与希腊人战胜波斯入侵者的诗，诗风宏大动听，气势磅礴，表达出一种崇高的美感，人称"崇高的颂歌"。

散文与寓言故事　与抒情诗同时发展起来的是散文与寓言故事，其中极负盛名的是《伊索寓言》，相传作者是公元前 6 世纪被释放的奴隶伊索，他善于讲述寓言，因此而解脱了奴隶身份。他所讲的寓言长期在民间流传，公元前 2 世纪时，诗人巴布里乌斯将其改编为诗体的《伊索寓言》，虽然之后失传，但是已经将伊索寓言的基本成分整理出来，后人根据这种传本创作了散文体的《伊索寓言》。这本寓言的主题丰富，在道德训诫方面，有"龟兔赛跑"的故事，批评骄傲与盲目乐观的人，有"农夫和蛇"的故事主张对坏人不能宽容；在人生哲理等方面，则有"狼和小羊"等，表达了对弱肉强食的社会现象的愤怒。还有"乌鸦和狐狸"、"太阳和北风"等反映出作者对人生与社会的各种思考。《伊索寓言》文笔精练，叙事简洁，主要角色以动物为主，有强烈的趣味性，得到了不同年龄阶段读者的喜爱。其写法上还有一个特点，讲述故事之后，在结尾处，必然有一句精彩的短语，画龙点睛，说明故事的思想意义。《伊索寓言》的历史影响很大，是西方寓言这一文类的代表作，以后的法国拉·封丹、德国莱辛、俄国克雷洛夫等人都受到其影响，西方的寓言也因此成为世界文学中的一种重要文类。

与中国古代文学中的"文"包括经传等多种文学体裁一样，希腊人的散文也包括多种多样的文类，其中堪称雄文的则是历史散文，这一领域名家众多，佳篇不断，成为世界文学史上的一个奇观。世界古代民族中，有如此完全的历史散文的民族为数不多，中国的诸子散文与《史记》与古希腊的历史散文都是世界古代文学中的奇葩，有的民族如印度等，虽然有漫长的历史，但是记录历史的文献却相当少。

希罗多德（前 485—前 425）是伟大的历史学家，他的名著《历史》（即《希腊波斯战争史》）记录了希腊与波斯战争期间及其前后的历史，这也是一部世界史，除了

---

①　［美］厄尔·迈纳：《比较诗学》，王宇根、宋伟杰等译，51 页，北京，中央编译出版社，1998。

古代希腊与欧洲多国的历史之外，首次记录了东方包括印度、西亚、波斯等地的历史，但是其中并没有关于中国的记录，该书认为印度以东都是戈壁与沙漠了。另一位历史学家修昔底德（前460—前400）的《伯罗奔尼撒战争史》是希腊本土的历史。色诺芬（前430—前355）的《长征记》是另一部历史散文的杰作。所有这些历史散文，都以优美的文字与详细的记载对世界散文做出了贡献。

古希腊戏剧起源于酒神祭祀的歌舞和宗教仪式。古代民主制度的希腊城邦鼓励群众观看戏剧，露天剧场演出大型戏剧时，观众人山人海，充分显示了古典时代希腊社会欣欣向荣的景象。希腊悲剧气势恢宏，所反映的命运与人的冲突，是当时社会生活中矛盾的艺术化表达。希腊喜剧最初是庆祝丰收的"村社之歌"，产生的时代稍晚于悲剧，但是其政治倾向更为鲜明，更为接近现实。

古希腊的喜剧代表人物是雅典三大喜剧家，即克拉提诺斯、欧波利斯和阿里斯托芬。遗憾的是只有阿里斯托芬的作品存世。

阿里斯托芬（前446—前385）是雅典公民，也是雅典城邦的名流，他与苏格拉底和柏拉图是朋友，是一位杰出的思想家与政治家，喜剧以讽刺见长。阿里斯托芬将讽刺的矛头对准了雅典的统治者克勒翁，这引发了官司，但是阿里斯托芬丝毫不畏惧，坚持自己的见解。他共著有14部喜剧，现存的有11部。

阿里斯托芬的《阿卡奈人》《和平》和《吕西斯特拉忒》三部喜剧是反对战争的题材。当时的希腊分裂成为相互对立的两大集团，一个是雅典集团，对立的一方是斯巴达集团，双方战争不断，给人民生活造成极大痛苦。阿里斯托芬在《阿卡奈人》中描写农民狄开俄波利去参加雅典公民大会，这是雅典城邦最重要的民主会议，所有公民都有资格参加，主要议题是关于对外战争等重大内政外交问题。他看到大会竟然不让一个主张议和的人发言，他就给了这个议和派八块钱币，委托他代表自己家人与斯巴达人单独议和。这就激起了雅典附近的阿卡奈人的愤怒，他们身受战争的祸害，于是用石头来追着打狄开俄波利，骂他是叛国者。狄开俄波利感到冤枉，他声明自己并不想投靠斯巴达，但是他家人吃够了战争的苦，引起战争的双方都有过错，他只是要求停止战争。阿卡奈人还是不服，就请来了主战派的将军拉马科斯来帮忙制服狄开俄波利。不料狄开俄波利当场与拉马科斯扭打起来，竟然痛打了拉马科斯一顿。于是狄开俄波利自己就跑去和斯巴达集团的伯罗奔尼撒人做生意了。喜剧中还有一个插曲：在和平的背景中，人们互相交易，生活幸福。拉马科斯又因为作战受了伤，他跛着脚狼狈不堪地上场来，而狄开俄波利却由两个妓女相伴，酒足饭饱，兴高采烈地回到家中去了。这就是和平生活的幸福。

阿里斯托芬喜剧的另一个重要主题是对未来美好世界的向往，力图创造出一个天上人间的美好乐园。《鸟》是这种主题的一个样板，这也是所有喜剧中唯一的以神话为题材的作品，绝大多数喜剧都以俗世百姓的生活为题材。《鸟》中描绘两个雅典人和一群鸟在天地之间建立了一个"云中鹁鸪国"也就是一个人鸟共处的天堂。在这里，人们通过劳动过着幸福的生活，而剥削者则无法生存。这也是世界文学中较早地对人类理想社会与国家的探讨，虽然是喜剧，但是表现了希腊人的严肃思想。戏剧表现的形象化使这个主题与柏拉图的《理想国》迥然不同，《鸟》的生活背景是片美丽的空中森林，鸟类在祥云间自由来去，生活安定而美好。

到了希腊化时期，希腊文学向东方传播，与希伯来文化相结合，实际上进入了一个新繁荣时期。传统的世界文学史对希腊化时代的文学评价不高，这是不对的。希腊化可以说是古代地中海世界的"全球化"时代。希腊化促进了东西方宗教的融合及世界宗教和中东文明圈的形成。地中海文学中心东移到埃及的地中海城市亚里山大城。在这里，《圣经》首次被译成希腊文，拉开了东西方文学大交流的序幕。希腊化时期主要的文类形式有民间传说、传奇故事、哀怨的恋爱故事，以及天方夜谭式的罗曼史，遗憾的是这一时期大部分的作品，都已经失传了。米南德（前342—前292?）的"新喜剧"是这一时期重要的戏剧，米南德创作了100多部戏剧，以新喜剧为主要形式，曾经8次获得希腊人所珍视的戏剧奖。他的作品大部分失传，只有《恨世者》与另一部喜剧《评判》的残卷传世。米南德的喜剧也被称为"性格喜剧"，不过他的"性格"已经不同于悲剧家埃斯库罗斯等人的"性格"。在古希腊悲剧理论中，性格是构成悲剧的重要原因，这里的性格是指人类与自然关系中的主要政治立场与行为准则。而米南德喜剧中的性格则主要是个人的秉性。米南德喜剧的主要人物是普通人，以家庭生活为主要内容，特别集中于描写男女爱情等，风格柔美纤细，具有时代特色。

综上可见，古希腊神话、史诗与戏剧，是西方文学主流文类的模板，从古希腊到现代西方文学3000年间，这三种文类世代流传，它们已经超越了形式主义的文类概念，在当代世界文学史新建构中，一切文学形式都如美国学者所说：

> 就其自然出现的、有力的形式而言，文类本质上是一种社会——象征的信息，或者用另外的方式说，那种形式本身是一种内在的、固有的意识形态。①

简单说，古希腊的神话、史诗与戏剧三大文类，是古希腊人的创造，是他们对世界文学史的贡献。这种创造与东方民族的文学创造一样，是世界文学史新建构的重要内容。

第二节　古希腊神话传说

一、古希腊神话的来源

古希腊神话是地中海文明的结晶与宝库，古希腊文学的众多母题都来自于神话。古希腊神话故事是历代西方文学家创作取之不尽的源泉，从古罗马帝国的维吉尔、中世纪的但丁、17世纪法国古典戏剧家拉辛、18世纪英国浪漫主义诗人拜伦，直到20

---

① ［美］弗雷特里克·詹姆逊：《政治无意识》，王逢振、陈永国译，127页，北京，中国社会科学出版社，1999。

世纪的现代作家，都曾经以希腊神话作为创作的题材。古希腊神话被认为是人类正常的童年时代产物，其所显现出来的理性精神与艺术想象力是西方思想的两翼。这样，后世西方文学精神的辩证关系——理性关照与神性启示都孕育于古希腊神话之中。

古希腊神话产生于人类社会发展的早期阶段，反映了人类童年时期的世界观和原始氏族社会的生活状况。马克思曾经指出："任何神话都是用想象和借助想象以征服自然力，把自然力加以形象化；因而，随着这些自然力之实际上被支配，神话也就消失了。"① 古希腊神话产生在这种条件下，他们只能借助于想象来认识自然现象和社会现象。在古希腊人的眼中，山川树木、日月星辰等自然现象都是神的反映，人世间的生老病死、祸福成败都取决于神的意志，神话便因此产生了。但是，当代西方神话学家的研究表明，神话也是古代人类的一种思维方式与行为实践准则，神话作为一种符号体系，如同语言一样，对古代社会生活起了重要作用。所以，神话不仅是艺术之母，同时也是古代人类社会思想的重要构成。希腊神话关于神的故事可以分为旧神谱系和新神谱系两大系统，旧神谱系反映的是人类母系氏族时期的状况；新神谱系反映的主要是父系氏族时期社会的状况。在古希腊神话里，神也像人一样组成了一个高度组织化的社会，这个社会里有大神宙斯等统治者，也有为了人类的利益盗取神火送往人间的普罗米修斯，而且给了这位为人间奋斗的神以崇高的地位。由此可以看出，希腊神话中存在民主精神与多元价值取向，这种精神影响到后世整个西方文化的价值观与道德观。

二、神的故事和英雄传说

神的故事主要由开天辟地、神的产生、神的谱系、人类的起源和神的日常活动等故事组成。希腊神话故事里的神较为复杂，在《神谱》里可以分为前奥林匹斯神系和奥林匹斯神系两大阶段。前奥林匹斯神系叙述的是从开天辟地到宙斯之前的情况。

首先是神的产生。根据《神谱》记载，宇宙本是一片混沌（卡俄斯），后来生出了大地女神该亚（也叫地母），之后该亚生出了天神乌拉诺斯，乌拉诺斯和该亚结合生下十二个提坦巨神（六男六女）。这些巨神彼此结合生出了日、月、星辰、黎明等神。提坦巨神中最年幼的克洛诺斯与该亚联合起来推翻了乌拉诺斯，又与提坦女神瑞亚结合生了三男三女。因前车之鉴，克洛诺斯也怕被自己的子女推翻，所以要吞吃他们以绝后患，可是最小的儿子宙斯却被瑞亚藏起来。宙斯长大后，推翻了克洛诺斯，古希腊人认为宙斯就是那个时代的天神。宙斯及其他神族的成员居住在希腊最高的奥林匹斯山上，因此被称为"奥林匹斯众神"。在希腊神话故事中神与人同形同性——与人一样有爱有恨，有嫉妒心与虚荣心，希腊原始初民的情感和欲望在神的身上得到了体现，由此可见神的形象是古希腊人用象征隐喻的方式塑造出来的人，有丰富的灵性和内涵。跟人一样，希腊神也常处于理性与感性的矛盾状态。希腊人较早地摒弃了那种图腾崇拜和原始的交感巫术，选择了人文主义的神话，这是一种文类，也是一种

---

① 《马克思恩格斯选集》，第 2 卷，29 页，北京，人民出版社，1995。

意识形态。

希腊神话的中心是奥林匹斯神系。在奥林匹斯众神里，除了天神宙斯外，还有天后赫拉，海神波塞冬，太阳神阿波罗，爱神阿佛洛狄忒等。他们住在奥林匹斯山上，是一个高度组织化的社会体系，充分体现了原始社会末期氏族统治阶级的生活状况。

希腊神话中的英雄传说起源于原始社会的祖先崇拜，是对远古的历史、社会生活以及人与自然做斗争等事件的回忆，并始终保持着野蛮时期和氏族社会的烙印。英雄都被说成是神与人结合所生的后代，其实是部落集体力量和智慧的化身，集中反映了人类征服自然的强烈愿望和当时社会部落之间的纷争。古希腊的英雄传说有完整的系统性，主要有大力士赫拉克勒斯建立 12 件大功、忒修斯为民除害杀死米诺牛、伊阿宋盗取金羊毛、俄狄浦斯王以及古老的特洛伊战争等故事。故事中的英雄都有不畏艰险、为民造福的品质，充满了英勇豪迈的气概，在他们身上体现了古希腊人追求真、善、美的强烈愿望。

三、古希腊神话的思想与艺术分析

由于人类文化有着共同的历史进程，以古希腊神话为代表的西方神话与世界各国神话在很大程度上存在相似之处，比如都体现了原始先民们对大自然积极探索的精神。在生产力水平低下的原始社会，人们对神秘莫测的大自然不由自主地产生了神秘感、敬畏感，同时也充满了强烈的好奇心和求知欲。于是以探索大自然、解释大自然为主要内容的神话便应运而生，希腊神话里的创世神话就体现了这一主题：宇宙之初，天地一片混沌，混沌之神卡俄斯主宰一切，后来他的儿子娶母生下厄洛斯，爱神厄洛斯以箭射大地，大地才开始有了生命。与希伯来人的神话相比，希腊神话具有更多的人文精神，创世的故事并不神秘。而《圣经》的创世神话则强调上帝是唯一的造物主，突出了神的权威性。

在神的形象的塑造上，各民族的神祇各有不同，古希腊和位于东方的各国也有不同：希腊神话中的神是神人同形同性的，而其他各国神话中的神则多半是神人异形同性，神人泾渭分明。古希腊人认为神是人最完美的体现，因此他们按照人的形象创造了神。正如意大利思想家维柯所说，不是神创造了人，而是人按照自己的形象创造了神，"神是人的本质的对象化"。古希腊人往往从现实世界人的个人感受、需要和欲望出发去幻想他们心中的神。他们宣称，之所以用人的形象来代替神，是因为世界上没有比人更美的形式。希腊神话中的神虽然具有超人的能力，却不能主宰人类的命运，有时人可以与神对抗甚至战胜神。在印度神话中，神被奉为至高无上的宇宙主宰，而古希腊人则认为神性与人性不仅没有不可逾越的界限，而且是互相辉映的，神是人的最高典型，在一些神的形象中可以想象人的智慧和美德可能达到的最高境界，这样一来希腊神话故事就变得美丽动人，且极具生活气息，因此希腊神话只是"人话"的艺术加工和再现，神的社会也只是希腊人的社会的一种反映。古希腊神话里的许多神在印度等国神话中也可以找到类似的形象，但有的没有，如酒神和爱神。在希腊神话中，酒神狄俄尼索斯与中国的神农氏有些类似，都管世上的植物生长，但二者又有很大差别，神农氏是一个为了天下百姓利益而甘愿奉献的神，而酒神却象征着"人类情绪的总激发和总释放"，是一个具有纵欲色彩的欢乐之神。古希腊神话的另一个突出的形象是爱神阿佛洛狄忒，金苹果的故事就导致了一场历经 10 年的战争。因此有人认为，酒神和爱神体现了古希腊人对生活快乐与情感宣泄的追求，这是其民族精神发展的原动力。

在思想内容上，古希腊神话有着极为独特、深刻而"现代性"的思想意蕴。在古希腊神话中，有古希腊初民对天地开辟、万物生成、人类起源等种种自然社会现象的系统理解，他们提出了自己独特的且有文化文本意义的思想观念，这些观念对西方文化产生了决定性的支配作用。在古希腊人看来，神话中的神不是超自然的纯精神之神，而是某种自然力的化身，他们彼此间的冲突对立导致了世界的演进。该亚突现而诸神相替，相互间你死我活，每一代神代表着宇宙和文明发展的一个阶段。在现在看来，诸神之战隐含着事物突变论、暴力革命论、发展激进观等现代思想意识，这些观念支配着西方人不断地进行文化变革，因此，古希腊人对"变"极其敏感。对于历史，古希腊人通过众神的更替，提出了历史进化观；又通过"金、银、英雄、铜、铁"五个时代，提出了历史衰退论。两种观念双向对立、互补，使古希腊人乐观而又审慎。在古希腊神话中与其他民族有所不同的是，部分存在过度推崇爱欲与暴力的倾向。宇宙一开始就有了爱欲之神厄洛斯，后来神（人）与海两因互成，生出爱与美之神阿佛洛狄忒，厄洛斯后来转化为阿佛洛狄忒之子，由这两个神颠倒一切，推动万物的发展。这样古希腊人就把爱欲提高到了宇宙原质和原动力的高度，而且，如果具有一定的社会发展史知识，就会发现，对于人类道德的强调不足，这也是希腊神话一个相当大的缺陷。值得注意的是，黑格尔曾经在《美学》等书中将希腊史诗神话与印度史诗神话相比较，高度评价希腊神话。但我们也要看到，包括印度神话与史诗在内的古代文学，也有自己的特色，未必就不如希腊神话。当然，这是另外的话题了，这里只是提醒，当我们研究希腊神话时，要用一种全面与辩证的观念来分析它。

古希腊文学对后代的审美心理上也有较大的影响，具体表现为倾向于崇拜"有力者"与智者。古希腊神话极富想象力和艺术表现力，不仅蕴藏着深刻的思想内涵，而且具有很高的美学价值，普罗米修斯、赫拉克勒斯等形象已成为真、善、美三位一体的英雄。在希腊神话中，常常是"有力者得之"，一旦有不和，即以力较量：或为王室继承权，或为爱情，或为复仇。总之，以力进行"光荣的冒险"，这是通过力量与智慧奋斗，来追求自己的价值。特别突出的是力量崇拜，在希腊神话中，诸神对世界的主宰都是凭借力量进行的。

古希腊神话是关于人本精神的神话，在人与自然的关系中，代表了古代人类征服自然的一种勇气。这种理想体现于希腊神话和史诗中对个性的张扬，对社会和世俗生活的向往，对个体生命价值与独立自由精神的追求，以及人与命运抗争的毅力与勇气。这也是有哲学观念的，古希腊神话的人本精神体现在它对人的问题的思考。古希腊人十分注重关于人自身的思考，"斯芬克斯之谜"就充分说明了古希腊人自我意识的觉醒。古希腊巴特农神庙的神谕"认识你自己"，其实就是这种自我意识的体现。神在古希腊人心目中的形象也体现了古希腊神话的人本精神。神在古希腊人心中既不像在古罗马人心中那样表现为赤裸裸的法权关系和现实国家，也不像在基督徒心中那样显得威严可怖和高不可及，而是呈现出亲切可爱的、完美的人的形象，呈现为一种美的理想，古希腊神话中的神是"人性化"的。希腊神话是民族性格的传神写照，从中不仅可以看出古希腊人英勇顽强、敢于冒险的民族性格，也可以看出希腊人的征战精神。希腊人是世界上最早开拓本土以外殖民地的民族，曾经建立了古代世界的大帝国，有人形容：地中海像是一个大池塘，希腊人在地中海周围建立了大批的殖民地，就像是池塘周边的青蛙一样。

第三节 《荷马史诗》

一、史诗叙事与荷马其人

《荷马史诗》包括《伊利亚特》（全长 15693 行）和《奥德赛》（全长 12105 行），相传为古代盲诗人荷马所创作。曾经有一段时期，《荷马史诗》被认为是世界上最早与最长的史诗。其实现在世界文学的史实证明：《荷马史诗》创作于公元前 8 世纪，但早在其之前的公元前 2500 年前后，就已经产生了西亚的苏美尔人史诗《吉尔伽美什》等。所以《荷马史诗》并不是最早的史诗。同时，《荷马史诗》也不是最长的史诗，中国史诗《格萨尔王传》等多部史诗都超过其数万甚至数十万言。

但是，《荷马史诗》有自己独特的价值，是一部具有极高思想与艺术性的伟大作品。它取材于关于特洛伊战争的传说。在古希腊的南贴撒利亚和北伯罗奔尼撒流传着大量的战争传说与神话，《荷马史诗》对其中的部分传说进行艺术加工和提高，形成一个体系，突出故事性。从时间上来说，特洛伊战争时间较长，而史诗只截取了其中一个时间段。《伊利亚特》描写了战争的第 10 年，以特洛伊主将赫克托尔的死亡与下葬来结束全诗。《奥德赛》写奥德修斯漂泊的岁月，集中描写了在海上冒险及其他一些英雄返回家乡的过程。两诗都只有 24 歌卷，是高度集中的艺术品，所以集中叙事正是《荷马史诗》的独到之处。

史诗作者荷马，传说是一位盲诗人，但关于他是什么地方的人，他如何创作了史诗，都无定论，这就是所谓的"荷马之争"，希腊和地中海沿岸的许多国家都争夺荷马故乡的荣誉。关于特洛伊战争的传说最早是以诗的形式流传，主要是口头传唱，经过历代说唱艺人的修改，到公元前 8 世纪到前 6 世纪期间得到集中整理，成为《荷马史诗》的最初文本。史诗曾经有过其他多种题目，但是最终以《伊利亚特》与《奥德赛》为名。

荷马的两部史诗虽然反映的是公元前 8 世纪希腊社会人与人、群体与群体、个人与群体的关系，但其内容还是属于神话作品，因为无论是从故事的缘起还是战争过程中的重要事件来看，都离不开神的预言和参与。与古希腊神话不同的是，荷马史诗反映的是需要超人的能力甚至是需要神来相助取得胜利的故事。《伊利亚特》描写了远古英雄们的纷争以及他们的个人行为与部落命运的关系，即人与社会关系的神话。在英国人类学家弗雷泽看来，史诗所描写的阿喀琉斯与赫克托尔的关系就是在展现一种远古祭祀仪式的全部过程。《奥德赛》写的是人与神及神化的自然周旋的故事，是反映人与自然关系的神话。但由于古人把一切发生着的事物都归因于秘密或神秘的力量，所以，自然在这里也充满了神性。奥德修斯的经历是对人神与共结果的探索，体现了两者关系密不可分但却难以相融，对神与人之间的关系的关注使史诗在矛盾冲突上充满了神话色彩。

战争的起因就是一个美丽的古希腊神话"金苹果"的故事。在奥林匹斯山举行的一次盛大婚礼上，天后赫拉、智慧女神雅典娜和美神阿佛洛狄忒为一个写有"赠给最美的女神"的金苹果发生争执而互不相让，于是让年轻俊美的特洛伊小王子帕里斯做评判。为了能得到"最美的女神"称号，天后赫拉向帕里斯许诺权力和富有，庄严而美丽的智慧女神雅典娜许诺智慧和成功，但美神阿佛洛蒂特的许诺是他可以获得一个最美的女子。于是帕里斯不由自主地将金苹果递给了美神。果然美神没有食言，帮助帕里斯得到了希腊人墨涅拉俄斯的妻子美女海伦，从而引起了一场为夺回海伦而起的特洛伊战争。

特洛伊战争实际上不过是希腊人的一场殖民主义的掠夺战争，希腊人早已经觊觎地中海东岸的"多金的城邦"——美丽富饶的特洛伊。历史上希腊人多次与小亚细亚地区的城邦进行战争，并且通过征战，在地中海周边建立了自己的殖民地，特洛伊战争是这种战争的一个典型，因为战争的残酷与巨大利益给希腊人留下了深刻印象，也产生了史诗。

二、《伊利亚特》

《伊利亚特》是一部有关战争的神话故事，集中描写了战争结束前约50天里发生的事件。荷马在史诗中开宗明义讲到其主题："阿喀琉斯的愤怒是我的主题，那致命的愤怒，在实现宙斯意志的过程中，带给希腊人如此多的苦难。它将众多高贵者们的勇敢灵魂送入地狱，抛下他们的躯体为狼和过往鸟群所争食。"但是也有的学者认为：

> 《伊利亚特》描述了一场轰轰烈烈的战争中最悲壮的一页。它展示了战争的暴烈，和平的可贵；抒表了胜利的喜悦，失败的痛苦；描述了英雄的业绩，征战的困难。[①]

关于《伊利亚特》的主题，以上说法都是有道理的。我们认为，《伊利亚特》是关于古代战争的描写，它再现了奴隶制社会中财富与政权的争夺带给人类社会的巨大影响，反映了人类如何以人性的力量与勇气战胜种种死亡、危险与诱惑。

史诗的故事叙述的是，希腊联军统帅阿伽门农仗势夺走其主将阿喀琉斯的女俘，并使他当众受辱，阿喀琉斯愤然退出战役，从而致使希腊联军大败，阿伽门农被迫向

---

① ［古希腊］荷马：《伊利亚特》，陈中梅译，8页，广州，花城出版社，1994。

阿喀琉斯赔礼谢罪，却遭拒绝。在这危急关头，阿喀琉斯的好友帕特洛克罗斯借来他的甲胄出战迎敌，被特洛伊勇士赫克托尔杀死，阿喀琉斯悲痛欲绝，上阵杀死了赫克托尔为好友报了仇。赫克托尔的老父亲无限悲痛，要求归还儿子的尸体，希腊人也被老人的失子之痛所感动，终于归还了英勇的赫克托尔的尸体。阿喀琉斯浑身刀枪不入，只有脚踵是可以被伤害的地方，后来他终于被帕里斯王子的毒箭射中脚踵而死。希腊联军使用了特洛伊木马的计策，最后终于破了特洛伊城，进行残暴的屠杀后，缴获了大量的财富与奴隶，满载而归，回到希腊。

《伊利亚特》是一部英雄史诗，它的人物尽管受着命运的支配和神的主宰，但诗人在塑造人物时，更可称赞的还是人的主动进取精神。《荷马史诗》是英雄史诗，作品中出现了阿喀琉斯、阿伽门农、赫克托尔和奥德修斯等永恒的英雄形象。希腊人并不因阿喀琉斯任性、专横并残忍地对待赫克托尔而认为他有负英雄的盛名，相反，荷马却把他作为一种英雄品质的榜样向希腊人歌颂。然而作为希腊人引以为荣的英雄，他却贪婪和暴躁。在战争开始时，他因垂涎特洛伊的财富才率兵出征，在与最高统帅决裂后他拒绝出战，是因为他个人在物质利益和权势上受到了侵害。由此可见，史诗中的英雄主要是为了掠夺财富和加强个人权势而战斗的，他们是高踞于群众之上的骄横的贵族，阿伽门农和阿喀琉斯等人就是这种英雄的代表。这些英雄和神话传说中的英雄有所不同，这反映了在氏族内部分化的情况下，氏族社会向奴隶制社会过渡时期的社会状况，其中所体现的英雄主义观念与氏族社会时期的神话传说中的英雄也有所不同。

同时，人物性格的典型化是一大特点。黑格尔曾经赞扬阿喀琉斯作为英雄人物是具有个性的"这一个"，为这位英雄性格中的相互矛盾的侧面进行辩解，这种观点也有一定影响。

与阿喀琉斯对应的是特洛伊的首领和英雄赫克托尔，面对强敌入侵，他的回答是：保卫特洛伊是我的职责。当预感到特洛伊注定要毁灭时，他对妻儿父老所面临的悲惨命运深感忧虑，但他控制住自己的悲哀，毅然担负起保家卫国的责任，最终战死沙场，他的形象具有强烈的悲剧色彩。

史诗是一种民族英雄主义的颂歌。"阿喀琉斯的愤怒"是《伊利亚特》最有典型性的情节，也是大多数人所关注的话题，但引起10年血战的"海伦的爱情"则是这部史诗的一条暗线。荷马不仅通过阿喀琉斯、赫克托尔等民族英雄的功勋战绩高歌国家的荣誉和个人对社会的责任，而且在对帕里斯和海伦爱情的悉心描述中，咏叹个人的自由选择和真挚恋情。

由特洛伊战争的起因来看，当帕里斯与海伦的私情最终导致一场国家民族大战时，实际上是帕里斯得到的幸福与他们无意造成的社会影响之间产生了冲突。在神话和史诗都热情讴歌了以阿喀琉斯、赫克托尔为代表的为国家荣誉而战的英雄时，也没有诋毁和谴责帕里斯和海伦。与赫克托尔、阿喀琉斯比起来，帕里斯算是另一类英雄，是更普通的凡人英雄。帕里斯的爱情与阿喀琉斯的愤怒在《伊利亚特》中始终悄悄地构成一种尖锐的紧张感，构成古希腊人在思考自己历史时的一种内在冲突和思想张力。帕里斯为个人的幸福而忘记了国家的荣誉和安危，阿喀琉斯为了个人的尊严而轻视了比个人得失更重要的国家危机；反过来，国家间的争斗和流血无非是因为一些个人不能理性地处理自己的欲望和彼此间的世俗利益分配，连年的争战和遍地尸首往往成为少数人私欲的沉重代价。

三、《奥德赛》

《奥德赛》讲述的是希腊英雄奥德修斯在特洛伊战争后回家的 10 年海上漂泊与冒险，他经历了千辛万苦终于返回家乡。史诗通过叙述奥德修斯回国途中的冒险遭遇，展现了人与自然的斗争，歌颂了人的智慧和毅力以及人本主义思想。《奥德赛》着重反映了两方面的内容：以海上冒险为象征、以征服自然为目的的生产实践活动；通过奥德修斯家庭生活而展开的社会斗争。

借助奥德修斯的形象，作者首先赞颂了人类征服海洋的热情和能力，史诗中所描绘的狂暴而具有毁灭力的大海衬托了人类驾驭海洋的巨大勇气。在家庭生活和社会斗争中，奥德修斯是以私有财产的维护者和新兴奴隶主的形象出现的，这反映了奴隶制国家形成时期的社会状况。

在《奥德赛》中，主人公奥德修斯把个人的自我意识表现得更为明显。当海岛女巫喀尔刻引他参观冥府，教导他珍惜尘世的生活和享乐时，当女神吕普卡劝他不要再跋涉，留下来共享长生时，奥德修斯听从宙斯的旨意决然告别深情挽留他的吕普卡，启程返乡。奥德修斯的行为显示了个人独立性的力量。荷马的伟大之处在于他第一个把选择权赋予人类并使人类有了行动自由的可能，荷马把由主体意识支配的选择权交给了他的英雄。在荷马那里，我们透过宙斯的意志依稀看到的是希腊人文思想的萌芽。

奥德修斯就像《吉尔伽美什》里的吉尔伽美什执意寻找永生之谜一样，自始至终在追寻着"家"的意念。在家庭关系还属松散的氏族社会里，奥德赛心目中"家"的意念绝不仅仅是由女人和财产构建的普通意义上的家。这里的"家"实际上是人类逃避神力和自然法则，走向自由的最后终结。从上述种种对人神关系的矛盾性处理中，我们不难看出荷马对人及其行为的关注，这是荷马对理性的最朦胧的感受，是原始道德的最早萌芽。在希腊思想中，企图把集体意识关于人类生活及行为的律令加以整理并成为普遍适用的概念的那种努力，最早可在《荷马史诗》中找到。

作为古希腊最早的文学作品，二者都是以特洛伊战争为背景，是建立在神话传说基础上前后连贯但又互相能独立成篇的宏大史诗。史诗以一个历史事件为基础，通过广阔的社会画面反映了古希腊从氏族社会向奴隶制社会过渡时期的社会生活，塑造了一系列英雄形象，表现了热爱现世生活、肯定人的积极乐观的思想。但同时，二者又存在着明显的差异。

在题材选择上，《伊利亚特》直接描写特洛伊战争的惊心动魄的场面，以民族英雄为中心体现了希腊当时军事民主时代的社会状况；《奥德赛》叙述的则是奥德修斯在特洛伊战争结束后返回家园途中的种种遭遇，展现了人与自然以及当时社会上争夺财富的斗争，歌颂了人的智慧和个性意识觉醒的人本主义思想。在表现手法上，尽管两部史诗都具有上古时期现实主义和浪漫主义的因素，但《伊利亚特》更多地体现了浪漫主义色彩，《奥德赛》中的现实成分则更浓厚一些。在风格特征上，《伊利亚特》因是描写战争的，故显得博大雄伟气势磅礴，具有"阳刚之美"；《奥德赛》则是惊险瑰奇而又委婉动人，具有"阴柔之美"。

第四节　古希腊戏剧

一、古希腊戏剧的研究

亚里士多德在《诗学》中就已经指出，希腊戏剧的源头是从酒神狄俄尼索斯（Dionysus）祭祀仪式而来。根据历史提供给我们的迹象来看，公元前 6 世纪在古希腊诞生的悲剧和喜剧是人类最早的成熟戏剧形态，它们源于酒神的祭祀活动，逐渐从祈神歌队和羊人舞蹈中分化出戏剧演员来，并由专门演出酒神事迹的戏剧转而演出其他内容的悲剧与喜剧。古希腊人用对掌握万物生机的酒神的祭祀，来祈祷和庆祝丰收，每年春秋两季都举行祭奠酒神仪式。当举行酒神祭祀的时候，人们组成盛大的队伍，组成合唱表演队来合唱酒神颂歌。他们身穿兽皮，头戴羊角，扮成半人半山羊的样子，在树林或荒野上沉醉、狂欢、游行、诞生、受难、死亡、第二次诞生。这种奇异经历，加上沉醉和狂欢，正是狄俄尼索斯神话的主要精神所在。狄俄尼索斯对后来的悲剧的意义在于：他的第二次诞生的经历是悲剧内容的来源，他作为领舞人又是悲剧演员的雏形。酒神一向是希腊悲剧的真正主角，如普罗米修斯、俄狄浦斯、俄底修斯都不过是酒神的改头换面而已，归根到底，酒神颂是古希腊人祈求食物丰盈、生命再生与永恒的仪式歌舞。悲剧就是从这种祭祀酒神仪式的歌舞演出中逐渐衍生的。秋天，当葡萄熟了的时候，又是一个狄俄尼索斯的节日。人们载歌载舞，喜庆丰收，这样喜剧便产生了。悲剧和喜剧最初只表演神的故事，后来逐渐发展到表演英雄事迹和常人生活。演员也由一人增为二人、三人甚至更多。

到了公元前5世纪，戏剧发展成为古希腊文学创作的主流，特别在雅典，戏剧尤为兴盛。政府直接组织和管理戏剧的创作和演出，戏剧表演成为政治生活的重要内容。希腊悲剧的卓越代表是雅典的三大悲剧家埃斯库罗斯（前 525—前 456）、索福克勒斯（前 497—前 406）和欧里庇得斯（前 485—前 406）。他们最著名的代表作分别是《被缚的普罗米修斯》《俄狄浦斯王》和《美狄亚》。埃斯库罗斯被称为"悲剧之父"。古希腊戏剧已经具备了我们对于戏剧理解的全部要素与含义。它的演出已经脱离宗教仪式的羁绊而成为纯粹的人类娱乐与审美活动。

公元前5世纪是希腊民主制度最为兴盛的时候，希波战争的胜利巩固了雅典的民主制，雅典进入了伯里克利执政的黄金时代，戏剧逐渐成为一种用来实现政治道德教育任务的工具。戏剧的演出是雅典公民政治生活中的一项重要活动，这也是希腊戏剧产生发展和繁荣的重要原因之一，从这个意义上来说，古希腊戏剧是雅典民主政治的产物。希腊人把剧场当作政治斗争的自由论坛，在建立和巩固民主制的政治斗争中，戏剧成了政治斗争的武器和教育公民的手段。古希腊戏剧真切地反映了这一时期希腊社会的动荡和演变。悲剧反映了雅典民主制创建、兴盛和衰落的过程，而现存的喜剧则是雅典城邦危难之秋的产物。

近代以来，众多的考古学家、人类学家、艺术史家对于分布在全球各地的原始遗迹进行了大量的考察，并参照历史文献对戏剧起源形式做出了有说服力的假说，其中最具影响力的是原始思维支配下的巫术模仿说。依据这种理论，弗雷泽在其著作《金枝》里阐述了人类戏剧最初发轫的动力源于原始宗教意识，即在巫术意识支配下人类产生有目的的模拟行为，这种行为构成了人类戏剧的原始雏形。

由此可见，戏剧是原始宗教巫仪艺术化、审美化的结果。戏剧现象是与人类原始文明所共生的，当人类产生巫术观念时，体现这种观念的载体之一的原始戏剧表演就产生了。在这个意义上，我们就可以说，戏剧是人类各种文明所共同拥有的现象。在世界很多地方我们都能够发现原始型祭祀戏剧的痕迹，它出现于人类各个文化区域，成为人类原始文化的一个重要组成部分。根据考古学家的发现，希腊文"戏剧"和"仪式"之间存在某种必然的联系，在《金枝》所提供的材料里，就可以看出古希腊的宗教演出可上溯到埃及和巴比伦的崇拜仪式。

这些新的研究成果对我们理解古希腊戏剧有一定的参考作用，不过直到今天，仍没有任何学说能完全垄断戏剧研究的全部领域，所以我们主张以多元文化的观念来研究包括古希腊戏剧在内的文学艺术。

古希腊悲剧大多以神话故事和英雄传说为题材进行艺术创作，并称为"三大悲剧"的《被缚的普罗米修斯》《俄狄浦斯》和《美狄亚》无一例外。古希腊人把丰富的想象力与人文精神融入悲剧，才使其所崇奉的理想主义、英雄主义的主旋律得以展现。古希腊悲剧的盛期是古典时代，在公元前 6 世纪至前 5 世纪这短短的两百年间，先后出现了三大悲剧家，希腊人把他们称为"三大悲剧诗人"，这是因为希腊人尊崇诗，将《荷马史诗》看作最伟大的诗，其实这三大悲剧诗人就是三大悲剧家。三大悲剧家各具风格，反映出社会不同时期的矛盾现象。同时我们也必须提到，希腊的喜剧地位不如悲剧那般崇高，但古希腊仍然有伟大的喜剧作家。阿里斯托芬（Aristophanes，前 446—前 385）的喜剧《阿卡奈人》《鸟》《蛙》《和平》和《吕西斯特拉试》等都是名剧，他被称为"喜剧之父"。此处还有克剌提诺斯和欧波利斯，这两位是阿里斯托芬之前的杰出喜剧家，三人被合称希腊雅典的"三大喜剧家"。无论是三大悲剧家还是三大喜剧家都对古希腊戏剧的兴盛有不可磨灭的贡献。正是通过他们，希腊戏剧艺术才被推向了顶峰。

二、埃斯库罗斯的《普罗米修斯》

埃斯库罗斯出身贵族，是雅典附近的厄琉息斯人奥托里昂斯的儿子，曾参加过希波战争中的马拉松会战与萨拉米斯会战。其剧作《波斯人》就描写了波斯海军在萨拉米惨败的故事，他借这场战役来歌颂希腊人的勇敢、抨击波斯专制奴役的黑暗，该作品被认为是"现存的唯一以当时现实为题材的希腊悲剧"①。由此可以看出，埃斯库罗斯有着强烈的政治倾向，谴责专制制度、颂扬民主政治是其剧作的主题。该主题在《被缚的普罗米修斯》中表现得最为突出。

埃斯库罗斯曾经获得过 7 次戏剧奖，这在当时是极高的荣誉。他共创作了 70 多部戏剧，但是传世的只有 7 部，包括《波斯人》《普罗米修斯》《乞援女》《七将攻忒拜》以及俄瑞斯三部曲（由《阿伽门农》《奠酒人》和《复仇女神》所组成）。

《普罗米修斯》是其代表作。该剧取材于天主宙斯寻找自己命运秘密的神话故事，但创作中只集中选取了宙斯千方百计对知情的普罗米修斯逼供的片段，以暴烈的迫害行动开场：普罗米修斯被押送到地老天荒的世界边缘，吊在万丈危岩的高加索山前，无情的钢钉揳入他的胸膛，青铜的手铐脚镣箍紧他的四肢，天风狂吹，太阳灼射，宙斯用世间最残酷的刑法来折磨他。这番惨象连执行迫害他的命令的火神都看得触目惊心，于心不忍，他对普罗米修斯说："每时每刻的苦痛将你的心不断侵蚀；救你解脱锁链的人尚未出世。这就是你热爱人类的报偿。作为一个神，你竟冒犯众神的天威，给予人类不该享有的荣耀。因之你将长此痛苦地守望下去。抻直在这岩石边，不能合眼，无法屈膝，徒然地发出受虐的、深沉的、悲切的呼喊，宙斯不会理会你的声音，新得势的神总是严酷的。"在高加索山上被沉重铁链锁住的普罗米修斯表达了自己与宙斯抗衡的决心："让他扔出燃烧的电火吧，让他用白羽似的雪片和地下响出的雷霆使宇宙紊乱吧。可这一切都不能强迫我告诉他，谁来推翻他的王权。"这里，埃斯库罗斯是在借普罗米修斯之口诅咒专制制度。《被缚的普罗米修斯》从正面集中描写了普罗米修斯不屈不挠的斗争过程和普罗米修斯因盗火所受的残酷惩罚并以此反衬出宙斯的残暴无道，作品重在显示主人公在受难中的刚强、高贵、神圣，从而将普罗米修斯塑造成一个为了维护正义与暴君权威誓死对抗甚至不惜牺牲自我的悲剧艺术形象。

最早的悲剧是命运悲剧绝非偶然，对于原始人"不能理解的一切都是命运注定的"②，命运观念是人在理性思维和自我意识不发达的情况下，面对外界神秘力量的无所适从的惶恐感觉上形成的恐惧观念，是人类面对超人的实体的神秘力量感到无法掌握和控制自身行为与结果的思想体现。命运观作为原始思维所形成的基本观念之一，在各个民族都出现过并且至今还有存留，具有普遍性。

三、索福克勒斯的《俄狄浦斯王》

索福克勒斯出生于雅典旁边科洛那斯的一个商人与手工业者家庭。如果说埃斯库罗斯是雅典城邦上升时期的作家，那么索福克勒斯则是雅典鼎盛时代的作家，在他的晚年，雅典已经趋向败落。而欧里庇得斯则是雅典完全没落时代的作家。三位戏剧家的创作完整地再现了雅典的兴衰，宛如史书一般。

索福克勒斯共写了 123 部作品，流传下来的只有 7 部：《埃涅阿斯》《特拉克斯少

---

① 罗念生：《论古希腊戏剧》，18 页，北京，中国戏剧出版社，1985。
② 朱光潜：《悲剧心理学》，211 页，北京，人民文学出版社，1983。

女》《安提戈涅》《俄狄浦斯王》《厄勒克特拉》《菲罗克忒提斯》《俄狄浦斯在科洛那斯》。20 世纪初期，在埃及发现了他的《追踪者》的残篇。

《俄狄浦斯王》是索福克勒斯的代表作品，在古希腊悲剧中占据着特殊的位置。它叙述的是一个杀父娶母的故事：忒拜国王拉伊俄斯从神示中得知他的儿子命中注定要犯下杀父娶母的罪行，于是刺穿了儿子俄狄浦斯的双脚，命令一个奴隶把孩子抛在山中喂野兽。但是这个奴隶看婴儿可怜无辜，就把他送给了科林斯国王波吕玻斯的牧人。后来俄狄浦斯被无子的国王收养。俄狄浦斯长大后也从神示中得知自己将要犯下杀父娶母的大罪，于是逃到忒拜，在路上打死了一个老人，这人恰巧是他的生父。俄狄浦斯在前往忒拜的途中，遇见了斯芬克斯怪，破除了斯芬克斯怪设下的谜语。怪物跳岩自杀，俄狄浦斯被忒拜人拥为新王，又娶皇后伊俄卡斯忒为妻，实际上是娶了自己的生母。由于俄狄浦斯犯下了乱伦大罪，遭到天谴，忒拜陷入瘟疫之灾。神示说要找到杀死老王的凶手才能平息这场瘟疫，追查的结果证明凶手就是俄狄浦斯自己，这样，杀父娶母的预言应验了。最后伊俄卡斯忒在羞愤中自尽，俄狄浦斯也刺瞎了自己的双眼，请求流放。悲剧是以忒拜城遭受瘟疫的苍凉景象而开场的，"城里正弥漫着香烟，到处是求生的歌声和苦痛的呻吟"，包括男女老幼各色人等的一大群乞援人聚坐在忒拜王宫前，手拿月桂橄榄枝，向神祈祷。"因为这城邦……正在血红的波浪里颠簸着，抬不起头来：田里的麦穗枯萎了，牧场上的牛瘟死了，妇人流产了；最可恨的带火的瘟神降临到这城邦，使卡德摩斯的家园变为一片荒凉，幽暗的冥土里倒充满了悲叹和哭声。"忒拜城霎时陷入一片恐慌之中。

《俄狄浦斯王》保留了俄狄浦斯与命运抗争的英雄传说的完整情节，故事并没有遵照传说原来的情节发展顺序，而是以充满悬念的倒叙方式从俄狄浦斯开始追查杀害先王的凶手开始写起，随着凶案的侦破过程逐渐追溯俄狄浦斯"弑父娶母"命运的经过，从而应验神所预言的不可抗拒的命运，俄狄浦斯由此变成了在不可抗拒的命运捉弄中走向沉沦和毁灭的悲剧人物。他是一个勇于正视现实、承担责任的英雄，对自己于无意中犯下的罪过勇于承担责任，他放弃了自杀这一能使自己轻易解脱痛苦的方式，而采用更为严厉的方式来惩罚自己。

《俄狄浦斯王》是由两个悲剧构成的，即斯芬克斯悲剧和俄狄浦斯悲剧。在此之前的人们是活着，但浑然无知，无主体意识，无"人"的概念，因此也就失去了作为人而存在的权利——被斯芬克斯吞吃消灭。而俄狄浦斯一旦答出谜底（人），斯芬克斯悲剧便发生了。这意味着人一旦有了主体意识，成为自我的主宰，人的本质的悲剧即兽性与神性的冲突便发生，并将人类引向无限。俄狄浦斯的命运悲剧在此可以找到注释：人类本质永恒的可调和的相悖性。

从哲学层面上讲，俄狄浦斯的悲剧也可以说是整个人类的悲剧——整个人类在认识自身问题上的无奈与悲哀，同时也是我们每一个个人的悲剧。作为最有影响的希腊悲剧，《俄狄浦斯王》戏剧冲突尖锐，主题思想深刻，结构严谨，叙事情节动人心魄，历来受到戏剧家的极高评价，被认为是古典戏剧的样板。

四、欧里庇得斯与《美狄亚》

欧里庇得斯是最后一位著名悲剧诗人，有人曾经将三大悲剧诗人的生存时代做过一个排列：在公元前 480 年，埃斯库罗斯 40 多岁时，刚刚参加了萨拉米斯会战。这时的索福克勒斯只是一个小青年，只有 20 来岁，参加庆祝萨拉米斯会战的庆功会，成为歌唱队的一名队员。而此时的欧里庇得斯大约 5 岁，可能还未完全学会写字。

欧里庇得斯出生于萨拉米斯，父亲是阿提刻东岸的弗吕亚城的公民，家庭富有，欧里庇得斯继承了丰厚的遗产，这使得他可以专心写作。他也是个多产的作家，创作了 92 部戏剧，获戏剧奖 5 次。流传至今的作品有 18 部：《阿尔刻提斯》《美狄亚》《赫拉克勒斯的儿女》《希波吕托斯》《赫卡柏》（讽刺剧）、《圆眼的巨人》（羊人剧）、《疯狂的克拉克勒斯》《请愿的妇女》《特洛亚妇女》《厄勒克特拉》《伊翁》《伊菲革涅亚在陶洛人里》《海伦》《安德洛玛刻》《腓尼基妇女》《俄瑞斯忒斯》《酒神的伴侣》和《伊菲革涅亚在奥利斯》。

最著名的悲剧是《美狄亚》。这出悲剧取材于伊阿宋夺取金羊毛的神话。科尔喀斯公主美狄亚不顾一切地爱上了伊阿宋，就和伊阿宋一起逃到希腊结了婚。伊阿宋为了图谋科林斯国的王位，决心遗弃美狄亚，娶国王克瑞翁的女儿格劳刻为妻。美狄亚为了惩罚伊阿宋，就把染了毒药的新衣和皇冠作为礼物送给新娘，害死了新娘和新娘的父亲，为了使伊阿宋断绝后代又杀死了自己的两个儿子，然后乘坐龙车逃走了。

为了她曾经深爱着的伊阿宋，美狄亚不惜杀死自己的兄长、背叛自己的父亲，来帮助其获得金羊毛，并夺得伊尔俄斯城的王位，而且为伊阿宋生了一对可爱的儿子。作为女人无论是相夫，还是教子，她应该说都已尽职了，可最终还是被喜新厌旧的伊阿宋所抛弃。在苦苦哀求毫无结果的情况下，她被迫走了极端——谋杀了伊阿宋无辜的未婚妻，并亲手杀死自己与伊阿宋的骨肉，以此来报复伊阿宋的绝情。然而，她当时的心里根本没有因报复而产生快感，在要杀死自己的亲骨肉之前，有一段令人心颤的自白被后人看作绝佳的复杂心理之描写："……啊，我这不幸的手呀，快拿起，拿起宝剑，到你的生涯的痛苦的起点上去，不要畏缩，不要想念你的孩子多么可爱，不要想念你怎样生了他们，在这短促的一日之间暂且把他们忘掉，到后来再哀悼他们吧，他们虽然是你的，你到底也心疼他们！——啊，我真是个苦命的女人。"[1]

悲剧中的女主人公美狄亚性格坚强、敢爱敢恨，不是一个逆来顺受和任人宰割的弱女子。在欧里庇得斯塑造的一系列妇女形象中，她以其性格力量著称。这种力量给她带来巨大的痛苦，同时也深深吸引了作家。美狄亚实行的骇人听闻的报复行动不是由于命运，而是她在感觉遭到巨大的打击后一种有意识的反抗。她的复仇不仅是她自己的一种生存抗争，也是对压迫她、损害她的社会的一种复仇。

---

① ［古希腊］欧里庇底斯：《美狄亚》，见周煦良：《外国文学作品选》，105 页，上海，上海译文出版社，1979。

作为人类文学艺术瑰宝的古希腊悲剧，其精神实质是什么？按照亚里士多德的定义，悲剧是"对一个严肃完整有一定长度的行动的模仿，它的媒介是经过'装饰'的语言，以不同的形式分别被用于剧的不同部分，它的模仿方式是借助人物的行动，而不是叙述，通过引发怜悯和恐惧使这些情感得到疏泻"。① 由此可见，悲剧的目的就在于激发观众的怜悯和恐惧从而使他们产生感情净化的效果。古希腊人对悲剧的概念着意在"严肃"，不在"悲"。古希腊人对悲剧的认识不仅包含后代人认为的苦难、悲壮，而且是酒神精神和日神精神的融合，体现人类在发展历程中的矛盾冲突和崇高价值的追求。古希腊悲剧最关键的一点在于它可以视为以"严肃"为核心的一种"元悲剧观"：古希腊舞台上各种悲剧张力是一个混沌不分的整体，而"严肃"具有统摄意义。"关键是严肃一词，这一词性给悲剧的摹仿提出了一条带有本质性的特殊标准。"②

欧里庇得斯的悲剧思想观念进步，反对内战，拥护民主政治。他关注女性的命运，即使在希腊的民主制度下，妇女仍然处在被压迫的地位，所以这位悲剧诗人写了多种多样的妇女形象，成为希腊悲剧中女性人物塑造最为突出的作家。从艺术手段的角度来看，欧里庇得斯的悲剧表现出一种向内转的方向，他专注于人物内心世界的刻画，人物情欲成为心理分析的主要内容，这是希腊悲剧史上的一个转向。同时，他的悲剧往往融入一定的喜剧嘲讽与欢乐成分，解构了传统悲剧凝重哀伤的传统。

当悲剧诗人埃斯库罗斯让他的普罗米修斯讲述神明是如何施恩于人类，或者当索福克勒斯让他的俄狄浦斯自动承担神谴，用刺目和放逐来惩罚自己时，诗人就是古希腊奥林匹斯信仰的布道者，而古希腊悲剧就是敬神涤罪的仪式。悲剧既演出古希腊人悲痛的眼泪、受难的热血、失败的呼号、胜利的狂野，也演出他们对人生理想的超验追求，对万事万物的宗教理解。西方文化的"伟大开端"对苦难命运的思索，往往使作为"诗的虚构"的悲剧作品与宗教、哲学乃至神学融为一体，共同构筑了英雄受难的主题。

古希腊的悲剧自诞生以来，就以其巨大的思想、文化和审美价值影响着人们的思想感情，影响着西方文化历史发展，一直为后世的人们所推崇。古希腊文学体现出希腊人对知识和力量，对历史的普遍性与必然性的认可与追求，他们对生活的执着、对人性的关怀激荡在人类历史发展的长河中。他们向往自由，并试图以此认识自己，树立人的主体性意识。历史理性主义是否能引导人类通向自由呢？西西弗荒谬的命运，普罗米修斯所经历不尽的磨难，俄狄浦斯王无法摆脱的命运，一切都昭示着人类似乎注定要遭受苦难。希腊悲剧的产生，正如尼采所言："奇怪的外乡人啊，你倒说说，这个民族为了达到如此壮美的程度，承受了多少苦难啊！"③ 古希腊的悲剧以最清醒的现实态度，把人生存的悲剧性展示在我们面前，并以其震撼人心的力量，显示了人

---

① ［古希腊］亚里士多德：《诗学》，陈中梅译注，63 页，北京，商务印书馆，1996。
② 朱光潜：《朱光潜全集》，第 6 卷，106 页，合肥，安徽教育出版社，1990。
③ ［德］尼采：《悲剧的诞生》，赵登荣译，143 页，桂林，漓江出版社，2000。

的尊严，迄今为止依然给我们巨大的艺术享受。古希腊悲剧家们的悲剧意识，也启发着我们正确地看待艰难的人生，并在这艰难中开拓前进。古希腊的悲剧意识产生于荷马以及三大悲剧家埃斯库罗斯、索福克勒斯和欧里庇得斯对生存毁灭性的救赎中，产生于对生存实在的探求中。

第四章　中国古代文学

第一节　概　述

一、文字与文学的起源

同其他世界古代文明一样，中国文学的产生，也没有可靠的史料记载和考古证明。无论是游戏说、巫术说，还是劳动起源说，文学的产生与先民的生活是密不可分的。从各种文献来看，文学艺术起源于劳动是一种影响较大的说法。例如，《淮南子·道应训》中的"今夫举大木者，前呼'邪许'，后亦应之，此举重劝力之歌也"，《礼记·曲礼》《礼记·檀弓》均出现的"邻有丧，舂不相"等。无论《淮南子》中所说的举重，还是《礼记》中所说的杵声，显然同属于基本的生产劳动。先民在集体劳动的过程中，为了彼此配合和互相交流，自然地发出了像"号子"一样的呼声。这种呼声因感情和实际需要而不断变化，形成最原始也最简单的节奏，这就是音乐、舞蹈及诗歌韵律的最初形式。

中国最古的文字，可能起自图画，比如某些氏族特有的文身和图腾等。这些图画都具有文字雏形，很可能慢慢地演变为文字。接下来盘古氏的太极图、伏羲氏的八卦图，以及河图、洛书等，这些图画涵盖的巫术、哲学、文学等意义，已经具有文字的大部分功能了。史书中记载的仓颉造字，大约是公元前 2800 年的事。已经被考古证实的商代甲骨文字，产生于公元前 1700 多年。但也有些其他关于文字起源的记载，比如在《周易集解》中有这样的表述："事大大其绳，事小小其绳，结之多少，随物众寡，各执以相考，亦足以相治也。"① 这"结绳而治"的事例，其实在某种意义上暗示着文字产生的缘起。

远古时期的文学，现在只能从散见于各类典籍的记载窥其一斑。例如《吴越春秋》中的《弹歌》："断竹，续竹，飞土，逐宍。"宍，古肉字。这首短歌反映的是上古人类造弓和狩猎的过程，语言简朴但有韵律，俨然是谣体诗歌的形式。再如《礼记·郊特牲》中所载："土反其宅，水归其壑，昆虫毋作，草木归其泽！"这首短歌据

---

① （唐）李鼎祚集注：《周易集解》，卷十五《九家易》，王鹤鸣、殷子和整理，北京，中央编译出版社，2001。

史料所说，是神农时代的作品，是关于农事的。上古时期的传说和歌谣，因为文字记录的片断和零散，有的甚至是口耳相传，再加上后人的篡改和增删，大多已经很难显示出当时社会的全貌。但典籍所载的一些简单韵语和歌谣，却为我们了解先民劳动生产及日常生活的场景提供了有力的佐证。甚至部分谣曲直接成为文学作品的滥觞。必须指出的是，上古时期的文学，并非现代意义上所说的文学，而是呈现出文、史、哲杂糅并蓄的形态。

二、主要文类的形成

19 世纪末年以来，河南安阳的殷墟遗址先后出土了十余万片刻有文字的占卜甲骨，经鉴定考证，绝大部分是商代后期（前 14—前 11 世纪）的王室遗物，用于占卜记事而刻或写在龟甲和兽骨上的文字。殷商灭亡、周朝兴起之后，甲骨文还绵延使用了一段时期。这些中国商周时期刻在龟甲兽骨上记录占卜的文字称为甲骨卜辞。在中国已发现的可以辨识的古代文字资料里，殷墟甲骨卜辞是年代最早的一批，这些卜辞记事相当简单，短的只有几个字，长的也不过百余字。

但在甲骨文中，中国古代诗歌的雏形已经依稀可辨，如"戊辰卜，及今夕雨？弗及今夕雨？癸未卜，今日雨。其自西来雨？其自东来雨？其自北来雨？其自南来雨？"（郭沫若《卜辞通纂》）。这些文字按诗歌标准，四字一行或是一顿，反复吟咏，符合"诗言志，歌咏言"的特点。《诗经》中的四言诗体就是继承了这种文体。此外如汉乐府《江南》的"鱼戏莲叶东，鱼戏莲叶西，鱼戏莲叶南，鱼戏莲叶北"，不仅文体而且字句都近似了。

值得一提的还有被称为海内"石刻之祖"的石鼓文，是中国现存最早的文字刻石，也是中国现存最早的帝王纪事石刻。这些石鼓均为周秦刻石，10 枚鼓形碣石上都刻有一首四言古诗，总共 10 首。其时间从古公亶父带领族人从豳迁至岐周起，到周武王建立西周，即公元前 1147 年至前 1046 年，约 100 年的时间。石鼓诗文的内容极其丰富，涉及周族人生产、生活、治水、开疆、翦商等几乎所有历史。而且颇有文采，从语言结构及特点来看，与《诗经》中的《生民》《公刘》等篇章互为表里。如第三鼓的诗文："吾来自癸，灵雨奔流。出于水一方，丞徒遄止。其奔其敬，吾逌其事。"记述周人从北方来到岐下，从汧水源头出发顺水而行，到达"户"这个地方，再逆水而返，完成治水任务。其中"出于水一方"一句比《诗经》中的"在水一方"早了四五百年。

中国古代诗歌的成就集中体现于《诗经》，而散文的肇始除了甲骨卜辞所记载的文字外，当推《尚书》。《尚书》是中国第一部上古历史的汇编，它保存了商周特别是西周初期的一些重要史料。《尚书》在战国时期总称为《书》，汉代时才改称为《尚书》，即"上古之书"的意思，又因是儒家五经之一，被称为《书经》。

就文学而言，《尚书》是中国古代散文形成的标志。其句式已有开中国特有的骈赋体先河之势。另外，《尚书》中还包含着古代叙事文体，其特有的文学表现形式为后世文学创作奠定了行文风格和精神基调，如今文部分的《周书·洛诰》所载："戊辰，王在新邑烝祭，岁。文王骍牛一，武王骍牛一。王命作册逸祝册，惟告周公其后。"其年终祭祀告祖的风俗对后世祭文、祭祀诗等有着滥觞之功。又如今文部分的《商书·汤誓》中所记："王曰：'格尔众庶，悉听联言。非台小子也行称乱，有夏多罪，天命殛之。'"直接奠定了后世替天行道这一历史主题和文学精神，可以从《三国演义》《水浒传》等名著中看到其影响。

除了以上所提到的典籍之外，《周易》的文学价值也是不容忽视的。《周易》，又称《易经》或《易》，"周易"一词最早见于《周礼》。《周易》本来是一本关于占卜的书，其作者因司马迁"文王拘而演周易"之说，一般认为是周文王，但学界尚无定论。今本《周易》的内容主要包括"经"和"传"两部分。"经"部包括 64 卦的卦形符号与卦爻辞；"传"部包括《文言》《彖传》上下、《象传》上下、《系辞传》上下、《说卦传》《序卦传》《杂卦传》共 7 种 10 篇，是阐释《周易》经文的专著，被称之为"十翼"，后世统称《易传》。《周易》所蕴含的哲学观、美学观、文学观对后世文学的创作和批评产生了深远的影响。如"观物取象"、"立象尽意"、"以象喻理"等批评术语和方法，形成了中国特有的文学批评模式。而卦爻辞中"散韵结合"、"夹叙夹议"、"长短对偶"等表达方式更为后世文学提供了丰富的养料。

第二节　中国古代神话传说

神话起初都是口耳相传，用文字记载下来则是很晚的事了。现存的保存中国古代神话资料最多的著作，是《山海经》，全书共分 18 卷，原题为夏禹、伯益作，实际上却是无名氏的作品，而且不是一个时期一人所作。

据统计，中国神话书籍，大约有三千多卷原著书目：《伊尹说》27 篇，《鬻子说》19 篇，《周考》76 篇，《青史子》57 篇，《师旷》6 篇，《务成子》11 篇，《宋子》18 篇，《未央术》，《天乙》3 篇，《黄帝说》40 篇，《封禅文说》18 篇，《心术》35 篇，《周纪》7 篇，虞初《周说》943 篇。鲁迅在《中国小说史略》中也有提及，这些书多已亡佚失传。根据现在留存下来的版本及资料，三皇以前的传说，可见于《山海经》《大荒经》等，自三皇至尧帝 1500 年的神话传说，散见于《尚书》《国语》《礼记》《帝王世纪》《左传》《吕氏春秋》《史记》等；另外，《淮南子》《搜神记》中所记载的神话故事，也颇为丰富。

一、创世神话

关于创世神话，中国最广为流传的，有如下两种：一是混生的阴阳二神创世说，例如《淮南子·精神篇》中有这样一段记载："古未有天地之时，唯象无形，窈窈冥冥，有二神混生，经天营地，于是乃别为阴阳，离为八极，刚柔相成，万物乃形，烦气为虫，精气为人。是故精神天之有也，而骨骸者地之有也。"《淮南子》虽然直到西汉时才编纂完成，但学界对其中大多数神话的研究表明，很多还是从上古开始就流传下来的。从以上阴阳二神的创世来看，这一神话的形成应该时代比较久远。但"精气为人"一句，或许经后世润色而成，因为在"创世"时代，也就是先民用神话解释世界形成的上古时期，人还没有独立出来成为万物的灵长。

另一个创世神话可谓家喻户晓："天地混沌如鸡子，盘古生其中。万八千岁，天地开辟，阳清为天，阴浊为地。盘古在其中，一日九变，神于天，圣于地。天日高一丈，地日厚一丈，盘古日长一丈，如此万八千岁。天数极高，地数极深，盘古极长。后乃有三皇。数起于一，立于三，成于五，盛于七，处于九，故天去地九万里。"这则盘古开天辟地的记载见于三国时期徐整《五运历年纪》中的《艺文类聚》卷。值得思考的是，创世前的混沌说见于很多民族的神话记载中，这对先民们的思想和世界观有种普遍的揭示，对各种文明的冲突和融合也有很多启示。

与混沌说一样在许多民族神话中出现的，还有洪水神话。在中国的传说中，则更加波澜壮阔。如《淮南子·览冥训》记载："往古之时，四极废，九州裂，天不兼覆，地不周载；火爁焱而不灭，水浩洋而不息；猛兽食颛民，鸷鸟攫老弱。于是女娲炼五色石以补苍天，断鳌足以立四极，杀黑龙以济冀州，积芦灰以止淫水。苍天补，四极正；淫水涸，冀州平；狡虫死，颛民生。"从这段记载中可以看到，虽然天地已经分开，但一切处于混乱之中，女娲也自然而然地成为创世神之一，因为天地万物的生成来源于她的功劳。在中国神话中，女娲不但是创世神，而且像《旧约》中的上帝那样，创造了人类。如《太平御览》卷七八引《风俗通》的记载："俗说天地开辟，未有人民，女娲抟黄土作人，剧务，力不暇供，乃引绳于泥中，举以为人。"

与《旧约》中上帝造人不同的是，女娲并不是完全按自己的形象创造了人类。据《山海经·大荒西经》郭璞的注解："女娲，古神女而帝者，人面蛇身，一日中七十变。"这也是部分持女娲按自己形象造人说的学者应该注意到的。与女娲补天、造人说遥相呼应的神话，当是《淮南子·天文训》中的这段记载："昔者共工与颛顼争为帝，怒而触不周之山，天柱折，地维绝。天倾西北，故日月星辰移焉；地不满东西，故水潦尘埃归焉。"水向东流、斗转星移，这些自然现象已经被先民所注意到并做出了神秘的解释，这完全符合原始人类的朴素思维。

可以看出，在中国神话中，盘古开天辟地和女娲造人、补天的故事流传最广。但若是将其他碎片式记载综合起来，中国的创世神话极为完备且异彩纷呈。既有创世前的混沌记载，又有天地的开辟，万物的产生；既有人类的起源，又有人与诸神、自然万物的关系；既有四季变化、昼夜交替的阐明，又有日月星辰、天地万物运行规律的解释。即使像形体与精神这一类的哲学思考也开始有了启蒙式的出现，而女娲补天、共工怒触不周山等，更是中国神话的独创。

二、自然神话

自然神话的起源，直接来自于"万物有灵"的思想。一般认为，自然神话是最早的神话，这类神话首先是将自然万物人性化，然后以人的思维为出发点进行神化。在原始人类的想象和认识中，不但有凌驾于万物之上的创世神和天神，也有主管各类自然现象的神，还有各种动物甚至草木也都是具有神性的。因此，原始人类的生活，是处于神的包围之中的。在人类发展历程中，神的人化过程，也是人自身的神化过程，同时也是万物的物化过程。这也可以解释为什么本来极为丰富的中国神话在独尊儒术的历史进程中慢慢被边缘化，没有形成像希腊、埃及、印度等民族那样系统的神话传说。

《山海经》全书共计 18 卷，31000 余字，包括《山经》5 卷、《海经》8 卷、《大荒经》4 卷、《海内经》1 卷。据今人方韬先生统计，全书记载山名 5700 多处，水名 250 余条，动物 120 余种，植物 50 余种。而其中的神话资料，是传世典籍中保存最多、也最丰富的。但其内容不仅仅是神话和地理，且涵盖了诸如天文、历史、医药、矿藏、动植物等众多方面。就从书名来看，山和海构成全书的经纬度，而"经"字，并不是"经典"之义，可以理解为"经历"。《山海经》的书名最早见于《史记·大宛列传》，现在流传的版本，是西汉时期的刘向、刘歆父子所勘定的。《山海经》的作者据传说为夏禹和伯益，但后世学者一致认为并非出自同一时期同一人之手，可以确定的是，成书时间约在西周前期。

古时的《山海经》是配有图画的，现已失传。《山海经》除了对各山各水地理位置的记载，还有对其中所生活的动植物以及矿藏的记载，甚至大部分地方都标出了动植物的药用功能。总体来讲，《山经》主要记载山川地理、动植物和矿藏；《海经》包含内经和外经，《海内经》记载了海内的各种神奇事物，《海外经》记载了海外各国的奇异风貌；《大荒经》主要记载了有关黄帝、女娲、禹等的许多神话资料。这些记载中最绚丽多彩的，当属神话，如《海外北经》中的夸父逐日、《北山经》中的精卫填海、《海外西经》中的刑天舞干戚等，都是脍炙人口的名篇，堪称中国英雄神话的典范，称之为"英雄史诗"也毫不为过。另外，从《海内经》可以找到中华文明起源的影子，如这段记载："帝俊生三身，三身生义均，义均是始为巧倕，是始作下民百巧。后稷是播百谷。稷之孙曰叔均，是始作牛耕。大比赤阴，是始为国。禹、鲧始布土，均定九州。"工艺技巧的传播、农作物的种植、牛耕的发明、鲧和禹的治水、九州的划定等，都对华夏文明的起源有着直观的记述。

中国的自然神话，仍以《山海经》的记载为多。有风雨雷电这些自然现象的神话，如《山海经·海内东经》关于雷神的记载："雷泽中有雷神，龙身而人头，鼓其腹。在吴西。"也有海川河岳这些地理的神话，如《山海经·大荒东经》中关于海神的记载："东海之渚中，有神，人面鸟身，珥两黄蛇，践两黄蛇，名曰禺虢。黄帝生禺虢，禺虢生禺京。禺京处北海，禺虢处东海，是惟海神。"

通过以上几个例子可以看出，中国的自然神话与希腊神话中的自然神有着东西方文化的差异。首先，希腊神话中的自然神多是人的形象，如希腊神话中威武的海神波塞冬、美丽的月神阿忒弥斯等；而中国神话中的自然神多为半人半兽的形体，如上述龙身人头的雷神、人面鸟身的海神、八首人面且八足八尾的水神等。这种半人半兽的形态却表现出了人与动物之间的关系，也表现出了不同的思维模式。中国文化传统中天人合一的思想也能从这类神话中找到渊源。另外，中国神话中的自然神一般没有道德特性，恰如老子所说的"天地不仁"；而希腊神话中的自然神总是以英雄、美女或是反面神的形象出现。这也反映出两种文化不同的源头。当然，这里仅以中国神话和希腊神话为例来阐释东西文化的差异，世界各民族的神话自然是各有千秋，也各有自己的思想特性和文化体系。

在中国自然神话中比较有特色的，当属主宰春夏秋冬变换、昼夜交替的这类神了。这在其他民族的神话中很少出现。如《山海经·海外北经》中有这样一段记载："钟山之神，名曰烛阴，视为昼，瞑为夜，吹为冬，呼为夏，不饮，不食，不息，息为风，身长千里。在无晵之东。其为物，人面，蛇身，赤色，居钟山下。"烛阴虽然是山神，但他的神力却是与山无关的四时变化。有趣的是，在这则神话中将四季的轮回和昼夜的交替与人的特征联系了起来：视为昼，瞑为夜，眼睛一睁一闭与昼夜相联系；吹为冬，呼为夏，呼吸时的一吐一纳与四季相联系。这与后来道家所讲的人本身的内宇宙有极大的联系。这也可以看出很多哲学观念在原始神话中的隐现。

与季节昼夜等神明一样独具特色的，还有植物神，如《山海经·海外东经》的记载："汤谷上有扶桑，十日所浴，在黑齿北。居水中，有大木，九日居下枝，一日居上枝。"这里的树神"扶桑"描写得颇为神奇，也颇为出色。此外，自然神中还有像人类英雄那样的神明，如《山海经·北山经》中所记载的发鸠之山："其上多柘木。有鸟焉，其状如乌，文首、白喙、赤足，名曰精卫，其名自詨。是炎帝之少女，名曰女娃。女娃游于东海，溺而不返，故为精卫，常衔西山之木石，以堙于东海。"精卫虽然是人（或者说神）溺死后所变，但填海的故事，却是化为鸟的形象出现的。这里既有"灵魂"的影子，同时也表现出原始人类对动物的超现实想象。

三、英雄神话

英雄神话的出现，是人类历史上一个重大事件。因为神话中的英雄一般是半人半神的形象，他通常指向一个族群的首领或是先民想象中的"人类之神"。这些神话人物渐渐从创世神话中的大神、自然神话中的无人格神中发展出来，而成为先民崇拜和敬仰的对象。这其中更深层次的意义是：它表示人类已经不是单纯的人与自然的关系，而是人与人之间的关系，或者说族群与族群之间的关系，甚至可以说，英雄神话的大量出现昭示着原始部落的出现。此时，原始人类已经有了相对发达的群居体系或是群体组织形式。人从万物中脱颖而出的同时，英雄式人物也从普通的人群脱颖而出。

与创世系列中的洪水神话相对应，英雄神话中相对较早也是流传较广的当属大禹治水，《山海经·海内经》有这样的记载："洪水滔天。鲧窃帝之息壤以堙洪水，不待帝命。帝令祝融杀鲧于羽郊。鲧复生禹。帝乃命禹卒布土，以定九州。"如前所述，创世神话中的洪水之患，英雄神话中的治水壮举，使中国神话有了自为的体系。更要指出的是，在大禹治水的神话之前，已经有至少两次关于治水的神话：第一个当属共工氏族群，共工壅防百川，却以失败告终，被流放至幽州；接下来由鲧治水，即禹的父亲，仍是壅川之法（《尚书·洪范篇》"鲧，堙治水"），失败后"帝令祝融杀鲧于羽郊"。而禹则是用疏导之法，《尚书·禹贡》中记载其过程："导河积石，至于龙门，南至于华阴，东至于砥柱，又东至于孟津。北过洚水，至于大陆，又北播为九河，同为逆河，入于海。"

　　壅川之法，是人与自然的对抗；而疏导之法，是就势引导，顺应自然。这些神话人物的举措和成败实际上对后世有很大的启发。鲧虽然因治水失败而"负命毁族"，但他因"堙治水"却发明了"作城"，即筑城之术。或许，城邑的出现并不是缘起于居住，而是防治水灾。同样，在大禹治水的神话中有这么一句："禹定九州。"他 13 年治水、三过家门而不入的神话传说不仅仅是一个英雄的神话，而是包含了文明起源的信息。从记载中可以看出划定九州是他在治水过程中同步完成的。这些英雄神话，不但表现出原始人类与恶劣的自然环境所做的斗争，而且也可以看出一个民族文明传统的源起。

　　与大禹治水同样惊心动魄的神话，真是举不胜举。后羿射日就是其中之一。《淮南子·本经训》有这样的记载："逮至尧之时，十日并出，焦禾稼，杀草木，而民无所食。猰貐、凿齿、九婴、大风、封豨、修蛇，皆为民害。尧乃使羿诛凿齿于畴华之野，杀九婴于凶水之上，缴大风于青丘之泽，上射十日而下杀猰貐，断修蛇于洞庭，擒封豨于桑林。万民皆喜，置尧以为天子。"与治水神话不同，射日有着明显的想象和夸张。但可以看出，这些英雄神话都表现出人们对恶劣环境征服的渴望。而且，英雄神话的记载，大多都是三皇五帝及其以后的故事，这也证实了英雄神话的起源晚于创世神话、自然神话的论断。

　　关于英雄神话，比较著名的还有刑天，"刑天与帝争神，帝断其首，葬之常羊之山。乃以乳为目，以脐为口，操干戚以舞"（《山海经·海外西经》）。夸父逐日，"夸父与日逐走，入日。渴欲得饮，饮于河、渭；河、渭不足，北饮大泽。未至，道渴而死。弃其杖，化为邓林"（《山海经·海外北经》）；黄帝杀蚩尤，"蚩尤作兵伐黄帝，黄帝乃令应龙攻之冀州之野。应龙蓄水，蚩尤请风伯、雨师，纵大风雨。黄帝乃下天女曰魃，雨止，遂杀蚩尤"（《山海经·大荒北经》）等。这些英雄神话不但本身就是非常优秀的文学作品，而且极大地影响了后世的文学创作。如陶渊明《读山海经》中的名句"精卫衔微木，将以填沧海。刑天舞干戚，猛志固常在"等皆是如此。

第三节　中国古代诗歌总集《诗经》

一、《诗经》的采编成书

　　《诗经》是中国第一部诗歌总集，汇集了从西周初年到春秋中期 500 多年间的诗歌作品。其不但是中国文学的经典，也是中国抒情诗的滥觞。

　　《诗经》的形成　　《诗经》在先秦称《诗》（《论语·季氏》），或《诗三百》（《论语·为政》），"诗"与经联系起来，最先见于《庄子·天运》和《荀子·劝学》中。后来才认为包括《诗》在内的六经应该成为儒家学子们必修的课程。到了汉武帝罢黜百家，独尊儒术，《诗经》的权威地位被官方确立下来，成为上至公卿大夫下到士人学子们尊崇的经典。

诗经现存 305 篇，分为风、雅、颂三大类。郑樵在《六经奥义》中解释为："风土之音曰风，朝廷之音曰雅，宗庙之音曰颂。"一般认为，风为地方乐调歌唱的诗歌，雅为中原正音，是朝廷之音。"天子之乐曰雅"（《左传》），《说文》中解释为："雅"通"鸦"，鸦和乌同声，乌为秦调，所以雅专指周都的音乐，以区别于风；颂是周代家庙祭祀时所用的音乐形式，融音乐演奏、歌辞、舞蹈、表演为一体，用来祭祀鬼神、歌功颂德。

《诗经》大约产生于商周之交，到春秋中叶或稍后这段时间，即公元前 11 世纪至前 6 世纪之间，历时五六百年。《诗经》中最早的诗歌产生于西周初年，《豳风·破斧》写的是关于周王东征的事，大约发生在公元前 1062 年，《诗经》中最晚出的诗篇主要有三种说法：（1）以《陈风·株林》为下限，讽刺陈灵公淫乱的诗，大约产生于公元前 599 年；（2）视《曹风·下泉》为最晚，为曹国人赞美敬王于之作，敬王四年入周，所以此诗当作于公元前 516 年，比《株林》要晚 83 年；（3）以《秦风·无衣》为最晚，主要记录了秦哀公应申包胥之请，出兵救楚拒吴，产生在公元前 506 年，比《下泉》还晚了 10 年。

作者与编者　《诗经》的作者大多不可考据。《国风》大多为民间口头创作，只有少数作者可考。如《鄘风·载驰》确认为许穆夫人所作。许穆夫人是卫宣公的儿子顽与后母宣姜私通所生的女儿，大约生于公元前 690 年。出嫁许穆公后约 10 年，卫被狄亡，她立刻奔到漕邑吊唁，提出联齐抗狄的主张。她是中国历史上有记载的第一位女诗人，也是一个有谋略的政治家。《毛诗序》和《左传》中都有记载许穆夫人的事迹。

《雅诗》是宴飨和宗庙乐曲，作者多半是周王朝士大夫上层人物，但也有一小部分民歌，如《小雅》中的《大东》《采薇》《何草不黄》，当是民间所作。《小雅·庭燎》托周王语气自述，但没有可靠的考据证实为周王所作。《小雅·节南山》中有"家父作诵，以究王讻"的句子，以此认为是家父所作，此人在《鲁诗》和《齐诗》中也曾出现，写作"嘉父"。《小雅·白华》历来被认为是申女所作。周幽王得褒姒而废申后，所以她写《白华》以泄愤。《大雅·文王》世人多以为是周公旦所作。《板》则被认为是周公的后代凡伯所作，周厉王失政逃亡到彘地时，诸侯立他为王。后人考证凡伯即共伯和，世称修德行，好贤仁。《崧高》是宣王的大臣尹吉甫赠予申伯的诗。申伯是厉王妻申后之弟，曾受宣王优待。回国时宣王大臣写了这首《崧高》赠予他。《烝民》则是尹吉甫送别山甫的诗。周宣王派仲山甫筑城于齐，临行时，尹吉甫作了这首诗赞美了仲山甫的美德和他辅佐宣王的政绩。还有一些作者待考，如《大雅·江汉》《大雅·常武》等是否为召穆公（召虎）所作，尚无确据。

《颂》诗是皇家祭祀的乐歌，为集体创作。

关于《诗经》的编写有多种说法，其中最主要的有以下三种：

其一是采诗说。《汉书·艺文志》记载："故古有采诗之官，王者所以观风俗、知得失、自考正也。"所以有采诗之说，《汉书·食货志》也有类似的记载。周代采诗之官，被称为"遒人"、"行人"或"王官"，朝廷每年派他们到民间采集诗歌，以了解民生疾苦，即《诗大叙》中所言"上以风化下，下以风刺上"。

其二是献诗说。《国语·周语》有公卿列士献诗之说，《礼记·王制》有乐官太师陈诗的说法。《周礼》记载："太师教六师：曰风，曰赋，曰比，曰兴，曰颂。"可见献诗说有一定的真实性，学者认为《节南山》《崧高》《闷宫》等为公卿列士所献之诗。

其三是删诗说。《史记·孔子世家》记载："古者诗三千余篇，及至孔子，去其重，取其可施于礼义……三百五篇。"从汉代开始，就有孔子删诗之说。但经学者考证，孔子删诗之说不足为信。他只是对"三百篇"做了正乐的工作。《论语》中曾多次出现孔子说《诗》，如"诗三百，一言以蔽之，曰：思无邪"（《论语·为政》）、"小子何莫学夫《诗》?《诗》可以兴，可以观，可以群，可以怨"（《论语·阳货》）。可见孔子对《诗》是十分喜爱并有所研习的，但是，其中没有直接可以证明孔子删诗的说法。不过，承认删诗说的见解越来越占主导地位，这也是当代《诗经》研究的事实。

二、《诗经》的题材与风格

关于风雅颂的分类依据，《诗大序》有言："是以一国之事，系一人之本，谓之风。言天下之事，形四方之风，谓之雅。雅者正也，言王政所由废兴也。……颂者，美盛德之形容，以其成功告于神明者也。"简言之，风诗多出于里巷歌谣，咏男女情事；雅诗为王室宫廷之作，多言政治朝廷；颂为宗庙祭祀之诗，所以内容多歌功颂德。但具体内容不拘如此单一，详解如下：

《国风》　　《国风》包括十五国风，共160篇。共产生地域之广，从甘肃、陕西到河南、河北、山西、湖北一带；作者群体之杂，从贵族到平民，从陌间少女到征途老兵；涵盖的社会内容也是包罗万象，有对历史战事的记录，对统治者的辛辣讽刺，对桑间农事的具体描述，也有对初恋怀情的细腻揣度。十五国风的内容丰富性，为后代人了解殷商到春秋社会形态提供了多彩的蓝本。

十五国风以地域分，《周南》《召南》编在最前，共25篇，是西周末东周初的作品。周是地名，在雍州岐山之阳。南，即周之南；召也是地名，召以南称之为召南（采用方玉润《诗经原始》说）。二南包括今天的临汝、南阳，湖北的襄阳、宜昌、江陵等一带地方。二南中有许多都是男女歌咏之词，如流传甚广的《周南·关雎》，清清河洲之畔，窈窕淑女，君子见而悦之，却求之不得，于是辗转反侧，只好梦里想象琴瑟相好，一咏三叹，极尽相思人缠绵涩苦之情状。当然也有叙述女子拒婚的《召南·行露》，"虽速我狱，亦不女从"，表达了女主人公刚烈的性情和不畏权暴的反抗精神。除了这些描述感情的诗作外，《羔羊》等诗用辛辣的语气讽刺了统治阶级的奢靡生活，《小星》则以小官吏的口吻诉说自己"肃肃宵征"的辛劳。

邶、鄘、卫都属卫地。卫都朝歌，东边是鄘，南边是卫，大约属于今河北的磁县、东明、濮阳，河南省的安阳、淇县、滑县、开封、中牟等地。《邶风》共19篇，《鄘风》10篇，《卫风》10篇。其诗反映社会男女不平等的内容居多，如《邶风·柏舟》《邶风·日月》《邶风·终风》《邶风·谷风》，最典型的为《卫风·氓》，诗人哀怨地叙述了自己与氓恋爱、结婚及婚后被弃的过程，发出了对当时社会中"女也不爽，士贰其行。士也罔极，二三其德"的谴责。还有一部分诗作是讽喻卫君昏庸无能、荒淫无道的，如《邶风·新台》《鄘风·相鼠》讲的就是卫宣公先与后母私通生子，又霸占儿媳的淫逸无耻之行，人民对此憎恨之极，发出了"人而无礼，胡不遄死"的诅咒。《鄘风·式微》《鄘风·北门》《鄘风·北风》则分别从征夫、小吏、欲逃亡者的角度表达了当时人民对卫国暴政的不满。

《王风》共10篇，产生于今河南洛阳及附近孟县、沁阳、偃县、巩县、温县一带，都是平王东迁洛阳后的作品，所以多悲情别离之作。如《王风·黍离》抒难舍故园之情，《王风·葛藟》描绘了人们流亡他乡的悲惨处境。

《郑风》有21篇。郑国地处今天的河南郑州、荥阳、登封、新郑等地，有溱、洧二水流经，每年清明节，溱洧两河岸边都要举行盛大的春游集会。青年男女多借此表达爱情。所以《郑风》多言情之作，以《溱洧》为例，描写的就是三月上巳节、郑国青年男女们"伊其相谑，赠之以勺药"的热情场面。《子衿》中"一日不见，如三月兮"则直白而传神地传达出情人不见时惝惝不安、焦急又眷恋的心理。

齐国"通工商之业，便鱼盐之利，民多归之"（朱熹《诗集传》），是当时的大国。《齐风》12篇，反映国家政事较多，如《南山》《彼笱》《载驱》讽齐襄公与胞妹文姜私通之事，《东方未明》《鸡鸣》写早朝前的心理活动。

魏是周初所封的姬姓之国，在今山西芮城境内，公元前661年为晋献公所灭。《魏风》共7篇，魏地贫瘠而统治者昏庸无道，所以多揭露控诉上层阶级鱼肉百姓之作，《伐檀》中发出了"不稼不穑，胡取禾三百亿兮？不狩不猎，胡瞻尔庭有悬特兮"的控诉，《硕鼠》则直接把统治者喻为肥鼠，对统治者的憎恨之情一览无余。

唐地是周成王的季弟姬叔虞的封地，后国号称晋，在今山西中部太原一带，包括翼城、曲沃、绛县、闻喜地区。其地瘠民贫，内战不断，所以《唐风》10首中，既有《蟋蟀》中"今我不乐，日月其慆"的感慨，《山有枢》中"子有酒食，何不日鼓瑟"的及时享乐的思想，又有《扬之水》等揭露国内纷争之作，记录了公元前738年，晋大夫潘父和晋昭侯的叔父密谋弑君篡位的历史。还需一提的是《葛生》，为妇人悼念亡夫之作，"冬之夜，夏之日。百岁之后，归于其室"！其悲痛欲绝之情，成为悼亡诗的典范。

《秦风》共10篇。秦仲孙襄公护送平王东迁有功，封地为秦，包括今陕西地区和甘肃东部，因经常受到戎狄的侵扰，所以秦国多修甲习兵，崇尚射猎车马。《驷驖》《无衣》《小戎》就反映了这种秦地尚武的精神。但是《秦风》中也有《蒹葭》这样精致曼妙的抒情诗，"所谓伊人，在水一方。溯洄从之，道阻且长。溯游从之，宛在水中央"，相思之情缠绵悱恻，韵味无穷。

陈地在今河南淮阳、柘城及安徽亳县一带，受出嫁陈国第一代君主、周武王的长女太姬影响，好巫信鬼。所以《陈风》多男女爱恋之作，如《月出》中"月出皎兮，佼人僚兮，舒窈纠兮，劳心悄兮"！以"月"、"人"勾勒出的美人图，蒙眬又切合了思之不得的爱恋之情，为情诗之祖。

桧地在今河南密县东北，《桧风》共4首，《羔裘》写女子欲投奔男子又犹豫不定的心情；《隰有苌楚》中则以"苌楚"之"沃沃"来对比己之忧虑；《匪风》是一首旅人思乡之诗。

《曹风》共 4 篇，曹国是一个小国，在今山东省西南部菏泽、定陶、曹县一带，《候人》《蜉蝣》都带着消沉的情绪，对统治者的不满和生活的艰难从中可窥一斑。《下泉》一诗所写晋国扶周敬王成周的史实，发生在公元前 516 年左右，有学者认为这是《诗经》中最晚的一首诗。

豳地在今陕西旬邑、邠州。《豳风》7 篇，全部作于西周时期，是《国风》中最早的诗，多言农事。如《七月》详细地记载了农民一年四季的劳动生活，为后人研究西周人民生活情况提供了生动丰富的材料。《东山》《破斧》记录的周公东征的史实都有证实，《汉书·地理志》所言"豳诗言农桑衣食之本甚备"是也。

《雅》　　《雅》共 105 篇，《大雅》31 篇，《小雅》74 篇（另有 6 篇"笙诗"有目无辞）。雅是秦地的乐调，被称为中原正声，以区分于风调。雅分大小雅，其诗主要创作于上层阶级，因此内容与国风截然不同。

《小雅》主要出自于士大夫之于，所以内容多宴会宾客之乐，如《鹿鸣》《常棣》《鱼丽》《南有嘉鱼》《湛露》《彤弓》等，描绘出"旨酒"、"嘉鱼"、"鼓瑟吹笙"、"和乐且湛"之景，再现了当时贵族生活的豪华；还有一部分是祝颂天朝、祭祀庙堂之作，如《天保》《南山有台》《蓼萧》等都是歌颂周王功绩之作。

小雅诗中对当时的朝廷生活描绘较多，如《楚茨》《信南山》《莆田》《大田》叙述了周王祭祖祈福的场景；《吉日》《车攻》等写周王会猎诸侯，从出猎前的骏马萧萧、旌旗猎风、随从浩荡，到射猎时驭手的机警谨慎、"舍矢如破"的勇猛和烹制野味散发的诱人香味；最后猎罢凯旋归城时的人马肃寂，传神地再现了当时威武浩大的场面。

当然《小雅》中也有一些刺讽国事、抒写民生疾苦的诗。《正月》《十月之交》《雨无正》《小旻》等创作于幽王时期，揭露了幽王昏庸无道、群臣误民的社会现实；《四牡》《采薇》《黄鸟》《小明》《鼓钟》等是征夫们思归不得时发出的哀怨之声。其中《采薇》一诗中"昔我往矣，杨柳依依；今我来思，雨雪霏霏"的哀婉悲伤，传诵至今仍触人伤情。

除此之外，《小雅》中还有一些记录战争史实、农事教育、婚恋感情的诗。《节南山》中提到"尹氏"，《正月》提到"褒姒"，约公元前 770 年左右，是《小雅》中最晚出的诗。

总之，《小雅》从社会各个阶级、不同角度记录了从西周到东周的社会情况，为我们留下了一份生动全面的历史资料。

《大雅》31 篇，大部分都是史诗性质的诗，如《文王》《绵》《大明》《皇矣》《生民》《公刘》，翔实地记录了古公亶父迁岐、王季传位文王、文王平定夷狄、文王迁丰、武王迁镐、夏末商初公刘避夏桀而迁豳等历史史实，是中国最早的史诗作品。其他如《既醉》《凫鹥》描绘周王祭祖告天的情景。值得注意的是，《大雅》中一部分诗发出了异于歌功颂德的声音，《抑》劝告周王勤勉政事，"夙兴夜寐"，"慎尔出话"；《荡》则指斥厉王无道，其"托古刺今"的手法，为后来史诗创作所沿用。

《颂》　　《颂》是祭祀宗庙的乐曲，融乐歌、器乐配奏、表演、舞蹈为一体。其中《周颂》31篇，《鲁颂》4篇，《商颂》5篇，共40篇。颂多为歌功颂德、宣扬德威之作，但也记录了一些史实材料。

《周颂》中多为宗庙朝堂祭祀之作，追诵先祖功绩，饰当世之太平。也有一些周王自戒之作，如《访落》《敬之》。比较有价值的有《臣工》《噫嘻》《载芟》等诗作，描绘了周王每年春耕之时祈谷祭天、告勉农事的仪式；从《丰年》《良耜》中可以得知先民在秋收之后祭祀土地神的情景；还有表现周朝音乐的《有瞽》一诗，出现了"应田"、"县鼓"、"鞉"、"磬"、"柷"、"圉"、"箫"、"管"这些乐器名，可见中国西周时就有如此完备的乐器系列。

《鲁颂》4篇创作于春秋时期，较晚于创作于西周时的《周颂》。《鲁颂》叙事比较生动翔实，如《閟宫》9章，共120句，是《诗经》中最长的一首诗，歌颂鲁僖公振兴祖业、开拓疆土的功绩。需要指出的是，《鲁颂》中提到马的次数比较多，《驹》《有駜》《泮水》都有关于马的描绘，古代国防以车马为重，可见当时鲁国政治上深谋远虑、注重国家利益。

《商颂》共7首，据《史记·宋世家》记载，均为宋大夫正考父所作，是周代宋国的作品，为祭祀先祖的乐歌。《玄鸟》中记录了有娀氏之女简狄吞燕而生契，从而建商（今河南商丘）的神话，屈原《天问》《吕氏春秋》《史记》中都曾提到过。

三、《诗经》的语言与艺术技巧

修辞的运用　《诗经》中修辞手法的运用为它的艺术魅力增添了美丽的光环。大致有赋、比、兴、复叠、对偶、夸张、示现、呼告、设问、顶真、排比、拟人、借代等。如此丰富的表现手法，直接影响了中国诗歌乃至其他文学形式的发展。其中，赋、比、兴是《诗经》最基本的修辞手法。

赋，是一种叙述和描写的方法，刘勰在《文心雕龙·诠赋》中解释为："赋者，铺也；铺采摛文，体物写志也。"钟嵘在《诗品》中阐释得更为明确："直书其事，尽言写物，赋也。"由于赋采取直陈其事的方法，无论写景抒情，描物摹状，都以铺张恣意、爽朗而通畅为要。如《豳风·七月》，从七月开始，详尽地叙述了西周农民一年四季的农事活动和生活状况，铺写纷呈，完整地展现了农民生活的艰辛和对统治阶级的控诉，是一篇经典之作。

比，相当于比喻、比拟、借代，其运用或隐或显，是《诗经》常用的一种修辞方法。"振振公子，于嗟麟兮"，《周南·麟之趾》把公子喻为麒麟；"有女如玉"喻意则十分明显，这个比喻一直沿袭到当代。

《诗经》中的比喻十分丰富，同样的题材会出现不同的比喻。如《召南·摽有梅》中，以孟夏梅熟之"三"、"七"、"顷筐之"的变化，比喻女子担心自己青春将逝的心理；而《氓》一诗则另有异趣：

> 桑之未落，其叶沃若。
> 于嗟鸠兮，无食桑葚！

于嗟女兮，无与士耽！

诗人则用鸠食桑葚过多会迷醉伤性来比拟女子沉迷于恋情，同时用"桑之未落"时的茂盛之状和"桑之落矣"时的黄而陨做对比，自拟女子青春已逝、年长色衰之悲。

还有那些刻画丑恶、表达愤怒的比喻也十分精彩。如《鄘风·相鼠》中用"鼠有皮"来讽刺那些身居高位而寡廉鲜耻的人，如卫宣公之类上偷父妾下占儿媳的无耻之徒，认为他们连鼠都不如。

兴，是一种较难定义的修辞手法。孔颖达在《诗疏》中引郑司农说："兴者，起也。取譬引类，起发己心，《诗》文举草本鸟兽以见意者，皆兴词也。"朱熹则解释为"先言他物以引起所咏之词也"。与比相对而言，兴的意义比较隐晦，有时含比拟的意义在里面，但通常只起反衬的作用。兴最明显的特点为：一般出现在诗的开头，起"发端"的作用。如《周南·关雎》中，借"关关雎鸠，在河之洲"起兴，引出"窈窕淑女，君子好逑"式的美好爱情。托物起兴和借物起兴是最常用的两种表现手法。《邶风·燕燕》中卫君以燕双栖双飞引出自己送别二妹远嫁的离伤之情，家国兴亡之感、伤逝怀旧之情尽在其中，成为"万古送别之祖"，是借物起兴的例证。而在《郑风·风雨》的开头部分，就营造出"风雨凄凄，鸡鸣喈喈"的氛围，更加突出了在风雨之夜见到君子的无限喜悦心情，此为借景起兴法。

语言形式的特点　四言为主，杂言相间。《诗经》中的语言句型以四言为主，但又夹杂二、三、五、六、七、八言。既具整饬和谐之音，又有参差错落之美。如《邶风·式微》：

式微，式微，
胡不归？
微君之故，
胡为乎中露！

整首诗由二、三、四、五字句型组成，抑扬顿挫，极具音乐灵动之美。

音节铿锵，韵律和谐。《诗经》中大量叠音、双声叠韵词的运用，加强了诗歌语言的音乐美和形象化。

叠音词的出现，或状物拟声，或抒写心理。如"杨柳依依"、"雨雪霏霏"分别写枝条柔弱、随风拂动的样子和大雪纷飞之状，离情别意寓于其中，诗意盎然。这些叠词经常出现在同一首诗里，如《蒹葭》中，三章分别以"蒹葭苍苍"、"蒹葭萋萋"、"蒹葭采采"描绘出芦苇色青苍然、郁郁葱葱之貌，为诗人怀人之意勾勒出如美画卷之境。

双声叠韵词在《诗经》也大量出现，双声如"流离"、"踟蹰"、"邂逅"、"参差"等；叠韵如"绸缪"、"窈窕"、"栖迟"等。

此外，还有大量语助词如"兮"、"矣"、"只"、"思"、"斯"、"也"的运用，也增强了音节的铿锵感，使《诗经》的音乐性更加突出。

联章复沓，一咏三叹。即章与章之间的词句基本相同，每章只更换几个相应的字。如《周南·芣苢》，全篇三章，每章四句，每章只更换两个字，就描绘出一幅田间妇女在原野群歌互答的风景图。章节复沓之间，仿佛歌声若远若近，余音袅袅。

四、作为中国史诗的《诗经》

世界古代文明大多数有史诗，有的学者研究中国文学，认为中国没有史诗。其实这种看法是不对的，中国不仅有史诗，而且异常丰富。根据我国学者研究，中国少数民族有史诗三百余部，其中"三大史诗"最为著名：《格萨尔王传》是散韵相间的史诗，其中韵文达五十万字以上，散韵文共计 1000 万字以上，是世界上最长的史诗。《江格尔》还是跨国流传的史诗，长达 19 万行；《玛纳斯》大约有 20 万行。

《诗经》作为中国古代诗歌总集，其中以抒情诗为主，也有部分史诗。当然这种史诗不同于古希腊的《荷马史诗》，也不同于美索不达米亚的《吉尔伽美什》。世界史诗中，《诗经》是一种特殊的文明史诗。

《诗经》所记叙的主要是夏商周"上古三代"时期的历史，以西周初期与东周春秋为主，即从公元前 1100 年到前 600 年，但是其内容涉及商周先祖，包括契、稷，甚至神话传说中的帝喾、帝尧的时代——大约是中国新石器时代后期的龙山文化等公元前 3000 年至前 600 年的中国古代社会生活。时间跨度非常大，共收入 305 首诗，分为风、雅、颂三大部分，风诗包括十五国风，它是中国六经及所有经典中最可靠的。关于《诗经》产生的年代，从《左传·襄公二十九年》吴公子季札观诗的记载来看，至少在公元前 600 年前后，《诗经》的编次已经基本排定，与后世所传大体相同。而且我们可断定，赋诗言志可能是最早的《诗经》收集，其中国风的集结可能早于雅、颂，这也是国风排在雅、颂之前的主要原因。宋儒以"文以载道"的观点看《诗经》，曾质疑为什么孔子删诗却将民间歌谣的国风排在雅、颂之前，不合乎封建道德标准，其实是不懂史诗编次的规律。

商周时期中原文明与周边民族之间的战争是重要的历史事件，《诗经》中始称"中国"，用来指商周文明，并且出现"中国"对四夷征战为题材的叙事诗。我们仅以《大雅·常武》为例来看这种战争叙事诗模式：这首诗分为六章，描写公元前 823 年周宣王征伐南方的淮夷与徐戎的战争，在此之前，周宣王讨伐了西戎、严狁这两个老对手，然后开始对东南方向的淮夷等进行战争。他命令方叔平定荆蛮，召虎平淮夷，宣王亲征徐戎。徐戎是位于今日泗水一带的古国，周宣王以其"不庭"的罪名来征讨。前三章写了战争的准备工作，直接引用了宣王的号令，言辞鼓舞人心："整我六师，以修我戎。既敬既戒，惠此南国。"这也是史诗叙事的一种手法，通过人物语言来刻画性格。第四章写征淮之战，集中于一次大战的场面：

> 王奋厥武，如震如怒。
> 进厥虎臣，阚如虓虎。

　　史诗记录的历史见之于史书典册，关于西周的对外征伐记载相当多，古本《竹书纪年》《史记》《汲冢纪年》等都曾记录从周穆王起的征讨。特别是铭刻在青铜器上的金文，以最可靠的文字记史，与史书互相印证，这就是王国维等人所说的"二重证法"，即典籍、出土文物和传世经典之间的互证。

　　否认中国有史诗者往往提出一种理由，认为中国文明史诗中没有英雄人物，这样就缺乏对于主体精神的颂扬。其实这也是不堪一驳的。中国历史上最著名的英雄人物大禹就是史诗的主人公之一，《殷武篇》中说："天命多辟，设都于禹之绩。"《诗经》中的人物可以从地下出土的青铜器铭文来证实，于省吾先生从金文中找到了证据：

　　　　弓镈："处禹之堵。"泰公簋："鼎客禹贡。"①

无论是金文铭文还是传世的《诗经》所记载与描写的是可以互相印证的，可见对禹的功绩是崇拜至极的了。所以《诗经》中以神话方式来歌颂禹的功绩，浓彩重墨，刻画深刻有力。

　　在《商颂·长发》中，禹的治水成为建立国家基业和人民生活安定生活的前提：

　　　　洪水芒芒，禹敷下土方，外大国是疆，幅陨既长，……

这就是所谓的文化英雄故事，是史诗中最常见的英雄人物，他们拯救民众于水火之中，或是领导民众抵御外侮，或是征服异邦，总之，以其文韬武略造福于民，载入史册。

　　我们可以对比一下史书中所记载的这位大英雄。《史记》中关于历史人物的记载始于三皇五帝本纪，但是从夏本纪的禹开始，才变得详细而充实，明显不同于以前的传说人物。《史记》以极大篇幅记载了禹的功绩，突出了这位夏王朝开创者的历史地位。

　　有理由认为，《诗经》是一种文明史诗，以大禹等英雄人物为主要对象，根据历史事实，加以神话与文学描绘，建构了具有中华文明特色同时兼具世界文明史诗文类特征的史诗模式。这样伟大的史诗，进入民族文明经典，其世界性意义也必然得到阐释。

　　经过这番考证，我们对于史诗这一文类，对于中国史诗的性质与特征，对于文明史诗这种范畴，就有了清楚的认识了。

　　　　在一种诗学中至关重要的东西，在另一种诗学中必然有其对应物，就像某些中国、日本的编年史具有史诗的主要功能一样。如果一样东西在某种文化里是举足轻重的，那在另一种文化里必然也有它的某些回响，不管这种回响的声音高低

① 于省吾：《泽螺居诗经新证 泽螺居楚辞新证》，66 页，北京，中华书局，2003。

或音质有了多大改变。①

以上是美国学者、比较文学专家厄尔·迈纳在《比较诗学》一书中的看法。在他看来，比较诗学中的文化相对论首先是肯定不同诗学的可以通约性，即不同诗学体系中有基本相同或相近的文类如戏剧、抒情诗与叙事文体，而且不同诗学体系中可以同时有基本相近的诗学观点，只不过在诗学体系中所处的位置不同。同时东西方诗学体系又是相对的，它们有不同的诗学中心观念、体系结构与文化基础。当然他也强调东西方诗学的平等与互补关系。特别重要的一点表现于他坚决反对西方中心主义，厄尔·迈纳指出："最严重的错误是以为相对主义可以允许我们认为西方的东西比其他地方的东西优越。很少会出现用梵文诗歌或者能剧来贬低西方与之相对应的文类这种危险。恰恰相反。总是存在一种霸权主义的假定，认为西方的文学活动乃取之不竭的宝藏，我们可以在另一文学中找出它的对应物，这种对应物有别于西方文学，足以证明它所处的从属地位。"② 在比较文学研究中，有的学者将西方的史诗与小说概念扩展到其他民族文学中，并以有没有此类文体作为评判文学价值的标准，当然是以西方为参照物的。而他认为这是不对的，这也是他在书中有意使用叙事文体而不使用西方的小说一类概念的原因，这是为了避免对其他诗学中的叙事文体做砍头入棺、削足适履式的对待。

五、《诗经》的世界性视域

自从汉武帝罢黜百家、独尊儒术后，《诗经》的地位便无可替代。汉代传习《诗经》的有四家：鲁、齐、韩、毛。前三家诗分别来自文帝时期鲁人申培公、汉武帝时齐人辕固生和汉孝帝至汉景帝年间燕人韩婴，但都佚失较早。《毛诗》是鲁人大毛公毛亨和赵人小毛公毛苌所写，用先秦文字籀书所写，所以后人称之为"古文经"。从东汉郑玄作《毛诗笺》起，历代对《诗经》的释注纷繁多呈。比较代表性的有：唐代孔颖达的《毛诗注疏》、宋代朱熹的《诗集传》、清代马瑞辰的《毛诗传笺通释》、段玉裁的《毛诗故训传》、孙焘的《毛诗说》、方玉润的《诗经原始》。今人研究使用的多为毛诗传本。

《诗经》对中国文学的影响，是与《圣经》之于西方文学可比拟的。从春秋时代起，它就成为中国文学的经典，传承到现代，其作用仍经久不衰。《论语》中记载孔子多次谈诗，甚至认为"不学诗，无以言"（《论语·季氏》）。春秋战国时期开始盛行"赋诗言志"、"群籍引诗"。虽然秦代焚毁了包括《诗经》在内的所有儒家典籍，但由于《诗经》是易于记诵的、士人普遍熟悉的书，所以到汉代又得到流传。从西汉起，

---

① ［美］厄尔·迈纳：《比较诗学》，282 页，王宇根、宋伟杰等译，北京，中央编译出版社，1998。

② ［美］厄尔·迈纳：《比较诗学》，326 页，王宇根、宋伟杰等译，北京，中央编译出版社，1998。

《诗经》被确立为儒家经典，其权威地位得到官方确立。到了宋代，更是被列为科举用书，其流传的范围之广可想而知。

总之，《诗经》作为我国第一部诗歌总集，是中国古典主义现实诗歌的开山之祖。其强烈的现实主义精神直接影响了中国诗歌史的发展。整部《诗经》记录了公元前 11 世纪至前 6 世纪之间整整五六百年间的社会状况，包括了祭祀典礼、战争徭役、宴飨欢聚、狩猎耕耘，和君王贵族、思妇游子、初恋思慕、草木虫蔬的社会画面，其信息量之大和文献价值之高，都是令后人惊叹的。正如 19 世纪前期法国人比奥的专论《从诗经看中国古代的风俗民情》所说：《诗经》是"东亚传给我们的最出色的风俗画之一，也是一部真实性无可争辩的文献"，"以古朴的风格向我们展示了上古时期的风俗习尚、社会生活和文明发展程度"。

《诗经》开启了中国文学中抒情诗的先河。正如《毛诗大序》中说："诗者，志之所之也；在心为志，发言为诗。情动于中而形于言；言之不足，故嗟叹之；嗟叹之不足，故咏歌之；咏歌之不足，不知手之舞之，足之蹈之也。"《诗经》中游子隐逸、闺怨春情、怀人悼亡、草木鱼虫、飞禽走兽、莺啼马鸣、风萧雨晦等抒情主题一直是中国诗歌经久不衰的话题。在艺术形式上，赋、比、兴的表现手法，灵活多样的诗歌形式，以及丰富的语言和想象力等，都被后来的诗人大量借鉴和引用。

《诗经》以它灿烂辉煌的魅力，成为中国及至世界文学史上光辉的一页。特别是在世界文学史新建构中，中国诗歌之源《诗经》正在引起越来越广泛的关注，美国的《朗曼世界文学选集》（2008）中选入的《诗经》篇目就有：《关雎》（*The Osperys Cry*）、《螽斯》（*Locusts*）、《摽有梅》（*Plop，Fall the Plums*）、《野有死麇》（*In the Wilds Is a Dead Deer*）、《柏舟》（*Cypress Boat*）、《将仲子》（*I Beg of You，Zhong Zi*）、《维天之命》（*May Heaven Guard*）、《棫朴》（*Oak Clumps*）、《何草不黄》《生民》（*Birth to the People*）等篇什，较全面反映了中国先秦诗歌艺术的兴象寓意，其译文既有来自于当代译家的，也有来自于庞德这样著名诗人的，各有风格。①

---

① *The Longman Anthology of world literature*，David Damrosch David L. Pike，General Editors，Compact Editon，New York：Pearson Longman，2008，p. 2507.

第二编 世界文学的古典时代

第五章 古罗马时期的文学

第一节 古罗马文学的特性

一、古罗马文学分期

罗马大帝国曾经在西方的历史上产生巨大的影响，直到今天，我们仍然可以从欧盟等欧洲组织中看到这种影响的存在。传统的研究经常忽视古罗马文学的研究，将其当成古希腊文学的附属品，这是相当错误的。古罗马文学是一个独立的文学时代，我们应当从世界文学史的角度来看古罗马在古代文学方面的重要影响。

罗马城于公元前753年建立，经历了千年发展。到公元476年，西罗马帝国的末代皇帝罗慕洛斯·奥古斯都被日耳曼人所俘，罗马帝国正式灭亡。

我们通常将罗马与希腊联系在一起，称为希腊罗马，其实这是两个国家，也是两个不同的历史时代。传统的学者们重视希腊远胜过罗马，西方史学家有一句名言：我们的一切都是来自希腊。这是说当代西方的思想文化源流是古希腊。但是现代西方史学家们却发现，罗马大帝国虽然没有古希腊那样的哲学家、戏剧家与诗人，但罗马人可能留给欧洲更多的文化遗产，这就是一个欧洲统一的思想观念，特别是当代的欧盟，很容易使人联想起当年的罗马大帝国。实际上，罗马帝国时代，几乎整个欧洲都使用拉丁文，为以后的欧洲留下了统一的历史文化因素。只是经过2000多年后，这种影响才显得更彻底。

古罗马的历史大致分为三个时代。

（一）罗马王政时代，从罗马建城到公元前510年，共有7个国王当政，历时200年，这个时代被认为是军事民主制度的时代，从原始社会进入阶级社会。

公元前510年，罗马人起义反对暴政，最后一个国王高傲者塔克文被推翻，塔克文王朝从此结束了统治，罗马进入共和国时代。这一时期拉丁文逐渐普及，罗马神话与诗歌产生，早期文学受到希腊影响。常见的诗体萨图尔努斯诗体，包括宗教诗、劳作诗和挽诗，题材来源是原初的宴会歌和讽喻短诗。公元前4世纪形成阿特拉笑剧和拟剧。

（二）罗马共和国时代，罗马共和国是奴隶制国家，政府权力由贵族掌握。国家政府是由百人团投票产生的，罗马百人团会议是议事机关，由他们推选出两名执政长官，这两名执政官必须是贵族出身，但是执政时间只能是一年。政府的中心是元老院，执政官必须尊重元老院的意见。国家权力掌握在贵族手里，公民只有参加公民大会，并没有实际上的民主权利。平民遭受的深重压迫激起了巨大的反抗，从共和国建立起，平民们就一直进行激烈斗争。这种斗争持续了两个世纪之久，在这种斗争中，平民取得了相当重要的胜利：两名执政官中的一名必须由平民担任；平民的上层可以与贵族通婚，普通的平民获得自由与人身权利，国家出现了自由民，十二铜表法及其他法律制度使各级官职向平民开放。最重要的是，公民大会获得了立法权。平民可以分得一定数量的土地，虽然极少，但毕竟体现了共和国的民主精神。

这一时期出现首部罗马民族史诗奈维乌斯的《布匿战纪》，用罗马人自己的诗体萨图尔努斯诗体写成，萨图尔努斯原是罗马最古老的神名。恩尼乌斯史诗《编年纪》则用六音步扬抑格写成，写罗马建国史，直接影响了以后的维吉尔。罗马喜剧人物穿着希腊式的披衫，史称"披衫剧"。希腊式喜剧流行，代表性戏剧像是普劳图斯和泰伦提乌斯。散文作品中，老卡图的《农书》是第一部保留下来的拉丁文著作。直到公元1世纪才有西塞罗的演说、凯撒的《高卢战记》和《内战记》，奈波斯的《名人传》，萨卢斯提乌斯的《卡提利那暴乱纪》。诗歌以卢克莱修的《物性论》为代表。公元前149年，罗马人最终攻克迦太基城，成就了在地中海地区的霸权地位。就在同时，罗马人四处扩张，先后征服了马其顿、希腊与小亚细亚，到公元2世纪30年代，罗马已经成为世界大帝国。疆域跨越欧、亚、非三大洲。

自公元2世纪下半叶起，罗马帝国开始走向衰落。奴隶制度是罗马帝国灭亡的最重要原因，公元前137年和公元前104年，西西里岛的奴隶起义声势浩大，已经令罗马帝国的将军们感受到奴隶们的威胁。但真正的重创是公元前73年的斯巴达克起义，这是世界古代史上最大规模的起义之一。虽然罗马将军克拉苏等人镇压了起义，但罗马帝国的衰落之象已经暴露出来。罗马统治者内部的改革派支持农民们的斗争，失去土地的农民进行了平分土地运动，但立即被镇压。

（三）罗马帝国时代，从1世纪到2世纪，是罗马帝国最兴盛的时代。公元前82年，罗马政治局势发生变化。从共和国制度转向帝国。苏拉在元老院的支持下，当选为执政官，民主力量失败。公元前27年，屋大维在罗马实行独裁，号称"奥古斯都"①，正式开始了罗马帝制，成为罗马帝国的第一位皇帝。屋大维所奠定的帝国在他死后变为王国，从1世纪到2世纪，克劳狄王朝、弗拉维王朝、安东尼王朝等先后统治罗马帝国，这一历史时期被称为"罗马和平时期"，经历200年和平生活，政治相对稳定，国力强盛。

罗马成了世界上最强大的帝国，疆域广大，人口众多，总人口大约5000万，罗马城也是当时世界人口最多的城市，有人估计有60万人口，有人说有100万，无论怎样，罗马城的规模是相当大的，仅从罗马城堡遗址也可以看出这一点，巨大的环形角斗场充分显示了当年帝国的气派，这种建筑只有在罗马时代才可能有。就如同散布在黄土高原上的汉唐帝王陵墓一样，代表了一个时代的风格，也是其他任何时代所不具有的。

---

① "奥古斯都"（Augustus）一词的拉丁文原意为"神圣者"、"至尊者"，这一称号后来也与"恺撒"一样，成为罗马皇帝的称呼。

公元 3 世纪之后，罗马帝国出现了危机，即所谓"3 世纪危机"。政治上混乱不堪，经济上也受到挫折。局势动荡，甚至皇帝经常被更换。3 世纪中期，高卢发生起义，外族也借机入侵。哥特人、法兰克人、阿曼尼人纷纷进攻帝国领土。395 年，罗马帝国分裂为两个大的帝国，西罗马帝国的首都仍是罗马城，而东罗马以伊斯坦布尔为首都。476 年，西罗马灭亡，欧洲的封建社会从此开始。

1 世纪到 2 世纪，是古罗马文学的"白银时代"，史诗和抒情诗衰落，演说辞的文风影响各种文体，卢卡努斯的史诗《法尔萨利亚》（亦称《内战记》）是共和派的颂歌。罗马第一部小说《萨蒂利孔》的作者佩特罗尼乌斯思想观念属于贵族阶层，书中嘲讽获释的奴隶。传统文学这一时期是主流，以西塞罗和维吉尔为代表。小普林尼的《图拉真颂》和《书信》是散文代表作，影响深远。2 世纪时，阿普列尤斯的《变形记》（又名《金驴记》）是罗马最杰出的小说。2 世纪以后，除了维吉尔的作品外，基督教文学成为主流，奥古斯丁的《忏悔录》是最重要的作品。世俗文学只有奥索尼乌斯的记游诗《莫塞拉河》等。4 世纪末，西罗马的宫廷文学再度兴盛，克劳狄安和马提安的风格工丽的诗流行。北非的罗马属地有一部重要作品《拉丁诗选》。小说出现了短期的兴盛局面，主要是翻译或改写希腊晚期小说，代表作《亚历山大的功勋》《狄克提斯》《达勒斯》等，取材历史事件与人物，但用民间叙事体写作，值得一读。罗马灭亡后，中世纪宗教文学取代罗马文学，直到文艺复兴后，罗马文学才被重新发现。

二、罗马对希腊文学的继承与创新

王政时期（前 153—前 510）和共和国初期（前 510—前 264），讲拉丁语的罗马人没有留下具体的文学文本。但是现代史学研究证明，罗马人有口头文学形式的文学遗产。征服希腊之后，罗马文学在吸收、继承希腊文学的基础上逐渐成长起来。特别是神话中，蕴含大量的希腊文化因子，我们可以从希腊和罗马神话人名对照表看出他们之间潜在的关联。

希腊和罗马神话人名对照表

神名	古希腊神名	古罗马神名
天神	宙斯（Zeus）	朱庇特（Jupiter）
天后	赫拉（Hera）	朱诺（Juno）
智慧女神	雅典娜（Athena）	密涅瓦（Minerva）
太阳神	阿波罗（Apollo）	阿波罗（Apollo）
月女神	阿尔特弥斯（Artemis）	黛安娜（Diana）
战神	阿瑞斯（Ares）	马尔斯（Mars）
工匠神	赫淮斯托斯（Hephaetus）	伏尔甘（Vulcan）
美神	阿佛洛狄忒（Aphrodite）	维纳斯（Venus）

信使神	赫尔墨斯（Hermes）	墨丘利（Mercury）
海神	波赛冬（Poseidon）	尼普顿（Neptune）
农耕神	得墨忒尔（Demeter）	赛莱斯（Ceres）
酒神	狄俄尼索斯（Dionysus）	巴卡斯（Bacchus）
小爱神	伊罗斯（Eros）	丘比特（Cupid）
大力神	赫拉克勒斯（Heracles）	赫克利斯（Hercules）
胜利女神	尼姬（Nike）	维多利亚（Victoria）
黎明女神	伊厄斯（Eos）	奥罗拉（Aurora）
花神	克罗莉斯（Coloris）	芙萝拉（Flora）

与希腊神话相比，罗马神话显得人格化，这并不是罗马人缺乏想象力，而是由于历史时代不同，人与自然和社会的关系发生变化，原有的神话作为一种文化系统，随着人类文明的进步，思维与社会实践的对象已经发生变化。原有的神秘莫测的现象，现在逐渐得到解释，神话从神秘向审美转化，趋于写实与人性化。

罗马人重视翻译希腊文学，罗马最早的诗人安德罗尼库斯（前280？—前204）原本是罗马人的战俘，他首先把《奥德赛》译成了拉丁文，这也是世界翻译史上较早的个人翻译，对希腊文化的传播意义重大。除此之外，他还翻译了希腊的戏剧，在翻译过程中，为了适应罗马社会现实，安德罗尼库斯对悲剧与喜剧都进行了改编。在这一时期，古希腊文已经被罗马人的拉丁文所取代。罗马人是拉丁语族，拉丁文重视书面语，以区别于口语，所以拉丁语的文学作品更为严谨，语言也更为精练。希腊的史诗与戏剧译成拉丁文后，不仅传播更加广泛，而且经过了正规书面语言的选择，更具艺术影响力。

罗马人善于学习，他们在戏剧、诗歌、散文和小说等方面都有独特的成就，其发展可分为早期、共和国繁荣时期、奥古斯都时期、帝国前期和帝国后期共5个阶段。也有学者认为，罗马文学其实可以简化为两个大的历史时期：一个是"黄金时代"，一个是"白银时代"。

如果说公元前5世纪的雅典时代是希腊文学的黄金时代，那么公元前1世纪就是罗马文学的黄金时代。演说家西塞罗的文章《支持米洛》传遍疆域辽阔的大帝国；恺撒的《高卢战记》至今仍然是西方初等教育的必读作品。他们的激情震撼了从古代地中海世界直至北非的人民。其余如贺拉斯、维吉尔、李维、奥维德、卡克莱修等名家辈出，大量优秀的罗马文学名著产生于这个时期。

白银时代则是从公元初期开始，到120年的尤维纳利斯逝世结束。这个时代中主要作家是历史学家塔西佗与讽刺诗人尤维纳利斯，除此之外，还有苏埃托乌尼斯、哲学家塞内加和箴言作家马提雅尔等人。

罗马人继承了希腊精神，并且将它发展为新的文化。什么是希腊精神？有学者进行了简明的总结："希腊精神指的就是热爱无华的美、素朴性、真理、自由和正义，反对夸张、伤感和雕琢。"① 希腊精神有各种各样的解读，这只是其中的一种，我们以此来作为最简明的解释，也是一种见解。这位作者同时对希腊人与罗马人进行了比较：

> 任何两个民族都没有像希腊人和罗马人这样相去甚远。希腊人基本上是艺术家，爱美，关心使个人生活庄重幸福的一切因素。他们在知识上敢于冒险，在思辨上刨根问底，在信仰上大胆坦白。另一方面，罗马人讲究实际，没有想象力；他们具有战争和政治天才，他们主要关心的是秩序和商业繁荣。②

如果从文学与审美的层次来看，罗马文学的整体美学特色是：厚重、崇尚古典、重视形式得体和讲求实用性。罗马的艺术风格则强调气度雄浑、语言艳丽、具有反讽色彩。当然从思想观念而言，人本主义精神在罗马文学中更加完善，逐渐发展成为欧洲文学的基本精神。所以有人提出，罗马文学总体风格是一种日神精神，适度的克制、强调理性、秩序、责任、道德和集体主义。

第二节　古罗马的戏剧、散文与小说

从世界文学史的观念来看，以往对罗马戏剧的研究很不够。一般我们将希腊戏剧看成是西方戏剧的源头，而忽略了罗马戏剧，这也是一种偏差。

戏剧是罗马文学中发展较早、成就较大的文学形式，这是与其他国家文学不同的地方。每年12月举行的萨图尔努斯节是罗马人的传统节日，它是从农村丰收节庆中发展。公元前300年左右阿特拉笑剧诞生，标志罗马民间戏剧发展进入一个新阶段，罗马人创造了自己独立的戏剧。虽然罗马人学习了希腊戏剧，但是，古罗马的民间戏剧表演为后来罗马戏剧、特别是喜剧的发展奠定了基础。

普劳图斯（约前254—前184）的喜剧是现在仍保存完好的拉丁语文学最早的作品，也是音乐剧最早的先驱者之一。古代以他的名义流传的剧本有130部，现存21部喜剧。代表作有《吹牛军人》《撒谎者》《俘虏》等。这些戏剧描写的是罗马人的生活习惯，反映生活腐化、道德败坏、男女不平等、婚姻受限制、个人财富增加以及由此产生的不良后果等罗马社会问题，笔下的主人公大多为浪荡的青年、偷情的人以及妓女，当然还有聪明伶俐的仆人。普劳图斯喜剧情节非常巧妙，动作丰富，语言生动活泼。

普劳图斯的《孪生兄弟》是一部滑稽喜剧，写西西里的一个商人，生下了一对双胞胎，其中一个人小时候被人偷走，另一个长大后便四处寻找，当他到达兄弟所住的

---

① ［英］约翰·德林瓦特主编：《世界文学史》，上卷，陈永国、尹晶译，163页，北京，北京大学出版社，2011。

② ［英］约翰·德林瓦特主编：《世界文学史》，上卷，陈永国、尹晶译，187页，北京，北京大学出版社，2011。

地方时，被兄弟的妻子和周围的人误以为是他的兄弟，于是引出了大量的笑料，反映了罗马上层社会的生活和精神面貌。《孪生兄弟》对文艺复兴以来许多戏剧家如莎士比亚的喜剧产生过一定影响。《一坛黄金》写的是一位老人偶尔得到了一坛黄金，整日焦虑不安，结果金罐还是被别人偷走了。后来老人找回了金罐又将它送给女儿作为嫁妆以后，他的心里才得到安宁。剧本对老人爱财如命的心理做了细腻而深刻的描绘和揭露。剧本以夸张的手法，从各个方面刻画了吝啬鬼的形象，如他理发时剪掉的指甲都要收回家。作者利用旁白揭示人物的心理。在失金之后老人叫道："我完了，我死了，我被人杀害了。哎呀，我往哪里跑啊？不往哪里跑啊？站住，抓住他！谁？抓谁？我不知道，我看不见，我是瞎子！我往哪里去呢？我在哪里？我是谁？我无法明白！救命啊！我恳求。把那偷金子的人告诉我？你说什么？我准备相信你。看样子你是好人，这是什么？你们笑吗？我知道你们，毫无疑问，你们多数是扒手……"莫里哀的《吝啬鬼》就曾受到这个剧本启发。希腊的喜剧不重笑，倾向严肃。然而普劳图斯的喜剧很生动、活跃。这是因为他在改编剧本时学习意大利民间戏剧因素，增加剧中的滑稽、笑料质素。普劳图斯的喜剧从平民观点讽刺社会风习，特别针对当时淫乱、贪婪、寄生等现象，予以针砭。

泰伦提乌斯（前195—前159）也是一位优秀的喜剧作家，写过6部喜剧，多以家庭生活为题材，艺术上以严肃文雅的风格见长，不插科打诨，无粗陋玩笑，同时很注重人物的心理刻画。代表作有《婆母》和《两兄弟》。《两兄弟》的故事讲述粗暴而严厉的得墨亚生了两个儿子——埃斯基努斯和克特西福。他将埃斯基努斯过继给其兄弟弥克奥，把克特西福留在自己身边。克特西福喜欢美丽的竖琴女，把竖琴女从妓馆老板那里抢了出来。埃斯基努斯娶了被他侮辱过的一位女子。该剧通过年轻人的爱情纠葛来探讨罗马社会的教育。剧中弥克奥和得墨亚代表了两种不同的教育思想：前者主张宽厚，以仁相待；后者主张从严，代表了守旧。《两兄弟》是泰伦提乌斯的比较优秀的剧本之一，无论是情节安排还是对人物性格的描写都非常成功。《婆母》的剧情较为严肃，戏剧通过一对年轻夫妇之间的误会和他们之间的一系列矛盾的刻画，赞扬和睦、助人为乐、互谅互让的仁爱精神。

塞内加（约前4—65），古罗马时代著名斯多亚学派哲学家，公元62年因躲避政治斗争而引退，但仍于公元65年被尼禄逼迫自杀。他曾在罗马接受了很好的修辞学教育，同时，他也是一位非常矛盾的散文家，既有自己的信仰，富有文学才能，同时又是一位奸诈的官员。塞内加的著作中纯文学性作品包括十部悲剧：《美狄亚》《奥狄甫斯》《提埃斯特斯》《费德拉》《疯狂的赫拉克勒斯》《阿伽门农》《特洛亚妇女》《腓尼基女子》《埃特山上的赫拉克勒斯》和《奥克塔维娅》。还有一篇讽刺散文《神圣的克劳狄乌斯变瓜记》和一些铭辞体短诗；其次是半文学、半哲学性作品，包括道德书信《致卢基利乌斯》二十卷和三篇劝慰辞《致母亲赫尔维娅》《致马尔基娅》《致波利比奥斯》；其余是哲学和学术性作品，包括《论预言》《论愤怒》《论心灵无纷扰》《论人生短暂》等。塞内加还有演说辞、书信集、地理学著作、物理学著作和其他著作。

塞内加的悲剧具有以下艺术特征：以神话题材反映一定的现实生活。塞内加有很强的宿命论的思想，他认为人们无法改变既定的命运，任何时候都应该保持内心的宁静，抑制欲望，勇敢地面对死亡。其剧本的主要艺术特色是善于分析和描绘心理活动。塞内加主要根据米南德等人的剧本改编，保留着古希腊悲剧的合唱队，接近于希腊原剧。他擅长描写疯狂、谋杀、自杀和鬼魂等，虽然能吸引一些观众，但剧本上演艰难。

古罗马在散文和小说方面的成就超过了古希腊。在罗马文学史中，散文著作一般分为历史著述、修辞学著作、文法著述、古典作品注疏等。

西塞罗（前 106—前 43）是古罗马的散文大师，也是古罗马著名政治家、演说家、雄辩家、法学家和哲学家，出身于古罗马的奴隶主骑士家庭，以善于雄辩而成为罗马政治舞台的显要人物。他的散文主要是演说词和书信。他把古代雄辩术发展到了顶峰，重视程式与技巧，讲究排比，喜用洁词，擅长藻饰，句法变化考究，往往抑扬顿挫，人称"西塞罗句法"。

西塞罗在政治、法律思想方面的代表作是《论国家》和《论法律》。《论雄辩家》是西塞罗论述教育的作品，谈论一个演说家所必需的学问和应该具有的品格。在当代西方文学与教育中，西塞罗的作品都是必读书，特别是他的信《支持米洛》等，是欧洲儿童教育最普遍的必选教材。

如同希腊哲人苏格拉底一样，西塞罗敢于对政治事件直言不讳，激烈的指责政治家与当权者，如他对元老院元老喀提林提出指控（他提出喀提林犯有卖国罪），这在当时也是相当大胆的行为。可惜的是，他的指控由于缺乏证据，最后被推翻。而喀提林则声明，要对他进行报复。甚至没有等到喀提林对西塞罗下手，西塞罗就已经被暗杀，因为他指控罗马统治者安东尼，他慷慨陈词道：

> 马克·安东尼，你最后仔细地看一眼你的国家吧。……我在此必须公开宣布：年轻时我曾经保卫过我们的国家；年老时却要抛弃它。我鄙视喀提林的剑，也绝不会害怕你的剑。如果我的鲜血能立即换取罗马人的自由，将罗马人从他们长期以来遭受的痛苦与压迫中解放出来，我将高兴为之献身。

实际上就在这次讲演后不久，西塞罗就死于安东尼手下的暗杀。

朗吉努斯（213—273）是雅典著名修辞学家和美学家，他的名著《论崇高》既是世界美学史与文学理论史上的名篇，也是一部非常优美的散文作品。朗吉努斯认为，崇高的目的不在于说服听众，而在于使听众感奋（或迷狂）。人天性追求崇高。崇高是高洁、深沉、激昂、磅礴、豪放、雄健、高超、绝妙、光芒四射的文采，是美学的阳刚之美。崇高的美来源于五个方面：即庄严伟大的思想、强烈动人的激情、修辞格的使用、高雅的词语和庄严卓越的结构，其中以第一个来源最重要。在崇高的五个来源中，前两个属于天赋，后三个属于个人修养，二者结合才能真正达到崇高。创作崇高的作品还需要借助想象："风格的庄严、雄浑、遒劲多半是赖'意象'产生的。有人称之为'心像'。所谓想象作用一般是指不论如何构想出来而形之于言的一切观念，但是这个名词现在用以指这样的场合：当你在灵感和热情感发之下仿佛目睹你所描述的事物，而且使它呈现在听众的眼前。"

《论崇高》的成功在于它科学的观点和方法。运用比较方法是文章的一个重要特点，如文中将《伊利亚特》与《奥德赛》相比较，认为《伊利亚特》中有戏剧性冲突，情感真挚，真实生动的形象给人以崇高感，而《奥德赛》中却缺少这样的特点。这种比较是切合实际的，虽然并不一定每一位西方评论家都赞成这种观点。另外，对希腊演说家德谟斯特尼斯与罗马西塞罗两位大演说家，他也进行了比较。演讲在希腊罗马艺术中地位极为重要，这有两个原因：一个是因为希腊罗马人民都关注政治，亚里士多德曾经说人是政治的动物，就是从希腊社会的实际出发的。另一个则是因为古代民主制度，政治家必须要在公众场合发表讲演，解释自己的政治主张与思想观念，以获得群众的支持。这种政治作风一直保持到当今的西方政治中：当西方的总统竞选时，参加竞选者都要通过讲演来拉选票。《论崇高》中称赞德谟斯特尼斯的讲演力度、气度、速度、深度和强度都要胜过西塞罗；德谟斯特尼斯犹如雷光电火，可以击穿与燃烧所有的一切。西塞罗的讲演只是一场燎原的大火，虽然看起来火势很大，但是只有广度，而没有强度与深度。

李维（前59—17）是罗马著名的历史学家，家境殷实，受到良好的教育，并且长期在罗马居住。令李维享誉后世的是他的著作《罗马史》。《罗马史》全书142卷，只有其中的35卷传世，它们是第1至10卷，第20至第45卷，而第41和第43卷不完整。全书内容结构基本如下：第1至第5卷记录罗马王政和共和国前期的历史，至公元前390年高卢人进犯罗马；第6至第15卷记录罗马人统一意大利，至公元前265年；第16至第20卷记录第二次布匿战争前的历史，至公元前219年；第21至第30卷记录第二次布匿战争历史，至公元前201年；第31至第45卷记录到第三次马其顿战争结束，至公元前167年；第46至第90卷叙述到苏拉去世，至公元前78年；第91至第120卷记录到恺撒被刺和其后的事件，至公元前43年；第121至第142卷记录到德鲁苏斯去世，至公元前9年。李维撰写这部史著的目的是在历史中探寻教训。李维认为罗马历史是最值得记述的，因为罗马是如此的伟大、圣洁。李维书写历史的语言是优美的，在叙述的写作中特别爱好事件场面的描写，行文流畅，一气呵成。李维不仅是史学家，还是拉丁文作家，与西塞罗、塔西佗齐名，同为创建拉丁文风的三位大师。李维的历史著作道德说教多，塑造了许多古代罗马的英雄和烈女的形象，他推崇罗马古代时期，说"那时全体人民都是谦和、公正和高尚的，而今天这样品质的人一个也找不到了"。

阿普列尤斯（约123—约180）被称为"小说之父"，他一生著述丰厚，哲学、历史、自然科学、文学等皆有涉猎。流传下来的著作有哲学类的《论柏拉图及其学说》《论苏格拉底的神》《论宇宙》3篇，《辩护辞》1篇。

文学方面的代表作《金驴记》原称《变形记》，是一部具有冒险色彩的传奇作品，也是一部流浪汉小说。它讲述希腊青年鲁巧因好奇魔法，来到希腊北部盛行魔法的贴萨利。他投宿到放高利贷的商人米罗家中，米罗的妻子就是个女魔法师，她对鲁巧施了魔法，将他变成一头笨驴。通过这头驴子的眼，作品展示了人世间的种种现象。这头驴先是被一群强盗所劫去，后来又落到了一家奴隶主的庄园里，但苦难仍然没有到尽头，它又被卖给了磨坊主人和种菜的农民，最后被军人抢去，卖给了贵族的厨房的奴隶，眼看将死于非命。在万分危急的关头，还是伊希斯女神显灵，让这个可怜的青年恢复了人形，救了他一命。

从动物的眼来看世界，这是本小说的一大发明，随着驴子走遍罗马大帝国，作者以讽刺手法，描绘了社会各个阶层的生活。有一次，驴子看到了贵族地主放恶狗咬死了农民的三个儿子，强占了农民家的土地；还有一次，它看到军官们为非作歹，他们实际上亦官亦盗，抢劫老百姓的财产。作品所描写的事件涉及罗马社会的各个层面，包括经济、法律、民间的风俗与伦理道德标准等。作者从动物的观念来看人，保持了一种客观而又超然的立场，却可以洞察秋毫。这头驴子充满了同情心，悲天悯人，很想打抱不平，只是因为自己力不能及，只能默默地观察与记录。

鲁巧最终被伊希斯搭救恢复人身，他告诫人们不要妄自尊大，要相信宗教才能拯救人生。小说真实地描写了2世纪时罗马各阶层的生活，语言杂有古语，表现了作者的尚古倾向。

塔西佗（55？—117？）出生于外省一个罗马骑士家庭。他的政治身份相当重要，号称贵族共和派的最后一个代表人物，他是反对罗马帝制的，因为相信只有民主制度才可能保持社会的公正，而任何帝制只会将社会引向专治与独裁。他是罗马帝国时期与李维齐名的著名历史学家，传下的著作属于他中晚年时期的著述。塔西佗的传世作品包括：《关于演说家的谈话》《阿格里古拉传》《日耳曼尼亚志》《历史》和《编年史》等。

塔西佗作为历史家，将自己撰史的目的定位在"使善行不至于默默无闻，使邪恶的言行害怕后世的谴责"。《历史》残存4卷多，只写了69年到96年间罗马的大事件。而《编年史》则有12卷残卷，主要内容写14年到68年间的事。从中可以看到塔西佗的历史著作与希腊历史学家希罗多德的《历史》一书是完全不同的，塔西佗的历史是真正的编年史，是西方史学另一种类型的开端。他自己的治史态度相当有影响，他说过："我认为收集怪诞的传说和以虚构的故事取悦读者的心灵都是背离现在着手写作的著作的重要性的。"塔西佗认为写作主要目的在于教谕性，既从善、也从恶的方面教育后代。塔西佗虽然是写历史，但是采用了文学的笔法。他笔下的人物性格鲜明，各不相同，敢于褒贬历史人物，秉笔直书，具有伟大的历史学家的文笔与见识。

克劳迪乌斯皇帝在他的笔下是一个猥琐庸俗的小人，他的皇后麦莎丽娜则荒淫无度，令人厌恶。尼禄皇帝本人生性残暴，并且喜欢附庸风雅，虽然对于诗歌音乐一窍不通，却要参加歌咏与演出，结果只能招人耻笑。他的母亲阿格利皮娜则是一个野心家，只想着如何大权独揽。他的文笔流畅生动，文字圆润丰满，晚期著作语言凝重、艰深。特别是采用独特的叙事手段，以人物行动来表达人物的性格，这种写法已经超越了一般的散文与史书，对西方文学整个叙事传统产生深刻影响，后世作家往往师法他的叙事风格，这也是世界文学史上的一个奇迹。

第三节　古罗马抒情诗

一、杰出的古罗马诗人

希腊化时期，希腊人的抒情诗与东方抒情诗在埃及的亚历山大里亚城相汇融，造就了一次抒情诗的高潮。这是世界文学史上东西方文学最早的大型交流之一。这场大交流为罗马人留下了宝贵的包括罗马哀歌在内的多种抒情诗，更为重要的是，它改变了西方文学史上叙事诗一直占据主导地位的模式，形成了叙事诗与抒情诗互相辉映的局面。这是罗马文学史上的大事件，如今在世界文学史新建构中，它的历史真相愈加清晰，对它的评价也必将随之发生变动。

罗马的第一位诗人是李维乌斯·安德罗尼库斯（前280?—前206），他也是一位翻译家，他将希腊文的《奥德赛》译成了拉丁文。但是罗马人并不是完全模仿希腊人的诗歌，罗马人很可能有丰富的诗歌传统。古代罗马诗歌开始是以口头创作为主，形式多样，包括宗教颂歌、咒文、挽歌、宴会歌等。中期的罗马诗歌主要是哲理诗和抒情诗。奥古斯都时期是罗马埃勒格体诗歌繁荣时期，主要诗人有提布卢斯、普罗佩提乌斯。罗马哀歌体诗歌的题材主要是爱情诗，用以抒发爱情的欢乐、悲愁和痛苦。

罗马早期诗歌创作者是卢克莱修与卡图卢斯，罗马文学后期的维吉尔、贺拉斯和奥维德三大诗人是此时代最为杰出的代表。

卢克莱修（约前95—前55）是一位哲理诗人，也是共和国末期最伟大的诗人。他是伊壁鸠鲁学说的热心门徒，代表作《物性论》把科学、哲学和文学融为一体，宣传并发展了古希腊哲学家的原子论观点，而且专门用一首长诗阐述了伊壁鸠鲁派关于宇宙的机械论观点。《物性论》用古希腊的六音步诗律写成，雄浑、古朴、清晰、明快。卢克莱修的思想在17—18世纪的欧洲受到不少唯物论者和无神论者的喜爱。

卡图卢斯（约前84—前54）是一位爱情诗人，写下不少精妙绝伦的情诗，这些诗大都是献给他的情人"蕾丝比亚"（真名克洛狄亚）的。这些抒情诗采用希腊格律，多是短诗，有的叙述散佚的神话，有的描写田园生活的乐趣，有的抒发个人的爱情。卡图卢斯生于意大利一个富裕的家庭，16岁写诗，留传至今的诗歌有116首。他是古罗马相当重要的一位大诗人，是罗马第一个有完整诗集保留下来的诗人，第一位书写罗马上层社会内心感情的诗人，第一位书写一个人内心罗曼史的诗人，第一位可进入世界诗人之林的罗马诗人。在世界诗歌史上，卡图卢斯不愧为一位具有开创意义的抒情诗人，是近代爱情诗人的鼻祖；收入他诗集中的第5首或许是卡图卢斯流传下来的最著名的诗歌之一：

> 生活吧，我的蕾丝比亚，爱吧，
> 那些古板的指责一文不值，
> 对那些闲话我们一笑置之。

太阳一次次沉没又复升起，
而我们短促的光明一旦熄灭，
就将沉入永恒的漫漫长夜！
给我一千个吻吧，再给一百，
然后再添上一千，再添一百，
然后再接着一千，再接一百。
让我们把它凑个千千万万，
就连我们自己也算不清楚，
免得胸怀狭窄的奸邪之徒，
知道了吻的数目而心生嫉妒。

二、诗人与文学理论家贺拉斯

贺拉斯（前65—前8）是奥古斯都时期的抒情诗人、讽刺诗人和文艺评论家，信奉亚里士多德的中庸人生哲学。他的早期作品包括《讽刺诗集》2卷18首，《长短句集》1卷17首，《颂歌集》4卷103首，《诗简》2卷23首等。贺拉斯多写短小作品，式样多，文字精美。贺拉斯的诗歌有完美的格律结构、巧妙的词语搭配、优美动人的诗歌形象、言简意赅的内容和思想，为他赢得了高度的荣誉。《讽刺诗集》和《长短句集》嘲笑了罗马社会贪婪、淫靡之风，宣扬中庸的生活哲学。《颂歌集》是他抒情诗的代表作，用希腊抒情诗的格律写醇酒、爱情、诗歌、友谊等，其中"罗马颂歌"赞美纯朴、坚毅、正直、尚武、虔诚等帝国道德。第3卷第1至第6首又称罗马颂歌，赞扬奥古斯都和在他统治下罗马的复兴，风格典雅、庄重。《颂歌集》中有不少诗篇的主题与讽刺诗的主题相近，宣扬远离世俗纷扰、保持内心宁静和知足常乐的生活理想，诗重哲理议论，抒情色彩不浓，好用神话典故，联想丰富，形象鲜明，读来颇为感人。《颂歌集》第4卷发表于公元前13年，共15首诗，内容上对奥古斯都的颂扬更多，这与他成为奥古斯都的宫廷诗人有关。

《诗艺》是贺拉斯文学批评的代表作，在古典主义时期被视为经典。《诗艺》中认为一首诗仅仅具有美是不够的，还必须有魅力，必须能按作者愿望左右读者的心灵。自己的感动方能换来别人的愉悦。贺拉斯特别强调了文学的开化作用和教育作用，文学要起教育的效果，必要寓教于乐，不仅要内容好，而且艺术也要高超，语言要精练，允许虚构，以便引人入胜；为了引人入胜，形式（包括语言）必须仔细琢磨，必达上乘而后已，错误难免，但诗歌忌平庸；天才固然重要，但必须与刻苦的功夫相结合，而刻苦功夫更为重要；要善于听取忠实的批评，以便一再修改。贺拉斯继亚里士多德之后，主张文学模仿自然，到生活中去找范本，诗人必须有生活经验、真实感情。

贺拉斯认为：诗人应该带给人益处和乐趣，他写的东西应该给人以快感，同时对生活有帮助。在你教育人的时候，话要说得简短，使听的人容易接受，容易牢固地记在心里。一个人的心里记得太多，多余的东西必然溢出。虚构的目的在于引人欢喜，因此必须切近真实；戏剧不随意虚构，观众才能相信，你不能从吃过早餐的拉米亚的肚皮里取出个活生生的婴儿来。如果是一出毫无益处的戏剧，长老的"百人连"就会把他赶下舞台；如果这出戏毫无趣味，高傲的青年骑士便会掉头不顾。寓教于乐，既劝谕读者，又使他喜爱，才能符合众望。

《诗艺》提出："要写作成功，判断力是开端和源泉。"贺拉斯推崇古代经典认为作品应当注重思想内容。他提出，如果一个人懂得他对于他的国家和朋友的责任是什么，懂得怎样去爱父兄、爱宾客，懂得元老和法官的职务是什么，派往战场的将领的作用是什么，那么他一定也懂得怎样把这些人物写得合情合理。他劝告已经懂得写什么的作家到生活中、到风俗习惯中去寻找模型，从那里汲取活生生的语言。贺拉斯认为：如果一出戏有许多光辉的思想，人物刻画又非常恰当，纵使它没有什么魅力，没有力量，没有技巧，但是比起内容贫乏、（在语言上）徒然响亮而毫无意义的诗作，更能使观众喜爱，更能使他们流连忘返。

贺拉斯为 17 世纪古典主义制定了基本原则，在西方古代美学思想史上占重要地位，影响仅次于亚里士多德和柏拉图。贺拉斯非常自信认为自己的影响会长期存在：在《歌集》第 3 卷最后一首，贺拉斯认为他的诗将会与罗马一起永存，这一思想在第 4 卷第 9 首中再次出现。贺拉斯是诗歌创新者，但他的创新是以公元前 7—前 6 世纪的古代希腊抒情诗人为典范对罗马诗的创新。贺拉斯认为自己对罗马诗歌发展的主要贡献在于"给意大利音韵引来伊奥尼亚格律"。贺拉斯的讽刺诗、书札用的是六音步扬抑抑格。贺拉斯采用了希腊抒情诗格律，在诗歌比喻、意境等方面继承和模仿希腊，诗中充满了希腊神话形象和典故。贺拉斯的诗歌在古代曾经广为流传，不少诗学观点至今仍然具有重要的价值。文艺复兴时期，贺拉斯的诗歌颇受人文主义者的青睐。法国古典主义把《诗艺》视为标准的经典，布瓦洛的《诗的艺术》继承了很多贺拉斯的诗学观点。

三、诗人普罗佩提乌斯

诗人普罗佩提乌斯（Sextus Propertius，前 50？—15），全名是塞克斯图斯·普罗佩提乌斯，罗马名诗人，他是诗人提布卢斯（约前 54—19）的继承人，而据奥维德说，他自己正是普罗佩提乌斯的继承人，这就是提布卢斯到普罗佩提乌斯再到奥维德三个人之间的历史传承关系。

他们三个人之间传承的是什么呢？

这就是我们所说的希腊的哀歌诗体，从公元前 7 世纪的爱奥尼亚诗人卡利诺斯开始，这种抒情诗就开始流行。它是处于史诗与散文体之间的一种诗体，流行最初曾经包含多种题材，从战争、农事到经济，可是后来逐渐集中于爱情，形成了以抒发情感为主的爱情哀歌。

罗马从共和转向帝国的奥古斯都时代，国家政治制度的巨变给当时的贵族与公民们造成了深刻的感伤，转向从爱情与内心情感来寄托自己的生存意义，这是哀歌流行的主要原因。可叹的是，时代迅猛的发展使这种纤弱、婉约的情感载体失去存在的土壤，成为一种昙花一现的文类。但是，这种哀诗是存世最多的古代诗歌，可见历史是公正的，虽然当时流行的文类曾经大量产生，但是没有流传。而独具性灵的哀歌却流传较多。

普罗佩提乌斯出生于罗马西北的翁布里亚的一个山城阿西西，父母亲早丧，家里有一处耕田，但是并不富裕。大约于公元 1 世纪 20 年代，普罗佩提乌斯来到罗马，投奔在奥古斯都的权臣迈克纳斯手下，成为当时最显赫的官方文学圈子的一名成员。他对迈克纳斯感激不尽，称其为自己"生命和死亡的真正的荣耀"。他与当时著名文人交往密切，特别对维吉尔赞赏有加，甚至称赞维吉尔的《埃涅阿斯纪》已经超过了《伊利亚特》，无论这种评价是否合乎实际，至少可以看出普罗佩提乌斯本人的性格。但同时，他又并不出头露面，有持身谨慎的特点，有意与当时的官方文学立场保持一定距离。他虽然也写作一些歌功颂德的诗，但是却谦称自己才力不足，不能担当大任，不愿过多的卷入时事的波澜之中。

他的主要作品是《哀歌集》，分为 4 卷。第 1 卷诗致友人图鲁斯，内容却是歌咏自己心仪的女性吉提亚，他与女友之间的交往有 5 年左右，诗人对她一往情深，虽然在诗中抱怨吉提亚水性杨花，却无法抑制对她的深爱。第 2 卷诗中，诗人已经对与吉提亚的爱情感到难以承担，他哀叹世风日下、人心不古，而吉提亚则放荡不羁，这使得诗人极为痛苦。第 3 卷诗仍然是情诗，但是发生了重要的变化，诗人已经从个人的情感创作中解脱出来，从人生哲理的层次来反思自己与吉提亚的关系。在这卷诗中，较多地出现了神话与想象的内容。第 4 卷诗可能写于诗人与吉提亚的关系中断之后，11 首诗分两大部分。前一部分是爱情哀歌，主题是歌颂夫妻之间忠诚的爱情。后一部分则是学识与哲理的诗。这一类诗在当时可能相当流行，希腊化时代中，希腊与罗马的诗歌都产生了变化，卡利马科斯的田园诗盛行一时，普罗佩提乌斯受到这种诗风的影响，写了乡村牧人的爱情，营造出一种其乐融融的俗世景象。

在第 1 卷第 6 首诗中，诗人毫不隐讳自己为了爱情而舍弃事业与荣誉的立场：

> 许多人甘愿丧命于长久的爱情享乐，
> 让大地也把我和他们一起掩埋。
> 我不为荣誉而生，也不适宜立军功，
> 命运却要我投身于这类戎族。

诗人宣称："我永久法则是：做世上唯一的恋人/不轻率地开始，也不贸然地终结。"但是诗人的钟情并未换来热烈的回报，经历了长期的感情痛苦之后，诗人终于感到微微的疲倦，他寄希望于诗歌来抚平自己受伤的心灵：

> 亲爱的，徒然地相信了你的容貌美，
> 我往日的眼神使你过分地傲慢。
> 吉提亚，我的爱给你奉献了多少赞美：

> 羞愧啊我曾用诗歌使你备受赞誉。
>
> ……
>
> 但现在船只已经进港泊岸，缠满花环，
>
> 驶过了栖尔特斯，抛下了锚链。
>
> 我曾经备受酷热折磨，现在终于清醒，
>
> 我那些沉重的创伤也重新愈合。
>
> 健康的理智啊，你若是位神明，我愿皈依你，
>
> 往日我那么多祈求未被耳聋的宙斯听取。①

正是在普罗佩提乌斯的手中，罗马哀歌成了史诗之后有影响的文类。特别是在爱情诗歌中，哀歌有了自己的独特的贡献。这种艺术形式与内容的创新是不容否定的。

罗马哀歌虽然时间不长，但是影响深远，普罗佩提乌斯诗歌被中世纪十字军骑士们所喜爱，他们将这种诗歌与来自东方的抒情诗相结合，特别是其中对女性的赞美之辞，被用于对贵妇人的歌咏，辞藻华美，成为骑士抒情诗的源泉。文艺复兴中，意大利的彼特拉克等人在这种哀歌的基础上，发展出十四行诗。这种诗歌的人文精神也是浪漫主义诗歌的楷模，歌德就十分珍爱普罗佩提乌斯的诗，他曾创作过一部《罗马哀歌》，就是为了继承这种华美的诗风。

四、奥维德

奥维德（前43—18）生于富贵人家，但他并没有受到罗马的政治、社会动乱的影响。从18岁起开始写诗，在题材和技巧方面受到希腊化时期的艺术中心——埃及的亚历山大里亚诗风的影响，当时，希腊诗歌与东方抒情诗在这里交汇，形成了罗马特有的哀歌体，诗歌语言优美，技巧娴熟。早期作品主要是用哀歌体格律写成的各种爱情诗，包括《恋歌》《列女志》《爱的艺术》《论容饰》《爱的医疗》等，反映了罗马上层社会生活的淫逸之风。后来他写《岁时记》和《变形记》，前者属教谕诗，含有丰富的知识；后者是神话著作，可谓是对古希腊罗马神话的系统整理。俄罗斯诗人普希金认为奥维德的《哀歌》真诚、朴实、富有个性，较少淡漠的机敏，优于他的其余爱情诗歌。

公元7年完成的神话故事诗《变形记》是根据希腊神话讲述神变形为植物、动物的故事，全诗15卷，取材于古希腊罗马神话。诗人运用丰富的想象力，采用不同的叙述手法，精彩地描述了许多著名的古代神话传说。作者还着力于人物的心理描写，故事讲得栩栩如生，比如，在太阳神追逐达芙妮的故事中：少女变形为桂树的瞬间，他的呼吸吹拂着她飘在颈后的头发，她被全速奔逃弄得精疲力竭，吓得脸色发白，望着佩纽斯的河水喊道："父亲，救救我！如果你的河水能显灵，就把我毁容，变形，

---

① ［古罗马］普罗佩提乌斯：《哀歌集——拉丁语汉语对照全译本》，王焕生译，335页，上海，华东师范大学出版社，2006。

免得我姿色招人！"祷词既出，一阵沉重的麻木便控制了她的肢体，柔嫩的酥胸箍上了一层树皮，头发长成了树叶，手臂长成了树枝，刚才还迅捷的脚扎下了呆滞的根，而头变成了树顶，只有她的美依然留存。

《变形记》包括长故事 50 篇，短故事 200 篇，有天地开创、洪水传说（引子），神的故事（第 1—6 章），男女英雄故事（第 6—11 章），史诗人物事迹（第 11—15 章），尾声。《变形记》集古代希腊罗马神话传说之大成，从天地创始一直说到奥古斯都时代。它给古代神话以新的解释，通过神话揭露罗马上层道德堕落。在美狄亚、斯库拉等形象中，表现了妇女的不幸。

《变形记》故事的叙述富于想象，巧妙的语言使一系列活泼故事保持悠久生命力。如第 8 章写代达罗斯造飞翼，父子在天上飞，诗人想象了飞行中所见情景："下面垂竿钓鱼的渔翁、扶着拐杖的牧羊人、手把耕犁的农夫，抬头望见他们，都惊讶得屹立不动，以为他们是天上的过路神仙。"《变形记》使用故事中套故事的框架结构，将 250 多个独立故事连接成整体，是一种创新的手法。

奥维德生活在古代罗马由共和制向帝制转变时期，诗歌创作与当时罗马社会的生活面貌和道德状况有着紧密的联系。奥维德把诗歌创作视为一种情感和心灵的表达手段，作为一种消遣。他的诗歌反映现实生活，不乏虚构和幻想。奥维德的突遭流放对他的心灵是一个打击，使他改变了对诗歌的认识，现实生活成了他诗歌创作的源泉：不是才能，也不是艺术创作了它们，灾难本身提供了丰富的素材。奥维德的诗与他的前辈诗人有共同的形象、典故、题材、情趣、意境和比喻，借鉴学习前辈诗人的奥维德把这种继承视为一种荣耀。

奥维德是一位语言艺术天才，也是一位诗歌艺术能手。他的诗歌语言丰富，声音韵律强。奥维德诗歌克服了前辈诗人的艰涩性、复杂性，诗风简朴、丰富、完美。奥维德的诗歌在同时代人中很流行，在中世纪时仍然享有很高的声誉。奥维德诗中许多动人的故事为文学家和艺术家提供了很好的创作题材，法国七星诗社的诗人们、莎士比亚、塞万提斯、席勒、歌德等都模仿、学习他的诗歌，甚至 17—18 世纪的歌剧和芭蕾舞的题材也受到他的影响。

第四节　维吉尔与《埃涅阿斯纪》

一、维吉尔生平与创作

维吉尔（前 70—前 19）是古罗马最伟大的诗人。他出生在意大利北部波河北岸曼图阿附近的安德斯村，这地方属阿尔卑斯山南高卢地区，地方农业兴旺，文化发达。维吉尔幼年曾去克雷莫纳、罗马和意大利南部学习修辞和哲学，受到良好教育。在罗马他结识了诗人和政治家迎鲁斯、波利欧和瓦鲁斯，通过波利欧他结识了屋大维，并成为屋大维亲信幕僚。公元 43 年维吉尔回到他的曼图阿田庄。维吉尔终身未娶，他有两个弟弟也英年早逝。公元 19 年，维吉尔到希腊、小亚细亚，学习和实地观察。51 岁时去世，葬在那不勒斯。在他的墓碑上刻着以下两行铭文：

> 曼图阿生我，卡拉布利亚夺去我的生命，如今
>
> 帕尔特诺佩保有我；我歌唱过放牧、农田和领袖。

维吉尔的创作继承和发展了古希腊和共和国时期罗马诗歌的传统，有学者评论维吉尔："他的作品具有历史感和思想的成熟性。他是一个自觉的艺术家。他可以说是第一个近代意义上的作家。"①

生长在村野的维吉尔对自然之美有独特而深刻的感受，这对他的创作产生了直接影响。《牧歌》一问世就风靡一时，贺拉斯赞美它"温存而有谐趣"，《牧歌》共收诗10 首，包括了情诗、哀歌、哲理诗，形式上有牧人对歌、独歌等，描写了美丽的大自然，歌颂了爱情，表达了对时政的不满。维吉尔的《牧歌》还与过去诗人单纯描写田园景色和牧人爱情的牧歌不同，第一次以牧歌形式描写了战乱中的农业生产。如第9 歌中，诗人借牧羊人的口说道：

> 我们今生居然经历到了未曾梦想过的事，
>
> 一个陌生人变成了我们土地的占有者，
>
> 他居然说："这是我的地，你们老农户，搬走。"

《牧歌》也有对新时代美好生活的憧憬，这就是《牧歌》第 4 首中那几行著名的启示录一般的诗句：

> 时代已在酝酿，时序即将更新，
>
> 童贞的正义女神将重返人间。
>
> 太平盛世又将重现，新时代的头生儿
>
> 已经从天而降
>
> 即将光临地上。

《牧歌》虽模仿亚历山大里亚的牧歌诗，但也有独到之处。诗中颂扬屋大维及其继承人，反映出小土地主反对战争、要求和平的心愿。《牧歌》中写道："种好了的土地将被祖鲁的士兵获得，异族人将占有我们的果实，这都是战争给我们的灾难。"诗中还揭露了奴隶主和小土地占有者之间的矛盾。诗人对祖国土地与大自然、对和平田园生活，做了尽情歌颂。

维吉尔第二部重要作品是他在公元 29 年发表的 4 卷《农事诗》，全诗共 2188 行，用了 7 年时间才写成，几乎平均每天写一行，维吉尔自己说："他写诗就像雌熊舔仔，把它们慢慢地舔出一个模样来。"《农事诗》第 1 卷写种植庄稼；第 2 卷写种植葡萄和

---

① 杨周翰：《埃涅阿斯纪·译本序》，1 页，北京，人民文学出版社，1984。

橄榄树；第 3 卷谈放牧牛马；第 4 卷写养蜂。这首长诗模仿赫希俄德的《工作与时日》，属"教谕诗"类型，写一年四季自然变化与农事活动，中间还有神话故事。《农事诗》是麦克那斯示意写的，以配合屋大维振兴农业的政策：

> 正如丰收，在丰收之星下，
> 耕耘土地，麦凯纳斯哟，必须
> 收束藤蔓……
> 我就此开始歌唱……（第 1 卷，）

> 跟我做伴吧，陪我开始工作。
> 你呀，是我荣誉中绝顶的光荣，
> 麦凯纳斯！扬帆驶入大海吧！（第 2 卷，）

> 让我们紧随山林女神，入处女林，进处女谷！
> 麦凯纳斯哟，你，下了道不轻松的指令。
> 若是没有你，理智便不会受孕。（第 3 卷，）

二、罗马史诗《埃涅阿斯纪》

《埃涅阿斯纪》是欧洲文学史上第一部文人史诗，一部关于寻建家园和建立家园的诗歌，一部关于爱情与战争、理性与激情、使命与责任的民族史诗。黑格尔说过："不同的民族精神须由相应的不同的英雄人物来表现……特殊的史诗事迹，只有它能和一个人物最紧密地融合在一起时，才可能达到诗的生动性。他们是许多特征的整体，从他们身上可以见出一般心灵的各个方面，特别是全民族自己发展出来的思想和行动方式。"[1] 埃涅阿斯就是这样的人，他的身上可以见出的是罗马民族精神中积极向上的一面。《埃涅阿斯纪》全诗 12 卷，约 10000 万行，花了 10 年心血写成，描写希腊军攻陷特洛伊后，特洛伊英雄埃涅阿斯在天神护卫下出逃到了意大利，建立了罗马城，开始新的统治。维吉尔的《埃涅阿斯纪》以《荷马史诗》为范本，前 6 卷类似《奥德赛》，写主人公的漂泊生活；后 6 卷类似《伊利亚特》，写特洛伊人与拉丁姆人的战争。

史诗主人公埃涅阿斯战败后逃出特洛伊，按神的旨意到意大利去建立一个新国家。史诗第 1 卷叙述埃涅阿斯等经历海上风浪到达迦太基，受到当地女王狄多的接待。史诗一开始，他们已经在海上漂泊 7 年，正准备离开西西里到意大利，风神刮起大风，把他们吹到了南面的迦太基，迦太基女王狄多热情款待他们。埃涅阿斯的母亲女神维纳斯让爱神丘比特促使狄多对埃涅阿斯产生爱慕。在筵席上，狄多请他讲述他

---

① ［德］黑格尔：《美学》，三卷下册，120 页，北京，商务印书馆，1979。

7年来的流浪经历。第2卷叙述他回忆特洛伊城被攻陷时的情景，老国王被杀，埃涅阿斯背着老父，携妻带子逃出城去，中途与妻子失散。这卷写的是发生在一夜之间的事。第3卷叙述他如何从特洛伊到了西西里岛。7年漂泊的埃涅阿斯时时想要安家立业，获得神的指点开始回归。归途中埃涅阿斯经历艰险无数，他的父亲也在西西里去世。埃涅阿斯遇到特洛伊战争的幸存者唤起他痛苦的回忆。第4卷叙述埃涅阿斯如何拒绝了女王狄多的爱情。《埃涅阿斯纪》最为感人的爱情就是埃涅阿斯与女王狄多的故事。当埃涅阿斯听从神的呼唤而离开女王的时候，女王悲愤自杀，诗歌在此达到高潮：

> 她说着，脸埋在床褥里，"我死得好冤啊，
> 但我还是要死，"她说，"我甘心走进阴间。
> 让那无情的达达尼亚人的眼睛在海上
> 汲取这火光，把我死讯的凶兆随身带去！"
> 正当她说着，她的侍从们看到女王
> 伏剑自尽，鲜血冒着泡沫，沿着剑刃
> 喷溅在她手上。一阵惊呼冲上宫顶；
> 霎时间，混乱可怕的传闻震动了全城。

第5卷叙述埃涅阿斯父亲的葬礼，一些流亡的特洛伊妇女担心再过流亡生活，绝望中焚烧船队。埃涅阿斯仍然去寻找意大利。中途，舵手帕里努鲁斯堕海身亡。第6卷叙述埃涅阿斯前往阴间询问他父亲的鬼魂关于罗马未来的命运。他的父亲指点给他看他的后裔成为罗马国家的缔造者。埃涅阿斯回到地上，决心更加坚定。下面是埃涅阿斯在西比尔带领下面见其父亡灵的描写：

> 哦，你终于渡过了海上的重重难关，
> 但陆上更艰险，达达尼亚人将会到达
> 拉维尼乌姆之国（对此你不必疑虑）；
> 但他们会觉得来此不如不来。我预见
> 战争，可怕的战争，梯伯尔河血沫滚滚。
> 那里也会有特洛伊的河，有希腊的营垒，
> 拉丁姆也已有了一个新的阿喀琉斯，
> 他同样是女神所生；尤诺仍将处处
> 对特洛伊人刁难不休，而你穷蹙无告，
> 将向意大利各部族各城邦挨门乞求
> 这一切特洛伊之灾的起因，是又一个
> 异国新娘，异国婚姻。

第7卷叙述他的船到达意大利，当地各部落准备抵抗。埃涅阿斯到达第表河口，拉提

努斯王欢迎他们，他将自己的女儿许配给这个异邦人。第 8 卷叙述埃涅阿斯沿河而上，到达未来的都城罗马所在地，他第一夜休息的地点就是后来奥古斯都的家里；天神给了他一个神异的盾牌，上面的图画预告罗马未来的日子。第 9 卷至第 12 卷叙述特洛伊人和当地拉丁部族的战斗，以拉丁部族的领袖图尔努斯的死结束全诗。

《埃涅阿斯纪》从形式上说是史诗，有动作，有英雄，但从性质上说，它同《荷马史诗》很不一样，更多的文学史家和评论家都倾向于《埃涅阿斯纪》是一首民族史诗。英国著名诗人与评论家蒲伯说《埃涅阿斯纪》是政治吹嘘，甚至诗中梦幻的、普遍存在的忧郁也是故意制造的，用来支持奥古斯都。所以他认为维吉尔的史诗是为政治服务的，连其中的情调，即使不是假的，也是一种手法。《埃涅阿斯纪》和《荷马史诗》最大的不同在于情调，《埃涅阿斯纪》充满疑虑不安、悲天悯人以至忧郁，使维吉尔成为一个"万事都堪落泪"的诗人。

《埃涅阿斯纪》的结构，不论是全诗或每一卷，都体现了诗人的匠心，每卷就像一个建筑构件，与其他卷搭配照应。有的评论家指出第 3 卷、第 5 卷情调比较恬静，以缓和第 2 卷、第 4 卷、第 6 卷的紧张。长诗前后互相呼应，如第 7 卷朱诺挑拨战争，与第 1 卷的朱诺命风神掀起风暴呼应；第 8 卷写罗马的未来与第 2 卷写特洛伊沦陷对照；第 10 卷写帕拉斯之死与第 4 卷写狄多之死对应。埃涅阿斯的形象一般公认是模糊的，缺乏个性，因为维吉尔把他写成一种理想的化身，民族的化身，缺乏现实性。

在写作技巧上，维吉尔用象征和暗示的手法为他的中心思想服务，烘托出捉摸不定的朦胧意识。如埃涅阿斯来到阿波罗神庙前，大门上雕有迷宫的故事，象征埃涅阿斯经过一段迷惘获得解脱，认准前途，不再动摇。西比尔本人就是命运的象征、神的代表，金枝象征黑暗中的光明。埃涅阿斯进入冥界之前的葬礼描写象征埃涅阿斯仍将再生。冥界有一个是角门（牛角制的），一个是象牙门，也具有神秘的象征意义。象牙门都是假象，牛角门的梦都是确实的，而埃涅阿斯和西比尔恰恰是从象牙门出冥界。在诗中维吉尔还多次运用梦或幻影手法。诗中写梦与幻的地方很多，如希腊人偷袭进城，埃涅阿斯还在酣睡，赫克托尔来到他梦中，警告他赶快逃离；克列乌莎向埃涅阿斯显灵；当埃涅阿斯在西西里左右为难不知应否留在西西里时，他的父亲显灵敦促他前往意大利；图尔努斯不想应战，凶神入梦警告他，他才改变主意；图尔努斯举起石头想投向埃涅阿斯，但像在梦中击打他人一样。维吉尔对人物心理描写非常深刻，诗人描写狄多的各种心理活动，用独白、比喻、对话、行动举止的描绘，写她的欢乐和悲哀。在艺术上，《埃涅阿斯纪》没有《荷马史诗》自然质朴，但是它的风格哀婉严肃，格律严整，在心理刻画上超过《荷马史诗》。维吉尔常直接向读者致辞，读者有身临其境之感，如埃涅阿斯听到神命令他离开迦太基，诗人就问："他该怎么办呢？"如同在引导读者和诗人一起为人物分忧。维吉尔的文字典雅而精练，充溢着拉丁语特有的庄严风格，大量使用格言警句，使长诗成为经典之作。

《埃涅阿斯纪》具有一种深沉的历史感。西方评论家这样来看它："……这是一部忧伤的史诗，一场抑郁的歌颂，宏伟却夹杂着虚荣和悲哀，萦绕不去。在某种程度上它还是一部沉默的诗。"①

《埃涅阿斯纪》表现出罗马文学的特色：如主人公除了勇敢、刚毅外，还具备了敬神、爱国、仁爱、公正等品德，而且政治目的性强，为了国家，历经了千辛万苦，能克制个人感情，表现出较强的理性意识、集体意识、责任观念和自我牺牲精神。《埃涅阿斯纪》是罗马人喜爱的作品，后来研究者从中研究罗马往事，它成了后代诗人的写作范本。

在欧洲中世纪文学中，维吉尔获得特别的重视，一方面是由于教会错误地认为维吉尔预言了耶稣的降生，同时也由于维吉尔诗歌中的神秘主义。欧洲文艺复兴时期，意大利诗人但丁把维吉尔视为真理的教师，在《神曲》中把他作为游历地狱和炼狱的引路人。维吉尔的影响深刻绵远，后世诗人们尤其喜爱引用和转化他的诗意。意大利诗人彼特拉克的叙事诗《阿非利加》、意大利诗人阿里奥斯托的长篇叙事诗《疯狂的罗兰》、意大利诗人塔索的叙事长诗《耶路撒冷的解放》、葡萄牙诗人卡蒙斯的史诗《卢济塔尼亚》等都受到《埃涅阿斯纪》的影响。

维吉尔在生前就已经确立了在罗马文学中的地位，成为但丁、弥尔顿、丁尼生等许多欧洲诗人敬仰、崇拜和模仿的对象，桂冠诗人丁尼生作诗盛赞维吉尔：

> 永远发出罗马帝国的回音；
> 如今奴隶的罗马已经覆灭，
> 自由人的罗马已将她替代，
> 而我来自孤悬北方的岛国，
> 曼图阿诗人啊，我向你敬礼，
> 我从最初的日子起就爱你，
> 你唱了古往今来人的嘴唇
> 所能铸造的最庄严的韵律。

18世纪法国作家伏尔泰的《亨利亚德》同样受到维吉尔的影响。德国著名诗人席勒、文艺理论家莱辛、伟大诗人歌德都很推崇维吉尔，歌德甚至称维吉尔是他的老师。

---

① ［美］大卫·丹比：《伟大的书》，曹雅学译，166～167页，南京，江苏人民出版社，1998。

第六章　中世纪欧洲文学

第一节　中世纪的社会与文化

中世纪也称为中古时期，主要指欧洲的封建社会。目前关于中世纪时代的划分主要有两种：

第一种划分是从西罗马帝国灭亡（467）开始到英国资产阶级革命前夕的 17 世纪中叶，大致分为三个时期：初期，5—11 世纪，封建社会的形成时期，亦即封建制度的全盛时期；中期，12—15 世纪（中世纪文学）；末期，15—17 世纪（文艺复兴时期），亦即封建制度解体、资本主义兴起时期。欧洲中世纪文学一般指前两个阶段的文学。中世纪是政治黑暗的时代，但是在文学的发展中却起到了一个桥梁的作用，其文学影响并不亚于以后任何一个文学时代。

第二种划分只是时代分期上稍有不同，基本时段没有大的区分，但是体现了划分者的用意。英国德林瓦特的《世界文学史》对中世纪做了一个简明的划分：

> 中世纪通常指欧洲历史上从公元 410 年西哥特人在阿拉里克率领下攻占罗马，到 1453 年土耳其人占领君士坦丁堡这段时期。甚至在西罗马帝国消亡之前，已经有两百多年的萧条时期，这期间几乎没有文学生产。罗马多年来一直忙于和蛮夷作战，他们已经跨过莱茵河和多瑙河，其中最凶猛的是阿提拉率领的匈奴。罗马文明的整个结构就这样逐渐被无知的军队所淹没，而且在表面上，但也只是在表面上永久消失了。[1]

以上两种看法其实并不冲突，中世纪的开端是从西罗马的灭亡开始的，只是对西罗马灭亡的时间计算稍有出入而已。根据英国历史学家吉本在名著《罗马帝国衰亡史》中的看法是，罗马帝国最后宣告灭亡是在哥特人的攻击之下，而哥特人其实又是受到了"野蛮"的匈奴的追逐。[2] 他将所有罗马人之外的民族包括莱茵河与多瑙河流域的日耳曼人、斯拉夫人与匈奴人统统看作"蛮族"，这种观念显然是不公正的，其实这正

---

① ［英］约翰·德林瓦特主编：《世界文学史》，上卷，陈永国、尹晶译，207 页，北京，北京大学出版社，2011。

② 参见［英］爱德华·吉本：《罗马帝国衰亡史》，136～148 页，黄宜思、黄雨石译，北京，商务印书馆，1997。

是罗马人自己的看法，罗马人认为只有自己是文明人，而所有的非罗马人都是野蛮人。所以，以此来作为罗马文明毁灭的原因是不对的。

中世纪是西方文化的一个重要发展阶段。基督教在中世纪并不是一成不变的，经过了理性化的过程与宗教改革，基督教成为具有一定社会基础的世界性宗教，对于推动人类社会文明进程有一定的作用。同时，中世纪欧洲社会经济形态变化极大，中世纪欧洲农业技术进步迅速，采用了轮耕制度，发明了重犁深耕，这些先进技术普及，使原本农业基础薄弱的欧洲成为农业发达地区。中世纪欧洲的工业更是发展迅速，意大利、尼德兰、德国、英国等国家都是从中世纪就有了发达的纺织业，采矿、冶金、制造等工业在中世纪也取得相当大的进步。从罗马大帝国的政治格局，到封建君主割据、城邦王公们的独立，再发展到采邑制度的出现，大庄园与城市化，最终出现了欧洲工商业的发达，欧洲是在中世纪真正成为经济发达地区的。中世纪欧洲社会政治从政教合一，发展到政教分离、封建民族国家建立，最终较早地结束了专制制度与封建社会，进入工业化与资本主义。可以说，正是在中世纪后期，欧洲较早地成了世界发达的国家与地区。当然，欧洲正是由于有了这种地位与经济实力，才可能纵容一些冒险家进行了"十字军"东征。同时，不可否认的是，也正是由于有了这样的社会基础，才可能出现文艺复兴的思想。从5世纪的欧洲早期的农奴制与封建民族国家建立，到19世纪资产阶级国家的诞生，欧洲的民族国家经历了1400年的历程。这一历程可以分两个大的阶段。从5世纪到16世纪，以农奴制和封建民族国家建立为主，这一阶段的农奴制、半农奴半封建制、封建制度的民族国家主要是专制国家，一般实行君主专制制度，政治上以政教合一与世俗王权为主。第二阶段从16世纪到19世纪，随着工业革命的发展，资产阶级民族国家成为主要国家形式，资产阶级民族国家取代了封建专制国家。18世纪法国大革命后，欧洲国家政治中的宗教势力衰退，1905年，法国政府宣布政教分离，象征着统治欧洲长达1000年的基督教势力被迫退出历史舞台。革命后的欧洲国家，一般采取了共和国或是联邦制的政治与国家体制，我们这里主要分析前一阶段。

从4世纪中期起，欧亚大陆上的农业民族与草原民族之间经过长期斗争，形成了民族大迁徙。草原游牧部落匈奴人出现在欧洲中部，开始与原居住在这里的民族展开争夺。因为罗马人把罗马帝国之外的民族称为蛮族，历史学家沿用了这一说法，实际上这些民族并不都是野蛮民族。

实际上早在5世纪初，欧洲的蛮族就已经建立起了古代民族国家的模式，我们上文所提到的日耳曼人的勃艮第王国、阿兰王国、苏维汇王国、哥特王国都是这种古代民族国家。这种民族国家一般是在部族的基础上建立的，已经有了国家的基本形态。476年，罗马大将奥多亚克举行兵变，废黜罗马皇帝罗慕洛斯·奥古斯都，宣布西罗马帝国灭亡。从此，欧洲开始封建时代，民族国家建立是这一时代的主要标志。这个时期形成民族国家的主要原因是西罗马帝国的灭亡，各民族的独立意识开始觉醒，对于自己的民族文化有一个认证。在意大利，先是奥多亚克取代了罗马皇帝，建立了民族国家。但是好运不长，489年，狄奥多里克统率的东哥特人进兵意大利，与奥多亚克争夺意大利，493年，狄奥多里克战胜奥多亚克，建立了东哥特王国。这一时期，在高卢建立了法兰克王国，意大利北方有伦巴底王国，不列颠也建立起了一批封建王国，形成了欧洲封建民族国家建立的高潮。

基督教思想是欧洲中世纪文化的主导思想，但是两个文化交流的影响也很重要。一是"十字军"东征引起的东西方文学交流，使得东方阿拉伯文学的古代小说《一千零一夜》与抒情诗传入西欧，激发了西班牙的小说、法国普罗旺斯的抒情诗的兴起。二阿拉伯帝国对西班牙的占领，使得东方艺术与文学影响了欧洲。当然也有学者提出，很可能就在中世纪，中国的抒情诗通过阿拉伯与中东民族传播到欧洲，促进了欧洲诗歌的兴盛。但是这种研究仍在进行之中，尚待进一步的发现，到时我们将在新的世界文学史中来重新审视这一段历史。

从世界文学新研究发现来看，中世纪文学是基督教文化与异教文化、罗马教廷与各民族国家宗教文化之间的激烈对抗，基督教内部各种势力互相冲突。所以中世纪文学其实远不像传统世界文学史所描绘的那样一片黑暗，相反，是多元民族文学相当繁荣的一个时期。至少有以下主要文学潮流与文类在中世纪相当活跃。

第一是宗教文学，也称为教会文学；第二是中世纪民族史诗，这种史诗不同于古希腊罗马史诗，它是中世纪民族国家独立发展中所产生的英雄史诗，是民族历史与神话、英雄传说相结合的产物；第三是骑士传奇与抒情诗，这是中世纪贵族与骑士阶层、各国文人的创作；第四是城市通俗文学的出现，这种文学成为后世小说的滥觞。从审美与艺术技巧的角度来看，民族主义和英雄主义是中世纪欧洲文学的主流思潮。罗马大帝国崩溃之后，罗马教廷和拜占庭帝国仍然控制着欧洲的意识形态主流，所以宗教神圣的颂歌仍然响彻时代。由于宗教文学的影响，文学表现手法呈现出写实、寓意、象征、梦幻、哲理、浪漫抒情等艺术手法的交叉，多种语言的史诗与民间谣曲大量产生，打破了拉丁文的一统天下。中世纪的文学进一步探究人类内心情感和愿望，复杂的心理活动描写在多种文类中取得进展，这也是欧洲文学的一项特殊贡献。由于基督教各种教派之间、基督教与异教之间的斗争，文学作品往往采取含蓄和讽喻的表达方式，人物内心世界活动成为重要的表现对象。这种方向其实是具体的历史语境所造成的。

第二节　中世纪主要文类与文本

一、中世纪的教会文学

在中世纪文学史上，《圣经》文学的影响不能不提到。希腊化时期，《圣经》在亚历山大里亚由七十子译成希腊文。《圣经》又名《新旧约全书》，就是《旧约》与《新约》合编在一起，其中《旧约》是犹太教经典，是"巴比伦之囚"事件之后 500 年中由犹太祭司们所整理的古代希伯来文献；《新约》则是基督教诞生之后（1—2 世纪）用希腊文编写的文献。《旧约》共 39 卷，分为律法、历史、先知书和诗文集四部分，内容包括神话、英雄史诗、诗文集、宗教戏剧与理论。

希伯来神话史诗与希腊、西亚和印度神话史诗不同，由于犹太人的一神教思想，所以不是关于诸神的神话，而是创世神、大洪水神话与巴别塔神话等。但是，《圣经》中的神话史诗的另一个重要特点，恰恰涉及众多西亚民族如腓尼基人、喜克索斯人、阿卡德人、阿摩利人、赫梯人、比利洗人、希未人、耶布斯人等的历史。《创世记》中有两则神话，一则是上帝用 6 天时间创造世界与人类，第 7 天为安息日。亚当与夏娃生活在伊甸园，以后因为偷食禁果被逐出乐园。另一则大洪水的神话则与西亚大洪水神话相近，现代考古学家们在西亚还发现了保留有古代洪水记录的地质层。至于巴别塔等神话，则反映出古代西亚与巴勒斯坦、阿拉伯等地区各民族之间的历史交往。

《摩西五经》与先知书、史书等描绘了摩西等民族英雄故事，《士师记》记载了底波拉、基甸、耶弗他、参孙等英雄，对世界文学有巨大影响。莎士比亚等作家都经常以《圣经》故事为题材进行创作，英国诗人弥尔顿的《力士参孙》和《失乐园》等名作则采用了《圣经》故事的原情节、人物，类似作品在西方文学史上屡屡皆是。

犹太史诗表现方式有自身特点，即使是神话，其英雄形象也基本符合生活现实，是根据真实人物事迹进行加工而成。在描绘这些人物形象时，能揭示人物性格缺陷，如参孙的轻信、大卫与所罗门王的晚年失德，引起国内反叛与国力衰败等。

《圣经》虽然从总体的分类来说属于史诗，不过这种史诗与《荷马史诗》之间相差甚大，《圣经》是希伯来文明的主要经典，其中就包含民族史诗，其内部相当复杂，这也是它的一个重要特色，诗歌与散文，史书与哲理书，箴言与戏剧，甚至还有被人称为小说的成分。其实这正是上古史诗的一个重要特征，文体不拘一格，却包含了丰富的艺术手段，美国希伯来文学与《圣经》研究家阿尔特（Robert Alter）就认为："利用小说是《圣经》叙事中处理现实与历史的重要手段。"① 这与《荷马史诗》是完全不同的，《荷马史诗》形成年代较晚，史诗的文学形式发展成熟，内容单纯，叙事结构紧凑，文学性强，故事集中，这些特点都是上古时期所产生的《圣经》所没有的。

教会文学主要指中世纪的教士和修士写的文学作品，其创作意旨是以"圣经"作为出发点的，使用的文字主要是拉丁文、希腊文和教会斯拉夫文。教会文学的体裁多，有基督故事、圣徒传、祷告文、赞美诗、宗教叙事诗、宗教戏剧等，内容涉及上帝万能、圣母奇迹、圣徒布道和信徒苦修等，以宣传宗教教义、鼓吹禁欲主义和来世思想为主题。

宗教叙事文学是中世纪的主要文学文类，可以分为三类。第一类是中世纪宗教传奇，这类作品创作者其实主要是教士，他们对《圣经》中的故事修订与改编，最终的目的是宣传基督教义，以后这些传奇独立流传，成为宗教故事。如公元 7 世纪时，英国一个署名为凯德蒙的作者，曾经改写《圣经》中《但以理书》《出埃及记》《创世记》的故事，成为当时流行较广的故事。第二类是所谓的"圣徒列传"：《圣经》中有大量关于圣徒的故事，这些故事以传播宗教为主，写圣徒们如何出生入死、为了宗教而奋斗，主要是歌颂耶稣及其弟子传播宗教的艰难历程。也有一些涉及社会生活内容

---

① Robert Alter，*The Art of Biblical Narrative*，New York：Basic Books，1981，p. 31.

但是主题仍然是宣传宗教理想的作品，如德国"中世纪神圣史诗"中的《巴尔拉姆和约撒法特》，"在这首诗里，最彻底地宣扬了自弃、节制、厌世、鄙视一切尘世荣华的教训"。[①] 第三类则是《编年史》，是用散文体写的历史性著作，其作者多是有学问的僧侣。如俄国 11—12 世纪的《俄罗斯编年序史》。这些编年史，有历史文献价值，也是生动的文学作品。8 世纪末，盎格鲁-撒克逊的僧侣、行吟诗人琴涅武甫（约 750—825）写了《基督》《裘利安那》《使徒们的命运》《艾伦那》等宗教诗歌；法国在 9 世纪末出现的基督教文学的代表性作品是《少女欧拉丽赞歌》；10 世纪出现的表彰主教殉道事迹的《圣徒列瑞行传》；11 世纪中期出现的《圣徒阿列克西斯行传》以及描写耶稣故事的《受难曲》等都是宗教思想的经典性文本。意大利在 13 世纪初出现了"拉乌达"的宗教诗歌。宗教抒情诗，是赞美上帝、圣母和圣徒的歌曲以及禁欲主义道德的教训诗。宗教戏剧，出现较晚，在教堂内、宗教仪式上演出，后来向民众宣传，由民间人士扮演。宗教戏剧中，有"神秘剧"，主要内容是《圣经》故事与耶稣诞生、受难、复活等。还有"圣母剧"，讲圣母显灵、制造奇迹、信徒得救等故事。

　　中世纪欧洲的宗教抒情诗成为一种独立的文类，如法语诗，罗曼语的《圣女欧拉丽赞歌》继承了拉丁民间诗歌的格律与形式，这就是罗马-高卢诗人的特点，不重视诗的长短音节，但是重视重读与非重读音节，以词的重音为要点。诗句由一定数量的音步所组成，我们可以用数字标明音步与音节，每个音步都标有重音即 arsis（希腊诗中的升调），格律严谨，但并不妨碍表达奔放的情感。这是世界上最早的十四行诗，大约产生于公元 9 世纪末期。

Buona pulcelia　　fut　　Eulalia

(1　2　3　4　5　|　6　　7 8 9 10)

　一　　　二　　　三　　　四

Bela　　corps, bellezour　anima.

(1　2　3　4　|　5　6 7　　8 9 10)

　一　　　二　　　三　　　四

Voldrent la . veintre li Deo inimi,

(1　2　3　4　5　　　　|　6　7 8　9 10 11)

　一　二　　　　　三　　　四

　　① ［德］海涅：《论浪漫派》，见《海涅选集》，张玉书等译，15 页，北京，人民文学出版社，1983。

↗   ↗ | ↗   ↗

Voldfrent la faire diavie servir ······

(1 2 3 4 5 | 6 7 8 9)

__ __ __ __
一   二   三   四

漂亮的姑娘欧拉丽

身段优美，心灵更美丽。

上帝的敌人欲征服她，

让她满足恶棍的兽欲······①

这种诗直抒胸臆的风格可以在彼特拉克的《诗集》、但丁的《诗集》、莎士比亚的十四行诗，以及叶芝、艾略特等当代诗人的作品中看到，这是西方传统的爱情诗风。

二、中世纪英雄史诗

中世纪英雄史诗主要是人民自己的诗歌，以口头创造为主。它指有关民族大迁徙时代的英雄史诗，也称"前期英雄史诗"，主要有表现广大人民群众思想感情的史诗和谣曲；也有的表现中世纪特有的骑士生活和骑士风貌，将爱情和冒险作为描写的主要题材，肯定现世生活，在一定程度上承继了古代文化精神。

日耳曼的《希尔德布兰特之歌》是用德语记载下来的一首英雄赞歌，只有一个片断，共有68行，描写了从远方返家的父子之间的一场战斗。这首诗歌是非常有认识价值和鉴赏价值的作品，反映了民族大迁徙时代的动荡和战乱与氏族制度时期日耳曼人的生活。年青时代的希尔德布兰特是一名勇士，由于一个首领的进逼，他随同国王逃到匈奴人那里。30年后，他返归故乡，遇到了一个战士，也就是他的儿子。由于误解，父子之间发生了一场战斗，交战中父亲打败了儿子并且宽恕了他；儿子却耍弄诡计，父亲不得不痛下杀心。《希尔德布兰特之歌》表现了战士的荣誉感重于血统关系的历史习俗。

盎格鲁-撒克逊人的《贝奥武甫》是欧洲迄今发现的最早且最为完整的一部史诗，经过200多年的口头流传，用中古英语写成，共3182行。史诗分为两部。第一部写丹麦被水妖扰害12年之久，贝奥武甫率14名勇士渡海来到丹麦，英勇斩杀水妖和其母亲的经过。巨妖格兰代尔夜间将丹麦王赫罗斯加饮宴大厦鹿厅中的战士杀死吃掉，12年来不断夜袭。瑞典勇士贝奥武甫听说后，见义勇为，夜留鹿厅，抓住格兰代尔大爪，撕下一臂。次夜，妖母来报仇，贝奥武甫追至深潭洞中。守着儿子尸首伤心的妖母与之奋战，贝奥武甫将不支时，拔下洞壁魔剑，杀死了妖母。史诗写贝奥武甫格

---

① 参见 [法] 让·絮佩维尔：《法国诗学概论》，洪涛译，18页，成都，四川文艺出版社，1990。

兰代尔和妖母的搏战，在情节上是重复的，足见其民间文学特色。第二部写的是贝奥武甫继承王位 50 年后，不顾年迈体弱，大战火龙，只身闯龙穴，不幸身负重伤，壮烈牺牲。史诗以传说和幻想的形式反映了人类与自然的斗争，贝奥武甫在同自然暴力和社会邪恶势力的斗争中把个人生死置之度外，体现了人定胜天的思想。这首史诗有神话传说色彩，贝奥武甫正直无私，英勇无畏，敢于担当："在一切国王中，在一切人们中，他是最温良的，最可爱的，是对他的亲族最仁慈的。"全诗是用古英语的头韵体写作，恰到好处地表达了盎格鲁-撒克逊人的尚武追求与男性的阳刚之气。对神秘可怕的北欧大自然的写作给读者留下深刻的印象：

> 古木盘根错节悬在水面上。
> 每天晚上，可以看见一个奇景：
> 洪流上冒出火光。人类的子孙，
> 不管见识多广，都不知这潭有多深。
> 任何长角的雄鹿，即使被猎狗
> 紧紧追赶，长途奔命后进入树林，
> 也宁可将性命丧失在堤岸上
> 而不愿跃入潭中寻找庇护。
> 那里的确不是一个好处所！
> 当狂风卷起可怕的暴雨，
> 潭中便浊浪翻腾，黑雾直升云端，
> 直到天空变得阴阴沉沉，大地
> 恸哭失声

《贝奥武甫》史诗情节生动，描写的生活场面壮阔、庄严、气魄宏大，所歌颂的英雄，形象高大、正义、勇敢，是民族部落的代表。其中有神话与魔法，也有基督教的成分，如改写命运的为上帝，而格兰代尔是该隐的后代等等。

冰岛人的《埃达》是中古时期流传下来的最重要的北欧文学经典，也是在古希腊罗马以外的又一西方神话源头。"埃达"在古代斯堪的纳维亚语里是"太姥姥"或"古老传统"，后来变为"神的启示"。《埃达》是中古时代的冰岛民间史诗，共有 35 首诗歌，有神话诗，讲天地的开创，人类的形成，以奥丁为首的 12 大神的活动。《埃达》崇尚凶狠毒辣，赞美武功本领，是北欧海盗时代的文学，因此反映出北欧海盗社会生活面貌。瑞典大百科全书介绍："中古时代的冰岛是一个贫穷的农业社会，人口不足七万，然而多才多艺的冰岛人竟创造出了世界等级的文学珍品冰岛《埃达》，这不能不被视为奇迹。"

"萨迦"是一种文体名称，本义为"短故事"，即散文叙事文学的称谓，意为"话语"，不是书名。它包括面较广，神话、传说、历史记载都有，写许多家族间战斗的故事，多是 9—11 世纪的史实。目前保存 150 多种，分为两大类：一类是神话萨迦；另一类是史传萨迦。"萨迦"写氏族社会后期和封建社会初期的生活，有部落复仇，也有爱情悲剧，反映了氏族社会的习俗、宗教和精神面貌，有传记、族谱、地方志的特色。"萨迦"语言朴实，多讽刺，以对话取胜。作者常悬念重重，加强了讲述的效果。

芬兰民族史诗《卡列瓦拉》又叫《英雄国》，写芬兰的多神教，但结尾处出现圣母玛丽亚的故事。中心情节是争夺三宝（制造粮食、盐和金币的三个神磨）的经过，塑造了劳动人民的形象。《卡列瓦拉》1835 年由一位芬兰医生深入民间收集编撰出版，共 25 曲，1849 年又出版增订本，共 50 曲，22795 行，主要收集的是 8 世纪至 10 世纪民间流传的歌谣，也有 12 世纪基督教传入后的东西。诗歌描写了卡列瓦拉与北方黑暗国人之间的斗争。为了夺得"三宝"，卡列瓦拉代表的光明与波赫尤拉代表的黑暗进行了艰难的斗争，最后终于取得了胜利，它表明光明战胜了黑暗，美善战胜了邪恶。在《卡列瓦拉》中，作者刻画了两位重要英雄人物，一是歌手万奈摩宁，他能歌善唱、能念咒语，会捕鱼、造船、治病等手艺，是智慧、勇敢的化身；二是伊尔玛利宁，"三宝"的创造者。此外还有勒明盖宁也是作者热情歌颂的形象。这首史诗具有很强的神话因素，写到宇宙创造、开天辟地的故事，反映了芬兰人民的多神教信仰与改造自然的毅力。尤其是其中穿插了很多自然知识、劳动知识，如北极光是怎样形成的，咒语和歌曲有什么作用，怎样种地、造船、打猎、防治疾病等。

法国的《罗兰之歌》（1080）是最早的古法语史诗，歌颂查理大帝的武功和他的骑士们的忠勇，全诗歌共 4002 行。史诗分为三部分：第一部分写加奈龙在罗兰的提议下，出使敌国而叛变；第二部分写罗兰率军殿后，中敌人埋伏，全军覆没；第三部分写判处加奈龙死刑，四马分尸。罗兰是忠实的骑士，战斗中遭到敌军包围和叛徒的陷害，孤军作战，壮烈牺牲。史诗突出罗兰的忠君爱国精神和对上帝的虔诚，塑造了一个敢于献身的骑士形象：勇敢杀敌，为国捐躯。

> 罗兰躺在那抹青松下，
> 面向西班牙，回忆着往事：
> 他想起攻占的广大河山，
> 想起美丽的法兰西故乡，
> 想起同族的英雄骑士，
> 他叹息，止不住泪水滔滔。

《罗兰之歌》的作战故事刻画的英雄人物形象，展示了一种爱国主义情怀，以不屈服于黑暗势力的精神，为读者树立了学习的榜样，激励人们为祖国和民族的前途而不懈奋斗。《罗兰之歌》善用民歌的对比和重叠法，是当时流行的武功歌中的代表作。《罗兰之歌》是由修士们加工完成的，所以极力歌颂宗教，多次写到上帝显灵、梦幻预兆、天使下凡，充满宗教氛围。艺术上，《罗兰之歌》善于简练刻画人物形象，既写人物的外部行为，也写内心世界，人物的性格对比很鲜明。这首史诗，表现了强烈的爱国主义思想，歌颂了新出现的骑士英雄的丰功伟绩，表达了民族国家统一的理想。8 世纪的法兰克王国，内有封建割据，外有异族侵略，需要有强大的统一的中央集权国家以抗外侮。查理大帝奠定这一工作的基础，所以受到人们崇敬。这首史诗歌颂查理大帝抵御阿拉伯人的战斗功勋。他远征西班牙时，才 36 岁，诗中说他老当益壮，200 岁仍勇武善战、深谋远虑、英明果断。从中可以看出史诗的创作中有相当大的想象成分，也可以看出史诗叙事并不拘泥于史实，而表达了强烈的主观倾向性。

《熙德之歌》（1140）是西班牙文学现存最古老的作品，共三章即放逐、嫁女和雪耻。熙德的故事不断在史诗、纪事、民谣和戏剧中作为一种题材反复出现。熙德接受国王的委托，去征收摩尔国王的贡品，朝臣诬陷他侵吞贡品，国王愤怒，流放熙德，限他九日内离开卡斯蒂利亚。为了生存下去，并壮大自己，熙德在限期内开始与摩尔人作战，以少胜多，战胜强敌。熙德给国王阿方索送礼，请求国王恩准他与妻女团聚。而朝中有两个贵族子弟贪图熙德的财物和名声，央请国王做媒，想娶熙德的两个女儿。熙德不同意女儿嫁给两贵族子弟，但国王已答应，不好推却。由于熙德手下的人都瞧不起他们，两公子怀恨在心，妄图报复。在科尔佩斯橡树林，两贵族子弟将自己的妻子剥去外衣，打得昏死过去，遗弃在林中，让野兽吞食。幸亏有人营救了两个姐妹。熙德获悉后，派人接回女儿，向国王控诉，请他主持公道。国王召开御前会议，主持庭审。熙德当众揭露两公子的罪行。最后，熙德向两公子挑战决斗，以报仇雪耻。全诗以熙德的女儿第二次盛大的婚礼告终。《熙德之歌》歌颂主人公的忠君爱国、英勇善战、反抗外族侵略和宽容正直的骑士精神。该诗歌抒情色彩浓厚，是一般诗歌所少有的。

《伊戈尔远征记》（1185 年）是古代俄罗斯文学的最高成就，是罗斯时代（10—15 世纪）的事，但却在 19 世纪末到 20 世纪初期后才由民间文学工作者记录下来。其中描写有 16 世纪以后的生活细节并使用了现代俄语。这些"勇士歌"歌唱罗斯时代保卫边疆反对异族侵略的勇士伊里亚·穆罗米茨、多勃雷尼亚、阿辽沙·包包维奇。而"夜莺"、图加林则是侵犯罗斯的敌人，其形状为长翅的毒蛇。"勇士歌"刻画三勇士的不同性格，又常违反历史事实。全诗由序诗、中心部分和结尾组成，以 12 世纪罗斯王公伊戈尔一次失败的远征为史实依据。史诗成书的时代，正是俄罗斯大地上公国林立，相互攻击、残杀的时代。史诗的第一部分写伊戈尔不顾凶兆出征，讨伐初战告捷，再战被俘。第二部分写伊戈尔号召大家团结起来，共同抵御侵略。第三部分写俄罗斯大地帮助伊戈尔逃回。史诗的尾声中作者向公爵和亲兵致敬结束。史诗最后道出了这部作品的要旨：团结起来，为祖国和民族，为伊戈尔的失败复仇，充溢着爱国主义精神和浓郁的抒情气氛。在作者笔下，俄罗斯的山川风物都具有灵性。《伊戈尔远征记》有相当高的艺术性。其中如伊戈尔的妻子雅罗斯拉夫娜痛哭丈夫的场面、伊戈尔被俘后逃跑的场面，写得很富有诗意。史诗采用了类似民间歌手鲍扬演唱的方式，有召唤、诉说、讲演，全诗充满了抒情性。史诗还运用了民间歌谣的手法，如修饰词、比喻的描写等，民歌的继承对后代诗人产生了巨大影响。《伊戈尔远征记》反映了罗斯在 12 世纪的状况，是俄罗斯文学和史学的第一个里程碑，影响了普希金、果戈理等。《伊戈尔远征记》是世界艺术宝库的奇葩。史诗的历史语境是俄罗斯王公们在蒙古军的进犯面前感到必须团结起来，同时也可以看出当时俄罗斯接受基督教的历史过程。所以全诗具有英雄主义和基督教的性质，虽然多神教的因素还表现得非常明显。

德国的英雄史诗首推《尼伯龙根之歌》和《英雄唱本》两组传说。《英雄唱本》出版于 15 世纪，是德国英雄传说的史诗集，它包括《奥尔特尼特》《胡克狄特里希》《大玫瑰国》《小玫瑰国》和《侏儒国王劳林》等。中古高地德语的英雄史诗，最重要的是《尼伯龙根之歌》（约 1198—1204）和《谷伦德》。中古德国人将民间传说整理为《尼伯龙根之歌》这样大型的史诗（全诗 9516 行，是中古著名史诗中最长的一部），较之《罗兰之歌》和《熙德之歌》要晚一些，但从反映的内容的时代上说早于前二者。《尼伯龙根之歌》的主要情节和一些人物的名字，与冰岛的《佛尔松萨迦》非常相似，足见二者都出于古日耳曼的传说。《尼伯龙根之歌》分上、下两部，取材古日耳曼人传说，描写尼德兰王子斩巨龙、通鸟语、浴龙血，几成刀枪不入金刚之躯，占有尼伯龙根族的财宝，抗击外敌，征服冰岛女王，迎娶恭太王妹妹克琳希德的故事，之后他被恭太王的亲信暗害，克琳希德进行了复仇，自己也被部下杀害。这部史诗歌颂了英雄西格弗里的高尚品德，揭露了封建主之间的权势之争、姻亲杀戮。19 世纪德国诗人海涅盛赞《尼伯龙根之歌》是"具有巨大的强力的作品……其中使用的语言，是一种像石头的语言，那些诗句就像是押韵的方石块。从石缝里随处迸发出像血滴的红花，或者垂下像碧泪一样的长长的常春藤"。《尼伯龙根之歌》有 2379 节诗，每节四长行，每行中有一停顿，每节第一、二行一韵，第三、四行一韵，被称为"尼伯龙根诗体"，极为有利于民间艺人的诵唱。

三、骑士传奇与抒情诗

骑士文学产生于 12—13 世纪封建社会的全盛时期，是中世纪骑士制度盛行时代的产物，盛行于西欧，反映了骑士阶层的生活理想。开始阶段，骑士有土地，住堡垒，雇农奴，支持封建等级制，后来形成了固定的骑士阶层。11 世纪 90 年代开始的"十字军"东征的成就之一就是提高了骑士的社会地位，骑士接触了东方文化，骑士精神也开始形成了所谓谦卑、荣誉、牺牲、英勇、怜悯、精神、诚实、公正的行为准则。骑士信条也开始流传，主要表现为忠君、护教、行侠、效忠女主人。爱情在骑士阶层生活中占主要地位，他们常常为了爱情而去冒险，取得贵妇人的欢心，在历险中取得胜利，便是骑士的最高荣誉。他们有些人也有锄强扶弱的一面，也为宗教去冒险。

12—13 世纪是骑士文学的繁荣时期，以法国为最盛。英国骑士文学《亚瑟王和他的圆桌骑士》非常流行：亚瑟是不列颠国王，圆桌骑士团的首领。英国人把亚瑟看作自己的英雄，永不退位的王者。他兴起的圆桌骑士意味平等，后来成为圆桌会议的来历。亚瑟一出世，父王就听从巫师的建议把他交给大臣抚养。国王死后，亚瑟拔出石中剑成为新国王。他骁勇善战，多次击退异族的进攻，深受民众拥戴，更赢得美丽姑娘的爱情。然而，一代名君竟为奸臣所害，最后的结局是在亚瑟奄奄一息间被湖中仙女用船接走，亚瑟王究竟藏身何处遂成千古之谜。亚瑟王的故事对西方文学的影响很大，是破解西方文学的密钥之一。最为流行的骑士小说还有《阿马迪斯·德·高拉》（1508）、《埃斯普兰迪安的英雄业绩》（1510）、《希腊的堂利苏阿尔特》（1514）、《帕尔梅林·德·奥利瓦》（1511）、《骑士西法尔》（1512）等。

骑士传奇（"传奇"音译为"罗曼司"）是以叙事诗形式出现的，一般长数千行，基本内容是骑士冒险故事和典雅爱情。骑士传奇的中心在法国，并盛行于整个欧洲。骑士传奇的虚构的男主人公总是盖世无双的勇士，女主人公则是绝色佳丽，爱情纠葛与宗教、冒险交织，情爱至高无上。骑士传奇的结构形式、人物描写及心理刻画对后来欧洲的长篇小说发展产生了影响。骑士传奇以法国北方为中心，写游侠冒险，歌颂骑士们护教、求爱、保护自己荣誉的斗争。其内容，骑士传奇被分为古代、不列颠和拜占庭三个系统。古代系统多是古代史诗的改写，产生于 12 世纪，是英雄史诗向骑士传奇的过渡，尽管人物是古代的，但是思想精神是 12 世纪骑士的。不列颠系统中传奇最典型，作品最多，常围绕亚瑟王和他的 12 圆桌骑士来取材。14 世纪英国的《高文爵士和绿衣骑士》是此系统的经典之作。拜占庭系统是写罗马统治下的希腊传说，代表作有 13 世纪的《奥卡森和尼科莱特》。

骑士抒情诗最早产生于 12 世纪法国南部普罗旺斯地区的宫廷中，艺术上受到普罗旺斯民间诗歌的影响，主要讲骑士的"典雅爱情"，突出贵族和骑士的生活情趣。包括写骑士在乡间百般追求牧羊女的牧歌，写骑士和贵妇人晚间幽会后黎明前依依惜别的破晓歌，以及情歌、夜歌等，其中以破晓歌最为有名。中世纪大量的骑士抒情诗，成了近代欧洲人文主义文学爱情作品的发端。

骑士文学有宗教思想、贵族情调，故事荒诞不经，色彩浓厚，但同时也记载了劳动者被压迫和斗争的生活。它歌颂爱情至上与人生享乐，对宗教的禁欲主义冲击很大。

四、城市通俗文学

城市文学是在民间文学的基础上发展起来的，出现于 10—11 世纪的欧洲，与教会文学不同，风格上生动活泼，擅长讽刺手法。城市文学的出现，对中世纪文化的发展有重大意义，它取材现实生活，表现市民阶级的机智和狡猾，讽刺专横的贵族、贪婪的教士和凶暴的骑士，充满乐观精神，揭露人性残暴、贪婪和愚蠢，讴歌市民的机智勇敢，具有反封建反教会倾向。城市文学主要有韵文故事、讽刺叙事诗、寓言诗、抒情诗和城市戏剧等。在艺术上，城市文学也吸收了教会文学象征、隐喻的手法。功利性（包括政治功利和物质功利）、世俗性、娱乐性构成了古代城市文学的核心要素。

法国的城市文学成就最高。城市文学的代表作品是法国的讽刺叙事诗《列那狐传奇》，故事发生于 12—13 世纪，由 27 组叙事诗组成，共 3 万余行。《列那狐传奇》写的是动物世界的故事，但其中赋予了人的基本社会属性。故事采取动物人格化手法，用动物世界来影射人类社会，反映市民阶层形成后的封建社会的世态人情、阶级矛盾和斗争，反映了市民同贵族的矛盾，赞美市民的才干和机智，嘲讽封建势力的残酷、贪婪和愚蠢，谴责了上层市民弱肉强食的行径。"禽兽之国"的列那狐与伊桑格兰狼之间互相伤害，但吃亏的总是伊桑格兰狼。列那狐用开水把伊桑格兰狼烫得焦头烂额，以传授用尾巴钓鱼为幌子使伊桑格兰狼无法脱身丧失了尾巴。在狮王和伊桑格兰狼面前它是弱小者，但毫不畏惧，总是凭机智与狡猾战胜对方，把他们弄得狼狈不堪。可是列那狐对弱小者毫无同情，常以欺骗和狡猾的手段陷害它们，折射出人性的残酷的一面。作者对列那狐的狡猾的态度有同情、有讥讽。在艺术上，列那狐传奇以动物喻人，具有较高的艺术价值。城市戏剧在 14 世纪后发展起来，从宗教戏剧发展而来，表现城市生活，以戏谑手法反映市民生活，表现他们的人生哲学。法国的《巴特兰律师》是笑剧的代表作。中世纪晚期，法国出现了一位市民诗人维庸，给沉闷的诗坛增加了若干亮色。

弗朗索瓦·维庸（1431—146?）是个孤儿，一位姓维庸的教士收养了他。维庸一生坎坷的生涯、与死神擦肩而过的心理体验为他带来诗的灵感。忧郁的抒情、辛辣的讽刺、玩世不恭的人生态度与深刻的犯罪感在他的诗歌中体现得鲜活生动，《绞刑架上之歌》是他的杰作：

> 雨水把我们淋得湿透，淋得赤条条，
> 烈日又把我们背脊灼得黝黑。
> 喜鹊和乌鸦啄去我们的眼珠，
> 揪掉我们的胡子和头发。
> 我们的身体得不到一丝安宁：
> 绞索东南西北向四面碰撞，
> 一会这边，一会那边，迎风荡漾
> 在法国，屠刀还远不如乌嘴多哩！
> 不要加入我们的行列：
> 祈祷上帝拯救你们和我们的灵魂！

城市通俗文学是欧洲小说的源头，它的叙事性与城市市民生活场景描绘，为文艺复兴中小说的兴起埋下伏笔，在欧洲最早的小说《小癞子》中明显可以看出中世纪通俗文学的历史因素。

第三节　但丁与《神曲》

但丁，1265 年 5 月诞生在文艺复兴的摇篮——佛罗伦萨，是欧洲中世纪最伟大的意大利诗人，中世纪也因为但丁的存在增添了一丝亮色。恩格斯对他曾经有过极高的评价："意大利曾经是第一个资本主义民族，封建的中世纪的终结和现代资本主义纪元的开端，是以一位大人物为标志的。这位人物就是意大利人但丁，他是中世纪的最后一位诗人，同时又是新时代的最初一位诗人。"[1]

但丁生活时代的意大利民族分裂，中部是教皇国，南部相继为德、法、西统治，

---

① 《马克思恩格斯选集》，第 1 卷，269 页，北京，人民出版社，1995。

北部归神圣罗马帝国，由许多独立的城邦国家组成。在意大利的各个邦国中，都存在党派斗争，佛罗伦萨也不例外。在 12 世纪，德意志战争中有两派贵族，依其族名后形成两党：奇伯林党，是旧贵族党，拥护日耳曼帝国皇帝；盖尔非（一译归尔甫）党，为工商业集团的新贵族把持，拥护教皇。1266 年，盖尔非党胜利，清除了反动旧贵族势力，意大利工商业也因之得到发展，1294 年，教皇蓬尼法斯八世力图控制各城邦，维持意大利民族分裂的局面。盖尔非党内部分裂为黑、白两党。黑党以黑帮及旧势力为主，是投靠教皇的恶势力。白党力主民主，反对教皇对城邦事务的干涉。二者斗争不已。

但丁在年幼时双亲去世，其父为盖尔非党成员，他出生后教皇党已得势。他曾拜鲁内托·拉蒂尼为师，学习拉丁文、诗学、修辞学以及希腊罗马的古典文学，对罗马大诗人维吉尔推崇备至。在绘画、音乐领域，也造诣不凡。此外，但丁精心研究神学和哲学，古代教父圣·奥古斯丁的思想对他影响尤深。但丁最初的写诗经验源于爱情，对他心中仰慕的女子贝阿特丽采的情感，成为但丁作《神曲》乃至他所有诗作的泉源。历史上的贝阿特丽采生于 1266 年，她是但丁从小就恋慕的人，后来和但丁的朋友结婚。

《新生》是但丁青年时期重要的作品，收 31 首诗，创作于 1292—1293 年。这部诗集思想内容上摆脱禁欲主义束缚，追求纯洁的爱情。女主人公被神圣化、理想化，成为高尚、谦虚、温柔向上等崇高美德的化身。艺术上表现出"温柔的新体诗"特点：继承普罗旺斯爱情诗的传统，写诗人的内心体验，写个人的真挚感情，歌颂妇女的神圣高洁，形象缥缈恍惚，语言柔情华美。诗中使用了中世纪诗歌惯常的象征、梦幻、寓意的手法，同时一反当时诗坛矫揉造作的诗风，表现出清新的风格特征。如《新生/女郎的眸子》：

> 从我女郎的一对眸子里，闪起
> 如此柔美的光辉，它射向哪儿，
> 哪儿就看到无法描绘的东西，
> 因为它们既高贵，又新异。
> 光辉雨点似地泻到我心里，
> 惶恐使我浑身打战，
> 我说，我在此不愿回去，永远，
> 可以后失去一切考验的机会。
> 我已回到被征服的地方，
> 给受惊的眸子以新的安慰，
> 它们以前曾感受这种威力。
> 我到时，唉！眸子已紧闭，
> 引我去彼处的欲念也已消亡（指尘世的欲念），
> 爱神早把我的命运看在眼里。

这首诗歌颂了纯洁的情爱，表达了摆脱禁欲主义的愿望，同时也带有神秘色彩，体现了《新生》情感真挚、自然清新、强调内心体验同时又带几分宗教神圣情感的特点。这是西欧文学史上第一部向读者披露作者最隐秘的思想感情的自传性作品。但丁一生皆处在意大利纷乱和战争的局面下。但丁是教皇党，后来教皇党分为黑、白两派，但丁属于白派，当黑派得势时，但丁便遭放逐，离开故乡过流浪的生活。在他的《神曲》中，他的政敌都被送入地狱。1302 年 1 月 27 日，但丁在回城路上得知自己被缺席审判处以两年流放的刑罚，3 月 10 日又被判为终身流放，没收全部财产。流放期间如果回城，处以火刑。1302—1304 年白党组织三次反攻，但均失败。但丁拒绝参加第三次行动，接受流亡。但丁准备以卓越的精神证明高尚的人格，以高尚的人格证明清白的政治行为。他先后写了三篇论文：1303—1304 写《论俗语》（拉丁文）；1304—1308 写《飨宴》（意大利文）；1311 年前后写《帝制论》（拉丁文）。这三篇论文都是但丁通过对某一主题的论述来展示其内心高尚的精神世界，探讨意大利在取得民族国家独立中所遇到的急需解决的文化问题，而不是纯粹为自己辩护。《论俗语》是西方文学理论名篇，其中所阐释的文艺观点是诗为寓言说。一切文艺都是象征性的或寓言性的。艺术以善为内容，以美为形式，人要有理性。主张以俗语为基础建立意大利标准民族语言。用意大利俗语作为文学用语，对发展意大利民族文学有重要贡献。《飨宴》证明用意大利语所写的文章与拉丁文具有一样的效果。但丁提倡书面语言使用意大利语，他也被视为意大利语的奠基人。除此之外，但丁准备写大型的作品，作为自己对自己的审判，于是，便有了《神曲》，其实这是但丁对当时的社会做了最后审判。

《神曲》创作动机和命名寓意深远，人的灵魂从地狱上升天堂，结局要充满幸福，发扬古希腊罗马喜剧的优良传统，突出政治讽刺和社会批评。《神曲》原名"神圣的喜剧"，一是用意大利文写作，被当时人认为是不严肃的；二是结局是幸福的，这也不符合基督教的审美精神；三是喜剧以政治讽刺见长。1555 年的威尼斯版本第一次以《神圣的喜剧》为书名，中译本为《神曲》。

《神曲》有 14233 行，共三部，每部 33 歌，加"序曲"，刚好 100 歌。第一部《地狱》，4720 行，书写痛苦与绝望。第二部《炼狱》，4755 行，书写宁静与希望。第三部《天堂》，4758 行，书写幸福与喜悦。《神曲》把古代传说、历史、神学、诗歌合流在一起构筑成为一部巨著。

《神曲》以作者的神奇经历开头，描述了他在 1300 年复活节前的那个星期五凌晨，在一座黑暗的森林里迷了路。黎明时分，他来到一座洒满阳光的小山脚下。然后是三野兽的出现：他正待走向光明小山头，面前出现了三头猛兽：豹子、狮子和狼（象征淫欲、强暴、贪婪），诗人惊慌呼救，古罗马诗人维吉尔出现，他受但丁青年时期所爱恋的对象贝阿特丽采的嘱托前来搭救但丁，然后又作为向导带但丁游历了地狱和炼狱。最后但丁在贝阿特丽采的引导下，经历了构成天堂的九重天后，终于到达了上帝面前。

《神曲·地狱》中的地狱源于上帝雷击撒旦，撒旦从天上摔到地上，跌成一个深广的漏斗，便是地狱。漏斗中的土从另一面射出，凝聚成山，即是炼狱。紧贴地狱的内壁是一层一层的圆环，共有9层。第一层：候判所（林菩狱）。第二层：贪色者。第三层：贪食者。第四层：贪财者（包括吝啬者和浪费者）。第五层：易怒者。第二至第五层为"上层地狱"，这些亡魂所犯的是难以节制的罪行，惩罚轻；第六至第九层为"下层地狱"，犯的是"可以节制而不节制"的罪恶，惩罚残酷。第六层：邪教徒。第七层：残暴者（含自杀者）。第八层：欺诈者。第九层：叛国卖主者（含谋害亲人）。地狱之门有一段令人敬畏的铭文：

> 从我，是进入悲惨之城的道路；
> 从我，是进入永恒的痛苦的道路；
> 从我，是走进永劫的人群的道路。
> 正义感动了我的"至高的造物主"；
> "神圣的权力"，"至尊的智慧"
> 以及"本初的爱"把我造成。
> 在我之前，没有创造的东西，
> 只有永恒的事物；
> 而我永存；
> 我们走进这里的，把一切希望捐弃吧。

地狱第八圈共十个断层，第一层：淫媒与诱奸者。第二层：阿谀者。第三层：买卖圣职的教皇——克雷门特五世，尼古拉三世："我在人世装进了钱财，/在这里装进了自己。"预言尚在世的蓬尼法斯八世将在旁边的火洞中被烤。第四层：占卜者。第五层：贪官污吏。在烧灼的沥青湖中，一群长翅的恶鬼手持钢叉看守。第六层：穿铅袈裟的伪善者，但丁再一次把诅咒加给了宗教界的败类。第七层：盗贼被蛇纠缠。第八层：恶谋士尤利西斯。对儿子、妻子和父亲的爱，"都征服不了我心中所怀的/要去获得关于世界，关于人类的/罪恶和美德的经验的那种热忱"。来到赫拉克勒斯石柱，他还鼓励同伴："你们不是/生来去过野兽的生活，/而要去追求美德和知识的。"这表现出但丁对知识和探索精神的崇尚及其矛盾态度，怀疑和探索精神与神学信仰的冲突。第九层：散播不睦者。第十层：伪造假币者。地狱第九圈包括：冰湖狱、安泰诺狱：（乌哥利诺啃咬罗吉埃利"饥饿塔楼"："父亲，倘若你把我们吃掉，/给我们的痛苦倒要少得多"）、痛恨残忍托雷美狱（活人灵魂）、犹大狱，共四环。

炼狱分为三部九级（外部、本部和顶部），外部为净界山脚，顶部为"地上乐园"，本部分为七级，安排着七种罪孽较轻者的灵魂在这里忏悔，用净火焚烧，从而得到宽恕。七种罪孽：骄横（身负重石）、嫉妒（用钢针缝闭双眼）、易怒（在浓烟中熏烤）、惰怠（不停地奔波）、贪财（用嘴舐地面）、贪食（果不能吃，泉不能喝）、贪色（在烈火中行走）。炼狱是到天堂的旅程。它是一个登山的过程，一步步从海面爬上地上乐园。灵魂在这里洗心革面，改正恶习，就可以升入天堂。

天堂共有九重，分别是：月球天、水星天、金星天、太阳天、火星天、木星天、土星天、恒星天、水晶天。天堂是幸福的精灵栖息之处，这里的灵魂生前行善，此刻享受着圣恩。这当中有贤明君主、虔诚教士、节欲的隐士、基督教先哲、圣徒等。他们身着白袍，保持人类的外形，弥漫在光和爱的景象之中。在游历完水晶天后，贝阿特丽采引导但丁来到天府，自己归位到天府中幸福的玫瑰花之中，由圣贝拉引导但丁见到了上帝本体，只见电光一闪，但丁感动得浑身一颤，闭上双眼，作品到此结束。

但丁的《神曲》是文艺学家都重视的伟大作品，对《神曲》的理解是充满着唯物主义与唯心主义的斗争的。《神曲》应该看作由中世纪向文艺复兴过渡时期意大利社会各方面生活的反映，而不能仅仅表面地看到《神曲》的宗教神话的构思形式，从而断言，这部伟大的作品就"只是诗人脑海的想象，只是一种幻想的具体表现"。也不能把《神曲》看作恩格斯所反对的那种理解——"中世纪的教规"，是基督教的"抑恶扬善"，用天堂地狱的实存性，用"抽象"的善恶报应，来解释这部伟大的作品。在《神曲》中，灵魂的漫游，关于天堂地狱的幻想，只是诗篇借用的形式。而作品摄取的客观内容有着深刻的现实性，反映着公社城邦时代的意大利生活，包纳当时政治斗争、社会斗争的丰富内容，流露出作者的进步倾向性。

首先，《神曲》纳入了但丁所处时代的现实生活素材如宗教、政治等社会现实，突出了时代特征，对教会的反动统治进行了尖锐的批判。但丁尖锐地揭露了教会的为非作歹："因为你的贪婪使世界陷于悲惨，把好人踩躏，把恶人提升。"（但丁《神曲》，朱维基译）诗人把买卖圣职的教皇处以"压条法"刑，这表达了当时人民的心声，他指出：

> 你们这班他的罪恶的
> 门徒和盗贼啊！你们为了金银
> 奸污了那些应该与正道
> 联姻的上帝的事物

但丁描绘了神职人员丑陋的形象，并诅咒他们：

> 这些在他们的头上没有头发
> 遮盖着的是祭师，他们也是
> 极端贪婪的教皇和红衣主教。

但丁的伟大作品表现的客观内容是对教会以及种种反进步、反文明的恶行的鞭挞。在作品中，但丁说："读者啊，我凭我这篇'喜剧'的诗章之名，但愿它不会得不到长久的宠爱。"而后来的文学家之所以长久宠爱这篇"喜剧"，巴尔扎克甚至仿照他的精神写下"人间喜剧"以揭露现实的丑恶，不是因为人们皈依了但丁的说教与劝善，而是看到了但丁在作品的客观内容方面对现实生活所做的有力抨击，这是值得借鉴与继承的。

其次，《神曲》内容的客观性还表现在但丁对意大利城邦特别是但丁的故土佛罗伦萨的政治动荡和激烈的党派斗争进行的揭示：

> 这座分裂的城的市民要到什么地步?
> 没有正直的人住在那里?
> 他们为什么竟这样互相倾轧?
> ……在长久的战争之后,
> 他们要到流血的地步,
> 森林党将以大量杀伤,逐出另一个党。
> 然后这一党在三年内就该失败,
> 而另一个党,由于一个不断改变方针的
> 人的力量,一定会获胜。

但丁时代的意大利,各城邦的不同党派之间充满了仇恨。诗人自己也卷入党争。他认为人类道德的完善和普遍的爱是消除党争、避免生灵涂炭、求得意大利统一的关键。但丁表现反对战争和屠杀的思想,揭示了残酷斗争的现实。这种思想与作品对生活真实的反映,使《神曲》具有人民性和爱国主义的内容。

但丁把祖国的灾难与不幸归咎于统治人民的贪官之类,抨击佛罗伦萨的贵族。但丁发出了人民的悲苦与控诉:"又邪恶又愚蠢的盲目的贪欲啊,在短促的人世你这样煽惑我们,而在永恒中把我们浸得这么苦!"

但丁幻想着一个和平统一的意大利,在客观上,体现了当时人民的愿望,以至为后世人民所传诵。但丁对于中世纪某些观念和生活现象的批判,以及他对资本主义关系与封建关系斗争的反映,使他一定程度上成为不同于封建时代诗人的"中世纪的最后一位诗人,同时又是新时代的最初一位诗人"。

在《神曲》中,和宗教的彻底禁欲主义相反,但丁表现了对自由爱情的同情。但丁曾同情地写出两个相爱的幽灵:

> 如同斑鸠为欲望所召唤,
> 振起稳定的翅膀穿到天空回到爱巢
> 为它们的意志所催促。
> 就像这样,这两个精灵离开了。
> 太多的一群,穿过恶气向我们飞来:
> 我的有深情的叫声就有这种力量。

但丁肯定了人的作用和人性的力量。诗歌中有一位"神色不变,既不转颈,也不弯腰"的坚强而崇高的形象:他的胸膛和脸挺起来,似乎对地狱表示极大的轻蔑!我们看到但丁是中世纪的最后一个诗人,也是文艺复兴时代的人文主义精神的前驱。但丁是横跨两个时代的桥梁,可从思想实质上看到但丁在其作品《神曲》中表现的思想上的矛盾性。《神曲》是最能体现欧洲中世纪对人的认识的经典性范本,作家通过寓言和象征的手法,展示了人类高尚的精神追求、演进和复归的过程,如《神曲》开篇写道：

> 在我们生命旅程的中途，
> 我发现自己已迷失方向，
> 向一座幽暗的森林走入。
> 要说明森林是多么阴僻荒凉，
> 该是多么困难的一件事，
> 一想起它，我心里就又发慌！
> 难受的程度，与死亡相差无几；
> 但为叙述我在那儿见到的福星，
> 我要说一说看到的其他事儿。

《神曲》的主题：《神曲》中一方面有文字本身的意义，另一方面则是隐含的内在意义。具体而言，首先它是一部包罗万象的百科全书式的作品；其次它是一部充满隐喻性、象征性，同时又洋溢着鲜明的现实性、倾向性的作品；第三它表露了反对中世纪的蒙昧主义、提倡文化、尊重知识的新思想。

《神曲》的艺术特色可谓前无古人后无来者。首先是匀称而完整的艺术结构，《神曲》依据基督教"三位一体"的思想，有意突出 3、9、10、100，这些数字在基督教中有神秘意义。如 3（三位一体）、10（完美）、9（3×3）、100（10×10）等都含有隐喻性，诗人以此组织起长诗的宏伟建筑物，表现出中世纪特征。全诗分三部分，每一部分 33 歌，共 99 歌，加序曲为 100 歌；每一部分又由九块组成，地狱 9 层，炼狱 9 级，天堂 9 重。在写作中，每部分诗行总数大致相等，分别是 4720 行、4755 行、4758 行。每个诗节均为 3 行。整个结构匀称而完整。其次是其独特的梦幻的形式和象征、寓意的艺术手法。作品假托梦境和幻景来写人叙事，符合中世纪教会文学的要求。象征和寓意手法是中世纪艺术的基本特色之一。但丁是中世纪文学叙事艺术的大师，叙述技法富于创造性，匠心独运。以写人而论：写诗人自己，则把见闻与观感结合，写内心的矛盾，描写与抒情糅为一体。写次要人物，寥寥数语，勾勒出具体生动的形象，描写所用譬喻精辟而深刻，如写禁食者饿得两眼深陷，则说像宝石脱落的戒指；写高利贷者苦恼而不停地挥开火焰与灼砂，则喻之为夏天的狗不停地挥爪摇头以脱开苍蝇虱蚤。以写景而论：中世纪诗人不太注意自然美，对自然美的敏感是新时代诗人的特点。但丁写景具体细致，色彩斑斓，读者如身临其境，景象历历在目。地狱中的火焰、沟壁、声浪、哭号、幽暗、冷峭，天堂上的仙乐、云霭、光彩、瑞气、仙灵、飘飞，表现出但丁对丰富想象图景具体化的高明手段。

《神曲》不用官方语言拉丁语写作，而用当时的民间俗语意大利民族语言写作。但丁曾将《神曲》的部分章节送给一个僧侣做纪念。他发现里面用的是意大利文而不是拉丁文时就问："这种日常用语怎能表现严肃的内容？"但丁告诉他，在最初决定要写这部作品时，就立意选定了这种通俗的语言，认为这种语言与这一题材是完全适合的。但丁用民间俗语来写作，以使普通人能够看得懂，不能不说是对封建社会文化霸权思想的反叛。但丁第一次用意大利语写了这样重大的题材,为意大利民族语言和民族文学语言的形成起了奠基和推动作用。近代意大利民族语言就是在方言的基础上建立起来的。在但丁的带领下,欧洲诗人纷纷通过俗语写作建构起本民族的语言,为民族国家的创建做出贡献。在语言格律上,他吸收民间诗歌的抑扬格。但丁的语言,严密、精练、准确而富于概括力,许多诗句成了格言,马克思、恩格斯在论著中,常举《神曲》中的例证和引用《神曲》的诗句。如马克思在《〈政治经济学批判〉序言》结尾处说:"但在科学的入口处,正像在地狱的入口处一样,必须提出这样的要求:'这里必须根绝一切犹豫,这里任何怯懦都无济于事'。"① 在《资本论》第1卷序言结尾处说:"任何的科学批评的意见我都是欢迎的。而对于我从来就不让步的所谓舆论的偏见,我仍然遵守伟大的佛罗伦萨人的格言:走你的路,让人们去说罢!"② 作为新旧交替时代的诗人,但丁在《神曲》中表现出两希文化的对立与融汇:宗教之爱与人的智慧相结合(通往天国之路靠爱来推动,靠知识来导引);天国审判与人间审判相结合(靠上帝的权威进行人间审判,以人间审判填补上帝观念的空虚);禁欲意识与升华意识相结合(一抑一扬,相辅相成);赎罪意识与追求完美人性相结合(赎罪为了追求个人完美,个人完美必须靠忏悔);神秘主义与写实主义相结合(神秘主义为写实主义提供力度与厚度,写实主义为神秘主义提供血肉基础)。

但丁最后流亡到拉文纳城,《神曲》在他逝世之后迅速流传开来。拉文纳城始终拒绝佛罗伦萨政府的请求,不返回但丁的遗体。但丁终于用自己的伟大作品获得了巨大的胜利。佛罗伦萨政府于1374年请薄伽丘讲《神曲》,这一举动说明但丁最终为自己平反昭雪。1302年他被罗马教廷释放,流落意大利各地近20年,几度试图返回故乡佛罗伦萨都未成功,1321年客死异乡。

美国第一位翻译《神曲》的朗费罗曾经如此评价但丁的《神曲》:"这是一首令天地动容的神圣的诗歌,它的创作让作者贫困了很多年,我们是否该停下来为之鼓掌?不:五个世纪的赞美声音满足了一切,它获得了各个国家的思想家们一致的赞美,各种版本编辑发表,还有各种批注版本面世,同时欧洲不同的语言也相继翻译出来。让我们带着敬畏靠近它,远离我们卑贱的诐媚和高傲的批判。"③《神曲》中的矛盾也要引起读者的注意:首先是但丁对宗教和教会以及教职人员的双重态度;其次是他对世俗生活的双重态度;再次是但丁对封建统治阶级及其代表人物的矛盾态度;第四是他在对待人类文化的看法上也表现了双重性。但丁的新时代精神在作品中也很明显,主要体现在对维吉尔、贝阿特丽采、上帝和意大利民族国家观念的表达上,因此《神曲》更具有强烈的现实主义特色:

西方文学批评家认为:

---

① 《马克思恩格斯选集》,第2卷,35页,北京,人民出版社,1995。
② 《马克思恩格斯选集》,第2卷,102~103页,北京,人民出版社,1995。
③ Emilio Goggio:'Longfellow and Dante'. *Annual Reports of the Dante Society*,No 39-41 (1924) p. 25.

　　重大的历史事件和人物，时代的特性和潜移默化的影响都忠实地在《神曲》中再现和记录。这是他的作品的一个重要特征，很多描述的事件都已经发生：大多数人已经离开人间，但是，他们还活在后人们的心中。诗人尽可能地想象它的真实性，而且作为真实的事情去感受。他像自己所描写的那样无家可归，四处流浪：用借来的墨水写作，曾经冤枉他的人还活着并一直在虐待他。毫无疑问，在他的动乱的生活里，从他的伟大的思想里产生了高贵的灵魂。当他走进一个城市的时候，他情不自禁地想起他再也不会回到佛罗伦萨了。当他看到远山上的封建城堡的塔尖时，他感觉到坚强的人是多么的自豪和伟大，弱者是多么的可鄙。每一条河流都让他想起从卡森迪若山流下来的亚诺河。他听到的每一个奇怪的口音都在提示他是一个无家可归的人，他所看到的每一个家庭似乎都在同情地对他说你是一个背井离乡的人，所有的事情在他的诗歌中都有所记录，美丽的风景书写、清晨的新鲜的空气等都在这个流浪者的记忆中留下了深刻的映像。流浪的但丁或坐在中午的树下，或在清晨和傍晚的钟声中离开或进入一座小城，他不得不听到他们的音乐告诉我多少传说，所有的一切我认为都是作品《神曲》的现实主义的特色。①

　　英国作家安德鲁·诺曼·威尔逊曾经表达过关于但丁的一些看法，他认为但丁是欧洲最伟大的诗人之一，也可以说他是中世纪最伟大的诗人。但很多非意大利籍读者避开他的作品，由此他们失去了获得最伟大的美学、想象、情感和智力体验的机会。威尔逊指出，首先你只需要知道，他有两个志向，一是成为伟大的诗人，这一点他成功了；其次，他有政治雄心。他12岁时按照13世纪的习俗，由父亲做主，与杰玛·窦那蒂订婚，但他在作品中对妻子与家小只字未提。这就是矛盾的现实中的但丁，其哲学基础是中世纪神学和亚里士多德哲学，也间接吸收了一些从君士坦丁堡传来的阿拉伯哲学家阿维森那、阿维罗伊的思想。但丁的美学思想充分显示出从中世纪美学向近代美学转折的特点，在强调上帝是一切美的本源、艺术的象征性的同时，也提倡"艺术取法自然"，并应表现个人主观感受与激情。但丁的诗学理论使诗歌艺术作为"思想的自觉伴侣，情感的热情女儿"，伴随《神曲》走进文艺复兴时代。

　　关于但丁的诗篇并非没有争论，如《神曲》由于受到时代的局限，其中关于基督教与异教的关系的看法明显有偏见。希腊的亚里士多德和柏拉图等人都不能进入天堂，因为他们是基督教在西方流传之前的人物，当然不可能信仰基督教，既然如此，他们就是一些异教徒，所以不能进入天堂。如此之类的观念在《神曲》中较多，从世界文学观念来看，这是由于历史所造成的，也是无可讳言的事实。

---

　　① 　Emilio Goggio：'Longfellow and Dante'. *Annual Reports of the Dante Society*，No. 39-41 (1924) pp. 33-34.

第七章　欧洲文艺复兴文学

第一节　文艺复兴与宗教改革

　　"文艺复兴"（The Renaissance）是 14 世纪至 16 世纪（也有人认为直到 17 世纪初）的资产阶级思想文化解放运动。文艺复兴最早发生在意大利，然后波及欧洲各主要国家。当资产阶级刚刚登上历史舞台并没有形成自己的思想体系时，便从古代的思想中去寻找对自己有用的东西。这个时期古希腊罗马文化又重新受到重视，故有文艺复兴之称。文艺复兴运动规模大、范围广、时间长、影响深远，是欧洲历史上第一次伟大的思想解放运动。文艺复兴的意义有两个：一是复兴，即古希腊罗马文化艺术的复活；二是新生，即代表资产阶级的新文化的诞生。新生是在传统的基础上前进了一步，虽然中世纪是"宗教就是一切"的黑暗窒息的时代，求知是一种罪恶，生活是以"神"为中心的，但是它毕竟为自己的发展准备了掘墓人，为未来的文学发展提供另外一种动力：从历史中寻找真理。古希腊文学有人的高贵，有对人的热爱和赞美，对人的自由的肯定，甚至希腊的神也充满了人性。古罗马文化是客观的。崇尚、研究古典文化成为文艺复兴产生的文化动因，这一切都是对当时教会的神本位、信仰独断、禁欲、教会权威的反拨。一股清新动人、自由不羁的气息在欧洲大地上传播开来。人文主义文学是这一时期欧洲文坛上占主导地位的文艺思潮，它强调"以人为本，反对神权、神性，宣扬人权、人性，对以神为中心的宗教思想进行大胆的冲撞；抨击蒙昧主义，推崇理性知识，讴歌多才多艺、全面发展的"巨人"式人物；否定禁欲主义，追求现世享乐，蔑视天国幸福，赞美爱情是人类与生俱来的美好感情；批判封建割据，拥护中央集权，渴望结束宗教纷争、地方割据，建立统一强盛的民族国家。这就是说，人本首先是个人之本，认识自己和认识世界成了最重要的两大任务。

　　文艺复兴从意大利逐渐向北传播，持续近三百年，15—16 世纪到达极盛时期，著名的代表人物有自然科学家如意大利的达·芬奇、伽利略，波兰的哥白尼，德国的凯普勒等；文学方面则有拉伯雷、彼特拉克、莎士比亚等，是欧洲历史上从未经历过的最伟大的变革。文艺复兴的思想最终发展成为"自由"、"平等"、"博爱"的人道主义精神，促生了法国大革命和资本主义制度的确立。

　　15 世纪下半叶，人文主义开始在德国传播，到 16 世纪初形成高潮。德国文艺复兴时期的文学成就主要表现为人文主义者反对封建教会的创作，以及马丁·路德宗教改革的论文和市民文学。

　　德国的人文主义者多是语言学家，他们用研究《圣经》原文的方式来同罗马教会斗争。罗伊希林等编了一部《蒙昧者书简》，分两部分，分别于 1515 年、1517 年出版。书简揭穿了经院神学的本质，嘲讽他们无知的世界观，攻击教会神职人员的贪欲。书简中已经有宗教改革的呼声，这种呼声在整个 16 世纪都不曾止息。

宗教改革的领袖马丁·路德（1483—1546）也是一个出色的文学家、语言学家、诗人和音乐家。路德翻译《圣经》时经常深入民间收集语言，许多德国语言词汇有了新的解释。德文《圣经》的语言，优美流畅，富于文采，在全德流行。翻译后的《圣经》既是底层劳动者反抗的工具，同时也成为统一的书面德语的指南，对德国民族语言统一做出巨大贡献，对德国的文学革新产生巨大影响。路德的文学著作还有讲演词、布道词和论文等，代表性作品有《致德意志民族的基督教贵族》《论一个基督教徒的自由》《论巴比伦教会被俘》《论僧侣的誓愿》《反对教皇、主教、假僧侣阶级》等。在这些文章中，路德指出原罪与生俱来，要进行拯救，不在教会，而在信仰。路德创作了很多宗教歌曲，如《我们的主是一个坚固的堡垒》《我们在深重的苦难中向你呼喊》《我们恳求圣灵》《主啊，我们赞美你！》等。尼采曾这样评价说："路德的赞美诗是如此深沉、勇敢而充满灵性的奏鸣，洋溢着如此美好温柔的感情，犹如春天临近之际，从茂密的丛林里迸发出来的第一声酒神的召唤。"

路德的宗教改革思想是想建立一个独立的德国宗教，唤起民族意识，但态度保守，反对起义和农民战争。

德国 16 世纪的文学成就主要表现为民间文学的繁荣，德国民间故事中最有价值、最著名的有：《梯尔·欧伦施皮格尔》《约翰·浮士德博士的一生》《希尔德市民故事集》《狐狸列那的故事》。《约翰·浮士德博士的一生》是一部影响深远的著作，全书共 69 章。浮士德是一个农民的儿子，钻研神学。他为了探索人类的奥秘、享受极乐，与魔鬼订约。他放弃对上帝的信仰，愿意在死后将灵魂献给魔鬼，魔鬼则答应为他服务 24 年。本书的主题有人文主义的内容，并被译成了多种欧洲语言。英国戏剧家马洛写了《浮士德博士一生的悲剧》（1589），此后莱辛、克林格、海涅、尼·雷曼等也取材浮士德故事进行创作。歌德的《浮士德》使浮士德形象更加鲜明，更加深入人心。

16 世纪也是德国民歌丰收的时代。德国民歌有抒情民歌和政治民歌。抒情民歌内容都是自然景物和青年男女的相思离别，突破了封建桎梏下德国沉闷的诗风；政治民歌主要是反映农民战争失败后的心情。

德国 17 世纪经过一次短暂的内战，文学因经济衰落而发展迟缓，追求形式的宫廷文学占统治地位。马丁·奥皮茨的《德国诗论》（1624）阐明诗歌的起源和任务以及诗人的地位和责任，反对滥用外来词汇，主张纯洁祖国语言。格里美豪森的《痴儿历险记》是 17 世纪德国文学中最有价值的作品之一，表现了宗教思想的没落，用浪漫手法表达了对美好生活的向往。

第二节　文艺复兴时期的意大利文学

一、意大利与文艺复兴运动的兴起

意大利紧临地中海，地理条件得天独厚，海上贸易非常繁荣，资本主义发展迅速，这是文艺复兴运动兴起的根本原因。中世纪后期，视财富为罪恶的观念开始在人们心中动摇，人的欲望被激活，"人"的意识开始觉醒。伴随着资本主义的发展，这种思想不断蔓延，成为引发文艺复兴运动的一个社会原因。政治上，尚未统一的意大利邦国林立，城邦主的支持大大激发了人们的创作热情。同时，意大利在文化上有古罗马文化作为基础，有着先天的文化优越性。1453 年土耳其人攻占君士坦丁堡，东罗马帝国灭亡，君士坦丁堡研究古代希腊罗马文化的学者携带大批古代文物和书籍移居意大利的佛罗伦萨避难。意大利的多个城邦此时兴起了手工业和纺织业，成为欧洲工业革命的前驱，市民与新兴城市民阶层迅速壮大，思想文化革新风气很浓。资产阶级学者从古代文物中发现了可以与封建神学相对抗的积极因素，便把这种不同于中世纪神学的古代文化作为自己反封建、反教会的思想武器。英国文学批评家沃尔特·佩特说："有时会有些具备比较有利的条件的时代，在这样的时代中，大家的思想比习惯上更为靠拢，知识界的每种兴趣结合成总体文化的一个完整形式。意大利的 15 世纪就是这样一个比较美好的时代。"① 因而从严格意义上讲，文艺复兴是资产阶级思想文化的兴起。他们呼唤古代的文化亡灵，目的在于反对中世纪的封建文化，摆脱教会神学的控制，建立适合资本主义经济基础的上层建筑，这就是所谓"总体文化的一个完整形式。"

二、彼特拉克及其《歌集》

意大利文艺复兴的先驱及杰出代表是弗兰契斯科·彼特拉克（1304—1374），他少年时代曾到过法国、比利时和德国，开阔了眼界，增长了见识。他曾在世界上最早的大学博洛尼亚大学学习法律，但他志在文学，漫游欧洲多年，不计资财、不畏劳苦地从事文学创作活动，支持争取意大利自由解放的资产阶级爱国运动。1341 年因写叙事诗《阿非利加》被罗马元老院评为桂冠诗人。《阿非利加》主要描写古代罗马英雄斯齐皮奥战胜迦太基大将汉尼拔的英雄业绩，充满炽烈的爱国主义感情。四处流浪漂泊的彼特拉克最终客死异乡的一个小镇。彼特拉克是文艺复兴运动的第一个人文主义者，酷爱古代希腊罗马文学，曾大量收集希腊罗马古代抄本，并最早突破中世纪神学观念，用人文主义观点予以注释和阐述，开创了学习研究古典文化的新风气。由于他首先提出研究人文科学的主张，倡导用人学同神学相抗衡，因而被史学家称为"人

---

① ［英］沃尔特·佩特：《文艺复兴》，张岩冰译，3 页，桂林，广西师范大学出版社，2000。

文主义文学之父"。彼特拉克以其十四行诗著称于世，后世人尊他为欧洲的"诗圣"，与但丁、薄伽丘齐名，是意大利古代文学史上三颗巨星。

彼特拉克对希腊罗马文化有深入研究，认为西塞罗和维吉尔是古典学问的"两只眼睛"。他在同时代人中被认为是古代文化的代表，他自己也常认为只有古人才能够理解他的作品。

彼特拉克的创作包括散文、诗歌、书信，其中《论轻视现世》《名人传》《备忘录》《隐秘》《歌集》等在意大利影响很大。他在文学上的主要成就是诗歌。《歌集》用意大利语写成，共有 366 首诗，运用十四行诗，主要是倾诉对女友劳拉的爱。彼特拉克青年时代曾爱上了一位美丽的少女劳拉，这位少女后来由于父母之命被迫嫁给了一个贵族，于 1347 年病故。诗人对劳拉的爱情未能如愿，但却终生不能忘怀，便把对劳拉的爱慕之心和思念之情写入诗中，传诵开来，一时脍炙人口。《歌集》分上、下两册，上册是劳拉生前诗人所写的恋歌，下册是在劳拉死后为她写的哀诗。在这些诗歌中，诗人以浪漫的激情、优美的韵律、夸张的比喻、多彩的色调，描写劳拉美丽动人的形象，抒发自己内心的爱恋和哀思，披露复杂微妙的感情，表现了对理想生活的向往、对现世幸福的热爱和对真挚爱情的大胆追求。这些诗歌冲破了中世纪禁欲主义和神学思想的樊篱，生动地体现了人文主义以自然为中心的新型世界观和以个人幸福为中心的恋爱观。《歌集》中非常著名的一首是《此刻万籁俱寂》，写在劳拉仙逝之后：

> 此刻万籁俱寂，风儿平息，
> 野兽和鸟儿都沉沉入睡。
> 点点星光的夜幕低垂，
> 海洋静静躺着，没有一丝痕迹。
> 我观望，思索，燃烧，哭泣，
> 毁了我的人经常在我面前，给我甜蜜的伤悲；
> 战斗是我的本分，我又愤怒，又心碎，
> 只有想到她，心里才获得少许慰藉。

《歌集》继承了"温柔的新体"诗派的传统，委婉清丽，富有生活气息，文字清雅，韵味深长，开创了欧洲近代抒情诗的先河。"彼特拉克"体的十四行诗由两节四行诗和两节三行诗组成，每行 11 个音节，韵式为 ABBA，ABBA，CDE，CDE 或ABBA，ABBA，CDC，CDC。后来的欧洲诗人在此基础上继承并创造了不同的商籁体诗（Sonet），主要代表有斯宾塞和莎士比亚的诗。《歌集》中的政治诗如《意大利颂》《高贵的精神》等，反对封建割据，谴责封建君主的败行劣迹，呼吁祖国的和平统一，还揭露罗马教廷是"黑暗的监狱"，是"贩卖欺骗的店铺"和"眼泪的发源地"，洋溢着强烈的反封建、反教会和热爱祖国的激情。彼特拉克的《爱的忠诚》充分表达了人文主义的人生观：

> 不论我在南方冒着赤日炎炎，

　　　　或在阳光无力融化冰雪之处，
　　　　或在阳光和煦的温暖国土，
　　　　不论与狂人为伍或在哲人之间
　　　　不论我身份是高贵或是低贱，
　　　　不论是长夜漫漫或白昼短促，
　　　　不论是晴空如洗或乌云密布，
　　　　不论是年华正茂或双鬓斑斑；
　　　　不论我在人间、地狱或天堂，
　　　　在滔滔洪水中，或在高山深谷，
　　　　不论患病或健康，快乐或忧伤，
　　　　不论住在何处，自由或为奴，
　　　　我永属于她；哪怕我的希望
　　　　永成泡影，这念头已令我满足。

　　彼特拉克通过12行的假设来体现"我永属于她"的爱情，歌颂人间真情，诗句排列与诗风独特而清新，充分显示出诗人过人的才华，是名副其实的"第一个人文主义者"和"意大利诗歌之父"。

三、薄伽丘的《十日谈》

　　乔万尼·薄伽丘（1313—1375）继承并发展了彼特拉克开创的人文主义文学，并使之达到一个新的高度。薄伽丘是意大利佛罗伦萨商人的私生子，母亲是法国人，从小生长在巴黎，母亲死后薄伽丘才回到意大利。他自幼爱好文艺，对诗歌有浓厚的兴趣，但父亲却要他经商或学习法律。1327年他与父亲到那不勒斯经商，1333年改学教会法典。在这段时间里，他有机会参加那不勒斯王罗伯特的宫廷社交活动，扩大了生活视野；他又研读了不少古代典籍，成为意大利第一个通晓希腊文的人文主义者。薄伽丘少年一事无成，但酷爱文学，研读文化典籍。在1350年他与彼特拉克结识，两人志趣相投，常在一起共同创作诗文，歌咏大自然与生活之美，书写城镇、街市、乡野花园的美丽景色。不同于但丁的天堂颂歌，也不同于彼特拉克对人的心灵的歌咏，薄伽丘的诗歌具有反教会思想，是用意大利方言写成的精美作品，在意大利文学史上占有重要地位。

　　薄伽丘的作品有传奇、史诗、叙事诗、十四行诗、短篇故事集等。《菲洛柯洛》《苔塞伊达》《菲洛斯特拉托》《亚梅托的女神们》《爱情的幻影》这些作品的主题都是爱情，而且都与一个叫菲亚美达的女子有关。《痴情的菲亚美达》是欧洲第一部心理小说，对心理的探索细致入微，对相思、嫉妒、痛苦、激情的刻画很成功。

　　薄伽丘最出色的作品是《十日谈》，小说叙述1348年3月到7月佛罗伦萨发生了大瘟疫，4个月死了十多万人，一时间丧钟长鸣，尸体纵横，整个城市笼罩在一片恐怖的气氛之中。为了避免传染，有7女3男结伴而逃，到城外住了10天。他们终日闲居无事，为了消愁解闷，大家商定每人每天给大家讲一个故事，以轮流讲故事的方式消磨时间，共讲了 100 个故事，所以书名为《十日谈》。其中许多故事表达了作者自己的人文主义思想。《十日谈》故事多，题材广泛，具有鲜明的反教会色彩。主题之一是赞赏在与封建贵族和教士们斗争中的城市平民的爱情和机智，赞美妇女，表达了对法律上男女平等的看法；作品描绘和歌颂现世生活，赞美平民、商人的聪明才智。《十日谈》通过市井生活中富于传奇性的情节、细节，描绘意大利的风情，100 个故事塑造了众多职业背景各异、性格鲜明的人物，结构独特，重点突出了反禁欲主义的主题。《十日谈》在第四天开场白书写了整部小说的主旨："谁要是想阻挡人类的天性，那可得好好儿拿出点本领来呢。如果你非要跟它作对不可，那只怕不但枉费心机，到头来还要弄得头破血流。"

　　小说的主要内容可以归纳为以下几个方面：（1）揭露教会的黑暗，抨击僧侣的罪恶。在中世纪欧洲封建社会里，教会是神圣不可侵犯的，但《十日谈》在第一天故事第二就写一个名叫亚伯拉罕的犹太人，非常固执，不肯相信天主教。后来他答应亲自到罗马看看再做决定，于是他来到罗马亲眼看到"神圣"的罗马教廷从上到下无恶不作，已经坏到不能再坏的地步，即使这样，教会仍没有垮台。最后他终于决定改信天主教，因为他认识到只有加入天主教才能胡作非为。故事巧妙而又辛辣地讽刺和批判了整个教廷的腐败和罪恶，为全书反封建反教会的主题定下了基调。还有很多故事描写了众多僧侣男盗女娼、贪财好色等卑鄙勾当，如神学院院长用阴谋诡计霸占农民的妻子（第三天故事第八）；神甫亚伯度欺骗良家妇女当场被人拿获（第四天故事第二）；女修道院院长整天想严办好色的修女，却不料自己的奸情败露，当众出丑（第九天故事第一）；夏泼莱生前无恶不作，死后竟被尊为"圣徒"（第一天故事第一）等。（2）主张个性解放，歌颂爱情自由，反对封建等级制度。《十日谈》中写了相当多的歌颂爱情的动人故事，并且把爱情写成可以启迪人的智慧的事。（3）歌颂下层人民的聪明才智和进取精神。其中有巧于应对、免受国王勒索的犹太商人（第一天故事第三）；有随机应变、妙语惊人，逃脱主人惩罚的厨师（第六天故事第四）；有敢于冒充国王，戏弄王后，然后又巧妙地避免杀身之祸的马夫（第三天故事第二）等。（4）歌颂妇女的反抗精神，宣传男女平等的思想。男尊女卑是封建社会的传统观念，薄伽丘反其道而行之。他对妇女表示了极大的同情和尊重，公开声称他的《十日谈》首先是为妇女创作的。他认为妇女既不是圣母，也不是魔鬼，而是有血有肉有性格的活人。她们和男人一样有智慧、有能力，甚至往往还要比男子高出一筹，比如讲故事的 10 个人中，7 女 3 男，妇女占绝对优势。

　　在当时封建制度与宗教严格控制的语境下，为了揭露宗教界的虚伪，书中赞美性爱，鼓励偷情，婚外恋的故事处处皆是，强调性爱和爱情的统一。大胆冲破宗教的性爱禁区，张扬人性，这也是《十日谈》产生历史影响的另一个原因。

　　《十日谈》在艺术形式上发展了中世纪民间传奇故事的特点，形成自己独特的风格。虽然采用讲故事的方式，但不以情节取胜，而侧重于人物形象的塑造，重视心理刻画、环境描写和讽刺手法的运用。采用框式结构是《十日淡》在表现形式上的又一特点。作者将 100 个短篇镶嵌在"10×10"这个框架里，每个故事既可独立成篇，每天 10 个故事又自成中心，进而再通过讲故事人把 10 天的故事串在一起，使全书浑然一体。另外，《十日谈》抛弃了中古文学中宗教的、象征的、虚幻的手法，采用能够真实反映现实生活的写实手法。在语言上，《十日谈》的语言简洁流畅，主要采用佛罗伦萨方言，并注意吸收俗语与俚语，具有浓郁的生活气息，为意大利语文学的发展做出了杰出贡献。

《十日谈》也有明显的局限性。它在肯定人有追求爱情幸福的权利的同时，把个人幸福和个人利益看得高于一切，在反对禁欲主义的同时，提倡放纵情欲，将利己主义和享乐主义作为人生的行为准则。

《十日谈》这种散文小说形式对欧洲文学形式也有深刻的影响。《十日谈》出版后，获得极大成功，流行欧洲各国。英国乔叟的《坎特伯雷故事集》，法国玛格丽特·德·纳瓦尔的《七日谈》，都是模仿《十日谈》的作品。莎士比亚、莱辛、歌德、维加、普希金也曾在作品中引用过《十日谈》的故事。

继《十日谈》之后，薄伽丘创作了他的最后一部文学作品《大鸦》。在此之后，他潜心研究古典学问，讲解《神曲》，他著的《但丁传》是研究但丁的最早学术著作之一。薄伽丘在《但丁传》和《异教诸神谱系中》提出"诗学即神学"，认为诗歌应从古代文化中汲取营养，同时要发挥想象力。薄伽丘的这种理论对诗歌创作有很大影响。

薄伽丘和彼特拉克在但丁之后进一步发展了意大利语文学，奠定了意大利散文的基础，对后世影响深远。

四、人文主义作家群体

文艺复兴时期意大利还有两位杰出的女诗人。一位是维多利亚·科隆娜，出身罗马贵族世家，大部时间在修道院度过，1547 年死于罗马。科隆娜的诗可分为宗教诗和爱情诗，宗教诗表达她对宗教的虔诚，寻找安慰的心情；爱情诗大多是献给丈夫的。另一位是迎丝芭拉·丝塔姆芭，其主要作品是《韵文集》，有抒情诗 300 诗，模仿彼特拉克的风格与体裁写成，诗中情感之丰富细腻可与希腊女诗人萨福相比。

16 世纪意大利的主要作家有马基雅维里（1469—1527）、阿里奥斯托（1474—1533）和塔索（1516—1532）。他们是彼特拉克和薄伽丘之后杰出的人文主义作家，共同构成了意大利文艺复兴时期的作家群体。

马基雅维里是著名的政治家、历史学家、诗人、剧作家，是一个多才多艺的人，1469 年生于佛罗伦萨。他的《君主论》是一本首次提出完整的国家学说的著作，主要观点有：人是自己命运的主宰；一切国家的主要基础是完备的法律和精良的军队，以及领导人正确可贵的领导才能；君主应有人文主义美德；如果他想维持自己政府的生存，有必要"违背真理"、"违背博爱"、"违背人道"、"违背宗教"。

1521 年马基雅维里出版了《战争的艺术》，和《君主论》一样，是严谨优美的散文，为后人奉为散文经典。弗兰西斯·培根说："马基雅维里等前人致力于观察人类曾做了什么，而不是强求人们应该怎么做，使后人得益匪浅。"

在意大利文艺复兴时期，文艺理论的研究者对创作的题材、形式、独创性、典型性等问题，都做了深入探讨。杰出的艺术家和科学家达·芬奇对绘画、诗歌、音乐、建筑、人体解剖等领域都有巨大贡献，是"百科全书式"的人的代表。这种人物当时在欧洲层出不穷，他们在科学和艺术上的贡献，使西方文化开始引领世界潮流。阿尔贝蒂用意大利语写成的《论绘画》《论雕塑》《论建筑》都阐述了艺术形象与数学原理的关系。明图尔诺《论诗人》和《诗的艺术》认为世界是原始的，艺术是对人们情感风尚的模仿、修饰和美化。钦齐奥的《论喜剧和悲剧的创作》《论传奇体叙事诗》指出诗歌应按照逼真的原则来阐释事件，反映真实。文艺复兴后期的意大利人文主义文学；阿里奥斯托（1474—1533）的长篇传奇叙事诗《疯狂的奥尔兰多》非常有名。塔索的《论诗的艺术》《论英雄史诗》和 26 篇《对话》阐述诗歌的使命是歌颂光辉的、伟大的和尽善尽美的行为，诗人应按照事物应当有的样子去表现、揭示事物蕴含的普遍价值，长篇叙事诗《被解放的耶路撒冷》一直为后人称道。

值得一提的是，进步思想家、科学家布鲁诺也是一位杰出的诗人和散文作家。他用意大利文写了许多诗歌，反对宗教迷信，歌颂科学，继承了人文主义传统。他最后被宗教裁判所判为"异端"，烧死在罗马鲜花广场。

第三节　文艺复兴时期的法国文学

一、文艺复兴的中坚：法国文学

文艺复兴时期的法国文学主要体现在市民文学方面。王权的支持是促进文艺复兴在法国发展的动力。1515 年，弗朗索瓦一世登上王位，标志法国文艺复兴的开始。他积极推动法国文学艺术的发展，促进了人文主义在法国的传播。意大利的影响也是法国文艺复兴发展的一个因素，毕代（1467—1540）、拉缪（1515—1572）、杜尔奈伯（1512—1565），还有拉伯雷等最早的人文主义者都受到意大利文化的熏陶，研究古希腊文学，致力于法国文学的发展。

文艺复兴时期的法国诗歌中，抒情诗发展繁荣。主要代表有维庸、马罗、拉贝等。维庸主要作品有《大遗嘱集》《小遗嘱集》，格调有时欢乐有时也非常悲观，诗中隐藏着一颗敏感的心，对生活的痛苦有一种绝望。他的诗歌发自灵魂深处，深刻优美，表现的真情为人们所赞赏。马罗一生写了大量短诗，有诗简、哀歌、短歌、即兴诗、讽刺诗等。著名的代表作《致理昂·雅梅的诗简》《克莱芒的青少年时代》，诗风庄重，形式严谨，辞藻华丽。

拉贝诗的内容主要是歌颂爱情，真挚细腻，代表作有《疯狂与爱情之辩论》《里昂路易斯·拉贝作品集》。彼埃尔·德·龙萨、卓阿金·杜·伯莱、雷米·贝洛、安东纳·德·巴依夫等人组成的七星诗社是法国民族文学中古典主义倾向的代表。明都士·德·缔亚尔、爱缔安·若岱勒和他们的老师多拉共七人组成了七星诗社，宗旨是研究古代希腊罗马文学，他们认为模仿是创造的源泉，并立志革新法国诗歌。

杜伯莱（1522—1560），是七星诗社的一位重要诗人。他的《罗马的古迹》，表现了罗马古迹忧郁的美，感叹人类短促的生命，带有哲学的沉思与忧伤。如：

> 只有罗马才能够同罗马相像，
> 只有罗马才能够使罗马惊慌。
> 看看多傲岸，废墟多辉煌，像煞
> 把世界置于他统治下的皇帝。
> 为了制服一切，他也制服自己，
> 光阴消耗一切，也在折磨着他。

在《悔恨集》里他常书写怀想之悲，少年游事老方觉，用一种哀歌的形式写道：

> 我决不写爱情，因为不是情种，
> 我不写欢乐，因为处在痛苦中。
> 我不写幸福，因为感到悲痛。
> 我不写法国，在这奇异的外邦。
> 我不写友谊，因为只感到伪善。
> 我不写荣誉，这里根本看不到。
> 我不写美德，因为无处可找。
> 我不写博学，在这些教士中间。
> 我不写健康，因为感觉倦慵。

杜伯莱写自然景色的诗依然优秀，《黑夜在她的花园里》写道：

> 黑夜在她的花园里聚集，
> 一大群浪迹四方的星星。
> 她驱赶星马，怕白日来临，
> 为驰进幽深的洞穴里。
> 东方已经染红寥廓天际，
> 还在编金黄辫子的黎明，
> 把千百颗圆露珠都散尽，
> 用她的财宝充实了草地。

乡愁是杜伯莱永远的忧伤。他的诗幽微纤妙，深入人心，是欧洲近代优秀抒情诗的代表。从他的诗中，我们可以看到七星诗社成熟的诗艺与典雅的诗风。

法国中世纪的爱情诗歌也非常有名，如龙萨的《当你衰老之时》，影响了美国 19 世纪诗人朗费罗和 20 世纪北爱尔兰诗人叶芝，这首诗情感真挚，令人难忘。

> 不被我的名字惊醒，精神振作，
> 祝福你受过不朽赞扬的美名。
> 那时，我将是一个幽灵，在地底，
> 在爱神木的树荫下得到安息；
> 而你呢，一个蹲在火边的婆婆，
> 后悔曾高傲地蔑视了我的爱。
> 听信我：生活吧，别把明天等待，
> 今天你就该采摘生活的花朵。

龙萨在诗歌中放弃天国的幻想，追求现世的爱情，这是人文主义思想的体现。尤其是诗歌的结尾，颇有一种东方诗歌的韵味，与"花开堪折直须折，莫待无花空折枝"有异曲同工之妙。

法国戏剧在文艺复兴时期取得的成就也很大。16世纪的剧作家中，罗伯特·加尼埃成就最高，他写过7部悲剧，其中最著名的是与古希腊悲剧同名的《安提戈涅》，同样取材于希腊故事，是关于宗教内战的剧作。在戏剧理论方面，斯卡里尔于1561年发表了《论诗》，总结归纳了亚里士多德关于悲剧的思想，探讨了戏剧的真实性和时间、地点的统一问题，已经涉及了"三一律"的两点（时间和地点）。1636年高乃依的《熙德》上演，从此古典悲剧原则"三一律"便在戏剧界取得了统治地位。

法国小说在14世纪就开始出现，意大利小说和现代印刷术对推动法国小说的发展起了重要作用。玛格丽特·德·瓦罗亚的《七日谈》是她最杰出的著作，形式上模仿《十日谈》，有72篇故事，大部分都有关爱情，故事情节新奇、曲折，以新的叙事形式震动文坛，为小说的兴起奠定了基础，对法语的形成也有巨大影响。法耶于1547年写了《乡村纪事》，描述一个乡间节日盛宴，农民自带食物在一起聚餐，每人讲一个故事，其内容有利于我们认识16世纪法国的乡村生活场景。布里哀在1538年写了《爱情痛苦的焦虑》，是法国第一本情感小说。

二、拉伯雷与《巨人传》

弗朗素瓦·拉伯雷（1494—1553）是文艺复兴时期最富有革命精神的文学大师之一，知识渊博，才华横溢，是法国人文主义者的杰出代表。拉伯雷出生在法国中部都兰省希农镇一个富裕的律师家庭，从小接受教会教育，当过修士和神甫。他热心研究古代希腊罗马文化，厌恶中世纪神秘主义的宗教世界观。

拉伯雷攻读了宗教史、修辞学，在文学、数学、法学、哲学、天文学、考古学和植物学等诸多领域都有研究，写过学术论著，是一位真正的"百科全书式的巨人"式的学者，代表了文艺复兴时期法国文化的最高峰。1530年，他考入医科大学学习，成为当地著名的医生。拉伯雷不仅用精湛的医术减轻病人的痛苦，还拿起笔进行文学创作，积极宣传人文主义思想。

1534年《庞大固埃的父亲高康大的一生》问世，轰动一时，成为5卷本长篇小说《巨人传》的雏形。《巨人传》是拉伯雷从 1532 年起，直到 1553 年逝世，花费了 21 年的心血，才完成的具有强烈反封建、反教会精神的现实主义文学巨著。

由于《巨人传》全面揭露了社会的阴暗面，对教会进行了大胆的批判，因而作品的出版被再三阻挠。拉伯雷一生坎坷，受尽了迫害，但愈挫愈勇，从不屈服与放弃，直到逝世那一天，他还说："今天是我一生中最后一天，我还花了不少力气把一大群丑恶的、不洁净的和臭气熏人的畜生，黑色的、杂色的、褐色的和有斑纹的畜生从家中赶出去。这些畜生连我临死时都不让我安静。"临终前他拒绝向神甫忏悔，自己放声大笑道："拉幕吧，戏演完了！"死后还留下遗言："我没有财产，我欠人不少，把我余下的送给穷人。"拉伯雷终于走完了他的人生道路，于 1553 年 4 月 9 日在巴黎病故。

拉伯雷的《巨人传》是一部人文主义的百科全书。此书攻击了神学院、经院哲学、教会、修道院，宣传进步思想。创作曾给拉伯雷带来生命危险。作者的名字也上了黑名单。拉伯雷在小说的卷首《致读者》中曾指出："与其写泪，还是写笑好，因为笑原是人类的特性。"该书有着奇特的构思、玩世不恭的姿态、幽默讽刺的笔法，确实达到了"笑"的效果。

《巨人传》主要描写卡冈都亚和他的儿子庞大固埃（亦译胖大官儿）的诞生、所受教育和文治武功等神奇故事。全书共分 5 部。

《巨人传》第一部叫《巨人卡冈都亚之子，狄波沙德王，十分有名的庞大固埃的可怖而骇人听闻的事迹与勋业纪》，写乌托邦国王格朗古杰的妻子怀孕 11 个月，从左耳朵生出一个儿子，取名卡冈都亚。他一生下来就要吃要喝，身材巨大，不同凡人。卡冈都亚接受经院教育，结果越学越糟糕，连话都讲不清。后来父亲送他到巴黎接受人文主义教育。邻国国王毕可肖妄图霸占世界，大举入侵乌托邦国，所到之处，烧杀掠夺，无恶不作，修道院的修士们惊恐万状，胡乱地敲着钟，只有若望修士抓起大十字架抗击敌人。卡冈都亚接到父亲的告急信件，立即回国与若望修士通力合作，拿起大树做武器，用马尿淹溺敌人，毕可肖们丢盔弃甲，落荒而逃。为了欢庆胜利和酬劳他们的战功，国王为他修建了一所德廉美修道院，男女修士们在这里可以自由生活，公开结婚，也可以发财致富，不受任何限制。

第二部主要写卡冈都亚老年得子，婴儿又大又胖，取名庞大固埃。他从小力大无穷，长大后游学四方，最后来到巴黎接受人文主义教育，终于成为全知全能的巨人。一个偶然机会，他与流浪汉巴汝奇结为好友。时值敌军犯境，庞大固埃用绊马索和地雷战大败敌人，活捉敌酋阿那尔赫。

第三部名字是《善良的庞大固埃的英雄言行第三卷》，主要写在打败敌人之后，巴汝奇突然想结婚了，却又怀疑结婚是否值得，女人是否会忠诚于他。他遍寻答案，征求庞大固埃的意见，从女巫、术士、诗人、郎中、神学家和法官等处得到滑稽对话和笑料，反映出当时社会对妇女问题的混乱思想。后来他从疯子口中得知在"神壶"上可以找到答案，于是决定寻找这个器物。

第四部主要写庞大固埃为了寻找"神壶"，追求真知，不辞劳苦地远涉重洋。在船上他们曾受到一个贩羊人的辱骂，巴汝奇忍气吞声，伺机报复。后来他用重金收买羊贩子的头羊，并赶头羊下海，羊群随之而去，全部被海水淹死。他们在旅途还遇到很多风险，都运用自己的聪明才智一一躲过。

第五部写他们周游列国，探奇历险，游历僧人岛、教士岛、修士岛、教皇岛、骗人岛和判罪岛，看到了教会的虚伪、黑暗和人世间的种种罪恶，终于找到了被称为知识的源泉的"神壶"。

《巨人传》通过格朗古杰、卡冈都亚、庞大固埃祖孙三代巨人的成长、受教育、反对战争、寻找"神壶"等一系列的经历，全面地反映了16世纪上半期法国的社会生活，表现了新兴资产阶级追求人性的自由、平等、博爱，学习科学知识改造世界的理想。小说具有强烈的社会批判断性，反对封建统治者的穷兵黩武和捐税、司法制度，歌颂人文主义的理想人物和理想社会，批判天主教会和经院教育。卡冈都亚本来是一位精力充沛的巨人，但由于跟神学大博士攻读经院哲学，结果变得"呆头呆脑，失魂落魄，目滞神昏，口懦舌钝"，花了多年的宝贵时间，竟毫无长进。拉伯雷以义愤之笔，激励人们挣脱经院教育，勇敢地解放出来，并且非常有见解地提出"不能只专门研究学问，必须学习武艺、战术和野外的操练，以便能保卫我们的祖国和朋友"。小说还描写了人间乐园般的德廉美修道院建筑壮丽、环境幽雅、装饰精致、设备齐全，院内不仅有花园果林、亭台楼阁、戏台高塔、美容院、理发馆、动物园，还有书斋、演武厅、运动场、游泳池和宏丽的图书馆。《巨人传》关注当时的农民，反对战争，还塑造了一个"世界上最好的孩子"巴汝奇的形象。巴汝奇的意思是"无所不为"的人，拉伯雷号召人们尽情发挥自己的力量，争取自己的幸福。拉伯雷在作品里不停地嘲讽妇女，反映了当时整个社会对女性的态度。

"畅饮知识，畅饮爱情，畅饮真理"，是全书的精神总结，也是人文主义思想的精华。《巨人传》寄托了作者的人文主义理想，对当时社会做了淋漓尽致的揭露，对司法制度进行了讽刺。"它们攫取一切，吞噬一切，它们不分好坏地分尸、砍头、杀戮、破坏和毁灭一切。因为对它们来说，邪恶被叫作德行，恶毒称为善良，叛逆取名忠诚，窃盗说成馈赠，抢夺是它们的箴言。"小说艺术手法精湛，富于创新精神，《巨人传》以绝妙的嘲讽艺术，用夸张的手法，给每一个讽刺对象以一个生动的形象，效果突出。如写卡冈都亚一生下来不啼哭，会讲话，要吃要喝，一顿饭能吃17913头母牛的奶汁，一件衣服要用120多尺布料，一双鞋底要用1100多张牛皮。他吃生菜时不注意，竟连菜筐里的6个人也一起送进嘴里，弄痛了牙根，不得不用牙签把他们一个一个从牙缝里剔出来。这些极端夸张的描写，意在强调人的巨大的潜在力量，也显示了作者丰富的想象力。为了迎合市民的阅读，《巨人传》采用了俚俗的语言、行话，因此遭到反对。然而，《巨人传》追求自由的思想具有长久的艺术、思想价值，有人称这部作品是文艺复兴的《圣经》。

三、蒙田散文及其他

文艺复兴时期法国不同于他国的文化现象是其散文卓越发展。蒙田的《随笔集》是极具代表性的作品。该书分3卷，107章，各章长短不一，每篇一个题目，讨论一个问题。标题是文章的起点，内容十分丰富，是关于他自己以及他生活环境中的一切，还有对生命的思考，表达了作者一种内在的安宁，一种恬静和舒展。如：第 2 卷第 10 章《论书籍》："诚然，我希望自己能够更加完美地领悟事物，但我不希望为此付出过高的代价。我的目的是愉快地幸度余生，而不是疲于奔命。没有什么东西能令我煞费心思，即使它是最可宝贵的知识。""读书，我只寻求那些能够令人愉快且又朴实无华的篇章；学习，我只学习这样的知识，它能够告诉我，我当如何认识我自身；我当如何对待生和死。……当我在读书中遇到某些费解的地方时，我从不一味冥思苦想；倘我尝试一两次后仍不得要领，我就把它甩开，因为在这种情况下继续死啃它们，无异于浪费我的精力和时间，而那些不能令我当下关注到的东西，不能靠持久来解决。"《随笔集》第 1 卷第 29 章谈到儿童教育问题："就像种地、耕播之前及耕播本身的工作都比较可靠、简单，植物一旦成活，就需要各种栽培方法，就会困难重重。人也一样，种植他们不需要什么技术，一旦出生，训练和抚养便需要不同的料理，其中浸透无数的担忧和艰辛。"还有第 1 卷第 8 章《论闲暇》讲他写作的动机是对事物的认识；第 19 章《研究哲学就是为了学死》谈人不要害怕死亡，生活要尽情享受；第 21 章《论想象的力量》探索并指出人类存在现在尚不能完全理解的精神力量；第 27 章《论友谊》歌颂友谊；同属第 27 章的《论穿衣的习惯》谈衣服的问题；第 2 卷第 8 章《论父爱》认为女性反复无常、贪婪；第 17 章《论自大》解剖他的风格、习惯和人品；还有第 3 卷第 3 章《三种交游》、第 10 章《论善用意志力》等。蒙田散文的源流可以追溯到古希腊雅典时代的哲学与散文，开启了近代欧洲哲理散文文体，成为世界散文史上的一种独特文体。

蒙田是一个复杂的人文主义者，其哲学首先是斯多葛主义（提倡一种以心灵平静和坚信道德价值为特点的行为方式），然后是怀疑主义，最后是伊壁鸠鲁主义（主张快乐、友谊和隐居的行为方式的一派）。

蒙田的文风文笔有一种韧性的风格，善于把抽象的思想和生动的图画结合起来："美德并非如学者所说，落在陡峭的山崖，挺拔险峻，高不可攀。相反，曾经接近它的人发现，它居住在美丽富饶的高原，从那儿鸟瞰脚下的景物，清晰可见。只要认识方向，便能找到一条舒适的道路，绿树成荫，青草茸茸，百花芬芳，平缓宽阔，好似天宇的穹隆。这种至上、秀丽、欢快的美德既文雅又勇敢，与苦恼、忧愁、胆怯、拘谨水火不容，它以自然为向导，以好运和快乐为伴侣。那些人不熟悉它，借虚弱的想象力罗织出一个荒唐、抑郁、暴怒、邪恶、惊恐、忧伤的形象，将它搁置在荆棘中的一块孤石上，好像吓人的妖魔。"

蒙田的《随笔集》影响深远，英国培根和莎士比亚的作品都受到了蒙田的思想影响，它开创了随笔类作品的先例，使散文进入文学领域。

沙龙在 17 世纪法国兴盛，对文学有很大影响，人们在精神的愉悦与交谈中，注重思想细腻和措辞优雅。沙龙纯净了语言，培养了作家的审美趣味，对文学有积极的贡献。但多数文学沙龙是由贵族女性所主持，以社会上层与名流为主体，限制了它的社会传播范围。

第四节　文艺复兴时期的西班牙文学

一、文艺复兴时期西班牙文学概况

15 世纪末 16 世纪初，结束了反摩尔人侵略斗争的西班牙国家趋于统一。哥伦布发现了新大陆，给西班牙带来了机会和黄金。海洋冒险促进了殖民主义的兴盛，对美洲的掠夺刺激了国内工商业的发展，城市里资本主义一度繁荣，西班牙拥有一千多艘船航行在世界各地，成为称霸欧洲的海上霸主。经济的繁荣也促进了文学的发展。

歌谣曲是西班牙具有鲜明民族特色的民谣，来源于北方叙事诗，由英雄史诗的个别情节或插曲演变而来，由 8 或 16 音节的诗句组成，逢偶句押韵，大多为四行，优美活泼，按内容可分历史歌谣曲如《国王堂罗德里歌谣曲》等；骑士歌谣曲如《被围的阿洛拉》《安提盖拉的失陷》《阿拉马的失陷》和《阿贝纳马尔》等；小说歌谣曲如《阿尔纳多斯伯爵谣曲》；抒情歌谣曲如《囚徒》《浣衣女郎》《灵魂是自由的》《圣西蒙教堂》等。

文艺复兴时期，在西班牙开始流行伤感小说和骑士小说。伤感小说的代表作有胡安·罗德里格斯·德尔·帕德隆的自传体小说《没有爱情的奴隶》和迪埃哥·德·圣彼得罗的《爱情的牢狱》。流行的骑士小说有《埃斯普兰迪安的英雄业绩》《希腊的堂利苏阿尔特》《帕尔梅林·德·奥利瓦》《骑士西法尔》等。

16 世纪西班牙著名诗人很多，因为这是一个诗歌繁盛的时代。胡安·博斯坎·阿莫加维尔的十四行诗散发着淡淡的哀愁，感叹欢乐总是那么短暂。法朗西斯科·德·萨、德·米朗达、埃尔南多·德·阿古尼亚和古蒂埃雷·德·塞蒂纳，莱昂·费尔南多·德·埃雷拉、圣胡安·德·拉·克鲁斯、洛佩·德·维加，都是意大利风格的优秀诗人。

16 世纪中叶，西班牙经济衰落，农民和手工业者沦为游民，产生了流浪汉小说。流浪汉小说的代表是《托梅斯河上的小拉撒路》，又名《小癞子》，它揭露宗教的欺骗、贪婪和贵族的傲慢、社会的腐朽，语言简洁、幽默，对欧洲文学产生了重大影响，是西班牙第一部流浪汉小说，对欧洲小说的发展产生了深远的影响。重要的流浪汉小说还有马提欧·阿列曼的《古斯曼·德·阿尔法拉切的生平》、弗朗西斯科·洛佩斯·德·马维达的《流浪女胡斯蒂娜》、维森提·马尔蒂奈斯·埃斯比奈耳的《马尔哥斯·德·奥勃雷贡》。

文艺复兴时期西班牙还风行田园小说，写青山绿水，幽美的园林，美丽而优雅的牧人牧女恋爱。西班牙第一部也是最优秀的田园小说是霍尔赫·德蒙提马约尔的《狄安娜》。历史小说成就很大，著名的有《阿本塞拉赫人和美女哈里法的故事》和《格拉纳达内战史》。

西班牙的戏剧自从胡安·德·恩西纳（1409—1529）开创了民族戏剧道路以来，逐渐摆脱宗教影响，向更完美的新戏剧发展。吉尔·维森特、巴托洛梅·德·托雷斯·纳亚罗、洛佩·德·鲁埃达、维加·德·卡尔皮奥是这个时代的杰出代表。

维加·伊·卡尔皮奥，F. L. de（姓名亦写作 Félix Lope de Vega y Carpio，1562—1635），又译为洛佩·德·维加，一般文学史著作中更为常用这一名称，西班牙文艺复兴时期著名戏剧家与诗人，世界文学史上以多产而著称的作家之一。

洛佩·德·维加1562年11月25日出生于马德里王家的刺乡匠人家庭，曾在阿尔卡拉-德埃纳雷斯大学学习。参加过1588年"无敌舰队"对英国的战争，在军队中写成长诗《安赫利卡的美丽》。1590年在阿尔巴公爵任秘书时写作长篇小说《阿卡迪亚》，后定居马德里专事写作。他的生活时代是西班牙的"黄金世纪"，人文主义与神权思想斗争激烈，他的戏剧、小说和诗歌在当时都有很大影响，以戏剧为最，据西班牙学者研究，他一生共写作剧本1800余种，传世不足三分之一。出版戏剧集25卷，其中完整剧本462种。

作为欧洲戏剧史的重要人物，他的戏剧作品的内容主要分为三类：第一是历史剧，其中又可分为取材于西班牙的历史传说，包括名作《贝里瓦涅斯或奥卡尼亚统领》、《最好的法官是国王》《羊泉村》和《奥尔梅多骑士》。取材于是外国历史的戏剧如《奥东的帝国》《莫斯科大公》《亚历山大的功勋》《烧毁的罗马》。第二是宗教神话剧，又分为以《圣经》故事和圣徒传说为题材，如《美丽的以撒》《非洲的圣人》等和牧歌剧《真正的爱人》《愤怒的贝拉尔多》，还有神话剧《克里特的迷宫》《热恋的爱情》。第三是一些从小说改编来的戏剧，如从当时最为流行的骑士小说为基础的《罗尔丹的少年时代》和《罗达蒙的嫉妒》等。还有以意大利小说为来源的《并非报复的惩罚》和《费德里科的猎鹰》等。维加的抒情诗主要是谣曲和十四行诗，主要诗集《诗韵集》（1604）、《神圣诗韵集》（1614）、精神谣曲（1619）和《帕尔纳索斯山的田野》（1637）等，叙事诗有意大利诗风，主要有《安赫利丽卡的美丽》（1602）、《被征服的耶路撒冷》（1609）和《安德罗默达》（1601）等。维加的长篇小说在当时也相当流行，主要有田园牧歌式的小说《阿卡迪亚》（1598）、神话小说《贝伦的牧人》（1612）和对话体小说《拉·多罗特亚》（1632）等。

洛佩·德·维加的创作取材现实生活，抨击封建制度，尤其重视表现西班牙民族的热情奔放，富于反抗精神，讴歌真挚的爱情，思想意义与社会人文贡献突出，是西班牙古典文学中仅次于塞万提斯的伟大作家，尤以其才华为社会所欣赏，素有"天才中的凤凰"的称誉。

他不但是一个戏剧家，同时也是一位戏剧理论家，在论文《当代写作喜剧的新艺术》中，他提出创作喜剧的新艺术概念，提倡写作符合时代要求和反映当代社会生活的戏剧，认为情节是戏剧的关键因素，以情节来推动戏剧冲突的进展。这种观念对传统的希腊戏剧是一种回归，而对当时流行的说教性的宗教剧和庸俗的爱情剧则是一个反击。他认为戏剧主题是"荣誉"与"美德"，"荣誉"是人们维护理想的一种权利，它体现了人类的尊严。而"美德"则是一种争取荣誉的力量，从中可以看出，他的戏剧美学是人类主义与英雄主义的。这正是他创作的原则，他的戏剧中以戏剧情节为主，是他树立了文艺复兴西班牙民族戏剧的传统，使民族戏剧走出了希罗马的戏剧影响。他的戏剧结构是"三幕剧"为主，人物性格变化不多，以跌宕起伏的剧情为主线。人物道自采用民间谣曲"罗曼采罗"等，间或有演唱，戏剧的幕间穿插着表演、短剧或歌唱舞蹈，戏剧开场之间用开场白介绍剧情，可谓形式多样。但他的戏剧不足之处在于人物性格的削弱，特别是希腊悲剧中的英雄人物的形象不复得见，叙事结构取代了人物心理描绘，特辑是在那些如《干草上的狗》《带罐的姑娘》这样的爱情戏剧中，主要人物身披斗篷、手执长剑式的千篇一律的造型，被称为"斗篷与剑"的戏，成为一种格式化的戏剧。这样对戏剧反映社会生活的多样化的现实产生障碍，这也正是他与莎士比亚这样的文艺复兴巨人之间的差距。

代表作《羊泉村》（1609—1613）是西班牙戏剧史上的名作，以1476年一个自然村庄羊泉村人民反对封领主的暴行为题材，从这一历史事件升华为一出优秀的具有人文精神主题的名剧。卡拉瓦特骑士团长费尔南·高迈斯是一个为非作歹的领主，他在驻扎羊泉村时，企图强奸当地长老的女儿劳伦霞。劳伦霞的未婚夫弗隆多梭救出了她。费尔南恼羞成怒，在两人的婚礼上带领他的骑士们抢走了新娘，并且要绞死弗隆多。机智的劳伦霞逃回村中。全体村民义愤填膺，起义反抗封建领主的暴行，攻占城堡后，杀死了费尔南。戏剧的结尾则相当平庸，国王听闻后，决定不对羊泉村人进行处罚，并且把羊泉村收归自己所有。

戏剧主题突出并且语境典型，中世纪欧洲实行领邑制度，领主拥有土地，居住在城堡中。而农民生活在城堡周边的乡村，租种领主的土地，这就是著名的领邑制度。骑士团团长则是当时依靠军功等获得土地的领主，费尔南这样的领主是蛮横残暴的骑士阶层的代表人物，他们压迫农民，施以暴行，这是戏剧冲突的主导方面。而聪明美丽的少女劳伦霞则是冲突的另一方，她为了维护自己的权利反抗暴行，并且在斗争中表现出超人的勇气与智慧。戏剧主题是对人道精神的维护，反对特权与暴行，主要是针对当时社会统治阶层领主们迫害农民的社会现实的抨击。

戏剧冲突尖锐，情节结构安排起伏多变，表现出维加高超的戏剧叙事手段。事件相当集中，以婚礼与出逃为主线，一波未平，一波又起，扣人心弦，完全合乎传统的三一律，当然亦是维加的戏剧主张的体现。戏剧的高潮在于攻克城堡，但同时也将戏剧推入一个难以解决的难题，起义后的羊泉村人杀了领主，违犯法律，面临着被政府所镇压的危急局面。而作者的解决方案则是英明的国王最后的恩惠，不但不追究全体村民的任何责任，反而将领邑收归国有，也就是国王所有，这对羊泉村民是一个完全的解放。从这种处理中，我们也看到，文艺复兴时期的戏剧家们对国家或是王室的态度与宗教、骑士团之间的态度是完全不同的。特别是在西班牙这样的王权国家里，人文主义获得最后的胜利，依靠了王室的力量与开明的君主，其实寄托了文艺复兴时代的理想王国之梦。

戏剧语言在所有维加戏剧中最富代表性，农民骑士团团长，国王与权贵各有自己的话语，各种人的道白都有鲜明的阶层身份特性。而叙事语言主体则是大众，这也是维加所特有的叙事话语。这部戏剧力图避免模式刻画，摆脱"斗篷与剑"的程式，利用了传统的婚礼风俗与城堡故事等，使全剧艺术风格斑斓多彩又明亮清新，突出地展示了维加高度的艺术才能。

17世纪，西班牙文化开始了繁荣时期，文学史上称为"黄金世纪"，一批人文主义者开始鼓吹文艺复兴思想，模仿古希腊罗马和意大利文学，反对教会的禁欲主义。17世纪以后，西班牙文学的"贡戈拉主义"占据了领导地位，文学的"黄金世纪"结束。

二、西班牙文学与塞万提斯

米盖尔·德·塞万提斯·萨阿维德拉（1547—1616）是小说家、剧作家、诗人。塞万提斯出生在马德里附近的阿尔卡拉·德埃纳雷斯市一个没落的贵族家庭，父亲是一个流浪江湖、潦倒终生的外科医生。塞万提斯自幼勤奋好学，因家境清寒，只读到中学便中断学业，走上独立谋生的道路。1569年他以红衣主教随从的身份游历意大利的那不勒斯、罗马、威尼斯、米兰等地，接触到一批人文主义学者和大量文艺复兴时期的作品。1571年，年轻的塞万提斯满怀爱国热忱，参加了著名的针对土耳其的勒班多海战。他三次负伤，左臂残疾，仍保持乐观情绪。他风趣地说："打断了左臂，右臂因此更加光荣。"1575年他带着西班牙军队统帅和西班牙总督的保荐信从驻地那不勒斯回国，途中遭到土耳其海盗袭击，后被卖到阿尔及尔当了5年奴隶。其间，他曾多次组织难友逃跑，均遭失败，直到1580年才被亲友赎回。这位爱国英雄回到西班牙后得不到政府的重用和照顾，后半生穷困潦倒，历尽坎坷。他以残疾之身当了几年军需官和税务员，因为人正直，不与官员同流合污，不对上司逢迎拍马，还按规定征收了教会囤积的粮食，被罗织罪名，开除教籍，并多次被诬陷入狱，受尽种种磨难。这种复杂的生活经历和坎坷不幸的遭遇，使他有更多的机会接触下层人民，目睹社会的种种弊端，对西班牙社会的黑暗现实有了更清醒的认识，为他进行文学创作积累了十分丰富的生活材料。他写有长诗、十四行诗、哀歌等。1613年他发表长诗《帕尔那索斯游记》，在这首诗里，他赞美了他欣赏的，嘲讽了他厌恶的，提出了一种"虚构近似真实"的创作主张。他创作了悲剧《努曼西亚》，写过忧郁的田园小说《伽拉苔亚》，还有短篇小说集《训诫小说》。《训诫小说》收入12个短篇，其中有有情人终成眷属的浪漫小说，也有流浪汉小说风格的作品以及哲理对话作品。名篇有清新幽默的《吉卜赛姑娘》《慷慨的情人》《狗的对话》《玻璃博士》。长篇小说《贝尔西莱斯和西希丝蒙达历险记》歌颂坚贞的爱情，书中不时出现一些名言警句，如："没有一个情人对他心爱的人会不担心丢失，没有一种好运会稳定得没有一丝波动，没有一个钉子会如此坚固能停止命运的车轮"，"没有长久的福，也没有长久的祸"等。

三、世界小说史的杰作《堂吉诃德》

19世纪俄罗斯著名的文学批评家别林斯基说："在欧洲所有一切著名文学作品中，把严肃和滑稽，悲剧性和喜剧性，生活中的琐屑和庸俗与伟大和美丽如此水乳交融，这样的范例仅见于塞万提斯的《堂吉诃德》。"被誉为欧洲近代小说开山之作的《堂吉诃德》全名为《奇情异想的绅士堂吉诃德·德·拉·曼却》。1605年，《堂吉诃德》第一部问世，一时洛阳纸贵，一年之内六次再版，1614年出现伪造的续集，恶毒攻击塞万提斯。愤慨万分的塞万提斯抱恙赶写续集，并于1615年出版了第二部。第一部叙述拉·曼却的一个名为吉哈达的穷乡绅，喜欢骑士小说，从中找到了理想，决心过一种骑士的生活，改名为堂吉诃德，骑上一匹瘦马，穿一身破烂出发，把邻村一位女子作为心中美人，立志为她赢得荣誉。在他的眼里，客店变为城堡，妓女变成贵妇。他以骑士名义要求商人承认邻居的乡下牧猎女是世上最美丽的贵妇，遭到痛打；他说服了邻居桑丘做他的持盾侍从，大战风车，被风车卷落；大战羊群，被牧羊人打落了牙齿；前去解放苦役犯，结果被囚徒剥去了衣服。最后想入非非的他被邻居理发师和教士装进木笼，送回家去。

第二部叙述堂吉诃德主仆又出发去行侠仗义。与邻居的一位学士打赌比武，堂吉诃德打败了他，又开始冒险之行。作者先后书写了公爵夫妇的捉弄；桑丘当总督，治理海岛；堂吉诃德与狮挑战；学士再次挑战，堂吉诃德败走麦城，回家放牧；在临死前立遗嘱规定，他的侄女必须和一个从来没有看过骑士小说的人结婚。

《堂吉诃德》中有近700个人物，有贵族、地主、市民、士兵、农民、妓女、教士、囚徒、强盗等，全面真实地反映了西班牙的社会生活，人民的思想、感情和愿望。《堂吉诃德》对压迫、奴役充满痛恨，对自由充满热爱，一定程度上揭示人类生活的本质。堂吉诃德这个可悲、可笑又可爱的形象具有典型的意义。《堂吉诃德》的幽默包含着悲哀，但堂吉诃德的身上有一种强烈的理想主义光辉。他临死时说："不，这一切永远过去了，我请大家宽恕；我已经不是堂吉诃德，我又是仁慈的阿龙索，过去人家这样叫我的。"这是书中唯一一次提到这个名字，却指出了他生命中最有价值的东西就是仁慈和爱。

塞万提斯说《堂吉诃德》的目的在于除掉"骑士小说在社会上、在群众中间的声望和影响"，"把骑士小说的那一套扫除干净"。他采取以子之矛攻子之盾的办法，通过描写骑士游侠来揭露骑士文学的危害，进而嘲笑和否定整个骑士制度和骑士理想。实际上，这部小说的社会意义远远超过了作者原来的意图。它以史诗般的规模，真实地反映了西班牙广阔的社会生活，揭露了西班牙王国存在的种种矛盾，具有极大的认识价值和深刻的思想意义。

堂吉诃德是长篇小说的中心人物，也是世界文学史上一个不朽的艺术典型。他的最大特点是脱离实际，主观武断，理想与现实脱节，动机和效果相背。他的理想是崇高的，行动是盲目的，结局是悲惨的，既是一个荒唐可笑的喜剧人物，又是一个为无法实现的理想而受苦受难的悲剧人物。他的外观是喜剧性的，内涵则是悲剧性的，他的每一个举动都惹人发笑，自己却永远愁眉不展，忧国忧民，被称为"愁容骑士"。在塞万提斯的笔下，堂吉诃德有追求理想、奋不顾身的精神。他谈吐高明、富于哲理："桑丘啊，自由是天赐的无价之宝。""血统是从上代传袭的，美德是自己培养的。美德有自己的价值，而血统只是借光。""不能只听富人的声音，还该眼看穷人的眼泪。"堂吉诃德之所以不朽，还因为这个形象有极大的概括性。不少人可以通过这个形象看到自己，并从中受到教育和启发。堂吉诃德的形象与塞万提斯遭受囚禁、饱受痛苦的心灵有密切联系。他柔和地用一种宁静的心情写堂吉诃德的故事，使每一个悲剧的理想主义者都能在堂吉诃德那里得到安慰。

塞万提斯说过，作家创作，"自然便是他唯一的范本，摹仿得愈加妙肖，你这部书也必愈见完美"。"凡是矫揉造作都讨厌"。他在创作《堂吉诃德》的时候，正是采用了这种现实主义的态度，因而使小说在艺术上有新的突破。小说戏拟骑士文学的写法，颇具特色。从骑士的穿着打扮到命名、受封、苦修、行侠、比武、决斗以及向贵妇人献殷勤等，都模仿得惟妙惟肖，采用了戏谑讽刺手法，虚实相映，增强了作品的批判力量。

塞万提斯是不朽的，他在《堂吉诃德》中借主人公之口，对文化教育、贵贱等级、清廉公正、自由平等问题发表了精辟的论述，闪耀出人文主义思想的光辉。小说塑造了可笑、可敬、可悲的堂吉诃德和既求实胆小又聪明公正的农民桑丘这两个世界文学中的著名典型人物，将现实主义和浪漫主义有机地结合起来，既有朴实无华的生活真实，也有滑稽夸张的虚构情节，在反映现实的深度、广度上，在塑造人物的典型性上，都迈上了一个新的台阶。评论家们称《堂吉诃德》是文学史上的第一部现代小说，同时也是世界文学的瑰宝之一。

第五节　文艺复兴时期的英国文学

一、英国文学与文艺复兴的高峰

16 世纪的英国工业化发展迅速，向着世界最强大的国家迈进。1588 年击败西班牙的"无敌舰队"使英国民族精神振奋，宗教改革的潮流滚滚而至。15 世纪欧洲文化重新发掘出来的古代世界文化传统在不列颠影响巨大，印刷术的传入推动了新思想的传播，牛津大学开始正式教授古代语言，一批人文主义学者日益活跃起来，这些都有力促进了英国文艺复兴时期文学的发展。

乔叟（Geoffrey Chaucer，约 1340—1400）是英国诗歌在形式和内容上的开拓者，被称为"英国诗歌之父"，他翻译了法国的《玫瑰传奇》并深受法国文学影响。《坎特伯雷故事集》是乔叟以十音节双韵诗体写成的，这种诗体后来演化成"英雄双韵体"，垄断了新古典主义时期的英国诗坛。该书内容涉及古典神话、寓言、浪漫传奇、市井故事，每一个故事都有独到之处，他们之中有骑士、侍从、地主、自耕农、贫苦农民、僧侣、女尼、市民、商人、海员、大学生、手工业者等，构成了 14 世纪英国社会的缩影。其中巴斯城的妇女的故事最精彩，这个女人结婚 5 次，认为女人的最大心愿是拥有自主权，在那个时代具有进步意义。

华埃特（Thomas Wyatt，约 1503—1542）最早引进了意大利十四行诗，埃德门·斯宾塞（Edmund Spenser，1552—1599）对十四行诗改革创造了斯宾塞体，莎士比亚（William Shakespeare，1564—1616）进一步发展并丰富了这一诗体，改变了意大利的格式，由三段四行和一副对句组成，即按 4 - 4 - 4 - 2 编排，其押韵格式为ABAB，CDCD，EFEF，GG。每行诗句有十个抑扬格音节。

锡德尼（Philip Sidney，1554—1586）写了许多十四行诗，而且形成了组诗，共

108首，总标题是《爱星者和星星》，他认为可以继承传统，但应有所创新。他对那些一味模仿意大利的诗人说：

> 你们把彼特拉克已逝的哀愁，
> 用新的叹息和外在的巧智重又歌吟
> 你们走错路了，这些怪诞的借来之物
> 不过泄露了你们缺乏本来的诗情……

锡德尼的《为诗一辩》在文学批评史上占有重要地位。他认为："大自然从未使大地像幅富丽的挂毯那样出现，像许多诗人所做的那样，有愉快的河流、长果子的树、喷香的花，以及其他使受人热爱的大地更加可爱的东西，大自然的世界是铜的，诗人们的是金的。"同时他认为诗人是"预言家"，认为诗人"最先带来一切文明"。锡德尼的知音在美国，朗费罗（Henry Wadsworth Longfellow，1807—1882）在读此文后续写了《为诗一辩》，指导建国之后不久的美国文学发展。诗人马洛（Christopher Marlowe，1564—1593）的诗有气魄，充满历史感，气势雄伟，但有时又显得文雅温柔，例如这样的诗句：就是这张脸使千帆齐发/把伊里安的城楼烧成灰的么？/甜蜜的海伦，你一吻就使我永生。

本·琼生（Ben Jonson，约1572—1637）是"桂冠诗人"，写过许多抒情诗，最著名的是《用你的双眸给我祝酒吧》，创作上主张节制、典雅和一种明净的诗风：

> 长得像大树一样粗壮
> 未必会使人长出高尚
> 耸立了三百年的橡树
> 到头来只剩下枯枝
> 五月的百合尽管当夜萎缩
> 开着时可无比鲜艳
> 不愧是光明的花仙
> 规模小，美貌才好细端详
> 时间短，生命才过得圆满

斯宾塞也是英国文艺复兴时期的重要代表，他出生于伦敦，做过伊丽莎白女王的宠臣的秘书，结识了锡德尼和当时文艺界一班颇有影响力的人物。《有一天我把她的名字写在沙滩上》就是他的代表作之一：

> 有一天我把她的名字写在沙滩上
> 大浪冲来就把它洗掉。
> 我把她的名字再一次写上，
> 潮水又使我的辛苦成为徒劳。

　　"妄想者，"她说，"何必空把心操，
　　想叫一个必朽的人变成不朽！
　　我知道我将腐烂如秋草，
　　我的名字也将化为乌有。"
　　"不会，"我说，"让卑劣者费尽计谋
　　而仍归一死，你却会声名长存，
　　因为我的诗笔会使你的品德永留，
　　还会在天上书写你的荣名。
　　死亡虽能把全世界征服，
　　我们的爱情却会使生命不枯。"

　　长诗《仙后》是他最重要的作品，他的《爱情小诗》和《贺新婚曲》等写得颇为出色。《仙后》是用"斯宾塞十四行诗体"写成的，有别于彼特拉克十四行诗体和莎士比亚十四行诗体，押韵形式为"ABAB BCBC CDCD EE"，前三节有着明显的连锁韵律，最后的双行为"EE"是"斯宾塞的一双乌黑的眼睛，"将诗歌的主题书写清晰。斯宾塞这首诗作探讨了生命和爱情的意义，以及时间和艺术的辩证关系。

　　英国文艺复兴时期的小说还不成熟，多是由散文传奇演变为小说。托马斯·纳什（Thomas Nashe，1567—1601）的《不幸的旅客》、德洛尼（Thomas Deloney，约1543—1600）的《纽伯利的杰克》、约翰·李利（John Lyly，约1554—1606）的《优弗意丝》等对英语的发展和小说的发展都是重要的。

　　英国文艺复兴时期最重要的散文作家弗兰西斯·培根（Francis Bacon，1561—1626）是"英国唯物主义和整个现代实验科学的真正始祖"，他的思想都包含在他的《学术的推进》和用拉丁文写的《新工具》等哲学著作中，对文学的主要贡献是《论说文集》（1597，1612，1625），共58篇，文章风格凝练有力，文句多警句格言："知识就是力量"；"阅读使人充实，会谈使人敏捷，写作和笔记使人精确"；"史鉴使人明智，诗歌使人巧慧，数学使人精细，博物使人深沉，伦理之学使人庄重"。其思想的组织安排极为缜密，几乎涉及社会生活的各个方面，有政治、哲学、伦理，也有恋爱、友谊、复仇、处世之道以及对读书、旅行、营造、娱乐的建议，还有对艺术和大自然的欣赏。培根一向被认为是英国论说文的创始人。

　　英译《圣经》的高潮出现在16世纪，钦定本流行至今，成为英国散文的杰作。《圣经》的节奏感、构词法、形象性、宗教热情都对英国人的思想及教育产生重大影响，是英国文学取材的源泉。

　　莫尔（Thomas More，1478—1535）用拉丁文写成的《乌托邦》在散文界占有重要的地位，语言优美，文字流利生动，讽刺政治主张和揭露社会阴暗面，运用了很多奇妙的情节和丰富的想象。

　　英国16世纪文学的最高成就是戏剧，英国民族戏剧以中世纪的民间戏剧为基础，同时向古希腊、罗马戏剧学习，从16世纪起，伦敦的剧院开始出现并逐渐繁荣。与此相应，出现了一批出身中产阶级、念过大学的剧作家，在人文主义思想的影响下，他们普遍具有良好的古典文化修养，被称为"大学才子"派。

"大学才子"的戏剧以约翰·李利最为优秀，著名的作品有《亚历山大和坎帕斯比》《萨福与法翁》《恩底弥翁》《弥达斯》《法比妈妈》等。《西班牙的悲剧》中的情节影响了莎士比亚的《哈姆雷特》，比如"戏中戏"、"鬼魂"、"装疯"以及复仇过程的犹疑等。乔治·皮尔（George Peele，约1558—约1597）写过编年史剧《爱德华一世》、爱国历史剧《阿尔卡萨尔战役》、"圣经"剧《大卫国王的爱情和美丽的贝丝赛白》以及滑稽喜剧《老妇之谈》。罗伯特·格林（Robert Greene，约1558—1592）的《潘多斯托》《詹姆斯四世》在舞台上表现出英国乡村气氛，继承和发扬了民间艺术。乔治·查普曼（George Chapman，约1559—1634）的最出色的3部历史悲剧是《贝西·丹布瓦》《为贝西·丹布瓦报仇》和《比荣的悲剧》，作品富有哲理性，台词精巧，多隐喻。克里斯托弗·马洛是"大学才子"中最富有激情的，出色的剧本是《帖木儿》《浮士德博士的悲剧》《马耳他的犹太人》《爱德华二世》等，歌颂人的追求，赞美人世的美好。

二、莎士比亚的生平与创作

莎士比亚（William Shakespeare，1564—1616）出生在英国中部斯特拉夫镇一个富裕市民家庭，世代务农，到他父亲时开始经商。莎士比亚在当地文法学校读书，学习英国语文、拉丁文法和修辞等，聪明好学，学业优秀。由于家道中落，莎士比亚被迫中断学业帮助父亲料理家务。少年时代的莎士比亚，才思敏捷，兴趣广泛，喜爱古代诗歌和戏剧，对民间文学也多有涉猎。莎士比亚的自学能力强，他大量阅读哲学、历史和文学等方面的书籍，特别熟悉贺林希德的《英格兰、苏格兰、爱尔兰编年史》和古代希腊罗马的历史，为后来的戏剧创作储备了大量素材。1587年，他离开家乡到伦敦，在剧院里专门替骑马、坐车来看戏的达官贵人、太太小姐看管马匹。偶尔也在剧中扮演"跑龙套"的角色。莎士比亚不仅演戏，还试着给剧团编写剧本，为了顺应时代潮流，从改编历史剧入手，开始了他的戏剧创作生涯。从1590年到1591年，他接连写出历史剧《亨利六世》上、中、下三部，引起戏剧界的关注；紧接着又写成《理查三世》和《错误的喜剧》等，也大获成功，初步奠定了他在戏剧界的地位。据统计：从1590年到1612年莎士比亚共完成了两部叙事长诗、154首十四行诗和37个剧本（包括10部历史剧、13部喜剧、11部悲剧和3部传奇喜剧），塑造了哈姆雷特、奥赛罗、伊阿古、夏洛克、福斯塔夫、罗密欧和朱丽叶等一系列不朽的艺术形象，大大丰富了人类的艺术宝库。

从1597年起，莎士比亚在家乡购置田产，1599年又与人合资兴建"环球剧院"，成为股东。1613年离开伦敦回到故乡定居，1616年4月23日因病逝世，终年52岁。

诗人莎士比亚也是十分出色的，154首诗歌大约于1592年至1598年陆续写成。前126首主要赞美一位品貌俱佳的青年贵族，歌颂诗人和他之间的友谊；从第127首到152首，主要写诗人对恋人的一往情深，缠绵悱恻，感情真挚。通过爱情，表达了诗人对人性的赞美，思想意义又是深远的。兼及诗人对艺术、对人生、对时代的看法和感受；最后两首结束。这些十四行诗抒发了诗人追求友谊和爱情的崇高理想，表达了诗人深沉的感情和丰富的想象力。

> 能不能让我来把你比作夏天？
> 你可是更加可爱，更加温婉；
> 狂风会吹落五月里开的好花儿，
> 夏季出租的日子又未免太短暂：
> 有时候苍天的巨眼照得太灼热，
> 他那金彩的脸色也会被遮暗；
> 每样美呀，总会离开美而凋落，
> 被时机或者自然的代谢所摧残；
> 但是你永久的夏天决不会凋枯，
> 你永远不会失去你美的形象，
> 死神套不着你在他的影子里踟蹰，
> 你将在不朽的诗中与时间同长；
> 只要人类在呼吸，眼睛看得见，
> 我这诗就活着，使你的生命绵延。

　　莎士比亚的十四行诗通常有五个音步，每个音步有一轻二重两个音节（抑扬格）。韵式不再是4—4—3—3结构，而是4—4—4—2结构，韵脚排列形式是ABAB CDCD EFEF GG。

　　我们再以《厌了这一切，我向安息的死疾呼》（第66首）来欣赏莎士比亚的诗歌技能和艺术品质：

> 厌了这一切，我向安息的死疾呼，
> 比方，眼见天才注定做叫花子，
> 无聊的草包打扮得衣冠楚楚，
> 纯洁的信义不幸而被人背弃，
> 金冠可耻地戴在行尸的头上，
> 处女的贞操遭受暴徒的玷辱，
> 严肃的正义被人非法地诟让，
> 壮士被当权的跛子弄成残缺，
> 愚蠢摆起博士架子驾驭才能，
> 艺术被官府统治得结舌箝口，
> 淳朴的真诚被人瞎称为愚笨，
> 囚徒"善"不得不把统帅"恶"伺候：
> 厌了这一切，我要离开人寰，
> 但，我一死，我的爱人便孤单。

首先，该诗中莎士比亚巧妙地使用了头韵。如第 2 行中的 "beggar burn"（注定做叫花子），第 3 行中的 "needy nothing"（无聊的草包）等，在一定程度上加强了诗的音乐性。开头的 1 行使用了 "I cry"（我……疾呼）这一头韵，又在结尾的第 14 行使用了 "love alone"（爱人便孤单）这一头韵。这两个头韵都是一个词的词首音与另一个词的非词首重读音相同，起到了音韵和节奏都很和谐的艺术效果。

其次是重复的技巧。莎士比亚的这首十四行诗中，有诗句的重复，也有词语的重复。在"起、承、转、合"的结构中，第 1 句和最后"合"的部分中，重复使用了"厌了这一切"，首尾相贯，突出了诗的主基调"厌倦"。词语重复方面，是第 1 行至第 12 行句首的 And 一词。英文原诗连续 12 个 "And" 给人造成的厌倦感与诗的主题是吻合的。

再次是拟人及转喻的手法。莎士比亚的第 66 首十四行诗中，也广泛地运用了这一技巧。从第 2 行到第 14 行中，每一行都有这种转喻的或拟人化的抽象名词，如："desert"（天才）、"nothing"（草包）、"faith"（信义）、"honour"（金冠）、"virtue"（贞操）、"perfection"（正义）、"strength"（壮士）、"art"（艺术）、"folly"（愚蠢）、"skill"（才能）、"truth"（真诚）等使这一系列抽象名词变得鲜活饱满。但要注意的是，莎士比亚使用的中古英语，与现代英语有一定区别。

最后是矛盾对比及悖论手法。莎士比亚的这首十四行诗中使用 "captive"（囚徒）来修饰 "good"（善），用 "captain"（统帅）来修饰 "ill"（恶），用 "doctor-like"（摆起博士架子）来修饰 "folly"（愚蠢），有悖常情，体现了相反相成的艺术效果。莎士比亚的第 66 首十四行诗，在思想上、艺术上极具代表性，体现了莎士比亚的杰出艺术精神。

三、莎士比亚的戏剧作品

莎士比亚的戏剧有悲剧、喜剧、历史剧、浪漫剧、传奇剧等。每一部作品都是关于人类激情和心灵的独特之作：《亨利六世》（中、下篇，1590），《亨利六世》（上篇，1591），《理查三世》《泰特斯，安德洛尼克斯》（1592），《错误的喜剧》《驯悍记》（1593），《维洛那二绅士》《爱的徒劳》（1594），《罗密欧与朱丽叶》《理查二世》（1595），《仲夏夜之梦》《约翰王》（1596），《威尼斯商人》（1597），《亨利四世》（上篇，1597），《亨利四世》（下篇，1598），《温莎的风流娘儿们》（1595），《亨利五世》《无事生非》（1599），《皆大欢喜》《第十二夜》（1600），《尤利乌斯·凯撒》《哈姆雷特》（1601），《特洛伊罗斯与克瑞西达》（1602），《终成眷属》（1603），《一报还一报》（1603），《奥瑟罗》（1604），《雅典的泰门》（1605），《李尔王》（1606），《麦克白》（1606），《安东尼和克莉奥佩特拉》（1607），《科里奥拉努斯》（1607），《辛白林》（1609），《冬天的故事》（1610），《暴风雨》（1611），《亨利八世》（1612）。我们通过喜剧《威尼斯商人》和悲剧《哈姆雷特》来分析莎士比亚戏剧。

喜剧《威尼斯商人》是莎士比亚早期创作中富于社会讽刺性的一部抒情作品。将近四百年来，这个剧本在世界各地久演不衰，是最受观众欢迎的莎剧之一。

富商安东尼奥为成全朋友巴萨尼奥的婚事，向犹太商人高利贷者夏洛克借债三千元。由于安东尼奥过去曾痛骂夏洛克，夏洛克因此怀恨在心，伺机报复。他答应借钱给安东尼奥，如到期不能还债，则要从安东尼奥胸前割下一磅肉来。安东尼奥当即在契约上签字画押。天有不测风云，安东尼奥由于商船海上遇险，延误了债期。夏洛克上诉法庭坚持要照契约执行处罚。威尼斯公爵和众多商人对夏洛克苦劝无效，巴萨尼奥等人束手无策，夏洛克磨刀霍霍，安东尼奥坐以待毙。后来巴萨尼奥的未婚妻鲍西娅女扮男装，代表著名律师出庭审理。她严格按照契约规定做出最后判决，允许夏洛克从安东尼奥胸前割下一磅肉来，但只许割肉，不能流血，不许多割或少割，否则以蓄谋杀人治罪，从而粉碎了夏洛克企图用法律名义行凶报复的阴谋。最后，传来安东尼奥商船脱险归来的喜讯，给剧本的喜剧结局又增添了一层欢乐的色彩。

剧本的中心思想是歌颂青年之间真诚的爱情和无私的友谊，鞭挞嫉恨和残忍、贪婪和冷酷，表现仁慈、友爱，宣扬了人文主义的道德观。主要人物形象夏洛克贪婪、奸诈、狠毒。剧本正是通过多侧面的描写，突出了夏洛克凶狠而又精明的高利贷商人的性格，深刻地揭示了他唯利是图的阶级本性。

鲍西娅是剧本中另一个重要人物。她在民间故事中原是一个女骗子，但在莎士比亚笔下，却成了一个感情丰富、才智过人、极富生活情趣又具有人文主义思想的新女性。在婚姻问题上，她具有明显的反封建意识。通过摸彩选婿，吸引了亲王、王子跋山涉水，不远千里而来。她却使他们受尽奚落和嘲弄，表现了对王公贵族的厌恶和鄙视，以及对自主婚姻的大胆追求。她疾恶如仇，敢于斗争，面对顽敌转败为胜、化险为夷，又突出她的有勇有谋，善于斗争。她的智慧和风采使在场的所有男子汉都黯然失色。鲍西娅非凡的勇气和超人的智慧来源于爱情和友谊。她推迟婚期，筹足巨款，主动到法庭营救安东尼奥，正是她忠于爱情、珍重友谊的具体表现。

《威尼斯商人》在艺术上最突出的特点，是喜中有悲，悲中有喜，悲喜交错，打破了悲喜剧的严格界限。剧本的另一个特点是情节的生动性和丰富性。全剧由三条平行线索和四个完整的故事组成，剧情曲折紧凑，有张有弛，妙趣横生。此外，对比手法的运用也很成功，人物对比和环境对比尤为突出，全剧正如雨果所说："字字都是对照。"

《哈姆雷特》是莎士比亚戏剧的精华，《哈姆雷特》名列四大悲剧之首，它集中地体现了莎士比亚戏剧创作的思想特点和艺术成就，被公认是莎剧中最有代表性的作品。

丹麦王子哈姆雷特在德国威登堡大学读书，父王驾崩，叔父克劳狄斯篡位，母后改嫁。哈姆雷特奉诏回国，疑虑重重。这时父王鬼魂显灵，揭露克劳狄斯篡权的秘密，嘱咐儿子替他报仇。哈姆雷特以装疯试探，决心为父报仇并改造社会。由于受宗教观念的支配，他错过了处死国王的机会，误杀了恋人奥菲利娅的父亲波洛涅斯，奥菲利娅从此发疯，后溺水而死。克劳狄斯派哈姆雷特出使英国，意欲借刀杀人。哈姆雷特识破阴谋，中途逃回。克劳狄斯再施毒计，煽动雷欧提斯为父报仇，杀死哈姆雷特。王后误饮毒酒，哈姆雷特身中毒剑。雷欧提斯临死前揭发了克劳狄斯的阴谋。哈姆雷特挥剑砍向克劳狄斯，最后四人同归于尽。哈姆雷特弥留之际，嘱托好友把他的

"行事始末根由昭告世人"，记取教训，继承他的事业。

《哈姆雷特》取材于 12 世纪丹麦历史学家萨克索·格拉马狄库斯所著的《丹麦史》和 16 世纪后期在英国风靡一时的"复仇剧"。莎士比亚古为今用，推陈出新，把中世纪的王子复仇故事，改写成一部充分体现时代精神、反映伊丽莎白女王统治末期英国社会现实、具有强烈反封建意识的社会悲剧。

哈姆雷特热爱生活，用最美好的语言赞颂"人类是一件多么了不起的杰作，多么高贵的理想，多么伟大的力量，多么优美的仪表！多么文雅的举动，在行动上多么像一个天使，在智慧上多么像一个天神，宇宙的精华，万物的灵长！"哈姆雷特追求纯洁的爱情，对情人奥菲利娅感情忠贞。思考、探索精神是哈姆雷特形象的一个重要特征。哈姆雷特思考的中心"不是应该做什么，而是应该怎样去做"。因为时代赋予他的历史使命不仅仅是子报父仇，更重要的是消灭一切罪恶，拯救濒于崩溃的国家，实现用人文主义改造社会的理想。

哈姆雷特形象的典型意义在于作者通过这个人物集中地概括了早期资产阶级人文主义者的进步性和局限性，真实地描写了他们的力量和弱点，既热情歌颂他们为实现理想所进行的艰苦斗争，又没有虚构他们的胜利，而是怀着沉重的心情写出了他们不可避免的悲剧命运。哈姆雷特的悲剧不只是他个人的悲剧，更是包括莎士比亚在内的整个一代人文主义者的时代悲剧。

《哈姆雷特》不仅深刻地反映了文艺复兴时期的时代精神，而且在艺术上也最能体现莎士比亚戏剧艺术的特色，主要表现在：第一，严格遵循文艺反映生活的现实主义创作原则，展示了广阔的社会生活画面。戏剧理论中有关"莎士比亚化"与"席勒化"的讨论。莎士比亚化是指通过对五光十色的平民社会现实的真实描绘，通过莎士比亚笔下福斯塔夫式复杂人物性格的塑造，以完全不同的材料使作品生动起来。而席勒化则是把人物作为时代精神的传声筒，用观念取代现实描写。第二，善于在尖锐的矛盾冲突中揭示人物的复杂性格。恩格斯曾经高度评价莎士比亚在刻画人物性格方面所取得的成就："古代人的性格描绘在今天已经够用了"，应该"多注意莎士比亚在戏剧发展史上的意义。"[①] 其中包括通过对社会冲突的描绘来展现人物内心世界的观念，情节的生动性和丰富性完美融合。第三，语言个性化，富有表现力。其中有诗句、散文，也有民间歌谣和市井俚语，特别是哈姆雷特装疯之后，疯人说真话，虽似是而非，却言深意远，耐人寻味。在剧情发展的关键时刻，哈姆雷特先后有六次长篇独白，其中有感人肺腑的抒情，又有壮怀激烈的陈词，有振聋发聩的呐喊，又有发人深思的哲理。莎士比亚在欧洲文学史上的确是一位继往开来的人物，他的创作对英国文学和世界文学的发展都产生了不可估量的巨大影响。正如他的朋友本·琼生在他死后出版的戏剧集的献词中所说：他"不属于一个时代，而属于所有的世纪"。我们可以再补充一句：他的珍贵遗产不仅属于英国，而且属于全世界。

---

① 《马克思恩格斯选集》，第 4 卷，558 页，北京，人民出版社，1995。

四、说不尽的莎士比亚

莎士比亚戏剧首先在于表达了一种人文主义的社会理想，在历史转换中表现出人文主义理想的幻灭以及对人生价值和意义的探索。四大悲剧《哈姆雷特》《奥赛罗》《李尔王》《麦克白》和悲剧《雅典的泰门》的主人公从中世纪的禁锢和蒙昧中醒来，在力量悬殊的斗争中遭到不可避免的失败和牺牲，除了《罗密欧与朱丽叶》，他的著名的四大悲剧都是人的性格导致他们走向悲剧结局。这些人物的悲剧深刻地揭示了资产阶级的人文主义理想与残酷现实之间矛盾的不可调和。莎士比亚悲剧中的主人公一般是贵族、上层人物，以死亡而结束。朱丽叶与罗密欧、李尔王与考迪利娅、麦克白、奥赛罗与苔丝狄蒙娜、泰门、哈姆雷特，无一例外。

莎士比亚的喜剧主要带有浪漫主义的抒情气氛，表现人文主义者的理想，歌颂爱情和友谊，宣扬个性解放、婚姻自由和个人争取幸福的权利。其基调是乐观的，宣扬爱情可以战胜一切，蕴含着人文主义者的美好理想，以及对人类光明前途的展望。

其次，莎士比亚戏剧具有历史主义观念。莎士比亚的历史剧批判封建专制和封建割据，宣传开明君主，鼓吹资产阶级的民族自尊心和爱国主义，规模宏大，民族特点鲜明。当代英国批评家杰曼·格里尔指出："对于布莱希特而言，戏剧人物本身并不重要，重要的是人物和剧情所要表现的历史辩证法；这一点对于莎士比亚是如此，所不同的是莎士比亚的历史观念。莎士比亚的历史剧首先要做的是去营造一个史诗般的氛围。"[1] 莎士比亚生活在英国工业化萌芽的伊丽莎白时代，经历了社会的巨大动荡，他目睹时代环境的恶化、对外战争的频繁发生。莎士比亚的历史主义在于，他不是理论教条，而是通过戏剧来说明：不从历史吸取教训的人则必将重犯历史错误。以史为鉴，可以证得失，莎士比亚戏剧是人性与人文的创造，对人类心灵的洞察又是通过复杂纷繁的外部社会现实来进行的，这里其他著作所难以达到的。现实的外部社会描写与人物内心世界的交融，使莎士比亚戏剧有永久的艺术吸引力。

对莎士比亚进行的文本解读超过了人类文学史上任何一位作家，有学者认为莎士比亚作品是浪漫主义精神的激情爆发，也有人认为他的作品中蕴含的都是基督教的隐喻。现代的研究者先后从精神分析、女性主义、新历史主义、接受理论、马克思主义等多角度进行解读，丰富了对莎士比亚的批评。

歌德曾经说过，莎士比亚是说不尽的，这可能是对莎士比亚在世界文学史上的地位最精辟的评价。

---

① ［英］杰曼·格里尔：《思想家莎士比亚》，毛亮译，253 页，北京，外语教学与研究出版社，2007。

第八章　中国古典文学

中国文学独立起源，在发展的各个时期、各个领域都产生了世界性的伟大作家与代表性成果。同时文学的各种文体发展齐全，涵盖了诗歌、散文、词、戏曲、小说等各种文类，既具有民族文学传统，体现出多元性，又具有世界文学的一体性，与各国文学有共通之处。

从公元前 6 世纪起，中国古代诗歌总集《诗经》编成，到公元 16 世纪，西方传教士与商人进入中国，西方文学的思潮与文本也开始在中国流传，开始了中国文学的一个新的历史时期。这两千年间基本是中国古典文学兴盛发展的时代。

中国古典文学的思维具有辩证理性特征。从天人关系而言是所谓"天人合一"，即人与自然的融合关系；从思维特性而言是形象与理性的融合；从人类社会存在而言是社会与个体之间的融合。由此构建了中华传统文化的主体精神，影响着传统作家的文学创作活动。

春秋战国时期的"百家争鸣"经过历史淘汰与选择，儒、道两家成为传统文化的两大主流思想，以后随着佛教、伊斯兰教与基督教等传入中国，形成了中国多元化的宗教并存现象，以及以人文主义精神为主导的思想道德价值观。

中国古代文学具有"诗言志"与"文以载道"等多元化的审美观念，陶冶性灵的审美情趣与诗教传统结合，成就了中国独特的文学，在世界文学中自成体系。

第一节　春秋战国时代

春秋时代是公元前 722—前 481 年，大致是周王朝的东周时期。战国时代则是从公元前 403 年—前 221 年，秦始皇统一全国，结束了战国时代，建立了封建统一国家。

先秦文学是指秦统一中国之前，春秋战国时期的文学。这一时期《诗经》所代表的中国文学传统开始形成，并以诗歌、散文为主要文类。诗歌的主要文类除了四言的《诗经》之外就是楚辞，出现了屈原的《离骚》《九章》《九歌》等杰作。散文主要分历史散文和诸子散文两种，历史散文偏重叙事，诸子散文偏重说理。前者包括《左传》《国语》《战国策》等，后者包括儒、道、法、墨、农、杂、阴阳、纵横诸家流派。

一、历史散文

中国古代散文起于殷商、西周，发展至春秋战国时期已十分成熟。最初出现在商代的甲骨卜辞，是有书面记载最早的中国语言文字。到了春秋时期，史学和史官文化的长足发展，推动历史散文的发达。其中尤以《春秋》以及《左传》《国语》《战国策》等最为重要。

《春秋》是中国现存最早的一部编年体史书，一般认为，《春秋》是鲁国史官所编，孔子曾修订过，但《孟子·滕文公下》说："《春秋》，天子之事也。是故孔子曰：'知我者，其惟《春秋》乎！罪我者，其惟《春秋》乎！'"据此，有人推断《春秋》乃孔子所作，但一般的看法还是鲁国史官所编。《春秋》是一部儒家经典，在汉代与《诗》《书》《礼》《乐》合为"五经"。《春秋》按时间顺序编排历史，从鲁国 12 位国君的角度，记录了上起鲁隐公元年下迄鲁哀公十四年即公元前 722 至前 481 年共 242 年间的历史。文字表达规矩谨严、凝练深刻，体例与写作技法为后世史传文学所推崇。一般认为，孔子修《春秋》的目的是"正名分"、"制法度"。最突出的特点是寓褒贬于记事之中的"春秋笔法"，以致后世经师硕儒皓首穷经毕生致力于对书中"微言大义"的探寻。

《左传》是《春秋左氏传》的简称，其作者是鲁太史左丘明，成书于春秋战国交替之际。《左传》文学色调浓郁，文采斐然。最突出的如《烛之武退秦师》《子产相郑伯如晋》等，记言文字洗练传神、机敏睿智，注重史事表现和人物性格刻画。从叙事特点看，《左传》作为编年史主要按时间顺序撰写，有时也运用倒叙与铺叙等手法，注重完整地叙述事件的全过程，追求情节的曲折生动。

《国语》是一部国别史，分别记载了周王朝和鲁、齐、晋、郑、楚、吴、越八国的历史。《国语》主要记言，兼有记事，文字比起《左传》更为通俗平易，近于先秦诸子口语化的说理散文。

《战国策》是汇编而成的历史著作，作者不详。全书共 33 篇，载有东周、西周、秦、齐、楚、赵、魏、韩、燕、宋、卫、中山 12 国的史实。《战国策》擅长以铺排夸张的手法、绚丽多姿的辞藻、明快流畅的语言、丰盈充沛的情感打动人。刻画人物入木三分，如《冯谖客孟尝君》以对冯谖形象的成功塑造而成为脍炙人口的名篇。又如《荆轲刺秦王》为世人留下"燕赵多慷慨悲歌之士"的感慨，甚至司马迁在写《史记·刺客列传》中荆轲部分时，也大量援引了《战国策》的原文。

二、诸子散文

春秋战国时代，代表不同社会集团利益的士人纷纷设馆授徒、著书立说，一时间出现了百家争鸣的局面，诸子散文应运而生。"百家争鸣"号称百家，但其中较有影响力的是儒、墨、道、法、阴阳、纵横、名、农、杂、小说 10 家。诸子散文不是单纯的文学作品，包括政治、哲学、伦理等多方面内涵，对中国古代文学发展产生了深远影响，因而在文学史上占有重要地位。

儒家主要代表人物包括孔子、孟子和荀子等。孔子（前551—前479）名丘，字仲尼，春秋时期鲁国人。《论语》一书是记载孔子及其门徒言行的语录体散文集，成书于战国初年，由其弟子及再传弟子编纂而成。

《论语》记录孔子的只言片语或与弟子及时人的对话，以短章、警句的形式编撰，篇幅短小。据统计，全书20篇，仅有11705字，然言简意赅、富于哲理性与启发性。如"岁寒，然后知松柏之后凋也"（《子罕》）、"求仁而得仁，又何怨"（《述而》）、"未知生，焉知死"（《先进》）等。《论语》的语言采用的是当时的口语，紧密贴近百姓生活因而易于被接受，但又不流于平庸。书中，人物形象气韵生动，言为心声。《论语》十分擅长以简短的对话，来显示人物的性格特征，有力开掘人物的内心世界，形象塑造生动活泼。如《雍也》篇：

> 伯牛有疾，子问之，自牖执其手，曰："亡之，命矣夫！斯人也，而有斯疾也！斯人也，而有斯疾也！"[1]

孔子去探望生病的弟子伯牛，文中虽然没有孔子具体的心理活动和外貌神态描写，但寥寥数语，孔子对学生伯牛身染恶疾既痛苦又无奈的心态，师生间俨如父子的深厚感情便跃然纸上。

孟子（前372—前289），名轲，字子舆，战国中期邹国（今山东邹县）人，他是继孔子之后儒家学派的主要代表人物。孟子文章气势磅礴，具有雄辩色彩。他的文字长于譬喻，喜欢把抽象深奥的道理用具体生动的故事或形象来表现。有时通篇采用寓言故事说理，如"齐人有一妻一妾"（《离娄下》）等。此外，孟子还提出"知人论世"与"以意逆志"等文学批评理论观点。

司马迁认为孟子曾受教于孔子的曾孙子思的弟子。与《论语》相比，《孟子》的结构更加系统化，行文措辞更为畅达，故事更为复杂。

道家主要包括老子和庄子。老子名李耳，楚国苦县厉乡曲仁里人，著有《道德经》，是中国哲学和文学的经典，开创了道家学派。庄子名周，宋国蒙（今河南商丘东北）人，生卒年不详，大约与孟轲同时代，曾担任地位卑微的漆园吏。庄子思想脱胎于老子，并有所发展成为道家正统。他强调"逍遥无为"、"全性保真"，对现实的丑恶有深刻的认识和批判，但其思想也有悲观厌世的消极一面。《汉书·艺文志》载《庄子》52篇，现存33篇，分为《内篇》7篇、《外篇》15篇、《杂篇》11篇，一般认为《内篇》是庄子本人所写，其余为其门人及后世道家所作。

《庄子》是诸子散文中文学与艺术价值最高的作品。全书突出的特点之一是兼具哲理寓言性与浪漫抒情性。绝大多数篇目都由大大小小的寓言结构成篇，有所谓"寓言十九"之称。庄子认识到寓言生动的力量，开创了中国文学"寓论文"的先河。如《秋水》篇通过河伯、海神的对话，表达"大"与"小"，有限与无垠的辩证观；如

---

[1] 《诸子集成·论语》，第一册，119～120页，北京，中华书局，1954。

《人间世》篇用"螳臂当车"的寓言隐喻自不量力的可笑做法；又如"蜗角之争"、"庄周梦蝶"、"与影竞走"等寓言，或惊世骇俗，或瑰丽奇幻，或意味深长，充满文学灵性与艺术美感。具有代表性的寓言是《内篇》首篇《逍遥游》：

> 北冥有鱼，其名为鲲。鲲之大，不知其几千里也。化而为鸟，其名为鹏。鹏之背，不知其几千里也；怒而飞，其翼若垂天之云。是鸟也，海运则将徙于南冥。①

以充满神话色彩的寓言形式表现了开阔的思维模式，风格恢宏，气势非凡。

《庄子》寓言也表现出鲜明的寄寓性与象征性。书中的寓言虽然构思奇特，但有一定的社会来源和现实指涉。正如刘熙载所言："庄子寓真于诞，寓是于玄，于此见寓言之妙。"② 如《应帝王》篇就有一则寓言，讲述了中国传统思维方式讲求整体认知，切不可机械分割的特点：

> 南海之帝为儵，北海之帝为忽，中央之帝为浑沌。儵与忽时相与遇于浑沌之地，浑沌待之甚善。儵与忽谋报浑沌之德，曰："人皆有七窍，以视听食息，此独无有，尝试凿之。"日凿一窍，七日而浑沌死。③

《庄子》寓言的哲理是深刻的，而这种深刻的思想又恰是通过讽刺性的故事、荒诞的情节、举止狂放的形象来表达的。这种寓言与伊索寓言等完全不同，体现了中国寓言的独有特性。

《庄子》语言华美，音律铿锵，句式错落有致，富于变化。特别是作品饱含着深沉浓郁的抒情笔调和狂放不羁的想象力，给它带来了浪漫抒情性的文学品格。

三、伟大的诗人屈原与《离骚》

战国后期形成于古代中国南方楚国的楚辞，与北方的《诗经》共同构成中国诗歌的源头，楚辞的奠基者屈原是中国文学史的第一位伟大诗人。

"楚辞"本义专指楚地歌辞，屈原、宋玉为其代表，是一种具有浓厚地方色彩的新诗体。到了汉代，楚辞范围扩大，不限于战国时代屈宋等楚人之作，也包括汉代人的模仿之作。

楚辞文学特征有三：其一，充满激情和想象，文学个性鲜明，具有典型的浪漫主义特征。其二，地方色彩浓厚，所谓"书楚语、作楚声、纪楚地、名楚物"（宋黄伯思《东观余论》）。其三，诗歌形式独特。语言上打破了以四言为主的传统，以六言为

---

① 《诸子集成·庄子集解》，第三册，1 页，北京，中华书局，1954。
② 刘熙载：《艺概·文概》，7 页，上海，上海古籍出版社，1978。
③ 《诸子集成·庄子集解》，51～52 页，北京，中华书局，1954。

主，句式参差错落，大量使用"兮"字等语气助词。

屈原，名平，字原。屈原出生于楚威王元年（前339）正月十四日。屈原以上古帝王颛顼氏为其先祖，祖先封于屈，遂以屈为氏，是楚国最高贵的三个姓氏之一。他生活在楚怀王（前328—前299年在位）和顷襄王（前298年—前263年在位）时代。政治生活初期，屈原受怀王高度赏识，官为左徒，得以施展内政外交抱负，是楚国政治核心人物。后屈原遭上官大夫靳尚妒忌，被诬陷，怀王"怒而疏屈平"，贬任三闾大夫，仅负责宗庙祭祀和贵族子弟教育。以后顷襄王当朝，屈原仍不免政治厄运，遭令尹子兰和上官大夫进谗，被流放到沅、湘一带。公元前278年，秦兵攻破楚国郢都。次年，秦军进一步占领巫郡、黔中郡，屈原预感楚亡国在即，于悲愤交加之中自投汨罗江。

屈原的作品有25篇，为《离骚》《九歌》（11篇）、《天问》《九章》（9篇）及《远游》《卜居》《渔父》《大招》等。其中，代表屈原诗歌和楚辞最高艺术成就的当推《离骚》。

《离骚》是一首长篇抒情诗。全诗373句（公认的衍文"曰黄昏以为期兮，羌中道而改路"不算在内），2490字，是中国古代文学中篇幅最长的抒情诗。

关于《离骚》的题旨，班固在《离骚赞序》里阐释为："离，犹遭也；骚，忧也；明己遭忧作辞也。"简单说就是遭受迫害后所形成的作品。《离骚》可分为前后两部分。上篇，主要是对过往的回溯，多现实成分；下篇，幻想色彩较浓，侧重对来日道路的探索。

诗人首先自叙出身高贵，对楚国兴亡有着不可推卸的责任。他降生于祥瑞吉时（寅年寅月寅日），因此具有"内美"，并被卦兆赐命以美好的名字。他非常注重个人节操、才干的修养，希望借此效力君国。诗中有三方面人物构成矛盾冲突：诗人自我、"灵修"（楚王）和"党人"。诗人冀望辅助楚王施展平生抱负，来实现"美政"理想，但终因"党人"的谗害和楚王的动摇多变而失败。"党人"即当时楚国结党营私的贵族群小，他们是同诗人敌对的邪恶一方，只顾苟且偷安，"惟夫党人之偷乐兮，路幽昧而狭隘"，完全不顾楚国的兴废存亡。

于是在"路漫漫其修远兮，吾将上下而求索"的精神指引下，《离骚》借助神话，以幻想的方式表达诗人内心活动，及对未来道路的探索。首先是女嬃对诗人的劝诫，认为他的"博謇好脩"不合时宜。但诗人随即向帝舜重华陈辞，证明了自己的坚持是正确的，从而否定女嬃的批评。其次是"周游上下"，"浮游求女"。诗人在理想的指引下来到天庭，然而帝阍却拒绝为其通报；于是他又降临地上"求女"以通天帝，也终无所遇。这表明，诗人已意识到自己重获楚王重用的道路彻底阻塞，并且他也无法找到帮助自己的知音。最后，诗人因故土难离而苦闷彷徨。为寻出路，诗人请来巫者灵氛占卜和巫咸降神指点迷津。灵氛劝其离去，巫咸劝其暂留以待时机。诗人在最后一次飞翔中看到祖国大地，"陟升皇之赫戏兮，忽临睨夫旧乡。仆夫悲余马怀兮，蜷局顾而不行"。诗人既不能改变楚国的现状，也不能改变自己以从俗，想要离开楚国又恋恋不舍，在理想和现实之间永远无法达成妥协的情况下，选择以身殉国也就成为必然，"既莫足与为美政兮，吾将从彭咸之所居"。

　　屈原用饱含深情的文字将忠君与爱国两大主题完美统一。屈原认为只有通过明君统治才能实现自己的兴国理想，明君贤臣和谐共生才能实现"美政"。于是，《离骚》中的香草、美人意象也相伴而生。美人意象，有时比喻君王，如"惟草木之零落兮，恐美人之迟暮"；有时用来自我比况，如"众女嫉余之娥眉兮，谣诼谓余以善淫"。诗中多用夫妇关系喻指君臣关系，也使作品收获哀婉缠绵、如泣如诉的美学品格。另外，《离骚》中充满种类繁多的香草，同样支持并丰富了美人意象，如：

> 揽木根以结茝兮，贯薜荔之落蕊。
> 矫菌桂以纫蕙兮，索胡绳之纚纚。
> 制芰荷以为衣兮，集芙蓉以为裳。
> 不吾知其亦已兮，苟余情其信芳。

香草意象，一方面拓展了美人意象的内涵，赋予其美好品德与人格的高洁；另一方面与恶草相对，以此区分"美政"与溷浊时事，象征着政治斗争的双方。美人意象与香草意象互为表里，相辅相成，构建了一个较为完整的象征比喻系统。诗人的自我形象也在这个象征比喻系统中自然地凸显出来，在作品中散发着动人的艺术魅力。

　　《离骚》具有深刻的现实性与神化色彩，同时又不乏浓郁的浪漫主义情调。现实性体现在作品的基本内容，是屈原个人政治遭遇的艺术记录。神话则体现在作品广泛取材神话传说，包括上叩天阙、下求佚女等情节。浪漫主义是诗的创作方法，包括以抒情为主调，也包括其神奇瑰丽的想象与香草美人的比喻，以及对至美境界的追求等，共同构成《离骚》传世的基本文学特质，也成为古代浪漫主义文学的直接源头。

　　《离骚》的艺术特征是在整个诗篇中对比兴手法的广泛运用。如以栽培香草比延揽人才，以众芳芜秽比人格变质，以善鸟恶禽比忠奸异类，以舟船驾驶比用贤为治，以车马迷途比惆怅失志，以规矩绳墨比公私法度，等等。

　　诗歌形式方面，《离骚》一方面继承了楚国民歌基本形式，如句式参差不齐，习惯将"兮"字放于句中或句尾以及大量楚地方言入诗等典型特征；另一方面也形成了自身的语言风格，如四句一章，字数不等，偶句为主，兼以骈散等，形成了错落有致、寓整齐于变化之中的特征，对后世辞赋产生了深远影响。

第二节　秦汉魏晋南北朝文学

一、秦汉魏晋南北朝文学概观

　　秦代是中国古代第一个大一统中央集权王朝，由于实行极端文化专制政策，客观上也由于秦王朝寿数短暂，取得并流传下来的文学作品屈指可数。即便是硕果仅存的《吕氏春秋》和李斯的《谏逐客书》，严格来说还是产生于战国末期的秦国，而非秦王朝时代。根据记载，秦曾经有过"杂赋"等文体的盛行，可惜的是不仅是赋本身，就连作者、赋题皆已亡失。

两汉时期是中国古代文学由自发走向自觉的过渡阶段，文学艺术的美学价值日益凸显。汉王朝的国力强盛为文学发展提供了特定的政治背景，文学以追求气势恢宏取胜，出现如汉大赋、《史记》《孔雀东南飞》等篇制宏大的作品。但是由于汉代经学的发达，以及儒家经典对文学教化作用的规定，文学的审美功能与抒情叙事等方面都受到一定限制。

汉末曹魏之际的"建安文学"标志文学新时代的来临。建安时期，文坛名家辈出，以曹氏父子、"建安七子"和蔡琰为杰出代表。《文心雕龙·时序》云："观其时文，雅好慷慨，良由世积乱离，风衰俗怨，并志深而笔长，故梗概而多气也。"建安文学总体风格悲凉慷慨，具有鲜明时代特征，后世将其称为"建安风骨"，后来也经常被诗坛用来作为淫靡柔弱诗风的反拨与矫正。其中，论诗才以"曹八斗"最高。钟嵘论其诗歌特色曰："骨气奇高，词采华茂。"（《诗品》）曹植前期的诗以抒发壮志为主，《白马篇》为代表；后期诗歌由于个人生活的不幸，开始关怀社会与百姓疾苦，以《杂诗》为代表。此外，他的抒情小赋也十分出色，代表作《洛神赋》已成为中国古代文学经典。"正始文学"是曹魏后期文学，"正始"为曹芳年号。这一时期的代表作家是"竹林七贤"中的嵇康和阮籍。他们处于魏晋易代之际，作品吐露出对政治高压的强烈不满与抗议，阮籍的《咏怀诗》便留下了深刻的时代烙印。

西晋武帝太康前后，文坛再度呈现繁荣景象。钟嵘《诗品序》云："太康中，三张、二陆、两潘、一左、勃尔复兴，踵武前王，风流未沫，亦文章之中兴也。"即言及张载、张协、张亢、陆机、陆云、潘岳、潘尼、左思等。左思的《咏史》是其中精品。东晋文学历时百年，在士族清谈玄言风习影响下，玄言诗一度十分兴盛。东晋末年大诗人陶渊明代表魏晋南北朝诗文最高成就，他从日常生活取材，开创了田园诗派。

南北朝文学风格不同：南朝崇尚清新别致，北朝讲求厚重质朴，特别是在各自的民歌中有明显差别。南朝宋代鲍照在七言乐府上有较大贡献，另有谢灵运的山水诗歌著称于世。齐梁时代沈约等人将汉语四声运用到诗歌声律上，创立了"永明体"，成为古体诗向唐代近体诗转变的关键。梁以后，浮靡轻艳的宫体诗成为新宠，建安风骨余韵荡然无存。北朝诗歌模仿南朝痕迹明显，庾信的北上促进了南北诗风的交流融合。此外，北朝散文比较发达，有《水经注》《洛阳伽蓝记》《颜氏家训》等。

小说在魏晋南北朝发展起来，并已初具规模。志怪小说专记神异鬼怪故事，以东晋干宝的《搜神记》为代表，它的出现与当时佛道思维及神鬼迷信习俗相关。志人小说专门记述汉末以来上流社会文士的言行，篇幅虽短小，但写照传神，别有韵味，现存较完整的有南朝宋刘义庆编撰的《世说新语》。

最后特别值得一提的是，随着文学自觉时代的到来，文学理论与文学批评在魏晋南北朝时期也有了飞跃发展。最为重要的著述有：曹丕《典论·论文》、陆机《文赋》、刘勰《文心雕龙》、钟嵘《诗品》、萧统《文选》、徐陵《玉台新咏》等。其中，尤以刘勰的《文心雕龙》成就最高，代表了中国文学理论与文学批评体系的成熟与完善。《文心雕龙》成书于501年前后，讨论的对象是广义的文章，但偏重于文学。全书共50篇，内容包括文学本质观、题材说、创作论、方法论、批评观等，既论述了文学发展的内部规律与外部影响，又总结了前人宝贵的文学创作经验，从而形成独具中国传统文化特色的文学批评视野。《文心雕龙》中的创作论是全书的精粹，书中讨论涉及的"神思"、"体性"、"定势"、"风骨"、"情采"、"隐秀"等批评概念，至今仍有不可替代的参考和研究价值。

二、司马迁的《史记》

司马迁（前145—前87?），字子长，夏阳龙门（今陕西韩城）人，生于史官世家，祖先自周代起即任王室太史，掌管文史星卜。其父司马谈学识渊博，对天文、地理、历史、哲学都有很深造诣，著有《论六家要指》。司马迁10岁起诵读古文，先后师从董仲舒学《春秋》，师从孔安国学古文《尚书》，这为他今后的治学著书打下了坚实的学术基础。

司马谈临终前，由司马迁继任太史令，开始著史事业。天汉二年（前99），李陵抗击匈奴，兵败投降。司马迁为其辩护，触怒汉武帝，被捕下狱又无钱赎罪，因而遭受"腐刑"，这就是历史上著名的"李陵之祸"。三年后，司马迁获赦出狱，做了中书令，掌管皇帝的机要文书。司马迁"隐忍苟活"，终于在太始四年（前93）左右，完成了《史记》巨著。以后写了《报任安书》，对自己的人生际遇和心路历程坦诚公开，成为中国散文史上的名篇。

《史记》是我国第一部纪传体通史，有本纪十二，世家三十，列传七十二，此外还有十表、八书，共130篇，52万余字，记载了从黄帝至汉武帝约3000年史事。正如他本人在《报任安书》中所说，他的目标是"究天人之际，通古今之变，成一家之言"，因此，《史记》不仅是单纯的历史记录，它在史学、哲学、文学上都具有极高的地位和价值。

关于《史记》的文学成就，鲁迅《汉文学史纲要》将其概括为"史家之绝唱，无韵之离骚"。司马迁在历史著作与文学著作之间巧妙搭建起沟通桥梁，既满足了历史真实的要求，又充分施展了自己的文学才华，做到文学性与历史真实的完美统一。

第一，一般史书对人物事件采取概括法，《史记》则用"形象法"，将历史事件故事化、具体化，细致深入描绘人物性格。如《廉颇蔺相如列传》，重点选取"完璧归赵"、"渑池之会"、"将相和"三个典型事件，将其进行具体的故事演绎，塑造出蔺相如热爱祖国、机智勇敢、不计私仇的品格。

第二，《史记》多用描述性语言，区别于普通史书的叙述。带有较强的感情色彩，寓褒贬于叙事之中。特别是在文末的"论赞"部分，司马迁作为评论者直接出面表达自己的看法。如《项羽本纪》结尾，司马迁的评论是：

> 自矜功伐，奋其私智而不师古，谓霸王之业，欲以力征经营天下，五年卒亡其国，身死东城，尚不觉寤而不自责，过矣。乃引"天亡我，非用兵之罪也"，

岂不谬哉！①

第三，史书一般记载历史人物的生平大事，很少有细节描写。《史记》则特别注重通过细节描写展现历史人物的个性，同时还强调对人物心理活动的描绘。如章学诚在《古文十弊》中说："陈平佐汉，志在社肉；李斯亡秦，兆端厕鼠。"陈平佐汉的志向与成就，只用他在乡里平分社肉的细节就足够了；李斯亡秦的兆端，从他做小吏时对厕鼠和仓鼠分判的细节中足见端倪。

第四，司马迁善于在逼真的场景、尖锐的矛盾冲突中展开他的历史故事，如《李将军列传》中写道：

> （李广）尝夜从一骑出，从人田间饮。还至霸陵亭，霸陵尉醉，呵止广。广骑曰："故李将军。"尉曰："今将军尚不得夜行，何乃故尔！"止广宿亭下。

充满戏剧性的故事穿插于整部书中，如马陵道、火牛阵、刺秦王、渑池会、鸿门宴、破陈余、平诸吕等，都具有极强的故事性、戏剧性，不但可以当作通俗故事来阅读，而且它们大多为后世戏剧的直接选材。

三、陶渊明与田园诗

陶渊明（365—427），字元亮，或云名潜，字渊明，浔阳柴桑（今江西九江）人。曾祖陶侃为东晋名将，封长沙郡公，死后追赠大司马。祖父陶茂、父亲陶逸都当过太守，外祖父孟嘉是征西大将军的长史。陶渊明因幼年丧父，家境开始衰落。29 岁始出仕，任江州祭酒，不久即归隐。后陆续做过镇军参军、建威参军等官职，时隐时仕。义熙元年（405），41 岁的陶渊明出任彭泽令，任职 80 余天便挂印归去，开始完全的田园生活。

陶渊明对诗歌、散文、辞赋都十分擅长，现存诗 120 多首，散文辞赋 12 篇。辞赋名篇有《五柳先生传》《归去来兮辞》《感世不遇赋》等，但成就最大、地位最高的还是诗歌。在他创作的所有诗歌中，田园诗又最具代表性。

从陶渊明田园诗的取材来看，他着力营构了一个安贫乐道、悠然自得、远离尘嚣、回归自然的世外桃源。诗人认为，只有田园才是灵魂真正的皈依之所。"归去来兮，田园将芜胡不归"（《归去来兮辞》），他是带着一腔喜悦之情回归田园，从此一待就是 22 年。

在田园生活中，诗人亲身参加田间农业劳动，接触到与尘世截然不同的醇厚而具人情味的乡风民俗。日常生活中，陶渊明珍视友情，与友人、农夫、野老素心相通，真诚交往，写出大量平和深挚的酬赠诗，记述这种恬淡自怡的君子之交，如《移居》其一：

---

① 《二十五史·史记》，一，37 页，杭州，浙江古籍出版社，1998。

　　　　昔欲居南村，非为卜其宅。闻多素心人，乐与数晨夕。

　　　　怀此颇有年，今日从兹役。蔽庐何必广，取足蔽床席。

　　　　领曲时时来，抗言谈在昔。奇文共欣赏，疑义相与析。

　　这首诗写陶渊明移居求友的心愿，以及知心交往的愉悦。朱光潜曾这样评价陶渊明和他的诗歌："大诗人先在生活中把自己的人格涵养成一首完美的诗，充实而有光辉，写下来的诗是人格的焕发。"①

　　从语言美角度看，陶渊明田园诗语言口语化特征明显，却又能从平淡中见精奇。曾有人认为陶渊明的诗乡气太重，其实这恰恰是陶诗的风格所在，清新自然，又别开生面。

　　　　孟夏草木长，绕屋树扶疏。群鸟欣有托，吾亦爱吾庐。

　　　　既耕亦已种，时还读我书。穷巷隔深辙，频回故人车。

　　　　欢然酌春酒，摘我园中蔬。微雨从东来，好风与之俱。

　　　　泛览周王传，流观山海图。俯仰终宇宙，不乐复如何？

诗人半耕半读，依身自然，俯仰宇宙，欢欣自娱的情调让人心怡。

　　从意境美层面看，陶渊明的田园诗是情、景、事、理的浑融。陶诗发乎事，源乎景，缘乎情，以理居中为统摄，表现出才情与理趣的和谐统一，营构出了顿悟明彻的人生与诗歌意境。

　　从审美的层面看，陶渊明的田园诗把平凡的生活中所蕴含的极致美以自然质朴的方式写出。在后工业化时代中，由于环境污染等因素的干扰，当代批评家重新发现陶诗的生态文明美学价值，是理所当然的事情。

第三节　隋唐五代与宋代文学

　　581 年开始的隋朝时间较短，但已经为即将到来的唐代文学的大放异彩奠定了基础。唐宋时期是中国古代文学发展的巅峰，文学天空群星闪耀，辉煌文章灿若星河，诗歌、辞赋、散文、话本小说、文论等各个文学门类体裁齐备，成就突出。但在所有文学作品中，最能代表唐宋文学品格的是唐诗、宋词。说是唐诗，其实诗分唐宋，宋代诗歌成就也很高。至于宋词，应当提到词发端起于唐与五代时期。

一、唐诗发展道路

　　一般将唐诗划分为初、盛、中、晚四个阶段。初唐：从唐王朝建立到睿宗延和元

---

①　朱光潜：《诗论》，232 页，合肥，安徽教育出版社，1997。

年（618—712），约 100 年；盛唐：从玄宗开元元年到代宗大历五年（713—770），约 50 年；中唐：大历六年到文宗大和末年（771—835），约 64 年；晚唐：从文宗开成元年到唐末（836—907），约 70 年。

初唐历时近百年，是唐诗的孕育准备期，宫廷诗人在创作群中占绝对多数，他们对大唐鸿业的直接赞美多承袭齐梁声色，直到唐初四杰和陈子昂出现，诗风为一之变，王勃、杨炯、卢照邻、骆宾王"以文章齐名天下"，他们地位都比较低下，但在唐诗道路开创方面起到了一定的作用，表现在诗歌思想题材的开拓，以及诗歌形式格律方面的探索等。直到陈子昂出现，他以复古为革新，抨击齐梁诗风，倡导建安风骨，为唐诗的兴盛开辟了道路。陈子昂诗风豪迈壮丽，他的千古绝唱"前不见古人，后不见来者，念天地之悠悠，独怆然而涕下"（《登幽州台歌》），高举唐代浪漫精神的理想人格旗帜，他所追求的苍劲风骨也是日后盛唐诗歌的生命之泉。

盛唐在唐诗发展史中为时虽最短，成就却最高。首先，表现在诗人风格各异、各具灵性，共同谱写了"盛唐之音"。高棅在《唐诗品汇总序》中说："李翰林之飘逸，杜工部之沉郁，孟襄阳之清雅，王右丞之精致，储光羲之真率，王昌龄之声俊，高适、岑参之悲壮，李颀、常建之超凡，此盛唐之盛者也。"其次，盛唐诗人风格迥异也造成诗歌流派的丰富，其中又以田园山水诗派、边塞诗派为主流。以孟浩然、王维为代表的田园山水诗派，偏重抒写隐逸闲适的思想情趣，描绘山川田园的秀美，不仅模山容、范水态，而且力求表现山水的个性，在山水中渗透自己的性情。以岑参、高适、王昌龄为代表的边塞诗派，或雄奇瑰丽，或深厚沉著，或凭想象抒怀，或借咏史寄意，他们的诗歌大多体现了当世共同的积极进取精神。李白和杜甫的诗作，代表了盛唐诗歌的最高成就。

中唐前期，诗歌创作一度跌入低谷，包括"大历十才子"在内的中唐诗人完全丧失了盛唐诗歌的雄浑之气。中唐后期诗坛再度辉煌，一时名家辈出，群芳争艳，不仅诗歌数量多，质量高，而且风格多样，个性突出，推陈出新，如白居易所说："诗到元和体变新。"（《馀思未尽加为六韵重寄微之》）元稹、白居易等人掀起新乐府运动，韩愈、孟郊诗派刻意求新，柳宗元、刘禹锡、李贺等优秀诗人分别形成了各自的艺术风格。其中，元白诗派以浅切顺畅的语言直接反映现实，重视诗歌的"美刺"功能。叙事合于事，写景切于景，抒情贴于情，每能于平中见奇、浅中见新。韩孟诗派自创新格，另辟蹊径，"用思艰险"，多以抒写个人的遭遇来揭示社会的弊端。

晚唐诗歌，伴随大唐帝国的衰落而呈现出感时伤怀情调，既没有初唐、盛唐诗人昂扬向上的开拓进取精神，也缺乏元和诗人崇尚改革的热情，终使华艳纤巧的颓废情绪、单一偏狭的唯美情调占据诗坛主流。从影响力来看，晚唐时期有两大诗人：杜牧和李商隐；一个流派：以贾岛、姚合为主的苦吟诗人。杜牧诗俊逸爽朗如李白，他的古体诗受杜甫、韩愈的影响，笔力雄健，近体诗则文辞清丽，与李商隐并称"小李杜"。李商隐诗风凄艳浑融，格律严整，意象密，用典多，具有多义性、不明性的特点，擅写爱情诗，尤以《无题》最有名。贾岛的诗歌也颇具影响力，闻一多先生甚至将晚唐五代称为"贾岛的时代"，他在自己的论文《贾岛》中说："由晚唐到五代，学贾岛的诗人不是数字可以计算的，除极少数鲜明的例外，是向着词的意境与词藻移动

的，其余一般的诗人大众，也就是大众的诗人，则全属于贾岛。"① 闻一多提到的
"鲜明的例外"自然是指异乎其趣的小李杜和温庭筠等诗人。

二、浪漫主义诗人李白

美国批评家艾布拉姆斯在其名著《镜与灯：浪漫主义文论及批评传统》一书中论
及"浪漫主义"诗歌时，引用了英国浪漫主义诗人华兹华斯的名言："诗歌是强烈情
感的自然流溢。"② 如果将这个界定用于中国诗歌，则足以证明世界文学同一性的存
在，中国浪漫主义诗人李白就是一个最好的例证。

李白（701—762），字太白，号青莲居士，祖籍陇西成纪（今甘肃静宁），据考出
生在碎叶城（在今吉尔吉斯斯坦境内），约在 5 岁举家迁居绵州昌隆（今四川江油），
家庭富裕。李白青少年时代在蜀中度过，自幼读书广泛，"五岁诵六甲、十岁观百家"
（《上安州裴长史书》），"十五观奇书，作赋凌相如"（《赠张相镐》）。同时，他还是一
个"十五游神仙，仙游未曾歇"（《感兴八首》之五）、"十五好剑术，遍干诸侯"（《与
韩荆州书》）的少年羽客和游侠。

大约 18 岁左右，李白隐居大匡山，从赵蕤学纵横术。20 岁遇益州长史苏颋，深
受这位"朝廷大手笔"的赏识。开元十二年（724），李白"仗剑去国，辞亲远游"，
在江陵遇司马承祯，被其称赞"有仙风道骨，可与神游八极之表"（《大鹏赋·序》）。

开元十八年（730），李白初入长安，隐居于终南山，希望能借"终南捷径"进入
仕途，结果未能如愿。天宝元年（742）秋，42 岁的李白经玉真公主荐引，奉召入
京，供奉翰林。当时踌躇满志，"仰天大笑出门去，我辈岂是蓬蒿人"（《南陵别儿童
入京》），颇有做出一番事业，以报玄宗知遇之恩的豪迈之情。然而，仅仅一年半，即
被朝中权贵谗毁，以"赐金放还"的名义被迫离开长安。诗人空余一腔愤慨："玉不
自言如桃李，鱼目笑之卞和耻。楚国青蝇何太多？连城白璧遭谗毁。"（《鞠歌行》）

李白离开长安，在洛阳与杜甫相识，两人结下了千古传颂的深厚友谊。

天宝十四载（755），安史乱起，李白正在庐山。永王李璘出兵东南，以复兴大业
之名恭请李白参与其戎幕，"辟书三至"（《与贾少公书》）。诗人认为报国时机已到，
慷慨从军。不料肃宗与永王祸起萧墙，李璘兵败被杀，李白也因反叛罪入狱，长流夜
郎（今贵州正安西北），后遇赦。上元二年（761），准备参加李光弼的平叛军，半道
病还，寄寓当涂族叔李阳冰家。762 年，病逝于当涂，结束了富有传奇色彩的一生。

李白的诗歌以其蓬勃的浪漫气质表现出无限的生机，成为盛唐之音的杰出代表，
总体来说，他的一生践行了中国古代知识分子的儒道相济的人生观。

一方面，他有着根深蒂固的建功立业愿望。儒家"兼善天下"、"济苍生"、"安社
稷"的价值追求在诗人的笔下频频出现，所以才有"苟无济代心，独善亦何益"（《赠

---

① 闻一多：《神话与诗》，255 页，上海，华东师范大学出版社，1997。
② ［美］M. H. 艾布拉姆斯：《镜与灯：浪漫主义文论及批评传统》，郦稚牛、张照进、童庆
生译，54 页，北京，北京大学出版社，2004。

韦秘书子春》) 的真情抒发。另一方面，李白也接受了道家特别是庄子的遗世独立思想，追求自我与自由，甚至将庄子抬高到屈原之上："投汨笑古人，临濠得天和。"（《书情题蔡舍人雄》）李白在诗文中时时表现出在达官贵人面前傲岸不屈的气概，曾自述："近者逸人李白，自峨眉而来，尔其天为容，道为貌，不屈己，不干人，巢由以来，一人而已。"（《代寿山答孟少府移文书》）

在李白的诗歌中，建功立业的愿望和追求个性自由的理想并不相互分裂，而是相互补充，合二为一的。寻求仕途功名、李白的政治理想，常常寄托在他诗歌中的英雄和强力政治人物形象身上。如《梁甫吟》写太公望与郦食其：

> 君不见朝歌屠叟辞棘津，八十西来钓渭滨。宁羞白发照清水，逢时吐气思经
> 纶。广张三千六百钓，风期暗与文王亲。大贤虎变愚不测，当年颇似寻常人。
> ……
> 君不见高阳酒徒起草中，长揖山东隆准公。入门不拜骋雄辩，两女辍洗来趋
> 风。东下齐城七十二，指挥楚汉如旋蓬。

李白俨然把自己的政治才华与辅佐周朝的姜太公、为刘邦献策的郦食其相提并论。他的政治理想尽管失败了，他所追求的美好政治图景却写入了诗歌，成为千古名篇。

李白以其独特的浪漫主义艺术气质，成为中国诗歌史上最重要的诗人之一。

第一，李白诗歌创作带有强烈的主观色彩。李白的"以气为主"表现在个人抒情的汪洋恣肆，杜甫曾赞叹他的诗"笔落惊风雨，诗成泣鬼神"（《寄李十二白二十韵》）。诗人的浪漫主义诗风兼具"阳刚"与"阴柔"两种审美品质，代表"阳刚"品质的如《蜀道难》：

> 噫吁嚱！危乎高哉！蜀道之难难于上青天。
> 蚕丛及鱼凫，开国何茫然！
> 尔来四万八千岁，不与秦塞通人烟。
> 西当太白有鸟道，可以横绝峨眉巅。
> 地崩山摧壮士死，然后天梯石栈相钩连。
> 上有六龙回日之高标，下有冲波逆折之回川。
> 黄鹤之飞尚不得过，猿猱欲度愁攀援。
> ……

全诗294字，以山川之险言蜀道之难，慨叹人生与世道。李白的浪漫主义也时常表现出"阴柔"之美，如《月下独酌》其一：

> 花间一壶酒，独酌无相亲。举杯邀明月，对影成三人。
> 月既不解饮，影徒随我身。暂伴月将影，行乐须及春。
> 我歌月徘徊，我舞影零乱。醒时同交欢，醉后各分散。

　　　　永结无情游，相期邈云汉。

诗中充溢着诗人对生命活力的奇思妙想，他永不安于寂寞和孤独，即使在写忧郁孤独时也带有健康、明朗的色调。

　　第二，李白的诗歌意象塑造也同样带有浪漫色彩。据学者统计，在李白今存987篇诗作中，仅自然意象就出现了1100余次，其中天象类以天、日、月、云、雪五种意象运用最多，地貌类以江、河、海、山、峰五种意象运用最多。李白笔下的黄河、长江，奔腾咆哮，一泻千里，如"黄河之水天上来，奔流到海不复回"（《将进酒》）、"登高壮观天地间，大江茫茫去不还"（《庐山谣寄卢侍御虚舟》）等。特别值得称道的是李白对月亮意象的塑造。有的用月来象征人的高洁品质，如"了见水中月，青莲出尘埃"（《陪族叔当涂宰游化城寺升公清风亭》）；有的用月亮寄托诗人对故乡、亲人和友人的思念，最著名莫过"举头望明月，低头思故乡"（《静夜思》）的千古绝唱，又如"峨眉山月半轮秋，影入平羌江水流。夜发清溪向三峡，思君不见下渝州"（《峨眉山月歌》）；有的则体现了诗人对宇宙人生的彻悟，以及对历史的追忆与反思，如"登舟望秋月，空忆谢将军。余亦能高咏，斯人不可闻"（《夜泊牛渚怀古》）等。

　　第三，李白诗歌的浪漫主义气质还表现在语言特色和诗体运用上。李白曾这样评价自己的诗歌语言风格，"清水出芙蓉，天然去雕饰"（《经乱离后天恩流夜郎忆旧游书怀赠江夏韦太守良宰》）。那些脱口而出、未加雕饰的诗，常常呈现既透明纯净又绚烂夺目的光彩，同时也是李白高洁人格的最佳注脚。李白诗歌的语言特色与他的诗体运用有很大关系，他擅长各种诗体，从五、七言绝句到律诗，无一不精，但格律宽、字句不限、篇幅不限的乐府歌行才是李白的兴趣所在。所谓天才不拘常调，李白所写的乐府诗几乎占全部诗歌的四分之一，他也成为唐代写乐府诗最多的诗人。

三、现实主义的伟大诗人杜甫

　　杜甫（712—770），字子美，河南巩县人，出身于官僚家庭。其祖父杜审言是武则天时代的著名诗人，父亲杜闲也曾经任兖州司马与奉天县令。杜甫与李白生活在同一时代，两人都是伟大诗人。"李杜文章在，光焰万丈长"，如果说李白是浪漫主义的代表人物，那么杜甫则是现实主义诗歌的典范。杜甫从小好学，20岁开始"壮游"10年，足迹遍及大江南北，结识了一批天下名士。这时他创作的诗歌中饱含了建功立业的激情，诗风则于写实中透出浪漫情怀。从35岁以后，困守长安10年，此时国事多艰，安史之乱已经在酝酿之中，杜甫在京都长安过着穷困潦倒的生活，却有着报效国家的志愿。当诗人45岁时，人到中年，却遭遇安史之乱。在动乱中他历尽艰险，被授予八品左拾遗，"涕泪授拾遗"，可以进谏皇帝。不料却因为仗义上疏，立即被贬斥。从此走上漂泊不定的生活，他多数岁月是携家带口，四处流浪。759年，杜甫终于弃官来到成都，建筑了草堂，暂时居于此地。当严武在四川当政时，他出任节度参考，检校工部员外郎，由此得到了"杜工部"的名号。以后，他再度漂泊，最终逝世于长沙到岳阳的一条船上，结束了多灾多难而又写作不辍的一生。

杜甫是一位具有儒家思想的诗人，他的诗风表现了儒家温柔敦厚的诗教，符合孔子所说的"思无邪"。关心民间疾苦，发挥诗的讽喻美刺的功能，正是这种诗风的最突出特征。唐代重视开边，人民深受兵役之苦，如《兵车行》：

> 车辚辚，马萧萧，行人弓箭各在腰。
> 爷娘妻子走相送，尘埃不见咸阳桥。
> 牵衣顿足拦道哭，哭声直上干云霄。
> 道旁过者问行人，行人但云点行频。
> 或从十五北防河，便至四十西营田；
> 去时里正与裹头，归来头白还戍边。
> 边庭流血成海水，武皇开边意未已。
> ……

杜甫诗歌中，流传最广的"三吏"、"三别"、《丽人行》《悲陈陶》等都是以反映人民穷困生活与所遭受的压迫为主题，直面生活现实，表现出一种写实的质朴风格。如《石壕吏》：

> 暮投石壕村，有吏夜捉人。
> 老翁逾墙走，老妇出门看。
> 吏呼一何怒，妇啼一何苦！
> 听妇前致词："三男邺城戍。
> 一男附书至，二男新战死。
> 存者且偷生，死者长已矣！
> 室中更无人，惟有乳下孙。
> 有孙母未去，出入无完裙。
> 老妪力虽衰，请从吏夜归。
> 急应河阳役，犹得备晨炊。"
> 夜久语声绝，如闻泣幽咽。
> 天明登前途，独与老翁别。

这虽然是一首抒情诗，但是其中的意境极其独特，有一定的叙事成分。记叙在一次官吏强征兵役时，老翁被逼逃走，老妇人竟然也被征入伍，家里的三个儿子早已经被征走，老妇人只得去"急应河阳役"，为官兵准备早饭。这首诗极具讽刺性，如同一幅图画，表现了人民的痛苦生活。诗人在《东楼》中感叹征战的图景："万里流沙道，西行过此门。但添新战骨，不返旧征魂。"诗人表达自己的理想是"愿戒兵犹火，恩加四海深"（《提封》），其中仍然抱有对朝廷的期望。

安史之乱起，杜甫自己过着颠沛流离的生活，因而更加同情穷苦百姓，而对朝政的腐败、官僚的横行也更为痛恨，同时诗人对理想生活的追寻屡遭挫折，悲从中来。这种生活却使杜甫诗风变得更加成熟，日臻现实主义的顶峰。如《秋兴八首》《登高》《又呈吴郎》《闻官军收复河北》《诸将五首》等。其中尤其以《愁》能表达这位诗人的社会历史观与个性心理：

> 江草日日唤愁生，春峡泠泠非世情。
> 盘涡鹭浴底心性，独树花发自分明。
> 十年戎马暗南国，异域宾客老孤城。
> 渭水秦山得见否，人今罢病虎纵横。

诗人对国计民生的关切之情在诗中表现得极为强烈，曾经繁荣昌盛的国家如今已经成为"虎纵横"的地方，真是令人心生忧虑。诗人甚至有《昼梦》的奇遇：

> 二月饶睡昏昏然，不独夜短昼分眠。
> 桃花气暖眼自醉，春渚日落梦相牵。
> 故乡门巷荆棘底，中原君臣豺虎边。
> 安得务农息战斗，普天无吏横索钱。

诗人由于忧虑而昏昏睡去，在梦境中仍然不能摆脱现实的纠缠，对虎狼当道的生活现实、对"横索钱"的贪官污吏的痛恨，使诗人看到的是故乡的一片荒凉。

中国的现实主义诗人中，杜甫对社会现实的批判最深入，也最具形象性，因而也最有力。至今我们在揭露社会对贫穷的农夫与贫民的沉重压迫时，仍然会想到杜甫的伟大诗章。

四、宋词演进及其研究

中国文学史上历来以诗、词为最重要的文体，宋词起源于隋唐时代。王灼在《碧鸡漫志》中说："盖隋以来，今之所谓曲子词渐兴。"唐李白、张志和、刘禹锡、白居易等人，虽有词作问世，但都属零星创作，未成气候，影响力有限。至晚唐五代，出现了温庭筠、韦庄、冯延巳等词家和《金荃集》《浣花集》《阳春集》等专集，词坛开始活跃。五代时期由赵崇祚编辑而成的《花间集》，录有温庭筠以降晚唐五代18位词家500首词作。词入宋迎来极盛时期并发展为一代"独艺"，人才众多、著作广丰，流派林立，竞秀骋妍。据《全宋词》统计，流传至今的词作有20000首左右，作者达1300余家，可谓蔚然壮观。

当代学者提出的"代群分期法"是一种有特色的研究方法，所谓"代群分期法"就是"以作家群体为中心，以词人的生活年代、创作年代为依据，将同一年龄组（同一时代）、生活和创作又基本相同的词人划分为一个代群"。①

第一代词人群以柳永、范仲淹、张先、晏殊、欧阳修等为代表。从创作倾向的差异看，其中柳永、张先为一阵营，晏殊、欧阳修、范仲淹等为另一个阵营。晏殊、欧阳修创作的小令承袭晚唐、五代以来清新婉丽的词风，继承大于创造。他们并不是专力写词，"或一时兴会所作，未为专诣"（冯煦《宋六十家词选例言》）。相反，柳永则担负起对五代词风改造的重任，创造大于继承。一是大力创作慢词，扩大了词的体制，增加了词的内容含量，也提高了词的艺术表现力；二是给词注入了新的情感特质和审美内涵；三是运用比兴手段，通过一系列的外在物象来烘托、映衬抒情主人公瞬间的情思心绪。

第二代词人群以苏轼、黄庭坚、晏几道、秦观、贺铸、周邦彦为代表。他们又分为两个不同阵营：一是以苏轼为领袖的苏门词人群，黄庭坚、秦观等属之。晏几道、贺铸等虽不属苏门，但与苏门过从甚密。二是以周邦彦为领袖的大晟词人群，此派词人大多在大晟乐府内供职。苏轼以其纵横开阖的巨笔开创了豪放一派，从而大大扩展了词的表现领域。

第三代词人群以叶梦得、朱敦儒、李纲、李清照、张元干等南渡词人为代表。南渡词坛，是以群体的力量和优势推动着宋词的发展的，未产生像苏轼、周邦彦那样开宗立派、领袖一代的"大家"。但这一时期的女词人李清照，也足以使南渡词坛大放异彩。李清照以其风格清新、善用口语被称为"此道本色当行第一人"（刘体仁《七颂堂词绎》）。她的作品数量不多，流传下来仅50多首，但首首真挚、活泼，自然纯净，是词坛不可多得的精品。

第四代词人群以辛弃疾、陆游、张孝祥、姜夔等"中兴词人"为代表。1126年的"靖康之变"，从根本上改变了宋朝的国家命运，词坛面貌也为之一变。在普遍高涨的抗金运动推动下，兴起了以辛弃疾为代表的爱国壮词，他的词在内容和形式上都有重大发展，使其成为南宋词坛主流，同时代表了宋词的最高成就。

第五代词人群以戴复古、孙惟信、刘克庄、吴文英、陈人杰和黄升等"江湖词人"为代表。他们大多寄人篱下，没有独立的社会地位和固定经济来源，而又名动天下的江湖清客，故而称为"江湖词人"。因对现实的失望乃至绝望而丧失进取之心和社会责任感，混世、厌世和愤世成为当时社会普遍流行的，也是词作中最突出的心理常态。

第六代词人群以周密、刘辰翁、王沂孙、张炎、蒋捷等"遗民词人"为代表。他们生活在13世纪下半叶宋末元初的亡国时代，大多出身豪门贵族，在复国中兴完全无望的现实情况下，亡国之痛、故国之思成为主要书写内容。个体生存的困境、悲凉凄苦的心境与难以割断的亡国之恨交织，构成了这个时期词作独特的词境。

当然这只是一种概略的研究模式，可以作为世界文学史中关于中国宋词的一种视域来应用。

---

① 王兆鹏：《唐宋词史论》，8页，北京，人民文学出版社，2000。

五、辛弃疾与稼轩词

辛弃疾（1140—1207），字幼安，号稼轩，历城（今山东济南）人。因出生于金人占领区，自幼便立下收复河山、复仇雪耻的志向和决心。高宗绍兴三十一年（1161），年仅22岁的辛弃疾聚众两千，树起抗金旗帜投奔耿京。次年，他奉表南渡，不料耿京被叛徒张安国杀害。得知消息后，立即率五十骑勇闯五万精兵把守的金兵营地，生擒绑缚张安国。

然而，他一直未受朝廷重用，从29岁至42岁，13年间调换14任官职，客观上也使其未能取得较大的政治建树与作为。中晚年时期的辛弃疾被迫归隐。除53岁至55岁一度出仕闽中外，他先后两次遭到弹劾，其中有18年在江西家中度过。这一时期，他一方面寄情田园，写了大量田园山水词；另一方面每每不能自已，爱国激情片刻未衰。1188年，契友陈亮来访，在千秋传颂的"鹅湖之会"中，他写下"男儿到死心如铁，看试手，补天裂"（《贺新郎》）的豪迈词句。从1202年到1207年，晚年的辛弃疾进入一生中最后的政治奋斗期。从起帅浙东到知镇江府，最后罢居铅山，赍志以殁。为了收复河山的夙愿，64岁高龄的辛弃疾再度出山，然而当权的韩侂胄并没有对他委以重任，他最终第三次被弹劾。在韩侂胄失败后，辛弃疾壮志未酬，抱恨而终。

辛弃疾词被称为"稼轩体"或是"稼轩词"。中国古人认为"形神兼备"才能称为"体"。从"形"来看，辛弃疾的词博采众长，以古诗文为词，大量使用典故，并吸收采用民间俗语；从"神"来看，辛弃疾的词有英雄语、妩媚语和闲适语，绝非简单以豪放、婉约风格可以界定。在辛弃疾的性格中，有作为英雄而为词激昂排宕、不可一世的一面；也有作为文人笔触细腻、感情丰富的一面，故而豪放风格与旖旎情韵浑然一体，这也是"稼轩体"的独到之处。

稼轩词塑造了一大批英雄形象。包括大禹、孙叔敖、廉颇、苏秦、冯谖、刘邦、韩信、张良、李广、刘备、曹操、李白、司马相如、孙权、陈登、祖逖、谢安等，从上述英雄人物身上可以发现辛弃疾的人生理想与抱负。如《八声甘州》中写道："夜读《李广传》，不能寐，因念晁楚老、杨民瞻约同居山间，戏用李广事，赋以寄之。"

> 故将军饮罢夜归来，长亭解雕鞍。恨灞陵醉尉，匆匆未识，桃李无言。射虎山横一骑，裂石响惊弦。落魄封侯事，岁晚田园。
> 谁向桑麻杜曲，要短衣匹马，移住南山。看风流慷慨，谈笑过残年。汉开边、功名万里，甚当时、健者也曾闲？纱窗外、斜风细雨，一阵轻寒。

稼轩词最打动人心的内容，是与他的英雄主义情结紧密相连的。诗人处在动荡不安的时代，笔下词章念念不忘家国之忧。家国面目全非，触目凄凉，是"剩水残山无态度"（《贺新郎》），是"西北望长安，可怜无数山"（《菩萨蛮》）。诗人毕生追求光复中原的梦想，斗争精神从未停歇，他写到"马革裹尸当自誓，娥眉伐性休重说"（《满江红》）、"要挽银河仙浪，西北洗胡沙"（《水调歌头》）。甚至在人生暮年，还吟诵着"凭谁问，廉颇老矣，尚能饭否"（《永遇乐》）的豪迈之音。

从艺术风格审视，"稼轩体"以豪迈奔放、沉郁悲壮为主，又辅以婉约含蓄、恬淡清丽，从而获得刚柔相济的美学品格。以豪放风格观之，稼轩词承袭苏轼词而来，都是以境界阔大、感情豪迈著称。与之相应的是，他的笔下所描绘的自然景物，多有一种奔腾耸峙、不可一世的气派。如群山是"叠嶂西驰，万马回旋，众山欲东"（《沁园春》）；潮水是"望飞来，半空鸥鹭，须臾动地鼙鼓"（《摸鱼儿》）；景象是"千丈悬崖削翠，一川落日熔金"（《西江月》）。特别是他的代表作《破阵子·为陈同甫赋壮词以寄之》，将其词沉郁悲壮的风格，和收复河山的雄心壮志，以及意识到功业难就的复杂思绪巧妙地融合在一处：

> 醉里挑灯看剑，梦回吹角连营。八百里分麾下炙，五十弦翻塞外声。沙场秋点兵。
> 马作的卢飞快，弓如霹雳弦惊。了却君王天下事，赢得生前身后名。可怜白发生。

同时，以婉约风格观之，稼轩词婉约含蓄的特质主要体现在体物言情的作品里。最脍炙人口的词章就是《青玉案·元夕》：

> 东风夜放花千树。更吹落，星如雨。宝马雕车香满路。凤箫声动，玉壶光转，一夜鱼龙舞。
> 蛾儿雪柳黄金缕，笑语盈盈暗香去。众里寻他千百度，蓦然回首，那人却在，灯火阑珊处。

元夕之夜，笑语盈盈，蓦然回首，灯火阑珊，这首词的风格完全不同于慷慨激昂的豪放词格调。

第四节　元明文学

元明两代是中国古代文学发展的重大转变期。文学风格历经了由主流的"雅"文学向"俗"文学的转变。在这一进程中，一直被文人士大夫视为正统的诗、文等抒情文学的地位，逐渐被元曲和明清小说这两种代表通俗文艺的叙事文体取代。

一、元曲四大家

元曲，实际包括两种不同文学体裁：一种是散曲，所谓词为诗之余，曲为词之余，其实就是一种新体诗歌；另一种是杂剧，有曲有白，是代言体的综合艺术，属于戏剧的范畴。从文学成就与实际影响来看，元杂剧的影响明显更为突出。

元杂剧作家有姓名可考的有 80 余人，留下见于书面记载的作品约 500 余种，现存仍有 116 种。不到一个世纪时间，竟出现如此众多的名家、杰作，不能不说是盛况空前了。

和西方戏剧的发达不同，中国戏剧的发展之路异常艰辛曲折。从源头来说，中国戏剧可以追溯到原始时代的歌舞。中间历经先秦原始戏剧因素的酝酿、汉魏时期的萌芽到唐宋戏剧艺术的催化，再到元代戏剧艺术的确立，后经明清二季的不断发展，并在 20 世纪经历了"西学东渐"的冲击，历经了漫长而曲折的发展进程。

杂剧在元代的发展，以元成宗大德年间（1297—1307）为界，经历了前后两个时期。金亡到元大德年间是杂剧的鼎盛时期，标志是人才辈出，佳作如林，以大都（北京）为中心。著名杂剧家有关汉卿、王实甫、白朴、马致远等，代表作有《窦娥冤》《西厢记》《墙头马上》《梧桐雨》《汉宫秋》等。后期杂剧中心南移杭州，著名作家有郑光祖，传世杰作有《倩女离魂》等。之后，杂剧渐显衰落趋势。

"元曲四大家"是关（汉卿）、郑（光祖）、白（朴）、马（致远）四位的合称。此外，王实甫以不朽经典《西厢记》，与四大家共同成为元代最杰出的戏剧家。

关汉卿的生平，史无完整记载，仅能从一些零星片断的材料去推测。元钟嗣成《录鬼簿》说他"曾任太医院尹"，元末熊自得《析津志》把他列入《名宦传》，赞其"生而倜傥，博学能文，滑稽多智，蕴藉风流，为一时之冠"，并以其本人所写套曲《南吕一枝花·不伏老》证之："我是个蒸不烂煮不熟捶不匾炒不爆响珰珰一粒铜豌豆，恁子弟每谁教你钻入他锄不断斫不下解不开顿不脱慢腾腾千层锦套头。我也会围棋会蹴鞠会打围会插科，会歌舞会吹弹咽作会吟诗会双陆。则除是阎王亲自唤，神鬼自来勾；三魂归地府，七魄丧冥幽。天哪，那其间才不向烟花路儿上走。"

从中能看出，关汉卿经常流连于市井与青楼，同时又以"风流浪子"自诩，这支曲子也成为叛逆封建社会价值系统的大胆宣言。

他是一位"绝意功名，不屑仕进"，全身心从事杂剧创作的伟大戏剧家，见于载录的杂剧有 66 种，现存 18 种，主要分为公案剧、爱情婚姻剧和历史剧三类。其一，公案剧的代表作有《窦娥冤》《鲁斋郎》《蝴蝶梦》，内容反映社会问题，尤其是弱小者受侮辱受欺凌的不幸遭遇，是中国悲剧的传统。其二，爱情婚姻剧的代表作有《拜月亭》《调风月》等，生活气息较浓。其三，历史剧的名篇有《单刀会》《双赴梦》等，这类取材于历史文化的剧本带有较浓厚的文人修养。关汉卿影响力最大的作品当推《窦娥冤》，王国维认为将其放在世界伟大悲剧行列，也毫不逊色。

白朴（1226—?）字仁甫，一字太素，号兰谷先生。白朴幼年时正值金国覆亡，元兵大举南下，白朴随父交元好问渡黄河逃至山东。尔后读书作文，受元好问影响至深，他也是元代最早以文学世家身份投入杂剧创作的作家。金亡后，迁居于真定（今河北正定）潜心于杂剧和散曲创作，不肯出仕元朝。晚年移居金陵（今江苏南京），放浪于山水之间，以诗酒为乐。卒年不详。

据《录鬼簿》等文献记载，白朴曾作杂剧 16 种。现仅存《梧桐雨》和《墙头马上》2 种。另有《花月东墙记》《御水流红叶》《箭射双雕》3 种，仅存词曲残文的杂剧，是否为白所作，尚不能确定。另存词作 105 首，集名《天籁集》。

《墙头马上》全名《裴少俊墙头马上》，取材于白居易新乐府《井底引银瓶》，剧情为洛阳总管之女李千金在后花园赏花时，于墙头偶与马上的工部尚书之子裴少俊相遇，两人一见钟情，经历磨难，终成眷属。作品热情歌颂男女自由结合，与白居易原诗小序"止淫奔"主题背道而驰。

《梧桐雨》全名《唐明皇秋夜梧桐雨》，吸收了白居易《长恨歌》中对李、杨爱情的描写。又根据自己对时代的感受，加强了对二人特别是对唐明皇骄奢淫逸的批判。《梧桐雨》抒情气氛十分浓郁，运用华美的语言营造诗意，化用古典诗词构建意象与意境，是帝王爱情剧的名作。

马致远，名不详，以字行，号东篱，以示效陶渊明之志。早年曾出任江浙行省务官，晚年退出官场，过着"酒中仙，尘外客、林间友"的隐士生活。他创作杂剧时间很长，名气也大，有"曲状元"美誉。所作杂剧 15 种，现存 7 种，其中《黄粱梦》是与其他几位艺人一起合作完成的。

《汉宫秋》是马致远杂剧中的精品。《汉宫秋》，全名《破幽梦孤雁汉宫秋》，以王昭君出塞和亲的故事为题材。剧中第四折《孤雁惊梦》，有大段凄婉哀怨的唱词，表现汉元帝对王昭君的无限思恋，给剧本增添了浓郁的悲剧气氛，艺术效果良好。马致远有十分突出的诗人气质，他的杂剧辞采清朗、俊美而不浓艳，尤擅悲剧性的抒情，并能很好地将写景与抒情相调和，被王国维赞赏为"写景之工者"。

郑光祖，字德辉，平阳襄陵（今山西临汾附近）人，生卒年不详。《录鬼簿》说他："以儒补杭州路吏，为人方直，不妄与人交。"其作品数量较多，见于著录的有 18 种，现存 8 种，《倩女离魂》是其代表作。

《倩女离魂》全名《迷青琐倩女离魂》，根据唐陈玄祐的传奇小说《离魂记》改编而成，但在情节上稍有不同。剧本是"有情人终成眷属"的老路数，张倩女与王文举有婚约在先，张倩女之母逼迫文举赴京赶考博取功名。王文举走后，张倩女思念成疾，"离魂"随未婚夫进京相伴三年。王文举中状元后，偕倩女同归，魂灵才与病体相附为一，二人正式结为夫妇。剧本语言清新典雅，颇具浪漫抒情意味，人物心理描写也十分细腻，有较高艺术价值。

二、王实甫与《西厢记》

王实甫，名德信，大都（今北京）人，生卒年月及生平事迹均不可考。与"元曲四大家"相比，他的文学史地位还要更高一些，这完全要归功于他的不朽名篇《西厢记》。从明代起《西厢记》"天下夺魁"的地位就已确立。除《西厢记》外，王实甫还写有《丽堂春》《破窑记》等 13 种杂剧，但只有《西厢记》《丽堂春》《破窑记》3 种存世。

《西厢记》，全名《崔莺莺待月西厢记》，故事题材最早来源于唐元稹传奇小说《会真记》，又名《莺莺传》，王实甫初取材自金代董解元《西厢记诸宫调》。

最初的故事主要记述唐代贞元年间，书生张君瑞游于蒲州，寄居普救寺，相遇崔氏女莺莺，一见钟情。在张君瑞苦苦追求下，莺莺冲破封建礼教束缚，与之暗中结合。然张君瑞功名心切，不愿耽误前程，不久便离蒲上京求取功名，终于将莺莺遗弃。

王实甫《西厢记》彻底改变了《莺莺传》的主题思想和崔莺莺的悲剧结局，将男女主人公改造为对爱情忠贞不渝，敢于冲破封建礼教的束缚，并经过不懈的努力，终于得到美满结果的一对青年。这一改动，不但使剧本反封建倾向更鲜明，而且突出了"愿天下有情的都成了眷属"的主题思想，迎合了中国传统的戏剧审美价值取向。

围绕戏剧主题和情节开展，《西厢记》将三条线索相互编织，分别是：老夫人和莺莺、张生、红娘之间的矛盾冲突；莺莺和张生、红娘之间的矛盾冲突；孙飞虎和老夫人一家、张生以及普救寺全体僧众之间的矛盾冲突，但主要矛盾冲突集中在封建礼教与封建家长制作风对青年男女自由恋爱的压制和年轻一代的抗争上。

人物形象塑造方面，《西厢记》取得了很高的成就。莺莺、张生、红娘三个形象个性鲜明，被视为追求爱情幸福的精神代表。除此之外，相国老夫人、武僧惠明、恶少郑恒、法本长老和法聪和尚等，也刻画得各具性格特征。

张生，在剧中是以穷书生的身份出现的。他被作家塑造成一个把爱情凌驾于功名利禄之上的"志诚种"，完全有别于《莺莺传》和《董西厢》中的原型。张生出场给人们的第一印象是饱读诗书，胸有大志，但"才高难入俗人机，时乖不遂男儿愿"。接着，他和莺莺一见钟情，并通过联吟、请兵、琴挑等真诚努力获得莺莺的爱情。为了莺莺宁可将功名抛弃一边，"小生便不往京师去应举也罢"。最后，张生在剧中对幸福爱情的直率而强烈的追求，他的一味痴情、疯魔和刻骨的相思，也使这个形象增色不少。

相门闺秀崔莺莺的形象塑造更为饱满。王实甫用细致、深刻的笔触描绘了贵族小姐由青春觉醒到对爱情幸福的由衷期盼，由朦胧抗争到自觉地走上叛逆道路的曲折历程。莺莺一上场即唱道："花落水流红，闲愁万种，无语怨东风。"抒发了她生活在封建大家庭的深闺之怨。因为有此思想基础，随着剧情开展，莺莺赤诚之心逐渐展露，一个大胆追求爱情，勇敢反抗封建传统道德的女性形象逐渐走进人们的视线。

红娘虽然是配角，但她的形象甚至比崔莺莺和张生更加鲜活逼真、光彩照人。王实甫在剧中给予她足够的表演空间，全剧共 5 本 21 折，红娘主唱的就有七折之多。红娘形象的突出特征首先是乐于成人之美，特别富有正义感。红娘形象在中国民间已深入人心，成为民俗文化中婚姻爱情幸福的赐予者。红娘形象快人快语，让人称奇。张生为了表示对她的感激，许诺"小生久后多以金帛拜酬小娘子"，红娘听后十分生气，觉得自己一片真心受到亵渎，大骂道："你个馋穷酸来没意儿，卖弄你有家私。莫不图谋你的东西来到此。"另外，伶牙俐齿、勇敢机智也是红娘形象的突出特征。《西厢记》第四本"拷红"一折，就充分地体现了这一点。"拷红"是整部《西厢记》戏剧冲突的高潮，红娘在崔、张爱情面临毁灭的危急时刻，勇敢机智地与老夫人展开斗争，既体现了机智勇敢，又体现了她的绝妙口才。红娘形象喧宾夺主，成为中国观众最喜爱的戏剧角色之一。

《西厢记》的语言之美是获得成功的又一个重要因素。所以徐复祚赞叹它"字字当行，言言本色，可谓南北之冠"（《曲论》），把《西厢记》视为戏曲语言艺术的高峰。曹雪芹在《红楼梦》中通过贾宝玉、林黛玉之口称赞《西厢记》"词句警人，余香满口"（《红楼梦》第二十三回），可谓是王实甫的隔世知音。

三、中国章回体古典小说的巅峰

元末明初开始，在前朝话本基础上，小说经过长足发展，逐渐走向文学中心地带，取得了与唐诗、宋词、元曲相提并论的正统地位，中国古代文学由此发展到一个崭新阶段。

在小说发展史上，章回小说的出现具有里程碑式的意义。章回体其实是中国古典长篇小说的唯一形式。章回体，脱胎于宋元讲史话本，其特点是将全书分为若干章节，称为"回"或节、则。少则十几回、几十回，多则百余回。每回前用单句或两句对偶的文字做标题，称为"回目"，概括本回的故事内容。每回开头以"话说"、"且说"等起叙，每回末有"欲知后事如何，且听下文分解"之类的收束语，一回叙述一个较完整的故事段落，有相对独立性，但又承上启下。章回体的主要优势体现在方便读者阅读，符合大众欣赏习惯。

在发展过程中，《三国演义》《水浒传》《西游记》《金瓶梅》四部作品脱颖而出，代表明代小说的最高成就，被合称为"四大奇书"或是"四大名著"。

单就题材而言，这四部作品分别代表四种不同类型的小说。第一种类型以《三国演义》为代表，以特定的历史时代事件为基础，吸收民间传说和野史，对正史的凭依为主，但也表现出较大的虚构杜撰色彩，称"历史演义小说"。第二种类型以《水浒传》为代表，只以历史为背景，以虚构为主线，着重表现英雄人物的生活经历，称"英雄传奇小说"。第三种类型以《西游记》为代表，多涉及鬼神魔怪，充满奇异幻想，称"神魔小说"。第四种类型以《金瓶梅》为代表，以社会现实生活为题材，鲁迅称之为"人情小说"，鲁迅在《中国小说史略》中说："其取材犹宋市人小说之'银字儿'，大率为离合悲欢及发迹变态之事，间杂因果报应，而不甚言灵怪，又缘描摹世态，见其炎凉故或亦谓之'世情书'也。"[①]

三国故事早在唐代就广为流传，罗贯中是根据陈寿《三国志》和裴松之《三国志注》，吸收宋元民间艺人演唱成果完成的，用"依史以演义"（李渔《三国志演义·序》）的方式，描写了自黄巾起义至西晋统一近百年历史。

小说因循了尊刘贬曹的正史传统。全书共 120 回，其中从桃园结义至诸葛亮殒命五丈原共 51 年就写了 104 回，而之后的 46 年只用 16 回完成。虽然这种结构安排符合详略有别的小说艺术原则，但文中明显将刘、关、张、诸葛作为中心人物，也能证明以刘备为正统的政治道德倾向。

罗贯中把刘备与曹操放在美丑对照的审美体系中，探讨明君与仁政的标准。刘备堪称"明君"的典范，小说集中从他的仁德爱民、亲贤爱士、知人善任等多方面论述

---

① 鲁迅：《中国小说史略》，123 页，北京，当代世界出版社，2013。

刘备的明君形象。《三国演义》第一回，刘关张桃园结义，把"同心协力，救困扶危，上报国家，下安黎庶"（第二回）16 个字作为政治纲领。第一次当安喜县尉"与民秋毫无犯，民皆感化"；此后他任平原相，被誉为"仁义素著，能救人危急"（第十一回）；当曹操亲率大军南征荆州，刘琮不战而降之时，刘备被迫向襄阳撤退，新野、樊城"两县之民，齐声大呼曰：'我等虽死，亦愿随使君！'即日号泣而行"（第四十一回）。

　　同时作品竭力渲染了刘备的亲贤爱士与知人善任。给人留下最深印象的莫过于刘备对诸葛亮的高度信任与倚重，仅"三顾茅庐"，《三国演义》就用了两回半的篇幅，把刘备求贤若渴的心态描摹得惟妙惟肖。与求贤若渴相统一的，是刘备的知人善任。刘备的知人之明，不仅在于"三顾茅庐"，也不仅在于任用庞统、法正，甚至他还先于诸葛亮看出马谡的不堪大用。诸葛亮因马谡"才器过人，好论军计"特别赏识他，但刘备却在临终前告诫诸葛亮："马谡言过其实，不可大用，君其察之！"结果证明刘备所言不虚，因此才有后来"诸葛亮挥泪斩马谡"一节作为陪衬。

　　为了更好地表现刘备的明君风范，《三国演义》还刻意在曹操的个性上大做文章，让他成为刘备的对立面对其加以烘托和反衬。与刘备不同，曹操虽然机智过人，有雄才大略、一统寰宇的抱负，但他的问题出在不义无仁和妒贤嫉能上，因此不符合理想君主的标准。

　　《三国演义》最突出的艺术成就在于对战争的精彩描写。书中所描写战争的时间之长、次数之多、形式之多样、规模之宏大，在世界文学史上也是独一无二的。《三国演义》全书描写了上百次战斗，重大战役 40 多次，其中以官渡之战、赤壁之战、彝陵之战等几次大会战最为波澜壮阔、跌宕起伏、惊心动魄。并且，都写得各具特色，毫无重复累赘之感，其中又以赤壁之战最为精彩。赤壁之战场面开阔：两国开战，三方参与，军事战争与外交活动相互渗透；写战争不以正面交锋为主，而是大量描写和记叙文战而不重武战，将斗智、伐谋作为重点，并将三国时期的主要谋臣战将都纳入战争体系；在战争进程中，作者还不吝笔墨，大写诸葛亮草船借箭、群英会蒋干中计、庞统挑灯夜读、曹操横槊赋诗等情节，赋予作品极大的文字张力和艺术美感。

　　《水浒传》作为"英雄传奇小说"，是以北宋末年宋江起义的历史事件为背景写成，以虚构为主，一般认为是施耐庵所作。小说所揭露出的社会黑暗与封建专制，对认识整个封建社会的历史都具有十分普遍的意义。小说既写出高俅、蔡京、童贯这样祸国殃民的"狗官"，又写了郑关西、西门庆、蒋门神这样的恶霸，正是他们的存在，甚至沆瀣一气，将英雄好汉"逼上梁山"。另外，小说以"忠义"精神为指导塑造梁山英雄，特别是领袖宋江喊出"替天行道"口号，最后却无奈被不忠不义的社会所吞噬。

　　小说中，宋江是"忠义"精神的化身，他的形象充满矛盾。上梁山之前，宋江是"义"字当头的英雄，如第十八回他明知晁盖截取生辰纲，犯了弥天大罪，但他"担着血海也似干系"，冒险私放晁盖。上梁山之后，他凭借个人组织能力、军事才华、忠义双全的人格魅力成为梁山的领袖。经过三打祝家庄、夜攻曾头市、两赢童贯、三败高俅，打击地方恶势力与朝廷奸党，表现出卓越的领导才能、军事谋略和外交策略。受招安后，宋江改"替天行道"的大旗为"顺天护国"，成为朝廷的忠臣，但最终还是"忠义"让梁山好汉走到了尽头。无怪乎作者在书中慨叹"自古奸权害忠良，不容忠义立家邦"，在以"忠义"为武器批判这个浑浊无道的社会时，作者深刻感受到传统道德无力扭转颠倒乾坤的痛苦和悲伤，对"忠义"精神本身也产生了深沉的迷惘与质疑。

《水浒传》成功塑造了一系列个性鲜明、性情各异的英雄形象。金圣叹极为推崇此书，他说："独有《水浒传》，只是看不厌，无非为他把一百八个人性格，都写出来。"更难得的是，作者把108条好汉写得风格迥异，各不相同。即使同样写行为粗鲁类型的人，也完全不同，"如鲁达粗鲁是性急，史进粗鲁是少年任气，李逵粗鲁是蛮，武松粗鲁是豪杰不受羁鞅，阮小七粗鲁是悲愤无说处，焦挺粗鲁是气质不好"。此外，金圣叹还分析介绍了《水浒传》的许多精妙文法，如：倒插法、夹叙法、草蛇灰线法、大落墨法、绵针刺泥法、背面傅粉法、弄引法、獭尾法、正犯法、略犯法、极不省法、极省法、欲合故纵法、横云断山法、鸾胶续弦法等等。这些精彩的点评，直到今天仍然是最有见地的文学批评。

《西游记》虽属"神魔小说"，但和《三国演义》《水浒传》一样，也是取材于真实的历史事件。据《大唐大慈恩寺三藏法师传》载，唐太宗贞观三年（629），玄奘不顾禁令，偷越国境，费时17年，经历百余国，前往天竺取回佛经657部，震动中外。归国后奉诏口述见闻，由门徒辩机辑录成《大唐西域记》。

《西游记》的作者吴承恩通过孙悟空的形象来宣扬"三教合一"的心学观念。"心学"追求个人从外物迷惑而放纵不羁的心态中摆脱出来，最终回归到良知的境界。小说整体框架清晰，由三个部分组成，分别是孙悟空大闹天宫（隐喻放心）、孙悟空被压五行山（隐喻定心）、西天取经成正果（隐喻修心）。

小说在艺术上也取得很高的成就。其一，通篇充满奇幻诡异的想象，突破时空、突破生死、突破人神魔的界限，创造出光怪陆离、神异奇诡的艺术世界。明末清初戏曲作家袁于令在他写的《西游记题词》中说"文不幻不文，幻不极不幻。是知天下极幻之事乃极真之事，极幻之理乃极真之理"，可以说是对《西游记》佛魔幻境的艺术想象和创造的有力阐释。

其二，用神魔色彩掩盖作品的批判锋芒，以达到自我保护的目的。作者通过虚幻的情节，借助小说中非真的人物直接控诉社会的乱象。如《西游记》第九十八回，唐僧师徒在西天雷音寺大雄宝殿被如来佛祖呵斥，简直就是一篇战斗檄文：

> 你那东土乃南赡部洲，只因天高地厚，物广人稠，多贪多杀，多淫多诳，多欺多诈；……不忠不孝，不义不仁，瞒心昧己，大斗小秤，害命杀牲。造下无边之孽，罪盈恶满，致有地狱之灾……虽有孔氏在彼立下仁义礼智之教，帝王相继，治有徒流绞斩之刑，其如愚昧不明，放纵无忌之辈何耶！

其三，人物塑造上，如鲁迅所言，"使神魔皆有人情，精魅亦通世故"①，将神性（幻想性）、人性（社会性）、物性（自然性）三者有机融合为一体。另外，服务于人物形象塑造的需要，个性化的语言也增强了小说的趣味性。

明代中期，兰陵笑笑生创作了一部前所未有的长篇世情小说《金瓶梅》。虽然小说中一些人物和情节从《水浒传》武松故事衍生而来，但作者把他的笔触深入家庭日常生活领域，再现了中国封建社会市民阶层、商人群体与社会中下层人民的生活场景，具有独特的历史认识与审美价值。

《金瓶梅》承接《水浒传》并进行改造，将西门庆纳潘金莲为妾作为小说开端，描写西门庆家庭内的种种风波，以及西门庆与社会各色人等的交往，最后以他纵欲身亡、众妾流散、家庭解体为结局。

男主人公西门庆一身兼有官僚、富商、恶霸三种身份，是封建时代市侩势力的代表人物。小说通过对他和他的家庭罪恶生活的描述，揭露了明代中叶社会的黑暗和腐败。小说的名字暗藏文中三位女主人公，即潘金莲、李瓶儿、春梅。其中，潘金莲是作家用墨最多的女性，她淫荡贪婪、凶狠自私、嫉妒逢迎的个性都被刻画得入木三分。如果说《水浒传》中的潘金莲还因其社会地位低下，在封建男权中心社会中遭受压迫而博得世人的同情，可怜她的不幸。但到了《金瓶梅》，潘金莲的良知与感情的纯真一面已经泯灭，性格中的狭隘与阴暗面得到更大的渲染，成为主动加入恶势力的人物。从文学艺术的角度看，《金瓶梅》中的潘金莲形象更加丰富、复杂。

从文学发展史的角度来看，《金瓶梅》具有一定地位，这部作品某些方面为《红楼梦》的创作提供了艺术借鉴。

---

① 鲁迅：《中国小说史略》，114 页，北京，当代世界出版社，2013。

第九章　中古时代的东亚、东南亚和南亚文学

　　中古时期文学一般指封建社会从形成、发展到繁盛、衰落过程中所产生的文学创作，但各国又各有不同。东亚除中国以外还包括朝鲜、韩国、日本和蒙古，其封建社会均始于7—8世纪左右并分别于维新变法前和李朝社会末期结束。东南亚是包括现在的越南、老挝、柬埔寨、缅甸、泰国、新加坡、菲律宾、马来西亚、文莱和印度尼西亚等国在内的亚洲东南部地区，其文学发展进程与兴衰极为不同，不可一概而论。南亚则包括印度、巴基斯坦、孟加拉、尼泊尔等国，印度于5世纪由奴隶社会进入封建社会，并以19世纪中期莫卧儿王朝覆灭为终结。

　　这一时期，南亚印度文学表现出浓郁的宗教色彩，并影响到东南亚诸国。而东亚各国和东南亚的越南则均深受中国文学文化的影响，发展之初以汉语文学为主导。同时，刚进入封建社会之际，文学上往往仍带有浓重的远古色彩，至中期文学样式增多，各种文体包括诗歌、散文、戏剧、小说、佛教文学等百花齐放，而后期由于受到逐渐成熟的商品经济以及西方殖民的影响，文学创作与欣赏开始从贵族走向民间，更多地关注社会现实与百姓生活。

第一节　中古日本文学

一、中古日本文学概述

　　日本文学的中古时期基本包括奈良时期（710—793）、平安时期（794—1191）、镰仓室町时期（1192—1599）以及江户时期（1600—1867）四个重要阶段。在中国文学和文化的强烈辐射下，日本本土文学（国风文学）同样在融合与创新中不断发展，最终形成了独具特色的各类文学形式。

　　日本中古文学初步形成于奈良时期，此时来自中国的汉字、儒学、佛教传入，日本经历了政治上的"大化改新"以及文化上佛教的建立与发展（从"飞鸟文化"到"白凤文化"、"天平文化"），逐渐在整体上形成古朴雄健的文学风貌。平安时期则是日本文学的发展阶段，虽初期承袭奈良的律令制以及与中国的密切交往，但中后期本土文学如和歌逐渐兴起，继而取代了汉诗的地位。与此同时，这个阶段贵族文化已发展到成熟甚至走向糜烂，贵族文学成为该阶段的主流，风格上则追求表达的纤丽浓艳与柔美哀婉。镰仓室町时期，日本文学逐渐演变，各类文学形式形成，出现了戏剧与小说，而诗歌、物语、佛教文学等也都有了新的变化。由于时代动荡，贵族文化衰

落，武士文学此时取代贵族文学，风格也由之前的迷艳柔媚走向幽郁与沉积。日本古代文学的鼎盛出现在江户时代，并于后期步入衰微。随着工商业的发展以及印刷出版技术的出现，町人（手工工商业者）文学得以繁荣，文学创作与欣赏不再局限于贵族、上层武士和僧侣，而是获得了真正意义上的普及。

诗歌是日本历史上最为悠久的文学表现形式。早期由于深受汉文化影响，汉诗风靡一时，从奈良时期现存最早的汉诗集《怀风藻》（751）到平安初期在儒家礼文主义政治影响下，于弘仁、天长年间（810—834）出现的《凌云集》（814）、《文化秀丽集》（818）和《经国集》（827）三部敕文撰汉诗（文）集，无不见汉诗在日本诗坛的重大意义。然而日本和歌从奈良时的《万叶集》（759）始就已从古代歌谣发展成为民族诗歌的一种固定形式。直到 10 世纪，在平安中期"摄关政治"确立的影响下，以《古今和歌集》为标志，和歌再度繁荣，并取代汉诗成为日本诗坛的主体。从《万叶集》到《古今和歌集》直至镰仓初期的《新古今和歌集》，和歌在日本逐渐从民间走向宫廷，浮艳婉丽的诗风取代淳朴的生活气息，"余情幽玄"的审美追求代替清丽爽朗的表达方式，追求纤巧的雕琢之美和弦外之音的情趣，成为皇室贵族的传统文学形式。镰仓室町中后期，作为和歌余兴的连歌崛起，将和歌的"五、七、五"、"七、七"分两人完成，并逐渐发展为长短句交替反复、接连唱和的"长连歌"。日本诗歌突破贵族阶级，再一次返回民间，连歌也因而充满了浓郁的生活气息与活泼的文学情趣。连歌和稍后的俳谐连歌的发展直接促进了江户时期俳句的产生，从而突破了传统和歌创作到此时所陷入的墨守成规的局面。松永贞德著《裕伞》一书，总结归纳了俳谐的用语与创作规则，使俳句与以幽默诙谐为基调的俳谐连歌脱离，从而成为真正独立于连歌的诗歌形式。此后以西山宗因（1650—1682）、田代松意（生卒年不详）和井原西鹤（1642—1693）为代表的"谈林派"主张破除包括"五、七、五"音律形式在内的一切规则，形成奔放、新奇的诗歌风格，扩大了俳句的表现视域。而真正赋予俳句艺术生命力的莫过于松尾芭蕉（1644—1694），他研究前人关于俳句的创作与理论，摆脱贞门的洒脱和谈林派的滑稽，以"枯寂"为创作主调，强调以静观闲寂之心观自然风物与人情世相，用极简的文字表现清幽、细致、自然、朴素的意境。例如其最有名的《古池》："闲寂古池旁/青蛙跃进池中央/水声扑通响。"自然的律动、悠远的意境以及作者的闲适之心可见一斑。

"物语"是日本特有的一种古典文学体裁，是在中国六朝、隋唐志怪小说与传奇影响下，结合本土民间评说、说话、传说发展而来的关注社会与人生并富有自省与批判精神的叙事文学形式。最早产生于 9 世纪末至 10 世纪初的平安时代，《竹取物语》是目前现存最早一部用"假名"写作的"物语文学"。发展初期，主要有"传奇物语"与"歌物语"两种形式。前者多以想象或传奇故事表达作者的思想情怀，以《竹取物语》《宇津保物语》和《落洼物语》为代表；后者则以和歌为中心，将和歌的创作内容铺陈展开为一个个故事，主要作品有《伊势物语》《大和物语》等。而其后在 11 世纪初由贵族女作家紫式部创作的《源氏物语》，取材平安王朝的宫廷贵族生活，描写贵族光源氏的情感经历与生活起伏，充分体现了作者对生活悲苦的体验与感受，成为平安时代物语文学也是整个日本古典文学的最高成就。作品中充满令人兴叹、哀伤、惆怅的情调，其"多愁善感"。"感悟兴叹"的风格也成为平安时代最重要的审美观念——"物哀"的最好解读。到了镰仓室町时期，由于贵族精神没落，除了少数模拟前代的"拟古物语"，表现武士精神与英雄传奇的"军记物语"则成为主要的物语形式。"军记物语"多以战争传说为基础，反应新兴武士阶级的意志、风尚和作为，其中主要代表作品有《保元物语》《平治物语》和《平家物语》等。其中又以《平家物语》的成就最高，主要记述了保元、平治之乱以后，武士阶级的代表人物平清盛以及平氏一族由盛而衰的演变过程，展现了他们陷入悲剧结局的历史命运。《平家物语》是继《源氏物语》之后，物语文学发展的又一高峰。

"御伽草子"是室町时期随庶民文学流行起来的短篇小说，内容驳杂，并带有一定佛教色彩。虽然无论作品内容还是文学表现力均显粗糙，人物与情节刻画模式化，宗教说教色彩浓厚，但其作为向后代"假名草子"过渡的文学体裁仍具有重要的时代价值。由于町人文化与印刷术的普及，小说在江户时期得到长足发展。"假名草子"由"御伽草子"发展而来，是江户幕府建立后80余年中用假名写作的叙事作品，题材广泛，集文学性、实用性和说教性于一体，集中表现町人阶级的生活状态与精神世界。此后，"浮世草子"与"读本"相继出现，极大地丰富了日本通俗文学。其中井原西鹤是浮世草子的奠基者与代表作家，其作品以商人为表现对象，或描写其经济生活，如《日本永代藏》（1688）、《世间费心机》（1692）等；或以商人的娱乐生活为中心，充斥着色情色彩，如《一代好色男》（1682）、《五个好色女》（1686）和《一代好色女》（1686）等。

除上述在各个历史时期都有所发展的文学形式之外，每个时代也都有各自独特的文学成就。无论是奈良时期以漫长远古的口头文学为先声与潜能的《古事记》《日本书纪》，还是平安时代走向庶民阶层的散文，以及从"能"与"狂言"（镰仓室町时期）到"净琉璃"和"歌舞伎"（江户时期）的戏剧，都极大地丰富了日本的中古文学，使其成为世界文学史上的重要一隅。

二、日本古代诗歌总集《万叶集》

日本诗歌起源于奈良初期（710—784）记录远古祭祀、歌咏、神话、传说的《古事记》与《日本书纪》，总称为《记纪歌谣》，至中期，由于深受汉文化影响而编有第一部汉诗总集——《怀风藻》。这一时期"国风暗淡"，直到奈良末平安初，和歌总集《万叶集》的编订才真正改变了汉诗主体地位，成为日本本土诗歌发展的源头。

《万叶集》内容跨度极大，主要汇集了从仁德元年（年次未详）至奈良末期约500年间上至皇族、官吏、僧人，下至无名群众传诵、创作的和歌，共计4500余首，合20卷，由相传同为歌人的大伴家持（718—785）整理加工而成。大体可分为相闻、挽歌和杂歌三类。"相闻"意为互相闻问，沟通消息情感，主要表现男女恋爱与长幼相亲；挽歌是哀悼死者、寄托哀思的作品；杂歌则是除以上两类的其他所有作品，包括不少述怀、叙景、羁旅、行幸、宴游等不同题材的和歌。而形式上，《万叶集》以长歌与短歌为主导，另外也包括旋头歌、佛足歌等，基本确立了和歌的主要形式。

　　署名歌人的创作是《万叶集》极为重要的一部分，主要包括天皇、贵族、普通官吏，以及僧侣、专业歌人等，总体上可分为四个创作时期。

　　第一时期，始于仁德元年（313），终于"壬申之乱"（626）。此时以天皇为中心的中央集权刚刚确立，国家尚不稳定。和歌也因脱胎于远古歌谣，虽逐步向个性化的抒情诗方向发展，仍不乏古风，情调朴素直率，节奏强烈明快，多歌咏爱情与自然风物，充满个人情怀。此时期的作者以天皇与贵族为主，包括舒明天皇、天智天皇、额田王和有间皇子等。其中尤以额田王为最，她以女性诗人独有的多愁善感与敏锐情致，创作了不少优秀和歌，技巧工致，辞藻华丽，情感与理智融为一体。如其为前夫大海人皇子所作之歌：

> 紫茜蔓蔓打围场，骋驰往复意气长。
> 请军慎防虞人目，莫将衫袖故举扬。

　　"壬申之乱"后天武天皇登基（672）至迁都奈良平城（710），此间 38 年为《万叶集》形成的第二时期。中央集权此时得到进一步巩固，国家安定繁荣，宫廷专业歌人的出现也进一步推动了和歌的创作，"万叶诗歌"初见兴盛。"长歌"在此期成为主要的和歌形式，其雄浑典雅、酣畅磅礴的风格奠定了抒情诗的艺术基调。最具代表性的作家为"歌圣"柿本人麻吕（？—708），作有长歌 20 首，短歌 75 首，作品大多具有悲剧色彩，构思宏大，歌风凄怆凝重，以悲叹生离死别为主题；其中有多首宫廷挽歌，如为悲悼"壬申之乱"中死去的高市皇子所作之歌：

> 恩准皇子志，重任委于肩。
> 御手弓箭执，雄腰长刀悬。
> 叱咤惟劲旅，战鼓殷雷喧。
> 号角鸣敌忾，虎啸闻惶然。
> 军旗翩翻处，野火迎风卷。
> 强弩发繁响，冬林雪浪翻。

再现了高子皇子受命率领雄兵，所向披靡的威风，咄咄逼人的气势。

　　与此同时，柿本人麻吕还善用枕词、序词、比喻、对仗等技法，极大地丰富了和歌的修辞手段，也开辟了新的抒情天地。

　　第三时期为迁都平城后至天平五年（733）的 20 余年，通称奈良时代。一方面，将奈良定为半永久性首都以后，政治形势和社会生活都开始出现安定的局面；另一方面，佛教、儒学、老庄等文化大量传入。加之安逸社会氛围中，贵族奢靡享乐，矛盾丛生，整个时期呈现更为复杂多样的时代风貌，这也为文学创作提供了丰厚的土壤，"万叶诗歌"形成鼎盛之势。歌人也不再局限于宫廷，不同阶层的创作者加入，开始更多地思索社会、探索人生，作品的内容与境界也都有所扩大。承袭前期的现实性特点，此时的和歌情感细腻，技法更为洗练、纤细，并具有鲜明的个性特征。主要代表作家有大伴旅人（665—731）和山上忆良（666—733?）等。

大伴旅人出身武家名门，却反对御用歌人歌功颂德，而执意抒发个人好恶与生活情感，诗风奔放。同时他精通中国文学，喜好老庄，加之晚年仕途受挫，政治失意以及丧妻之痛，其创作中又不免流露孤独、隐逸的情绪：

> 世上无聊事，如何反复思，
> 一杯浊酒在，痛饮甘如饴。
> 古有七贤人，七贤为好友，
> 七贤欲者何，所欲唯醇酒。
> 不得为人杰，吾宁作酒壶，
> 腹中常有酒，酒浸透肌肤。
> 今生能享乐，来世岂相关，
> 即使为虫鸟，吾将视等闲。

隐逸安贫之情，及时行乐之思，孤独自赏之意都在平实流畅的语言中流淌、沉淀，依稀可见中国隐逸诗人诗歌之情韵。

山上忆良则出身贫寒，在仕途几经沉浮，终不得志，且其与大伴旅人等一样迷恋儒佛，与之形成了所谓"筑紫歌坛"。由于自身终年不顺，推己及人，其歌多表现社会矛盾与普通人的疾苦生活。其中以长歌《贫穷问答》最为突出，堪称绝唱。作者以自述、发问和作答为表现形式，剖露"班田制"下贫农的生活处境，是日本古典诗歌中唯——首正面表现人民苦难与现实不平的作品。

第四时期处于奈良时代中期，即从第三期末的710年到天平宝字三年（759）。此时"长歌"逐渐衰微，"短歌"成为最重要的和歌形式。大伴家持（718—785）是这一时代的代表歌人，他是《万叶集》的编纂者，也是集中收录最多作品的作家，总计478首（外有联歌一首）。因政治上的无所作为以及对祖先业绩的怀念，大伴家持的诗歌中往往流露感伤的情怀，同时他又追求色彩浓丽、哀婉凄清的审美意境，以此寄托其孤寂、忧伤的心境。《即兴歌》是他的代表作，以纤巧敏锐的笔触，捕捉自然的点滴细节，明丽忧伤，旷寂惆怅：

> 小庭深院，细竹作响，
> 今夜风声更凄凉。
>
> 春日迟迟，云雀翻飞，
> 此情惆怅，——独自思量。

除署名歌人创作和歌外，《万叶集》还收录了大量古代民歌与佚名歌谣，其中以"东歌"与"防人歌"最具价值。"东歌"即东国民歌，共收240首，均以"短歌"为体，包括"杂歌"、"相闻歌"、"譬喻歌"、"挽歌"四类，表现民间百姓的生活风貌，情感真挚，语言爽朗活泼：

> 信浓新开路，处处遗残株；君足切勿踏，着履嘱吾夫。
> 信浓千曲川，水底小石头；只缘君足踏，且当珠玉收。

"防人歌"大约形成于第四时期，以"短歌"为主，共计 93 首。"防人"即戍边的士兵，因而"防人歌"就是防人及其家属所作之歌，直接用方言书写，往往表现思念之哀与生活之苦：

> 此身奉严命，明日戍边行，
> 可叹从今后，无妻共枕衾。

《万叶集》作为古代诗歌总集，在日本文学史上占有重要地位，它是日本诗歌从口头创作发展到书面文艺作品的重要里程碑，对后代文学特别是诗歌的发展产生了深远的影响。《万叶集》内容充实、感情质朴、格调清新、语言明快，其歌风已成为日本许多诗人效仿的典范，成为日本诗歌的优秀传统。《万叶集》也是中日文化交流历史的艺术记录，其中不少诗歌深受我国《诗经》的影响，从中可以看出古代日本文化和中国文化的紧密联系。

三、紫式部和《源氏物语》

《源氏物语》是世界上最早的一部长篇散文体小说，也是日本文学史上最重要的古典作品。作者紫式部以女作家独有的纤细敏感，通过对光源氏及其子薰君与众多女子的爱情纠葛，以及他们的身世浮沉的描绘，诉说着细腻幽哀的心理情致，展示了一幅风华艳绝的平安时代的贵族生活图景。

紫式部（约 978—1016）出生于中等贵族家庭，其父曾任式部丞，故其被称为藤式部，又由于《源氏物语》中主要妇女形象紫姬创作得最为成功，所以她被称为紫式部。优秀的文学创作与审美情趣来源于家庭中的耳濡目染，紫式部自小随父亲学习汉学，文化素养深厚。她精通中国的先秦古典文献和作品，对白居易的诗歌尤其喜欢，并对音律、佛经等也有相当的修养，进宫后连一条天皇也夸赞其精通《日本书纪》；另一方面，作者笔下无处不流露的哀愁与悲苦也与其飘零起伏的生活不无关系。她先与比自己年长一倍多的贵族藤原宣孝结婚，却在 3 年后丧夫，带着女儿过着孤寂的寡居生活；29 岁被召进宫中，做一条天皇皇后藤原彰子的侍从女官，虽安定富裕，却也看尽宫里暗中万千争斗。她的寂寥，她的悲戚，她的敏感与理性，都诉诸《源氏物语》，极力表现人情爱恨、宿命因果的情怀。除此之外，紫式部还有其他许多重要的文学创作，包括诗歌、随笔、日记、物语等体裁。流传至今的有《紫式部日记》和《紫式部家集》。

《源氏物语》成书大约在 1001 年到 1008 年之间，比我国和欧洲的第一批长篇小说要早几百年，足见其在文学史上的意义。全书 54 卷，篇幅宏大，人物众多，情节结构上主要分三大部。第一、第二部（前 44 卷）以主人公光源氏情场上的悲欢离合和官场上的升降沉浮为中心；第三部（后 10 卷）写光源氏逝世后其子薰君的情爱生活以及一系列的悲剧事件。

总体上，小说以爱情为叙述对象，极少涉及时事，即使是书中对宫廷政治斗争的表现也不过是为了烘托人际关系或表现贵族社会中的"人情"与"人性"。一方面由于现实因素，女性创作在一定意义上受到制约，紫式部在书中也曾表白："作者女流之辈，不敢侈谈天下大事。"另一方面，《源氏物语》本身并不以政治再现或批判为目的，而是在"悲"的情调中展示人情的变迁。因此，由"悲"而产生的"物哀"成为小说基调。作品无论是人物塑造还是书写风格都在哀幽的爱情叙述中展开其对生活的理解，对人性的思索。

作品以光源氏及其子薰君为中心，通过描写他们与众多女子的爱情纠葛铺陈他们跌宕的一生。但不难看到，上至桐壶天皇下至匈皇子四代人对爱情的追逐无一不以悲剧告终。桐壶天皇与桐壶更衣相爱相守，却终不敌命运，更衣在后宫斗争中郁结而去，他们的爱情悲剧使得光源氏自出生起就脱离不了忧郁的气质，他对母亲的怀念化为对与之极为相像的继母藤壶的爱情，发生乱伦，生下一子，因而内疚之意一直隐痛在心。之后于光源氏而言，新夫人三公主与柏木私通，生下薰君，无言是对其乱伦的现世报应，其心理阴影也日愈浓重。而至最心爱的紫姬去世，源氏深感人世虚无，"昏惨惨，黄泉路近"，最终于 52 岁出家，不久便在唏嘘叹息中了却一生。同样，因身世秘密而苦恼忧郁的薰君，荣华富贵抹不去他心中的阴影，因而笃信佛学，把一切都看得很淡薄，甚至对爱的追求都融入佛教信仰之中，结果也未能得到向往的爱情。他爱恋少女大君不被应允，大君妹妹中君也嫁与匈皇子，爱人不得，又继而与匈皇子同倾慕少女浮舟，致使浮舟在两难之下投水解脱未遂而出家为尼，他也不禁懊悔而彷徨。天皇、源氏、薰君、皇子，他们在爱情的漩涡中缠绵却最终归于沉寂。再多的爱人，再多的爱情，也永远带不走主人公内心无助、悲戚的伤痛。

在紫式部笔下，女性角色占有极大的比例，在全书描写的 400 多人中，近八成为女性人物，她们或谦恭典雅，或温柔可人，或个性十足。然而在那个时代，女性的爱情与自由永远是男性的附庸，她们都最终沦为政治与爱情的牺牲品，其中以藤壶、紫姬、空蝉、末摘花、明石姬等最具代表性。

藤壶"温柔敦厚、腼腆多情"，因貌似桐壶天皇的爱妃更衣而入宫，虽享尽荣华却无法拥有真正的爱情。遇见源氏，虽知乱伦却因情所钟，难以抑制，最终在悔恨中出家为尼，抱憾终身。

紫姬是作家着意刻画的理想妇女的典型。她不仅年轻貌美，还具有忍耐顺从等品德，对源氏放荡好色的行为不曾流露半句怨言，因而备受宠爱。然而在源氏迎娶女三宫后，她唯恐年老色衰被光源氏抛弃，不禁暗自悲戚，最终因常年郁郁寡欢和内心痛苦而过早地去世。

空蝉是一个聪明而刚毅的女子，具有反抗性格，出身中层贵族家庭，却嫁给了一个比她大几十岁的老地方官。光源氏听说她有几分姿色，便借避灾之名去她家，并玷污了她。空蝉对光源氏的粗暴行为表示无比的愤怒，采取了抵制和反抗的态度。但面对光源氏的才貌和权势，她也产生了复杂的心理活动。老丈夫去世后，在重重矛盾中，她被迫遁入空门。

比较起来，明石姬是一个出身低微却得到了所谓美满归宿的妇女。其实明石姬也有她的苦恼。光源氏把她生的女儿交给紫姬去抚养，终年不得一见，为此，她不断暗自伤心流泪。后来女儿做了皇后，她的地位虽有所改变，但仍需处处小心谨慎。她的婚姻生活也充满了辛酸。

《源氏物语》中所塑造的妇女形象，无论地位高低、经历和结局如何，都无法主宰自己的命运，追求自己的爱情。她们中的绝大多数隐忍敏感，却都成为贵族社会的被损害者和牺牲品。

然而，即使是贵族，包括天皇、皇后，他们拥有至高无上的权力与荣华富贵，也依旧无法真正把握自己的命运。桐壶帝贵为天子，却依旧无法挽留最爱的更衣，待她去世，又夜夜忧伤，终日思念。而更衣虽得天皇宠爱，却依旧在后宫受尽冷暖，忧愤而终。与其相像的藤壶，则在后宫的牢笼中做着金丝鸟的梦。贵族如光源氏，出身高贵，地位显赫，却也同样无法阻挡生活浮沉，桐壶天子与其子冷泉天皇在位时，他位重权贵，而在朱雀天皇登基后也成为政治的牺牲品。《源氏物语》全书弥漫着悲戚抑郁的气氛，所有的人物始终处于矛盾的状态中，他们曾意识到自身局限并想超越，然而在现实中又不得超越，只有依托佛老，遁入空门，以求内心的安宁与对现世的逃脱。

与此同时，作品中悱恻的"物哀"情调同样依托于纤细舒缓的叙述方式。作者感物兴叹，寄情自然，将人物的情绪与心理活动融于对外在环境的书写中，极大地渲染了忧郁的情怀。书中还创造性地模仿、摘引、借用中国诗文典故，仅白居易的诗就多达47首，这些诗作思古发幽，与散文叙述水乳交融，使得小说典雅清丽、情意绵绵。

《源氏物语》的"物哀"精神直接影响了后世文学创作，成为日本最为重要的审美范畴之一。小说也因其气势磅礴的构思，哀感顽艳的行文以及对人情人性的追问，在日本文学史上占据着极为重要的地位，是日本乃至世界文学和文化的宝贵遗产。

第二节　中古朝鲜文学

一、中古朝鲜文学概述

朝鲜历史文化传统悠久，约1世纪前后从奴隶社会过渡到封建社会。而中古时期朝鲜文学大致可分三国和统一新罗时期（公元前后至9世纪）、高丽王朝时期（10—14世纪）和李朝时期（15—19世纪下半期）三个阶段。

三国时期和统一新罗时期，朝鲜刚进入封建社会，文化艺术与自然科学方面都有一定发展。但此时由于深受来自中国儒家与佛道两教的影响，且本国未形成独立的文字，文学以口头流传为主，书面文学则汉化现象明显。到了高丽时代，朝鲜文学进入繁荣发展的时期，朝鲜语民间文学与汉语文学齐头并进，诗歌继上一时期得到继续丰富与发展，同时还出现了散文等其他文学样式，为后期李朝时代小说的出现做了准备。朝鲜进入李朝时期，封建基础的根基在日益丛生的矛盾中受到动摇，文学逐渐突破贵族垄断，走向民间。与此同时，1444年李朝世宗时，朝鲜文字"训民正音"得到创制，从此朝鲜本国文学获得飞跃发展，一改汉语文学独霸的局面。这一时期，小说得到迅速发展，与时调、歌辞、汉诗等各种文学样式一起构成了百花争艳的文学境况。同时，随着商品经济发展，封建体制式微，实学派兴起，以朴趾源、丁若镛等为代表的实学派作家的创作取得了突出成就。

诗歌是朝鲜的主要文学样式，早在三国初期就有民间大量流传的口头歌谣，留存至今的有高句丽的《来远城歌》，百济的《井邑词》和新罗的《会苏曲》。这些民谣多带有远古的气息，感情深沉，语言质朴。同时这一时期还出现了利用汉字音、义标记朝鲜语的乡札标记法，由此书写记录的新罗乡歌改变了传统诗歌口传的形式，使得容易失传的朝鲜语诗歌得以保存下来。其中以《风谣》《薯童谣》等最为突出。朝鲜语诗歌在高丽时代得到充分发展，出现了高丽歌谣、景几何体诗歌和时调等多种形式。高丽歌谣包括谶谣、民谣（汉译诗）和朝鲜语爱情歌谣等，是在普通群众生活基础上产生而来的民间文学，内容质朴直率，多反映人民群众反对封建统治及封建礼教的斗争精神。景几何体诗歌则是产生于13世纪左右体现贵族生活情趣的诗歌形式，每段最后都附有朝鲜语语气词"景几何如"，因而得名。另外，14世纪末期形成的时调则充满了高丽王朝与李朝交替时代高丽遗老对前朝的眷恋，而这种独特的诗歌形式也进一步推动了后期朝鲜语诗歌的发展。由于"训民正音"的创制，国语诗歌在15世纪至16世纪获得繁荣。继时调之后，李朝时期又出现了歌辞这一新的诗歌形式，它突破了原有乡歌、时调的局限，音律格式更为自由奔放，诗歌也成为自我情怀、思想的寄托。至17世纪，城市与商品经济发展，市民阶层兴起，时调形式又有了新的变化，描写商业活动与市民阶层生活状态的"於乙时调"和"辞说时调"兴起。其中以朴仁老最为著名，其时调创作以《太平词》为代表，扩大了歌辞的表现范畴。直至李朝末期，时调逐渐趋于平民化，更多的普通城市平民、艺人和歌手加入到诗歌的创作队伍中。

长期以来，由于汉文化的普遍影响，汉语诗歌在朝鲜发展极为兴盛。三国新罗时期，朝鲜文字还未确立，汉诗独霸文坛。以崔致远（857—?）为代表的汉诗诗人创作了一批优秀诗歌。而作为朝鲜文学史上第一个运用诗歌正面揭露封建统治阶级问题的诗人，崔致远的七言诗创作渐趋成熟，使之成为此时汉诗的主要形式，因而成为朝鲜汉文文学的鼻祖。至高丽时期，汉诗创作发展到顶峰，其中以李奎报（1169—1241）与李齐贤（1288—1367）成就最高。李奎报出身于贵族家庭，有很高的汉诗文修养，曾任户部尚书等官职。他一生著述丰富，保存下来的有2000余首诗，是第一个创作长篇叙事诗的诗人。其名篇有《东明王篇》《代农夫吟》等。前者叙述了高丽始祖东明王的开国业绩，后者反映了农村的贫困和农民的苦难，深刻揭露了当权者的残暴和罪恶，充满了人道主义精神。李齐贤曾久居中国，与元朝文人赵孟頫、元明善、阎复等人交往甚密，深受中国文化文学的影响，其山水诗造诣颇深，大多描绘中国名山大川的秀丽奇景，比较出名的作品有《蜀道》和《金刚山二绝》等。同时，他又是不可多得的爱国诗人，其五言、七言汉诗中无不体现对祖国的思虑与怀念。他与崔致远、李奎报三人并称"朝鲜古代三大诗人"。至李朝时期，汉诗虽不如前期繁盛，但依旧有不少佳作，无论是初期继承崔致远、李奎报等人的现实主义诗歌创作，还是 17 世纪反映动荡时事的作品，汉诗依旧是文人抒怀述志、反映现实的重要创作形式。

叙事文学以散文为始，最初出现于三国初期，至统一新罗时期得到进一步发展，出现了寓言、游记和传奇等多种形式。其中较为突出的有薛聪的寓言《花王戒》、林悌的《花史》以及僧人慧超创作的游记《往五天竺国传》。高丽散文成就极高。一方面两部集大成之作完成，《三国史记》和《三国遗事》代表了此时散文的最高成就。同时，新的散文体裁稗说体产生，以随笔记录的形式，汇集包括史话、诗文评论、人物轶事、民间传说和小品、杂灵等丰富的内容，打破了原有散文四六骈体文的制约，为后来小说的出现做了准备。

在商品经济刺激下，市民阶层兴起，加之稗说体文学的起步与发展，小说终于在李朝时期形成。许筠（1569—1618）是 16 世纪末 17 世纪初小说创作的重要代表人物，其名篇《洪吉童传》是朝鲜历史上第一部以农民起义为题材的小说，通过对农民起义领袖洪吉童的英雄故事的描写，寄托了美好的生活理想。至 18 世纪，朝鲜语小说真正进入繁荣期，以"三大传"——《春香传》《沈清传》《兴夫传》为代表的众多作品真实反映了朝鲜于封建末期呈现的复杂的社会矛盾。

二、18 世纪朝鲜杰出作家朴趾源

朴趾源是 18 世纪朝鲜的实学派思想家，也是当时杰出的作家，号燕岩，字仲美，出生在两班贵族家庭。从青年时代起，他就信奉实学思想，立志改革，追求进步。

在朝鲜，实学派最初发生于 17 世纪中叶，是一股先进的改革思潮。两班贵族中的一群先进知识分子在看到"壬辰战争"结束后随之而来的内忧外患，以及矛盾迭起的社会局面后，主张学问应服务于实际民生，以实事求是的精神探索真理，强调改革，解放农民，发展经济。

朴趾源正是在这一思潮的影响下，发展起了自己追求表现现实、批判时弊的文学理论，并体现在其创作的文学作品中。他反复强调"真"，主张作家应以自然与社会的真实为描写对象，从常闻乐见的生活事件中寻求真理，"为文者，唯其真而已矣"。此外，朴趾源还以文学为批评时弊、宣传理想的利刃，将作文比喻为运用战术，"字譬则士也，意譬则将也"，文学成为批判与改造社会的武器。因而，无论其诗歌、散文，还是小说都具有明显的现实主义色彩与批判、讽刺的意蕴，为朝鲜实学派文学奠定了基础，为现实主义文学开创了道路。

汉诗是朴趾源的重要文学创作之一，总计 42 首。其作品贯彻现实主义创作之风，在描写自然环境的同时，将主题扩大到社会描写，一改朝鲜诗坛早前吟弄风月的靡靡之风。其中《田家》一诗较为著名，为人津津乐道：

> 翁老守雀坐南坡，果拖狗尾黄雀垂。
> 长男次男皆出田，田家终日昼掩扉。
> 雪碗鸡儿攫不得，群鸡乱啼饱花篱。
> 小妇戴蜷疑渡澳，赤子黄犬相追随。

恬静悠然的山间田园景色、繁忙劳作的乡人，不禁跃然纸上。

朴趾源是朝鲜短篇小说创作的重要作家，作品共计9部，分别收入《放琼阁外传》和《热河日记》。其作品突破了朝鲜自15世纪发展而来的以寓言、幻想等为主要形式的小说，内容充实，风格独特，奠定了朝鲜批判现实主义文学的基础。

《热河日记》是作者出使中国后逐渐写作完成的，集日记、政论文和短篇小说于一体。内容主要是描述旅途见闻与中国风貌。其中《渡江录》《一夜九渡河记》《夜出古北口记》《车制》等篇，对中国的工农业生产、商业贸易、风土人情、自然景物、城乡建筑、车马交通、音律乐章等都进行了详细的描述，他希望通过对先进事物的介绍，促进朝鲜向国富民强的方向发展。

朴趾源强调文学必须追求"真"，因而，其小说往往着笔描写社会下层人物，真实地再现社会生活，许多作品都由真人真事改编而成。例如，《虞裳传》主人公形象就取自真实人物李彦勋，此人虽文学修养极深，又崇尚实学，但因家庭地位不高而不被重用。

此外，经过长期的文学实践，作者逐渐突破真人真事的束缚，开始塑造具有典型意义的人物，以高度概括的艺术形象展开对现实生活的揭露与批判。其中以小说《两班传》最为突出，"两班"是朝鲜封建政权官吏的总称，因高丽初朝起朝仪的文武官员分列东西两侧而得名。在当时，两班贵族寄生生活的问题以及贵族与平民的矛盾日益突出，作者感于这一现实，着笔创作了关于一个四体不勤、空谈礼教的两班官员因无力偿还官粮，只好出卖两班头衔，最后遭到买主拒绝的故事。小说的主人公两班是一个"贤而好读书"的迂儒，一直靠借官粮度日，竟然累积到了千石。当巡察使命令郡守催其偿还时，他只一味啼哭，"计不知所出"。其妻嫌他无能，愤愤地说："两班两班，不值一钱。"邻里一个富人觉得两班地位尊贵，决定买下他的头衔。两班欣然许诺，于是他从服饰到言行都改成与庶民一样，拜见郡守时自称"小人"，"不敢仰视"。后在郡守主持下，进行转让两班头衔的程序。但是当富人听到两班的所谓特权和好处时，不禁恍然大悟，所谓的特权都是一些假仁假义、虚无缥缈的东西；还有两班必须遵从的烦琐迂腐的礼仪，更让富人感到莫名其妙，于是富人转身便逃，这桩买卖就此结束。小说刻画了主人公典型的两班寄生生活和伪善面貌，通过买卖两班头衔的戏剧性情节，尖锐地讽刺、揭露了李朝末期两班贵族生活的困境，他们早已成为垂死的阶层，却还顾及面子，最后没有任何出路。

小说不仅是再现社会现实的镜子，批判社会问题的武器，还是作者表达自己的实学思想以及改造社会的愿望与主张的平台。《许生传》中作者就借主人公许生展现自己解放农民，消除剥削，建立人人平等、没有阶级差异的社会的理想。我们不难看出，这一在灾难深重的李朝末期企盼繁荣经济、消除不平等的理想有其美好的愿景，与鼓舞人心的价值，但同时又是缺乏社会基础的空想主义。

朴趾源的短篇小说语言洗练，结构紧凑，并富于批判性与讽刺色彩。无论是《两班传》中安排买卖两班头衔立具契约这一荒诞的情节，还是《虎叱》中夹叙夹议的叙述风格，无不辛辣地抨击了李朝时期固守所谓"修身齐家"、"治心养性"儒学精神的两班贵族。

朴趾源在实学精神的指引下，以其独特的文学创作开创了朝鲜讽刺批判文学的先河，不愧为中古朝鲜现实主义文学的杰出代表与奠基者。

三、古典小说《春香传》

《春香传》是李朝后期产生的说唱脚本，是中古朝鲜古典小说的杰出代表。其源于民间流传的口头创作，经补充加工，于18世纪末至19世纪初期完成。李朝末年的社会情况使小说得以展开，期间两班贵族统治日益残酷，农民起义不断，社会矛盾与阶级矛盾丛生。而《春香传》正是希望借助坚贞不移的爱情故事，展现朝鲜封建社会的广阔面貌，披露当时尖锐的社会问题。

小说围绕主人公退籍艺伎月梅之女成春香与贵族公子李梦龙之间的爱情起伏展开，两人从相识、相知，到分离、等待、受尽欺凌与变故，最终相守，作品在民族化的叙事中跌宕起伏，扣人心弦。

春香是艺伎之女，虽出身低贱，始终受到社会的歧视，却纯洁善良，温柔贤淑，勇于追求爱情自由，她又容貌端丽，才华横溢，堪称"女中翘楚"。春香身上寄托着人民群众美好的生活愿望，她也是文学作品中具有顽强反抗精神的理想妇女的典型。正因为如此，当贵公子李梦龙偶遇春香时，对她产生了真挚的感情，毅然冲破封建礼教的束缚与之相爱并结为夫妇。春香对李梦龙的这种爱情尽管是纯洁的、忠贞的，但在当时等级森严的等级制度下是不被社会所承认的。婚后不久，李梦龙被迫随父进京，与春香分手，在这期间，新任使道卞学道一心想霸占春香，要将她作为侍妾。春香受尽酷刑却依旧宁死不从，她义正词严地责骂卞学道的专横和卑劣行为，维护了自己的人格尊严。春香在遭受严刑拷打时所诉说的"十杖歌"，以及在身戴枷锁被囚禁死牢誓死吟唱的"长叹歌"中，十分悲愤地控诉和揭露了两班官僚贵族的残暴罪行，表现出刚直不阿、坚贞不屈的个性特征。最终，李梦龙荣归故里，惩戒了卞学道，也回到了春香的身边，这是一个传统的大团圆结局。

小说的反封建意义突出，在两班官僚的统治下，民间女性春香为了爱情自由的追求具有进步意义。而封建贵族与官吏的荒淫与腐败是小说抨击的对象。

李梦龙虽然出身于贵族家庭，但能接受先进的社会理想，是一个进步知识分子的形象。他对春香无比爱护和尊重。更难能可贵的是，李梦龙在成为巡察御史以后，能够深入社会下层，体察民间疾苦，是封建官僚中一个少有的清官。他严惩了卞学道，救出了春香，释放了所有含冤的囚犯，为人民伸张了正义。李梦龙是一个理想化的清官的典型，作者在他身上寄托了人民朴素的政治理想和愿望。

卞学道则是封建两班贵族的典型，他身为府使，却点传当地的艺伎，霸占民女，利用权势胡作非为，既没有道德，又相当愚蠢，他的下场是一切传统文学中恶人的必然结局。

《春香传》克服了朝鲜传统小说中人物概念化、类型化的缺陷，注重在矛盾冲突中刻画人物，特别重视对人物内心世界的深入开掘。春香与社会的两次尖锐冲突，第一次发生在李梦龙屈服于家庭压力舍她离去之时，第二次发生在她宁死不从卞学道之时，其刚毅和反抗的性格得以逐步的揭示和完善。小说对春香在巨大考验中的心理描写细致入微，尤其善于利用内心独白、歌诗咏词的形式来展现其复杂的心理活动，情真意切，引人入胜。此外，小说中的人物性格与精神面貌通常通过间接表现的手法得以塑造，简洁明快地展现在读者面前。例如：春香"自幼刚强有志"的性格，是通过香母之口表现出来的；春香"国色天成"的美丽、"针带超群，文才出众"的智慧和不慕权贵的性格，是李梦龙的随从房子介绍出来的。

另外，《春香传》叙事口语化，民族传统色彩鲜明。在情节结构上，它采取群众喜闻乐见的形式：故事性强，善于铺陈，首尾呼应，采用散韵结合、说唱结合的方式，散文着眼于叙事，韵文侧重于抒情，既通俗平易，又典雅优美，含蕴丰富。

虽然在人物塑造与情节展开中，《春香传》不免脸谱化、典型化，但其所闪现的思想价值，所反映的社会问题，所展现的人情之美都不愧为朝鲜优秀的古典小说。

第三节　中古东南亚文学

一、中古东南亚文学概述

东南亚地处亚洲东南部，主要包括越南、老挝、柬埔寨、缅甸、泰国、新加坡、菲律宾、马来西亚、文莱和印度尼西亚等国。这些国家的文明起步较晚，产生的文化先后受到邻近国家或地区文明文化的影响；特别是中国、印度和阿拉伯文化的印记明显。但该地区国家的自然地理环境或社会形态都带有强烈的地域色彩，因此它们的文化仍各具本民族特色。总体来说，中古东南亚地区的文学呈现为较复杂的文化景观。

中古东南亚各国家中，越南主要受到中国文化的影响，柬埔寨、老挝、缅甸和泰国主要受到印度佛教文化的影响；而马来西亚和印度尼西亚在中古前期受印度教文化影响较深，14世纪以后，伊斯兰教的传入使得伊斯兰文化对马来西亚和印度尼西亚产生了较大的影响。

中古时期的越南是最典型的受到中国文化影响的国家。13世纪前越南的书面文学都用汉语创作而成，至13世纪，阮诠仿效汉字的结构原理创造出越南本民族的文字——字喃。字喃的产生直接影响了越南诗歌的发展。由此，汉语文学与字喃文学并行发展，两种文学都取得了一定的成就。汉语文学方面，黎思诚（1442—1497）组织了"骚坛会"，推动诗歌创作的发展；阮屿创作了故事集《传奇漫录》；阮嘉诏（1741—1798）的代表作《宫怨吟曲》颇具名气。字喃文学方面，最著名的作家是阮攸，他的长诗《金云翘传》代表了越南中古文学的最高成就；著名女诗人胡春香（19

世纪初）具有较强烈的叛逆精神，敢于批判封建礼教，她的《春香诗集》标志着字喃诗歌进入成熟阶段。

柬埔寨在扶南王国时期的书面文学为梵文文学。吴哥王朝时期，越南出现了迪华格拉、西威桑姆、因陀罗黛维等著名诗人。长篇叙事诗《林给的故事》也在此时产生，这首诗根据《罗摩衍那》改写而成。吴哥王朝之后一直到 19 世纪的一段时期里，柬埔寨的宫廷文学和世俗文学有了一定的发展。宫廷文学的代表作家作品有高萨特巴蒂·高（18 世纪）的《格龙苏皮密特》（1798）、翁萨拉本·侬的《少年波果儿》（1804）和安东（？—1861）的《佳姬王后》等。世俗文学代表作品有《特明吉的故事》和《阿勒沃的故事》等。

老挝中古时的文学作品中比较出名的小说有皮亚乔东达的《爷爷教育孙子》、因梯央的《因梯央的教导》，以及无名氏所作的《大象和蚂蚁》《巴亚的故事》等；比较有名的史诗是《澜沧史记》和《万象王朝史记》；此外，邦坎的长篇叙事诗《信赛》也很出色。

泰国中古文学主要是巴利文经书和用古吉蔑文改编而成的佛教故事。立泰国王于 1345 年根据几十部佛典编纂而成的《三界经》是一部泰国佛教文献，它的诞生确立了泰国佛教文学的譬喻故事的模式。15 世纪以后，佛教僧人曾根据巴利文和梵文佛典中的故事，翻译编写出一些故事集，比较出名的有《二十五个故事》《飞鸟故事集》和《五十个故事集》等。产生于此时期的著名剧本《拉玛坚》也是根据《罗摩衍那》改编。10 世纪的拉玛二世曾从《罗摩衍那》中提炼题材而创作出《卡威》和《金螺》等诗作。

缅甸也是佛教文学盛行的国家之一。14 世纪至 16 世纪时，缅甸出现不少以《本生经》故事为题材的长篇故事诗，有 150 部之多。其中被奉为国师的信摩蒂诃拉温达（1453—1518）的长诗《修行》《祈祷》以及信摩诃拉达塔拉（1468—1530）的长诗《九章》《布利达》等被认为是缅甸文学作品的典范。缅甸中古文学的代表人物是著名僧侣作家吴邦雅（1812—1866），他的创作并不局限于宫廷文学和佛教文学，而在一定程度上反映出当时的社会现实和人民疾苦。此外，缅甸的宫廷文学也有了显著的发展。当时比较杰出的作品有那信囊（1578—1612）的雅都诗《出征》，以及平民大臣巴德塔亚扎（1672—1752）的《农夫》《爬棕榈树的人》《船夫》等。

中古印度尼西亚的古爪哇语文学受到印度教文化的影响。10 世纪时，印度尼西亚就出现了用古爪哇语改写的仿梵体诗《罗摩衍那》。991 年，达尔玛旺夏为了巩固王权统治，授命宫廷文人把印度两大史诗《摩诃婆罗多》和《罗摩衍那》改写成古爪哇语散文，对古爪哇语文学的发展起了重大的作用。最能代表古爪哇语文学成就的是恩蒲·甘瓦根据《摩诃婆罗多》的《森林篇》创作的古爪哇语梵体诗作品《阿周那姻缘》。《阿周那姻缘》是恩蒲·甘瓦对达尔玛旺夏的女婿爱尔朗卡经过艰苦抗战成功复国、荣登王位的献礼诗作。诗中的阿周那喻指爱尔朗卡，诗歌赞颂了爱尔朗卡的英勇以及他与苏门答腊公主的金玉良缘。恩蒲·甘瓦创作《阿周那姻缘》时采用的一种叫作"格卡温"的诗体，是仿效印度史诗的梵文诗律而创造的一种古爪哇语诗体，这种诗体在印度尼西亚后来的文学创作中产生了深远的影响。

14 世纪以后，随着伊斯兰文化的传入，马来西亚地区的文学创作处处展现出伊斯兰文化的痕迹。敦·斯里·拉囊的《马来纪年》（1612—1615）是马来民族的第一部史诗，较全面地记述了马来王朝的盛衰过程，反映了中古时期马来民族的社会风貌，对后世文学影响很大。《马来纪年》还是唯一一部较为完整地记载马来王朝与中国王朝发展友好关系的历史过程的著作。受伊斯兰文学的影响，马来西亚的中古文学出现了两种主要的文学体裁：一种是叫作"希卡雅特"的传奇小说，代表作品是《杭·杜亚传》；另一种是叫作"沙依尔"的长篇叙事诗，代表作品有《庚·丹布罕》《猫头鹰之歌》和反映"红溪事件"（1740 年华人和原住居民联合反抗荷兰殖民者起义）的《华人与荷兰人打仗的故事》等。

二、越南文学——阮攸和《金云翘传》

阮攸（1765—1820），字素如，号清轩，是越南文学史上具有划时代意义的诗人。他根据中国小说创作了长篇叙事诗《金云翘传》，成为越南文学史上的经典文本。阮攸出身世代显贵家庭，19 岁时中试，20 岁时承父荫任"正首校"。阮氏家族也出过不少有名的文人，如其父阮俨、其侄阮僖都是著名的诗人。

17 世纪初期越南政局不稳定，黎氏王朝大权旁落，北方的郑氏和南方的阮氏两大封建贵族集团为掌权相互倾轧斗争，他们之间进行了长达半个世纪的南北混战，百姓深受其害。至 1773 年规模巨大的西山农民武装起义爆发，起义军先后扫荡了北郑和南阮两大集团，推翻了黎氏王朝，于 1789 年建立农民新政权。阮攸曾为挽救黎王朝的统治而四处奔走，力图恢复黎氏统治，失败后便隐居在自己的家乡，自号"鸿山猎户，南海钓徒"。

1802 年，阮福映建立顺化阮氏王朝，统一全越南。阮福映称王后，多次召阮攸入朝。阮攸被迫出山，先后任多种职务并出使中国（清朝）。1813 年至 1814 年，阮攸出使中国，在北京接触到《金云翘传》。回国后他将《金云翘传》改写成字喃文的长篇叙事诗。1820 年，阮福胶继位为王，又派阮攸出使中国，但阮攸已身患重病，当年辞世，时年 56 岁。阮攸一生用汉文和字喃文两种文字写作，是一位多产的才子型作家，其字喃文著作除《金云翘传》外，还有《十类众生祭文》《帽坊青年托辞》《活祭布坊少女》和《樵夫申冤歌》等；汉文作品有《清轩前后集》《南中杂吟》和《北行杂录》等。

中国章回小说《金云翘传》本是一部描写才子佳人悲欢离合的才子书，共 4 卷 20 回，又名《双奇梦》。书名系从小说中的人物金重、王翠云、王翠翘三人姓名中各取一字组合而成，有一些新意。这本在中国早已经不流传的通俗小说，被阮攸改编后，在跨文化语境下，产生奇妙的"语境重生"效果，成为一部具有越南民族特色的长篇叙事诗。这首长诗初名《断肠新声》，后来范贵适刊印时，才改名为《金云翘传》。长诗故事中的地点、人物等都与原书一致。王翠翘、王翠云和弟弟王观是家道中落的王员外的子女。一日姐弟踏青时遇到了王观同窗金重，翠翘与之一见钟情，私订终身。不久，金重叔父亡故，金重奔丧回乡。后来，王家父子遭遇官商敲诈勒索，银铛入狱。翠翘卖身赎父，堕入青楼。南海英雄徐海，真心爱恋翠翘，将她救出火坑，还为她雪耻报仇。但当官兵追剿徐海时，翠翘却以忠孝功名的封建道德劝徐海投降。然而卑鄙的督军胡宗宪不守信用，杀死徐海，凌辱翠翘，还把她送给一个土酋长为妾。翠翘悔恨中投江自尽，幸遇曾有恩于她的尼姑觉缘搭救。苦尽甜来，翠翘之弟王观和金重会试高中，在补官上任途中查访翠翘下落，后偶遇觉缘，三人终得相聚。金重不忘旧情，与翠翘结为夫妻，结局十分圆满。阮攸改写这个故事，旨在反映越南的社会矛盾，期望封建政权重振。但翠翘的经历也揭示了社会的黑暗和当权者的腐朽无能，作者对其表现出人道的同情。

长诗塑造了翠翘这个突出的形象，人物刻画中并不是单一性格发展，而是写了她的曲折经历和思想发展过程。翠翘的真诚情感、忠贞品德是对越南妇女的歌颂。人民起义英雄徐海是另一个突出形象，他英勇豪迈的性格给人以深刻印象，受到广大群众的热爱。长诗是越南著名的"六八"诗体的代表作，广为流传，成为越南文学的经典。

三、缅甸作家吴邦雅

吴邦雅（1812—1866）是缅甸著名的僧侣作家。他出身于缅甸中部实皆镇的一个官宦世家，8 岁时剃度出家，20 岁时正式成为僧人，1852 年还俗后在王储加囊亲王门下做内廷诗人，后被征召入宫内做侍茶官。1866 年，吴邦雅遭人陷害，被指控参与敏贡、敏空岱王子的叛乱，叛乱平定后惨遭杀害，时年 55 岁。

吴邦雅是个多产的诗人和剧作家。他有"茂贡诗"（纪事诗）3 篇，其中最出名的是《珍宝河志》（1862）；有讲道故事诗（诗体小说）共 30 篇，大多讲解佛教教义，《六彩象牙王》是比较出名的一首。诗人刻画了嫉妒心重的王后、昏庸无能的国王、粗野的猎人和仁厚的象王等形象。善妒的象王妃子转世成为王后，指使昏庸的国王雇佣猎人去猎杀仁厚的象王，最后象王的象牙惨被割掉。故事悲剧性的背后隐含佛教教义的寓意。

吴邦雅创作的"密达萨"共有 60 余篇。"密达萨"即情谊书简，是诗人与友人的来往书信，内容深广，对社会生活的多方面都有涉猎，有一定的思想性和现实意义。其中具有代表性的作品有《回复》《香艾草油》《没有追逐姑娘》等。书信中作者多用散韵相间的手法，行文流畅，感情奔放。

吴邦雅的诗歌和书信作品突破了宫廷和佛教教义，抨击现实社会上的恶习和腐败现象以及宗教内部和宫廷内部的黑暗丑陋现象。吴邦雅诗文的思想性与批判性还表现在对时政的不满以及对人民苦难生活的反映。"密达萨"诗《化缘租船金》中就表达了对劳动者贫困生活的同情。19 世纪以后，英国入侵缅甸，吴邦雅作为一位爱国诗人，在《回复》等诗中表达了忧国忧民的心情。

吴邦雅的戏剧创作成就更为突出。他一生共创作了 8 部剧本，但大多已散失。他的剧本大部分取材于佛本生故事，也有部分从传说故事中取材。他的剧作晓谕世事，有一定的影射和隐喻意义。《巴东玛》根据佛本生故事《小莲花本生》创作而成，旨在劝谏讽喻敏东王靡乱荒淫的后宫生活。

吴邦雅的代表作《卖水郎》取材于佛本生故事《冈伽摩拉本生》，故事情节是卖水郎与卖水女结为一对夫妻，为取回藏在城墙缝中的四个铜板，卖水郎在烈日炎炎中四处奔走。国王见此情景，将其召来询问，赐予他八个铜板，劝他放弃那四个铜板，卖水郎不答应。国王又加倍赏赐，卖水郎还是执意去取。国王为其执着而感动，立卖水郎为王储。卖水郎将妻子卖水女接到宫中，共享荣华。不久卖水郎心生歹意，想将国王杀死篡位，但终因良知觉醒而罢手。卖水郎将自己歹毒邪恶的想法告诉了国王，国王不仅没有怪罪他，反而要退位让他继承大统。卖水郎参悟之后，毅然出家。戏剧情节紧凑生动，冲突尖锐，作者对卖水郎的寒酸、执着、贪婪和悔改，国王的仁厚和慈悲，都进行了细致的描写，对戏剧情节的发展安排也做了缜密的构思和巧妙的布置。《卖水郎》情节布局巧妙，人物性格独特鲜明，内容具一定的教育和启发意义。《卖水郎》被公认为是吴邦雅最出色的剧作。

鉴于吴邦雅出色的戏剧创作，以及与莎士比亚相仿的对社会、对人的本性敏锐的洞察力，缅甸人将他称为"缅甸的莎士比亚"，享有崇高的声誉。

四、印尼长篇传奇小说《杭·杜亚传》

长篇传奇小说《杭·杜亚传》是中古印度尼西亚的古典文学名著。《杭·杜亚传》产生的年代和作者都已经无法查证，成书时间估计不早于 17 世纪，至少不会早于葡萄牙和荷兰殖民者入侵并灭亡马六甲王朝以后。1511 年，西方殖民主义者侵入印度尼西亚，马六甲王朝灭亡，民族遭遇浩劫。这时人们期盼能有本民族的英雄出来拯救全民族于危难，求得民族地位和尊严的恢复。《杭·杜亚传》约于此时应运而生。

《杭·杜亚传》记述了传奇英雄杭·杜亚为国家民族建功立业的历史。杭·杜亚出身贫寒，从小就勤劳刻苦，为父母分担劳苦，有着非凡的才能。他和杭·直巴等人义结金兰，学得超群武艺。10 岁那年，他就与四位兄弟以超强武艺打退入侵海盗，平息了暴乱，被称为少年英雄。后来他们因救宰相有功，被推荐到宫廷担任国王的侍从。杭·杜亚因超凡的武艺和才能，受到国王的器重。国王十分中意宰相的女儿，但没能娶成，后来就派杭·杜亚到麻喏巴歇求亲。麻喏巴歇国实力强盛，野心勃勃，早就垂涎马六甲。其宰相卡查·玛达看出了杭·杜亚的卓越才能与高强武艺，恐其会成为麻喏巴歇的威胁，曾先后 10 次设计谋杀他，都被杭·杜亚识破，最后麻喏巴歇赔了公主又损兵折将。而杭·杜亚因其功勋和建树出任海军统帅，深得国王信任。后来杭·杜亚遭到奸臣陷害，国王偏信谗言，下令将其处死。所幸的是，宰相把他藏了起来，使他免于死于非命。杭·杜亚的结义兄弟杭·直巴后来接替了他的职务。杭·直巴对国王处死杭·杜亚十分不满，于是起兵造反。这时国王才后悔当初下令杀死杭·杜亚。宰相趁机向避难于府上的国王奏明实情，国王立即重新启用杭·杜亚，命他去平息叛乱。杭·杜亚为了表示效忠国王，含泪杀死了为他揭竿而起的结义兄弟杭·直巴。

小说还对杭·杜亚先后出使印度、中国、阿拉伯、埃及、罗马等国的情景和冒险经历进行了生动的描写。他积极从事对外交往活动，推动马六甲与其他国家关系的发展，为马六甲强盛时期的外交做出了贡献。此外，小说还描述了杭·杜亚带头抗击葡萄牙殖民者入侵的英勇事迹。为了维护民族的独立与尊严，杭·杜亚虽已身负重伤，但坚持指挥战斗，最终击退葡萄牙侵略者。打败葡萄牙侵略者后，杭·杜亚隐居山林，不知所终。

《杭·杜亚传》里的主人公杭·杜亚有着鲜明的封建忠君思想。他对国王竭尽忠诚，却屡遭陷害，受到国王的冤枉处罚，甚至被处死，但仍抱着"君让臣死，臣不得不死"的封建伦理纲常思想。小说中宣扬的杭·杜亚的封建愚忠思想也显示出当时宫廷文人对作品的加工痕迹。

《杭·杜亚传》具有史诗般的叙事风格，赞颂民族英雄。杭·杜亚被塑造成马来民族英雄的最高典范形象，他身上几乎集中了马来民族的一切优秀品质。小说中他既是叱咤风云的英雄，又是足智多谋、才学渊博的智者。杭·杜亚是马来民族精神的象征，作者对他进行了浓墨重彩和细致入微的性格刻画，把他成功地塑造成一个有血有肉、具有鲜明个性的艺术形象，成为马来民族人民最喜爱的英雄。

《杭·杜亚传》被誉为马来文学的《奥德赛》，几世纪以来在印度尼西亚和马来西亚广受欢迎。而杭·杜亚作为民族英雄，也一直受到印度尼西亚和马来西亚人民的崇敬和喜爱。

第四节　中古南亚文学

一、中古南亚文学概述

南亚主要指南亚次大陆的印度。大约在 5 世纪以后，印度逐渐由奴隶社会进入封建社会。但当时王朝众多，因此在相当长的一段时期内，印度都没有一个统一的中央政权。大约在 10 世纪以后，外来民族开始入侵印度，印度不同民族之间的矛盾开始加深。1526 年，巴卑尔建立起伊斯兰教政权——莫卧儿王朝，实现了印度中央政权的统一。1857 年的印度民族起义失败之后，英国殖民主义者推翻莫卧儿王朝，印度成为英国的殖民地。

中古时期，印度的社会矛盾有阶级矛盾又有民族矛盾。阶级矛盾始终是中古印度最主要的矛盾，中后期时民族矛盾越来越突出。阶级矛盾不仅包括农民、手工业者和王公贵族之间的矛盾，还包括在严格的种姓制度和宗教制度下不同阶层之间的矛盾。种姓制度与印度教结合在一起，加深和激化了社会矛盾。印度本来就有佛教和印度教之争，伊斯兰教传入印度后，印度的宗教矛盾愈加突出，原本就复杂的阶级矛盾亦愈演愈烈。中古印度文学就在如此错综复杂的社会环境中产生。

中古印度文学跨时很长，约从 1 世纪开始，至 19 世纪结束，有着十分丰富多样的文学创作，故事文学、诗歌、戏剧和小说都取得了相当显著的成就。此外，许多伟大的世界级著名作家如迦梨陀娑、苏尔达斯、杜勒西达斯等也生活在这个时期，他们创作出大量流传千古的艺术珍品，至今仍广为人们称颂。

梵语古典文学和地方语言文学是中古印度文学的两大部分。梵语古典文学时期大约从公元前后兴起，到14世纪逐渐衰落。这一时期，梵语古典文学在故事文学、诗歌、戏剧和小说方面都取得了相当丰硕的成果。首先不得不提的是，迦梨陀娑是这一时期梵语古典文学最杰出的代表，他的创作代表了梵语古典文学的最高峰。

叙事性的故事文学是中古印度文学乃至整个印度文学的一个重要方面。在这一时期故事文学取得了相当高的艺术成就。印度本是个产故事的大国，中古时期更是印度故事的丰产期，这时期最出色的作品有《本生经》和《五卷书》，另外《故事海》《僵尸鬼的故事》《鹦鹉的故事》《宝座的故事》《人生寓言》《沙摩奈奢》和《法鉴》等作品也颇有名气。

中古梵语古典文学在诗歌方面，有叙事诗迦梨陀娑的《罗怙世系》和《鸠罗摩出世》，婆罗维的《野人和阿周那》，摩伽的《童护伏诛记》和室利诃奢的《尼奢陀王传》；抒情诗有迦梨陀娑的《云使》，伐致呵利的《三百咏》，阿摩卢的《百咏》，牛增的《阿利耶七百首》和胜天的《牧童歌》。

戏剧方面，有戏剧大师跋娑的《惊梦记》《五夜》《善施》《神童传》等13部剧作品。跋娑的戏剧创作奠定了后来印度戏剧创作高峰的基础。迦梨陀娑是最出名的戏剧大师，他的著名戏剧《沙恭达罗》是世界戏剧史上的艺术珍品。他的叙事长诗《罗怙世系》《鸠摩罗出世》和长篇抒情诗《云使》都是梵语文学的名著。此外，首陀罗迦的《小泥车》也是此时期一部十分重要的戏剧作品，它是现存唯一的以社会政治问题为题材、反映城市中贫民和贵族斗争的作品。其他较为出色的戏剧作品有戒日王喜增的《龙喜记》《妙容传》，薄婆菩提的《茉莉和青春》《后罗摩传》等。小说有苏般度的《仙赐传》、波那的《戒日王传》和《迦丹波利》、檀丁的《十王子传》等。

10世纪以后，作为书面语言的梵语古典文学逐渐走向衰落，而地方语言文学迅速繁荣。地方语言文学主要包括印地语文学、乌尔都语文学、孟加拉语文学、阿萨密语文学、奥里萨语文学、泰米尔语文学、泰卢固语文学、卡纳尔语文学等。其中印地语文学是这些地方语言文学中最具有代表性的文学。

中古印地语文学大致分为英雄史诗、虔诚派文学和法式文学三个时期。10世纪前后到14世纪是印地语文学的英雄史诗时期，这一时期出现了一些歌颂民族英雄的长篇叙事诗，主要作品有金德·伯勒达伊的《地王颂》、伯勒伯蒂·维杰耶的《库芒王颂》、纳勒伯蒂·那尔赫的《比斯勒德沃王颂》、夏尔格特尔的《赫米尔王颂》、纳勒辛赫的《维杰耶巴尔王颂》等。这些长诗大多歌颂民族英雄抵抗外族的入侵，《地王颂》是比较出名的一篇，它有多种传本，篇幅最长的有10000多颂，其风格类似《摩诃婆罗多》，在中心故事的叙述之外，穿插极多相关故事。

15世纪到17世纪，印度教受伊斯兰教影响，教内出现了虔诚派的宗教改革运动，主张绝对虔诚地崇拜毗湿奴的化身黑天或罗摩。以描写和颂扬黑天或罗摩为内容的创作被称为虔诚派文学。虔诚派又分为无形派和有形派。无形派认为神是无形的，反对有形偶像崇拜。无形派又有两个分支，即明理支和泛爱支。明理支主张通过理性达到人神合一，泛爱支主张通过爱达到人神合一。有形派认为神是有形的，他们崇拜毗湿奴大神的化身罗摩或黑天，并分别被称为罗摩支和黑天支。

格比尔达斯是虔诚运动中无形派明理支的代表诗人。他的生平已不可考，大约生活在 14 世纪末至 16 世纪初的某一段时期内。他出身于织布工人家庭，属印度教低等种姓阶层。格比尔达斯是个民间诗人，思想激进，因此受到了来自伊斯兰教和印度教的攻击。格比尔达斯的作品大多已散失，现流传于世的有抒情诗《真言集》。

加耶西（1493—1542）是虔诚运动中无形派泛爱支的代表诗人。加耶西身为伊斯兰教苏菲派的成员，思想与虔诚运动十分相似。他主张平等和泛爱，主张以爱虔诚地对待神明。加耶西一生创作了 21 种作品，但大多已散失，现存的仅 3 种。《最后的话》和《字母表诗》表达了他的宗教哲学思想和一些社会观点，文学性并不强。长篇爱情叙事诗《伯德马沃德》是他的代表作，这是一部爱情悲剧诗，感动了社会各个阶层的读者。

虔诚文学运动中有形派黑天支的代表作家是苏尔达斯，他崇拜毗湿奴的化身黑天，他的诗作也大多颂扬黑天。其他黑天支的作品有南德达斯的《五章乐歌》和《黑蜂歌》、米拉巴伊·勒斯康的《智慧的勒斯康》和《爱的花坛》、纳罗德默达斯的《苏达马的生平》等。

有形派罗摩支的代表诗人是杜勒西达斯，他的经典作品《罗摩功行之湖》被当成了宗教经典。其他罗摩支的诗人还有纳帕达斯、阿格尔达斯等。

17 世纪中叶到 19 世纪中叶，随着封建王朝的衰落而走向停滞状态的印度文学，被称为法式文学。这个时期的创作，大都是低级庸俗的艳情诗，矫揉造作，形式主义倾向严重。但普生是当时一位优秀作家，他的作品并没有法式文学衰颓的倾向，其代表作《西瓦吉五十二首》鲜明地反映了他的民族主义精神。

二、印度的《本生经》和《五卷书》

6 世纪后，佛教在印度社会产生越来越大的影响。为了传播教义、阐释教规与道德准则、神化释迦牟尼，佛教徒广泛收集、加工整理了大量的民间故事、寓言、童话，最终形成了《本生经》。《本生经》也译为《佛本生故事》或《佛本生经》。《本生经》的具体成书年代已经不可考，现存最早版本的本生故事是一位斯里兰卡比丘约在 5 世纪时根据僧伽罗文译本译写而成的。

《本生经》故事都有一套固定的叙述与写作模式，一般分为 5 部分。第 1 部分写前生故事，交代佛陀前生故事的地点和其他发生条件等；第 2 部分写今生故事，即本生故事，是本生故事的主身；第 3 部分是具有归纳、总结和阐释性质的偈颂诗歌；第 4 部分是注释，对前面偈颂中的词语做注解；第 5 部分点明故事中出现的人物关系，前生故事中的人物和今生故事中的人物在此部分一一对应起来。

《本生经》共有 547 个本生故事，分 22 篇，每篇故事多少不等。这些故事可以分为寓言故事、神话传说故事、劝善惩恶故事、现实社会的斗争故事等。寓言故事以动物为主要角色，借动物社会映射出人类社会的哲理和教训；神话传说故事的教育意义也很明显；劝善惩恶故事，多宣扬善恶有报的思想；反映现实社会的斗争故事则具有较强的现实意义。《本生经》故事囊括社会生活万象，大部分故事都有较正面的意义，如揭露统治者的残暴，谴责婆罗门严格的种姓制度，赞颂公正无私，辨明美丑，同情受难者，歌颂品格高尚者，等等。但受当时时代的局限，《本生经》故事中也有不少负面思想观点，如宣扬宗教的宿命论，歧视妇女和顺世顺生等。

《五卷书》故事集与《本生经》故事并列，堪称印度故事文学的双璧。《五卷书》是由婆罗门教文人编订，用来宣传他们的世俗思想和观点。据有关学者推测，《五卷书》最早的传本可能在2世纪至3世纪已经产生，现知各种传本中最晚的在12世纪编订完成。

《五卷书》由《绝交篇》《结交篇》《雅枭篇》《得而复失篇》《轻举妄动篇》等组成。故事主线是国王请一位婆罗门学者教自己3个愚蠢的儿子为人处世的道理。婆罗门学者编出了供王子学习的教材，即《五卷书》。婆罗门学者用生动的文学作品打动王子们的内心，启发他们的感情共鸣，进而使他们懂得世间的道理。《五卷书》中《绝交篇》讲君臣；《结交篇》的讲社会关系与交游的道理；《雅枭篇》讲为人的人生哲学和谋略，社会经验与人生感悟很深刻；《得而复失篇》讲交友之道；《轻举妄动篇》讲如何处理自己遇到的事情，是处世之道。这些主干故事之中又插入其他枝干故事，丰富整部故事集的内容。

《五卷书》教导人们如何为人处世，与人交往，是智者处世经验的汇编。《五卷书》宣扬智慧，抨击愚昧无知，教导人们安身立命必须懂得人情世故，活在世上更要居安思危，遇到危险要临危不乱。这是一部经典的"世故教科书"。《五卷书》的主要思想虽积极向上，但它也有当时时代鲜明的局限性，如宣扬宿命论，歧视妇女，有拜金倾向。

三、迦梨陀娑

迦梨陀娑是著名的古典梵语诗人、剧作家。关于他的生平有各种传说，但至今仍无十分确凿的资料可考证。据传，他的名字是由两个词组合而成的复合词："迦梨"意为女神，"陀娑"意为奴隶，合起来就是"迦梨女神的奴隶"。传说他本是婆罗门之子，父母亡故后被牧牛人养育成人，后与公主结婚，公主嫌他粗野，劝他向迦梨女神祈祷，他终得迦梨女神的眷顾，成为伟大学者、诗人，因此取名"迦梨陀娑"，以示永远感恩铭记女神的恩典。他的出生时间大约在350年至472年之间，此时正是笈多王朝鼎盛时代。当时的国王爱好以艺文记载其治国事迹，宫廷文人云集。迦梨陀娑以其卓越的文思才华，成为一位出众的宫廷诗人，被誉为笈多王朝的"宫廷九宝"之一。迦梨陀娑在1956年被世界和平理事会列为世界十大文化名人之一。

迦梨陀娑一生创作了大量文学作品，流传至今的有两部叙事诗《鸠摩罗出世》和《罗怙世系》、两部抒情诗《云使》和《时令之环》，以及三种剧本《沙恭达罗》《优哩湿婆》《摩罗维迦和火友王》。

《鸠摩罗出世》是迦梨陀娑的第一部长篇叙事诗，取材于印度古代神话传说。长诗前8章写大神湿婆和喜马拉雅山的女儿乌玛恋爱和结婚的故事；第9章以后写湿婆的儿子鸠摩罗出世、成长、锻炼成人后降伏罗刹而成为战神的故事。《罗怙世系》是他的第二部长篇叙事诗，取材于印度古代历史传说。全诗共有 19 章，前 9 章写罗摩的高祖、曾祖、祖父、父亲的历史；第 10 章至第 15 章写罗摩的生平，但主要描述的是罗摩的曾祖及祖父的生平情况；第 16 章至第 19 章写罗摩后裔的历史。整篇叙事诗在描述帝王家谱的过程中常常显露出热爱普通人民大众的民主思想。迦梨陀娑的诗歌文字华丽多彩，音韵铿锵有力，体现了作者的创作风格。

　　《云使》是迦梨陀娑著名的抒情长诗，也取材于印度神话，讲述一个因触犯了财宝之神俱毗罗而被流放印度东部罗摩山的小神仙药叉，在雨季到来之际托雨云带信给留居故乡北印度阿罗迦城的新婚妻子，表达自己眷恋思念之情的故事。《云使》的故事情节简单，重在抒情。全诗分"前云"和"后云"两个部分。"前云"主要写药叉向雨云介绍北去故乡途中遇到的情景。诗人笔下的山川、丛林、彩虹、禽鸟、野鹿都富于灵性，世界万物都生机盎然；"后云"写药叉想象雨云来到阿罗迦城会见妻子传达信息的情景。长诗以抒情的笔调歌颂了真挚专一的爱情，也含蓄地对造成这一现状的社会表达了不满的情绪。在艺术特色上，《云使》想象丰富，情景描绘生动逼真，心理描写细腻，感情浓郁，语言生动凝练，整首诗显出高雅、端庄、和谐、优美而潇洒绵长的独特风格。

　　《沙恭达罗》是迦梨陀娑戏剧创作的代表作品。全剧共有 7 幕。第 1 幕写国王豆扇陀为打猎来到净修林，偶见美貌惊人的净修女沙恭达罗。国王隐匿身份接近沙恭达罗，沙恭达罗对国王亦心生好感，两人一见钟情。第 2 幕写豆扇陀与沙恭达罗热恋，他打发军队回城，自己则以保护人身份留居净修林。第 3 幕写豆扇陀与沙恭达罗用"干闼婆"方式结婚，享受爱情的欢乐。国王回宫前赠净修女戒指作为信物。第 4 幕写孕育着豆扇陀之子的沙恭达罗决定进城寻找丈夫，离开净修林之际，不慎怠慢了大仙人达罗婆婆，因此受到仙人诅咒：国王会忘记与沙恭达罗发生的一切，只有当国王重新看到他赠给沙恭达罗的戒指时，才能记起他们的爱情。第 5 幕写沙恭达罗在去王宫途中祭水时丢失戒指，与国王相见时因为诅咒已被国王忘记，沙恭达罗气愤地斥责豆扇陀的无情无义。事后，沙恭达罗被女神尼诺救到天上。第 6 幕写一个渔夫在鱼腹中发现戒指并献给国王，豆扇陀重见信物恢复记忆，他不断地后悔自责，思念妻子。第 7 幕写豆扇陀乘车上天与沙恭达罗和儿子相见，最终获得圆满结局。

　　《沙恭达罗》的故事最早出现在《摩诃婆罗多》中，也曾载于《莲花往世书》，但内容情节都很简单。《沙恭达罗》以净修女沙恭达罗和国王豆扇陀的爱情故事为主要线索，歌颂了超越世俗等级制度的纯真爱情，对等级制度森严的印度社会来说，有着深刻的现实和历史意义。

　　《沙恭达罗》塑造了沙恭达罗和国王豆扇陀两个突出的形象。沙恭达罗是王族仙人和天女的女儿，她与豆扇陀一见倾心，突破了世俗，和豆扇陀私自结为夫妻。她是一位追求婚姻自主的女性。沙恭达罗怀子前往王宫与国王相认时，遭到失忆国王的拒绝，她义愤填膺，怒斥国王的无情无义。在当时的印度，妇女毫无社会地位，沙恭达罗对豆扇陀的斥责，不只是表现了她的刚毅坚强的性格，还表现了当时印度被压迫的妇女对自由自主的强烈愿望。沙恭达罗热爱生活，热爱大自然，与自然中的动物植物和谐相处，是自然的精灵。她为了争取自己的幸福，敢于怒斥国王，同顽固势力做斗争。沙恭达罗是迦梨陀娑精心塑造的一个人物形象，她身上寄寓了迦梨陀娑的美好理想和愿望。

国王豆扇陀也是迦梨陀娑塑造出来的突出形象。豆扇陀是一位仁慈的国王，当苦行者劝谏他不要射杀小鹿时，他就放下弓箭，放小鹿离去。豆扇陀还比较重视平民百姓的生活和关心人民的疾苦。迦梨陀娑着重描述了豆扇陀的爱情生活，他深爱沙恭达罗，但他失去记忆后，不与沙恭达罗相认，甚至出言讽刺。豆扇陀恢复记忆后，深为自己的言行感到悔恨，作者此时又重新以理想君王的形象刻画豆扇陀，这一形象显示出作家的美好爱情理想：男人对女人应该始终如一，爱情靠双方努力才能最终得到幸福。豆扇陀是迦梨陀娑虚构的一个理想君王，这样的君王不存在于印度古代的现实社会中。

《沙恭达罗》情节曲折而独特，人物形象生动鲜明，人物性格突出；全剧始终充满诗情画意，抒情色彩浓厚，给人以清新自然的美感。这部作品是迦梨陀娑最杰出的作品，也是世界文学史上一部公认的杰作。

迦梨陀娑的作品常取材于古印度文学或历史传说，着重歌颂爱情和肯定现实，同时对社会中不合理现象做轻微的嘲讽和批评。他的创作以抒情见长，风格典雅端庄。迦梨陀娑的精湛技巧把印度抒情诗和戏剧都提高到一个新的发展阶段，无论在印度文学史还是世界文学史上，他都称得上是一位杰出作家。

四、苏尔达斯

苏尔达斯是印度虔诚派文学中有形派黑天支的代表诗人。他用印地语创作，其作品在整个中古印度文学史上占相当重要的位置。关于他的生平经历，众说纷纭，没有定论。大致可以确定他生活在 15 世纪七八十年代至 16 世纪七八十年代之间的某一段时期。他的出身也有争议，有观点认为他出生于高贵的婆罗门家庭，也有观点认为他出身于一个以歌唱为职业的民间艺人之家。他可能过了一段出家人的生活，爱好弹唱；还可能曾在青年时代拜宗教大师瓦拉帕为师，遵照大师的要求，诵唱《薄伽梵往世书》中的故事诗，这正是他后来专门书写以黑天生活为题材的诗作的原因。他拜瓦拉帕为师和诵唱往世书诗作的经历有可能是人们从他的诗作内容推测出的结论。据说，苏尔达斯曾晋见过著名的阿克巴大帝，阿克巴大帝请他留在宫廷为自己歌功颂德，却被他拒绝。苏尔达斯双目失明，对他是先天盲目还是后天失明也有不同观点：认为他先天盲目的，是根据关于诗人的神秘传说推断而来的，并不足为信；而如果是后天失明，他诗中许多细腻的景物描绘和鲜明的色彩则是不可想象的。苏尔达斯的名字，后来成为盲诗人或者盲人的代名词，可见他的影响之大。

苏尔达斯留下的作品有 3 部：《苏尔诗海》《苏尔诗选》和《文学之波》。《苏尔诗选》是《苏尔诗海》的目录和诗选，但大部分诗是《苏尔诗海》中没有的，这很可能是编辑者自己的诗作。《文学之波》有 170 多首诗，是彼此独立的抒情诗作，抒写关于黑天离开牧区以后，人们对他的怀念。但诗中几乎都是露骨的艳情，故被人们怀疑不是苏尔达斯的作品。

《苏尔诗海》被认为是诗人创作的全集本，现在看到的最早手抄本是于 1573 年编订的。《苏尔诗海》是关于黑天的故事。后来现世的 1696 年的手抄本，其篇幅比前一个手抄本要大得多，除以黑天为中心的诗篇外，还有不少篇是与黑天故事无关的诗作。这个手抄本中诗篇的顺序正好和《薄伽梵往世书》的编目一致。这是《苏尔诗海》的流行本，自 19 世纪 60 年代以来，先后以此版为基础出版了数十种全本和选本，大同小异，其中以贝拿勒斯本最为完整。全书诗作共计 4936 首，分为 12 篇，每篇诗作多少不等，多者如第 10 篇（分上篇、下篇）共计 4309 首，其次是第 1 篇有343 首，第 9 篇有 174 首。每首诗长短不一，短者只有几行，长者达 300 余行，一般在 20 行左右。诗作形式除少数篇幅长的是叙事诗外，其余都是抒情诗。

《苏尔诗海》是以描写黑天事迹为线索的抒情诗集。黑天的故事是印度文学史中一个流传了若干年的形成固定模式的文学题材。其故事如下：黑天的生父是富天，生母是提婆吉，生下黑天之前，他们就被内弟刚沙囚禁于狱中。刚沙是一个暴君，他通过上天的启示，得知他的姐姐生下的儿子将推翻他的王位，于是企图杀死富天夫妇将要生下的儿子，以绝除后患。谁知黑天是毗湿奴大神的化身，富天竟抱着刚生下的黑天毫无阻拦地走出监狱，把儿子送到牧民难陀和耶雪达夫妇家。从此，黑天就被耶雪达当作亲生儿子抚养。刚沙闻讯后，多次派魔鬼来谋害黑天，但都被黑天打败。黑天作为一个牧童，生活在牧区的青年男女中，放牧、恋爱、嬉戏和歌舞。16 岁时，刚沙把黑天和他的哥哥罗摩召入京城，企图谋害。黑天兄弟识破刚沙的奸计，把刚沙打死。黑天请被废黜的老王复位，又救出了被囚禁的父母，他后来成为印度史诗中的经典英雄。《苏尔诗海》着重写黑天童年和少年时期的生活，从黑天出生和母子之情写起，写他偷喝牛奶、林中放牧、情侣幽会等故事，充满了生活情趣。

在印度文学体系中，有关黑天的故事已成为流传极广的经典故事模式。在这个故事模式中，黑天有着三重身份：神的化身、贵族公子和平民牧童。从印度古代大史诗起，往世书、佛典再到中古时期的诗作，所有关于黑天的故事，都没有离开这个模式。但在不同时代和不同作者的创作中，黑天故事的创作角度不尽相同。作为民间歌手的苏尔达斯，在诗作中突出了黑天故事中平民牧童的形象，着重描写黑天的人性和平民身份，只有在降魔时才显示出超常的智慧和力量。平时他同常人一样生活，头插雀翎，口吹横笛，脖戴用野花编成的花环，具有常人的性情。儿时的他天真、顽皮、聪颖、活泼，很淘气，会说谎，惹人喜爱。诗作描写他能歌善舞，善于同女子谈情说爱，有时是真情实感，有时则近于戏谑玩弄。总的说来，他是牧区人们十分中意的可爱牧童，也是为牧民谋福利的少年英雄。当然，我们也不能忘记，黑天始终是以印度教为中心的文化模式中的一个形象，诗篇的框架、构思和全诗的基调都有印度教的影子。他降魔除妖的功绩来自神力，他拥有俊美魁伟的体形也因他是大神的化身，他和牧区 16000 余名女子亲昵、拥抱甚至肉体接触更是来自他的神性。这些都体现了印度教的主要教旨和哲理。黑天故事的文学模式如果离开了印度教这个中心就不会存在。但同其他以黑天为中心的创作不同的是，苏尔达斯既继承了印度梵语古典文学的优点，又发挥了民间文学的长处。

五、杜勒西达斯的《罗摩功行录》

杜勒西达斯（1532—1623）是中古印度虔诚文学有形派罗摩支的代表诗人。他同信奉黑天的苏尔达斯都属有形派，但他是毗湿奴化身罗摩的崇拜者，是罗摩派最著名的诗人。杜勒西达斯的生平事迹有许多具有神秘色彩的传说，缺乏可靠的史料和记载。相传他可能出身于一个婆罗门家庭，因父母双亡，家道中落，他孤独无依，不得不靠乞讨为生，后被人收养。他在青年时期遇到一个师父，跟随师父学习梵语和宗教经典，从而接触到有关罗摩故事的系统资料。这是他后来崇信罗摩并创作《罗摩功行录》的因缘。他曾娶亲成家，后弃妻离家修行，以传教为业，漫游各地，接触各类人物，了解社会生活，深知人民疾苦，这为他的创作提供了丰富的生活素材。据传，他晚年定居贝拿勒斯，并在那里完成了他的长篇叙事诗《罗摩功行录》的创作。

杜勒西达斯传世的作品共 12 部，主要有《罗摩功行录》《谦恭书》《歌集》和《双行诗集》等。《谦恭书》计 279 首抒情诗，是一部虔诚的宗教诗集，其主要内容是赞美化身为罗摩的大神毗湿奴和毁灭之神湿婆，祈求大神的庇佑以求获得解脱。《谦恭书》对罗摩神性的一面描写不多，而罗摩人性的一面却得到重点的描述。有学者认为，这部诗集犹如《罗摩功行录》的提纲或摘要。《歌集》是一部以抒情为主而夹杂着关于罗摩故事叙述的诗歌集，分为 7 篇，计 328 首，其主题也是对罗摩的歌颂。《双行诗集》计 578 首诗，其中约 200 首是关于罗摩的诗，其他 300 余首则是格言哲理诗。后一部分诗作中，反映了社会某些真实现象，凝结了许多人生的哲理。

《罗摩功行录》是杜勒西达斯的代表作。罗摩的故事，如同黑天的故事一样，是经过漫长的历史过程和文化积累而形成的一个传统的文学模式，也是融宗教、历史、哲学、政治、伦理和习俗为一体的一个文化整体的典型代表。根据这个故事模式而创作的一系列作品中，史诗《罗摩衍那》是最早出现也是最伟大的巨著，而《罗摩功行录》则是这个故事模式中最广为人知的一部长诗。应该说，后者是源于《罗摩衍那》的，两者的关系与《薄伽梵往世书》和《苏尔诗海》的关系类似。两部长诗都分为 7 篇，形式基本相同，但篇幅相差很大，《罗摩衍那》有 10 万行，而《罗摩功行录》只有 4 万行。在内容上两者都是关于罗摩故事的长诗，但后者有较大的增减。在主题方面，两者也有较大差异。

首先，在情节方面，杜勒西达斯在《罗摩功行录》采取删繁就简的方式，将大史诗中许多与罗摩故事没有直接关系的故事和传说删去，突出了罗摩故事的线索，使长诗的结构更为严谨，故事更为精练和集中。诗人还对某些情节做了改动。罗摩和悉多之间的情节，改动就很大。在《罗摩衍那》中，悉多是从犁沟里捡来的，杜勒西达斯在《罗摩功行录》中则删去这一细节，把她写成一位公主。悉多以选婚的方式同罗摩结成夫妻，而早在选婚仪式之前，两人就相识，在幽会中私订终身。在大史诗中，十首王罗波那劫走悉多，使罗摩和悉多的爱情故事多了许多曲折。而在《罗摩功行录》

中，改写为十首王劫走的只是悉多的幻影，并不是真身，她的真身早就被具有无限神力的罗摩隐藏起来。后来罗摩试妻和休妻的情节也被删去了，全诗以悉多生下王子结束。这一改动无疑突出了罗摩夫妻忠贞的爱情及和谐的生活。其选婿方式，是印度中古以来民间文学中最富有传奇色彩的模式，加强了故事的生动性和情趣。与此同时，猴国中兄弟之争和相互占妻的故事也有改动，作者删去了兄弟占嫂的情节，以便同罗摩夫妻情深的描写相映衬。这些改动，抛弃了原有粗野的夫妻关系的描述，体现了中古文明的发展，符合中古封建伦理的要求。

其次，《罗摩功行录》中对罗摩形象的描写有了新的特征。在大史诗中，罗摩的形象是矛盾的，他是一个受迫害者，一位贤明的君主，又是一个对妻子抱有怀疑的人。《罗摩功行录》却在罗摩故事模式的基础上，把罗摩写成一个十全十美的理想君王，他上从父命，牺牲王位，毫无怨言，下以仁爱待兄弟而无异心，夫妻和谐，相互信任，完全是一个有教养、谦恭大度的理想君王。他自愿去森林流浪，把王位继承权让给弟弟婆罗多。长诗中写道："罗摩遵从父命脱下了衣冠服饰，穿上了兽皮衣，既不痛苦，也不高兴。他安慰大家后准备去森林，悉多听说后也要去森林，她是忠实的妻子，怎会不追随夫君？罗什曼那听了也起身相随，罗摩百般劝解他也不听。于是罗摩向大家顶礼之后，带着悉多和罗什曼那离开了京城。"一场宫廷王位争夺之战，在这里变成父慈子孝、兄仁弟义的谦让和体贴，这就突出了罗摩的英明君王的形象，为他即位后呈现出的"太平盛世"奠定了基础。诗人对罗摩形象做的变更表达了诗人对统一的理想的王朝的向往，这也正合乎中古印度社会人民大众的需求。

最后，在人物塑造方面，《罗摩功行录》比《罗摩衍那》有着更为浓厚的宗教特色。罗摩故事的模式同黑天故事的模式相似，罗摩作为大神毗湿奴的化身，也集神性、贵族和平民于一身。大史诗着重对罗摩的贵族和平民一面的描绘，而《罗摩功行录》则重于对罗摩神性的描写。在杜勒西达斯笔下，罗摩作为君王的英明、勇敢、智慧和正义，几乎完全来自于他的神性。例如，罗摩还在孩提时期，其头发里就显现了整个宇宙。当罗摩同罗波那两军对阵时他的一只神箭就能扭转残局，决定胜负等。这种对罗摩神性的着力刻画，无疑地表现出中古时期对罗摩的崇拜之盛。《罗摩功行录》宗教色彩之浓还表现在对种姓制度和婆罗门至上的思想的宣扬。在诗中理想的太平盛世里，人人都是婆罗门的仆人，"婆罗门高兴是一切幸福的源泉，生气的地神——婆罗门会毁灭无数家园"。婆罗门的地位和法力都是至高无上的，不仅平民要崇拜婆罗门，连大神们也须如此。所谓"世界上最神圣的事情，就是诚心用言行膜拜婆罗门"，"有人抛弃一切虚伪诚心敬奉婆罗门，我（罗摩自称）和梵天、湿婆等众神都俯首听命"。这种对婆罗门的绝对歌颂和极端崇拜与婆罗门教盛行的时代相当。同苏尔达斯相比，杜勒西达斯的作品更多地表现了受宗教禁锢的一面，而苏尔达斯却能表现宗教文化影响下所形成的民族和社会生活特色，反映和描绘人的感情和特性，使现实人类社会生活蒙上一层迷人的传说色彩，作品的艺术魅力大增。

《罗摩功行录》的结构形式也源于《罗摩衍那》，都是由 3 个人物口述，3 个听者层层转述而组成的，诗句工整，韵律整齐，典雅优美，富有节奏感和音乐性。这部作品 300 多年来被看作是印度诗歌的典范，甚至被视为宗教圣典，许多地方还为诗人立庙祭祀。杜勒西达斯在印度拥有崇高的声誉，《罗摩功行录》也为历代人们所喜爱。

第十章 中古阿拉伯文学

第一节 中古阿拉伯文学概述

　　中古阿拉伯文学是一个新概念。传统的研究中，由于阿拉伯地区的文学在伊斯兰教产生之后才真正兴起，所以有的文学史中直接称之为"古代阿拉伯文学"。实际上，此时已经是世界文学的中古时期，因此，将这一阶段的阿拉伯文学称为中古阿拉伯文学是正确的。

　　另外一个原因在于，中古之前，虽然没有发达的文学，但是阿拉伯半岛南部从古代就产生过多种文明，公元前2000年到公元前1000年间，先后有米奈人、赛伯伊人和希木伊尔人在这里建立了奴隶制的国家，但是在伊斯兰教兴起之前，这些文明已经衰落。虽然如此，阿拉伯地区仍然有古代文学的遗产。

　　570年，穆罕默德出生于麦加城，当时的阿拉伯地区处于波斯帝国与拜占庭帝国的争夺之中，穆罕默德创立伊斯兰教后，统一了阿拉伯地区。7世纪到8世纪，阿拉伯成为世界大帝国，统治地区跨越了亚、欧、非三大洲，11世纪时，帝国衰落。到16世纪，阿拉伯地区被土耳其奥斯曼帝国所统治。直到20世纪奥斯曼帝国崩溃，阿拉伯地区才真正获得自由。

　　古代阿拉伯文学的"蒙昧时期"指的是5世纪末和6世纪上半叶，即伊斯兰教诞生的前一个半世纪。当时诗人是部落的"先知"，也就是伊斯兰教建立后的先知的前驱，可见其地位之重要。古代诗歌的基本体裁是"格西特"（也译作"麦歌突阿"），它是一种7行以下的抒情诗，可能是从古代民歌发展而来的。这种诗受到口头吟唱的"希加"的影响，为了便于记忆，基本上是押韵的，甚至常常一韵到底。古代阿拉伯也有一种长诗，"这种诗的内容相当广泛，主要是关于古代阿拉伯地区的游牧民族贝都因人等的"，但是流传有限。古代诗歌的主要内容有部落的艰辛与劳作，也有关于牧人之间的友谊的颂歌。男女之间的纯真爱情、亲朋的辞世、部族之间的复仇和部落战争也是主要的诗题。

　　"悬诗"是古代阿拉伯文学的杰作。这种诗体产生于古代风俗，从上古时代起，阿拉伯人每年要到麦加朝觐天房。朝觐前，在麦加附近进行集中活动，并举行赛诗会。会上，诗人朗诵自己的作品，将获胜的诗用金水抄写在麻布上，挂在古庙的墙上，人们称之为"悬诗"。有7首悬诗是阿拉伯诗歌的不朽之作。代表诗人有乌姆鲁勒·盖斯（497—545），盖斯的诗歌大部分已经失传，仅流传下来25首长诗和一些短诗。最著名的长诗有3首：《悬诗》《拉姆韵基诗》和《巴乌韵基诗》。《悬诗》中这样写道：

朋友，请站住！陪我哭，同记念：
忆情人，吊旧居，沙丘中，废墟前。
南风北风吹来吹去如穿梭，
落沙却未能将她故居遗迹掩。
此地曾追欢，不堪回首忆当年，
如今遍地羚羊粪，粒粒好似胡椒丸。
仿佛又回到了她们临行那一天，
胶树下，我像啃苦瓜，其苦不堪言。
朋友勒马对我忙慰劝：
"打起精神振作起，切莫太伤感！"
明知人去地空徒伤悲，
但聊治心病，唯有这泪珠一串串。
……

古代诗歌已经充分显示了阿拉伯抒情诗的特色，爱情与美酒被视为人生快乐的标志，受到诗人赞颂，如穆纳海勒·叶什库里（？—603）的诗中写道：

如果我酒后惊醒，
则会发现身处牛羊与骆驼之中。
啊，美丽的辛德公主，
你是否赐予这爱情俘虏以青睐。

在阿拉伯古代"崇拜"中，尤其引人注目的是一种神石崇拜。阿拉伯人的多种信仰几乎都与石头有关，无论是克尔白的黑色神石，或是那一片位于麦加与麦地那之间的黑石地，都是如此。这种黑石是死亡的象征，有人分析这种崇拜就是古巴比伦的死神崇拜，但实际上石头崇拜可能在西亚地区相当普遍，基督教《圣经》中，石头也是一种重要象征，《哈巴谷书》中就有"石头呼叫"（stones will cry out）的说法。另外，朝圣的习俗也是在伊斯兰教之前就出现的，著名的诗人祖海尔（约520—609）的名作《悬诗》就曾写过：

我以人们朝觐、绕行的克尔白起誓
——建造它的部族是朱尔胡姆和古莱氏；
我发誓：勿论处于什么样的境地，
你们两人都确实是仁人君子。
……

这首诗所歌颂的部族古莱氏是阿拉伯的重要部族，他们在以后的宗教与政治方面都起了主导作用。

在阿拉伯为数不多的女诗人中，韩莎（575—664）极为引人注目。她原名恩姆·阿慕尔·突玛德尔，绰号韩莎，是姆德里族女诗人，生于一个有权势的富裕家庭，曾经结过两次婚。她的两个兄弟穆阿威叶和萨赫尔的阵亡使她极为悲痛，据说哭瞎了双眼。韩莎的诗集全都是对她兄弟，特别是对萨赫尔的哀悼。韩莎诗中饱含激情，她用想象和语言表达她的痛苦，她的诗感情真挚，动人心魄：

> 我永远不能忘记你，
> 直到生命消殒、坟茔灭迹，
> 啊，不能忘记你。
> 离开尊贵的萨赫尔那一天，
> 我便失去生的欢愉和乐趣；
> 啊，慈母的泪，我不尽的哀思，
> 时时将你悼念和追忆；
> 难道你真的一去不返了，
> 日日夜夜安息在孤坟里！

总之，古代阿拉伯地区的诗歌同样具有独特的民族特色，它与中国抒情诗一样，是东方抒情诗的瑰宝，在世界文学宝库中应有一席之地。其文体与诗风在伊斯兰化以后仍然保持下来，并且逐渐丰富。

第二节　伊斯兰初创期和伍麦叶时期的文学

6 世纪和 7 世纪之交，阿拉伯半岛上的部落制度日趋瓦解，社会贫富悬殊，阶级分化。外来侵略和传统商路的改变，不仅导致了半岛上的经济危机和社会矛盾，而且使宗教信仰也更加混乱。当时，一些理性的阿拉伯人希望进行一场宗教改革。他们洞察半岛上旧有宗教信仰的状况，主张摆脱拜物教、偶像崇拜等陈规陋习，反对外来宗教，倡导创立一种能真正代表民族利益和适合阿拉伯半岛社会需要的新宗教。在这样的情况下，伊斯兰教应运而生，成了一股号召、团结人们的强大的精神力量。

阿拉伯半岛上已出现的宗教的、政治的、社会的和经济的大变革形势促使伊斯兰教的创始人——先知穆罕默德应运而生。他所创立的伊斯兰教开始了阿拉伯人的新时代。

一、伊斯兰初创期和伍麦叶时期的诗人

7—8 世纪间，随着伊斯兰大帝国的兴盛，阿拉伯人接触了波斯文化和罗马文化，诗人们进入了城市。麦地那、大马士革等大都市成了政治、宗教和科学文化的中心。

自从伊斯兰教兴起，《古兰经》成为阿拉伯民族最主要的也是唯一的真正意义上

的经典，它也是散文文体的代表作。阿拉伯诗歌历史悠久，从伊斯兰教建立后，也开始为宗教服务，宗教诗歌主要是对穆罕默德的颂扬，对穆斯林的勇敢英雄的歌颂，攻击异教徒，日益宗教化。

这时的主要文体是宗教诗、政治诗和散文。宗教诗的代表性诗人有卡尔布·本·祖海尔和哈桑·本·萨比特。政治诗的代表性诗人包括为部落的利益和哈里发政治而作诗的哲利尔、法拉兹达格和艾赫塔勒。这一时期的散文内容丰富，特别是接受了古代希腊文明后，阿拉伯文学多元化发展，出现了具有思辨性并有一定哲学与文学思想内涵的作品。

诗人卡尔布·本·祖海尔（？—645/662）出身书香门第，是蒙昧时期著名悬诗诗人祖海尔·本·艾比·苏尔曼之子，他是伊斯兰初期古典诗歌流派的代表诗人。他的生平富于传奇性，据说他曾反对伊斯兰教，并且在自己的诗中大胆地讽刺穆罕默德。但后来，卡尔布同其他人一样，皈依了伊斯兰教，他亲自拜见穆罕默德，对自己过去的作为深深忏悔。幸运的是，穆罕默德原谅了他。在感动之中，诗人即席赋诗一首《苏尔姐离去了》。这是一首长诗，诗中歌颂穆罕默德的宽容大度。由于穆罕默德对这首诗欣赏有加，当时就脱下身上的斗篷披在诗人身上，使诗人与在场的人十分感动，从此这首诗被誉为《斗篷颂》。《斗篷颂》不仅声名远扬，内容富于启示意义，同时也是一种新诗体的出现，它结合了颂诗与忏悔诗，宗教意义与文学价值都受到重视。

卡尔布擅长通过细致的想象来观察、感受和表达事物，诗歌中往往充满比喻。如把苏尔姐的许诺比作竹篮打水：

> 倘若她对你信誓旦旦，
> 你不妨把她当成情友；
> 可她像鬼魅般多变，
> 对任何事情不会长久；
> 竹篮打水总是一场空，
> 她的允诺从来不曾信守。

哈桑·本·萨比特（约590—660）是阿拉伯蒙昧时期末、伊斯兰时期初的主要诗人之一。他出身叶斯里布赫兹拉吉部落名门，是伊斯兰教创始人穆罕默德母系的后裔。哈桑的曾祖父、祖父和父亲均是蒙昧时期诗人，他受家庭熏陶，从小喜爱作诗，青年时即成为叶斯里布颇有名望的部落诗人。哈桑早年曾到过沙姆地区的迦萨王国和半岛北部的希拉王国，他皈依伊斯兰教后，受到穆罕默德的器重，被誉为"穆圣诗人"，一直追随穆罕默德，为宣传、捍卫穆罕默德的宗教、政治地位立下了汗马功劳。穆罕默德去世后，哈桑地位骤降，并受人嫉妒，晚年双目失明，很少作诗。

哈桑创作的诗歌可以分为两个时期，前期以自豪诗和讽刺诗居多，后期主要是宗教诗。其前期诗歌，往往直言不讳地夸耀自己的高贵出身和慷慨大度的美德，具有蒙昧时期诗歌的特点：

　　我若腰缠万贯，
　　当然慷慨奉献；
　　哪怕身无分文，
　　大度美德不减。
　　愿亲人扶贫济穷；
　　我甘心冷水塞肠，
　　天赐财物或可遇，
　　随手挥去赈大众。
　　夜深沉寒风刺骨，
　　烧炉膛烈火熊熊；
　　众难胞来自四方；
　　竭诚迎意厚情隆。

　　哈桑皈依伊斯兰教后，他诗歌创作的主题大多是讥讽异教徒，倡导伊斯兰教，颂扬穆罕默德。哈桑往往站在伊斯兰教的立场上，表达对真主的坚信：

　　凭着
　　对主的顺从钦敬，
　　对使者一片虔诚，
　　仰仗
　　众勇士威猛绝伦，
　　伽百利天使的玉成，
　　白德尔一仗，
　　我们才大获全胜。
　　刀剑压在尔等肩上，
　　任凭我们横砍竖饯，
　　一处歼敌七十强，
　　俘获更难计数量。
　　异教徒溃不成群，
　　如鹧鸪惶然逃奔。

　　艾赫泰勒（640—708）、哲利尔（653—733）和法拉兹达格（641—732）并称"伍麦叶朝三诗杰"。他们的诗歌创作是这一时期政治诗的最高成就，在阿拉伯诗歌发展史上占有很重要的地位。

　　艾赫泰勒原名艾布·玛利克·艾亚斯，从小失去生母，遭到继母的虐待，经常受冻挨饿，青年时成为部落有名的诗人。在穆阿威叶和叶齐德时期，他经常出入大马士革宫廷，备受宠爱。他的诗歌主题是赞颂、讽刺、描写、颂酒和悼念，他在政治上支持伊斯兰王朝，创作了大量诗歌为王室歌功颂德，如他赞美古莱什家族高尚的品德：

> 古莱什族粗壮挺拔的大树，
> 没有哪棵树能同它相比，
> 盘根错节，枝叶繁茂。
> 一旦遇到艰难困厄，
> 他们忍耐、团结，
> 自尊地捍卫真理。
> 顽敌向他们屈服，
> 倘若评论，他们是最宽厚的人。

艾赫泰勒的政治诗有助于我们了解那个时代的宗教冲突、宫廷内幕和政治派别的权利纷争。

法拉兹达格原名艾布·费拉斯·埃玛姆，生于巴士拉名门望族，青年时代以诗歌名扬部落。法拉兹达格虽出身高贵，但他的感情是善变的，为了谋利，他的立场摇摆不定。他赞美国王齐亚德，但齐亚德死后，法拉兹达格写诗攻击他；法拉兹达格攻击过哈扎兹，哈扎兹死后，他写诗悼念他，然后又在墓地讽刺挖苦哈扎兹；西萨姆为王子时，法拉兹达格写诗攻击他，在西萨姆继承哈里发时，法拉兹达格又跑去写诗歌颂他。法拉兹达格追求的是唯我的自私利益，他得不到别人的信任，因此他的一生是在动荡不安中度过的。

法拉兹达格的诗好矜夸自诩，语言粗犷有力，具有强烈的节奏感，他的赞美诗气势磅礴，善用比喻，凸显被赞美者的高尚美德：

> 麦加、天房和禁寺，
> 全都知晓这人的名声；
> 他是真主最好的奴仆，
> 虔信清廉受到人们崇敬。

哲利尔生于叶玛迈一个贫穷家庭，小时家贫，放过羊。因父母爱诗，从小能吟诵，15 岁时已能作诗，赞美部族的历史和光荣。青年时期在伊拉克各地谋生并求学，后定居巴士拉。曾参加当地市场诗赛，与著名诗人法拉兹达格等对阵，表现出丰富的想象力和讽刺才能，进入当时著名诗人的行列。他写了大量颂诗、情诗、哀诗、矜夸诗和讽刺诗，由于得到哈扎兹的宠信，成了御用诗人。他的诗大多采用伊斯兰教出现前阿拉伯诗歌的主题和形式，歌颂阿拉伯人的勇敢和慷慨，描绘贝都因人所怀恋的沙漠生活、遗址和旅程，抒写游子思乡和友人念旧之情。诗的风格清丽、婉约、平易。他为庇荫过他的哈里发、总督等权贵写过不少颂诗，辞藻华美，反映出部落诗人对政治、宗教的热情，以及对权力的依赖和屈从。哲利尔的讽刺诗和辩驳诗被认为是阿拉伯讽刺艺术的佳品。如他攻击法拉兹达格，把他比作狐狸，指责他低级下流：

　　　　法拉兹达格是一只狐狸，

　　　　它依傍在狮子身边逞威；

　　　　他妈妈生就他荒淫放荡，

　　　　伛偻而形象侏儒般猥琐。

　　伊斯兰教的问世为阿拉伯散文发展揭开了新的一页。无论是伊斯兰的经典《古兰经》，还是穆罕默德为阐述宗教教义而作的许多训言——圣训，都是以散文作为载体的。

　　伊斯兰初期的散文主要指这时期的各类演说辞，演说辞的内容大多以宣扬宗教，阐述教义教规，或以批驳敌人，鼓动战斗，阐述政治观点、教派思想为主，具有浓厚的宗教色彩。演说家们往往引用《古兰经》的内容，把它当成格言或警句。为了注重演说的效果和说服力，演说家们经常使用威胁、谴责和恐吓的词句。同时，演说家注重推敲词句，追求行文结构，又注重音韵和修辞的应用，此时的散文具有简明扼要、雄浑、豪壮的风格。

　　总之，伊斯兰初期，以演说辞为主要表现形式的阿拉伯散文，在《古兰经》语言风格的影响下，以简练的语言，隽永的寓意和深刻的说理见长，为宗教和政治服务。

二、《古兰经》的文学价值与意义

　　《古兰经》在阿拉伯语里称为"瓦哈伊"，即上天启示的意思，这是指经文是安拉的话语，这种话语是由天使迦百列传给先知穆罕默德的，这种传授不是言语，而是一种无言的传授。从这里可以看出《古兰经》的来源与《圣经》的近似之处，它们都是上帝或最高神的话语，是天启。还有"天使"传经的说法，这都是与《圣经》相似的。不同之处是《古兰经》是"默示"给先知的。关于天启，这就是"奉使命"的思想，这是指穆罕默德在麦加的格德尔之夜奉安拉之使命，强调通过一种方式，一种思考与神相通。这种相通具有授予权力的含义，一般就是授予解释神的话语，行使神的命令。这就把受命者与众人相分离，使他获得一种神圣。这一过程与神的旨意和行使等都成为宗教经典的内容。

　　《古兰经》共有 30 卷，114 章，每章划分一定的小节，节数不等，约有 6200 节经文。《古兰经》的主要组成是伊斯兰教的历史、先知穆罕默德的行传、以色列、《旧约》与《新约》和《古兰经》本身。其主要的内容则可以分为三大部分，其一是宗教原理，包括认识、创世、信仰意义等；其二是宗教信仰与制度，包括宗教的礼仪、规定、教徒的行为方式与道德准则等；其三是社会生活，像所有经典一样，社会生活是宗教信仰的出发点也是它的最终实现，因为宗教都是面向社会的，所以它对社会现象要有评论、界定与批评，如财富、家庭、男女、学问、战争、饮食、衣饰起居等方面。

　　在信仰方面，《古兰经》认为安拉是唯一的神，是真正的主，所有的人都应当奉信安拉，伊斯兰教是唯一正教，但是又认为信仰是自由的，并不强迫信奉伊斯兰教，极为反对以武力胁迫信教。同时，重视信仰与社会义务性，这是伊斯兰教的一个重要观念，即不以物配主，孝敬父母，救济贫民。在教规教理方面，伊斯兰教尤其重视社会与家庭道德建设，如禁止奸淫，杀人偿命，提倡学习知识等。经文中也有相当多的地方反映出阿拉伯民族的风俗与观念，如婚姻、财富、借贷立约、禁忌等。

阿拉伯民族没有犹太民族这样的历史，民族心理与性格都有所不同，所以不可能产生弥赛亚精神。这是两种民族、两种文化的巨大差异，这种差异反映在他们的宗教之中，形成了各有特色的宗教理念。伊斯兰教对恶的惩治所形成的火狱与对善的奖赏所形成的天园，在某些方面与基督教的末世论、地狱与天堂的学说是相对应的。伊斯兰教认为，作恶者后世将入火牢或是地狱，或是称为"烈火"、"火焰"、"赛仪尔"、"杰希姆"等，都是惩罚恶人的地方，作恶的人身后将被穿上火衣、遭受火鞭的抽打等。而行善者所上的天园，是和平之宅，"极乐之宅"，人类的归宿。人们在那里可以过着青春年少、长生不老的日子。伊斯兰教的报应与末世思想，其现实性更强。阿拉伯是一个刚刚脱离或是仍然保持着游牧生活方式的民族，阿拉伯半岛没有发展农业的优越条件，但是有地理位置的天然条件，商业与海上贸易是阿拉伯人从事较多的职业。《古兰经》中就有鼓励从事远洋经商与贸易的话语，这种生活环境中发展起来的文明，关注社会生产与经济活动，是非清楚，善恶观念明显。在他们的宗教信仰中，文明特征也表现得很突出，令人一眼就能看出，这是阿拉伯人的宗教。在这种信仰中，相当重要的就是惩恶扬善的思想主题。

善行观念也是伊斯兰教最重要的观念之一。在伊斯兰教中，并不强调原罪观念，这是与基督教完全不同的。基督教中的原罪观念把人的心理作为重要的方面，特别注重人的赎罪。而伊斯兰教注重现世与现实的行为，注重乐善好施，这一点与佛教相似。它要求富人救济穷人，这是一种现世精神的体现，是乐观的，活跃的。而相对来说，基督教的观念则显得沉重而忧郁。善行观念是深刻的命题，有一定的历史文化背景。

在伊斯兰教中我们看到了最为优美的行善施舍，这是自然的、明朗的善。它是人类善的一种近代宗教形态的完美代表，我们说它完美，是由于它的单纯、清明、直接可行与易于为人所理解。它把行善的内容直接与施舍、赠予等行为联系起来。从这一点来说，与中国儒学和佛学、与基督教等的"善"是不同的，后二者的善都已经不再是济贫而主要是一种济世的思想，加入了更复杂的社会意识形态与道德内容。而伊斯兰教善的形态，只有在阿拉伯民族，这个半岛上的游牧民发展起来的民族中，才有如此明晰的形态。

《古兰经》中有丰富的文学因素，包括神话、历史传说，格言等，特点在于以艺术形式来表达宗教的审美观念与历史意识，文学中的真主用血块造人的神话，是一种独特的创世记。此外它也十分重视历史故事的再现，其中相当多的人物故事与《新约》与《旧约》相关，如阿丹就是亚当，努哈即诺亚，易卜拉欣是亚伯拉罕等。其中耶稣也就是《古兰经》中的尔撒，是伊斯兰教的六大先知之一。最后也要看到，《古兰经》的文学叙事具有阿拉伯文化特色，最鲜明的是，故事主要穿插在经文之中，这是一种叙事特色，不同于其他文化经典中的完整的叙事，可以说是阿拉伯人重视抒情方式的一种独特叙事。

格言是一种特有的文学形式，《古兰经》中的格言和比喻等修辞手法相当丰富，其中特别突出的是格言。这些格言思想深刻，言辞优美，形态多样而活泼，体现了伊斯兰教独特的审美观念。如第 54 章："复活时临近了，月亮破裂了。"第 18 章："你不要为某事情而说：明天我一定做那件事，除非同时说：如果真主意欲。"第 35 章："人们啊！你们才是需求真主的，真主确是无求的，确是可颂的。"第 42 章："谁欲得后世的收获，我就加增谁的收获；谁欲得今世的收获，我就给谁一点今世的收获；他在后世，没有份儿。"这些格言是口语腔调，给人以当面聆听的真切感，所比喻与说明的道理其实十分明显甚至浅显，但是语调坚决，具有宗教的崇高感。这是世界文学中的瑰宝，能产生极深刻的教育意义。

《古兰经》在伊斯兰文化发展中起了引导作用，是伊斯兰文学的源泉，对宗教教义与实践，对社会道德与法律、经济生活与文学艺术有不可替代的影响。

三、百年翻译运动

随着阿拉伯大帝国的建立，原本封闭的阿拉伯人接触到叙利亚、希腊罗马文化，以及传统深厚的波斯文化和印度文化，从沙漠中走出的阿拉伯人开始定居于城市，他们的"驼队牧歌"变成了世界多种诗歌与文学的合流。

早在阿拉伯倭马亚王朝期间，就已出现自发的文化译介活动。出于实用的目的，主要翻译的书籍资料集中于医学、星相学、天文学等学科方面，而且规模也相当小，直到阿拔斯帝国建立后，特别是在阿拔斯朝代中期的 830 年至 930 年左右，在统治者哈里发的大力资助和倡导下，多次较大规模的译介活动得以组织进行。以巴格达为中心的学术研究，形成了文化史上的巴格达学派。它取代了早期的亚历山大学派，并启发了阿拔斯王朝后期的西班牙的科尔多瓦文化中心和埃及的开罗文化中心的形成，共同构成了辉煌绚丽的阿拔斯王朝"五百年文化黄金时代"。其中翻译兴盛的高峰时期达到近 200 年，史称"百年翻译运动"。

百年翻译运动大体可分为三个阶段。

第一阶段（初期），起自曼苏尔哈里发，止于拉希德时代。曼苏尔是最早重视学术研究的哈里发。哈里发是伊斯兰教国家政教合一的领袖。曼苏尔哈里发精通教法，对医学，特别是星相学和天文学也颇有研究。他命人将一批有关医学和星相学的波斯文著作，以及托勒密的《天文大集》《四部集》、欧几里得的《几何原理》、格林和希波克拉底的重要医学著作，翻译成了阿拉伯文。曼苏尔还命法扎里将印度的天文学论文《信德欣德》译成阿拉伯文。由于这批早期译著的译文多有欠妥之处，后来在拉希德和麦蒙时代大都被加以校订或重译。

哈伦·拉希德哈里发在位期间修建了阿拉伯世界最早、规模最大的巴格达图书馆，收藏了大批在与拜占庭交战中从阿姆利耶和安基拉等地掠到的图书。拉希德对学术持宽容态度，他不带成见、不加歧视地支持、鼓励以至庇护各种学问和艺术，使帝国各地的文人、学者能不受民族和宗教信仰的限制，享有很大的学术自由，过着优裕、舒适的生活，造就了一大批热心宣扬希腊、波斯、印度文化学者和翻译家。这时的翻译家们已拓宽了译书的范围，开始翻译有关逻辑学、数学、几何学、哲学等理性和自然科学的书籍。

百年翻译运动初期，波斯的主要典籍大都已被译成阿拉伯文，如《波斯列王记》《波斯诸王史》《阿因纳迈》《王冠》《马兹达克》《卡里莱和迪木乃》《希扎尔·埃夫萨乃》（《千篇故事》）《布斯法斯》《神话与游记》《熊和狐狸》《孤儿罗兹比赫》《尼姆卢德》《阿昧斯塔》《僧达昧斯塔》《琐罗亚斯德教士》《阿尔达希尔的施政》《国王的批文》《鲁斯托姆和伊斯凡迪亚尔》《巴赫拉姆·舒斯》，以及大量的波斯谚语、格言、警句等。此外，亚里士多德的《形而上学》（包括《同一律》《矛盾律》和《排中律》三部分）、波菲利的《逻辑学入门》，也被由波斯文译成了阿拉伯文。

翻译运动使波斯文化对阿拉伯文化的产生了深刻的影响。政治上，阿拉伯人仿效波斯人的统治方式，设立大臣、宰相职位，采取波斯萨珊王朝的管理体制。宗教方面，波斯人虽然大多改奉了伊斯兰教，但他们原来信奉的琐罗亚斯德教、摩尼教、马兹达克教的影响根深蒂固，以致给伊斯兰教染上了波斯古教的色彩。在学术上，由于波斯人有很高的文化修养和擅长记载与著述的传统，他们在皈依伊斯兰教并掌握了阿拉伯语之后，很快就成为各学术领域的权威。在文学方面，很多波斯学者兼通波斯文和阿拉伯文，能用阿拉伯文写诗著文者，颇不乏人。但其思维与文笔处处带有明显的波斯印记。

这期间最著名的翻译家是伊本·穆加发（约724—约760）。他祖籍波斯，在巴士拉长大，原为琐罗亚斯德教信徒，后改奉伊斯兰教。他曾经是善于辞令的艾赫台姆家族的释奴，后给阿拉伯当权者当书记官。他集波斯文化与阿拉伯文化于一身，开创了具有波斯特色的阿拉伯散文，同时，他又是阿拔斯王朝最早研究希腊逻辑学的学者。伊本·穆加发翻译的主要著作有：《波斯列王记》《阿因纳迈》《卡里莱和迪木乃》《马兹达克》《王冠》以及亚里士多德的《形而上学》（包括《同一律》《矛盾律》《排中律》三部分）等。伊本·穆加发不仅翻译了上述典籍，而且著有《大文学》《小文学》《稀有的珍珠》《近臣书》等作品。

第二阶段（中期，或称鼎盛期），起自麦蒙时代。哈里发麦蒙在位的时代（813—833），是阿拉伯—伊斯兰帝国的鼎盛时期，更是翻译事业的黄金时代。麦蒙本身是位博学多才的学者，他酷爱希腊哲学，偏袒穆阿台及勒派的理性主义，甚至做梦都想见亚里士多德。他派哈查只·本·麦脱尔和伊本·伯特里格去君士坦丁堡搜集典籍，鼓励学者云游求学，搜寻珍本。麦蒙于830年耗资20万第纳尔在原巴格达图书馆的基础上建成了著名的"智慧宫"。这是一座由政府直接控制的全国性的翻译和学术机构，集中了大批来自各地的学者、翻译家、抄写人员，从事翻译、注释、校勘以及著述等项工作。从君士坦丁堡、塞浦路斯、西西里岛等地得到的古籍，运到巴格达，收藏在

"智慧宫"，于是，巴格达成为"汇集世界古典文化遗产的宝库"。①

此时翻译活动的中心转向了古代世界最发达的希腊罗马文化。翻译出版了希腊各个学科的最重要著作，重译了托勒密的《天文大集》，翻译了毕达哥拉斯的《金色格言》和希波克拉底与格林的全部著作，以及柏拉图的《理想国》和《法律篇》，亚里士多德的《范畴篇》。这个时期著名的翻译家是侯奈因·本·易司哈格（809—877），他是阿拉伯文化史上最伟大的翻译家和著名学者。他是景教徒，精通希腊语、波斯语、古叙利亚语和阿拉伯语，尤其擅长将希腊语译为古叙利亚语和阿拉伯语。哈里发麦蒙命他主持"智慧宫"的工作，他翻译并指导别人翻译了大批希腊典籍，将格林的全部著作翻译成了古叙利亚文，又将其中的 39 部译成了阿拉伯文，还翻译了多部亚里士多德和柏拉图的著作。他的译文准确、练达，理解深刻，注释详尽，在医学及哲学术语方面，大大地丰富了阿拉伯语的语汇，增强了阿拉伯语的表达能力，提高了阿拉伯语表达的准确性。侯奈因以极其严谨、认真的态度，用充满智慧及想象力的思维，创造出了一批与之相对应的医学、哲学、动植物名称及天文学名词的阿拉伯语汇，为使阿拉伯语成为中世纪的学术语言做出了令人钦佩的贡献。此外，著名的翻译家还有约翰·伯特里格（哈里发麦蒙的释奴），他的哲学造诣很深，超过他的医术，他翻译了很多亚里士多德的著作。

第三阶段，约为 10 世纪末至 11 世纪中叶，翻译的主要作品有亚里士多德的《逻辑学》和《物理学》及其注释。著名的翻译家有麦泰·本·优努斯、萨比特·本·古赖等。

这场历时 200 多年，地跨亚、非、欧广袤区域，交融波斯、印度、希腊、罗马、阿拉伯等古代东西方文化的译介活动，在世界文明史上都是不多见的。这对研究人类文明的阶段性发展、人类智慧的共通性具有学术价值；对阐明阿拉伯哲学与文化的本质与特点来说更是一段必须了解和深刻理会的历史内容。百年翻译运动大大丰富了阿拉伯文化的内涵，激发了帝国臣民的智慧，为阿拉伯创造出举世瞩目、影响深远的文化成果奠定了基础。

第三节　阿拔斯王朝的文学

一、阿拔斯王朝的文学繁荣

阿拔斯王朝是阿拉伯民族最为繁荣昌盛的时期，也标志着阿拉伯帝国进入了一个新的时代。艾布·阿拔斯出身于麦加古莱什部落哈希姆家族，是穆罕默德的叔父阿拔斯的玄孙。在反对伍麦叶王朝的斗争中，阿拔斯的后裔提出还权于先知家族，推翻"窃权"、"叛教"的伍麦叶人，以恢复伊斯兰教政体为号召，同什叶派、呼罗珊人结

---

① 参见纳忠、朱凯、史希同：《传承与交融：阿拉伯文化》，177 页，杭州，浙江人民出版社，1993。

成同盟，以死海南岸的侯迈麦为根据地，取得秘密"布道会"的领导权，组织力量，进行武装夺权斗争，后将活动中心转移到伊拉克库法。747 年，在阿拔斯派首领易卜拉欣（？—749）的指使下，呼罗珊的艾布·穆斯林发动了声势浩大的人民起义，750 年攻占大马士革，推翻伍麦叶王朝统治，建立了阿拔斯王朝（750—1258），阿拔斯王朝旗帜多为黑色，故中国史书称该王朝为"黑衣大食"。1258 年，忽必烈之弟旭烈兀率西征的蒙古军攻陷阿拉伯帝国首都巴格达，哈里发穆斯台绥木被杀，前阿拔斯王朝结束。

曼苏尔在位 22 年（754—775），是阿拔斯王朝的真正奠基人。他建立了横跨底格里斯河两岸的新都巴格达。巴格达的意思是"真主的花园"。巴格达建成 30 年后，到第五代哈里发哈伦·拉希德时期，已成为伊斯兰世界的政治、经济、文化中心。该城宏伟壮观，人口众多，商贸繁盛，是与当时的长安、君士坦丁堡齐名的世界性大都市。

阿拔斯王朝最初的近 100 年（750—842），特别是在哈里发哈伦·拉希德（786—809 在位）和马蒙（813—833 在位）执政时期，是阿拉伯帝国的极盛时期。其疆域横跨亚、非、欧三洲。哈伦·拉希德依据波斯萨珊王朝的统治经验，健全行政体制，加强中央集权，扩大法官权力，完善司法制度；设驿站，建立中央情报机构加强对地方的控制和监督；实行新税制，发展农业、手工业、商业和对外贸易。这一时期国库充盈，经济繁荣，又奖励学术文化，重用各族不同信仰学者，倡导自由讨论学术，使文学、艺术得到发展。马蒙执政时，重用波斯显贵掌管军政大权，重视兴修水利，减轻土地税，使农业得以发展，手工业和商业随之兴隆。海陆商道畅通无阻。他大力奖励学术，发展伊斯兰文化。830 年，在巴格达创建综合学术机构"智慧馆"，集藏书、研究、翻译为一体。他派人将各方搜集到的古籍汇集到巴格达，并重金聘请东西方翻译家，把希腊、罗马、波斯、印度和叙利亚的哲学及科学古籍译为阿拉伯文，以致出现了延续百余年的翻译运动。

阿拔斯王朝是伊斯兰学术文化广泛传播和发展的全盛时期。哈里发奉行正统派（逊尼派）教义为国教，全面推行伊斯兰教法，吸引各地顺民归信伊斯兰教，完成了伊斯兰化的过程，使伊斯兰教渗透到政治、经济、文化领域，变成穆斯林的生活方式；并在各地兴建清真寺和宗教学校，培养了大批官吏、学者和教职人员。阿拉伯语逐步在帝国境内推广，不仅作为宗教语言，而且成为学术研究、著书立说、社会交际的通用语言。伊斯兰教的古兰经学、圣训学、教法学、凯拉姆学、诵经学完整体系已经建立。逊尼派和什叶派已由早期的政治派别发展为宗教派别，各自确立了教义学说体系。逊尼派的四部《古兰经》注、六部圣训集编纂成书，四大教法学派学说形成。什叶派的四大圣训经辑录成册，教法学说和伊玛目教义日趋完善。穆尔太齐赖派由于马蒙的推崇得到很大发展，其学说曾一度占统治地位。苏菲派的学理得到广泛传播，后被安萨里引入正统派教义，成为正统信仰的组成部分。

哈里发大力倡导和赞助学术文化的发展。在全国主要城市建立了图书馆、天文台、学校和医院，以巴格达"智慧馆"为学术中心，开展了大规模的翻译运动，在各族人民的共同努力下，创造出光辉灿烂的伊斯兰文化。穆斯林学者辈出，巨著珠联，丰富多彩，在哲学、医学、天文学、数学、化学、物理学、农学、历史学、地理学、文学、语言学和艺术等方面均取得了辉煌的成就，丰富了世界文化宝库。伊斯兰学术文化传入欧洲，对近代科学文化的兴起产生过深远影响。中国的造纸术、指南针、火药、印刷术先被阿拉伯人所吸收，后通过他们辗转传入西欧。

阿拔斯王朝早期的诗人和作家主要有伊本·阿里·穆加法（724—759），他的作品《卡里来和笛木乃》是寓言集，受到梵文名著《五卷书》的影响。白沙尔·本·布尔德（714—784）、艾布·艾塔希耶（748—828）等人也是著名诗人。公元10世纪之后，"玛卡麦"散文诗出现，这是一种说唱故事，以后编辑成为《玛卡麦韵文故事》，是阿拉伯古代小说的雏形。这种文体一般用于在集会时说唱，但是内容是叙事的，这种文体的历史作用相当重要，它被有的学者认为是世界小说的起源之一。西方的小说最早认为是西班牙的《小癞子》，这部小说开西方"流浪汉小说"的先河，而有人认为《小癞子》其实受到《玛卡麦韵文故事集》的影响。当然，关于这些问题一直有争议。

其实从10世纪起，阿拔斯王朝已经进入衰退时期，这个时期出现了著名的"七杰"，其代表性诗人是穆泰奈比（915—967），他创作的诗歌主要反映当时的战争。

二、阿拔斯王朝时期的诗歌

这一时期的诗歌仍受传统的影响，但是诗歌来源地由宁静的沙漠转向了喧嚣的城市、宫廷，因而诗歌的主题、内容、思想和风格都有了变化。由于帝国经济、文化的繁荣，出现了享乐和腐化的现象，尤其是在达官贵人和王宫中，描写此类的诗歌大大增加。许多诗人为了自身的利益，或者写诗赞颂给他帮助的贵族将相，或者写诗讽刺他们的吝啬，或者贬低依附者的敌人，可见诗歌成了当时诗人谋生的手段。

其中白沙尔·本·布尔德就以讽刺诗见长。白沙尔·本·布尔德生于巴士拉，父亲是一个瓦匠。白沙尔生来形貌丑陋，双目失明，10岁时就开始写诗，有一定的诗歌天赋。但是他生活放荡，品行恶劣，喜好随意攻击、践踏别人的名誉，曾多次被族人赶出巴士拉，后来由于攻击麦赫迪和宰相叶儿古朴，被鞭挞致死。

白沙尔生来贪婪，不停地追求金钱和物质享受，为达到此目的，他把诗歌作为谋利的手段。他大肆吹捧被颂者，特别赞扬他们的慷慨大方，以便谋求到更多的馈赠。白沙尔的讽刺诗往往夸大其词地贬低别人，目的是敲诈对方金钱或掩饰自身的残疾，他讽刺过的对象有哲利尔、哈马德、曼苏尔、麦赫迪等。他的讽刺诗用词粗野过分。

但是值得一提的是，白沙尔诗歌的题材出现了对普通人民的描写，改变了诗歌只是取悦权贵的工具的状况，为艺术开辟了广阔的领域。如他描写一个少妇：

> 家庭主妇拉巴拜，
> 把醋倾倒在油里；
> 她还养着十只老母鸡，
> 一只金嗓公鸡喔喔啼。

阿拔斯王朝时期，酒肆充斥着巴格达周边地区，饮酒成了人们享乐的一种方式，出现了颂酒的诗篇，其中最著名的诗人是艾布·怒瓦斯。

艾布·怒瓦斯（762—813）生于波斯阿瓦士，出身贫寒，年少时就致力于学问，并博览群书，积累了渊博的知识。艾布的好友艾敏继任哈里发后，是艾布一生最美的日子。艾布相貌端正，身材标致，性格活泼，聪明过人，这使他成为最受欢迎的座上宾。他经常过着醉酒、放荡的生活。酒是艾布·怒瓦斯的酷爱，是他无法缺少的灵魂，是他医治痛苦的良药。他对酒达到了极致崇拜的程度：

> 你一旦苦恼愁闷，
> 酒杯为你医治。
> 斟上香喷喷的一杯，
> 它由上好的葡萄酿制，
> 有麝香般的浓郁幽香，
> 有番红花那样的芬芳！①

富足的阿拔斯王朝孕育了享乐、放荡的诗歌形式，然而也出现了苦修行的诗人，如艾布·阿塔希叶。

艾布·阿塔希叶（748—825）生于伊拉克安巴尔，青年时期写得一手好诗，得到麦赫迪哈里发的宠信。他写诗颂扬麦赫迪，得到了丰厚的赏赐。艾布·阿塔希叶写了大量有关苦行、死亡和恐怖内容的诗歌。他劝诫人们放弃尘世的财富和享受，安于简朴的生活，尽量做善事，为来世做准备：

> 人们生殖繁育，终不免一死，
> 那亲手建造的，也必将毁灭，
> 我们全都会走向消亡。
> 像我们造自泥土那样，
> 迟早要回归它的怀抱，
> 我们为谁在辛苦奔忙？
> 营营追逐的尘世之人呀，
> 你们在迷谬荒唐中生长；
> 像放牧在草原的群群牲口，
> 在恬然自得地希望强壮。
> 啊，但愿它们知道：
> 当它们膘肥肉美之时，
> 它们的末日已经临降！

---

① 邬裕池：《阿拉伯文学介绍（上）》，载《国外文学》，1984（3）：116。

艾布·泰玛姆（796—843）出生于大马士革，家贫，17 岁时前往埃及谋生，工作之余，钻研阿拉伯文学和诗歌，很快表现出在诗歌方面的天赋。穆尔台绥木哈里发召他做了御用诗人，为自己歌功颂德。艾布·泰玛姆率真朴实、慷慨大方、性情温和，易于与人交往，到过很多地方。他最出名的是颂扬诗。为了获得金钱和荣誉，他颂扬过许多权贵和文学家，但并无阿谀奉承之词。他的诗歌以精美、凝练、稳重著称：

> 真主意欲把美德宣扬，
> 必使它同时招致诽谤；
> 若非熊熊燃烧的火焰，
> 又怎知沉香木的芬芳。

三、阿拔斯王朝时期的散文

阿拔斯时期不但是诗歌大发展的时期，也是散文走向繁荣的时期，散文的成就甚至超过同期的诗歌。在百年翻译活动的影响下，作家们开始从哲学、科学的角度注意事物的联系，人们抽象思维和理性大大加强，能够分门别类地著书立说。这一时期的散文表达流畅、遣词优雅、文笔精美，趋向夸张和详尽铺陈，反映了这一时期的思想文化和社会风貌。

伊本·穆格法（724—759）是这一时期最早留下散文文学成果的作家。他的贡献有两大方面，一是翻译，二是文学创作。他翻译了异族诸王传记《胡达那迈》、记述波斯风俗与文化的《阿因那迈》、艾努·舍尔汪的《桂冠》、贤人传记《罕世珍宝》和《玛兹达克》，还从波斯文转译了亚里士多德的《十范畴书》《修辞学》和《分析篇》，以及波尔菲里德的《逻辑学入门》。在文学翻译方面，他从波斯文转译了印度的《五卷书》并将其加工为《卡里来和笛木乃》。他在文学创作方面写出过大量具有社会政治内容的书信，其中最著名的是《近臣书》，还有两本有关伦理道德的箴言集《大礼》与《小礼》。伊本·穆格法的翻译和创作都是为统治阶级服务的，有很强的政治性。

伊本·阿密德（？—970）是书信体散文的推动者。他在布威希王朝当大臣，知识渊博，被称为"贾希兹第二"（贾希兹的介绍见下文）。他的散文，重视辞藻装饰，文笔优美，形式华丽。他还善于利用骈韵和分段使文章显出乐感和节奏。他的注重雕饰的写作风格，影响了 10 世纪的不少散文作家，包括艾布·伯克尔·花拉子密（？—993）、哈玛札尼（969—1007）。

贾希兹（775—868）是阿拔斯朝也是整个阿拉伯古代文学史上最伟大的散文作家。他的本名是艾布·奥斯曼·欧默尔·本·巴赫尔，被人称为贾希兹，出生于巴士拉，幼年丧父。青年时代的贾希兹，求知欲极强，经常到清真寺和学者们的书院去，向各种有知识的人请教。他常常造访书商，借阅他们的藏书和稿本。

8世纪末9世纪初，他告别故乡来到京城巴格达。以提倡学术文化著称的哈里发马蒙读过他的《权位之书》，召他进宫，命其著文，并安排他当了身边录事。但这个职务并不适合他的口味，他很快就辞掉此职。他曾向法典官杜阿德呈上他的《修辞与阐释》一书，还获得了5000第纳尔的酬谢。在穆泰沃基勒哈里发当执期间，他和上层政治人物关系也颇为密切，他还把自己的著作《突厥人的功勋和哈里发的军队》献给宰相。

贾希兹著书立说，笔耕不辍，直到老年患半身不遂症。他的辞世颇具传奇性，据说868年的一天，他正在看书时，书堆倾倒，把他压死。贾希兹是一位多产的作家，据说曾写下170多部作品，但大多已流失。他的著作内容丰富，包括宗教教派、政治经济、社会生活、伦理道德、历史地理、物理化学、民族风习、语言修辞、文学理论等方面，被称作"科学与文学的百科全书"。其中最具有价值的是《方圆书》《修辞与阐释》《动物书》《吝人传》等。

《方圆书》是他写给一个名叫伊本·阿卜杜勒·瓦哈布的文人的信，他在信中提出100个问题要对方回答，以揭穿这个曾经傲慢无礼的人的愚蠢与无知。这些问题包括他那个时代所涉的全部知识领域，从逻辑、哲学到化学工艺，从人类生活到动物习性，从民族历史到海外奇谈，甚至从水的咸甜变化到孔雀尾巴的颜色，应有尽有。该书体现了贾希兹渊博的知识，对了解阿拔斯朝学术文化有很高的认识价值。

《修辞与阐释》，是一部文选，也可视为理论批评著作，其中从修辞角度研究了《古兰经》《圣经》及诗歌、格言、演说等。贾希兹着重谈到修辞，引用了大量的例子加以说明。他还用波斯文学、印度哲理、犹太教和基督教的训诫、希腊人的逻辑学、景教徒的习惯等充实此书。在这本书中可以看到他对文学艺术基本原理的阐述，也可以读到大卫、耶稣的话。

《动物书》是一部记述动物特性的书，是阿拉伯人写出的第一部动物学专著，共7卷，具有学术价值，也不乏文学价值。作者把他搜集到的有关动物的一切资料都汇入了这部巨著。由于书中收入大量的诗歌、传说、格言、故事和趣闻，这部作品的文学意义就格外突出。此书吸收了希腊、波斯的科学与文学成果，成为东方文化交流的一个例证。这是一部施教型的作品，有的文学史家说贾希兹是想"给阿拉伯世界上课"。

《吝人传》是贾希兹最具文学意味的作品。该书收入了各种吝啬者和小气鬼的故事和传闻，故事长短不一，都可独立成篇，读起来像一部民间传说集或短篇小说集。其中一篇《以谎对谎，以空对空》，写波斯地方一位总督用空洞的许诺让给他拍马屁的人空欢喜了一场。总督对他的管账先生说："他用空话和谎言让咱们高兴，咱们也用空话和谎言让他高兴嘛！"贾希兹在这部作品里好像是一位心理学家，把吝啬者的心态刻画得入木三分。他在书中提到，吝啬人总爱掩饰自己的吝啬，但对别人的吝啬又格外敏感。他用轻松的笔调来谈论人性的弱点，显示了高超的讽刺才能。

贾希兹的创作题材新颖、语言简朴，更接近人民的生活，他不仅关注上层人物，对社会底层也抱有很大的同情。他的作品知识性和科学性较强，不仅具有文学价值，而且有学术价值。他善于使用叙述、对话、插入语、重复和对偶等语言修辞手法，使表达优美，行文生动。对阿拉伯散文的发展做出了重大贡献。

四、《一千零一夜》

《一千零一夜》（又译《天方夜谭》）是用阿拉伯文撰写编纂而成的一部反映中世纪阿拉伯帝国社会风貌的大型民间故事集。在世界文学史上，现代意义上的小说起源于西班牙的《小癞子》与《堂吉诃德》，但是，也有学者认为，实际上《一千零一夜》与中国明代的中国古典小说也属于小说。《一千零一夜》的故事所描写的中心地区是埃及与中东，但也广泛涉及世界其他地区。所以它对世界文学有深刻的影响，欧洲自文艺复兴时代起，一些作家和作品在取材、写作方法或风格方面都直接或间接地受到它的启发，如意大利薄伽丘的《十日谈》、西班牙塞万提斯的《堂吉诃德》、英国莎士比亚的《终成眷属》等。

《一千零一夜》源于波斯童话集，最初在阿拉伯民间流传。这部巨著分为三大部分：第一部分大都是波斯故事；第二部分是关于阿拉伯阿拔斯王朝的民间或宫廷故事；第三部分是埃及的故事。此书博大精深，瑰丽多姿，既是文学名著，又是历史画卷，是任何一部阿拉伯文学作品都难以媲美的。

18 世纪初，在阿拉伯民间流传的《一千零一夜》，首先由法国人加朗根据四卷叙利亚手抄本译成法文出版（1717）。法文译本的出版，引起了西方人的极大兴趣。之后，又相继出版了许多其他欧洲文字的转译本。至于阿拉伯文本，则晚至 19 世纪初才在加尔各答首次出版（1814—1818）。嗣后，在 19 世纪上半叶，又相继出版了几种经专家校勘的阿拉伯文《一千零一夜》。其中 1835 年在埃及刊印的版本被公认为善本，并成为后来世界其他文字翻译的蓝本，即所谓的"通行本"。中国开始介绍《一千零一夜》的故事始于 20 世纪初，都是从欧洲译本转译的。其中较著名的版本，是由奚若根据英文版转译的四卷本《天方夜谭》（1906）。国内从阿拉伯文原文直接翻译《一千零一夜》的译者是回族学者纳训。他的译本是目前国内公认的最好最全的译本之一。

《一千零一夜》的叙事和主题结构相当独特，它的结构与主题具有鲜明的阿拉伯文化的特点。古代的阿拉伯国王山鲁亚尔生性残暴，每夜娶一王后，翌晨即行杀害。宰相女儿山鲁佐德，为了拯救其他姐妹，自愿嫁给国王。她用讲故事的方法，引起国王的兴趣，因此未被处死。此后，她每夜讲述一个故事，一个接一个，一个套一个，一直讲了一千零一夜，终于启发、感动了国王，使他悔悟。宰相的女儿山鲁佐德是善与美的化身，国王山鲁亚尔则是恶与丑的代表。通过这一对矛盾的发展与解决的曲折过程，作品告诫人们：善与美，最终必然战胜恶与丑。这个引子也是一个叙事结构的杰作，起到了画龙点睛的作用。《一千零一夜》以王后讲故事为线索，将几百个故事串起来，其中有神话、传奇和寓言，涉及人们的生活方式、社会制度、宗教信仰、恋爱婚姻与道德教训，主角有哈里发、天使、宰相、大臣、太子、公主、商人、渔民、农夫、木匠、奴婢、精灵、魔鬼、小偷、窃贼、懒汉等。

《一千零一夜》的母题或主题相对集中，指导思想是宣扬伊斯兰教的精神，要人们虔诚信仰安拉。几乎每个故事的主人公遇到麻烦时，都会祈祷安拉保佑自己。有的故事直接描写穆斯林如何真诚地崇拜安拉，如《脚夫与巴格达三个女人的故事》中描写了一个青年穆斯林每日潜心礼拜、斋戒和诵经而别无他求，同时抨击了"异教"；《牧羊人的故事》讲述了一个放羊的穆斯林如何抵御了物质和美色的引诱，虔诚信奉安拉的故事。有的故事借讽刺动物来揭露伪信伊斯兰教者。更多的故事是宣扬伊斯兰教"行善"的精神，故事中的人物都是善有善报，恶有恶报。如《国王和医师的故事》中那位忘恩负义的残暴国王最终自取灭亡；《宰相张尔善和蚕豆小贩的故事》中张尔善的善行在他死后仍得到了回报；《脚夫与三个巴格达女人的故事》中，行善的姐姐得到了哈里发的厚报，不守信义的王子则受到惩罚，瞎了一只眼睛。

从具体的主题与题材来看，首先是广阔丰富的社会现实生活描绘。《一千零一夜》以史诗式的视域再现了中世纪以来伊斯兰教与阿拉伯民族的生活。商人是故事中的主要人物，这与阿拉伯民族的生活方式有关。自古以来阿拉伯商人就以长途贩运的方式到世界各地做生意，中世纪时，中国的罗盘传入阿拉伯地区，阿拉伯的航海业发达起来，商人们到世界各地冒险经商，所以书中其实有更为广阔的世界中多种国家的生活背景。《辛伯达航海旅行的故事》中，商人辛伯达曾经 7 次航海，都遭遇不幸，几乎丧生。他历经磨难，出生入死，战胜死亡，成为阿拉伯商人中的成功者。阿拉伯商人不畏艰险、勇于冒险的精神给世人留下深刻印象，这也是阿拉伯文学走向世界的一种方式。

其次，阿拉伯人的宗教道德观念在书中得到充分体现，由于受到历史传统的影响，阿拉伯文学史中一直有对善恶对立的描绘，而且这种观念与现实生活密切联系。在广大人民心目中，善有善报，恶有恶报，真善美必将战胜假恶丑。这种朴素的道德伦理在故事中表现得最多。如《商人与魔鬼的故事》中，三个老人讲述了民间生活中的种种不平与离奇的遭遇，但是最后的结果都是好人生活幸福，恶人被变成了动物，如羚羊、狗和骡子，下场的悲惨令人触目惊心。是好人往往得到神助，最后能实现人生的价值。《阿拉丁和神灯》故事的地点假设为中国京城，在阿拉伯故事中，中国是一个遥远、神秘、富庶的大国。阿拉丁是一个贫穷的裁缝的儿子，少年时期就被一个非洲的魔法师所欺骗，这个魔法师得知阿拉丁可以取到神灯，就引诱他去取神灯，却把他丢弃在山洞中，企图害死他。在困境中，阿拉丁得到了神灯的魔力帮助，不但平安脱险，而且致富，最后还成为驸马。魔法师不死心，想方设法要盗取神灯，与阿拉丁展开激烈斗争，最后阿拉丁战胜了魔法师，取得胜利。故事表达了真诚与善良最终将战胜邪恶与阴谋的主题。

最后，歌颂正直人们的智慧与机智，抨击愚蠢与背信弃义，也是故事集的一个中心主题。如《渔翁的故事》是一则流传甚广、寓意深刻的故事。它通过渔翁运用智慧战胜恶魔，说明正义和光明终究要战胜谬误和黑暗。故事说的是一个老渔翁一天撒网捞上一个装有魔鬼的黄铜瓶，被释放的魔鬼没有感谢渔翁，反而要加害老渔翁，机智的老渔翁设法让魔鬼再次钻入瓶中，战胜了魔鬼。其他如《巴索拉银匠哈桑的故事》《乌木马的故事》和《女人和她的五个追求者的故事》等，也是相同性质的故事，其中心是对人性的歌颂，人类的智慧可以战胜一切魔鬼伎俩，善良与正直必将战胜愚昧、暴力，厄运等。在《渔翁的故事》中，渔翁对恩将仇报的魔鬼十分愤怒，而面对强大的魔力，他并不惊慌，心中想到："他是个魔鬼，而我是堂堂的人类，安拉赐予了我完备的智慧，我非用计谋来对付他不行。我用计谋与智慧，必然会战胜他的诡诈和邪恶。"正是在这种人类智慧的指引下，他反败为胜，战胜了恶魔，其中的道理值得人反思。

当然也要提到的是对纯真爱情歌颂的主题。这些爱情故事的主角都是普通的商人、手工业者、理发师、市民或是农夫，他们忠诚于爱情，不为钱财所动。在无数的磨难中，忠贞的爱情都有美好的结局，表现了民间生活对真爱的追求，同时也展现出社会文明保障婚姻权利的进步。故事中甚至有相当多的关于婚姻爱情家庭与财富分配关系的描绘，这也是阿拉伯民族经济思想的一个重要反映。

故事集的另一个重要主题是暴露社会的黑暗和不平。《一千零一夜》不仅反映广大人民群众的疾苦和对现实生活的不满，而且把矛头指向帝国的最高统治者——哈里发，对他们的昏庸无道、荒淫无耻做了较深刻的揭露和鞭挞。在《渔夫和哈里发的故事》（又名《渔夫哈里发和哈里发哈伦·赖世德的故事》）中，对哈里发的淫威和渔夫诚惶诚恐的心理，有一段细致入微的描写。故事说，渔夫积蓄了 100 枚金币，天天提心吊胆，夜不成寐，生怕被哈里发夺去。但渔夫如果藏起金钱，就会被送到总督那里遭受严刑拷打。渔夫一筹莫展，不知如何是好。一天夜里，他躺在床上想来想去，终于想出了一个好主意：想要保全金币，只有先"养成经得起鞭挞的习惯"。于是他跳下床来，一面使劲鞭挞自己，一面学着申辩的样子道："老爷，是他们给我造谣呀！我是打鱼为生的穷人，什么东西都没有嘛……"这寥寥数语就把阿拔斯王朝最负盛名的哈里发哈伦·赖世德的淫威和贪得无厌的嘴脸暴露无遗！

故事题材涉及社会生活的各个方面，君主统治、宗教事业、法庭审判等方面都有真实而生动的细节描写，为我们提供了研究阿拉伯文化的相对真实的历史文献。

在艺术与审美表现方面，故事也极具特色。

首先是叙事的传奇性。从写作手法方面属于浪漫主义的方法，丰富多彩的幻想和近乎荒诞的夸张是《一千零一夜》最明显的艺术特色。如《神灯记》中的神灯和魔戒，《乌木马的故事》中的飞马，《辛伯达航海旅行的故事》中的神鹰蛋和磁石山等，都是具有浓郁的浪漫色彩和非凡的想象力的名篇。

其次则是叙事结构独特而富于创造性。这个故事集采用了树形结构，从主体衍生出枝条，再从枝条中生出更小的细节，一个故事套着多个故事。在讲述故事时，当叙事的主要结构已经完结时，就会从这个故事中引出另一个故事。如《商人和魔鬼的故事》，眼见商人马上要被魔鬼杀死，故事到此就该结束了，但此时又出现了三个老人，接着又开始了《第一个老人和羚羊的故事》《第二个老人和猎犬的故事》和《第三个老人和骡子的故事》。在《驼背的故事》中，穿插了《基督教商人的故事》《总管的故事》《犹太医生故事》《裁缝的故事》和《理发匠及其兄弟五人的故事》。辛伯达航海旅行中的 7 次遇险，更是一次又一次节外生枝，在主结构中附加多个小故事。这种叙事方式是阿拉伯文学的一种创造，不同于欧洲文学中传统的叙事结构。《一千零一夜》传入欧洲后，欧洲作家惊叹不已，纷纷学习这种叙事方式。以后这种叙事结构在全世界得到推广，成为世界传统小说写作的一种基本范式，在世界各国都曾经长期流行。

《一千零一夜》叙事线索发展紧凑，曲折、具体而生动，虚构与夸张融合一体，为广大读者喜闻乐见。其中，如《阿里巴巴和四十大盗》《渔翁的故事》《巴格达窃贼》等，都是广为流传、脍炙人口的佳作。《阿里巴巴和四十大盗》故事中的主角阿里巴巴是一个穷人，偶然发现强盗的宝库及打开宝库的暗语，终于得到大量财产，强盗要谋杀他，聪明机智的女仆帮助他战胜了强盗。阿里巴巴将财产分给她一半，并让侄儿娶她为妻。故事歌颂了阿里巴巴的善良和女仆的机智与勇敢，叙事过程紧凑，环环相套，有极强的故事性。

《一千零一夜》诗文并茂，雅俗共赏。书中很多故事穿插有优美或带有哲理的诗句，它的艺术魅力和它通俗易懂的特点，使它得以在全世界广泛流传，深受欢迎。

第四节　中古波斯文学的史诗与抒情诗

从 9 世纪初期起，波斯各地从阿拉伯大帝国的统治下相继独立，建立了一些小的王朝。波斯文明传统悠久，即使在阿拉伯大帝国时期，仍然保持了本民族的文学特性，并且善于吸收其他民族文学的精华。当波斯文学取得独立发展的机会后，迅速出现了古典文学复兴，也有人称为"波斯中古文学的中兴"。传统诗歌的早期代表人物鲁达基（约 858—940）是波斯萨曼王朝的宫廷诗人，他曾经创作了大量的波斯语诗，现在传世的大约有 1000 多行。从 10 世纪到 15 世纪，波斯文学经历了长达 5 个世纪的繁荣，涌现了多位伟大的作家。菲尔多西（约 940—1020）创作了民族史诗《列王纪》。欧玛尔·海亚姆（1040—1123）以创作"柔巴依"诗为主，他的诗集《鲁拜集》（一译为《柔巴依集》）传播到世界各国，受到西方诗人的极高评价。这种抒情诗只有短短的 4 行，但是诗句美妙绝伦，使阿拉伯诗歌从此在世界文坛享有盛誉。其他代表性诗人有叙事诗人内扎米（1141—1203）和哲理诗人萨迪（1203—1292）。抒情诗的代表人物哈菲兹（1320—1389），也是举世闻名的诗人。在 12 世纪后期，波斯宗教出现转折，苏菲派文学兴起，杰出诗人仍然层出不穷。这一时期的一些文学巨匠如萨纳依（1080—1140）、阿塔尔（1145—1221）、人称"鲁米"的诗人莫拉维（1207—1273）都在波斯文学史上有相当影响。直到 15 世纪，仍然有贾米（1404—1492）等大诗人活跃在文坛，这一历史时期的文学成就十分引人注目，为波斯—阿拉伯文学体系写下了浓墨重彩的一笔。

一、菲尔多西与《列王纪》

波斯诗人菲尔多西出生于波斯古代文化中心可拉桑的图斯，这是鲁达基、欧玛尔·海亚姆等著名诗人的故乡，文风很盛，地域文化积淀深厚。菲尔多西本人出身于当地的贵族家庭，只是在他出生时，家族已经没落。他受过良好的教育，掌握阿拉伯语与波斯巴列维语，阅读了波斯古代的大量历史典籍，是当时著名的诗人。他受命撰写长诗《列王纪》（又译《王书》），耗时 30 余年，终于写成。按照惯例，他将长诗献给当时的国王。但是国王穆哈默德盛气凌人，态度十分轻慢。这首长诗，按照文体来说是"六万联"，每联双行，就是 12 万行，是地道的鸿篇巨制。更重要的是取材重大，是民族史诗，或称为英雄史诗。看到国王如此无礼，诗人悲愤难当，以后写了讽刺诗，对这位国王的行为加以揶揄。这就为诗人引来了厄运，国王要对诗人施以酷刑——让大象来踩死他，这是当时最残酷的刑罚之一。诗人只好逃离祖国，流离在他乡。然而其长诗获得巨大成功，人民对诗人表达了崇高敬意。诗人晚年终于悄悄回到故乡，此时长诗已经普遍流传，家喻户晓。

波斯从 8 世纪起就不断有"王书"的写作，历代诗人都有巨著，这些"王书"的主题大多是对民族历史的赞颂。波斯曾经是古代世界的大帝国，后来却伊斯兰化，所以诗人往往缅怀祖先的光辉，赞颂民族英雄，以对抗阿拉伯人的统治。这种主题是相同的。但是只有菲尔多西的这部"王书"《列王纪》被公认为是民族史诗。这部史诗所包含的历史时代相当长，从波斯历史上第二个大王朝安息王朝（前 250—224）写起，但主要写萨珊王朝。全诗共分为三个大的构成：古代神话，英雄（勇士）战斗和历史事件，其中最主要的是英雄勇士的战斗经历，史诗的英雄叫鲁斯塔姆。英雄故事起源于波斯东南部锡斯坦地区，古代琐罗亚斯德教的《阿维斯塔》史诗中就已经有英雄的祖父萨姆的记载，所以这一传说最短已经有 2000 年的历史。

英雄鲁斯塔姆是伊朗人的勇士。事情的起因是传说中的古代法里东国王分封土地时，有意把阿姆河以北的地方即土兰给次子土尔，而把罗马分给长子萨勒姆，把最富庶的伊朗分给最小的儿子伊拉治。这种分封方法引起了两个哥哥的嫉妒，他们阴谋要害死伊拉治，引发伊朗与土兰之间的战争。鲁斯塔姆是伊朗的英雄，为了捍卫祖国与正义，与敌国进行殊死斗争。史诗情节复杂，主要有以下方面：少年英雄为民除害，即鲁斯塔姆少年时杀死了危害人民而无人能敌的大白象；他长大成人后，国家处于危难之中，甚至国王都不知去向，鲁斯塔姆深入大山之中，找到了王子哥巴德，拥立他为国王，解救了国难。在与敌国的战斗中，他率兵击败敌国的主将阿夫拉西亚伯，从敌人的包围中救回了伊朗的大军。"闯七关"的故事是他从妖怪手中救出卡乌斯和被困于枯井中的苏赫拉布，中心故事是他和进攻伊朗的小将苏赫拉布之间的大战，直到杀死对方后，才得知其竟然是自己的儿子。这是史诗的悲剧性的表现，有巨大的艺术感染力。

史诗的爱国精神与民族独立思想是史诗主题深入人心的根本原因。波斯民族长期处于异族统治之下，民族独立是一种历史愿望，从而在史诗中得到表现。史诗并不是完全按照历史真实来叙事的，它以神话和叙事诗的想象为主。即使是在对历史事件的处理上，仍然以浪漫和神奇的描绘为主。国王霍斯鲁对鲁斯塔姆的赞扬直接点明了这一主题：

　　　　霍斯鲁对鲁斯塔姆极表称赞
　　　　"将军的功业永存可比地比天。

> 将军在危难之时犹如坚强的盾，
> 将军身手不凡无人能敌将军。
> 愿将军的丰功伟业与日月同光。
> 这也是扎尔将军对国家的贡献，
> 将你生在世上作为纪念。"

这种主题的表达是符合波斯宗教思想与文学传统要求的，在《阿维斯塔》中，就已经有对这种保家卫国的英雄人物的赞颂，表现出西亚地区自古以来多民族争战不休的社会生活。在这种语境下的史诗文本，对英雄人物的尚武精神与保家卫国的战功进行颂扬，自然是史诗爱国主题的要义。

另外，史诗的中心人物思想和心理的描绘也是一大特色，主人公的思想是善与恶之间的对立，扬善惩恶。主人公的善恶是以是否有利于人民生活为标准的，凡是有利于民生的都要保护，即使是舍弃性命亦在所不惜。作品描写英雄出生入死，勇斗顽敌与妖怪，都是一种对民族精神的赞美。

史诗对暴君和动乱的政治局面痛心疾首，呼吁君主善待百姓，国王要以民族利益为重。诗中有一段关于国王卡乌斯与王子夏沃什之间纠纷的故事，国王听信谗言，疏远王子，王子夏沃什被迫采用远离王宫的方略，以求保全。王子在与敌国的战斗中获得胜利后要求和谈，但是国王却不准，最后导致王子被杀。虽然国王也万分懊悔，但是已经铸成不可原谅的历史过错。土兰的国王阿夫里亚伯是伊朗人的敌人，他生性残暴，甚至对自己的亲人也不留情，表现出一个暴君的特征。

史诗结构严谨，叙事线索清晰，这是波斯史诗的一大特色。史诗虽然多达12万行，几乎涉及社会生活的各个方面，但是其中心线索发展有序，环环相扣，处处可见其杰出的叙事艺术。

史诗语言优美，善于使用比喻。作者在描写战争时说："那时我们的战鼓乃是赫尔曼德河的涛声，刀来枪往传递我们彼此问候之情。"诗中的语言主要是白描性的，与叙事过程结合紧密，通过事件来描绘内心世界。比如在鲁斯塔姆与并不相识的儿子苏赫拉布的战斗后，误杀了自己的儿子，心中的痛苦与懊恼通过动作来表达："他撕扯着头发不住地号叫，胸中热血沸腾痛苦心焦。""他悲痛地乱扯自己的头发，血泪合流抓土往头上抛撒。"这些描写只是在宣泄英雄的真情，而并不对英雄形象构成任何损害。

虽然波斯文学与阿拉伯文学起源与发展都有巨大的差异，但是随着伊斯兰化的深入，波斯文学逐渐受到阿拉伯文学的影响，叙事诗的创作式微，而抒情诗大放光彩，新诗歌与波斯传统相结合，由于自身深厚的文化积淀，波斯抒情诗的成就在伊斯兰文学中是最辉煌的。

二、欧玛尔·海亚姆与《鲁拜集》

在世界文学史上，欧玛尔·海亚姆的影响远超过其他波斯诗人，英国诗人丁尼生

(A. Tennyson) 称赞他是"像太阳一样的明星"。

欧玛尔·海亚姆全名是阿布·阿拉法特赫·欧玛尔·本·阿卜拉希姆，但是一般人称其为"海亚姆"（也有译作"哈亚姆"），这个词的本义是"制作帐篷的人"，据说这来自于诗人父亲的职业。由此可推断，诗人可能出生身于一个手工业者家庭。他的家乡内布撒尔是波斯塞尔柱王朝的政治文化中心。塞尔柱时代的波斯相当强大，国富民强，经济发达，文学艺术也迎来了新的发展时机，出现了海亚姆这样开一代新风的诗人。海亚姆先是在宫中任职，宰相尼采姆·木勒克对他十分看重，委以重任，命他领导一个小组，从事科学研究工作，特别是主持历法修订工作。海亚姆才华出众，学识渊博，他对天文历法和数学都有相当的研究。但是，1092 年他个人与国家的命运发生转折。宰相尼采姆遇刺身亡，国王马克里沙也死去，两个主要支持者的离去，对诗人来说是一个巨大的打击。而这时的塞尔柱王朝已经风光不再，经济与政治都遭遇危机，海亚姆也受到政敌的抨击，被迫中止了研究工作，返回自己的故乡，晚年的海亚姆在贫病交加中离开人世。他的故乡本是历史名城，值得一提的是，在内布撒尔这所名城中，曾经出过 2000 多个名人。但是 13 世纪时，蒙古人的大军毁灭了这个古城，在蒙古人的铁蹄下，这座城市几乎成为一片废墟。令人惊奇而又感到幸运的是，海亚姆的陵墓竟然保存了下来，有人慨叹，这就是诗歌的力量。不过他的文名与时光一起消逝，不为世人所知。直到 700 多年后，他才重新被世界所认识，而最先发现他的诗歌的，竟然是欧洲的诗人与学者。

海亚姆所写作的文体是"鲁拜体"（"柔巴依"），原意是四行诗诗体，诗句中的一、二、四行押韵。这种文体原本只是民歌诗体，海亚姆将其引入文坛，立即受到推崇，成为当时非常流行的文体，他本人也成为这种文体的推广者。

海亚姆诗歌的主题与语境具有强烈的现实意义，他的诗歌文本以波斯社会的生活为主要题材，反映了当时社会矛盾的激化。他在诗中往往表现出一种叛逆的情感：

> 苍天啊！为何要对悭吝者恩赐——
> 为他准备了画廊、磨盘和浴室；
> 却使正直人赊欠晚餐的面包？
> 应对这样的神祇嘲讽和讥刺！

形成这种叛逆的主要原因当然是对社会现实的反抗与不满，但他更有一个突出之处，就是不仅对抗俗世，对宗教也时有微词，这即使在同样具有反抗精神的诗人中也并不多见。当然，究其原因，仍然是其对贫富不均与社会道德的愤懑。

由不满现实而走向弃世独立或是醉生梦死是诗歌常见的母题与内容。在海亚姆的诗中，则由于波斯文化传统观念熏染而表现得格外引人关注。

> 海亚姆啊，若酩酊大醉才欢悦，
> 若同娇媚的情人幽会才欢悦。

> 世界的终结意味着一切皆空——
> 把虚无识为存在一样才欢悦。

这并不是一般人的酒色贪欲，而是通过香草美人所寄托的一种对美的追求，这才是诗人的真意所在。在波斯文化传统中，一直有对醇酒美人的赞颂，而将这种传统内容推向极致的恰是海亚姆。相当多的批评家对这种诗歌的道德价值产生怀疑，甚至将之理解为淫逸荒唐的生活反映。其实这只是从表面现象来看待海亚姆，他的诗的核心价值是积极的，形式是否定的或是离世的，对生活意义的追求幻化为一种美酒与爱情的感悟，所以在爱情诗中常有人生的感叹。

最后，不可忽视的是他诗中的哲理主题。诗人本人就是一个哲学家，他所处的时代也是阿拉伯哲学的重要历史阶段，对宗教和人生意义的思索是阿拉伯哲学的主要内容，而这种思想对海亚姆诗歌影响相当大。他在诗歌中讨论人类的出生与死亡，巧妙地运用比喻和心理描写来取代抽象的哲学思考：

> 理智啧啧赞赏这精巧的玉杯，
> 在它前额温柔地亲吻过百回。
> 这只杯子，苍天巧匠既已制造，
> 却又狠心把它掷在地上摔碎。

这里把人的生命比为一个精巧的玉杯，上天就是制作者，而最终同样是上天要人死亡，如同将玉杯摔碎。其中的思考给人以启迪。既然人生短促，譬如朝露，何不及时以行乐。他从来不相信宗教所给予人的来世幸福或是身后荣华富贵。诗人甚至表达出这样的情感：

> 由于世间骚乱不安，凄楚苍凉，
> 人们不拔除生命，便难解愁肠。
> 虽然匆匆弃世能够使人慰藉，
> 但若不来世，岂不更恬适舒畅！

抒写人生的离愁别恨历来是诗人的主要题材和抒发情感的手段。但同样是愁，在海亚姆笔下与其他诗人仍有不同，特别是文化差异更是明显，这不是"问君能有几多愁，恰似一江春水向东流"的"愁"，而是一种对宗教、存在等抽象哲学意义的探讨，以生离死别的思索为主线，抒情手段新颖，体现了波斯文化的独特魅力。

当然未可讳言，这种透彻而尖锐的世界观，也有一种消极的成分在其中，也会助长一种颓废的人生态度。关于这方面，世界各国的海亚姆研究者已经有相当多的见解，足以让我们深刻理解其诗歌的另一侧面。

三、萨迪与《蔷薇园》

萨迪是中古波斯诗人中最为著名但被记载最少的诗人。虽然如此，却并不影响萨迪的世界性影响。根据有关记载，很有可能在中古时期他的名声已经跨越了国界，成为一名世界诗人。

萨迪出身于波斯名城设拉子的一个宗教人员家庭，年仅 14 岁时父亲就去世了。其实他的本名并不是萨迪，只是因为曾经受到过一位名为萨迪的人的保护，他为了表示感谢，遂改为萨迪。大约在 18 岁时，他在亲友的帮助下，到巴格达的尼扎米耶神学院学习。也有一种说法，是他到巴格达学习时，因为写作了一首诗，受到尼扎米耶神学院教授沙姆·鸣德丁的赏识，从此进入这所中古著名的神学院学习。在神学院里，他刻苦研究《古兰经》，广泛涉猎文学、历史和哲学著作，特别对诗歌理论下过大的功夫。当时苏菲派的哲学相当流行，萨迪也受到这种哲学的影响。但是萨迪在神学院并没有毕业，据说是由于不堪忍受神学院的庸俗神学思想的束缚而辍学。从 30 岁起，他成为一名托钵僧，这是中古伊斯兰教的游方僧侣的名称。他远游世界各地，从埃及、埃塞俄比亚、叙利亚、土耳其、阿富汗直到俄国的喀什等地，也有人说他曾经到过中国的多所城市。他曾经 15 次到圣城麦加朝觐，也有人说他曾经在"十字军"进入耶路撒冷时被俘虏。幸亏被一位阿拉伯富商赎了回来，这位富商还将自己的女儿嫁给了他。据说在游历期间，他创作了大量的诗歌，这些诗在各地流传。伊斯兰旅行家伊本·白图泰在游记中记载，旅行家在中国杭州时，听到有人演唱萨迪创作的诗歌，而演唱的人是中国人，可见这位波斯诗人当时已经名扬四海了。如果说对这种说法还有疑问，那么以下事实可能更具有说服力。伊斯兰教传入中国不久，中国回族的伊斯兰经学课程教材中，就已经出现了萨迪的作品，它既是波斯文的教材，也被用作穆斯林经学的教材。1257 年萨迪回到了久别的故乡，随身带着他的叙事诗集《果园》，他创作《蔷薇园》的时间是 1258 年。诗人的晚年深居简出，过着平静的生活直到逝世。在设拉子有着诗人的陵墓供游人参观，如今有来自世界各地的人们来此纪念这位诗人。除了以上提到的主要作品外，他还创作了 600 余首诗歌，以诗传世，受到高度评价。

在诗人的两部名作中，《果园》完成于 1257 年，这是一部叙事诗集，共有 10 卷，收入 200 余首叙事诗，都是独立的故事。中世纪波斯诗歌一般按照主题和题材划分，并以简明的标题来说明这些诗。《果园》中的主要标题有：正义（或是真理）、善行、爱情、谦逊、欢乐、知足、教育、感恩、旅行、虔诚等。这些故事虽然短小，但意义深刻，给人以哲学与宗教的启示。

《蔷薇园》是波斯—阿拉伯文学的名著，但不是诗集，而是一部散文集，更精确地说是一部散文诗集。关于这部作品的名称意义，诗人曾做过解释：每当看到朋友们从花园中摘取蔷薇时，他就会感叹这朵美丽的花会凋谢的。他要写一部诗集，如同那永不凋谢的花朵，供追求美的人们欣赏，因此他以此来命名自己的这部作品。全书分为 8 卷：帝王言行的记录；僧侣言行的记录；关于人生应当知足常乐的感言；关于讷于言；谈论青春与爱情；关于老年人的昏庸；教育的作用与价值；人生交往的道理。全书一共有 277 篇故事，每一篇都是独立的，而各卷就是大致相同主题故事的集合。

《蔷薇园》的艺术结构独特，主要是一种散文诗文体，也有部分是格言与箴言，明显受到《古兰经》的影响，是阿拉伯文学文体的典型。叙事相当集中，一般来说一篇故事只写一件事，只有两人对话或是个人的独白。注重人生哲学，特别是人生经验与处世哲学，也有道德观念、法律观念与经济现象的内容。总之内容涵盖社会生活各个层次，又以最精练的形式反映出来，是一部具有创造性的名著。书中的一位智者名叫卢格曼，有一次别人问他："你向什么人学习礼貌？"他的回答是："我向无礼的人学习礼貌，凡是他所做的那些无礼的事情，我就不再去做了，这样我就学会了礼貌"。所以诗人写道：

> 这只是一种机智与诙谐的回答
> 但是有智慧的人从中受益匪浅。
> 即使是汗牛充栋的经典
> 蠢汉们仍然把它视同废纸。

伊斯兰教重视文化，特别推崇学问与智慧，先知与经师历来受到尊重，可以说是文武并进，这一文化观念在《蔷薇园》中表现突出。书中写道："只有智慧、才华与能力，方可以治国；愚蠢的人如果得到天下，那么对他是极大的灾难。"这些格言不只是来自于经典，更多地是来自于社会历史。在伊斯兰社会中，相当多的暴君最终都以灭亡为结局，无不验证这些经验与见识。

萨迪是波斯文学的语言大师，所使用的比喻形象生动，《蔷薇园》的语言晓畅而优美，阐发的道理浅显易懂，深受人民喜爱。书中的语言吸取了大量的口语，并且加以熔铸和提高，形成了典雅而通俗的语言风格。

四、哈菲兹的抒情诗

中古波斯最后一位伟大诗人哈菲兹（1320—1389）出生于设拉子城的一个商人家庭，这里是诗人荟萃的地方。哈菲兹早年丧父，从小就喜欢诗歌，他自幼就表现出博闻善记的特点，尤其善于背诵《古兰经》，"哈菲兹"一词的原义就是"会背诵《古兰经》者"。可以说宗教与诗歌是哈菲兹生活中的两个支柱。他曾经在一所宗教学校里任教，讲授神学，同时写作诗歌。20 岁时，哈菲兹的诗歌天赋使他崭露头角，尤其是他的抒情诗与劝诫诗已经颇有影响，这当然与他的宗教与文学修养深厚有关。当时的社会风俗是，诗人要是得到富豪与大商人的资助，或是进入宫廷服务，就可以成为名家。中古伊斯兰教的文化中心是巴格达，哈菲兹的诗名传到了巴格达，宫廷聘请他到宫廷里写诗，但是遭到他的拒绝。

1387年，蒙古大军西征，帖木儿攻占设拉子城，哈菲兹已经沦落为托钵僧，过着漂泊不定的生活。他在诗中反对蒙古人的占领，表达自己的爱国情怀。他死后被葬在设拉子，与众多的阿拉伯文化名人一样，在这里留下了他的陵墓，供千秋百代的后人们瞻仰与祭祀。

哈菲兹的诗体被称为"卡宰尔体"（亦译作"嘎扎勒诗体"），这是波斯传统诗体中韵律要求较高的一种，写作者一般是有一定经验的诗人。一首诗由7～15个联句组成，每联押尾韵，一韵到底，要求在最后一联点出主题，并且要求出现诗人的名字。哈菲兹以写作卡宰尔诗为主，有500余首作品。此外，他也写了一些鲁拜体和短诗。卡宰尔这种诗体本身的格律严谨已经使其有一定难度，加之哈菲兹本人推崇苏菲派哲学，思想艰深，这就使得他的诗句中经常有充满哲理的句子。他大量使用比喻、双关语和谐音字，虽然语言与意境都相当美，但也愈加难懂。虽然如此，他的诗却受到最普遍的欢迎，这常令一般诗歌批评家们感到不解。

传统的阿拉伯诗歌饮酒作乐、香草美人的主题也是哈菲兹诗的重要内容，但对他来说，这并非是一般的声色之乐，而是对人生意义与价值的探索：

> 当我们在美酒与音乐中沉醉时，
> 岂非是在探索人生的奥秘；
> 谁能有如此的法力，
> 为我解开人生之谜。

关于这一主题，也有学者做了宗教学的探讨，认为这是伊斯兰教对人生意义的一种理解，人生短暂，岁月易逝，而爱情则是人间真情，是世间最宝贵的财富之一。这也算是一种学术见解，有待进一步的研究。

哲理性思考主要集中于主体存在的时间与空间局限性，即普通的人生意义探索，这也是历来阿拉伯诗人所选择的诗歌主题话语。哈菲兹的特点就在于，他能在最基本与常见的诗意中深刻挖掘，并且以最优美与标准的艺术形式表达出来，这也正是一切伟大诗人的过人之处。所不同的是，诗人的宗教信仰在这里仍然有突出地位。他的诗句中经常出现"虔诚的道路"、"漫长征途"之类的用语，足见诗人在思想进程中的探索之艰深与付出之巨大。这种诗风与其他歌咏俗世快乐的诗人有根本的区分，这就使他不但在阿拉伯诗人中有崇高地位，在世界诗坛上也是独具一格的诗人。

当然从诗格与诗风来看，他的诗风沿袭了波斯诗人们的豪放与婉约并重的特点，而诗格则相当严谨。这与其他民族的诗风是不同的，具有鲜明的民族风格。也有学者指出，哈菲兹的诗句中时有较为艰涩的地方，特别是所谓的"宗教抒情诗"，对于一般读者而言较为难懂，有如欧洲诗人堂森的诗或是中国魏晋时期的"玄学诗"。这种看法有一定道理，但是从总体而言，哈菲兹的诗并非玄学诗，而是体现波斯传统诗风的作品，这也是一种历史的结论。

第三编 17—18世纪的文学

第十一章　17—18 世纪的欧美文学

第一节　17—18 世纪的欧洲文学综观

17—18 世纪是欧洲文学最为灿烂辉煌的时期之一。欧洲各国文学主要经历了从古典主义文学到启蒙主义文学的发展历程，再现了各国、各民族的社会发展演变过程。作家们纷纷展示社会状况，探求封建制度崩溃、资本主义制度建立时期人的存在意义与价值。弥尔顿、菲尔丁、莫里哀、伏尔泰、卢梭、席勒、歌德等是其中的杰出代表。

一、17 世纪欧洲文学与古典主义

17 世纪中期以来，欧洲封建主义和资本主义两种制度之间的冲突愈加激烈。1640—1648 年的英国资产阶级革命开启了欧洲近代历史的大门。此后，两种制度的斗争持续不断，但整个欧洲基本仍处于封建统治之下，资本主义在各个国家的发展并不平衡。意大利曾经是欧洲和世界文化的中心，但由于世界贸易航线的改变，外国侵略者的掠夺侵犯，整个国家民生凋敝，文化也日渐衰落，天主教的势力一度非常猖獗。法国在结束胡格诺战争（1562—1598）以后，建立起君主专政制度。当时的封建统治者为了复兴经济、重振王权，对资产阶级的发展采取了支持的态度。法国国内形成僧侣阶级、贵族阶级和资产阶级三种力量。三种阶级的矛盾使得君主能够保持中立的地位。17 世纪是英国历史上最为动荡的时期之一。资产阶级与旧贵族、清教与国教、民权与王权之间的冲突异常激烈，"革命与复辟"成为这一时期的关键词。1688—1689 年的"光荣革命"后，英国的资产阶级上层与封建势力妥协，建立了君主立宪制。资本主义在英国迅速发展，英国成为 17 世纪欧洲最为先进的国家。18 世纪英国资本主义进入一个相对平稳发展的阶段。德国在历经"三十年战争"（1618—1648）以后几乎陷于瘫痪，经济、文化长期处于落后状态。俄罗斯农民反抗沙皇和贵族的斗争日趋高涨，农民起义引发了社会的动荡，动摇了封建宗教的统治基础。

17 世纪欧洲天主教反动势力非常猖獗，给欧洲的文化界和思想界带来了严重的后果。天主教会成为王权统治的工具；教会利用宗教裁判所反对改革，禁锢人们的思想；开列"禁书目录"，禁止进步出版物刊行；用火刑来迫害进步新思想家；耶稣会大肆操纵教育系统和文化思想。

从文学发展来看，这一时期主要有三种文学：古典主义文学、巴洛克文学和人文

主义文学。

古典主义（Le Classicism）文学诞生于法国，是法国 17 世纪文学的主潮，继而影响了全欧，并统治欧洲文坛近两个世纪。作为一种文学思潮，古典主义具有下述鲜明特征：

第一，古典主义具有鲜明的政治倾向性。拥护王权是法国古典主义产生和发展的社会基础。王权的统治者为了巩固其政权，需要文学为王权服务，而资产阶级作家为了自身的存在和发展也需要王权的扶持和庇护，因此就出现了代表封建贵族阶级利益的王权和属于资产阶级范畴的文学之间的相互妥协。正是由于王权的干预，法国文坛的混乱局面才逐步减弱，雕琢夸饰的贵族沙龙文学、粗犷浅俗的市民文学受到遏制，古典主义很快取得了文坛的统治地位。莫里哀、高乃依等古典主义作家往往直接歌颂贤明君主及其"丰功伟业"，或通过描写感情与义务的冲突，表现个人服从国家的思想。他们高度自觉地把文艺与现实政治结合起来，将文学的政治功能发挥到极致，表现出极为鲜明的政治倾向性，充分体现了文学与政治的联姻。当然，在保持政治倾向的前提下，他们也尽可能地表达了反封建、反教会的民主要求。

第二，古典主义崇尚理性。古典主义者深受笛卡儿（1569—1650）观点的影响，并以此指导自己的创作。笛卡儿提倡唯理主义，强调理性万能，认为理性是知识的唯一源泉。这种观点强有力地冲击了中世纪经院哲学和宗教的权威。他还主张人类的各种情感会使人抛弃真理，要以理性来克制情感。这种理性主义原则在古典主义作品中得到了充分的体现。

第三，古典主义崇尚古希腊罗马文学，重视格律。他们在创作中尽可能地遵循和模仿古希腊罗马文学。这主要体现在：从古希腊罗马文学中选取题材，并把古希腊罗马文学中的某些方法奉为不可冒犯的清规戒律。就后者而言，"三一律"就是典型的一例。在亚里士多德所提出的"情节一致"基础上，古典主义者进而规定在戏剧创作中要做到时间、地点和动作的同一，也就是说，一个剧本只能表现同一事件，剧情应该发生于同一地点，发生在 24 小时之内。这一点，在实际创作过程中，任何人不可逾越。高乃依的《熙德》由于不完全符合"三一律"，发表后就曾遭到法兰西学士院的严厉批评。

"巴洛克"（Baroque）原来是葡萄牙语，意思是珍奇和巧妙。在艺术上，它是指开始于 17 世纪初的意大利，然后传至德国和其他欧洲国家的建筑、雕塑和绘画的艺术风格。在文学上，它是指"诗歌或散文中任何精致庄重和富丽堂皇的风格"①。巴洛克文学通常表现宗教的狂热以及人类在上帝的威严面前的无能为力，惯用极端混乱、支离破碎的艺术形式，常用夸饰、雕琢的辞藻来表达悲剧式的沮丧。巴洛克风格影响了 17 世纪西欧各国文学。意大利巴洛克文学的代表是以诗人贾姆巴蒂斯塔·马里诺（1569—1625）为主的马里诺派。西班牙巴洛克文学的杰出代表是戏剧家彼得罗·卡尔德隆（1600—1681）和路易斯·德·贡戈拉（1561—1627）。前者的代表作《人生如梦》表达了"人生就是罪，生在这个世上就是罪过"的主题，后者被塞万提

---

① ［美］M. H. 艾布拉姆斯：《文学术语词典》，41 页，北京，北京大学出版社，2009。

斯称为"罕见的、不可多得的天才"。法国古典主义作家高乃依、拉辛，英国革命诗人弥尔顿以及玄学派诗人约翰·多恩、马维尔的诗作都不同程度地受到巴洛克文学影响。

在 17 世纪初期欧洲文坛上，人文主义文学也占有相当重要的地位，文艺复兴时期的现实主义思想仍在继续发展。莎士比亚、塞万提斯在 1616 年去世，维加在 1635 年去世。本·琼生创作了大量现实主义作品，吉连·德·卡斯特罗（1569—1631）等人继承了文艺复兴时期现实主义的风格。

二、18 世纪欧洲启蒙主义文学

18 世纪欧洲各国的资本主义继续发展，资产阶级力量不断强大，资产阶级和广大人民的反封建斗争也空前激烈。在整个世纪中，一场深刻的社会变革正在酝酿，终于在 1789 年爆发了法国大革命。在此期间，欧洲各国发生了文艺复兴之后第二次反对教会神权和封建专制的文化运动，即启蒙运动（Enlightenment）。启蒙运动是 18 世纪欧洲思想的主潮。

"启蒙"一词，原意为"照明"或"照耀"（enlighten）。启蒙思想家主张以理性的启迪和科学的光明去战胜经院哲学的无知和封建势力的黑暗，照亮人们的头脑，建立"理性王国"，故有"启蒙"之称。

启蒙运动是保守的封建势力和新兴的资产阶级价值观之间的一次巨大的冲撞。它的产生有着特定的历史条件：英国经资产阶级革命确立了君主立宪政体，并于 18 世纪 60 年代开始工业革命。残存的封建势力和新兴的工业资产阶级之间矛盾冲突不断。英国工商业比较发达，一些工业部门开始采用机器。此时，英国也开始向外大规模地殖民扩张。法国的工商业在欧洲最为发达，但经济主体仍然是封建小农经济。路易十四死后，一度是欧洲最强大国家的法国开始陷入无休止的社会矛盾之中。稍晚于英国到来的工业革命极大地刺激了资产阶级反对君主专制的决心，启蒙思想较英国更为激进，并最终催生了 1789 年的法国大革命。德国在 17 世纪"三十年战争"的影响下，仍分裂为数以百计的小邦国，经济远远落后于英、法。德国的知识分子则深受法国、英国知识界影响，致力于传播启蒙思想，呼吁国家统一与民族自强。俄国比西欧更为落后，农奴制的社会矛盾带来巨大灾难。在这种社会与历史背景下，启蒙运动得以产生并迅速扩散，在整个欧洲形成一股强大的洪流。

18 世纪自然科学与社会科学的突飞猛进催生了启蒙运动。牛顿等科学家的研究推动唯物主义、经验主义、自由思想在欧洲得到较大发展。洛克的经验主义哲学和笛卡儿的唯理主义哲学是启蒙运动的两大理论来源。洛克的经验主义是霍布斯哲学的继续；他在政治上主张君主立宪，人民的权力通过议会得到行使；认为个人的财产符合天性，国家应当保护个人财产。法国思想家贝勒、封特奈勒继续发展笛卡儿的唯物主义哲学思想，主张自由检验的科学精神，以理性作为反对封建制度与宗教权威的武器，给启蒙主义开拓了道路。

启蒙主义运动是资产阶级的思想运动，反对封建、反对宗教是最基本的思想。其基本目标是"崇尚理性，认为人类凭借理性能够解决重大难题，并能确立生活的基本准则；同时相信，运用理性可以迅速驱散迷信、偏见及野蛮造成的黑暗，使人摆脱早期对权威的单纯依赖和传统观念的盲从，它打开了人们对于在世界上建立通向普遍和平与幸福生活的视野"①。启蒙运动以理性武器批判旧的思想：世界是物质的，国家权力是人民的，反对君王的专权，也反对教会的思想束缚，宣扬自然神论和无神论；主张天赋人权论，认为在法律面前人人平等，在理性的王国人人都有与生俱来的权力，反对封建贵族的特权。

从文学上看，18 世纪的欧洲主要有两种文学：启蒙主义和古典主义。尽管许多文学家仍借用古典主义的形式进行创作，但在思想内涵上远远超越了古典主义的范畴。启蒙主义取得了举世瞩目的成就，有些启蒙主义作家运用古典主义的创作方法创作，表现新思想。

启蒙主义文学是启蒙运动的重要组成部分，它有着鲜明的特点：

第一，启蒙主义文学具有鲜明的政治倾向性与民主性。启蒙运动既是启蒙主义文学的基础，又与文学思潮直接联系在一起展开。启蒙作家大多还兼有启蒙运动思想家或社会活动家的身份。他们以理性作为创作的基础，将文学当作启蒙思想的传播工具，因此启蒙主义文学具有强烈的政论性。他们在作品中直接宣扬自己的观点，干预生活，抨击社会中种种不平等现象，揭露封建制度与教会的罪恶，甚至直接批判某些代表人物。有些作品还试图描绘"理性王国"的理想世界，表达自由、平等、博爱的思想。孟德斯鸠、伏尔泰、卢梭等人的作品以鲜明的战斗性、革命性，产生了广泛的社会影响。

第二，启蒙主义文学具有民主性。作家们反对古典主义文学创作，很多作品都取材于现实生活，抛弃了从古希腊罗马文学、传说、历史中寻找创作题材的做法。作品主人公也不再是王公贵族，而是普通的小人物。启蒙主义文学描写小人物的日常生活，歌颂他们的生活追求。他们虽然历经磨难，但最后大多能够得到比较圆满的结果。这样的人物往往体现了作家的启蒙思想，有的甚至成为作家启蒙思想的代言人，具有明显的倾向性，但缺少丰满的个性。法国的哲理小说、席勒的戏剧创作都有这种特征。王公贵族、教会人士等则在作品中成为被嘲笑、揭露的反面形象。

第三，启蒙主义文学在艺术形式上具有创新性。启蒙文学的政论性使得作家们刻意创新，出现了讽刺小说、哲理小说、抒情小说、书信体小说、对话体小说、教育小说等新的文学形式。散文也是他们创作的主要形式。古典主义时代喜剧与悲剧界限分明，不可融合。启蒙主义文学则打破这种界限，把两者结合起来，创作出了正剧（莱辛的"市民悲剧"和狄德罗的"严肃喜剧"）。从此，正剧成为欧洲文学的主要体裁之一。

启蒙文学对西方文学的影响是巨大而持久的。正是由于启蒙文学和作为哲学、思想、政治潮流的启蒙运动结合紧密，所以启蒙文学无论在思想的深度还是体裁的广度上都达到了前所未有的高度。浪漫主义和现实主义的创作取向在启蒙文学时代同时出

---

① ［美］M. H. 艾布拉姆斯：《文学术语词典》，151 页，北京，北京大学出版社，2009。

现，都获得了充分发展，为 19 世纪欧洲文学的空前繁荣奠定了坚实的基础。在英国，启蒙文学时期出现了第一批真正意义上的近代小说；在法国，激进的题材直接启迪了 1789 年的法国大革命。即使是在政治混乱、国家分裂的德国，也诞生了一批世界级的文学大师，建立了体系完善的近代文学。从文学发展史的角度看，启蒙文学破除了古典主义的清规戒律，开启了新的文学风气，是 19 世纪西方文学空前繁荣的序曲。

第二节　意大利文学

一、17 世纪意大利文学

8 世纪末期，意大利完成了向封建主义制度的转变。10 世纪以后，城市人口迅速增长，经济繁荣。随着社会的发展，从古罗马帝国时代拉丁语中分化出来的通俗拉丁语，逐渐向意大利民族语言演变。12 世纪上半期，诞生了早期意大利文学，其中宗教文学占有重要位置。民间文学在中古时期也获得发展，但只有一小部分流传下来。意大利最早的文人诗歌出自于 13 世纪上半叶的西西里诗派。随后，在城市公社出现了托斯卡纳诗派、"温柔的新体"诗派。这些作品歌颂爱情，抒发城市市民对世俗生活的兴趣，达到了中世纪抒情诗的高峰。在中世纪城市文学中还流行着记事散文、教谕作品和市民故事。布鲁内托·拉蒂尼（约 1220—1294）的《宝库》和马可·波罗的《游记》对当时以及后世的文学都有深远的影响。

17 世纪，文艺复兴的起源地意大利走向了衰落。法国、西班牙侵略者勾结各地封建公侯，在意大利实行残暴的统治。威尼斯陷于同土耳其的战争，意大利政治动乱，城市萧条，人口减少，工商业一蹶不振，丧失了在欧洲经济、文化中的重要地位。文学同样呈现衰败的景象，出现了内容贫乏的形式主义文学。以贾姆巴蒂斯塔·马里诺（1569—1625）为代表的形式主义文学"马里诺诗派"和"阿卡迪亚诗派"应运而生。"马里诺诗派"在 17 世纪的意大利文坛盛行一时。这一诗派认为，诗歌应该以它的新奇、怪诞给读者在听觉上造成快感，因此他们刻意追求华丽的创作格调。马里诺长期在宫廷中服务，其作品迎合了贵族阶级的需要和趣味。他的作品有长诗《安东尼斯》和诗集《画廊》等。其抒情短诗和神话题材长诗较多地运用了比喻和象征手法，并大量使用典故，内容显得空洞、隐晦和浮华。

"阿卡迪亚诗派"诞生于 17 世纪末期。这一诗派反对"马里诺诗派"逃避现实、追求浮华的诗风，主要以古典诗歌为楷模，创作出了自然、朴实的作品。但是，"阿卡迪亚诗派"又走向了极端。由于过分推崇古代而与现实生活脱节，重视诗歌创作的技巧而忽视内容，该派的抒情诗显现出浓厚的形式主义色彩，因而没有产生出优秀的作品。

这一时期值得一提的是剧作家、诗人彼得罗·梅塔斯塔齐奥（1698—1782）对意大利与欧洲歌剧和戏剧的发展所做出的贡献。他早年曾是"阿卡迪亚派"诗人。他采取兼收并蓄的态度将希腊悲剧、古典主义悲剧和田园剧的特点引入歌剧，在歌剧脚本中融合了戏剧、诗歌、音乐等多元因素，侧重于描写理智和情感的冲突，刻画英雄人物的性格和感情。他创作的歌剧剧本有《被抛弃的狄多》《卡图在乌提卡》《忒米斯托克勒斯》等。他以中国元杂剧《赵氏孤儿》为蓝本创作的《中国英雄》在欧洲广泛流传。他的剧本全部用诗体写成，文辞优美，结构严谨，情节紧凑，具有很高的文学价值。

二、18 世纪意大利启蒙主义文学

18 世纪下半叶，意大利国内出现了相对稳定的局面。奥地利统治者和意大利的公侯们在政治上进行了一些改革，工业、贸易发展较快，资产阶级的力量增强，贵族势力削弱。欧洲自然科学、唯物主义哲学和法国启蒙思想的广泛传播，启发了资产阶级先进分子的觉悟，意大利出现了以启蒙主义为思想内容的文学。启蒙主义作家们继承和发扬了文艺复兴时期的人文主义传统，表达了新兴资产阶级的政治诉求。其文学成就主要体现在诗歌和戏剧领域。著名诗人朱泽培·帕里尼（1729—1799）创作的抒情诗，表达了爱情和维护人的尊严的主题。其代表作《一天》（1763—1780），讽刺了贵族阶级的空虚、平庸和生活的糜烂。诗人维多里奥·阿尔菲耶里（1749—1803）创作了一批诗歌，谴责封建专制的政论文，欢呼法国资产阶级革命。他对悲剧进行了成功的改革，把悲剧当作宣传启蒙思想的工具，采用历史题材和《圣经》故事，以精练的语言，抨击封建暴政，描写平民的英雄行为，宣传自由、共和思想。哲学家、美学家维柯（1668—1744）的《新科学》（1725）论述了人类社会文化、诗歌的起源、发展和本质，在文艺理论领域产生了重要的影响。在戏剧领域，杰出的喜剧作家卡尔洛·哥尔多尼（1707—1793）改变了文艺复兴以来意大利文学沉寂的局面，他革新了长期流行的"假面喜剧"，开创了意大利"风俗喜剧"的传统，反抗"三一律"，不模仿古人，根植于通俗文化的土壤。他一生共创作出 250 余部作品，代表作有《一仆二主》（1745）、《女店主》（1753）等。《一仆二主》通过仆人特鲁法尔金诺在不同的地方的充满戏剧性的经历，刻画了他憨厚、淳朴的性格，赞扬了来自底层社会人物的聪明才智。同时，他的作品也暴露和嘲讽了以商人巴达龙纳为代表的社会阶层。《女店主》通过一位女店主的婚姻经历贬斥了贵族，嘲弄了贪婪的新生城市资产者，歌颂了市民阶层的智慧和勇气。哥尔多尼的创作在一定程度上启迪了行将到来的意大利民族复兴。

在法国大革命的影响下，争取民族独立、统一和自由的民族复兴运动在 19 世纪蓬勃兴起。浪漫主义文学便是这一运动在文化领域的反映。乔万尼·白尔谢（1783—1851）、亚历山德罗·曼佐尼（1785—1873）、贾科莫·莱奥帕尔迪（1798—1837）、拉法埃洛·乔万尼奥里（1838—1915）等一批优秀作家、诗人运用抒情诗、历史小说、历史剧等体裁，抒发了意大利人民维护民族尊严、复兴祖国的热切愿望。其中，曼佐尼的《约婚夫妇》（1821—1823）是第一部用现代意大利文写成、以平民为主人公的长篇历史小说。该书通过描写 17 世纪 30 年代西班牙奴役下一对农村青年——丝织工兰佐与农家女鲁齐娅之间在婚姻问题上的不幸遭遇，曲折地反映了 19 世纪上半期奥地利统治下意大利的社会现实，具有深刻的现实意义。乔万尼奥里的历史小说《斯巴达克思》（1874）塑造了古罗马时代奴隶起义中的著名领袖斯巴达克思的形象，歌颂了这位奴隶起义的"最杰出的英雄"，抒发了资产阶级民主派的政治理想。

民族复兴运动在1870年以实现民族独立、统一并建立君主立宪的意大利王国而宣告结束。由于资产阶级上层与封建地主之间的妥协，意大利处在资本主义新秩序和旧的封建关系的两面夹击之中，劳动人民又陷入新的苦难。19世纪70年代出现并在文坛占主导地位的真实主义文学便是这一特定社会历史条件的产物。真实主义文学属于批判现实主义文学的范畴，并受到法国自然主义文学的影响。这一派作家主张文学艺术应该从现代生活中汲取素材，客观地记述确实可信的事件，使文学作品成为真实的、美的"人的文献"。作品以贫苦农民和城市平民为主人公。以乔万尼·维尔加（1840—1922）、路易吉·卡普安纳（1839—1915）、马蒂尔德·塞拉奥（1856—1927）、萨尔瓦多雷·迪·贾科莫（1860—1934）、格拉齐娅·黛莱达（1871—1936）、埃米利奥·德·马尔基（1851—1901）等人为首的真实主义作家群，把目光投向当时社会矛盾最尖锐的地区，深刻地揭示出在强大的资本主义冲击下，传统社会秩序的瓦解和平民阶层的悲苦境遇。维尔加是其中最杰出的代表。他的短篇小说叙述了农民、工人被残酷剥削和压迫的悲惨遭遇，细致地描绘了人物的性格与精神特征，也描绘了西西里古老的风俗世态。长篇小说《马拉沃利亚一家》（1881）和《堂·杰苏阿多师傅》（1889）表现了西西里渔民、农民同自然与现实的搏斗，揭露了资本主义金钱势力带来的灾难。他笔下的"被征服者"形象，深刻地揭示出在强大的资本主义的冲击下，农村传统的社会关系的瓦解和劳动人民悲惨的命运，暴露出了资本主义新秩序的阴暗面，显示出锐利的真实主义文学批判锋芒。

19世纪末期，儿童文学也获得很大的发展。卡洛·科洛迪（1826—1890）的《木偶奇遇记》（1880）、埃德蒙多·德·亚米契斯（1846—1908）描写少年生活的特写集《爱的教育》（1886）和其他反映教师生活、学校同社会的关系的作品，也产生了广泛的影响。

第三节　法国文学

一、17世纪法国文学

17世纪，法国是欧洲最强盛的中央集权君主专制国家，文化上绚丽多彩。在欧洲文学发展历史上，17世纪是法国的世纪。古典主义文学是这一时期法国文学的主潮。古典主义发源于法国，影响辐射到整个欧洲，并统治欧洲文坛近两个世纪。古典主义的主要表现体裁是戏剧，其次是书信、诗歌、散文等。法国古典主义文学的发展，可分为三个阶段。

17世纪30—50年代：形成期。法国古典主义的创始人是诗人法兰索亚·马莱伯（1555—1628）。他主张文学创作要为王权服务，语言要明晰、准确、规范化，艺术形式要完美。后来，沙普莱（1595—1674）、伏日拉（1595—1650）等人继续推行马莱伯的主张。1634 年剧作家梅莱（1604—1686）在悲剧《索福尼斯伯》中首次严格遵循了"三一律"。1635 年，黎塞留成立法兰西学士院，制定了语言文学方面的规范。

这一时期的代表作家是彼埃尔·高乃依（1606—1684）。高乃依被看成古典主义悲剧的奠基人。1628 年后他一边做律师，一边写剧本。1633 年高乃依到巴黎，被黎塞留雇去写剧本台词，后因与黎塞留意见不合而被解雇。1643 年高乃依被接受为法兰西学士院成员。他晚年退出戏剧界，默默无闻地死去。高乃依一生写了 30 多个剧本，大部分是悲剧。其中比较著名的是《熙德》（1636）、《贺拉斯》（1640）、《西娜》（1640）、《波利厄克特》（1643）。《熙德》是高乃依的代表作，取材于西班牙作家吉伦·卡斯特罗的剧本《熙德的青年时代》。剧本主要描写了家族义务与个人感情的矛盾冲突，宣扬了国家利益高于一切的理性原则，也充分肯定了个人感情。《熙德》的题材重大，戏剧冲突尖锐激烈，剧中的诗句优美，情节集中并跌宕起伏、扣人心弦，上演时受到巴黎观众的热烈欢迎。

17 世纪 60—70 年代：鼎盛期。莫里哀的喜剧、拉辛的悲剧、拉·封丹的寓言、布瓦洛的理论，使古典主义文学成果蔚为大观。莫里哀是这一时期最杰出的喜剧作家。他的喜剧创作形成了自阿里斯托芬、莎士比亚以来的又一座高峰，显示出古典主义在喜剧艺术方面的最高成就。

让·拉辛（1639—1699）被看成最典范的古典主义悲剧诗人，其作品代表了古典主义悲剧的最高成就。拉辛出身于法国外省的一个公务员家庭，在校读书时获得了丰富的希腊文学知识。1633 年，他在巴黎开始戏剧创作。70 年代后期至 80 年代末，由于担任路易十四的史官，他中断了创作，直到 1689 年才重新执笔写作。拉辛一生共写了 11 部悲剧。由于生活于法国专制政体由盛而衰阶段，因此他的悲剧与高乃依不同。他不写理智战胜感情、忠君报国的英雄，而写情感压倒理性、私利至上之人，由此暴露出路易十四统治后期贵族上流社会物欲横流、人性堕落的现实。其代表作有《安德洛玛刻》和《费德尔》。《安德洛玛刻》（1667）的题材来源于欧里庇得斯的悲剧《安德洛玛刻》和《特洛亚妇女》。在《安德洛玛刻》中，拉辛对人性中的恶进行了深入挖掘，谴责了贪婪、腐败、丧失理性的贵族阶级。《安德洛玛刻》是第一部标准的古典主义悲剧，充分体现出以古希腊罗马文学为典范的原则。与古希腊悲剧相同，它的冲突紧张激烈，结构简练集中。它写了四个人物的恋爱关系（皮洛斯与安德洛玛刻，皮洛斯与赫耳弥俄涅，俄瑞斯忒斯与赫耳弥俄涅），情节复杂，而拉辛却处理得干净利索。从《安德洛玛刻》的艺术结构看，拉辛是一个善于"带着镣铐跳舞"的作家。"三一律"对他不但不是束缚，反倒成了他发挥艺术才能的最佳形式。《费德尔》（1677）的题材源于欧里庇得斯的悲剧《希波吕托斯》。剧本涉及乱伦之爱的主题。悲剧充分展示了拉辛的艺术才能，他把费德尔的心理活动描写得细腻深刻；他把费德尔的感情变化写得层次分明，合情合理，显得非常真实感人。《费德尔》演出时，一部分反对拉辛的贵族用卑鄙的手段组织起来抵制它，拉辛因此而搁笔 12 年。古典主义者禁止采用《圣经》题材，怕的是亵渎神圣。但拉辛重新创作后，与庸俗的古典主义者对立，用《圣经·旧约》故事写了《爱斯苔尔》（1689）和《阿达莉》（1691）两部悲剧，公开表现出对古典主义者的蔑视。

若望·德·拉·封丹（1621—1695）的成就主要体现在寓言创作上。他写过悲剧、喜剧、抒情诗、故事诗等，但其《寓言诗》（1668 年、1679 年、1694）的成就最为突出。《寓言诗》共 12 部 239 篇。在这部"巨型喜剧"中，拉·封丹主要从伊索寓言、古希腊罗马和印度寓言家的作品以及民间故事中取材，借动物世界影射人类社会，多方面地表达了自己对社会关系、生活逻辑等问题的理解。《乌鸦和狐狸》《狼和羔羊》《小公鸡、猫和小鼠》《死神和樵夫》《兔子和乌龟》等是其中的名篇。拉·封丹是描绘禽兽的能手，《寓言诗》中的禽兽在他笔下绘影绘声，富于真实感。书中故事一般很简短、集中精练、却富于戏剧性，有开场、发展、高峰和收场，诗的韵律也千变万化。

著名诗人、作家、文艺批评家尼古拉·布瓦洛-德彼雷奥（1636—1711）是古典主义文学的立法者，其主要论著是用诗体写成的《诗的艺术》（1674）。从绝对王权的立场出发，布瓦洛对法国古典主义的成就进行了总结。他为每一种体裁制定规则，并提出一些古希腊罗马作家作为学习的榜样。布瓦洛为诗体划分了等级，有"主要的诗类"和"次要的诗类"之分。前者包括史诗、悲剧和喜剧，后者包括牧歌、悲歌、颂歌、十四行诗等。他认为，史诗只能取材于古代神话；悲剧要"逼真"，要严格遵守"三一律"，"要用一地、一天内完成的一个故事从开头直到末尾维持着舞台充实"[①]；喜剧家要"研究宫廷"、"认识城市"，即作家应该按照绝对王权和资产阶级的愿望和标准创作。

随着欧洲社会的发展，古典主义的保守倾向越来越为作家们所反感，终于在 17 世纪末 18 世纪初的法国文学界出现了一场"古今之争"。僵化而崇古的主张受到严厉批判，厚今薄古的主张取得胜利。这一事实说明，古典主义此时已经趋于衰落，其主导地位被动摇。不过，作为一种创作原则，古典主义在 18 世纪仍然发挥着重要作用，直到 19 世纪初期浪漫主义出现后，古典主义才最终退出文坛。

古典主义原则深刻影响了欧洲文坛，英国、德国、俄国等欧洲国家都出现过尊奉古典主义的著名作家，如英国的约翰·德莱顿（1631—1700）、德国的约翰·克里斯托弗·高特舍特（1700—1766）、俄国的苏马罗科夫（1718—1777）等。

二、18 世纪法国文学

18 世纪时的法国，资产阶级与封建制度的矛盾日益尖锐，国内不同阶层之间的矛盾也不断加深，国内农民起义和城市暴动此起彼伏。尖锐的阶级矛盾终于导致了 1789 年的法国大革命。而开始于 18 世纪初期的启蒙运动，为这次革命做好了充分的思想准备。

法国是启蒙思想的发源地和启蒙运动（Lumières）的主要阵地，许多法国的启蒙

---

① 伍蠡甫、胡经之主编：《西方文艺理论名著选编》，上卷，193 页，北京，北京大学出版社，1985。

思想家本身就是作家，因此其启蒙文学比英国激进得多，富有深厚的哲理根基和政治经济底蕴。名噪一时的"百科全书派"学者个个都是博学之士，在哲学、文学、史学上均有很深的造诣。这些学者型作家的作品无论是批判性还是哲理性，都高于其他国家的启蒙文学。

18世纪早期法国盛行流浪汉小说。这种最早发端于西班牙的文学样式在社会底层广泛流传，揭开了启蒙文学的序幕。阿兰·勒内·勒萨日（1668—1747）是成就最高的流浪汉小说家，他的代表作包括《瘸腿魔鬼》《吉尔·布拉斯》等。

查理·路易·德·瑟贡达·孟德斯鸠和伏尔泰是法国18世纪上半期启蒙文学的代表作家。孟德斯鸠（1689—1755）是法国第一位启蒙作家。他的理论著作《论法的精神》把法制提高到国家政治生活的首位，并详细论证了"三权分立"学说，成为关于国家学说的世界名著。他的书信体小说《波斯人信札》是第一部著名的启蒙哲理小说。伏尔泰（1694—1778）是法国启蒙运动中最具领袖威望的作家，他倡导文艺应为社会改良和宣传启蒙思想服务，但又强调应该遵守古典主义规则。

18世纪中期，孟德斯鸠和伏尔泰等人仍在持续活动，而新一辈作家狄德罗、卢梭等人则以更为激进的姿态登上文坛，把法国启蒙文学推向顶峰。德尼·狄德罗（1713—1784）是法国启蒙文学的中坚，也是"百科全书派"的领袖人物。他在哲学、文学、文艺理论等领域均有重大建树。在戏剧创作上，他第一次提出"正剧"的概念，并亲自创作名剧《私生子》《一家之长》与《当好人还是坏人》。此外，狄德罗还发扬了对话体小说体裁，创作了《修女》《拉摩的侄儿》和《雅克和他的主人》等格调清新的杰作，宣扬启蒙思想。《拉摩的侄儿》是狄德罗最重要的文学作品。让-雅克·卢梭（1712—1778）是18世纪法国最杰出的思想家和文学家，他的思想体现了启蒙运动激进民主派的倾向，是19世纪浪漫主义文学的先驱。比埃尔·德·博马舍（1732—1799）是法国成就最高的启蒙剧作家。他宣扬和发挥了狄德罗的戏剧主张，创作了以费加罗为主人公的三部喜剧《塞维勒的理发师》《费加罗的婚礼》和《有罪的母亲》，在法国引发巨大反响。法国国王路易十六甚至下令禁演此剧，认为它会"毁掉巴士底狱"。

三、莫里哀与古典主义喜剧

莫里哀（1622—1673）是法国古典主义喜剧的创建人，也是欧洲戏剧史上最杰出的喜剧大师之一。莫里哀的原名是让·巴蒂斯特·波克兰，1622年生于巴黎一个富裕的资产阶级家庭。他从小酷爱戏剧，长大后违背父亲的愿望，放弃宫廷"国王内侍"的差事，决心做个当时为人所不齿的"戏子"。1643年，莫里哀与一些年轻人组织了"光耀剧团"，但经营惨淡，负债累累，两年后被迫解散。莫里哀因无钱偿还剧团的债务而被扣押。在被其父保释出狱后，莫里哀便离开巴黎，在外省流浪了13年，足迹几乎遍及全法国。在长期的流浪过程中，他有机会接触形形色色的人，耳闻目睹了各种各样的事，为日后创作积累了大量素材。同时，他也有机会学习民间戏剧和意大利"即兴喜剧"的表演技巧，从而提高自己的艺术修养。1658年，莫里哀随剧团回到巴黎。同年 10 月 24 日，剧团在王宫为路易十四演出获得成功，奉命留在巴黎。莫里哀把自己的一生都献给了戏剧事业。1672 年底，他抱病写完自己最后一个剧本《无病呻吟》，并亲自扮演剧中主角阿尔冈。1673 年 2 月 17 日，莫里哀演到该剧最后一幕时晕倒在舞台上。几小时后，他便与世长辞。

莫里哀的一生，创作成果极为丰硕，但流传下来的剧本只有 30 种。根据现存剧本，可以把莫里哀的创作活动大致分为四个时期。

第一，1645—1658 年间为情节喜剧时期。在外省巡回演出期间，莫里哀除演戏外，还编写剧本。这期间流传下来的剧本只有两部：《冒失鬼》（1653）和《情怨》（1656）。

第二，1659—1663 年间的风俗喜剧时期。从外省回到巴黎后，莫里哀开始探讨爱情、婚姻、教育以及其他迫切的社会问题，用喜剧的形式反映当时的社会风俗人情。这时期的主要作品有《可笑的女才子》（1659）、《太太学堂》（1662）、《太太学堂的批评》（1663）和《凡尔赛宫即兴》（1663）等。

第三，1664—1669 年间为性格喜剧时期。这是莫里哀创作的"黄金时代"。他把风俗喜剧和性格喜剧结合起来，还创造了一种新型喜剧——喜舞剧。重要作品有《伪君子》（1664）、《堂·璜》（1665）、《恨世者》（1666）、《悭吝人》（1668）。五幕散文体喜剧《悭吝人》代表了莫里哀喜剧创作的主要成就。该剧取材于古罗马喜剧作家普劳图斯的《一坛黄金》。剧中主人公阿巴贡是个高利贷者，他悭吝成性，嗜钱如命。金钱是他人生的最高追求，是他生命的全部。此后，"阿巴贡"在西方语言中成了"吝啬鬼"、"守财奴"的代名词。

第四，1669—1673 年间的喜舞剧时期。在这最后几年，莫里哀又转向了喜舞剧的创作，主要作品有《醉心贵族的小市民》（1670）和《史嘉本的诡计》（1671）等。前者为五幕芭蕾舞喜舞剧。主人公汝尔丹是个醉心贵族的资产者，为了能跻身于贵族社会，他极力攀结贵族，处处以贵族为师。结果，他完全丧失了理性，变得痴痴呆呆，成了受人嘲笑的喜剧性人物。后者的中心人物是仆人史嘉本。该剧以低微的仆人为主角，肯定、赞赏了平民的智慧和胆识，而把贵族写成庸碌之辈，这充分体现了作者蔑视封建等级制度的勇气和民主精神。

总的看来，莫里哀的喜剧具有明显的进步意义。作品对封建贵族和反动教会的罪行进行了无情的揭露和鞭笞，对资产阶级的贪吝、攀附权贵等恶习给予了有力的批判和嘲笑，而对下层人民的聪明才智和高尚品质则予以充分肯定和赞颂。

《伪君子》（1664—1669）直译为《达尔丢夫或者骗子》，是一出五幕诗体喜剧，代表了莫里哀创作的最高成就，是古典主义性格喜剧的典范。达尔丢夫是剧中的中心人物，也是剧作家塑造得最出色的艺术形象。他是个宗教骗子和无赖，伪善，狡黠，狠毒。伪善是他的主要性格特征。该剧通过达尔丢夫一系列言行表里的矛盾，逐步揭示出他的这一性格特点。他根本不是什么苦修士，而是个饕餮之徒；在对待女色上，他心口不一，装得道貌岸然，其实内心十分淫恶；在对待金钱上，他表现出伪善本色；在对待朋友上，他也是口蜜腹剑；在对待宗教上，他同样虚伪透顶。可见，自称是上帝虔诚信徒的达尔丢夫，其实是个以宗教为幌子而进行诈骗的恶棍。总之，达尔丢夫口是心非，表里不一，是个假仁假义的伪君子。在他身上，作者集中了当时教会和贵族社会的一切伪善的特征，使得这个形象具有了巨大的艺术概括力和生命力，成为世界文学史上不朽的典型之一。莫里哀通过这个形象，深刻有力地揭露了教会和贵族的丑恶面目，辛辣地讽刺了教会和贵族社会普遍流行的恶习——伪善。

《伪君子》在艺术性方面有诸多值得称道之处。

首先是该剧结构严谨精巧，情节凝练生动，冲突集中，层次分明。全剧共五幕，幕与幕之间、各幕的场次之间，都丝丝入扣，环环相套，显得十分紧凑。而把所有的幕、场贯穿起来的中心动作线，就是达尔丢夫的伪善行径。第一幕是"楔子"部分，第二幕是情节的开端部分。这两幕，中心人物达尔丢夫未曾出场，但观众通过场上人物的论争对他有了大致的了解。这样，他一上场就立即产生了强烈的喜剧效果。后三幕是达尔丢夫的"明场戏"。第三幕是情节的发展部分，矛盾双方第一次发生正面冲突。达尔丢夫以守为攻，从逆境转为顺境，情节发生第一次跌宕。第四幕是全剧的高潮。达尔丢夫落入陷阱，原形毕露，却反客为主，奥尔恭则由顺境转入逆境，情节再次跌宕。第五幕是该剧的结尾。达尔丢夫受到惩治，奥尔恭祸去福来，情节又一次跌宕。

其次，《伪君子》的结构是按古典主义的"三一律"原则来组织安排的。莫里哀娴熟地运用古典主义的原则来刻画人物和表现主题。剧中全部动作都发生在奥尔恭家里，时间在 24 小时之内，没有平行的主题和从属交叉的情节线索，人物的动作趋向一个明确的目的，具有内在的统一性。但该剧的情节起伏跌宕，单一而不单调。不过，"三一律"还是束缚了作家的创作，使他难以展示广阔的社会风貌。

再次，本剧善于利用对比、夸张手法来突出人物的主导性格。莫里哀使用了对比夸张手法来刻画达尔丢夫的主导性格——伪善。莫里哀把达尔丢夫的"高尚"言辞与卑劣行径加以对比，凸显了达尔丢夫言与行、表与里的矛盾，从而揭露了他的伪善。在刻画奥尔恭形象时，莫里哀则以近似于漫画式的对比、夸张手法突出其轻信、专横的性格，使人感到这个人十分愚蠢、荒唐，既可笑又可悲。

最后也是最吸引观众的是剧中人物的语言生动，富有个性。比如，达尔丢夫是宗教骗子，他的话夹着许多《圣经》上的词句，充满道德说教意味。他还爱堆砌辞藻，文过饰非，华而不实。他长篇大论地玩弄教义，为自己的卑劣行径进行诡辩。而桃莉娜的语言则犀利无比，明晰，朴素，生动，贴合了她的性格。这种生动、个性化的语言极大地增强了作品的表现力。

四、启蒙主义文学家伏尔泰

伏尔泰（1694—1778）原名弗朗索瓦·马利·阿鲁埃。1718 年他创作的悲剧《俄狄浦斯王》上演获得成功，从此以后他即使用"伏尔泰"这一笔名。伏尔泰不仅在哲学上有卓越成就，在文学上也颇有建树。雨果曾评价说："伏尔泰所代表的不是一个人，而是一个世纪。"伏尔泰出生在巴黎一个富裕的中产阶级家庭，自小受过良好的教育。他父亲是法律公证人，希望他将来做个法官，但他对文学发生兴趣，后来成了一名文人。伏尔泰才思敏捷，多才多艺，其作品以尖刻的语言和讽刺的笔调而闻名。他经历了路易十四、路易十五、路易十六三代封建帝王的统治，目睹了封建专制主义由盛转衰，亦亲身感受到了封建专制统治的腐朽和反动。他深刻地预见到革命必然到来，并对朋友说："我周围发生的一切事情，正在撒下革命的种子，尽管我自己未必成为革命的见证人，但它是必然要到来的。"

伏尔泰一生笔耕不辍，著述丰富。哲学方面主要有《哲学通信》（1734）、《哲学辞典》（1764）、《历史哲学》（1756）等著作。他还写过大量文学作品，如悲剧《俄狄浦斯王》（1718）、《布鲁图斯》（1730）、《扎伊尔》（1732）和《穆罕默德》（1742），哲理小说《老实人》（1759）、《天真汉》（1767）等。他还写过不少历史著作，如《路易十四时代》《论各民族的风俗与精神》等。

伏尔泰的文学观点和趣味，基本上承袭了17世纪古典主义的余风，主要表现在诗歌和悲剧创作上。史诗《亨利亚德》以法国16世纪宗教战争为题材，写波旁王朝亨利四世在内战中取得胜利后登基为王，颁布南特赦令以保障新教徒的信仰自由。史诗中的亨利四世被当作开明君主的榜样来歌颂。伏尔泰的哲理诗说理透彻，讽刺诗机智冷隽，均有独到之处。

伏尔泰先后写了50多部剧本，其中大部分是悲剧。他首先把莎士比亚介绍到法国，并高度评价了莎士比亚的作品。但与此同时，他又从古典主义美学角度出发，排斥莎士比亚的创作手法。他的悲剧采用古典主义的形式，表达了启蒙主义的精神。在伏尔泰看来，戏剧可以作为宣传武器，用来激起法国人民同封建制度、宗教狂热进行斗争。政治悲剧《布鲁图斯》宣扬效忠于共和政体的思想，在法国资产阶级革命中激起人们对专制暴政的仇恨，宣传自由思想。《扎伊尔》和《穆罕默德》（1742）这两部悲剧强烈地控诉宗教偏见，宣扬宗教容忍。

哲理小说是伏尔泰文学作品中最有特色的部分。这种体裁是他所开创的，他用戏谑的笔调叙述一些荒诞不经的故事来影射和讽刺现实，阐明哲理。伏尔泰的哲理小说完成于17世纪40年代以后。他承袭拉伯雷的传统，淡化对人物性格的刻画，注重创造富有讽刺意义的形象和故事，借用滑稽的笔调，通过半神话式或传奇式的故事讽喻现实，蕴含着深刻的哲理，而且作品的语言精练简洁。《查第格又名命运》（1747）的主人公是古波斯巴比伦的一个聪明能干而又具有高尚道德品质的青年。他出于善良的动机做了很多好事，然而他每做一件好事都招至一场灾祸。他目睹了社会的黑暗。最后，查第格凭借个人才能，平定了国内的动乱，终于当上国王。小说体现了伏尔泰的"哲学家王国"的政治理想，即开明的君主可以使不幸的世界得到幸福。通过查第格的经历，伏尔泰揭露了专制制度的黑暗统治，也寄托了他对开明君主的幻想。

《老实人又名乐观主义》（1759）是伏尔泰哲理小说中成就最高的一篇。小说主人公老实人寄居在一个德国男爵的家里，接受妄自尊大的"哲学家"邦格罗斯的教育。邦格罗斯是"一切皆善"学说的积极鼓吹者。老实人起初也很相信这种观点，但是他在这个世界上的经历告诉他这个世界并不"完善"。小说无情地嘲笑了"一切皆善"这一为神权和王权辩护的哲学思想，并尖锐地讽刺了腐朽的社会力量。小说中另一个"哲学家"玛丁认为人类是没有前途的，人的生活是没有希望的。老实人却不同意他的观点。老实人认为，"工作可以使我们免除三大害处：烦闷、纵欲、饥寒"，因此，"种我们的园地要紧"。这在一定程度上也代表了伏尔泰的态度，因为他相信历史会不断进步，人类会趋于完善。

《天真汉》（1767）的故事背景是 17 世纪末路易十四时代的法国。在小说中，伏尔泰对社会现实进行了直率的指责和批判，并以赞赏的笔调写天真汉的"淳朴的德行"和"自然的人情"，但他没有像卢梭那样提出"回到自然"的思想，而是认为"淳朴的人"应该"文明化"。

此外，伏尔泰的历史著作有 3 部。《查理十二世》（1731）通过瑞典国王查理十二抗击彼得大帝统治下强大的俄罗斯帝国的进攻这一史实，说明"偶然事件"对历史进程的巨大影响。《路易十四时代》（1751）用大量篇幅描写当时文化界、法律界的情况和社会经济生活状况，为后人了解路易十四统治时的社会提供了可信的资料。《风俗论》（1756）则具有世界通史的性质，论述罗马帝国覆灭以后世界各国的历史，尤其是亚洲各国的文明史。

五、启蒙主义思想家与文学家卢梭

让-雅克·卢梭（1712—1778）是法国伟大的启蒙思想家、哲学家、教育家、文学家，是 18 世纪法国大革命的思想先驱，启蒙运动最卓越的代表人物之一。1750 年第戎科学院开展了一次有奖征文活动，卢梭递交了一篇题为《论科学与艺术是否败坏或增进道德》的论文。这篇文章论证了科学和艺术进展的最后结果无不益于人类，获得头等奖，使他一夜成名。随后他又写出许多其他著作，包括《论人类不平等的起源和基础》（1755）、《埃罗伊兹的故事》（1761）、《爱弥尔》（1762）、《社会契约论》（1762）和《忏悔录》（1781—1788）等，这些著作提高了他的声望。此外，卢梭对音乐有浓厚的兴趣，写有《爱情之歌》和《村里的预言家》两部歌剧。

在哲学上，卢梭主张感觉是认识的来源，坚持"自然神论"的观点，强调人性本善，信仰高于理性。在社会观上，卢梭坚持社会契约论，主张建立资产阶级的"理性王国"；主张自由平等，反对私有制及其压迫；提出"天赋人权说"，反对专制、暴政。在教育上，他主张教育的目的是培养"自然人"，反对封建教育戕害、轻视儿童，要求提高儿童在教育中的地位；主张改革教育内容和方法，顺应儿童的本性，让他们的身心自由发展。这些主张反映了资产阶级和广大劳动人民希望从封建专制统治下解放出来的要求。

书信体爱情小说《新爱洛伊丝》（1761）是卢梭的重要文学作品。其情节同 12 世纪的法国哲学家阿贝拉与其女学生爱洛伊丝之间的爱情故事相似。卢梭把他小说中的女主人公朱莉比作爱洛伊丝，将小说取名为《朱莉》或《新爱洛伊丝》，表明书中的女主人公朱莉和 12 世纪的爱洛伊丝在爱情上有相似的不幸遭遇。朱莉·德丹治和她的家庭教师圣普乐相爱，但她的父亲德丹治男爵封建意识极深，不愿把女儿嫁给一个平民。圣普乐在朋友的帮助下到海外远游，以期忘掉他和朱莉的感情，而朱莉迫于父命和一个与她在年龄和宗教信仰上都有极大差距的俄国贵族沃尔玛结婚。被迫分离的朱莉和圣普乐之间时有书信往来。身为人妻，朱莉忠实于她的丈夫，而沃尔玛对两个年轻人之间过去的恋情也表示充分的理解，对他们的美德完全信任，并把圣普乐接到自己家中，待以真诚的友谊。后来，朱莉因跳入湖中救她落水的孩子而染病身亡。

《新爱洛伊丝》共分 6 卷，计 163 封信，全都围绕一个鲜明主题：要使人成为善良的人，就要有一个良好的社会秩序，只有从爱和美德开始，树立良好的德行，人类社会才能成为一个合乎自然秩序的社会。卢梭站在资产阶级人道主义的立场上批判了以门当户对的阶级偏见为基础的封建婚姻，提出以真实自然的感情为基础的婚姻理想，并对封建等级制度发出了强烈的抗议。卢梭在小说中描写了美丽的田园风光、风土民情、自由的思想、浪漫的爱情等，对后世浪漫主义小说的发展有很大影响。

《爱弥儿》是一部讨论教育问题的哲理小说，所以又名《论教育》。"出自造物主之手的东西，都是好的，而一到了人的手里，就全变坏了。"这是卢梭在《爱弥儿》开篇的第一句话，它代表了卢梭的全部思想。卢梭认为，封建社会和封建文化教育是损害人的自然本性的根源。他发出"返回自然"的呼吁，要以自然社会对抗封建社会。小说通过富家孤儿爱弥儿的成长和教育过程，指出封建社会和封建教育制度是人的羁绊和陷阱。小说由 5 篇虚构的情节组成，主人公是假想的富家孤儿爱弥儿。前 4 篇描写爱弥儿从出生到成年四个时期的成长经历和接受的教育，第 5 篇写爱弥儿未来妻子苏菲亚所受的教育。小说揭示出这样一个道理：人可以通过教育来获得智力、道德和能力。

《忏悔录》分为两部，共 12 章。它是卢梭的自传性作品，追述了自己过去半个世纪的往事，控诉封建专制社会对人的迫害和腐蚀。卢梭以极其坦率、诚恳的态度把自己生活中违背道德良心的小事披露无遗，这种大胆的做法在当时还不多见，因此该书被称为"文学史上的奇书"。《忏悔录》的构思细腻巧妙，文笔轻灵通脱，富有音乐感。在该书的续篇《一个孤独的散步者的梦》中卢梭追忆了过去美好的岁月，描绘了寂静无哗、令人神往的乡村。他的作品推崇感情、热爱自然、赞扬自我，对此后的感伤主义和浪漫主义文学产生了很大的影响。

第四节　英国文学

一、17 世纪的英国文学

17 世纪，欧洲封建主义和资本主义两种社会制度发生剧烈冲突。1640—1648 年的英国资产阶级革命开启了欧洲近代历史的大幕。革命以后，英国的上层资产阶级与封建势力相互妥协，致使王权复辟，君主立宪制度建立。以后，英国资本主义迅速发展，成为 17 世纪欧洲最先进的国家。

17 世纪的英国文学明显分为两个阶段，60 年代以前主要是资产阶级的清教徒文学，之后主要是古典主义文学。这一时期英国文学最杰出的作家是约翰·弥尔顿

（John Milton，1608—1674）。

在诗歌方面，17 世纪英国文学中出现了玄学派诗歌（Metaphysical Poetry）和骑士派诗歌。玄学派是这一时期较为著名的诗歌流派。玄学派诗人倾向于表达个性和智力的复杂性与高度专一性。其诗歌是情感和智力创造的混合物，富有"奇想"，即把表面上互不关联的概念或事物突然联系在一起，从而使读者感到惊讶，迫使读者思考诗中的论点。玄学派诗歌往往采用暗喻、讽刺和反论等文学手法，使用取自日常生活的直截了当的戏剧语言加强效果。代表人物有约翰·多恩、乔治·赫伯特、亨利·沃恩等人。

骑士派诗人以本·琼生（Ben Jonson）为代表，另外还有理查德·洛夫莱斯、罗伯特·赫里克、约翰·萨克林等人。这些诗人多出身于乡绅，有保皇倾向。他们的作品遵循古典主义原则，推崇理性，讲究形式的精练和韵脚的严格，对后来的新古典主义诗歌尤其是德莱顿和蒲柏的作品产生了重大影响。本·琼生的诗歌简洁明快，表达干净洗练，说理确切有力。洛夫莱斯以抒情诗而著名，婉约典雅，常常富于哲理。

在戏剧文学方面，则以古典主义为主流。英国的古典主义文学依附于封建王朝，因此具有明显的保守性。古典主义在英国的代表作家约翰·德莱顿（John Dryden，1631—1700）是戏剧家、美学家。他写过大量诗歌、喜剧、悲剧。其中最重要的是英雄剧，作品有《印度皇帝》《格林纳达的陷落》等。这些悲剧的主要人物为古代东方的贵族。德莱顿的古典主义理论著作有《论剧体诗》《悲剧批评的基础》等。他的理论主要来自于亚里士多德等人的悲剧观念，指出悲剧必须是伟大人物的伟大行为；人物性格是区别人物、塑造形象的方法；悲剧的目的是消除悲剧给观众引起的激情（恐惧、怜悯），从而在愉快之中得到教益。他的古典主义理论与创作，对 18 世纪英国古典主义文学产生了很大影响。

小说创作方面，约翰·班扬（John Bunyan，1628—1688）是重要的代表人物。班扬是著名作家、布道家，青年时期曾被征入革命的议会军，后在故乡从事传教活动。1660 年斯图亚特王朝复辟，当局借口未经许可而传教，把他逮捕入狱两次。他在狱中完成的《天路历程》，讲述基督徒及其妻子先后寻找天国的经历，语言简洁平易，被誉为"英国文学中最著名的寓言"。

二、18 世纪英国文学

18 世纪是英国文学的繁荣岁月。在该世纪初期，古典主义文学势力强大。亚历山大·蒲柏（Alexander Pope，1688—1744）是 18 世纪上半期英国最著名的诗人。因为英国较早确立了开明的君主立宪政体，因此英国的启蒙文学并不具有强烈的政治或批判色彩，而是以温和地宣扬资产阶级价值观，宣扬海外殖民、清教徒精神为主。

18 世纪英国文学的主要成就是现实主义小说的兴起和发展。受洛克的哲学思想、牛顿的科学成就和清教徒观念的影响，作家开始关注普通人的生活，他们作品中的主人公不再是王公贵族或神仙骑士，而是现实生活中普普通通、真实可信的下层人物。另外，中产阶级读者数量的增长，阅读趣味、教育程度和经济能力的增加，都对小说的兴起和发展起到了关键作用。这一时期的小说反映资本主义发展初期的矛盾，对社会问题进行剖析、批判。在艺术上继承流浪汉小说传统，但结构更为严谨，注意人物心理、性格、环境的描写，采用日常生活语言。丹尼尔·笛福（Daniel Defoe，1660—1731）是英国小说的开创者之一，他的启蒙思想比较温和，但仍对古典主义文学有重大反拨。他的代表作《鲁滨孙漂流记》（1719）成功地塑造了鲁滨孙这一个新兴资产阶级的典型形象，并通过具体而真实的细节来刻画人物性格，用许多在不同环境中发生的琐事构成故事。杰出的讽刺作家乔纳森·斯威夫特（Jonathan Swift，1667—1745）唯一的小说《格列佛游记》（1726）极尽讽刺之能事，借主人公游历过程中的遭遇和见闻全面揶揄英国社会。

18 世纪 30 年代至 50 年代是英国小说的鼎盛时期。萨缪尔·理查逊（Samuel Richardson，1689—1761）是英国家庭小说的开创者。其第一部小说《帕米拉》（1740—1741）采用书信体，写了乡绅家的女仆帕米拉以自己的行动，使主人放弃对她非礼的企图，娶她为妻。理查逊的代表作《克拉丽莎》（1747—1748）也为书信体小说，描写了克莱丽莎为了逃婚出奔在外，结果被贵族青年欺骗，因受肉体与精神上的折磨而最终死去的故事。小说以中产阶级女子以及女仆为主人公，关注婚姻、家庭和道德问题，善于刻画人物心理和感情的细腻变化。理查逊的小说在艺术形式上取得的突破，在欧洲小说史上具有非常重要的意义。对此，美国学者伊恩·瓦特评价说："在《克拉丽莎》中，理查逊创造了一种文学形式，它集叙事样式、情节、人物和道德主题于一体。这样比《帕米拉》更彻底地解决了小说依然面临的最重要的形式问题，这一点毋庸置疑。"[①]　由此，欧洲小说摆脱了流浪汉小说式的结构。

亨利·菲尔丁（Henry Fielding，1707—1754）是 18 世纪英国小说家中成就最高者。其代表作《汤姆·琼斯》规模宏大，是 18 世纪英国文学中最具启蒙特征的小说。此外，这一时期的重要作家还包括托比·斯摩莱特（Tobias Smollett，1721—1771），其流浪汉小说广受社会底层民众欢迎。

18 世纪中后期，英国出现了一个新的文学思潮和流派——感伤主义文学。它被认为是启蒙文学的一个支流，也是启蒙思想和英国软弱的城乡中小资产者情绪的反映。这一派作家认为人性的核心是感情，人类的天性是慈善，怜悯、同情心和情感是社会道德的内核。作家在创作上突出强调感觉和感情，着力渲染人物内心的痛苦和不幸。劳伦斯·斯泰恩（Laurence Sterne，1713—1768）的小说《伤感的旅行》（1768）是伤感文学的滥觞。爱尔兰作家奥列佛·歌德史密斯（Oliver Goldsmith，1728—1774）的长篇小说《威克菲尔德的牧师》和长诗《荒村》是伤感文学中成就最高的作品。

哥特小说（Gothic Fiction）是 18 世纪后期长篇小说的一个新变体。"Gothic"原意指哥特人（古日耳曼族的一支）和中世纪的哥特式建筑，因而哥特小说往往与中世纪的背景相联系，描写发生在阴森恐怖的城堡中的神秘故事和谋杀事件。故事充满神

---

①　Ian Watt. *The Rise of the Novel：Studies in Defoe，Richardson and Fielding*. University of California Press，1957，p. 208.

秘、恐怖、鬼怪和骇人听闻的超自然事件。哥特小说得名于华尔蒲尔（Horace Walpole，1717—1797）的同名小说《奥脱浪图城堡——一个哥特式故事》（1764）。哥特小说的形式是怪诞的、不合理的，但涉及人的潜意识中的乖戾冲动和种种畸形心理。哥特小说对狄更斯、爱伦·坡等人的小说产生了一定的影响。

在诗歌领域，亚历山大·蒲柏是 18 世纪上半期英国最著名的诗人，著有《论诗篇》《夺发记》等作品。英国还出现了"墓园诗派"，代表人物托马斯·格雷（Thomas Gray，1716—1771）的《墓园挽歌》是其中的精品。

在戏剧领域，英国议会于 1737 年通过《戏剧检查法》，对戏剧和剧院严格监督，因此限制了戏剧发展。菲尔丁起初就是以政治讽刺剧成名的，后来被迫转入小说创作。成就较高的戏剧作品包括奥列佛·歌德史密斯的《屈身求爱》和理查德·谢里丹（Richard Sheridan，1751—1816）的《造谣学校》。

三、古典主义诗人弥尔顿

约翰·弥尔顿（John Milton，1608—1674），诗人、思想家和政论家。在英国诗人中，弥尔顿的地位仅次于莎士比亚，他的作品对后来英国文学的发展产生了巨大的影响。其代表作《失乐园》和《荷马史诗》《神曲》并称为"西方三大诗歌"。哈罗德·布鲁姆评价说："弥尔顿在经典中的地位是永久的，即使是如今的女性主义文学批评视他为最可憎的主要诗人也罢。"[1]

弥尔顿于 1608 年 12 月 9 日出生于伦敦一个富裕的清教徒家庭。父亲爱好文学，受其影响，弥尔顿从小喜爱读书，尤其喜爱文学，16 岁时入剑桥大学并开始写诗，1632 年取得硕士学位。因目睹当时国教日趋反动，他放弃了当教会牧师的念头，闭门攻读文学 6 年，一心想写出能传世的伟大诗篇。1632 年至 1638 年这五年间，弥尔顿辞去政府部门的工作，住到他父亲郊外的别墅中读书。他几乎读遍了当时所有的英语、希腊语、拉丁语和意大利语作品。这期间，他写作了《酒神之假面舞会》（1634）等作品。

1638 年，弥尔顿为增长见闻到当时的欧洲文化中心意大利旅行，拜会了当地的文人志士，包括被天主教会囚禁的伽利略。他深为伽利略在逆境中坚持真理的精神所感动。1639 年，弥尔顿听说英国革命即将爆发，便回国投身于革命运动。1641 年，弥尔顿站在革命的清教徒一边，开始参加宗教论战，反对封建王朝的支柱国教。他先后发表了 5 本有关宗教自由的小册子和《论出版自由》。1649 年，革命阵营中的独立派将国王推上断头台，成立共和国。弥尔顿为提高革命人民的信心和巩固革命政权，发表了《论国王与官吏的职权》等文，并参加革命政府工作，担任克伦威尔的拉丁文秘书职务。1652 年，他因劳累过度，双目失明。1660 年，王朝复辟，弥尔顿被捕入狱，不久又被释放，从此他专心写诗，为实现伟大的文学抱负而艰苦努力。在亲友的协助下，他共写出 3 首长诗：《失乐园》（1667）、《复乐园》（1671）和《力士参孙》

---

[1] ［美］哈罗德·布鲁姆：《西方正典》，江宁康译，128 页，南京，译林出版社，2005。

（1671）。1674 年 11 月 8 日，弥尔顿卒于伦敦。

《复乐园》是长诗《失乐园》的姐妹篇，共 4 卷，根据《新约·路加福音》描述耶稣被诱惑的故事。耶稣在约旦河畔由圣徒约翰施洗后，准备公开布道，这时圣灵引他到荒郊，先要给他一次考验。这考验就是撒旦对他的引诱。撒旦第一天以筵席，第二天以城市的繁华和古希腊、罗马的文学艺术引诱耶稣，都遭到拒绝。第三天撒旦使用暴力，把耶稣放在耶路撒冷的庙宇顶上，但他也毫不畏惧。后来天使们把他接下来，认为他成功地经受了考验。然后他开始传道，替人类恢复乐园。弥尔顿创作此诗的目的是用耶稣的形象激励处在王朝复辟的革命低潮中的革命志士要有坚定的意志和顽强的战斗精神，告诉这些革命者革命难免受挫，但不可失去气节。

《力士参孙》是一部诗体剧，取材于《旧约·士师记》。参孙是传说中忠于以色列民族的大力士，在抵抗腓利士人的入侵中立下战功。但参孙的妻子大利拉被敌人收买，出卖了参孙力大无比的秘密。参孙被腓利士人抓住后，被挖去双眼，剪去头发，关进监狱里服苦役。最后在腓利士人欢庆参孙被俘的时候，参孙设法进入剧场去表演武艺。这时他的头发已经长出来，恢复了惊人的力量，他于是推断剧场的两根大柱，与腓利士的王公、贵族、军官、神父同归于尽，只有远处的平民得以幸免。这部悲剧表达了《旧约》中神意复仇的主题。

史诗《失乐园》（1667）长约一万行，分 12 卷，该诗根据《圣经》中人类的始祖亚当和夏娃的传说创作加工而成，还讲述了上帝及其永恒的对手撒旦的故事。撒旦原是大天使，但他骄矜自满，纠合一部分天使，和上帝作战，于是撒旦和他的信徒被逐出天国，打到地狱里遭受苦难。但是，撒旦和他的信徒们毫不屈服，以超人的毅力忍受各种苦难，并坚信最后的胜利一定会来临。然而，他这时已无力反攻天堂，只能想出间接报复的办法，企图毁灭上帝创造的人类。上帝知道撒旦的阴谋，但为考验人类对他的信仰，便不阻挠撒旦。撒旦冲过混沌，潜入人世，来到亚当居住的乐园。上帝派遣拉斐尔天使告诉亚当面临的危险，同时把上帝创造世界和人类的经过告诉他。但是亚当和夏娃意志不坚，受了撒旦的引诱，吃了智慧树上的禁果。上帝决定惩罚他们，命米歇尔天使把他们逐出乐园。在放逐前，米歇尔把人类将要遭遇的灾难告诉了他们。全诗以亚当和夏娃被放逐出伊甸园而结束。

弥尔顿塑造了撒旦这个既是英雄又带有邪恶色彩的反叛者形象。他一改《圣经》中撒旦的"谎言之父"的形象，着力刻画他的反抗精神和不屈不挠的意志。他"宁在地狱为王，不愿在天上称臣"，这种反抗精神和持之以恒的斗争被刻画得极为成功，渲染得绘声绘色。这折射出诗人作为一个失败的革命者和清教徒内心的矛盾。撒旦和上帝的冲突实际上是当时英国社会代表自由的国会和专制顽固的王政势力之间的斗争写照，诗中所表达的不畏强权、反抗专制的主题非常明了。

弥尔顿在《失乐园》中展示了他雄浑宏伟的风格。全诗结构宏伟，采用双线结构：一是亚当、夏娃违犯禁令，偷尝禁果而失去乐园的故事；二是撒旦反抗天神，经过剧烈的大战而失去天上乐园的故事。两条线索相互交织，彼此照应。"作为文体意识最强的英语诗人"①，弥尔顿在这首诗中大胆创新，全诗采用无韵体，诗行通常是五音步抑扬格，铿锵洪亮。全诗句子结构复杂反复，短语层层叠加，从句互相嵌套，往往十几行才组成一个完整的句子，是典型的"弥尔顿式的语言"。除此之外，诗中充满了宏伟壮观的景象，如写天上的战争，漫天刀光剑影，似大雪纷飞；双方拔山相掷，地动天摇。全诗节奏紧凑，语言瑰丽，气势非凡。

全诗采用宗教讽喻的形式，揭露当时的反革命力量，表达对自由的强烈呼吁。弥尔顿是在极端恶劣的政治环境中，在敌人的严密监视下吟诵而成这部巨作的。因此，在表达方式的选择上，不得不采用巧妙隐蔽的讽喻来实现自己的创作意图。如第12卷第485行以后的一段，弥尔顿借天使长之口痛骂当时反动教会的主教、牧师。他称赞基督教初期使徒们献身的业绩，然后骂道：

> 代替他们的是群狼，残暴的群狼，
> 继他们之后，作为教师，把一切
> 天上神圣的奥秘。变成他们的
> 私利和野心……②

诗中运用了璀璨瑰丽、富有抒情气氛的比喻，独特的拉丁语句法和雄浑洪亮的音调，增强了史诗的表现力。

四、小说家菲尔丁

亨利·菲尔丁（Henry Fielding，1707—1754）是18世纪英国杰出的现实主义小说家之一，也是18世纪欧洲成就最大的现实主义小说家，与笛福、理查逊并称为英国现代小说的奠基人。

菲尔丁出身于英国西南部格拉斯顿伯里附近的一个贵族家庭，少年时代过着富裕的生活，幼年受教于一个牧师，随后在伊顿公学接受中等教育。在16岁以前，他已经精通了希腊文和拉丁文，读了许多古典名著。1728年，他赴荷兰的莱顿大学学习语言，兼攻法律，1729年回到英国。早在1727年，他的处女作——五幕喜剧《带着各种假面具的爱情》就在伦敦上演，获得巨大成功。从1728年至1737年，他共写了包括《咖啡店政客》（1730）、《堂吉诃德在英国》（1734）、《巴斯昆》（1736）在内的25部政治讽刺喜剧。这些剧作谴责贵族阶级的道德腐化，揭露英国政府的贪污腐败，艺术上广泛吸收了民间戏剧的手法，把诙谐怪诞的成分与现实生活中的重大政治问题杂糅在一起。由于他的剧本切中时弊，剧作被当局禁止演出。菲尔丁还从事新闻和小说创作。他于1739年至1741年主编《不列颠信使》（又名《战士》）杂志，发表了大

---

① Barbara Kiefer Lewalski， "*The Genres of Paradise Lost*," *in The Cambridge Companion to Milton*， ed. Dennis Danielson Shanghai Foreign Language Education Press，2000，p. 113.

② 转引自朱维之主编：《外国文学史》（欧美卷），129页，天津，南开大学出版社，2002。

量的杂文、书简和特写，这段时期成为他日后小说写作的准备阶段。1754 年，他携家眷赴葡萄牙里斯本就医，两个月后不幸病重去世，安葬在当地的英国墓园中。

1742 年，菲尔丁发表了小说《约瑟夫·安德鲁斯》。在该书的序言里，菲尔丁宣布要创造一种崭新的艺术形式"喜剧性的散文史诗"，其特点是情节比较广泛，包含五花八门的细节，介绍形形色色的人物。在内容上，他特别重视介绍下层社会的人物及风习，并提倡严格局限于描写自然，要把自然模仿得恰到好处。这部小说的主人公本来是理查逊的一个仆人，孀居的女主人看上了他，而他不同意，于是被逐出。当他回转家乡的时候，他的女友芳妮也正从家乡启程到伦敦来。同时，乡村牧师亚当斯也正带着手稿到伦敦去，希望出版。三人在途中相遇，决定一起回乡。三人旅途中的冒险构成小说最重要的部分。在小说结尾，帕米拉出现，她反对兄弟同普通农家女芳妮结婚，但最后二人还是幸福地结合了。这部书是戏拟作品，讽刺了理查逊的《帕米拉》（1740），又学习了塞万提斯的《堂吉诃德》（亚当斯先生是仿照堂吉诃德塑造的）。《约瑟夫·安德鲁斯》具有流浪汉小说传统，向读者展示了一幅社会风俗画卷。

《大伟人江奈生·魏尔德传》（1743）是一部政治讽刺小说，旨在批判政府的罪恶、虚伪和残酷。书中平行地描写了两个主人公的命运：纯洁善良的珠宝商人汤姆士·哈特夫利和凶恶的"大伟人"江奈生·魏尔德。他们在生活中相遇，江奈生看中了哈特夫利的漂亮太太，企图引诱她但没有成功。为达到目的，他把哈特夫利害得破了产。相亲相爱的哈特夫利夫妇，经过种种磨难，最后幸福地团聚，而江奈生因他的作恶而受到惩罚。

1749 年，菲尔丁出版了《汤姆·琼斯》，全名是《弃儿汤姆·琼斯的历史》。1751 年，《阿米利亚》出版。这是一部现实主义社会批判小说，描述了富家小姐阿米利亚与穷军官布斯上尉结婚的苦难遭遇。这部作品为 19 世纪英国批判现实主义小说奠定了基础。

《汤姆·琼斯》是菲尔丁的代表作，标志着 18 世纪英国现实主义小说的最高成就，在英国文学发展史上具有划时代的意义。

小说可以分为三个部分：第一部分发生在英国南部的萨莫特郡的乡村富绅奥尔华绥家中；第二部分叙述了汤姆·琼斯和理发师去伦敦途中发生的故事；第三部分故事发生在伦敦。富绅奥尔华绥妻儿早丧，家里只有他和老处女妹妹白利姬两人。有一次，他去了伦敦三个月，回来后发现床上有个弃婴。他将弃婴收为养子，取名汤姆·琼斯。没过多久，白利姬与布利非上尉结婚了，生了个儿子，名叫布利非。小布利非父母早亡，成为孤儿，由舅父奥尔华绥教养，后来被立为继承人。汤姆诚实勇敢，布利非则自私虚伪，处处与汤姆为敌。汤姆与隔邻庄园主魏斯顿的独生女苏菲亚感情真挚，布利非却处处从中作梗。苏菲亚出猎坠马，汤姆为救她而摔断左臂，苏菲亚深受感动，两人感情日增。苏菲亚的父亲想把女儿嫁给布利非，苏菲亚偏偏非汤姆不嫁。布利非更恨汤姆，于是挑动舅父把汤姆赶走。苏菲亚拒不嫁给布利非，也离家出走。汤姆流浪途中巧遇一位理发师庞立支，两人一同流浪。一天，汤姆从强盗手中救出沃特尔夫人，她便是昔日奥尔华绥家的女仆珍妮，现已沦为妓女。汤姆在厄普顿旅馆被她勾引，与她发生关系。苏菲亚恰巧也来到这家旅馆，知此丑闻，十分愤怒，留下暖手筒及字条，便去伦敦投奔亲戚贝拉斯顿夫人。汤姆和庞立支追至伦敦。汤姆因找不到苏菲亚而十分苦恼，又囊空如洗，便上了贝拉斯顿夫人的圈套，与她发生关系。贝拉斯顿夫人探知汤姆钟情苏菲亚，便视苏菲亚为情敌，设计把苏菲亚嫁给一位伯爵，见苏菲亚不从，便安排伯爵闯进苏菲亚房间施暴。正在苏菲亚呼救时，她父亲恰好来到，喝退伯爵。贝拉斯顿夫人见汤姆千方百计想摆脱自己，便与伯爵相勾结，雇人陷害汤姆。汤姆在一次打斗中伤人，被送入监狱。奥尔华绥和布利菲也赶来伦敦，加上魏斯顿，他们都期望汤姆被判死刑，以使苏菲亚回心转意。布利菲贿赂律师，利用被收买的流氓捏造伪证诬告汤姆杀人。汤姆终以杀人罪下狱。但是布利菲的背叛与阴谋最后落空。被汤姆打伤的人也很快痊愈，因此汤姆杀人罪不能成立。奥尔华绥一怒之下将布利菲赶出家门。他妹妹也在遗书中讲明了汤姆身世的真相，原来汤姆是白利姬与奥尔华绥某朋友的儿子所生。奥尔华绥取消了布利菲的合法继承人资格，把汤姆指定为合法继承人。魏斯顿听到这个消息后，马上同意了苏菲亚和汤姆的婚事。汤姆和苏菲亚终成眷属。

小说具有极高的艺术成就。首先，它用现实主义的手法展示了18世纪英国社会的全景图。小说描绘了从乡村到城市、从底层到上流社会的各色生活画面，旅店、戏院、集市、法庭、监狱、杂货铺、上流社会的沙龙等各种生活场景，涉及当时英国社会的几乎各个方面，具有史诗般恢宏的气势。小说中描绘的各种不同阶层的人物共有49个，绘就了栩栩如生的人物画卷，展现了一副完整的现实主义人性图画。如作者自己所言：“我们这里为读者准备的事物不是别的，乃是人性……同样，学识渊博的读者也不会不知道，‘人性’，尽管只有一个名称，其中却包含着千变万化的内容……精神食粮的高下优劣，很少有赖于题材本身，更多地依赖作者的手艺。”① 通过社会生活场景的描绘和人物形象的刻画，菲尔丁深刻地揭露了庄园主及上层资产阶级婚姻中的金钱门第观念和唯利是图的本质，批判了英国贵族资产阶级上流社会的荒淫无耻。

其次，人物形象刻画的巨大成功。在人物刻画上，菲尔丁有着自己的理解。他说他不写完美的人，只写在大自然中存在的人。因此，他笔下的人物没有绝对的“善”和“恶”，而是有血有肉的人，是集“善”与“恶”于一身的人。汤姆·琼斯是个心地善良、性格坦率的青年。他为人正直、诚实、豪爽，见义勇为，但这些性格特点又与他的轻率、鲁莽结合在一起。也正是菲尔丁在英国文学史上第一次将私生子作为小说的主人公，而且把他塑造成一个远比那些社会上层人物要高尚得多的正面人物，因此，“《汤姆·琼斯》是一部叛逆性的作品，它冲破了传统的道德准绳，在一定程度上否定了当时英国社会的秩序”。② 另外一个人物奥尔华绥是善良人的化身，具有理性的光辉，但有时又被人愚弄而赏罚不明。

再次，小说的结构布局主次分明，多条线索交织，使得情节生动，衔接严谨自

---

① ［英］亨利·菲尔丁：《汤姆·琼斯》，上，黄乔生译，3～5页，南京，译林出版社，2004。

② 蒋承勇等：《英国小说发展史》，58页，杭州，浙江大学出版社，2006。

然。它克服了流浪汉小说情节零散纷繁的缺陷，集中描写汤姆在乡村、去伦敦途中和在伦敦三个不同空间中的经历，并各有侧重。在线索方面，采用多线交织的方法，推动故事的发展。全书除了汤姆·琼斯的一条主线以外，还有珍妮·琼斯等次要人物的线索。

最后，独特的序章形式。整部小说有 18 卷，共 3 部分，每部分 6 卷。在每一卷下都有简单的内容介绍，有时介绍本卷的故事时间。如从第四卷到第七卷的故事时间分别是"历时一年"、"比半年略长的时间内发生的事"、"包括大约三个星期里的事"、"包括三天里的事"。每一章的标题概述本章内容，类似于中国章回小说的标题所起到的功能。菲尔丁旨在通过这种方式与读者交流对社会、对人生和书中人物事件的看法。如在第八卷序章中菲尔丁谈到了对小说真实性的看法："我们有充足的理由要求每个作家千万不要越出事物可能性的范围，牢记我们凡是人们不能做到的事，就让人相信某人曾经做到过……"①

小说问世以后好评如潮，获得了巨大的成功。柯勒律治称赞它的情节完美；司汤达赞誉它是"小说中的《伊利亚特》"；拜伦将它比作"散文中的荷马"；萨克雷称此书是"人类独创力量最为惊人的产物"。②

第五节　德国文学

一、17—18 世纪德国文学概述

17 世纪，德国爆发了毁灭性的"三十年战争"（1618—1648）。这场战争使德国陷于瘫痪，经济上长期处于经济文化的落后状态。18 世纪的德国仍然处于分裂状态，境内分布着数以百计的封建邦国和帝国城市。由于国家分裂，邦国之间战乱频繁，经济远远落后于英国、法国。资产阶级力量薄弱，依附于本土的小朝廷，不具备革命能量。资产阶级这种经济上的依附地位，决定了德国资产阶级思想上的软弱性和政治上的妥协性。尽管如此，德国的知识界却在英法启蒙运动的影响下率先觉醒，在文学、音乐、哲学等领域创造了辉煌的成就。德国启蒙文学的首要目的是改变德国文学孱弱的状况，创立具有近代意义的民族文学，这也促使德国的文艺理论界呈现出繁荣景象。

德国启蒙文学开始于 18 世纪 20 年代。最早的代表人物当是莱比锡大学教授高特舍德，他模仿法国古典主义理论家布瓦洛的《诗艺》而写成《为德国人写的批判诗学试论》，并积极翻译法国古典主义剧作，以改变德国文学普遍粗俗、低劣的状况。至18 世纪中期，德国启蒙文学开始繁荣。德国启蒙文学前期最伟大的人物，是德国近代文学的奠基人莱辛（1729—1781）。他的美学名著《拉奥孔或论绘画与诗的界限》

---

① 亨利·菲尔丁：《汤姆·琼斯》，上，黄乔生译，391 页，南京，译林出版社，2004。
② 转引自蒋承勇等：《英国小说发展史》，57 页，杭州，浙江大学出版社，2006。

以及戏剧评论集《汉堡剧评》确立了德国近代文学发展的基本格调。除理论上的贡献外，莱辛本人还是一位杰出的剧作家，他的《萨拉·萨姆逊小姐》是德国文学史上第一部市民悲剧。《艾米莉亚·迦洛蒂》也是脍炙人口的名剧。莱辛擅长从古希腊罗马文化中汲取养料，并应用到对德国文学的改造中。

18世纪七八十年代的狂飙突进运动（Sturn und Drang）是德国启蒙文学的高潮。它是德国启蒙运动（Aufklärung）的继续和发展，也是一场规模宏大的资产阶级反封建的文学运动。狂飙突进运动得名于作家克林格尔（1751—1831）的同名剧本。其主要思想是反对封建割据，反抗封建压迫和虚伪的道德风尚，批评死气沉沉的封建文艺，要求创作自由和个性解放。狂飙突进运动时期的作家重视民族意识，提倡民族感情，强调从本民族历史中吸取创作题材，发扬民族风格；反对封建束缚，崇尚感情，要求自由和个性解放；拥护卢梭的"回到自然"的主张，颂扬理想化的自然秩序。狂飙突进运动恰如其名，气势非凡，横扫一切，但来去匆匆。尽管如此，它仍是欧洲浪漫主义文学的先导，而且把德国文学向前推进了一大步。

狂飙突进运动的中心是斯特拉斯堡。约翰·高特夫利特·赫尔德（1744—1803）是运动的纲领制定者。参与这场文学运动的作家大多是出身于市民阶层的青年，青年歌德和席勒成为这一运动的杰出代表。歌德是德国历史上最伟大的文学家，也是西方文学历史上位居前列的文学大师。在狂飙突进运动中，他创作了大量剧作和诗歌，表达反抗暴虐专制统治和渴望思想自由的精神。席勒是狂飙突进运动的另一重要人物，他的大量市民悲剧是狂飙突进运动精神的最好体现。

90年代，狂飙突进运动逐渐结束，德国进入所谓的"古典文学时代"。德国文学同德国古典哲学、古典音乐一起构成了德国古典文化的灿烂时期，跃居世界文化发展的前列。这一时期文学上的主要成就包括歌德与席勒的合作作品以及歌德晚年的创作。法国大革命之后，歌德与席勒逐渐脱离了年轻时激进、浪漫的特征，开始创作风格崇高、内容理性的文学作品。席勒进入第二个旺盛的创作期，发表了《华伦斯坦》《威廉·退尔》等大量优秀剧本，而歌德则完成了西方文学史上最伟大作品之一的诗体小说《浮士德》。

总体上看，18世纪90年代之后的德国文学已经脱离了"启蒙"的范畴。此时的德国文学作品呈现出肃穆恬静、优雅庄重的特色，内容与形式都达到了高度的完善统一，意味着德国终于建立起了真正意义上的"德国近代文学"。

二、歌德与《浮士德》

约翰·沃尔夫冈·歌德（1749—1832）是18世纪末19世纪初德国历史上最伟大的诗人、剧作家和思想家。他出生在法兰克福的一个富裕的市民家庭，1765—1768年在莱比锡大学学习法律，1775—1786年在魏玛公国担任枢密顾问，以后专事文学和科学工作，1791年任魏玛宫廷剧院经理，领导剧院27年。歌德于1832年去世，终年83岁。

歌德在狂飙突进运动中创作了大量剧作和诗歌，表达反抗暴虐专制统治和渴望思想自由的精神。其《铁手骑士葛兹·冯·伯利欣根》（1773）是德国文学史上第一部现实主义史剧，该剧塑造了葛兹这样一个反封建、争自由的英雄形象，表达了德国资产阶级青年一代的革命情绪。书信体小说《少年维特之烦恼》（1774）是狂飙突进运动中最具价值的作品，对后世的德国文学产生了深刻影响。小说通过维特与少女绿蒂之间的爱情和维特的社会生活经历，表达了18世纪德国年轻资产阶级的理想，揭示了这种理想与社会现实之间的深刻矛盾，表现了当时德国知识分子精神上的苦闷，以及对自己所受到的各种歧视表现出的不满。歌德的作品还有长篇小说《亲和力》（1809）、自传性作品《我的自传——诗与真》（1811—1833）、抒情诗《五月之歌》、史诗《列那狐》和《赫尔曼与窦绿苔》等。《威廉·迈斯特的学习时代》（1795—1796）被称为"成长小说"（Bildungsroman）的典范之作，叙述了主人公威廉·迈斯特从一个片面的人成长为一个完整的人的历程。

歌德的美学言论是对创作实践和各门艺术体会的总结，散见于《诗与真》《箴言与回忆》《关于艺术的格言和感想》《歌德谈话录》。他主张浪漫主义与古典主义结合，认为古典和浪漫的不同是现实与理想的差异；重视形象思维，从具体形象中表现一般；指出艺术与自然的关系是主客观的辩证关系；提出建立民族文学，并第一个提出在各民族文学交流的基础上建立世界文学。

《浮士德》是歌德倾毕生心血而完成的作品。他从19岁开始创作，82岁完成，历时60余年。《浮士德》取材于16世纪德国民间传说。传说中的浮士德是一个游方术士，用魔术吸引观众。他和魔鬼签订合同，以灵魂换取生前的享乐，最后被魔鬼引入地狱。当时德国有许多关于浮士德的传说。1587年德国出版了故事书《约翰·浮士德的一生》，述说了浮士德的传说。英国剧作家马洛将传说改编为剧本《浮士德博士的悲剧》（1588），把浮士德刻画为一个正面学者形象。文艺复兴时期也不断有以此为题材的作品问世。歌德受此影响创作了这部史诗性的巨著。它与荷马史诗、但丁的《神曲》等齐名。

《浮士德》是以诗剧的形式写成的，共12111行，分两部分。第一部分共25场，没有分幕，第二部分为5幕。全剧没有前后一致的情节，它以浮士德的思想发展过程为线索，叙写他对真理的探索。

在第一部分前还有"献辞"、"舞台序幕"、"天上序曲"三个部分。"天上序曲"是全剧的开始，在这一场中，歌德借用基督教的形象表现了全剧的总纲。魔鬼靡非斯特与天帝的争论和赌赛，引出浮士德追求真理的历程。在第一部分中，浮士德处在"小世界"中，追求官能的或感性的个人生活享受；在第二部分中，浮士德进入"大世界"中，追求事业的享受。从浮士德的生活经历来看，他的生活可以分为以下几个阶段：在学者生活阶段，追求知识的需要，他追求的知识是中世纪的学问；在爱情生活阶段，浮士德与葛丽卿的恋爱最终以失败告终；在政治生活阶段，他渴求在神圣罗马帝国的宫廷里有所作为，但是宫廷的腐败使他的想法彻底破灭；在追求古典美的阶段，浮士德在靡非斯特和"人造人"的帮助下，与古典美的代表海伦结合，但是以海伦的消失而结束；在改造大自然的阶段，他试图率众征服大海，死灵们却为他挖掘了坟墓。

　　全剧向读者展示了这样一个浮士德的形象：18 世纪末 19 世纪初的资产阶级人道主义者，具有崇高的理想和自强不息的进取精神。浮士德对人生真谛和崇高理想的无限追求是通过他的需要程度来表现的，反映了启蒙时期资产阶级的探索精神。浮士德不断的追求建立在满足理想、实现人的价值的基础上。他的价值就体现在这种不断肯定又不断否定的层次运动之中。贯穿各个阶段的主导行为动机是浮士德探索人生真谛、实现理想、有所作为的创造心理。这体现了一种"浮士德精神"，即自强不息、永远探索、永不满足的精神。他是资本主义上升时期新兴资产阶级的巨人典型，他所体现的进取精神在今天仍是应该肯定的。这是浮士德给我们的启迪和人物的典型意义之所在。

　　魔鬼靡非斯特既是浮士德的对立人物，又是某种社会势力的代表。他的精神特征在于否定。他的本质是"作恶"，但具有"造善"的作用。他从作恶的动机出发，诱惑浮士德沉沦，实际上是在不断推动浮士德向上。因此，他集"作恶"和"造善"于一体。

　　《浮士德》具有独特的艺术形式。它虽然是戏剧，但其中穿插了诗歌和叙述的成分，有戏剧化的场面，也有抒情性的诗歌和叙事性的故事。单就戏剧而言，它没有跌宕起伏、贯穿首尾的情节，整部诗剧可以划分为相对独立的悲剧，如学者悲剧、海伦悲剧等，而且是采用了"戏中戏"的方法来推动情节的发展。它使用大跨度的时空方式，从古希腊经中世纪欧洲一直延续到 19 世纪初的德国，包括了古往今来的各种人物和场面，人物众多，场面宏大多变。有研究认为，"《浮士德》这部剧的剧情结构是框形结构"①，因为故事开头和结尾的故事均发生在天上。故事由天帝与魔鬼的赌赛以及浮士德与魔鬼的赌赛开始，剧末则是赌赛的结果，中间穿插了无数发生在人间的故事。这样，为了表现出如此丰富的内容，歌德充分运用了浪漫主义与现实主义相结合的手法。

　　在表现形式上，为了更好地描写环境，烘托气氛和塑造形象，歌德还采用多种多样的诗歌形式，如开头是自由韵体，后来逐渐转变为牧歌体和抑扬格。语言风格多变，集颂扬、嘲讽、诙谐、庄严等于一体。善于运用对比手法，以浮士德为中心与靡非斯特、葛丽卿等构成鲜明的对比。诗剧大量引证典故和借用圣经内容，为作品增添了厚重感，象征手法的大量使用在一定程度上使得作品晦涩难懂。

三、戏剧家与诗人席勒

　　席勒（1759—1805），德国戏剧家和诗人。他被称为"伟大的天才般的诗人"、"真善美"巨人、"德国的莎士比亚"。在席勒自己眼中，他则是"不臣服于任何王侯的世界公民"。

　　席勒出身于符腾堡的小城马尔赫尔一个医生家庭。童年时代，他就对诗歌、戏剧有浓厚的兴趣。1768 年，他入拉丁语学校学习，但 1773 年被公爵强制选入他所创办

---

① 范大灿：《德国文学史》，第 2 卷，583 页，南京，译林出版社，2006。

的军事学校，接受严格的军事教育。从1776年开始，他在杂志上发表一些抒情诗。1777年，他开始创作剧本《强盗》，毕业后于1780年在斯图加特某步兵旅当军医。他对当时的专制统治有着深切的体会，1780年写成反抗封建暴政、充满狂飙突进精神的剧本《强盗》，1782年1月13日于曼海姆首次公演，获得巨大成功。《强盗》之所以受到如此热烈的欢迎，是因为作品中蕴含的反专制思想深切地迎合了彼时德国青年的心理。此时，德国的狂飙突进运动已经发展至高潮，而《强盗》的主人公卡尔就是一个典型的狂飙突进青年形象。他不满于专制与割据并存的社会现状，却又无力改变。他追求自由，对当时的社会提出挑战，是典型的叛逆者，最后却只能以悲剧收场。1782年席勒写出了自己的第三部悲剧《阴谋与爱情》，并着手创作新剧本《唐·卡洛斯》。1783年他应聘任曼海姆剧院编剧，1785年4月接受格·克尔纳等四位仰慕者的邀请，前往莱比锡，在戈里斯村度过了一个美好的夏天。他的名诗《欢乐颂》就反映了这种真挚的友情所给予他的温暖和欢乐。同年秋天，他随朋友一起迁往德累斯顿，并在那里完成了《唐·卡洛斯》这部以西班牙宫闱斗争为题材的政治悲剧。这是他青年时代最后一个剧本，标志着他的创作正从狂飙突进时期向古典主义时期过渡。1786年，他前往魏玛。次年，在歌德的举荐下出任耶拿大学历史教授。从1787年到1796年，他几乎没有进行文学创作，而是专事历史和美学的研究，并沉醉于康德哲学之中。法国大革命时期，他发表美学论著《论人类的审美教育书简》（1795），曲折地表达了他对疾风暴雨般的资产阶级革命的抵触情绪。他主张，只有培养品格完善、境界崇高的人，才能够进行彻底的社会变革。尽管如此，他始终没有放弃寻求德国统一和德国人民解放的道路。他的美学研究和社会变革等问题结合得非常紧密。

1794年，席勒与歌德结交，并很快成为好友。在歌德的鼓励下，席勒于1796年重新恢复文学创作，进入第二个旺盛的创作期，直至去世。这一时期著名剧作包括《华伦斯坦三部曲》（1799）、《玛丽亚·斯图亚特》（1801）、《奥尔良的姑娘》（1802）、《墨西拿的新娘》（1803）、《威廉·退尔》（1803）、《欢乐颂》（1785）等。在这些作品中，席勒以历史题材为主，营造了悲壮、雄浑的风格，主题也贴近宏大的社会变革。

《威廉·退尔》是这一时期席勒的重要剧作。该剧取材于14世纪瑞士英雄猎人威廉·退尔的传说。这一题材原本是歌德在瑞士搜集到的，他将其无私赠予席勒。席勒从未去过瑞士，却将这一传说诠释得极为生动。《威廉·退尔》以瑞士独立斗争为背景，在歌颂民族英雄的同时也歌颂努力争取民族解放的壮举，在欧洲范围内引起极大反响。瑞士人为了感激席勒，把退尔传说发生地四林湖沿岸的一块极为壮观的巨石命名为"席勒石"。

除戏剧创作外，这一时期席勒还和歌德合作创作了很多诗歌，并创办文学杂志和魏玛歌剧院。歌德的创作风格对席勒产生了很大影响。1796年，两人共写了上千首诗歌，而歌德的名作《威廉·迈斯特》和《浮士德》第一部也是在这一时期成形的。

1805年5月，席勒不幸逝世，歌德为此痛苦万分："我失去了席勒，也失去了我生命的一半。"歌德死后，根据他的遗言被安葬在席勒的遗体旁。

《阴谋与爱情》（1784）是席勒青年时代创作的高峰，它与歌德的《少年维特之烦恼》同是狂飙突进运动最杰出的成果。它叙述了一对青年之间的悲剧式的爱情故事。

宰相瓦尔特之子斐迪南爱上乐师米勒之女路易丝。宰相为了迫使斐迪南与公爵的情妇米尔福特夫人结婚，在其秘书乌尔姆的策划下布置阴谋，使斐迪南怀疑路易丝不忠。斐迪南上当，给路易丝服下毒药。路易丝临死之前揭穿真相。最后，一对情侣双双惨死。席勒将"阴谋"和"爱情"紧紧联系在一起，揭露了上层统治阶级的腐败生活与宫廷中尔虞我诈的行径，尖锐地批判了时代，也深刻揭示了贵族和市民中的不同人的不同心态。

《阴谋与爱情》无论在结构上还是题材上都是德国"市民悲剧"的典范。它采用多种矛盾或冲突同时存在、彼此交叉的方式，揭示了宫廷贵族与市民阶级的矛盾、宫廷内部的矛盾和斐迪南与路易丝之间的矛盾。席勒将这三种冲突紧密结合，使得全剧构成了一个有机的整体，形式完善，结构严谨。席勒摒弃了创作《强盗》时惯用的长篇大论，而是改用简洁的语言进行讽刺。如来自市民阶层的人物米勒与宰相的对话："我可以为你奏一曲柔板，但娼妓买卖我是不做的……如果要我递交一份申请，我自然会毕恭毕敬，可是对付无礼的客人我就要把他撵出大门口！"

《欢乐颂》是席勒1785年夏天在莱比锡写的，那时他创作的戏剧《强盗》和《阴谋与爱情》获得巨大成功。恩格斯称《强盗》是"歌颂一个向全社会公开宣战的豪侠的青年"，《阴谋与爱情》则是"德国第一个具有政治倾向的戏剧"。然而，当时的席勒受到欧根公爵的迫害出逃在外，身无分文，负债累累，过着漂泊不定的生活。正在席勒走投无路的时候，莱比锡四个素不相识的年轻人仰慕席勒的才华，写信邀请他到莱比锡去，路费由他们承担。席勒接到信后立即从曼海姆出发，不顾旅途困顿和身体虚弱来到莱比锡，受到四位陌生朋友的热情欢迎和无微不至的招待。《欢乐颂》就是在席勒感受了这种雪中送炭的温暖后，以万分感激的心情写出来的。

《欢乐颂》采用了当时流行的颂歌体。席勒歌颂了从人间高尚的感情升华成一种与神为伍的欢乐，具有庄严崇高的韵律。席勒在《欢乐颂》中，先是歌颂他受友谊感动后产生的具体欢乐，后来他把这种具体的欢乐人格化，使欢乐拥有了普遍性，进而引申出他对自由、平等、博爱理想的追求，特别是对博爱的歌颂。"你温柔的翅膀飞到哪里，哪里的人们都结成兄弟。"《欢乐颂》还反映了康德"星云说"的自然观和当时盛行的"泛神论"宗教观。

第十二章　日本 17 世纪文学

第一节　日本江户古典文学的繁荣

神权统治下的中世纪欧洲曾经黑暗、落后，但经过"文艺复兴"的洗礼便迅速改变了面貌。十七八世纪的英国率先发动了产业革命，推动了生产力的巨大发展。欧洲各国进入工业化时代后，纷纷开始了向外扩张和争夺海外殖民地，而此时的日本仍处于封建社会的蒙昧之中。1603 年，德川家康建立了江户幕府，结束了一百多年战国时代①的动乱，日本社会进入了相对安定繁荣的发展时期，以手工业与商业为主的城市经济也得到迅速发展，随着江户（东京的前身）、大阪等城市人口的激增，被称作"町人"的市民阶层出现了。1663 年前后，江户与大阪、京都之间开设了定期的"飞脚便"邮递业务，大阪与江户之间甚至还开通了定期的海上航运业务，这两个例子从一个侧面说明了当时城市经济的繁荣局面。

在意识形态等思想方面，江户幕府为了稳固统治，尊奉"朱子学"（朱熹理学）为官学，重用藤原惺窝（1561—1619）、林罗山（1583—1657）等儒学家，德川家康认为"三纲五常"比起佛教思想更有利于笼络民心、束缚民众的思想。此外，德川幕府还实行了严格的"四民"制度，即"士、农、工、商"，但与中国古代的"四民"不同，"士"是指"武士"阶层，他们拥有许多特权，甚至可以随意斩杀他们认为冒犯自己的"町人"或"百姓"（农民）。"町人"们虽然处于"四民"的最底层②，但他们比被束缚在土地上的农民自由一些，有的"町人"甚至比大多数武士还更有经济实力，于是享乐主义思想逐渐在"町人"阶层中渗透开来。况且，江户幕府经过了50 年的经济恢复与基础建设，1660 年实行了大规模的减税政策，由原来的"七公三民"（收入的 70％交税）改为"三公七民"，极大地刺激了民众的物质消费。

城市经济的发展为满足市民精神生活的需求提供了物质基础，而且印刷技术的提高刺激了出版行业的发展，文学消费不再是贵族或僧侣的独享特权，阅读成了广大市民阶层的真正需要。当时日本民众的识字率非常高，只要掌握 47 个"假名"（字母文

---

① 日本战国时代：始于 1467 年的"应仁之乱"，室町幕府缺乏中央集权的威信，日本陷入诸侯割据、战乱不断的局面。织田信长与丰臣秀吉统一了日本，史学界一般认为战国时代结束于1590 年。

② "四民"之外还有贱民，即"秽多"与"非人"。详见李东军：《中日游民文化之比较——论日本的部落问题》，见佟君、陈多友主编：《中日比较文学比较文化研究》，广州，中山大学出版社，2004。

字）便可以应付日常的阅读书写。在这一点上，僧侣们发挥了重要的作用，每座寺院都有自己固定的"檀家"（信徒），寺庙接受"檀家"经济上的供养，其死后骨灰被允许纳入寺庙的墓地。寺庙在客观上起到管理户籍人口的作用，而且进行识字等启蒙教育，这就是所谓的"寺小屋"制度。

17世纪末至18世纪初是江户幕府经济文化最繁荣的时期，史称"元禄时代"，这是以元禄年间（1688—1704）为中心的历史时期，这一时期正值第五代幕府将军德川纲吉执政，相对宽松的政治环境与繁荣的经济环境使元禄文化结出了丰硕成果。例如在儒学研究方面，除了朱子学派、阳明学派以外，还有古学派、折中学派、考证学派等，可谓百家争鸣；在文艺方面，俳句诗人松尾芭蕉的影响最大，他将风格诙谐低俗的"俳句"带入了雅正的艺术殿堂，他提出"不易流行"的创作理念，"不易"是指继承传统，"流行"指的是创新，两者是辩证统一的关系；在审美风格上，松尾芭蕉主张一种"闲寂枯淡"之美，用四个字概括起来即"和敬清寂"，这被后人称为"蕉风"或"正风"。尽管松尾芭蕉对俳谐连歌进行了雅化，但"蕉风"俳谐并没有脱离民众，而是在"雅"与"俗"之间找到了绝好的平衡点。松尾芭蕉被誉为"俳圣"，其作品至今仍受到日本人的喜爱，其中一个很重要的原因便是具有亲民性，他的俳句中有许多俗语、俚语，贴近普通百姓的生活，又具有高度的艺术性，可谓"源于生活，却又高于生活"。

此外，与松尾芭蕉齐名的江户俳句诗人还有与谢芜村（1716—1784）和小林一茶（1763—1827）。与谢芜村是江户中期的俳句诗人和画家，尤其擅长将俳句诗与绘画相结合进行创作。芜村的俳句老师宋阿曾是"蕉门十哲"之首宝井其角（松尾芭蕉的大弟子）的学生。因此机缘，芜村对松尾芭蕉更是无比仰慕，他效仿松尾芭蕉后半生过着漂泊生活的人生态度，沿着松尾芭蕉的足迹周游各地。1766年芜村成立了"三果社"（诗社），提倡"离俗论"，反对庸俗的诗风，主张"回归蕉风"的雅正诗风，对江户中期的俳句中兴发挥了巨大作用。但他的"离俗"导致了矫枉过正，脱离了松尾芭蕉俳句的现实性与亲民性，带有沉溺于古典的玄学倾向。与此相反，出身贫寒的小林一茶则走出一条相反的艺术路线，他的俳句风格不同于松尾芭蕉所提倡的雅正诗风与闲寂禅趣，其作品表现出一种对弱者的同情和对强者的反抗精神，而且语调诙谐、构思奇巧，但在冷嘲热讽的背后隐藏着一种悲天悯人的人文关怀。

除了俳句诗歌之外，这一时期属于市民文学的小说与戏曲也取得了巨大成就，主要有井原西鹤所代表的"浮世草子"（小说）和近松门左卫门所代表的"人形净琉璃"（木偶剧）以及歌舞伎的剧本。"浮世草子"与以往的"物语文学"有很大不同，主人公不再是王公贵族式的才子佳人（以《源氏物语》为代表）或驰骋沙场的英雄豪杰（以《平家物语》为代表），而是描写市井社会中的"町人"形象，尤其是井原西鹤的《好色一代男》《好色五人女》等小说，大胆地赞美了市民阶级追求金钱爱情的物欲与情欲，并对虚伪迂腐的封建道德进行了辛酸讽刺。富商与名妓结合的题材以及一夜暴富的故事情节是其小说的最大特点，满足了社会底层人们对金钱财富的庸俗愿望与希求，小说极具喜剧风格；相反，近松门左卫门的"净琉璃"则以爱情悲剧来获取人们的同情泪水，如在其代表作《曾根崎情死》中，大阪酱油铺的伙计德兵卫与妓女阿初的爱情悲剧便令人唏嘘不已，他们的殉情是封建伦理道德与家长制度所造成的恶果，而且近松的作品大多改编于真人真事，对挣扎于社会底层与封建道德重压下的青年男女寄予了无限同情。

这一时期，一种新戏剧形式——"歌舞伎"诞生并获得了迅速发展，最初是以舞蹈的形式为主，随后演变为有科白、伴唱等的表演形式。近松门左卫门等文人作家开始加入剧本的创作队伍，促进了歌舞伎等戏曲艺术的发展，其中井原西鹤的反映当时市民生活的"浮世草子"（小说）也被改编成剧本，而以改编于真实事件的《假名手本忠臣藏》的影响最大。该剧描写的是赤穗 47 名武士为主公报仇，最后被江户幕府判令集体剖腹自杀的故事。该故事原本只是一起报私仇的普通刑事案件，通过歌舞伎的舞台艺术加工与渲染，47 名武士被塑造成了忠义的化身，受到日本人的顶礼膜拜①；在小说方面，继"浮世草子"之后，又出现一大批市民小说，以题材、内容或形式体裁划分为"草双子"、"读本"、"洒落本"、"滑稽本"、"人情本"等，其中为永春水的《春色梅儿誉美》、泷泽马琴的《南总里见八犬传》以及上田秋成的《雨月物语》等产生了深远的影响。在这一过程中，《水浒传》"三言"、"二拍"以及《剪灯新话》等一批中国白话小说对日本江户文学产生了重要影响，为其提供了丰富的艺术养料。

由于社会经济的相对繁荣与稳定，江户时期的日本文学取得了巨大成就，尤其是诗歌与戏剧等的体裁形式与审美特性都有突出的表现。然而封建主义的伦理道德严重束缚着人们的思想，所以，尽管江户文学的小说种类可以细分为"浮世草子"、"读本"、"洒落本"、"滑稽本"、"人情本"等类别，但创作理念与创作手法难以创新，情节雷同陈旧，不得不从中国白话小说中汲取题材与灵感，出现了一大批所谓的"翻案小说"。这种局面直到 19 世纪后期坪内逍遥的文学评论著作《小说神髓》（1875）的出现才得以改变，此后的日本文学进入了近代文学的新时代。

第二节　俳句诗体之圣——松尾芭蕉

一、松尾芭蕉与俳谐连歌

松尾芭蕉（1644—1694）出生于日本三重县上野市的一个农民家庭②，本名松尾藤七郎，又名宗房，"芭蕉"则是其众多俳号中最常用的一个。芭蕉在 13 岁时父亲去

---

① 参见李东军：《透过歌舞伎〈忠臣藏〉现象解读日本民族性格》，载《日语学习与研究》，2005（1）。

② 关于松尾芭蕉的出身，过去认为他出身于下级武士家庭，但现在日本学界倾向于其出身农民家庭的观点。

世，因生活所迫便去了当地的领主藤堂新七郎家进行"奉公"①，并成为少主人藤堂良忠（俳号蝉吟）的侍童，与良忠一起师从北村季吟学习"贞门俳谐"，芭蕉在开始接触到俳谐连歌后不久便崭露头角。

俳谐连歌是连歌的一种体裁形式，而连歌是继和歌之后出现的日本传统诗歌形式，类似于中国古代的柏梁体诗，即连句诗。俳谐连歌原本是连歌中的旁枝末流，以诙谐幽默、滑稽搞笑为特点，多数作品只是一种文字游戏。一般认为，它是学习连歌或和歌的入门工具，俳谐连歌可以使用和歌与连歌不可使用的俗言俚语，对格律法度的要求并不严格。然而，进入江户时代后，松永贞德（1571—1654）集前人之大成，提倡俳谐的娱乐性与古典学识的修养，创立了"贞门派"俳谐，风靡一时，人气之高甚至超过了将风雅视为正统的连歌。此后，更加通俗易懂、不拘泥形式、甚至近乎打油诗的"谈林派"②俳谐在西山宗因（1605—1682）和井原西鹤（1642—1693）等人的倡导下取代了"贞门派"俳谐。

然而，这种"谈林派"俳谐毫无艺术美感可言，在流行了10年左右便走上了末路。取而代之的是松尾芭蕉创立的"蕉风"俳谐，这是对雅正的审美传统的必然回归。俳谐连歌是由众人一起即兴创作的诗歌形式，上句的音调为五、七、五，下句为七、七，然后循环往复，短则数十句，多则成百上千句。松尾芭蕉将俳谐连歌的第一句（发句）独立加以吟咏，表现诗人个人的情感体验或生命感悟，把松永贞德的古典学识和西山宗音的自由奔放融会贯通，进而独成一帜，从此一种崭新的诗歌体裁得以诞生。200多年后，明治时代的诗人正冈子规（1867—1902）称其为"俳句"，这才始得其名。如今，这种世界上最短的诗歌与俳句诗人松尾芭蕉被越来越多的外国读者所熟悉与喜爱。

二、松尾芭蕉与《奥州小道》

松尾芭蕉早年想通过"奉公"获取武士身份来改变命运，但1666年由于其主人藤堂良忠的早逝使这条路走不通，芭蕉只得离开了领主藤堂家，成为了一名职业俳谐师。后来他在《幻住庵记》（1690）中回顾当时的心境时写道："随着岁月的流逝，越来越感到自己出身卑微，那时候非常羡慕武士。"1680年他仿效杜甫草堂，在江户郊外一个叫深川的地方修建了草庵，开始起名"泊船堂"，取"窗含西岭千秋雪，门泊东吴万里船"之意，借此表达对杜甫的仰慕之情；1862年又改名为"芭蕉庵"，自号"芭蕉翁"。翌年秋天，芭蕉吟俳句一首："芭蕉庵夜雨，狂风大作草庵漏，水滴落盆声。"（"芭蕉野分して盥（たらい）に雨を聞く夜かな"，中日友好协会前会长李芒先

---

① 奉公：最初是指武家奉公。武士集团由大大小小的头领与随从组成，头领与随从之间即是"御恩"与"奉公"的关系，而奉公的形式多为随从武士为头领家做杂役或物品等的进贡。日本中世以后，奉公的词义发生了变化，也用于普通百姓，除长子继承家业外，次子及以下子女则被送出去做若干年的学徒或仆人。

② 谈林：源自佛教僧侣学习的场所之意，西山宗因的弟子于1675年出版了作品集《谈林十百韵》，其在序文中称自己一派为"谈林"。

生译为"雨打芭蕉秋风猛，夜听木盆漏雨声"）诗中充满了简素高雅的文人情怀，也许芭蕉将之自比杜甫的《茅屋为秋风所破歌》，只是缺少了忧国忧民的文人士大夫胸襟，更多的是一份苦中作乐的闲情雅趣。试想一下，密集的风雨声敲打着诗人的耳鼓，不经意之间，耳朵的神经也变得麻木起来，于是噪耳的风雨声渐渐远去，正当诗人心身都进入一个静寂世界时，一声清脆的水滴响声从木盆中传来，房屋漏雨了，一下子就把诗人从寂静的世界中拉回到了现实社会中来。日本思想家铃木大拙在《日本的耳朵》一文中对芭蕉的这句俳句大为赞赏，该俳句所体现出的审美情趣符合日本的传统美学思想，而且富有哲理。

可惜仅仅过了两年，芭蕉庵便毁于 1683 年的"天和大火"①，虽然在弟子们的帮助下，芭蕉庵得以重建，但芭蕉对此并不满意。此后，芭蕉便经常外出旅行，创作了许多纪行日记，如《旷野纪行》《鹿岛纪行》《笈小文》《更科纪行》等，1689 年芭蕉在弟子的陪伴下开始了"奥州小道"之旅。奥州即日本的东北地区，芭蕉从江户（东京）出发，经陆奥国（岩手县）的平泉、美浓国（岐阜县）的大垣等地，途经 13 个国（县），行程达 2400 千米，用时 5 个半月，时年 46 岁。这是他最后一次旅行，到 1694 年去世前的几年间，芭蕉耗尽心血将旅途中的见闻与感悟写成了《奥州小道》，代表了芭蕉纪行散文的最高艺术水准。

在序文的开头部分，芭蕉借用了李白《春夜宴桃李园序》中的诗句"天地者万物之逆旅也，光阴者百代之过客也"，改写成"月日者百代之过客，行年者亦旅人也"。他在平泉凭吊古迹，在距今约一千年前的这里，奥州的藤原氏家族曾经荣耀辉煌，平泉也成为仅次于平安京（京都）的繁华城市，但最终还是毁于战火，如今废墟上长满了野草。面对此情此景，芭蕉写道："'国破山河在，城春草木深'。将斗笠置于草地而坐其上，感慨时光的流逝而泣泪。"于是吟俳句一首："夏草茂密生，忆往昔金戈铁马，一枕黄粱梦。"虽然难及苏轼《赤壁怀古》"大江东去，浪淘尽，千古风流人物"的磅礴气度，但同样可以使人心绪悠远，发人之幽思。

自古诗人多游历名山大川，为的就是寻求创作的灵感，凭吊古迹可以使诗作更具有历史的厚重与沧桑。芭蕉在旅途中每到一处就诗兴大发，文思泉涌，为后人留下了大量脍炙人口的俳句作品，而且这些俳句也为名胜古迹增添了无限的人文魅力。《奥州小道》并不是单纯的游记笔录，如果将芭蕉弟子曾良的《曾良日记》与其相对照的话，就会发现两者之间的不同，芭蕉想要的不是模山范水式的写实，而是通过心中之眼来观察自然风景，有时甚至是虚构与写实相结合，注重的是纪行散文的文学性。总之，长期的旅行与漂泊生活对芭蕉的人生观与艺术观产生了深远的影响，其风格主要是表现作者纤弱细腻的心灵感觉，表达一种悠闲舒缓的生活态度。1694 年，51 岁的芭蕉身染重病而不治，《病中吟》成为他的绝笔诗："羁旅病床卧，荒野梦中萦。"至

---

① 天和大火：指天和二年 12 月 28 日（新历 1683 年 1 月 25 日）发生的江户大火灾，从正午烧到次日早晨 5 点，推测死亡人数达 3500 人。起因为一个叫阿七的姑娘为见情郎而故意放火，当时房屋多为木建筑，故损失惨重，阿七被处以火刑。井原西鹤的小说《好色五人女》中有此事件的情节描写。

死芭蕉还不愿放弃对艺术与人生真谛的苦苦求索。

三、风雅之诚

松尾芭蕉年轻时曾经拜在北村季吟的门下，学习"贞门俳谐"。1675 年，芭蕉离开了"贞门"的"旧风俳谐"，转向学习"谈林派"的"新风俳谐"。1676 年，芭蕉参加了西山宗因主持的"俳谐百韵连句"大会，一鸣惊人，从而奠定了职业俳谐师的稳固地位。

经过了所谓"旧风俳谐"与"新风俳谐"的洗礼，芭蕉逐渐探索出一种集"贞门"与"谈林"新旧两派俳谐优点于一身的"蕉风"俳谐，1691 年出版的俳谐集《猿蓑》标志着"蕉风"美学思想的正式形成。诗集的第一首俳句即《猿蓑》，也是这部诗集的书名由来。"秋风苦雨路难行，猴儿羡人有蓑衣。"芭蕉师徒步行走在泥泞的山路，秋雨无声地飘落，浑身淋湿的小猴孤零零地蹲在路边，瑟瑟发抖地望着身披蓑衣的芭蕉，一股怜悯之情涌上作者心头。在江户幕府的封建体制重压之下，民众渴望得到片刻的喘息，而这首俳句表达的天地万物众生平等的博爱思想便是其深受人们喜爱的原因之一，而这正是以往俳谐所缺少的。芭蕉通过不懈的努力，对低俗浅薄的俳谐进行了雅化，使其与和歌、连歌一样进入艺术的殿堂，但同时也保留了一种平民化的亲和力与温情，在典雅与通俗平易之间找到了平衡点，这就是"蕉风"俳谐的魅力所在。

芭蕉就像一名求道者般地寻求俳谐艺术的真谛，他最终将其归结为"风雅之诚"四个字。所谓"诚"，日语读音为"Makoto"，也可以表记为"真"或"实"，江户时代的国学大家本居宣长在《排芦小船》一书中将和歌分成"真之歌"与"理之歌"。"真之歌"是抒发诗人真情实感的"兴趣"之作；"理之歌"则是以议论入诗、以学问为诗的乏味之作。由此我们可以推测，表记为"诚"字或"真"字的"Makoto"的本义是去除矫饰虚伪的纯粹情感以及真善美的本源。于是，芭蕉的"风雅之诚"便可以解释为真正的风雅精神，它既不是远离普通民众的贵族式的"阳春白雪"，也不是市侩庸俗的"下里巴人"式的俚言俗语，它是一种雅俗共赏的语言艺术。

芭蕉曾自豪地宣称："余之风雅如夏炉冬扇，对民众一无所用。"（《柴门之辞》）"风雅"是贯通于"西行的和歌、宗祇的连歌、雪舟的绘画以及千利休的茶道"的审美精神，"顺随造化，以四时为友。所见处无不唯花，所思处无为唯月……出夷狄离鸟兽，皈依造化"（《笈小文》）。这里面表现出了一种艺术至上主义的思想倾向；另一方面，芭蕉却又主张"高悟归俗"，提倡以"俗谈平话"入诗。这两者看似矛盾，其实是一种辩证关系。在处理雅与俗的关系上，芭蕉用"虚"与"实"加以解释。

芭蕉云："俳谐有三品。寂寞者言其情，游戏于女色佳肴，以粗食之闲为乐；风流者言其姿，居于绫罗锦缎，不忘披苏席者（乞者）；风狂者言其言语（俳谐），言语应居虚而行实，居实者则难神游于虚。"（《本朝文选》第九卷）其大意是说俳句的创作有三种境界，即寂寞、风流、风（疯）狂三者。前两者中的美食声色与粗茶淡饭、绫罗锦衣与衣衫褴褛，并不是实指两种不同的生活，而是一实一虚，是指生活上衣食无忧，但精神上则向往简素贫寒的生活；而风（疯）狂是风雅的最高境界，追求语言表现的极致。芭蕉所言的"虚"是"色即是空"的"空"之义，"居于虚"是说诗人处于绝对自由的精神状态，类似于中国古代文论所说的"虚静"，是一种无欲、无得失、无功利的极端平静的状态，如此，事物的一切美和丰富性就会展现在眼前。"居虚而行实"是说在"虚静"的状态下用世俗的语言创作俳句；相反，"居实者则难神游于虚"的意思是说，如果脱离不了世俗的功名利禄则难神游于俳谐的自由境地。

芭蕉用"虚实"的关系来阐释"风雅之诚"的精神内涵，真正的风雅绝不是不食人间烟火的清高绝俗，而是要"高悟归俗"，精神上追求自由无碍、无拘无束，但俳句创作的根还是要立足于现实生活，不过芭蕉主张"俗谈平话"并不是真正的日常用语，而是需经艺术化处理的语言，即芭蕉说的"俳谐之益乃俗语之正也"。只有做到了雅与俗的绝妙平衡，才真正算得上"风雅之诚"，即真正的风雅之道，这是俳谐创作的终极理想，也是芭蕉自己苦苦寻求的艺术真谛。

四、松尾芭蕉的诗论：关于"不易流行"

芭蕉提出"风雅之诚"的理念，将和歌与连歌等传统的雅正诗风运用到通俗平易的俳谐创作上面，雅正化的"蕉风"俳谐受到江户时代各阶层民众的喜爱，传说孔子的弟子有 300 人，而芭蕉一生中也收了众多弟子，其中最有名的 10 位弟子被称为"蕉门十哲"，主要有宝井其角、服部岚雪、森川许六、向井去来、内藤丈草等人。

芭蕉很少有理论著作留世，基本上是述而不作。他的弟子们记录整理了芭蕉生前的一些语录，由于缺少系统性的论述，多为点滴式感悟，所以后人对其俳论的解释也是众说纷纭。芭蕉的俳论体系以"风雅之诚"为核心，这是俳谐创作的最高审美理想，而如何才能达到风雅之诚的境界，芭蕉进而又提出了"不易流行"说。芭蕉的弟子向井去来在《去来抄》中云："蕉门有云千岁不易之句，一时流行之句。将此分二而教之，其元一也。不知不易，则基难立，不知流行，则风不新。不易乃适于以往合于今后之句，是故，谓之千岁不易。流行则为一时一刻之变，是故，昨日之风，已不合于今日。今日之风，亦难用于明日之故，谓之一时流行。行流行之故也。"服部土芳在《三册子》中写道："师之风雅，有万代不易，有一时变化。究此二者，其本一也。所谓一者，乃风雅之诚是也。不知不易，则非知实。所谓不易，不据新古，亦不关变化流行，常立于诚之姿也。观代代歌人之歌，代代有其变化。又亦不及新古，今之所见者，等同于昔之所见，哀歌多也。首当悟此为不易。又，千变万所见，哀歌多也。首当悟此为不易。又，千变万化之物，乃自然之理也。不趋于变化，则风不改。"

简而言之，俳句有永远不变的美学风格等理念，也有不断变化的表现形式。刘勰道："文变染乎世情，兴废系乎时序。"文体或风格等表现形式都应适应不同时代的需求而改变，但文道诗心不会改变，"风雅之诚"不会改变。由于俳句只有 17 个音节，是世界上最短的诗歌，必须不断地寻求新的题材与表现方法，但求新与继承是一种辩证的关系，不可偏废一方。"不易流行"的内涵极其深刻，不仅适用于俳谐创作，在社会与人生的方方面面，都有供世人汲取的哲理。

其实，在众多先哲的思想中都包含类似的观念，如孔子的"逝者如斯夫"，佛教的"诸行无常"等。不过，芭蕉的"不易流行"思想的哲学基础，一般多认为是老庄哲学，日本学者田中善信认为："进入深川隐居之后，芭蕉开始学习禅和庄子的典籍，认为这是为了摆脱身心上的极度苦闷。如同病人需要用药物医治疾病那样，芭蕉通过学习禅和庄子来治愈心灵的痛苦。因此，在此期间，禅和庄子的书籍深深地感动了芭蕉的心灵，对彻底改变他的人生观起到了不可磨灭的作用。"此外，日本学者小西甚一认为"不易流行"说是基于周易思想；冈崎义惠则认为"不易流行说不仅仅受到了易学的影响，而且还受到了儒教、特别是宋理学思想的影响"。

芭蕉的"不易流行说"是对"风雅之诚"理念的具体实践，雅与俗的对立统一，是芭蕉心目中真正的风雅之道，也是"不易"与"流行"的根本之源，而"不易流行"则是通往"风雅之诚"的必经之路，每一位从事俳句创作的诗人都应具备这一创作理念。而在创作方法论上，芭蕉提出了"寂"、"细"、"轻"等美学范畴。

"寂"是一种闲寂与孤寂的创作态度或审美风格，是一种对"寂寥枯淡"境界的审美追求。例如，芭蕉的《古池》"古池や蛙飛び込む水の音"（寂静古池畔，蛙儿一跃入水中，余声响悠悠），这让我们联想起王籍的那首《入若邪溪诗》"蝉噪林逾静，鸟鸣山更幽"，还有王维的"倚杖柴门外，临风听暮蝉"，以及杜甫的"春山无伴独相求，伐木丁丁山更幽"，这些都是用声响来衬托静的境界。而芭蕉的俳句表现了诗人与世无争的恬淡心态，同时诗中的一片幽静被水声打破，最终又归于宁静，这也富有禅趣，表达了一种"万物生于有，有生于无"的哲理。再如，"枯れ枝に烏のとまりけり秋の夕暮れ"（枯木昏鸦落，秋日斜阳暮）。我们知道，秦观的《踏莎行》中有"可堪孤馆闭春寒，杜鹃声里斜阳暮"的词句，更不必说马致远的《天净沙·秋思》"枯藤老树昏鸦，小桥流水人家……"人生无常，天地悠悠，这几首诗中寂寥枯淡的色调与意绪是相通的。芭蕉的"寂"的概念是对中世和歌美学传统中的"幽玄美"、"物哀美"的继承与创新。

至于"细"的概念，主要是指诗人应该对描写的事物具有细腻、纤巧的观察与表现能力；而"轻"的概念则是对轻松、轻快的表现形式以及清新空灵等审美风格的追求。"轻"与"轻句"的反义是"重"与"重句"，"重句"是指仿效古典和歌，以风花雪月为题材，重视雕饰辞藻的俳谐，或用事用典，或以学问为诗、以议论为诗等。如果俳谐以"重句"为发展目标，那么它只能成为和歌或连歌的旁枝末流。因此，芭蕉主张"高悟归俗"，另辟蹊径，向世俗的生活中寻取风雅，但不是媚俗与庸俗，而是一种艺术化了的人生态度。所以，"轻"就是用通俗畅晓的语言描写日常生活中的题材，以小见大，从而反映出人生与自然的深刻哲理。简而言之，即用轻松的语言反映沉重深刻的人生主题。

例如，"秋深き隣は何をする人ぞ"（秋意日渐浓，山野萧瑟瑟。孤独求偶心，邻者为何人）；"木の本に汁も膾も桜かな"（樱花树下食汤脍，花瓣纷纷落碗中）。前者表现了孤独的人们渴望交流、寻求安慰的人之常情；后者则表现了"食色性也"的哲理，诗中，汤脍与赏樱，生活的"俗"与艺术的"雅"完美地融合在一起，达到了"高悟归俗"与"风雅之诚"的境界。

　　在中国古代，李白被尊为"诗仙"，杜甫被尊为"诗圣"。日本古代和歌诗人中有 36 位"歌仙"，然而被尊为"俳圣"的只有松尾芭蕉一人。芭蕉的后半生几乎都是在漂泊中度过，以《奥州小道》为代表，芭蕉在大自然中寻求到艺术的真谛，领悟到"顺从造化，以四季变化为友"的人生境界，将艺术与人生相结合，提出"风雅之诚"的概念，实现雅与俗的辩证统一，将俳谐创作由最初的诙谐低俗提升到雅正的艺术殿堂。

第三节　井原西鹤的市民小说

一、井原西鹤与"浮世草子"

　　井原西鹤（1642—1693）是日本江户时代的小说家、俳谐诗人，原名平山藤五，笔名西鹤。井原西鹤与剧本作家近松门左卫门以及俳谐诗人松尾芭蕉被誉为元禄时期的"文学三杰"。西鹤 15 岁开始学习俳谐，师从"谈林派"的西山宗因，21 岁时取号鹤永，成为职业俳谐师。与早期俳谐以吟咏自然景物为主不同，西鹤的俳谐多取材于市民生活，并且善于以俗言俚语入诗，风格诙谐幽默，才思机敏。

　　西鹤的俳谐创作有 10 余种，代表作有《西鹤大矢数》等。所谓"大矢数"就是一个俳谐师在 24 小时内最多能做出多少俳句，首个纪录是西鹤 36 岁时创造的 1600 句（首），但不久被人以 1800 句（首）打破；后来又有人创出 3000 句（首）的纪录，随后西鹤又以 4000 句（首）再次刷新纪录。1684 年的一天，43 岁的西鹤在大阪的住吉神社里举行俳谐的"大矢数"表演，只见他才思泉涌，不假思索地咏出一句又一句的俳句，速度之快甚至令负责记录的人都来不及记录，只好仅记数目。24 小时后，井原西鹤竟然做出了 23500 句（首）。此后，井原西鹤便自称"二万翁"，自负之情溢于言表。通过这个传说，我们不难想象，井原西鹤智力超群，才思敏捷，让人联想起七步成诗的曹植。当然，西鹤所作的 20000 多首俳句绝大多数充其量不过是一种文字游戏而已。

　　不久之后，由于幕府五代将军德川纲吉提倡勤俭节约，引起城市经济停滞，娱乐性强的谈林俳谐走向衰落；具有文人诗性格的"蕉风"俳谐开始兴起，但这并不对井原西鹤的口味，于是他便放弃了俳谐，转向了小说创作。1682 年，西鹤创作出第一部艳情小说《好色一代男》，获得巨大成功，被认为是日本文学史上"浮世草子"（市民小说）的滥觞之作。从此，他致力于小说创作，到 52 岁逝世为止，共创作小说 20 多部。其小说创作大体上可分为三个时期：初期的作品为"好色物"，即以商人与花魁女的爱情为题材，如《好色一代男》和《好色二代男》。中期作品主要描写女性的爱情悲剧，如《好色五人女》描写 5 个女人不同的爱情故事，但其中 4 人的结局都是在封建伦理道德的压制下酿成了悲剧；《好色一代女》描写一个诸侯宠妾沦落为娼妓的悲惨一生。除此之外，西鹤还创作了《武道传来记》《西鹤诸国奇闻》以及《本朝二十不孝》等作品，题材涉及武士、奇闻逸事及孝行孝道等题材。由于缺乏真实的生活体验，表现手法较之初期的艳情小说显得略有逊色。后期创作以 1688 年的《日本永代藏》为代表，描写"町人"的生活，即市民小说。《日本永代藏》（又译《日本致富宝鉴》）写利欲熏心的商人发财致富的故事，作品对商人逐利的精神世界挖掘较深，这成为西鹤的市民小说的一大特色。晚年作品如《世间胸算用》（处世理财要诀）、《西鹤置土产》等，主要是通过对经济生活的描述，勉励年轻人应很好地立身处世，并对以损人利己的手段发财致富的恶行给予批判。这一时期的作品触及商人社会的阶级性质，具有一定的社会意义。

井原西鹤在 17 世纪日本城市经济与市民阶层兴起的文化语境中，抨击了封建势力的腐朽思想，表现了萌芽期的资产阶级的进取精神，赞美了冲破封建伦理束缚的男女爱情。然而，受时代的局限，其作品难免沾染上宿命论思想以及耽湎于色欲的颓废情调，对人际关系也缺乏正确的分析。井原西鹤小说的特征之一是以冷彻的目光观察世人，捕捉人性的真实与弱点；特征之二是笔调幽默诙谐，活用了俳谐的创作手法。他独创出"浮世草子"这一独特的文学形式，催生了"町人"文学，在日本文学史上占有重要地位。

二、艳情文学——"好色物"

苏联文学理论家巴赫金在《拉伯雷研究》中提出了"狂欢"理论，指出"狂欢"是反抗霸权话语的文化策略，这对我们理解井原西鹤的"好色物"文学极具启示性。日本江户时代前期，刚刚结束了中世的战乱，社会稳定，经济繁荣，尤其是城市经济的快速崛起，造就了一个新的社会阶层——"町人"，主要由商人与手工业者组成。江户幕府为了巩固统治，实行了非常严格的"四民"制度，即"士、农、工、商"，并且实行海禁政策，闭关锁国。但民众情绪需要宣泄的渠道，巴赫金的"狂欢"原理在这里便可以得到验证。

井原西鹤所生活的时代正值江户时期社会经济最繁荣的"元禄时代"，而且当时的大阪是江户时代的商业经济中心，富可敌国的豪商巨贾云集此地，但封建制度与伦理道德严重地束缚着人们的思想，町人阶层尤其是那些先富裕起来的商人们面对经济上的富有与政治地位的低下之间的身份尴尬局面，非常迫切地寻求一种可以宣泄情感的方式。而在烟花柳巷的世界里，"四民"的身份以及道德伦理的束缚便消失得无影无踪。在这里，人们信奉的是金钱万能的哲学，富商巨贾们纸醉金迷、一掷千金，于是富商与花魁女的角色搭配取代了传统文学中才子与佳人的浪漫风雅，成为"町人"们追求的人生理想。

井原西鹤敏锐地捕捉到这种社会文化现象，"谈林派"俳谐的流行其实也是一种民众的"狂欢"，它是一种集体即兴创作的诗歌形式，娱乐性、趣味性取代了中世的宗教性、仪式性特性，诗歌从俗到雅、再由雅到俗、最后回归雅，这是艺术的发展规律。井原西鹤放弃俳谐而转向小说创作，既是明智之举，也是无奈的抉择，毕竟"一个时代有一个时代之文学"，这与中国明清小说取代宋词元曲成为主流文学是一个道理，井原西鹤创立"浮世草子"（市民文学）正是顺应了时代的要求而获得了成功。

普通市民通过阅读井原西鹤的"浮世草子",可以暂时忘却现实生活中的经济贫困与阶级压迫,梦想着自己也能有朝一日否极泰来,摆脱或贫穷或平庸的生活。

小说《好色一代男》模仿了《源氏物语》的叙事模式,连章节数也一样,为 54 章。小说主人公世之介为富商与妓女所生的孩子,作者将其塑造为一个风流的浪荡子。小说从世之介 7 岁时初懂男女风情开始写起,然后是其因放浪形骸被赶出家门而流浪,再后来他继承巨额遗产后寻遍各地有名的花街柳巷,吃喝嫖赌,花天酒地,极尽放荡之能事。在小说的最后,世之介与朋友乘坐"好色丸号"海船,到一个叫作"女护岛"(男人理想中的女儿国)的地方寻找极乐世界去了。

《好色一代男》获得了极大的成功。江户时代实行严格的"四民"身份制度,而且在思想上,统治者借助程朱理学即所谓的"朱子学"来钳制民众的精神自由,儒教的纲常伦理成为一条看不见的精神枷锁。因此,表现男女自由恋爱的作品只能以"好色物"的特殊形态出现,于是富商与花魁女的"爱情"或"艳情"便成为"浮世草子"优先选择的题材。在花街柳巷的世界里,纲常伦理与身份的贵贱等不再是人们考虑的问题,在这里,金钱与美貌成为民众对抗统治者霸权话语的绝好武器。随后,井原西鹤又创作出了《好色五人女》,小说由 5 个独立成章的故事构成,都是由当时轰动一时的真实事件改编而成,5 位女性主人公有一个共同点,即为了追求爱情的自由而不顾一切,如同飞蛾投火一般,除第 5 部分以大团圆结尾外,其余 4 个女性或殉情或被杀,引起广大读者们的无限同情。第 5 部分的原型故事本来是年轻的武士与商人的女儿双双殉情的爱情悲剧,因为前 4 个女主人公都是以悲剧结尾,所以井原西鹤将第 5 个女主人公的故事写成了喜剧,商人父母接受了女儿与武士的爱情婚姻,并赠予他们一大笔财富,故事以大团圆的方式结束,为小说增添了一抹亮色,最后也为读者们那伤感哀怜的心灵送去些许的安慰。

从世界范围来看,日本民族自古以来在对待性爱的问题上相对比较开放,甚至在《古事记》《日本书纪》等严肃的历史书中都有大胆露骨的性描写。在平安时代(8—13 世纪)的贵族社会中就流行过"妻问婚"(走婚)的习俗,只是进入中世的幕府时代以后,武士阶层为了保证家族血脉的纯正才开始注重妇女的贞操。然而,对于普通民众而言,则很少受封建主义的伦理道德束缚。因此,描写男女自由恋爱的"好色"文学中出现一些大胆甚至赤裸裸的性爱描写,日本人都能抱有宽容或欣赏的态度,这在世界范围来看也是非常少有的现象。虽然江户幕府将朱熹理学奉为"官学",思想上推行儒教思想的"三纲五常",但对于"好色"文学的流行并没有视其为洪水猛兽,也没有一禁了之。

井原西鹤的"好色物"小说并非现代意义上所说的色情文学。"好色物"的"浮世草子"之所以能在短时间内迅速流行起来,主要有两点原因:第一,它满足了处于上升阶段的"町人"阶层宣泄情绪的需求,"町人"尤其是其中富裕的商人对其低下的社会地位表示不满,他们手中拥有财富,相信财富能为他们带来幸福。而小说中的男欢女爱以及无拘无束的精神自由,在一定程度上暂时满足了他们的情感需求,使他们产生了拥有财富和美女便能对抗幕府强权的虚幻的幸福感与满足感。第二,井原西鹤用"谈林俳谐"的诙谐笔调、奇巧的故事情节创作了一系列的"好色物"小说,这不同于以往内容空洞、充满儒家说教的"假名草子"①，给人以耳目一新的感觉，给"町人"阶层带来一种狂欢的盛宴。但这种"好色"文学很难加以复制，因为色情与艳情的尺度很难把握，而且读者也很容易产生审美疲劳，因此，在井原西鹤之后几乎没有别的日本作家创作的"好色物"作品保留下来。

三、市民小说——"町人物"

井原西鹤在创作一系列"好色物"小说之后，为了开拓创作题材，尝试性地创作了《西鹤诸国奇闻》以及以《武道传来记》为代表的"武家物"小说，即以描写武士生活的题材为主，但由于缺乏生活基础，这些作品并不成功。于是，井原西鹤再一次将目光投向"町人"，但不同于初期的"好色"文学，他开始关注"町人"的中下阶层的现实生活，寓启蒙性、教育性及娱乐性于一体，以敏锐的观察力和现实主义手法，如实地描述出市民阶层的人生百态与世态炎凉。

井原西鹤塑造了许多"町人"形象，主要以商人和手工业者为主，其中创作于1688年的《日本永代藏》是其中最具代表性的作品。作品讲述了30位日本商人成功与失败的财富故事，形象生动，富有启示性，全书由6卷30个短篇故事组成。例如，第6卷中的《种冬青门上生银》，写的是一个精明的商人发家致富的故事。开始的时候，他把别人祭祀完毕的供桌拆了做成小木桶出售，又从溪流中拣起被丢弃的、原本用来盛放供品的荷叶，用它做零售黄酱的包装物。不久他便买了大房子，院子里种上枸杞、五加木等经济树木；将风车草改种为有经济价值的长豇豆；腌海蜇的木桶破旧了也不扔掉，种起蓼穗来。在他的眼里，废物都成了宝贝，只要精打细算，便可以发家致富。

井原西鹤将小说的名字定为《日本永代藏》，其用意是说永世的宝藏。中国老一代翻译家钱稻孙（1887—1966）将该书译为《日本致富宝鉴》，十分贴切。当然，小说中也有因骄奢淫逸而坐吃山空、穷困潦倒的反面例子。在小说最后的故事《米寿竹尺量智慧》的末尾，作者明确地写出了创作此书的真实目的："金银自有所在，传闻大略如上。为供后人储鉴，书于日本宝账。为此，题其名为《日本致富宝鉴》，搁笔时当太平年，猗欤盛哉。"

1692年，井原西鹤创作发表了另一部"町人"小说《世间胸算用》（又译《家计贵于精打细算》）。小说由25个短篇故事组成，小说的副标题为"大年三十，日入斗金"，又附上开篇词："正月里，记账本、盘点货、开库数金银；新春的秤杆，财神的宝槌，想得到什么，都取决于各自的智囊。须知，日入斗金的大年三十，贵乎（上）年初一就打好算盘，一息也疏忽不得。"这段话的意思是说，一年之计在于春，精打细算，方可在年关到来之时收获千金的财富。这就为该小说的主题定下了基调，一切都是为了财富，商人逐利乃是天经地义的道理，不必拘泥于儒家那套封建的道德伦

①　假名草子：江户时代初期出现的文学体裁，采用汉字与假名的混合体书写，内容则包括小说、笑话集、游记等多种。"浮世草子"也是从中分化出来一种小说体裁。

理，"町人"所生活的世界与讲究"忠义孝悌、仁信礼智"的武家社会完全格格不入。

小说《日本永代藏》中有一个故事的题目是《金锭如山原是梦》，其中有这么一段话：

> 却说，有个穷人，束手不干活儿，只想一步登天发大财。往时在江户，见过骏河町店头亮晶晶的金银成垛，至今不忘。此刻躺身纸褥垫上，还一心无他念，只惦着"那皮单子上的新铸金锭，就有我躺着的那么一大堆儿。咳，这个年头儿下，要有得那么一堆才好哪"。正是十二月底的黎明，浑家先自睡了醒来，惦记着这点儿家底儿，心里嘀咕道："哎呀，今天这个日子怎么也不好安排。"一眼看到东窗透进来一线阳光，不知怎的分明是一堆金锭，惊喜道："这可好了，好了，真是天赐的！当家的，当家的……"叫醒她男人来。她男人刚问得一句："什么呀？"那金锭却没影儿了。原来由于这个男子成天哭穷，他的老婆竟产生了幻觉。万般无奈，她就丢下自己那个嗷嗷待哺的女婴，给丈夫留下一笔可观的工钱，跟着介绍人到一个新近丧妻、小宝宝无人照看的富翁家当奶妈去了。邻居的女眷们听到婴儿的哭声，前来教这个穷人熬米粉粥，还说："怪可怜的是你，娘子倒是前世修的。"她们风言风语："那个富翁爱使唤漂亮的女人。尤其是嫂子和他才故世的妻子有些个相像。那背儿绵软，简直一模一样哩。"此公不待话完，就道："方才的钱原封没动哩。听到了这番话，宁可饿死了也罢。"说着，飞奔出去，把老婆找了回来，泪水里过了年。

这个故事描写了最底层"町人"的艰辛生活，告诫人们对财富的追求要靠辛勤的劳动，不可妄想天上掉馅饼、不劳而获。同时故事也告诉人们，金钱不是万能的，金钱不一定能买来幸福，做人应当懂得"威武不能屈、富贵不能淫"的道理。故事的结局虽然让人感到心酸，但也会让人感到一丝温暖，毕竟人与人的关系不是赤裸裸的金钱关系。追求财富，但不能不择手段，所谓"君子爱财，取之有道"，这是井原西鹤的道德底线，他所创作的"町人物"小说在建构江户市民阶层的道德观与价值观上起到了巨大作用，这也是其作品的魅力源泉。

第四节　近松门左卫门与古典戏剧

一、近松门左卫门与"人形净琉璃"

所谓"净琉璃"是日本传统曲艺中一种说唱形式，主要以三弦琴伴奏，有时候表演者会根据剧情做出一些简单的表演动作。进入江户时代，"净琉璃"与"人形剧"（木偶剧）相结合，形成了"人形净琉璃"，开始具有完整的剧情故事，所以这种艺术形式成为一种介于曲艺与戏剧之间的文类。在这里，我们与其对这种文类进行削足适履式的划界，将它界定为曲艺或是戏剧中的一类，不如将它看作日本文学的一种传统形式，也是一种民族文体。这种文体与西方的"戏剧"虽然相近，但在文体与观念上具有根本差异，就如同中国的戏曲一样，其实并不宜于归入西方的戏剧之中。同时，西方文体本身也在历史进化之中，希腊戏剧与莎士比亚戏剧不同，莎士比亚戏剧与荒诞派戏剧更是不同。这也是世界文学史新建构中的一个基本观点，应当以一种历史主义观念来对历史文类进行定义，而不必对照现代文学类型来削足适履。

现在狭义的"净琉璃"是指近松门左卫门所创作的"人形净琉璃"剧本。在近松门左卫门从事剧本创作之前，"人形净琉璃"作为一种通俗的戏剧，无论是题材内容上，还是表现形式上，都还相当单一粗糙，被称为"旧净琉璃"。近松门左卫门与表演者竹本义太夫共同合作创作的"人形净琉璃"则被称为"新净琉璃"。如今在日本社会里，只有到少数的民俗博物馆里才能欣赏到"人形净琉璃"的演出，近松门左卫门的名字也与"净琉璃"密不可分，成为这一门早已淡出现代日本人视线的传统曲艺形式的代名词。

近松门左卫门（1653—1725）是日本江户时代"人形净琉璃"的脚本作家，原名杉森信盛，别号巢林子，近松门左卫门是他的笔名。近松出身武士世家，青年时做过公卿贵族的侍卫。在喜爱"人形净琉璃"的主人的影响下，近松也开始喜欢上了"人形净琉璃"，后来萌发了创作剧本的想法，于是他抛弃了高贵的武士身份，甘愿从事被称为"河原者"[①] 的伶工戏子的职业，这种近乎疯狂的举动，如果不是对"人形净琉璃"抱有强烈的热爱是绝对做不出的。

1677 年，24 岁的近松门左卫门成为当时最著名的"净琉璃"表演者宇治加贺掾（1635—1711）的弟子。在学徒期间，他或在剧院里打杂，修理道具，或兼职做"讲解师"（说评书）赚取生活费。1683 年，他创作了剧本《世继曾我》，以往的剧本都是改编自古典文学，而他的作品则是完全独创的，因而受到世人的关注。该剧本在其师傅宇治加贺掾的演出下获得了成功。这时期，另一位"净琉璃"的表现者竹本义太夫（1651—1714）凭借刚劲苍凉的表演风格，也演出了近松门左卫门的剧本《世继曾我》，于是宇治加贺掾与竹本义太夫两人为争夺观众展开了竞争演出。

二、《出世景清》

1685 年，应竹本义太夫的请求，近松门左卫门创作了剧本《出世景清》（又译《景清出家》）。"出世"本义是扬名立万、横空出世，剧中是指景清被赦免，也包含预祝竹本义太夫前途无量之意。景清是指平氏武士集团的藤原景清，又名平清景，武艺高强，力大无比，绰号"恶七兵卫"。故事的主要情节为：12 世纪末，平氏武士集团与源氏武士集团争夺天下，平氏集团在 1185 年发生的岛屋壇浦之战中战败，景清为

---

① 河原者："河原"即河滩，原本是指居无定所的游民。日本中世时期特指以曲艺说唱为生的艺人，江户时期被列入"四民"之外的贱籍。

了替主公报仇，欲行刺源赖朝①，后因不忍妻子小野姬被捕受折磨而自首。虽然源赖朝最后赦免了景清，但景清有仇不能报，失去了几位亲人和两个儿子，内疚与悲愤之下便自毁双目，最终出家为僧。

在近松创作该剧本之前已有人写过《景清》的剧本，但近松在人物塑造上采用大段旁白、场面渲染、矛盾冲突等，使绰号"恶七兵卫"的景清不再仅仅以鲁莽彪悍的形象示人，而具有了儿女情长英雄气短的一面，其内心世界也是复杂多情、柔肠百结，这颠覆了以往日本人对景清这一人物形象的认识。剧本中骨肉亲情与替主公报仇的大义之间在剧情上形成了激烈冲突，景清面临着两难的抉择，景清与艺妓阿古屋以及妻子小野姬之间的三角感情纠葛使原本复仇的叙事主线变得有些模糊不清，但戏剧本身因此更具有艺术张力，故事不再是一个单纯的复仇主题，其中加入了责任与感情、人生与命运等二元对立元素，深化了该剧的悲剧主题。

此外，《出世景清》的最大看点是艺妓阿古屋在景清面前杀死两人的两个儿子一场戏，场面惊心动魄、催人泪下。妒性极强的阿古屋因爱生恨，将景清出卖给官府，不过景清侥幸逃脱。后来景清为救妻子而自首，被关在囚笼里示众。感到内疚的阿古屋为了取得景清的原谅，带着景清的两个亲生儿子前来探监，但景清不为所动。这一场戏是全剧的高潮部分。近松门左卫门非常善于制造剧情的冲突，运用唱词反复渲染气氛，将阿古屋因爱生恨却又内疚与悔恨的复杂矛盾心情表现得淋漓尽致。阿古屋无论怎样苦苦哀求都得不到景清的原谅，悲愤至极的她竟然拔刀砍向自己的孩子，然后自杀身亡。阿古屋的悲剧来源于其性格的高傲与自卑，以及女性特有的妒忌心理，特别是景清的妻子小野姬信中鄙视阿古屋妓女身份的词语彻底激怒了她，于是她才向官府告密，最终酿成悲剧。鲁迅说过"悲剧将人生的有价值的东西毁灭给人看"，阿古屋其实就是想听到景清说一句原谅她的话，在哀求无果的情况下，她用刀刺死两个年幼的儿子后自杀，这举动让景清肝胆俱裂。"恶七兵卫"奋力挣脱了囚笼，抓住看守囚笼的敌将军一撕两半，相信观众们看到这里一定是惊心动魄、目瞪口呆。

近松门左卫门的《出世景清》不同于以往的旧剧本，不再单纯地将景清描写成一个莽撞的英雄豪杰，而是刻画出其复杂矛盾的内心世界；对于艺妓阿古屋，也不是将其写成一个无情无义的坏女人，而是刻画成一个为情所困的刚烈女子。"净琉璃"剧本《出世景清》的问世标志着一个新时代的到来，在此之前，净琉璃的剧本作家不受重视，没有剧本的署名权，"净琉璃"的演出成功与否主要由演出者决定，而竹本义太夫为感谢近松门左卫门便在《出世景清》的剧本上印上了作者的笔名，这在当时是破天荒的第一次。从此，近松正式告别了自己的武士身份，成为职业的剧作家。近松与同一时代的井原西鹤、松尾芭蕉并称为"元禄三文豪"。他一生中共创作"净琉璃"剧本 110 余部、歌舞伎剧本 28 部，主要有《曾根崎情死》《堀川波鼓》《冥途的飞

---

① 源赖朝：1192 年当上征夷大将军，建立了镰仓幕府，开创了日本天皇成为傀儡、武士执政的幕府时代。

脚》①《大师经昔历》《天网岛情死》《女杀油地狱》《出世景清》《雪女五枚羽子板》《国姓爷合战》《曾我会稽山》等作品。1738 年出版的《净琉璃文句评注难波土产》一书中序言这样写道：

> 到了近世，或是余兴净琉璃②，或是歌舞伎净琉璃等，特别受到欢迎。然而，它们的脚本却没有文章的气势，也没有表现的能力，缺乏真情实感，让人觉得十分拙劣，只是受到庶民的欢迎而已。而以往社会的中上层则基本上不能接受。元禄年间，出了近松之后，才第一次有人创作出新式净琉璃，由竹本氏配以美妙的音色，调动了听众的感情，人们悄悄地寻求这种脚本，阅读其文字描写，感受到其文体的魅力……

由此可见，近松门左卫门创作的"净琉璃"剧本，在舞台艺术效果的营造上达到了极高的境地，人们不仅可以欣赏舞台上表演者的声情并茂的演出，也可阅读近松的剧本，最大限度地发挥自身的想象力，获取更大的美的享受。旧式的"净琉璃"剧本因缺乏优美的文字表现，如同祭文一般枯燥无味；而像近松门左卫门这样的文人加入剧本创作的队伍中来，伶工艺人们自创自演的局面得到改变。"净琉璃"木偶戏这门艺术形式的创造主体，由过去说唱表演者自身完成演变为与剧本作者共同创作，从此净琉璃迎来了新的发展阶段。

三、献给殉情者的挽歌——《曾根崎情死》

近松门左卫门被日本近代评论家坪内逍遥誉为"日本的莎士比亚"，最能代表其艺术水准的作品主要分成两类题材：一部分是描写以历史上的人物和武将为主人公的公家的世界，被称为"时代物"（历史剧）。近松一共创作了 80 多部净琉璃的"时代物"剧本，在英雄人物的忠勇侠义等性格塑造上表现得波澜壮阔，气势磅礴。除了《出世景清》之外，还有《雪女五枚羽子板》《国姓爷合战》《曾我会稽山》等代表性作品，深受当时日本人的喜爱。其中的《国姓爷合战》③ 描写了明末郑成功为光复台湾而进行英勇斗争的故事。郑成功的母亲是日本人，因为有日本血统，所以该剧一上演便风靡一时，连续上演长达 17 个月。另一部分则是以下层"町人"的现实生活为题材的作品，被称为"世话物"（世态剧），其中包括描写男女殉情题材的"心中物"④。"世话物"作品充分表现了近松的悲剧美学思想，多取材于现实社会中发生的真实故事，如《曾根崎情死》便是取材于发生在大阪的殉情事件，近松从京都来到大

---

① "飞脚"：日本古代邮政的通称，由驿站制度演变而来，主要以骑马或奔跑的形式邮递，故称"飞脚"，分官府"飞脚"与民间"飞脚"等多种形式，明治以后被现代邮政所取代。

② 余兴净琉璃：酒席宴会上表演的小品，多为即兴式演出。

③ 郑成功被明朝的唐王朱聿键赐朱姓，"朱"为明朝的国姓，故日本人称其"国姓爷"。"合战"即两军开战。

④ "心中"：传说近松将"忠"字拆开而得名，狭义指男女殉情；广义包括与家人一起自杀。

阪时正好遇到该事件，他只用了一个月时间就创作出了该剧本，并获得了极大的成功。于是，他就将创作据点从京都搬到了大阪，与京都的贵族文化不同，这里则是"町人"们生活的世界，他从中汲取了无穷的创作灵感，从此便一发不可收，连续创作出 24 部"世话物"剧本，如《万年草情死》（1710）、《冥途的飞脚》（1711）、《天网岛情死》（1720）、《女杀油地狱》（1721）等，其中描写殉情的作品造成了巨大的社会影响，一些追求自由恋爱的青年男女纷纷效仿剧中人物自杀，以至于江户幕府于 1723 年颁布法令，禁止创作和演出此类殉情题材的戏剧，也正因为这种原因，近松的"心中物"悲剧大多数都远离了舞台，被后来的日本人所淡忘。虽然进入明治时期后解禁，但毕竟时过境迁，只有少数剧目改编成歌舞伎后得以重返现代舞台。

在近松的历史题材作品中，主人公主要是王公贵族或武士豪杰，所描写的内容远离现实社会；自从创作了《曾根崎情死》之后，他开始关注下层町人的现实生活。近松门左卫门不满于现实生活中的种种不平等现象，对那些被迫离开农村到城市谋生的商铺伙计、学徒以及妓女等社会底层的人们寄予了深切的同情，将他们作为剧本中的主人公，描写他们的喜怒哀乐。这与井原西鹤的浮世草子有所不同。井原西鹤的市民小说多以"町人"社会的中上层人物为主人公，尤其是早期作品的主人公都是一掷千金的富商巨贾，代表了处于上升时期的"町人"即市民阶层的积极乐观的精神状态，而且表现手法也多是狂欢式的诙谐喜剧，作品透露出某种浪漫主义的色彩，西鹤的浮世草子成为市民阶层的代言人，借此对抗江户幕府的封建主义霸权话语；相反，近松门左卫门更关注町人社会的底层民众的生存状态。

井原西鹤的"浮世草子"《好色五人女》是以真实的人物事件为原型改编的小说，其中的第五个故事原本是个悲剧结局，男女主人公双双殉情而死，然而井原西鹤将其改写成一个大团圆的结局；如果近松也写这样的题材，那么他一定不会将悲剧改写成喜剧的，因为他知道悲剧比喜剧更具有震撼人心的艺术心理机制，与古希腊悲剧将命运视为不可抗争的创作理念不同，近松的悲剧原因源于"义理"与"人情"的矛盾冲突。所谓"义理"是指封建主义的伦理道德；"人情"则是指符合人类天性的纯粹、自然的真情实感，如纯真的男女爱情。当这两者之间发生了不可调和的对立冲突时，近松笔下的男女主人公便选择了死亡，年轻美好的生命通过"死"、"殉情"达到了永恒，"死"成为了不可战胜的终极主题，摆脱了阴冷、禁忌、可怕的印象，成为了"町人"们所向往的审美对象；在男女主人公的义无反顾的"死"的面前，封建伦理道德现出了它虚伪而苍白无力的原形。近松的悲剧美学赋予了殉情之"死"以神圣高洁的人文光环，这是弱者对强权的道德意义上的一种精神胜利。

1703 年近松创作了《曾根崎情死》，该剧是净琉璃史上最早描写市民现实生活题材的作品，拓展了"人形净琉璃"舞台表现艺术的新领域。主要情节为：大阪堂岛新地天满屋的妓女阿初与内本町的酱油店平野屋的伙计德兵卫两情相悦、私订终身。然而酱油店的老板千方百计想让德兵卫和她的侄女成婚，并花钱买通了德兵卫的继母。德兵卫从继母那里将钱要回，本想退给酱油店老板，但他的朋友九平次急需用钱，德兵卫便把钱借给了九平次。等约好还钱的日期到了，德兵卫去要钱，九平次却死不认账，并且说借条上的印章早已挂失，反而诬赖德兵卫伪造借条。德兵卫气愤不过，与其理论，却被九平次与同伙们当众殴打，受尽羞辱。德兵卫夜里去找阿初，哭诉事情的经过，如果不能归还酱油店老板的钱，就只能娶其侄女，而且还遭受九平次的诬陷，背负诈骗钱财的罪名。如果是那样的话，德兵卫将颜面扫地，失去做人的尊严。所以，为了能和相亲相爱的阿初在一起，并洗刷罪名还自己清白，德兵卫只有一死。深深爱着德兵卫的阿初姑娘毫不犹豫地选择了同德兵卫一起共赴黄泉。黎明时分，两人来到大阪郊外一个叫作曾根崎的森林里一起自杀了，在这一场称作"道中"的剧里，男女主人公（木偶）相互搀扶共赴黄泉，表演者在一旁如泣如诉般旁白伴唱，将两人对美好人生的依依眷恋以及对死的毅然决然表现得淋漓尽致，令观众们无不悲愤交加，泪如雨下。

《曾根崎情死》在"净琉璃"发展史上具有划时代意义，它开创了描写"町人"社会的现实生活题材的新时代。以往的历史题材悲剧将命运不济与人物性格弱点当作悲剧的内部原因；而近松的作品将"义理"、"人情"的对立冲突当作悲剧的外部原因，虽然他没有明确指出封建伦理道德与家族宗法制度是造成悲剧的主要原因，但挣扎在封建宗法制度重压下的底层"町人"们在观看此剧时，一定会感同身受，在男女主人公身上看到自己生活的影子，他们为追求恋爱自由而不惜抛弃生命，不留恋惨淡的现实而追求来生的幸福。对此，町人们抱有强烈的认同感，甚至加以仿效，以至于江户幕府不得不颁布法令，禁止剧团上演此类描写殉情题材的"人形净琉璃"剧目，而且殉情未遂者与杀人者同罪。即便如此，效仿剧中男女主人公殉情自杀的事件却依然发生，这让当时的封建统治者们大伤脑筋。这种现象一方面说明了近松悲剧的艺术魅力之大；另一方面也揭示了封建伦理道德的吃人本性以及追求恋爱自由、追求个性解放等思潮逐渐成为新兴市民阶级的新的道德观与人生观。

四、近松的悲剧美学思想

近松的悲剧美学思想主要反映在描写男女殉情的"心中物"作品中。由于封建统治者的禁演，流传下来的保留剧目并不多，只有《曾根崎情死》《天网岛情死》等少数作品改编成歌舞伎还在上演，其余作品则鲜为现代日本人所知。在当时，近松的"心中物"悲剧获得了极大的成功，引起了巨大的社会反响，其中作品的现实主义表现风格是重要原因之一。

那些受侮辱、受压迫的底层劳动人民对剧中人物的悲惨命运产生了强烈的共鸣，他们感同身受，为殉情的主人公流泪，也为自己的境遇而流泪。在江户幕府的高压政策之下，封建伦理道德与家长制度成为束缚人们思想的两道枷锁，有许多年轻男女效仿近松的"净琉璃"悲剧，用一死进行抗争。普通的民众则通过观看近松悲剧找到了情感宣泄的途径，舞台上的人物不再是王侯将相或英雄豪杰，而是同他们一样普通的小人物，剧中的台词也变成日常使用的俗言俚语，这是与以往的历史题材剧目根本上的不同。

近松门左卫门的历史题材剧作符合"行动的一致"的悲剧原则，基本上采取五幕剧的形式，剧情由开端、发展、高潮、结尾等组成一个完整的故事链，作者对主人公的悲剧原因以及如何对悲剧命运进行抗争等内容都有条理清晰的说明，主人公的行为举止必须符合当时人们的道德伦理观念，造成悲剧的原因也常常被归结为一种因果报应。此外，为了使悲剧具有历史的厚重感，作者将"历史物"的主人公都设定为王公贵族或英雄豪杰，故事背景也具有波澜壮阔的时代特点，因为与观众的现实生活之间存在一定的心理距离，观众们可以客观地欣赏悲剧，并获得心灵的净化与升华。虽然近松创作了 100 多部"历史物净琉璃"，但应该说他真正喜爱的还是描写"町人"现实生活的世态剧，而且为了避免题材的雷同，他也需要拓展新的表现领域，于是便有了描写町人现实生活的"世话物"（描写市民现实生活的世态剧），也包括描写殉情题材的"心中物"悲剧。

近松的悲剧美学主要体现在描写殉情题材的"心中物"上，而不是描写历史英雄人物悲剧的"历史物"。西方诗学认为，神话人物或王公贵族才有资格成为悲剧的主人公，如果将普通民众这样的小人物设定为悲剧主人公则缺乏厚重感与崇高感，甚至让人感到滑稽，他们只适合成为喜剧中的主人公。不过，进入近代资本主义社会后，古典主义必然被浪漫主义与现实主义文学思想所取代。同样，日本江户时代由于城市经济的快速发展，"町人"阶级开始登上历史舞台，表现王侯将相、才子佳人的历史剧令观众产生了审美疲劳，市民们迫切地想看到表现他们喜怒哀乐的现实主义题材作品。于是，近松的"心中物净琉璃"应运而生并大获成功，如果不是江户幕府的禁令，近松一定会创作出更多的此类作品来。近松创作了大量的历史悲剧，所以他深知悲剧的审美规律，将无名无姓的普通百姓设定为悲剧的主人公存在很大的难度，为了弥补崇高感与厚重感的不足，他必须在舞台表现方法上有所创新。

首先，近松将其历史悲剧常用的五幕形式改成一幕三场，三场戏分别表现为"序、破、急"，因为他的"心中物"悲剧都是取材于当时发生的真实故事，观众们对事件的来龙去脉都非常熟悉，因此没有必要再对剧情进行详细的说明。戏剧一开场，没有多余的铺垫，主人公便已经处于危机当中，而且观众也都明白故事的悲剧结局，简洁明快。不过，包括"心中物"悲剧在内的"世话物"都没有单独上演，而是作为"历史物"正剧的附属剧目。

其次，将无名的普通民众设定为悲剧的主人公，描写现实生活中挣扎于社会底层的"町人"的喜怒哀乐，具有强烈的真实感，能够引起观众们的感情共鸣。例如《曾根崎情死》的男女主人公便是落魄的商店伙计德兵卫与妓女阿初。为了增加悲剧的厚重感，近松在第一场戏"序"中，让女主人公阿初陪客人去"观音堂巡礼"，即按一定顺序到 33 所寺庙去拜观音，据说有消灾消业的灵效，这在当时是一种习俗。很显然，近松并不是简单地写这一场戏，一定是有其特殊的用意。我们可以将它理解为是对阿初的红颜薄命所作的安魂曲，或者可以理解为阿初是救苦救难、大慈大悲的观世音菩萨的化身，她来到人间为的是要普度众生。观众们在观看，准确地说是在听女主人公阿初虔诚地参拜菩萨的过程中，唱词中含有说唱、念白等形式，交替进行，营造出一个庄严肃穆的氛围，不知不觉之间，观众们便在心灵上受到了净化，为后来阿初与德兵卫殉情的悲剧定下了崇高基调。

此外，近松使用现实主义的描写手法，真实地塑造出有血有肉的小人物主人公，有时候甚至是举止滑稽、性格懦弱的人物形象，这与"历史物"悲剧呈现出高贵严肃的风格相去甚远，然而更加贴近普通百姓的生活。

五、近松的创作思想——"虚实皮膜论"

近松门左卫门创作了150多部"净琉璃"与歌舞伎的剧本，他从创作实践中总结出了著名的"虚实皮膜论"。关于"虚实"这一范畴，我们并不感到陌生。"虚实"源自先秦道家哲学中以虚无为本、有无相生的理论。《老子》曰："天下万物生于有，有生于无。"在老庄哲学中，无为无形的"虚"、"无"是认识的最高境界，这对中国传统文艺思想"无言大美"观念的形成产生了巨大的影响。

而近松所说的"皮膜"，是一种形象的比喻，虚与实的关系就像是皮与肉的关系，皮与肉融合在一起，有血有肉，难以分开。1738年出版的《净琉璃文句评注难波土产》一书中有穗积以贯（1692—1769）记述的近松语录，有人问曰："现在的人都认为这个世界上不合道理（不真实）的事情行不通。许多古代的物语文学（小说）并不被今人所接受。故此，歌舞伎的演员们都将演技逼真当成首要目标……"近松答曰："这种观点似是而非，是不懂所谓艺术真实性的实质所导致。艺术的规律性存在于真实与虚构的微妙平衡的关系中……描写家老（官名）的举止言谈虽然应该忠实生活中的家老模样，但舞台上的家老都是粉墨登场，而真实的家老哪会有这般打扮？或者说生活中的家老不化妆打扮，演员也是满面胡腮、秃头露顶地登台表演的话，还会有什么美感可言？皮膜（皮肉）之间的关系就在于此。虚者不虚，实者不实。这其间乐趣无穷。"

近松在这段话中所说的道理在今天是人尽皆知，艺术的真实不等于生活的真实，艺术来源于生活，但要高于生活。如果用写实的手法表现剧情则相对容易，但这是吃力不讨好的下策，而以虚来表实并且给人以真实感则是非常困难的。况且"人形净琉璃"是一种木偶剧，与歌舞伎由真人表演的形式不同，近松清楚地意识到了这一点，所以他提出虚实相兼的"虚实皮膜论"，主张以情为主，改革唱词的文体，对旧的"净琉璃"剧本创作进行了大胆革新。

近松认为"主情"是剧本创作的首要问题。他说这一点是从阅读《源氏物语》所悟到的道理，小说中有一段描写光源氏命人除去橘树上的积雪，旁边有一棵松树被大雪压弯了树枝，松树对光源氏命人只除掉橘树上的积雪而心怀不满，于是愤愤地扬起树枝弹落了积雪。近松对此大为称赞，寥寥数笔便将无生命的景物写活了，正如王国维所说，"一切景语皆情语也"。近松将主情的笔法引入净琉璃的创作中，无论是叙述剧情的戏文还是科白，甚至对周围景物景色的描写，无不以情取胜。近松怀着对下层町人阶级的极大同情，用悲天悯人的目光注视着町人们的喜怒哀乐与悲欢离合，塑造出一系列深受市民们喜爱的净琉璃剧作。为了更好地表现"主情"的创作思想，近松在文体形式上也进行了改革，如运用或夸张或含蓄的语言、衬托渲染的手法、贴近生活的口语体等，以达到最佳的舞台效果，这即是他所说的"艺"。

"艺"不仅是指演员在舞台上的演技，更重要的是要有好的剧本。"虚实皮膜论"

是近松对其创作实践的绝好总结，或情虚景实，或景虚情实，虚实相兼达到水乳交融，虚中有实，实中有虚，自首至尾，如行云流水。近松门左卫门在"净琉璃"及歌舞伎的剧本创作方面取得了突出的成就，因此受到日本人的极大尊重，堪称"日本的莎士比亚"或"日本的关汉卿"，为江户前期元禄时代的文艺复兴做出了重要贡献。

可以说，近松的"人形净琉璃"奠定了日本近世悲剧的文学地位，并迎来了悲剧创作的首个高潮。近松悲剧的诞生有其社会发展、价值观念以及审美意识等诸多方面的因素。这一时期，城市经济的发展催生了资本主义的萌芽，近代社会的合理主义精神也随之产生，追求个性与精神自由逐渐成为一种新的社会价值观，并开始渗透到文化生活等多个领域，社会上广为流行的现世主义、性爱主义等形成了一种社会文化思潮和一种新的审美价值取向。这种新的"人情"与封建伦理道德的"义理"之间的矛盾愈发尖锐，变得不可调和。于是近松的净琉璃悲剧便应运而生，成为江户时代日本普通民众对这种矛盾情感的移情带入与宣泄渠道。

第十三章　东南亚与南亚文学

第一节　东南亚文学概况

15 世纪末，西方探险家开通了世界环球海上航线，形成了所谓的"地理大发现"时代。正是这种大发现，使得东南亚文学进入了世界文学体系，使世界认识了这一地区的文学。

当时的欧洲已经萌发了早期资本主义势力，向海外殖民扩张成为一种潮流。欧洲各国纷纷向新发现的"新大陆"与并非新发现的非洲撒哈拉沙漠以南、亚洲的东亚、南亚和东南亚地区进行殖民侵略。特别是大西洋岸边的伊比里亚半岛上的西班牙与葡萄牙，这两个不大的国家成了欧洲最早向外殖民的根据地，以后欧洲各国相继加入"大殖民"，借助于海外殖民迅速致富。16 世纪初期，欧洲殖民者来到气候温暖的东南亚，征服了没有得到充分开发的菲律宾、缅甸、马来西亚和越南，只有泰国尚未被完全殖民化。岛屿与民族众多的东南亚地区原本有独立的文学传统，从古代起，相邻的印度与中国两大文明对这一地区就有深刻影响，而殖民者入侵使得这些民族文学古老的传统产生巨大变化，也将这一地区的文学引入世界文学体系之中。

菲律宾的语言本来是以他加禄语为基础的菲律宾诸语，殖民化以后，西班牙语和英语成为官方语言。古代菲律宾文学中，马来人的思想与格言、口头的传说与神话相当丰富，也有形成文字的戏剧、史诗、诗歌和神话等。其中最为著名的是《祈祷诗》《暖屋歌》等作品，菲律宾伊斯兰化以后，《我的七爱歌》和《送别歌》都具有东南亚穆斯林民族文学的典型特征，融合了阿拉伯伊斯兰诗歌的一些特征。本土文学中则有伊富高族的具有史诗性的《阿丽古荣》，这是一部叙事长诗，还有《邦都地方猎歌》和民间故事《麻雀和小虾米》《安哥传》和《创世传说》等。

从 1565 年到 1898 年，西班牙殖民者统治菲律宾达 330 年之久，一直以"恶魔的工艺"的罪名剿灭本土文学，只准许发行传教的书，其他民族书籍被严酷地焚烧。到 16 世纪 90 年代，菲律宾流行的除了《圣经》和基督教传教书之外，只有欧洲中世纪骑士诗歌和宗教文学。由于西班牙历史上曾被摩尔人征服过，所以对穆斯林文学极为反感，一部有反伊斯兰宗教思想的《摩罗-摩罗》曾经相当流行。这一时期的菲律宾文学主流是殖民地文学，只有少数作品为菲律宾文学增加光彩。他加禄诗人弗朗西斯科·科尔塔萨尔（1788—1862）被殖民者关进了监狱，他在狱中创作的长诗《弗萝兰第和萝拉》是近代菲律宾文学的杰作，由于当时流行骑士文学，所以诗人采用了骑士诗歌的形式，歌颂在反抗异族侵略斗争中的美好爱情，痛斥民族叛徒出卖祖国的行径。这首诗在他加禄文学中广泛流行，诗人因此获得了"他加禄诗人王子"的美名。

从19世纪开始到20世纪初美国殖民者进入之前，菲律宾的独立自主运动波澜壮阔，文学发展进入转折时期，著名诗人何塞·黎萨尔（1861—1896）、安德列斯·波尼法秀（1863—1897）创作了大量的反殖民诗歌，主要内容是歌颂民族解放与祖国独立。1901年美殖民者进入菲律宾，英语取代了西班牙语成为国家语言，菲律宾实现近代文学转型，结束了以西班牙语文学为主体的时代。

越南从10世纪中期建立了独立王朝，文学受到中国影响，以汉文学为主体，政府提倡儒学，直到20世纪初期。陈朝时首创了越南音字，称为"字喃"，以汉字为基础，虽然在民间流传不广，但是知识分子开始以这种文字进行创作。从15世纪到16世纪，越南诗人的字喃诗进入成熟阶段，18世纪到19世纪成为字喃文学的高峰，形成了越南古典文学名著《宫怨吟曲》《金云翘传》（根据中国青心才人著的小说《金云翘传》改编而成），以及《花笺传》《蓼云仙传》等，出现了女诗人胡春香和阮攸这样的杰出诗人。越南诗歌的艺术形式也有新建树。越南诗歌一直是以中国诗歌为样板的，这一时期中，越南诗对传统的字喃再予以创新，形成了所谓"六八诗体"。同时，另外一些对汉诗有研究的人，又将汉诗的七字格式加以改革，与六八诗体相结合，成了双七六八诗，成为越南诗歌的主要体裁。值得注意的是，越南诗人还借鉴了中国的赋体，创造了混合有字喃的赋。而此时，中国的赋体早已经不再流行。

1885年法国统治越南，越南文学分为两大派。一派是"抗法勤王派"，以诗歌与文章为武器进行对法国殖民主义的反抗。诗人阮廷炤（1822—1888）的《蓼云仙传》描写一对青年男女的爱情，揭露当时社会的黑暗与不公。他的另一部作品《鱼樵问答》以越南历史为背景，目标指向当时的殖民主义统治。越南的讽刺诗人秀昌（1870—1907）出版的《渭城佳句》也是一部优秀的诗集。同时，也有一批文人屈服于法国殖民者，写出了一些赞颂法国统治的作品，但是在文坛占据主流地位的是抗法勤王的民族文学。19世纪末期越南开始推行"国语"，这是一种拉丁化的越南文，到此时才真正形成越南的国语文学。

这一时期的缅甸文学很有特色，英国殖民主义者于1885年占领缅甸，完全改变了缅甸文学的发展道路。白话体小说的出现是缅甸文学史上的一件大事，詹姆斯拉觉（1866—1919）的小说《情侣》（缅甸原文为《貌迎貌玛梅玛》）是一部名作，它以传统文学形式为依据，吸收了法国小说的部分艺术表现手法，对缅甸小说史发展起了开创性作用。

在东南亚各国中，印度尼西亚近代文学发展相对缓慢，占有统治地位的本土文学直到19世纪前期，一直保持了古典文学的主流，直到20世纪，印尼文学才随着时代发展产生变化。同样，马来西亚文学在近代发展中也是以古典文学为主流。进入19世纪后，阿卜杜拉·宾·阿卜杜卡迪·门希（1796—1854）的游记文学大放光彩，增强了文坛的现代意识，这些游记突破了古典文学的框架，以写实方法为主，运用新鲜的民间生活语言，改变了典雅的文风，开了马来西亚文学的一代新风。

第二节　菲律宾作家黎萨尔

近代东南亚作家中，菲律宾的何塞·黎萨尔是一位有一定国际影响并且富于传奇色彩的作家。1861 年 6 月 19 日黎萨尔出生于吕宋岛内湖省的卡兰巴镇，父亲是工商业主，经营一个小型的农场，母亲是零售商。黎萨尔天资聪颖，5 岁时就能读西班牙文的《圣经》，8 岁时就开始用他加禄文写诗和戏剧，可以说既受过西班牙文又有本民族的他加禄文的文学训练。就在少年时期，他的家族曾经受到殖民当局不公正的对待，母亲受了冤屈而被判入狱，在他幼小的心灵中投下阴影，也激起了他对社会不公与外来殖民者的仇恨。黎萨尔在 11 岁时进入马尼拉的阿登尼奥学习，就在这一年，菲律宾爆发了震惊全国的甲米地人民反抗殖民主义的武装起义，虽然这次起义被残酷镇压，但这一历史事件对诗人产生强烈影响。他的爱国主义感情受到激发，1879 年他写下了诗篇《献给菲律宾青年》，抒发民族情感，号召民众起来反抗殖民者的统治。1877 年转入圣托马斯大学读书，在读书期间，他写了一部讽刺剧，内容是反对西班牙殖民当局的，这些作品从艺术形式与主题提炼上都不够纯熟，但是为他日后的创作奠定了基础。

他的创作也引起了殖民当局的恐慌，并且从此开始对这位具有反叛思想的大学生特别关注，注意他的任何动向。在这种境况下，黎萨尔已经不便在菲律宾继续读书，于是在 1882 年，黎萨尔进入马德里中央大学学习，由于他具有相当好的西班牙语言基础，来到马德里学习十分顺利。在这里，他读过医学、文学和哲学等学科，获得硕士学位；随后转入法国巴黎学习眼科，以后又进入德国海德堡大学学习历史和心理学。1887 年，正在德国的黎萨尔出版了他的第一部长篇小说《不许犯我》，这部小说的主题仍然是反对殖民主义，支持民族独立解放运动。不料这部小说的出版惊动了菲律宾的殖民当局，殖民者将这部作品列为禁书，并且向作者施加压力。这一年黎萨尔返回菲律宾后就受到迫害。当局将他驱逐出境，他取道中国、日本和美国，辗转回到欧洲，在这里他继续进行反殖民活动。1889 年，黎萨尔参加创办了《团结报》，宣传反殖民思想，为民族解放事业奋斗。1891 年他的长篇小说《起义者》在比利时根特市出版，这部小说与他的第一部长篇小说《不许犯我》可以说是姊妹篇，内容是相关联的。在《不许犯我》中，青年知识分子伊瓦腊为了反抗殖民主义统治，主张通过教育救国，但是在艰苦的斗争中不幸失败。在《起义者》这部小说中，主人公伊瓦腊化名为席蒙，已经不再是教育救国的思想拥护者，他认识到只有武装斗争才可能取得祖国的独立，于是，他暗中组织起义的准备工作。但是经过三次起义，仍然没有能成功。

黎萨尔的小说主题明确，以民族独立，挣脱欧洲殖民统治为目标。这种主题的作品有强烈的现实意义。特别是东南亚地区各国，原本受到印度与中国文化的影响，这一地区的国家长期处于封建专制社会中，有的地区经济社会状况相当落后，甚至处在未被开发的状态。黎萨尔的小说吹响了反殖民斗争的号角，而且是在一个原本是封建制度的土壤之下，所以格外受到处于相近的历史境遇的亚洲各国人民的重视。当时的中国也在反抗外来的殖民者与改变封建社会的进程之中，鲁迅立即认识到了黎萨尔小说的进步意义，他多次提到这位菲律宾作家，称赞他的作品是"叫喊复仇和反抗的"，并且指出他的作品在中国的爱国青年中"惹起感应"，由此可以看出，在同处于相近的历史文化传统与时代境遇的东亚与东南亚，黎萨尔的文学创造性与历史作用得到了其应有的评价。特别值得注意的是，黎萨尔小说有一定的社会生活深度，书写菲律宾人所遭受的殖民侵略痛苦，处于水深火热之中的生活，真实而形象。菲律宾人具有英勇反抗的斗争精神，自发的反抗中，受到残酷的镇压，于是在反抗阵营中就有了分化，分为改良派与彻底的抗争派。改良派的主张受到作者的批评，作者也通过小说表达了这样的倾向：反殖民抗争并不是个人的复仇主张，也不是采用暗杀等恐怖手段所能成功的，发动全国民众奋起反抗，才是民族独立的唯一出路。从这一意义上来看，黎萨尔小说是一定历史阶段的产物，它真实反映了当时的社会生活状况，虽然由于时代的发展，我们无法再现那段历史，但是这些小说的历史价值仍然存在，仍然会对当代菲律宾社会产生不可估量的影响。

黎萨尔于 1892 年返回菲律宾后，在马尼拉创立了"菲律宾联盟"，这是菲律宾近代历史上第一个民族解放组织。他们提出的纲领是建立统一的菲律宾民族共同体，推翻殖民统治，推动有共同纲领、有组织、有领导的菲律宾的民族解放运动。早就监控着黎萨尔的殖民当局决定对他下手，就在联盟成立几天后，黎萨尔被捕，他被流放到棉兰老岛达比丹要塞，经历了长达 4 年的流放。直到 1896 年 8 月，他才准备从达比丹到古巴去，可是这时卡蒂普南地区恰恰发生了波尼法秀领导的起义。黎萨尔不但没有能离开菲律宾，反而再一次被捕。这次他的罪名更加严重，被判为"组织非法团体并利用写作来煽动暴乱"，被殖民当局处以极刑。当年 12 月 30 日，年仅 35 岁的黎萨尔在马尼拉的巴贡巴广场被处死。就在死刑执行前一个小时，刑场上演出了极其悲壮的一幕：黎萨尔与一位爱尔兰姑娘举行了婚礼，这位姑娘名叫约瑟芬·布蕾。在此之前，黎萨尔早就与这位姑娘结识相爱，可是当时两人的关系受到了当地天主教教会的阻碍，两人不能结婚。直到黎萨尔临刑前，才举行了这个刑场上的婚礼。也正是在此时，黎萨尔还留下了绝命诗《我最后的告别》，诗中写道：

> 永别了，敬爱的祖国，阳光爱抚的国土，
> 你是东海的明珠，我们失去的乐园。
> 我忧愤的生命，将为您而愉快地献出，
> 虽然它的将来也许会更加辉煌与生气盎然，
> 为了你的幸福，我也愿意向您奉献。
> ……

黎萨尔不仅是个小说家，也是一个杰出的诗人，在他短促的一生中，创作了30 多首诗，其中流传较广的有《献给菲律宾青年》《致海德堡的花朵》《我的幽居》和《流浪者之歌》。黎萨尔的诗歌燃烧着火一样的激情，他以形象优美的语言歌颂祖国与抒发个人的情感，诗风变化多样，显示了诗人多方面的才能。从艺术形式上

与内容上，都具有强烈的感染力，这种诗风在反抗殖民统治与争取民族解放的近代世界诗坛上，曾经代表了一代诗人的理想，在东南亚文学中，黎萨尔留下了难以磨灭的印痕。

第三节　近代南亚文学

一、近代南亚文学概观

受西方列强殖民影响，近代南亚文学开始得较晚，一般说来，到 19 世纪中叶前后才算进入近代文学史阶段。由于特殊的半殖民地半封建的历史背景，这一时期南亚地区文学主要有以下几个特点：

第一，文学起步晚，文学史历程短，整体发展不充分。19 世纪中叶前后，在民族解放运动、宗教改革等因素的推动下，南亚诸多地区开始摆脱殖民压迫，赢得政治独立，南亚近代文学也随之产生，直到 19 世纪末 20 世纪初才显现出较大成就。当西方宗主国近代文学迅速向前发展并且取得重大成就的时候，南亚大多数国家的文学发展仍然处于中古后期，有些国家的文学甚至陷入停滞不前的状态。而且南亚近代文学的发展起点比西方晚了几个世纪，结束的时间却与西方基本相同，直接造成了其文学历程明显比西方短，文学发展不充分，总的来说作家作品的数量不如西方多，质量不如西方高。不过这只是就一般情况而言，并不意味着近代南亚文学没有取得什么成就，没有出现优秀作家作品，印度的班吉姆、泰戈尔等人都堪称近代南亚文学中的佼佼者。

第二，文学思想倾向主要为反殖民、反封建，这是由南亚绝大多数国家的社会性质和社会矛盾所决定的。纵观南亚近代文学的整体状况，其主旨基本分为两类：一是反对殖民主义，争取民族独立的民族革命思想；二是反对封建主义，争取民主自由的民主革命思想。

第三，文学创作受到西方近代文学广泛而深刻的影响。包括印度英语文学、乌尔都语文学、孟加拉语文学等多种语言在内的印度文学在语言改革和确立上，都不同程度地受到了西方文化殖民的影响，同时吸纳了欧洲文学中优秀的部分来改革本土文学。

第四，内容和形式上发生了巨大的变化，转向现实题材和口语化叙事。由于东方近代社会的重大变革，加之西方近代文学的深广影响，东方近代文学从内容到形式面貌为之一新：在题材上，从叙述古老、陈旧的故事转向表现现实社会的生活；在人物上，从以王公贵族为主转向以平民百姓为主；在体裁上，从古典的体裁转向近代体裁；在语言上，从陈腐僵化的古代书面语言转向近代口语；在创作方法上，浪漫主义、现实主义等创作方法已经理论化和体系化，并且被作家自觉地认识和掌握，等等。在斯里兰卡地区，自 19 世纪初叶被英国占领后，当地文学逐渐发生变化，相继产生了反映现实生活的小说和剧本，诗歌也采用了自由体。

第五，创作语言丰富。在南亚近代文学中，以印度近代文学的成就最为突出，情况也最为复杂。印度近代文学呈现多语种、多体裁、发展不均衡的特点，所使用的语言包括印地语、孟加拉语、乌尔都语、马拉提语、奥里萨语、阿萨姆语、古吉拉特语、旁遮普语、克什米尔语、信德语、泰米尔语、泰卢固语、马拉雅拉姆语等，此外还有英语，情况相当复杂。但是，其中最重要的是东印度的孟加拉语，北印度的印地语，以德里和勒克瑙两地为中心的乌尔都语，南印度的泰米尔语文学。除此之外，斯里兰卡近代文学由僧伽罗语文学和泰米尔语文学组成，尼泊尔文学仍是以尼泊尔语为主，形式多为诗歌和散文，语言情况相对单一。

二、17—19世纪的印度文学类型

印度真正意义上进入近代阶段可从1849年沦为英国殖民地算起，而结束时间与西方近代史的结束大致相同，所以只持续了半个多世纪。与19世纪南亚其他国家相比，同期的印度文学明显比较发达，水平较高。而在17—19世纪长达两百多年的时间里，印度文学的发展虽进程缓慢，仍呈现多样性发展的格局。

自16世纪后半叶起，受穆斯林统治政权的影响，泰米尔语、泰卢固语、坎纳达语等一些达罗毗荼语文学的发展，较之毗阇耶那伽罗帝国统治时期成果锐减。而且这个时期文学的整体创造力下降，取而代之的是对文学娱乐性、教化意义的追求，譬如这一时期的"泰卢固语中有两个值得注意的例外：17世纪或早期时候维马纳的说教诗和18世纪塔伽罗阇的歌曲"。[①] 除此之外，像坎纳达语中的耶克夏冈舞剧，更是直接借助歌舞来戏剧性的表现《往世书》中的情节。这种艺术样式在18世纪的"马拉亚拉姆语的'卡达卡利'文学、特别在贡金·南比厄尔的作品里获得了最显著的发展"。[②] 经历了早期歌谣口耳相传的时代，到14—15世纪，用马拉亚拉姆语创作的诗歌逐渐成文，部分得以留存至今；在16—17世纪则主要通过埃祖塔昌翻译梵语史诗作品，使马拉亚拉姆语文学的个性和特色得以完整保存、流传至今。所以尽管马拉亚拉姆语源出于达罗毗荼语，但在文学发展的整个过程中主要受梵语的影响。

穆斯林的入侵还促进了波斯语文学的形成，也推动了乌尔都语文学的产生。印度波斯语文学中，早期乌尔都语创作的代表人物阿米尔·胡斯鲁（1235—1325）是著名苏非派诗人，擅长于写作"混合语"诗歌，他用半波斯语半乌尔都语的"混合语"创作的神秘主义诗歌被称为"莱赫达"（rehda），是最早的乌尔都语诗歌。后来这一形式被人们广为接受，之后的苏非诗人大都承传了他的"莱赫达"风格。[③] 14世纪后

① ［澳大利亚］A.L. 巴沙姆主编：《印度文化史》，闵光沛、陶笑红等译，涂厚善校，452页，北京，商务印书馆，1997。

② ［澳大利亚］A.L. 巴沙姆主编：《印度文化史》，闵光沛、陶笑红等译，涂厚善校，452页，北京，商务印书馆，1997。

③ 参见姜景奎选编：《印度文学研究集刊》，第六辑，338页，上海，上海译文出版社，2003。

期，在诗歌创作的影响下，一些早期的乌尔都语散文作品通过宗教宣传手册的形式发表出来。到16—17世纪时，乌尔都语文学已与波斯语文学并驾齐驱，并且从口头用语发展成为成熟的文学语言，也迎来了其文学创作的鼎盛时期。此时的乌尔都语文学中包含一部分传统的宗教文学，但更大一部分是非宗教文人创作的叙事诗和抒情诗。非宗教文人的创作不仅吸取了14—16世纪宗教诗歌神秘主义的特色，还在借鉴的基础上增加了现实主义的部分，积极描绘自然景物和社会风俗。"在经历了德干时期、北印度时期后，乌尔都语诗歌发展逐渐形成流派纷呈的局面，德里学派和勒克瑙学派把乌尔都语诗歌创作推向全盛"[①]，用乌尔都语创作的散文作品也由简单的宗教小册子发展为散文故事，出现了如菲鲁兹的《十日大全》(1732)、英夏的《盖德莉王后的故事》(1803)和阿达·侯赛因·德尔辛德的《华文新曲》(1798)等优秀作品。

另一方面，这一时期的孟加拉文学开始繁盛，以孟加拉语创作的散文也逐渐以文本形式确立下来。以往的梵语文学中虽有孟加拉语创作的散文，但未有存世的文学文本流传下来。16世纪以来，通过部分以问答形式构成文献的毗湿奴派的宗教戒条，我们可以管窥近代早期孟加拉语文献的原貌，了解其风格样式。同时，由于葡萄牙殖民者传播基督教的需要，基于地域殖民之上的文化殖民在一定程度上促进了这一时期孟加拉语书籍的出版。1727年出版的《国王比克罗莫吉托的生平》是第一部正式以文本固定并流传下来的孟加拉语散文作品，延续了梵文散文传统，明显区别于现代孟加拉语文学中对欧洲文学的模仿性创造。对孟加拉语文学影响深远的另一因素，是以英国人威廉·凯里(1761—1834)等人的印度语文学出版事业为基础而创办的福特·威廉学院。福特·威廉学院广泛招请孟加拉语文学学者，形成颇具规模的文学团体。"福特·威廉学院作家团队"的著名代表人物有拉姆吉姆·巴苏，代表作为《拉吉·普拉塔巴基特的生平》(1801)；以及木里顿吉·比达龙卡尔，他编译有童话集《希托帕杰士》(1808)。然而，对近代孟加拉散文发展贡献最突出的，当属拉姆·摩罕·罗易。拉姆·摩罕·罗易(1774—1833)是印度最早的资产阶级自由捍卫者之一，积极从事印度的宗教改革运动，建立了近代印度最早的宗教改革团体"梵社"，被尊称为"现代印度之父"。而拉姆·摩罕·罗易在文学方面的成就突出表现在两个方面，一是积极从事孟加拉语文学的出版活动，将孟加拉语散文融入自身哲学著作和政治宣传册中，扩大了散文的适用范围；二是积极推广通俗易懂的孟加拉语，避免使用深奥晦涩的梵文，令作品更易于为读者所接受和理解。因此，拉姆·摩罕·罗易被视作孟加拉语散文的开拓者和奠基人，而他和奥克霍伊库马尔·道陀、伊绍尔钱德罗·比达沙戈尔等人的散文创作也为孟加拉语长篇小说，特别是一些反映社会现实的小说的出现，准备了厚实的铺垫。

---

① 姜景奎选编：《印度文学研究集刊》，第六辑，342页，上海，上海译文出版社，2003。

第四节　印度作家泰戈尔

一、泰戈尔的生活与创作

罗宾德拉纳特·泰戈尔（1861—1941）是 19 世纪到 20 世纪印度的最具影响力的诗人和作家，是印度文学的杰出代表。作为亚洲获得诺贝尔文学奖的第一人，泰戈尔将印度文学引入了世界文学的广阔范围内，扩大了印度文学在世界的影响力，引起了其他国家与地区的广泛关注，中国现代文学中不少作家和诗人都从阅读、翻译泰戈尔的创作中受到启发。泰戈尔出生于加尔各答一个开明的地主资产阶级家庭。因为厌恶当时印度刻板的、殖民地式的学校教育，他 14 岁时便退学。1878 年泰戈尔被安排到英国学习法律，但他选择了在伦敦大学学习文学与音乐，1780 年回国。所以，他的知识储备大多来自于书本学习与社会经验的积累。

泰戈尔的创作周期长达六十余年，自 19 世纪后期延续至 20 世纪，在诗歌、小说、戏剧等多个领域笔耕不辍。

他的创作成就首先体现在诗歌创作上。泰戈尔早期的诗歌如《暮歌》《晨歌》都极富浪漫主义色彩，充满青春朝气。随着诗集《刚与柔》（1886）和《心中的向往》（1890）等关注现实生活的作品问世，泰戈尔的诗歌创作逐步从单纯的以艺术审美为宗旨的文学创作发展为对现实社会的文学投射。离家管理田地的实践使他对农民的生活有了更深的了解，也为这一时期创作提供了可靠素材，他先后出版了《缤纷集》（1896）、《刹那集》（1900）和《故事诗集》（1900）等一系列诗集。短篇叙事诗集《故事诗集》收录诗歌 25 首，按题材可分为印度教故事、佛教故事、锡克教故事、拉其斯坦故事和马拉塔故事等几个方面。泰戈尔在依据宗教典籍或民间传说进行艺术改编，赋予其较高的思想性和较强的战斗性，表现印度人民反对外来侵略的无畏精神，以及反对封建暴政和宗教陋习的勇气，赞美劳动人民的高尚品格。一方面，这些诗歌艺术表现力强，既有叙事诗情节曲折、内容紧凑的特点，结局出乎意料而发人深思，艺术形象的处理灵活生动，详略得当而富有趣味性，众生群像各具特点；另一方面，这些作品蕴含诗歌的抒情特点在其中，在情感抒发上收放自如，语言优美，雅俗相间，口头语言和民歌调子穿插其中，情感深厚，读来朗朗上口。

20 世纪的最初十年，泰戈尔创作了诗集如《回忆》（1903）、《波船》（1905），同时写出了孟加拉文本的《吉檀迦利》（1910），为之后的诗歌发展奠定了坚实基础。泰戈尔的诗歌创作在 20 世纪的第二个十年开始走向顶峰，在他出访英国和美国期间，出版了英文诗集《吉檀迦利》，又于次年凭借《吉檀迦利》荣获诺贝尔文学奖，被加尔各答大学授予博士学位，英国政府也授予他爵士称号。除《吉檀迦利》外，《园丁集》（1913）、《新月集》（1913）、《歌之花环》（1914）、《颂歌》（1914）、《飞鸟集》（1916）等诗集的相继发表，这些作品中表现了泰戈尔诗歌"泛神论"和"人文主义"的思想。

　　《吉檀迦利》是泰戈尔抒情诗的代表作，全书共收录有 103 首诗。"吉檀迦利"是孟加拉文"奉献"的译音，所以这本诗汇集了诗人对神灵的献歌。诗人把宇宙视作一个有机的整体，它包罗万物而由一个共同生命维系着，这个主宰宇宙万物的共同生命实质上是一个无形的而又无所不在的精神本体，被称作"梵"，也就是"神"；所以当人们在精神层次上达到与神完全合一的境界时，才能体会到真正的快乐与幸福。这本诗集里的诗歌从思想内容上主要可分为三类：一类是表现诗人盼望与神相会，以达到合二而一理想境界的向往；其次是表现诗人虽然执着地追求这种合二而一的境界，却因为目前难以达到而感到痛苦与失落；最后一类则是表现诗人经过顽强追求，终于达到合二而一理想境界以后的幸福欢乐。《吉檀迦利》整本诗集都是围绕对与神结合的合二而一理想境界的不懈努力，以及达到这种境界后的欢乐。泰戈尔在讨论剧本《自然的报复》时曾指出，自己所有作品的都围绕一个主题展开，即是在有限之内获得无限的喜悦。[①] 泰戈尔正是希望从"有限"的现实生活中达到与"无限"的梵（神）和谐统一的境界，鼓励人们从有限的人生中尽自己所能地去追求精神的提升。

　　《吉檀迦利》的主题是人与神的交流，这个神并非高高在上，而是与万物同处一个整体之中的泛神。尽管在描述中存在神秘主义的主观幻想，诗中的梵（神）是虚构的，但是诗人主张在现实生活中去追求与神结合的境界。因为梵（神）始终与万物同在，通过个人的努力可以最终达到幸福的境界，而非一个虚无缥缈的目标。所以《吉檀迦利》中包含的思想因素积极而合理，它肯定现实生活的存在，肯定人们对幸福生活的向往和理想境界的追求。而且从客观的事实来看，诗人一直关注着国家和民族的命运，没有为宗教偏见所左右而脱离社会与现实生活。作为一名关心印度人民生活现状与未来命运的艺术家，泰戈尔将对人与社会理想的追求，同对人与神结合的理想境界的追求相联系，把对理想社会的追求融入到对神与人合二而一境界的追求中，把理性与创作相结合。当诗人歌唱看似虚空的理想境界时，情不自禁地表达出对祖国未来的热切希望。因为他所向往的神正是存在于周围的现实社会和平凡人之中的，因此诗人的目的并非借由达到神的境界求得解脱，而是强调对现实生活的认真思考，从而提升自我精神境界。

　　《吉檀迦利》不仅内容充实、意义深远，在艺术表现力上也别具一格、瑰丽精致。诗人独特的想象力与抒情手法，使诗歌呈现出多彩的画面感，音韵优美，文中大量运用比喻和拟人的手法，各类形象活灵活现地展现于读者眼前。譬如，诗人以小鸟作比，来表现对神的赞颂之辞如风乘翼到达神的身边。又如，诗人将自己比作一位歌者，将对神的称颂视作谱写华美的乐章。不仅如此，诗人还善于将抽象的思维想象予以具化，把原本处于幻想中无形无影的神描绘得可触可感，使苦苦追寻神的境界的人们能够无限接近，将对神的向往之情传达给读者。泰戈尔在诗歌中时常运用类比的手法，通过浅显明晰的现象对比使人们理解深奥的人生道理。

　　除了《吉檀迦利》之外，抒情短诗集《飞鸟集》是诗人泛神论思想的另一代表

---

　　① 参见［印］泰戈尔：《泰戈尔回忆录选译》，冯金辛译，242～251 页，外国文学季刊，1983（4）。

作。诗集中收入 325 首诗，短小简练，从精练的话语中表达出对神的境界的追求，展现宇宙的无限，从而呈现在浩瀚天地之中追求不息的进取精神。

另一部抒情诗集《园丁集》收入了 85 首诗。与《吉檀迦利》和《飞鸟集》相比，《园丁集》中的诗歌的写作年代"大部分比收在名为《吉檀迦利》那本书的一系列宗教诗，要早得多"，而且在内容上更为欢快明朗，其中有较大一部分的是各式各样的爱情诗。这些诗在构思上别出心裁，从不同角度来表现青年男女的爱情，以及他们在爱情中的欢喜与忧愁。吟咏爱情的诗歌数不胜数，作为一种永恒的主题，泰戈尔诗歌中对爱情的衷情赞美主要体现在诗人对爱情中细枝末节的微妙心理的把握，从这样的细致描写之中，展现爱情的深刻内涵与丰富韵味。

晚年的泰戈尔还发表了许多诗集，如《再一次》（1932）、《千姿百态》（1933）、《边沿集》（1938）、《生辰集》（1941）、《恢复集》（1941）等，大多延续了其前期的抒情风格。然而在内容上，泰戈尔的抒情诗中又加入了鲜明的政治色彩，不仅对前期的泛爱思想进行了辩证性的批判，还更加坚定了对革命坚持到底的斗争精神，态度也更加明确。而且，泰戈尔把目光投向了整个世界范围内遭受战争侵害的广泛人群，将对某一地区、某一民族的和平的追求扩大为对全世界、全部人类和平共处的呼吁，展现出了其反封反帝的决心与国际主义立场。

总体上来说，泰戈尔的诗歌除了强调人的精神追求，歌颂爱情的美好，还坚持以人为本，关注社会的问题，为社会的进步敢于发表自己的所想所思，体现了其人道主义精神。泰戈尔反对阶级差异，强烈抨击剥削者的冷血残暴，同情底层人民的不幸，称赞他们的善良本质。同时，泰戈尔在诗歌中表现出对生活的热爱，对钟灵毓秀的自然界万物的热爱。他揭露生活中的种种弊端，赞美人世间的美好情感，通过各种鲜明的形象来寓情于理，以强烈的画面感与充沛的情感，营造出栩栩如生的诗画世界。

除了诗歌，泰戈尔在小说创作上颇有成就，有不少著作为人津津乐道。早期的作品如《邮政局长》（1891）、《喀布尔人》（1892）、《素芭》（1893）、《摩诃摩耶》（1893）、《太阳和乌云》（1894）、《饥饿的石头》（1895）等。这些短篇小说具有深刻的思想内容和较广的社会生活维度。小说的题材涉及了印度近代社会的两对基本矛盾——对外是印度民族和英国殖民当局的矛盾，对内则表现为人民大众和封建买办势力的矛盾。这些作品不但揭发英国殖民者在印度当地的蛮横暴行，也讽刺国内买办势力阿谀奉承的丑恶嘴脸；或是辛辣地揭露地主、祭司仗势欺压百姓、为非作歹，或表现妇女在封建婚姻制度压迫下无力反抗的不幸命运等。他的小说内容充实而富有个人特色，最重要的是当中浓厚的抒情性，令叙事具有了诗意的美。这种将抒情诗与短篇小说的艺术结合起来的新形式，将诗意的写作融汇于抒情的氛围中，将写景、叙事与抒情相结合，达到情景交融的效果。泰戈尔善于捕捉生活的细节，对大自然有敏锐的观察力，描写人物命运与心境时，能将情感的抒发与周围的环境和谐统一，产生强烈共鸣，从而感染读者。由此可以看出，泰戈尔的短篇小说既具有生动的情节性，又结合了诗歌的抒情性；内容动人，情感丰沛，二者有机结合、相互交织。

创作于 1910 年的《戈拉》是泰戈尔长篇小说的代表作，故事发生在 19 世纪七八十年代，实际上包含 20 世纪初叶的时代特征。小说围绕正统派新印度教徒戈拉的家庭和梵社姑娘苏查丽妲的家庭延展叙事，以青年男女爱情为主要线索，讴歌印度青年勇于投身民族解放事业，救民族于危亡的热情和无畏精神，批判宗教教派的狭隘与偏见，揭露殖民主义的罪恶，号召人民群众联合起来抵抗外族侵略，获取自身解放。小说的主人公戈拉代表了当时一批先进的知识青年，他们身上既有满腔爱国热情，又富有敢于拼搏的斗争精神，但禁锢于狭隘的民族观念和宗教偏见中，缺乏明确的斗争方向和办法。身为印度爱国者协会主席的戈拉一方面对祖国命运关心备至，做好了为祖国牺牲一切的准备；但另一方面受狭隘宗教观、民族观的影响，对民族解放事业心存顾忌。作为正统的新派印度教教徒，他严格遵守印度教所有的清规戒律，小心保护婆罗门种姓的纯洁。小说着重记叙了戈拉如何解决矛盾、克服偏见，发生思想转变的过程，这大致可分为三个阶段：第一个阶段体现为经济基础与上层建筑的矛盾，即亲眼所见的社会现实与笃信的宗教的不相符，戈拉在农村的所见所闻，使他对宗教的力量产生了怀疑，而且种姓的等级差异为人们制造了重重障碍，社会被分隔成壁垒森严的阶级。第二阶段则体现为戈拉个人感情与宗教信仰的冲突，他所爱恋的苏查丽妲是梵社成员，这与他自身的印度教教徒身份是格格不入的，感情与信仰的纠葛使他再次陷入深深的压抑与矛盾中。最后一个阶段，也是主人公的命运出现转机的阶段。戈拉从养父母处得知自己是爱尔兰人而非印度人的身世后，其所受的宗教与种姓的禁锢都得到了释放，他也由此摆脱了精神的压力，成长为一名清醒而具有独立意志的爱国青年，将反殖民压迫和反封建剥削的任务作为自己人生奋斗的目标。

小说《戈拉》通过主人公个人的情感遭遇和其家族内部自身错综复杂的关系，以小见大地揭露出社会的、宗教的、政治的痼疾。通过对典型人物的刻画，对孟加拉社会的真实生活场景给予全面关注。作者全面而深入地反思了印度人民命运，为本民族未来的发展提供了历史经验。作者坚定地认为，印度人民应当打破宗教和思想的偏见，联合反抗外来侵略、保卫民族独立。作为泰戈尔创作的最长的长篇小说，《戈拉》中塑造了各类生活群体和具有鲜明个性的个人，主次分明，展现出社会的整体面貌与风气，最重要的是给人以强烈的时代感。小说从历时与共时两个维度立体叙事，使其具有了史诗的性质，犹如社会的百科全书一般，记录下这个时期整个印度民族的成长历史。

除了细致而全面的叙事，《戈拉》的语言艺术具有很强的论辩色彩，通过人物之间的对话和论辩，直观展示给读者不同人物的性格特点，推动故事情节的发展。对话者既有一个家族中的父母兄弟与亲友，也有情人彼此之间的交流，以及身为不同教派、持有不同观点的人们所进行的论辩，论辩的内容往往涵盖了祖国命运、民族解放、政治斗争、社会风气、宗教观念、种姓制度等当时印度人切身关注的问题。小说主题与社会实际密切联系，主要描写对象为进步的知识青年，他们热爱新思想，通过互相辩论来巩固理论，但在实际行动上则稍有欠缺。评论者对泰戈尔作品中的论辩色彩褒贬不一，虽然通过长篇的讨论思辨有助于加强小说思想内容的广度和深度，但小说的生动性和多样性也相对被弱化了。另一方面，由于泰戈尔擅长于抒情，小说也难免过于诗意化，削弱了情节性。值得一提的是，在这部小说里，作者延续了融情于景的写作手法，叙事写人都有着强烈的情感，读者可从字里行间感觉到作者传递出的热烈爱国情怀；尤其是主人公戈拉得知自己身世后的大段独白，慷慨陈词，痛斥种族偏见，堪称整篇小说的点睛之笔。

除此之外，中篇小说《四个人》是泰戈尔 20 世纪二三十年代的小说代表作之一。小说取材于印度的现实生活，四位主要人物代表了不同性别、不同年龄段的人们，体现了他们勇于反抗印度教社会道德传统的无畏精神。他们勇于冲破封建礼教的束缚，尽管在追求幸福的过程中偶尔有所动摇，但这种不屈从与命运的叛逆精神为青年知识分子改革社会提供了新鲜力量。

泰戈尔后期的小说创作多以中长篇为主，包括中篇小说《两姊妹》（1932）及长篇小说《纠纷》（1929）、《最后的诗篇》（1929）、《四章》（1934）等。

作为一个剧作家，泰戈尔还创作有剧本如《邮局》（1911）、《顽固堡垒》（1911），《摩克多塔拉》（1925）、《红夹竹桃》（1926）等。他后期的诗歌创作也愈加精彩，出版了诗集《摩福阿》（1925）、《森林之声》（1928）、《时代的车轮》（1931）和《纸牌王国》（1933）等。泰戈尔的剧本与时事紧密相连，体现出作者对印度社会发展的密切关注。泰戈尔本人反对以暴制暴，因此当他逐渐从民族解放运动的热潮中脱离出来后，他一度寄希望于通过改良来中和愈演愈烈的矛盾，可到了 20 世纪 30 年代以后，整个世界局势的紧张，以及泰戈尔奔走于亚非欧各国、各地区的亲眼所见与亲身经历，使他逐渐转向主张通过更为有效的革命民主主义手段来拯救民族、拯救国家命运。

1941 年 8 月 7 日，泰戈尔在印度加尔各答逝世，享年 80 岁。泰戈尔一生创作了 50 多部诗集，涵盖长诗、短诗、抒情诗、叙事诗、散文诗等多种体裁；写作有 100 余篇短篇小说，以及 12 部中长篇小说；另外，还包括 20 多种剧本和在游历各国的过程中记录下大量的随笔和回顾性的札记，通过这些翔实的文字，我们可以最大限度地再现泰戈尔的创作思想与人生理念。通过不同的文学样式，对丰富的题材进行加工整理，饱含抒情色彩，生动地反映反封反殖民、争取民族独立的强烈愿望，也反映出对人类幸福不懈追求的进取精神，这正是泰戈尔的作品为广大印度人民和世界各国人民所热爱的根本原因。

二、关于泰戈尔创作的评价

首先，泰戈尔十分注重文学创作的多样性。他大胆尝试各种文学类型，无论是诗歌、小说还是戏剧都有优秀作品。分析他留下的大量作品，无论是抒情诗、叙事诗，还是长篇小说、中篇小说、短篇小说，或者是剧本创作，泰戈尔都尽可能地选择最合适的方式来写作各类题材。从创作内容上看，他的创作题材涉及自然生活与社会现状的方方面面，既有原创的故事，也有对宗教故事和民间传说的改编。泰戈尔将关注的重心始终放在印度民族的发展上，选取各类具有代表性的形象来构建这个阶层的整体风貌，以小见大，从关注每一个独立个体的人生追求来反映整个民族的反抗与成长。

其次，泰戈尔十分注重将延续传统与创新实践相结合。他从印度古典梵文经典和孟加拉民间文学中获得启发，在传统文学的基础上加以改编，取其精髓，赋予其新的时代特征和思想意义，既表现出一如既往的对神的赞美，也强调印度人民对幸福未来的向往和不懈努力。在诗歌创作中，他尤其注重对《罗摩衍那》和《摩诃婆罗多》这样的印度史诗的继承。正如泰戈尔自己评论这两部作品时说到的那样，它们不是宗教经典，而是关于印度男女老少的诗，是完全符合印度的事实、符合印度的心灵的作品。泰戈尔延续了古老的写作传统，忠实地描写印度的自然和"对那完整的不朽渴望的永恒认识"①，描写人类如何克服困难来无限接近于神。在戏剧的创作上，泰戈尔则是以《沙恭达罗》为范本，师承梵文文学中对大自然的歌颂，并将其拓展到诗歌与小说的写景抒情中。另一方面，泰戈尔注重吸纳西方近代小说、诗歌与戏剧中的写作技巧，结合本民族的传统素材，达到了东西合璧。譬如莎士比亚、弥尔顿和拜伦等人的戏剧或诗歌，其中包含的奔放感情，洋溢着的生机与活力，这些正是印度文学中所少有的。这种浪漫主义的情怀也使泰戈尔为之感动，大胆而热情地在自己的作品中抒情。因此，泰戈尔的作品能够不限于一国之内，而得以在世界的范围内流传，一来是作品中浓郁的民族特色吸引了读者；二来也是他新鲜的创作手法紧跟时代节奏，富有创新性，成为沟通印度文学与世界文学的一座桥梁。

另外，泰戈尔作品独特的艺术特色，如浓郁的抒情手法和深刻的思想内涵尤为世人称道。泰戈尔将抒情的手法广泛运用在诗歌、小说、戏剧、散文随笔等多种文本之中。他的语言精致而简练，风格隽永，把抒情与叙事有机地结合，围绕对神的赞美与对神我合一境界的追求，回环往复，曲折而富有感染力。而在这浓郁的抒情色彩中，泰戈尔寓情于理，在思想内容上往往深刻而具有现实意义。他描写美好生活，注重对人物心理活动的细腻勾勒，展现其内心矛盾，在克服矛盾的过程中，引起读者与观众的共鸣。

值得一提的是，泰戈尔在作品中展现出的民族主义并非狭隘的民族自我中心思想，而是在全球范围内具有"跨界行为"的世界主义的主张。正如泰戈尔所言，"我们应当将世界问题当作我们自己的问题；我们应当将我们的文明精神同地球上所有民族的历史融合在一起"②，斯皮瓦克在与大卫·达姆罗什的对话中也曾提到，泰戈尔是以世界主义的态度批判单纯的民族主义，而这与他的人道主义思想和对印度的爱又是紧密相连的，尽管"世界文学"在泰戈尔那个时代看来类似于"奢侈的消费"③，但是我们从泰戈尔所想象的、具有跨越性的文本与文化的传播中，可以看出他的远瞻性与人文主义情怀。

---

① ［印度］泰戈尔：《泰戈尔论文学》，倪培耕等译，147～149 页，上海，上海译文出版社，1988。

② ［印度］泰戈尔：《民族主义》，谭仁侠译，36 页，北京，商务印书馆，1982。

③ ［美］佳亚特里·斯皮瓦克、大卫·达姆罗什：《比较文学/世界文学：斯皮瓦克和大卫·达姆罗什的一次讨论》，李树春译，见陈跃红、张辉主编：《比较文学与世界文学》，第 2 期，99 页，北京，北京大学出版社，2012。

第十四章 中国清代的文学

第一节 清初诗文的繁荣与词学的复兴

诗在唐代发展到中国文学的高峰，成为后世之典范，至元明两代，主流文学转向戏曲和小说，诗歌相对衰落，到了清代，诗人借鉴前代，使诗歌再度繁荣。总的来说，清诗在技巧上学习唐宋诗的长处，克服了元诗羸弱不堪、明诗复古轻浅的颓败之势，在不同程度上反映当时的现实，不断创新，流派百出，风格多样，为中国诗歌的发展涂上浓墨重彩的一笔。

一、清初的遗民诗人

明王朝的灭亡给士人的心中带来难以磨灭的忧时悼亡的印记，促使他们写下一大批富有时代精神的诗歌。据卓尔堪《明遗民诗》不完全统计，时有作者 400 余人，诗歌近 3000 首，超过了南宋遗民诗。著名的诗人有顾炎武、黄宗羲、王夫之、吴嘉纪、屈大均、杜濬、钱澄之、归庄、申涵光、阎尔梅等。其中首推顾炎武、黄宗羲和王夫之三大学者，受到后世的敬仰。

顾炎武（1613—1682），著名思想家、史学家、语言学家，与黄宗羲、王夫之并称为明末清初"三大儒"。本名继坤，改名绛，字忠清；南都败后，改炎武，字宁人，号亭林先生，自署蒋山佣，汉族，南直隶苏州府昆山（今属江苏）人。他青年时发愤为经世致用之学，并参加昆山抗清义军，败后漫游南北，曾十谒明陵，晚岁卒于陕西华阴。他有诗作 400 多首，拟古、咏怀、游览、即景等，抒发其民族感情和爱国思想，主要还是反清复明和坚守气节，"生无一锥土，常有四海心"。（《秋雨》）《秋山》组诗写江南人民的反清斗争和清兵的烧杀屠戮。

《海上》四首以凝练沉重之笔，抒发"此中何处无人世，只恐难酬烈士心"的登高望海的悲壮情怀，一心报国、反清复明的坚强信念洋溢其中。即使到了垂暮之年，顾炎武的爱国热忱仍然不减，在《恭谒孝陵》《再谒孝陵》以及《自大同至西口》等诗中不断表达其炙热的爱国情怀。

顾诗在清代和后世所受的评价很高，沈德潜说顾炎武："词必己出，事必精当，风霜之气，松柏之质，两者兼有。就诗品论，亦不肯作第二流人。"[1]

---

① （清）沈德潜：《明诗别裁集》，卷十一，128 页，上海，上海古籍出版社，1979。

　　黄宗羲（1610—1695），字太冲，号梨洲，世称南雷先生或梨洲先生，浙江宁波余姚明伟乡黄竹浦（今黄埠镇）人。明末清初经学家、史学家、思想家、地理学家、天文历算学家、教育家，"明末清初三大儒"之一；与弟黄宗炎、黄宗会号称"浙东三黄"；与顾炎武、方以智、王夫之、朱舜水并称为"明末清初五大师"，亦有"中国思想启蒙之父"之誉。

　　在文学上，他不满明代文学的刻意摹拟、摘抄剽窃之风，主张文学应当反映现实社会，表达作者的真情实感，这具有现实主义的特点。其诗歌感情真实，沉着质朴，如《金陵哭外舅叶六桐先生》《云门游记》《感旧》等诗抒发亡国之痛，怀念殉难亲友，具有爱国精神和高尚情操，屡屡表明虽处逆境但是不消沉颓唐、顽强不低头的精神。

　　他在《书事》中所写"莫恨西风多凛冽，黄花偏耐苦中看"以及《山居杂咏》中所写"死犹未肯输心去，贫亦其能奈我何……一冬也是堂堂地，岂信人间胜着多"，充满勃郁浩然的正气。

　　王夫之（1619—1692），字而农，号姜斋，又号夕堂，或署一瓢道人、双髻外史，明亡，起兵抗清，被荐为桂王行人，后辞归，晚年隐居于形状如顽石的石船山，自署船山病叟、南岳遗民，学者遂称船山先生。湖南衡阳人，杰出的思想家、哲学家、明末清初大儒。他的诗风独特，通过追怀往事，透露出一些抗敌救亡的活动和情绪。如《小楼雨枕》说"援毫犹记趋南史，誓墓还谁起右军"，就是回忆从亡桂王时的事情。"孤愤"也是王夫之诗常见的主题，《读指南录》云："沧波淮海东流水，风雨扬州北固山。鹃血春啼悲蜀鸟，鸡鸣夜乱度秦关。"又云："沧海金锥终寂寞，汗青犹在泪衣裳！"通过对文天祥在镇江逃脱的描写，表达报国未遂遗恨无穷的感慨。《补落花诗》九首之一：

　　　　乘春春去去何方，水曲山隈白昼长。
　　　　绝代风流三峡水，旧家亭榭半斜阳。
　　　　轻阴犹护当时蒂，细雨旋催别树芳。
　　　　唯有幽魂消不得，破寒深醲土膏香。

以落花飘魂抒写胸中郁结的亡国之恨，蕴藉含蓄，寓意深沉。直到《初度日占》"垂死病中魂一缕，迷离唯记汉家秋"，仍然难忘故国岁月，虽则凄楚，却见其高尚的风骨。另外，他论诗"以意为主"，以情景"妙合无垠"为贵，从他的许多诗篇中可以看出他在努力贯彻这种写作精神。

　　其他的遗民诗人各有特色，其中可与顾、黄、王并肩的，当属吴嘉纪和屈大均。吴嘉纪（1618—1684）乃一介布衣，与煮盐灶户为伍，他的诗中以白描手法反映民生疾苦，留下了滨海人民深受天灾人祸的煎熬的斑斑泪痕。生年较晚的屈大均（1630—1696），以屈原后人自居，学屈原，兼学李白、杜甫，与陈恭尹两人崛起岭南。二人诗中多悲怆亡国之作，写得铿锵遒劲，兼具气韵声色之美。钱澄之（1612—1693）的诗题材广泛，有激越苍凉的书写故国之思的作品，如《悲愤诗》《桂林杂诗》《行路难等》；

也有沉郁悲怆的描写人民疾苦的作品，如《催粮行》《乞儿行》《田家苦》等。杜濬（1611—1687）诗清郁，写情相当沉痛。归庄（1613—1673）为人豪迈尚气节，与顾炎武有"归奇顾怪"之称。《悲昆山》《伤家难作》《万古愁》等诗沉痛愤慨、声情激越。阎尔梅（1603—1679）的吊古咏怀之作，抒发黍离之悲，感情强烈，他长于古体，《绝贼臣胡谦光》《沧州道中》等诗豪迈雄壮，富有特色。

二、清初诗派和诗人

清初诗坛除了爱国诗人之外还有不同流派，可以说是云间派、虞山派、娄东派鼎足而三，因钱谦益和吴伟业主领，虞山派和娄东派的影响最大。

钱谦益与虞山诗派。钱谦益（1582—1664），字受之，号牧斋，晚号蒙叟、东涧老人，学者称虞山先生。清初诗坛的盟主之一，常熟人。明万历三十八年（1610）一甲三名进士。

钱谦益的诗随着他的人生起伏可分为入清前后两个阶段。在明朝，他的仕途历尽坎坷挫折，故而感时愤世、郁闷苦涩。《初学集》中的诗歌多愤慨阉祸党争，痛心内忧外患。如《费县三首》《狱中杂诗三十首》《乙丑五月削籍南归十首》等既有失意者的感叹，也有士人的愤慨。

降清后，钱谦益诗歌的艺术特色更加鲜明，以悲悼明朝、反对清廷和恢复故国为主调，同时弥漫着一股"羁囚"哀音。《有学集》中《高会堂诗集》《夏五诗集》专门记载反清复明，也有哀叹黍离之悲的《哭稼轩留守一百十韵》《西湖杂感二十首》等，发出"莺断曲裳思旧树，鹤髡丹顶悔初衣"的忏悔自白。杜甫有《秋兴八首》，钱谦益用其题和韵，故名《后秋兴》。《后秋兴》共 104 首，结集时题名《投笔集》。诗中讴歌郑成功反清复明的胜利，但随着战事逐渐失利，钱谦益连叠十三韵记录郑成功和永历政权的军事斗争。桂王被杀后，钱谦益作《后秋兴十三》云"海角崖山一线斜，从今也不属中华"。《后秋兴》连叠杜诗原韵，一叠再叠至十三叠，共 104 首，另附自题诗 4 首。同时，钱谦益奖掖后进，提携了王士禛、施闰章、宋琬、冯班等新人。

受钱谦益的影响，在其家乡常熟产生了虞山诗派，主要成员有冯班、冯舒、钱曾、钱陆灿等。代表人物冯班反对七子、竟陵和严羽的《沧浪诗话》。他的诗歌有自己的独到之处，以标榜晚唐李商隐独树一帜，使虞山诗派"诗坛旗鼓，遂凌中原而雄一代"，后来的赵执信等人受他们影响，批评王士禛的神韵说，可谓是虞山诗派的余音缭绕。

吴伟业和"梅村体"，曾经很有影响。吴伟业（1609—1672），字骏公，号梅村，别署鹿樵生、灌隐主人、大云道人，世居江苏昆山，祖父始迁江苏太仓，崇祯进士，明末清初著名诗人，与钱谦益、龚鼎孳并称"江左三大家"，又为娄东诗派开创者。他长于七言歌行，初学"长庆体"，后自成新吟，后人称之为"梅村体"。他生不逢辰，仕明而明亡，不愿仕清又不得不违心仕清，失去了士人安身立命的资本。所以他的诗中多抒发黍离之悲和吟咏自己痛失名节。

吴伟业以明末清初的历史现实为题材，描写山河易主、岁月动荡，志在以诗存史。这类诗歌约有四种：一种以宫廷为中心，写帝王嫔妃凄婉的恩宠悲欢，引出改朝换代的沧桑巨变，如《永和宫词》《洛阳行》《萧史青门曲》《田家铁狮歌》等；第二种以明清战争和农民起义斗争为中心，通过重大事件的记述，揭示明朝走向灭亡的趋势，如《临江参军》《雁门尚书行》《松山哀》《圆圆曲》等；第三种以歌伎艺人为中心，从见证者的角度，叙述南明福王小朝廷的衰败覆灭，如《听女道士卞玉京弹琴歌》《临淮老妓行》《楚两生行》等；最后还有一种以平民百姓为中心，揭露清初统治者横征暴敛的恶政和下层民众的痛苦，如《捉船行》《芦洲行》《马草行》《直溪吏》和《遇南厢园叟感赋》等。此外还有一些感愤国事、长歌当哭的作品，如《鸳湖曲》《后东皋草堂歌》《悲歌赠吴季子》等，几乎可备一代史实。[①]

但痛失名节的吴伟业最终无法释怀，堕入失节辱志的深渊。这种心情也反映到他的诗歌中，"误尽一生是一官，弃家容易变名难"，临死仍在反省，"忍死偷生廿载余，而今罪孽怎消除？受恩欠债应填补，总比鸿毛也不如"。临终墓碑上只写"诗人吴梅村之墓"，表明他自己无法原谅自己身仕二朝的悔恨。

吴伟业的诗歌一个很重要的部分是追抚江山易代，绵绵不尽地吟唱着叹惋明王朝衰败的时代悲歌。因其有诗史的特点而被称为"梅村体"诗史。吴伟业以唐诗为宗，五七言律绝具有声律妍秀、华艳动人的风格特色，而他最大的贡献是在继承元白诗歌的基础上，自成一种具有艺术个性的"梅村体"七言歌行体。"梅村体"叙事诗约百首，《圆圆曲》是"梅村体"代表作，把古代叙事诗推到新的高峰，其中"恸哭六军俱缟素，冲冠一怒为红颜"成为流传一时的佳句。清末王国维的《颐和园词》、杨圻《天山曲》、王闿运《圆明园词》等都是受到"梅村体"的影响。

王士禛（1634—1711），字子真、贻上，号阮亭，又号渔洋山人，人称王渔洋，谥文简。汉族，新城（今山东桓台县）人，常自称济南人，清初杰出诗人，学者，文学家。诗为一代宗匠，与朱彝尊并称。康熙时继钱谦益而主盟诗坛，论诗创神韵说，早年诗作清丽澄淡，中年以后转为苍劲。清诗有偏学盛唐肤廓、晚唐的缛丽和宋诗以议论、学问入诗的倾向，王士禛的诗对于纠正这一偏向起到一定作用。但另一方面，后人批评他强调神韵而流为空调，过求典雅而淹没性灵，过于注重形式而忽略内容。从顾炎武到王士禛，代表了清初诗风从现实主义到形式主义的转变。

这一时期还产生了其他一批诗人，如舒畅隽永的尤侗、彭孙遹、梁佩兰、洪昇、吴雯等人，还有豪迈典丽的陈维崧、吴兆骞、张笃庆、田雯、冯廷櫆等人。吴兆骞遣放戍宁古塔以后所作的《榆关老翁行》《白头宫女行》，都是以老翁和宫女的身世之变来感慨国家兴亡，与"梅村体"一脉相承。这一时期能够与王士禛比肩的一流诗人应该是查慎行。查氏学宋诗成就极大，他受苏轼、陆游的影响最深，用笔劲炼不流于滑易，又兼有唐诗的音节色泽。《瓯北诗话》中列出唐代的李白、杜甫、韩愈、白居易，宋代列出苏轼、陆游、元好问、高启，而清代则只列出吴伟业、查慎行，足见其诗的功底及其获得的历史地位。

<hr>

[①] 参见袁行霈主编：《中国文学史》，第四卷，283页，北京，高等教育出版社，2003。

三、清词的中兴

从南宋起，词渐式微，直到明末陈子龙的云间派崛起，才使词中兴。明末清初的词和清词被后世统称为"清词"。清初的诗人，多数也能为词，且佳作甚多。王夫之、屈大均、吴伟业和清初的彭孙遹、王士禛、尤侗、余怀、徐釚、曹贞吉等人都较有成就。吴伟业的《梅村诗余》、王士禛的《衍波词》都被广为传诵。陈子龙、陈维崧、朱彝尊、纳兰性德、项鸿祚、蒋春霖、谭献、王鹏运、朱祖谋、郑文焯、况周颐、文廷式、王国维等著名词人更是词坛骁将，留下不少佳作。

清初词坛可谓三足鼎立，以陈维崧为代表的阳羡词派、以朱彝尊为代表的浙西词派以及以纳兰性德为代表的京华三绝使清初的词坛异彩纷呈。

陈维崧（1625—1682），清代词人，骈文作家。字其年，号迦陵。宜兴（今属江苏）人，世称他的词为"阳羡派"。清初诸生，康熙十八年（1679）举博学鸿词，授翰林院检讨。54 岁时参与修纂《明史》，4 年后卒于任所。他的词风接近苏轼、辛弃疾，但是碍于清初严密的文网，他的词不能直抒自己的爱国感情，但是也能够在一定程度上反映社会现实。他留下的词数量很多，有 1600 余首，题材、笔法也较为广阔。如《贺新郎·纤夫词》，"有丁男、临歧诀绝，草间病妇。此去三江牵百丈，雪浪排樯夜吼。背耐得、土牛鞭否？好倚后园枫树下，向丛祠亟倩巫浇酒。神佑我，归田亩"，打破传统词的手法和题材限制，直接描写人民的苦难生活，结尾的对话颇有杜甫《三吏》《三别》的神理。

陈维崧在唐宋之后异军突起，成为清词的一个旗手，蒋景祁、陈维岳、史唯园、万树等一大批词人聚集在他周围，形成阳羡词派。之后清逐渐统一，全国走向鼎盛，阳羡派的悲慨健举之声渐不合声，顺应太平之势，以朱彝尊为代表的浙西词派以高雅的盛世之音绵延康、雍、乾三朝。

朱彝尊（1629—1709），清代诗人、词人、学者，以词的成就最为突出。字锡鬯，号竹垞，晚号小长芦钓鱼师，又号金风亭长。汉族，秀水（今浙江嘉兴市）人。浙派词的开创者，与龚翔麟、李良年、李符、沈皞日、沈岸登并称"浙西六家"，和陈维崧并称"朱陈"。

朱彝尊词抒发吊古伤今、亡国之慨的以《江湖载酒集》为代表，如《百字令·度居庸关》《金明池·燕台怀古和申随叔翰林》《风蝶令·石城怀古》等，哀婉沉郁之中时见激愤；《卖花声·雨花台》云"秋草六朝寒，花雨空坛。更无人处一凭阑。燕子斜阳来又去，如此江山"，更是琢句炼字，体现了浙派清醇高雅的特点。

至于纳兰性德词，则以"词人之词"著称。纳兰性德（1655—1685），满族人，字容若，号楞伽山人，是清代最为著名的词人之一。他的诗词不但在清代词坛享有很高的声誉，在整个中国文学史上，"纳兰词"也在词坛占有光采夺目的一席之地。他生活于满汉融合的时期，是权倾朝野的相国明珠之子，这一特殊的生活环境与背景，加之他个人的超逸才华，使其诗词的创作呈现独特的个性特征和鲜明的艺术风格。流传至今的"人生若只如初见，何事秋风悲画扇？等闲变却故人心，却道故人心易变……"这一富于意境的佳作，是其众多的代表作之一。

纳兰词的一个重要题材是爱情，如《相见欢》的"落花如梦凄迷"，《蝶恋花》的"眼底风光留不住，和暖和香，又上雕鞍去"等。纳兰未得永年，三十一岁就离世，在短短的生命旅程中，与原配卢氏的感情甚笃，奈何卢氏过门三年便因难产而亡，使纳兰无比伤心，并作悼亡词纪念卢氏，这些悼亡词成为《饮水词》中的高峰。《金缕曲·亡妇忌日有感》云："三载悠悠魂梦杳，是梦久应醒矣。……待结个、他生知己。还怕两人俱薄命，再缘悭、剩月零风里。清泪尽，纸灰起。"一字一泣，哀怨至极，《鹧鸪天》（七月初四夜风雨，其明日是亡妇生辰）更显纳兰无限哀伤：

> 尘满疏帘素带飘，真成暗度可怜宵。几回偷拭青衫泪，忽傍犀奁见翠翘。
> 惟有恨，转无聊。五更依旧落花朝。衰杨叶尽丝难尽，冷雨凄风打画桥。

嘉庆初年，盛世风光不再，朝野上下预感"殆将有变"，浓重的忧患意识使学者的目光转向实学。在词的领域，张惠言顺应学风之变，创常州一派。他主张尊词体，要词"与诗赋之流同类而讽诵"，倡导意在言外、比兴寄托和"深美宏约"之致，对提高词的地位，扭转词风和指导风气起了积极作用。张惠言创作的《茗柯词》《木兰花慢·杨花》《水调歌头·春日示杨生子掞》三首都是传世之作。

第二节 清中叶诗文的多元发展

康熙末年，清王朝的统治趋于稳定，步入中期，雍、乾两朝号称"盛世"，受统治者文化政策的影响，社会上读书之风日盛，文学创作更加活跃。诗派有沈德潜、厉鹗、翁方纲和袁枚、赵翼，还有自成一格的郑燮、黄景仁；古文方面桐城派成为正宗，同时骈文再度兴起；张惠言的常州词派则把词的创作推向尊词体、重寄托的新阶段。

一、诗坛的流派纷呈

乾嘉诗坛，人才辈出。沈德潜主格调，翁方纲言肌理；厉鹗着力扩大浙派门户；袁枚、赵翼、郑燮标榜性灵；黄景仁则书写哀愁，感怀盛世的落寞。

与沈德潜同一时期的厉鹗（1692—1752），在朱彝尊、查慎行之后执掌浙派，主张学习宋人，参以书卷来作诗。他作诗注重学问，主空灵，将写景与宗法宋诗合而为一，具有浙派的典型特色。他的诗以写山水为主，尤其以杭州和西湖为最多，如《晓至湖上》《灵隐寺月夜》等。

袁枚是乾嘉时期代表诗人之一，与赵翼、蒋士铨合称"乾隆三大家"。袁枚（1716—1798），清代诗人、散文家。字子才，号简斋，晚年自号仓山居士、随园主人、随园老人。汉族，钱塘（今浙江杭州）人。乾隆四年（1739）进士，历任溧水、江宁等县知县，有政绩，四十岁即告归。在江宁小仓山下筑随园，吟咏其中。

袁枚的出现，给清中叶的诗坛吹来一股清新之风。他标举"性灵说"，与沈德潜的"格调说"以及翁方纲的"肌理说"相抗衡，形成有名的性灵派，开创了清诗的新局面。所谓"性灵"，包含性情、个性和诗才。袁枚在《寄怀钱屿沙方伯予告归里》一诗中说"性情以外本无诗"，认为性情是诗歌的第一要素，是诗的本源和灵魂。这种性情要表现诗人的独特个性，认为没有了个性就是丧失了真性情。性情与个性构成了"性灵说"的审美价值核心，为了表现这一核心，还应具备一定的诗才，认为"诗人无才，不能役典籍运心灵"。由此形成体系化的诗歌理论。

袁枚作诗，笔触非常广泛，咏物怀古、描绘自然或者反映现实、表现个人志趣情感等，信手拈来，句法灵活，语言晓畅。《苦灾行》《偶然作》《养马图》《捕蝗歌》等诗是一批反映社会现实的诗作，如《马嵬驿》所唱：

> 莫唱当年长恨歌，人间亦自有银河。
> 石壕村里夫妻别，泪比长生殿上多！

这是一首关心百姓疾苦的诗，将帝妃的悲剧转向民间，表达对百姓的深切同情。另外还有一些描绘自然风光的诗作，如描写桂林群山和七星岩溶洞的《同金十一沛恩游栖霞寺望桂林诸山》《观大龙湫作歌》，以及清新怡人的《湖上杂诗》等。

与袁枚并称"乾隆三大家"的是赵翼和蒋士铨。赵翼（1727—1814）也崇尚性灵，同时也重视创新，强调作诗要敢于破除门户习气，不可一味宗唐宗宋，相信"江山代有才人出，各领风骚数百年"（《论诗》）。《闲居读书》《论史》《偶得》等诗较好反映了他的见解。

蒋士铨（1725—1785）也主张"文章本性情，不在面目同"，但性情中还应包含"忠孝节义之心，温柔敦厚之旨"，表现出更多的传统意识。蒋士铨的诗现存2500余首，题材比较广泛。其中一部分揭露社会矛盾，同情人民疾苦的诗，如《饥民叹》《禁砂钱》《官戒二十四首》之四《察隶役》《乞人行四首》《米贵倒叠前韵》，或揭露官府的搜刮钱财，或批判役吏的横行乡里，或描写社会底层人民生活的艰辛，都有一定社会意义。他还有一些反映城乡下层社会世态风俗的诗，如《京师乐府词》等。不过蒋士铨的诗大部分为个人抒情，及吊古、纪游之作。

与"乾隆三大家"相对，同属性灵派的"后三家"是舒位、王昙、孙原湘，他们与后期的龚自珍有直接或间接的关系。另外，在乾嘉诗坛上可视为性灵派外围的是郑燮、黄景仁等。

此外，还有一批诗人为清中期的诗坛涂抹了不一样的颜色，如语多奇崛的洪亮吉，诗中有画的黎简，古奥艰涩的胡天游，工于艳诗的陈文述等。

二、清中叶的散文

清代中期的散文呈现多元发展的格局，桐城派成为最大的散文派别，主要作家方苞、刘大櫆、姚鼐都是安徽桐城人，故称之"桐城派"。袁枚、郑燮等发展了与桐城派异趣的散文。

桐城派散文由戴名世（1653—1713）铺石开路，他主张为文以"言有物"为"立言之道"。（《答赵少宰书》）方苞建立了桐城派的基本理论。方苞（1668—1749），字灵皋，一字凤九，晚年号望溪，汉族，安徽桐城人，清代散文家，桐城派散文创始人，与姚鼐、刘大櫆合称"桐城三祖"。

方苞举起了"义法说"的大旗，主张"义即《易》之所谓'言有物'也；'法'即《易》之所谓'言有序'也。意以为经而法纬之，然后为成体之文"（《又书货殖传后》），主张言之有物而文有条理。"义"指文章内容，应以儒家经典为宗旨，自谓"学行继程朱之后"，显然受当时政治的影响并有服务于当代政治的目的；"法"指文章的作法，包括形式和技巧。两者关系是义决定法，法体现义。方苞提出文章要重"清真雅正"和"雅洁"，并给古文建立严格的束缚性的规范。这些主张显然有利于维护清朝的理学道统，故而朝野皆欢迎和奉崇，"义法说"也就成了桐城派的论文纲领。方苞的文章如杂论《汉文帝论》，游记《游雁荡记》，碑铭《先母行略》《田间先生墓表》等皆详略有致，法随义变。最著名的《左忠毅公逸事》以简洁的笔法描绘了左光斗的形象，凛然正气，跃然纸上。

刘大櫆（1698—1779），字才甫，一字耕南，号海峰。他上承方苞，下启姚鼐，总结和发展了"义法"理论，以为"义理、书卷、经济者"是"行文之实"，是"匠人之材料"，而"神、气、音节者"，是"匠人之能事"（《论文偶记》），使理论具有较强的实践性和可操作性。他的文章如游记《游晋祠记》《游万柳堂记》以及《书荆轲传后》《息征》等可以看出其文章的音节之美。

刘大櫆的理论直接开导了姚鼐的"义理、考据、辞章"说。姚鼐（1732—1815），字姬传，一字梦谷，室名惜抱轩（在今桐城中学内），世称惜抱先生、姚惜抱。著有《惜抱轩全集》等，曾编选《古文辞类纂》。

所谓"义理"就是程朱理学；"考证"就是对古代文献、文义、字句的考据；"辞章"就是写文章要讲求文采。这些主张充实了散文的写作内容，是对方苞"义法说"的补充和发展。在美学上，提出用"阳刚"、"阴柔"区别文章的风格。"阳刚"就是豪放，"阴柔"就是婉约。两大风格相互配合，相互调剂，就产生出多样的风格。同时，又发展了刘大櫆的"拟古"主张，提出"神、理、气、味、格、律、声、色"为文章八要。学习古人，初步是掌握形式（格、律、声、色），进而是重视精神（神、理、气、味），才能达到高的境界。

姚鼐生活在乾嘉盛世，没有悲惨的际遇，也没有诸多怀才不遇的不平，以宽广的眼界学习传统，散文成就也比其他的桐城派作家高。姚鼐的古文胜在韵味，《登泰山记》《游灵岩记》《泰山道里记序》等文都是脍炙人口的佳作。

以阳湖人（今江苏武进人）恽敬和张惠言为代表的阳湖派是桐城派的分支。他们不愿受到桐城文论束缚，兼收子史百家、六朝辞赋，博雅放纵，比所谓正统古文恣肆不拘，词彩绚丽。桐城派到了道光年间由曾国藩重振声威，"桐城派"的名称就是由曾国藩所定，之前并无此称呼。但此时的桐城派已呈回光返照之势。待"桐城嫡派"的严复、林纾以翻译西方著作出名，仍未能挽救桐城派于颓势，终于在新文化运动的浪潮中结束了他们的历史。

三、古典文类的复兴：清中期的骈文

桐城派以正统自居之时，骈文也开始流行。骈文的复兴有其特殊的文化背景。清朝统治愈加稳固之后，皇帝"以提倡文化为己任，师儒崛起"（《清史稿·文苑传》），考据学走向鼎盛，学术文化氛围浓重，具有匀称错综的形式之美的骈文又得到肯定。重考据、学问、音韵、训诂的汉学对桐城派所尊奉的以程朱为代表的宋学造成一定冲击，饱识之士纷纷以重典实、讲音律的骈文排遣满腹书卷知识，骈文逐渐繁荣。前期陈维崧偏爱骈体，自谓"吾四六文不多，固吾擅场之体，恨未尽耳"。（《陈伽陵俪体文集跋》）雍乾之际，胡天游承上启下，写下《禹陵铭》等雄健的作品。而后吴鼒选袁枚、邵齐焘、齐星炜、吴锡麒、曾燠、洪亮吉、孙星衍、孔广森八人骈文，辑为《国朝八家四六文钞》，遂有八家之说。在整个清代的骈文作家里，汪中成就最高。

汪中（1745—1794），清代哲学家、文学家、史学家。其骈文取材现实，情感发自肺腑，用典精当，风格渊雅醇厚、遒丽富艳，在清代骈文中被誉为格调最高。汪所作《哀盐船文》，对扬州江面某次渔船失火时人声哀号、衣絮乱飞的惨状和大火前后的氛围作了形象的描述，对船民的不幸遭难表示深切的同情，描写生动，文笔高古，杭世骏评为"惊心动魄，一字千金"。抒情骈文善于"状难写之情，含不尽之意"，（李详《汪容甫先生赞序》）如《经旧苑吊马守真文》，对明末名妓马湘兰寄以同情、悼念，以自己的困顿随人之痛，与马湘兰的沦落风尘之悲相共鸣，表现出一个具有正义感的士人对封建礼教的强烈愤慨。其他像《黄鹤楼铭》《汉上琴台之铭》《先母邹孺人灵表》《广陵对》《自叙》等篇，无论叙事抒情，都能吸收魏晋六朝骈文之长，写得情致高远，意度雍容，而且用典属对，精当贴切。刘台拱《遗诗题辞》评为："钩贯经史，熔铸汉唐，宏丽渊雅，卓然自成一家。"

第三节　清代戏曲：中国传统戏剧文类的大成

明末的戏曲已经很繁荣，清初的戏曲创作延续了这种旺盛的势头，主要有三类作家：一是以李玉为代表的苏州剧作家，从明末就开始创作，清初仍有作品不断问世；二是吴伟业、尤侗等文化名流，以戏曲来抒发心中感慨；三是专事风情喜剧的李渔。这三类作家的创作手法不同，风格各异，使得戏曲创作更加成熟，稍晚的《长生殿》《桃花扇》继承了他们的成就并有所创新。

一、李玉和苏州剧作家

李玉（1610—约1671），字玄玉，号苏门啸侣，又号一笠庵主人，江苏吴县人，清初著名戏曲作家。

李玉在明末的作品以"一笠庵四种曲"最有名，即《一捧雪》《人兽关》《永团

圆》《占花魁》，以《一捧雪》和《占花魁》成就最高。《一捧雪》影射严嵩当政时期，其子严世蕃为《清明上河图》构陷王抒的故事。《占花魁》的故事出自拟话本《卖油郎独占花魁》，在保留原作的主题和情节的基础上，反映更加宽广的社会面。《永团圆》写江纳的贪富欺贫：他主动与重臣蔡家攀亲，蔡家落难就悔亲，蔡子中试后又极力巴结。《人兽关》写桂薪的忘恩负义，还写了别人负桂薪的情节，强化了对忘恩负义者的谴责。李玉带着强烈的感情写这些故事，使得故事中的人物跃然纸上，剧作非常有感染力。

《清忠谱》是李玉晚期代表作，朱素臣、毕魏和叶雉斐等苏州剧作家都参与了创作，该剧反映明代天启年间阉党魏忠贤等人对东林党人的迫害史实，成功地塑造了颜佩韦等"五义"的市民形象，他们舍生仗义，毫不畏惧，可歌可泣，与胆小怕事、迂腐可笑的请愿书生形成鲜明对照。特别是剧中描绘了广大人民群众积极参与抗争的场面，在舞台上展示了市民暴动的壮烈景象，这在中国戏曲史上尚属首创。

二、洪昇和《长生殿》

洪昇（1645—1704），清代戏曲作家、诗人。字昉思，号稗畦，又号稗村、南屏樵者。汉族，钱塘（今浙江杭州市）人。生于世宦之家。洪昇与孔尚任并称"南洪北孔"。洪昇致力于戏剧创作，在《长生殿》之前写过不少剧本，现仅存杂剧《四婵娟》。

《长生殿》是洪昇的代表作，是作者在历史资料、文学作品、故事传说的基础上精心组织的，以全新面目出现在当时的剧坛。关于唐明皇和杨贵妃的故事，安史之乱以后就在民间流传，杜甫的《哀江头》已开其端，白居易的《长恨歌》"天长地久有尽时，此恨绵绵无绝期"，在无限感慨中蕴含对盛世消失的惋惜和慨叹。

杂剧《长生殿》以安史之乱为背景，以唐明皇与杨贵妃的爱情为主线，以当时的军政国事为副线，两条线彼此关联交叉发展，情节错综但脉络清晰，作品紧凑自然。

从结构上说，《长生殿》全剧上下两部互有对照、呼应，如上半部写实部分插入《闻乐》一出，为下半部贵妃仙归蓬莱埋下伏笔；下半部写幻部分插入《献发》《看袜》《骂贼》等写实场面，衬托上半部唐明皇宠信杨氏一门和安禄山的失政，场面安排参差错落，结构细密，匠心独运，使传奇剧登上艺术的新高度。

《长生殿》的曲文也是很大的亮点，它糅合了唐诗元曲的特点，叙事简洁，风格清丽晓畅，同时随不同人物的身份、情感变化而变化，将感情表达的极为细腻真切，如《弹词》中的【转调货郎儿】七转：

> 破不剌马嵬驿舍，冷清清佛堂倒斜。一代红颜为君绝，千秋遗恨罗巾血。半棵树是薄命碑碣，一抔土是断肠墓穴。再无人过荒凉野，莽天涯谁吊梨花谢！可怜那抱幽怨的孤魂，只伴着呜咽的望帝悲声啼夜月。

曲文声情并茂，凄婉动人，具有浓厚的抒情性，在当时被广为传唱。另外，洪昇巧妙借用《梧桐雨》中的曲词，融化而成《雨梦》《惊变》等曲词，如同自己新创，这也是一大艺术特色。

三、孔尚任与《桃花扇》

　　继洪昇之后，与之并称"南洪北孔"的是孔尚任，他的名作《桃花扇》与洪昇的《长生殿》兼具盛名。

　　孔尚任（1648—1718），字聘之，又字季重，号东塘，别号岸堂，自称云亭山人。山东曲阜人，孔子六十四代孙，清初诗人、戏曲作家。孔尚任三十七岁之前在家奉老、读书的生活，接触到一些南朝遗民，对李香君的故事有所耳闻，萌发了写一部反映南朝兴亡的历史剧的想法，但是"仅画其轮廓，实未饰其藻采也"（《桃花扇本末》）。康熙二十三年（1684）康熙南巡返程时祭拜孔子，孔尚任被推举讲经，深受康熙赏识，被破格录用为国子监博士。入京半年后孔尚任被康熙派去淮扬协同工部疏浚黄河海口，此间他接触到冒襄、杜濬、黄云等许多南朝遗民，促成了《桃花扇》的创作动机。康熙三十八年（1689）《桃花扇》定稿，不仅王公贵族，连康熙皇帝也看。次年春，《桃花扇》上演，孔尚任接着被罢了官，二者之间似乎有某些必然的联系。

　　历史剧《桃花扇》是最接近历史真实的，全剧以复社的清流文人侯方域与秦淮名妓李香君的爱情离合为线索，展示弘光小朝廷的兴亡之路，基本上"实人实事，有根有据"地再现了历史。作者以清醒、超脱的历史态度对剧中各色人物进行刻画并安排他们的命运，让"这些含冤的孝子忠臣，少不得还他个扬眉吐气，那些得意的奸雄邪党，免不了加他些人祸天诛"，达到"惩创人心"的艺术目的。

　　《桃花扇》的人物形象塑造也相当成功，最突出的是妓女李香君和艺人柳敬亭、苏昆生。在剧中，他们是最高尚的人，与传统等级观念中的身份完全不对等，李香君"却奁"、"拒媒"、"骂筵"，怒斥害民误国的权奸；柳敬亭奋勇投辕下书，使手握重兵性情乖戾的左良玉折服，他们都是关心国事、明辨是非、人格独立的人，即使清流文人也相形见绌。作者突破了封建等级观念，也含有尊者不尊、卑者不卑的现实情绪，在当时的历史环境下是很难能可贵的。另外，该剧的成功之处还在于塑造了众多性格不一的人物形象，即使同一类人也不尽相同。

　　《桃花扇》的艺术构思也很巧妙，作者成功选择了侯方域和李香君的离合之情，带出弘光小朝廷的兴亡轨迹，也带出复社和阉党余孽的斗争。王朝覆灭，二人重聚又双双入道，儿女之情也随之幻灭，根本的原因是国家的灭亡，弘光小朝廷的兴亡轨迹也在二人的感情中再现出来。

第四节　清代中期以后的文学

　　清王朝的统治在中叶达到"盛世"，随之而来的文化专制也日益强大，清中期以后，文学创作大致可以划分两个阶段：一个是清代中后期的创作；另一个阶段则是现在影响相当大的"晚清"的文学创作。

一、小说的崛起

清代可谓中国古代长篇小说的黄金时代，也是中国古典小说盛极而衰并向近现代小说转变的时期。清初到乾隆时期是小说的全盛时期，这个时期的作品具有初步的民主倾向，主流是描写社会现实，以《红楼梦》成就最高；乾隆时期以后到鸦片战争以前，小说开始脱离现实，宣扬名教和因果报应，小说的创作渐趋萎靡不振。

小说因为其通俗性，比诗文有更多的读者。清初的小说创作群体也发生一些变化，遗民文人、科举失意者投入小说创作中，使得清初的小说呈现出多种类型主要有：续写明代小说、世情小说、时世小说和才子佳人小说，小说已经由改变迈入独创的阶段，为小说的继续发展起到承前启后的作用。

小说续写有仿造和假借两种写法。仿造是作者以原书中的人物或他们的后身，演绎出一部与原书类似的小说，如天花才子评的《后西游记》、青莲室主人的《后水浒传》等，这类书往往缺乏创新；另一种是作者假借原书一些人物，另行创造故事情节，内容发生很大改变，丁耀亢的《续金瓶梅》就是一例，作者经过明清易代之苦，借续书抒发对清朝的不满和愤懑。比较优秀的续写作品是陈忱的《水浒后传》。陈忱（约1613—1671?），字遐心，号雁宕山樵，浙江乌程（今湖州市）人，抱遗民之痛，绝意仕进，栖身田园。后卷入"通海案"，为避祸四处藏身，在此期间完成《水浒后传》。小说叙述了《水浒传》中幸存的三十余位梁山好汉和部分英雄后代的命运。由于奸臣迫害，他们揭竿再起，或重举义旗，杀官造反；或远赴海外，创立基业。而当金军南侵，国家危亡之际，他们又舍生忘死，奋勇抗金，表现了精忠报国的英雄气概和民族气节。但宋廷割地求和，他们报国无门，只得开赴海外暹罗国。作者借续书书写内心愤懑，在艺术上并没能做出大的突破，最终结局更是落入俗套。但是作者在叙事手法上趋向生活化，借小说人物抒情写意，给通俗小说带来新的艺术素质。

世情小说以描写日常生活为主，或写情爱婚姻，或叙家庭纠纷，或描绘社会生活，或专注于讥刺儒林、官场、青楼，内容丰富，色彩斑斓。《醒世姻缘传》是继《金瓶梅》后问世的一部长篇世情小说，原名《恶姻缘》，按照佛教因果报应观，写了晁家为前世、狄家为后世的两世姻缘轮回报应的故事，前二十二回写晁源携妓女珍哥打猎，射死一只仙狐并剥了皮，后娶珍哥为妾，虐待妻计氏，使之自缢而死，此是前生故事。二十三回以后是后世故事：晁源托生为狄希陈，仙狐托生为其妻薛素姐，计氏托生为其妾童寄姐。在后世姻缘中，狄希陈变成一个极端怕老婆的人，而薛、童则变成极端悍泼的女人。她们想出种种稀奇古怪的残忍办法来折磨丈夫，而狄希陈只是一味忍受。后有高僧胡无翳点明了他们的前世因果，又教狄希陈念《金刚经》一万遍，才得消除冤业。小说本身带有荒诞的神秘色彩，但作者描绘现实生活的笔触相当清醒，世间百态描绘得真实而又鲜活，真实反映了当时的官吏腐败和世风炎凉。对一些下层人物的描写在写实基础上稍作夸张，写尽官员、乡绅、塾师、乡约、媒婆、江湖医生、市侩商人、尼姑道婆、农村无赖等各色人物的各种势利嘴脸，大诗人徐志摩说："他把中下社会的各色人等的骨髓都挑了出来供我们鉴赏，但他却从不露一点枯涸或竭蹶的神情，永远是他那从容，他那闲暇。"

　　自唐以来，男女的婚恋故事就经常成为传奇小说、话本以及拟话本的主题，清初也出现一大批这样的小说，内容基本一致，但是与以往的才子佳人小说不同，成为清初小说的一大类型。与"三言"、"二拍"等小说中才子佳人的婚恋故事重情欲、世俗化不同，清初的才子佳人小说中双方的感情通常被塑造成超越世俗情欲，追求理想配偶，却严守封建礼规，且爱情往往与才子的功名遇合相纠缠。代表作家有天花藏主人张匀，烟水散人徐震。张匀最著名的作品有《玉娇梨》《平山冷燕》《定情人》等；徐震的主要作品有《女才子书》《合珠浦》《赛花铃》《珍珠舶》等。

　　受到晚明反传统礼教、反理学的社会思潮的影响，清初的才子佳人小说将以往文人们的风流韵事转变为才子佳人求偶婚恋的庄语。小说中体现出一种自主婚姻的意识，择偶的条件不是门第、官职等，而是才貌相当，这与现实中的包办婚姻的封建观念是迥然不同的。与现实中的"女子无才便是德"不同，有的小说中还特别突出佳人的才智，如《玉娇梨》中的白红玉、卢梦梨，《平山冷燕》中的山黛、冷绛雪，《金云翘传》中的王翠翘等，她们都有着超乎男人的智慧和才能。她们主动追求纯洁的爱情。与历代小说中女性的命运总是受制于男性相比，她们不仅主宰自己的命运，而且能支配男性。正是因为清初才子佳人小说成功地塑造了这些能力和才华都远远超出了男性的女性形象，所以被译成多种文字，远播海外。才子佳人小说对后世的小说创作产生了影响，康熙以后的《好逑传》等都是在《玉娇梨》的套路上加上些世情方面的描写。另一方面，由于人物形象的千篇一律，导致这种小说没有旺盛的生命力，渐趋衰落。

二、文言小说与《聊斋志异》

　　蒲松龄（1640—1715），字留仙，一字剑臣，号柳泉，世称聊斋先生，自称异史氏，现山东省淄博市淄川区洪山镇蒲家庄人，汉族。出生于一个逐渐败落的中小地主兼商人家庭。19 岁应童子试，接连考取县、府、道三个第一，名震一时。但之后屡试不第，大半生挣扎在科举道路上，年逾古稀才取得岁贡生的科名。为生活所迫，他除了应同邑人宝应县知县孙蕙之请，为其做幕宾数年之外，主要是在本县西铺村毕际友家做塾师，舌耕笔耘，近 42 年，直至康熙四十八年（1709）方撤帐归家，终其余年。蒲松龄自谓"喜人谈鬼"、"雅爱搜神"，利用大半生的时间陆续创作出卷帙甚巨的《聊斋志异》。

　　在长达五百篇的《聊斋志异》中，作者以多种题材、笔法、体式和风格建构了一个狐鬼世界。《聊斋志异》中所写绝大部分是神仙狐鬼精魅故事，具有超现实的虚幻和奇异色彩，与六朝的志怪小说同伦，但是很多篇章的情节描写委婉曲折，与志怪小说只论梗概不同，与唐传奇却有异曲同工之妙，所以鲁迅先生称之为"用传奇法，而以志怪"。

　　《聊斋志异》的故事结构有两种：一种是狐妖、花妖、鬼等幻化进入人间，其中的异类，尤其是女性，通常在人的形体、形态、性格的基础上加入某类异类的属性，这些形象，可以关照现实社会人生，如《红玉》中的狐女、《凤仙》中的凤仙这些美丽的形象，也可以是象征性的文学意象，如《黄英》中的菊花精就被赋予菊花般淡泊名利的清高节操；另一种故事结构是人入幻境，包括天界、冥界、仙境、异邦等，以冥界的形式化最明显，受佛教影响，地狱和因果报应的观念已经在民间广为传播，阎王等形象也深入人心，冥界故事的渲染成为惨死者申冤诉苦的途径，这样的故事中更多的是现实的主题。

蒲松龄为《聊斋志异》付出极大心思，在文言短篇的创作上有很多艺术创新。

首先，与以往的文言短篇小说相比，更加注重描写人物环境、心理和行动状况等。其中，主人公的原本属性经常以其生存的环境来加以暗示，如描写女鬼连琐和书生杨于畏的故事的《连琐》开篇介绍就是："杨于畏移居泗水之滨，斋临旷野，墙外多古墓，夜闻白杨萧萧，声如涛涌。"暗示了女主人公连琐的女鬼身份。

其次，体现了文言文小说由陈述梗概到叙述委婉的演进轨迹。《聊斋志异》中很多小说都是精心结撰的，有的篇章情节颇为跌宕起伏。如《西湖主》中的陈弼教洞庭湖落水之后，闯入湖均殿阁，本已当死，又私窥公主，已是必死无疑，却逢凶化吉，陡然成了湖君的东床快婿，情节颇富趣味性，这是作品的艺术性之一。有的小说却又一反常态，极力淡化故事的情节，如《婴宁》，女主人公入世前近于童稚、绝顶天真，作者以各种景色描写、王子服的追求来衬托这种美好的性格，然其入世后受到礼教的束缚，"竟不复笑"，这也算是作者以一篇"性格小说"体现的另一种艺术追求。其他如《王子安》《绿衣女》《金和尚》等各自体现了作品类型的多样化。这既体现了作者因袭旧时小说无明确界定的观念，也表明了作者探索性的创造。

再次，继承以往文言小说中以诗代言、歌诗通情的传统，但又不完全采用，只偶尔用之，且很少用整首诗入篇，凸显作者的独具匠心。如《白秋练》中的慕生和白秋练因诗结缘，爱情受阻后以吟诗医好相思之疾，诗与爱情纠结缠绵，爱情便被诗意化了。再如《宦娘》一篇，宦娘对温如春因琴生爱，却因人鬼殊途无法结百年之好，于是促成良工和如春的爱情，而良工也善琴，"窈窕淑女，琴瑟友之"的意蕴就呼之欲出了。

最后，《聊斋志异》用的是所谓的"古文"语言，但是在保持了文言体式的基本规范的前提下，采用比较浅易的风格，人物语言中糅进口语的因素，如《邵女》中媒婆说媒："好个美姑姑！嫁到昭阳院，赵家姊妹何足数得！"人物语言灵活多变，富有生活气息。如果媒婆的语言算是俗人俗语，那么白秋练临终嘱咐慕生"一吟杜甫《梦李白》诗，死当不朽"就算得上是雅人雅语了。在叙述语言方面，小说行文洗练，如《镜听》《雨钱》《骂鸭》等以百字之言成文，然故事情节有详略，人物刻画完整而深刻，略写而能尽致，无一字闲笔。无论写事、状物、写景，都宛若实情实景，将文言文的叙事功能发挥到了极致。

《聊斋志异》不仅在中国文学史上产生重大影响，在世界范围内也流传甚广，迄今已被译成英、法、德、日、俄等二十多种语言，日本的芥川龙之介的《酒虫》就是与《聊斋志异》中一篇同名的作品。

三、章回体长篇小说《儒林外史》

吴敬梓（1701—1754），清代最伟大的小说家之一。字敏轩，号粒民，因家有"文木山房"，所以晚年自称"文木老人"，又因自家乡安徽全椒移至江苏南京秦淮河畔，故又称"秦淮寓客"。所著有《诗说》七卷，《文木山房集》五卷，诗七卷。

《儒林外史》是章回体长篇小说，全书共五十五回，约四十万字，描写了近两百个人物，"凡官师，儒者，名士，山人，间亦有市井细民，皆现身纸上，声态并作，使彼世相，如在目前"①，小说假托明代，实际反映的是康乾时期科举制度下读书人的功名和生活。作者对生活在封建末世和科举制度下的封建文人群像的成功塑造，以及对吃人的科举、礼教和腐败事态的生动描绘，使小说成为中国古代讽刺文学的典范，也使作者吴敬梓成为中国文学史上批判现实主义的杰出作家之一。

小说开篇"说楔子敷陈大义，借名流隐括全文"，此处的名流说的是王冕，作者借王冕之口痛斥八股科举制度使"一代文人有厄"，树立了王冕这样一个不受科举制度束缚的榜样。但与王冕形成鲜明对比的是周进和范进，刚出场时，周进已经六十多岁。几个商人帮助周进捐了个监生。不久，周进凭着监生的资格竟考中了举人。顷刻之间，不是亲的也来认亲，不是朋友的也来认作朋友，连他教过书的学堂居然也供奉起了"周太老爷"的"长生牌"。过了几年，他又中了进士，升为御史，被指派为广东学道。在广州，周进发现了范进。为了照顾这个 54 岁的老童生，他把范进的卷子反复看了三遍，终于发现那是一字一珠的天地间最好的文章，于是将范进取为秀才。范进中举后的悲喜交集以及众人前倨后恭的态度转变，与周进的经历有异曲同工之处。周进与范进二人的经历是对科举制度的极大嘲讽，二人的中举都是出于偶然，二人皓首穷经，迷信经典，沉溺于制艺难以自拔，却始终坚信科举是自己唯一的救命稻草。科举制度深深毒害了这类人，造成他们精神空虚、知识贫乏，例如当了主考官的范进竟然不知苏轼何许人也！表现了科举制度对社会各阶层人物的毒害以及当时乌烟瘴气的社会风气。

作者还刻画了其他的一些人物，如从淳朴的青年最后堕落成无耻的势利之徒的匡超人。还有带着科举功名帽子的乡士绅，如严贡生，作者刻画这个人的丑恶，一直刻到他的骨头里去了。

《儒林外传》中除了写这些追逐富贵的丧失人格的科举士人，也写了一些他心目中的理想人物，如虽然出身于"一门三鼎甲，四代六尚书"的大官僚地主家庭，却出污泥而不染，蔑视科举，瞧不起功名富贵的杜少卿。

《儒林外史》的叙事方式发生了明显变化，使之呈现出与通俗小说不同的文体特征。

鲁迅先生说："是后亦鲜有以公心讽世之书如《儒林外史》者。"② 吴敬梓的

---

① 鲁迅：《中国小说史略》，199 页，上海，上海古籍出版社，2004。
② 鲁迅：《中国小说史略》，158 页，北京，当代世界出版社，2013。

《儒林外史》是一部世界文学讽刺名著，鲁迅的评价点明了它的历史作用，一语中的，极为贴切。

四、曹雪芹与《红楼梦》

18世纪40年代，正值清朝的乾隆盛世，吴敬梓正伏案写作《儒林外史》，曹雪芹（1715？—1763/1764）正着手写作《红楼梦》（又名《石头记》）。在去世之前，曹雪芹"于悼红轩中批阅十载，增删五次，纂成目录，分出章回"而成前八十回，并且可能留下剩余篇章的部分稿件。曹雪芹名霑，字梦阮，号雪芹，又号芹圃、芹溪。祖籍辽阳。曹氏本是汉人，后入旗籍。自曾祖起，三代任江宁织造，其祖曹寅深得康熙宠信，与二子颙、頫继任江宁织造数十年。雪芹幼时即在此温柔富贵乡度过。雍正五年（1727），曹家发生巨变，其父因事革职抄家，雪芹随家迁居北京。他早年经历了一段封建大官僚地主家庭的繁华生活，后因家道衰落，趋于艰困，青年以后生活每况愈下，尝尽人间冷暖、世态炎凉。晚期居北京西郊，"举家食粥酒常赊"（见郭诚赠诗），贫病而卒，年未及五十。性情高傲，嗜酒健谈，具有深厚的文化修养和卓越的艺术才能。《红楼梦》余下的四十回由高鹗续写。高鹗（约1738—约1815），清代文学家。字兰墅，一字兰史，别署"红楼外史"。汉军镶黄旗。乾隆五十三年（1788），为顺天乡试举人。六十年（1795）中进士。历官内阁中书，内阁侍读。嘉庆六年（1801）为顺天乡试同考官。十四年（1809），由侍读选江南道监察御史。十八年（1813），升刑科给事中。高鹗除有颇多争议的《红楼梦》后四十回续书外，另有诗文著作多种。

《红楼梦》原名《石头记》，围绕着贵胄子弟贾宝玉的成长经历展开，曹雪芹根据自己"半世亲见亲闻来创作"，"其间离合悲欢，兴衰际遇，俱是按迹循踪，不敢稍加穿凿，至失其真"，使这一历程与曹氏家族的兴衰史错综复杂地交织起来。小说开始于女娲补天的创世神话：往古之时，四极废，九州裂，天穹崩缺，女娲炼石补天，于大荒山无稽崖炼成顽石三万六千五百零一块。"那娲皇只用了三万六千五百块，单剩下一块未用，弃在青埂峰下。"这块石头经过锤炼，灵性已通，可自来自去，可大可小，因无才补天而自怨自艾，直到有一天一僧一道决定带他到那"昌明隆盛之邦、诗礼簪缨之族、花柳繁华地、温柔富贵乡那里去走一遭"。接下来，石头由贾宝玉（假宝玉）口衔出世，历经凡俗体验，经历因果轮回。借助双关和象征，将这玉与贾宝玉的命运和自我意识结合在一起。

《红楼梦》的视角非常独特，从康、乾时期众多的贵族、官员家庭着笔，将视线聚集到贾、王、史、薛四大家族，再由四家到贾家，而后由贾家的宁、荣二府到荣国府，再由荣国府到大观园，以大观园中的各个人物之间的关系来反映大千世界。小说的主要人物是以贾宝玉、林黛玉和薛宝钗为主的众多青年男女，尤其是青少年女性，反映他们的爱情、生活等。但小说又不仅仅写这些女性，而是以百科全书式的笔触写出从皇妃国戚、贵族官僚到僧道农商、丫鬟小厮、倡优细民等各个社会阶层的礼仪应酬、诗酒歌会、庆吊往还、演艺说唱、针黹烹饪、蓄禽养兽乃至医术星相、栽花种树等清代生活的方方面面，几乎无所不包。

　　曹雪芹生活的时代正值乾隆时期的盛世，但是很多社会矛盾已经激化，曹雪芹看到社会中普遍存在的种种黑暗和罪恶，似乎敏感地感觉到末世的悲凉气息，以这样一部长篇小说为封建社会预致挽歌。《红楼梦》以封建贵族青年贾宝玉、林黛玉、薛宝钗之间的三角恋情和婚姻悲剧为线索，写出了当时极具代表性的贾、王、史、薛四大家族的兴衰，有力地批判了腐朽的封建统治和行将崩溃的封建制度。这个婚姻悲剧的男主角是贾宝玉，他在大观园中过着锦衣玉食的生活，被众人众星捧月般地呵护着，他拒绝读书上进、求官入仕，是贾政、王夫人等为代表的封建家长们眼中的"不肖的孽障"、"混世魔王"。贾宝玉厮混在闺阁之中，喜欢吃女儿家口上的胭脂，更有一些奇思妙论，认为"天地间灵淑之气只钟于女子，男儿们不过是些渣滓浊物而已"，又说"女儿是水做的骨肉，我见了女儿便清爽，见了男子便觉得浊臭逼人"。在驳斥了"文死谏，武死战"的荣誉观后，贾宝玉对他的丫鬟袭人描述了他心目中最壮丽的死亡，那必须是园子中所有的女孩儿用她们的泪水来成全的："再能够你们哭我的眼泪流成大河，把我的尸首漂起来，送到那鸦雀不到的幽僻之处，随风化了，自此再不托生为人，这就是我死的得时了。"① 贾宝玉是封建统治阶级的叛逆者，他的离经叛道的理想在那样的历史环境中注定要难以为继的，只有和他自幼相处，从来不讲"那些混账话"的林黛玉才是他唯一的知己，在一番经历之后，贾宝玉与林黛玉在相互了解和思想一致的基础上产生爱情，宝玉开始珍惜他与黛玉——这个前生注定的爱人之间的关系。但是他们的爱情似乎远不是充满甜蜜的爱慕与渴望，反倒是误会重重，而且二人经常为了证明对方而任性或者提出一些不近情理的要求，这一切给他们带来的痛苦和沮丧远远大于幸福和快乐。与之前的中国文学作品相比，这种处理方式显得非常特别，与历来作品中经常描绘的"才子佳人式"的爱情有着本质的区别。宝黛的爱情不像《牡丹亭》中的爱情那样被神话化，也没有一些落入俗套的白日梦，那些爱情的阻碍都来自于外界而非主人公内心的情感，这些外在的因为空间距离或身份地位的差异造成的障碍通常被金榜题名、夫贵妻荣轻而易举地克服，留给人们一个皆大欢喜的美满结局。但《红梦楼》中宝黛的爱情已然克服了这些外在的障碍，宝黛二人可以彼此面对，却几乎没有成功地向对方表达自己的真心，或许更深的原因是他们没有成功地面对自己的内心。在痛苦郁闷之际，宝玉常常寄情于戏曲、文学、庄子或禅宗。如第二十二回"听曲文宝玉悟禅机，制灯谜贾政悲谶语"中，宝黛二人因着湘云说出众人不敢说的——唱戏的戏子生得像林妹妹——宝玉从中使眼色提醒，惹恼了黛玉后，宝玉劝说不成，回屋里写下"你证我证，心证意证。是无有证，斯可云证。无可云证，是立足境"。宝玉似乎就在启悟的边缘，却因为各种原因，与启悟的机会擦肩而过。宝玉的启悟是以多种方式进行的，在第五回"贾宝玉神游太虚境，警幻仙曲演红楼梦"中，警幻仙子受宁荣二公所托，"先以情欲声色等事警其痴顽，或能使他跳出迷人圈子，入于正路"。于是在梦幻中宝玉与秦可卿完成了他人生中第一次与异性的身体之合，之后又在秦可卿的弟弟秦钟那里获得第一次与同性的性经验。这是一种警

---

　　① （清）曹雪芹、高鹗：《红楼梦》，穆俦校点，261页，上海，上海古籍出版社，1999。

悟式的疗法，让宝玉直面诱惑，最终控制诱惑并抛弃诱惑。只是这种警悟并未立时奏效，宝玉仍然对封建秩序充满蔑视和敌意。

在后四十回高鹗的续稿中，宝玉渐渐屈从于儒家的伦理纲常顺序，有人认为是高鹗对曹雪芹原意的扭曲和背叛。

高鹗大约于乾隆五十六年（1791）完成《红楼梦》续稿。八十回之后，宝玉渐渐走向被家长们安排的人生，自第九十四回"宴海棠贾母赏花妖，失宝玉通灵知奇祸"开始，宝玉开始半痴半傻，贾府中不幸之事接二连三，迅速走向衰败。宝玉被骗，与宝钗完婚，而真正的爱人黛玉则在病榻上奄奄一息，焚掉书稿后魂归离恨天。宝玉在痴傻的状态中接受了佛教的启悟，还参加了乡试，甚至中了举人，但在回家的路上失踪了，最后一次出现时"光着头，赤着脚，身上披着一领大红猩猩的斗篷，向贾政倒身下拜"[①]，和一僧一道飘然而去，"只见白茫茫一片旷野，并无一人"[②]。历经这一世的劫难，宝玉终于回归自己生命的本质，"空空道人又从青埂峰前经过，见那补天未用之石仍在那里，上面字迹依然如旧"[③]。正如夏志清先生说的那样，贾宝玉最终变成了一块石头，回归了他的生命本质。

小说中另外一个悲剧主人公是林黛玉。作为宝玉唯一的知己，黛玉矜持自重、孤高绝尘，蔑视功名富贵，坚持反抗，至死方休。在贾府那样一个"一年三百六十日，风刀霜剑严相逼"的复杂生存环境中，寄人篱下的她"步步留心，时时在意"，深怕行差踏错，这样的环境造成她悲凄忧郁的气质。但她按照自己的性情直道处世，不求别人的帮助，也不希冀外来的怜悯，最终以自己的生命向黑暗的封建社会做出抗争。与黛玉相对的，这场三角恋情中的另一个女主角是薛宝钗，生于四大家族中"珍珠如土金如铁"的薛家，表面上"罕言寡语，安分随时"，实则熟谙世故，城府极深，以表面的老实掩藏了自己的"青云"之志。与黛玉相比，宝钗更加善于逢迎，当贾母给她做生日问她爱吃什么东西、爱听什么戏时，她都按贾母的喜好来回答，表现了她的虚伪。宝钗不似黛玉蔑视功名，相反，一有机会，她就劝宝玉学些应酬事务、仕途经济、功名富贵等。宝玉对她的做法很反感，虽然她处处取悦贾母、王夫人这些家长们，但是无法得到宝玉的真心。最终虽然她在家长们的精心安排下成为宝二奶奶，但徒有婚姻的形式，她最终也没有得到爱情的幸福。

除了宝、黛、钗这三个艺术形象，小说还塑造了很多的经典的形象，据统计，小说中写到的人物多达七百余人，每个人物形象都塑造得非常成功，堪称典型者数以百计，如贾家的贾母、贾政、贾赦、贾琏、贾兰、贾蓉、贾珍、王夫人、邢夫人、王熙凤等，还有薛姨妈、薛蟠、刘姥姥等一个个有血有肉的活生生的人。更有一些典型的女性形象在曹雪芹笔下呼之欲出，如袭人、晴雯、鸳鸯、史湘云、探春、惜春、紫鹃、司棋、尤氏姐妹等。曹雪芹对女性心理的深刻准确的刻画，使得这些妇性形象栩栩如生，具有深厚广博的美学内涵。

---

① （清）曹雪芹、高鹗：《红楼梦》，穆俦校点，936 页，上海，上海古籍出版社，1999。
② （清）曹雪芹、高鹗：《红楼梦》，穆俦校点，936 页，上海，上海古籍出版社，1999。
③ （清）曹雪芹、高鹗：《红楼梦》，穆俦校点，942 页，上海，上海古籍出版社，1999。

　　《红楼梦》的艺术价值是一个永远说不完的话题。故事被刻在一块未能补天的石头上，似乎言之凿凿，但作者又说这是"贾雨村言"（假语村言），故事来历飘渺恍惚（缥缈峰、太虚幻境）。故事框架由远及近、由隐至显，宝、黛、钗的爱情贯穿全文，使得全书纲举目张。起始是黛玉进荣国府，纵向有刘姥姥三进大观园，横向有王凤姐弄权铁槛寺（第十五回）、皇恩重元妃省父母（第十八回）、情中情因情感妹妹（第三十四回）、呆霸王调情遭苦打（第四十七回）、惑奸谗抄检大观园（第七十四回）、林黛玉焚稿断痴情（第九十七回）、锦衣军查抄宁国府（第一百五回）等故事，这样纵横交错，形成一个波澜起伏、精彩绝伦的故事网络，赋予小说百面贯通、筋骨相连又主次分明、有条不紊的艺术结构。

　　《红楼梦》的语言准确传神、生动细腻、纯净简洁，对话语言酷肖人物身份、性格。如第四十一回"贾宝玉品茶栊翠庵，刘姥姥醉卧怡红院"中刘姥姥随贾母一起到走栊翠庵唱茶的时候，贾母吃了半盏后递给刘姥姥，刘姥姥一口吃尽，笑道："好是好，就是淡些，再熬浓些更好了。"[1] 一句话将一个土气十足的刘姥老的形象写活了。另外，代书中人物所拟的诗词，如《芙蓉女儿诔》《葬花词》《秋窗秋雨夕》《柳絮词》以及一些小的灯谜或者酒令，都是精妙绝伦的，在语言上达到了令人难以企及的高度。

　　《红楼梦》对后世的影响是很深刻的。小说问世不久，就曾以手抄本形式流传甚广，及至用活字印刷术出版后，立即流行，成为人们谈论的中心，"开谈不说《红楼梦》，纵读诗书也枉然！"各种续书也不断问世，但这些续书大都艺术价值不高，没有很好地流传。《红楼梦》是中国古典小说的丰碑，《红楼梦》之后，小说再难突破，也有一些较好的小说，如《镜花缘》《三侠五义》《歧路灯》以及"晚清四大谴责小说"等。

---

[1]　（清）曹雪芹、高鹗:《红楼梦》，穆俦校点，301页，上海，上海古籍出版社，1999。

比较文学与世界文学
学科建设教材系列

国家社会科学基金重点项目(项目编号12AZD090)"'世界文学史新建构'的中国化阐释"
教育部人文社科研究规划基金项目（项目编号12YJA751011）"世界文学史重构与中国话语创建"
阶段性成果

世界文学史教程

THE TEXTBOOK OF WORLD LITERATURE HISTORY

下

主　编　方汉文

副主编　王晓燕　吴雨平　张荣兴　夏凤军　徐文

北京师范大学出版集团
BEIJING NORMAL UNIVERSITY PUBLISHING GROUP
北京师范大学出版社

第四编　19世纪世界文学

第十五章 19 世纪欧美文学

第一节 19 世纪欧美文学的主要流派

19 世纪，欧美国家相继完成了工业革命，进入大工业化生产阶段。在经济的推动下，欧美文学产生了全球性影响。歌德与马克思的"世界文学"观点就是这一阶段提出的。19 世纪欧美文学的发展，大致可以分为三个时期：初期始于 1789 年法国大革命，结束于 19 世纪 30 年代，欧洲浪漫主义文学引导潮流；中期从 19 世纪 30 年代至 70 年代，以批判和反思社会现实为特征的现实主义文学达到高潮；后期则从 19 世纪 70 年代一直延伸到 20 世纪初期，是世界文学史上文学思潮与流派最为多样化的时代，传统的现实主义、自然主义、唯美主义和象征主义等多元文学流派交织。当然，这些文学流派并非都是在 19 世纪才形成的，也并非只在 19 世纪存在，其中有的流派甚至直到今日仍然相当活跃。但是在 19 世纪这一历史时期，这些流派在欧洲、北美甚至东方文学中传播，形成了引人注目的"世界文学潮流"，因此有必要对它们的主要审美观念、文类与构成进行分析，以深入理解其实质。

一、浪漫主义诗歌（1789—1830）

浪漫主义作为文学创作方法和艺术风格，从世界各民族的文学产生之日起就已存在。然而作为波及全欧洲甚至影响到亚洲、美洲的文学思潮，浪漫主义则主要指 18 世纪 90 年代到 19 世纪 30 年代在欧洲出现的文学潮流，也可称为"19 世纪浪漫主义"。

"浪漫主义"概念源于中世纪的"罗曼史"（Romance），这个词来自拉丁语，原义是指中世纪的骑士传奇、抒情诗等文学，具有"想象的"、"传奇般的"等多种含义。17 世纪末期，那些中世纪的罗曼司叙事文体和文艺复兴时期的同类型诗歌被称为"浪漫的"诗歌。18 世纪末到 19 世纪初，"浪漫主义"与"浪漫派"成为专指的文学术语。

从 1789 年法国大革命到 1830 年巴黎人民武装起义，欧洲资本主义与封建制度之间的斗争日益激烈。浪漫主义文学表现出双面性与两翼发展的趋势。一翼是前进的，政治上的自由主义与文学中的浪漫主义之间有密切的联系，文学浪漫主义所涉及的"自由"、"理性"和"感情"等无不具有深刻的哲学根源。于是，具有浪漫思想特性的德国古典哲学成为文学浪漫主义运动的理论基础。康德强调天才、灵感和主观能动性；谢林的"自然哲学"认为自然界的一切，从物质到人类，都是"宇宙灵魂"按照一定目的创造出来的，他把一切自然之物都归结为精神；黑格尔以"绝对精神"来分析自然美和艺术美，提出古典型艺术表现的精神会让位于浪漫型艺术。在德国古典哲学的影响下，浪漫派作家崇尚自我，提倡人的解放与表现自我。浪漫主义还受空想社会主义的影响，努力追求自由、平等的新社会。浪漫主义的另一翼则表现出倒退与返古的倾向，浪漫派作家们受到了卢梭的"回到自然"口号和18世纪感伤文学"返回自然"传统的影响，着力歌颂大自然的美丽，描绘山岭、湖泊、海洋和森林，追求近代文明所丧失了的"自然"。浪漫主义运动响起过"回到中世纪"的口号，要求作家重视中世纪时期的民间文学。中世纪民间文学不受古典主义清规戒律的约束，想象丰富，情感真挚，表达方式自由，这正符合浪漫主义的理想追求。

浪漫主义形成了独特的文学内容与形式特性，作家的主观情感在创作中表现强烈，他们常用热情奔放的语言表达自己的情感，抒发个性，塑造形象。浪漫主义作品充满了丰富的想象、大胆的幻想、离奇的情节、非凡的人物和神话色彩。

浪漫主义文学在19世纪早期的西欧各国都取得了不同程度的显著成就，尤其是在英国、德国和法国。19世纪中后期，批判现实主义文学虽然占主要地位，但在西欧许多国家内，浪漫主义文学还在继续发展。

浪漫主义的重要文类是诗歌、历史小说与历史剧。歌德的《浮士德》（1773—1831）取材于16世纪德国浮士德传说，描写浮士德博士将自己的灵魂出卖给魔鬼，以获得非凡的超越时空的能力。这是传统题材的一个新创作，成为世界文学中的珍品。浪漫主义诗歌在德国的代表作品是耶拿派施莱格尔兄弟的文学理论、霍夫曼的小说《谢拉皮翁兄弟》等作品。19世纪英国诗歌是世界文学中影响最大的浪漫主义代表作，其中拜伦（George Gordon Byron，1788—1824）、雪莱（Percy Bysshe Shelley，1792—1822）、华兹华斯（William Wordsworth，1770—1850）、柯勒律治（Samuel Taylor Coleridge，1772—1834）、布莱克（William Blake，1757—1827）、济慈（John Keats，1795—1821）被称"六大家"（Big Six）或是"六大诗人"，他们的诗歌虽然风格不同，但都成为欧洲文学从古典主义向浪漫主义转向的风向标。但是，对于浪漫主义诗歌的有价值的批评姗姗来迟，直到1953年，美国康奈尔大学教授M. H. 艾布拉姆斯的名著《镜与灯：浪漫主义文论及批评传统》才对一个多世纪前英国诗歌中这场声势浩大的文学运动做了总结性的分析。其实这部书是研究浪漫主义批评的，但是它对世界文学史产生的影响甚至远大于文学批评。艾布拉姆斯认为，19世纪浪漫主义诗歌的历史功能在于对抗当时工业化时代的理性中心、科技中心主义思潮，诗歌成为一种人类自我表现工具，相当于宗教曾经在人类信仰中的作用：

只是在维多利亚时代的初期，当一切话语都被公认或默许为想像的和理性的、表现的或判断的这两种唯有的模式时，诗才与宗教合流而对立于科学，结果，宗教摇身一变而成了诗，而诗也变成了一种宗教。①

　　当然这只是当代西方理论家们的一得之见，但是从中可以看出，19世纪浪漫主义诗歌对世界文学的影响之深刻。

二、19世纪中期现实主义小说

　　1850年左右，法国画家库尔贝和小说家尚弗勒里等人初次用"现实主义"（Realisme）这一名词来标明当时的新型文艺，并由杜朗蒂等人创办了一种名为《现实主义》的刊物（1856—1857）。该刊发表了库尔贝的文艺宣言，主张作家要"研究现实"，如实描写普通人的日常生活，"不美化现实"。这派作家还把狄德罗、司汤达、巴尔扎克奉为创作楷模，主张"现实主义的任务在于创造为人民的文学"。而"批判现实主义"的名称则源于俄罗斯文学理论。一般说来，"批判现实主义"是指从19世纪中期产生的以"批判地再现"为基本特征的"现实主义文学"。一般认为现实主义文学有其基本特征：第一是描绘客观现实生活的场景，以历史的真实描绘为原则；第二是事物典型化，从人物与环境的联系中塑造典型性格；第三，全面反映社会，再现与揭露社会黑暗面；第四，表现广阔的现实生活。以多种多样的人物、细节描绘，反映历史规律与趋势。但19世纪批判现实主义文学以人道主义理想对社会丑恶的批判中，缺少对社会理想实现的把握，有一定局限性。

　　实际上，现实主义与浪漫主义一样，是文学最基本的创作方法与思想观念，可以说从各民族文学的起源时期就已经存在。而19世纪现实主义文学则是世界文学中的一种具有历史特性的潮流与流派，具体而言，是欧洲大工业化时代的产物。法国大革命以来，资本主义生产与经济关系在欧美取得决定性胜利，科学技术高速发展。但欧洲列强对外的殖民主义侵略，国内的社会道德沦丧，西方自我中心主义的文化价值观都遇到强烈反抗。人们对启蒙思想家宣扬的理性原则产生怀疑，浪漫派作家的幻想和追求也明显无力实现。进步的作家们以务实、冷静的思想观念来审视社会现实，现实主义文学逐渐成为主流。

　　从认识论方面来看，19世纪的自然科学取得根本性的进步，促使作家用科学的态度及整体性的观点去观察、分析和研究社会。他们深入社会底层，忠实地记录人民生活的疾苦，用缜密的论证来剖析社会的丑恶，并力图找出疗救社会的良方。与此同时，思想界新的哲学思想不断涌现，费尔巴哈提出了"人本学说"，孔德提出了实证主义，而泰勒提出了决定文学的种族、环境、时代三要素的理论，这些理论学说都不同程度地影响了现实主义文学的发展。

　　19世纪欧美现实主义文学形成于30年代，法国作家司汤达于1830年发表的《红与黑》被认为是这股文学思潮的丰硕成果。通常这一时期的文学被分为两个阶段：

---

①　[美] M. H. 艾布拉姆斯：《镜与灯：浪漫主义文论及批评传统》，郦稚牛、张照进、童庆生译，415页，北京，北京大学出版社，2004。

19世纪30—60年代为第一个阶段,在这个阶段出现了以巴尔扎克、狄更斯和果戈理为代表的既猛烈抨击社会黑暗又怀有深厚人道主义和改良主义思想的作家;19世纪70年代到19世纪末为第二个阶段,在这个阶段则出现了福楼拜、哈代、列夫·托尔斯泰和马克·吐温为代表的既对社会不平等现象有批判精神又力图在更深层次反映生活真实的作家。

现实主义文学有独特的思想艺术特性。首先,作家们以人道主义、国际主义与马克思主义等多种进步思想来揭露殖民侵略与资本投机的罪恶。进步作家们同情社会分化中下层人民的悲惨境遇,要求革除社会弊端,改善人民生活。现实主义思想已经呈现出多元化的趋势,而19世纪后期的现实主义作品又较多表现出宿命论和悲观主义色彩。其次,批判现实主义作家注重对现实的真实描绘,他们深入地反映社会生活,使作品成为"社会风俗史",有意识地大量描写社会下层人物和日常生活习俗,扩大了文学题材范围。再次,现实主义作家创造了"典型环境中的典型人物"。恩格斯指出:"据我看来,现实主义的意思是,除细节的真实外,还要真实地再现典型环境中的典型人物。"[1]"典型环境"是指文学作品中典型人物所生活的、促使其行动并形成其独特个性的社会历史背景和具体生活环境。"典型人物"是指文学作品所创造的、具有独特的性格又包含具体的历史内容的人物形象。

现实主义作家们充分借助于长篇小说这种文类,反映广阔的生活内容,塑造了数量众多的人物,表达了深刻丰富的社会内容,在思想性和艺术性方面取得了前所未有的成就。现实主义在戏剧和中短篇小说上也取得相当的成就。如果说浪漫主义以诗歌为代表性文类,那么19世纪现实主义的小说则丝毫不逊于浪漫主义诗歌,同样是世界文学的代表性文类。这种文类是一种历史主义的观念,资本主义时代的小说特别是长篇小说的历史地位是社会经济与文化因素共同作用的结果。

现实主义文学在各国的发展是不平衡的,呈现出由点到面的辐射趋势,即由法、英等西欧国家兴起,逐步向东欧国家、俄罗斯和美洲国家扩展。司汤达的《红与黑》的问世标志着新的现实主义文学的诞生,而巴尔扎克使这种现实主义文学得以巩固和确立,他的《人间喜剧》使他成为世界文学史上的杰出作家之一,也确立了现实主义作为19世纪主流文学的地位。自19世纪50年代后,法国文坛出现了强调科学精神、崇尚客观与自然叙事的创作新风格,倡导者为福楼拜等人。现实主义文学从对社会现实的描述转向对人物内心世界的挖掘,对资本主义的精神危机表现达到了新的高度。

英国较早开始工业革命,此时工业化的资本主义社会经济形态已经发展得比较成熟。社会的贫富分化现象日益突出,劳资冲突日益加剧,这使得英国现实主义作家所关注的题材多为下层人民的悲苦处境和劳资矛盾,作家笔下的人物也多为工人、小市民、小手工业者和小商人等。狄更斯是这一时期具有代表性的作家。19世纪后半期,英国已丧失资本主义世界的领头羊地位,经济频频出现危机,国内矛盾重重,思想界改良主义思想泛滥。在这种社会条件下,现实主义作家们更多地投向抨击社会的道德

---

① [德]恩格斯:《致玛·哈克奈斯》,载《马克思恩格斯选集》,第4卷,683页,北京,人民出版社,1995。

伦理、宗教、家庭、教育制度等各种不合理现象，其中引人注目的是托马斯·哈代等作家。

德国是欧洲资本主义发展较为迟缓的国家。19 世纪 30 年代，德国工业开始加快发展步伐，德国社会也发生了急剧变化。受法国 1830 年"七月革命"的影响，德国人民对国家的分裂状态和落后的封建统治强烈不满。德国文学在 30 年代后有了很大变化：此前的现实主义文学主要是以反对封建君主专制和诸侯割据为主要内容；30 年代后的文学，主题则多为揭露封建统治与抨击资本投机。这一时期德国文学最重要的作家是毕希纳、海涅和维尔特等。

19 世纪的俄国现实主义文学在世界文学史上占有重要一席。19 世纪 60 年代以前，俄国还处于专制农奴制统治之下，落后的社会制度使作家的作品中表达出一种拯救国家的使命感，其作品的主要锋芒直指俄国沙皇专制制度和农奴制度。随着文学对社会批判的不断深入，现实主义作家完成了从塑造"多余人"到"新人"形象的转型。俄国文学大致可以分为两个阶段：19 世纪 60 年代前剖析俄罗斯社会要害的"谁之罪"式的文学；19 世纪 60 年代后探讨俄罗斯社会出路的"怎么办"的文学。19 世纪俄国出现了果戈理、屠格涅夫（1818—1883）、陀思妥耶夫斯基（1821—1881）、列夫·托尔斯泰和契诃夫（1860—1904）等世界闻名的作家。

东北欧的现实主义文学发展迅猛。东北欧国家由于长期处于殖民统治和封建专制的压迫下，又受到欧洲大陆风起云涌的革命风暴的影响，因此在文学中反复出现一个主题，即揭露异族侵略者的残暴和本国统治者的腐朽，反映下层人民的疾苦，呼吁人民为争取自由和独立而斗争。其中，重要作家有波兰的亚当·密茨凯维支（1798—1855）、亨利克·显克微支（1846—1916），保加利亚的赫里斯多·保特夫（1849—1876）、伐佐夫（1850—1921），丹麦的安徒生（1805—1875）和挪威的易卜生（1828—1906）。19 世纪 70—80 年代，现实主义文学在挪威取得了令世人瞩目的成就，易卜生的一系列"社会问题剧"，揭发资产阶级的伪善与守旧，描述挪威中小资产者的心理历程，成为世界戏剧发展史上的又一座里程碑。

19 世纪美国现实主义文学也格外引人注目。由于欧美社会条件的差异，美国批判现实主义文学比欧洲要晚半个世纪。它首先出现在"地方色彩"的文学作品中，是浪漫主义故事情节和现实主义描写相结合的产物。随着美国资本主义发展进程的加快，先前对美国社会制度抱乐观情绪的浪漫主义文学逐渐淡出文坛，取而代之的是谴责资本主义罪恶，揭露帝国主义侵略与掠夺，反映美国黑人悲惨遭遇的现实主义文学。威廉·豪威尔斯（William Dean Howells, 1837—1920）被评论界视为美国现实主义文学的奠基人。他认为，现实主义要求创作素材绝对真实，既不能夸大，也不能缩小。他极力反对那些因一味表现失意和绝望而变得苍白无力的作品，强调作品要表现更"美国化"的内容。70 年代以后，美国批判现实主义文学飞速发展，出现了马克·吐温、欧·亨利（O. Henry, 1862—1910）、杰克·伦敦（Jack London, 1876—1916）等一大批优秀作家，以及"揭发黑幕运动"的暴露社会黑暗的文学。同时，自然主义也由欧洲传至，并落地生根。斯蒂芬·克莱恩（Stephen Crane, 1871—1900）、弗兰克·诺里斯（Frank Norris, 1870—1902）、西奥多·德莱塞（Theodore

Dreiser，1871—1945）等人都是其中的出色代表。

19 世纪后期，自然主义、唯美主义、象征主义文学流派兴起，西欧国家中还曾出现了一些宣扬沙文主义和帝国主义的文学作品。

三、自然主义、唯美主义与象征主义文学流派

19 世纪中后期，前期现代主义文学在欧洲形成。总体而言，欧洲现代主义文学的辉煌时期相当短暂，而其绵延时期又相对漫长，因此对现代主义文学起止的时间划分见解不一。罗兰·巴尔特在《写作的零度》中认为，1850 年前后，"传统的写作传统崩溃了"，世界文学进入现代主义时期。而弗吉尼亚·伍尔芙则认为，从 1910 年前后，现代主义文学兴起或是集中于这一时期。本书采取一个较为流行的看法，以 19 世纪 70 年代为起始，20 世纪 30 年代为高潮，现代主义文学在欧美形成一个较为集中的历史时期。当然，除了现代主义之外，这一时期是多元化的时代。

现代主义的各种流派产生于不同时期，我们先看 19 世纪后期的几种流派及其主要文类。

自然主义文学　自然主义文学于 19 世纪 60—90 年代出现在法国。随着工业革命的深入，科学界在生物学、生理医学方面都取得了前所未有的成果。自然科学的新理论与新观点对文学观念、方法的更新都产生了影响。达尔文的进化论，孔德的实证主义哲学，泰纳的实证主义艺术观以及克洛德·贝尔纳、吕卡思的生理学研究成果，为法国自然主义文学的形成提供了条件。

"自然主义"首次出现在爱弥尔·左拉（1840—1902）于 1866 年 7 月 25 日发表的《大事件》一文中。该文重点分析了泰纳的《拉封丹和他的寓言》，认为泰纳是道德世界的自然主义者，并且指出："做一个自然主义者，即意味着要把纯粹的观察、精确的分析运用到道德事件的研究和生理个案的研究中。"1881 年左拉在《自然主义》中又明确地主张："自然主义者要从自然的本源上重新研究自然，要用生理的人去代替抽象的人，不把人同决定他命运的环境分离开。"

1865—1876 年是法国自然主义文学的形成时期。1865 年是自然主义形成的转折点。这一年中克洛德·贝尔纳（1813—1878）的专著《实验医学研究导论》出版，爱德蒙·德·龚古尔（1822—1896）和于勒·德·龚古尔（1830—1870）兄弟合写的《翟米妮·拉赛特》问世。后者主要描写一个女仆沉沦的故事，这是法国第一部自然主义作品。龚古尔兄弟首次把医学的方法运用到对人物悲剧性格的分析中。受其影响，左拉于 1867 年发表了第一部自然主义小说《黛莱斯·拉甘》。1868—1876 年间左拉开始为自然主义写作方法辩护，并在福楼拜、都德和屠格涅夫的支持下继续其自然主义文学创作。1869—1893 年间左拉构思并创作了《卢贡-马卡尔家族》这一包括 20 部小说的大型自然主义文学巨著，重点通过一个家族的自然史和社会史反映法国第二帝国的兴衰。

1876—1884 年是法国自然主义文学发展的鼎盛时期。1876 年左拉《小酒店》的发表获得成功，标志着法国自然主义文学进入了辉煌时期。1880 年短篇小说集《梅塘

之夜》巩固了左拉的威望，而且自然主义文学团体"梅塘集团"宣告成立。1881—1884年左拉结合其创作实践系统地提出了自然主义文学主张。他提出自然主义小说应具有三个特征：一是准确、真实地描写生活，小说家要像科学家做实验那样去真实描写现实生活；二是英雄人物的缺席，小说家要写有血有肉的活生生的人、生物的人，避免用夸张与虚构去塑造非凡人物；三是小说家本人要在作品中消失。

1884—1893年是法国自然主义文学的分化和遭质疑的时期。1887年左拉的《土地》出版，五位年轻作家联名发表文章，批评左拉的自然主义方法，从而使这一文学流派在法国趋于衰落。从19世纪80年代起，随着左拉的作品被翻译介绍到英国、德国、意大利、美国和日本等国家，自然主义文学的影响遍及欧美大陆和世界各地。包括日本等东方民族中，自然主义文学都有自己的一席之地，可见其影响之大。

唯美主义文学　唯美主义文学的产生可以说是对工业文明和商品化社会造成诗情消弭、理想失落的一种反拨。唯美主义思想渊源可以追溯到康德美学的艺术形式理论和英国浪漫主义文学对纯美诗的追求。19世纪初，唯美思想形成明确的理论。法国诗人戈蒂耶（1811—1872）提出"为艺术而艺术"的主张。后来美国诗人爱伦·坡（Edgar Allan Poe，1809—1849）和法国诗人波德莱尔（1821—1867）在创作中对新的表现技巧的追求，对病态美和丑的偏爱，无疑推动了后来的唯美主义文学运动的发展。19世纪60年代法国巴那斯诗派又发挥了"为艺术而艺术"思想，提出与浪漫主义美学理论所不同的"崇尚纯粹的形式美"的口号。巴那斯诗派强调诗歌语言和格律的至善至美，并在创作中实践这一主张。其影响在七八十年代又扩展到英国，得到约翰·罗斯金（John Ruskin，1819—1900）、瓦尔特·佩特（Walter Pater，1839—1894）和奥斯卡·王尔德（Oscar Wilde，1854—1900）等人的积极响应，从而形成后来的唯美主义文学流派。唯美主义文学从一开始就具有否定传统、追求形式美的倾向。其美学纲领"为艺术而艺术"包含两方面意义：一是否定文学的功利主义；二是反对艺术商品化。唯美主义虽然有形式主义倾向，但它倡导艺术的超功利性和独立性，强调艺术家要崇尚精神自由和个性解放。这些见解颠覆了西方以道德教化与宗教教育为目标的文学观，促使人们重新思考和认识艺术的目的和艺术家的使命。

象征主义文学　19世纪后期，印象派绘画和瓦格纳音乐在法国掀起了一场革新运动。印象派绘画改变了传统绘画的表现技巧，从色彩中找到了最本质的诗意的表达。这一画派的出现从观念和方法上启发了诗人们对诗歌语言特性及表现手段的再思考。他们认为诗歌的语言不是叙述和描写，而是一种隐喻和暗示。理查德·瓦格纳（1813—1883）的《罗恩格林》《尼伯龙根指环》等歌剧陆续在法国上演，引起轰动。瓦格纳在歌剧中尝试把音乐和诗完美地结合在一起，通过整体和谐的艺术去实现传达人类精神的理想。

象征主义作为创作方法，早在中世纪的宗教文学中就已出现。现代美国作家爱伦·坡和法国作家波德莱尔的诗歌，重视语言的象征、暗示作用，都被视为象征主义流派的先驱。作为一个诗歌流派的象征主义出现于1886年。诗人勒内·吉尔发表《言词研究》，斯特凡·马拉美（1842—1898）为它写了前言。这部论著肯定了从波德莱尔以来诗坛上出现的一些新诗。一个笔名为让·莫雷亚斯（1856—1910）的诗人在

1886 年 9 月 18 日的《费加罗报》上发表了一篇文章，主张用"象征主义"为当时文坛上出现的具有创造精神和新倾向的诗歌定名，并且把波德莱尔视为该流派的先驱，把马拉美、魏尔伦（1844—1896）等视为主要代表。这种看法获得广泛的响应，标志着象征主义流派的产生。象征主义的主要成就和贡献表现在诗歌方面。这一流派的作家主张诗歌应表现人的内心世界，但反对浪漫主义直抒胸臆的表现手法，而主张用隐喻和暗示，尤其重视语言的多重功能和内涵的丰富性，主张用语言的魔力去创造一个独立的诗情世界，并把这个诗情世界与现实世界隔开，使之神秘化。象征主义的主要代表是法国的兰波（1854—1891）、魏尔伦、马拉美和比利时的梅特林克（Maurice Maeterlinck，1862—1949）。90 年代后期，象征主义运动开始向欧美各国扩散，20 世纪初又形成了后期象征主义运动。

第二节　俄罗斯文学

一、19 世纪之前的俄罗斯文学

大约在 9 世纪，古罗斯有了文字，到 11 世纪便出现了书面文学。19 世纪前的俄国文学大致可分为四个时期：

基辅时期（11—12 世纪）　这一时期的文学有教会文学、编年史、历史故事、传记文学等。随着罗斯受洗，大批经过翻译的拜占庭宗教书籍传入罗斯，受其影响，俄国产生了第一批宗教作品，如诺夫哥罗德主教路加（1016—1060）写的《善训》、圣徒传记《鲍里斯和格列勃传》，大主教伊拉里昂所著的《法律与神恩讲话》（11 世纪三四十年代）。此外，世俗文学也开始形成，其中最著名的便是经修道士涅斯托尔修撰的罗斯编年史《往年纪事》，这部编年史记载了斯拉夫人的起源、生活传说及古罗斯国家的起源和历史，内容丰富，被称作 9 世纪至 11 世纪古罗斯生活的百科全书。这一时期最重要的作品还有《伊戈尔远征记》（1185—1187）。它以诺夫哥罗德王公伊戈尔的一次失败远征为题材，表现了呼吁国家统一、人民团结的爱国主义精神，同时也塑造了既爱国英勇又贪图个人功名的伊戈尔的鲜明形象。在艺术上，它大量吸收民间口头创作的特点，成为一部可与中世纪欧洲其他史诗媲美的卓越作品。

鞑靼统治时期（13—15 世纪）　13 世纪时，随着鞑靼人的入侵及之后罗斯与德意志、瑞典的冲突，"军事文学"成为这一时期文学的主流。如反映罗斯人民抗击鞑靼侵略者的《拔都侵袭梁赞的故事》《马迈大战记》和《顿河彼岸之战》，反映罗斯同德意志、瑞典冲突的作品《多夫蒙特传》《亚历山大·涅夫斯基传》等。民族觉悟和国家意识的加强，爱国主义精神的弘扬，构成了这些作品的基本精神。14—15 世纪，随着诺夫哥罗德和普斯科夫等城市手工业与商业的发达，及城市中教会异端派的出现，在罗斯出现了一种新的社会意识，即对人的命运的关心，对人的个性的肯定。15 世纪出现的作品《彼得·穆罗姆斯基和费夫罗尼娅·穆罗姆斯卡娅纪事》，写彼得王公爱上农村姑娘费夫罗尼娅，为了爱情不惜放弃王公之位。他们死后，本来分开埋葬的尸体竟出现在同一口棺材里，惊讶不已的人们不敢把他们分开。故事表现了突破封建道德观念，大胆追求个人幸福的思想，与欧洲文艺复兴的文学思想是相对应的。

莫斯科时期（16—17世纪） 16世纪初期，以莫斯科为中心的罗斯统一事业已经基本完成。1547年，伊凡四世正式采用"沙皇"称号。俄罗斯以一个强盛的多民族大国的形象出现于欧洲，为经济和文化的繁荣创造了条件。印刷术的采用，又大大促进了文学事业的发展。这一时期的作品多反映了俄罗斯统一过程中的斗争，如政论集《伊凡雷帝与库尔布斯基通信集》，通过伊凡雷帝与背叛了他的将领库尔布斯基的通信，表现了维护沙皇权力和专制制度的思想。军职人员图奇柯夫于1537年编撰的传记《米哈伊尔·克洛普斯基》谴责了封建割据的思想。

17世纪，随着商业的发展，反映新兴贵族和商人生活的作品日益占据显著地位。小说《弗罗尔·斯科别耶夫的故事》用讽刺的笔法描写了贵族阶级的生活和习俗。《萨瓦·格鲁岑的故事》对市井生活做了生动的描述。主人公出身于商人阶层，他离开了父母，瞧不起旧的生活习惯，想要按自己的意愿生活。尽管他为背离世代相袭的古老生活方式付出了代价，但也体现了一种新的精神。可以说，这一作品开启了其后俄罗斯文学经常出现的，通过两代人的相互关系体现新旧观念冲突的主题。

18世纪俄罗斯文学 18世纪随着彼得改革，俄罗斯文学从古代文学向具有新的内容和形式的俄罗斯新文学过渡。

首先产生的是古典主义文学。彼得改革之后，专制制度日趋巩固，受法国17世纪古典主义的影响，形成了俄国古典主义流派，代表人物有康捷米尔（1708—1744）、罗蒙诺索夫（1711—1765）、苏马罗科夫（1717—1777）等。罗蒙诺索夫既是数学家，又在文学方面多有建树。他的著作《修辞学》（1744）、《俄语语法》（1757）和论文《论俄文宗教书籍的益处》（1757）等，对俄罗斯语言的标准化、规范化贡献很大，而其诗歌《伊丽莎白女皇登基日颂》《晨思上天之伟大》等，充满了对祖国的热爱和对彼得大帝英雄业绩的歌颂。总的来说，俄国的古典主义与启蒙思想逐渐融合，在思想上反抗暴力，热爱自由；在体裁形式上，打破古典主义的种种清规戒律，往往用"低级的"朴素的语言进行创作，从而具有了自己独特的民族性、民主性、现实性特点。如杰尔查文（1743—1816）的政治性颂诗《费丽察》，作为献给叶卡捷琳娜女皇的颂诗，体现了君主主义思想；而讽刺性颂诗《大臣》《致君王与法官》则以其对贵族大臣的讽刺，富有民主主义色彩，将讽刺引进崇高的颂诗，也形成了杰尔查文诗歌的一种新的特色。

继古典主义之后，俄国产生的另一文艺思潮是感伤主义。感伤主义把注意力更多地转向普通人的命运及感情。俄国感伤主义的代表人物是卡拉姆津（1766—1826），他的中篇小说《可怜的丽莎》（1792）叙述了农村少女丽莎与贵族少爷艾拉斯特相爱，后被遗弃而投水自尽的故事，对小人物的命运寄予了深切的同情，充满了人道主义精神，同时也具有浓厚的感伤色彩。

18世纪的俄国文学中最激动人心的应该说是充满启蒙主义精神的现实主义文学。18世纪中期以后，西方的启蒙浪潮越来越猛烈地冲击着俄罗斯。伏尔泰、狄德罗、孟德斯鸠、卢梭等启蒙思想家的著作被大量译成俄文出版，使俄国涌现了一批西方新思想的鼓吹者。鉴于俄罗斯独特的社会状况，揭露和谴责农奴制的残酷和不人道，主张限制君主的权力，构成了俄国启蒙运动的主要内容。启蒙运动在文学上的代表人物是冯维辛（1745—1792）和拉吉舍夫（1749—1802）。冯维辛的讽刺喜剧《旅长》讽刺了俄国贵族社会当时普遍存在的崇法思想。其喜剧《纨绔少年》暴露了贵族子弟的愚昧无知，并将之追溯到农奴制这一根源之中。拉吉舍夫则比同时代人更接近西方的启蒙思想，歌颂自由，谴责农奴制度，宣扬天赋平等的思想，呼吁通过暴力的方式建立新的社会。其长诗《自由颂》（1781—1783）热情讴歌了他所向往的自由，呼唤"被束缚的人民"运用"天赋的复仇的权利，把沙皇送上断头台"。1789—1790 年，拉吉舍夫完成了代表作《从彼得堡到莫斯科旅行记》。该书以旅行随笔的形式描写了作者从彼得堡到莫斯科一路上的所见所闻。"我举目四顾，人们的苦痛刺痛了我的心"，这决定了全书的基调。作品展示了一幅幅农奴制压迫下农民的悲惨画面，将矛头直接指向沙皇专制制度和农奴制度，开辟了俄国文学的现实主义道路。

二、19 世纪前期的俄罗斯文学（1800—1860）

19 世纪俄罗斯新文化的形成和发展，可以说是在西方文化与俄罗斯传统文化的冲突融合中逐渐实现的。18 世纪下半期以来，西方自由主义思想源源不断地涌入俄罗斯。1812 年卫国战争对拿破仑的胜利，一方面大大激发了俄罗斯人的民族意识及爱国主义精神；另一方面，当亲历战争的一些贵族青年踏进法国的土地，他们又亲身感受到了西欧的社会进步，并由此引发了改变俄国社会现实的愿望。1825 年"十二月党人"的起义，作为一次贵族自由主义运动，很大程度上便是卫国战争的直接后果。

19 世纪初的浪漫主义，正是在西欧文学的影响下，随着卫国战争后民族意识的觉醒，资产阶级民主自由思想的传播，特别是"十二月党人"的革命运动而产生的。代表作家茹科夫斯基（1783—1852）的浪漫主义诗歌还带有感伤主义的痕迹，其代表作《斯薇特兰娜》具有宗教神秘主义倾向，而 1812 年写的《俄罗斯军营的歌手》则充满爱国主义精神。茹科夫斯基被称为俄国文学史上第一位抒情诗人。他善于表现人物内心丰富的感受，在发挥诗歌的音乐性、扩大诗歌的表现力上成为普希金的先导。

最能体现浪漫主义歌颂自由、歌颂理想的，是"十二月党"诗人和普希金、莱蒙托夫的诗歌。被誉为"俄国文学之父"和"俄国诗歌的太阳"的普希金，在诗歌、小说、戏剧等多种文学体裁上全面发展了俄国文学。他的浪漫主义抒情诗《自由颂》《致恰达耶夫》《致大海》等，典型地体现了浪漫主义争取人的自由和解放的精神，而浪漫主义叙事诗《高加索的俘虏》《强盗兄弟》《茨冈人》等，则在歌颂浪漫主义自由理想的同时，在一定程度上批判了个人主义、利己主义思想，从而体现了俄罗斯民族精神的独特性。

当 1837 年普希金在决斗中遇害身亡后，有位诗人怀着极大的悲愤，写下了《诗人之死》，对杀害诗人的凶手表示了强烈的抗议。他因此被流放，但同时也获得了极大的名声，这就是米哈依尔·尤利耶维奇·莱蒙托夫（1814—1841）。莱蒙托夫的抒情诗，既有面对黑暗社会的深切悲痛与绝望，也有对美好未来的渴望与希翼。抒情短诗《帆》是这样写的：

> 在那大海上淡蓝色的云雾里，
> 有一片孤帆闪耀着白光，
> 它寻求什么，在遥远的异地？
> 它抛下什么，在可爱的故乡？
> 波涛在汹涌，海风在呼啸，
> 桅杆弓起了腰轧轧地作响……
> 唉！它不是在寻求什么幸福，
> 也不是逃避幸福而奔向他方！
>
> 下面是比蓝天还清澄的碧波，
> 上面是金黄色的灿烂的阳光……
> 而它，不安的，在祈求风暴，
> 仿佛是在风暴中才有着安详！

这首诗，典型地反映了莱蒙托夫，以及19世纪30年代进步知识分子的思想、心情与处境。而长诗《童僧》和《恶魔》，更是诗人浪漫主义创作的高峰。《恶魔》通过塑造一个蔑视一切、否定一切的"恶魔"形象，表达了对旧世界的激烈否定。诗中的"恶魔"又只是一个个人主义英雄，最终只能以失败而告终。

> 失败了的恶魔只好诅咒着
> 自己的那些狂乱的幻想，
> 傲慢、孤独的他在宇宙间
> 又孑然一身，没有期望，
> 也没有爱情，同以往的一样……

对个人主义英雄的否定，促使诗人去寻找另外的真正能为自由而斗争的人物。《童僧》写一个修道院的童僧，因不堪忍受牢狱般的生活，怀抱着自由的幻想，从修道院逃出去，过了三天自由的生活，最终奄奄一息，倒在地上，又被找了回去。但童僧毕竟为寻找自由和幸福的生活做出了自己的努力。

> 我生活过了——
> 我一生要没有这幸福的三天，
> 那它比起你这衰老残年
> 还要更凄惶，还要更悲惨。

　　浪漫主义用理想和激情来反抗现实，现实主义则多了一份对现实的冷峻剖析。俄国现实主义文学继冯维辛、拉吉舍夫之后，在 19 世纪初又出现了格利鲍耶多夫（1775—1829）的喜剧《聪明误》。剧本以在西方文明冲击下的俄国上流社会为背景，展示了代表顽固保守势力的法穆索夫和作为新的贵族知识分子代表的恰茨基之间的冲突。具有进步思想的恰茨基在俄罗斯找不到自己的根基，只好到西欧去寻找精神的皈依。恰茨基可以说是俄国文学史上第一个"多余人"。这种充满"智慧的痛苦"的多余人形象，一次次在其他作家的作品中复现。如普希金的《叶甫盖尼·奥涅金》、莱蒙托夫的《当代英雄》、赫尔岑的《谁之罪》、屠格涅夫的《罗亭》等。

　　19 世纪的俄国现实主义文学几乎是与浪漫主义同步发展的。普希金、莱蒙托夫既是浪漫主义诗人，又是现实主义小说创作中的代表。普希金的《叶甫盖尼·奥涅金》被认为忠实地反映了俄国社会发展的一个重要时期。而莱蒙托夫的《当代英雄》，则塑造了一个充满矛盾的人物——毕巧林。他一方面渴望生活，具有丰富的感情，另一方面又对一切都冷漠、玩世不恭；一方面有追求，有使命感，另一方面又感到无路可走，充满空虚和苦闷感。

　　在俄国现实主义文学的发展中，维萨利昂·格利戈里耶维奇·别林斯基（1811—1848）是理论的奠基者。他的美学和文学批评亦大致可分为前后两个时期：19 世纪 30 年代是第一时期，主要探索俄国文学的发展道路，同时也深受黑格尔思想的影响代表作有《文学的幻想》(1834 年)、《论俄国中篇小说和果戈理的中篇小说》（1835）、《智慧的痛苦》(1840)；19 世纪 40 年代以后为第二时期，对现实主义的阐析成为重点，代表作有《艺术的概念》(1841)、《论普希金》（1843—1845）、《给果戈理的一封信》(1847)、《1847 年俄国文学一瞥》(1848)。

　　在《1846 年俄国文学一瞥》和《1847 年俄国文学一瞥》两篇论文中，别林斯基论述了俄国"自然派"的形成过程和特色。他认为"自然派"的渊源可追溯到 18 世纪的康捷米尔。18 世纪以来俄国文学的发展经历了从模仿走向"靠近现实、靠近自然"，走向"独创性和民族性"的过程。普希金汇集了前人的文学成就，奠定了"现实的诗歌"的基础，但未完全摆脱西欧文学的影响。果戈理对俄国现实的真实描写，开辟了俄国文学的现实主义道路。19 世纪 40 年代后半期，以果戈理为代表的"自然派"形成，影响日益扩大，并决定了俄国文学的发展方向。别林斯基揭示了"自然派"的特点：其一，艺术描写的真实性；其二，对小人物、普通人的关注；其三，表现社会问题，批评和否定专制农奴制的黑暗现实。

　　尼古拉·瓦西里耶维奇·果戈理（1809—1852）的创作，在很大程度上体现了别林斯基提出的"自然派"的特点。《彼得堡故事》中对彼得堡的真实再现和对彼得堡的小公务员的不幸与痛苦的揭示，《钦差大臣》以一个外省城市为蓝本对腐败堕落的沙皇官僚机构的讽刺，《死魂灵》对农奴制度下的俄国乡村面貌进行全景式展示，这些作品都体现了俄国现实主义文学的风貌。

　　果戈理之后，赫尔岑、屠格涅夫、陀思妥耶夫斯基等，相继登上俄国现实主义文学的舞台。屠格涅夫的第一部现实主义作品《猎人笔记》（1847—1852）采用一个猎人到乡村行猎所写的笔记的形式，描绘了俄国乡村各个阶层的生活。陀思妥耶夫斯基的《穷人》（1845）和《孪生兄弟》（1846）等，继承了俄国文学描写"小人物"的传统。亚历山大·伊凡诺维奇·赫尔岑（1812—1870）代表了典型的俄国知识分子对俄罗斯发展之路的紧张探索。其代表作《谁之罪》（1845—1847），通过一个爱情纠葛故事及因此导致的悲剧，提出了"这到底是谁之罪"的问题，同时也开俄国文学史上"政论式小说"的先河。1847年，赫尔岑前往欧洲，开始了通过欧洲向俄国运送思想"军火"的侨居生涯。19世纪50年代，他和奥加辽夫在伦敦创办《北极星》丛刊（1855—1862）和《钟声》报（1857—1867），大力揭露俄国社会的黑暗腐朽，宣传解放农民的主张。随着1848年欧洲革命的失败及对欧洲资本主义的失望，赫尔岑转向"俄国农民社会主义"，成为俄国民粹主义的先驱。赫尔岑19世纪五六十年代的总结性作品是集日记、书信、传记、特写、随笔、政论、杂感于一体的大型回忆录《往事与随想》。它既忠实地记录了作者一生的经历和思想探索的艰难历程，同时以史论般的笔触，较详细地反映了1812年卫国战争到19世纪60年代俄国社会生活的风貌，以及俄国在这些年代所处的欧洲环境，是一部百科全书式的作品。

从19世纪50年代开始，随着社会的转型，俄国文学也在悄悄地发生着变化。冈察洛夫的《奥勃洛摩夫》（1859）宣告了一个时代的终结。奥勃洛摩夫作为最后的一个"多余人"，在懒惰、麻木和昏睡中度过自己的一生。杜勃罗留波夫在《什么是奥勃洛摩夫性格》一文中指出，应该把"奥勃洛摩夫性格"看作俄国贵族生活的全部。整个的旧俄罗斯都已被深深打上了"奥勃洛摩夫性格"的印记。

在反映转型期的俄国社会生活及贵族、平民知识分子的命运的作家中，最有代表性的作家莫过于伊凡·谢尔盖耶维奇·屠格涅夫（1818—1883）。屠格涅夫生在趋于没落的贵族家庭，受西欧民主主义思想影响较大，他的一生可以说都是站在贵族自由主义知识分子的立场来看待俄国社会的变迁。他的作品形象地反映了俄国社会19世纪30—70年代的生活风貌，被人称作俄国生活的"艺术编年史"。19世纪四五十年代是屠格涅夫创作的探索时期，这一时期俄国文学中的许多问题都跟农奴制有关。屠格涅夫的作品，一方面反映了俄国社会农民阶级与地主阶级的关系，揭示了农奴制的本质，如《猎人笔记》（1847—1852）、《木木》（1852）；另一方面则探讨了俄国贵族知识分子在俄国社会进程中的命运，如《罗亭》（1856）和《贵族之家》（1858）。而《前夜》（1860）和《父与子》（1861），则塑造了作为"新人"的平民知识分子的形象。作家在晚年还写了不少优美的散文诗。这些散文诗既充满对俄国、对俄罗斯大地的热爱，对生活中的美好的向往，又表现了作家内心的失落、矛盾和苦闷，从而成为屠格涅夫晚年心灵的一份独白。

反映农奴制改革前后俄国社会的巨变，呼唤"新人"的出现，决定了19世纪中叶俄国文学的内涵。亚历山大·尼古拉耶维奇·奥斯特洛夫斯基（1823—1886）在其戏剧创作中，再现了从贵族到商人、小市民生活的广阔画面。代表作《大雷雨》（1860）通过俄国资本主义发展过程中一个商人家庭的冲突，塑造了一个对金钱充满贪欲且粗野、毫无教养的俄国商人的形象；同时也塑造了卡杰琳娜这样一个为追求人生幸福、个性解放而敢于反抗强暴，甚至不惜以死亡来抗争的俄罗斯新女性的形象。杜勃罗留波夫在其著名论文《黑暗王国中的一线光明》里，将勇敢无畏的卡杰琳娜比作"黑暗王国里的一线光明"。

三、19 世纪后期俄国文学（1861—19 世纪末）

1856 年，俄国在与英法争夺巴尔干和黑海而进行的克里米亚战争中失利，充分暴露了农奴制俄国的腐败。1861 年 2 月 19 日，亚历山大二世签署了关于"农民摆脱农奴制依附关系"的法令，被迫废除农奴制度。这一改革使俄国农民获得人身解放，成为享有权利的农民。但改革是不彻底的，农民既要以沉重的赎金偿付地主，又只能得到一些被割裂的坏地。农民摆脱了对地主的人身依附关系，但以行政权力强化的村社和连环保制度仍把他们束缚在封建宗法关系之中。俄国正是在保有农奴制残余的基础上走上资本主义发展道路的。

19 世纪 60 年代，知识分子产生分化，自由主义知识分子既不愿反动倒退，也不愿进行革命性的变革，主张走温和的改良道路，把君主立宪制作为政治理想。民主主义知识分子反对现有秩序及传统的一切，从而被称作虚无主义。

"新人"形象最典型地体现在尼古拉·加里洛维奇·车尔尼雪夫斯基（1828—1889）的《怎么办》（1863）中。这部回答人民应该怎样生活的社会政治小说，展示了一批新型的平民知识分子的形象。他们信奉"合理的利己主义"，把献身于群众和社会事业看成自己的最高追求。作品通过罗普霍夫、吉尔沙诺夫、薇拉的"三角恋爱"揭示了爱一个人意味着为他的幸福而高兴的新型爱情观，同时通过组织劳动作坊表现了平民知识分子的空想社会主义理想。

随着俄国走上资本主义发展道路，传统的解体，社会的巨变和纷乱，均在陀思妥耶夫斯基、托尔斯泰、契诃夫等作家的作品中得到精彩的展示。他们的作品一方面延续了俄罗斯文学传统的"小人物"主题，表现一种浓厚的人道主义精神；另一方面又具有深刻的批判精神。这种批判既是对沙皇专制制度下的社会现实的批判，又是对资本主义的批判。这种资本主义批判的主题给俄罗斯文学带来了新的内涵。

尼古拉·瓦西里耶维奇·果戈理（1809—1852）　果戈理出生于乌克兰的一个小地主家庭，童年是在父亲的田庄华西里耶夫卡村度过的。父亲促进了果戈理对文学与戏剧的兴趣；而母亲是一位笃信宗教的妇女，因此天堂、上帝、地狱、魔鬼、宗教报应之类，也就在果戈理的脑海中扎下了根。乌克兰绚丽多彩的景色和独特的风俗习惯，激发了果戈理的热情与想象。这一切均对果戈理后来的文学创作产生了重要影响。

果戈理在中学毕业后，来到彼得堡。彼得堡并不如他想象中的那么"壮丽"。他为寻找工作而奔波，1829 年终于谋到一份小职员的差事。1830 年春，他转任封地局的文牍官。为了 600 卢布的年俸，他整天抄写，在单调而艰苦的工作中销蚀着生命，饱尝小公务员挨穷受欺的痛苦。果戈理日后小说中所描写的那些小公务员的苦难与不幸，不少便直接来自个人的体验。

果戈理曾在 1829 年创作出版长诗《汉斯·古谢加顿》，但并未成功。他转而努力以自己熟悉的乌克兰人民的生活为题材，创作新的作品。1830 年春，他在《祖国纪事》上发表了中篇小说《圣约翰节前夜》；1831 年秋出版了《狄康卡近乡夜话》第一部，翌年又出版了第二部。《狄康卡近乡夜话》以鲜艳的色彩描绘了乌克兰农村劳动人民的生活，并且穿插着不少乌克兰的民间传说与神话，现实风俗画面与神奇幻想交织在一起，具有鲜明的浪漫主义色彩。1835 年，果戈理出版了第二部小说集《密尔格拉得》。小说集中虽仍有像《塔拉斯·布尔巴》这样的以骁勇豪放的哥萨克勇士为主人公，歌颂他们在反对波兰入侵者的斗争中英勇杀敌、建立功勋的充满浪漫主义激情的瑰丽"诗篇"，但也有一些小说开始转向对琐屑卑俗生活的现实主义刻画。

1835 年，果戈理还出版了《小品集》。《小品集》除论文外，还包括《涅瓦大街》《肖像》和《狂人日记》三部中篇小说。它们和后来写的《鼻子》《外套》《马车》，均以沙俄的都城彼得堡为背景，因而被合称为"彼得堡故事"。其作品多以沙皇官僚机器同被其压迫的"小人物"之间的冲突为主线，揭露官僚制度的残酷，描写"小人物"的不幸。"彼得堡故事"标志着果戈理的创作由色彩绚丽、热情洋溢的浪漫主义转向冷峻沉重的现实主义。乌克兰乡村的明媚天空被彼得堡的晦暗、阴沉、冷漠所取代，《狄康卡近乡夜话》中令人开怀大笑的幽默也被代之以沉重的含泪的笑。而在 1836 年发表的讽刺喜剧《钦差大臣》中，"含泪的笑"更变为"辛辣的讽刺"。这部作品正如作家自己所说，"决定把俄国一切丑恶的东西汇拢在一起，对这一切来个尽情的嘲笑"。①

《钦差大臣》的讽刺借助了一个典型的富有喜剧性的情节。某外省小城的官吏们把来自彼得堡的一个浪荡子错当成微服出访的钦差大臣，由此引出种种误会。果戈理正是通过这一事件，让每一个官吏粉墨登场。市长贪污受贿，横行霸道；慈善医院院长对病人无情；督学不学无术，既胆小无能又千方百计陷害进步教师；邮政局局长专以拆看他人信件为乐……每一个官吏都代表了国家体制的一个方面。《钦差大臣》在人物典型的刻画、喜剧情节的安排、细节的处理、语言的个性化等方面，均取得了很高的成就，这些成就为果戈理此后的长篇小说《死魂灵》所继承和发展。

《钦差大臣》的上演，一方面，获得了巨大成功；另一方面，又受到反动阵营的攻击。果戈理处在惊慌烦恼中，于 1836 年 6 月离开俄国，先后在瑞士、法国、意大利等国居住。他在国外埋首于 1835 年即开始动笔的《死魂灵》的创作。小说于 1841 年完成，以其深刻的社会内容与精湛的艺术技巧，成为俄国现实主义文学的重要作品。由于健康状况不佳，果戈理晚年致力于《死魂灵》第二部的创作，试图塑造理想的贵族形象，无奈以失败告终。1852 年 2 月 11 日，他不得不含泪将手稿付之一炬，并从此一病不起。1852 年 2 月 21 日，他在精神与肉体的双重痛苦中与世长辞。

长篇小说《死魂灵》是果戈理的代表作，也是俄国批判现实主义的奠基之作。小说描写主人公乞乞科夫为了发一笔横财，决定到地主家里去收购已死但尚未注销户口的农奴，以拿到救济局去抵押，从而牟取暴利。小说以乞乞科夫为收购"死魂灵"（死丁）而进行的旅行作为情节的主线，通过旅行将各色人穿插起来，描绘出从城市到乡村的俄国社会生活的广阔画面，塑造了从官吏、地主到农夫、仆人等各个阶层的

---

① ［苏联］布罗茨基主编：《俄国文学史》，蒋路译，27 页，北京，作家出版社，1957。

人物，特别是塑造了各色各样的地主形象，以揭露农奴制度的腐朽与没落。

乞乞科夫所拜访的第一个地主是"高雅可爱的地主绅士"玛尼洛夫。玛尼洛夫外表温文尔雅，颇具风采，但使人感到甜得过分，语言矫揉造作。他用自以为风雅的话迎接乞乞科夫："现在你竟真的光临了。这真给我们大大的放了心——这就像一个春天，就像一个心的佳节。"实际上玛尼洛夫徒有"教养"的外表，却精神空虚，不学无术，书房里放的一本书，两年了书签还夹在第 14 页上。他生性懒惰，每天耽于幻想，可一切计划最终"总不过是一句话"。玛尼洛夫代表着一无所有，正如果戈理自己所说："每个人都有一些自己的东西，可是玛尼洛夫却什么也没有。"

女地主科罗皤契加则是个愚蠢而又顽固的守财奴。在她身上，连玛尼洛夫的美丽外衣也没有了，剩下的只是日复一日、年复一年地一心把卢布藏到抽屉里的花麻布袋里去。她的精神生活也就封闭在那个不透风的小匣子里了。她一方面努力积攒着钱财；另一方面又老怕自己吃亏。乞乞科夫提出收购她的死魂灵，分明是对她有利之事，可免去她付人头税的麻烦，但愚蠢、迟钝而又顽固的她却害怕自己吃亏。直至乞乞科夫骗她说自己是当差的，她为了要他以后来买自己的产品，才同意将死魂灵卖给乞乞科夫。科罗皤契加可以说是身处穷乡僻壤的小地主的典型。贪得无厌、愚昧无知、顽固保守，构成了她精神的全部内容。

赌棍加流氓罗士特莱夫则是另一种地主的典型。他精力旺盛，吹牛撒谎，赌博成性，过着花天酒地的生活。不受拘束，尽情享乐，是他生活的唯一准则。"如果什么地方有市集，什么地方有酒会，有跳舞或庆典，即使距离十五维尔斯特（古俄制长度单位，1 维尔斯特＝1.0668 千米）之远，他的精灵的鼻子也嗅得出，一刹那他就在那里了。"他赌钱就得输个倾家荡产，喝酒就得喝个酩酊大醉，打架就得打个鼻青脸肿。这又是个蛮横的地主恶少，任何人都可以成为他的朋友，但一转身就可能打起架来。乞乞科夫便差点深受其苦。

梭巴开维支与玛尼洛夫相比，又是属于另外一种类型的人物：外表蠢笨，实际上却是个精明、讲求实际的农奴主。他外表长得像一头熊，看不起周围的人，除了讲别人的坏话之外，另一特点便是贪吃。他整天大吃大喝，吃饱之后，就"埋在一把椅子里，只是哼"，像一只猪猡。他非常的现实，只重视实效，在与乞乞科夫讨价还价的过程中，典型地表现出了他的精明与贪婪，他最后还偷偷将一个女农奴的名字混在里面，使乞乞科夫气愤地骂他"恶霸"、"流氓"。

在《死魂灵》的地主系列形象中，给人留下最深刻印象的莫过于泼留希金了。这是一个在腐朽的农奴制基础上产生的怪物。作为拥有 1000 多个农奴的大地主，他却过着囚犯不如的生活，看起来像个叫花子。"要知道他的睡衣究竟是什么底子，只好白费力；袖子与领头都非常龌龊，发着光，好像做长靴的郁赫皮；背后并非拖着两片的衣裾，倒是有四片，上面还露着一些棉花团。颈子上也围着一种莫名其妙的东西，是旧袜子，是腰带，还是绷带呢？不能断定。但绝不是围巾。"他家里的财物堆积如山，但他仍不满足，每天在路上看见一块旧鞋底，一个铁丁，一角碎瓦，都要捡回去。家里的粮堆变成了肥堆，地窖里的面粉"硬得像石头一样，只好用斧头去劈下来"。布匹一碰就可能化成灰，而泼留希金自己也简直成了一个灰堆。

与这些乡下的农奴主不同，小说的主人公乞乞科夫则是一个资产阶级化了的贵族。他从父亲那里继承的遗产少得可怜，因而必须靠个人奋斗确立自己在生活中的地位。他活着的目的就是发财，为此他唯利是图。当年在财政厅当小职员时，他通过向科长大献殷勤谋得另一科长之位。被解职之后，他又在税关很快居于要位。因为接受大批贿赂被揭发，他又打起去外省乡下购买死魂灵的算盘。在生活中，他非常能逢迎谄媚，左右逢源。这是一个为达到目的而不惜采取任何手段的冒险家，体现了新兴资产阶级的特点。

在《死魂灵》第一部中，果戈理决定把现实社会的黑暗，把"各种缺点、败行、罪恶的情景通通展示出来"①，将批判的矛头直接指向腐朽的农奴制度。果戈理尽管试图在第二部中写出未来的理想的俄罗斯，塑造理想的俄国贵族的形象，也让乞乞科夫完成道德上的自新，但最后只能以失败而告终。从这个意义上说，《死魂灵》第一部的成功，恰恰在于它强烈的批判性。

在艺术上，《死魂灵》也取得了很高的成就。

第一，在人物形象的塑造上，善于运用夸张的手法和对人物与环境的细节描写，写出活生生的个性化的人物。小说在描写各色各样的乡下农奴主时，对其肖像往往都有精妙的描写，从而表现出不同人物的性格特征。在人物描写上，作者还善于运用夸张的手法，如写泼留希金的吝啬："泼留希金却坐在靠椅上拿起笔来，把那纸片还在手指之间翻来覆去地转了好一会儿；他在研究，是否还可以从这里裁下一点来；然而终于知道做不到了；他这才把笔浸到墨水瓶里去，那里装着一种起了白花的液体，浮着许多苍蝇，于是写了起来。他把字母连得很密，极像曲谱的音符，还得制住那在纸上随便挥洒开去的笔势。他小心地一行一行写下去，一面后悔着每行之间，总还是剩出一点空白来。"泼留希金的吝啬形象跃然纸上。作者还善于通过环境的描写烘托人物性格，如写梭巴开维支笨重得像熊，他房间的一切"也无不做得笨重、坚牢，什么都出落得和这家的主人非常相像。客厅角上有一张胖大的写字桌，四条特别稳重的腿——真是一头熊。凡是桌子、椅子、靠椅——全都带着一种沉重而又不安的性质，每种东西，每把椅子，仿佛都在说'我也是一个梭巴开维支'或者'我也像梭巴开维支'"。环境与人物融为一体，使人物的性格更加鲜明。

第二，幽默与讽刺。《死魂灵》以喜剧的手法展开对社会的批判，刻画各种官僚和地主的面目。小说写乞乞科夫去拜访玛尼洛夫，在走进客厅时，两个人互相谦让着让对方先走，推辞了很久，最后，"两个朋友侧着身子，相互稍微挤了一下，同时走进了门去"。这一细节充满了喜剧色彩。小说写 N 市的那些闺秀们假装高雅、矫揉造作："没有人听到过她们说'我擤鼻涕'，'我出汗'，'我吐口水'。她们都换上了这样的话：'我清了一下鼻子'，或者'我用了我的手帕'。"在幽默中包含着入木三分的讽刺。果戈理的讽刺实际上是一种以外表的喜剧形式出现的悲剧，即所谓"含泪的笑"。果戈理在讽刺贵族们的种种性格习性时，实际上又对这个阶级的腐朽没落有着一种深

① [苏联] 赫拉普钦科：《果戈理的死魂灵》，付大工译，152 页，上海，新文艺出版社，1957。

深的失落感。因而，当他要以"透过分明的笑和谁也不知道的不分明的泪"来表现作者对生活的理解时，在笑声背后也就隐含了作者深切的痛心和悲哀。

第三，冷峻写实与主观性抒情的融合。当作品透过乞乞科夫的视线，展现俄罗斯乡村与小城的风貌时，他的笔触是冷峻的。而当作者进一步把镜头拉开，通过作者自我的视线看待整个俄罗斯大地时，他仿佛又变成了一个抒情诗人。果戈理在创作《死魂灵》时，身在国外，书中的大量抒情插笔仿佛是作者暂时从死气沉沉的"死魂灵"世界中游离出来，凭窗遥望俄罗斯。

"可是，究竟是什么不可捉摸的、神秘的力量把我往你的身边吸引？为什么飘荡在你山川平原上的忧郁的歌声总是在我的耳边回响缭绕？这里面，这歌声里面，蕴含着一股什么力量？是什么在呼唤，在呜咽，在紧紧地揪着我的心？是什么音律在灼热地吻我，闯入我的灵魂，萦回在我的心头不愿离去？俄罗斯！你究竟要我怎么样？究竟有什么不可捉摸的联系深藏在你我之间？你为什么这样凝望着我，你的一切为什么都向我投来满含着期待的目光？我的眼睛被一种超乎自然的魔力照亮了：哦！俄罗斯！你是一片多么光辉灿烂、神奇美妙、至今未被世间认识的异乡远土哟！……"正是这些充满着火热深情的抒情插笔，给作品的沉重增加了一道光彩，也增强了作品的艺术感染力。

四、陀思妥耶夫斯基

在 19 世纪的俄罗斯作家中，陀思妥耶夫斯基（1821—1881）可以说是最有独特个性，思想又最为复杂的一位作家。

1821 年 10 月 30 日，费奥多尔·米哈伊洛维奇·陀思妥耶夫斯基来到了这个世界。他的父亲是莫斯科玛丽娅济贫医院的一名医生。这是一所带有慈善性质的医院，大城市下层人民的苦难与不幸生活就是从这里开始进入他的视野。这种经历奠定了作家对小人物的命运的关注和同情的人道主义精神。母亲作为一个虔信基督教的俄罗斯妇女，从小给孩子们讲述新旧全约 104 个故事，在孩子们幼小的心灵里播下基督圣爱的种子。而卡拉姆津的《俄罗斯国家史》，则培养了孩子们对俄罗斯民族的深厚感情。可以说，其后主宰了作家一生的人道主义、东正教信仰、民族主义精神，在作家的青少年时代便播下了种子。

1837 年，陀思妥耶夫斯基进入彼得堡军事工程学校，1843 年毕业，被分配在军事工程绘图处工作。对文学的热爱，使他在一年后退职，成为职业小说家。他一方面为生计而拼命写作；另一方面对俄罗斯的社会现状及出路极为关注，以致在紧张的探索中接近了一个空想社会主义小组——彼得拉舍夫斯基小组。1846 年，中篇小说《穷人》的问世使陀思妥耶夫斯基崭露头角。《穷人》描写一个小公务员杰符什金给予孤苦无依的瓦莲卡无私的爱，最后却仍然无法保护瓦莲卡的悲剧故事，继承了 19 世纪俄罗斯文学的"小人物"主题：对"小人物"不幸命运的关注和同情。而真正能体现陀思妥耶夫斯基独特个性的小说是《孪生兄弟》（1846）。小说写九等文官戈利亚德金参加上司女儿的生日舞会被逐出，在风雪交加之夜，一个新的能说会道、会钻营逢迎的小戈利亚德金出现了。小戈利亚德金后来又处处与大戈利亚德金作对，直到把大戈利亚德金弄疯，将他送进疯人院。小说首次涉及在社会的挤压下导致"小人物"的人格分裂的主题。这正是陀思妥耶夫斯基在其后的作品中反复表现的主题。

1849 年 4 月 23 日，陀思妥耶夫斯基与彼得拉舍夫斯基小组的成员一起被捕，被判死刑，但在即将被送上绞刑架的那一刻又被赦免，从此开始了长达 10 年的苦役与流放生涯。在监牢里，他进行了忏悔，同时他也痛感到上层贵族和下层人民之间的隔膜，从而完成了他信仰的转变：回归宗教、回归俄罗斯大地、回到人民的"根基"之中。

1859 年，陀思妥耶夫斯基结束流放生涯，回到他所熟悉的城市。但是他却发现，彼得堡同样像一个巨大的牢狱，禁锢着人的心灵。如果说《死屋手记》（1861）记载了西伯利亚的"死屋"里的囚犯们的生活，《被侮辱与被损害的》（1861）展示了俄国带有封建色彩的资本主义社会里"小人物"被侮辱与被欺凌的命运，延续的仍然是他早期创作的人道主义主题。那么从《地下室手记》（1864）开始，陀思妥耶夫斯基深入到了人的精神的深层。他发现，在人的内心世界中同样蕴藏着一个可怕的牢狱。陀思妥耶夫斯基由此从社会批判转向了人性批判。《地下室手记》写的是一个自由人处身于"地下室"的环境中，他的精神也处在意志与理性的矛盾之中，饱受践踏与折磨。"地下人"处在外界与内心的双重"牢狱"之中，就仿佛"死屋"里的那些人，永远失去了精神的自由。《罪与罚》（1866）作为陀思妥耶夫斯基的代表作之一，展示了陀思妥耶夫斯基小说中的一个基本主题：罪孽与救赎。大学生拉斯柯尔尼科夫抱着杀死一个人却可以拯救许多人的信念，杀死了高利贷老太婆，但他从此无法摆脱负罪感带给他心灵的沉重负担。在灵魂的煎熬中，他最终只好投案自首，走向西伯利亚的流放生涯，揭开他人生新的一页。无论是"地下人"的作恶，还是拉斯柯尔尼科夫的犯罪，人的内心世界构成了另一重心灵的牢狱，从而滋生出种种不义、邪恶和罪孽。

小说讨论了一个重要的社会问题：人的罪孽究竟是怎样产生的？在陀思妥耶夫斯基看来，这一方面源于人本性中的"恶"，从而构成了人的"原罪"；另一方面，即源于资本主义的个人主义、利己主义对俄罗斯社会的侵蚀，它导致了社会的纷乱和人的道德的沦丧。《地下室手记》《罪与罚》揭示了资本主义社会的思想意识对人的腐蚀作用。《冬天记的夏天印象》（1863）则是作家直接游历西欧的结果，他把批判的矛头直接指向了西方资本主义现代文明。

为了拯救俄罗斯，拯救在分崩离析的社会中那些迷途的罪人，陀思妥耶夫斯基展开了他的紧张的探索。根基论代表了他的社会理想，"罪"与"罚"则包含着他的人性理想。冲破现实与人心灵的"牢狱"，寻求新天地的到来，呼唤"新人"的出现，构成了陀思妥耶夫斯基创作最后时期的文化追寻主题。

在陀思妥耶夫斯基生活的最后时期，他一方面继续从事小说创作，一方面参加各种社会活动，编辑杂志，写作政论，发表演说。《作家旧记》直接记录了作家对现实的思考。而在小说创作中，如《白痴》《少年》《卡拉马佐夫兄弟》中，作家一方面进一步深化了资本主义的批判主题：金钱与情欲，成为他的小说所关注的焦点，正是资本主义极大地激活了人的欲望，资本主义金钱至上的原则使人与人的关系变成赤裸裸的金钱关系；另一方面，陀思妥耶夫斯基全面提出了他的社会政治理想与人性道德理想。

还是在 1868 年，陀思妥耶夫斯基就产生了写一部关于无神论主题的规模宏大的史诗性作品的设想。小说定名为《大罪人传》，写一个俄国怀疑论者一生的经历，主要描写他经过长时间的犹豫彷徨，终于皈依东正教和俄罗斯土地。这一构思虽然未能实现，但其主题在他 19 世纪 70 年代写的三部小说《群魔》《少年》《卡拉马佐夫兄弟》中不同程度地体现出来了。还是在《白痴》中，作家就塑造了一个"新人"——白痴公爵梅什金。而在《少年》中通过民间香客马卡尔，在《卡拉马佐夫兄弟》中通过佐西马长老和阿辽沙，作家提出了社会与人性拯救的理想。人人投身于大地母亲的怀抱，在对代表人性与道德理想的上帝的信仰中，在俄国人民的"根基"中，人人向善和相爱，一个人间天堂也就到来了。归根结底，陀思妥耶夫斯基构想的是一种宗教村社社会主义，以上帝为精神信仰，以农民为领导力量，以村社为社会基础，以统一的大教会为最终社会形式，以宗教道德的复兴为社会发展的最终目标。这构成了陀思妥耶夫斯基一生的追求，直到生命的终结。

作为作家的最后一部小说，《卡拉马佐夫兄弟》是陀思妥耶夫斯基一生创作的一个总结，在俄国文学史上具有重要地位，被誉为"史诗式"的巨著。

这部小说以卡拉马佐夫一家作为小说的结构中心。老卡拉马佐夫是个丑角化的人物。作为一个小地主，他"是一个虽然古里古怪，但是时常可以遇见的人物，是一个既恶劣又荒唐，同时又头脑糊涂的人的典型"；"尽管被人叫作食客，仍是日趋进步的时代里一个大胆和最好嘲弄的人，而其实，他只不过是一个恶毒的丑角，别的什么也不是"。这是一个既是"丑恶角色"又是"色鬼"式的人物。作为色鬼，他结过两次婚，两次都是以诱拐的方式勾引了年轻美丽的小姐跟他私奔，同时还强奸了流浪街头的疯女人。作为丑角，他到处以小丑的姿态出现，不顾人起码的尊严、体面与廉耻，弄出许多恶作剧，乃至形成恶性循环："现在既已无法恢复自己的名誉，那就让我再无耻地朝他们脸上吐一口唾沫，表示我对你们毫不在乎。"

这是一个典型的罪恶家庭。老卡拉马佐夫蒙骗、诱拐和强奸了三个女性的结果，便是留下了四个儿子：与第一任妻子生的大儿子德米特里，与第二任妻子生的伊凡和阿辽沙，强奸疯女人而留下的私生子斯麦尔佳科夫。四个儿子分别代表着四种不同的类型：放纵情欲者、思想矛盾者、纯洁的天使、卑鄙无耻者。但在某种程度上，他们都承继了卡拉马佐夫的气质。这是一种"卡拉马佐夫式的原始力量……原始的、疯狂的、粗野的……甚至是不是有上天的神灵在支配着这种力量"。尽管纯洁的阿辽沙承继的主要是母亲身上的顺从、忍耐、对上帝的虔诚，但德米特里不止一次地说他身上也存在卡拉马佐夫的气质。另外三个儿子则都承继了老卡拉马佐夫那种放荡不羁、享乐至上的气质。当然陀思妥耶夫斯基并非把人的罪恶追溯到了遗传学的根源之中，而是封建农奴主阶层的腐朽家族传承。

这是一个充满了邪恶的世界。故事发生的那个外省小城的名字本身即指"畜栏"。弑父，构成了小说情节的主线。老卡拉马佐夫的四个儿子，除阿辽沙外，都怀有弑父意向：德米特里因为跟父亲争夺遗产与女人，时时叫嚷着要杀死父亲，但最后却是私生子斯麦尔佳科夫把父亲杀死了。伊凡亦暗地里希望大哥德米特里杀死父亲，这样既可分得一笔遗产，又可因德米特里有可能被判刑而得到德米特里的未婚妻卡捷琳娜，因而明知可能出事，却借故在可能出事的那段时间离开了小城，从而被斯麦尔佳科夫称为弑父的"教唆者"、"同谋"。精神分析的创始人弗洛伊德曾从心理分析的角度，用他的俄狄浦斯情结"憎父"及由此导致的罪孽感、自我惩罚解释了这部小说。在弗洛伊德看来，弑父作为一种"原始的罪恶"乃是源于人的心理本能。其实从小说的实际描写来看，陀思妥耶夫斯基更多地强调了老卡拉马佐夫放荡、淫邪、荒唐、不配做父亲的一面，使弑父具有一定的客观理由和合理性。对费多尔·卡拉马佐夫来说，儿子不过是他放纵情欲的副产品而已，儿子一生下来他就从未管过，甚至连曾经有那么一个儿子都忘却了。大儿子德米特里"第一次和他父亲费多尔·卡拉马佐夫认识和见面，是在成年后特地到我们这里来和父亲清算财产的时候"。遗产尚未清算清楚，为了争夺一个女人，父子俩大打出手，直到最后的悲剧终于来临。这是一个混乱的时代，一个礼崩乐坏的时代。在资本主义日甚一日的冲击下，俄罗斯社会正经受着巨大的动荡。个人主义、利己主义、金钱主义、享乐至上原则，导致宗法制社会下的传统社会结构体系的解体及道德伦理原则的崩溃。处在这样一个时代，"父亲"亦开始走向堕落，从而失去其作为传统的象征意义，也失去了作为权威的威慑力及道德伦理价值。如果说从家庭的角度看，作为家庭支柱的父亲的失职意味着家庭解体的话，那么，从整个社会来说，"父亲"作为一种宽泛的文化象征，作为一种权威，一种社会力量、社会规范和历史传统，其缺失也就意味着整个社会的崩坏。

在《卡拉马佐夫兄弟》中，佐西马长老扮演了"精神父亲"的角色。实际上的父亲费多尔·卡拉马佐夫是情欲、罪恶欲的奴隶，精神父亲佐西马则是圣徒、道德理想的化身。阿辽沙把佐西马长老当作自己的"师傅"和精神引导者："长老就是把你的灵魂吞没在自己的灵魂里，把你的意志吞没在自己的意志里的人。你选定了一位长老，就是放弃自己的意志，自行弃绝一切，完全听从他。对于这种修炼，对于这个可怕的生活的学校，人似乎是甘愿接受、立志献身的。他们希望在长久的修炼之后战胜自己，克制自己，以便通过一辈子的修炼，终于达到完全的自由，那就是自我解悟，避免那活了一辈子还不能在自己身上找到真正自我的人的命运。"正是佐西马长老使德米特里最终走上了忏悔之路，用痛苦来净化自己，在苦难的洗礼中获得新生。也正是佐西马长老使阿辽沙摆脱了生活的迷途，走向了爱的光明。佐西马临终告诫人们："你们要彼此相爱……爱上帝和人民……那时候你们每个人就会有力量用爱获得世界，用泪洗净全世界的恶。"只要能积极地爱，就能在突然之间清楚地看到冥冥中的上帝的力量，就能成为"圣人"，就能人人相爱。大家全是上帝的儿子，没有高低贵贱之分，于是，真正基督的天国便降临了。

这是一种基督教的人道主义。陀思妥耶夫斯基把"原罪"看作人的本性之恶，而"救赎"则是通过苦难的净化和爱的洗礼使人走向新生。《卡拉马佐夫兄弟》典型地体现了陀思妥耶夫斯基的人性与社会理想。尽管他一辈子都在怀疑上帝的存在，怀疑面对"邪恶"是否有宽恕的权利，但他最终还是把代表纯洁的道德理想的上帝当作了人类的最终拯救。唯有上帝能够拯救俄罗斯，唯有上帝能够拯救世界。我们从《卡拉马佐夫兄弟》结尾处孩子们天使般的笑声中，仿佛瞥见了天堂里的一线光芒。

陀思妥耶夫斯基常常被人称作"残酷的"、"病态的"天才作家。他一方面是个狂热的东正教徒，一方面对上帝的存在又有着根深蒂固的怀疑；他是个极为严厉的道德家、真诚的理想主义者，但他又常常有一种犯罪冲动，在折磨他人和自我折磨中获得自我满足；他是个天才的创造者，同时又神经质、歇斯底里、好走极端；他一生都在幻想着幸福与欢乐，但对痛苦又有着病态的嗜好，视苦役为天赐，以痛苦为享受；他的人格永远是分裂的，他要竭力相信的也许正是他深以为疑的，他要力图推翻的可能恰是他最相信的。这一切导致他的创作也有一种典型的"陀思妥耶夫斯基情调"，使其作品具有极独特的个性。

陀思妥耶夫斯基的小说，正是以其对"可怕的美"、"神秘的美"的揭示，超越了传统的现实主义。在俄罗斯的古典作家中，屠格涅夫与陀思妥耶夫斯基，正好代表了两种截然不同的美学风格。屠格涅夫是抒情现实主义的代表，他笔下的大自然、爱情乃至日常生活，都充满了诗情画意，脉脉温情，就像一枚橄榄，令人回味无穷。即使是悲剧，也充满了古典的感伤的美。但是，当陀思妥耶夫斯基的笔伸向彼得堡的阴暗角落，伸向人内心深处的黑暗深渊时，他的作品就毫无诗情画意了。陀思妥耶夫斯基往往把人生当作一个"炼狱"，他残酷地拷问笔下的每一个男女的灵魂。每个所谓的"正常人"都带着些不正常的或卑劣的因素，每个恶人又都不乏良知的呼唤。陀思妥耶夫斯基往往在"炼狱"一般的境地中考验着他们，让他们背负沉重的罪恶的枷锁，经过内心的痛苦的折磨，而后获得大彻大悟的再生的快感。这决定了陀思妥耶夫斯基的"残酷"，他也由此被称作"残酷的天才"。

陀思妥耶夫斯基的小说，以心理分析见长，被人称为"心理现实主义"。他与一般的现实主义作家的区别在于，他更注重向人的心理深层掘进。正如他自己所说："人们称我为心理学家，这不正确，我只是最高意义上的现实主义者，即描绘人的灵魂的全部深度。"① 正是这种对人的心理的深度分析，构成了他艺术创作的"精神分析学"。

还是在青年时代，陀思妥耶夫斯基就感到，人是一个"谜"。他并不愿意像巴尔扎克一样，做社会历史的书记，也无意于成为托尔斯泰式的俄国革命的镜子。他要揭示的是人的灵魂。当他深入人的灵魂深处时，他发现更多的是人的心理的矛盾冲突。他笔下的人物，往往处在本能冲动的支配之下，而当他们需要调适自我与超我、本能、现实的关系时，又往往走向人格分裂。陀思妥耶夫斯基成功地揭示了人内心的种种矛盾性和复杂性，善与恶永远在交战，而斗争的战场就是人心。陀思妥耶夫斯基就像一个灵魂的拷问官，正如鲁迅先生所说："他把小说中的男男女女，放在万难忍受的境遇里，来试炼它们，不但剥去了表面的洁白，拷问出藏在底下的罪恶，而且还要拷问出藏在那罪恶之下的真正的洁白来。"② 这正是陀思妥耶夫斯基的深刻之处。

---

① 《陀思妥耶夫斯基论艺术》，冯增义译，390 页，桂林，漓江出版社，1988。
② 鲁迅：《陀思妥耶夫斯基的事》，见《且介亭杂文二集》，194 页，北京，人民文学出版社，1993。

"陀思妥耶夫斯基文体"更多地致力于对人的潜意识、病态心理和梦幻直觉的描写。陀思妥耶夫斯基很少客观具体地描绘人物所处的环境，而是把外部世界置于主人公的意识中，以主人公的视角去描绘所见到的一切，从而使外部的客观世界亦变成了主人公意识的世界，染上了主人公的内心色彩。其小说的时间往往都是高度集中的，《罪与罚》的事件时间为 14 天半，《卡拉马佐夫兄弟》每一部的情节时间不过几天。在这高度集中的时间里，生活往往在转瞬间就发生了天翻地覆的变化。主人公处在这种人与环境、内心与外界的紧张冲突和命运的急剧变化中，由此导致心理失控、焦虑乃至精神错乱，这本身便决定了小说冲突的高度紧张，时空结构的混乱与错杂。

以传统小说的观念来看，陀思妥耶夫斯基的小说不如托尔斯泰的广博缜密，不如屠格涅夫的明净优美，不如契诃夫的简练精致。但陀思妥耶夫斯基的"混乱"，恰恰是对现实世界的"混乱"和人内心世界的"混乱"的艺术呈现，所以有人认为他是俄国文学从现实主义向现代主义过渡的代表，并被西欧的现代主义小说家们推崇为先行者。

五、列夫·托尔斯泰（1828—1910）

托尔斯泰是俄国现实主义文学的杰出代表。他将批判现实主义文学推上了一个高峰，成为世界性的文学大师。

列夫·尼古拉耶维奇·托尔斯泰于 1828 年诞生于图拉省雅斯纳雅·波良纳贵族庄园。2 岁时，母亲去世，9 岁时，又失去了父亲，小托尔斯泰由亲友抚养长大。

1844 年，托尔斯泰入喀山大学。1850 年，他去莫斯科，曾一度迷恋上流社会奢靡放浪的生活，但又一直处在内心不安、探索出路的状态。1851 年，他随军去高加索参加与山民的战斗。军旅生活和高加索优美的自然风光，激发了他的创作灵感。他创作了自传性中篇小说三部曲《童年》（1852）、《少年》（1853）、《青年》（1855—1857）。小说描写了一个名叫尼古连卡的孩子的心灵成长历程。在尼古连卡对人生意义的探索过程中，已开始显露出托尔斯泰日后的博爱主义学说的萌芽。小说对孩子心灵成长过程的细致表现，也显露了托尔斯泰善于描绘"心理生活的秘密活动"、揭示"心灵的辩证发展"的才华。

托尔斯泰还曾在 1854 年参加了克里米亚保卫塞瓦斯托波尔的战斗，并写成了《塞瓦斯托波尔故事》，展现普通士兵的爱国主义精神。这也成为长篇小说《战争与和平》的序幕。

1855 年，托尔斯泰来到彼得堡，成为《现代人》的撰稿人。19 世纪 50 年代农奴制的危机，触发了作家对农奴制改革问题的思考。《一个地主的早晨》（1856）便体现了托尔斯泰的思想轨迹。1857 年，托尔斯泰第一次漫游西欧，先后到过柏林、伦敦、巴黎、日内瓦等地，亲自考察了资本主义社会文明进步的真相。小说《琉森》便是对资本主义世界虚伪"自由"和"平等"的揭示。这次旅行，也奠定了作家终生否定和批判资本主义的立场。但托尔斯泰批判的武器又是带有封建宗法制色彩的"永恒的道德立场"和"宗教真理"，以致有时对人类社会的进步也加以否定。

19 世纪 60 年代农奴制改革后，托尔斯泰处在痛苦的思想矛盾中。尽管他不取赎金，解放所有农奴，把整块整块的土地分给农民，但农民的处境并未改善，这使他非常痛苦。1863 年，他开始创作史诗性长篇小说《战争与和平》，直到 1869 年方告完成。小说以 1812 年俄国人民反对拿破仑的卫国战争为中心，再现了 1805 年到 1820 年间的重要历史事件，同时也对 19 世纪 60 年代的重大现实问题进行了思考。对贵族和人民的命运，俄罗斯人民在历史中所起的作用等，托尔斯泰均做了艺术的回答。

《战争与和平》以四个贵族家族——罗斯托夫、包尔康斯基、库拉金以及别竺豪夫的生活命运贯穿全书，展现了一幅 19 世纪初期俄罗斯社会的广阔画面。

《战争与和平》作为一部宏伟的长篇历史小说，囊括了 15 年的历史，从国外写到国内，人物多达 559 人，但结构完整，情节脉络清晰。小说分战争与和平两个方面，由历史事件、家庭纪事、哲学说教三部分组成。各种不同的画面交错出现，既形成对比又相互映衬；既有宏阔的对战争场面的叙述，又有对日常生活的细致描写及对人物心理的细腻刻画，取得了很高的艺术成就，使托尔斯泰赢得了世界声誉。

19 世纪 70 年代是俄国社会一个急剧变化的时代。一方面，俄国社会仍充满了农奴制的残余；另一方面，资本主义又取得了很大的发展，并由此导致宗法传统的瓦解。正是在这种历史的巨变中，托尔斯泰直面俄国社会现实，创作了长篇小说《安娜·卡列尼娜》（1873—1877）。"现在在我们这里，一切都翻了一个身，一切都刚刚开始安排。"小说借列文之口，形象地说明了这个时代俄国社会的特点。

《安娜·卡列尼娜》由两条平行的情节线索构成。一条是以安娜、渥伦斯基为主构成的与彼得堡上流社会相联系的线索；另一条是以列文、吉提为主构成的与宗法制农村紧密联系的线索。两条线索由以奥布朗斯基、达丽亚为主的中间线索贯穿起来，形成一种圆拱形结构。

小说开头的话"奥布朗斯基家里，一切都混乱了"，成为理解全书的一把钥匙。"一切都混乱了"，不仅是在奥布朗斯基家里，在列文家里，在卡列宁家里，也在整个的社会里。随着资本主义的发展，俄国的宗法制基础迅速被破坏，俄国的贵族阶级也陷入深刻的危机之中。正是在这种社会背景下，小说描写了安娜的悲剧。

小说的主人公安娜是个年轻美貌的贵族妇女，已经与卡列宁结婚 8 年。卡列宁是个十足的官僚，他们的婚姻生活毫无爱情可言。但安娜并没有丧失对爱情与幸福的渴望。正是渥伦斯基的出现，点燃了安娜的希望之火。她不顾一切地去追求独立的生活和属于自己的爱情。但卡列宁的冷酷无情，上流社会的排挤，特别是渥伦斯基激情过后的冷淡，把安娜推上了绝路，使其最后卧轨自杀。安娜的追求代表了资产阶级个性解放的要求，但这不见容于封建贵族社会，最终导致了安娜的悲剧。托尔斯泰对安娜的态度是矛盾的。小说的题词"申冤在我，我必报应"，便显露了作家的矛盾态度。他既控诉了上流社会的不义，对人的精神奴役，对安娜的不幸命运寄予了同情；又从宗法制立场出发，让安娜的追求蒙上一层"罪人"的色彩，并使其因此受到惩罚。

托尔斯泰把自己的理想寄托在列文与吉提的家庭中。列文是托尔斯泰小说中探索型的主人公。他作为一个俄国宗法制地主，面对资本主义的冲击，紧张地进行着经济的、思想的、道德的探索。他试图通过农事改革寻找地主与农民之间的和谐之路，但却只能以失败告终，最后皈依宗教，在"为了灵魂而活着，记着上帝"中找到自己的生活理想。列文的探索也就代表了作家自身的思想探索。

托尔斯泰在《安娜·卡列尼娜》中虽仍是基本站在宗法制贵族地主阶级的立场上，但已显露出世界观"激变"的征兆。19 世纪 80 年代，面对社会的尖锐矛盾，"乡村俄国一切'旧基础'的急剧破坏"，人民的苦难，托尔斯泰抛弃了上层地主贵族的"一切传统观点"，转到宗法制农民的思想立场上来。1881 年至 1882 年写成的《忏悔录》，便呈现了作家思想转变的历程。当托尔斯泰为了寻找生活的意义，与普通人民接近时，他看到了自己过去生活的真相："自我懂得人事以来，这 30 年内我懂得些什么呢？我不但没有为了全体而谋生，而且没有为我自己谋生。我像一个寄生虫一样地活着……我只能说我的生活是没有意义的，是一个恶。它的确是又没有意义，又恶啊。"[①] 正是这种于社会无用的心态压迫着他，使他彻底洗涤自身，转向了宗法制农民。

19 世纪八九十年代，托尔斯泰撰写了一系列社会论文，如《什么是我的信仰？》《教条神学批判》《什么是艺术？》《那么我们应当怎么办？》《论生命》《天国在你们心中》等。他在激烈批判现行国家政治、经济、法律制度的同时，又集中阐述了"托尔斯泰主义"，即博爱、不以暴力抗恶、道德的自我完善。托尔斯泰的宗教信仰，恰恰源于他对人生问题的探索，对生命价值的寻求。他认为，当人领悟了生命的本质就是"爱和自我牺牲"时，他也就找到了通向上帝的道路，而天国就存在于人的心中。

19 世纪 90 年代，托尔斯泰完成了最后一部长篇小说《复活》（1889—1899）。这既是托尔斯泰最富有批判性的一部小说，又是"托尔斯泰主义"的最集中体现。1901 年，官方教会宣布开除托尔斯泰的教籍。托尔斯泰毫不畏惧，作为千百万农民的代言人，他不仅继续写作政论，如《我不能沉默》等，还创作了一系列文艺作品，如《活尸》《舞会之后》和《哈泽·穆拉特》等。

随着世界观的变化，托尔斯泰还身体力行，自己参加劳动，放弃过去贵族生活的一切享受，过简朴的生活。但晚年的托尔斯泰仍然是在痛苦与矛盾中度过的。各种矛盾，如他和沙皇政府、官方教会的矛盾，家庭的矛盾，他自身思想的矛盾等纷至沓来，使他痛苦万分，多次打算出走。1910 年 10 月 28 日夜，他终于离开居住多年的庄园，但在路途中罹患肺炎，死在一个名叫阿斯塔波夫的小火车站。一代文学大师就这样结束了他紧张探索和痛苦矛盾的一生。

托尔斯泰以他一生的创作，反映了俄国 19 世纪后半期社会生活的巨变，列宁因此把他称作"俄国革命的镜子"。

长篇小说《复活》是托尔斯泰的最后一部长篇小说，也是托尔斯泰在世界观发生剧变以后，从宗法制农民的立场出发完成的最重要的代表作之一。

《复活》描写了"忏悔的贵族"聂赫留朵夫和妓女玛丝洛娃的精神"复活"的过程。年轻的公爵聂赫留朵夫曾经诱奸了他姑母的养女喀秋莎·玛丝洛娃。十年后，聂

---

① 转引自艾尔德·莫德：《托尔斯泰传》，宋蜀碧等译，398 页，北京，北京十月文艺出版社，1984。

赫留朵夫作为陪审员，与被诬谋财害命的妓女玛丝洛娃在法庭上再次相遇。玛丝洛娃被法庭误判，将被流放西伯利亚。聂赫留朵夫深感自己有罪，为之多方奔走，并决心以和玛丝洛娃结婚来赎罪，最后与玛丝洛娃一起去往西伯利亚。玛丝洛娃在流放途中为了给聂赫留朵夫自由，与政治犯西蒙松结合。聂赫留朵夫也在《福音书》中找到了归宿。

《复活》是托尔斯泰所有作品中最富有批判精神的一部小说。正如列宁所说："对现代一切国家制度、教会制度、社会制度和经济制度作了激烈的批判。"[①]

《复活》把批判的矛头首先指向沙皇专制的国家政治制度。玛丝洛娃的不幸，本身便是不合理的社会和法律制度造成的。聂赫留朵夫凭借他贵族的特权玩弄了她，之后用100卢布打发了事。聂赫留朵夫这样做在别人看来是再正常不过的，相反，当他想要追求道德的完善时，却招致许多贵族和上层社会人士的不解。而玛丝洛娃在法庭上的被误判，同样是这个是非颠倒的社会使然。法庭审判几成一场滑稽剧：庭长一心想着的是早点结束审判好去会情妇；副检察长上庭前才匆匆翻阅卷宗，他的职责便是无论是非曲直，反正要判被告有罪，以显示他的价值。于是，审讯便成了"可怕的、可恶的胡闹"。当聂赫留朵夫为玛丝洛娃奔走，遍历法庭、大理院、监狱、流放所后，他得出结论："人吃人并不是在'塔伊'（西伯利亚的沼泽地和森林）里开始的，而是在各部会、各政府衙门里开始的，只不过在'塔伊'里见了效果罢了。"

小说尖锐揭露了教会制度。神父们充斥在法庭、监狱、流放地里，他们一方面规劝人们信仰上帝；另一方面又在为非作歹。托尔斯泰通过对狱中虚伪的礼拜仪式的描写，揭示了教会神职人员的可笑面目。

当托尔斯泰探索人民贫困的原因时，他又把批判的矛头指向了土地私有制度。聂赫留朵夫来到乡村，发现到处是"一片破坏荒废的景象"，农民挣扎在死亡线上，这一切都是因为，"唯一能够养活他们的土地，却被地主从他们的手里夺去了"。

托尔斯泰在对沙皇专制制度下的政治、经济、法律和宗教制度进行猛烈批判的同时，却又给人指出了一条"毋抗恶"、道德的自我完善之路。主人公聂赫留朵夫的精神"复活"的历程，便体现了托尔斯泰的社会与人性理想。在托尔斯泰看来，人身上存在两重性，既有"动物的人"，又有"精神的人"。聂赫留朵夫的思想发展历程就是两者此消彼长的过程。起初，他是个"正直、不自私的青年"，"专心致力于自己的工作"。他攻读斯宾塞的《社会静力学》，"痛切感到土地私有制的全部残酷和不公……因此他决定自己不要再享有财产权，让耕作的农民分得他从父亲那儿继承下来的土地"，同时对他姑母的养女喀秋莎保持着纯洁无邪的爱情。可是，在彼得堡和军旅生活中他却染上了"自私自利的疯病"，"在他身上，动物的人就占了上风，成了完全摧毁了精神的人"。正是他身上的这种动物性使他诱奸了喀秋莎。当十年后他在法庭上作为陪审员与喀秋莎·玛丝洛娃重逢时，他深感自己便是造成玛丝洛娃的"犯罪"的根源，他身上"动物的人"和"精神的人"进行着激烈的斗争，终于良心觉醒，向玛丝洛娃忏悔，并为她多方奔走。他放弃一切，跟随玛丝洛娃去往西伯利亚。最后，聂赫留朵夫在《福音书》中找到了精神的归宿，他认为人类得救的"唯一可靠的方法是，人永远承认自己在上帝面前有罪，因此不能够惩罚别人，或者纠正别人"，只要人人相爱，"暴力就会自动消除"，"地上的天国也会建立起来"。

聂赫留朵夫是托尔斯泰作品中"忏悔的贵族"系列人物中的最后一个。在他早期作品《一个地主的早晨》中，已经描写了青年地主聂赫留朵夫从事农事改革并最终失败的故事，最初触及贵族阶级的忏悔这一主题。中篇小说《哥萨克》（1863）中的奥列宁作为探索人生意义的人物典型，曾经在哥萨克山民的自然、简单、朴素的生活方式中体验到一种新的人生，但贵族的自私自利的本性使他仍旧无法与过去彻底决裂。《安娜·卡列尼娜》中的列文也在忏悔。在《复活》中，聂赫留朵夫终于完成了探索的历程，在忏悔中找到了基督的"真理"。聂赫留朵夫的忏悔，既是一种人性的忏悔，也是一种阶级的忏悔。聂赫留朵夫所找到的宗教"真理"，乃是一种基督教人道主义。托尔斯泰既否定了人世间的一切外在组织形式，也否定了神学宗教的外在形式，上帝被剥掉作为神的实体的外壳，而成为一种抽象的道德精神。真正的生命不在于对外在律令的服从，而在于最大限度地接近每一个人内心中发现并意识到的天国的完美。聂赫留朵夫的"复活"正体现了这一生命历程。

《复活》在艺术上也体现了托尔斯泰创作的个性与特点。作为"最清醒的现实主义"，小说成为托尔斯泰现实主义艺术的最后总结。

首先，《复活》中有深刻的心理刻画。车尔尼雪夫斯基认为托尔斯泰的创作善于揭示"心理过程及其形态和规律"，亦即"心灵的辩证法"。这一特点在早期的创作《童年》《少年》《青年》中即体现出来了。而在其后的一系列作品如《战争与和平》《安娜·卡列尼娜》中，这种心理刻画愈发细致深入。《复活》同样体现了"心灵的辩证法"，在聂赫留朵夫"复活"的心路历程中，托尔斯泰深刻地刻画了他的灵魂的"猛烈、复杂、痛苦"的斗争过程。当在法庭上见到玛丝洛娃时，他的心灵受了震撼。他回忆起他的纯洁无邪的青春，以及以后的那个"可怕的夜晚"他对喀秋莎的罪孽。当她的眼光偶然在聂赫留朵夫脸上停留时，"难道她认出我来啦？"他吓得心惊肉跳，"觉得血涌上了自己的脸"。他既感到自己对玛丝洛娃"有罪"，又"生怕这件事会给人揭穿……弄得他在法庭上当着大家丢脸"。他对玛丝洛娃的感情既厌恶又痛苦，只求案子快点审完。"这时他感到恶心、怜悯、烦躁，就跟出去打猎，打伤一只鸟而又不得不弄死它的时候的心情一样。受伤的鸟在猎物袋里拍翅膀，人觉得恶心，可又觉得可怜，就赶快打死那只鸟。忘掉它。"他原以为玛丝洛娃会无罪开释，那样他反而会不知道怎么办。而当他知道玛丝洛娃可能被流放到西伯利亚时，"一种歹毒的感情在聂赫留朵夫的灵魂里冒上来"，"西伯利亚和苦工，立刻斩断了跟她保持任何关系的可能，那只受伤的鸟不会再在他的猎物袋里挣扎，也就不会再叫他想到它的存在了"。当玛丝洛娃被误判，在法庭上哭诉"我没罪，没罪啊"时，他又良心发现，"忘了自己歹毒的思想"，决心为了玛丝洛娃去奔走。托尔斯泰正是通过这种心理分析，将人性的两重性、人类善恶对立共存的心理现象揭示得淋漓尽致。

其次，《复活》通过强烈的对比和讽刺手法的运用，增强了作品的批判色彩。在

《复活》中，贵族和贫民，贪官污吏和无辜囚犯，两个世界时时处在对立状态。小说一开始，生气勃勃的早春景色便与罪恶的都市生活形成对比。当不幸的玛丝洛娃被押送上法庭，造成她不幸的聂赫留朵夫却正高卧在弹簧床的鸭绒被子上，叼着香烟，想着和公爵小姐的婚姻。探监日，囚犯和亲属隔着铁丝网相见，声嘶力竭，一片哭喊声；副省长夫人的"在家日"，则是车水马龙，花天酒地。狱中的礼拜仪式虚伪透顶，荒谬可笑；复活节农村教堂的早弥撒则充满诗情画意，不分主仆贵贱，在"基督复活了"的呼声中融洽无间。这种对比本身便是一种无言的控诉。《复活》还善于运用尖锐的讽刺，如在法庭上，庭长尽管想早点结束审判好去会情妇，但一开口，却出于职业习惯怎么也收不住嘴。他在那里喋喋不休，"说什么抢劫就是抢劫，偷盗就是偷盗，从锁着的地方盗窃就是从锁着的地方盗窃，从没有锁着的地方盗窃就是从没有锁着的地方盗窃"。而"和善的法官"在决定是否同意庭长的意见时，竟盘算着以那份公文的号码是否能被三除尽来决定自己的意见。沙皇专制制度下司法制度的腐败暴露无遗。在《复活》中，这种讽刺随处可见，大大增强了作品的批判力量。

最后，《复活》具有浓厚的政治性和作家的思想自传色彩。托尔斯泰在通过叙述展开情节的同时，又时时自己直接站出来，发表对各种事物的见解。这种政论性成了托尔斯泰小说的一大特点。同时，托尔斯泰的小说还具有很强的自传性色彩。从《一个地主的早晨》到《安娜·卡列尼娜》再到《复活》，那些探索生活意义的主人公，事实上代表了托尔斯泰不同时期的思想探索状况。《复活》是托尔斯泰思想探索的最后总结。正是在这个意义上，聂赫留朵夫成了托尔斯泰的思想自传性主人公，体现了作家的社会理想与人性理想。

第三节　英国文学

一、19 世纪英国文学概观

英国是欧洲工业革命的发源地和中心。18 世纪下半叶出现的感伤主义文学实质上是用人的"自然"状态来否定资本主义文明。所以斯泰恩（Laurence Sterne，1713—1768）在小说《感伤的旅行》里，通过对资本主义社会现实否定性的描写，揭示了人的情感和性格上的退化。而英国文学中真正自觉、有意识地对人的物化现实进行的抗争是在 19 世纪初期开始的。在 19 世纪前 30 年中，英国的浪漫主义文学对欧洲其他国家的文学产生了很大的影响。

从文学史进程来看，浪漫主义文学的早期代表人物有威廉·布莱克（William Blake，1757—1827）和罗伯特·彭斯（Robert Burns，1759—1796）等。被称为"前浪漫主义"的华兹华斯（William Wordsworth，1770—1850）和柯勒律治（Samuel Coleridge，1772—1834）于 1798 年共同发表的《抒情歌谣集》（Lyric Ballads），标志着浪漫主义的兴起。华兹华斯为此书写了序言，主要强调诗的题材源于日常生活与情感，诗的语言应是日常生活语言，诗人应该具有创造性的想象。这篇序成了英国浪漫主义的宣言。1832 年历史小说家沃尔特·司各特去世，标志着英国浪漫主义文学的衰退。

英国浪漫主义诗人分为两代。第一代是"湖畔派"（Lake Poets），包括诗人华兹华斯、柯勒律治和骚塞（Robert Southey, 1774—1843）。他们的诗歌反感工业化对宗法制度与自然环境的破坏，否定技术进步，表达了对宗法制度下生活的留恋。但是他们不像感伤主义者那样用强烈的情感去替代现实，而是在个人的感受中，抗拒工业革命与技术所带来的种种社会丑恶，向往大自然的纯朴，试图在大自然中寻找理想和人生的最后归宿。

塞缪尔·泰勒·柯勒律治是"湖畔诗人"之一。他的代表作《古舟子咏》发表在《抒情歌谣集》中。在这首诗中，一位古代水手讲述了他在一次航海中故意杀死一只信天翁（水手们认为它是象征好运的一种鸟）的故事。这个水手经受了无数肉体和精神上的折磨后才逐渐明白，"人、鸟和兽类"作为上帝的创造物，存在超自然的联系。这首诗结构简洁，语言朴素，构思深刻，但是语言稍嫌艰涩。

罗伯特·骚塞青年时代思想激进，深受伏尔泰、卢梭著作的影响。以后又受法国大革命的影响，他写作了史诗《圣女贞德》歌颂革命。但中年后，骚塞的政治态度变得十分保守，还热衷于趋附权贵，成了统治阶层的御用文人，并因此获得"桂冠诗人"的称号。骚塞写过几首富有东方色彩和异国情调的叙事长诗，这些诗作饱含浪漫主义激情，但显得冗长拖沓、矫揉造作。

第二代杰出诗人拜伦、雪莱和济慈把英国浪漫主义文学推向了高峰。约翰·济慈（John Keats, 1795—1821）出身贫寒，一生中为疾病与经济上的问题所困，但他令人惊讶地写出了大量的优秀作品，其中包括《秋颂》等名作。1818—1820 年是济慈诗歌创作的鼎盛时期。他先后完成了《伊莎贝拉》《圣亚尼节前夜》《许佩里恩》等著名长诗，最脍炙人口的《夜莺颂》《希腊古瓮颂》《秋颂》等名篇也是在这一时期内写成的。他的抒情诗、叙事诗的基本思想是对永恒之美、大自然和古代希腊美学原则的赞颂。他与唯美主义者之间有较大的差别，主张"美即是真，真即是美"。

这一时期中，司各特的历史小说、简·奥斯丁的小说、查尔斯·兰姆的随笔在英国文学史上都占有一席之地。司各特（Walter Scott, 1771—1832）的创作包括诗歌、小说、历史著作、传记等多种文体。但他的最大贡献是历史小说，共写 27 部历史小说。它们像一幅巨大的历史画卷，反映了从中世纪到资产阶级革命时期英格兰和苏格兰的社会生活。他在代表作《艾凡赫》《肯尼沃尔思》《昆丁·达沃德》中专注于重大的历史事件，揭露了尖锐的社会矛盾和民族矛盾，以农民和其他被压迫者作为小说的中心人物。司各特的历史小说具有浓厚的浪漫主义色彩，情节惊险离奇，场面五彩缤纷，人物性格鲜明。他的小说为欧洲 19 世纪末期的社会小说开辟了道路。简·奥斯丁（Jane Austen, 1775—1817）以《诺桑觉寺》《劝导》《傲慢与偏见》《理智与情感》《爱玛》等六部小说为英国浪漫主义文学增添了一抹亮丽的色彩，小说描写细腻，可读性强，是英语文学中流传较广的名著。查尔斯·兰姆（Charles Lamb, 1775—1834）的随笔为他在英国散文史中的地位奠定了坚实的基础。

维多利亚女王时期（1837—1901 年间在位），英国成为世界头号强国，国内外形势表面上一片光明，但实际上隐藏着深重的危机。社会贫富分化，社会阶层间冲突加剧，所以英国现实主义作家关注下层人民生活的悲苦处境和工业化过程中的劳资矛盾，作家笔下的人物也多为底层人物，多数作品怀有一种改良主义和带有感伤气息的人文情怀。19世纪40年代到50年代早期是英国现实主义文学的鼎盛时期。占主导地位的文学形式是小说。威廉·梅克皮斯·萨克雷、查尔斯·狄更斯、盖斯凯尔夫人、勃朗特姐妹、乔治·艾略特等众多作家，被称为一批"光辉的小说家"。

1847年，《简·爱》和《呼啸山庄》引起了强烈的轰动，两部名著出于名不见传的两姐妹之手，即夏洛蒂·勃朗特和艾米莉·勃朗特。夏洛蒂的《简·爱》因题材的新颖和感情的真挚立即引起当时评论界的重视，而艾米莉则凭借《呼啸山庄》这部有着传奇想象的小说在英国文学史上占有突出地位。《呼啸山庄》以作者"心灵中非凡的热情"和继拜伦之后无人可比的"强烈的情感、忧伤、大胆"震撼了人们的心灵。于是，《呼啸山庄》被誉为"最奇特的小说"，这部艾米莉·勃朗特唯一的小说也奠定了她在英国文学史以及世界文学史上的地位。

在19世纪三四十年代的宪章运动中，出现了宪章派文学。这批工人诗人用诗歌、歌曲等形式宣传鼓动，激励人们投入斗争。宪章派诗歌是最早的无产阶级文学，厄内斯特·琼斯（Ernest Charles Jones，1819—1869）、威廉·林顿（William James Linton，1812—1897）和杰拉尔德·梅西（Gerald Messi，1828—1907）是杰出的代表。影响较大的作品有琼斯的《未来之歌》（1852）和梅西的《红色共和党人抒情诗》（1850）等，这些作品以其独特的思想与艺术形式在世界文学史上留下了自己的印记。

此时的英国虽不再是世界头号强国，但仍然处于老牌帝国的地位。国内频频出现经济危机，社会矛盾也很尖锐，社会改良主义思想流行。在这种社会条件下，现实主义作家把目光更多地投向抨击社会的道德伦理、宗教、家庭、教育制度等各种不合理现象。19世纪最后30年的英国文学也逐渐失去了昔日的风采，但是传统深厚的英国文学仍然保持深刻而隽永的创作优势，这一时期的英国文坛上出现了萧伯纳、王尔德、哈代等杰出作家。诗歌、散文，尤其是小说、戏剧，仍然频出佳作，文学创作中的心理描写也比以前更深刻、更精确、更多样化。

二、19世纪英国浪漫主义诗人

19世纪，在欧美各国文学中，英国浪漫主义文学发展是最完备、最规范、最有成就的。浪漫主义自18世纪末期开始，经过19世纪早期的发展、繁荣，一直到19世纪末期，其余音还在回响。其间，群星璀璨，佳作迭出。这里仅能就其中杰出者略加评述。

威廉·华兹华斯是英国浪漫主义有影响的诗人，是所谓的"六大家"（Big Six）之一。他出生于律师之家，1787年进入剑桥大学圣约翰学院学习，毕业后曾一度在法国布卢瓦居住。他对法国革命怀有热情，认为这场革命表现了人性的完美，将拯救帝制之下处于水深火热中的人民。1792年华兹华斯回到伦敦，仍对革命充满热情。在1795年10月，他与妹妹多萝西一起迁居乡间，实现了接近自然并探讨人生意义的凤愿。1798 年 9 月至 1799 年春，华兹华斯同多萝西去德国小住。

华兹华斯、柯勒律治与骚塞同被称为"湖畔派"诗人。他们远离城市，隐居在昆布兰湖区和格拉斯米尔湖区，由此得名。"湖畔派"诗人们早年向往法国资产阶级革命，后站在保守的立场，反对资产阶级文明，主张恢复封建宗法制度，宣扬宗教道德观。文学上，"湖畔诗人"共同反对古典主义传统，倡导唯情论，歌颂大自然。

华兹华斯于 1789 年和柯勒律治合作发表了《抒情歌谣集》，宣告了浪漫主义潮流在有着悠久诗歌历史的英国产生。这部诗集两年后再版，华兹华斯为其增加了一篇长序，在这篇序中，华兹华斯详细阐述了他的文学主张。他主张以平民的语言抒写平民的事物、思想与感情，这一观念被誉为浪漫主义诗歌的宣言。他认为，"所有的好诗都是强烈情感的自然流露"。他主张，文学家的使命是要在对日常生活和平常事件的真实反映中寻觅人类的天性，因为只有在"微贱的田园生活里"，"我们的各种基本情感才共同处于一种更单纯的状态之下"，"人们的热情是与自然之美的永久的形式合而为一的"。① 他进而论述诗和诗人的崇高地位，认为"诗是一切知识的开始和终结，它同人心一样不朽"，而诗人则是"人性的最坚强的保护者，是支持者和维护者。他所到之处都播下人的情谊和爱"。以后华兹华斯的诗歌在深度与广度方面得到进一步的发展，在自然风光、平民事物的描写之中寓有深意，寄托着自我反思和人生探索的哲理思考。

华兹华斯一生中创作丰富，成就辉煌。有研究者指出："总的说来，他的长处是能用素净的语言表达深刻的思想，短诗清新，十四行诗雄奇，长诗平淡中见激情。"② 代表作有《丁登寺旁》(1798)、《序曲》(1805—1806)、《远足》(1814) 和他在不同时期创作的十四行诗。《丁登寺》(Tinter Abbey) 被认为是《抒情歌谣集》中最杰出的诗篇。诗歌真实地反映了诗人故地重游时的复杂心情和他对大自然的向往。这首诗歌文笔洗练，风格朴素，丁登寺的自然风景被诗人描绘得极为生动，诗人自己心中的波澜被表达得极为传神。在诗人笔下，大自然被看成灵感和想象的源泉，也是美好和理想的世界。自然既会给人以力量和欢乐，也能使人的灵魂得到升华。面对如此的自然美景，诗人时而心旷神怡，时而茫然惆怅，但更多的时候，他对自然抱着静观的态度，试图透视人生，流露出对崇高信念的追求和对理想境界的向往。从艺术形式看，这首诗采用无韵体形式写成，形象鲜明，比喻生动，将深刻的哲理和丰富的情感完美地融为一体。

华兹华斯关于自然的诗歌优美动人。他的这类诗歌的一个突出特点，即寓情于景，情景交融。这种风格是通过作者对诗歌的题材、语言、格律、诗体、词汇的选择体现出来的。

在《伦敦，一八零二》等十四行诗中，他将弥尔顿的古典主义豪放诗风发扬光大，用雄迈的笔调写出了高昂的激情，例如这样的呼唤：

---

① 古典文艺理论丛编辑委员会选编：《古典文艺理论译丛》，第 1 册，5 页，北京，人民文学出版社，1961。

② 钱青主编：《英国 19 世纪文学史》，32 页，北京，外语与教学研究出版社，2006。

啊，回来吧，快把我们扶挽，

给我们良风，美德，力量，自由！

你的灵魂是独立的明星，

你的声音如大海的波涛，

你纯洁如天空，奔放，崇高……

他的山水诗极其灵秀。《咏水仙》展现了一幅与资本主义城市文明截然不同的恬静快乐的画面，表现出的是人要在大自然中寻找理想、寻找人性最后归宿的情怀。他的爱情诗，如《露西》组诗写得极其真挚动人，无一行俗笔，用清新的文字写出了高远的意境。他能将复杂深奥的思想准确、清楚地表达出来，民歌体的小诗写得精妙，无韵诗体的运用更在他的手里达到了新的高峰，出现了宛转说理的长长诗段。《致布谷鸟》《致蝴蝶》《麻雀窝》等名篇歌颂了儿童身上所体现出来的没有受过工业文明污染的完美人性，显现了他创作主题的一个重要特征，即在对大自然的肯定中来探讨人的本质复归问题。

乔治·戈登·拜伦（George Gordon Byron，1788—1824）是英国 19 世纪浪漫主义文学的代表人物之一。拜伦中学开始写诗，第一部诗集《闲暇时刻》（1807）表现出对现实的不满。大学毕业他出国到欧洲大陆旅行两年，回国后根据旅游日记写作长诗《恰尔德·哈罗尔德游记》（1812—1818）。1824 年他去希腊，投身于希腊人民反对苏丹独裁统治斗争，不幸染病而亡。拜伦之死震动了文坛，引起全英国和欧洲进步人士的悲悼。人们赞颂他的卓越天才，更加景仰他的革命壮举。歌德赞他是"19 世纪最伟大的天才"，普希金称他为"思想界的君王"。

拜伦一生短暂，但作品很多，代表作品有长诗《恰尔德·哈罗尔德游记》，共 4 章，描写孤独的漂泊者恰尔德·哈罗尔德出游欧洲的见闻，被看作诗人的自述。东方叙事诗以东方民族社会与风俗为题材，包括《异教徒》（1813）、《阿比道斯的新娘》（1813）、《海盗》（1814）、《莱拉》（1814）、《柯林斯的围攻》（1815）、《巴里西纳》（1815）。讽刺诗有《别波》（1818）、《审判的幻景》（1822）、《唐·璜》（1819—1824）等。

"拜伦式英雄"是拜伦塑造的一系列叛逆者的形象。他们都有共同的精神特征：与社会对立，坚决与命运相抗衡，具有叛逆的性格；高傲倔强，唯我独尊，鄙视一切；显得忧郁、孤独、悲观，找不到正确的道路。这类形象出现在不同的作品中，如《恰尔德·哈罗尔德游记》中的贵族公子哈罗尔德，《海盗》的主人公康拉德、《曼弗雷特》中的曼弗雷特等。对"拜伦式英雄"应该做两方面的评价：从积极方面看，在 19 世纪 20 年代欧洲民族解放运动蓬勃开展时，"拜伦式英雄"起到了揭露反动统治者，号召人民起来斗争的作用；从消极方面看，他们的斗争往往是孤独的，脱离人民，容易趋于悲观。

《唐·璜》（1818—1823）是一部未完成的长篇叙事诗，是拜伦最伟大的作品。全诗共 16548 行，辛辣地讽刺了欧洲的封建专制制度和贵族资产阶级的强权统治，将矛头对准了"神圣同盟"和欧洲的反动势力，表现了作者对自由的真诚追求和对人民积极行动的呼唤。

唐·璜本是 14 世纪西班牙民间传说中贵族出身的好色之徒、恶棍，曾出现于莫里哀等作家的作品里。拜伦在 18 世纪末 19 世纪初的广阔的欧洲历史背景上重新塑造了唐·璜的形象。故事从主人公的童年开始，叙述了他在西班牙一个贵族家庭度过的快乐时光。后来，年轻的唐·璜与贵妇人多娜·茱莉娅坠入爱河，这段恋爱无果而终，茱莉娅进入修道院，唐·璜被母亲送到国外。在去国远游途中，船只遇险，他幸而被海盗兰布罗的女儿海迪援救，并与其相爱，但不幸被贪心的海盗卖到土耳其，又一次与爱人分离，海迪伤心而亡。在土耳其王妃的命令下，他被人从奴隶市场上买到土耳其苏丹的宫廷，面对苏丹王妃咄咄逼人的无耻求欢，他神态自若，虚与委蛇，最终带同伴逃跑。他参加了正在入侵土耳其的俄国军队。战争结束后，他被派往俄罗斯的圣彼得堡报捷，受到女王凯瑟琳的款待。随后，他带着凯瑟琳的秘密使命前往英国。长诗突然中止时，他还沉溺在伦敦上流社会的生活里，并再次获得艳遇。

在拜伦看来，唐·璜是一个普通的贵族青年，他的荒唐只不过是人类本性的自然流露。他性格的复杂性体现了现实世界中生活的多样性和道德的复杂性。

拜伦将唐·璜的故事背景设置到当时欧洲所有占主导地位的国家，深刻描绘了复杂多变的社会背景。他通过主人公的冒险足迹，描写了海盗称霸的希腊岛屿、奴隶市场、土耳其苏丹王宫、俄罗斯宫廷和英国上流社会，刻画了威严的女皇、荒淫的王妃、谄媚的朝臣、骄奢专横的将军、腐化堕落的王公贵族等各色人物的形象。他们手握权势，制造了无数人间惨状：被奴役、被侵略的民族，战场上血腥的屠杀，奴隶市场上像牲畜一样被买卖的人。诗人揭示出封建专制的暴虐和社会道德的虚伪，谴责了"神圣同盟"的侵略暴行，表达了自己对专制制度的憎恶。

拜伦揭露和讽刺了英国社会的各个方面，撕开了英国所谓"文明社会"的画皮。英国凭借雄厚的资本恫吓他国，充当镇压革命、扼杀自由的国际宪兵。政府压迫、盘剥国民，政治家撒谎，文人变节，贵族心灵空虚地沉溺声色犬马，男人喝酒、赌钱、嫖妓，女人们则打情骂俏，夫妇同床异梦。拜伦对英国的资产阶级及其金钱统治进行了辛辣的讽刺和无情的揭露，将英国比作一个住满了凶禽猛兽的动物园，把伦敦称为"魔鬼的客厅"。在他的笔下，金钱毒化社会，腐蚀灵魂，人人把钱看得高于一切，可以"拿走性命，拿走老婆，但决不要拿走人的钱袋"。

长诗充满着对正义事物的爱，对失去自由的人的同情和对被压迫者的战斗号召。拜伦十分同情被压迫、被奴役的民族和人民，他热情地激励希腊人民起来斗争，甚至号召顽石也起来反抗世上的暴君。他确信未来世界是自由的世界，人民将是自由的，一切王座与君主，必将成为使未来子孙们感到可怕的、不可理解的陈迹。

《唐·璜》是一部浪漫主义的佳作，强烈的主观抒情和浓郁的浪漫色彩构成了作品最突出的艺术特征。故事情节曲折离奇，场面宏阔多变，人物性格夸张奇特。诗人鲜明的爱憎激情充斥在长诗优美而略带忧伤的字里行间。主人公次次历险，命运大起大落，使长诗中的戏剧性场面层出不穷。离奇的故事，异域的情调，为读者展现了一幅多彩多姿的浪漫画卷。作者恰到好处的抒情与浪漫的图景融合为一个有机整体。长诗充分显示了自由奔放、生动活泼的艺术特色。

诗作采用口语风格的意大利八行诗体，语言风格多样，极富变化，把愤怒的揭露、辛辣的揶揄、尖刻的辩论、俏皮的嘲笑、热烈的抒情和哲学的沉思表现得恰到好处。拜伦的语言晓畅明白，具体简约。他大量采用口语词汇，但白而不俗，谑而不陋。整部长诗犹如一曲扣人心弦、荡人魂魄的交响乐章。

珀西·比西·雪莱（Percy Bysshe Shelly，1792—1822）是与拜伦齐名的英国浪漫主义诗人。1792 年生于苏萨科斯郡一个贵族家庭，1811 年因发表小册子《无神论的必然性》被牛津大学开除，不久到都柏林参加爱尔兰人民的民族独立运动。1813 年发表第一部长诗《麦布女王》（Queen Mab），抨击封建制度的专横无道和英国资本主义制度的剥削，反映劳动人民的悲惨境遇，对以后的工人斗争和宪章运动起过积极作用，被马克思称为宪章主义者的"圣经"。该诗引起了英国资产阶级的仇视，雪莱 1818 年被迫侨居意大利。长诗《伊斯兰的反叛》（1818）借用东方的故事歌颂资产阶级革命，抨击欧洲反动的封建势力。诗剧《解放了的普罗米修斯》（1819）采用古代神话题材，表达了反抗专制统治的斗争必将获胜的信念和空想社会主义的理想。诗体悲剧《钦契》（1819）取材于意大利的历史故事，表达了反抗暴君的思想，是雪莱最具创造性的作品之一。雪莱还创作了《致英国人民》《1819 年的英国》（1819）、长诗《暴政的假面游行》等政治抒情诗，强烈谴责封建统治集团的罪行，号召人民为自由而斗争。1819 年 8 月，英国曼彻斯特市工人群众示威游行，当局出动骑兵进行镇压，造成大批工人死伤，雪莱像雄狮般怒吼了。他的诗中写道：

> 像醒狮般奋起反抗，
> 亿万成群不可挡！
> 睡梦中锁链套上身——
> 摔掉它，化为灰烬；
> 他们一小撮，你们千万人！

浪漫主义诗人中，即使是如拜伦那样激进的，也不可能如雪莱般写出这样的诗。这是完全站在无产者一边，反对暴政的檄文，是反抗者斗争的号角。在政治立场上，雪莱超越了一般的浪漫主义诗人。

雪莱在《云》（1820）、《致云雀》（1820）、《西风颂》（1819）等抒情诗中，通过描写自然景象寄托自己的思想感情，作品想象丰富，音韵和谐，节奏明快，在英国诗歌史上占有重要地位。雪莱在 1822 年 7 月驾小艇旅行途中，突遇风暴，溺水而亡，时年 30 岁。

雪莱的抒情诗名篇有《奥西曼迪亚斯》《给英格兰人的歌》《西风颂》《云》和《致云雀》等。其中，《西风颂》共 5 节，第 1、第 2、第 3 节写西风扫落叶，播种子，驱散乱云，释放雷雨，把地中海从夏天的沉睡中吹醒，给大西洋涂上庄严秋色。第 4 节里，诗人和西风一样不受羁绊，鄙视一切。第 5 节是诗人对未来的展望，表达了对未来的信念："如果冬天来了，春天还会远吗？"雪莱被恩格斯称为"天才的语言家"。《西风颂》全诗运用比喻的手法，将写景与抒情浑然融为一体，节奏明快，感情奔放，含义深刻，通常被认为是雪莱抒情诗的最佳作品。诗中反复出现"西风"这个"精灵"般的意象，它是"秋天生物的呼吸"，存在于大地、天空、海洋，毁灭于秋季而重生于春天。

三、"光辉的小说家"查尔斯·狄更斯

查尔斯·狄更斯（Charles Dickens，1812—1870）是 19 世纪英国现实主义文学最杰出的代表。狄更斯少年时因家庭生活窘迫，只能断断续续入校求学。后被迫到工场做童工。15 岁以后，当过律师事务所学徒、录事和法庭记录员。20 岁开始当报馆采访员，报道下议院新闻。1836 年开始发表《鲍兹随笔》，这是一部描写伦敦街头巷尾日常生活的特写集。同年，发表连载小说《匹克威克外传》，数期后便引起轰动。《匹克威克外传》初获成功后，狄更斯与凯瑟琳结婚，并专门从事长篇连载小说的创作。此后狄更斯连续出版了多部广受欢迎的小说，包括《雾都孤儿》《尼古拉斯·尼克贝》《老古玩店》《美国札记》《圣诞颂歌》《马丁·翟述伟》《大卫·科波菲尔》《荒凉山庄》《艰难时世》《小杜丽》《双城记》和《远大前程》等。狄更斯一生刻苦勤勉，繁重的劳动和难以变革现实的失望心情严重损害了他的健康。1870 年 6 月 9 日，狄更斯因脑溢血与世长辞。他去世后被安葬在西敏寺的诗人角，墓碑上写道："他是贫穷、受苦与被压迫人民的同情者；他的去世令世界失去了一位伟大的英国作家。"

《匹克威克外传》是狄更斯的第一部长篇小说，写俱乐部主席老绅士塞缪尔·匹克威克一行 5 人到英国各地漫游的故事。小说情节以匹克威克等人在旅途的见闻和遭遇展开。整部小说由连贯的 11 个故事组成。虽然其中一些故事具有相对的独立性，但是故事的进展又能自然地衔接起来，散而不乱，线索明了。狄更斯不仅用精彩的文笔描述了他们一行人出游途中许多令人忍俊不禁的滑稽故事，还以喜剧的手法对法官、律师、法庭、监狱、议会、选举等做了深刻的揭露和无情的嘲讽，成功地揭示了 19 世纪 30 年代英国的社会、道德、政治、经济和文化状况。

《双城记》在思想和艺术上都堪称狄更斯的杰作。"双城"指的是巴黎和伦敦，作者以法国大革命为当时英国社会的借鉴。小说分为三部，情节围绕梅尼特医生的经历展开。法国革命前夕，梅尼特医生出诊时发现贵族厄弗里·蒙地侯爵蹂躏农家妇女并杀害她弟弟的罪行，于是不顾侯爵的威胁利诱，向朝廷告发，却遭到侯爵的反诬，被关入巴士底狱 18 年。狄更斯深切地同情人民，对统治阶级表示强烈愤怒。但他又谴责法国大革命中的暴力行为，认为流血只会造成更多的流血。得伐石太太的兄姐都被贵族害死，在强烈的复仇心理驱使下，她嗜杀成性，于是大革命出现了失去理性的疯狂的混乱。代表作者观念的是，梅尼特医生在女儿路茜爱的抚慰下捐弃旧怨，接纳仇人家族的后代代尔那为女婿。代尔那抛弃贵族特权，自食其力，清白为人，以救赎祖先的罪恶。路茜的爱慕者卡尔登代替被革命者判处死刑的代尔那上了断头台，不惜以生命来实现爱的诺言。

小说描述了当时伦敦和巴黎疾风骤雨般的阶级斗争和危机四伏的社会，展示了作者深刻的社会洞察力。小说具有强烈的悬念、曲折的情节、精巧的结构。围绕着梅尼

特医生的冤狱之谜而展开，构思严密，显示出作者精湛的小说技艺。

狄更斯小说中塑造了一大批性格鲜明的人物形象，描写了中下层社会小人物的命运。这些青年男女主人公靠自己的艰苦奋斗努力向上，摒弃损人利己的卑鄙手段，他们的形象体现了狄更斯的人生观和道德观。大卫·科波菲尔的不堕落或消沉，匹普的浪子回头，小耐儿、艾妮斯、小杜丽、路茜等富有自我牺牲精神的"理想女性"形象，都得到读者的赞美。他也刻画坏人形象，对他们进行嘲讽和鞭挞。如法琴、塞克斯、奎尔普等都是丧失人性、极端自私的"恶"的化身，往往不得善终。狄更斯还塑造各种"怪人"的形象。如天真可爱的匹克威克先生、穷困潦倒却快活乐天的密考伯先生等，都是文学画廊中的著名人物。这些被称为"扁形人物"的形象，以其自身的鲜活性弥补了心理刻画深度的欠缺。

四、托马斯·哈代

托马斯·哈代（Thomas Hardy，1840—1928），英国伟大的现实主义作家、诗人。他生于英国西南部的多塞特郡，毗邻多塞特郡大荒原，这里的自然环境日后成了哈代作品的主要背景。他的父亲是石匠，但爱好音乐。父母都重视对哈代的文化教育。1856年哈代离开学校，给一名建筑师当学徒。1862年他前往伦敦，任建筑绘图员，并在伦敦大学进修语言，开始文学创作。1867年因健康问题返回故乡。最初写作诗歌，后因无缘发表，改事小说创作。1867—1868年完成第一部小说《穷人与贵妇》（*The Poor Man and the Lady*），但未能出版。首次发表的小说是《计出无奈》（*Desperate Remedies*，1871年）。接着发表《绿林荫下》（*Under the Greenwood Tree*，1872年）、《一双湛蓝的眼睛》（*A Pair of Blue Eyes*，1873年），开始了以威塞克斯（Wessex）为背景的一系列乡土小说的写作。成名作《远离尘嚣》（*Far from the Madding Crowd*）发表于1874年。从此，他放弃建筑职业，致力于小说创作。1878年发表《还乡》（*The Return of the Native*），写游苔莎嫁给在巴黎当过钻石店经理的青年姚伯，幻想丈夫能带她离开荒原，厌倦城市生活的姚伯却希望在大自然的怀抱中宁静度日。后游苔莎因种种误会和不幸夜间出走，失足落水而亡。最后姚伯因得不到乡亲的谅解和支持而事业难成，当了传教士。一些评论家认为《还乡》是哈代最出色的作品。《卡斯特桥市长》（*The Mayor of Casterbridge*，1886）是他唯一不以农村为背景的小说，写失业的打草工亨查德酒醉后卖掉了妻女，醒后悔恨，从此发愤，成了粮商，当了市长，妻子携女归来。但不久亨查德与合伙人吵翻，妻子去世，卖妻丑史被揭发，事业失败，女儿被生父领走，他孑然一身死于荒原草棚。《德伯家的苔丝》（*Tess of the D'Urbervilles*，1891）、《无名的裘德》（*Jude the Obscure*，1896）发表后招致强烈的攻击。激烈的攻击使哈代发誓再不写小说，自此全力作诗，发表了《威塞克斯诗集》（1898）、《今昔诗篇》（1901）等8个诗集，共918首。此外还有《林地居民》（1887）等许多长篇小说和4个短篇小说集。哈代一生共发表了近20部长篇小说，8个诗集。此外，还有许多以"威塞克斯故事"为总名的中短篇小说，以及长篇史诗剧《列王》。

《德伯家的苔丝》（1891）是哈代"性格和环境小说"中重要的一部。它描写贫穷的农家女子苔丝一生的遭遇。她渴望凭自己的劳动过日子，但是在当时的社会中接二连三地受到沉重打击。苔丝还非常年轻的时候，就因为家庭贫困，不得不到德伯家去当女工，遭到资产阶级纨绔子弟亚雷·德伯的污辱，怀了身孕，成为一个"失了身的女子"。她忍受周围人们的歧视和道德偏见，独自抚养孩子。孩子病死后，她在一家牛奶场工作，认识了一个牧师的儿子——青年大学生安玑·克莱尔，不久便和他相爱。苔丝向克莱尔讲述了自己过去的不幸经历之后，充满资产阶级虚伪伦理偏见的克莱尔一反往常的态度，遗弃了苔丝，使她走上更加悲惨的道路。苔丝转到另一个农场劳动，受到资本家更为残酷的剥削。后来父亲死去，一家人沦落街头，纨绔子弟亚雷又来纠缠她，她不得已又迁就了他。克莱尔的突然归来使苔丝深受刺激，终于酿成了她杀死亚雷的悲剧。她成了一个杀人犯，被法庭判处死刑。

苔丝的悲剧是多种原因造成的，她所受的压迫是双重的。在自给自足的小农经济不能维持的条件下，她为了生活，不得不忍受农业资本家的剥削，并受到富家子弟的污辱。更使她陷入绝境的是资产阶级社会的道德偏见。不能克服这种偏见的克莱尔对她的遗弃，使她精神上遭到沉重的打击，失掉了生活的信心，终于成为资产阶级虚伪伦理道德的牺牲品。哈代对苔丝寄予了深厚的同情，认为她是无罪的，是个受难者。他把这样一个犯了"奸淫罪"和"杀人罪"的女子称作"一个纯洁的女人"，并用这一称号作为本书的副标题，向资本主义社会的伦理道德提出抗议，旨在揭示苔丝的悲剧不是命运使然，而是环境和社会所造成的。小说以19世纪末英国小农经济破产的情况为背景，也描写了资本主义农场工人出卖劳动力的悲惨境遇。

第四节 法国文学

一、法国浪漫主义文学思潮

在法国，"浪漫"（Romantic）一词是通过法国"浪漫之母"斯达尔夫人的《论德国》（1812）传入的。第一个自称为"浪漫的"作家是司汤达。他在1818年说："我是一个热狂的浪漫主义者，这就是说，我拥护莎士比亚，反对拉辛，拥护拜伦爵士，反对布瓦罗。"司汤达用"浪漫的"一词来攻击17世纪法国的古典主义。20年代"浪漫的"在法国通用，到了1830年，雨果的《欧那尼》上演使"浪漫的"和"古典的"斗争达到白热化程度。法国资产阶级和封建势力复辟与反复辟的曲折斗争，决定了法国浪漫主义具有更为鲜明的政治色彩。夏多布里昂和斯达尔夫人的创作分别代表着法国早期浪漫主义文学的贵族倾向和民主倾向。浪漫主义运动在法国得到了充分的发展，无论是诗歌还是小说、戏剧，都出现了许多杰作，将欧洲浪漫主义运动推向高峰。

勒内·德·夏多布里昂（1768—1848），法国早期浪漫主义的代表。他的中篇小说《阿达拉》涉及了基督教、上帝、灵魂不死等问题，夏多布里昂在表现世俗爱情与宗教信仰的矛盾时，夸大宗教的力量。同时他又把这个殉教故事写得缠绵悱恻，情感动人。《勒内》塑造了法国大革命后一代贵族没落青年的典型——勒内。勒内和爱他的胞姐分手，孤独忧郁，遁迹荒蛮绝域。小说出版，立刻风靡一时，勒内的忧郁情绪被称为勒内式的"世纪病"。

集合在夏多布里昂周围的浪漫主义作家还有阿尔封斯·德·拉马丁（1790—1869）和阿尔弗雷·德·维尼（1797—1863）。拉马丁善写爱情和自然，他的《沉思集》（1820）是法国浪漫主义诗歌的开篇之作。维尼以写哲理诗著称。他的《古今诗集》（1826—1837）、《命运集》（1864）宣扬孤傲坚韧的精神，表现出不满现实、悲天悯人的思想。龚斯当、赛南古、诺蒂埃等作家的小说，都出现了资本主义秩序确立后人与社会矛盾对立，从而要逃向净土大自然的主题。

阿尔弗雷·德·缪塞（1810—1857）也是一位浪漫主义作家。长篇小说《一个世纪儿的忏悔》（1836）以他和乔治·桑的恋爱故事为中心内容，指出拿破仑帝国的崩溃和对拿破仑式的英雄主义的幻灭，是导致主人公沃达夫的"世纪病"的根源，表达了对复辟王朝的不满。

乔治·桑（1804—1876）是法国19世纪著名女作家，她受卢梭民主主义思想影响，描绘带有梦幻性质的理想世界。她的创作历程丰富，从妇女问题小说到社会问题小说再发展到写田园小说，在精神追求上从未止步。小说《康素爱萝》（1842—1843）在18世纪欧洲黑暗丑陋的生活背景中，塑造出了一个不慕虚荣、不畏强暴的女歌唱家形象。《安吉堡的磨工》（1845）则反映了作者的空想社会主义思想。《魔沼》（1846）是作家最成功的田园小说，赞美了生活在充满诗情画意的农村田园生活里的善良质朴的农民。

大仲马（1802—1870）是法国著名的通俗文学作家。早年写戏剧，后期写小说。他一生写了500多部小说，主要文学成就是通俗历史小说。他热爱历史，但并不"尊重"它，历史在他笔下，只不过是由他任意使用的材料。代表作《三个火枪手》（1844）描写路易十三时代的宫廷故事。小说讲述了宫廷的王公贵族爱情与侠士的打斗冒险，情节动人，妙趣横生，是一部通俗文学的名作。《基度山伯爵》（1845）也是一部脍炙人口的通俗小说，情节曲折惊险，讲述邓蒂斯报恩复仇的故事，满足了读者喜爱惊险动人故事与通俗叙事艺术的审美需求。

二、法国现实主义文学主潮

法国现实主义文学的奠基人是司汤达（1783—1842）。司汤达于1823年发表了《拉辛与莎士比亚》，这部论著被认为"是法国19世纪现实主义文学的理论纲领，高举起了现实主义文学的大旗"。司汤达的长篇小说《红与黑》（1830）则被认为是现实主义文学的开端。巴尔扎克（1799—1850）真正使"批判现实主义文学"的地位得到巩固，并焕发出光彩。他通过包括96部长篇、中篇、短篇小说的《人间喜剧》使自己成为"文坛上的拿破仑"，是法国现实主义文学的代表人物。

在这一时期的法国文学中，普罗斯贝尔·梅里美（1803—1870）占有特殊的地位。他很好地将现实主义与浪漫主义融为一体，创造出一种独特风格。梅里美的主要成就体现在中短篇小说创作上，写出了《塔曼果》《法尔哥内》《高龙巴》和《嘉尔曼》等名篇。中篇小说《嘉尔曼》是他的代表作品，使他在世界文学中以高度纯熟的小说艺术而声名远扬。

19世纪五六十年代，现实主义文学中，居斯塔夫·福楼拜（1821—1880）是西方文学史上声誉极高的作家，他代表了小说叙事艺术的一种转向，即从作者的主观叙事向客观叙事的转型。主要作品有长篇小说《包法利夫人》（1856）、《萨朗波》（1862）、《情感教育》（1869）和短篇小说集《三个故事》（1877）等。

1870年普法战争失败和被迫割让国土使法国蒙受了耻辱，民族自信心空前跌落。但是，1871年巴黎公社的成立给第三共和国以打击，对法国文化又是一次提升。这两大事件是造成法国思想界出现危机的根源，也刺激了19世纪后期的法国文学。对普法战争失败的反思和对第二帝国腐败的揭露推动了现实主义和自然主义等文学的兴盛，反而带来了法国文学在逆境中的奋起与繁荣。

维克多·雨果（1802—1885），如果说世界文学史上有一类作家，他们随着岁月逝去，不但没有被时光所埋没，反而愈来愈有魅力，那么雨果当属这类作家的代表人物之一，21世纪初期，雨果在各国都是销量最大的小说家之一，可以看出人们对这位浪漫主义文学大师的景仰与喜爱。

1802年2月26日，雨果诞生于贝尚松省的一个军人家庭。父亲曾随拿破仑转战南欧，母亲则信奉旧教，是王室的拥护者，这种对立的政治观念同时对雨果产生了影响。1885年5月22日雨果病逝于巴黎，巴黎举行了规模宏大的葬礼，将其葬于伟人公墓。

早在19世纪二三十年代，雨果在创作观念上逐渐由古典主义转向浪漫主义。1827年他发表了剧本《克伦威尔》。在这本书的序言中，雨果公开抨击古典主义的清规戒律，认为每个时代都有自己的艺术形式，反对古典主义的盲目模仿，主张创作自由，扩大艺术的表现范围。更重要的是，雨果还提出了新的浪漫主义文学观点。他认为自然中的万物并非都是崇高优美的，它们处于一种复合的状态中，"丑就在美的旁边，畸形靠近着优美，粗俗藏在崇高的背后，恶与善并存，黑暗与光明相共"。因此，艺术无权把两者割裂开来，应该同时加以表现，"把阴影掺入光明，让粗俗结合崇高而又不使它们相混"，即体现美与丑、崇高优美与滑稽丑怪的对照。《欧那尼》《巴黎圣母院》（1831）是这一时期的代表作。40年代中期，雨果的思想处于矛盾状态，他的创作也转向沉默。50年代，雨果从资产阶级自由主义转向共和主义政治立场，他的创作又开始了一个新的阶段。1851年雨果开始了19年的流亡生活，这一时期也是他创作的盛期，他发表了长篇小说《悲惨世界》（1862）、《海上劳工》（1866）和《笑面人》（1869）。这些世界文学名著突出地反映了雨果的人道主义理想。1870年，普法战争爆发后，雨果回到巴黎。他以1793年法国大革命时期，革命力量和反革命力量生死搏斗的重大历史事件为背景，创作了小说《九三年》，描写共和军的一次镇压叛乱的激烈斗争，故事情节起伏跌宕，扣人心弦，再为世界文学增添一部杰作。在长达60年的创作生涯中，雨果共创作出26卷诗歌、20卷小说、12卷剧本、21卷哲理论著。

小说《巴黎圣母院》极受世界各国读者喜爱，这部小说以中世纪著名教堂巴黎圣母院为背景，描写围绕吉卜赛女郎爱斯梅拉达发生的爱恨情仇。在教堂广场卖艺的爱斯梅拉达的美丽勾起了道貌岸然的副主教克洛德心中难以压抑的情欲，他在爱斯梅拉达与风流潇洒的军官鲍比约会时，竟然刺伤鲍比后逃离，使得爱斯梅拉达被误认为是凶手。教堂敲钟人加西莫多将爱斯梅拉达藏匿于教堂之中，展开了惊险万端的营救与追捕的剧烈斗争。在小说中，雨果充分运用对照原则来揭示主题，后出现的悲剧性结局与开头的喜剧性场面形成对比。小说在神圣与世俗、美与丑、虚假与真诚的对立中，以其形象化的关系构建，展示了法国社会独特的文化景观与人文理想。

《悲惨世界》是雨果晚年具有代表性的杰作，完成于 1862 年。小说写成后，用 9 种文字同时在欧洲一些国家出版，受到进步作家的热情赞赏，被誉为"社会的史诗"。整部作品结构庞大，气势磅礴，100 多万言，共分五部：第一部"芳汀"，第二部"珂赛特"，第三部"马利尤斯"，第四部"布留墨街的恋歌与圣丹尼斯街的史诗"，第五部"冉·阿让"。5 部各有独立故事，枝叶繁复，但又都以主人公冉·阿让的活动为主线，串联为一个整体。小说的主人公冉·阿让是一个贫苦工人，因偷了一个面包被判 19 年苦役。出狱后他充满对社会的仇恨，但偶然遇到仁慈爱人的主教米里哀，使他彻底改变了人生态度，认识到只有仁爱才能真正拯救世界。身体强壮的冉·阿让从此投入新的生活，他化名马德兰，来到蒙特勒小城，洗心革面，重新做人。十年后成为一名成功的商人，之后成为一个小城市的市长，服务地方百姓，享有崇高威信。但就在此时，为了救助妓女芳汀和她的女儿小珂赛特，他冒着暴露自己囚徒身份的危险，抢救出小珂赛特并且将她养大成人。在法国大革命的暴风雨中，冉·阿让帮助革命力量与青年，争取自由与幸福的生活。在艺术上，小说以现实主义为基调，同时又具有浓郁的浪漫主义色彩。作品中描写了当时资本主义社会的日常生活，小说中人物给人留下深刻的启示。警官沙威是统治制度的忠仆，他生命中唯一的原则是小人不能犯上，所以对社会的变革感到无法理解，只能自杀。最为生动的形象是社会庸人德纳第，他曾经是一名拿破仑军队的军人，但是只想发战争财，在战场上偷东西时却装作救人。他们夫妇虐待小珂赛特，只想着发财，但这样的人命中注定要过着穷酸生活。

雨果是世界文学史上罕见的叙事大师，小说情节离奇却又有坚实的基础，有强烈的戏剧效果。冉·阿让能扛起马车救人，但如果他救了人就会暴露自己的身份；从不说谎的修女为了救人，不得不哄走沙威，等等，这些情节浪漫而现实，表现出雨果杰出的才能。小说在叙述故事情节发展的同时，还穿插激越的议论，以增强其社会批判的力度。通过这种直抒胸臆式的、政论式的议论，雨果的小说在感情上影响着读者，使之接受自己的观点。

司汤达（又译斯丹达尔，1783—1842），原名亨利·贝尔。司汤达从 1814 年开始发表作品。其处女作《意大利绘画史》是在意大利完成的。1817 年他首次用司汤达这个笔名发表了游记《罗马、那不勒斯和佛罗伦萨》。从 1823 年到 1825 年，他陆续发表了后来收在文论集《拉辛和莎士比亚》中的文章。此后，他转入小说创作。1827 年发表了《阿尔芒斯》，1828—1829 年写就《罗马漫步》，1829 年发表了著名短篇《瓦尼娜·瓦尼尼》。他的代表作《红与黑》于 1827 年动笔，1829 年脱稿。1832—

1842年是司汤达最困难的时期，经济拮据，疾病缠身，环境恶劣，但这也是他最重要的创作时期。他写作了长篇小说《吕西安·娄万》《巴马修道院》、长篇自传《亨利·勃吕拉传》，还写了十数篇短篇小说。代表作《瓦尼娜·瓦尼尼》《卡斯特罗修道院长》等写得生动传神，脍炙人口，堪称世界短篇小说花园里的奇葩。它们与梅里美的《马特奥·法尔戈纳》和《塔芒戈》、巴尔扎克的《戈布塞克》一起，标志着法国短篇小说创作的成熟。1842年3月23日司汤达去世，葬于蒙马特尔公墓。

《红与黑》是一部具有深刻思想内容的长篇小说，以法国王政复辟时代为背景，以主人公于连·索莱尔从19岁到23岁的生活经历为主要内容，在广阔的社会背景上勾勒了一幅复辟时期法国社会的画面。主人公于连是法国维立叶尔小城一家锯木工场主的儿子，他意志坚强，精力充沛，聪明能干，记忆力惊人，能熟背整本拉丁文《新约全书》和墨士德的《教皇传》。他羡慕拿破仑从普通的士兵到"世界主人"的经历，发誓要出人头地。他走向社会的第一步是到维立叶尔市长德·瑞那家里当家庭教师，不久与市长夫人发生了暧昧关系。事情败露后，他不得不离开家乡来到贝尚松神学院。这里的教会教规森严，他韬光养晦，伪装出对宗教的虔诚，受到院长彼拉神父的赏识，毕业后留校任教。由于教派斗争，彼拉神父被迫下台，于连不得不来到巴黎。由院长举荐成为木尔侯爵的私人秘书。由于他表现出众，逐渐得到了木尔侯爵的信任，并且在反动贵族企图镇压革命的行动中，充当贵族的走卒。在这里，他设法博得了木尔侯爵的女儿玛特尔小姐的芳心，与她结婚，并迫使木尔侯爵封官赠款给他。就在他踌躇满志之时，贵族阶级和教会相互勾结，威逼德·瑞那夫人写下揭发信，木尔侯爵立即取消于连和玛特尔小姐的婚约，于连梦寐以求的愿望顷刻之间化为乌有。于是他在激愤之下，直奔维立叶尔城，朝正在祈祷的德·瑞那夫人连开两枪。最后他以蓄意谋杀罪被判处死刑，结束了短暂的一生。

小说将批判的锋芒指向19世纪的法国社会。当时资本主义经济已经渗透到每个角落，唯利是图成为社会风尚，金钱成为人们行动的唯一准则。德·瑞那市长因为妻子将成为富有的继承人而宽恕了她与于连的不正当关系；于连的父亲因为儿子有钱而称他有孝心，也不再斥责儿子的犯罪。小说表现了19世纪法国贵族与资产阶级争权夺利的政治斗争，描绘保皇贵族德·瑞那市长和贫民济养所所长哇列诺之间的勾心斗角。作品揭露了以木尔侯爵为代表的法国贵族阶级的腐朽本质。小说对反动的宗教也充满了强烈的憎恶，详尽地描写了贝尚松神学院这座"人间地狱"的景象。

于连是法国王政复辟时期受到压抑的小资产阶级青年的形象。关于书名《红与黑》有多种解读。"黑"指穿黑衣的宗教人士，"红"暗指革命。同时，也可以这样理解，"红"既指于连想博得财产、地位和功名的幻想，也展示出他心灵深处有一股火一般的进取力量；"黑"不仅指复辟王朝的黑暗，而且指黑暗势力在于连心灵上投下的巨大阴影，以及他身上固有的野心。他的一生有过希望、追求、奋斗，也有过失败。他出身低贱，没有任何的家庭背景和财力，却渴望爬上社会的高位，但他所处的王政复辟时代扼杀了他的梦想，堵死了他出人头地的路子，他悲剧性的结局使他成为"一个逆叛的平民的悲惨角色"，成了"一个跟整个社会作战的不幸的人"。他报复性的绝望反抗，对整个贵族、教会、资产阶级的憎恨和鄙视，与他为实现自己的抱负而不得不做出的妥协交织在一起，构成了于连身上的矛盾性格，也注定了他必然失败的命运。在监狱中等待处决时，他愤怒地讲道："我爱过真理……但现在它在哪里？……到处都是伪善，至少也是招摇撞骗，甚至那些最有德的人，最伟大的人，也是如此。"他自我安慰地说："我摇晃过，我受过撼动。说到底，我不过是一个凡人罢了……但是，我没有被卷走。"① 这是于连结束自己短暂人生的遗言，也是他作为"一个起来反抗卑贱命运的农民"向当时法国社会提出的有力控诉。于连是一个具有高度典型意义的人物形象。在欧洲文学史上，于连个人对社会的反抗使他成为具有强烈悲剧意义的人物。

《红与黑》在艺术上取得巨大的成功。能创造出特殊环境中的人物是小说最重要的艺术特征。司汤达在复辟时代法国社会的大背景下，选取唯利是图的维立叶尔市，虚伪黑暗的贝尚松神学院和充满阴谋与伪善的巴黎等典型环境作为推动故事发展、表现主题和塑造人物的空间，刻画了于连等一系列个性鲜明、栩栩如生的人物形象。此外，《红与黑》在心理深度的挖掘上远远超越了同时代作家。司汤达在作品中对复杂的人物心理把握得相当准确，他的心理刻画具有鲜明的时代特色。小说展现了作者个性的两个不同侧面——深刻的感受和冷峻的分析。两者的结合能够让读者把握人物内心丰富的世界和微妙的变化，为小说情节的发展做出了铺垫，有力地表达了主题。如于连在赴玛特尔小姐约会前的心理活动被写得细致入微，展示了于连的复杂心态。于连在监狱中被处决前的一系列独白表达了他对社会的诅咒、对宗教的谴责、对死亡的思考。

三、巴尔扎克与《人间喜剧》

奥诺雷·德·巴尔扎克（1799—1850），原名奥雷诺-巴尔萨，1799 年 5 月 20 日生于法国中部的图尔城一个中等资产阶级家庭。他 20 岁开始从事文学创作，以笔名发表过许多不成功的剧本和小说。为维持生计，他在 1825—1828 年间先后从事出版业和印刷业，皆告失败，负债累累。经过探索和磨炼，巴尔扎克走上现实主义文学创作道路。1829 年出版的长篇小说《最后一个舒昂党人》初步奠定了他在文学界的地位。1831 年发表的长篇小说《驴皮记》为他赢得声誉，使他成为法国最负盛名的作家之一。巴尔扎克早有把自己的作品联成一个有机整体的设想。1841 年他在但丁《神曲》的启示下，正式把自己作品的总名定为《人间喜剧》，并在《〈人间喜剧〉前言》中宣称要做社会历史的"书记"，认为社会环境陶冶人，因此应着力于"人物和他们的思想的物质表现"。作家要具有"透视力"和"想象力"，要注重对地理环境和人物形体的确切描写。从 1829—1849 年巴尔扎克为《人间喜剧》写出了 96 部作品，包括长篇、中篇、短篇小说和随笔等，分为《风俗研究》《哲学研究》和《分析研究》3 个部分。《人间喜剧》描写了 2400 多个人物，充分展示了 19 世纪上半叶法国社会生活，是人类文学史上罕见的文学丰碑，被称为法国社会的"百科全书"。

---

① ［法］斯丹达尔：《红与黑》，郭宏安译，469～471 页，南京，译林出版社，1993。

　　首先，《人间喜剧》再现了法国封建贵族的衰亡史。如《古物陈列室》中德·埃斯格里荣侯爵为首的旧贵族集团、《苏镇舞会》中波旁复辟王朝的模范忠臣德·封丹纳伯爵、《遭遗弃的女人》中的鲍赛昂夫人等封建贵族，他们在资产阶级的金钱逼攻下节节败退。其次，巴尔扎克在《人间喜剧》中塑造了一批本质一致但性格各异的资产者，如《高利贷者》中嗜金成癖、铁石心肠的高利贷者高布赛克、《欧也妮·葛朗台》中贪婪的葛朗台、《纽沁根银行》中贪得无厌而又心狠手辣的银行家纽沁根等。从上述 3 个资产者的发迹史中，我们可以清楚地看到资产阶级血迹斑斑的发家史。最后，巴尔扎克在描写贵族阶级的衰亡史和资产阶级的发家史的同时，还描述了资本主义社会人与人之间赤裸裸的金钱关系。巴尔扎克从夫妻关系、父女关系和朋友关系等方面揭示了法国社会人与人之间的金钱关系。《夏倍上校》展示了夫妻关系中的金钱本质，《欧也妮·葛朗台》暴露了父女关系的虚假，而《幻灭》则展现朋友关系的虚伪。

　　《人间喜剧》是文学史上的一座丰碑，这不仅因为它规模宏伟，内容丰富，还因为它体现了现实主义文学的巨大成就。巴尔扎克善于在逼真准确的背景下感受时代脉搏的跳动。他把小说创作提高到了社会研究的高度，透过深刻的分析找到资本主义社会的内部规律，即金钱统治一切。巴尔扎克小说创作中对典型的塑造具有极高的艺术成就。他对典型环境进行了详尽而准确的描写，为人物性格的展开和故事情节的演化提供真实可信的条件。在典型人物的塑造方面，他运用了描写人物外形和人物对话等手法，使人物栩栩如生。他的人物再现法是让一个人物在不同小说中多次出现，每次出现只描述这个人物的一段生活历程，串联起来即形成该人物的全部生活内容。这样不仅可以让读者看到人物的生活全景，更能将《人间喜剧》连为一个艺术整体。

　　发表于 1835 年的《高老头》是巴尔扎克最著名的作品，被视为《人间喜剧》这座艺术大厦的第一块基石。

　　一个来自外省的破落贵族子弟拉斯蒂涅来到巴黎，居住在一个下等旅馆伏盖公寓里。起初他还想勤奋读书，可是灯红酒绿的巴黎现实使他萌发了不顾一切也要挤进上流社会的想法。他看到，同住在一个公寓的高老头从刚来时的神气活现，到被两个女儿榨干最后一分钱后，不名一文地死去，死后竟由他料理后事；凶神恶煞的下层人物伏脱冷因悬赏金被两个孱弱的女人制服；王室后裔鲍赛昂夫人因金钱问题被情夫遗弃，最后不得不挥泪告别巴黎。这些使他坚定了抛弃真诚与良知的想法，最后疯狂地投入罪恶的深渊之中。

　　作品以拉斯蒂涅和高老头两个人物基本平行又互相交叉的故事情节为主线，集中描绘了伏脱冷和鲍赛昂夫人的故事，揭示出复辟王朝时期法国社会残酷的利益关系对人伦道德温情的取代，以及人与人之间赤裸裸的金钱与买卖关系。高老头的两个女儿骗取了父亲的财产后，最后像扔臭抹布一样抛弃父亲；鲍赛昂夫人不情愿地退出上层社会社交圈子，根本原因也是因为情人的拜金主义；伏盖太太是个典型的势利小人，她按每个房客交伙食费的多少来决定对房客的态度。下层社会是这样，上流社会更是如此。为了金钱，银行家纽沁根霸占妻子的陪嫁，雷斯多夫人偷盗丈夫的财产，泰伊番将女儿赶走。总之，金钱是资本主义社会机器运转的润滑剂。

　　小说再现了贵族阶级的衰败和资产阶级的兴起的真实景象。1819年的法国社会贵族阶级重新执掌政权，新兴资产者为了提高社会地位纷纷攀附贵族，可是贵族阶级终究是明日黄花，无法抵御历史潮流。鲍赛昂夫人的引退和拉斯蒂涅得以跻身上层社会，就反映出贵族阶级衰亡必然性。小说中描述贵族阶层的鲍赛昂夫人满腹怨恨地退出巴黎上流社会时，暴发户、新兴资本家阶层的纽沁根太太则兴高采烈地在舞会上大出风头。两个阶级的代表人物一退一进、一沉一浮，对比鲜明。巴尔扎克不仅再现了这种历史趋势，而且还进一步探讨了其中的原因。贵族阶级的寄生性和腐朽性，注定了它必然衰亡的命运。而资产阶级则野心勃勃，不择手段积累资本。总之，资产阶级与贵族阶级相比，一个是去日苦短，一个是来日方长。巴尔扎克作为一个清醒的现实主义作家，揭示了这一历史规律。

　　拉斯蒂涅是小说中的重要人物。巴尔扎克在作品中描述了他从善良走向邪恶，从正直走向无耻的转变过程。小说一开始，拉斯蒂涅是一个有热情、有才气的青年，他涉世不深，思想单纯，想通过自己的勤奋努力获得成功。可是巴黎的花花世界使他心眩目迷，于是他产生了通过女人迅速进入上流社会的愿望。从一个单纯的青年到认识社会的罪恶，再到投身于污泥浊水之中，拉斯蒂涅受到了两位"导师"的指引，接受了人生三课。他的第一位"导师"是鲍赛昂夫人，她告诉他做人要残酷、无情；第二位"导师"即潜逃的苦役犯伏脱冷，他告诉他诚实的无用和冒险的价值。鲍赛昂夫人的被弃、伏脱冷的被捕和高老头的惨死，这三课使拉斯蒂涅读懂了19世纪中期法国社会的"真谛"——金钱高于一切。他在埋葬完高老头之后，也埋葬了他最后一点人的感情，从此踏上资产阶级个人野心家的路程。

　　小说是巴尔扎克创作的代表作之一。首先，作者善于营造典型环境，在对现实的细致观察后进行精确描写，为人物提供真实、具体的活动场所，从而使人物获得真实感、典型性。如对伏盖公寓的描写即是典型的一例。其次，借助于典型的环境作家着力刻画人物，善于抓住人物最基本、最富有特色、最能表现其性格本质的东西，如鲍赛昂夫人的堕落、伏脱冷的世故。最后，"人物再现法"的使用使得人物性格得到充分的展示。如拉斯蒂涅，在此后的作品中我们一再看到他的身影：在《轻佻的女人》里他当上了副国务秘书，在《不自知的喜剧演员》中他成为贵族院议员，他利用贵族身份，大搞交易所投机买卖，发了横财，被封为伯爵。他的发展道路具有相当深刻的概括意义。另外，小说在结构安排、语言个性化和心理描写方面也都达到了相当的高度。

四、波德莱尔的《恶之花》

　　夏尔·皮埃尔·波德莱尔（1821—1867），19世纪最著名的现代派诗人、象征派诗歌的先驱。1821年4月9日生于巴黎，幼年丧父，母亲改嫁，波德莱尔一直与继父关系恶劣。1848年巴黎工人武装起义，反对复辟王朝，波德莱尔登上街垒，参加战斗。成年以后，波德莱尔继承了生父的遗产，和巴黎文人艺术家交游，过着波希米亚式的浪荡生活。他的主要诗篇都是在内心矛盾和苦闷的气氛中创作的。

诗集《恶之花》（1857）奠定了波德莱尔在法国文学史上的重要地位。无韵散文诗集《巴黎的忧郁》（1869）和《人为的天堂》（1860）也独具一格。波德莱尔也是一个杰出的文学理论家和批评家，他的文学和美术评论集《美学管窥》和《浪漫主义艺术》在法国的文艺评论史上也有一定的地位。他还将爱伦·坡的《怪异故事集》和《怪异故事续集》译成了法语。

《恶之花》分为"忧郁与理想"、"巴黎即景"、"酒"、"恶之花"、"叛逆"和"死亡"六部分，其中"忧郁与理想"所占比例最大，约占全书三分之二的篇幅。书的主题是恶及围绕着恶所展开的善恶关系。《恶之花》的"恶"字，法文原意不仅指恶劣与罪恶，也指疾病与痛苦。波德莱尔在诗集的扉页上写给诗人戈蒂耶的献词中称他的诗篇为"病态之花"，认为他的作品是一种"病态"的艺术。他对于使他遭受"病"的折磨的现实世界怀有深刻仇恨。而花则可以理解为善与美。波德莱尔认为恶具有双重性，它既有邪恶的一面，又散发着一种特殊的美。

《恶之花》中波德莱尔描写了大城市的各种丑恶现象。他笔下的巴黎风光是阴暗而神秘的，引人注意的是被社会抛弃的穷人、盲人、妓女以及横尸街头的女性。波德莱尔认为丑中蕴含着美，声称"自然是丑恶的"，自然事物是可厌恶的，罪恶天生就是自然的，而美德是人为的，善也是人为的；恶存在于人的心中。他认为应该写丑，要从中"发掘恶中之美"并表现"恶中的精神骚动"。他在描绘人的精神状态时往往运用丑恶的或是给人以感官刺激的意象，如《音乐》一诗中所刻画的诗人形象：

> 胸膛向前挺，又鼓起我的两肺，
> 好像张满布帆，
> 我攀登重波积浪的高高的背——
> 黑夜里分辨难。

虽然是在写音乐，但是诗人形象同样怪异地出现，如同暴风雨中的船在风暴中前进，诗人的两片肺竟然像两片风帆一般。诗人在痛苦中，如同风暴中的船，在"波浪的高高的背"上登攀。

波德莱尔在诗中展示了个人的受压抑的苦闷心理，写出了小资产阶级青年及多种社会阶层的悲惨命运。他从更高的意义上来理解忧郁。忧郁是《恶之花》要表达的最强音。从整部诗集来看，诗人写的是人在社会中的压抑处境。忧郁是对现实生活不满而产生的病态情感，也反映了小资产阶级青年一代命运不济、寻找不到出路而陷于悲观绝望的心境。正如诗中所说：

> 一颗柔心（他恨虚无的黑漫漫）
> 收拾起光辉的全部余残！
> 太阳在它自己的凝血中沉湮……
> 我心头你的记忆"发光"般明灿！

波德莱尔在诗中大量运用象征手法，以具体意象去表现抽象观念。这些象征物有丰富的、复杂的、深邃的意义，具有哲理性。在他笔下，时间、美、死亡、偶然、羞耻、愤怒、仇恨等都被赋予特殊的意义。波德莱尔的诗中有不少名篇独具匠心，如这首《契合》：

> 自然是一庙堂，圆柱皆有灵性，
> 从中发出隐隐约约说话的音响。
> 人漫步行经这片象征之林，
> 它们凝视着人，流露出熟识的目光。
>
> 仿佛空谷回音来自遥远的天边，
> 混成一片冥冥的深邃的幽暗。
> 漫漫如同黑夜，茫茫如同光明，
> 香味，色彩，声音都相通相感。
> 有的香味如同孩子的肌肤般新鲜，
> 像笛音般甜美，像草原般青翠。
> 有的香味却腐烂、昂扬而丰沛。
> 如同无限的物在弥漫，在扩展，
> 琥珀、麝香、安息香、乳香共竞芳菲，
> 歌唱着心灵的欢欣、感觉的陶醉。

这首诗是象征主义诗歌的杰作，以人与自然之间这个老话题入手，却写出了新意。自然被写成一个有灵性的庙堂，与人在象征语言层次进行对话，这是前人没有道出，因此也较少有人领悟的意境。同时，诗中关于香味、色彩和声音的"通感"既具有神秘性与象征性，同时也具有思想性，揭示了一种美学的意蕴。中国著名学者钱锺书的《通感》一文中征引从希腊史诗到中国历代诗歌中的大量"通感"的诗句，说明这种审美感受的重要地位，同时也指出："十九世纪前期浪漫主义诗人也经常采用这种手法，而十九世纪末叶象征主义诗人大用特用，滥用乱用，几乎使通感成为象征派诗歌的风格标志……"[①] 当然这并不是在批评波德莱尔，我们从中可以看到象征主义诗歌的基本艺术特征之一。

五、自然主义小说家左拉

埃米尔·左拉（1840—1902）是自然主义文学的代表人物。左拉从19世纪60年代开始提出自然主义创作理论，主张以科学实验方法从事文学创作，按生物学定律描写人，无动于衷地记录现实生活的一切方面。他强调深入体察社会，大量掌握生活素

---

① 钱锺书：《七缀集》，72页，北京，生活·读书·新知三联书店，2006。

材，所遵循的基本上还是现实主义的创作方法。1864年他的第一部短篇小说集《给妮侬的故事》出版。次年他写了一部自传体小说《克洛德的忏悔》，因内容淫秽，引起警方注意，翌年被迫辞职。随着工业革命出现的社会变革促使现实主义作家描写社会生活的各个方面，而左拉把这种现实主义手法提高到更新的阶段。他强调资料考证和客观描写，从科学的哲学观点去全面解释人生，从纯物质的角度去看待人的行为与表现。1867年左拉首次把他这种科学理论付诸实践，发表了高度写实的小说《黛莱丝-拉甘》，翌年又写了另一部科学实证小说《玛德莱纳-菲拉》。受巴尔扎克《人间喜剧》的启发，左拉1871年开始创作一套长达600万字、由20部长篇小说构成的连续性小说《卢贡-马卡尔家族——第二帝国时代一个家族的自然史和社会史》，反映法国第二帝国时代社会各方面情况。其中描写罢工斗争的《萌芽》（1885）和反映普法战争、第二帝国崩溃、巴黎公社起义的《崩溃》最为重要。"德雷福斯"案后，左拉被迫流亡。在流亡期间，他开始写《四福音书》：《繁殖》（1899）、《劳动》（1901）、《真理调》（1903）、《正义》（未完成）。

左拉笃信科学，是科学决定论者，认为自然主义是法国生活中固有的因素。他自称他的方法来源于19世纪生理学家贝尔纳的论著《实验医学研究导言》。左拉在他的《实验小说论》中说，作家可以在虚构的人物身上证明在实验室新获得的结论。他相信人性完全决定于遗传，缺点和恶癖是家族中某一成员在官能上患有疾病的结果，这种疾病代代相传。一旦弄清楚了原因，便可以用医疗与教育相结合的办法予以克服，从而使人性臻于完善。这就是贯穿于《卢贡-马卡尔家族》的主要观点。

左拉的创作和世界观充满矛盾：他一方面对现存的制度进行毁灭性的批判；一方面又对资本主义社会抱有不切实际的幻想。他的创作从理论到实践都有其特色。早期作品如短篇小说集《妮侬的故事》（1864）和长篇小说《克洛德的忏悔》（1865）等都脱不开对浪漫主义作家的模仿。后来，他对现实主义和自然主义逐渐产生浓厚兴趣。在泰纳的环境决定论和克罗德·贝尔纳的遗传学说的影响下，形成了其自然主义理论：主张以科学实验方法写作，对人物进行生理学和解剖学的分析；作家在写作时应无动于衷地记录现实生活中的事实，不必掺杂主观感情。但在左拉身上，自然主义、现实主义两种倾向兼而有之。

第五节　德国文学

一、19世纪德国文学概述

19世纪初期随着拿破仑的失败，欧洲开始了封建复辟时期。德意志联邦内部纷争不已，社会发展受到严重阻碍。19世纪30年代，德国资本主义才开始迅速发展，劳资矛盾也开始加剧，1844年德国爆发了西里西亚纺织工人起义。1848年欧洲革命后，德国仍然处于封建与分裂的状态。1870—1871年普法战争以后，德国获得统一，社会经济迅速发展，国力日渐强大。

在文学领域，1805 年在海德尔堡出版的《隐士报》是这一时期浪漫主义运动的中心，被称作"海德尔堡派"。代表作家有阿尔尼姆（1781—1831）和布伦塔诺（1778—1842）。他们重视发掘民族文化遗产，对中世纪的民间文学极为喜爱，搜集整理民间诗歌。他们合编了民歌集《儿童的奇异的号角》，被称为"后期浪漫派"。著名的学者、语言学家雅各•格林（1785—1863）和威廉•格林（1786—1859）兄弟二人，共同搜集德国民间故事、传说和童话，整理出版了《儿童与家庭童话故事》，即《格林童话集》（1812—1814），成为世界儿童文学的宝贵财富。

1830 年法国"七月革命"后，德国出现了一批资产阶级的激进派青年作家——"青年德意志派"，他们在政治上反对封建专制制度和天主教会，主张立宪和民主，在文学上主张文学应该面向现实生活，用文艺作为工具，来传达他们关于政治和社会改革的自由思想。这个派别的名称最先见于鲁道夫•温巴尔格（1802—1872）的论文集《美学的征讨》的献词："献给你，青年德意志……"代表作家是路德维希•伯尔纳（1786—1837）、卡尔•古茨科（1811—1878）和亨利希•劳伯（1806—1884）等人。"青年德意志派"的思想激进，但作品影响力不大。

虽然德国曾经是浪漫主义文学的发源地之一，但是浪漫主义文学在 19 世纪中期已经日趋衰落，民主派文学正日益发展。这一派的代表人物是亨利希•海涅和剧作家格奥尔格•毕希纳。这一时期还有"一八四八诗人"为资产阶级革命呐喊。毕希纳（1813—1837）被称为德国现代戏剧的创始人、现实主义戏剧的先驱。其主要作品有描写法国大革命的《丹东之死》（1835）、讽刺喜剧《莱翁采和莱娜》（1836）、悲剧《沃伊采克》（1836）等。被恩格斯称为"德国无产阶级第一个和最重要的诗人"的革命作家格奥尔格•维尔特（1822—1856）创作了《兰卡郡酒店的老板》（1845）等著名诗篇。

19 世纪后期德国文学的发展呈现出复杂的局面。自然主义、印象主义、象征主义等都有一定的发展。而现实主义文学也有较大的发展，如台奥多尔•冯达诺（1819—1898）共创作了 20 余部作品倾力于社会批判，而盖尔哈特•霍普特曼（1862—1946）创作的 40 多部剧本中也不少都属于所谓"批判现实主义"的范畴。

二、海涅的诗歌

亨利希•海涅（1797—1856）是 19 世纪德国著名的革命民主主义诗人，是歌德以后德国最重要的诗人。当代美国著名文学史家雷纳•韦勒克对他的评价极高："海涅远远超过德国侪辈作家，他是一位才气喷薄，匠心自出，文思敏捷，笔力千钧的作家……"[①]

海涅 1797 年 12 月 13 日出生在一个破落的犹太商人家庭。在他的一生中，经历

---

① ［美］雷纳•韦勒克：《近代文学批评史》第三卷，杨自伍译，258 页，上海，上海译文出版社，2009。

了欧洲封建复辟时代，也经历了欧洲资产阶级革命的时代，这对他以后的创造产生了深刻的影响。海涅被认为是歌德后德国最重要的诗人。海涅的诗歌创作开始于1817年。这一年出版的《诗歌集》是其早期抒情诗的代表作，具有浓厚的浪漫主义色彩，大多以个人的经历、感受为主，抒写诗人的遭遇、爱情的苦恼，主要内容是表达海涅对堂妹阿玛丽亚的绝望的爱情。海涅的诗歌感情真挚，语言优美，韵律和谐，充满民歌色彩，曾被不少音乐家如柴可夫斯基、门德尔松、舒曼等谱成曲传播于世界各国，如诗歌《你像一朵鲜花》《罗累莱》《乘着歌声的翅膀》等。在马克思的影响下，海涅创作了不少优秀的政治抒情诗。如《西里西亚的纺织工人》，便是海涅为声援1844年6月的西里西亚纺织工人起义而创作的，反映了无产阶级对压迫者的仇恨与反抗。诗中的工人被描绘成自觉的战士、旧制度的掘墓人，他们表达了对上帝、国王、专制制度的诅咒，把三重诅咒织进埋葬老德意志的尸布里。除诗歌外，海涅还创作了一些散文和小说。散文作品主要是4部旅行札记，它们是1824—1828年海涅游历德国各地和英国、意大利的艺术成果，表明海涅的创作已由浪漫主义转向现实主义。它们分别是《哈尔茨山游记》（1826）、《观念——勒·格朗特文集》（1826）、《从慕尼黑到热那亚的旅行》（1828）、《英国断片》（1827—1831）。19世纪30年代，海涅在侨居巴黎后完成了两部重要的理论著作《论浪漫派》（1833）、《论德国宗教和哲学的历史》（1834）。正如有文学史家所指出的："海涅晚年的许多诗有政论的特点，而他的评论又有诗人创作的特点，政治性和抒情性的交织正是海涅中期以后创作的基本风格。"[①]海涅的长诗《德国——一个冬天的童话》就是这样一部作品。

长诗描写诗人于1843年10月在流亡法国13年后第一次回汉堡探亲途中的见闻与观感。全诗共27章。在《德国——一个冬天的童话》里，海涅对德国封闭、落后的社会状况进行了无情的抨击与辛辣的讽刺，但其内心则充溢着对祖国真正的热爱。长诗的标题寓意深刻，诗人以"冬天"的寒冷、萧瑟、阴沉来指德国的死气沉沉、停滞落后的社会风习，又以"童话"来比喻德国现实社会的荒谬与"非现实"，言外之意是说明当时的德国还不是甜蜜的童话（人们所向往的美好现实），而是"冬天的童话"（冷酷的难以让人相信的现实）。

这首诗无情地针砭了以普鲁士为代表的腐朽的封建专制制度。诗人对普鲁士的书报检查制度、普鲁士军队、反动天主教会甚至普鲁士国徽上的鹰的图像，都做了尖锐的讽刺与嘲弄。诗人嘲笑普鲁士海关人员搜查不到违禁物品的狼狈："我随身带来的私货/都在我的头脑里藏着"，"该没收的书籍在头脑里/构成鸣啭的鸟巢"。这说明进步思想是无法查禁的。在第4章里，海涅揭露了中世纪天主教会摧残理性、焚人烧书的罪恶，把科隆大教堂比作德国人民"精神上的巴士底狱"，预示它终将会被人民当作马厩来使用。在第7章里诗人梦游科隆大教堂，命令大教堂里的3个圣王滚开，"坟墓是你们自然的归宿"，并示意"黑衣乔装的伴侣"把圣王的残骸砍碎。诗人对普鲁士国徽上的鹰发誓，这只丑恶的鸟一旦落入他的手里，他就揪去它的羽毛，切断它的利爪，并要号召莱茵河地区的射手们向它射击。

---

① 余匡复：《德国文学史》，311页，上海，上海教育出版社，1991。

红胡子大帝是诗人着力批判的对象。红胡子大帝指的是德意志神圣罗马帝国国王腓得烈一世,他曾经参加过第三次"十字军"东征,于 1190 年渡小亚细亚则夫河时被淹死。当时德国民间流传红胡子大帝沉睡百年,醒后带领军队征伐邪恶的故事。德国的统治者们以此来美化封建君主制,企图通过普鲁士王朝战争统一德国,把红胡子大帝的觉醒作为祖国复兴的象征。当时的德国正在进行革命,而这种为封建帝王唱赞歌的倒行逆施,在诗人看来,只不过是"中古的妄想与现代的骗局"。海涅对红胡子大帝尽情地嘲讽,把他描写成卖弄古董的可笑角色,脱离了时代与现实,只不过是一个过了时的童话人物,不可能再起任何作用。于是诗人大声疾呼"我们根本用不着皇帝","你去睡你的觉吧,没有你/我们也将要解救自己"。

长诗充分显示出海涅杰出的讽刺才能,他常运用幽默的俏皮话、反语、隐语加强讽刺效果,如讽刺普鲁士军队蜡烛般笔直的身子、迈步像踩高跷,"仍旧是那呆板的队伍/他们的每个动转/仍旧是形成直角/脸上是冷冰冰的傲慢"。在讽刺时,诗人还巧妙地把形象化的比喻交织在一起,如把德意志联邦 36 个邦国比喻为 36 个粪坑,表现德国现实的丑恶与污秽,诗人对分裂的祖国的痛恨。诗人还把自己比喻为狼,与现实做不妥协的抗争:"我不是羊,我不是狗/不是大头鱼和枢密顾问——/我永远是一只狼/我有狼的牙齿狼的心/……我是一只狼,我也将要/永远嗥叫,跟着狼群——/你们信任我,你们要自助/上帝也就会帮助你们!"

在艺术上,海涅以精确逼真的笔触描写了德国现实的黑暗、停滞,令人窒息的政治气氛。对书报检查制度、关税同盟、教会的揭露采用了现实主义的笔法。对汉堡生活的描写也是真实的,表现出德国小市民安于现状的生活图景,批评其懦弱、缺乏变革现实的勇气与毅力。同时诗人驰骋丰富的想象,充分描绘了幻想的形象,一方面可与现实形成对比;另一方面也可以让诗人淋漓尽致地发挥见解。诗中还大量采用了来自民间传说、童话以及《圣经》故事中的形象,如红胡子大帝的幽灵、汉堡守护女神、老保姆等,这些形象都被赋予了新的内容。诗中描绘了诗人的 5 次梦境,如梦游科隆大教堂、会见红胡子大帝、会见汉堡女神等,通过这些神奇的想象,尖锐地批判了德国丑恶的现实,又表达了诗人盼望德国革命早日到来的心情。

第六节　美国文学的新时代

一、美国文学概述

1620 年英国"五月花号"轮船满载着受宗教迫害的英国清教徒远渡重洋,在北美洲的普利茅斯登陆,船上乘客作为美国的"移民先驱"在普利茅斯定居下来。到了 1700 年,北美新大陆已经变成了一个稳固的殖民地联盟。这些移民在政治上效忠英王,宗教上信仰新教,经济上以农业为主,语言上通行英语。一个统一的新国家——美利坚得以形成。1775—1783 年,北美大陆的殖民地人民爆发了反对英国殖民统治的独立战争。1783 年,13 个英属殖民地脱离英国独立,正式建立了美利坚合众国。

从 1776 年 7 月 4 日美国建国至今，只有 230 多年的历史。它的文学历史短暂，却后来居上，在现今的世界文学史上，美国文学起了愈来愈重要的作用。

早期的美国的文学是殖民地文学，其中以新英格兰的清教徒文学成就最大。但此时的文学实际上是政治和宗教的附庸。真正的美国文学产生于 19 世纪。19 世纪上半叶，美国政治独立，经济蓬勃发展。此时大部分作家受到新大陆本身环境以及欧洲早期浪漫主义思潮的双重影响，超验主义成为这一时期的有力表达。整个 19 世纪中，美国作家都在创建自己的民族文学，力图摆脱英国文学影响，以表明诞生在这片土地上的文学是美国文学，不是英国文学。

美国文学奠基人是欧文和库珀，他们的浪漫主义文学打破了对英国文化的依附，写出了具有民族风格的作品。华盛顿·欧文（Washington Irving，1783—1859）被称为"美国文学之父"。他是美国文学史上第一个发掘和表现美洲本土的历史和风土人情的作家。他的代表作是包括散文、随感和故事在内的《见闻札记》（1820）。短篇小说《瑞普·凡·温克尔》和《睡谷的传说》，主要描写美国建国初期，欧洲移民在北美大地披荆斩棘，开垦荒原，建立国家的生活。他为美国短篇小说和随笔定下了浪漫主义基调，是第一个获得世界声誉的美国作家。詹姆斯·费尼莫·库珀（James Fenimore Cooper，1789—1851）是美国文学的另一位奠基人。在小说领域里，他是第一个采用民族题材的美国作家。奠定其文学地位的是他开创的美国文学史上三种不同形式的小说，即以《间谍》（1821）为代表的革命历史小说，以《皮袜子五部曲》（即《开拓者》，1826）、《最后的莫希干人》（1826）、《草原》（1827）、《探路者》（1840）、《杀鹿者》（1841）为代表的描写边疆生活的小说和以《领航者》（1824）为代表的航海小说。库珀的小说以反映美国不断向西扩张的边疆题材最为著名，在其中他首创了系列小说的人物再现法，用一个人物（皮袜子）来串联多部小说，独具个性也具有创造性，是美国初期文学的大手笔。

19 世纪三四十年代，美国文学进入以超验主义为代表的后期浪漫主义文学阶段，标志着美国文学逐步进入成熟阶段。超验主义源于康德的先验论和爱默生的自然观。爱默生本人就是波士顿地区的牧师，他的"超验"观念正是针对加尔文教派与唯一理派而提出的，关于"超验"的哲学来源他曾做过简单的说明：

> 我们今天所使用的理想主义的"超验"来自于柯尼斯堡的哲学家伊曼纽尔·康德，……这个流行于欧美的、非同寻常的人类观念的充满着奥妙与精微的术语，其范围是关于人类直觉的思想层次，就是我们今日所谓的"超验主义"。①

超经验主义文学的代表是散文家、诗人拉尔夫·华尔多·爱默生（Ralph Waldo Emerson，1803—1882）。爱默生超验主义的基本出发点是反对权威、崇尚直觉，其

---

① Ed. Robert Spiller, Alfred Ferguson, *The Collected Works of Ralph Waldo Emerson*, et al. 3 vols. to date Cambridge, Mass, Harvard University Press, 1971, I, pp. 206~207.

核心是主张人能超越感觉和理性直接认识真理。这个观点有助于打破外来文化的束缚，建立民族文化，集中体现了时代精神，为美国政治上的民主主义和经济上资本主义的发展提供了理论根据。受到爱默生思想影响相当大的一位作家是梭罗（Henry David Thoreau，1817—1862）。他的散文名著《瓦尔登湖》描写的"荒野生存"与对文明社会的隔离的生活，在 20 世纪后期以来引起越来越大的反响。梭罗在离自己家一英里的瓦尔登湖畔离群索居，过着原始人般的生活，体验人与自然的合一。他将自己的经历写成《瓦尔登湖》，写出人类对自然的本原性与生态文明本性的直觉，这种直觉出于孤独与观察。由于思想与文笔的特立独行，引起轰动。在全球化时代的今天，这部书在世界各国生态主义思想家的推崇下，有相当大的读者群。

麦尔维尔（Herman Melville，1819—1891）是一位有独特风格的小说家与诗人。长篇小说《泰比》（1846）、《奥穆》（1847）、《马尔迪》（1849）、《雷德本》（1849）和《白外套》（1850）等，以描写海洋冒险与艰难的生活为主。《莫比·迪克》（Moby-Dick，1851）是麦尔维尔的代表作。它记述裴圭特号捕鲸船船长亚哈在同一条巨大凶猛的白鲸莫比·迪克搏斗中船破身亡的经历，反映出作者对当时资本主义急速发展的疑虑和惶恐心情。这部小说寓意丰富深刻，笔触雄浑。麦尔维尔的作品长期没有得到重视。直到 20 世纪 20 年代，他的价值才被美国文学界"重新发现"，确立了他在美国文学史上应有的地位。

埃德加·爱伦·坡是一位诗人、小说家和文学评论家，他最著名的文艺理论是"效果论"，即力图在自己的作品中先确立某种效果，再为追求这种效果而思考创作。坡在文学史上的贡献是，表现人的病态思想，扩大了文学表现的广度和深度，对西方现代派文学有很大影响，被视为西方侦探小说的鼻祖。代表作《厄舍古屋的倒塌》写一对兄妹的命运，揭示了一种病态的心理。这部短篇小说充满荒诞、恐怖的描写，表现死亡主题。

浪漫主义在诗歌创作方面取得了更大的成就。亨利·华兹华斯·朗费罗（Henry Wadsworth Longfellow，1807—1882）的诗多从民间汲取养料，题材广泛，且具有完美的技巧，广受欢迎。惠特曼（Walt Whitman，1819—1892）是美国 19 世纪杰出的民主诗人，他的诗作代表了浪漫主义文学的最高成就。

19 世纪后期，美国文学的主流转成现实主义。在南北战争结束后，向西移民和工业化进程使美国经济得到继续发展，美国工业总产值由 1860 年的世界第 4 位跃居到 1894 年的第 1 位，财产集中在战争中发横财的资本家、投机商人、金融资产阶级、大资本家手里，国内各阶层的矛盾尖锐化。广大人民对"民主自由"的"美国梦"产生幻灭感，文学进入了一个新阶段。这一时期的主要文学成就是小说。

废奴文学是 19 世纪中期美国反对南方蓄奴制度的产物，为在美国和世界范围内取消奴隶制进行了广泛的舆论准备，促成了美国南北战争的爆发。废奴文学的代表作家斯托夫人（Marriet Beecher Stowe，1811—1896）的小说《汤姆叔叔的小屋》（1852），是一部揭露南部蓄奴制的代表作，对美国黑人的苦难寄予深切同情，感人至深，成为世界文学中传播较广的名作之一。

欧·亨利（O Henry，1862—1910），美国著名短篇小说家，原名威廉·西德尼·波特。他一生创造了众多的短篇小说，评论界认为，《四百万》是他最好的短篇小说集。《旧知》《麦琪的礼物》《市政报告》《警察与赞美诗》等脍炙人口。他善于描写美国社会尤其是纽约百姓的生活，表现日常生活中一件件极为普通的事情中蕴含的浪漫气息。他的小说构思精妙，语言诙谐，故事的结局常常出人意料。作品塑造了数量众多、性格鲜明的人物形象，生活情趣浓厚，被誉为"美国生活的幽默百科全书"。

弗兰克·诺里斯（Frank Norris，1870—1902），小说家，与斯蒂芬·克莱恩、西奥多·德莱塞一起开创美国自然主义文学传统之先河。诺里斯以在西部采访新闻时的见闻为题材，创作了"小麦史诗"三部曲（包括《章鱼》《陷阱》和未完成的《狼》）。其中《章鱼》（1901）是他的代表作。《章鱼》描写西部圣华基恩河流域农场主台力克等人与铁路公司之间斗争的故事。诺里斯把铁路比作章鱼，其无数条腕足侵入各个角落，以现实主义的手法描绘了垄断资本的扩展与危害。

斯蒂芬·克莱恩（Stephen Crane，1871—1900）是美国自然主义文学的开拓者。他的小说《街头女郎梅季》（1893）取材于纽约贫民窟的生活，开拓了美国文学表现大都市的新领域。而另一部小说《红色英勇勋章》（1895）堪称现当代美国战争小说的始祖，以后这一题材成了美国文学的核心之一。《海上扁舟》（1898）细致地描写了四个人在茫茫大海中的挣扎与战斗，以特殊的视角成为世界文学中不可多得的短篇名作。克莱恩也是一位诗人，曾发表过《黑骑者》（1895）和《战争是仁慈的》（1899）两部诗集。他的诗写法自由，改变了传统的音节和韵律，风格朴质简洁，常常通过寓言式的意象揭示生活的某个真理。评论界认为他与诗风奇谲、寓意隐晦的女诗人艾米莉·狄金森（Emily Dickinson，1830—1886）齐名，同为美国现代诗歌流派中很有力的一翼。

亨利·詹姆斯（Henry James，1843—1916），出身于纽约的上层知识分子家庭，父亲老亨利·詹姆斯是著名学者，兄长威廉·詹姆斯是知名的哲学家和心理学家。詹姆斯本人长期旅居欧洲，对 19 世纪末美国和欧洲的上层生活有细致入微的观察。1915 年因不满美国在第一次世界大战初期的"中立"态度，选择加入英国籍。

詹姆斯著作有长篇小说《美国人》（1877）、《欧洲人》（1878）、《贵妇的画像》（1881）等，中短篇小说有《黛西·米勒》（1878）、《螺丝在旋紧》（1898）、《鸽翼》（1902）等，代表作《丛林猛兽》（1903）、《使节》（1903）和《金碗》（1904）使他的创作与名声到达到高峰。詹姆斯还写作了许多很有见地的评论文章，涉及英、美、法等国的作家，包括乔治·艾略特、霍桑、巴尔扎克等人。

世界文学从 19 世纪起，现代手段与意识开始普及，传统的叙事模式已经因其陈旧而不为多数作家重视。亨利·詹姆斯是美国心理分析小说的主要倡导者之一。在他的笔下，出现了仿佛迷宫般的普通人的内心世界。在《鸽翼》中，他发掘了人物"最幽微，最朦胧"的思想和感觉，把"太空中跳动的脉搏"转化为意象。《使节》绘声绘色地表达了一位高雅的法国女人对一个美国阔少产生的魅力，从心理角度进行的欲望分析，超越了传统小说写爱情时的"一见钟情"或"两情相悦"的简单化模式。《金碗》通过一段继母与女婿私通的故事引出了对正常心理与变态心理的思索。这些小说中，大多数主人公只是普通的资产者或是中产阶级，他们是美国社会的中坚，作者赞颂了这种人物。这些小说基本以人物微妙的内心活动为主，有时冗长烦琐，并显得晦涩难解。

亨利·詹姆斯把"真实"当作现实主义的基本原则，他解释说："一部作品之所以可以称其为小说的首要原因就是它的真实性，即对某一事件的真实描绘，不管这一事件在道德和情趣方面有何争议，其真实性是用来衡量该作品质量的基本标准。"虽然如此，詹姆斯更注重经验在小说创作中的应用，他把经验看作悬在理想世界里用最优秀的丝织成的网，用来捕捉每一样凌空的东西。詹姆斯认定的小说本质是对代表性生活印象的选择和再现。生活是小说创作的源泉，经验构成了小说的素材，这就是詹姆斯的现实主义。詹姆斯认为小说家应具有"窥一斑而见全豹"的想象能力，这是一种"由所见之物揣测未见之物的能力，揭示事物内在含义的能力，根据某一模式判断事物整体的能力，这种能力是全面感受生活的条件，有了这一条件，你就能很好地全面地了解生活"。他认为小说存在的理由在于它的逼真性，而这种逼真性既具有典型意义的真实，又要着眼于深层意义上的真实。由于生活经历的特殊性，他早期以及晚期的"国际题材"小说中的人物通常都来自美国，表现了两种文化的冲突。从《黛西·米勒》《美国人》到《一位女士的画像》等都是这一方面的佳作。

纳撒尼尔·霍桑（Nathaniel Hawthorne，1804—1864）是著名的美国小说家。霍桑出生于美国马萨诸塞州塞勒姆镇，年幼时父亲早逝。1821 年霍桑在亲戚资助下进入缅因州的博多因学院，在学校中他与朗费罗、富兰克林·皮尔斯成为好友。1824 年大学毕业后霍桑回到故乡开始写作。完成一些短篇故事之后，他开始尝试把自己在博多因学院的经验写成小说，这就是长篇小说《范肖》，于 1828 年不署名发表，但是没有引起注意。1837 年他出版了两卷本短篇小说集《重讲一遍的故事》，开始正式署上自己的名字。其中《教长的黑纱》（1836）一篇最为人称道。1841 年霍桑曾参加超验主义者创办的布鲁克农场。1842 年结婚并在马萨诸塞州的康科德村老牧师住宅居住了三年，这里是超验主义的中心地带，在此期间霍桑完成短篇小说集《古宅青苔》（1846）。1850 年完成《红字》的创作。此后，霍桑又创作了不少作品。《带有七个尖角阁的房子》（1851）和《福谷传奇》（1852）是其中成就较高的作品。1853 年皮尔斯就任美国总统后，霍桑被任命为驻英国利物浦的领事。1857 年皮尔斯离任，霍桑侨居意大利，创作了另一部讨论善恶问题的长篇小说《玉石雕像》（1860）。1860 年霍桑返回美国，在康科德定居、写作，直到 1864 年 5 月 19 日去世。

小说《红字》以 200 多年前的殖民地时代的美洲为题材，写一个普通而坚强的女性追求人生幸福与爱情，却遭受当时的清教思想迫害的故事。故事哀婉动人，观念指向又很尖锐，在世界文学中流传较广。主人公海丝特·白兰的婚姻不幸，与远离在外的丈夫之间没有感情，她与年轻的牧师狄姆斯台尔相爱，生下了女儿珍珠，触犯清教徒的道德法规，被处罚终身佩带红字 A，表示是一个通奸者。虽然被社会判了通奸罪，但是在小说中她却被写成了崇高道德的化身。她不但感化了表里不一的牧师狄姆斯台尔，使他摆脱了自我谴责的心理，正视自己所信仰的清教的黑暗面；还以自己的真诚与纯朴感化着社会。小说批判了表面上"清白"、实际摧残人性的清教道德。至于她的丈夫奇林渥斯，小说则把他写成了一个一心只想窥秘复仇的影子式阴险小人。他在小说中只起情节铺垫的作用。小说中使用了象征手法，人物、情节和语言都颇具主观想象色彩，在描写中又常把人的心理活动和直觉放在首位。因此，它不仅是美国浪漫主义小说的代表作，也被视为美国心理分析小说的重要作品之一。

描写社会和人性的阴暗面是霍桑作品的突出特点，这与加尔文教关于人的"原罪"和"内在堕落"的理论的影响是分不开的。霍桑是美国心理分析小说的重要作者之一，擅长剖析人的"内心世界"。他着重探讨道德和罪恶的问题，主张通过善行和自我忏悔来洗刷罪恶、净化心灵，从而得到拯救。然而霍桑并非全写黑暗，他在揭露社会罪恶和人的劣根性的同时，对许多善良的主人公寄予极大的同情。霍桑的作品想象丰富，结构严谨。他除了进行心理分析与描写外，还运用了象征主义手法。他的构思精巧的意象，可能与其和超验主义者的接触有关，极大地增添了作品的浪漫色彩，加深了寓意。

二、诗人惠特曼

沃尔特·惠特曼（Walt Whitman，1819—1892），著名诗人、人文主义者。惠特曼1819年生于纽约长岛，1823年随全家移居到纽约布鲁克林区。惠特曼只上了6年学，然后开始做印刷厂学徒。他基本上是自学的，特别喜欢读荷马、但丁和莎士比亚的作品。在做了两年学徒以后，惠特曼搬到纽约市，并开始在不同的印刷厂工作。1835年他返回长岛，在一所乡村学校执教。1838年至1839年间，他在家乡办了一份叫作《长岛人》的报纸。他一直教书到1841年，之后回到纽约当了一名记者。他也在一些主流杂志或报刊上担任自由撰稿人，或发表政治演讲。美国内战期间，他当过护士。内战结束后，他供职于司法部，后被解职。1841年他发表了一些短篇故事，一年后他在纽约出版了小说《富兰克林·埃文斯》。第1版的《草叶集》于1855年由他自费出版，1881年第7版出版时，由于知名度不断上升，这部诗集大为畅销。惠特曼于1892年3月26日逝世，他被安葬在哈利公墓他自己设计的墓碑下面。美国当代杰出文学理论家哈罗德·布鲁姆对惠特曼极为推崇，认为他是"美国经典的核心"，并评论说："在19世纪下半期以及几乎整个20世纪，或许除了狄金森外，没有人比得上惠特曼的作品的直接感召力和崇高性。"[1]

1855年《草叶集》的第一版问世，共收诗12首，而到1892年出第9版时已收诗383首。其中最长的一首是《自己之歌》，共1336行。这首诗的内容包含了作者毕生的主要思想，是作者最重要的诗歌之一。诗中多次提到了草叶。草叶象征着一切平凡、普通的东西和平凡的普通人，但是他认为"一片草叶不亚于星球的运转"。最重要的是，包括作者自己在内的所有美国人，正是这种草叶，既平凡又伟大。

《草叶集》中的草叶有四重象征。一是生命力与大自然，诗人主张"无所顾忌，

① ［美］哈罗德·布鲁姆：《西方正典：伟大作家与不朽作品》，江宁康译，205页，南京，译林出版社，2005。

用原始的生命力述说自然"。美国广阔而美丽的自然是如此令人陶醉，这里的一草一木，山川河流，无不激起诗人发自内心的热爱。二是自我的形象，这也是一种象征，是美国人与劳动者，包括工人、农民、商人、学者、伐木者、放牧人等，是美国人民的代表。三是劳动的象征，这也是一种主题赞颂，世界文学史虽然题材丰富，但是真正从思想意义与直接感触来歌咏劳动的诗篇却并不多。《草叶集》中的《斧头之歌》等，歌颂各种各样的劳动，诗人赞美工人"神圣而伟大"。四是祖国、民主和自由的象征。描绘了新世界的轮廓，反映了整个美国一个时代的形象。

> 主要形象出现了！
> 全部民主的形象，这是若干世纪所造成的结果，
> 永远反映出别的形象的形象，
> 扰攘的城市的形象，
> 全大地上好客者和朋友的形象，
> 拥抱大地被全大地拥抱着的形象。

其诗风激情澎湃，像火焰一样喷发着作者的热情，也深深地感染着每一个读者。惠特曼在诗歌形式上有所革新，他创造了"自由体诗"这种诗格，开启了新诗歌的道路。但是，他同时也是传统格律诗的大师，他的格律诗中吸收了民歌的回旋反复的句式，一叹三唱，余音绕梁，可谓美不胜收。《啊，船长，我的船长》的主人公暗指美国总统林肯，1865年4月14日，内战结束后的第四天，林肯被刺，诗人悲愤万分，他在诗中将美国比作一艘乘风破浪的巨船，林肯就是这艘巨船的船长。正当人们欢呼巨船到达彼岸时，老船长却被人暗害倒下。

> 啊，船长，我的船长哟！起来听听这钟声，
> 起来吧，——旌旗正为你招展，——号角为你长鸣，
> 为你，人们准备了无数的花束和花环，——为你，人群挤满了海岸，
> 为你，这晃动着的群众在欢呼，转动着他们殷切的脸面；
> 这里，船长，亲爱的父亲哟！
> 让你的头枕着我的手臂吧！
> 在甲板上，这真是一场梦——
> 你已经浑身冰凉，停止了呼吸。

作为一位进步作家，诗人对林肯的情感表达足以令反动势力颤栗。他的诗是美国独立文学的一个标志，也是对世界诗歌的贡献。他的自由体诗，大量采用重叠句、平行句和夸张的语言，吸收了一部分劳动人民的语汇和少量的外来语，具有丰富的表现力和雄辩的说服力。世界文学中，各国有许多现代诗人受到他的影响。

三、马克·吐温的小说

马克·吐温（Mark Twain，1835—1910），原名萨缪尔·兰亨·克莱门（Samuel Langhorne Clemens），是美国小说家，19世纪后期美国现实主义文学的杰出代表。他被豪威尔斯誉为"我们文学的林肯"。威廉·福克纳称他为"第一位真正的美国作家，我们都是继承他而来"。

"马克·吐温"这个笔名一般认为是源自其早年水手生涯。马克·吐温曾当过领航员，与其伙伴测量水深时，他的伙伴叫道"Mark Twain！"意思是"两个标记"，亦即水深两浔（1浔约1.8米），这是轮船安全航行的必要条件。后来，作家就把这一术语用作了笔名。

马克·吐温的成名作《卡拉维拉斯郡著名的跳蛙》是根据民间传说改写而成的幽默故事，于1865年11月18日在《纽约周六报刊》首次出版。短篇小说《竞选州长》（1870）、《哥尔斯密的朋友再度出洋》（1870）等以幽默、诙谐的笔法嘲笑美国"民主选举"的荒谬和"民主天堂"的本质。长篇小说《镀金时代》（1874与华纳合写）、《哈克贝利·费恩历险记》（*The Adventure of Huckleberry Finn*，1886）及《傻瓜威尔逊》（1893）等则以深沉、辛辣的笔调讽刺和揭露像瘟疫般盛行于美国的投机、拜金狂热，以及暗无天日的社会现实与惨无人道的种族歧视。短篇小说《百万英镑》（1893）、中篇小说《败坏了哈德莱堡的人》（1900）和《三百万的遗产》深刻地揭示了金钱的"魔力"。马克·吐温晚期还创作了一些游记、杂文、政论，如《赤道环行记》（1897）、《神秘来客》（1916），但批判揭露意义在逐渐减弱，而绝望、神秘情绪则有所增长。

《汤姆·索亚历险记》（1876）是马克·吐温小说里自传性最强的作品。故事发生在密苏里州的圣彼得堡，故事中的墓地、岩洞和密西西比河都是作者所熟悉的场景。小说主人公汤姆·索亚天真活泼，富于幻想和冒险精神，不堪忍受束缚个性的枯燥乏味生活，幻想干一番英雄事业。小说通过主人公的冒险经历，对美国虚伪庸俗的社会习俗、伪善的宗教仪式和刻板陈腐的学校教育进行了讽刺和批判，以欢快的笔调描写了少年儿童自由活泼的心灵。这部小说以其浓厚的、深具地方特色的幽默和对人的敏锐观察，一跃成为最伟大的儿童文学作品，也是一首美国"黄金时代"的田园牧歌。

《哈克贝利·费恩历险记》是《汤姆·索亚历险记》的姊妹篇。作品主要人物在《汤姆·索亚历险记》里均出现过（这种写法类似巴尔扎克的"人物再现法"）。小说的情节并不复杂，主要写不满现实的少年哈克贝利·费恩逃离家乡，与黑奴吉姆一起（汤姆后来也加入）划着木排，顺着密西西比河漂流千余里的种种见闻和他们的冒险经历。小说通过白人小孩哈克跟逃亡黑奴吉姆结伴在密西西比河流浪的故事，不仅批判封建家庭结仇械斗的野蛮，揭露私刑的毫无理性，而且讽刺宗教的虚伪愚昧，谴责蓄奴制的罪恶，并歌颂黑奴的优秀品质，宣传不分种族、地位，人人都享有自由权利的进步主张。作品文字清新有力，审视角度自然而独特，被视为美国文学史上具划时代意义的现实主义著作。可以说，无论从社会内容、思想意义，还是从艺术风格、语言技巧方面考虑，这都是一部伟大的小说，永远散发出"非常清新"的"青春气息"。海明威对这部小说做出了极高评价："一切当代的美国文学都来自马克·吐温的一本书，即《哈克贝利·费恩历险记》……它是所有书中最好的。它构成了美国作品的源头。它是空前绝后的。"①

---

① Ernest Hemingway, *Green Hills of Africa*, New York：Scribner's, 1935, p. 22.

第十六章　19世纪东亚与南亚文学

　　19世纪中期，欧洲列强向亚洲大规模殖民，东亚与东南亚文学经历了大的转型。日本从传统的以汉学中心转向西方化，出现东亚较早的现代化文学。1853年美国海军将领马休·培里率领舰队驶入日本江户湾（现名东京湾），向幕府要求开放港口并给予美国最惠国待遇，这一事件在日本称为"黑船来航"，由此揭开了日本维新与改革的序幕。各种势力经过十多年较量，最后以萨摩藩和长州藩为中心的倒幕派，借助天皇的威信讨伐幕府统治者，经过一系列战争和谈判，迫使幕府交出政权，由此开始了明治维新。由于日本民族一向对外来文化有强烈的吸收欲望，由锁国到开放虽属被迫，但未经大规模的战争。日本人对西方列强的态度是复杂的，虽然也有憎恨，但更多的是敬重和憧憬，举国上下兴起了西化的热潮。但实际上，日本人并没有完全抛弃本民族的传统，他们在吸收其他民族的优秀文化的同时，也在改良创新自己的文化。在文学方面，文学家们积极地从西方文学中汲取营养，反省日本文学的局限性，探索走向世界的途径。经过几代文学家们的努力，日本文学以其委婉细腻的情感表现方式在世界文坛赢得了一席之地，影响和丰富了世界文学的内容，为世界文学的发展做出了重要贡献。20世纪60年代和80年代川端康成和大江健三郎先后获得诺贝尔文学奖，可以看作日本文学融入世界文学的一种标志，当然并不是绝对的标准。

　　其实相对于日本而言，南亚和东南亚各国更早就遭到西方殖民主义者的入侵。18世纪中期英国就控制了南亚次大陆，把印度作为重要的殖民地，19世纪初英国和法国等西方帝国主义入侵中南半岛，逐渐把缅甸、越南、柬埔寨、老挝等国变成其殖民地，直到第二次世界大战以后，由于老牌资本主义国家在战争中耗费国力而相继衰落，民族独立运动风起云涌，纷纷独立建国，印度分为印度、巴基斯坦、孟加拉国等国。无论在殖民地期间还是独立以后，各国人民都在摸索具有本国特色的现代化道路，由于历史、自然、教育、传统不同，他们分别走上了各自不同的发展之路。在近代化的过程中，在新的思想的刺激下，各国人民迸发出前所未有的创造力，涌现出带有各自民族特征的优秀文学作品。虽然这些国家在世界政治舞台上没有什么很大的话语权，但是他们独特的文学在世界文学的百花园中应该占有一席之地。尤其是在全球化高度发展的21世纪，越来越受到有识之士的关注，从他们的作品中可以感受到人类精神文明的差异性和共同性。

第一节　19 世纪的日本启蒙文学

一、启蒙主义运动与文学

1868 年，明治政府经过一系列小规模战争和谈判，基本抑制了幕府的势力，如何迅速富强起来，避免沦为西方列强的殖民地成为日本的当务之急。江户时代日本的商品经济已经相当发达，这非常有利于资本主义的迅速发展。明治政府提出"富国强兵"、"殖产兴业"、"文明开化"三大口号，全面引进西方的政治、经济、法律等体系，但是大部分人的思想还停留在封建社会。一批接受西方文化的学者和思想家开始介绍西方思想文化，希望促使人们从思想上摆脱愚昧的观念，提高整体的素质，从而成为具有近代意识的国民，这种活动被称为"启蒙运动"。

"启蒙运动"的主要代表人物有福泽谕吉、中村正直、西周、新岛襄、中江兆民等人，他们大多出身旧的武士阶层，多有外国留学经历，对洋学的研究有很深的造诣，是当时日本顶尖的知识分子。启蒙运动开始的重要标志是"明六社"的成立。1873 年森有礼从美国游学归国，与福泽谕吉、中村正直、西周、加藤弘之、箕作麟祥等人创立了"明六社"，1874 年 4 月起发行了《明六杂志》，每月召开例会，并将会上的演讲刊行在杂志上。他们秉承武士的使命感，致力开启人民的智慧，提高教育水平，破除封建社会的陋习，提倡"自由"、"平等"、"独立"等近代精神。除了思想观念，他们对西方的政治、经济、教育、生活等多方面做了介绍，讨论了将其引进日本的可能性。他们的有些主张甚至比较过激，如森有礼提出废止使用日语，把英语作为国语。虽然这些在现代人看来有些可笑，但也反映了当时日本人急于追赶西方资本主义国家的浮躁心态。

福泽谕吉（1835—1901）是启蒙运动中最著名的思想家。他出身下级武士家庭，幼年入私塾学习儒学经典，青年时期多方游学，曾在长崎学习荷兰语和西方学问。后得知英国是世界的霸主，遂自学英语，曾多次作为幕府官吏赴西欧和美国考察，回国后于 1866 年出版了《西洋事情》，介绍了西方的政治、税制、国债、货币、公司、外交、军事、科技等情况。1872 年他发表了《劝学篇》，该文开篇即提出了人生来平等的论点，要求废除贵贱贫富的差别，主张人们通过学习知识来改变命运，有强烈的功利主义思想：

> "天不生人上之人，也不生人下之人"，这就是说天生的人一律平等，不是生来就有贵贱上下之别的。……俗语说："天不给人富贵，人们须凭勤劳获得富贵。"所以如上所述，人们生来并无富贵贫贱之别，唯有勤于学问、知识丰富的人才能富贵，没有学问的人就成为贫贱。[1]

---

[1] ［日］福泽谕吉：《劝学篇》，群力译，2 页，北京，商务印书馆，1984。

开头一句在日本可谓家喻户晓，实际上它是由美国《独立宣言》中"All men are created equal"（人生而平等）翻译而来的。该文成为打破封建身份等级制度的宣言，是近代日本人追求平等自由、形成独立人格的精神食粮。福泽谕吉在文中反复强调他所指的学问是人们普通日用的实学，如地理学、物理学、历史学、经济学等，不是传统儒家的经学或诗歌艺术等。在这篇文章发表以后，福泽谕吉又陆续发表了多篇启蒙类文章，1876年11月他把这17篇文章编辑成册，以名为《劝学篇》出版，发行量达到空前程度。其中第一篇正版和盗版的发行量至少有22万册，当时日本人口是3500万，也就是说每160个日本人就有一个读过该文，可见影响力之大。福泽谕吉后来又著有《文明论之概略》等书，还创办庆应义塾（庆应义塾大学的前身），继续鼓吹近代科学和资本主义的自由平等思想，为日本近代的发展起了巨大的推动作用。

除了福泽谕吉，中村正直（1832—1891）的《西国立志篇》、田口卯吉的《日本开化小史》、藤田茂吉的《文明东渐史》、中江兆民的《三醉人经纶问答》等启蒙著作也受到广大读者欢迎。这些文章都是议论文，而当时人们认为这些是文学。在江户时代，学术以儒学为中心，它和汉诗、和歌都被认为是文学。进入明治时期，人们把与西方的科学相对的学问叫作"文学"。其中，评论类的作品叫作"硬文学"，叙事类的作品叫作"软文学"，前者代表着武士阶层的文学，后者代表着町人阶层（主要是商人和手工业者，类似于西方的市民阶层）的文学。

江户时代，由于日本的社会比较安定，商品经济日益发达，町人阶层逐渐成长，印刷和出版产业极其发达，日本的叙事类文学呈现空前繁荣的景象。这些叙事类作品的名称也是五花八门，如"假名草子"、"浮世草子"、"读本"、"洒落本"、"人情本"等。江户时代的这些文学反映了町人阶层的生活，多色情和低俗内容，由于大多不符合正统的儒家思想，所以这些作品都被冠以"草子"等名称。"草子"、"草双纸"等词在日语有"随便的"、"非正规"的意思，也就是通俗读物之义。这些作品的作家们大多出身中下级武士，由于种种原因被排挤出统治阶层，虽然他们幼时大多受过正统儒教思想教育，但为了写作糊口，他们会迎合读者的低级趣味，描写一些淫秽的、荒诞无稽的内容，所以他们自称"戏作"，这些作品就被称为"戏作文学"。虽然如此，这些作品中还是含有对体制和社会现实的一些反讽和批判，有一定的艺术价值。

二、明治时期的文学

明治维新以后，随着日本的开放，人们对西方产生了强烈的好奇心，社会中下层老百姓或妇女儿童喜欢通过小说类作品了解西洋。戏作家假名垣鲁文（1829—1894）是明治初年最著名的作家，他创作的《万国航海·西洋道中膝栗毛》①（1870）和《牛点杂谈·安愚乐锅》（1871）成为当时的畅销书。《西洋道中膝栗毛》是借用江户时代十返舍一九的《东海道中膝栗毛》中人物的后代到伦敦参加博览会途中的经历，

---

① "膝栗毛"在日语里是旅行记的意思，这部作品翻成中文可译为"西方旅行记"。

其中有很多滑稽可笑的情节，引人入胜。《安愚乐锅》一书描写引进西化新风最早的东京开出了牛肉火锅店，各种人物在店中高谈阔论，作家对这些人物的会话进行了一种白描式的记录，其中对知识分子炫耀一知半解的西方知识进行了揶揄，但这并不表示作家对新的知识持否定态度，相反，他对新生事物的态度还是很积极的。通过这部作品人们了解到当时世界上的一些新知识、新观念，与阅读福泽谕吉的著作达到一样的效果。这部作品还不能称为真正意义上的小说，但其中对现实的如实描写值得称道，为以后写实主义文学的诞生奠定了基础。

与《安愚乐锅》同时，还有一种文学作品也有很大影响，即汉文戏仿，被称为"汉戏文"。幕末时期寺门静轩（1796—1868）曾写过《江户繁昌记》，描写当时江户繁华街市的景象，其中也有批判儒家和武士的腐败，成为当时的畅销书。成岛柳北（1837—1884）模仿《江户繁昌记》创作了《柳桥新志》（1874），作家祖上代代都是将军的儒学侍讲，他以东京柳桥地区为中心描写了明治维新前后世俗人情的变迁，对政府进行严厉的批判。像"繁昌记"类的作品还有服部诚一（1841—1908）的《东京新繁昌记》（1874），该书由报道性的短篇小说构成，有一定的纪实性，是写实主义产生的自然铺垫。

明治维新以后，日本的传媒业发展很快，1870年至1874年，《横滨每日新闻》《新闻杂志》《东京日日新闻》《邮便报知新闻》《朝野新闻》等报纸相继创刊，这些报纸是以知识分子为读者群，报道一些政治、经济的重大新闻，称为"大新闻"。而以一般市民为对象，报道市井生活、花柳界、演艺界等消息的被称为"小新闻"。1874年《读卖新闻》创刊，第二年《平假名绘入新闻》《假名读新闻》等相继创刊，实际上"小新闻"的发行量甚至超过了"大新闻"，报纸在报道时还加入一些娱乐的元素，轻松活泼，可读性很强，深受妇女和中下层人士的欢迎。同时报纸还开办连载的栏目，为明治时代的创作提供了良好的舞台，一些著名作家的作品就是通过报纸连载发表的。著名的作品有前田香雪在《平假名绘入新闻》上发表的《岩田八十八故事》、久保田彦作的《鸟追阿松传》等。这些作品虽然总体艺术性不高，但对如何将事实和虚构巧妙地结合进行了有益的尝试。

明治政府为了尽快实现近代化，努力扶植日本资本主义的发展，从而也一定程度上允许自由、积极进取的思想传播。由于当时的政治体制仍然是天皇和军队绝对统治下的专制体制，限制了民众参政议政的权利，由于受到西方民主主义思潮的启蒙，1874年以坂垣退助等人提出开设议会的建议为契机，日本全国爆发了自由民权运动。推动这次运动的有很多政治家，为了实现政党政治的宣传，他们发动一切手段进行思想宣传，其中翻译改写西方著作、创作政治小说就是一种方式。

翻译文学一开始有很多普及科学技术的作品以及纯文学作品，如川岛忠之助翻译法国儒勒·凡尔纳的科幻小说《八十日环游世界》，织田纯一郎翻译英国作家李顿的《阿内斯特》和《爱丽丝》，译名为《欧洲奇事·花柳春话》，给读者耳目一新的感觉，读者通过小说了解了西方社会和生活情况，对小说的概念有了新的认识。由于自由民权运动的展开，翻译文学越来越带有政治倾向，樱田百卫的《法国革命起源·西洋学潮小暴风》（1882）和宫崎梦柳的《法兰西革命记·自由之凯歌》（1882—1883）都是根据法国大仲马作品翻译和改写而成，歌颂了人民为了自由和权利斗争的精神，指出革命的必然性。还有些作品以翻译为名义，实际上翻译者为了政治宣传增加了很多内容，如宫崎梦柳的另一部译作《虚无党实传记·鬼啾啾》（1884），译者为了展现女主人公索菲亚的魅力和对革命的热情，增加了她临刑前视死如归的态度和啾啾鬼哭的场面。

明治时期的翻译小说总体来说艺术价值不高，而且翻译时不够严谨，译者不能忠实于原作，误译、漏译、改写、随意添加或删节较多，如坪内逍遥（1859—1935）翻译英国著名历史小说家司各特的《兰玛穆阿的新娘》时，意译原著五分之一的内容，取名《春风情话》出版，而且把文中的人物、习俗等日本化了。这是日本人在对外来文化进行吸收时的常用手段，日语中叫作"翻案"。但随着翻译文学的发展，也有一些优秀的译作问世，1884年，坪内逍遥在高田早苗的帮助下翻译了司各特的《湖上的美人》，译本改名为《泰西活剧·春窗绮话》，以服部抚松（明治初期著名作家）翻译的名义出版。这是对该部作品的全译本，在日本的外国文学翻译史上占有重要地位。同年5月他又全文翻译莎士比亚的历史剧《裘力斯·凯撒》，书名为《该撒奇谈·自由太刀余波锐锋》，第一次以自己的真名"文学士坪内雄藏译"的名义出版，不久受到当时日本主流报纸《读卖新闻》的称赞。此后坪内逍遥逐渐进入翻译工作的高峰期。1885年他翻译的英国作家李顿的历史小说《里恩齐》出版，题名为《开卷悲愤·慨世士传》。在书的前言中，坪内逍遥提出了他对文学和小说的初步认识："小说是美术，无非是诗歌之变种。然小说之主体即是人情世态。人情者情欲也。情欲即七情，喜怒哀惧爱恶欲是也。"这些思想和《小说神髓》中反对劝善惩恶，提倡写实主义的主张是一致的，为其以后的文学理论成熟打下了基础。

通过翻译西方小说，开阔了人们的思路，一些翻译家干脆由翻译转向了创作，如樱田百卫创作出版的《自由之锦袍》，主要情节是恋爱故事，但其中寓意了自由民权的精神。真正称得上杰出的政治小说的是矢野龙溪的《齐武名士·经国美谈》（前篇1883、后篇1884），小说取材于希腊正史，作者力图真实地表现史实，虽然由于年代久远，实际情况无从考察，但作者希望用真实的材料弥补原来戏作文学荒唐无稽的弊病，作者将小说这一艺术形式和自由民权的政治宣传结合得较好。政治小说的另外一部代表作是东海散士（原名柴四郎，1850—1931）的《佳人之奇遇》（1885—1897），在作品中，作者也成为其中的一个人物，通过东海散士在美国留学中邂逅西班牙志士的女儿幽兰和爱尔兰志士的女儿红莲两位佳人，了解到其各自国家遭受的亡国与暴政的情况，同时仆人是中国明朝的遗臣，东海散士自己也是会津藩亡藩的遗臣，他们相聚一起感叹"尝尽国破家坏穷厄万状辛酸"。小说描写了东海散士与两位佳人的感情纠葛，也反映了弱小国家被帝国主义压迫，人民追求自由独立的坚强意志。小说改变了传统小说全知视角的叙事模式，开创了有限视角的第一人称叙事方式，增强了内容的真实可信度，显示了文学的新方向。

这些政治小说往往描写志士佳人的故事，用佳人来衬托志士的政治理想和奋斗的精神。随着政治小说在艺术上的成熟，逐渐开始借用政治小说的名义，出现描写以恋爱为中心的故事，带有写实主义的作品。末广铁肠（1849—1896）的《雪中梅》和续篇《花间莺》是其中最具代表性的小说。小说描写的是青年政治家国野基得到政治上有所觉悟的富家女阿春的帮助和支持，献身自由民权运动，在选举中获胜，成为第一届国会议员。这两部小说已经超越原来政治小说为了政治宣传不惜胡编乱造的手法，巧妙地把政治活动和恋爱相结合，真实地反映了人情与世态，小说语言表达运用流利的汉文体，为当时的知识阶层所喜爱，有些部分已经具备了近代小说的某些特征。

　　翻译小说和政治小说是明治初年日本文学家们积极吸取西方文学的精华为我所用而创造出来的文学样式，虽然其手法不甚高明，有抄袭、模仿、误读的痕迹，但就是这个过程，为日本近代文学的诞生开辟了道路。翻译小说和政治小说是在吸收外来文学基础上产生的，但是所用的文体以汉文体居多。由于汉字和汉语具有强大的造语能力和表意功能，西方的概念、事物可以通过对汉字进行重新整合或给已有的词汇赋予新的含义创造出新的汉字词语。这些词语对于汉语圈的人们来说可以不假翻译就能理解，因此日本的翻译小说和政治小说很快传入中国，催生了清末的翻译小说、政治小说和社会小说。梁启超在戊戌变法失败后流亡日本，看到翻译小说、政治小说发展的盛况，认为可以借用小说达到"文以载道"的目的，1898年他翻译了《佳人奇遇》等作品，向中国介绍日本文学的新潮流，开拓了中国小说的题材和叙事方式。1902年11月，梁启超在日本横滨创刊了《新小说》杂志，他在《论小说与群治之关系》中提出了"今日欲改良群治，必自小说界革命始，欲新民，必自新小说始"的口号，开始了"小说界革命"。此后翻译外国小说和创作的新体小说大量出现，形成了中国清末民初小说的繁荣盛况。

第二节　日本文学的改良运动

一、改良运动中的诗歌

　　福泽谕吉在《劝学篇》中呼吁人们要努力学习，不断进取，但是他提倡人们学习的是"实学"，而"文学"就成为一种"虚学"，这种观点代表了一部分人的观点。另外一位启蒙运动家中村正直甚至认为小说等文学对社会有害，从而全面否定文学的价值。自由民权运动中兴起的"翻译小说热"和"政治小说热"改变了人们对文学和小说的偏见，但日本的小说仍不能与新的时代相适应，迫切需要革新。

　　最早实现改革的是日本的诗歌，1882年东京大学教授外山正一、矢田部良吉、井上哲次郎出版了《新体诗抄》，其中翻译诗14首、创作诗5首。外山正一、矢田部良吉曾于1870年赴美国留学，深受赫伯特·斯宾塞的达尔文主义思想影响，他们认识到日本传统诗歌（和歌、川柳、汉诗等）的局限，回国后摸索移植西方诗歌的途径。在《新体诗抄》中井上哲次郎指出："夫明治之歌应为明治之歌也，不可为古歌。日本之诗应为日本之诗，不可为汉诗也。此新体之诗所以作也。"《新体诗抄》通过介绍西方的诗歌并实践性地创作了一些新体诗歌来改良日本诗歌，这种改良主要从形式和内容两方面进行的。

日本诗歌的最大特点就是短小。和歌中短歌的创作比较活跃，长歌在平安时代时还有一定数量，后来人们都喜欢创作短歌，到了江户时代，由俳谐发展而来的俳句只有 17 个音节，成为世界上最短的格律诗。由于日语是表意文字，构成 17 个音节的词汇有可能只有五六个，因此只能表达一瞬间的感动。汉诗是中国的格律诗，如五言、七言的绝句或律诗，字数也较少。传统上日本没有像西方那样的叙事诗，因此要想表达复杂、宏大的思想时传统诗歌就无法承载了。在内容方面，《新体诗抄》中指出要学习西方诗歌能描写景色、反映人情，精密细致地表现感情。语言上主张使用"平常之语"，也就是一般的口语。在 14 首翻译诗中不乏精品，其中有丁尼生和莎士比亚的几首诗歌。新诗体的试验无疑给明治诗坛带来一股新风，在其影响下一批诗人开始新体诗歌的试验，如山田美妙发表了《新体词选》（1886），森鸥外发表了翻译诗《于母影》（1889），北村透谷的《楚囚之歌》（1889），日本近代诗歌由翻译模仿不断向自主创新发展。

二、体系化的文学理论：坪内逍遥的《小说神髓》

诗歌的改良运动不仅给诗坛带来了冲击，而且也给其他文学样式带来了积极的影响，"小说改良"、"戏剧改良"、"和歌改良"等运动也发展起来了。当时日本人学习西方的态度非常迫切，在各个领域都呈现西化的倾向。日本的第一部系统化的小说理论著作——坪内逍遥的《小说神髓》就是在这样的大背景下诞生的。

坪内逍遥（1859—1935）出生在尾张（今日本岐阜县），父亲是尾张藩士，幼时喜读"读本"、"草双纸"等江户时代流行的大众文学。他精于俳谐与和歌，少年时进入西式学堂，后进入东京大学文学部学习，曾修过外山正一的英语、伦理学等课程，也听过由日本政府引进的外籍专家、美学家费诺罗萨的政治学、理财学等课程，深受进化论的影响。坪内逍遥在大学期间就热心文学，曾翻译和改写多部英国文学作品。虽然坪内对自己的文学功底很自信，但据他的回忆录《回忆漫谈》记载，他在大学学习期间，英籍教师霍顿教授在文学课程的考试中出了道分析《哈姆雷特》中王妃的性格的题目，坪内逍遥按照日本传统的道德观进行了一番评论，结果出乎他的意料，老师给了他很低的分，这促使他开始钻研西方的文学理论，探索新的文学理念。

1885 年，坪内逍遥的文学理论著作《小说神髓》由松月堂出版，初版时以小册子的形式分成 9 册，到 1886 年全部出齐，同年 5 月该书被合编为上下两卷。上卷分为"序言"、"小说总论"、"小说的变迁"、"小说的主眼"、"小说的种类"、"小说的裨益"，下卷内容是"小说法则总论"、"文体论"、"小说情节安排的法则"、"时代小说的情节安排"、"主人公的设置"、"叙事法"。按其结构来看，上卷以理论阐述为主，是全书的重点，下卷是在理论指导下的具体的小说创作方法。作者在写作时一开始并不是完全按照一本书的体例来写的，有些部分在全书出版之前就在杂志上发表了，所以每个章节之间的逻辑关系很松散，而且各章内容有交叉重复的问题。虽然这部作品有自相矛盾和逻辑不清的地方，但是在 19 世纪末能够出现如此较为全面和系统的小说理论著作，对于日本来说确实不易。在缺乏成熟的近代小说作品的日本，《小说神髓》的出现可以说已经超越了时代，即使在当时，该书给文坛带来的震动和创新的意义也是重大的，其内容可以归纳为以下三点：

第一，首次对小说的概念进行了比较清晰的界定。对于近代小说（Novel）这种文学样式，即使在其发源地欧洲也有很多说法。例如，在英语中类似的称呼有Romance、Fable、Fiction、Novel等，这些说法在19世纪之前没有统一的界定，经常混为一谈。19世纪以后的英语圈中，一般把中世纪的传奇和空想故事称为Romance；寓言、神话等称为Fable，其篇幅较小，结构简单；Fiction是指虚构的作品；Novel是依据现实虚构的文学作品。"小说"一词虽来源于中国①，但把Novel翻译为"小说"并赋予近代意义的是始于坪内逍遥的《小说神髓》。在日本文学史上，一般把非韵文的叙事类作品叫作物语，如著名的《源氏物语》。江户时代，出现了"读本"、"草双子"、"洒落本"、"人情本"等叙事类文学。明治初期对这类作品的称呼也非常混乱，坪内逍遥在《小说神髓》中也常混用"小说"、"物语"、"稗史"等。虽然如此，坪内书中通过对小说的历史变迁的回顾，运用当时流行的进化论指出，小说是由古时的神话演变为物语或传奇（Romance），进而由于"随着文明的进步，世人对这种传奇（Romance）的荒唐无稽，自不能不感到厌倦，于是传奇随之衰颓。兴起了严肃的物语（Novel）"。作者在书中没有对小说给出一个理论性的定义，但他通过叙述古今东西的各种叙事类文学的变迁，把小说（Novel）和传奇（Romance）、寓言（Fable）、寓意小说（Allegory）等作了区别，这是通过对历史的演变纵向加以说明的，从中可以看出作者的思路，小说是虚构的叙事类文学（用日语来说就是"物语"）。坪内逍遥在书中指出，新时代的文学不应是荒诞无稽的传奇（Romance），也不应是劝善惩恶的小说，他所提倡的是摹写当代现实生活的现世小说。他认为当时日本没有合格的现世小说，如果说勉强够格的如写下层社会的为永春水的人情本、山东京传描述中层社会的世俗小说，而紫式部的《源氏物语》、大贰三位的《狭衣物语》都能称得上是专写上层社会情态的最佳世俗小说。

第二，在世界文学史上较早地、独立地提出了"小说是艺术"的主张。坪内逍遥认为文学应提倡高尚的风格，要摆脱政治或道德的束缚。《小说神髓》第一章"小说总论"就开宗明义地提出小说是艺术，日语原文说"欲阐明小说为美术必先了解何为美术"。这个观点现在已经成为一般的文学常识，而在19世纪末的日本却并非如此，即使在近代小说发达的英国，小说家和批评家们仍然为了小说的正名而做着艰难的努力。正统文人视小说为洪水猛兽，认为阅读小说是有害无利的。② 1884年4月25日，英国小说家兼历史学家贝赞特在伦敦皇家学会发表了演讲，后整理成小册子出版，题名为《小说的艺术》（*The Art of Fiction*），同年，亨利·詹姆斯发表同名论文《小说的艺术》（*The Art of Fiction*），批驳贝赞特的某些观点。这几乎与坪内逍遥撰写《小说神髓》在同一时代，这说明即使在西方社会，人们对小说的艺术地位也尚未肯定，而在19世纪末的日本，坪内逍遥能够把小说提到艺术的高度来认识，确实超越

---

① 《汉书·艺文志》："小说家者流，盖出于稗官，街谈巷语、道听途说者之所造也。"
② 参见殷企平：《英国小说批评史》，66页，上海，上海外语教育出版社，2001。

了时代。坪内逍遥在开篇的"小说总论"中提出了他的艺术观:"艺术的种类如上所述固然有多种多样,但如问其主旨所在,则不外是使人赏心悦目而已。"他在"小说的裨益"一章中提出小说是艺术,所以不能提供实际的效益,如果加以区分,则可以分为直接的裨益、间接的裨益。直接的裨益就是娱悦人心,又说:"小说的目的,在于娱悦人们的'文心',那么文心又是什么呢? 不外就是美妙的情绪。"接着他指出小说有四个间接的裨益:(1)使人的品位趋于高尚;(2)使人得到劝奖惩戒;(3)正史的补遗;(4)成为文学的楷模。作者虽然承认小说有劝诫的功效,但指出:"我所说的训诫却不同。道德这类主张,虽然是人生必需的规律,是极其重要的准则,但我所说的训诫范畴要更广,并不只限这些。"

在"小说的种类"中,对于他所提倡的模写小说,坪内认为:

> 在这类小说中,并无必要为了寓劝惩之意而歪曲情节,只是将全部的力量用于描写世上必然会有的情态,企图使之宛如实有其事一般……因此,以摹写为主要用意的小说,不必特求,而自然合乎诽刺讽诫之法,具有对人们暗默中加以教化的力量。

坪内逍遥认为江户中后期广受平民欢迎的所谓劝善惩恶类的小说并非真正的小说,劝善惩恶只不过是作者们为了搪塞有识之士的讥评临时使用的一种手段而已,其中很多作品充斥着猥亵、低俗的内容。"这也是有识之士批判小说是鄙技、斥之为有害无益的原因",因此"我国文坛的才人雅士应该放弃崇拜马琴、再不心醉春水,或尊种彦为师,一味尝其糟粕;而应该断然摆脱陈套,改良我国的物语,创作出可以辉耀于文坛的伟大作品来!"

第三,在"小说的主眼"一章中,作者指出"小说的主脑是人情,世态风俗次之",提出"必须抱着客观地如实地进行模写的态度"的创作原则。在日语中"主脑"可以理解为根本精神,"人情"的语意和中文也有很大不同。接着上面那句话,坪内逍遥在书中解释道:"人情又指什么呢? 答曰:所谓人情即是人的情欲,就是指所谓108种烦恼。"坪内逍遥所谓的"人情"是人类自然的、真实的感情。他认为无论善人、恶人都有情欲,只不过善者贤人有理智可以克制卑劣的感情。一般世间的历史、传记大致写的是外部的行为,内部所隐藏的思想,由于它纷繁复杂,很少能将之叙述出来。

> 因此,揭示人情的机微,不但揭示那些贤人君子的人情,而且巨细无遗地刻画出男女老幼的善恶邪正的内心世界,做到周密精细,使人灼热可见,这正是我们小说家的职责。即使写人情,如果只写了它的皮毛,那还不能说它是真正的小说。

从上文中可以看出,坪内逍遥主张小说应该揭示人的真实内心世界,他认为塑造人物应该遵循心理学的规律。虽然在"小说的主眼"中作者提出了"小说的主脑是人情,世态风俗次之"的主张,但只对人情作了详尽的解释,未对"世态风俗次之"做出阐述，从字面上和后文论述的内容得知"世态风俗"就是自然和社会环境。在"小说的神益"一章中讲到小说的第三个神益，即"正史的补遗"，他说历史小说将正史未详述的时代风俗习惯十分精细地写出，使读者身临其境、耳闻目睹一般，形成一部风俗史。同时他认为描写当世的作品也有此神益，如《源氏物语》在当时是世情小说，而后代的人看了就可以据此理解当时的风俗习惯和事物的起源。坪内在这里引用了如司各特、萨克雷等英国著名小说家的话，指出作者在刻画人物的同时还要注意描写风俗，不可违背真实情况，而且避免只写表面现象，要描绘出真实情况。作者在"小说的主眼"一章中没有详细解释"风俗"一词也表明了他极力强调小说中"人情"的重要性。综合整章内容，作者所主张的小说是描写当时的社会普通人的生活经历，内容应该是再现真实的社会生活，小说描述的重点应该放在"人情"即人物的内心世界，以此来揭示人生深刻意义。

坪内逍遥通过对"小说"概念的界定，成功地把西方的"Novel"转换成为日本的"小说"，使"小说"成为反映当时一般民众的真实生活和感情的文学样式，这一顺应近代社会要求的艺术在正确的方向指引下迅速发展繁荣起来了。同时，在《小说神髓》的"小说总论"中，坪内逍遥通过论证"小说是艺术"把小说提升到艺术殿堂的最高端，使文学青年更加理直气壮地投身于文学事业，由此开创出日本近代文学绚丽缤纷的世界。

三、小说《当世书生气质》

坪内逍遥写完《小说神髓》后就开始对自己的理论进行实践，创作了小说《当世书生气质》，主要描写大学生小町田粲尔在学校运动会上偶遇失散多年的义妹田之次。义妹因战乱失去亲生父母成为孤儿，小町田的父亲收养了她，后来小町田家破落，田之次为不增加小町田家的负担，自愿卖身进入妓院。这次偶遇后两人坠入情网，但他们的恋情遭到吉住的嫉妒，因为吉住也恋慕田之次。他通过在小町田就读的学校工作的哥哥中伤小町田，小町田受到学校处分，还受到父亲的斥责，为此小町田萌生分手的意思，但田之次坚持这份感情不愿分手。小町田父亲的妾、小町田周围的同学们也尽力撮合。他的同学守山本来有一个妹妹，因战乱失散，经过一些曲折，守山终于发现他的妹妹就是田之次。最后田之次从良，改回本名阿芳。

从《当世书生气质》的成书过程来看，它脱胎于坪内逍遥早年构思的戏作小说《游学八少年》，后来将它按自己的小说理论重写的，但毕竟受到原来构思的影响，所以就带有很多江户戏作文学的弊病。这部小说的创作过程也比较仓促，确实没有把《小说神髓》的理论精髓表现出来，但毕竟坪内逍遥做出了努力，这部作品在突破旧文学开拓新文学的道路上还是做出了很大贡献。一般来说，这部小说对近代文学的功绩有以下几点：

第一，体现了描写人情世态的写实主义写作理念。书中描写了小町田和他的同学们的生活场面：宿舍、牛肉火锅店、饭店、温泉、妓院等，用幽默的笔调展现了年轻学生的生活。这些生活描写其实是坪内逍遥以自己的大学生活为素材的，给人非常真实的感觉。同时，坪内逍遥本人也和妓院的艺妓相恋并最终结婚。所以小说出版后，社会上都猜测小说人物的原型，可见其真实性之强。作者否定了这些猜测，指出人物性格是对周围很多同学个性的糅合，并不是特定的某个人。

第二，小说的题材是《小说神髓》所主张的现代题材。这部作品抛弃了以往作品描写英雄、奇人为中心的模式，对普通人、有缺点的平凡人如实地加以摹写，而且最终它没有以大团圆来结尾。

第三，文体上尝试运用《小说神髓》"文体论"中主张的雅俗折中体。在叙述部分仍然较多地保留着江户时代戏作文学中雅文体的风格，在人物会话中按照如实记录的原则，运用口语体，忠实地再现了说话的情境。在大学生的会话中插入很多英语、德语以及有时代感的流行语，给文坛带来了一股新风。

日本近代文学评论家本间久雄在《明治文学史》中对《当世书生气质》的历史价值进行了归纳：第一，《小说神髓》理论的具体化；第二，没有"大团圆"的结局；第三，时代的代言人；第四，对社会风俗进行了充分的描写；第五，提高了小说家的地位。柳田泉在学术传记《坪内逍遥》中总结了《当世书生气质》在日本文学史上的意义：第一，《小说神髓》理论的具体化；第二，叙述形式由以前戏作文学的说明主义转向描写主义；第三，在个性描写中取得了部分的成功；第四，文章的新鲜味道；第五，把知识分子形象写入小说的先驱；第六，在结构上引入了西方文学的手法。因此无论如何也难以撼动"明治第一小说"的地位。

尽管《当世书生气质》自诞生以来就饱受争议、毁誉参半，这部作品也确实比较粗糙，还残留着很多江户时代戏作文学的倾向，也没有充分体现出《小说神髓》的理论。尽管如此，《当世书生气质》毕竟植入了新的元素，在当时取得了巨大的影响，给当时年轻学子们很大震撼，激励了一大批优秀青年投身文学创作，如二叶亭四迷、斋藤绿雨、嵯峨屋御室（矢崎镇四郎）等人特意去拜访坪内逍遥，请教文学的问题。其他通过阅读坪内逍遥的《当世书生气质》和《小说神髓》而走上文学道路的人更不计其数。同时，坪内逍遥在东京专门学校文学科任教，在课内和课外积极开展文学启蒙和各种文学活动，创办杂志，形成了影响很大的文学势力，坪内逍遥成为当时文坛的领袖。当时的读者大多是先读了《当世书生气质》后再去找到《小说神髓》阅读，对这两部作品反复钻研，体会小说的"神髓"，因此要研究《小说神髓》，不应该忘记《当世书生气质》，要把它放在一起相互参照对比，才能有所发现。

第三节　日本写实主义文学

一、二叶亭四迷的《浮云》

在《小说神髓》和《当世书生气质》的影响下，一批批优秀的青年投身文学创作，描绘出日本近代文学的精彩纷呈的画卷。二叶亭四迷（1864—1909）当时还是外语学校的学生，在坪内逍遥的鼓励下，他踏上了文学创作之路，沿着坪内逍遥所指引的写实主义方向进一步前进，创作了小说《浮云》（1887），这部作品被认为是充分体现了《小说神髓》理论的作品，为日本近代文学的真正开端。

二叶亭四迷原名长谷川辰之助，1864 年出生于江户市谷合羽坂的尾张藩上屋敷，父亲是中下级武士，幼年入汉学堂学习，后又进入名古屋藩学。从幼年的学习经历来看，与饱读江户戏作文学的坪内逍遥不同，二叶亭四迷有深厚的汉学修养。1881 年 5 月进入东京外国语学校（东京外国语大学的前身）俄语科。当时俄语科的课程设置和上课方式与俄国中学采用相同的方式，全部俄语教学。教授俄国文学史的是俄国人尼古拉·谷雷，他采用朗读等方法进行教学，还让学生用俄语写出人物性格分析，在他的指导下辰之助喜欢上了俄罗斯文学。除了俄语和文学，辰之助还学习法律、经济、财政等学科，学习成绩优秀。不过后来明治政府采取重视实学的教育方针，1885 年 9 月把露清韩语科并入东京商业学校（今一桥大学）附属语学部，不久又撤销该学部，完全并入东京商业学校，1886 年 1 月辰之助愤然退学。在学校撤并期间，坪内逍遥的《小说神髓》发行了 3 册。辰之助读到了《小说神髓》，想亲自拜见坪内逍遥。1886 年 1 月，在嵯峨屋御室（矢崎镇四郎）的介绍下，辰之助带着《小说神髓》到东京本乡真砂町的坪内逍遥宅拜访了坪内逍遥。坪内逍遥长辰之助 5 岁，和他也算是同乡，对他的才气和人品非常欣赏，两人从此开始持续一生的亦师亦友的关系，不仅成为日本文学史上的一段佳话，也是具有重大历史意义的事件。在坪内逍遥的指导下，辰之助翻译了屠格涅夫的《父与子》的四分之一，改题名为《虚无党形气》，由坪内逍遥介绍到大阪的出版社出版，后因出版社倒闭未果。

在坪内逍遥的指导下以及与其交往的过程中，辰之助翻译了俄罗斯作家的一些作品，编译了别林斯基的美学著作《艺术的理念》的一部分，取名《美术的本义》（未发表）。坪内逍遥请辰之助借鉴俄罗斯文学理论写一篇《当世书生气质》的评论文章，该文就是《小说总论》，1886 年 4 月发表于《中央学术杂志》。当时发表的位置并不醒目，所以没有引起很大反响，到了 1928 年编入《明治文化全集》第 12 卷中才引起人们的关注。全文约 3000 字，内容主要分 4 个部分：第一，对世界观的揭示。作者认为"凡有形（form）则其中有意（idea）。意依形而现，形依意而存。"其中的"形"一般可以理解为现象，"意"可以理解为本质。"形"和"意"是紧密联系不可分割的，两者很难讲哪个重要哪个不重要，但最终"意"是内在的，没有"形"而"意"仍能存在，故"意"更重要。第二，在现实世界中，各种现象、事物各具不同形态，所以就妨碍了完全显现"意"，或隐蔽了"意"。第三，如何通过"形"来把握"意"有两种不同的方法，一种是通过理想分析；另一种是通过感情来感觉和表现，包括小说的艺术就是属于后者，即"美术以感情穿凿'意'"。第四，小说有劝善惩恶和摹写两种，而摹写是小说的本分，小说通过在各种杂多的现象中以直接的方式把握"意"，"摹写就是借实相写出虚相"。"在偶然的'形'中明白写出自然之'意'"。辰之助的《小说总论》通过严密的逻辑思维论证了写实主义小说的原理和创作原则，指出了小说所揭示的本质与现象、内容与形式的根本性问题，阐明作家通过具体生活现象认识社会本质的重要性，将写实主义小说理论水平推向更高的水平。

在坪内逍遥的鼓励下，辰之助决心用写实主义的理论写一部小说。经过近两年的努力，《浮云》第一篇终于在 1887 年 6 月出版。该书的封面和扉页标注："坪内雄藏著 新编（小字）浮云 第一篇 东京金港堂梓"，卷头作"春之舍主人、二叶亭四迷合作"，第一次使用"二叶亭四迷"的笔名。坪内逍遥写了《浮云》第一篇序，辰之助以"二叶亭四迷"名义写了前言。《浮云》第二篇封面和第一篇保持一致，第三篇才单独署名为"二叶亭四迷"。当时人们以为这是坪内逍遥亲自写的描写"人情世态"的小说，所以在社会上获得了极大的反响。

《浮云》描写早年丧父的原下级武士家庭出身的内海文三，通过不懈努力终于谋得政府机关下级官吏的职位，但是由于他为人诚实内向，不善博取上司的欢心，在一次人事变动中被免职了。他一直寄居在叔父孙兵卫家中，由于免职，他在这个家中的地位发生了变化，婶婶阿政冷嘲热讽，他的恋人——表妹阿势也变心了，精于世故善于溜须拍马的本田升成了他的情敌，夺走了他的心上人。在内海文三的周围到处都是势利的人们，他追求理想的信念发生了动摇，对自我意识产生了怀疑，终日彷徨。小说真实地表现了内海文三心理的纠结、知识分子的弱点、官场的腐败、个人的自私、新旧思想的对立等，给人耳目一新的感觉。很多评论家对《浮云》的评价及对意义的揭示，最集中的一点就是它充分地实现了《小说神髓》的文学理想，使日本文学实质性地进入近代阶段。如当时的著名综合杂志《国民之友》这样评论《浮云》："近日小说的世界不可不谓有一种似乎飞跃性的发展。……盖著者为极通人情者。与其谓通人情者毋宁说是观察人情者也。与其谓观察人情者毋宁说是解剖人情者也。然则一篇《浮云》即是人情解剖学，著者先生则是人情解剖之哲学家。"① 和田繁二郎认为坪内逍遥未能做到的人情的解剖，二叶亭四迷做到了，他通过解剖人情塑造了明治 20 年代前后富有个性的知识分子的典型形象。② 小田切秀雄在《现代文学史》中专设一节"为何这是最初的近代文学？"论述《浮云》的近代意义，他认为："作者从人物的内部成功把握了明治社会的性质和近代的自我的存在对立的矛盾，栩栩如生地表现了现实，标志着日本近代文学和近代现实主义的真正诞生。"③ 唐木顺三也表达了相似的观点："以主人公内海文三为中心的心理描写、人情的观察，也就是《小说神髓》的理想在作品中得到了实现。"④

第二次世界大战后有很多文学研究者从小说的主人公"内海文三"的形象入手，指出这是真实地表现了日本明治初期中下层知识分子的境遇，塑造了日本的"多余人"的典型形象。当时日本处于向帝国主义阶段发展，国民充满着期待。而与之相反，当时的知识分子却没有容身之地，已经被社会的主流排挤出去，沦为日本帝国的"多余人"。也有学者认为"内海文三"不是"社会的疏外者"，也不是"思想的疏外者"，而是"性格的疏外者"，从性格和心理对人物进行了剖析。

《浮云》的卓越之处还有很重要的一点就是作者始创了言文一致的文体，这种文

---

① 载《国民之友》，第 16 号，1888 年 2 月。
② ［日］和田繁二郎：《日本近代文学》，22 页，京都，同朋舍，1982。
③ ［日］小田切秀雄：《现代文学史》，上，36～37 页，东京，集英社，1975。
④ ［日］畑有三：《〈浮云〉的评价》，见三好行雄、竹盛天雄编：《近代文学》，2 卷，6 页，东京，有斐阁，1977。

体超越了《小说神髓》中坪内逍遥提倡的雅俗折中体，用与一般口语相同的文体逼真地表现了现实的本质、精密地刻画了人们复杂而充满矛盾的内心世界。其后，二叶亭四迷又用言文一致体翻译发表了《邂逅》等作品。山田美妙、国木田独步、岛崎藤村等文学家在此影响下积极投身"言文一致"的运动中，在众多文学家和有识之士的努力下，日语的言文一致体变为可以更加自由清晰地表现外部事物和内心世界的工具，成为文学的主流文体。

《浮云》在第三篇发表后就中断了，原因是 1889 年二叶亭四迷进入内阁官报局担任译员，离开了文坛。多年后他重返文坛，但最终没有完成这部小说。作者原计划描写内海文三由于对周围的人失望和自己的不幸最终发疯作为结尾。虽然这部小说没有完成，但作品无论在内容、主题、人物刻画、语言等多方面都突破了旧文学的藩篱，开创出一种全新的小说样式，被众多学者称为日本近代文学真正的起点。

二、砚友社作家群

1889 年前后，坪内逍遥和二叶亭四迷相继放弃小说创作，而在他们的影响下成长起来的一大批新近作家却脱颖而出，其中以尾崎红叶为首的砚友社作家群逐渐占据了文坛的主导地位。1885 年在当时的东京大学预科学习的尾崎红叶、山田美妙、石桥思案、丸冈九华等人组织了文学社团——砚友社，1889 年创办了杂志《我乐多文库》。尾崎红叶的处女作《二人比丘尼的色忏悔》以日本战国时代出家人的生活为题材，以优美的文笔、曲折动人的情节打动了读者，受到广泛的好评，一跃而为一流的作家。尾崎红叶的作品模仿江户时代井原西鹤的作品，被称为"拟古典主义"。明治时期的小说有很多都是通过报纸这一媒介发表的，由于作品很受大众欢迎，尾崎红叶被《读卖新闻》社邀请作主笔，成为《读卖新闻》提高发行量的一张王牌。尾崎红叶的作品以赢得读者的"眼泪为主眼"，带有很大的商业化成分，内容多以男女恋爱为中心，语言不是"言文一致"体而是模仿江户时代"人情本"的语言。尾崎红叶的作品从内容到形式都是逆时代潮流的，被国木田独步批评为"穿着洋装的元禄文学"，被认为是文学发展的一种倒退。其实尾崎红叶的作品是坪内逍遥《小说神髓》写实主义文学理论的另一种体现。

第一，尾崎红叶的作品对人情和世态作了充分的描写，也注意人物心理的刻画。1895 年发表的《多情多恨》、1897 年发表的《金色夜叉》在这些方面都取得了成功。作为报纸连载的小说，由于报纸的纪实性也使尾崎红叶关注当时的社会问题，对官僚制度、拜金主义等提出了尖锐的批判，对平民寄予了同情，使《小说神髓》提出的描写"人情世态"的范围得到了进一步的扩大。第二，在语言和文体上，尾崎红叶比较成功地实现了坪内逍遥提倡的"雅俗折中体"，它是坪内逍遥在《小说神髓》中说的"叙述部分用七八分雅语，会话部分用五六分雅语"[①] 的发展。叙述部分的文语在保守的拟似明治时代给人以安全感，而会话部分充满生机的口语体又可以感觉到在这种

---

① ［日］坪内逍遥：《小说神髓》，116 页，东京，岩波书店，1936。

秩序中挣扎的人们的人性。第三，尾崎红叶通过在报刊上发表作品成为日本近代成功的职业作家，改变了原来文学家（小说家）低下的社会地位和经济地位。他成为社会上一部分人崇拜的偶像，这些受过西方教育的青年文学家逐渐成长，构成了日本近代文坛的主力。第四，尾崎红叶的作品雅俗共赏，一般的学生、主妇喜欢读他的作品，高级知识分子也很爱读他的小说，扩大了小说的读者层，为日本近代文学（小说）的发展提供了更大的基础和发展空间。

砚友社的其他同人如山田美妙、石桥思案等也分别发表了《夏木立》《盗花人》等小说，呈现出人情小说大批量出现的情况。除了砚友社作家群，饗庭篁竹、斋藤绿雨等运用雅俗折中体和江户时代的情调创作的作品虽然和砚友社作家群相似，但也有其特色，都受到大众的欢迎。当然在人情小说流行的潮流中，由于题材都局限在男女感情方面，所以出现了大量构思与情节雷同、内容流于表面、格调低下的作品。

三、"红露逍鸥"四大作家

当时与尾崎红叶齐名的作家还有幸田露伴（1867—1947）。其父曾担任过旧幕府官员，受传统武士教育，广泛涉猎汉文学、朱子学、佛学以及江户时代的俗文学，他不希望儿子从事文学事业，于是让其进入通信省的电信技校学习。幸田露伴毕业后在电信局当过电信技师，后阅读了坪内逍遥的《小说神髓》和《当世书生气质》，立志成为作家。1889年他发表了成名作《风流佛》，受到评论界的关注。这部作品描写青年雕刻家珠运偶遇少女阿辰，两人坠入情网。就在他们结婚的当天，阿辰被长期失踪的父亲（现为子爵）领走，珠运因思念刻出了阿辰裸体形象的观世音像。后来珠运得知阿辰结婚的消息，想要毁掉雕像，这时佛像仿佛注入了灵魂，竟然活了起来，变成了阿辰，珠运抱着阿辰升上了天空。主人公在现世无法实现的纯爱通过佛力成就了，反映了幸田露伴对明治维新以来物质万能主义的批判。作品宣扬了艺术至上的艺术主张，融合了浪漫的理想主义和东方悟道精神。

幸田露伴还创作了一系列描写传统的工匠或艺术家通过不懈努力终于成就事业的作品，如《一口剑》《五重塔》等。《五重塔》描写木匠十兵卫虽然身负绝世技艺但拙于世事。一次听说五重塔将要建造，而且由名匠源太主持，他说服源太，由他一个人建造。经过千辛万苦，五重塔终于建成。竣工仪式前一天晚上，狂风大作吹了一夜，但是十兵卫建造的五重塔纹丝不动地屹立在那里。作者认为只要坚定意志，就能实现超越现实的理想，艺术的力量是无敌的。

明治初年，以外国故事和人物为背景的翻译小说、政治小说的影响很大，这些作品的文体带有模仿西方语法的翻译调和汉文调。坪内逍遥在《小说神髓》中主张用雅俗折中的文体，尾崎红叶和幸田露伴的作品模仿江户时代井原西鹤的文体，对坪内逍遥的文体主张进行了一定的实践，被称为拟古典主义。尾崎红叶的作品都以女性为主人公，描写妇女的故事，带有拟古和写实主义的气息；而幸田露伴往往描写男性的阳刚之气和坚韧不拔的精神，作品带有浪漫主义和理想主义色彩。

尾崎红叶和幸田露伴等作家秉持日本传统，而一些留洋回国的作家则给文坛带来了新风。森鸥外（1862—1922）就是其中一位杰出的代表，他出身旧藩主御医家庭，1884 年作为陆军军医赴德国留学，在学习医学的同时也涉猎了叔本华、哈德曼的哲学、美学等西方文艺思想，1888 年回国。在德国留学期间，森鸥外曾与当地舞女发生恋情，他以此为素材并结合在德国的所见所闻创作了小说《舞姬》，发表在 1890 年的《国民之友》杂志上。这部作品在日本近代文学史上具有里程碑的意义。小说通过第一人称回忆的方式叙述了年轻有为的政府官吏"我"（太田丰太郎）被派遣到德国留学，在柏林呼吸到西方自由的空气，自我开始觉醒并反省日本传统制度下的人生。一次偶遇舞女爱丽丝，出于同情帮助了她，不久两人相恋，"我"因此事被人告发而遭免职，不得不自谋出路维持生计。这时，恰好他的好友相泽谦吉到德国来，相泽把"我"的情况介绍给外访中的大臣，大臣惜才，同意带"我"回国。爱丽丝此时已怀有身孕，"我"为爱情和自己前途的抉择而苦恼，连日高烧不退，陷入昏迷。相泽谦吉告知爱丽丝一切时，爱丽丝因经受不住打击而发疯。"我"给了爱丽丝母女一定金钱使她们维持生活，和大臣一起回国了。在回国途中"我"回忆了以往种种经历，最后小说以"呜呼！像相泽谦吉般的良友世上难寻，但我脑海中至今仍对他有一点点憎恨"结尾。小说反映了明治时期日本知识分子开始自我觉醒，他们追求自由和个性解放，但同时在强大的封建势力面前又具有软弱的性格，流露出屈从现实的悲哀和哀怨。也有学者指出《舞姬》只不过是传统主题"始乱终弃"的又一演绎。

森鸥外的《舞姬》和二叶亭四迷的《浮云》都是明治时期杰出的作品，《浮云》采用了言文一致的语体，而森鸥外在《舞姬》中将西欧的文体和汉文体巧妙地结合，创作出一种简古文体，带有近代浪漫抒情的气息。柄谷行人对比两人的文体认为："《舞姬》译成英文并不困难，虽然是文言体，但其骨架却是彻底的翻译文体，而且具有'写实性'。可是《浮云》则几乎不能翻译，其中列举了各种各样的理由，说明完全不是'写实性'的。"①

19 世纪晚期，随着启蒙运动的兴起，翻译小说、政治小说、写实主义文学、人情世态文学、拟古典文学等文学思潮风起云涌，一些著名的领军人物也叱咤风云，他们有的还通过创办杂志、结社，使文学创作不再是作家在书斋的个体性行为，而成为了社会性的事业。这时日本的近代文坛逐渐形成，并产生了坪内逍遥、森鸥外、尾崎红叶、幸田露伴四个中心人物，他们并称为"红露逍鸥"。他们不仅自己创作，还指导提携年轻人，构筑了良好的文学平台，推动了日本近代文学发展走向更高的境界。

第四节　日本浪漫主义文学

浪漫主义的起源可以追溯至法国的卢梭，在启蒙运动中，卢梭主张的打破封建制的束缚，推崇个性自由、平等博爱的口号成为浪漫主义文艺的思想基础。浪漫主义文学的特征主要有：第一，肯定自我，注重个人感情的抒发；第二，主张创作的绝对自由，多用夸张奇特的表现手法；第三，崇尚自然、本源性东西，认为人间的真善美存

---

① ［日］柄谷行人：《日本近代文学的起源》，52～53 页，东京，讲谈社，1980。

在于原初的自然中；第四，对遥远的、无限的世界充满着憧憬，追求精神上的绝对永恒；第五，有些消极的浪漫主义充满着倦怠苦闷情绪，有逃避现实的倾向。随着日本启蒙运动的展开，浪漫主义思潮在日本迅速传播，并在各种艺术门类中显示出旺盛的生命力。

日本浪漫主义文学运动的开始的标志之一是《文学界》的创刊。岩本善治是《女学杂志》的主编，同时也担任基督教学校明治女学校校长，1893年，他整合原《女学杂志》的撰稿人——星野天知、平田秃木、岛崎藤村、北村透谷等创刊了《文学界》，这是浪漫主义文学的主要阵地。不久，户川残花、马场孤蝶、上田敏等也相继加入，后来幸田露伴、田山花袋、樋口一叶、田边花圃等也成为主要撰稿人。《文学界》的活动主要分为三个时期，第一期（1~20号）以北村透谷的文艺评论为主；第二期（21~40号）以樋口一叶的小说创作为代表；第三期（41~58号）以岛崎藤村的诗歌创作为主。

北村透谷（1868—1894）早年曾参加自由民权运动，立志要成为政治家，后遭到挫折离开运动，1888年在数寄屋桥教会受洗，全身心投入文学。他深受拜伦和艾默生的影响，于1889年、1891年分别出版了长诗《楚囚之诗》、剧诗《蓬莱曲》。1892年他发表了《厌世诗家与女性》，鼓吹恋爱至上主义，他说："恋爱是人生的秘密钥匙。有恋爱而后有人生。若抽去恋爱则人生有何色味？"他认为现实社会充满了虚伪和邪恶，只有通过恋爱才能找到纯粹的真实。针对砚友社文学的过度娱乐化和民友社文学的功利主义，他于1893年撰写了《何谓干涉人生？》一文加以批判，指出文学家应该成为人类灵魂的建筑师。北村透谷的思想深受基督教影响，具有"平民思想"和反战和平思想，在《内部生命论》（1893）中他提出："明治的思想必须经过一场大革命，应该打破贵族的思想，创兴平民的思想。"这些对人性解放的呼吁在社会上引起很大震动，直接间接影响了当时和后世的文学家。但由于明治社会中封建的势力仍然很强大，使北村透谷感到孤立无援，于1894年在东京芝公园自杀。

北村透谷去世后，樋口一叶（1872—1896）成为文坛的一颗新星。她出身于东京下级官吏家庭。由于父亲早亡，她勇敢地挑起了家庭的重担。樋口一叶自幼就喜爱古典文学，15岁时进入中岛歌子的歌塾学习和歌，她听说写作可以得到稿费，就决心当专业作家，于是师从当时有名的记者兼通俗小说作家半井桃水，不久发表了《暗樱》。此后她与《文学界》同仁交往密切，深受浪漫主义的影响。1893年，樋口一叶因生活所迫，不得不中断了创作，和母亲、妹妹搬至下谷区龙泉寺町（大音寺前）开了一家杂货店，那里离妓院很近，她耳闻目睹了很多妓女的情况，这个经历给她的创作提供了素材。由于经营困难，1894年她关闭了商店，搬至本乡区丸山福山町，其后发表了《大年夜》（1894）、《青梅竹马》（1895）、《十三夜》（1895）等杰作，进入了创作旺盛期。其中《青梅竹马》是樋口一叶的代表作，作品描写在花街柳巷吉原的少男少女们在青春期到来的时期朦胧的爱恋，其中在妓院长大的美登利是这一年龄段的孩子王，她与寺院主持的儿子信如在同一个学校上学，美登利对信如怀有好感，但是出于误会，美登利没有对他表白，小说最后写美登利的初潮来临，而信如却要去佛教学校，预示着两人不同的人生道路。《浊流》是樋口一叶的另一部代表作，它描写私娼生活的艰难和内心的困苦，揭示出底层女性的悲惨命运，控诉了社会制度的不合理性。樋口一叶文笔优美，继承了《源氏物语》《蜻蛉日记》等平安时代女作家的清新笔调，又吸收了江户时代的井原西鹤以及明治初前拟古典主义作家的文体。不幸的是，在创作迈向高峰的时候，她因肺病不治离开了人世，年仅 25 岁。在她短暂的一生中，留下了 22 部小说，她的日记也具有很高的文学价值。

樋口一叶去世后，《文学界》进入了岛崎藤村（1872—1943）的时代。岛崎藤村出生于旧藩士家庭，幼年接受儒家思想和汉学的影响，16 岁进入明治学院，广泛阅读莎士比亚、拜伦、华兹华斯、但丁等西方作家的作品。他还受洗入信基督教，受到北村透谷的影响，充满着对理想的憧憬和个性张扬的热情，他在《嫩菜集》的序中宣告了近代抒情诗的诞生："新的诗歌的时代终于到来了。正如美丽的曙光。"他的抒情诗代表了追求理想、追求自由的明治青年们的心声，他在《醉歌》中吟诵道："心中的春光，照耀年轻生命的躯体。"他的诗歌采用日本和歌"7·5 调"的形式，赋予新的内容，用通俗清畅、流丽委婉的语言，表达出近代人的感情，开创出近代新体诗的形式和内容完美结合的典范。继《嫩菜集》之后，岛崎藤村又发表了诗集《一叶舟》（1898）、《夏草》（1898）、《落梅集》（1901）等，继续摸索创造新的诗风，其中有不少是恋爱情感诗。随着年龄的增长和生活的压力，他的诗逐渐注重现实性，浪漫抒情性有所减弱。

在岛崎藤村的影响下，日本的诗、和歌、俳句等诗歌样式都进行了改良革新的运动，涌现出与谢野铁干、国木田独步、田山花袋、土井晚翠、与谢野晶子、正冈子规等一大批诗人、歌人、俳人。

与谢野铁干在 1899 年创立了新诗社，致力于对日本的短歌进行改革，创刊了同人杂志《明星》，把浪漫主义诗歌推向了全盛期。特别是与谢野铁干的夫人与谢野晶子的短歌集《乱发》，热情地讴歌了青春，大胆地歌颂了本能肉欲的解放，尖锐地批判了旧道德的虚伪。例如其中一首：

> 柔嫩的肌肤下沸腾的热血
> 不摸也不看
> 岂不寂寞
> 讲道的你

这些诗歌率真的表白，在日本第一次公开宣告对人性本能的肯定，大胆赞美恋爱，对青春寄予美好的憧憬。与谢野晶子的诗歌感情奔放、语言华丽、调子清新，充满梦幻般的幻想，洋溢着对艺术和美的礼赞。与谢野晶子其后又发表了《小扇》《毒草》《恋衣》《舞姬》等诗集，在这些诗歌中，热情有所消退，逐渐进入憧憬和幻想的世界，诗歌技巧更加成熟，善于吸取古今东西诗歌的精华，创造出一种绚丽的诗风。

泉镜花（1873—1939）是明治浪漫主义文学后期的代表作家，他曾入尾崎红叶门下，担任抄稿和文书整理工作，深受尾崎红叶器重。泉镜花的创作风格与砚友社的写实主义不同，带有一定的浪漫性。而且泉镜花的浪漫主义文学与其他明治浪漫主义作家不同，他的浪漫主义文学植根于日本民俗和传统文化，有着独特的魅力。泉镜花的文学渊源自日本的能、江户时代的通俗文学以及民间的妖怪传说和上田秋成。他出身日本传统手工艺者家庭，幼年丧母，有强烈的恋母情结，其作品具有对年长女性的依恋、怪异的幻想世界、传统艺术的世界、富有正义感、对强者对权力的反叛精神、同情底层人民等特点。

　　泉镜花成名是从他的观念小说开始的，所谓观念小说就是针对作者的观念，或对人生和社会的问题给予一种解答而设置特定的场面和情节的小说。这种小说是砚友社为了超越自身的写实主义文学而进行的尝试，小说的重点在于观念和理想，所以具有一定的浪漫性。《夜行巡查》《外科手术室》是泉镜花的观念小说的代表作。《夜行巡查》（1895）讲述一位循规蹈矩的巡警为了救人而溺水身亡。《外科手术室》（1895）讲述有夫之妇和医生因不能在现世实现爱情而殉情，批判了封建道德，肯定了至纯的爱情。这部作品表现了泉镜花浪漫主义的萌芽，表现为对至纯至真的憧憬、反对世俗思想，通过观念和幻想的世界来逃避现实世界。《高野圣僧》（1900）是泉镜花的小说代表作，小说叙述一位年轻的僧人行脚至飞弹山中，偶遇一对美女与愚夫，其实那女子具有魔力，一直迷惑引诱旅途中的男人，经不住诱惑的男子就会被她变成动物，僧人依靠佛力抵住了诱惑得以安全下山，事后知道了真相。作品从人性的根源对现实进行了批判，其怪幻神秘的色彩形成了泉镜花独特的浪漫主义风格。

　　日本的浪漫主义是在启蒙运动、写实主义文学思潮兴盛之后形成的近代文学的一次高潮，它的出现正值世纪之交，是日本资本主义高速发展、国家实力明显增强的时期，新兴的资产阶级逐渐形成，平民的力量也在增长，自由民权运动风起云涌，浪漫主义正是这些社会状况的反映。从以上论述来看，日本的浪漫主义以北村透谷的评论发端，继之以樋口一叶的小说，全盛期是岛崎藤村等人的浪漫主义抒情诗，后期是泉镜花的小说。进入 20 世纪以后，随着日本发展到帝国主义阶段，对国民的控制日益加强，加之年轻的浪漫主义文学青年们步入中年，浪漫主义文学家有很多逐渐转向了自然主义。

第五节　印度与斯里兰卡的代表性作家

一、印度的代表性作家

　　印度次大陆具有悠久的历史和灿烂的文化，但是 18 世纪以来逐渐沦为英国殖民地，为了巩固其统治，英国殖民者推行英语和西方文化教育，摧残印度传统文化和精神文明，从语言和精神上同化印度人民，以达到控制整个社会的目的。这种统治虽然遭到印度人民的反抗，但由于长期的殖民统治和殖民教育，很多作家在创作中有意识无意识地、自愿不自愿地受到西方文化的强烈影响。很多作家既有本土传统文化的熏陶，也接受了较高的西方文化教育，他们能用多种语言进行创作和思考。印度现代文学最伟大的诗人、小说家、亚洲第一位诺贝尔文学奖获得者罗宾德拉纳特·泰戈尔创作的诗歌主要是孟加拉语作品，他也用英语写作散文、评论，著名诗歌集《吉檀迦利》（意为"饥饿的石头"）最初是用孟加拉语写的，他自己把它翻译为英语出版，引起西方文学界的轰动，1913 年他获得了诺贝尔文学奖，他的诗歌对世界文学产生了重大的影响。印度的另一种文学是印地语文学，著名的作家有普列姆昌德（1880—1936），他创作的众多作品真实地反映了印度在英国殖民统治下社会和人们生活的变化。除了印地语文学外，还有乌尔都语文学，还有一些作家用英语创作，如拉吉·安纳德长期旅居英国，虽然远离祖国，但他常为印度杂志撰稿，从外部观察印度，对有些问题的认识比在国内的人士更加深刻。斯里兰卡是印度半岛东南边上的岛国，16 世纪就受到西方殖民者的统治，进入近代以后其主要民族僧伽罗人也用民族的语言创作了优秀的文学。南亚复杂众多的语言形成了各具特色的文学，共同构成了南亚的文学宝库。

二、19 世纪后期：走向世界的印度文学

这里我们要特别讨论的是 19 世纪后半期的印度文学。到了 19 世纪后半期，印度已经完全被英国殖民者所占领，正式列入大英帝国的殖民版图，资本主义经济产生并且得到初步发展，资产阶级和无产阶级逐渐形成，一批近代知识分子也迅速成长起来。这一切为民族的觉醒准备了条件，同时也奠定了近代文学的社会基础。19 世纪末和 20 世纪初，印度民族日益觉醒，与宗主国的矛盾日趋尖锐，在 1905 年至 1908 年间形成了民族独立运动的高潮。在这种社会背景下，印度现代文学也取得了长足的进步，这一时期，泰戈尔等人的创作获得了世界声誉，代表着印度当代文学走向世界的步伐加快。

首先是在殖民冲击下发展起来的印英文学。印度学者 K. R. 希利尼瓦萨·艾衍加尔在定义"印英文学"时就说过，"英国对印度的影响之一是产生了一批给人印象深刻的英语作品"，"这确实是一种'双面'文学"①，因为它不仅包括在印度的英国人以印度为题材创作的文本，还包括印度人用英语创作的文学。前者主要是作家根据见闻与主观臆想进行的创作，因为其执迷于特殊的种族优越感，所以基本上不曾反映出两种文化观念的融合与碰撞。而后者源自于印度青年所受到的文学的冲击，这首先从语言的学习开始，以欧洲文学作品（如英国小说）为模仿对象进行尝试。印度人以英语创作印英文学的先驱是拉默莫亨·拉耶，他首先以散文的形式写作了诸如《耶稣箴言》等作品，延续了以往文学发展中依靠宗教宣传册和短论的手段来进行文本改革。之后，阿露·德特、朵露·德特的诗歌创作，拉梅什·钱德拉·德特的文本翻译——包括《罗摩衍那》和《摩诃婆罗多》的英译本，为泰戈尔和奥罗宾多等人的"印英"文学创作奠定了文学基础。

其次，乌尔都语、泰米尔语和印地语新文学都在各个领域取得各自的成就。这些

---

① ［印］K. R. 希利尼瓦萨·艾衍加尔：《印度英语文学》，见印度文学院主编：《印度现代文学》，黄宝生、周至宽等译，40～41 页，北京，外国文学出版社，1981。

作品大多展现社会现状及人生风貌，如迦利布（1796—1869）的乌尔都语书信集《印度的芬芳》收录了 1850—1866 年之间的信札，这些书信展现了作家简洁精练的语言功力，而又富于诗情画意，被认为是乌尔都语现代散文的开端。苏比拉马尼亚·巴拉蒂（1882—1921）用泰米尔语创作的《巴姆扎利的誓言》被称作小史诗，抒情诗《印度河山》《自由之歌》抒发了浓厚爱国主义情怀，体现了鲜明的时代精神。印地语新文学的代表是帕勒登杜（1850—1885），帕勒登杜原名赫利谢金德尔，因为他在诗歌、散文和戏剧领域都有创造性贡献，所以人们称他为"帕勒登杜"，即"印度之月"。六幕剧《印度惨状》（1876）是他的代表作，剧本讲述了印度的光荣历史，又摹写了印度的衰落现状，通过盛衰的对比，唤起民众对振兴民族的激情。他还创作有剧本《按〈吠陀〉杀生不算杀生》（1873）、《信守不渝的国王》（1875）等，以及一系列批判社会现状的散文，都是从印度社会的真实情况出发，通过真实地刻画民族危机和社会劣行，激发人们改造社会拯救民族的热情。

然而，在印度近代文学中占主要地位的还是孟加拉文学。作为英国资本主义势力最先侵入的地区，近代资本主义经济最早在该地区兴起，随着民族主义意识的觉醒，孟加拉文学逐渐兴盛起来。这一时期的代表诗人有迈克尔·默图苏登·德特（1824—1873）和比哈里拉尔·恰格尔沃尔迪（1835—1874）。默图苏登·德特是最早创作十四行诗的孟加拉诗人，也是"青年孟加拉派"的代表，他根据史诗《摩诃婆罗多》创作了诗集《蒂罗德玛仙女》，根据古代经典《罗摩衍那》写出长篇叙事诗《因陀罗者的伏诛》，将传统的宗教题材予以新的演绎模式，展现出肯定人类自由的近代思想。[①]比哈里拉尔·恰格尔沃尔迪最重要的作品是的《本质说》，他的抒情诗歌感情深重，抒情上质朴动人，被称作孟加拉文学抒情诗的先导。拉姆纳拉扬·德尔格尔登（1822—1886）是近代孟加拉语戏剧的开拓者，他的第一部作品《贵族的荣誉高于一切》（1854）诙谐的讽刺了封建社会之黑暗，批判了封建贵族制度的僵化与丑陋；另一部剧作《刚沙之死》则取材于印度神话故事，改编后用以讽刺世。这个时期另一位重要剧作家是迪纳本图·米特拉（1829—1874），他的第一部作品《蓝靛园之镜》（1860）围绕英国企业蓝靛园主对印度工人的残酷剥削展开，深刻地揭露了殖民者与当地人民的矛盾，演出时引起了巨大的社会反响。在小说创作上，般吉姆是近代印度小说的先驱者之一，也是孟加拉语文学创作的开拓者。随着 19 世纪末以来民族意识的觉醒和民族运动的高涨，以泰戈尔为首的一批文学创作，代表着孟加拉文学进入了蓬勃发展的历史新阶段。

三、般吉姆·钱德拉·查特吉

般吉姆·钱德拉·查特吉（又译作般吉姆·钱德拉·查托帕代，1838—1894）是孟加拉文学近代先驱者之一，擅长历史小说和社会小说创作。自般吉姆开始，小说才

---

① 参见黎跃进：《复兴与借鉴：印度近代启蒙文学》，39～40 页，载《宁波大学学报（人文科学版）》，1997（4）。

逐渐成为孟加拉语的主要文学体裁,他也由此被视为现代印度长篇小说之父。① 般吉姆出身于一个税务官家庭,精通梵语、英语和波斯语等多种语言。虽然他的创作多是在担任政府工作之余进行,然而他的文学成就仍然十分显著,文学艺术水平也很高,印度文学泰斗泰戈尔,曾称赞般吉姆的散文如他活泼欢乐的说话技巧一般,在那个时代少有人能及。般吉姆不仅自身进行创作,还积极地兴办孟加拉语杂志《孟加拉之镜》,培养年轻一代的作家,鼓励孟加拉语作品的发表,使孟加拉文学"一下子从儿童时代跃入了青年时代"(泰戈尔语)。

般吉姆的文学活动开始于学生时代的诗歌创作,但成就最大的还是他的一系列历史小说和社会小说。他于 1864 年发表的第一篇小说《拉吉莫汉之妻》以英文撰写,是印度近代文学史上的第一部长篇小说。次年,般吉姆又出版了孟加拉语长篇小说《要塞统帅的女儿》,这是第一部以孟加拉语创作的长篇小说,般吉姆在历史事实的基础上加以艺术虚构,使故事的情节紧张生动而又富有民族认同感,在读者中获得了很大的反响。随后般吉姆又相继发表了《茉莉纳莉妮》(1869)、《阿难陀寺院》(1882)等民族传说为题材的历史小说,集中反映 17—18 世纪印度人民反抗外族入侵的英勇斗争,而又以《阿难陀寺院》的艺术影响力最为深远。

长篇小说《阿难陀寺院》以 18 世纪 60 年代孟加拉地区发生的史实为依据,以英国人掌控下的东印度公司为背景,围绕该公司的税银问题展开叙事。虽然小说写的是抢夺税银的出家人与保护税银的穆斯林的冲突,但这些穆斯林是直接受英国人雇佣,所以这种矛盾也是民族历史问题的延展。般吉姆突出地描写了出家人和穆斯林官员冲突,弱化了对英国殖民者作为事件始作俑者应尽的责任,这就是小说在揭露民族矛盾时,矛头不明确,弱化了对外来殖民侵略的批判。小说刻画的出家人形象代表了一批为民族命运英勇献身的爱国志士,文中洋溢的爱国热情和奋斗的精神鼓舞了读者,也启发了后来的反殖民创作,具有很高的社会价值和文学价值。

另一方面,以长篇小说《毒树》(1873)为代表的社会小说则体现了般吉姆对社会问题的关心,在关注民族命运的同时,般吉姆把关注的目光聚焦于童婚制度和妇女的封建婚姻上。小说女主人公琨德南迪妮在少年时被富翁那坎德罗收养,嫁给了那坎德罗的内弟达拉·吉尔纳,但结婚三年后就因丈夫去世而守寡。那坎德罗与美丽的琨德南迪妮互相倾慕,那坎德罗抛弃了相貌平凡的前妻。当两人经历一番波折再婚后,那坎德罗又觉愧对前妻,下决心恢复原有婚姻。在这种两难的境地之下,琨德南迪妮选择服毒自尽,结束这多舛的一生。小说既展现了童婚制度导致年轻女性守活寡的弊端,又对寡妇再嫁持矛盾态度。一方面,借男主人公展现出对妇女再嫁的宽容,实质上展现了男性的利己与自私,对婚姻的视同儿戏;另一方面,又从客观上将寡妇视作破坏正常男女婚姻的"毒树",琨德南迪妮不仅没有最终得到自己想要的幸福,连一直爱慕着她的代宾德罗最后也重病缠身。作者既反对封建

---

① 参见[澳大利亚]A. L. 巴沙姆主编:《印度文化史》,闵光沛、陶笑红等译,涂厚善校,605 页,北京,商务印书馆,1997。

婚姻，但态度上又模棱两可，仍旧对妇女的婚姻束缚持保守意见。因为与现实生活联系紧密，《毒树》几乎成为当时孟加拉人家家必备的作品。除了这部作品，般吉姆还创作有其他的关注社会问题的小说，如长篇小说《拉吉妮》（1877）、《克里希那甘特的遗嘱》（1878），短篇小说《英迪拉》（1873）、《一对戒指》（1874）等，都是关注人物心理或男女婚姻等现实题材进行的创作，在细腻的叙事中展现小说家对真实生活的思考。

1894年4月8日，般吉姆病逝，享年56岁。他利用全部的业余时间创作的十多篇长篇小说和短篇小说，开创了印度近代文学的小说书写时代。他的一生经历了由诗歌转向小说的创作文类之变，以及由英语创作转向孟加拉语创作的书写语言之变。而在小说方面，正如有评论者指出的，般吉姆的历史小说充满浪漫主义的色彩，擅长描绘传奇式的人物故事，这也奠定了他近代孟加拉文学浪漫主义先驱的地位。① 而在社会小说方面，尽管般吉姆的态度充满矛盾，在反封建反殖民的问题上表现得不够彻底，但是他通过小说这种文类来积极探讨社会历史问题的功绩是不能忽略的，因此，般吉姆的小说对后来的文学创作的影响深远是毋庸置疑的。

四、普列姆昌德

普列姆昌德是印度印地语文学的奠基人，在他30多年的创作生涯中，创作了15部中长篇小说（其中有2部未完成），300多篇短篇小说和一些剧本、电影剧本、散文、儿童文学等。这些作品大多以印度底层人民尤其是农民为主人公，反映了20世纪上半叶印度社会现实生活的实际情况，表现了印度传统农业文明和西方近代工业文明的冲突、对殖民统治的反抗、对印度传统文化的眷恋、对西方文明的排斥和否定。作品中饱含对祖国的热爱，对印度人的性格进行了深刻的剖析，对落后的方面进行了批判。普列姆昌德的代表作主要有《仁爱道院》（又译《博爱新村》）（1922）、《舞台》（1925）、《戈丹》（1936）等。

《仁爱道院》是普列姆昌德的早期代表作，描写了殖民体制下印度农民和地主阶级的尖锐冲突，反映了作者对于印度农村问题的理想化解决方法。小说成功塑造了新一代地主阶级典型人物葛衍纳和正面人物普列姆的形象。葛衍纳是在西方殖民教育下成长起来的新一代地主，他抛弃了父辈们传统的生活观念、生产方式和社会理想，在西方思想影响下，他贪婪自私，唯利是图，冷酷无情，这首先引起了地主阶级内部的分化，他和他的哥哥、伯父、岳父等产生了种种冲突，还与村民发生了矛盾，导致农民默努赫愤而杀死葛衍纳的管家，全体男村民遭到关押。为了维护村庄的秩序，葛衍纳的哥哥普列姆站在农民一边，鸣冤上诉，最后普列姆胜利了。作者通过塑造普列姆这一好人，希望出现一个没有剥削和压迫，人人幸福的"仁爱道院"，这显然是不切实际的。普列姆昌德写这部作品恰逢甘地计划用改良主义解决农村问题，所以这部作品反映了甘地的改良主义。

---

① 参见季羡林主编：《东方文学史》，中卷，979页，长春，吉林教育出版社，1995。

《舞台》是普列姆昌德所有长篇小说中篇幅最长的一部，洋洋洒洒 50 多万字，描写了 20 世纪 20 年代贝拿勒斯近郊的邦德浦尔村，双目失明的乞丐苏尔达斯为保卫自己祖先传下的土地而进行的斗争。该作品构思宏大，内容丰富，包括印度各个社会阶层的生活，涉及社会生活的方方面面，宛若一面大镜子，映照出印度社会的全景。作者在开头就对作品定了基调：

> 城市是有钱人生活和商人做生意的地方，市郊是他们寻欢作乐、挥霍享受的去处。市中心是他们主要的学校和他们在公正的幌子下为欺压穷人而进行诉讼的地方。①

普列姆昌德对以城市为标志的西方现代文明基本持否定的观点，而主人公苏尔达斯是传统农业文明的代表和化身，他虽然拥有几十亩田地却不耕种，无偿让村民放牧，他自己以乞讨为生，安贫乐道，一心追求心灵的纯洁和精神的高尚。他和支持者阻止征地和拆迁，捍卫印度人传统的家园。他们的斗争方式是宽恕和非暴力，这里明显有甘地的影子。虽然最终他们的斗争失败了，土地被征用，村子被拆毁，工厂建成了，苏尔达斯被开枪打伤，最后去世了。但他的死成为民族精神的升华，震撼了印度人民的灵魂。

《戈丹》是普列姆昌德最后一部长篇小说，这部作品被评论界誉为普列姆昌德 30 多年创作的结晶，全面反映了 20 世纪 30 年代印度农村的社会面貌。这部小说对印度社会的认识有了进一步提高，原来过度美化印度传统农业文明的观念几乎没有了，而对印度传统社会保守、愚昧、落后的现状进行了批判，对西方近现代工业文明也部分接受了。在小说中，勤劳善良、老实巴交的农民何利委曲求全，逆来顺受，面对社会的重重压迫依然苦苦支撑。他的唯一的愿望就是得到一头奶牛。他从邻村赊买了一头母牛，却被弟弟希拉毒死了，从这件事上可以看出传统家庭观念的崩溃。警察来查案却借机敲诈，何利向高利贷者借钱贿赂警察才算了事。第二次他想用卖甘蔗的钱买牛，又被高利贷者和糖厂的资本家克扣，使买牛计划告吹。最后何利因收留寡妇裘妮娅，被村里罚款并没收了一年的收成，房屋也被扣押，女儿被迫被变相卖给一个老头做妻子。最后，他不得不出卖劳力，终于在采石场倒下了。按印度教的习惯，要给他举行"戈丹"仪式，他最后准备的买牛的钱最终被祭司搜刮殆尽。何利是典型的印度贫困农民，他们在外来的英国殖民者、本国的封建反动势力以及新兴资产阶级的残酷统治下不断沦落破产，同时，地主、高利贷者、资本家、祭司等通过剥削压迫下层人民过着荒淫无耻的生活。在这部小说中，作者除了描写了印度农村的情况，还对殖民统治下的城市生活进行了描写。新兴的地主官僚莱易老爷曾经参加过印度自治运动，但后来被英国殖民者收买当了内政部长，他用假仁假义欺骗农民，干出一些伤天害理的事情；银行家、糖厂董事长康纳唯利是图，贪婪地追求财富。这些反映了印度资产阶级的本质和资产阶级民主自由的虚伪性。作品通过在结构和情节上巧妙运用两个画

---

① [印] 普列姆昌德：《舞台》，庄重译，1 页，广州，广东人民出版社，1980。

面、两组人物、两条情节进行鲜明的对比，成功地表现了印度农民的悲惨境遇，分析了造成悲剧的原因，对具有封建主义和资本主义双重性质的"上层人物"进行了有力的鞭挞。

普列姆昌德的作品用一个字来形容就是"土"。他本人熟悉农村的生活，题材多为印度农民和农村，而拉吉·安纳德则是相当洋气的作家，他长年侨居英国，用英文来创作小说。虽然如此，拉吉·安纳德并没有忘记自己是一个印度人，他的根仍在印度，他关注的问题也是印度，不过，他在国外，从遥远的地方来审视自己的祖国，对祖国的传统文化和习俗的批判反而更加深刻。他的代表作《不可接触的贱民》（1930）第一次把印度的贱民阶层作为小说的主人公，通过描写贱民巴克哈普通的一天，反映出贱民所受到的社会歧视、压迫和非人待遇，揭示了印度底层人民深受传统宗教影响，造成了逆来顺受、懦弱麻木的性格。同时，他对近代西方社会和文化的认知也超出一般印度人，虽然他对外国殖民者在印度的恶行是非常痛恨的，但他清醒地认识到印度文化的缺陷和不足，认为只有学习西方文化的精华才能改变印度的现状。他在1939—1942 年发表了长篇小说《拉卢三部曲》（包括《村庄》《黑水洋彼岸》《镰刀与剑》），主人公拉卢是旁遮普邦的青年农民，他在英国人办的学校中学习，形成了新一代农民的思想观念，他痛感印度的落后，认识到要改变家乡贫穷的面貌必须要引进机器、新的生产工具等。后来拉卢当兵被派往法国，明白了帝国主义战争的本质，回国后积极参加农民解放运动。安纳德通过独特的视角和开放的观念对印度传统文化进行了深刻的批判，客观地肯定了西方近代文明，表达了要改变印度现状的决心。他在作品中也有意识地采用了西方文学的表现手法，推动了印度现实主义文学的发展。

五、斯里兰卡的代表性作家

斯里兰卡被誉为"印度半岛的眼泪"，这个美丽的岛国历史悠久，风光旖旎，文化发达，佛教兴盛，在历史上被称为"狮子之国"。但是 16 世纪以来，斯里兰卡相继受到葡萄牙、荷兰和英国 3 个国家的殖民统治，时间长达 400 多年。斯里兰卡的主要民族是僧伽罗族和泰米尔族，两个民族长期以来一直有很多冲突和矛盾，有各自的语言和文化。在西方文化的影响下，受到良好教育、渴望民族自立、捍卫民族文化的文学家大量涌现，分别创造出很多优秀的现代僧伽罗文学和泰米尔文学。

现代僧伽罗文学最有代表性的作家是马丁·魏克拉玛辛诃（1891—1976），他出生在斯里兰卡南部的马拉拉格姆村，在本地学习三年后进入英文学校学习。由于他天资聪明，勤奋好学，经常给报刊撰写文章，不久被报社聘任为副编辑，后接任《钻石报》主编，20 世纪 50 年代曾担任锡兰作家协会主席。在近代以前，斯里兰卡文学的主要内容是表现佛教事迹和教义，到了近代，西方文学的观念和技巧给斯里兰卡作家以极大的启示。马丁一共创作了 40 多部小说，这些作品成为斯里兰卡现代小说的典范。

1914 年他发表了第一部长篇小说《丽拉》，小说对当时社会上存在的封建迷信和落后愚昧的风俗习惯进行了无情的批判。这部小说使用了口语对话，这在僧伽罗文学中是第一次，这种语言的使用使文学表现更加生动活泼、接近生活，给人更多的真实感，开创了现实主义文学的先河。

马丁后来又发表了《索玛》（1920）、《阿依朗基妮》（1923）、《希达》（1923）、《海市蜃楼》（1925）等多部长篇小说。其中《海市蜃楼》（1925）是最著名的一部，小说描写贵族家庭出身的小姐莫丽受到父母影响，崇拜西方生活方式，结果遭到她的英语教师的奸污，后来婚姻上一再受到挫折导致精神失常而服毒自杀。作者通过这个故事愤怒地控诉了西方文明给斯里兰卡人民带来的灾难，同时抨击了一些斯里兰卡人盲目崇拜西方，不懂自己国家的优秀传统的现象，其实他们对西方也一窍不通，最后只能自食其果。马丁把西方文明形容为狮身人面怪兽斯芬克斯，他指出：

> 她虽然貌似女神，美丽绝伦，聪明过人，却没有良心，冷酷无情。在伊底巴斯尚未出现之前，世人无人能够揭穿她的谜底，因此人们将会不断陷入她的圈套，无法逃脱被害的厄运。

从 20 世纪 40 年代起，马丁的创作进入一个新的高峰，他发表了一系列农村题材的长篇小说，如《我们的乡村》（1939）、《乡村的变迁》（1944）、《一个时代的终结》（1949）、《堕落的时代》《禁欲》（1956），这些小说都是僧伽罗文学史上里程碑式的作品，全方位地反映了第二次世界大战前后斯里兰卡从传统的农业社会向现代社会的巨变，堪称是斯里兰卡当代的史诗。

除了大部头的长篇小说以外，马丁还写了很多短篇小说，1924—1951 年期间，他出版了《一个女人》（1924）、《婚礼及其他模范道德故事》（1927）、《乘人之危》（1937）、《月亮见证》（1946）、《我的故事》（1947）、《恶魔与鬼脸》（1949）、《奴隶》（1951）共七部短篇小说集。这些短篇小说题材广泛，创作上受到契诃夫和莫泊桑的影响，突破了原来僧伽罗文学的题材集中于佛教或上层人物的窠臼，把流浪汉、地痞流氓、土财主、农民、痴和尚等社会底层的小人物写入小说中，为他们提供了话语权。作品人物刻画栩栩如生，这些人物都是斯里兰卡社会中典型的人物，备受读者喜爱。马丁的小说被译成多国文字，在世界文学史上也占有一席之地。

第十七章　阿拉伯文学

第一节　19世纪阿拉伯文学概述

一、走向世界的阿拉伯文学

阿拉伯文学是世界文学的重要组成部分。它以阿拉伯文字为载体，形象地反映了不同时期的阿拉伯的民族与宗教精神，表现出阿拉伯社会、政治、文化、生活的各个方面。伴随着历史的变迁，阿拉伯文学也经历了不同阶段的发展，这种发展是阿拉伯文化在与其他国家、民族文化的交流碰撞中完成的。

中古时期的阿拉伯文学曾经绚丽夺目，特别是抒情诗与古代小说都有世界性影响。但自从1258年蒙古人统治开始，直到18世纪末奥斯曼人统治结束（1798年法国侵入埃及），这段时期的阿拉伯文学一直处于"衰沉"的阶段。从19世纪初开始，阿拉伯近现代文学则被认为进入了一个新的复兴阶段，阿拉伯文学也由此进入了世界化的新阶段。[①]

阿拉伯语言产生于阿拉伯半岛，较为确切地说就是红海、印度洋、波斯湾及亚喀巴湾向东到幼发拉底河之间这一广大区域。而我们这里所谈到的近现代阿拉伯文学，其包含的范围已经不仅仅是阿拉伯半岛地区，而是指当代的阿拉伯国家。这些国家及地区一般以阿拉伯民族为主，以统一的阿拉伯语为主要的语言，具有基本相似的文化和风俗习惯，居民大多信奉伊斯兰教。当代的阿拉伯国家主要分布在西亚、北非地区，包括黎巴嫩、叙利亚、伊拉克、科威特、约旦、也门、沙特阿拉伯、巴基斯坦、阿拉伯联合酋长国、巴林、阿曼、卡塔尔等西亚国家，埃及、苏丹、突尼斯、摩洛哥、利比亚、阿尔及利亚等北非国家，还有非洲西部的毛里塔尼亚、非洲东部的索马里等22个国家及地区。[②]

16世纪初，这些阿拉伯国家已处于土耳其奥斯曼帝国（1290—1922）的统治之下。从17—18世纪开始，这一跨越欧、亚、非的庞大帝国却由强盛逐渐走向衰落。而此时，经过了18世纪工业革命的欧洲国家却已逐步强盛起来，凭借着强大的经济

---

① ［黎巴嫩］汉纳·法胡里：《阿拉伯文学史》，郅溥浩译，17~18页，银川，宁夏人民出版社，2008。

② 仲跻昆：《阿拉伯文学通史》，下卷，561页，南京，译林出版社，2010。

实力和军事力量，法、英等西方国家开始向奥斯曼帝国所属的阿拉伯国家及地区进行殖民扩张。从 17 世纪开始，阿拉伯世界逐步沦为西方国家的殖民地与半殖民地。1798 年，法国拿破仑率军侵入埃及，阿拉伯人民奋起反抗，从而揭开了阿拉伯近现代史的序幕。

翻开阿拉伯世界的近现代历史，我们看到的是西方殖民者对阿拉伯世界的入侵和阿拉伯世界各国人民为争取民族独立解放而斗争的历史。外国势力的入侵使阿拉伯各国的民族斗争此起彼伏，包括阿尔及利亚的反法斗争（1830—1847），埃及的反英斗争（1881—1882），苏丹的马赫迪起义（1881—1885），伊拉克反对英国军事占领和殖民统治的全国大起义（1920），叙利亚反对法国殖民主义的大起义（1925—1927）等，此类起义在阿拉伯各国独立前从未间断过。

西方入侵者采用文化渗透、军事侵略、经济掠夺、政治统治等手段对阿拉伯世界各国进行殖民统治，这恰恰激发了阿拉伯世界各国人民的民族精神。在反对殖民统治的斗争中，曾经衰落的阿拉伯文学获得了新的发展。在西方文化影响和民族意识觉醒的双重进程中，阿拉伯文学以一种传统革新的姿态走向世界。

整个 19 世纪的阿拉伯文学可以说是阿拉伯近现代复兴文学的起始阶段，近现代阿拉伯文学的复兴运动真正开始于 19 世纪下半叶，19 世纪上半叶则是处于文学复兴运动的积淀阶段。

西方的入侵给阿拉伯世界带来了压迫、战争等很多负面的因素，但客观上来讲，也进一步加深了东西方的交流。东西方交流所产生的火光照亮了阿拉伯世界通向思想、文化、文学等多方面的更为进步的智慧之路。面对西方在科技、军事、经济、艺术等多领域的先进思想，阿拉伯一些有胆识的政治家、思想家意识到改革、复兴的重要性，并加以实践。

促使阿拉伯近现代文化发展、文学复兴的原因有很多，比较重要的因素有以下几个：

第一，本土的宗教与文学意识的觉醒和高涨。阿拉伯人所生存的自然环境赋予了阿拉伯民族充满活力的血液和向往自由的独立精神。异族的统治、殖民的压迫促使阿拉伯世界民族意识的觉醒，一批思想家、文学家等有识之士开始重新重视阿拉伯的古典文学，他们在继承、弘扬阿拉伯古典文学的同时，也通过文学作品来激励阿拉伯人民的民族精神和爱国之心。比如黎巴嫩的纳绥夫·雅齐吉（1800—1871）就是一位极力想使古老的阿拉伯文学传统诗文重放光彩的作家、学者兼诗人。他曾读到 11 世纪阿拉伯散文家哈里利的玛卡梅故事，受其启发写下了自己的玛卡梅故事集子《两海集》（*Majma al-Bahrain*），所谓"两海"是指诗歌和散文，他的玛卡梅故事集由 60 篇故事组成。此外，埃及作家阿里·穆巴拉克（1823—1893）运用韵文写作了《伊勒木丁》等。

阿拉伯文学家们对古典文学的挖掘、研究，不仅丰富了阿拉伯古典文学的研究资料，更重要的是启发了后人在艺术上的再创造，以新的成就推进了阿拉伯文学的复兴。

第二，文学翻译和西方文学的影响。东方与西方的频繁交流为阿拉伯文学的复兴运动提供了重要的前提性保障。事实上，阿拉伯国家与西方文明和文化的接触很早便开始了。黎巴嫩就是一个在与西方的交流中表现得较为突出的国家。

黎巴嫩位于西亚南部的地中海东岸，其地理位置使它比较容易、快捷地接触西方的文化与文明，特别是 16 世纪以后，从罗马教皇、欧洲君王到传教士，都特别重视黎巴嫩。黎巴嫩与西方的交流在 19 世纪前已经相当频繁和广泛了，这种交流涉及科学、宗教、文化、哲学等多个领域，黎巴嫩也因此在阿拉伯近现代的文学复兴运动中起到重要的作用。

事实上，在 19 世纪中叶，埃及、黎巴嫩、叙利亚等阿拉伯国家都已经与西方文化有了广泛的交流与结合。西方的文学作品，包括小说、戏剧、诗歌等也陆续被翻译成了阿拉伯文。1831—1836 年，埃及文人雷法阿·塔赫塔维就曾阅读过卢梭、拉辛等人的诗作，尝试着作了一些翻译。这些译诗虽然数量不多，对当时文坛也并未产生很大的影响，但它们可以算是阿拉伯国家出现的最早的翻译诗歌。此后，诗作翻译影响较大的是旅居埃及的黎巴嫩文人苏莱曼·布斯塔尼（1856—1925），他翻译了《荷马史诗》《伊利亚特》（1904）。此外，现代戏剧作为一种新的文学形式进入了阿拉伯国家。1848 年，叙利亚人马龙·奈卡什（1817—1855）将法国作家莫里哀的戏剧《悭吝人》删改为阿拉伯文剧本上演，他被认为是最先介绍西方戏剧的阿拉伯文人。此后，赛里姆·奈卡什奥斯曼·贾拉勒（1828—1898）翻译了莫里哀的 4 个剧本，其他翻译家也译介了莎士比亚作品等一些西方剧本。大仲马、司各特的历史小说，雨果的浪漫主义小说等，都随之进入阿拉伯人的视野。到 20 世纪初，各种文学类译本、转述本、改写本、舞台剧改编本等已达一万余种。大量的西方文学翻译作品给阿拉伯文学带来了新的思想和形象，使阿拉伯人民有机会学习、借鉴西方的文学，并最终使阿拉伯文学的面貌发生了改变。

第三，现代化的传播方式与手段的出现。新闻报刊是大众传媒的重要种类之一。17 世纪是近代报纸的开创时期。在新闻业发展的初期，报纸、期刊不仅是传播先进思想和知识的主要媒介，更具有文化传承的功用。而现代印刷业的建立和进步，则是新闻报刊发展的重要前提和保障。上文所提到的文学翻译的繁荣也主要得益于报纸、期刊的出版发行。

1514 年，在意大利的法诺首次出现了阿拉伯文字母的印刷。第一本印刷的阿拉伯文书是《时辰书》。1610 年，在黎巴嫩古扎赫修道院建立了阿拉伯国家的第一个印刷所。叙利亚是最早使用阿拉伯字母印刷的阿拉伯国家。进入 18 世纪后，黎巴嫩的印刷所逐渐增多，并开始有效地工作。自 1821 年埃及统治者穆罕默德·阿里成立了布拉格国立印刷所后，阿拉伯的印刷业有了飞速的发展，埃及成为阿拉伯新闻业发展的第一个摇篮。1875 年创刊的埃及《金字塔报》，首先开始刊登文学作品。1892 年，在开罗出版的《新月》杂志开始刊登翻译作品。后来，阿拉伯国家刊物如《文摘》《文学家》等先进杂志也多了起来。1894 年，埃及的亚历山大·卡尔库尔出版了《小说选》，这是埃及出现的第一本以刊登翻译小说为主的文学杂志。

起初，这些报纸、刊物文笔拙劣，只注重音韵和修辞，为了取悦读者，获取更大的销售量，在内容选取等方面降低质量，这在一定程度上影响了读者的认知。后来，伴随时代的发展和艾迪布·伊斯哈格等人的努力，报刊业有了新的发展。从而为阿拉伯文学复兴运动的发展提供了重要的条件。

总之，19世纪下半叶的阿拉伯文学复兴运动是与文化的复兴同步进行的，它们又与阿拉伯的民族解放运动紧密地联系在了一起。在西方的影响之下，阿拉伯国家创办了新式的学校，图书馆、各种科学和文学团体也建立发展起来，在西方国家的东方学者们的共同研究、参与下，阿拉伯语言、书籍、文化等都获得了发展，这些都为阿拉伯近现代文学的复兴和发展创造了有利的条件。相应的，阿拉伯文报纸和期刊的出版，新式学校的创办，阿拉伯文学的革新，也促进了阿拉伯国家民族解放运动的发展。

这一时期，在贝鲁特和突尼斯等地出现了一批受过西方教会学校教育的阿拉伯作家和诗人。他们用手中的笔，号召阿拉伯人民冲破妨碍社会发展的各种束缚，吸取欧洲的文化成果。布特拉斯·布斯塔尼（1819—1883）编纂了第一部阿拉伯文的《知识大全》。法里斯·舍德耶格（1805—1887）、纳绥夫·雅齐吉、易卜拉欣·雅齐吉（1847—1906），还有突尼斯的穆罕默德·贝赖姆（1840—1889）等人都曾致力于创办阿拉伯文的报刊，并通过文章和著述来揭露土耳其人的残暴统治，传播西方的进步思想。另一方面，许多阿拉伯学者、文学复兴的先驱们也积极参加了阿拉伯人民的民族解放斗争，除埃及的迈哈穆德·萨米·巴鲁迪（1838—1904）外，还有埃及作家、演说家阿卜杜拉·奈迪姆（1854—1886），叙利亚作家艾迪卜·伊斯哈格（1856—1885）、哲马伦丁（1839—1898）和埃及著名政论家阿卜杜拉·拉赫曼·卡瓦基比（1849—1902）等。

文学的发展遵循着"传承—借鉴—创新"的规律，阿拉伯文学也不例外。在这场文学复兴运动中，阿拉伯文学在继承发展其传统文体的基础上，引进了戏剧、现代小说等新的文学形式。其原有的诸如诗歌、散文等文体，也在借鉴、学习西方文学的基础上有了新的发展。

二、阿拉伯诗歌的复兴

诗歌是阿拉伯传统文学的重要组成部分。阿拉伯古代诗歌不仅是阿拉伯文学的骄傲，而且影响、促进了西方诗歌的发展，它体现了阿拉伯民族文化的精髓。从近古时期到18世纪末，处于奥斯曼帝国统治下的阿拉伯诗坛逐渐衰落到了谷底。由于异族统治者将土耳其语作为官方语言，阿拉伯语言的发展也一度处于滞后的状态。因此，直到19世纪初期，精通阿拉伯语又能够以此作诗的人并不多。大多诗人食古不化，他们所创作的诗歌，大都因循守旧，在题材、内容、艺术形式上毫无新意，甚至还因袭贾希利叶时期的诗歌模式，如黎巴嫩的尼古莱·图尔克、埃及的伊斯玛尔·赫萨卜等。大部分诗人依附于权贵豪门之下，主要写一些恭贺、悼念、矜夸、咏酒等应景诗以及并无真实情感可言的友善诗，诗歌缺乏新奇的想象和鲜活的意象。

19世纪中叶，与西方文化的碰撞交流引起了阿拉伯世界的震动。印刷机的引进，印刷厂的建立，使过去的古诗集得以出版发行，其中包括乌姆鲁勒·盖斯、哲利尔、伊本·鲁米等著名诗人的作品。这使更多的年轻诗人能够学习与继承阿拉伯古代诗歌的艺术与民族精神，并有助于阿拉伯古诗传统的继承和弘扬。此外，通过多种方式，阿拉伯人更多地了解了西方文学的面貌，了解了西方文学中的诗歌。西方国家向阿拉伯国家传教、创办学校，组织专家学者研究阿拉伯文化和文学或派遣学者讲学授课；同时，阿拉伯人去西方留学或旅游，通过报刊大量翻译、介绍西方的文学作品。这使得诗歌的先驱者们在接受西方文学影响的同时，对阿拉伯民族绚丽多彩的传统文学特别是诗歌表现出极大的热忱。他们急切地希望文学能从僵滞、因袭的现状中解放出来。这些都成为阿拉伯诗歌发展的有利条件。

阿拉伯文学的先驱者们努力倡导民族、自由、平等，促进民族意识的觉醒。他们反对西方国家的侵略和土耳其帝国的专制与奴役，号召人民起来斗争。在这一背景下，诗歌成为他们表达思想、激发民族斗志的方式之一。于是，他们赋予传统诗文以新的思想内容和时代的精神。阿拉伯诗歌在内容和形式上出现了新的发展：在诗歌内容方面，诗人们通过诗歌表达民族独立、反对压迫的愿望，反映人民的痛苦和社会弊病，表现真实情感和自我的主张等；在诗歌形式方面，大部分诗人在继承传统诗律的同时，更倾向于轻快、简短的韵律，还有一些诗人则在诗歌的韵脚方面做出了一些创新。

阿拉伯诗歌复兴运动的先驱和代表是埃及的迈哈穆德·萨米·巴鲁迪。巴鲁迪生于开罗，出身贵族。他从小酷爱阿拉伯诗歌，曾经从事阿拉伯古诗的选辑和注释工作，并在继承阿拉伯古诗传统的基础上创作了大量有时代精神的诗歌。他选择以现实生活中的重大题材入诗，其诗歌多为记录个人曲折而丰富的生活经历，表述了自己的爱国主义的民族感情，深刻反映了当时埃及的社会现实，因而体现出时代精神和民族感情。巴鲁迪的创作给阿拉伯诗歌带来了新的生命力，他的诗歌也得到人民的广泛传诵。在艺术上，巴鲁迪的诗歌保持了阿拉伯古典诗歌的严谨结构，继承了古诗淳朴、简练、有力的风格特点。

巴鲁迪于1904年去世，他的遗孀主持出版了《巴鲁迪诗集》（2卷）和他编选的《古代诗选》（4卷）。在现代阿拉伯诗坛上，巴鲁迪起到了承前启后、开一代诗歌之新风的作用。巴鲁迪所代表的是"复兴派"或称"传统派"。

黎巴嫩先驱诗人的代表是纳绥夫·雅齐吉（详见本章第二节）。纳绥夫·雅齐吉幼年曾跟随修道士学习朗读的基本知识，大量阅读、抄诵文学作品，这使其在语言、修辞、语法等方面打下了坚实的基础。青年时代，他曾写有一些扎吉尔体诗歌，晓畅的语言、优美的声韵、细腻的情感都表现出其诗歌创作才能。纳绥夫敏捷博学，理解力强，精通阿拉伯文化的历史与现实，并围绕教学对其进行鉴别和取舍。他的著述比较广泛，诗歌方面的主要作品有《青年时代诗歌集》（仍为手抄本），还有一部分诗歌见于由其子校订的诗集中。此外，他的《两海集》中也有一些零星诗作。纳绥夫在语言、文学等方面造诣很深，其诗文使人们重新品味到了阿拉伯语言和文学的魅力，并提高了阿拉伯人民对自己语言和文学的自信。

此外，黎巴嫩先驱诗人还有易卜拉欣·雅齐吉和纳吉布·哈达德（1867—1899）等。其他先驱诗人还包括在黎巴嫩的叙利亚文人艾迪布·伊斯哈格（1856—1885），他曾留学法国，据说雨果曾因其才能而称其为"东方的天才"。他反对殖民主义的强权政治，死后诗文被编辑成集，名为《珍珠集》。伊拉克的文学复兴虽然远迟于埃及和黎巴嫩，但这一时期也有如阿卜杜·巴吉·欧麦里（1790—1862）、阿卜杜·盖法尔·艾赫赖斯（1805—1872）、哈伊达尔·希里（1831—1887）等诗人，通过诗歌表达对黑暗、腐败现实的怨愤和不满。

随着阿拉伯民族意识的增强和阿拉伯传统文化的复兴，从19世纪下半叶开始，那些空洞无物、矫揉造作、脱离人民和现实的诗歌，逐渐受到人们的唾弃。诗坛的先驱者们一方面努力打破陈腐，通过诗歌反映社会现实生活和时代精神；另一方面，在倡导新思想的同时，也着力复兴阿拉伯古代的诗歌。因此，阿拉伯诗歌真正的复兴之初实际上是一种复古，即形式上恢复阿拉伯古代诗歌朴实凝练的风格和优美的韵律，内容及时反映了时代变化、社会现实和重大事件等。至此，诗歌不再是空洞无聊的文字游戏，而重新成为了能够承载更多思想、文化和现实意义的文学形式。这一复兴为20世纪阿拉伯诗坛的繁荣奠定了重要的基础。

三、阿拉伯现代小说

阿拉伯近现代小说的发展离不开两个方面的作用。一方面，阿拉伯小说的发展与古典文学有着紧密的联系："故事"是阿拉伯人民喜闻乐见的一种叙事文学。贾希利叶时期和伊斯兰教初期，民间就广泛流传着被称为"阿拉伯日子"的各种战争逸事，还有成语故事、神话传说等。在阿拔斯王朝期间及之后，阿拉伯还出现了伊本·穆格法著译的寓言故事集《卡里莱和笛木乃》和《一千零一夜》、迈赫扎尼与哈里里的《玛卡梅集》以及《安塔拉传奇》等民间传奇故事。阿拉伯近现代小说就是在这些古典文学的传统中发展起来的。

另一个重要的因素是19世纪末期阿拉伯国家印刷、报刊业的发展以及对西方文学作品的大量翻译活动的进行。阿拉伯文学中的故事能逐步发展成为现代意义上的小说，与西方小说的影响是分不开的。

最早从事翻译小说的是黎巴嫩人纳吉布·哈达德，他除了翻译戏剧之外，还翻译了法国作家亚历山大·大仲马的《三个火枪手》，并于1888年首次分4册印行。文学翻译促进了阿拉伯本土文学创作形式的变革。

埃及近代著名翻译家穆斯塔法·鲁特菲·曼法鲁蒂（1876—1924）就是在翻译的同时从事文学创作的，其著作集有《管见录》和《泪珠集》。其中，《泪珠集》收录了他根据外国小说创作的一些短篇小说，如《牺牲》（据《茶花女》改编）等。与中国文人林纾很相似，曼法鲁蒂不懂外语，但是他以自己独特的翻译风格和优美流畅的语言文字，对翻译作品进行了二次创作。比如，他将贝纳丹·德·圣皮埃尔的《保尔和薇吉妮》译为《美德》，将罗斯丹的喜剧《西哈诺·德·贝热拉克》改写为小说《诗人》，将小仲马的《茶花女》译为《牺牲》，将阿尔封斯·卡尔的《在椴树下》译为《玛姬杜琳》……许多作品经他改译后，在埃及风靡一时。他对阿拉伯翻译文学和阿拉伯小说的发展起到了不可忽视的推动作用。

对近代阿拉伯小说有突出贡献的还有黎巴嫩作家塞里姆·布斯塔尼、杰尔吉·宰丹、法拉哈·安东以及埃及作家穆罕默德·穆维利希、雷法阿·塔赫塔维等。

黎巴嫩作家塞里姆·布斯塔尼（1847—1884）打开了阿拉伯长篇小说的创作之门。他精通阿拉伯文，还通晓土耳其文、英文和法文。他创作了《扎努比亚》《白都伦》《沙姆征战中的热恋》等历史题材小说。他还写有大量的社会小说，如《沙姆园地中的热恋》《艾斯玛》《摩登女郎》《法蒂娜》《米娅》等。他通过小说中的爱情故事来达到彰善除恶、激浊扬清的目的。

杰尔吉·宰丹（1861—1914）是受到英国小说家司各特影响的一位作家。杰尔吉·宰丹出生于贝鲁特，曾在贝鲁特美国大学学习药物学，后改学希伯来语和古叙利亚语，后来定居埃及，从事文学和编辑工作，并于1892年创办了《新月》月刊。杰尔吉·宰丹擅长写历史小说。从30多岁开始到去世，他大约创作了22部历史小说，如《迦萨尼姑娘》《古莱氏少女》《哈加志·本·尤素福》《攻克安达卢西亚》等。其小说大多从阿拉伯历史中选材、提取人物，以爱情故事为主，既有史实，又有故事，通俗风趣。但从历史文学的角度来看，其小说的艺术性稍显逊色，文笔略为粗糙。

此外，黎巴嫩籍作家法拉哈·安东（1861—1922）也创作了一些社会小说和历史小说。法拉哈·安东出生于黎波里，1897年到了埃及。他曾创办了《大学》杂志，并在自己的报刊上将世界各国的文学和哲学思想介绍给阿拉伯人民，如他既介绍马克思、卢梭、孔子等的哲学思想，也介绍托尔斯泰、高尔基的文学作品。他创作了《科学、宗教与金钱》《野兽、野兽、野兽》等社会小说，对金钱、宗教道德、不合理现象等社会问题进行讨论或批判，阐述改革社会的理想。此外，他还写有《新耶路撒冷》《至死相爱》《男人的坟墓》等历史小说。

在埃及，尝试运用阿拉伯民族传统模式创作小说的代表作家是埃及的穆罕默德·穆维利希（1868—1930），他的代表作是长篇小说《伊萨·本·希沙姆叙事录》。

穆罕默德·穆维利希出身开罗富家名门。他曾参加阿拉比革命，革命失败后曾一度流亡欧洲，因而也学会了法语和意大利语。他对西方文学有着广泛的接触。后来他回到开罗，协助其父创办了文学杂志《东方明灯》（1898—1900）。在该杂志上，他以连载的形式刊登了自己的长篇小说——《伊萨·本·希沙姆叙事录》（于1906年正式出版）。小说反映了阿拉伯民族传统和西方两种不同的文明和道德价值观念在当代冲撞中所表现出的差异和矛盾，小说面向社会现实，针砭时弊。在形式上，穆罕默德·穆维利希尝试将传统玛卡梅文体与西方小说形式相糅合。小说采用传统的"玛卡梅"模式，即有主人，有传述人，文字押韵、雕饰，类似系列故事，但每章情节都可以相对独立成篇。同时，作者在小说中也采用了西方小说的创作手法，如采用内容广泛的对话，使用讽刺、夸张的手法，小说的语言幽默，而且故事性强。

埃及的雷法阿·塔赫塔维（1801—1873）在翻译活动中也尝试将阿拉伯传统的文学形式与西方小说相结合，他翻译的小说《特勒马科斯冒险记》就是以传统的玛卡梅韵文体呈现出来的。法国作家创作这部作品时含有讽刺路易十四的意味，而塔赫塔维恰好是想通过翻译这部小说来表达自己对当时埃及统治者阿拔斯的反抗（翻译小说期间，塔赫塔维被阿拔斯放逐苏丹）。他对小说做了一些删改，加入了很多阿拉伯成语和谚语，还加入了大量自己的政治主张。由于这个原因，当时这本书无法在埃及出版。这种试图通过传统的玛卡梅形式反映现实、针砭时弊的作品，可以看作阿拉伯近现代小说的先驱，是一种过渡形式。

1906 年，埃及的《论坛报》刊登了迈哈穆德·塔希尔·哈基的中篇小说《丹沙微少女》，这是较早摆脱玛卡梅文体，采用西方小说创作形式的埃及现实主义小说之一。

在叙利亚，最早创作小说的是作家弗朗西斯·麦拉什（1835—1874），他于 1872 年发表了短篇小说集《奇贝珍珠》。其小说主要抨击当时的一些陈规陋习，并希望进行改良。

在翻译小说的影响下，阿拉伯文人在汲取古典创作题材的同时，努力开创新的思想内容，以丰富阿拉伯国家的小说创作题材。在创作手法上，作家们也力图不断革新。许多阿拉伯文人都是在翻译西方作品的同时进行创作的。在不断翻译介绍西方文学的过程中，阿拉伯文人逐渐受到西方现实主义、浪漫主义、象征主义等多种文学流派的影响，浪漫主义小说、幻想小说、言情小说、侦探小说在阿拉伯地区也风行一时，这些丰富多彩的西方小说激发了阿拉伯作家创作的潜能。而在小说形式上，阿拉伯作家也逐渐摆脱了玛卡梅文体的束缚，开始尝试其他的叙事技巧。

到 20 世纪 30 年代，活跃于阿拉伯文坛的"旅美派"和"埃及现代派"，成为当时具有代表性的主要文学流派。

四、现代戏剧在阿拉伯世界的勃兴

阿拉伯古典文学中没有戏剧，直到拿破仑入侵埃及，这种状态才得到改变。拿破仑侵入埃及时，带入了两名音乐美术师，他们的工作是组织某些戏剧演出，以供军官和士兵们消遣。但是，这种演出并不使用阿拉伯语，因此，随着表演者的离去，其影响随即消失。

时至 19 世纪中叶，开始将戏剧这一形式从西方引入阿拉伯世界的是黎巴嫩人马龙·奈卡什。马龙·奈卡什出生于黎巴嫩的赛达，后随父亲移居贝鲁特。年轻时他曾学习土耳其语、法语、意大利语。因工作需要，他曾到意大利等国进行游历。在意大利期间，他认真学习了西方的话剧、歌剧等表演艺术。回国后，他将法国戏剧家莫里哀的喜剧《悭吝人》翻译、改编为《小气鬼》，添加了音乐和合唱，并教朋友们进行表演。1848 年，在他自己的家里演出了这部戏剧，并引起轰动。之后，奈卡什更加热心于戏剧的演出。他编写了《艾布·哈桑·穆埃法勒或哈伦·拉希德》一剧，此剧取材于《一千零一夜》。后来，他在自己住宅旁建立了一座剧院，表演《嫉妒者》等剧目。奈卡什本是商人，演出戏剧是他出于对艺术的爱好。1855 年，随着他的离世，他所建立的剧院最终未能达到当年预想的水平。奈卡什的戏剧基本上遵循了莫里哀的古典主义传统。1869 年，其胞弟尼古莱·奈卡什发表并出版了他生前的作品集，名为《黎巴嫩之杉》。马龙·奈卡什具有音乐和诗歌方面的才能，因此，他的剧作往往能够散韵结合，并为人们所雅俗共赏。他被认为是阿拉伯戏剧的奠基者。

马龙·奈卡什死后，其侄赛里姆·奈卡什（？—1884）继承了他的事业，接管剧团并继续演出。由于遭到宗教势力的强烈反对，赛里姆·奈卡什远走埃及的亚历山大。他与艾布·哈里勒·格巴尼合作，翻译、改编了拉辛的《安德罗马克》《菲德拉》和高乃依的《贺拉斯》等剧作，并且创作了《赌徒》《骗子》《受欺者》等剧作。

1869 年，埃及建立了歌剧院。1870 年，埃及的雅古布·赛努尔（1889—1912）组织成立了剧团，并翻译、编写剧本约 32 部，他因此被称为"埃及的莫里哀"。

1876 年，黎巴嫩诗人哈利勒·雅兹基谢赫（1856—1889）创作了《信与义》（又译为《勇敢和忠诚》），被认为是阿拉伯文坛最早的诗剧。

在叙利亚，艾布·哈里勒·格巴尼（1833—1902）在大马士革建立了一个剧团，演出了很多根据《一千零一夜》等民间故事改编的剧本，颇受观众的欢迎。艾布·哈里勒·格巴尼自幼喜爱艺术，具有多方面的才能，能歌善舞，会表演，诗文俱佳。1866 年左右，他在祖父家自编自演了《忘恩负义》，又在意大利游乐场演出了自己编写并作曲的歌剧《瓦达哈》。在总督的鼓励下，他在大马士革建立了剧场，并演出了《阿依达》《迈哈穆德王》等剧。19 世纪末，艾布·哈里勒·格巴尼来到埃及，先后在亚历山大、开罗等地进行创作和演出。1900 年，他回到大马士革，后死于瘟疫。格巴尼一生创作了大约 60 部剧本，这些剧本多取材于历史传说和民间故事，如《哈伦·赖世德》《婉拉黛》《安塔拉》《莱伊拉的情痴》等。他在表演中将严肃和谐谑的内容结合起来。与奈卡什叔侄一样，格巴尼也试图将西方的艺术形式与本民族的文化传统结合起来，因此，在戏剧中，他们大多采用了阿拉伯人民所喜闻乐见的诗歌和音乐，题材也多为阿拉伯人所熟悉，但结构比较松散，剧情较简单。但无论如何，他们都是阿拉伯戏剧的先驱。

非洲戏剧艺术表演形式不断进步，原先只是以诗歌为主，但到 1904 年，亚历山大法尔赫剧团在舞台上增加了歌唱，大大丰富了表演手段，观众越来越多，接受面也更广了。

在埃及，欧斯曼·杰拉勒（1828—1898）翻译了许多西方的戏剧，如莫里哀的《达尔杜弗》《丈夫学堂》《太太学堂》《女学者》等喜剧，拉辛的《爱丝台尔》《亚历山大大帝》等悲剧，他还翻译了拉封丹的《寓言诗》等。为了使译作能更容易为阿拉伯人所接受，很多译者在翻译的过程中将西方的作品阿拉伯化或埃及化，即将原作品的地名、人名、环境、习俗等改为阿拉伯或埃及的，这为戏剧的引入和介绍提供了更多的便利。

进入 20 世纪后，埃及的戏剧日渐进步，而黎巴嫩和叙利亚的戏剧却逐渐衰落了。非洲戏剧特别是非洲信仰穆斯林宗教国家的戏剧表演不能完全推广，除了文学观念与艺术手段方面的原因外，也与大型表演艺术场地缺少、群众性聚会相对较少等因素有关。

五、散文的转型

19 世纪上半叶，散文与诗歌一样，仍未完全摆脱阿拉伯近古时期以来那种思想干瘪、空洞无物、骈俪雕饰的文风。从 19 世纪下半叶开始，人们更多地接触到伊本·穆格法等人的优秀作品和西方的文学作品，于是，文人们开始矫正不良的文风，追求自然流畅、通俗易懂的文风，并努力使自己的作品反映现实和时代的精神。这一时期的散文形式也是多种多样的，有随着报刊的兴起而引进的杂文，有阿拉伯散文的传统形式——演说辞，还有文艺散文和科学小品等。散文题材也比较广泛，内容丰富，有利于作家从不同的角度反映社会现状，表达观点，鼓动人民进行斗争。很多著名的散文作者、演说家本身就是阿拉伯改革运动和民族运动的领袖，如雷法阿·塔赫塔维、布特拉斯·布斯塔尼等人。因此，复兴时期的散文对社会的进步起到了较大的作用。

埃及文人雷法阿·塔赫塔维的作品《披沙拣金记巴黎》是较早的一部对埃及和阿拉伯人民进行启蒙的作品。《披沙拣金记巴黎》记录了塔赫塔维留法期间（1826—1834）的所见所闻，首次印行于 1834 年。全书包括序言和 6 篇正文，每篇正文又分若干章。书中涉及法国人的生活习惯和风土人情以及文化、科学、技术和政治制度，还分析了其先进发达的原因。此外，书中还翻译了一些宪法的节选，并加以评述。虽然在表述形式上并未完全摆脱传统骈偶、押韵的束缚，但是，作品在唤醒民众、启蒙智慧等方面有着突出的作用。

穆罕默德·阿布笃（1849—1905）被认为是埃及和阿拉伯近代文学复兴运动的先驱者之一，是一位杰出的思想家和宗教改革家。他有着较深厚的阿拉伯古典文学功底，熟悉伊本·穆格法、贾希兹和近古时期的优秀作家作品和文风；同时，他又受到西方文化的影响，这些都为他在散文方面的推陈出新创造了条件。起初，他在《金字塔报》发表的文章还带有雕饰文风，不重视思想内容的痕迹，后来在主编《埃及时事报》时，便完全摒弃了旧文风，使报刊杂文自成一体，内容贴近社会生活、政治等，文字通俗晓畅，生动活泼，又不失严谨典雅。他的文章主要是宣扬思想自由，反对迷信、盲从，促使伊斯兰教与当代社会协调一致，坚持宗教原则，反对殖民侵略。阿布笃在阿拉伯近代散文发展方面起到了承前启后、开一代新文风的作用。

穆斯塔法·卡米勒（1874—1908）作为阿拉伯近现代最著名的演说家之一，继承并发展了阿拉伯传统的散文体裁"演说辞"，赋予了它新的内容和时代精神。卡米勒曾在法国进修，后积极投身民族启蒙运动，并成为运动的领袖。他在《金字塔报》《旗帜报》等报刊上发表了大量的政论。他的演说辞和政论文内容深刻，逻辑性强，言辞铿锵和谐，充满激情，富有感染力和鼓动性。

此外，埃及的卡西姆·艾敏（1863—1907）有关妇女问题的社会性杂文也在当时引起了较大的影响。艾敏积极参加各种政治活动，并在报刊上发表大量杂文，先后出版了《解放妇女》（1899）、《新女性》（1906）等书。他的文章呼吁让女孩子接受教育，给妇女社会权利和自由；他反对抱残守缺，主张穆斯林妇女应向西方妇女学习以适应时代。其杂文笔锋犀利，论事鞭辟入里，简洁流畅。他的呼吁鼓舞了人们的心灵。

前文所提到过的黎巴嫩的布特拉斯·布斯塔尼也有很多散文作品。其散文主要宣传宗教自由，提倡学校教育，普及科学知识。他创办了许多报刊，如《叙利亚号角》《心灵》《天堂》等。除了在报刊上发表文章、参加《旧约》的翻译外，他在语法、语言、数学和社会方面还有很多著作。在儿子赛里姆协助下，他编纂了包罗万象的综合辞典——《知识大全》。他积极参加社会活动，呼吁重视教育，强调妇女受教育的必要性，说上帝创造女人是将她作为"人类之母"，因此她更需要光明和文化。布斯塔尼散文的特点是和谐自然，遣词造句和写作风格朴实，结构简明。其论证有力、表达明确。其风格虽然简朴，但不稚拙。

另一位散文作家是艾哈迈德·法里斯·舍德雅格（1805—1887）。他的文章充分反映出他对社会改革的强烈愿望。他支持妇女解放，主张妇女应该从男性压迫下解放出来，儿童应该从父母的无知愚昧中解放出来。舍德雅格曾被委托编辑《埃及事件》的阿拉伯文版，还曾被任命为官方《突尼斯先驱者》报的主编。

舍德雅格善于写游记，作品有《马耳他游记》《欧洲艺术真相》《法里雅格的经历》等。《马耳他游记》《欧洲艺术真相》属于游记，前者主要叙述马耳他的地理、历史、居民的社会政治状况以及语言、风俗和文学，后者则记录了在欧洲旅游中引起他注意的当地居民的状况，他们的道德及社会关系，并且将西方的这些状况与东方和马耳他居民进行了比较。《法里雅格的经历》是舍德雅格游历欧洲时写的。其中有游记，也记录了他青年时期所遭受的苦难等。除了散文外，他还有过诗歌等其他方面的创作。

舍德雅格到过许多国家，游历开阔了他的眼界，加之生性不喜欢受到束缚，因此，他反对阿拉伯文学传统，他的写作也常常不受字句、修辞的限制而采用接近生活的朴实风格。他的文章不注重逻辑性，但对问题的研讨精深、表现入微，有时甚至不惜涉及低俗的内容。

总体来说，散文在阿拉伯文学的复兴运动中得到了更大的发展。开始，阿拉伯散文因袭陈旧的文风，过分注重词句等形式方面的要求，却忽略了内容、题材、思维等方面的创新和发展。因此，作家们在写作散文时常常受到音韵和各种修辞方法的束缚，散文创作显得毫无生气。翻译活动和印刷业的发展，使阿拉伯文人在接受西方文学影响的同时，也看到了本民族古典文学的精髓。经过作家们的努力，阿拉伯散文的内容、主题等都得到了扩展，涉及生活与现实中的各种问题、现象等。在艺术上，作家们根据不同散文的行文需要，突破以往的束缚，能够自由运用阿拉伯语言。进入20世纪后，散文在风格和艺术上得到了真正的发展。

纵观19世纪阿拉伯文学的发展状况，可以看到，阿拉伯文学的复兴与阿拉伯民族的觉醒和文化的复兴是紧密相连的。在这场复兴运动中，阿拉伯文学在其原有传统文体的基础上引入了戏剧、现代小说等新的文学形式，而原有的诸如诗歌、散文等体裁，也在继承民族传统、借鉴西方文学的基础上获得了新的发展，这为阿拉伯文学走向世界奠定了良好的基础。

第二节　阿拉伯文学的代表性作家

一、埃及诗人巴鲁迪

　　迈哈穆德·萨米·巴鲁迪（1839—1904）是埃及近现代著名诗人、阿拉伯诗歌复兴运动的先锋。巴鲁迪出生于开罗的一个富裕家庭，双亲都是塞加西亚人，是麦马立克的后裔。其父曾担任炮兵司令，后被穆罕默德·阿里任命为苏丹北方省的省长，在巴鲁迪7岁时去世。1854年末，巴鲁迪从军校毕业，此时的他成了一名精通军事艺术，同时又酷爱文学的军官。巴鲁迪的舅父是一名诗人，并且拥有一个藏书丰富的图书馆，巴鲁迪曾在诗中写道：

> 我与诗歌本有亲缘，
> 写诗岂用外人指点；
> 我的舅父易卜拉欣，
> 就曾驰名整个诗坛。

舅父的影响使巴鲁迪很早就接触了诗歌。他学习阿拉伯古典诗歌，背诵了许多古代著名诗人的作品，然后模仿古人的作品练习作诗。他还与当时的文学家们接触，以提高自己的写作才能。

　　19世纪初期的埃及，正处于穆罕默德·阿里之后的萧条时期。阿拔斯一世为了取悦土耳其奥斯曼帝国，采取了关闭学校和工厂，缩减军备等措施，而且反对改革。他的后继者赛义德一世更甚于此，对内进一步把西方的资本引入埃及，给埃及人民套上了一条殖民压迫的锁链。从这一角度来看，西方国家的进一步介入也为埃及社会、政治的变革播下了种子，一场轰轰烈烈争取民族解放的运动正在酝酿。这就是巴鲁迪早期生活的时代，这段时期对他后来的生活、创作产生了很大影响。

　　巴鲁迪不欣赏同时代诗歌的矫揉造作，更鄙弃这个民族文化衰落时代中诗歌的空洞低劣，那些作品与中古时期的阿拉伯诗歌无法相比。后来，他去了君士坦丁堡，在土耳其帝国的外交部工作。在那里，他阅读和研究了大量阿拉伯古典文学作品，还学会了土耳其语和波斯语，进而研究了土耳其文学和波斯文学，并能用这两种语言作诗。1863年，他得到了埃及总督伊斯梅尔的赏识，被委以要职，并被派到法国和英国学习军事管理。1866年，克里特岛爆发反对奥斯曼帝国的起义，埃及派兵支持奥斯曼帝国，巴鲁迪也随军前往。1877年，俄土战争爆发，埃及派军队支持土耳其，巴鲁迪参加了这次战争。战争中，他曾写诗表达了战争带来的苦难和他对祖国的怀念。之后他因作战勇敢得到了嘉奖，并被委任为埃及东方省省长和开罗市市长等要职。

　　1863—1879年，埃及处在伊斯梅尔的统治之下。一方面，伊斯梅尔对内实行关税、港口等方面的改革，刺激商业的发展；另一方面，他进一步向西方开放，如建立歌剧院、图书馆和学校，派遣人员去英法学习等。这使许多黎巴嫩、叙利亚遭受迫害的知识分子纷纷逃到埃及定居，从而使埃及在阿拉伯近现代文学复兴中处于领先地位。但是，他的统治也给西方列强提供了操控埃及的机会。

1869 年苏伊士运河通航，这使埃及的政治、经济以及在国际关系中的地位更加突出，英法对埃及的争夺也更加激烈。与埃塞俄比亚的战争使伊斯梅尔政府陷入财政危机，英法两国借机控制了埃及的财政和政府，达成共管埃及协议。

埃及人民不能接受西方国家的操控，国内民族运动迭起。1879 年 1 月，埃及出现了第一个政党——祖国党（由艾哈迈德·阿拉比创立），巴鲁迪是主要领导人之一。之后，在军官艾哈迈德·阿拉比的领导下，埃及人民进行了起义，阿拉比起义摧残了埃及。伊斯梅尔也希望能够摆脱欧洲势力的控制，所以并没有大力打压阿拉比起义，相反他还解散了政府。这引起了大英帝国和法国的高度重视。此时，埃及的大部分地区已落入阿拉比手中。英法两国向伊斯梅尔提出恢复大臣的要求，他并没有答应。于是，在英法的操控下，伊斯梅尔被废黜。

1879 年 6 月，伊斯梅尔的儿子陶菲克上台。陶菲克完全听从英法的要求，使埃及人民陷入双重的压迫和剥削，人民的反抗浪潮再度高涨。1881 年，阿拉比再次起义。1882 年 2 月，祖国党人组成了新政府，巴鲁迪担任首相，并拟定了新的施政纲领。新政府受到了广大人民的拥护，却使英法两国更加恐慌。1882 年 7 月，英国入侵埃及，遭到阿拉比领导的埃及军民的反抗。但由于内外勾结，埃及最终被英国占领，巴鲁迪和其他领导人遭到流放。

巴鲁迪被流放到锡兰岛（斯里兰卡）长达 17 年。1900 年，他获赦回到埃及。在此期间，他写下了许多诗篇，记录自己的思绪、忧伤和怀念。在那里，他还学会了英语，编选了阿拉伯古代诗歌。

回到埃及后，巴鲁迪开始了新的生活，他在开罗的家成了当时文学家、作家、诗人聚会的地方。晚年的他虽然双目失明，但仍坚持创作，并整理、选编古诗。1904 年，巴鲁迪去世。他去世后，他的遗孀主持出版了《巴鲁迪诗集》2 卷（1940）和他编选的《古代诗选》4 卷，后者是他生前所选编的阿拔斯时期 30 位诗人作品的合辑。

巴鲁迪从小就具有远大的志向和抱负。虽然在埃及民族革命爆发前，他过着养尊处优的生活，创作了许多描写自然风光、讴歌埃及古老辉煌和追求恬适生活的诗篇，但是，随着埃及民族运动的发展，他的政治态度和生活发生了巨大的变化。在埃及风云变幻的政治、社会生活中，他将个人的愿望与民族的要求结合在了一起。他始终怀着真挚的情感，忠于祖国与友谊，为人坦率勇敢。在他的一生中，从未中断过诗歌创作。他用诗歌抒发自己的理想、感情和情绪，记录埃及社会发生的重大事件。这使他在埃及的政治生活和文化、文学的复兴运动中，都站在了时代的前列。

巴鲁迪曾在自己诗集的前言中论述了对诗歌的理解："诗歌是一道想象的光亮，闪耀在思想的天庭，它的光线射向心田，于是心中涌出光明的河流，而与舌头相连，从而吐露出种种哲理、智慧，使黑暗变成光明，为行人指引路程。最好的话语是词句和谐，内容丰富，通俗易懂，内涵深邃，而不矫揉造作、无病呻吟，也不艰深难解。

这是好诗的特点。"巴鲁迪之所以对诗歌有如此的理解，是与他深厚的文化素养紧密相关的。巴鲁迪的文化知识主要是通过阅读著名诗人们的作品获得的。他背诵、钻研阿拉伯古典诗歌，领会这些诗歌的美和艺术价值，从这些诗歌的优美诗句、创作方法和丰富的词汇中受益匪浅。为了提高自己创作诗歌的能力，提高艺术水平，他乐于在风格和内容上效仿古人写诗。他刻意模仿古代诗人们的语言习惯和修辞方法，模拟他们纯正的语言和雄浑的风格，这是一种"处于自然的效仿，效仿只是一种手段。巴鲁迪在这里就像一位全能演员，扮演贝督因诗人的角色，赋予他语言、感情、神态和行动，对他进行一番全新的创造，把他变成自我和自我生活的象征"①。他知道依靠古人并不是完全要受到他们的束缚，在文学创作中模仿古人只是适应复兴时代的一种手段。在巴鲁迪的诗集中，我们既可以看到一些仿古的诗作，也可以看到表明诗人特性、表现他所生活的时代特性等的许多现代的主题和创新的风格。因此，在阿拉伯文学复兴的时代，巴鲁迪是属于最早了解诗歌并对诗歌所承担的时代责任有所认识的文学家之一。

除了从阿拉伯传闻和故事中汲取丰富的营养外，巴鲁迪还了解土耳其、波斯、英国等一些国家的文化，这扩大了他的想象力，提高了他的鉴赏能力。时代的变迁，旅游、流放，种种独特的经历构成了他诗歌中的个性。这些个性通过他的诗歌得以表现：有对军事生活及其所需要的清苦、献身和勇敢精神的崇高向往，有对欢乐、爱情、宁静和闲适生活的追求，有对严峻现实的揭露抨击、对战斗的鼓动和呐喊，也有对大自然的景色的描绘。

因此，我们时而会听到歌颂安乐、醉酒、花草的田园诗人在吟唱：

> 朋友啊，快将那金杯斟满，
> 在明媚的晨光中开怀畅饮；
> 我醉心这黎明轻漾的悠歌，
> 我高兴那枝头小鸟的啾鸣。

时而我们又会听到揭露严峻现实、为战斗呐喊的战士的高歌：

> 我生活在这样一个国土：
> 沙鸡、精魔也能将它凌辱，
> 而它们不过是一群动物；
> 寡妇的哀号撕裂了夜空，
> 黑沉的大地到处是悲哭。
> ……
> 我们的大炮已对准敌人，

---

① ［黎巴嫩］汉纳·法胡里：《阿拉伯文学史》，郅溥浩译，402页，银川，宁夏人民出版社，2008。

> 我们的兵士已奋起战斗；
> 他们身后，
> 是战马奔腾的浩荡队伍。

巴鲁迪所处的时代、环境和他的经历，形成了他诗歌中的个性特征。作为一个埃及人，他具有强烈的民族自豪感，为祖国悠久的历史和文化而骄傲，他希望恢复和重现那曾经的光荣。巴鲁迪在阅读、吟咏了大量的中古阿拔斯王朝时期、伊斯兰时期以至贾希利叶时期的诗歌后，对自我、对自己民族语言的信心大大增强了。这种信心对于经历了土耳其时代停滞之后的阿拉伯人民来说是至关重要的，正是这种信心推动了民族独立、争取自由的斗争。在诗中，他满怀自信，骄傲地写道：

> 我手中有支笔，一旦我动起，
> 人们干渴的头脑会畅饮春雨；
> 千军万马要在它面前退去，
> 炸弹、刀枪也难与它匹敌。
> 它如果在纸上鸣唱，
> 一切管弦都要对它拜倒在地；
> 它一旦骑上手指前去突袭，
> 一切良马快驹都会俯首，自愧不如。
> 我跨上战马，一切勇士都成了懦夫；
> 我如果开口，一切话语都不值得一提。
> 我可以信口开河而出口成章，
> 诗歌会为我的话语骄傲无比……

他的民族自信心和自豪感在一首名为《金字塔与狮身人面像》的诗中也展露无遗：

> 请向辽阔的吉萨将金字塔探悉！
> 也许你会知道你不曾知道的奥秘。
> 那些建筑曾抵御过时光的侵袭，
> 它们战胜了时光，这真是奇迹。
> 经历了多少风雨沧桑，它们傲然屹立，
> 在天地间证明建筑者的丰功伟绩。
> 世上有多少民族、多少朝代如风云流逝，
> 它们却存在世上，成为奇迹，引人深思。
> 自古有多少作品将它们颂扬，
> 它们是永世述说不完的传奇。
> 那里有多少密码，你若能破译，

世上万物的一切你皆可洞悉。
世上没有什么建筑或是东西，
探究起来可以与它们相比。
巴比伦的殿堂没有它们壮丽，
古波斯的宫殿也难与之匹敌。
它们好像巨大、丰满的乳房，
从尼罗河汲取乳汁滋润大地。
在它们之间是狮身人面像
威严地昂首趴伏在那里。
它那深情的目光注视着东方，
好像是在盼望黎明的曙光升起。
在这里有多少学问，多少奥秘，
证明人类的才能真是天下无比。
它们好像是根深叶茂的参天大树，
能将天上的星辰和雄鹰托起。

巴鲁迪是一位善于描写自我的诗人，他的诗是他一生坎坷经历的写照，他的身份和职务将其个人的生活经历与国家、民族的重大政治事件紧密联系在了一起。巴鲁迪用他的诗歌表达了个人的和民族的感情，也反映了现实的生活和时代的精神。

在阿拉比革命之前，巴鲁迪的生活是恬静而自在的。他写作爱情诗、吟酒诗、抒情写景诗，描写埃及的景色和埃及土地上的草木鸟虫，以反映生活中的欢乐和享受。尽管有些诗作并不是非常成功，但是也具有一定的创新价值。因为它们是为诗人亲眼所见、为歌唱自然本身而创作的独立完整的诗歌，且具有不同的风格、令人印象深刻。比如，《咏棉》这首描写枝头棉花的小诗，字句优美，饶有风趣：

朵朵棉花金灿灿，
恰似娇娘美服扮。
棉桃碧绿如宝石，
花朵绽开星烁闪。
黧黑干条土里扎，
绿色枝杈四下展。
每每瞥见这瑰宝，
实现希望在眼前。

巴鲁迪是将个人的愿望与民族的要求相结合的诗人。他主张进行社会改革，即使受到统治者的赏识，他也很少写颂诗来歌功颂德。相反，他敢于针砭时弊，对社会的弊端进行集中、突出、生动的表现。在描述伊斯梅尔时代的黑暗时，他写道：

> 埃及早已不似当年，
> 全国都在动荡不安。
> 农民因暴虐疏于耕田，
> 商人怕破产拼命赚钱。
> 到处都令人心惊胆战，
> 即使夜里都无法安眠……

他还在另一首诗中抨击土耳其人的统治：

> 最令人致命的病
> 是亲眼看到暴君暴行，
> 却在大会小会上
> 听人为他颂德歌功……

巴鲁迪满怀责怨和愤怒地对腐败传统、丑恶行为进行批判，希望能够引起人们的注意，以此达到改良的目的。他希望既能忠于埃及王室，又不违背人民的意愿来处理埃及的内外事务：

> 我们无上光荣的古国，
> 如今备受外夷的凌辱。
> ……
> 要让贤人管理国家。
> 他们会秉公操持政务。

但是事与愿违，统治者的无能和外国势力的干预，最终使埃及失去了独立。在民族斗争跌宕起伏之时，他用诗句表明了自己的心迹：

> 他们违背我的主张，
> 发动了起义。
> 他们本应听我的劝告，
> 但事情已无可挽回，
> 是件好事或坏事不再是秘密。
> 他们若呼唤、号召我，
> 我就响应，
> 我的秉性是实现理想，
> 信守诺言。

巴鲁迪的内心响应民族斗争的召唤，他创作了《巴鲁迪鼓动革命》，用激情鼓动人民起来反对殖民主义，并与本国的腐败传统势力进行斗争：

> 同胞们，起来！生命就是时机，
> 世上有千条道路，万种利益。
> 我真想问真主：你们如此众多，
> 却为什么要忍辱受屈？
> 真主的恩德在大地如此广布，
> 你们却为何要在屈辱中苟活下去？
> 我看一颗颗脑袋好像熟透了的瓜，
> 却不知锋利的刀剑操在谁手里。
> 你们要么俯首帖耳任人宰割，
> 要么起来斗争，不受人欺！

与同时代的阿拉伯诗人不同，巴鲁迪的激情诗和鼓动诗所抒发的感情并不仅限于个人，他抒发的是阿拉伯民族对自由、正义、平等的渴望。这也为之后的哈菲兹、邵基和其他爱国诗人们开启了一扇新的大门。

阿拉比起义失败，巴鲁迪被放逐到锡兰岛。他在流放期间的作品，主要表达了内心的痛苦、孤寂、幽怨和对祖国、亲人的怀念与眷恋。在题为《在锡兰岛上》的诗中，他对自己的遭遇感到悲愤：

> 我的遭际真是千古奇冤，
> 我的遭遇真是万分荒唐。
> 我本没有犯下什么过错，
> 凭什么夺我财产，将我流放？
> 难道护教卫国也是罪过？
> 竟让我喊冤受屈背井离乡？

但是诗人并没有向悲剧命运低头，在严峻的考验面前，他始终保持着革命者的崇高气节：

> 我并不在意灾难夺取的一切，
> 因为我所富有的是无上光荣。
> 贫苦无损于一颗崇高的心灵，
> 财富不能让碌碌无为者把名扬。
> 真理面前我从不畏缩却步，
> 恼怒也不会影响我的品德高尚。

只是，他始终不能忘怀自己苦难深重的祖国。在题为《思乡》的诗中，他满怀深情地写道：

> 何不随我到尼罗河边去？
> 那里有枣椰林，硕果满枝。
> 那里充满了情，充满了爱，
> 充满了希望，一派生机。
> 多少心灵都对她熟知，
> 思念的痛苦化为声声叹息。
> 她会引起快乐、欢愉，
> 把一切烦恼从心中抹去。

巴鲁迪用诗歌反映了自己的内心世界、现实生活以及祖国所经历的重大事件。他的诗歌真实细腻，情感动人，这在他的悼亡诗中表现得尤为突出。流放期间，得知妻子逝世的噩耗，巴鲁迪痛苦万分，他以深沉的情感写下了多首悼亡诗。在一首诗中，他写道：

> 啊，老天！为什么让我遭难丧妻？
> 须知：她是我的一切，是我的命根子。
> 你若不能怜悯我因失去她而垮下来，
> 难道就不可怜我的孩子会悲伤无比？
> 让悲伤的人挺得住，这真是强人所难，
> 因为他毕竟不是草木，亦非铁石。
> 痛失你之后，还让我镇定自若，
> 或让我安然入睡，这谈何容易！

从艺术性、语言技巧来看，巴鲁迪诗歌语言纯正，诗句流畅，诗韵丰富，恢复了阿拉伯古典诗歌淳朴、简练、有力的特点。他的诗歌多采用每句12～14音节的全律或长律，词汇丰富。

19世纪下半叶起，尽管埃及诗歌出现了某种变革，但在内容和形式上并未能从根本上打破传统的束缚。巴鲁迪诗歌的出现，以其强烈的个性震动了整个埃及文坛。他的诗歌给阿拉伯诗歌注入了生气和活力，使人们意识到阿拉伯语言和文学中所蕴藏的活力。在阿拉伯诗歌从古代向现代的发展过程中，巴鲁迪起到了承前启后的作用。因其诗歌创作上的成就，他成为了埃及近代诗歌复兴和变革的先驱和奠基人。

二、黎巴嫩诗人雅齐吉

纳绥夫·雅齐吉（1800—1871）生于贝鲁特南部的一个历史悠久的名门之家，其父亲是一位著名的医生。纳绥夫曾跟随修道士学习朗读的基本知识。后来，他阅读了大量的书籍，包括邻近修道院的藏书，并不断背记、抄写，这给他在语法、词法、修辞、语言和诗歌等方面打下了良好的基础。他 10 岁时就已开始写诗。

少年时期的纳绥夫曾以博学、书法精良、擅长诗歌而在当地小有名气，并在加尔格法修道院做了两年的文书。后来，因主教搬迁，纳绥夫回到家里，继续阅读抄记、写诗、探讨音乐，并学习实践医学。他把大部分的时间都花在阅读、创作和与学者、诗人们的交往上。1840 年以后，他曾与美国传教士有接触，帮助他们修订出版物，校正他们翻译的《圣经》等。这样的环境使纳绥夫有机会从事教学工作，他是"主教学校"为数不多的教师之一，还在当时的福音学院任教。从事教学使他有机会编著语言方面的教科书，并取得了一定的学术成果。

纳绥夫擅长语言学，精通逻辑，对音乐、医学等都有广泛的了解。他创作了不少诗歌，在青年时期还吟作过扎吉尔体民歌。因此，除诗歌等文学类著作外，纳绥夫的著作还涉及语言、修辞、逻辑等方面。在词法和语法方面，著有《词法基础一瞥》《文库真谛》（关于词法）、《信鸽项圈》（关于语法）等；在词义、修辞方面，著有《项链》一书，此外还有《圆点》等文章；逻辑方面有《逻辑基础纲要》等著作。

纳绥夫编著有一本 60 个玛卡梅故事的集子《两海集》，所谓的"两海"其实是指诗歌和散文。在前言中，纳绥夫提到这个集子"尽量收进各种有益教诲、基础知识、逸闻趣事、谚语、格言、故事……美好的表达、独特的语句以及偏僻的名词"。其中还有各种象征、谜语、历史事件以及对阿拉伯人的功德、荣耀、战争和衣着饮食等方面的详细描写。作者虽然没有离开过黎巴嫩，但书中所涉及的空间非常广，如反映生活在广袤沙漠中的贝杜因人的《贝杜因篇》，还有《希贾兹篇》《沙姆篇》等，这反映出纳绥夫的博学多才，不过，有的地方则有明显的蹈袭前人之嫌。正如文学史家所指出："可以毫不夸张地说，雅齐吉的玛卡梅是对哈里里的玛卡梅精细的模仿，在各方面都与之相对应。"[1] 在书中，他用诗文编造出有关语言、语法、修辞等方面微妙精巧的文字和词义辨析，这足以显示出纳绥夫在阿拉伯语言、文学一方面造诣的博大精深。他将故事主人公的活动放在沙漠舞台上，对阿拉伯的风俗人情进行了细腻的描写。因此，他的玛卡梅故事的地方色彩较弱，缺乏当时的时代气息。由于作者追求语言、历史及其他方面的效果，所以故事的艺术性并不高。此外，作者模仿的是哈里里的玛卡梅体，因此比较注重骈韵，多用僻语。

简而言之，《两海集》是一部语言学汇编。书中有各类写作方法、表达艺术和实用词汇的丰富知识，可以使读者从其广博的知识和有趣的风格中获益。此外，《两海集》中还有一些零星的诗作，有的很优美，流传广泛；有的则是玩弄语言和修辞，脱离了诗歌的艺术旨趣。

如前所述，纳绥夫在少年时期就开始写诗，坚持一生，所以创作的诗歌相当多。他去世后，社会上流传的纳绥夫的诗集主要由三部分组成，但是在印行时却有意识地删除了他年轻时的作品，因为他曾经表达过"初悔少作"的意思，认为自己的那些作品不够成熟，这足以说明他是一位严肃的作者。他去世后，这本诗集由他的后代所校

---

① 仲跻昆：《阿拉伯文学通史》，下卷，604 页，南京，译林出版社，2010。

订。他的诗集的主要内容包括抒情、赞颂和怀念，诗集的内容和风格与阿拉伯古代应景诗人的作品并没有很大的区别。纳绥夫的个人经历和所生活的时代促使他成为一位擅长模仿阿拉伯古典诗文的文人。玛隆·阿布德说："我们的谢赫，愿主怜悯他，仅仅从古籍中寻求启示，他无论在诗歌和著述方面都是那时代的模仿能手，在这方面无人能与之相匹。他好像完全超脱了时间和空间，诗歌从不受其影响。"①

纳绥夫的文化囿于阿拉伯语及其文学，他的生活环境也很有限，他对别的国家几乎没有实际的接触。同时，他所生活的时代恰好是崇奉阿拉伯古典文学的时代，也是一个要从衰沉的状态下解脱和复兴的时代。这一复兴需要先驱者们借取古代繁荣时期的成果来完成，而不能只依靠西方的影响。这一切促使纳绥夫成为19世纪最伟大的复古主义作家。纳绥夫希望表现出自己在语言方面的学问和才能，能够与最辉煌时代的作家和诗人相媲美。② 他喜爱穆太奈比古朴豪放的诗风，并努力模仿，被人称为"穆太奈比的缩影"。

虽然仿古妨碍了纳绥夫想象力的开阔，窒息了诗人的艺术灵感，但是没有阻碍他运用流畅、浑实的语言表现其所洞察的一切。当他发现阿拉伯诗歌日趋没落时，不禁伤心地写道：

> 我为诗的屈辱、卑贱感到悲戚，
> 甚至为它服丧，认为它已死去。
> 我也曾想将它抛弃，
> 只是心中热爱，身不由己。
> 与它相识，我才认识了自己，
> 它好像是我的孪生兄弟。
> 这个时代诗的知音何其少，
> 以至于它虽贱卖却仍滞销。
> 若说它的缺陷增多起来，
> 批判家少，则可为之遮羞。

纳绥夫创作了很多诗歌，有情诗、颂诗、哲理诗、悼念诗等。他的一些情诗，感情细腻、纯真、质朴，词句优美。例如：

> 是你妩媚的眼睛
> 还是甜蜜的声音，
> 把我迷住。

---

① ［黎巴嫩］汉纳·法胡里：《阿拉伯文学史》，郅溥浩译，400页，银川，宁夏人民出版社，2008。

② 参见［黎巴嫩］汉纳·法胡里：《阿拉伯文学史》，郅溥浩译，399～400页，银川，宁夏人民出版社，2008。

> 啊，那是爱情！
> 草原上的小鹿，
> 正缓缓啮草，
> 却不知钟情的眼睛，
> 正把它远眺！
> 我的生命已然属你，
> 热恋使一个青年失魂，
> 若不是你，
> 他从不知爱情的味道！

在纳绥夫生活的时代，颂诗、悼念诗等十分流行。纳绥夫喜爱推敲、欣赏古人的此类诗歌，在内容和描写方面，他模仿古代诗人穆太纳比的颂诗来赞颂当时社会的高层如总督、主教、摄事者、文学家、名流等的言论和行为，甚至被人称为"穆太纳比的缩影"。但是纳绥夫的颂诗在描写被歌颂者的个性和特质时显得更加和谐，他的诗具有真切、细腻的特点。

纳绥夫善于在颂诗或其他题材的诗歌中记述历史。比如，他在记叙阿卜杜·阿齐兹苏丹登基时，两行诗中包含了 28 个史实。

纳绥夫擅长悼念诗和哲理诗，他的悼念诗的成就比其他诗歌要高，原因主要在于其悼念之情多发自内心，饱含悲痛之情，有着真诚的劝诫和对人生意义的探索。他的此类诗歌多以哲理开头并结尾，以哲理寄托哀思，使人们感受到死亡不分阶级和年龄，人们应以此为训。他用箴言和哲理减轻痛者之苦，使之忍受生活的灾难。他常以人们喜欢的哲理方式来写作悼念诗，如：

> 每个婴儿终必得一死，
> 母亲啊，
> 你在为蛊虫培育孩子。

而在他的哲理诗中，纳绥夫也有意识地运用一些箴言或人们所熟悉的格言、谚语来表达自己的思想，诗句优美，语言柔和质朴。例如：

> 人世之道我全历，
> 显者隐者皆洞悉。

另有诗句写道：

> 当你看到恶狗交运，
> 快将双腿戴上防护；
> 不要希冀新贵的慈善，

　　　　他正竭力把财产保住。

　　尽管纳绥夫的诗歌创作大多是在模仿古人，他的情感有时显得空泛无力，思想缺乏力度，但是高超的语言能力使其诗歌语句晓畅和谐，富有细腻的音乐感。他是那个时代锻造的语言大师。纳绥夫对语言运用自如，能细腻地表达任何内容，他为作家们开辟了语言使用的新天地。

　　为了帮助诗人们提高著述和写作水平，他编著了多种教科书，方便学生们学习民族诗歌。他是贝鲁特最负声望的教师，并培养出一大批人才。他还以其对书刊出版的校正和指导，帮助作家们沿着良好的修辞和高尚的创作之路前进。这也是那个时代的学者们尊崇他的原因。在他手里，阿拉伯语言从衰沉期的低拙、晦涩一变而为流畅和谐、纯清而质朴。这就是纳绥夫对黎巴嫩乃至整个阿拉伯世界现代文学复兴的功绩之所在。①

---

　　① ［黎巴嫩］汉纳·法胡里：《阿拉伯文学史》，郅溥浩译，400～401 页，银川，宁夏人民出版社，2008。

第十八章　拉丁美洲文学：16—19世纪

第一节　拉美文学概述

一、拉美文学的传统与殖民时代

拉丁美洲是美国以南所有美洲地区的通称，包括墨西哥、中美洲、加勒比地区和整个南美洲。拉丁美洲的命名是由这个地区的政治、经济、文化等因素历史发展的共同性决定的。16世纪以来，这个地区主要的殖民地宗主国西班牙、葡萄牙和法国的语言都属于拉丁语系，因此这个地区被称为"拉丁美洲"。"拉丁美洲"这一名称最初是由法国人米歇尔·舍瓦利在1863年开始使用的，借以说明拉丁美洲文化的拉丁语、天主教背景。1856年，哥伦比亚诗人何塞·玛利亚·托雷斯（1827—1889）第一次有意识地在一首题为《两个美洲》的诗歌中使用了这个概念。他是把"拉丁美洲"作为美国的对立面提出来的。从此，拉丁美洲作为一个鲜明的文化实体，开始了它的历史使命。拉丁美洲国家中主要使用西班牙语的国家称为"西班牙语美洲"；把巴西和海地包括在内的时候，则称为"伊比利亚美洲"。除了上述以拉丁语系的西班牙语、葡萄牙语、法语为主要语言的国家和地区以外，在有印第安人居住的国家内一些印第安人仍使用原住民族的语言，这些印第安文学以口头文字为主。另外，拉丁美洲还包括少许使用英语和其他语言的国家和地区。

拉丁美洲文学指拉丁美洲全部国家和地区以印第安语、西班牙语、法语、英语等写作的文学，主要包括印第安文学、西班牙语美洲文学、巴西文学等。学界一般将拉美文学的初期划分为以下几个阶段：

古代印第安文学　古代印第安文学主要是指哥伦布及西班牙、葡萄牙殖民者到达美洲大陆之前的印第安文学，包括玛雅、阿兹特克、印加的文学。这一时期的文学作品以神话传说、诗歌和戏剧为主，如讴歌印第安基切人的叙事文学作品《波波尔·乌》，以叙述宗教礼仪为主并包含文学、历史、天文和医药等内容的巨著《契伦·巴伦之书》，反映印加公主与武士爱情故事的诗体剧《奥扬泰》等。古印第安文学是在相对隔绝的环境中形成的。16世纪时期由于殖民者的入侵而受到了严重的摧残，几近灭绝，但还是顽强地生存下来而且构成了后来拉美文学的渊源之一。

征服和殖民地时期文学　征服和殖民地时期，即16—19世纪初。自从1492年哥伦布发现美洲大陆以后的整个16世纪是西班牙和葡萄牙的冒险家对印第安人的掠夺、征服时期。在文学方面，以记录征战的纪事文学和征服史诗而著称于世，其中代表性的作品有哥伦布的《航海日记》、书信和给西班牙王室的奏呈（约 1492—1504），贝尔纳尔·迪亚斯·德尔·卡斯蒂略（1492? —1581）的《新西班牙征服信史》，加尔西拉索·德拉·维加（1539—1616）的《王家述评》（1608—1617），阿隆索·德·埃尔西利亚·伊·苏尼加（1533—1594）的《阿劳加纳》（1569—1589）等。在拉丁美洲被征服和被殖民的过程中，拉美文学受到宗主国的深刻影响。此时的拉丁美洲文学几乎完全是宗主国文学的翻版。17 世纪流行于西班牙、葡萄牙的巴洛克文学和贡戈拉文学也流传到美洲并曾经一度占统治地位。巴洛克风格作家中的集大成者是墨西哥作家索尔·胡安娜（1648—1695）。洛可可风格也在美洲有了一定的表现，如墨西哥戏剧大师阿拉尔孔·伊·门多萨（1581—1639）的戏剧和哥伦比亚的弗朗西斯科·安东尼奥·贝雷斯·特拉隆·德·格瓦纳（1721—1781）的诗歌创作。此时的巴西文学尚处于起源时期，成就不大。值得一提的只有胡塞·德·安希埃塔神甫（1534—1597）的传教布道词、本托·特谢拉（1561? —1618?）的史诗《拟声》、"米纳斯吉拉斯州派"诗人的作品等。

二、独立运动与民族文学新时期

独立运动时期文学　独立运动时期文学即新古典主义时期（1790—1826）文学。18 世纪中叶，欧洲的启蒙运动和新古典主义也波及美洲，这种影响具有双重作用，既催生了拉美的独立运动，又拉开了拉美文学新古典主义的序幕。18 世纪末期，克里奥约（Criollo，即土生白人）在政治上要求摆脱宗主国的束缚而独立的思潮兴起，称为"克里奥约主义"；在文学上，则表现为要求描写殖民地本土题材的美洲主义。1790—1826 年间西班牙、葡萄牙所属美洲殖民地纷纷起义并宣布独立，形成了波澜壮阔的独立运动。1826 年 1 月西班牙驻秘鲁卡亚俄港的残军向玻利瓦尔的部队投降，至此西班牙在南美洲的殖民统治全部被摧毁，长达 300 年的殖民统治宣告结束。拉美文学的新古典主义文学深受同时代欧洲新古典主义作家的影响，理性主义也成为作家的指导思想。从 18 世纪末期开始，土生的白人知识分子，如委内瑞拉的弗朗西斯科·德·米兰达（1750—1816）、安德列斯·贝略（1781—1865）和何塞·华金·德·奥尔梅多（1780—1847），墨西哥的何塞·华金·德·利萨尔迪（1776—1827）等人，既是作家同时也是政治家、宣传家、革命家，他们宣传启蒙运动的思想，抨击和揭露西班牙殖民者的暴政，创作了大量的诗歌和散文，为争取独立而呐喊。从 1800—1830 年，他们针对西班牙的殖民统治提出"自由和独立"的口号，针对天主教会的蒙昧主义提出了"科学与进步"的口号。此时的诗歌创作取得了丰硕的成果，主要有奥尔梅多的《胡宁大捷：献给玻利瓦尔的颂歌》，安德列斯·贝略的《美洲的席尔瓦》；在小说方面，有利萨尔迪写出的拉美第一部长篇小说《癞皮鹦鹉》等。但是，美洲新古典主义对巴西文学的影响不大。

民族文学发展时期　这一时期分为浪漫主义时期（19 世纪 30—90 年代）和现代主义时期（1882—1916）。浪漫主义文学又分为社会浪漫主义文学（30—60 年代）和感伤浪漫主义文学（60—90年代）两个阶段。社会浪漫主义文学是各国在独立初期的特定历史情况下产生的，它反对独裁统治，争取民族独立平等和社会文明。主要作家及其代表作品有：埃斯特万·埃切维里亚（1805—1851）的《女俘》(1837) 和《屠场》(1838)，多明戈·福斯蒂诺·萨米恩托（1811—1888）的《法昆多》又名《文明与野蛮》，1845）及何塞·马莫尔（José Marmol，1817—1871）的《阿玛莉娅》(1855) 等。感伤浪漫主义文学是在拉美各国进入稳步发展之后而产生的。这个阶段的作家大多以人生哲理、风俗习惯或对社会的冷静思考为创作主题，出现了风俗主义、印第安主义、地域主义、加乌乔文学等流派。代表作家为古巴诗人胡安·克莱们特·塞内亚（1832—1871）等人。主要作品有索里利亚·德·圣马丁（1855—1931）的《塔瓦雷》(1885)、何塞·埃尔南德斯（1834—1886）的高乔史诗《马丁·菲耶罗》（上部1870年出版，下部1877年出版）等。巴西浪漫主义时期诗歌经过三代诗人的努力取得了突出的成就，小说创作的代表人物为胡塞·马蒂巴亚诺·德·阿伦卡尔（1829—1877）。

现代主义文学表现形式主要是诗歌。1882年古巴著名诗人何塞·马蒂（1853—1895）发表《伊利马埃利约》(1882)，揭开了拉丁美洲现代主义文学的大幕。1888年尼加拉瓜著名诗人鲁文·达里奥（1867—1916）发表诗歌《蓝》，标志现代主义文学的形成。1916年卢文·达里奥去世，现代主义诗歌走向衰落，并逐渐为先锋派诗歌所取代。现代主义主要是受到法国帕尔纳斯派、象征主义、印象主义、颓废派和唯美主义等的影响，该文学思潮主要特点有：主张"为艺术而艺术"的唯美主义，脱离现实；追求纯粹艺术，热衷韵律形式的革新；以优美的形象做比喻，运用典雅的语言；创造虚幻的意境，表现忧伤的情感，在虚无缥缈的幻境里翱翔，寻求精神上的安慰和寄托；向往世界主义和异国情调。受同时代葡萄牙"七十年代派"的影响，巴西的现实主义小说和具有巴西特色的帕尔纳斯派诗歌取得较大的成就。而巴西的现代主义则不同于西班牙语美洲的现代主义。

三、拉美文学的世界化

拉美文学的发展和繁荣时期是在20世纪。1916年墨西哥作家马里亚诺·阿苏埃拉（Mariano Azuela，1873—1952）发表了深刻反映1910年墨西哥革命的小说《底层的人》，促进了现实主义文学的蓬勃发展。随后兴起的"大地小说"用写实主义的手法揭露了大庄园主的野蛮行径，歌颂印第安人的反抗精神，或描写人与大自然的英勇搏斗，代表作有阿尔西德斯·阿格达斯（1879—1946）的《青铜的种族》(1919)、何塞·欧斯塔西奥（1889—1928）的《旋涡》(1924) 和西罗·阿莱格里亚（1908—1967）的《广漠的世界》(1941) 等。

拉美先锋派文学是从20世纪30年代开始的。在借鉴欧洲现代派的基础上，先锋派作家积极探索反映拉美民族意识的新途径，着重发掘人的内心世界，其作品的题材大多以城市生活为主。先锋派文学在写作技巧上运用内心独白、梦幻和意识流的手法，代表作有古巴作家阿莱霍·卡彭铁尔（1904—1980）的《人间王国》(1949)、危地马拉作家米格尔·阿斯图里亚斯（1899—1974）的《总统先生》和阿根廷作家路易斯·博尔赫斯（1899—1986）的《小径分岔的花园》（1941）等。先锋派诗歌较有影响的流派是创造主义和极端主义。

20世纪60年代以来，拉美文学步入空前繁荣的时期。魔幻现实主义、结构现实主义、心理现实主义、社会现实主义和意识流等各种流派纷纷登上文坛，拉美文学呈现出一派繁荣的景象。

拉丁美洲文学虽然是由多个民族国家的文学所构成的，但是作为一个文化体系，拉美文学有共同或相近的文学源流与传统，共同构成了世界文学中的一股洪流，拉美文学作为一个整体具有如下特征：

第一，拉美文学的发展与欧洲文学的发展始终有着密切的血缘关系。现在的拉美文学是从对欧洲文学的模仿之后才逐步走上独立发展的道路的，并对原来的"旧大陆"产生了很大的冲击。加西亚·马尔克斯说："西班牙在整个大陆起着很重要的作用……它的影响在于生活的各个的方面。"① 早期的拉美文学深受宗主国文学的影响，并刻意模仿宗主国文学的表现手法和表现形式。此时的拉美文学作品几乎是宗主国文学的克隆品。后来又转而受法国、英国、意大利和其他国家的影响，尤其是受法国文学的影响最深。从文学流派上看，拉美文学中早期的巴洛克—贡戈拉主义文学、洛可可风格、新古典主义、浪漫主义文学到后来的现实主义等无不深受欧洲的影响。但是拉美作家则根据创作的需要把各种外来艺术表现手法与现实主义、浪漫主义、现代主义糅合在一起，并加以重新改造，创造出独具特色的拉美文学作品，体现出独特的拉美风情。20世纪拉美的现代主义和魔幻现实主义反过来又对欧洲产生了巨大的影响。拉美文学已逐渐摆脱对宗主国的依附，独立的民族文学也已成熟。20世纪的拉丁美洲文学令西方文坛刮目相看，到目前为止，拉丁美洲作家获得诺贝尔文学奖的就有6人：1945年智利女诗人加夫列拉·米斯特拉尔（1889—1957），1967年危地马拉作家米格尔·阿斯图里亚斯，1971年智利诗人帕布罗·聂鲁达（1904—1973），1982年哥伦比亚小说家加西亚·马尔克斯（1928—2014），1990年墨西哥诗人、散文家奥克塔维奥·帕斯（1914—1998），2010年秘鲁作家马里奥·巴尔加斯·略萨（1936—　）获奖。这些都说明了拉丁美洲文学在当今世界文学之林的举足轻重的地位。

第二，创新是拉美文学传统。拉美文学在其成长过程中，一方面继承了古印第安文学的传统；另一方面在吸收欧洲表现手法的基础上不断创新。19世纪下半叶，随着独立运动进入高潮，浪漫主义文学兴起；19世纪末20世纪初期，现代主义文学冲破浪漫主义文学的樊篱，擎起拉美文学独立的大旗，把拉美民族文学推向一个新的高度；20世纪20年代，先锋派文学又冲破现代主义文学的樊篱，在作品内容与形式上有许多创新。作家敢于直面现实、直面人生，大胆探索拉美人的内心世界；40年代，现实主义与先锋派文学分道扬镳；60年代，魔幻现实主义等风格各异流派和艺术形式横空出世，引起西方世界文坛的瞩目。

---

① ［哥伦比亚］加西亚·马尔克斯：《两百年的孤独》，朱景冬译，304页，昆明，云南人民出版社，1997。

第三，拉美文学的整体性和多元性的统一。拉美文学是多种文化融合的产物。它是在美洲印第安文化和西班牙、法国和葡萄牙等国的欧洲文化以及非洲黑人文化的基础上发展起来的。拉美的某些地区还混着东方文化和阿拉伯文化的成分①。几种文化经过拉丁美洲这座熔炉的冶炼，熔成一种崭新的文化。拉美文学也有很多相似或者共同之处：文学借以表现的语言工具是基本共同的——大多数国家使用西班牙语，其次是葡萄牙语等；作品所反映的内容是相似的，拉美各国在历史上都长期处于殖民之下，独立以后的经济发展缓慢，社会局势不稳定，因此反映历史、描写现实和抒发爱国主义情感成为普遍的内容；文学发展道路大体一致，各国文学多是在欧洲文学的影响下不断发展的，都存在继承历史传统和建立民族文学的问题；各国各地区文学彼此都有着直接或者间接的联系和影响。但同时，由于不同地区、不同民族背景之间的差异，拉美文学又呈现出多元性。如加勒比海地区的黑人诗歌就非常具有非洲诗歌的特点；安第斯国家和中美洲一些国家有不少优秀的土著文学作品；阿根廷、乌拉圭等国家欧洲移民为主，其文学作品多具有明显的欧洲风格。这些都体现了拉美文学的整体性和多元性的统一。

第二节　征服和殖民地时期文学

一、新大陆与征服时期文学

1492 年 10 月哥伦布（1451?—1506）率领舰队到达西印度群岛，发现了"新大陆"。自此以后，冒险家们不惜冒着生命危险远涉重洋来到这片神奇的土地。"美洲的发现，绕过非洲的航行，给新兴的资产阶级开辟了新天地。东印度和中国的市场、美洲的殖民化，对殖民地的贸易，交换手段和一般的商品的增加，使商业、航海业和工业空前高涨，因而使正在崩溃的封建社会内部的革命因素迅速发展……大工业建立了由美洲的发现所准备好的世界市场。"②

16 世纪时期，欧洲一些国家不断入侵拉美地区。西班牙已经在拉美完全确立了宗主国的地位，在政治上延续西班牙封建制度，建立了等级森严的身份制度；在经济上主要依赖于混血种人、黑人、印第安人的劳动，对他们进行残酷的压迫和剥削；在文化上把欧洲的文化引进到拉美，兴办一些为殖民地统治服务的学校，出版书籍，创办公共图书馆等文化设施。

整个 16 世纪至 19 世纪的殖民地文学宝库中，既有早期征服时期的血与泪的纪实文学，又有夸饰绮丽的巴洛克文学，还有晚期新古典主义文学。但是，除了征服时期的文学以外，由于西班牙和葡萄牙的文化殖民政策，殖民地文学几乎全部是宗主国文

① 许文龙：《拉丁美洲文化概论》，8 页，上海，复旦大学出版社，1996。
② ［德］马克思、恩格斯：《共产党宣言》，见《马克思恩格斯选集》，第一卷，273 页，北京，人民出版社，1995。

学的克隆作品。正如欧亨尼奥·陈—罗德里格斯所说的那样："新大陆最早的文学作品是西班牙人创作的。"① 以至于美国历史学家艾·巴·托马斯说："西班牙亲手把世界文学宝库里的书本一船船地运入殖民地。但没有什么用处。一般来说，殖民地文学是枯燥无味的，模仿性的，几乎全然没有独创力……"② 但早期的拉美文学还是取得了一定的成就。

　　哥伦布发现新大陆以后，西班牙和葡萄牙殖民者疯狂地涌向拉美，也有大批传教士纷至沓来，他们当中不乏科学家、语言学家等博学之士。客观地说，在拉丁美洲被征服和殖民的过程中，一些受文艺复兴思想熏陶的人文主义者，在征战之余把所见所闻所感诉诸笔端。新大陆的美丽风光、战争历史、主观感受，甚至他们的主观猜测和想象也都被记录了下来。这些作品中间，最有代表性的是哥伦布的《航海日记》、贝尔纳尔·迪亚斯·德尔·卡斯蒂略的《新西班牙征服信史》、加尔西拉索·德拉·维加的《王家述评》、阿隆索·德·埃尔西利亚·伊·苏尼加的《阿劳加纳》等。其余的还有彼德罗·德·奥尼亚（Pedro de Oña，1570—1643）的《阿劳加的征服》、贝尔纳多·德·巴尔武埃纳（Bernardo de Balbuena 1568—1627）的《伟大的墨西哥》、胡安·德·卡斯特利亚诺斯（1522—1606）的《西印度杰出人物的挽歌》和马丁·德尔·巴尔科·森特内拉等人的作品。③ "纪事文学"以及征服诗歌成为这一时期仅见的文学作品。拉美文学由此完成了由古代印第安文学的神话传说、祭祀诗歌和戏剧向新的文学形式的转变。

　　总体来看，征服时期文学并没有出现社会意义深刻，艺术水平较高的作品。即使后来"在西班牙美洲出生或接受教育的伟大作家"的作品也难以与同时代欧洲文坛的作品相媲美。早期的纪事文学、史诗和编年史是主要的文学成就。

二、早期的纪事体文类

　　由于西班牙征服者大量屠杀印第安人，消灭印第安语言文化，印第安文学独立发展的道路被打断。"新大陆"被发现以后的很长时间内，纪事文学（西班牙人文主义者写的编年史、史诗、报告文学）是基本的文学形式，语言基本上是当时西班牙典型的宫廷用语。从史学的角度来看，这些作品成为研究征服时期的珍贵文献，但从文学的角度来看，真正具有文学价值的作品为数不多。

　　作为"新大陆"的发现者，哥伦布当之无愧地成为描写新世界的第一个人。他的《航海日记》、书信和给西班牙王室的奏呈是第一批有关拉丁美洲的西班牙文记载。这部日记既包括一部分较单调的航海技术记载，也有一些饶有兴味的文字，介绍新大陆的风光、面貌、风俗习惯。艾乌赫里奥·马杜斯说："哥伦布的书信及航海日记是介

---

　　① ［秘鲁］欧亨尼奥·陈—罗德里格斯：《拉丁美洲的文明与文化》，白凤森等译，100 页，北京，商务印书馆，1990。

　　② ［美］艾·巴·托马斯：《拉丁美洲史》，第一册，寿进文译，253 页，北京，商务印书馆，1973。

　　③ 参见赵德明等编著：《拉丁美洲文学史》，42～43 页，北京，北京大学出版社，1989。

绍我们土地景色、人民的第一批文学资料，也是第一批提出、预见我们问题的文学资料。"① 它主要包括以下几个方面的内容：首先，对美洲加以美化，把它描写成黄金之地；其次，表达宣传福音及天主教的赤诚意愿和在拉丁美洲推广西班牙语的愿望；再次，描写美洲的自然风光；第四，描写了印第安人的生活习俗、健美的身体及友善好客。在哥伦布笔下，印第安人是"高尚的野蛮人"。

贝尔纳尔·迪亚斯·德尔·卡斯蒂略（1496—1584?）的《新西班牙征服信史》以"我在场"的视角用生动、流畅的语言描绘了科尔特斯率领士兵征服墨西哥的全过程，同时还客观叙述了阿兹特克国王蒙特苏玛英勇抵抗殖民主义者入侵的事迹。此外，作者还描写了墨西哥的自然风光、印第安人的习俗和大量的民间故事与神话传说。全书脉络清晰，叙事生动，风格清新，笔法细腻，毫无雕琢的痕迹，体现了西班牙"黄金世纪"文学的风格。作品中对印第安人的生活和墨西哥的自然风光的描写使这部作品具有鲜明的美洲特色。智利著名文学教授托雷斯-里奥塞科评价说："……贝尔纳尔·迪亚斯是具有西班牙特色的，他遵循洛佩·德·维加在戏剧方面，圣胡安在神秘诗歌方面，甚至包括西班牙的塞万提斯在小说方面做出的范例——反对盲目崇拜古典的、民众化的文学观念。他的《新西班牙征服信史》可以恰当地看成所有新世界的编年史中最具有西班牙特色的（在上述的意义方面），而同时又具有美洲特色的（在细节和使用当地词汇方面）作品。"②

加尔西拉索·德拉·维加是秘鲁著名纪事文学作家、历史学家，也是西班牙在美洲整个殖民时期最杰出的文学家之一。加尔西拉索的父亲是西班牙贵族和征服者，母亲是印加国公主。他少年时一直在印加学习，十分熟悉印第安文化，会唱印第安民歌，能够吟诵西班牙歌谣，懂克丘亚语、拉丁文和西班牙语，熟知印加的历史、法制、政治体制、宗教信仰、神话传说等。他后来前往西班牙，从事文化研究工作，掌握了更为先进的西班牙文化。特殊的出身和经历使得他能透彻了解印加文化，又具有16世纪欧洲人文主义者的素质。曾著有《加尔西·佩雷斯·德·巴尔加斯的家谱》（1596）、《印加的佛罗里达，埃尔南德多·德·索托总督……和其他西班牙与印第安英雄豪杰的历史》（1605）等。他最重要的作品《王家述评》（1609）是一部具有高度文学价值的历史纪录，也是"第一部美洲人写的关于美洲的书"③。全书共两卷十七章，用抒情散文体写成，描写了有关印加人的历史和秘鲁的历史，内容涉及神话、印加王的起源，印加帝国行政管理、宗教信仰、生产教育制度风俗习惯、工程建筑及皇家家谱等内容，是研究美洲社会、文化、历史的重要文献。

《王家述评》具有很高的艺术价值。作者以其高超的艺术风格、浪漫主义的手法表现出印加之子对自己祖国和乡土的热恋，对古代劳动者的颂扬，作品充满抒情和伤感的艺术之美。这部作品注重人物形象的刻画，在语言方面吸收克丘亚语的词汇，加

---

① 转引自吴守琳编著：《拉丁美洲文学简史》，67～68 页，北京，中国人民大学出版社，1985。

② ［智利］托雷斯-里奥塞科：《拉丁美洲文学简史》，吴健恒译，9 页，北京，人民文学出版社，1978。

③ 朱景冬、孙成敖：《拉丁美洲小说史》，20 页，天津，百花文艺出版社，2004。

上作者深厚的拉丁文和西班牙语的修养，使得它成为西班牙语文学的经典，几百年来流传不衰。维加的历史功绩还在于他继承和保存了印加文化遗产，较为完整地记录了自己民族的历史状况。与此同时，由于这部著作充满了对印加帝国理想化的描述，因此这部书也被称为"印加乌托邦"，这是欧洲莫尔·托马斯和康帕内拉所代表的空想社会主义思潮的反映。① 《王家述评》是西班牙文化与印第安文化两种文化相结合的产物，对后世的拉美文学有着较大的影响。

三、殖民文学的"史诗"

美洲的征服者在战斗之余用手中的笔记下了他们的所见、所闻、所感。阿隆索·德·埃尔西利亚·伊·苏尼加（1533—1594）便是他们中的杰出代表，他以《阿劳加纳》闻名于世。作者早年受到良好的教育，学习过拉丁文、西班牙文、法文、意大利文，熟读文艺复兴时期文学大师的作品。21 岁时，他加入征服美洲的大军，后来参加对阿劳加人的战斗。他在战斗的间歇中提笔作诗，记录下许多可歌可泣的故事和惊心动魄的战斗场面。在 1569—1589 年间，长诗《阿劳加纳》分 3 次出版，这是拉美第一部西班牙语史诗。

《阿劳加纳》全诗共分 3 部分，计 37 章。第一部分共计 15 章，主要描写智利的自然风光和阿劳加人的风俗习惯，印第安人的勇武和反抗精神，西班牙的入侵，阿劳乌加酋长会议，西班牙人的营地之战。第二部分共计 14 章，主要叙述战争发展的情况，中间穿插了欧洲的战事，阿劳加人接连受到挫折并坚持抵抗，一位战俘不畏强暴，不怕牺牲，最后英勇就义。在新统帅考波利坎的领导下，战争取得了一定的胜利。第三部分共计 7 章，讲述阿劳加纳的失利和西班牙征服者取得最后的胜利的过程。作者用大量笔墨叙述了考波利坎由于叛徒安德烈斯的出卖而中计、被俘、最后英勇牺牲的经过。全诗没有提及西班牙殖民军的最高统领，表达了作者的轻蔑，而对阿劳加族的军事领袖却表示出钦佩和崇敬。长诗问世后曾遭到当时西班牙当局的抵制。智利文学史家托雷斯-里奥塞科评价说："《阿劳加纳》无疑地被认为是西班牙美洲的最重要的史诗——而且的确是西班牙语的唯一的伟大古典史诗。它的真正诗意，较少地在于它的诗句，而更多地在于埃尔西利亚的崇高思想，他的高尚心灵，他对印第安人的骑士风度。"②

殖民地时期的拉美文学指从西班牙殖民者确立殖民统治到新古典主义之间的文学。首先，它最重要的特点是宗主国的影响极深。文学思潮的产生、发展，作家创作的追求，都深深带着宗主国的文学特点。其次，文学创作从纪事文学和宗教文学转向宫廷文学，文化完全被白人贵族统治。西班牙、葡萄牙的巴洛克风格文学曾经一度成为创作的主流。欧洲的人文主义思潮和启蒙运动的思潮也波及拉丁美洲文学。再次，

---

① 参见吴守琳：《拉丁美洲文学简史》，96～97 页，北京，中国人民大学出版社，1985。
② ［智利］托雷斯-里奥塞科：《拉丁美洲文学简史》，吴健恒译，7 页，北京，人民文学出版社，1978。

18 世纪末期，民族文学也逐渐发展起来，拉美的古典主义时期文学就是民族文学的萌芽。克里奥约主义要求摆脱宗主国的束缚，具有独立的思想，因此表现殖民地本土题材开始盛行。最后，多种思潮对文学创作都产生了影响，其中既有神学的影响，也有欧洲人文主义的踪迹，而笛卡尔的理性主义影响更深。

拉丁美洲西班牙语的诗歌源于西班牙和意大利文艺复兴时期的古典传统。最早的美洲西班牙语诗歌是西班牙作家为国内读者而写作的。这些作家接受过欧洲教育，他们承袭了西班牙和中世纪的文学传统。诗歌不过是采用了美洲异国风情作为背景，以吸引欧洲的读者而已。后来也有一些旅居美洲的士兵或诗人在他们最初的作品中表露出他们对新大陆的热爱。这些欧洲人给"新大陆"带来了当时流行于欧洲尤其是流行于西班牙的文学体裁，如颂歌、史诗、哀歌、十四行诗、传统的韵文和骑士小说、喜剧或宗教剧等，诗歌方面更倾向于创作田园诗、爱情诗、带有宗教色彩的十四行诗等。墨西哥人弗朗西斯科·德·特拉萨斯被认为是新大陆出生的第一位诗人。1577 年他用西班牙语创作了诗歌集《诗之花》，其中的一首十四行诗《留下那卷曲的金线》最为著名。阿隆索·德·埃尔西利亚·伊·苏尼加（1533—1594）则是他们中的杰出代表。在 17 世纪时期以贡戈拉主义诗歌为主。到了 18 世纪，贡戈拉主义仍然占有统治地位，但是已经产生其他类型的诗歌创作。从发展过程来看，贡戈拉主义经历了三个阶段：巴洛克风格、洛可可风格和新古典主义。诗歌的内容多是对神的崇拜，男女爱情和宫廷生活。但是从 18 世纪后期新古典主义传入之后，内容发生变化，开始描绘大自然，追求返璞归真，歌颂自由。应该说，早期的西班牙语美洲的诗歌创作水平不高。

戏剧是拉丁美洲殖民文学的另一重要形式。1533 年在墨西哥城上演了第一出宗教剧《世界末日战》。1574 年在墨西哥城上演了由墨西哥土生白人胡安·佩雷斯·拉米雷斯（1545—?）创作的《佩德罗牧师与墨西哥教堂的精神婚约》。这是拉丁美洲人创作的第一部戏剧，作者也因此被誉为拉美第一位剧作家。17 世纪虽然产生过一些宗教戏剧，但并不是真正创作的戏剧。这时土生白人还没有人敢于创作悲喜剧、喜剧，只写了一些插科打诨的短剧，他们创作的平民风俗戏剧非常引人注意。虽然中世纪的经院哲学仍然占主导地位，但是欧洲的唯理性主义与科学已经进入拉美。秘鲁作家佩德罗·德贝拉尔塔·巴尔努埃沃（1663—1743）知识渊博，对法国百科全书派的思想深表赞赏，但又同时以经院哲学进行研究和创作。因此他的戏剧作品具有神秘而黯淡的格调，情人没有热情，坏人不坏，好人不好，作品有《爱情与权力》和《感情战胜殷勤》。秘鲁作家弗朗西斯科·卡斯提约（1716—1770）在思想上完全站在宗主国一边，创作过喜剧《秘鲁的征服》，表现印第安人甘愿接受西班牙人的统治。墨西哥作家何塞·奥古斯丁·德卡斯特罗（1730—1814）写过宗教短剧、开场剧等。开场剧《乡巴佬》以土著方言叙述了乡土风情，成为 19 世纪风俗主义文学的源头。古巴作家圣地亚哥·德华塔（?—1755）的《花匠王子和假克罗里达诺》是 18 世纪上半叶拉美有代表性的喜剧，也是巴洛克—洛可可式的才子佳人戏剧作品。

散文创作方面，这一时期拉美没有纯文学性质的作品。宗主国西班牙文学的逐渐衰落影响到殖民地的文学创作。拉美屈指可数的几家出版社都没有出版过小说。但是这一时期产生了一些叙事性文学作品，作者大多是西班牙第一批征服者的后代。叙事文学主流占据文坛。弗朗西斯科·努涅斯·德比内达（1607—1682）以亲身经历创作了《幸福的囚禁生活与漫长的智利战争中的个人原因》。由于他阅读过大量的骑士小说、田园小说、流浪汉小说，因此这部叙事散文作品具备了一定的小说技巧。

文学理论方面弗朗西斯科·哈维尔·埃乌海纽（1747—1795）的《新卢奇安，或聪明的才智的唤醒者》由九次对话构成，论述了诗歌、修辞学、哲学、神学等，是拉美殖民时期重要的理论著作。

四、拉美的巴洛克风格文学

巴洛克风格是文艺复兴运动之后，16 世纪末叶到 18 世纪中期欧洲艺术中的一种主要风格，在 16 世纪下半叶出现在意大利，具有豪华、优雅、浪漫的特点，非常强调激情、运动和变化，具有宗教色彩，由 16 世纪的古典主义者建立的！背离了文艺复兴精神的一种艺术形式。巴洛克风格于 17 世纪随着西班牙征服者也传到了美洲，一直影响到 18 世纪。殖民地时期美洲巴洛克风格的作品以诗歌、戏剧为主，还有一些纪事散文。诗歌主要有宗教诗、抒情诗、讽刺诗等几类。宗教诗数量庞大，这与当时的教会统治有密切的关系。文学作品主要表现男女情爱，人对上帝的爱和宫廷生活。在 18 世纪后期新古典主义传入以后，内容发生变化，描写大自然，追求返璞归真，歌颂自由。拉美巴洛克文学在诗歌创作上追求色彩明暗对比的效果，使用令人费解的隐喻、神话典故、倒装句法、浮夸技巧，致使作品晦涩难懂。贡戈拉的奇丽文体、克维多的警句文学也都成为美洲巴洛克风格的重要因素。17—18 世纪的拉丁美洲诗坛刮起了贡戈拉主义诗风。贡戈拉主义是 17 世纪西班牙洛克文学的一个流派，代表人物是贡戈拉·伊·阿尔戈特。该流派提倡为"高雅人士"写作，作品晦涩难懂，多反映人生无常、终归毁灭的悲观思想。

殖民地时期巴洛克风格文学涌现出了一批作家和作品。墨西哥作家西格恩萨·伊·贡戈拉（1645—1700）受贡戈拉主义文风的影响写过一些抒情诗，如《印第安的春天》等。他还写过《1692 年 6 月 8 日墨西哥城骚乱记》等散文。他的散文被评论家认为是美洲小说的前身。美洲诗歌鼻祖之一的贝尔纳多·德·巴尔武埃纳（1562—1627）于 1604 年出版了用书信体写成的代表作《伟大的墨西哥城》。

值得一提的是，当时流行的贡戈拉主义在秘鲁虽然没有影响，但秘鲁著名散文作家、诗人艾斯皮诺萨·梅德拉诺（1629—1688）却是贡戈拉文风的极力推崇者。为驳斥葡萄牙诗人曼努埃尔·德·法利亚·伊·索萨对贡戈拉的批评，他创作了《为贡戈拉辩护》（1622），对贡戈拉主义予以详细的阐述，表现出他对贡戈拉作品的精深理解，是拉丁美洲文学史上第一篇重要的文学评论著作，并且这篇以宫廷体写就的文章本身语言精美、典雅而富有雄辩，被誉为是 17 世纪西班牙语范文之一。

17 世纪巴洛克风格作家中的集大成者是墨西哥作家索尔·胡安娜·伊内斯·德·拉·克鲁斯。胡安娜在诗歌、戏剧和散文方面都有巨大成就，她被公认为是殖民地时期拉丁美洲文坛上最重要的文学人物，被同时代人称为"第十个缪斯"。在颇为坎坷的一生中，她创作了不少文学作品，诗歌、戏剧、散文兼而有之。其作品通常分为两大类：为王室贵族写的宗教剧、颂歌、颂词和喜剧，诗歌、民谣和散文。为宣传天主教，她共写了 三部宗教短剧，分别是《何塞的牧杖》《圣礼殉道者》和《神圣的纳尔西索》。在她的短剧中出现了印第安人、黑人和混血种人的角色，而且还采用印第安人土语、民歌格律写台词和唱词，这在当时殖民地社会是很难得的。她还写了两部喜剧，是为先后欢迎两位总督到任而写的。第一部是《家庭的责任》，这是胡安娜按照亚里士多德的三一律和西班牙著名戏剧家卡尔德隆的风格创作的；第二部喜剧《爱情更是迷宫》是与他人合作完成的。这两部喜剧被推崇为"17 世纪一个西班牙美洲人创作的最好的作品"①。

胡安娜的最大成就是在诗歌创作方面。她的诗歌创作深受西班牙巴洛克风格的影响，在诗歌技巧方面乃至个人爱好方面，她倾向于"夸饰主义"大师贡戈拉的风格，而在哲学、宗教和道德方面，她则更接近当时的一位"警句派"大师克维多。她的抒情诗和爱情诗都取得了广泛的赞誉。

《初梦》（1689）是她的代表作，也是 17 世纪巴洛克风格的代表。这首诗是用自由体写成的，共 975 行，分为 12 大段。胡安娜在诗中把"知识"比喻成梦，做梦即是人类的思维畅想，人类认识宇宙、世界的过程。诗人向我们展示了这样一次人类探索真理的过程：黑夜降临大地，人们进入睡眠之中，但处于睡眠状态的人们的心脏、大脑和胃继续进行活动，"畅想"还能继续新的创作，即"梦"。幽灵离开人体升入无际的苍穹，登上知识的宝山和山峰，又登上金字塔，但人类的金字塔无法与"智慧之塔"相提并论，于是幽灵感觉到自己的渺小、无知。但最后幽灵找到方法——用亚里士多德的逻辑思维来逐步扩充知识，就能攀登到"智慧之塔"的巅峰。虽然人类有着认识宇宙的能力，但也有自己的局限。然而人类是不会停止前进的。最后，大梦醒来，旭日东升，返回现实。

《初梦》是典型的巴洛克风格作品。我国学者赵振江曾这样说："《初梦》气势恢弘、激荡跌宕、意象辉煌，堪称大家风范，说它是新大陆巴洛克风格的扛鼎之作，是一点也不为过的。"② 该诗的语言具有鲜明的特点：（1）语言绮丽，诗中充满比喻、借喻、修饰、人格化、形象化的描写；（2）广泛使用强烈鲜明的对比和抽象寓意的夸张手法；（3）借用大量古希腊、古罗马神话典故。

胡安·德尔·巴列（Juan de valle y Caviedes，1645—1697）是克维多警句主义的代表诗人，他出生于西班牙，后在秘鲁度过一生。他主要创作爱情诗、宗教诗、戏剧和哲理性散文。在他的文学创作中，医生往往是他嘲弄讽刺的对象。他的代表作《帕尔纳索的牙齿》（*Diente del Parnaso*），延续了克维多讽刺风格，讽刺医生。秘鲁当时的日常生活在该部作品中也得到体现。

---

① ［智利］托雷斯-里奥塞科：《拉丁美洲文学简史》，吴健恒译，34 页，北京，人民文学出版社，1978。

② 赵振江：《西班牙及西班牙语美洲诗歌导论》，209 页，北京，北京大学出版社，2002。

五、洛可可风格文学

洛可可风格起源于 18 世纪初的法国宫廷艺术，用来形容艺术中那种善于运用卷曲线条和复杂装饰的风格。在诗歌创作上，则是用浮华和虚饰的辞藻去描绘宫廷贵族奢靡和放荡的生活。洛可可艺术风格是经过西班牙传入拉美的，代表性诗人是哥伦比亚的弗朗西斯科·安东尼奥·贝雷斯。这位宫廷诗人写过许多颂赞总督及夫人"德政"的诗。他以华丽虚饰的辞藻描绘宫廷贵族奢侈的生活。比如描写王公贵族外出游猎的场面时，诗人极力歌颂他们那样骄奢淫逸、纵情声色的贵族气派。

戏剧大师阿拉尔孔·伊·门多萨出生在墨西哥一个破落的贵族家庭，其父亲担任西班牙皇家财政署的高级官员，是地道的土生白人。他推崇西班牙戏剧家洛佩·维加，但是并不完全仿效维加，某些戏剧有明显的墨西哥色彩。他认为，一味地模仿维加将难以成功，只有突破维加的模式，创作自己的戏剧，才会为当时的西班牙接受。于是他使剧情展开缓慢，废除维加戏剧中的歌曲和舞蹈，每幕的时间和地点都是一致的，对话简练，不重复，从而形成了一种结构严谨、笔调稳健的独特风格。他的剧作中有一类以历史和神话传说为题材，表现西班牙人的尊严和英雄气概。代表作《塞戈维亚的织布匠》，写西班牙人费尔南多为报父仇而杀死异族统治者的故事。另一类是性格喜剧，取材于当时的社会习俗，以进行伦理教育为目的。比如反对欺骗的《可疑的真情》，谴责诽谤的《隔墙有耳》和痛斥忘恩负义的《对诺言的考验》等。阿拉尔孔的性格喜剧不仅在西班牙，而且在欧洲和拉丁美洲都有很大的影响。阿拉尔孔所取得的成就使墨西哥人感到自豪和骄傲，"他是一个世界性的人物、第一个离开国界的人。他第一个冲出殖民地的海关并参与到欧洲诗歌的洪流中去"[①]。

早期的拉美文学作品是深受宗主国文学的影响，可以毫不夸张地说，唯宗主国文学马首是瞻，此时的拉美文学就是宗主国文学的翻版。17 世纪流行于西班牙、葡萄牙的巴洛克文学和贡戈拉主义传播到拉美并曾经一度占统治地位。拉美作家在经历了模仿阶段之后，逐渐将拉美元素融入文学创作中，为以后创造独具特色的拉美文学做好必要的准备。在 18 世纪中叶，欧洲的人文主义思想和启蒙运动也波及美洲，拉美的民族文学开始萌芽。这是拉美文学的新古典主义时期，理性主义成为作家的指导思想。其间，拉美的诗歌创作取得了较大的成就。18 世纪末期，拉美土生白人要求摆脱宗主国的束缚而独立的思潮兴起，称为克里奥约主义，在文学上则表现为要求描写殖民地本土题材的美洲主义。洛可可风格也在美洲有了的较大影响，如墨西哥阿拉尔孔的戏剧，哥伦比亚格瓦拉的诗歌创作。

第三节　独立运动时期的拉美文学

自从西班牙殖民者发现"新大陆"以后，对拉美的征服与殖民统治持续了 300 多

---

① 转引自李德恩：《墨西哥文学》，62 页，北京，外语教学与研究出版社，1999。

年。在这期间，反抗殖民主义统治的斗争接连不断，逐步遍及整个美洲。海地于1790 年举起独立运动的大旗，自此殖民地的独立革命立刻如火如荼地发展起来。1826 年 1 月，西班牙驻秘鲁卡亚俄港的残军向玻利瓦尔的部队投降，宣告了西班牙在南美的殖民统治基本结束。此时，除极少数地区如古巴、牙买加、波多黎各和圭亚那等地之外，绝大部分地区均已摆脱西班牙、葡萄牙和法国的殖民主义统治，建立了民族独立的国家。

欧洲的启蒙思想和古典主义打开了殖民地人民的心扉。知识分子努力吸收新思想，积极投身于拉美的思想启蒙运动。欧洲资产阶级建立理想王国的革命思想点燃了独立战争的未来英雄们的想象。他们既是思想家又是文学活动家，文学团体成为革命思想的中心。拉丁美洲的许多作家，如委内瑞拉的弗朗西斯科·德·米兰达与何塞·德·咖尔达斯、墨西哥的何塞·华金·德利萨尔迪、委内瑞拉的安德列斯·贝略与何塞·华金·德·奥尔梅多等人既是作家，也是政治活动家。一方面，他们宣传启蒙运动的思想，抨击和揭露西班牙殖民者的暴政；另一方面，他们创作了大量的文学作品，为争取独立而呐喊，译介欧洲文学作品，传播文学思想。此时的诗歌创作取得了较大的成绩，如奥尔梅多的《胡宁大捷：献给玻利瓦尔的颂歌》，安德列斯·贝略的《美洲的席尔瓦》。在小说方面，利萨尔迪写出了拉美第一部长篇小说《癞皮鹦鹉》。

一、美洲新古典主义

18 世纪下半叶和 19 世纪初叶，欧洲的启蒙思想在美洲殖民地广泛传播。18 世纪90 年代以前，侧重于哲学、自然科学的传播，思想主题是促进自然科学的发展，倡导科学，振兴实业。法国大革命后，重心转移到社会、政治方面。美洲殖民地根据自身的历史状况、条件和需要，吸收欧洲其他国家的启蒙思想和资产阶级革命理论，发展新的内容，走上争取民族独立的道路。殖民地各大学的图书馆和私人藏书都藏有西班牙著名学者和英、法启蒙思想家的著作。独立运动的先驱知识分子以欧洲资产阶级革命思想为指导，翻译、宣传了介绍欧洲著名的思想、哲学著作，涉及神学、文学、法学、历史、地理、物理、哲学等学科，牛顿、笛卡尔、伏尔泰、卢梭、孟德斯鸠等人的著作也都广为流传。早在 17 世纪末，法国著名学者笛卡尔、伽桑狄等人反对亚里士多德、批判经院的书籍已经传到美洲殖民地。1794 年 8 月，哥伦比亚人纳里诺（1765—1822）把法国革命的《人权宣言》翻译成西班牙文在波哥大印发。莫雷诺（1728—1811）翻译了卢梭的《社会契约论》。美国的《独立宣言》、潘恩的《常识》，富兰克林及杰弗逊等人关于资产阶级革命的主张也引起了拉丁美洲人民的反响。正如有的学者指出的那样："在拉丁美洲的每一个地区，至少有少数学者阅读过托马斯·杰弗逊或本杰明·富兰克林的著作。《独立宣言》《1787 年宪法》以及《华盛顿的告别辞》也得到了广泛流传。19 世纪的头 10 年，活跃在拉普拉塔河地区的美国商人戴维·柯蒂蓝·德福雷斯特传播了佩恩的思想，面交一份由他翻译出版的《华盛顿的告别辞》，而且向布宜诺斯艾利斯的公共图书馆赠送了伏尔泰、卢梭、孟德斯鸠的作品。"①

　　在拉美的新古典主义时代，卢梭的影响在思想和文学方面是交织在一起的。当时独立运动的许多人，如委内瑞拉的弗朗西斯科·德·米兰达、安德列斯·贝略、西蒙·玻利瓦尔（1783—1830）、卡米洛·恩里克斯神甫等人都是卢梭热诚的门徒。西蒙·玻利瓦尔受到卢梭思想的哺育，"按照他的训导成长，成为浪漫主义派在爱情、语言和向往自由方面的最纯正的代表"②。这种影响在玻利瓦尔的生活中和著作中表现得非常明显："玻利瓦尔的语汇的基础来自卢梭的《演说集》，有时甚至到了人们读玻利瓦尔时竟会以为自己在读卢梭作品的译本的程度。……他在1824年登上钦博拉索山之后写的题为《呓语》的作品，特别表现出《新爱洛绮斯》的风格和激情。"③

　　在文学上，许多追随者树立了新的规范和新的精神，独立运动中的大多数"爱国者"积极从事文学活动，创办报纸并以刊物为中心组织文学社团，宣传新思想和发表作品。比如，墨西哥的第一份报纸《美洲的觉醒》和《国民启蒙报》积极宣传新思想，卡米洛·恩里克斯、利萨尔迪分别在《墨西哥思想家报》和《智利的黎明》上发表反对西班牙统治的文章和歌颂自由及独立的诗篇。墨西哥著名学者希蒙内斯·卢埃达这样评论道："报纸和政治演说标志着墨西哥独立生活的开端，因此它们在墨西哥文学史上占有重要地位。成为表达政治、社会、文化思想的工具。"④

　　拉丁美洲的独立运动与欧洲的启蒙运动是息息相关的。一方面，拉美的独立运动本身牵动着不少欧洲进步人士：拜伦把他的游艇命名为"玻利瓦尔号"并渴望到美洲去，加里波第亲自去过美洲并直到垂暮之年还身着美洲的彭丘以象征反抗；另一方面，美洲独立前夕和独立时期不少拉美进步人士通过在欧洲的生活、学习、工作和参加斗争获得直接的体验：墨西哥神父塞尔万多·特雷萨·德·米耶尔（1765—1827）、委内瑞拉的弗朗西斯科·德·米兰达、西蒙·玻利瓦尔（1783—1830）和安德列斯·贝略和危地马拉的安东尼奥·何塞·德·伊里萨里（1786—1868）等都在欧洲游历过。他们在游历中目睹了欧洲启蒙运动或革命运动，渴望早日摆脱宗主国的束缚，赢得民族独立。厄瓜多尔诗人何塞·华金·德·奥尔梅多（1780—1847）以诗表现了玻利瓦尔的梦想："啊，联合起来各族人民，争取自由再也不会重蹈失败，伟大的安第斯山脉将加速这种联合。"⑤

　　欧洲的新古典主义通过法国和西班牙进入拉丁美洲，在新大陆得到改造和加工后

---

　　①　[美]E.布拉德福德·伯恩斯：《简明拉丁美洲史》，王宁坤译，100页，长沙，湖南教育出版社，1989。

　　②　[智利]托雷斯-里奥塞科：《拉丁美洲文学简史》，吴健恒译，44页，北京，人民文学出版社，1978。

　　③　[智利]托雷斯-里奥塞科：《拉丁美洲文学简史》，吴健恒译，45页，北京，人民文学出版社，1978。

　　④　转引自赵德明等编著：《拉丁美洲文学史》，112页，北京，北京大学出版社，1989。

　　⑤　转引自[英]莱斯利·贝瑟尔：《剑桥拉丁美洲史》，第三卷，徐守源等译，838页，北京，中国社会科学院出版社，1994。

具有了美洲特色，被称为"美洲新古典主义"。与欧洲新古典主义不同，美洲古典主义有自己的特色：（1）从时间上看，欧洲的古典主义几乎统治欧洲文坛达整整两个世纪（17—18世纪）；而拉美古典主义的出现是在18世纪中叶以后，它的产生与发展是与拉美国家的独立运动同步进行的，是拉美民族文学萌芽的标志。（2）欧洲的古典主义遵奉严格的理性至上的原则，而拉美新古典主义虽然也讲理性至上，但它不是完全以古希腊、罗马文学为典范，而是尊崇西班牙文艺复兴时期的格调。大量的拉丁词汇、前置形容词和丰富的隐喻形成严谨的抒情诗形式。它要求追求最完美的表现，最细腻的主题，给诗坛带来一股清新的美感。（3）拉美新古典主义的诞生，不是受欧洲古典主义的直接影响，而是与欧洲人文主义思想和启蒙运动有着密不可分的关系。因此拉美的新古典主义要求文学应当成为战斗和宣传的武器，应当为独立、自由、科学与进步而呐喊，而且完完全全地反映美洲本土的生活。[1]

美洲新古典主义文学在诗歌、散文、戏剧和小说创作等方面都取得了令人瞩目的成就。诗歌和小说将在下文作专门分析。从18世纪末开始，散文也转向新古典主义。散文家纷纷提笔揭露殖民制度的弊端，传播启蒙主义思想。代表人物有厄瓜多尔人文主义学者克鲁斯·伊·埃斯佩霍，他在教育、科学、新闻、政治等方面的著述十分丰富，他又是拉美独立运动的倡导者。墨西哥的特莱莎·德·密耶尔和阿根廷的贝尔纳尔多·德·蒙特阿古多在争取独立、宣传进步思想的斗争中写下了大量的散文，做出了杰出贡献。

在戏剧方面，由于法国戏剧大师高乃依、拉辛、莫里哀的喜剧的传入，加上西班牙和意大利悲剧的长期盛行，在宫廷贵族的赞助下，18世纪下半叶美洲殖民地的戏剧远比诗歌和散文要繁荣得多。在剧目上，西班牙的黄金世纪的剧作占据首位，其次是法国和意大利的作品。但是到了18世纪末期，描写土生白人生活的剧作开始搬上舞台，一批优秀演员也应运而生。墨西哥的曼努埃尔·爱德华多·德·戈罗斯迪萨等人都是名噪一时的人物。描写高乔人生活的《女庄园主的爱情》以其浓厚的地方色彩、活泼生动的土语方言，与典雅的古典主义戏剧对立，被公认为优秀的美洲剧作，为美洲戏剧的民族化迈出了第一步。[2]

二、拉美新古典主义诗歌

美洲新古典主义诗歌从内容上大致可以分为田园牧歌诗、英雄爱国诗、自然风景诗和民歌。新古典主义诗歌多喜欢采用七音节和十一音节交替的自由诗体"席尔瓦"（Silva）。"新古典主义时期的主要作品是英雄颂歌、爱国主义、哀歌、情歌、讽刺短文、寓言和贺拉斯、布瓦洛和卢梭式的散文……"[3] 在拉美作家看来，文学应该成为

---

① 参见方瑛：《十九世纪拉美文学与欧洲文学的关系》，载《语文学刊》，1994（5）。

② 赵德明等编著：《拉丁美洲文学史》，73～76页，北京，北京大学出版社，1989。

③ ［英］莱斯利·贝瑟尔：《剑桥拉丁美洲史》，第三卷，徐守源等译，837页，北京，中国社会科学院出版社，1994。

战斗和宣传的工具，"祖国的独立是影响一切诗歌的灵感"成为评定诗歌内容的重要标准。拉美作家在崇尚古希腊、罗马文学大师的同时，也重视古印第安文学的价值，热情歌颂本土的美好风光。他们效仿维吉尔《农事诗》，以耕耘稼穑、放牧牛羊为题材，表现美洲人开发和建设新家园的决心。在诗歌技巧上，新古典主义诗人继承西班牙文艺复兴的传统，模仿西班牙著名诗人金塔纳和霍维利亚诺斯的手法，使用七音节和十一音节交替的自由诗体"席尔瓦"，诗文中多有拉丁文，喜欢以古典神话作隐喻。代表作家有古巴诗人何塞·玛丽亚·德·埃雷迪亚（José María de Heredia，1803—1839）、厄瓜多尔诗人何塞·华金·德·奥尔梅多和委内瑞拉诗人和学者、一代宗师安德烈斯·贝略，无论作家本人和作品都深深地打上了欧洲的烙印。下面将结合具体的作家和作品进行分析。

古巴诗人何塞·玛丽亚·德·埃雷迪亚被称为"拜伦式的青年"。他积极投身于革命活动，他的经历非常丰富和坎坷，一生极为浪漫，他胸怀拜伦式的志向，追求名誉、荣耀和爱情。他接受了良好的古典主义教育，他曾经翻译和模仿过英国、法国浪漫主义诗人拜伦、夏多布里昂、拉马丁等人的作品。诗作充满纯粹浪漫主义式的主观和忧郁。他被认为是真正站在浪漫主义门口的诗人，创作了西班牙语的第一首浪漫主义的诗歌。他的力作《在乔卢拉的神坛上》（1820）在拉丁美洲浪漫主义文学史上具有里程碑的意义，比西班牙本土的第一首浪漫主义诗歌要早上 10 年。这首诗围绕着"自然和人"两个轴心描写了乔卢拉地区的自然风光和阿兹特克神坛废墟，然后作者浮想联翩，转而叙述往事，最后回到现实，提醒世人要从神坛的经历中吸取教训。这首诗使用了当时流行的"席尔瓦"形式，大部分音节是十一音节。他的名诗《尼亚加拉的颂歌》（1824）把瑰丽的景色、奔放的激情、丰富的想象、感伤的情调和完美的形式有机地结合起来，显示出他是"美洲大自然的真正歌手"。

厄瓜多尔诗人何塞·华金·奥尔梅多对欧洲古典文化有深刻的了解。他在出使西班牙期间，翻译了英国新古典主义诗人蒲柏的《人论》。他本人懂拉丁语、法语、英语、意大利语，熟悉古希腊、罗马的文学，善于学习优秀古典作家的艺术技巧，将荷马、品达罗斯、维吉尔、贺拉斯等古典作家奉为圭臬，并称他们是他最好的老师。他一生中创作了 90 篇诗歌，其中《胡宁大捷：献给玻利瓦尔的颂歌》和《献给米纳里卡的胜利者弗洛雷斯将军的颂歌》（1835）以磅礴的气势，奔放的感情和高超的技巧成为佳作。在《胡宁大捷：献给玻利瓦尔的颂歌》中诗人通过对胡宁战役和阿亚库乔战役的描述，热情讴歌了拉丁美洲独立运动的伟大领导者西蒙·玻利瓦尔。这首诗歌的最大特色是把新古典主义和浪漫主义的气魄结合起来。

安德列斯·贝略是委内瑞拉教育家、哲学家、法学家、语言学家、历史学家和文艺批评家，被誉为"一代宗师"。1810 年他作为西蒙·玻利瓦尔的助手来到伦敦。他在英国居留达 19 年，曾为智利和哥伦比亚政府驻伦敦使团秘书，同时教授西班牙语，从事诗歌写作。回到智利以后，贝略创建了智利国立大学。他是拉丁美洲独一无二的希腊和拉丁文学者。他的《西班牙语语法》（1807）一书自成体系，迄今为止仍被认为是最好的同类著作，在维护西班牙语的纯洁和统一方面发挥了巨大作用，对现代语言学的发展产生了深远的影响。他翻译和介绍了外国文学作品，但并不偏爱古典主义的作家，从罗马喜剧作家普劳图斯、德国民间史诗《尼伯龙根之歌》到浪漫主义大师拜伦和雨果，都是他的翻译对象。他的光辉诗篇《为大众祈祷》（1843）是受了雨果同名作品 *La Prière Pour tous*（法语，意为：大众的祈祷）的启迪而写成的，完全是一篇浪漫主义的杰作。他所翻译的意大利诗人博亚尔多的传奇叙事诗《热恋的罗兰》是公认的最优秀的西班牙语译本。因此有的文学史家把他与另外两位诗人——拜伦式的青年埃雷迪亚和爱国者奥尔梅多并称为"站在西班牙美洲的浪漫主义门口的三位诗人"，并"以他们的作品预示着伟大的浪漫主义高潮即将到来"。[①] 尤其值得一提的是，他培养了拉丁美洲伟大的"解放者"——西蒙·玻利瓦尔，并且协助他取得了斗争的胜利。

1820 年贝略在伦敦组织了"美洲主义者学会"，1823 年创办《美洲丛刊》，1826 年创办《美洲文集杂志》。这期间，他创作了两首著名的长诗《致诗神》（1823）和《致热带地区农艺的颂歌》（1826）。它们成为了美洲独立的第一声呐喊，是新古典主义诗歌中的高峰。后来人们把这两首诗统称为"美洲的席尔瓦"。《致诗神》创作于独立战争胜利的前夕。全诗共 7 节，834 行，诗人在诗中邀请诗神离开欧洲，飞往美洲这块新土地，于是在诗神面前展现了一幅热带地区壮丽的景象以及拉美独立战争的英勇场面，获得独立战争胜利的拉丁美洲为诗神提供了自由发展的和平环境。同时，贝略向全世界宣布"是丢弃文明欧洲的时候了"，发出了拉丁美洲历史上的强音——呼吁美洲的独立。而《致热带地区农艺的颂歌》则是创作于拉美独立战争结束以后，人民放下武器准备重建家园的时候。全诗共 7 节，374 行，描写了美洲的地理、气候、农作物和田园生活，阐明农业是拉丁美洲社会的经济基础，希望年轻的拉美各国能够休养生息，重视农业生产。这两首诗在形式和格调上具有古典诗歌的基本特征：以古罗马诗人为楷模，采用田园牧歌的形式。但是这两首诗在思想和内容上与古典诗歌不同，它们歌颂了朴实自然的乡村，反对喧嚣的城市，表达了全新的启蒙运动的思想，反映了拉丁美洲独立战争时火热的生活。贝略曾经在长诗《美洲》的第一章《对诗讲话》中呼吁要抛弃欧洲，到大西洋此岸来呼吸新的空气，表现了他鲜明的美洲主义思想。贝略也因此而被视为具有代表性的古典主义诗人。

三、新古典主义小说

小说在整个拉丁美洲文学中是一朵迟开的花。在西班牙殖民统治时期拉丁美洲没有产生过小说，其原因主要有二：一是殖民者的禁令及愚民政策；二是人口稀少及印刷业的落后。然而，西班牙大批骑士小说和田园小说的流入，加上 19 世纪初期拉丁美洲民族解放运动的兴起，共同促进了拉丁美洲小说的形成和发展。在这场民族独立运动中敏感的知识分子走在了思想独立的前列。他们从卢梭、伏尔泰等人的著作里汲取养料，热情传播革命思想，从事文学创作活动，写出了不少反对殖民暴政的文章及

---

① 方瑛：《十九世纪拉美文学与欧洲文学的关系》，载《语文学刊》，1994（5）。

歌颂自由和爱国主义的美丽诗篇。①

　　在拉美新古典主义时代，墨西哥作家何塞·华金·菲尔南德斯·德·利萨尔迪的《癞皮鹦鹉》(*El Periquillo Sarniento*) 是拉美第一部长篇小说，也是一部流浪汉体的小说。《癞皮鹦鹉》从 1816 年起分四卷出版，但是由于检查机关的刁难，直到 1831 年作者去世以后才全部出齐。利萨尔迪受到法国资产阶级大革命和美国独立战争的影响。1812 年他创办《墨西哥思想家》杂志，并以"墨西哥思想家"为笔名发表文章，抨击时政，为此多次受到迫害。小说以第一人称自述的方式向读者讲述了一个绰号叫"癞皮鹦鹉"（他在上学时，穿着绿色上衣和黄色裤子，形象如一只鹦鹉，又因为他姓萨尼恩托，读音听起来似"癞皮"，所以他的同学就给他起了这个绰号）的流浪汉佩里吉基略·萨尼恩托一生的坎坷遭遇。萨尼恩托从小就受到同学的欺负和老师的歧视，被人称作"癞皮鹦鹉"。长大以后，他四处流浪，当过神甫的助手、小商小贩、江湖医生、庄园雇主和十足的流氓，甚至到海外冒险，到过中国等许多地方。他在经历了 101 次的冒险和几度生死以后，最终返回到墨西哥，直到再次犯事，险些被送上绞刑架，才如梦初醒，随即改邪归正，找到一份正当的职业，结了婚，过上了幸福平安的晚年。为了让后代引以为戒，他临终之时在床上讲述了他一生的冒险经历。

　　利萨尔迪从多层面反映了殖民地末期墨西哥的社会现实，开创了拉美知识分子以文学为武器的先风，同时小说还表现了对当局实行的种族歧视与阶级政策的不满，是一部具有强烈社会批判倾向的现实主义小说。在艺术上，这部作品生动地展示了人物的性格，作者擅长于叙事和讽刺，语言流畅，情节曲折。然而，如 16 世纪西班牙和法国的流浪汉小说一样，这种信笔写来的小说结构比较松散，缺乏整体的艺术构思，情节与情节之间缺乏有机的联系，人物性格也没有发展。但这毕竟是拉丁美洲小说萌芽时期的作品，它还是为后来的拉丁美洲小说的发展奠定了基础。该书为作者赢得了"西班牙美洲第一位小说家"的美名。

第四节　浪漫主义时期的拉美文学

一、拉美浪漫主义的基本阶段

　　拉丁美洲浪漫主义文学的产生有深刻的社会历史根源。19 世纪初期，拉美爆发了历时 20 余年的独立战争，推翻了西班牙和葡萄牙殖民者的殖民统治，建立起一系列共和国。1826 年独立革命取得完全胜利。独立革命的胜利和共和国的建立使拉美摆脱了宗主国的控制，为拉美各国的独立发展铺平了道路。但这些共和国的统治者们并没有实行民主制度，而是实行了军事独裁，从而使国家重又陷入混乱状态。诗人们

---

① ［墨西哥］利萨尔迪：《癞皮鹦鹉》（中译本），译本序，周末等译，1 页，北京，人民文学出版社，1986。

所苦苦向往和追求的"自由、平等、博爱"的社会并没有出现。刚刚结束的独立战争，重新燃烧的内战烽火，人民对民主自由的渴望，独裁者对人民争取自由斗争的残酷镇压，知识界理想的破灭，以及随之产生的怀疑、失望和悲观情绪等都为拉丁美洲浪漫主义文学的产生和发展提供了适宜的土壤和气候。崇尚理性的新古典主义已经难以表达他们的心声，抒发个人情感的浪漫主义文学对他们产生了更大的吸引力。拉丁美洲固有的原始、神秘、壮丽、优美的自然景色，波澜壮阔的历史和纷繁复杂的社会现实为他们提供了创作的素材，来自欧洲大陆的浪漫主义成了他们抒发情感，表达心声的有力工具。

拉美浪漫主义文学持续时间长达 60 年，大致可以分为两个阶段：在 19 世纪 30—60 年代称为社会浪漫主义，60—90 年代称为感伤浪漫主义。社会浪漫主义是在独立后各国成立初期的特定历史情况下产生的，它的口号是"反对独裁统治，争取民族独立平等和社会文明"。此时更多地受英、法诗歌的影响。社会浪漫主义时期，诗歌、散文和小说创作均取得了突出的成就。主要作家及其代表有：埃斯特万·埃切维里亚的《女俘》和《屠场》，多明戈·福斯蒂诺·萨米恩托的《法昆多》（又名《文明与野蛮》）及何塞·马莫尔的《阿玛莉娅》等。感伤浪漫主义是在拉美各国进入稳步发展之后而产生的。这个阶段的作家大多以人生哲理、风俗习惯或对社会的冷静思考为创作的主题，出现了风俗主义、印第安主义、地域主义、高乔文学等流派。代表作家有古巴诗人胡安·克莱门特·塞内亚（1832—1871）等；代表作品有索里利亚·德·圣马丁的《塔瓦雷》、何塞·埃尔南德斯的高乔史诗《马丁·菲耶罗》等。

与 19 世纪上半期浪漫主义作家的情况几乎相同，也有不少作家对现实的拉丁美洲感到失望，少了些理想世界的色彩，多了些对社会现实的关注，客观冷静地观察世界，作品中客观冷静的色彩明显增加。由于政治上受到迫害，许多拉丁美洲作家前往欧洲，尤其是法国，接触到福楼拜、巴尔扎克和司汤达等现实主义大师的文学作品，感到应该向欧洲学习，走欧洲现实主义的道路。到 19 世纪的下半期和 20 世纪的初期，大部分拉美国家的国内局势开始好转，经济发展，整个社会逐渐转入资本主义社会的发展阶段。此时，欧洲的一些思想如唯物主义等也传到拉美。来自欧洲各国的移民也带来了欧洲的生活方式和新鲜的文化思想。这些因素推动了拉美文学从浪漫主义向现实主义的过渡。代表作家有智利的布莱斯特·加纳、墨西哥的曼努埃尔·阿尔塔米拉诺和哥伦比亚的托马斯·卡拉斯基亚等。

二、拉美浪漫主义诗歌

拉美浪漫主义诗歌的基本主题是对爱情的吟咏和对大自然的讴歌，既有鲜明的地方色彩，又有欧洲浪漫主义诗歌通过丰富的想象力来抒发个人情怀的特点。拉美浪漫主义诗歌大致可以分为前期浪漫主义和后期浪漫主义两个阶段。

前期浪漫主义诗歌创作代表人物有：秘鲁诗人卡洛斯·奥古斯都·萨拉维里（Carlos Augusto Salaverry，1830—1891），阿根廷诗人埃斯特万·埃切维里亚（1805—1851），哥伦比亚诗人何塞·欧塞维奥·卡罗、何塞·华金·奥尔蒂斯

（1814—1892），玻利维亚诗人玛利亚·何塞法·穆希娅（1813—1888），墨西哥诗人菲尔南多·卡尔德隆（1809—1845）以及厄瓜多尔诗人胡利奥·萨尔冬比德（1833—1887）等人。

后期浪漫主义诗歌的几位代表人物有：古巴诗人胡安·克莱门特·塞内亚，秘鲁诗人克莱门特·阿尔道斯、曼努埃尔·冈萨雷斯·普拉达，哥伦比亚诗人拉法埃尔·蓬博，乌拉圭诗人胡安、塞里亚·德·圣马丁等人。

浪漫主义前期的主要诗人，拉丁美洲浪漫主义诗歌的杰出人物当首推埃斯特万·埃切维里亚。这位来自美洲浪漫主义运动的发源地阿根廷的诗人是第一个自觉运用西班牙语写作浪漫主义诗歌的作家。他的诗歌创作和文学理论给阿根廷文学的发展带来了深远的影响。他于 1826—1830 年间旅居巴黎，在欧洲时他阅读了莎士比亚、席勒、歌德、拜伦等人的作品，也钻研帕斯卡尔、孟德斯鸠以及夏多布里昂的著作。他认识到在欧洲蓬勃发展的浪漫主义文学运动是"一种精神的革命，它同冷酷的、极端理性的古典主义的一般性相对立，为每一个国家或地区选择表达自己的方式，吐露自己的心灵，开辟了道路"①。回国后，他于 1832 年发表了《埃尔维拉》（又名《拉普拉塔河的新娘》）。这首诗歌的形式直接从法国浪漫主义诗歌中移植过来，完全不同于西班牙诗歌的传统模式。文学评论界认为它是与西班牙宗主国文学分道扬镳的标志之一。

1837 年，埃斯特万·埃切维里亚在布宜诺斯艾利斯城的"阿根廷书店"组织了"文学沙龙"，其宗旨主要是要"赶上世纪的思想脚步"。该书店能及时从欧洲进口各种新书，当时一部分青年经常光顾这个书店，如饥似渴地阅读从法国、德国和英国等国家进口的大量的政治、法律、文学书籍。这个"文学沙龙"整整影响了一代浪漫主义诗人、作家，拉美文学史家称他们为"37 年一代作家"。如风俗派作家、文学评论家、法学家和政治家胡安·包斯蒂斯塔·阿尔维迪（Juan Bautista Alberdi，1810—1884），诗人、作家兼文学评论家胡安·马利亚·古铁雷斯（Juan María Gutiérrez）等人。

1838 年，他创立了政治组织"阿根廷青年一代协会"。他的政论《社会主义者原理》（1846）充分体现出该组织的纲领。阿尔贝蒂、古铁雷斯、萨米恩托、米特雷等人都是这个协会的骨干成员。共同的政治理想（反对罗萨斯的统治）和文学主张把他们团结在了一起，在拉美文学史上写下了光辉的一页。埃斯特万·埃切维里亚是他们这一代作家的精神领袖。他们不仅开创了阿根廷文学的先河，而且在流亡之中还把浪漫主义运动的种子撒播到了智利和乌拉圭。作为阿根廷浪漫主义文学运动的旗手，埃切维里亚是诗人，也是小说家。主要作品除了前面提到的以外，还有《慰安集》（1834）、《诗韵集》（1837）、长诗《女俘》和短篇小说《屠场》等。他的主要诗歌作品有长诗《埃尔维拉》（又名《拉普拉塔河的新娘》），诗集《宽慰》和《诗韵集》。长篇叙事诗《女俘》可以说是阿根廷民族文学的奠基石。

长诗《女俘》是阿根廷浪漫主义诗歌的第一唱。全诗共 2134 行，分为九章及一个尾声，为八音节诗。长诗叙述了在一次印第安部落战争中，一对青年夫妇被俘虏

① 转引自［英］莱斯利·贝瑟尔：《剑桥拉丁美洲史》，第三卷，徐守源等译，866 页，北京，中国社会科学院出版社，1994。

了，他们叫布里安和玛丽娅。部落酋长企图奸污玛丽娅，结果被玛丽娅杀死。夫妻二人从印第安营地逃走，企图回归文明社会。在途中，布里安受伤而亡，玛丽娅为孩子着想，在痛苦中坚持生活，但是孩子的被杀使得她悲痛欲绝，最后昏倒在地。作品对潘帕斯草原的描写使得这首长诗具有了鲜明的阿根廷特色，也使它区别于欧洲浪漫主义的文学作品。

浪漫主义诗歌前期另外一位著名作家是秘鲁人卡洛斯·奥古斯都·萨拉维里（1830—1891）。他被认为是秘鲁文学史浪漫主义时期最具有典型意义的代表性诗人之一。诗集有《钻石与珍珠》《曙色与闪光》《致天使的信》和《坟墓的奥秘》。

何塞·欧塞维奥·卡罗（1817—1853）是哥伦比亚浪漫主义文学的先驱和哥伦比亚民族意识的奠基人之一。1835 年卡罗与朋友一起创办了哥伦比亚第一份文学刊物《民族文学》，从此开始走上了文学之路。他的诗作不仅反映了诗人对国家命运的关心，而且表明对西班牙美洲的希望。死亡、大海和对祖国的怀念是他的诗歌创作的常见的主题。他善于从生活的时代中吸取丰富的文化营养，丰富自己的诗作。代表作《钦波拉索的颂歌》《致暴君》和《告别祖国》是卡罗抨击独裁者和怀念祖国的优秀作品。他的作品感情真挚，时代性强，富有感染力。他被认为是"拉美文学中最纯真的诗人"之一。

浪漫主义诗歌后期著名诗人克莱门特·阿尔道斯（1835—1881）是秘鲁浪漫主义运动第二时期的代表诗人，也是一个集古典传统和浪漫主义气质于一身、充满着矛盾的人。曾因病赴欧洲并在欧洲滞留八年，先后去过法国、英国等欧洲国家，广泛地接受古希腊以及中世纪和文艺复兴时期的文化影响。1872 年出版了《诗集》。在诗中所使用的表现手法深受拜伦的影响。曾翻译过从古代直到浪漫主义时期意大利诗人的作品，并把他们收入《意大利和十四行诗》。

秘鲁诗人何塞·阿尔纳尔多·马尔克斯（1830—1903）在对欧洲文学作品的译介方面做出了出色的成绩。他受西班牙皇家学院的委托于 1883 年到 1884 年间翻译完成了莎士比亚的 8 部戏剧。此外，他还翻译了拜伦、朗费罗和惠特曼的作品。秘鲁的浪漫主义受到英语文学的影响。他在思想上深受法国浪漫主义大师雨果博爱思想的影响，在创作中也都体现出来了。

哥伦比亚杰出诗人拉法埃尔·蓬博（1833—1912）的诗歌创作深受西班牙诗人索里利亚·伊·莫拉尔的影响，并把拜伦奉为圭臬。1855 年他在美国纽约结识了许多艺术大师，诗歌创作取得了丰硕的成果。回国后由于受美、英诗人的影响较深，创作了一批哲理性的作品，尤以十四行诗居多。其诗歌诗句简洁、洗练。爱情和大自然是他诗歌创作的两个突出主题。他一生共创作了《我的爱情》等 400 余首诗歌，1905年，被授予"哥伦比亚国民诗人"的称号。

乌拉圭诗人胡安·索里亚·德·圣马丁（1855—1931）是西班牙语美洲后期浪漫主义诗歌的代表人物之一，他深受西班牙浪漫主义诗人贝克尔的影响。他早期的作品《一首歌的音符》（1877）晓畅明白，朴实无华。《祖国的传说》（1879）是史诗式的，诗作激情澎湃，形象丰富，语言生动，是乌拉圭文学的珍品。《塔瓦雷》（1886）是一部"表明上帝在人间的法则"的叙事诗，又是抒情诗，讲述的是印欧混血青年塔瓦雷和西班牙少女布兰卡的爱情悲剧。圣马丁的作品已经显露出象征主义的特点。圣马丁将十一音节和七音节的诗句结合运用，语言若明若暗，意境似梦非梦，已经具有某些现代主义诗歌的特征。圣马丁诗歌的艺术生命来自于美洲的形象、美洲的声音、美洲的环境。

三、浪漫主义文学时期的小说

当时的拉丁美洲缺乏小说创作的传统，跨进浪漫主义时期以后，才有模仿英国著名小说家瓦尔特·司各特的历史小说出现。如米特雷的《孤独》(1847)、米格尔·卡内 (1812—1863) 的《埃斯特尔》(1850)、比森特·菲德尔·洛佩斯 (1815—1903) 的《异教徒的新娘》(又名《利马的宗教法庭》，1840) 等。比森特·菲德尔·洛佩斯在《异教徒的新娘》这部小说的"前言"部分深刻阐明了阿根廷浪漫主义历史小说的创作理论，从而开创了历史小说的发展道路。他认为要写好历史小说，必须对人类的历史属性有清楚的了解，人类的存在总是受这样的时间结构支配的：过去纠缠着现在，我们又背负着历史的重担奔向未来；通过文字记录，我们可以了解往事，可以帮助我们想象历史发展的进程。①

19 世纪以来，追求民族独立的战争席卷整个大陆。欧洲新的美学思想也传入拉美。在墨西哥的圣地亚哥城的文学界就爆发了一场文学论争，论争者的议题是继续坚持过去的西班牙式的古典主义美学观，还是接受法国浪漫主义新的美学思想，最终他们在法国式的浪漫主义中找到自己的出路。雨果式的历史小说把主人公放在了广阔的历史背景中去描写，追求自由，鞭挞宗教与专制，深受拉美独立后一些作家的推崇。墨西哥小说家阿尔塔米拉诺的长篇小说《克莱门西亚》(1869) 和阿根廷作家何塞·佩德罗·马莫尔 (José Pedro Mármol，1817—1871) 的《阿玛莉亚》，以及埃切维利亚的短篇小说《屠场》(1838) 等都是这类作品的上乘之作。《屠场》描述了发生在一个屠场的故事。屠宰牲口时有一头小牛逃跑，追赶小牛时一个孩子的头被勒了下来；随后一位集权派青年被拖下马来拉进了屠场，最后被活活折磨死。小说揭示了罗萨斯暴政的"屠场"的真实面目，他在描绘"风俗画面"的同时，加进了激烈的社会批评，把独裁统治的野蛮力量刻画得入木三分。在艺术上，作者采用了叙述与描写交织、浪漫主义基调与现实主义手法相结合的手法，由表现风俗入手，引发了社会批评（正因为如此，作品在完成后没有被及时发表），突出反映了一个主题：文明与野蛮的对立。"他的这一部作品首次为'文明与野蛮'画了像。而这种虚弱与强暴、文雅与粗俗、肉欲与精神、崇高与卑下的强烈对比，正是浪漫主义的艺术观。"② 另一方面，卢梭式的清新自然的风格、伤感之情调也与不少作家产生了共鸣，如厄瓜多尔作家胡安·莱昂·梅拉的《库曼达》(1871)，墨西哥小说家曼努埃尔·帕伊诺 (1810—1894) 的《秘而不言的爱情》、哥伦比亚的著名小说家霍尔赫·伊萨克斯 (1837—

---

① 参加赵德明等编著：《拉丁美洲文学史》，124 页，北京，北京大学出版社，1989。

② 盛力：《阿根廷文学》，39 页，北京，外语教学与研究出版社，1999。

1895）的《玛丽娅》（1867）等小说都在拉美反响强烈。多米尼加作家曼努埃尔·德·赫苏斯的《小恩里克》则饶有兴味地描述惊心动魄的历史事件。古巴女作家赫尔特鲁迪斯·戈麦斯·德·阿韦利亚内达（1814—1873）创作了该国历史上第一部反奴隶制的小说《萨福》；古巴小说的开拓者希里洛·比利亚韦尔德（1812—1894）创作了 20 多部小说。

浪漫主义文学时期长篇小说的连载形式也在拉丁美洲开始出现。如当时阿根廷的不少文学作品都是先见诸报端，然后才出版成书的。比如萨米恩托的《法昆多》载于智利的《进步时报》，埃切维利亚的《社会主义者原理》载于蒙得维利亚的《指引者报》，马莫尔的《阿玛莉亚》的最初几章以连载的形式发表在他自己创办的《周报》文学增刊上，后来《周报》停刊，小说的发表也告中断。霍尔赫·伊萨克斯的《玛丽娅》在 1867 年发表以后，阿根廷和墨西哥的报纸分别在 1870—1871 年间和 1871—1873 年间纷纷以连载的形式刊登这部小说。这些小说借用报纸连载的形式大大地扩大了它们的读者对象和传播范围，在传播进步思想方面做出了贡献，对拉美小说的普及起到巨大的推动作用。

哥伦比亚的霍尔赫·伊萨克斯（Jorge Isaacs，1837—1895）是拉丁美洲浪漫主义文学的重要作家。他一生中从事过多种职业，阅历十分丰富，他也创作过不少作品，但真正给他带来巨大声誉的是其代表作《玛丽娅》（María，1867）。小说带有自传性质。作者采用第一人称的叙事手法向读者讲述了这样一个故事：主人公埃弗拉因和自幼丧母的表妹玛丽娅青梅竹马，友情十分深厚。后来埃弗拉因去首都波哥大读书。六年之后，他回到考卡河谷的美丽故乡，惊喜地看到，童年时代的女伴玛丽娅已经长大成人，而且出落成一位美丽的少女。这一对年轻人在如诗如画的环境中产生了真挚的爱情。正当他们沉浸在甜蜜的爱情之中时，不幸的事情发生了，由于遗传的原因，玛丽娅突然发作了癫痫病。因为埃弗拉因的父亲担心爱情的激动会加剧玛丽娅的病情，于是决定送他去伦敦深造。情人的远离，反而加重了她的病情。当埃弗拉因闻讯赶回家中时，玛丽娅已经抱恨而逝。

这部小说被后世誉为"真正的艺术品"。作者成功地塑造了女主人公玛丽娅、男主人公埃弗拉因的艺术形象。玛丽娅出身卑微，早年生活不幸，自幼就多愁善感，抑郁寡欢，在与埃弗拉因离别时强忍心中的不舍。她初恋后又遭受癫痫病的折磨，自此以后更加痛苦和哀伤，对幽会的怀恋、对恋人的热盼，使她悲伤不已。而男主人公则是一个心地极为善良，感情非常真挚，忠于爱情，追求理想，富有浪漫主义气质的青年。小说成功地运用了象征的手法，玫瑰象征着男女主人公间纯洁的爱情，玫瑰的开放与凋谢预示他们爱情的成败。小说中乌鸦之类的不祥鸟又像幽灵一样预兆他们的不祥命运。这部小说"以田园诗式的抒情，哀歌体的风格，融情于景，触景生情，不仅使拉美人因为其作品的十足的美洲主义味道而赏心悦目，就是美洲大陆之外的其他人也无不为之感伤"。

何塞·佩德罗·马莫尔是阿根廷浪漫主义小说家、诗人和剧作家，也是反对罗萨斯独裁统治的勇敢斗士。他的文学作品主要有剧作《诗人》和《十字架》，长诗《巡礼者之歌》（1847）和诗集《和声》，浪漫主义小说《阿玛莉亚》（1851—1855）。《巡礼者之歌》描写了诗人乘船到智利去旅游时一路上的见闻和感受。诗人在诗中回忆他扬帆于暴风雨的海洋的情形："荣耀想念吟游诗人，诗歌渴望与荣耀重逢，为什么没有悦耳之音，难道身、心都已消逝？欧洲不再传来琴音与捷报，歌声已与拜伦一起死亡，荣耀已与拿破仑一同被埋葬。"①

浪漫主义小说《阿玛莉亚》于1851年完成，是阿根廷文学史上第一部长篇小说。它是一部以谴责暴君为主题的作品。这一部小说以它独特的价值——把历史的真实和历史的内蕴揭示出来而受到了广泛的赞誉。小说的情节是这样的：1840年5月的一个深夜，在阿根廷的首都布宜诺斯艾利斯城，有几名统一派的青年成员爱德华多等人准备偷越边境逃到蒙得维的亚。因为向导出卖，他们半路遇到罗萨斯手下的伏击。除爱德华多由于朋友丹尼尔相救侥幸逃脱以外，其余人全部牺牲。丹尼尔把爱德华多送到年轻而又美丽的寡妇——丹尼尔的表姐阿玛莉亚家中养伤。爱德华多在阿玛莉亚的悉心照料下伤势痊愈，两人也产生了爱情。但是爱德华多的行踪已经被罗萨斯的秘密警察发现，正当两人在准备出逃的前夜秘密举行婚礼时，警察突袭了他们的住处，一对青春恋人双双倒在血泊中。

这是一部十分奇特的历史小说。小说的前一部分刚刚发表的时候，书中所描绘的历史图景实际上是当时阿根廷的严峻现实的真实写照；在全书完成的时候，书中再现的那些事件也是刚刚成为过去的事实。用作者自己的话来说，因为小说是"供后代阅读的"，所以最好用追溯的形式描写现今仍活着的人物。② 在艺术上，作者把真实的人物和虚构的人物混合着写，把报刊上的文章、真实的信札、历史人物的回忆录或者官方的战报都编织进了虚构的情节之中，借用了司各特历史小说的写法来表现阿根廷当时的"历史事件"和社会现实。小说的故事本身也是一个浪漫主义的故事，加上作者在语言上的独到之处（把大众通俗的语言与浪漫主义典雅的语言完美结合），使得这部小说自问世以来就拥有广泛的读者。

《阿玛莉亚》不仅填补了阿根廷文学史上的小说空白，而且在整个拉丁美洲文学史上占有相当重要的地位。阿根廷社会浪漫主义的三部代表作：埃斯特万·埃切维里亚的《女俘》、萨米恩托的《法昆多》和马莫尔的《阿玛莉亚》，以诗歌、散文和小说这三种不同的体裁表现了"文明与野蛮"的主题，在拉丁美洲文学史上写下了光辉的一页。

浪漫主义时期的散文杰出代表多明戈·福斯蒂诺·萨米恩托是阿根廷著名的文学家、教育家和政治家。无论是他的作品、教育思想和执政方针都体现了他接受欧洲外来影响的痕迹。萨米恩托少年贫寒，靠自学成材。后因从事政治活动而被迫流亡到智利等国家。1839年组织圣胡安文学协会，与埃切维里亚的"文学沙龙"遥相呼应。此时开始接受法国文学的影响。1845年完成《法昆多》并发表在由他创办的《进步日报》上。1850年出版另外一部作品《外省的回忆》。1884年和1886年写出另外两

① ［英］莱斯利·贝瑟尔：《剑桥拉丁美洲史》，第三卷，徐守源等译，869页，北京，中国社会科学院出版社，1994。

② 参见盛力：《阿根廷文学》，48页，北京，外语教学与研究出版社，1999。

部作品《美洲民族的冲突与和解》（第一卷）和《多明吉托传》。

萨米恩托的代表作《法昆多》（又名《文明与野蛮》），先以连载形式在报上发表，1845 年全书出版，全名是《文明与野蛮——胡安·法昆多·基罗加的生平及阿根廷共和国的自然风貌、风俗及习惯》。直到 1861 年第三次出版时，才改用现名。这是拉丁美洲浪漫主义文学的第一部作品。

作品以里奥哈省和塔马尔加省的封建军阀法昆多·基罗加为原型，深入挖掘了19 世纪上半期阿根廷国内产生军阀割据的根源和罗萨斯独裁政权的反动性质。该书共分为三个部分。第一部分具有引言的性质，阐述了"野蛮"的含义。作者描绘了阿根廷的自然全貌以及它特殊的自然环境所造成的特殊的社会现状。萨米恩托基本上用优雅的语言向读者展示了一幅美洲风俗画面：宽阔的平原，浩瀚的森林和宽阔的河流以及矫健勇武的高乔人；第二部分用戏剧的笔法记述了法昆多这位军阀富有传奇色彩的生平、业绩和他进入阿根廷政界的场景，颇有小说的特点；第三部分描写了罗萨斯政权建立秘密警察，推行恐怖统治，把"野蛮"制度化的过程。作者将罗萨斯政权实行的独裁暴政斥为野蛮，认为它是对文明社会和进步的反动。在他看来，阿根廷要想走向进步，成为独立、民主和繁荣的民族，就必须彻底推翻罗萨斯的独裁统治。作者提出了自己的治理国家的策略——师法欧洲，走强国之路。在他本人担任阿根廷总统时，恰好实行的是这样的政策。这部作品具有一种动人心魄的力量，充分展现了美洲大地上的"野蛮与文明"的对立，语言洒脱清新，民族特色鲜明，丰富的比喻、生动的形象使文章增色不少，体现出浪漫主义文学的特色。

四、高乔文学

在新古典主义和浪漫主义发展的同时，文学上的美洲主义随着独立运动的胜利也取得了巨大的发展。成就最为突出的是阿根廷拉普拉塔河地区的高乔文学。高乔人是生活在辽阔的潘帕斯草原上的一些印第安人和白人的混血种人，他们具有随机应变的典型性格：勇敢、豪放、高傲、鲁莽、放荡不羁、酷爱自由、勇于反抗。他们每一个人都是好骑手，好歌手，他们当中的佼佼者成了游吟诗人。他们骑着马，背着六弦琴到处游荡，即兴演唱，很受百姓欢迎。这种即兴演唱后来发展成为自觉的文学创作，产生了一批著名诗人和许多长篇叙事诗，最终进一步发展成为高乔诗歌。高乔史诗以铿锵有力、粗犷通俗的语言表达人物豪迈、奔放、正直、勇敢的性格，诗句一般由八音节构成，生动活泼。

高乔诗歌是在随着西班牙殖民者到达美洲而来的西班牙谣曲的基础上发展起来的。从 1810 年到 1880 年，高乔诗歌的发展持续了 70 年之久。从口头演唱到文字创作，从民间艺人到著名歌手，从抒情到叙事，这些演变是逐渐进行的。高乔诗歌一般取材于高乔人的英雄业绩、印第安人和西班牙人的战争、罗萨斯统治时期的逸事、法昆多之死以及高乔人的日常生活。

从文学发展史的角度看，高乔诗歌可以分为四个阶段："以巴尔托洛·梅伊达戈尔（1788—1822）为代表的独立战争时期的高乔诗歌；以伊拉里奥·阿斯卡苏比

（1807—1875）为代表的内战时期的高乔诗歌；以埃斯塔尼斯拉奥·德尔·坎波（1834—1880）为代表的稳定时期的高乔诗歌；以何塞·埃尔南德斯（1834—1886）为代表的工业化时期的高乔诗歌。"[①]　其中的代表作品有：伊拉里奥·阿斯卡苏比的《桑托斯·维加，又名拉布洛尔的双生兄弟》，埃斯塔尼斯劳·德尔·坎波的《浮士德》，何塞·埃尔南德斯（1834—1886）的《马丁·菲耶罗》。而《马丁·菲耶罗》是高乔史诗的最高成就，被称为"高乔人的《圣经》"。

《马丁·菲耶罗》（1870）是阿根廷诗人何塞·埃尔南德斯的代表作。它分为两部，共46章，1588诗节，讲述了马丁·菲耶罗十年流浪的不幸和顽强的抗争。上部《高乔人马丁·菲耶罗》，马丁·菲耶罗用自弹自唱的形式回顾自己的坎坷经历。他先是被抓派往边疆地区与印第安人作战，后来由于受到凌辱，当了逃兵回到家乡。没有想到家中已经无人，只好到处流浪。在流浪的过程中，他因杀人被通缉，一天夜里，被警察包围，在突击中，幸得克鲁斯相助而逃脱，遂与他双双出走。下部《马丁·菲耶罗的归来》（1877）叙述了他在印第安部落中的经历。后克鲁斯死于瘟疫。马丁为救人而再次杀人，逃回家乡。几经周折，他找到了失散多年受尽苦难的两个儿子。正当一家人团聚之时，来了另一个青年，参加他们的弹唱。经过自我介绍，才知道是故友克鲁斯的儿子。最后，马丁领着三个青年离开家乡各奔前程。作品采用了现代的手法，而它的形式却继承了西班牙民间谣曲的特点和长处，人物塑造上则借鉴了流浪汉小说的手法。主人公马丁不乏流浪汉的特点，另外两个人物比斯卡查和皮卡迪亚则表现了西班牙流浪汉小说所有的人生态度和伎俩。[②]

《马丁·菲耶罗》是高乔史诗的顶峰，也结束了高乔史诗的时代。作品问世以后，就受到阿根廷人民的喜爱。他们把这部作品看成自己民族的史诗。据说当时在偏僻的乡村小酒店里，除了卖烟酒油盐等生活必需品之外，还要摆上几本《马丁·菲耶罗》。

第五节　拉美现代主义文学

一、拉美现代主义概述

拉美的现代主义文学开始于19世纪末，结束于20世纪初，先后持续了30年左右，在拉丁美洲文学史上占有重要的地位。它是拉丁美洲第一个具有民族独立性质的文学运动，也是拉美大陆对世界文学的第一个有独创性的贡献。这个运动不仅席卷整个拉丁美洲，而且影响波及拉美的宗主国西班牙和葡萄牙等欧洲国家。

现代主义文学实际上是在极端复杂的社会环境下浪漫主义文学的极端发展。1826年1月23日西班牙在拉丁美洲大陆的最后一支殖民军队向玻利瓦尔投降，长达300年的殖民统治就此宣告结束，拉美各国取得了政治上的独立。但由于长期的殖民统

---

① 李德恩：《拉美文学流派与文化》，42页，上海，上海外语教育出版社，2010。

② 参见曹顺庆主编：《世界文学比较发展史》，226页，北京，北京师范大学出版社，2001。

治，他们的经济等还很难获得独立，各国政局动荡不安，人民生活困苦。19 世纪末叶，世界上列强争雄的局面、拉美各国恶劣的政治气候使诗人们认识到，他们的浪漫主义梦想已彻底粉碎，独立战争时期的那种积极向上、朝气昂扬的浪漫主义诗歌之花已经凋零。在残酷的现实面前，他们无能为力，一部分知识分子因看不到出路而悲观、消沉，逃避现实，于是浪漫主义走向极端。另外一个原因是，由于民族主义文学的影响，在文学上急于摆脱西班牙殖民主义的传统束缚，创造自己的风格。第三个原因是深受外来文学的影响，一些诗人创作上追求意境的新异，他们竞相标新立异，讲究形式的完美，选择华丽的辞藻，自觉地接受当时风靡于欧洲大陆的文学流派的影响，尤其是法国象征主义、印象派、颓废派、唯美主义等。拉美现代主义文学的成就主要体现在诗歌创作上，鲁文·达里奥为世人描绘了一个"蓝色的世界"，散文取得了一定的成就，现实主义小说也有令人瞩目的作品问世。

在拉美现代主义文学时期，法国文学、西班牙文学和美国文学对拉美文学曾经产生过巨大的影响，尤其法国文学所产生的影响更为巨大。拉丁美洲对法国文学的崇拜由来已久。自从独立革命时期，他们就有意识地为摆脱宗主国西班牙的影响而追随法国文学。另一个原因是随着西班牙帝国的没落，西班牙文学在"黄金世纪"以后已经趋于没落，直至 18—19 世纪似乎仍没有大的起色。与此相反，法国文化却备受青睐。墨西哥杰出的教育家胡思托·谢拉最早鼓励他的学生研究法国诗歌。在整个拉美现代主义文学期间，法国文学的范例一直被视为最高的楷模。在当时拉美的两大文化中心——布宜诺斯艾利斯与墨西哥城，作家们几乎无人不识法文，并且大都曾经到过法国"镀金"。拉丁美洲的现代诗人还向美国诗人沃尔特·惠特曼、爱伦·坡学习。他们不但学习和模仿同时代的西班牙作家，而且也从中世纪和黄金世纪的宗主国文学中吸收了营养。

19 世纪下半叶法国高蹈派和象征主义诗歌影响了西班牙，现代派最初在墨西哥、古巴、哥伦比亚、尼加拉瓜等地发展起来，代表人物有何塞·马蒂、鲁文·达里奥、纳赫拉、阿松森·库尔瓦等人，然后由达里奥率先影响西班牙文学。拉美现代主义的诗歌创作有鲜明的特点：（1）回避内容的社会意义，逃避现实，脱离人民。作家大都主张"为艺术而艺术"的唯美主义，热衷于所谓的"纯粹"的美，而忽视了拉美的社会现实；（2）讲究形式美和节奏的音乐性，试图革新诗歌韵律。诗人推崇龚古尔兄弟所倡导的富于想象力的"艺术文笔"，赞赏勒孔特·德·李勒的帕尔纳斯派的诗歌理论，采纳象征主义诗歌中的音乐性以及朦胧的意境，将惠特曼的自由诗奉为楷模，甚至也不拒绝西班牙古老的、已经被人遗忘的罗曼采。几乎每一个现代主义诗人在诗歌格律上都有创新，西班牙语中的自由诗正是在现代主义文学运动中诞生的；（3）追求幻想的意境和感伤的情调。因为拉美现代主义诗人中的大多数人为国家的苦难而忧伤，为命运的艰难而哀叹，作品感伤气氛浓厚。他们企图用华美的词藻再现优美的诗歌形象，其中不乏晦涩难解、忽明忽灭、虚无缥缈的意境，用以表现忧伤的情感，寻求精神上的安慰和寄托，故意回避现实；（4）描写雅致的珍品和异国的风光，向往世界主义和异国情调。为了追求"纯粹的美"，天鹅、宝石、玛瑙等是他们经常描绘的对象。他们还以幻想的景物来逃避现实的不幸，所以古希腊、印度、中国等遥远的国家成为他们任意想象的素材。现代主义文学的主要成就是在诗歌领域。从本质上说，在超脱现实方面，它与浪漫主义是一脉相承的，只是它走向了极端；从艺术上说，现代主义诗歌刻意雕琢、抑制感情，这又是与浪漫主义相对的。因此，现代主义既是浪漫主义的畸形发展，同时又是对它的否定。

"现代主义"这个名称是由墨西哥浪漫主义诗人胡斯托·谢拉·门德斯（1848—1912）为墨西哥诗人曼努埃尔·古铁雷斯·纳赫拉（1859—1895）的诗集所作的序言中首次提出的。达里奥的《世俗的圣歌》（1896）大体上把现代主义诗歌分为前后两个时期。一般认为1882年何塞·马蒂发表《伊斯马埃利约》是这个运动的开始。1888年鲁文·达里奥出版他的诗歌《蓝》，标志着这个运动的正式形成。前期主要的诗人还有胡利安·德尔·卡萨尔（1863—1893），墨西哥的曼努埃尔·古铁雷斯·纳赫拉，哥伦比亚的何塞·阿松森·席尔瓦（1865—1896）和秘鲁的曼努埃尔·贡萨莱斯·普拉达（1848—1918）。

现代主义诗歌的主流人物是指后期的那些诗人：尼加拉瓜的鲁文·达里奥、玻利维亚的里卡多·海梅斯·弗莱雷（1868—1933）、墨西哥的阿马多·内尔沃（1870—1919）、恩里克·贡萨雷斯·马丁内斯（1871—1952）、哥伦比亚的吉列尔莫·瓦伦西亚（1873—1943）、阿根廷的莱奥波尔多·卢贡内斯（1862—1947）、乌拉圭的胡里奥·埃雷拉（1875—1910）和秘鲁的何塞·桑托斯·乔卡诺（1875—1934）等。他们的诗歌使拉丁美洲文学成为真正的世界性文学。1916年，鲁文·达里奥逝世后，现代主义诗歌便走向衰落。一战结束时，现代主义也基本上告终，但其艺术风格对今日的拉丁美洲诗歌仍有影响。

现代主义文学运动经过一段时间的发展后最终发生转向。一系列的现实事件使许多拉美作家在现代主义的后期从回避主义走向正视现实，从事一些美洲题材的诗歌创作。他们写南美的风光，写日常生活的一些简单景象，社会问题也回到了某些诗人的笔下。现代主义运动的这一阶段有时被人称为"新世界主义"。现代主义衰落后的拉美诗坛异常活跃，引进了极端主义、创造主义、未来主义、达达主义、存在主义、新浪潮主义和超现实主义；社会诗歌、纯粹诗歌、神秘诗歌纷纷涌现，各个流派都有不少代表作家，如阿根廷诗人豪尔赫·路易斯·博尔赫斯的世界主义文学作品，古巴诗人尼古拉斯·纪廉（1902—1989）的地方主义诗作，以及秘鲁诗人塞萨尔·巴列霍（1892—1938）的先锋派诗歌都获得了世界声誉。

二、拉美现代主义诗歌

现代主义文学的诗坛上可以说是群星璀璨，各有千秋，但他们都有一个共同的特点，即身上都深深地打上了法国文学的烙印，对法国文学的顶礼膜拜是他们的共性。然而这并不妨碍我们领略他们的风采。

何塞·马蒂是古巴乃至整个拉丁美洲文学史上的杰出诗人、散文家、文艺批评家和革命家。他早年因为投身于古巴革命而被判刑，16岁时被流放到西班牙并在那里接受大学教育。他曾经在墨西哥、危地马拉和美国生活多年，后来游历了整个拉丁美洲地区，在所到之国从事革命活动、写作和教学。1895 年，他在率领一次抗击西班牙的军事行动中在古巴阵亡。

他的诗作主要有《伊斯马埃利约》（1882）、《纯朴的诗篇》（1891）和《自由的诗篇》（作于 1878—1882 年，在他死后才发表）。《伊斯马埃利约》是何塞·马蒂写给儿子的诗集，包括 18 首诗作。诗由五音节和七音节组成，与"黄金世纪"的西班牙民歌相似。他的作品色彩鲜明，韵律新颖，句式活泼，深刻、细腻地描写了父子之间至深的感情。此诗的发表标志着现代主义运动的开始。《纯朴的诗篇》是诗人诗作中的佳品，一共有 46 首诗，诗句由八音节组成，同样具有西班牙传统谣曲的遗风。《自由的诗篇》是对诗人的斗争和信念的直接表述。在《自由的诗篇》的前言《我的诗》中写道："……诗应该像闪光的宝剑，给读者留下这样的印象：一位战士奔向天空，当他将宝剑刺向太阳，宝剑便会化为了翅膀。这些诗句……像眼睛里滚滚而下的泪珠，像伤口中汨汨流出的鲜血。"[①] 他的诗歌具有崇高的境界、充实的内容和激越的情感。有研究者评价说："作为诗人，他是西班牙语系所有时代最伟大的诗人之一，他杰出地将简洁、独特性和魄力融为一体，甚至他的诗歌实际上是复杂的和创新的却仍显示出古典性。"[②]

在艺术主张和诗歌创作上，何塞·马蒂认为要结束当时诗歌中完全押韵的现象。他反对实证主义，尤其反对艺术上的写实和模仿，提出要让意志、标准和想象力同时为诗人服务。他坚持创作的自由和艺术的新颖，主张运用诗歌与绘画、音乐的联系，排除浪漫主义的矫揉造作以及学院派对诗歌的影响，同时身体力行地开创了西班牙散文的一代新风。马蒂认为塑造朦胧是诗人的天职，主张"使朦胧成形，使神圣具体"。在创作实践上他通过西班牙古典作品的模式来吸收法国文学的影响，喜欢将自己风格上的创新用西班牙黄金世纪的巴洛克形式表现出来。他是西班牙语世界中的第一位现代主义者，但同时又超越了现代主义的局限。

另一位"先驱者"是秘鲁诗人曼努埃尔·贡萨莱斯·普拉达（1848—1918）。他早期的作品使用了多样的试验形式和韵律，充分显示出与当时西班牙语诗歌完全不同的精确性和艺术特色。他是一位深受外来影响而又敢于行动的人。16 岁时开始发表剧作《爱情与贫困》，随后开始写诗，受到德国和法国浪漫主义诗人的熏陶。同时对各种不同的诗体进行研究，倾向于自我感情的抒发，偏爱西班牙诗人贝克凯尔。稍后，在海涅的影响下开始采取批判主义的态度，作品逐渐具有了科学的实证主义色彩。此时，他开始发表关于社会和政治批判的文章，显露出反叛精神。他的思想受到了黑格尔、叔本华、尼采以及孔德·斯宾塞、达尔文、贝尔纳等人的影响，把自由和平等置于秩序和等级之上，信奉无政府主义，更为接近普鲁东、托尔斯泰和克鲁泡特金。可以说，他是 19 世纪最先进、最具有典型性思想（哲学上的实证主义、对科学与进步理想的崇奉和政治上的极端自由主义）的集大成者。尽管他提出过不少的政治

① 赵振江：《西班牙及西班牙语美洲诗歌导论》，290 页，北京，北京大学出版社，2002。

② ［英］莱斯利·贝瑟尔：《剑桥拉丁美洲史》，第四卷，徐守源等译，468 页，北京，中国社会科学院出版社，1994。

主张，曾经参加过一些政治活动，但是他不是一个国务活动家，而是一位文学家。

作为文学家，普拉达一生中著述甚丰，共出版了9部诗集：《短歌》（1901）、《异乡情调》（1911）、《秘鲁歌谣》和《叙事谣曲》等。题材涉及的范围极广泛，既有人生哲理，也有政治批判；既有宗教的讽刺，也有对爱情的吟咏。他从欧洲各国以及波斯文学中汲取养料，借鉴法国象征主义和帕尔纳斯派的诗歌理论，还有波德莱尔的写作技巧，又受到法国浪漫主义大师雨果的影响。他还翻译歌德、席勒和海涅等人的作品。他的《短歌》和《异乡情调》中的部分诗篇已经具有明显的现代主义特征。如前文所述，他是一位敢于和善于吸收、借鉴别人的作家，这一点在他的《叙事谣曲》中表现极为突出。这部诗集表现出他对西班牙、法国、意大利、德国和英国等国家的诗歌非常熟悉，并且在自己的作品中进行了模仿、移植乃至翻译。他尝试过法国的循环体、二韵三叠八句体、田园体、马来体，尝试过英国的斯宾塞体、意大利的赞歌体、叙事体、山歌体、民谣体，甚至尝试过波斯的四行体。总而言之，无论在题材的广泛性还是在形式上的多样性上，普拉达不仅是秘鲁的重要作家，而且在整个西班牙语美洲的思想史和文学史上都占有一席之地。

另外，古巴诗人胡利安·德尔·卡萨尔（1863—1893）也是现代主义文学的一颗耀眼之星，颓废的情绪、死亡问题、悲观思想和异国情调是他创作的主题，唯美主义的倾向、对比手法、诗作色彩缤纷而又韵律优美是他诗歌的最大艺术特点。哥伦比亚的何塞·阿松森·席尔瓦（1865—1896），是一位深受王尔德、波德莱尔、马拉美等人影响的作家。他大部分诗歌是对"死亡"和"夜晚"的描写，反映了诗人内心的痛苦、忧郁和绝望。《夜曲》和《亡灵的节日》是他的代表作。他的小说《茶余饭后》是最具有世纪末思想特点的散文作品之一。

墨西哥诗人曼努埃尔·古铁雷斯·纳赫拉（1858—1895）年轻时接受了宗教诗人和浪漫主义诗人的双重影响。他大量接触过法国和西班牙的文化，这扩大了他的视野。他从青年时代起就用20多个笔名在报刊上发表文章。1894年他与人合办了杂志《蓝色》。这份杂志对推动现代主义的发展起到了重要的作用，并深深地影响了何塞·马蒂。他善于吸收法国文化来丰富他的感觉和表达。爱情、死亡的话题和悲观主义的生活态度充满了他的诗歌创作。他开启了现代主义诗坛的大门，对现代主义文学运动做出了不可忽视的贡献。

"秘鲁的天才诗人"何塞·桑托斯·乔卡诺（1875—1934）青年时代的崇拜对象是法国诗人雨果、尼加拉瓜诗人鲁文·达里奥和秘鲁诗人普拉达以及墨西哥诗人迪亚斯·米龙，其作品带有浓郁的现代主义色彩。后来由于政治思想日益开阔，观点便由赞成现代主义的美学观点转向反对现代主义脱离现实的倾向，主张诗歌要反映美洲大陆的现实和抒发民族的感情。鲁文·达里奥在为乔卡诺的第一本诗集所写的序言中说："你的诗歌是我们文化的代表，我们现代西班牙美洲的灵魂。"① 他的代表性诗集有《神圣的愤怒》（1895）和《美洲魂》（1906）等。

---

① ［智利］托雷斯-里奥塞科：《拉丁美洲文学简史》，吴健恒译，114页，北京，人民文学出版社，1978。

尼加拉瓜文学家鲁文·达里奥是拉美现代主义文学的发展历史中一位承上启下的人物，也是当时拉美最伟大的诗人之一。他少年时期即开始发表诗歌和政论文章，后来常被邀请朗诵和即席赋诗，被认为是拉美第一位"职业诗人"。后来曾在国立图书馆供职，有机会阅读大量西班牙语经典作家的作品。1885年第一部诗集《初吟》出版。后来又在智利总统儿子佩德罗·巴尔马赛达的图书馆里熟悉了高蹈派和象征主义。1886年，第一部短篇小说《蓝色的鸟》问世。其诗文集《蓝》（1888）成为现代主义诗歌的分水岭：在此之前，称为现代主义诗歌的前期；在此之后，称为现代主义诗歌的后期或新世界主义时期。1890年这本诗集再版时，他把胡安·巴莱拉写给他的信作为序言。在序言中，巴莱拉提到了法国浪漫主义大师雨果的一句诗："艺术是蓝色的。"鲁文·达里奥在书中认为蓝色是"理想、苍茫、无限"的象征。1886年诗人在《蓝色国度的信》中写道："昨天，我曾在蓝色的国度里漫步。"他给蓝色赋予了新的含义，脱离了眼前的现实，去寻求蓝色的意境，在虚无缥缈的憧憬中自由翱翔。这正是拉美现代主义诗歌所追求的。因此，把他称为"蓝色国度的漫步者"并不为过。诗集《奇异》（1896）和《世俗的圣歌》使他成为现代主义诗歌公认的领袖。

鲁文·达里奥的大部分作品体现了现代主义的特征：形式上的创新，着重于描写雅致的艺术珍品和异国风光，突出虚幻的意境和悲观的情调。在韵律和表现形式方面，他曾经尝试使用九音节和十二音节的格律，灵活地安排重音和停顿，使得诗句音乐性更强；也曾经研究改进六音步，最后采用现代的自由诗体。他在诗歌的用词上也大胆创新，丰富了西班牙语的表现力。对于他的功绩，文学批评家恩里克斯·乌雷尼亚在他逝世时作了这样的评价："鲁文·达里奥的去世，使西班牙语丧失了它当代最伟大的诗人……从贡戈拉和克维多的时代以来，没有人在更新的能力上发挥了可与达力奥相比的影响。"①

达里奥最重要的三部作品分别是《蓝》《世俗的圣歌》和《生命与希望之歌》。这3部作品代表了他的不同的艺术特点，也充分体现出外来文学的影响。《蓝》的内容和风格倾向于高蹈派，内容脱离实际，但象征主义手法的运用又反映了他对于现实生活的一些观点。《亵渎的散文》中高蹈派和象征主义的倾向体现得更加明显，表明他的现代主义诗歌已达到高峰。自此以后，他开始追求"纯粹的美"，诗集中充满天鹅、孔雀和百合花等艺术意象。《生命与希望之歌》借用西班牙谣曲的形式和格律，题材常常是美洲的本土和土著民族，体现了他在艺术上的独创精神。其中大部分诗章借景生情，表现了悲观厌世和对人生的疑虑。

鲁文·达里奥是拉丁美洲文学史上的杰出人物，后被人民尊为"诗圣"。他使拉丁美洲诗歌第一次对欧洲宗主国发生了反作用，"将西班牙的大商船掉过头来，驶向了西班牙"，使拉丁美洲文学从此走出了单纯模仿和借鉴的道路，走上了与欧洲文学平等交流之路。这为以后拉丁美洲文学的繁荣和发展，乃至于后来的"文学爆炸"奠定了坚实的基础，这在世界文学史上都是具有里程碑意义的事件。正如西班牙文学评论家恩里克·迪耶斯·卡内多（1879—1944）在一次皇家学院的集会上所说："随着

---

① 赵振江：《西班牙及西班牙语美洲诗歌导论》，310页，北京，北京大学出版社，2002。

鲁文·达里奥，美洲的直接影响深入到西班牙。他在诗歌领域中的革命是如此深远，如同其他具有划时代意义的革命一样。"①

现代主义文学运动晚期的几位诗人，可以被称为"风中之烛"的几位人物，如阿根廷诗人里卡多·海梅斯·弗雷伊雷（1868—1933），代表作是诗集《蛮族诗集》（1899）；墨西哥诗人贡萨雷斯·马丁内斯（1871—1952）是现代主义文学运动发展到尽头的作家。他的诗《扭断那天鹅的脖子》是一篇讨伐现代主义的檄文。

三、拉美现代主义散文及叙事文学

虽然拉美现代主义文学的主要成就是诗歌，但是它的散文创作也取得了较高的成就。何塞·马蒂的散文水平较高，几近于诗。他的散文体现了文艺复兴时期和巴洛克时期的风格和传统。他善于从别国文学中吸取养分以弥补西班牙作家的语言贫乏问题。马蒂对法国的几位作家如戈蒂耶、福楼拜、都德、龚尔古兄弟都有较高的评价。他的唯一一部长篇小说《不祥的友情》是唯美主义之作。小说是用浪漫主义情节编织起来的一个悲剧性的爱情故事，但是在创作过程中，作者使用了与西班牙小说家不同的写法。这部小说是西班牙美洲文学史上第一部精心雕琢、具有典型现代主义特色的小说。马蒂的文章往往是一气呵成，"思想的光芒、激情的雷鸣和比喻的闪电"交相辉映，充分体现了巴洛克遗风和印象派的风格。

曼努埃尔·古铁雷斯·纳赫拉（1859—1895）不仅在诗歌领域取得了令人瞩目的成就，在叙事性的文学方面也颇有建树。他曾发表短篇小说《悲伤的故事》等作品。在艺术风格上，他起初受西班牙作家的影响，语言诙谐幽默，热情饱满，但是后来风格渐变，显得深沉含蓄。纳赫拉的作品个性鲜明，文风洒脱，意象丰富，抒情味浓。他在1876年发表了被称为"现代主义的第一篇宣言"的《艺术与功利主义》。他认为艺术追求的目的在于追求美，而美只存在于精神的世界之中，爱情是永不枯竭的源泉，应该在爱情中寻找精神美。他同时认为美应孕育在形式与内容的和谐之中。

乌拉圭著名散文家何恩·恩里克·罗多（1871—1897）青少年时期接受了人文主义的教育，尤其是受到柏拉图、马尔科·蒙泰诺、雷南等人的影响。他一生中创作了许多的作品，《爱丽儿》是他的代表作。这本小书以独白的形式描写了普罗斯佩罗教授讲课的情形。他的散文基本特点是内容和形式的统一，思想和风格的并举。无论在思想上和艺术上，罗多对拉丁美洲文学都产生了深远的影响。

委内瑞拉诗人曼努埃尔·迪亚斯·罗德里格斯（1871—1927）曾两度赴巴黎，是一位深受欧洲文学影响的作家。1891年发表处女作《旅游观感》。书中作者把对意大利古代艺术的讴歌和现代主义者对异国风情的浓厚兴趣有机地结合起来，颇受读者的青睐。小说《贵族的血液》是他旅居巴黎时创作的，其艺术特征引起了广泛的关注。很多评论家认为这是一部病态心理小说，书中作者对人物的潜意识进行了探索，开创了西班牙美洲这类小说的先河。在人物的心理描写方面，他采用现代主义作家常用的

---

① 赵振江：《西班牙及西班牙语美洲诗歌导论》，310页，北京，北京大学出版社，2002。

技巧，诸如色彩的象征主义、欧洲文化的借鉴等，给读者留下深刻的印象。

阿根廷作家恩里克·拉雷塔（1875—1961）也是现代主义文学运动的杰出人物。他的一生中创作颇为丰富。拉雷塔的《堂拉米罗的荣耀》是一部历史小说，以圣徒与骑士之城阿维拉为中心，再现了费利佩二世时代（1590 年前后）西班牙的社会风情，尤其是对主人公命运的描写可以说是惟妙惟肖。拉雷塔在创作这部小说时，充分借鉴法国作家的写作技巧，体现了帕尔纳斯派和象征主义的艺术风格。

与 19 世纪上半叶不少浪漫主义作家相同，阿尔巴托·布莱斯特·加纳等不少作家对拉丁美洲的现实感到失望，放弃了理想世界的色彩，更多地关注社会现实，客观冷静地观察世界，作品中客观冷静的色彩明显增加。到 19 世纪的下半期和 20 世纪的初期，大部分拉美国家的国内局势开始好转，经济发展，整个社会逐渐转入资本主义社会的发展阶段。此时，欧洲一些思想如唯物主义等也传到拉美。来自欧洲各国的移民带进来了欧洲的生活方式和新鲜的文化思想。这些因素推动了拉丁美洲文学从浪漫主义向现实主义的过渡。拉美出现了一批较有成就的作家，如墨西哥的曼努埃尔·帕伊诺（1810—1894），他的《寒水岭大盗》被评论界誉为"墨西哥的生活百科全书"。另一位墨西哥作家洛佩斯·波尔蒂略·罗哈斯（1850—1923）的小说借用欧洲现实主义的写作技巧，描绘了拉丁美洲的风俗。

被誉为"智利小说之父"的阿尔贝托·布莱斯特·加纳（1830—1920）与许多拉美文学家一样，既是赫赫有名的文学大师，又是政治和外交场中的显要人物。他于 1867 年出使法国，1887 年退休，长期居住在法国，后在巴黎去世。他的创作深受巴尔扎克等人的影响。他也向朋友宣告他自己一定要成为"智利的巴尔扎克"。他后来果然做到了这一点。他的《马丁·里瓦斯》（1862）以 1851 年智利首都自由党和保守党的斗争为背景，描写了一个中产阶级青年经过奋斗与一个贵族小姐结合的故事；《在光复时刻》（1897）描写了 1814—1818 年智利爱国者反抗西班牙殖民统治的斗争；《移居者》（1904）描写了法国的智利移民的生活。如上所述，他的这些作品无不体现了巴尔扎克式的风格，反映了智利独立革命以后到 19 世纪末期智利资产阶级民主运动，圣地亚哥各个阶层的生活面貌，也反映了智利社会生活的广阔图景。

现代主义是继拉丁美洲的浪漫主义文学之后的文学流派，这一文学流派的出现改变了拉美文学在世界上的地位，形成一种新的格局。拉美文学以往一贯受制于西班牙文学，拉美现代主义运动比西班牙提早了 16 年，走在西班牙现代主义的前面。西班牙的现代主义还是在拉美杰出的现代主义诗人鲁文·达里奥的影响下形成的，这种文学现象在世界文学史上也是罕见的。①

---

① 李德恩：《墨西哥文学》，102 页，北京，外语教学与研究出版社，1999。

第十九章　19 世纪中国的"文学革命"

第一节　1840—1919 年的中国文学转型

一、"诗界革命"的首倡

中国文学在 19 世纪，主要是在 19 世纪末期到 20 世纪初期，经历了一次剧烈的转型，这种转型使中国文学从古典文学的漫长历史中走出，发生了短暂的突变。中国传统的古典诗词是格律诗，这一时期开始接受西方的新诗律，产生了中国的新诗；中国的章回体小说向西方小说转变；中国戏剧逐渐从传统的"戏曲"向话剧转变。中国文学以"文学革命"的形式，形成了新的历史形态。当然，这种革命从本质上来说，仍然是一种改革传统文学的努力，未能突破在资产阶级革命思想影响下的一种封建文学的启蒙。

这一时期相当短暂，从 1840 年的甲午战争到 1919 年的新文化运动（五四运动），中国文学接受了欧美文学的影响，与传统的文体与语言风格产生裂变。虽然所谓的"白话文"的文学直到 20 世纪 20 年代以后才推广，但是语体风格之变，其实早在 19 世纪末期到 20 世纪之初已经发生。这是新文化运动的序曲，也是它的铺垫，如果没有"文学革命"也就没有"新文化运动"，当我们评价这一时期的历史时，这是不容忽略的。

这一时期，中国出现了一场号称诗界、文界、小说界和戏剧界"革命"的文学运动。中国文学的历次革新总是打着"复古主义"的大旗，而此次则是向世界化的新文学思想，特别是工业化的欧美国家寻找思想源泉。这其实仍然是中国文化一种重要特性，力求与世界文化同步。当时的欧美已经进入早期的现代化阶段。在文学中，大工业化发展所带来的"世界文学"思潮已经风靡全球。

就在甲午战争后不久的 1848 年，马克思和恩格斯的《共产党宣言》发表，提出了"世界文学"的理想。其实在此之前，歌德的"世界文学"也早已经产生一定影响。中国文学与东方文学进入世界文学体系已经成为不可挽回的发展趋势。

甲午战争的失败使中国人认识到，中国封建社会类型及其文化已经使其远远落后于西方，不能适当代社会的形势。于是西学东渐之风日盛。先是严复的《天演论》把西方 19 世纪的达尔文的"物竞天择，优胜劣汰"的进化论思想带给了中国人。当代西方的科学思想极大地震撼了中国人，从社会革命到文化的改革，一场前所未有的风暴席卷中国。

中国文学历来是思想文化变革的风向标，社会与文化的革命同样首先表现在诸如"诗界革命"、"文界革命"、"小说界革命"等一系列文学观念的变革上。推动这一观念革新的是政治家与诗人梁启超。梁启超（1873—1929），字卓如，一字任甫，号任公，笔名有饮冰室主人等，广东新会人。他广泛介绍西方近代文化思潮，宣传思想启蒙。

文学革新运动最先从诗歌拉开帷幕。1899 年梁启超就指出，中国旧诗的"境界"已经被传统的思想文化所拖累而变得僵化，用他的话来说，是"被千百年来鹦鹉名士占尽"，指的是旧诗的缺乏创新，陈陈相因。所以他提出"中国非有诗界革命，则诗运殆将绝"。这就是他所提出的"诗界革命"的主张。在他看来，这种诗歌的革命要有有三个方面："第一要新意境，第二要新语句，而又须以古人之风格入之，然后成其为诗。"

梁启超本人就是一个诗人，他所提出的"诗界革命"也在他的诗歌中得到一定程度的体现，他的诗歌中，力求将新题材、新思想、新语句入诗。但是，无可讳言，梁启超的着眼点主要还是在诗歌形式上，而在诗歌的主题思想、诗歌意象与观念上所做的努力仍不够多。在诗歌中，从内容到形式完成了这种革命的是梁启超的广东同乡黄遵宪。黄遵宪（1848—1905），字公度，广东嘉应州（今梅州市）人。广东地处中国南海滨，16 世纪的世界大航海之后，西方殖民者来到香港、澳门，继而进入广东，广东得风气之先，成为中国近代对外交流的门户，西方近现代意识较早在广东流行。1868 年，黄遵宪开始"别创诗界"的尝试，他在诗中写道："我手写我口，古岂能拘牵？即今流俗语，我若登简编；五千年后人，惊为古斓斑。"这种新的诗风采用了通俗化的语言，表达了新的诗歌观念。黄遵宪也提出了自己的文艺观点，他主张改革诗歌表现方法，以散文入诗，解放传统诗体。对诗歌语言与取材，黄遵宪反对加以限制，"以今古人未有之物，未辟之境，耳目所历，皆笔而书之"。黄遵宪写作的诗歌较多，使当时的诗风为之一变，成为"诗界革命"最突出的代表人物。

"诗界革命"口号是在清末旧诗逐渐衰落的语境下提出的，是一种文学启蒙思潮。而此时，中国已经是半殖民地半封建社会，沿海的台港澳相继沦为西方列强的殖民地。同时，接受了西方思想文化的爱国文人，则力图引进西方文学观念，推动中国诗歌的革命。诗歌革命的另一位重要的诗人是丘逢甲。丘逢甲（1864—1912），字仙根，是我国台湾杰出的爱国主义诗人。他的诗歌成就巨大，对台湾诗歌产生了深远的历史影响。丘逢甲诗风苍凉沉郁，时而表现出慷慨激昂的报国之志。梁启超也注意到这位诗人，认为他的诗"以民间流行最俗最不经之语入诗而能雅驯温厚"，可谓一语中的，指出了他的"新派诗"的创作特点。丘逢甲锐意创新，在诗中运用了大量的自然科学知识，随时引入西方的新事物、新名词。而作为一位杰出的诗人，他诗才纵横，能够将新事物融入诗歌之中，所以在当时诗坛被高度推崇。另一位诗人是蒋智由（1865—1929），他也有一定的影响。他的名诗有《卢骚》《奴才好》等，思想激进，观念新颖，也正是利用了诗歌的特点，大胆创新，宣扬自由独立的精神，他被视为新派诗的"神魂"。但是正如朱自清在《中国新文学大系·诗集·导言》中所说的那样，这种

"诗界革命"对于中国传统诗歌的革新具有重要意义，但是总体上是"失败了"。原因在于没有能与人民大众相结合，不像旧诗那样流传广泛。这一革命对于以后"新文化运动"中胡适之、郭沫若等人的新诗来说，其实是前驱。如果我们在一个多世纪后来看，这种诗界革命应当是中国诗歌走向世界的第一步，虽然步子并不大。新文化运动中，新诗蔚然成风，成就当然远远超出了诗界革命，但是如果从成果来看，仍然未能乐观，特别是新诗在形式上已经成为主流后，并未能超越中国传统诗歌，与唐诗宋词的世界性影响与在人民中间的评价之高仍然不可同日而语。

二、"小说革命"的观念

另外一个，最重要的、也是影响最大的文学革命则是"小说界革命"，"小说革命"的提法起于1902年，但中国小说观念的更新更早，可追溯到1897年严复、夏曾佑的《本馆附印说部缘起》一文，这篇文章中称"夫说部之兴，其入人之深，行世之远，几几出于经史之上，而天下之人心风俗，遂不免为说部所持"。中国的小说在传统文学观念中地位不高，被称为"小说家之流"，是远不能和社会所推崇的"经史"所相比的。但是，在这些思想家与文学家的推动下，中国小说竟然超越了经史。而且这篇论文中又提到"且闻欧、美、东瀛，其开化之时，往往得小说之助"。这种说法在一定程度上启发了梁启超，他于次年亡命日本途中，即着手翻译日本的《佳人奇遇》，并写了《译印政治小说序》，鼓吹"政治小说"。梁启超的《论小说与群治之关系》更是把小说这种自古为小道的卑贱文体提高到了"不可思议"的高度："欲新一国之民，不可不先新一国之小说。"这种"小说以载道"的提法固然有其矫枉过正的偏差，但对小说观念的更新做出了巨大贡献，清末民初小说的繁荣不能不说与其相关。

梁启超在号召"小说界革命"的同时，因推崇戏曲的宣传鼓动作用，由此发动戏曲改良运动，并撰写针砭时事的《劫灰梦》《新罗马》和《情侠记》等新传奇剧本，宣传民族民主思想。1904年，陈去病、柳亚子在上海创办了我国第一个戏剧杂志《20世纪大舞台》。但真正创造出在中国戏剧史上具有转折性意义的新型戏剧形态的，则是1906年李叔同、曾孝谷在日本东京发起成立的春柳社。当时，日本新派剧引进欧洲近代写实话剧，对日本传统的歌舞伎艺术革新的成功，给春柳社以直接的启迪。春柳社的宗旨是"研究新旧戏曲，翼为吾国艺界改良之先导"。他们随后推出《茶花女》（第三幕）、《黑奴吁天录》。受春柳社影响，1907年王钟声在上海组织春阳社，按照"改良京戏"的办法演出《黑奴吁天录》，次年又改编并演出《迦茵小传》，完全扫除京剧的痕迹，成为国内文明新戏正式定型的标志。

这一时期以梁启超为代表的涉及诗歌、散文、小说、戏剧的文学革命的滥觞，重心落在文学的社会作用上，政治功利色彩过浓，对西方文艺理论的认识还比较肤浅，因而没有深入文学的本质。真正从文学本体出发，将文学从"文以载道"的奴婢位置上解放出来，成为独立存在的是王国维。他引入叔本华和康德的哲学思想进入文学的精神世界，较之同时代人由进化论哲学进入文学，更迫近文学本体，从而真正体现出现代意义上的文学观。稍后提出现代性文学观念的，还有日后领导中国现代文学潮流的周氏兄弟，他们既强调文学的社会功用，又认同文学自身发展的内部规律，不赞同"谓著作极致在怡悦读者，令得兴趣"的"纯艺派"，亦反对"谓文章绝端在于自白"的功利派。但他们的文学主张在当时影响并不大。

三、引进与翻译的文学

西学东渐表现在文学上，除了引发文学观念上的一系列连锁反应外，另一个重心就是对外国文学作品的大量译介。在一定程度上，后者其实是作为前者反应的"触媒"而逐渐繁荣起来的，人们更多地注目于文学作品里的异域思想观念、人生价值、精神气质和异域风情，但随着文学观念的进一步解放，一些艺术触觉敏感的先觉者，也能对纷至沓来的外来文学去芜存菁，把目光投放到作品的文学价值上来。这一时期，译介的重点区域有这样几个：西欧、日本、俄苏及东北欧弱小民族。

林纾翻译小仲马的《巴黎茶花女遗事》，是我国大量介绍西欧文学的起点，他本人也是这一阶段译界的主力。除了"林译小说"，介绍西欧文学的另一个重心是西诗汉译。因为诗的语言意蕴和韵律在文学上最为精微，故中外文化交流在诗的领域遇到的障碍，可说是最大的。1868 年，同文馆出身的张德彝作为翻译随使欧洲，第一个注意到西诗，称其"文字章法，修短不等，大抵以新奇为贵"。同年，他首次据英法文转译了一章安南"著名大夫"的诗。1898 年严复翻译《天演论》时，同时翻译了赫胥黎所引的英诗片断，这是英国著名诗人的作品较早进入中国。自此，以中国古典诗歌形式来翻译西洋诗，也就约定俗成。1902 年，梁启超采用"曲本体裁"翻译了拜伦的长篇叙事诗《唐璜》中《哀希腊》两首，并以严复的"达意"之法作为译诗的模式。马君武随后继承了梁启超对西诗的接受模式，翻译了大量诗歌，并将其赫创作结集为《马君武诗稿》，收有歌德的《米丽客歌》和《阿明海岸哭女诗》，胡德的《缝衣歌》，拜伦的《哀希腊》等。在西诗汉译方面最有成就的应数苏曼殊，这大概与他本人极富诗人的浪漫气质有关。总计苏曼殊的译诗，有拜伦的《赞大海》《哀希腊》《去国行》，豪易特的《去燕》，雪莱的《冬日》，等等。除了对这些富有反抗精神的诗人作品的介绍外，一些富于艺术性的纯文艺作品，如王尔德等人的戏剧，也逐渐被列入译介之列，重要的有王尔德的《莎乐美》。

1898 年梁启超东渡日本，翻译了日本政治小说的代表作《佳人奇遇》和《经国美谈》，借此鼓吹改良运动，这是我国较多介绍日本近代小说的开始。清政府自 1896 年开始向日本正式派遣留学生至 1903 年出现留日热，遂出现中日文学交汇的盛况。据统计在 1901 年至 1904 年期间，中国译日本文占全部译书近百分之六十强，此后亦一直保持领先地位。不过，一个值得注意的现象是，日本文学主要是作为中国文学通往世界文学的媒介和桥梁。广大留日学生通过日本人的翻译和介绍，接触并了解欧美文学。鲁迅就曾受到森欧外和二叶亭的翻译的诸多影响。真正注意到日本本土文学的特质和价值并加以翻译评介的是周作人，特别是他于 1918 年在北京大学文科研究所作题为《日本近三十年小说之发达》的报告，其中重点介绍了坪内逍遥的《小说神髓》，对中国新文学的催发意义重大。

五四前夕中国对俄国文学的译介数量并不多，但引进的多是名家名著，故意义非凡。俄国文学作品最早的中译本，是 1903 年上海大宣书局发行的普希罄（普希金）的《俄国情史》（今译《上尉的女儿》），虽属巧合，却为我国接触俄国文学定下了高起点。1907 年可算是我国介绍俄罗斯文学的里程碑。吴梼从日文转译了莱门忒夫（莱蒙托夫）的《银纽碑》和溪崖霍夫（契诃夫）的《黑衣教士》，还在《东方杂志》上连载了戈厉机（高尔基）的小说《忧患余生》。香港礼贤会出版了德国叶道胜牧师翻译的《托氏宗教小说》。鲁迅又写了《摩罗诗力说》，介绍了普希金、莱蒙托夫和果戈理三位重量级俄国作家。自此，光辉灿烂的俄国文学逐渐进驻入求知若渴的中国知识分子的视野中来。从我国五四运动以前介绍俄国文学作品的情形来看，当时已翻译过普希金、莱蒙托夫、屠格涅夫、托尔斯泰、契诃夫、高尔基、安特列夫等十几位俄国名作家的作品达 80 种以上，在介绍外国文学方面相当具有代表性。

译介被损害民族的文学也是这一时期的热点之一，这种译介动机主要是基于爱国主义立场，根据现实社会的迫切需要而做出的选择。周氏兄弟是这块领域的先行者。重点引进的作家有易卜生、显克微支、裴多菲等。易卜生主义曾在五四期间掀起一波波热潮。除鲁迅将之作为"精神界战士"推举外，1914 年《俳优杂志》创刊号发表了陆镜若的《伊浦生之剧》一文，详尽介绍了《人形之家》《民众之敌》《亡魂》等十一部戏，称易卜生为"著作大家"、"沙翁之劲敌"。1918 年 6 月 15 日《新青年》第 4 卷 6 期推出了"易卜生专号"，可见其影响。关于显克微支和裴多菲，新文学开创者们也都大力推荐过，有沈雁冰的《波兰近代文学泰斗显克微支》和《匈牙利爱国诗人裴多菲百年纪念》等，反响颇大。

总之，这场处于世纪交替间的中外文学的交汇出现了前所未有的繁荣气象，由此引发的在中外文化比较框架下兴起的，带有启蒙性质及民族功利色彩的文学近代化运动，为传统的古典型文学向现代型文学转化拉开了帷幕。

第二节　中国文学翻译的奠基人林纾

译介西方近代思想的第一人为严复，而开启翻译西方文学之风者则为林纾。林纾（1852—1924），字琴南，号畏庐，又取"枫落吴江冷"诗意自号冷红生，福建闽县人。林纾长于古文、诗词、绘画、戏曲，但最负盛名的是文学翻译。从最初翻译《巴黎茶花女遗事》至逝世的 25 年中，林纾共译外国小说 183 种，约 1200 多万字。其中涉及英、法、美、俄、挪威、瑞士、比利时、西班牙、日本等许多国家的作品，介绍了莎士比亚、狄更斯、雨果、大仲马、小仲马、易卜生、塞万提斯、托尔斯泰等众多世界著名作家。但其余大部分为二三流作家的作品，大多倾向爱情、侦探、黑幕、宗教等通俗题材。林译代表作有《巴黎茶花女遗事》《黑奴吁天录》《拊掌录》《迦茵小传》等。

林纾的翻译可以 1913 年译《离恨天》为界标，分为前后两个时期。前期态度谨严，译笔生动游走，语言佻㒓而富有弹性，冲破了桐城宗法的重重禁忌，令人耳目一新。而后期译著，有塞万提斯的《魔侠传》(《堂吉诃德》)、孟德斯鸠的《鱼雁扶微》(《波斯人信札》) 等名作，林纾硬是用文言文把西方近代社会五光十色的"人间喜剧"色彩斑斓地展示给中国读者，拓展了人们的文学视界。

1897 年，林纾与《巴黎茶花女遗事》的原作"偶然相遇"，从法国归来的王寿昌便邀请林纾翻译法国作家小仲马的《巴黎茶花女遗事》，林纾因而涉笔与王合译。译书于 1899 年问世后，"不胫走万本"。"一时纸贵洛阳，风行海内"。一时很多人跟着仿作，钟心青作《新茶花》三十回，苏曼殊的《碎簪记》《焚剑记》诸篇，均得其神韵。不仅民初及以后的言情小说受其深刻影响，《巴黎茶花女遗事》对我国现代小说的兴起与发展，亦起了积极的推动作用。

如果说林纾译《巴黎茶花女遗事》是"偶然"因缘，那么他于 1901 年译《黑奴吁天录》则是有意为之了，此译著显示了他"儆醒"国人的积极意向。1907 年春柳社即将其搬上舞台。鲁迅在涉猎外国文学丛林之初，亦受到此书的强烈影响。可见其反响之剧烈，影响之深远。

林纾翻译的奇特之处在于，他不懂外语，全凭口译者的口述翻译，但他古文娴熟，译笔出色，且速度惊人，运笔如风，每每口译者话音刚落，他的译文即已写就。林纾长于叙事摹情，人所莫言，言而未尽者，他都能尽述其妙。一部分精心的译作，如《撒克逊劫后英雄略》《拊掌录》，都能忠于原著，传其神韵。但另一方面，这种独特的译法也给林纾带来了很大局限，难免出现错、漏、删、改译的现象，往往造成译文与原著大相径庭的后果。这种致命缺陷，多为世人所诉。

尽管林译小说不够信实，不能通俗，但他的成就和影响是不能因之而一笔抹煞的。康有为曾作诗赞颂："译才并世数严林。"、"林译小说"不只在清末民初的文坛上影响很大，就是对五四新文化也起过积极的推动作用，表现在这样几方面：首先，他较早且大量介绍西方文学，开拓了中国文学界乃至文化界的视域，批判了洋务派所谓西方只有物质文明的谬论，特别是纠正了几百年来封建文人轻视小说戏曲的正统文学观。其次，林纾的翻译，不仅引起人们直接阅读研究西方文学的兴趣，且开了西学东渐的风气之先，为稍后外国文学作品大量涌入中国的繁荣局面做了铺垫。另外，林纾的翻译不仅影响了民初鸳鸯蝴蝶派的创作，而且影响了五四时期一代新文学作家。

第三节　晚清谴责小说的兴旺与章回体小说的没落

清末民初是中国小说的一个新旧共生的时代，也是从中国传统小说向新小说转型的关键。在这一历史阶段中，从清末的揭露中国封建官场黑暗的谴责小说到以后描写社会道德腐败与民俗民风的"鸳鸯蝴蝶派"，世界上历史最长的封建大帝国的散发着腐臭气息的末日，在小说中暴露无遗。这是中国文学最富于批判性与战斗力的时代，也是小说文体巨变的时代，此时，中国小说从传统的章回体向现代小说模式发生进化。如果要与西方相比，这一时期的文学相当于文艺复兴时代，是新旧文学交替的时代，这一时期的小说虽然艺术上仍显粗糙，思想与道德批判的价值丝毫不亚于欧洲文艺复兴对封建制度的抨击。这是中国文学世界化的前奏，具有中国特色的现代小说已经在传统小说的躯壳中做蛹，即将化蝶飞出。

李伯元（1867—1906），江苏武进人，号宝嘉和南亭亭长。如同晚清的文人一样，他也曾寄希望于科举，然而屡试不第，失望之余，就跑到当时中国工业化与现代经济最发达的上海去，从事新闻业，先是参办了《指南报》，后来主办了《游戏报》和《世界繁华报》等。他其实思想仍然相当保守，对于革新与变法的主张并不拥护。他的主要作品写于 1901 年到 1906 年间，包括长篇小说《官场现形记》《文明小史》《活地狱》《中国现在记》等，同时他还是一个评弹爱好者，曾经写过评弹曲词。

《官场现形记》六十回，于 1903 年出版，是"谴责小说"的代表作之一。当时的中国是一个半封建半殖民地的社会，中国历来以官僚为统治核心与社会上层，中国文化人一生奋斗的目标也是高官厚禄。于是社会批判的主力必然指向官场，而中国的封建社会官场历时积久，积弊之深也是举世无双的。贪污受贿，营私舞弊，官匪勾结等恶行，历来是中国官场的风习。于是反对封建中枢无可避免地指向了官场。《官场现形记》抓住这一时代主题，用中国人喜闻乐见的章回体形式，成为"谴责小说"中最著名的一部。它讲述陕西同州府朝邑县的赵温，家中是本地的乡绅，在陕西乡试中举以后，以到京城会试为名，希望买通关系，弄个一官半职。

以赵温在京的经历为线索，这部小说展开了一幅中国晚清黑暗腐朽的官场升迁图。全书共六十回，以较大的事件为中心，包括"藩司卖缺兄弟失和，县令贪赃主仆同恶"、"剿土匪鱼龙曼衍，开保案鸡犬飞升"、"傻道台访艳秦淮河，阔统领宴宾番菜馆"等一系列大大小小的事情，从京城到大江南北，从官府到兵营，从城市到乡村，人物众多，头绪纷繁。作者善于驾驭重要题材，涉笔成趣，以众多的人物与广阔的社会展开叙事，深刻揭露了中国封建朝廷行将灭亡之际的衰败景象。

书中几乎是无官不贪，整个社会处于贪污腐化的巨大危害之中，城乡民众生活贫苦，官府却加紧勒索。而政府官员的腐败已经成为习以为常的社会现象，第二十四回中写道，贾桌台的大少爷为了混个官位，竟然假造了一封周中堂信件，吹了个风到主管治河大事的河台耳朵里。河台竟然被他瞒过，信以为真，认为这个少爷与周中堂有来往，立即派了河工下游的总办的官职给他。他一到任上，立即盘算到：将来治河大工合龙，要随折保个送部引见，虽然已经在掌握之中，但是要得个实缺，非走门路不可，而要走门路，又必须要花钱。于是，贾少爷将弄钱作为自己当官的首要任务。他先把前头委托的办科委员，抓了个错误，一齐撤差，都换成了自己私家的人。不料，下游有一个台办看他这样横行，心中不满，就到河台面前告状。这件事被这个贾总办得知了后，立即反告这个台办有意霸持，遇事掣肘，递了个禀帖给河台，立即要河台撤这个台办的职。河台开始不愿意，但是贾总办就要挟："大人若不将他撤去，职道情愿辞差。"闹得河台没有办法，只好撤了这个台办的职，这样，贾总办一个人独揽大权，更加为非作歹，没有人敢管了。所谓的治河工程，更是可笑，完全是哄骗上司和朝廷，混过汛期后，所有的人都可升官。这个贾总办本是一个少爷胚子，混了一段时间，竟然被河台奏报合龙折内，奉旨送部引见，先赏加布政使。他还趁着上京请赏的机会，把自己的兄弟、侄儿、亲戚、故旧全部报在名单之内。这样，他"钱也赚饱了，红顶子也戴上了"。

小说的作者具有丰富的生活阅历，洞见当时的社会人情世故，这是他能写好这种小说的前提。此外更为重要的是，他熟悉官场的内幕，曾经长期在政界行走，如果没有这种知识与经验，也不可能写出如此真实的小说。官场小说虽然在前人的作品中也有涉及，但如此深入而尖锐的揭露是前所未见的。

无可讳言，作者的艺术技巧显得不足，全书缺乏中心事件，这样虽然有广阔的生活画面描述，有了一种世情小说的骨架，但是叙事就以论事为主，事件过多，没有选择，显得琐碎。人物性格的刻画虽然也有特点，但是仍缺少深入的人物内心世界描绘。

吴趼人（1866—1910），原字茧人，名为沃尧，广东南海人，居住在佛山，因此笔名叫我佛山人。他家庭是没落的官僚，本人曾在上海生活，又到过日本，1904 年在湖北任美国人办的《楚报》主编，思想较为进步，后来辞职回到上海，参加过当时的反华工禁约运动。他晚年思想转向保守，1906 年编过《月月小说》，后病故于上海。

吴趼人写了 30 多部小说，现存 20 多部，《二十年目睹之怪现状》是其代表作。这部小说写一个化名九死一生的青年知识分子，家里也是商人出身，父亲在杭州经商时去世，当时他只有 15 岁，前往奔丧，从此开始走入中国东南江浙沪一带的商业中心。这里是清末西方列强以资本开拓势力的场所，也是中国民族工商业的摇篮。小说采用"流浪汉"小说的写法，以作者的所见所闻，展示了大千世界，人间万象。作者以第一人称叙事，实际上可能有作者自传的性质，但是小说的意义绝非自传性的个人见闻所能取代，而是一部具有艺术概括性与丰富的形象表达的文学作品。

这是一部艺术上相对成熟的小说，全书 108 回，结构庞大，事件丛杂。书中人物涉及三教九流，有名有姓的就有百人之多。但是主要人物都是商人与官员，通过官场与商界的大大小小的事件与传闻，来表现当时社会的复杂性与多样性。人物的性格与职业特点还是相当鲜明的，如作者的朋友吴继之，虽然经历了宦海沉浮，但仍保持正直的品质，但这种正直，其实也就是中国封建文人的一种君子之道，对于社会的黑暗与腐败并没有反抗，而是同流合污。书中的人物姓名就有一定的象征性，如小官吏苟才，其实是"狗才"的谐音，从他的出场即可以看出其喜欢打官腔，装腔作势的特点。

> 只见那苟才穿着衣冠，跨了进来，便拱着手道："对不住，对不住！到迟了，有劳久候了！兄弟今儿要上辕去谢委，又要到差，拜同寅，还要拜客谢步，整整的忙了一天儿"……送过茶，大众又同声让他宽衣，就有他的底下人，拿了小帽子过来；他自己把大帽子除下，又卸了朝珠，宽去外褂，把那腰带上面滴溜打拉佩带的东西，卸了下来；解了腰带，换上一件一裹圆的袍子，又束好带子，穿上一件巴鲁图坎肩。在底下人手里，拿过小帽子来；那底下人便递起一面小小镜子，只见他对着镜子来戴小帽子；戴好了，又照了一照，方才坐下。

虽然只是一段简短的描写，但是惟妙惟肖地写活了一个官场油子。他的话语夸诞，一味地强调自己的重要性。他的穿衣戴帽也处处流露出官场里讲究外表与装饰，享受庸俗与奢华生活的习惯。

这种世情小说关注的中心仍然是世情人心，所以无论是米面油盐的价格、衣食花费等生活现象，都在小说里得到表现，反映了作者关心民生的观念。叙事手法上，经常借助于对话和传闻，如第八十一回写到四川百姓的生活时，因为种罂粟，田里的稻米越种越少，所以历史上物价最低的四川，竟然要吃湖南的米，物价也飞涨起来。更令人痛心的是百姓普遍吸食鸦片，到街上一看，遍地是烟馆，情形确实令人感到恐怖，令人感到这个封建大帝国的灭亡已经为期不远了。

19世纪末期到20世纪初，中国社会从封建统治转为半殖民与半封建社会，社会灾难深重前所未有。中国文学传统也到了非改革不可的关键时刻。小说革命中，中国的章回体小说迎来了最后的辉煌，除了以上所说的谴责小说之外，还有刘鹗（1857—1909）的《老残游记》（署名洪都百炼生作）。刘鹗，字铁云，是中国著名学者，甲骨文的早期研究者与收藏家，通中西学术，属于晚清的洋务派。他曾经在治理黄河中立功受赏，官至知府。《老残游记》是一部以走访郎中的视域来描写社会世情的小说，主要讲述北方黄河治理的大历史事件，书中玉贤、刚弼等酷吏的暴行实际上反映了整个社会的暗无天日。作者关心民间疾苦，同情百姓所过的困苦生活。全书20回，人物形象较为生动，特别是一些民间人物，如山东济南大明湖千佛山的唱曲艺人、娼妓等。作者还精心刻画了"清官"的形象，书中两个关心世事、体恤人民的好官——庄宫保和白子寿代表了作者心目中的理想人物。但是总体来说，作者的世界观与政治见解显得陈旧而迂腐，是封建士大夫在乱世之末所产生的一种无力回天的观念的反映。

另外一部名著是《孽海花》，是晚清小说中艺术结构较好的一部。作者曾朴（1871—1935），江苏常熟人。小说所描绘的历史时代是鸦片战争前30年间晚清的社会变革。这一时期，外强入侵中华，清政府腐败无能，反抗与革命运动此起彼伏，是社会动荡相当剧烈的时期。这部小说主要是一部社会讽刺小说，主要人物是中了状元的江南文士金雯青，受命朝廷出使欧洲，他却在母亲的热丧中，迎娶名妓傅彩云，两人一同赴欧洲出使。弱国外交本已经令人痛心，这位大使官员却一心赏玩古董，考据版本，显摆自己的学问。实际上，这个号称"专治史地之学"的大臣，却花钱买了一张假的中俄边界地图，结果在对外谈判中，使国家损失了八百里国土，蒙受羞辱。小说中的细节具有典型性，如一个库丁余敏，虽然是一字不识的文盲，却通过慈禧太后的关系，搞到了东边道的官职。像这种卖官鬻爵、贪污受贿的现象在当时社会中已经相当普遍，世人也习以为常，见怪不怪。

曾朴本人是一个封建文人，又有过多年的幕僚生活经验，熟悉当时的社会上层官吏与名士们的生活，小说中的细节描绘突出，对于狎妓游宴，雅集赋诗，玩弄名伶戏子的名士风流行径，更是写得入木三分，再现了国家危亡之际，那些官吏与文士们仍旧过着醉生梦死的生活的情景。相对于其他的谴责小说来说，本书有历史人物作为原型，人物形象较为突出。叙事技巧与情节安排也相对集中。小说的重要贡献之一是将殖民主义观念引入晚清文学之中，实际上自从 16 世纪欧洲列强进入中国以来，中国一直处于殖民化的进程中，晚清时期，南方革命运动兴起，北方有义和团等反对殖民入侵起义，中国人民反对殖民主义的斗争自然会出现于文学中。小说揭露了清朝统治者慈禧贪图贿赂，为了个人的享乐，把"一国命脉所系"的海军经费用来修颐和园。而西方列强瓜分中国的野心暴露出来，朝中仍然歌舞升平，海外却已经失地失藩，作者呐喊："东三省快要不保了！"早已经看破了日本与沙俄觊觎我大好河山的野心。对于丧权辱国的李鸿章等人进行了猛烈抨击。这也是这部历史小说的特点，直接将历史人物写入书中，言辞激烈，观念相当尖锐。书中也宣传了西方资产阶级的"天赋人权"、"不自由毋宁死"等观念，对于孙中山等革命人物，作者则持赞颂的态度，可以说小说的主题与思想倾向，在谴责小说中都是最进步的。

在谴责小说之后，从 1908 年到辛亥革命以后，在上海曾经兴起了"鸳鸯蝴蝶派"小说及以后的"黑幕小说"。这些流派是晚清小说的余绪，多数仍然采用章回体形式，但是已经不具有这种文体的优点，反而变成陈词滥调式的叙述。直到 20 世纪中期，还有张恨水的小说《啼笑因缘》作为章回小说在大陆最后的余晖。其他还有港澳台地区的个别武侠小说与通俗小说作者仍在利用章回小说这一中国文学的传统形式，而大陆文学完全由西方式的小说所垄断，再也没有章回体小说的创作了。值得注意的是，近年来有方汉文的长篇章回体小说《青雪盟誓》（2012）等。而这种中国文学传统文体的复现仍是寥若晨星。

总之，随着 20 世纪新文学运动兴起，在新文学理论家与作家的批评下，中国传统文学形式包括章回小说、古典诗词和传统戏曲的创作基本退出历史舞台。进入 21世纪后，中国传统文学形式再一次面临新选择，如何将来自西方的现代小说、话剧和新诗与民族传统形式相结合，正在成为中国当前文学所面对的重要历史选择。

第五编 20—21世纪的世界文学

第二十章　20—21世纪的欧美文学

美国当代学者达姆若什（David Damrosch）在《朗曼世界文学文选·序言》中认为：

> 仅仅不过在我们这代人之前，当北美在使用"世界文学"一词时，主要是指荷马以降的欧洲巨匠，包括一些从欧洲孳乳而来的受人喜爱的北美作家。而今天，欧洲只不过是世界文学的一部分，并且北美文化遗产也只是一部分。那些极其令人兴奋的资料表明，现在，从最早的铭刻在泥板上的苏美尔人的诗歌直到最近的克什米尔诗歌都赫然出现于互联网上。很多新的世界——新出现的环球性经典的旧世界——今天正在等待着我们。①

20—21世纪的世界文学是全球化时代的文学，正如达姆若什所说，这个时代是传统与现代、东方与西方互相融合的一个多元文学时代。

我们将这一时期的文学划分为两个大的历史时期：从1914年开始的第一次世界大战起到1968年巴黎学生运动，这是从现代主义文学到多种文学思潮兴衰的前半期；从20世纪60年代以后至今是后半期，则是所谓后现代主义（包括后殖民、后结构、后女性主义等）等文学思潮的兴起，特别是2012年12月，中国作家莫言在瑞典首都斯德哥尔摩接受诺贝尔文学奖，这是一个中国文学世界化的标志，也是东西方文学的融合与创新，一个世界文学发展新阶段到来的坐标。

第一节　多元化世界文学的形成

一、20世纪文学理论批评的高潮迭起

进入20世纪以来，文学理论与批评流派纷呈，各种从文学文本或是从心理学、哲学、语言学、历史学等相关专科的理论基础上发展出来的文学理论批评繁荣昌盛，是历史上前所未有的。

20世纪初期的表现主义理论继承了西方19世纪浪漫主义的传统，是来自康德美

---

① *The Longman Anthology of World Literature*，edited by David Damrosch, David L. Pike, Pearson Education, Inc. 2008, p. ⅩⅩⅶ

学、柯勒律治诗学和 19 世纪唯美主义"为艺术而艺术"等思想的理论学说。在意大利克罗齐的影响下，英国美学家与文学批评家如鲍桑葵、开瑞特、科林伍德等纷纷加入，克罗齐（Benedetto Croce，1866—1952）是意大利新黑格尔主义哲学家、历史学家、文学评论家、美学家。克罗齐认为诗的本质就是直觉—表现。在《美学或艺术和语言哲学》（1948）一书中，他写道："早在我年轻时，'文学'的名词往往带有贬意；但是，人们这样说，并不是指别的，也并不是想要指别的，无非是想说：诗不是文学，而是音乐，也就是说，是纯艺术。"① 克罗齐认为，直觉—表现非指所有的艺术，唯有纯诗才能称得上直觉—表现的内容。他的纯诗就是纯艺术，是艺术的最高范式。通过音乐表现出诗学的纯粹性，"纯诗最本真地显示了'纯粹的直觉'和'纯粹的表现'，没有理性和外在杂质，因此成为真理作品。"②

罗宾·乔治·科林伍德（Robin George Collingwood，1889—1943），英国现代著名的美学家。在文学理论方面，科林伍德主要著作是《艺术哲学新论》和《艺术原理》，它们分别代表了他前后期的艺术观点，发展了克罗齐的美学，并将其运用于文学实践的研究。

精神分析文学批评以奥地利精神分析学家弗洛伊德的心理学理论为基础，弗洛伊德曾经多次通过莎士比亚等人的诗作进行他的理论建构，其余如精神分析学家荣格、拉康等都对精神分析文学批评有一定贡献。

西格蒙德·弗洛伊德（Sigmund Freud，1856—1939），尽管一生专注于精神分析理论的建构与精神病的医疗，但是他对优美的语言和文学艺术有着浓厚的兴趣，曾于1930 年获得歌德文学奖。弗洛伊德涉及文学艺术问题的著作有：《梦的解析》（1900）（其中有关于《俄狄浦斯王》与《哈姆雷特》的论述）、《戏剧中的精神变态人物》（1905）、《作家与白日梦》（1908）、《列奥纳多·达·芬奇和他童年的一个记忆》（1910）、《米开朗基罗的摩西》（1914）、《精神分析引论》（1915—1917）、《超越快乐原则》（1920）、《论幽默》（1927）、《陀思妥耶夫斯基与弑父者》（1928）等。这些论著除了建构完整的精神分析理论体系，还对艺术的本质以及艺术家的创作动因等进行了精神分析。

精神分析诗学主要表现在对创作心理的分析上。弗洛伊德认为，作家是通过表现人的无意识进入人的内心世界的，无意识大都与性欲有关。弗洛伊德通过对创作主体与文本的研究，认为作家大都有精神病或神经质（而性的冲动，广义的和狭义的，都是神经病和精神病的表现），作家和诗人不同于正常人，他们的精神、灵魂、神经、性欲、梦幻、联想等都有这样或那样的无意识情结，他们的创作就是情结的释放。文学源于性欲，他说："性的冲动，对人类心灵最高文化的、艺术的和社会的成就作出了最大的贡献。"③ 人的性欲如何转变为艺术家的艺术创作？精神分析诗学用"性欲

---

① ［意］克罗齐：《美学或艺术和语言哲学》，黄文捷译，102 页，北京，中国社会科学出版社，1992。

② 张首映：《西方二十世纪文论史》，42 页，北京，北京大学出版社，1999。

③ ［德］弗洛伊德：《精神分析引论》，高觉敷译，9 页，北京，商务印书馆，1984。

升华"理论来解释艺术的本质和功能。弗洛伊德认为，艺术是人的本能的一种升华，升华导致了人类文化的产生，也导致了艺术的产生。而升华的本源在于性欲的释放，当正常的性欲得不到释放的时候，它就会向其他方向转化。所以弗洛伊德认为"性的精力被升华了，就是说，它舍却性的目标，而转向它种较高尚的社会目标"①，这种高尚的社会目标即为文化的创造。

　　法国的雅克·拉康（Jacques Lacan，1901—1981）是当代西方影响最大的后精神分析学批评家，主要著作有由讲演汇集的《讲演集》（四卷，1966）以及《精神分析学的四个基本概念》（1973）等。对文学文本的分析最为突出的是他1955年解读爱伦·坡的短篇小说《被窃的信》的论文《论〈被窃的信〉》，这篇文章在其后的20年里引起了文学批评理论的震动。拉康的精神分析学同时引入语言学家索绪尔的语言概念，提出"无意识具有语言的结构"的著名观点，认为无意识像语言一样具有结构，只有借助语言符号，无意识才能为人们所真正理解。

　　回归文本的文学研究是20世纪文学的主潮之一，俄国的形式主义、英美新批评、结构主义、符号学等理论属于这一大的方向。

　　俄国形式主义（Formalism）理论研究有两个中心，一个是1916年在列宁格勒成立的"诗歌语言理论研究协会"（俄语简称"奥波亚兹"）；另一个是1919年在莫斯科成立的莫斯科语言学会。前者以什克洛夫斯基为首，包括艾亨鲍姆、雅库宾斯基、鲍里瓦诺夫、特尼亚诺夫、日尔蒙斯基、维诺格拉多夫等成员。后者创始人是雅各布森，成员有维诺库尔、彼·波格丹诺夫、托马舍夫斯基等人。前者热心于研究欧洲文学的形式，后者的研究重点是俄罗斯民谣和民间故事，通过对这些文学样式的研究，将诗学或文学理论列为语言学的一部分。这两个中心都受索绪尔语言学理论的影响，认为文学是语言的文本，因此文学的本质就是语言。所以主要工作就是要追求文学本质特性的"文学性"（literariness，文字中的形式与语言结构），文学性是文学区别于政治、经济、军事、新闻及其他艺术的根本特性，是文学成为文学的核心和标志。他们所说的文学性包括文学的语言、结构、形式、文学的手段和方法，但不包括文学的内容。

　　俄国形式主义的这股思潮从诞生之日起，就在否定与肯定之间论争，否定文学与现实的关系、否定传统的文学模仿论、否定文学内容与形式的关系；肯定文学的独立性，倡导语言学的方法。20世纪20年代中期，什克洛夫斯基和艾亨鲍姆远走布拉格，雅各布森去了东欧。他们在布拉格会合，发起成立了捷克的结构主义——布拉格学派，直到1934年由于纳粹的再次迫害，他们又流亡到英美等国家，促进了英美新批评、结构主义、符号学、语义学等文学理论流派，推动了西方文论诗学的发展。此外，深受俄罗斯形式主义影响的理论家、作家还包括布莱希特、罗兰·巴特、乔伊斯、卡夫卡等。

　　新批评（The New Criticism）是20世纪20年代兴起于英国的文学批评流派，30年代转向美国，四五十年代达到高潮，成为美国文学批评主流，其后渐趋式微。新批

　　① ［奥地利］弗洛伊德：《精神分析引论》，高觉敷译，9页，北京，商务印书馆，1984。

评派是在反对 19 世纪实证主义和浪漫主义，注重对作家个人及其心理情感而忽视文学作品本身研究的前提下产生的。随着俄国形式主义的从国内到国外，他们的理论犹如一阵春风，吹醒了苦于寻找新的理论建构的英国文学理论界。受形式主义的影响，新批评派转向重视作品的内在构成及因素，文学文本的细读是一切研究的依据。新批评尽管 20 世纪 20 年代就在英国产生了，但开始并没有一个固定的名称，直到 40 年代美国批评家约翰·克娄·兰色姆（John Crowe Ransom）《新批评》的出版，新批评才得以定名。兰色姆在该书中首先对艾略特、瑞恰兹等人的理论进行了评述，称他们为"新批评家"，而他们也正是新批评的第一代代表人物，此外，新批评还经历了第二代以兰色姆为代表和第三代以维姆萨特和韦勒克为代表的发展历程。

结构主义（Structuralism）于 20 世纪 60 年代在法国形成，但其源流可以追溯到瑞士语言学家索绪尔的语言学和捷克的布拉格学派，是形式主义和语言学与法国人类学结构主义等观念互相结合的产物。结构主义从结构语言学中接受系统、结构的观点，从形式主义接受文学文本分析的方法，成为形式主义文学理论的主要代表之一。结构主义文学研究范围也较为广泛，包括叙事学和符号学研究等相关方面的批评。

德国法兰克福学派的理论影响早在 20 世纪 30 年代就已经开始了，20 世纪 60 年代，他们以社会哲学为主要研究方向，提出"社会批判理论"，用来分析当代资本主义社会，批判其异化和反人性。他们的理论在 1968 年欧洲的学生运动中也起到了推波助澜的作用。法兰克福学派的批判理论就其实质而言，乃是一种意识形态的批判理论或文化批判理论，是文化诗学的理论根源。同时批判理论的崛起以及批判理论家们本雅明、阿多诺直到哈贝马斯的观点在一定程度上代表了诗学研究的后现代转向。

弗雷德里克·詹姆逊（Fredric Jameson，1934—　 ，又译作詹明信、杰姆逊）是美国的后现代理论家。他的研究范围极为广泛，涉及形式主义、法兰克福批判理论、法国结构主义、后结构主义与后殖民主义等。这些理论继承了卢卡契等人的马克思主义美学和文化理论，创立了走向辩证批评的文化解释学，揭示和批判了后现代主义的文化逻辑。特别他在《政治无意识》等论著中所提出的"第三世界文学的民族寓言"等观点，正在引起广泛的关注。①

詹姆逊强调后现代主义划分的两种观点：一种认为后现代主义是诸多风格中的一种；另一种则试图把后现代主义当成后期资本主义逻辑的文化的主导因素来理解。因此，他的后现代理论关注多元，关注当代社会文化现象，是一种文化诗学。

詹姆逊注重对艺术文本的文化解释，同时强调文化的分期。在詹姆逊看来，后现代主义不仅是一个文化范畴，而且也是一个社会历史范畴。按照马克思主义对资本主义的分析，他认为资本主义经历了三个发展阶段：国家资本主义阶段，与之对应的文化形态是现实主义；垄断资本主义（这是列宁的观点），与之对应的文化形态是现代主义或先锋派艺术；晚期资本主义，与之对应的是后现代艺术。在《后现代主义，或晚期资本主义的文化逻辑》中，他对后现代的特征作了经典概括："新的无深度感，

---

① 参见蒋孔阳等主编：《西方美学通史》（二十世纪下），617 页，上海，上海文艺出版社，1999。

它在当代'理论'和一个全新的形象文化或幻象文化中得到了延续；随之而产生的历史感的衰弱，不仅是指我们与公众历史的关系，而且关乎我们个人的时间感的新形式，这种时间感的'精神分裂症'结构将决定时间型艺术的新型句法。"① 詹姆逊文化分期的理论主要是建立在马克思对资本主义分析的基础上，因此将詹姆逊的理论归为马克思主义的后现代主义是合适的。这三个阶段对应的文化形态反映了不同时期文学艺术与社会的对应关系，也是詹姆逊的对文化的一种社会学解释。20世纪80年代以来，他将注意力越来越多地集中到后现代文化研究。他从七个方面对后现代主义文化逻辑的基本特征进行了概括：呈现审美通俗化和审美民众主义；消解深度模式，走向平面化；放逐主体性，趋向零散化；丧失个人风格，导致"拼贴杂凑"；抹去历史性，引向虚假历史意象的"复制"；抛弃关于未来的思考，崇尚形象的文化形式；取消批评附丽，陷于无法辨识的后现代文化空间中。②

后现代文学批评家的主体观念代表了21世纪世界文学发展的主流，世界文学将从以欧美文学为中心转向东西方文学辩证发展的多元化趋势，不再是从西方向东方的单向传播模式，而是多样性的文学话语对话。20世纪后期以来，诺贝尔文学奖就是一个表征，拉美文学6次获奖、日本文学的川端康成与大江健三郎、印度与阿拉伯作家以及中国作家莫言获奖，都表明了未来世界文学的多样性发展，这将是新世纪的主流。

二、现代主义文学流派

现代主义文学从19世纪末到20世纪30年代前后在欧美兴起，从开始起，现代主义文学就表现出一种世界文学的发展态势。我们已经简略论述了象征主义等在19世纪中后期兴起的主要流派，以下再对其他流派进行勾略。

1912年至1922年，美国文坛上出现了一个声势浩大的新诗运动。其中，"意象派"诗歌是中心概念。其实意象派形成于伦敦而盛行于美国诗坛，由艾兹拉·路密斯·庞德（Ezra Loomis Pound, 1885—1972）发起，爱米·罗厄尔（Amy Lowell）为主角，有希尔达·杜力脱尔（Hilda Doolittle）、约翰·格尔特·弗莱契（John Gould Fletcher）等重要成员。运动的初衷是为使诗歌摆脱19世纪末浪漫主义的感伤情调和矫揉造作、无病呻吟，即如庞德所称的世纪初那种"相当模糊，相当混乱……感伤做作"的诗歌。由此，意象派诗人努力寻求情感的客观对应物，以求简隽、含蓄地表达情感。他们在《诗刊》上发表了意象派宣言：（1）直接处理无论是主观的还是客观的事物；（2）绝对不用无助于表现的词；（3）至于节奏，应使用音乐性短语，而不要按节拍器的节奏来写。③ 他们在中国古典诗歌里发现了与他们理论相吻合的诸多

---

① 王岳川等编：《后现代主义文化与美学》，79页，北京，北京大学出版社，1992。
② 参见蒋孔阳等主编：《西方美学通史》（二十世纪下），642～646页，上海，上海文艺出版社，1999。
③ 参见蒋孔阳等主编：《西方美学通史》（二十世纪下），642～646页，上海，上海文艺出版社，1999。

契合点。他们所苦苦寻索的意象在中国早有精辟阐释："使玄解之宰，寻音律而定墨；独照之匠，窥意象而运斤。"① 而庞德对意象曾下的定义："那是一瞬间呈现理智与情感复合物的东西。"与王昌龄于《诗格》中所说"搜求于象，心入于境，神会于物，因心而得"，十分相似。可见，美国意象派的理论渊源来自于中国古典诗歌之中，是借"他山之石"，来攻己之"玉"。美国新诗运动主要发起人之一的哈丽特·蒙罗（Hartiet Monroe，1860—1936）就认为，意象主义不过是中国风的另一称呼而已。

意识流思潮的产生是以近代心理学为基础的，美国心理学家威廉·詹姆斯（William James，1842—1910）在其《心理学原理》中指出意识的流动性特征，并称之为"思想流"、"意识流"或者是"主观生活之流"。弗洛伊德在此基础上分析了心理意识的内在层次，即意识、前意识和潜意识，揭开了意识的多层面与深层次。而柏格森的"绵延说"、"直觉说"和"心理时间"观，则为其形成奠定了哲学上的基础，这样，一种直接表现人物内心意识，特别是潜意识活动为特征的文学创作思潮诞生了。传统的文学创作技法被打破，而内心独白、自由联想、时序颠倒、幻觉梦魇、象征暗示等现代技法则得广泛的运用。

1913 年法国作家马塞尔·普鲁斯特（Marcel Proust，1871—1922）长篇巨著《追忆逝水年华》的第一卷《在斯万家那边》出版，到 1919 年第二部《在花枝招展的少女们身旁》出版并获得龚古尔文学奖，使作家一举成名。意识流创作很快在欧美各国传开，并且扩展影响了其他文艺形式，如戏剧、电影、诗歌等，出现了一个"意识流"的创作文潮。意识流小说的代表作品有：法国普鲁斯特的《追忆逝水年华》，爱尔兰作家乔伊斯（James Joyce，1882—1941）的《尤利西斯》，英国作家伍尔芙（Virginia Woolf，1882—1941）的《到灯塔去》，美国作家福克纳（William Faulkner，1897—1962）的《喧哗与骚动》。普鲁斯特在借鉴巴尔扎克、波德莱尔创作手法基础上，结合自创的新颖的独特形式，完成了这部被认为是法国半个世纪以来最伟大的杰作的小说作品。在这部作品里，他成功地实践了自己"主观真实论"的文艺观念。他认为写实状物的现实主义其实才是虚假的，因为它切断了"我们现时的自我；保留其本质过去的对象物；鼓励我们再度寻求其本质的未来的对象物"② 三者之间的相互沟通。小说以回忆联想的方式表现了主人公马塞尔复杂而真实的内心世界，通过对自己青春的无限怀念和追忆展现了人生悲欢苦乐绵延不绝的心路历程，小说中的一切客观现实都遮蔽在主人公浓重的主观色彩之下，失去了日常应有的形态；乔伊斯的《尤利西斯》把意识流创作推向了巅峰时刻。小说在对三个人物生活历程及相互之间关联进行叙述时，把人的混乱的潜意识内容引进了传统的内心独白，特别是小说最后莫莉长达四五十页的内心独白，完全没有标点，一气呵成，表现人物意识流动的连续性，久为人所称道。伍尔芙的小说强调描述主观真实，作品思路比较清晰，接近

---

① 蒋孔阳等主编：《西方美学通史》（二十世纪下），642～646 页，上海，上海文艺出版社，1999。

② ［法］普鲁斯特：《重现的时光》，转引自崔道怡等编：《冰山理论：对话与潜对话》，北京，工人出版社，1987。

普鲁斯特的风格，而她的女性身份使其有着一份独到细腻体察和独特的审美观念。《到灯塔去》是其作品中最为出色的一部。在作品中作者很好地运用了"心理时间"，并注意运用象征手法来表现人物的深层意识，这都是她对前期作品在手法上所做的突破。福克纳小说深受弗洛伊德学说的影响，深刻发掘人物的内心生活，发掘人物潜意识中的性欲本能。其作品常以凶杀、乱伦、梦魇为题材，作品风格类似于乔伊斯，文体晦涩、朦胧、生硬、扑朔迷离、变幻莫测，其代表作《喧哗与骚动》，通过四个人物四个不同角度和时间来叙述了同一个故事，作者在作品中采取了意识流与直接叙述相结合的方法来说明他们的内在关系。作品中时间、空间被无限地扩展，心理分析的描述也得到了充分地发挥。总的来说，意识流艺术创作的基本特征是很明显的，跳跃无序的自由联想，颠倒交错的时空顺序，心理时间代替情节结构，大量人物的内心独白。此外，部分作家对象征、暗示、隐喻、影射、模拟等写作技法的运用，也是很具有特色。

存在主义文学是以作为存在主义哲学的一种"展示"和思想的"号召"出现在世界文坛的，它所包括的主要作家作品有萨特（1905—1980）的《恶心》《苍蝇》《死无葬身之地》《肮脏的手》等；加缪（1913—1960）的《局外人》《鼠疫》等；波伏娃的《大人先生们》《女客人》等。这些作品所呈现给人们的是一个荒诞的、丑恶的、没有前途的世界，留给人们的是无尽的厌恶、痛苦和迷惘。在萨特的小说《恶心》当中，就深切体现了世界的荒诞和人对世界的反感这一主题。青年知识分子"我"为摆脱人生烦恼而来到小城，可小城的一切竟使他感到极端的厌恶：盲目阔谈的自学者、淫荡的老板娘、街上杂乱的人群，甚至情人安妮，事事都让他感到"恶心"。三年后，他一无所获地离开了小城。"在我身上剩下来的真实的东西，只是感到自己存在的存在。"（《恶心》）。没有人愿意正视这种"恶心"的存在，他们试图进行逃离，但是总是失败，在萨特看来，人的存在和他可能存在的东西之间存在一面墙，一面不可逾越的墙，试图越过这面墙的人只能归于失败。相对而言，加缪的《局外人》则更为极端，以人的荒诞性来诠释毫无道理的世界，以其人之道还治其人之身。主人公荒诞地来到这个世界上，荒诞地生活着，又荒诞地死去。他对一切都漠然置之，甚至把自己年迈的母亲送进养老院，她死后也不愿再看她一眼，在送葬时，没掉一滴眼泪，母亲死后第二天照常去游泳，和女人睡觉。加缪对那种传统文化中的人的价值和意义，人生价值，存在处境等因素的反叛达到了一个前所未有的程度，正如他自己所说：我反叛，因此我存在。

无论是萨特还是加缪，他们的文学观体现了存在主义文学创作的一个基本态度，即文学家必须担当起反映现实社会、表现时代理想的历史使命，必须关心人的存在、人的处境，为多数人的自由而写作。尽管作品中那种社会异化现实以及颓废情绪带来消极影响，但总的来说，他们对于哲学上那种观念论的基本假定与结论，对于物质主义与文学上的实用主义的反抗，还是体现了作为文学本体意义上的对历史与现实的正义感，在残酷的现实面前，担当起了表现人类生存状态的历史使命。

新小说派是第二次世界大战后 20 世纪 50 年代兴起的一个以反传统小说闻名的文学创作流派。相比较其他文学流派而言，新小说派是一个较为松散的创作集体，它没有自己的组织和刊物，也没有明确提出和表明自身主张的宣言。他们将子夜出版社作为其文学活动的大本营，因此也有人称之为"子夜出版社派"。新小说派主要包括四位主要人物，阿兰·罗伯-格里耶、娜塔丽·萨罗特、米歇尔·比托尔和克洛德·西蒙。当时的法国报刊常用"新小说"来称呼这批反叛巴尔扎克传统小说写法，追求小说创新的作家群。后来的作家米歇尔·布托尔、罗贝尔·潘热、菲利普、索莱尔斯等都被归入这一创作流派当中。新小说的诞生在西方社会引起很大的反响。法国报纸、读者和专家等都对其做出了评论，褒贬不一，众说纷纭。作为一个流派分支被社会所接受，成为有影响的世界文学思潮流派，则是在20世纪60年代。1965年在法国的塞里西召开了"新小说"十周年纪念大会，五年之后再次召开，直到1971年在巴黎国际召开"新小说"国际研讨会，"新小说"派作为一个派别名词才得以正式确立。[①]成为继存在主义之后西方文坛出现的最大的文学流派，其影响遍及欧美，直至日本，甚至包括纳博科夫、厄普代克、索尔·贝娄、约翰·巴恩等人都可归入"新小说"的范畴。[②]

从20世纪50年代开始，新小说作品开始在国内国际上频频获奖，直到1985年，克洛德·西蒙的《弗兰德公路》获诺贝尔文学奖，这意味着新小说派得到了世界文坛的承认，其历史地位也得到世界的公认。在20世纪五60年代，新小说派人物纷纷发表了反传统的小说作品和理论主张。如格里耶的《橡皮》《窥视者》《嫉妒》、萨罗特的《马尔特罗》、布托尔《米兰巷》《变化》、西蒙的《风》等文学作品。理论方面如布托尔的《作为探索的小说》、格里耶的《自然、人道主义、悲剧》、萨罗特的《怀疑的时代》等。60年代初，一批激进的青年作家登上了文坛，以《原样》杂志为阵地，成为新小说的第二代继承者，组成了"新新小说派"（又称"原样派"）。较之早期的新小说作家，他们对于传统小说的创作技法显示出了更为强烈的反叛。在他们的作品中语言作为核心力量决定了一切，原来对小说的叙述形式和观念的探究变成了语言的游戏，新小说的发展由于走向了一个过分极端而产生了生存的危机。鉴于此，一些作家开始了向传统小说创作技法的回归，或者把小说与电影等其他艺术种类相结合，为摆脱小说创作的困境而做新的尝试。到80年代以后，新小说作家回归传统叙事的趋向更为明显。最主要的就是小说叙事风格的转变，常规语言和情节取代了实验小说的拼盘、迷宫式的叙事风格。这一时期如格里耶的《重现的镜子》、萨罗特的《童年》、杜拉斯的《情人》等作品都体现了这种风格的回归。但应该注意的是，这种回归，并非完全意义上的向传统的复归，而是建立在更高层次上的自我认识的基础之上。新小说因着传统小说的生存危机而生，与以巴尔扎克为代表的传统现实主义创作相比发生深刻的变化，因为"巴尔扎克的时代是稳定的，刚建立的新秩序是受欢迎的，当时的社会现实是一个完整体，因此巴尔扎克表现了它的整体性。但20世纪则不同，它是不稳定的，是浮动的，它有很多含义，却难以捉摸。因此，要描写这样一个现实，就

① 参见于沛：《法国新小说派评介举要》，载《外国文学研究》，1985（2）。
② 参见柳鸣九：《新小说派、意识流及其他——访法国作家娜塔丽·萨洛特》，载《文艺研究》，1982（2）。

不能再用巴尔扎克时代那种方法，而要从各个角度去写，要用辩证的方法去写，把现实的漂浮性、不可捉摸性表现出来。"① 出于对不确定性和人的存在境遇的共同认识，新小说派作家都对叙事结构产生了兴趣，这也是把它划归为同类作家的重要标准。他们都认为只有在叙事形式上做文章才能更好地揭示人在这个复杂世界中的处境。他们通过自身的创作力图确立"形式"在文本表现上的独特价值，通过对"形式"的变革，力求表现时代的真实："我们是生活在一个错综复杂的社会里，要把这社会现实本身叙述出来，就要改变原先那些叙述的方式。要叙述现实，往往会碰到障碍，那么为了克服困难，把现实叙述出来，该怎么办呢？最变通的办法，就是求助于虚构，用虚构的东西来表现现实。"② 布托尔一语道破了新小说创作的实质。在格里耶的《橡皮》《在迷宫中》《嫉妒》《窥视者》等小说中，人物、情节都被极大地淡化，人物形象模糊难辨，传统叙事情节基本被消解，整个小说像一个大的迷宫，时空顺序交相错杂，场景出现不规则地重复、中断和空白，大脑思维活动交叉重叠。新的叙事方式在新小说中拥有了自己独立的价值，作家们就通过这样极富现代性的叙事手法来表现人在世界中复杂的悖论处境。无论创作形式如何改变，最后仍要归结到表现现实这一小说的终极任务上来："不同的叙述形式是与不同的现实相适应的，很明显，我们生活的这个世界在迅速地变化着。叙述的传统技术已不能把所有出现的新关系都容纳进去，其结果是出现持续的不适应，我们不能整理向我们意识袭来的全部信息，原因是我们缺少合适的工具。"③ 新小说家强调小说叙事形式的价值并非单纯玩弄形式游戏，更是为获取一种能表现人的生存处境的更好的方法。因此，这应该是一种很有意义的尝试。

第二次世界大战之后的20世纪五六十年代，经济迅速恢复增长的西方国家进入了后工业社会，科学的迅猛发展超乎人们的想象，也引起人们的深刻反思。其利弊共存的两面性使其合理性受到了质疑："我们可以把对元叙事的怀疑看作'后现代'。怀疑大概是科学进步的结果，但这种进步也以怀疑为前提。④"到20世纪60年代，电脑、摇滚、大厦、音响等穿梭缥缈的景观渐渐迷乱了人的精神，时代的变迁令人感到眩晕，现代理论已经不能再关照到新的社会生存现实，后现代思潮就在这样的历史背景中浮出了水面。什么是后现代主义？这个问题很难给出一个确切的、标准的答案。因为"后现代"一词，"出现在第二次世界大战后萨摩维尔（D·C·Somervell）为英国历史学家汤因比（Arnold Toynbee）的《历史研究》之前六卷所撰写的一卷本的概论中，此后，汤因比本人也在他的《历史研究》的第八卷和第九卷中采纳了这一概

① 柳鸣九：《新小说派作家访问记》，见柳鸣九主编：《新小说派研究》，596页，北京，中国社会科学出版社，1986。
② 柳鸣九：《新小说派作家访问记》，见柳鸣九主编：《新小说派研究》，594～595页，北京，中国社会科学出版社，1986。
③ ［法］米歇尔·布托尔：《作为探索的小说》，张裕禾译，见柳鸣九主编：《新小说派研究》，90页，北京，中国社会科学出版社，1986。
④ ［法］让-弗朗索瓦·利奥塔：《后现代状态》（La Condition Postmoderne），车槿山译，2页，北京，生活·读书·新知三联书店，1997。

念。萨摩维尔和汤因比建议用'后现代'时期这一概念，来描述西方历史从 1875 年以来的第四阶段……按照这种说法，西方文明大约从 1875 年起就已经进入了一个汤因比称之为'后现代时期'的新的转型时期，这是一个剧烈变动的时代，充满了战争，社会骚乱和革命，与现时代形成了断裂"。① 显然，上面提到的"后现代"概念与我们今天所提到的意义上是有很大差别的，西方社会真正的转型期，应该说在第二次世界大战以后才出现的。荷兰学者汉斯·伯顿斯（Hans Bertens）认为，"如果以美国为中心地带，后现代主义的概念至今已经历了大致四个发展演变阶段，呈现出诸多的形式：1934—1964 年是后现代主义这一术语出现并内涵扩散的阶段；60 年代中期，它具有美国的'后文化'运动的性质；1972—1976 年间，它又发展为一种存在主义的后现代主义（Existentialist Postmodernism）而风靡美国。到七十年代后期，经过不断地讨论和论争，后现代主义的概念日趋综合，从诸种后现代主义走向整体的后现代主义"。② 在 20 世纪 60 年代，美国爆发了青年亚文化运动，法国则出现学生骚乱事件，社会和文化开始出现新的转型，正如贝尔（Daniel Bell）所说："我相信，我们正伫立在一片空白荒地的边缘。现代主义的衰竭，共产主义生活的单调，无拘束自我地令人厌倦，以及政治言论的枯燥无味，所有这一切都预示着一个漫长时代行将结束。"③ 到 70 年代，"后现代"概念被广泛地运用到文化理论领域，借以描述同现代话语相对应地各种社会和文化现象。1976 年，美国威斯康星大学召开了题为"后现代的表现"的大型学术会议，1978 年，美国现代语文学会（MLA）在纽约召开了"后现代主义问题"专题研讨会，80 年代后，后现代理论语话迅速扩散到非西方国家中，形成了一股强大的世界文化思潮。美国和法国是后现代主义思潮的中心，孕育出了詹姆逊（Jameson），米歇尔·福柯（Michel Foucault），伊哈布·哈桑（Ihab Hassan），利奥塔（Lyotard），丹尼尔·贝尔等一大批后现代主义理论家。后现代理论涉围广泛，无一定的框架限制，很难概括其形貌。但它们的理论思想倾向大致是相同的，那就是要打破现代性理论的总体观念和逻各斯中心主义，强调微观，注重差异，边缘及相对性的价值。解构主义又称后结构主义（Poststructuralism）便是典型的后现代主义理论流派之一，该流派于 20 世纪 60 年代在法国兴起，70 年代以后传入美国并引起巨大反响："大约在七十年代的某个时候，我们从我们的现象学教条式沉眠状态中觉醒时，不禁发现，一种崭新的存在已绝对地控制了我们的先锋派批评的想象力：雅克·德里达。我们似乎十分惊异地获悉，尽管有不少不严谨地与之相反的特征，但他带来的却不是结构主义，而是所谓'后结构主义'东西。"④ 解构主义

① ［项］道格拉斯·凯尔纳、斯蒂文·贝斯特：《后现代理论》，张志斌译，7～8 页，北京，中央编译出版社，1999。

② ［荷兰］汉斯·伯顿斯：《走向后现代主义》，转引自王宁：《多元共生的时代》，20 页，北京，北京大学出版社，1993。

③ ［英］丹尼尔·贝尔：《资本主义文化矛盾》，赵一凡译，40 页，北京，生活·读书·新知三联书店，1989。

④ 弗兰克·屈伦夏：《新批评之后》（*After the New Criticism*），转引自王宁：《多元共生的时代》，164 页，北京，北京大学出版社，1993。

代表人物有雅克·德里达，（Jacques Derrida），保罗·德曼（Paul de Man），希利斯·米勒（J Hills·Miller），乔纳森·卡勒（Jonathan Culler）等。这些解构主义大师们从文本内部对结构主义的逻各斯中心主义进行了解构。卡勒说："结构主义者以语言学为模式，试图发展'语法'，即作品要素的系统安排及其被组合的可能性，从此说明文字作品的形式和意义；后结构主义者则审察同一模式为文本本身的运动颠覆的过程。结构主义者相信，系统的知识是可能的；后结构主义则声称，所知的唯是这一知识的不可能性。"① 因此，解构主义往往从边缘入手来说明文本没有稳定的结构和确定的意义。其中影响最大的，莫过于法国哲学家雅克·德里达的分解理论。在他的著作当中，对写作与词语中心主义的批判，体现着作者对语言的"差异与延缓"本质的思辨和哲学思想。

　　后殖民理论作为后现代理论话语的重要组成部分之一，也在世界范围内引起了广泛的注意，该理论试图打破以发达国家为文化主导地位的中心论模式，力主国家民族的主体存在性，对于现实世界的生存秩序投以极大的关注。代表人物爱德华·赛义德（Edward Said），霍米·巴巴（Homi Bhabha），斯皮瓦克（Gayatric C. Spivak，1942—　）等。在他们看来，殖民地文化因长期处于西方强势主流文化的压抑而丧失了自身的主体性，出现严重的文化失语症。在这样的前提下，后殖民理论家们力图恢复东方文化传统，使东西方文化站在一个平等的位置进行交流和对话，他们所关注的理论话语如民族主义，东方主义，全球化，女性问题，文化身份等，而被殖民者的心理如何从殖民话语中摆脱出来，则成了后殖民理论家最为关心的问题。

　　相对于后殖民主义理论而言，后现代文学作品的范畴是一个更为难以厘清的概念。后现代主义者曾提出过一些区分现代与后现代主义作品的标准，如詹姆逊就把法国新小说以后的多种作品划归后现代小说的范畴中。美国评论家欧文·豪在其文章《大众社会与后现代小说》中，把索尔·贝娄，马拉默德，莫里斯等人的小说称为"后现代小说"。20世纪60年代，弗里德曼集中一些小说作家作品片段组成一部文集，取名为"黑色幽默"（Black Humor），C·尼克伯克在其《致命一蛰的幽默》也把一些作家作品称为"黑色幽默"，其中包括约瑟夫·海勒、纳博科夫、托马斯·品钦、约翰·贝奇等人的作品。后又加入威廉·巴勒斯，唐纳·巴塞尔姆，诺曼·梅勒等人的名字，几乎囊括勒美国50年代以后所有的重要作家。他们的小说倾向于关注战后人民的日常生活，而对于那些关于社会历史主题的宏大叙事则不屑一顾，不再局限于创造新的艺术模式，表达深邃的思想情感，而是要写出平常生活的庸俗性和传奇性，其中纳博科夫，索尔·贝娄，厄普代克等人的小说创作比较典型地凸现了美国小说创作的趋向。纳博科夫的《洛丽塔》就是一部典型的后现代文本，小说通过一个叫亨伯特的欧洲知识分子在获罪入狱后对往事的回忆再现了其入狱以前的生活过程。在叙述过程中，作者集中运用了新闻、侦探、传奇、浪漫、色情等小说创作特征并暗藏了大量文字游戏、暗指和滑稽模仿。后现代小说集中反映了西方进入后工业社会后人民生活发生的巨大变化。在后现代小说文本中，现代小说崇高的审美观与独特的价值

---

① ［美］乔纳森·卡勒：《论解构》，陆扬译，13页，北京，中国社会科学出版社，1998。

追求已消失殆尽，而为铺天盖地的拼贴、戏仿等写作手段所取代，正如詹姆斯所说，在后现代小说里，主体已经死亡了。

三、拉美魔幻现主义文学

　　传统的欧美文学是指欧洲与北美的文学，但是 20 世纪以来，拉丁美洲的文学创作异军突起，引起世界性的关注，拉丁美洲文学可以作为广义的欧美文学构成，因为拉美作家在语言与文学思想方面与欧洲文学特别是西班牙文学有直接关联。拉美国家先后有 6 位作家获得诺贝尔文学奖，他们的创作以所谓的"魔幻现实主义"为最鲜明的特色，成为当时世界文坛关注的一大热点。因此，本书在专章介绍拉美文学之外，在本文中重点分析拉美文学与欧洲文学之间的关联。

　　这是一股诞生于第三世界国家的现代主义创作力量，但其成就和影响毫不逊色于发达国家的任何一个现代流派。许多西方文艺家盛赞它是当代世界最发达的文学，并将之与 19 世纪末 20 世纪初俄国出现的文学高潮相媲美。这批作家创作的作品数量多，质量高，风格独特，结构新颖，深刻地反映了拉丁美洲的社会现实，赢得了世界范围的声誉，被西方文学评论家称为一次"文学爆炸"。

　　其中，魔幻现实主义就是这次"文学爆炸"当中影响最大的一个流派。在魔幻现实主义的旗帜下，聚集了像阿斯图里亚斯、卡彭铁尔、彼特里、马尔克斯等一大批拉美第一流作家。拉美作家 6 次获得诺贝尔文学奖，是世界文学中少见的现象。拉美现代文学流派的兴起吸引了一些西方评论家的目光，他们纷纷发表文章对新兴的文学流派进行分析和评价。其中墨西哥评论家路易斯·莱阿尔（Luis Leal）的评论文章《论西班牙语美洲文学中的魔幻现实主义》比较全面而深刻地论述了这一全新的文学流派。他认为魔幻现实主义创作的着眼点在于带有神秘色彩的社会现实，最终目的是揭示人与人、人与环境之间的神秘关系，"魔幻"是手段，"现实"才是目的。1946 年，阿斯图里亚斯发表的长篇小说《总统先生》，被公认为第一部魔幻现实主义作品。1948 年，彼特里在总结危地马拉小说创作当中的神秘和魔幻色彩的基础上，将欧洲后期表现主义绘画中的理论术语"魔幻现实主义"正式引入了拉美文学界。拉美魔幻现实主义的形成来自于多方面的影响。首先，它是建立在自身强烈的地区意识和民族特色的基础之上的。拉美印第安人的神话和传说，对现实世界的神秘观点和态度都是魔幻现实主义的创作源泉。另外，他们还注意借鉴西方现代派超现实主义以及意识流的创作手法来反映拉美的社会现实。除此之外，拉美人民那种特殊的思维方式以及传统观念也是使得魔幻现实主义创作能保持鲜明特色和恒久艺术魅力的重要保证：神奇现实是现实突变的必然产物……然而，这种现实的发现首先需要一种信仰。无神论者是不可能用神奇迹治病的，不是堂吉诃德也就不会一心一意的进入《阿马迪斯·德·高拉》和《暴君布朗科》的世界。① 除上面提到的《总统先生》、卢尔弗的《佩德

---

　　① 参见［美］乔纳森·卡勒：《论解构》，陆扬译，13 页，北京，中国社会科学出版社，1998。

罗·帕拉莫》、卡彭铁尔的《方法的根源》等都有代表性的作品。

而最具有典型性的作品要数马尔克斯的《百年孤独》。一部《百年孤独》为拉美文学赢得了世界声誉，使魔幻现实主义成为风靡拉美的创作流派，并使这一创作风格渗入了小说创作的各种题材领域。除了乡村生活题材外，城市小说、历史小说、反寡头小说等创作领域内都出现了魔幻现实主义风格的作品。该小说发表以后，引起了一场评论界所谓的"文学地震"，并称之为"20世纪用西班牙文写作的最杰出的小说之一"，"完全可以和西班牙古典文学名著《堂吉诃德》媲美"，连作者本人也被盛赞为"一位才华横溢，技巧娴熟，文章结构严谨的艺术大师"，"继聂鲁达之后最伟大的天才"。小说叙述了布恩迪亚家族七代人的生活经历，描绘了他们在小镇马孔多的一百多年的生活图景，从一个侧面影射了哥伦比亚百年历史流变。在创作过程中，作家从古今内外的文学作品当中吸取了大量的艺术养分，从古希腊神话到印第安人的传统习俗，从外部描写到内心独白，从时间的周而复始到东方的神秘色彩，从浪漫主义到存在主义，小说展现了一个梦幻般的世界，拉美人民也从中看到了他们在生与死，兴与衰之间任人摆布的命运，领悟到了不能让悲惨历史重演的沉痛道理。正如作家自己所说："100年处于孤独的世界绝不会有再生的第二次机会。"小说在创作形式上多用神奇魔幻以及民间神话想象的笔法，但最终小说的矛头还是指向现实社会。欧洲殖民者对于拉美几百年的殖民统治，给他们带来文明的同时，也带来了屈辱。独立后的国家仍然受到独裁者寡头政治的统治，人民仍然处于水深火热之中。马孔多就是这样的社会现实的缩影。

第二节 俄罗斯文学

一、俄罗斯文学与"苏联"时期的文学

20世纪俄罗斯文学是在轰轰烈烈的革命中发展起来的，这也成为它的文学标志。1917年二月革命推翻沙皇政府，随后十月革命中诞生了世界上第一个社会主义国家。1922年，苏维埃社会主义共和国联盟（简称"苏联"）成立，直到1991年苏联解体，这期间其实是俄罗斯的"苏联"文学。在苏联之前，俄罗斯曾经在20世纪初有过包括象征主义、"阿克梅派"、未来主义、自然主义、现实主义文学等多种流派的繁荣，苏联文学阶段，以社会主义现实主义为主要创作方法，经历了第二次世界大战与战后不同历史时期，产生过高尔基、马雅可夫斯基、邦达列夫等有较大影响的作家，而且在苏联国内外一批俄罗斯裔作家，如布宁（1933）、帕斯捷尔纳克（1958）、肖洛霍夫（1965）、索尔仁尼琴（1970）等人都曾经获诺贝尔文学奖。苏联解体之后，有的世界文学史完全抹杀了苏联文学的存在，这种做法不仅不是历史主义的，也不利于世界文学史的重构。苏联文学是世界文学史一个特殊历史阶段的产物，无论是否赞同苏联政府的政治主张，它所创造的文学不会消失，也不会磨灭，如同世界史上存在过的罗马帝国或是阿拉伯帝国一样，所有的历史因素都不会消失。苏联的历史因素仍然存在于

当代俄罗斯与世界文学之中。历史也是一种现实存在，如同古代艺术品一样，是一种不会因为时间原因而消失的存在。

20世纪社会主义文学（其中主体是所谓的无产阶级文学）是世界文学史的新型文学，它与意识形态密切相关，主要出现在苏联。社会主义文学是俄罗斯人在建设苏联（苏维埃社会主义联盟）时期的产物，它在形式、风格、技巧、手法上都有一定的新创造。20世纪苏联社会主义文学的代表人物高尔基，以其作品《海燕之歌》《仇敌》《母亲》《夏天》等讴歌了无产阶级的革命，对多国文学都有一定影响。

象征主义在俄罗斯文学中取得成就最大的是诗歌：诗人有德·梅列日科夫斯基、康·巴尔蒙特、勃留索夫、费·索洛古勃、亚·勃洛克等。其次是小说，安·别雷的长篇小说《彼得堡》是俄国象征派的代表性成果。象征主义强调艺术的宗教性、寓意性、多义性，赋予艺术以"创造生命"、"建设生活"的意义。

"阿克梅派"的代表有诗人安娜·阿赫玛托娃和奥·曼德尔什塔姆，他们强调"自我价值"，追求诗歌艺术的明朗化、清晰化和词义的原始化。未来主义的代表是维·赫列勃尼科夫、弗·马雅可夫斯基（以后立场发生转变，成为革命诗人的代表），他们的宗旨是与"过去"和"现在"决裂，抛弃文化传统，主张解放个性、语言革新、追求诗歌形式的奇、险、怪。自然主义的代表是米·阿尔志跋绥夫，认为享乐是生活的一种宗教或纲领，人的全部心理出发点是欲望。

传统的现实主义文学的代表有列夫·托尔斯泰、契诃夫和柯罗连科等作家，新一代作家有高尔基、布宁、库普林、安德列耶夫、魏列萨耶夫、绥拉菲莫维奇等。1917年十月革命后，俄罗斯文学分为两大板块："国内俄罗斯文学"（苏联文学的主体部分）和"国外俄罗斯文学"（侨民文学）。"国内俄罗斯文学"的主流是社会主义现实主义，同时也有多种思想倾向与艺术风格各异的作品。如勃洛克的长诗《十二个》、"田野诗人"谢·叶赛宁的《四十日祭》、曼德尔什塔姆的《世纪》（1922）、马雅可夫斯基的长诗《列宁》、短诗《开会迷》（1922）都是传诵一时的名篇。20年代的小说创作有绥拉菲莫维奇的《铁流》（1924）和法捷耶夫的《毁灭》（1927）、叶·扎米亚京的日记体幻想小说《我们》（1924）、安·普拉东诺夫的长篇小说《切文古尔》、革拉特科夫的《水泥》（1925）、潘菲罗夫的《磨刀石农庄》（第1部，1928）都颇具特色，深受欢迎。"国外俄罗斯文学"则由流亡欧洲与美国的自由派作家、持不同政见者或是俄罗斯革命前的贵族作家所组成，他们在各国结社创作或是独立写作，曾获得诺贝尔文学奖等多种奖励，其中也有作家返回俄罗斯。

20世纪30年代，苏联作家大会通过了《苏联作家协会章程》，确定"社会主义现实主义"是苏联文学和文学批评的基本方法。1954年，爱伦堡（1891—1967）的《解冻》标志20世纪俄罗斯文学一个新的开始。"解冻文学"流行，"战壕真实派"崛起，文学总趋势是多元化，各种思潮、流派和风格的作家作品百花齐放，百家争鸣。影响较大的作品有列·列昂诺夫（1899—1994）的长篇小说《俄罗斯森林》（1953），弗·杜金采夫的《不是单靠面包》（1956），鲍·帕斯捷尔纳克的长篇小说《日瓦戈医生》（1957），肖洛霍夫的短篇小说《人的命运》（1956—1957），亚·索尔仁尼琴（1918—2008）的中篇小说《伊凡·杰尼索维奇的一天》（1962），鲍·瓦西里耶夫的中篇小说《这里的黎明静悄悄》(1969)，尤·邦达列夫的长篇三部曲《岸》(1975)、《选择》(1980) 和《人生舞台》(1985)，尤·特里丰诺夫 (1925—1981) 的《滨河街公寓》(1976) 等，其中"莫斯科小说"等都在创作中反映苏联社会政治生活发生的重大变化，记载了他们诗意的思考。

"集中营文学"的代表是索尔仁尼琴，他的作品有《伊凡·杰尼索维奇的一天》(1962)、《第一圈》(1968)、《古拉格群岛》(1973)，作品根据个人经历写成，描写集中营生活的黑暗、反抗、暴动、逃亡。其中，《古拉格群岛》产生的影响最大。索尔仁尼琴说："在我的生命尽头，我希望我搜集到并在随后向读者推荐的、在我们国家经受的残酷的、昏暗年代里的历史材料、历史题材、生命图景和人物将留在我的同胞们的意识和记忆中。这是我们祖国痛苦的经验，它还将帮助我们，警告并防止我们遭受毁灭性的破裂。在俄罗斯历史上，我们多少次表现出了前所未有的精神上的坚韧和坚定，是它们搭救了我们。人民的精神生活比疆土的广阔更重要，甚至比经济繁荣的程度更重要。民族的伟大在于其内部发展的高度，而不在其外在发展的高度。"而强调个体精神是索尔仁尼琴思想的主要观念。

"道德题材文学"在 20 世纪六七十年代的苏联深受读者喜爱。特里丰诺夫、舒克申、拉斯普京等是这一领域取得突出成就的作家。瓦·舒克申 (1929—1974) 在短篇小说创作方面颇有成就，《怪人》(1967)、《出洋相》(1970)、《我的女婿偷了一车木柴》(1971) 和《倔强汉》(1970) 等都是他的短篇杰作。"莫斯科小说"代表尤·特里丰诺夫均以当代莫斯科生活为背景，刻画出一个"现代市侩"的典型形象。

20 世纪 80 年代中期以后，"回归文学"流行，如格罗斯曼的《生活与命运》，雷巴科夫的《阿尔巴特街的儿女们》，杜金采夫的《穿白衣的人们》，阿斯塔菲耶夫的《悲伤的侦探》《受诅咒的和被处死的》等长篇小说，文学写作开始了常态化。苏联解体之后，两大板块的分歧不复存在。宗教文学开始出现，通俗文学作品的优势也逐渐形成，俄罗斯文学的新格局基本奠定。

二、苏联文学的代表作家高尔基

马克西姆·高尔基 (1868—1936) 在苏联时期获得的评价相当高，被认为是"20世纪俄罗斯文学的伟大代表，20 世纪世界文学最杰出的现实主义作家之一"，是苏联无产阶级文学的创始者，社会主义现实主义文学的奠基人，"无产阶级艺术的最杰出的代表"①。

高尔基 1868 年 3 月 28 日生于下诺夫戈罗德，4 岁时父亲去世，后随母寄居在外祖父家，度过了苦难的童年。外祖母所讲的歌谣、传说和民间故事对他未来的文学创作产生了深远的影响。10 岁时母亲去世，高尔基迫于生计过起了流浪生活，当过学徒、跑堂的、看门人、面包工、码头杂工，对底层人民的苦难有切身的体会。1884年，高尔基来到喀山，贫民窟和码头成了他的社会大学。研究者一般将高尔基的创作

---

① ［苏联］列宁：《政论家的短评》，见《列宁选集》，第 2 卷，282 页，北京，人民出版社。

道路分为三个阶段。

第一个阶段，即早期创作（1892—1907）有浪漫主义和现实主义两类作品，风格多样，色彩绚丽，激情充溢。浪漫主义的作品有小说《马卡尔·楚德拉》（1892），《鹰之歌》（1894）和《伊则吉尔老婆子》（1895）。现实主义的小说则有短篇小说《切尔卡什》（1892）、《玛莉娃》（1897）和《沦落的人们》（1897）、《好闹事的人》（1897）、《基里卡尔》（1899）、《三人》（1900）等。作品的主题是在封建农奴制度与资本家压迫下，争取自由独立生活的奋斗精神，反映了流浪汉们的屈辱与挣扎，苦闷与希望。基本思想倾向则是对当时的社会进行批判，并唤起人们对于生活的积极态度。散文诗《海燕之歌》（1901）以象征和寓意的技巧，传达出革命的时代气氛，影响远远超出了俄罗斯。长篇小说《母亲》（1906—1907）描写了备受精神欺压、软弱柔顺的普通妇女逐步觉醒投入社会斗争的过程。

第二个阶段（1908—1924），高尔基的创作思想和艺术风格都发生了变化。革命的失败使高尔基意识到，自己的任务在于揭示俄罗斯民族性格、民族文化心理的基本特征，寻找民族历史发展滞缓的原因，把握未来历史的动向。高尔基在这一时期完成了"奥库罗夫三部曲"、自传体三部曲、《罗斯记游》《俄罗斯童话》《日记片断》和《1922年至1924年短篇小说集》。"奥库罗夫三部曲"包括中篇小说《奥库罗夫镇》（1909—1910）、长篇小说《马特维·科热米亚金的一生》（1910—1911）和《崇高的爱》（1912）。高尔基中期作品有清醒的现实主义笔法，作品故事性则有所弱化，情节结构上呈开放性、剪辑性特点，具有洗练、平易、恬淡、冷峻的语言风格，显示出作家新的美学追求与杰出的艺术才华。

高尔基的晚期创作（1925—1936）主要是两部长篇小说：《阿尔塔莫诺夫家的事业》（1925）和《克里姆·萨姆金的一生》（1925—1936）。《阿尔塔莫诺夫家的事业》揭示了俄国资产阶级先天不足、很快日落西山的命运。1926年，高尔基说在写一本"告别"的东西，就是《克里姆·萨姆金的一生》，副标题为"四十年"，共四卷，约200万字，第四卷最后部分未能完成，作者就与世长辞。《克里姆·萨姆金的一生》是一部以知识分子为中心人物的小说，但并不是歌颂，而主要是精神批判。书中描绘了城市、乡村、首都、外省、国内、国外的生活图画，以及俄罗斯人的人生态度、思维模式、情感方式和价值观念，它"既是一部思考俄罗斯民族历史、现实和未来的史诗性巨著，又是作家长期进行民族文化心态研究的总结性成果"。高尔基晚期的两部长篇小说人物形象借鉴了西方现代主义文学新鲜经验，如梦境、幻觉、联想、潜意识，或以象征、隐喻、荒诞的手法来描写人物的内心分裂、精神危机和意识流程，显示出20世纪俄罗斯现实主义文学的新特征。《克里姆·萨姆金的一生》是一部俄国社会生活的编年史，通过从哈登事件到第一次世界大战以及"二月革命"等许多历史事件，展示了40年间所经历的一切，小说先后出现了约500个人物，人物中心体系的是萨姆金，通过中心人物揭示俄国的思想生活，社会精神生活。小说多方面地表现了"人为什么活着"这个问题，并认为那些与祖国和人民命运息息相关的人具有无限的生命力，可以创造辉煌的人生，脱离人民群众、以自我为中心的人，只能落得悲惨结局。

《童年》(1913)、《在人间》(1916) 和《我的大学》(1923) 三部中篇小说自问世以来，始终保持着艺术魅力，吸引着一代又一代的读者，成为高尔基创作中最受欢迎的作品。贯穿于三部曲始终的是自传主人公阿辽沙，作品是高尔基根据自己的亲身经历写成的。《童年》描述阿辽沙从父亲去世到母亲去世八年间在外祖父家的生活，刻画了外祖父一家人、家庭染坊的工人、房客、邻居等众多的人物形象。《在人间》以阿辽沙在社会上独自谋生的坎坷经历为线索，记述他在鞋店、绘图师家、圣像作坊、轮船上等所见所闻，提供了俄罗斯外省市民生活的生动画幅。《在人间》告诉我们愚昧的重要表征：一是对知识的不尊重，对文化的否定和对理性的排斥；二是道德观念淡薄，习惯于彼此仇恨，互相折磨。愚昧的生活只能培养"人对人的无法理解的仇恨"。《我的大学》则是阿辽沙在喀山时期的生活印象与感受的艺术记录，其中展示了码头、大杂院、面包店、面包作坊、小杂货铺及村民的生活图景，最后以一个肮脏的渔场生活场面结束，描写了各阶层人物的众生相。《我的大学》告诉我们顺从和忍辱是一种罪过。作家慨叹道："世界上还没有谁能像我们俄国人这样彻底否定生活的意义。"高尔基讲述"极其讨厌的故事"，是因为："我很爱人们，不愿使谁痛苦。但我们……不能把严峻的现实掩蔽在美丽的谎话中去生活。""我们大家都在过着一种卑鄙的生活。""当我批评我们的人民的无政府主义倾向、不热爱劳动以及它的各式各样的野蛮无知的时候，我没有忘记：它不可能是另一种样子。它在其中生活的种种条件，既不可能在它身上培养起对个性的尊重，也不可能培养起公民权利意识和正义感——这是些充满着无权、对人的压迫、最无耻的诺言和野兽般残酷的条件。应当惊奇的倒是，在所有这些条件下，人民仍然在自己身上保留着不少人类感情和一部分健全理性。"对俄罗斯人民美好的人类感情与健全理性的张扬，"在每个现象里探求它的肯定的品质，在每个人身上寻求他的美德"贯穿于高尔基自传体三部曲的始终。高尔基的自传体三部曲的魅力来自作品的艺术成就，深刻的思想、真挚的情感、完美的艺术形式、纯熟洗练的描写、优美自如的语调、忧患沉郁的风格都使读者获得了极大的审美享受。三部曲凝聚了高尔基从艰辛探索中得到的生活真谛，作品中人物各具风采，心理自白与生活纪事交融，比喻奇妙，语言纯朴，给人以真实的美感。三部曲是俄罗斯民族风情的艺术长卷，具有重要的文化史价值和美学价值。

长篇小说《母亲》是高尔基的代表作品之一，在世界文学史上也具有一定意义。素材来自真人真事。《母亲》根据社会民主工党领导的工人群众的政治示威事件写成的，全书共分两部。《母亲》的艺术特点是从革命发展中真实地、历史具体地描写环境、塑造人物，作品中充满高昂的"革命浪漫主义"激情；以细腻的心理描写展现人物的心灵历程，通过人物心理评判外界事件和人物。《母亲》是一部"社会主义现实主义"的作品，反映了俄国布尔什维克党领导下的无产阶级革命运动，塑造了作者心目中的"无产阶级革命家"的形象。列宁称赞说"这是一本必须阅读的书，很多的工人都是不自觉地、自发地参加了革命运动，现在他们读一读《母亲》，一定会得到很大的益处"。

三、帕斯捷尔纳克

鲍里斯·列昂尼多维奇·帕斯捷尔纳克（1890—1960）出生于莫斯科一个犹太知识分子家庭，父亲是著名画家、莫斯科艺术学院教授；母亲是钢琴家，由于家庭关系，幼年的帕斯捷尔纳克就已经认识了列夫·托尔斯泰与奥地利著名诗人里尔克等人。帕斯捷尔纳克毕业于莫斯科大学历史哲学系。从大学时期，他已经开始发表诗歌。1914 年始，帕斯捷尔纳克相继出版了诗集《云中的双子星座》《超越障碍》，他的诗歌在描写自然景色、表达非理性情感方面较突出，有唯美主义的色彩。

20 世纪 20 年代后期，帕斯捷尔纳克受到领导当时苏联文学艺术界的组织"拉普"（俄罗斯无产阶级作家联合会）的攻击，很难发表作品，转而翻译外国文学作品。他翻译了许多西欧古典文学名著，如莎士比亚的《哈姆雷特》《罗密欧与朱丽叶》《安东尼与克莉奥佩特拉》《麦克白》《奥赛罗》《亨利四世》《李尔王》，歌德的《浮士德》，席勒的《玛丽亚·斯图亚特》等。20 世纪三四十年代初是帕斯捷尔纳克的艰难时期，当时的文艺界思想斗争激烈，左派的批评家们批判他的诗脱离生活、缺乏思想性和人民性的声音此起彼伏。50 年代中期，帕斯捷尔纳克开始编写自己的诗选《雨雾》，以《人与事》作为该诗选的前言。1948 年他开始写作长篇小说《日瓦戈医生》，创作八年终于完稿。整部小说最先是 1957 年在米兰以意大利文出版的，帕斯捷尔纳克曾说过："当我写作《日瓦戈医生》时，我时刻感受到自己在同时代人面前负有一笔巨债。写这部小说是试图偿还债务。当我慢慢写作时，还债的感觉一直充满我的心房。多少年来我只写抒情诗或从事翻译，在这之后我认为有责任用小说讲述我们的时代……"1958 年，瑞典文学院宣布将诺贝尔文学奖授予帕斯捷尔纳克，表彰他在"当代抒情诗和伟大的俄罗斯叙事文学传统领域所取得的重大成就"。迫于当时俄国国内的压力，他公开拒绝了这笔奖金，在《诺贝尔奖金》一诗中他表达了对此事的看法："我完了，像一只被围猎的野兽。/别处自有人在，有自由，有阳光，/而我身后只是一片追捕的喧嚷，/回顾逃出已然无望。/……即使如此，即使行将入木，/我相信终会有一天，/善意将战胜/卑鄙和仇恨的凶悍。"不堪意识形态的重负，1960 年 5 月 30 日，帕斯捷尔纳克在莫斯科郊外去世。1986 年苏联作家协会正式为帕斯捷尔纳克恢复了名誉，出版他的著作，建立了他的纪念馆。帕斯捷尔纳克也是俄国的一位重要诗人，《20 世纪世界文学百科全书》称他是"唯一的一位以独特的方式把现代俄罗斯诗歌的三大流派的精华融合起来的俄罗斯诗人"。《雷雨一瞬永恒》是他诗歌的代表作之一：

> 夏季就这样告辞了，
> 在半途之中，脱下帽，
> 拍一百幅炫目的照片，
> 记录下黑夜的雷声隆隆。
> 丁香花穗可冻坏了。

> 这时，雷，摘下一满抱
>
> 闪电—从田野摘来闪电
>
> 好给管理局做灯。
>
> 暴雨爆发，扑满篱笆，
>
> 仿佛炭笔画出无数线条；
>
> 穷凶极乐的波浪
>
> 漫溢在大楼的屋顶。
>
> 此刻，"意识崩溃"在使眼色
>
> 就连理性的那些角落——
>
> 那些明白如昼的地方
>
> 也面临如梦初醒的照明。（飞白译）

以《雷雨一瞬永恒》可以看出帕斯捷尔纳克善于捕捉景色的每一个细节，真实再现"此时此地"的某一瞬间，将内心世界与丰富的、飘忽的、复杂的、多变的感受联系在一起，渗透着哲学的思考。第一诗节中通过照相这一意象来捕捉瞬间得以永恒。第二诗节中，丁香花穗的出现改变了第一诗节意象。第三诗节中，帕斯捷尔纳克使用暴雨、波浪的意象，激起了诗人新的想象。在该诗的最后一节中，毁灭性的雷雨引来了内心意识的"崩溃"，诗歌的境界和含义获得升华。

当然，《日瓦戈医生》是帕斯捷尔纳克的代表作，小说上下部共17章，"尾声"之后的第17章是主人公日瓦戈的20多首诗作。小说主要写理想主义者医生日瓦戈和热情奔放的护士娜拉之间的爱情故事。日瓦戈从小被唐雅的父母收养，长大后就娶了唐雅为妻。但是在第一次世界大战期间，日瓦戈认识了裁缝漂亮的女儿娜拉，两人坠入爱河时却碰上十月革命发生而被逼分离。日瓦戈回到旧地与妻子团聚时，却意外与娜拉重逢，压抑多时的热情一发不可收拾。当日瓦戈被红军俘虏带往前线，他为了见娜拉而冒险逃出，但结果还是不免分手的命运。《日瓦戈医生》以十月革命前后三十年间的历史为背景，被认为是俄罗斯当时社会的史诗式作品。中心人物是一个在革命时代有着不幸命运的知识分子，其叙事风格是一个流亡的故事，一个关于流亡的理想和流亡的爱情的故事，波兰作家贡布罗维奇说："我觉得任何一个尊重自己的艺术家都应当是，而且在每一种意义上都必然是名副其实的流亡者。"

从主题上看，通过日瓦戈医生一生的命运反映了一个特殊的历史时代；从叙事上看，事件叙述结构陈旧，采用了传统手法；从情节上看，牵强的巧合；事态也完全按照作者的意愿；就主人公形象而言，他不是革命的斗士，从未与邪恶势力展开正面交锋，既不能保护家人，也不能救助心爱的人。小说仿佛是抒情诗，抒情诗不以塑造完整的性格与人生故事为目的。作者把70年的人生感受浓缩在了日瓦戈不到40年的短暂人生中，抒发自己的生命感悟。帕斯捷尔纳克借助日瓦戈之口对重大历史事件做出评价，圣徒彼得以剑保护耶稣，耶稣却说："争执不该刀剑解决。人，收起你的剑。"作者虽然历经磨难，感受到巨大的社会压力，但他还是否定用武力解决矛盾，否定刀剑在生活中的作用，他仍然相信人性与人生对真善美的追求的价值。

值得一提的是，1958 年 10 月 25 日在瑞典学院通知帕斯捷尔纳克被选为诺贝尔文学奖得主之后的两天，他发给瑞典学院的电报是："极其感激，极其感动，极其骄傲，极其吃惊，极其惭愧。"10 月 29 日又发来另一份电报："鉴于此奖在我所属的社会中已经有其含义，因而我必须拒绝这份已决定颁给我的、当之有愧的奖励，请勿因我自愿放弃而不快。"① 他实际上已经解释了自己不能前往领奖的原因与经过。

四、肖洛霍夫与《静静的顿河》

米哈依尔·亚历山大洛维奇·肖洛霍夫（1905—1984）是现当代苏联最杰出的作家，是斯大林文学奖金、列宁文学奖金的获得者。1965 年由于"他在描写俄国人民生活各个历史阶段的顿河史诗中所表现的艺术力量和正直的品格"而获得诺贝尔文学奖。从 1924 年到 1926 年，相继发表了《胎记》《死敌》《看瓜田的人》，《人家的骨肉》和《浅蓝色的原野》等 20 多部中短篇小说。这些作品后来汇成一集，即《顿河故事》。绥拉菲莫维奇把《顿河故事》誉为"草原上的鲜花"，赞肖洛霍夫是"展翅高翔"的"黄嘴小鹰"。

1925 年肖洛霍夫开始创作《静静的顿河》，直到 1940 年才最后完成。《静静的顿河》写的是俄国历史上至关重要的 10 年（1912—1922）的历史发展情况。第一次世界大战、二月革命、十月革命，俄罗斯风云变幻，社会动荡，新旧交替的十年。小说中"表现革命中的哥萨克"。哥萨克是生活在顿河流域的民族，他们世代以农业与畜牧业为生，民风尚武，民族性格强悍，从事征战是他们的重要民族经历。"我们光荣的土地不是用犁来翻耕……/我们的土地用马蹄来翻耕/光荣的土地上种的是哥萨克的头颅/静静的顿河到处装点着年轻的寡妇，鹰戈们的父亲，静静的顿河上到处是孤儿/静静的顿河的滚滚波涛是爹娘的眼泪。"《静静的顿河》开头一首《卷首诗》，歌唱的就是哥萨克的血泪历史。《静静的顿河》共四部八卷，是苏联哥萨克的史诗，以顿河岸边几家哥萨克的经历为经线，表现了俄国社会动荡变革。几个保持着宗法社会家长制传统的哥萨克家庭遭到了毁灭性的破坏。肖洛霍夫"用经纬交织的笔法通过几个哥萨克家庭的悲欢离合，展示出俄国社会的这段历史进程，描绘了人们的思想、意识、感情、风习、性格等等在这场社会大变革中的震荡和冲突"。葛利高里是个哥萨克劳动者，勤劳，淳朴，善良，真诚，热情，勇敢。哥萨克的种种弱点—效忠沙皇，谨遵父命，哥萨克传统观念，也是葛利高里的生活信条。两者的吻合为其悲剧埋下伏笔：在人生道路上的摇摆不定，敢爱不敢担当，向往而不追求，四顾茫然，最终悲剧的发生不可避免。肖洛霍夫第一次把农民置于艺术表现的中心，对哥萨克劳动者寄予真切的同情和理解，通过描写葛利高里的悲剧命运对苏维埃政权所推行的对哥萨克的政策作了政治的和道德的评判。

葛利高里作为哥萨克人的中农代表，具有复杂性和悲剧性。他经历了动摇与反复而最终落得可悲的毁灭。他的性格和历史是决定他命运的必然因素，他性格的矛盾是

---

① 宋兆霖主编：《诺贝尔文学奖全集》，下，664 页，北京，燕山出版社，2006。

造成悲剧命运的主观原因。

肖洛霍夫的《静静的顿河》在小说创作上取得了很高的艺术成就。诺贝尔文学奖的颁奖词说："可以说，肖洛霍夫在艺术创作中并没有什么创新，他用的是使用已久的现实主义手法，这一手法同后来小说创作艺术中出现的一些模式相比，也许会显得简单而质朴。但是，这一主题确实无法用其他手法来表现。他的波澜壮阔、洋洋洒洒的如椽之笔，使《静静的顿河》成为一部名副其实的'长河小说'。"① 通过"人的心灵的运动"展示"人的魅力"是《静静的顿河》的突出成就。浓郁的地方色彩是《静静的顿河》的另一艺术特点，顿河的自然景色，两岸的哥萨克的世故人情，栩栩如生，多姿多彩。作为一部反映宏大规模的战争与革命风暴的小说，《静静的顿河》洋溢着悲壮的气氛。这部史诗在结构、布局与构思的气魄，几近于托尔斯泰的《战争与和平》。《静静的顿河》的人物形象既重视外部行为的戏剧性变化，又用抒情的笔调来描写人物及其周围世界。葛利高里内心的矛盾、后悔、苦闷、孤独、高傲、爱与恨，或通过沉思、或通过内心独白、或由外部动作表情显示，或用周围环境衬托，都是可感可触的。《静静的顿河》充满了大草原的气息，特别是对顿河哥萨克民族生活的描绘，成为一部民族史诗式的作品，即使是苏联解体之后，仍然在世界文学史上保持着独特的艺术魅力。正如诺贝尔文学奖获奖词中所说：这部长篇小说的价值在于说明，"肖洛霍夫在描写俄罗斯人民生活中一个历史阶段的顿河史诗中所表现的艺术力量和正直。"这部史诗式的小说，因为再现了那个历史时期独特的生活而在世界文学史上留下不可磨灭的印痕。

第三节　英国文学

20世纪英国文学一方面继承19世纪维多利亚时代文学的悠久传统；另一方面在新的时代环境中不断超越影响的焦虑，积极拓展文学表现空间和艺术形式。在小说创作方面，劳伦斯将社会批评与性心理巧妙结合，不遗余力地抨击工业文明带来的种种弊端；乔伊斯和伍尔芙则突破传统的时空界限，将意识流手法出神入化地运用于创作中，表现了第一次世界大战后对人类社会的精神困境的探索；威廉·戈尔丁则以神话回归模式，着力描写人的本质的问题，探讨具有普遍意义的人类经验和人性缺陷；康拉德是由维多利亚时代向现代派文学转型时期的重要作家，在他笔下，人物总是处在孤独的侵袭之中；深受康拉德影响的奈保尔深化了后殖民语境下的漂泊无根主题，并赋予作品多重的社会政治意义；多丽丝·莱辛则是当代英国文坛继伍尔芙之后最伟大的女作家，并在2007年获得诺贝尔文学奖，开启了新世纪英国文学最为亮丽的风景。

一、小说家 D. H. 劳伦斯

D. H. 劳伦斯（David Herbert Lawrence，1885—1930）与乔伊斯被列为20世

---

① 宋兆霖主编：《诺贝尔文学奖全集》，下，750页，北京，燕山出版社，2006。

纪最具有创造性和争议最大的英国作家,他们同时也标志着英国现代小说在狄更斯辉煌的小说家之后,再次进入了世界文学史上有重要影响的时期。

劳伦斯出生于英格兰北部诺丁汉郡伊斯特伍德小镇的一个煤矿工人家庭,父亲性情暴躁,常与书香门第出身的妻子争吵,劳伦斯母亲将爱抚之情倾注儿子身上。1906年劳伦斯入诺丁汉大学攻读师范专科,随即开始了《白孔雀》的写作并于1910年出版,描写英格兰中部农村两对青年男女的关系,表达了作者对畸形文明戕害人性的谴责,而这一文明批判的主题一直在其创作中延续和深化。1912年劳伦斯与诺丁汉大学一位年轻教授的妻子、德国贵族出身的弗莉达一见钟情,两人私奔出走,从此开始了漂泊不定的旅居生活。劳伦斯在旅途间隙完成了具有自传色彩的成名作《儿子与情人》,从此奠定了他作为现代杰出小说家的地位。1915年夏末,劳伦斯终于完成了被誉为"20世纪英国文学中第一部伟大小说"的《虹》,但不久即因"有伤风化"而遭查禁。第一次世界大战后,劳伦斯夫妇又开始了浪迹天涯的生活,行迹遍及锡兰、新西兰、澳大利亚、墨西哥和美国等地,试图寻求地球上未受文明发展玷污损害的地方,并在美国南方建立了一个乌托邦式的庄园"拉纳尼姆"。可惜这些探求均未获成功。后来他因健康原因返回欧洲,定居意大利。这段时期是劳伦斯创作的高峰时期,写作了取材澳大利亚社会的《袋鼠》和以墨西哥社会为背景的《羽蛇》等大量作品。1928年他写完了《查泰莱夫人的情人》,并在意大利和法国出版,由于书中有较多的性爱描写,出版后引起轩然大波并被英国当局查禁,直至1960年方获准在英国全文出版。1930年劳伦斯肺病恶化,卒于法国,结束了短暂、坎坷但并不平凡的一生。

劳伦斯继承了哈代对资本主义文明批判的主题,但是劳伦斯把社会批判与心理探索巧妙结合,敢于以超越社会道德的勇气浓墨重彩地描写性爱,意在抨击资本主义工业文明对人的自然本性和人生价值的摧残,从而进一步探索现代人类追寻生命意识的途径。劳伦斯之所以对自然热情歌颂,对工业文明不遗余力地批判,与其故乡伊斯特伍德的变化有关。凌乱耸立在田野上的矿井和煤堆与宁静恬美的田园风光形成了丑与美的鲜明对比,损害了人的自然本性和人与人之间的和谐关系。如《虹》中未受英国工业化侵袭的玛什农场,到处呈现的是优美、恬静的田园风光,无论是人与人的关系还是人与自然的关系都是"血液交融般的亲密"。尽管农场主汤姆·布朗温和波兰寡妇兰斯基来自不同文化,但他们之间有着本能的理解和爱情,从而成就了一段美满的婚姻。而布朗温家族第二代的婚恋故事则如农场上满目疮痍的矿场,安娜与威尔彼此始终难以理解并感到陌生。玛什农场的变化隐喻着自然的破坏亦即对人与人关系的破坏,而这一主题在《查泰莱夫人的情人》中又得到了进一步的深化。

1926年劳伦斯来到阳光明媚的意大利,三易其稿终于在1928年完成了《查泰莱夫人的情人》。米兰达别墅静谧美妙的写作环境给劳伦斯提供了灵感,给小说中康妮与梅勒斯幽会的那片森林幻化出了许多的浪漫诗意。小说男主人公克利弗·查泰莱男爵是煤矿老板,他在第一次世界大战中致残,下肢瘫痪并失去了性能力。他只能每天给年轻漂亮的妻子康妮读读小说或者诗歌,他觉得除了这种"精神交流"之外,妻子根本就不应该再提出其他要求。在摧残和占有妻子精神的同时,他又要求康妮与别的男人生个孩子以继承家业。康妮热爱生活,憧憬未来,她年轻的躯体内燃烧着炽烈的生命之火。她再也无法忍受僵尸般的丈夫和毫无爱情欢乐的生活，并与猎场工人梅勒斯产生了真挚的爱情。不久两人发生了关系，康妮怀了孕。而当克利弗得知康妮的情人是自己的的林场看护时怒不可遏，尽管他曾暗示康妮可以与其他男人生小孩，但是他不能容忍林场看护人做康妮孩子的父亲，而彻底醒悟的康妮已坚决声明她再也不和克利弗一起生活。小说结尾暗示康妮和梅勒斯终将幸福地结合在一起。

《查泰莱夫人的情人》完成后，在英国居然无一家出版社愿意接受，劳伦斯只好在意大利佛罗伦萨自费印刷出版。而在此后30年时间里，《查泰莱夫人的情人》不断遭到起诉或查禁。直至1960年，英国企鹅出版公司决定将其收入《企鹅丛书》出版，不料，当20万册图书刚刚印刷完毕，却又被告上了法庭，经过前后六次开庭审理，此书才最终在英国得以全文出版。《查泰莱夫人的情人》之所以聚诉纷纭，最主要的原因就是作品中惊世骇俗的赤裸裸的性描写。如 T. S. 艾略特在《评劳伦斯》一文中，指责劳伦斯"谈情说爱不仅丧失了几个世纪所形成的高雅风度，而且似乎重新陷入了进化的变形过程中，恢复到猿龟类以前的原生质的丑陋的交媾状态"[1]。与此同时，蜚声西方文坛的评论家、《伟大的传统》作者、精英文学传统倡导者 F. R. 利维斯却是劳伦斯的支持者。利维斯认为，劳伦斯绝不是一个粗鄙淫秽作家，他的性描写是对肉体的肯定，是对一种积极主动的生活态度的肯定，是其艺术天才中"诗意"追求的组成部分，是以传统文明、阶级关系进行反思和批评的独特视角。此外，与劳伦斯相濡以沫的妻子弗莉达自始至终是自己爱人的坚定支持者和理解者。

劳伦斯在这本小说中以大量诗意的笔触具体入微地描写性生活，但其最终目的并非描写性行为本身，而是企图通过对男性生命力的描述，向读者指出，只有恢复人的自然本性，才能消除机械文明对人性的摧残，人才能得到真正幸福和谐的生活。克利弗和梅勒斯代表着性能力的两极，同时也隐喻着英国社会的现状：克利弗把全部精力倾注在煤矿经营上，为了利益最大化绞尽脑汁，但实际上他只是一个空虚的人，缺乏内在的激情，生命的激情也瘫痪了。他是工业文明罪恶的化身，他残缺的躯体是腐朽堕落的象征。而梅勒斯生活在大自然中，有着强壮的体魄，充满了力量，是生命的象征，而且能把生命力赋予被文明社会禁锢得奄奄一息的康妮。他是西方现代社会的激烈否定者，是作家理想中的"自然之子"。而女主人公对性的体验和心理变化，写出了她肉体和精神的复苏过程，抨击了传统道德和工业文明对人性的扼杀。劳伦斯用自然主义与象征主义相结合的方法详尽描写性爱行为，引起了激烈的批判和争议。

劳伦斯在20世纪上半叶的欧洲文坛引起了强烈震撼，以社会批评和心理探索相结合的方式书写了英国工业文明摧残自然和人性的悲歌。他在小说中大量运用象征和比喻来表达人物深层的思想感情，深化主题，这使他的小说具有浓厚的诗意和奇特的感人力量，唤起读者情感共鸣。

---

① 转引自曾繁仁：《20世纪欧美文学热点问题》，369页，北京，高等教育出版社，2002。

二、弗吉尼亚·伍尔芙：意识流小说与女性主义理论

弗吉尼亚·伍尔芙（Virginia Woolf，1882—1941）是英国 20 世纪的意识流小说家，也是世界文学中意识流文学的代表性作家，她的文学批评与女性主义批评理论，都有世界性影响。

伍尔芙出生在维多利亚时代伦敦的一个书香世家，父亲莱斯利·斯蒂芬是《国家名人传记大辞典》和《康希尔杂志》的编者，结交了当时英国诸多著名文人学者。父亲去世后，弗吉尼亚兄妹四人居住在伦敦布鲁姆斯伯里，由于"艺术上的严格原则性"的共同信仰，弗吉尼亚兄妹与哲学家伯特兰·罗素、作家 E. M. 福斯特、经济学家梅纳德·凯因斯和传记作家利顿·斯特雷奇等文化名流逐渐形成了著名的"布鲁姆斯伯里团体"。1912 年伍尔芙与成员小组列奥纳德·伍尔芙结婚，并共同创立了霍加斯出版社。婚后，列奥纳德一再鼓励伍尔芙进行小说创作，并长期充当她作品的编辑。生活在这样的文艺氛围中，由于健康原因未受正规教育的伍尔芙得到了文学艺术的全面熏陶，通过大量的阅读和文艺沙龙完成了自我教育。幸运的伍尔芙同时又是不幸的，其母亲在她 13 岁时不幸病逝，两年后悉心照顾她的姐姐也离开了人世，这给伍尔芙精神上极大的打击，并使她患上了精神忧郁症。伍尔芙一生的多部作品都是在与精神忧郁症抗争的过程中完成的。1941 年，伍尔芙预感到自己的精神疾病即将再次发作，她害怕自己再也不能从疾病中恢复正常，于 3 月 28 日清晨选择了自沉河底。

从 1904 年在《泰晤士报文学副刊》发表第一篇评论作为开端，伍尔芙一生共创作有 9 部长篇小说，2 部传记，十几篇短篇小说，300 多篇随笔、评论和散文，在理论、小说、随笔等多个领域都有建树。其最初的 2 部长篇小说《出航》和《夜与日》尚与传统小说并无大异，直至 1917 年第一篇短篇小说《墙上的斑点》，她开始尝试意识流手法，而此后的第三部长篇小说《雅各布的房间》标志着其意识流手法逐渐趋于成熟，她成为与乔伊斯、普鲁斯特、福克纳并驾齐驱的意识流大师。

《达罗卫夫人》是伍尔芙最负盛名的意识流小说之一，其写作深受当时风头正劲的《尤利西斯》影响。像《尤利西斯》一样，小说中也以一天为框架，详尽记述了英国上层社会中达罗卫夫人和一位精神病人史密斯从上午 9 点到午夜时分约 15 个小时的生活经历。小说伊始，贵为国会议员妻子的克莱丽莎·达罗卫正为布置晚间将要在家里举行的晚宴上街买花。6 月的早晨，阳光和煦，空气清新，国会会议堂塔顶上的大本钟不时发出深沉、悦耳的钟声，久病初愈的达罗卫夫人在伦敦街头熙来攘往的人群车流中徐步前行。伦敦街头的车声人语、光影声色触动了达罗卫夫人对过往的回顾和对当下的联想，一种莫名的抑郁让她有一种无法排遣的困倦和对死亡的恐惧，30 年的婚姻恩怨点滴和早年的恋人絮语在她意识里不断流动和跳跃。与此平行的另外一条线索是第一次世界大战退伍军人塞普蒂默斯·史密斯在同一天里与他的意大利妻子在公园里散步时的内心活动。史密斯战前是一位文学爱好者，为了国家利益他义无反顾地走向战场肩负神圣光荣的爱国使命，然而在战场中他患上了炮弹休克症，对一切都失去了情感，甚至一起出生入死的好友伊凡斯战死沙场他也毫无悲戚之感。小说在

达罗卫夫人沉闷无聊的晚宴上画上了句号。

故事的结局同样发人深省，一位当医生的客人带来了史密斯自杀的消息。史密斯在死亡中实现了他的全部价值，而达罗卫夫人将在新的时间和空间里"孤独地面对人生的真谛"，继续在严酷的生活中探本索源，寻求精神上的寄托。此后的带有自传色彩的小说《到灯塔去》则延续着伍尔芙对精神归宿的探寻。灯塔本身就是崇高精神境界的象征，到灯塔去这一行动本身平淡无奇，但蕴藉着自我发现、探索真理的一次心理之旅。

《达罗卫夫人》以细腻的笔触表现了第一次世界大战后人类的困境，具有十分鲜明的现代主义特征。首先，小说绝妙地处理好了时间与空间，用物理时间上的一天表现心理时间上的一生，使小说跨越了时空界限；其次，小说以蒙太奇手法表现人物的意识活动，主人公的思绪不留痕迹地从一种意识流进入另一种意识；最后，小说笔调流畅，挥洒自如地展现人物幽微深沉的内心独白和飘忽游移的自由联想，采用一种诗歌般的，具有旋律的语体来展示人物的精神活动。所有这一切，使《达罗卫夫人》成为意识流小说的又一典范。

伍尔芙的小说多以她熟悉的伦敦及童年时与家人度假的康沃尔郡海滨为背景，通过平凡人物的平凡生活来探讨重要的人生和社会问题。作为一名女性作家，她对政治风云变幻并不关切，而且笔触更多的热衷展现个人独有的经验和感受，但对妇女的权利如选举权、教育权和个人自由不受侵犯则不遗余力地去践行和争取，并成为女性主义者的先驱，特别是她的《自己的房间》《奥兰多传》和《三个基尼》被女性主义者奉为圭臬。伍尔芙在《自己的房间》里指出，女性要独立，要达到男女平等的首要条件是物质条件，女性如果要写作就必须有自己的收入，有一间属于自己的房间。伍尔芙不仅自己致力于重建女性历史的工程，而且鼓励其他女作家一起关注女性自我意识、女性经历与经验、女性焦虑与痛苦，重写历史。因其作品中超越时代的女性主义思想，伍尔芙被看作女性主义批评史上与波伏娃并驾齐驱的先锋人物。

作为一个立志创新的作家、伍尔芙和乔伊斯等现代小说大师一样，在小说形式和创作技巧上不断革新，使意识流技巧渐臻完善并成为20世纪最为重要的文学潮流之一。她在《现代小说》等文章内阐明了她的小说艺术观念并在创作中努力践行。她主张按照人们日常生活中接受各种印象、做出各种反应的真实方式来创作小说，通过直接展示人物内心精神活动及其对别人的意识所起的作用来表现人物性格。如果说在最初的2部小说《远航》和《夜与日》中伍尔芙使用的还是较为传统的写作手法，那么在《雅各的房间》中她就开始试验新的表达方式。她挣脱事件发生的时间顺序枷锁，采取蒙太奇式的电影镜头写作方式，不断变化叙述视角，大量采取内心独白，让人物的情感和意识不通过叙述者和评论者等外在媒介展现而直接流出。此外，伍尔芙还在小说结构布局、遣词造句等方面匠心独运，巧妙地运用寓意深远的象征和富于诗意的文体展现她所处的辉煌维多利亚时代。

以乔伊斯和伍尔芙为代表的意识流创作是对传统小说的彻底决裂，标志着英国现代主义文学的一个高峰，向后现代主义文学发展起到重要推动作用，如美国作家麦克·卡宁汉姆把伍尔芙誉为文学创作的缪斯，并以《达罗卫夫人》为模型创作了《时时刻刻》。但与此同时,伍尔芙在形式上刻意追猎新意,内容上的晦涩难懂和缺乏现代社会生活的广阔图景也遭到了部分批评家的诟病,但这并不影响其作为 20 世纪最伟大英国作家的地位。

三、詹姆斯·乔伊斯

詹姆斯·乔伊斯(James Joyce,1882—1941)被认为是继莎士比亚之后英语文学史上最伟大的作家之一,举世公认的欧洲现代主义文学大师。他的 4 部小说——《都柏林人》《一个青年艺术家的画像》《尤利西斯》和《芬尼根守灵夜》奠定了其作为 20 世纪世界文学巨匠的地位。

出生于都柏林的乔伊斯一生不断地疏离与回归故乡。他少年时就读于天主教耶稣会学校,青年时入都柏林大学学院学习现代语言课程,1902 年大学毕业后赴巴黎学医,次年 4 月因母亲病危回到都柏林,6 月与诺拉一见钟情,并于 10 月离开爱尔兰前往苏黎世,后辗转巴黎、罗马等地,以教学和撰稿为生,长期侨居国外,经济拮据,生活艰辛。乔伊斯去国眷居他乡,正是因为他痛感爱尔兰狭隘闭塞,无法为其艺术和思想上的发展提供良好环境,遂下定离弃家庭、教会和国家进行反叛的决心而直奔欧洲大陆。乔伊斯对爱尔兰的情感复杂,一方面,他热爱爱尔兰,对它有强烈的眷恋之情,故乡都柏林让他魂牵梦绕,作品也均以爱尔兰为题材;另一方面,他又必须疏离和离开爱尔兰,摆脱精神上的桎梏从而能自由呼吸、自由创作。

乔伊斯的第一部小说作品《都柏林人》含 15 个短篇小说,描绘了 20 世纪初都柏林形形色色的中下层市民在道德和精神上"瘫痪"的生存状态。乔伊斯精心安排《都柏林人》的故事顺序,分别写的是童年的故事、青少年时代的遭遇、成年人的处境,以及都柏林的政治和宗教方面的生活。《都柏林人》压轴篇《死者》是全书的高潮,被认为可与康拉德《黑暗的心》并列为 20 世纪前期英国小说中最杰出的中篇小说。小有才华的主人公中学教师加布里埃尔带着妻子格里塔去姑母家参加一年一度的新年舞会和晚宴。三十几年来年年举行这样一次的晚宴,一样的程式,几乎相同的客人,使人感到都柏林这个中产阶级家庭的生活就像加布里埃尔形容他的外祖父的那匹马一样,"一生都在转圈的磨道上走"。酒阑人散,加布里埃尔和妻子格里塔回到过夜的旅馆,妻子因听到酒席上一支爱尔兰民歌《奥格里姆的姑娘》回想起自己在爱尔兰西部故乡少年时代的情人迈克尔,并向丈夫透露了心里隐藏多年的秘密,原来她年轻时曾有个情人身患肺疾还在深夜不顾寒冷顶风冒雨唱着这支情歌向她求爱,不久情人死去。对于长期以来沾沾自喜、自命不凡的丈夫来说,这无疑是一瓢冷水浇湿了他傲慢的心。久远的死者,使仍活着的生者感到自己的一切并不具有真正的生命力,而真正活着的是那曾有过火一般热情的死者。面对死亡,主人公加布里埃尔内心中的宽恕与同情制服了耻辱与嫉妒,此时,银白的雪花纷纷扬扬地飘落大地,好似正在奏着一曲无声的安魂曲,把读者带入一个生死两界混杂的世界:是生? 是死? 或虽死犹生? 或虽生犹死?《都柏林人》就是由这样一连串的精神顿悟所组成,道出了都柏林人生活的真谛。在乔伊斯看来,都柏林生活的不幸在于人们只能按照日常僵化固定的程式去生活，缺乏勇气去摆脱常规的桎梏，没有决心为美好的理想奋斗，从童年、青少年、成年直至步入社会生活，都柏林人在心理、行动上都流于麻木，陷于瘫痪。这部小说笔法细腻，含蓄冷静，表现出福楼拜和契诃夫的影响，即以平淡自然的白描方式写平凡琐屑的日常生活，讲究细节的精确和韵味的含蓄，从中透露心灵世界的微妙变化，体现了一种乔伊斯所谓的"审慎的平庸"风格。

1916年，他以融生活与艺术为一体的抒情性自传小说《一个青年艺术家的画像》再次向世人展示了其艺术才华。作品通过一个未来的诗人在童年、少年直到青年时期内心的矛盾和精神上的冲突，表现他对环境的冷漠、家庭生活的平庸、宗教的压抑和民族的闭塞所进行的斗争与反抗。在这部小说中开始展现了乔伊斯式的"意识流"写作手法，在结构、技巧和风格上具有丰富多样和复杂多变的特点，充分地显示了作者出色的语言才能。而最能体现"乔伊斯式"写作的作品，毫无疑问，当属1922年问世的《尤利西斯》。

乔伊斯前后构思了16年并花费了整整7年心血创作出了《尤利西斯》，这部划时代的作品，一时成为西方文坛评论的热点，其与传统小说迥异的形式和内容，其中无数迷雾般的僻词怪语、暗示、联想以及形形色色的文字游戏，使其犹如一部"天书"，不仅让一般读者如坠云里雾里，学者专家也甚是茫然无措。然而，这并不妨碍《尤利西斯》成为20世纪最伟大的小说之一，因为它合理地解释了这个时代纷乱无序的琐碎日常生活，古老的神话在乔伊斯手中回归。

小说之所以取名《尤利西斯》，是因为它是按照荷马史诗《奥德赛》的基本框架而设定。《尤利西斯》在情节安排和人物设计上与《奥德赛》相呼应，小说把古希腊英雄奥德修斯（罗马名字为尤利西斯）十年海上历险的神话变成了现代普通人布鲁姆一天内在都柏林街头游荡的故事，并把斯蒂芬与尤利西斯的儿子特勒马科斯相对应，把布鲁姆妻子莫莉比成尤利西斯忠贞妻子佩涅洛佩。小说第一部描写斯蒂芬早晨离家出走，隐喻他寻找"精神上的父亲"，与特勒马科斯外出寻找父亲相对应；第二部写布鲁姆在都柏林四处游荡，与奥德修斯还乡途中的漂泊游历相对应；第三部写布鲁姆将斯蒂芬带回家，则象征着奥德修斯与儿子终于回到了"家"。如此，作家赋予一个平凡庸俗的现代人的琐屑日常生活以深刻寓意，使这部作品升华为一部代表人类普遍经验的寓言和现代生活的史诗。

1939年2月，乔伊斯经过17年艰辛创作，《芬尼根守灵夜》出版。随即第二次世界大战爆发，乔伊斯离开巴黎，再次自我流放到了苏黎世，两个月后患胃穿孔去世，离开了这个"守灵夜"之后的世界。乔伊斯借《芬尼根守灵夜》抽象地说到了现代派的伟大任务，那就是既要打破旧的语言和神话，又要构建一个新的自我创建的语言和神话，从而使小说的艺术成为语言本身的艺术。至此，乔伊斯对意识流技巧的运用和对语言形式的操纵已经超越了合理的界限，使《芬尼根守灵夜》成为一部违背文学书写规则的"天书"，用一种离经叛道的艺术形式表现了他所处时代的混乱和意识的危机，其艺术价值也受到质疑。如同历史上曾经存在的其他晦涩作家，如中世纪的基督教修士们与德国浪漫派的个别极端作家所创作的一些文本一样，给后世的解读造成极大的困难，也影响其被广泛接受。

四、戈尔丁及其《蝇王》

威廉·戈尔丁（William Golding，1911—1993）是英国战后文学史上最具国际声誉的作家之一，也是一位以写道德寓言小说见长的作家，出生于英格兰康沃尔郡的圣科伦姆·迈纳小镇。父亲亚力克·戈尔丁是玛尔巴勒文法中学校长，深信自然科学、理性主义和人道主义可以促使人类不断进步，母亲米尔德里德是热衷鼓吹妇女参政的女权主义者。英国西南小镇的与世隔绝让童年时代的戈尔丁有更多时间接触大量古典文学作品，荷马、约翰·班扬、丹尼尔·笛福、康拉德对他有着无限魔力。他 12 岁的时候就开始了写小说的尝试，19 岁时进入牛津大学布拉塞诺斯学院攻读自然科学，两年后转攻他所喜爱的英国文学，并在 1934 年发表了一本名为《诗集》的小册子，但其写作才华未引起批评界的注意。大学毕业后，戈尔丁在伦敦担任社区服务工作，同时又在一小剧团担任编导和演员。第二次世界大战期间，戈尔丁于 1940 年参加英国皇家海军，在一艘火箭舰艇上服役五年。战争极大地改变了戈尔丁以前对人类社会所持有的乐观态度，1954 年发表的成名作小说《蝇王》（*Lord of the Flies*）便是在这种思想指导下创作而成。继《蝇王》发表之后，戈尔丁笔耕不辍，在 30 多年的创作生涯中又发表了《继承人》（1955）、《品彻·马丁》（1956）、《自由堕落》（1959）、《塔尖》（1963）、《看得见的黑暗》（1979）、《航行仪式》（1980）等小说，对人性的探讨则成为贯穿几乎所有小说的主题。1983 年，"因为他的小说用明晰的现实主义叙述艺术和多样的具有普遍意义的神话，阐明了当今世界人类的状况"，威廉·戈尔丁荣获诺贝尔文学奖。

《蝇王》曾被 21 家出版社拒之门外，但出版后好评如潮，并被列为当代英国小说经典之作。小说的英文题目"Lord of the Flies"是希伯来语"Ba'alzevuv"的译文，在希腊语中为"Beelzebub"，取其"魔鬼之王"意。在小说中，这个魔鬼的形象不仅指挂在树上早已腐烂了的飞行员的尸体和那个被杰克和他的猎手们砍下并插在木桩上作为祭品的猪头，更主要的是指这些孩子心灵深处固有的邪念。小说是对 19 世纪儿童文学作家罗伯特·巴兰坦的探险小说《珊瑚岛》的戏仿。

《蝇王》是一部反映人性中"恶的一面"的现代寓言，即文明与理性反被邪恶击败。在未来的一场核战争期间，英国一架疏散儿童的飞机在海上被击落，飞行员死去，飞机上的一群男孩流落在一个荒无人烟的珊瑚岛上。他们之中有一个 12 岁的名叫拉尔夫的男孩，是英国海军司令的儿子，他朝气蓬勃，乐观自信并且拥有源自家学的海上生存知识。他为脱离了大人的管制获得自由而欣喜若狂，沉湎于生活在丰硕富饶的荒岛上的欢乐之中。有着绅士的优雅举止、高尚道德的拉尔夫为了将分散在岛上各处的孩子组织起来，吹响了一只螺号。在全体儿童会议上，拉尔夫当选为领袖，由皮吉和西蒙做他的助手，他们试图建立一个各司其职、民主管理的社会。然而在远离理性的环境里，恐惧与残忍逐渐滋长蔓延，唱诗班的领队红发儿童杰克自命不凡并对拉尔夫当选领袖十分不满，不愿意整天忙着搭建窝棚和看管作为求救信号的火堆。他们学着野蛮人的样子把脸抹黑，开始在森林里滥施捕杀，把猎来的野猪头挂在一个尖木桩上，又逼着其他孩子效仿野蛮人把脸部涂抹成五颜六色，围着落满苍蝇的野猪头（蝇王）狂欢。对此，拉尔夫垂泣不止，感慨"无辜的终止和人心的黑暗"，痛不欲生。杰克领导的猎手们的走火入魔变得越来越凶残，他们还杀死了西蒙，又偷袭了拉尔夫的营地，抢走了拉尔夫和皮吉的近视眼镜。当拉尔夫和皮吉前往讨要眼镜时，一名猎人竟用弹弓射中了皮吉，使之坠海而死。此时，拉尔夫也成了猎人追逐的"猎物"。就在这紧急关头，成年人世界介入，一艘路过的英国巡洋舰发现了他们，一名海军军官上岛制止了孩子们的野蛮行径，救出了蓬头垢面的拉尔夫，将这群已经失去人性的孩子带离了荒岛。

戈尔丁把《珊瑚岛》以文明克服野蛮的故事，转化成由文明蜕化到野蛮的悲剧。如果说《珊瑚岛》是给儿童看的冒险小说，那么《蝇王》则是供成年人阅读的思想小说。戈尔丁对《蝇王》作了如下解释：

> 这个主题的意图是要追根溯源，从社会的缺陷追溯到人类本性的缺陷。整部作品是象征的，除了最后那个拯救孩子的场面。在这个场面中，成年人的生活看上去是道貌岸然、颇有作为的，然后在实际上，他们和荒岛上孩子们象征的生活一样，陷入了罪恶之中。那位海军军官，阻止了一场捕猎活人的野蛮行径，拯救了孩子们。可他们本身却正驾驶着军舰去追杀他们的敌人。谁又能来拯救这些成年人和他们的巡洋舰呢？①

显然，作者想指出，约束人类行为的文明是表面化的，而人性的本质是野蛮的。戈尔丁通过拉尔夫、皮吉、西蒙和杰克四人之间的矛盾冲突集中表现出善与恶的主题。代表善的一方不是惨遭杀害，就是最终天真泯灭；而代表恶的一方则不可一世地雄霸整个荒岛，人性本恶的主题得到了充分彰显。作者描绘的这个神话般的故事，在其表层叙述结构下面，蕴含着深刻的道德内涵。孩子们在荒岛上的经历，仿佛使我们看到了20世纪上半叶荒谬动乱的社会现实：历代先哲们所追求的自由、民主、博爱、真理和正义在两次大战中顷刻覆没。在戈尔丁看来，这正是人性恶带来的梦魇。戈尔丁对人性问题的探讨固然是建立在对20世纪欧洲社会的深刻研究之上的。《蝇王》中，正义的和善的力量最终敌不过恶的力量，悲剧色彩浓烈。《蝇王》的价值在于：认识我们自己。西蒙身上的理性、合作、谦卑、勇毅等品质应当成为人类主体的品质，文明与理性，是人类自我拯救的必由之路。

五、康拉德

约瑟夫·康拉德（Joseph Conrad，1857—1924），原名特奥多·约瑟夫·康拉德·科尔泽尼奥夫斯基，波兰裔英国小说家。其父亲是一位酷爱文学的波兰知识分子，1862年因参加反对俄国沙皇暴政的民族解放运动而被捕流放，母亲带着5岁的

---

① 瞿世镜：《当代英国小说》，199页，北京，外语与教学研究出版社，1998。

康拉德随同前往俄国北部流放地。在颠沛流离的困苦生活中父母相继离世，年幼的康拉德由舅父抚养成人。15 岁时，康拉德不顾亲人反对，告别波兰，背井离乡，只身到法国马赛港的海轮上当水手。1878 年康拉德第一次踏上英国土地，在英国商船上工作长达 16 年，足迹遍及欧洲、非洲、南美及远东地区。1886 年，他加入英国国籍，1890 年任英国船长指挥商船驶往刚果，同年开始用英语写作。1895 年康拉德发表第一部小说《阿尔迈耶的愚蠢》，接着与英国女子杰西·乔治结为伉俪。两年后，康拉德因健康原因告别航海事业，定居英国南部肯特郡，全力从事小说创作，并成为英国文坛奇才。

他出版的作品包括 31 部中长篇小说、戏剧、短篇小说集和散文集（《文学与人生札记》《自传》和《大海如镜》），他自评"我唯一的海洋作品，对我曾经度过的生活以特殊方式的唯一奉献是《大海如镜》"。国内学者一般把康拉德的作品按题材分为三类：航海小说、丛林小说和社会政治小说。

《水仙花号上的黑水手》（1897）是其航海小说的代表作。黑水手韦特是"船上集体心理学的中心和情节的枢纽"，他自称重病在身，利用死亡做他的同谋来控制同伴，在船上引起一片恐慌，船员中的骗子唐金乘机煽动闹事，船经过好望角时又遇上狂风巨浪，船长临危不惧沉着指挥，奋斗 30 小时之后终于脱险。面临死亡绝境，船员们的道德经受了严峻考验，既有巨浪覆船的威胁，又有疾病死亡的笼罩，还有以唐金为代表的道德上的腐蚀性和破坏力，而船长和老水手辛格尔顿忠于职守、精诚团结，最后战胜了自然的险恶和人心的邪恶，体现了一种积极、正义的人类力量。其航海小说还有《青春集》《台风集》《阴影线》《走投无路》和《秘密分享者》等，这些作品如实描绘了海洋的美丽景色，以海洋为镜，映照人心，充满道德、意志力量。

丛林小说是以东方马来群岛和非洲丛林为背景的异国传奇或批判殖民主义的小说，通常叙述一个或几个西方殖民先驱远离欧洲文明，在责任或利益驱动下来到非洲土著或马来人之中，过着原始的生活，他们处境尴尬，既无法融入又无处逃避，在理想和现实间痛苦纠缠导致堕落或死亡。这些小说旨在揭示东方与西方、文明与原始、个人与社会的关系，反思殖民者与被殖民者彼此依存的事实和纠结的历史，具有深刻的社会意义。代表作品有《黑暗深处》《吉姆爷》《阿尔迈耶的愚蠢》《文明路上先锋站》等。

《吉姆爷》（1901）中的主人公吉姆是船上的实习大副，他在风暴来袭时惊慌失措，擅离岗位，弃船逃生，从此良心负罪。为了寻求救赎之道，他远走东方，在东南亚的海岛丛林中找到了安宁。在一次调停居民矛盾的过程中，他自感失败，无法实现"我要对这块土地上的每一条生命负责"的承诺，悔恨之余请求以死赎罪求得解脱。这部小说体现了西方文学中英雄受难、赎罪、失败、精神上复活的救赎原型模式。

社会政治小说是对欧洲和拉美政治、社会问题的思考。代表作有《诺斯托罗莫》《特务》《在西方的注视下》和《罗曼亲王》等。

《诺斯托罗莫》（1904）被誉为 20 世纪最重要的小说之一。作者虚构了一个荒蛮的南美洲柯斯塔瓜纳共和国，通过西部沿海萨拉科城的"经济殖民地"历史再现，展示出现代社会的广阔背景。在这里国家衰败，不同种族、不同阶层形成不同的力量持续内战，政权更替频繁，西方几个大国为争夺矿产资源等物质利益而勾心斗角。小说揭示出独裁、内战、虚伪的民主和殖民对拉丁美洲一百多年历史的影响。作品采用网状结构，打破时空界限，叙述角度多变，通过重建历史对人类社会政治问题进行再思考，是一部事件重大、场面恢宏、寓意深刻、具有史诗品质的长篇小说。康拉德在《诺斯特罗莫》这个"虚构的小国凌乱散碎的历史事件中，去寻找超越时空的具有普遍意义的东西"（序言）。

《特务》（1907）以伦敦格林威治为背景，叙述了一个无政府主义者在外国势力的策划下进行恐怖爆炸活动的故事，揭示了社会斗争、政治斗争的白热化和恐怖势力的破坏性。《在西方的注视下》（1911），以西方人的视角来看待俄国的独裁专制和革命活动，其中渗透康拉德自幼形成的对沙皇俄国的仇视。这两部小说描写东西方政治态度的不同，揭示了与动乱和革命纠缠在一起的虚幻的理想主义、无处不在的贪欲与暴力。

康拉德小说主题多表现陆地与海洋的对立、文明与原始的冲突，但重心不在事件本身，而在揭示事件对人物内心世界、精神状态和道德力量的影响，《黑暗深处》是其中最有代表性的一部。

《黑暗深处》（又译作《黑暗的心》，1902），题材源自康拉德的刚果之行。小说由一个不知名的叙述者"我"转述马洛的非洲刚果之行以及营救白人代理商库尔茨的经过。小说开始时马洛已经回到英国伦敦，他与几位水手坐在泰晤士河口的游艇上聊天，回忆起当初罗马人把文明带到英伦三岛时，这河口曾经是地球上最黑暗的地方。接着他告诉听者自己在目前地球上最黑暗最野蛮的非洲大陆亲身经历的事件。泰晤士河口是《水仙花号上的黑水手》的终点，又是《黑暗深处》的起点。船长马洛指挥汽船从泰晤士河口出发驶往非洲。一路上，他不断听说非洲腹地有一个叫库尔茨的欧洲白人代理商脱离了"文明世界"，生活在土著人中间，据说做了很多好事，近乎一名圣徒，土著人把他奉若神明，尊为领袖。马洛对库尔茨产生好奇，千方百计寻访他，途中听到贸易站经理及其侄儿、俄国年轻人对库尔茨褒贬不一的评价，当马洛终于见到库尔茨时，他已生命垂危。事实是库尔茨只身深入刚果丛林，为比利时贸易公司收购象牙，他用火炮武器征服了土著人，贪婪劫夺，杀人如麻。由于长期远离文明世界独居原始丛林，他的灵魂被孤独感和罪恶感所占据，终于精神崩溃。伴随着土著人凶恶野蛮的喧闹声，库尔茨死前发出"太可怕了！太可怕了！"的哀号。小说客观记录了殖民主义的野蛮掠夺和血腥屠杀，揭示了殖民者统治下的黑暗非洲既是黑人的地狱，也是西方殖民者的精神地狱这样一个纠结的事实。"黑暗深处"不仅仅指地域上的非洲丛林，真正的黑暗在欧洲殖民者的内心深处。小说涉及政治、道德、宗教、心理、社会秩序以及文明与野蛮的冲突等诸多层面。

《黑暗深处》绝不仅仅是一部简单的航海历险记和丛林探险记，它契合了西方文学中的"追寻"母题。

刚果之行既是马洛进入非洲腹地的具体航程，即从人类开化的欧洲走向黑人土著丛林地理意义上的旅行，也是马洛刚果河航行—历险—追寻目标—发现真相的精神朝圣之旅。小说具有西方历险故事的主要因素——恐怖、神秘、异国风光、追踪、伏击等，但康拉德并未局限于表面题材本身，而是深入人物内心力求寻找事实真相，正如维吉尔所说"真理隐身于黑暗之中"。马洛被心目中理想化的库尔茨所打动，他"向着太初的混沌"前进，希望在原始的非洲丛林能找到与西方文明不同的意义。他虽然找到了库尔茨，发现了真相，这却不是他的初衷。库尔茨不是高贵的隐士，而是利欲熏心、抢夺象牙、滥杀无辜的"暴君"。这个故事中，追寻目的与追寻效果相背离，浪漫与现实相逢的结果真是"太可怕了"。马洛在原始与文明的冲突中反观西方文明，才会发出"泰晤士河曾经也是一片黑暗"的感慨。

在小说叙事中，康拉德没有采用"古代说故事的老法子"那种由头到尾的线性叙述方法，而是"将故事的进展程序割裂"，打破时间空间界限，他把故事中每一个场面、每一种叙事声音的力量发挥到极点。有时为了"挤尽戏剧性"，故事可以由结尾到开头，或由中间而首尾地叙述，而且不断穿插讲述，反反复复，时序和空间不断转换。康拉德通过这种时空转换方式把零碎的印象组合起来，读者由此得以接近真实、完整的人物形象。这种忽前忽后、时空交叉倒错的多视角叙述方法增加了故事的曲折性和神秘的色彩，带给读者因距离而产生的陌生感和审美快感。

《黑暗深处》核心人物是库尔茨，小说通过人物的言行、经历和心理感受来反映人物的内心世界、精神状态及道德品质。

库尔茨是一个充满传奇色彩的殖民者形象。他在"高尚和公正的伟大事业"的感召下，脱离了"文明世界"，作为贸易公司代理商来到非洲。他勇于冒险，性格坚韧，不惜忍受难以想象的生活痛苦，多次冒着生命危险为"伟大事业"尽职尽责。他到密林深处去抢掠象牙，"那时候他没有货物可以去交换"，但是他带着枪，"还剩下好多枪弹呢！"在土著黑人眼里，"他是带着雷击电闪出现在他们面前的，您知道——而他们从来也没有见过像这样的东西——这非常可怖"，库尔茨在他的贸易站的篱笆围墙的柱头上插着一个个黑人的头颅，以此来警示反抗者。同时他也是西方殖民事业失败的象征，他由一个当年矢志将"文明进步"带到非洲的理想主义者堕落成为猎取象牙而滥杀无辜的殖民恶魔。库尔茨的恐惧既来自原始丛林本身，来自欧洲"文明"对古老大陆的侵扰，也来自内心深处的悔悟，"太可怕了！太可怕了！"的哀号回荡在每一个欧洲殖民者心中。

康拉德极力追求风格的完美与形式上的革新，努力从心理学的深度上刻画人物的精神世界，影响了一批作家如 T. S. 艾略特、威廉·福克纳和格雷厄姆·格林等，他的创作为维多利亚小说和现代派小说之间提供了一个过渡。

六、奈保尔

V. S. 奈保尔（V. S. Naipaul, 1932— ）出生于特立尼达岛的印度裔婆罗门家庭，其父亲西普萨德·奈保尔是一个新闻记者和作家，其弟弟希瓦·奈保尔也是一个小说家。在父亲的感染下奈保尔从小立志做作家。1953 年奈保尔获得牛津大学文学学士学位并定居英国，1954 年至 1956 年，他曾担任英国广播公司"加勒比之声"栏目的编辑，后任《新政治家》杂志小说评论员。1955 年，奈保尔写成《米格尔街》

一书，1957年出版第一本书《神秘的按摩师》。在此之后，他一直坚持写作，其创作生涯已长达近60年。对他而言，写作不是其生活的一部分，而是意味着生活的全部。从童年时代起，成为一个作家的愿望就主宰了奈保尔的全部生活。在奈保尔的一生中，写作是他唯一的事业和支柱，正是写作使他的生活可以超越他生于斯、长于斯的特里尼达，是写作为他的生命贯注了意义。

迄今为止，奈保尔已发表了包括小说、游记和半自传体回忆录在内的各类作品20多部。其主要代表作有《米格尔街》《毕司沃斯先生的房子》《效颦者》《游击队员》《在一个自由的国度》《幽暗国度》《印度：受伤的文明》《在信徒们中间》《超越信仰》及《河湾》《抵达之谜》《印度：百万叛变的今天》等。奈保尔出色的创作才能使他赢得了包括毛姆奖、布克奖等在内的众多西方文学大奖。1990年，他还因"对英语文学的杰出贡献"而被英国女王伊丽莎白二世授予"爵士"头衔。目前，奈保尔是英语文坛最有影响力的移民作家之一，并与拉什迪、石黑一雄一起并称"英国文坛移民三雄"。1994年，美国的图尔萨大学购买了与他有关的档案材料，把他的书信、手稿等与爱尔兰意识流小说大师乔伊斯的档案并列展出。面对这些荣誉，奈保尔只淡淡地把自己被陈列出来的档案称为"一个身处特殊环境的亚裔人文化选择的记录"。2001年，奈保尔被授予了诺贝尔文学奖。

奈保尔以一个来自前殖民地国家的知识分子的身份，曾在加勒比地区、印度、亚洲的伊斯兰国家、非洲和南北美洲等地广泛游历，对世界各主要文明进行观察、思考、体验并诉诸笔端，写作了大量关于西方殖民主义与新兴发展中国家社会问题的作品。一方面，他在作品里强烈地谴责了帝国主义的殖民统治给广大第三世界国家带来的破坏性影响；但另一方面，奈保尔把批评的重点放在了这些前殖民地国家自身存在的种种问题和弊端上：如领导者的无能、政治的腐败、固守过时的文化传统及排拒现代性等。小说《河湾》（*A Bend in the River*，1979）对第三世界的社会政治进行了尖刻的批评，被公认为是一部杰作，使奈保尔获得了更高的声誉。

《河湾》发表于1979年，是奈保尔表现后殖民时代的非洲也是他全部创作中的主要（小说）代表作品之一。故事的背景设在后殖民地时代的非洲腹地，叙述了欧洲殖民者被迫撤退之后非洲国家内部混乱无序、政治独裁、贫困落后与原始蒙昧的社会局面。与之前发表的大多数作品相类似，奈保尔在《河湾》中表达了对于后殖民时代黑非洲大陆乃至整个第三世界国家社会历史、民族文化、经济政治等方面的密切关注和深刻思考。

《河湾》的故事发生在摆脱殖民统治之后的非洲，一个正在处于艰难的现代化进程中的国家，描写了社会形态的变化对印度族裔非洲人、欧洲人以及当地非洲人生活的影响。故事的主人公兼叙述者萨林姆生长在非洲东海岸，但是他自认为不是真正意义上的非洲人，因为其祖先来自印度西北部。在年龄很小的时候，萨林姆就离开他所熟悉的社会，到处于后殖民境况下前途未卜的非洲生活。尽管他名义上是穆斯林，但是缺少像家人那样的宗教意识。当他的朋友纳扎努丁要将自己在非洲中部某个国家的店铺转让给他时，萨林姆欣然应承并历经颠簸驱车来到大河转弯处的城镇。这个地方的状况果然不出所料，新近赢得的独立、军事政变和内战闹得这里民不聊生、一片凋敝。后来镇子渐渐恢复生机，生意也好了起来。然而好景不长，动乱再次降临，萨林姆决定再一次与自己生活的社会脱离。他去英国找到已移居那里的纳扎努丁，与其女儿凯瑞莎订下婚约。然后，萨林姆回到河湾镇结束那里的生意，以便到伦敦重新开始。岂料，他不在家期间，极端主义势力以国家信托公司的名义没收了他的店铺。由于有人出卖，萨林姆因非法拥有象牙被捕，但他成功逃脱。在小说结尾，萨林姆乘一艘汽船逃离那个城镇，在黑暗中顺河漂流而下，离开那个是非之地。贯穿整部小说的是黑暗的意象，这十分自然地令人想起康拉德在《黑暗的心》中呈现的非洲，尽管这两部作品问世的时间相差 80 年。

《河湾》表现的是处于"去殖民化"进程中的后殖民社会的非洲生活。通过主人公的自身经历和所见所闻，我们可了解这个小镇及所在的这个非洲国家曾经是一个西方国家的殖民地，后来被一个军人出身的总统所肆意统治，最终成为一个混乱大陆的演变过程。《河湾》中所表现的非洲去殖民化进程带来的非但不是进步，反而是倒退。作为一个后殖民文本，《河湾》从来也没有展示过美好未来的可能性。摆脱殖民主义的民族独立，给非洲人带来的不是美好生活的希望，而是战火频繁、混乱无序、血雨腥风的现实。因此，在很大程度上《河湾》可以被看作奈保尔以文学的形式对于非洲后殖民时代历史的形象再现，也体现出奈保尔深刻的悲观主义的历史观。

2001 年，瑞典皇家学院在授予奈保尔诺贝尔文学奖时指出："奈保尔的作品中最初的主题是关于特里尼达这个西印度群岛，而现在他的文学范畴已经延伸得很远，涵盖了印度、南北美洲、亚洲的伊斯兰教国家，以及占有相当重要地位的英国。奈保尔是康拉德的继承者，他从道德观的角度，也即从对人类造成何种影响的角度，记录了帝国的兴衰变迁。他作为叙事者的立足点在于他对其他已经忘却了的被征服国家的历史的记忆。"① 作为一位数十年来始终关注非西方社会人民生存状况的作家，爱德华·赛义德称奈保尔是个"永远可以被指望讲述第三世界真相的人"，他在作品中以其独特的观察视角讲述着"黑暗世界"的历史。作为一个来自第三世界的知识分子，奈保尔说他无法在自己的作品中对第三世界国家的现状充满浪漫情怀地加以美化，没法对那里的野蛮和混乱局面加以合理的道德解释。

七、莱辛

多丽丝·莱辛（Doris Lessing，1919—　）是当代英国文坛继伍尔芙之后最伟大的女作家。她于 1919 年 10 月 22 日出生在伊朗，父母均为英国人，5 岁时随父母迁居非洲罗德西亚。父亲农场经营屡处困境，家庭生活窘迫，气氛阴郁，少有家庭欢乐。由于患上眼疾，莱辛不得不在 12 岁那年离开了学校，并在 16 岁时便离开家庭外出谋生，先后做过职员、打字员、秘书等。文学可以帮助人逃避现实，少女时期的莱辛大量阅读欧洲现实主义文学作品，并在谋生的艰辛里体味到了冷暖人生，这为其以后的思考和写作奠定了厚重基础。1949 年，莱辛带着在非洲殖民地生活期间所创作

---

① 宋兆霖主编：《诺贝尔文学奖全集》，下，1217 页，北京，燕山出版社，2006。

的小说手稿回到了从未谋面的故乡——英国，定居伦敦，并在 1950 年出版了以非洲为背景的小说《野草在歌唱》（1950），反响巨大。步入文坛的莱辛一鸣惊人，她漫长的写作道路由此开启。在《野草在歌唱》中，莱辛真实地描写了非洲殖民地的种族隔离与穷苦白人的艰辛生活，暴露了种族偏见所掩盖的殖民真相，并且用女主人公玛丽的"沉沦"撕碎了白人对非洲的倨傲与偏见，打破了种族优越，白人至上的神话。莱辛从女性视角书写女性的生存，引发了人们对殖民主义背景下女性问题的严肃思考。

莱辛在 1962 年的一次访谈中说："我感到我在英国国外长大，这是我经历的最好的事情。"① 非洲的生活经历为其提供了小说创作的灵感和题材。《暴力的孩子们》五部曲以她的故乡非洲殖民地罗德西亚为背景，叙述女主人公玛莎·奎斯特在一个男女不平等的社会中艰难曲折的经历。读者不难看出，这部作品的女主人公身上映现出了作者本人的影子。五部曲创作前后跨及 17 年时间，从主人公的浪漫少女时代一直写到她的最后结局，其间作者的思想观念的变化在玛莎形象的塑造上有明显体现，玛莎对现存秩序的反叛和对自由信仰的追求正是莱辛思想发展历程的体现。

《金色笔记》（1962—1969）被公认为是莱辛迄今为止最杰出的作品，被认为是莱辛探索文学形式、社会现实与时代精神的代表之作。小说的女主人公安娜·伍尔芙用四本不同颜色的笔记本记述她在不同时期的生活经历，也反映了她在不同时期的情感。黑色笔记本主要讲述了她在殖民地非洲的经历；红色笔记本讲述了她作为一名共产党员的经历；在黄色笔记本中，安娜虚构了一个外在自我的故事，主人公叫艾拉；蓝色笔记本则是安娜真实生活的写照。与此同时，安娜还在写一部题为《自由妇女的小说》，小说的主人公也叫安娜·伍尔芙，小说的章节穿插在四个笔记本之间，其中还有一些剪报。最后，安娜找到了完整的自我，第五个笔记本——金色笔记本出现了。

《金色笔记》里的安娜已经取得相对独立，但其所面临的困境更加隐蔽，斗争更为艰辛。安娜已年逾 30，生于伦敦，在罗德西亚度过战争岁月并曾参与左派政治斗争，有过短暂而不幸的婚姻生活。她战后返回英国并很快成为知名作家，依然是一名共产党组织的成员，但正在接受精神治疗。她离异后未曾再婚，但与一个东欧难民保持性伙伴关系。从表面上看，安娜在职业、文化和两性交往上都取得了易卜生和萧伯纳戏剧中现代新女性所不可企及的独立与自由。但在更深沉的意识层次上她还未获得完全的解放，她正面临严重的精神危机：尽管被称为一个"自由女性"，她仍是一个孩子的母亲，必须履行母亲的职责，牺牲自我的自由；作为一个作家，她的思想受到传统文化思想的束缚，"迷信知识和理性"导致她常陷于单一思维方式而不能全面看问题和反映真实。她感到非常无奈："强烈的不满足感和不完善感不时侵扰着我，因为我无法进入我的生活方式、教育、性别、政治立场、阶级立场所造成的禁区。"她需要通过四本笔记本记录生活和思想也象征着她的自我分裂。她无法解决自我的矛盾，也就无法解决生活的矛盾。妇女赢得了高度独立之后依然面临困境和抉择，这是现代西方社会常见现象。

---

① 　James Vinson，*Novelists and Prose Writers*，London，The Macmillan Press，1979，p. 724

莱辛不满足于她沿用已久的传统文学形式而是努力寻求在小说结构和叙述方式上的突破与革新。她曾指出，新的叙述模式"主要目的是使一本书的组合形式本身不需要文字说明就能表明意义，就是通过书的结构形状说明问题"①。《金色笔记》初看上去像一片迷津，转移变换的叙述者，多种文体的融合使用，变化重合的人物角色并以大量潜意识和非理性思维活动展现人物的心理，呈现人物精神演变的过程，无时间顺序的事件组合，交错重叠的笔记片段，对同一女性人物的多重视角和观点……这一切形成了一种有秩序的凌乱和有组织的破碎，似乎与安娜·伍尔芙本人凌乱破碎意识与经验相衬，使作品显示出与传统小说截然不同的艺术风格。

在长达 60 多年的创作中，莱辛的笔触不断涉及殖民主义、种族问题、女性主义、战争、青年暴力、社会福利、医疗教育、精神疾病、科学幻想、宗教等 20 世纪重大问题，一直致力于对时代、生活与人的追问、探索，她的作品"深入反映了上个世纪以来人类在思想、情感以及文化上的转变"②。她除上述三部作品之外，还写作了《四门之城》(1969)、《简述下地狱》(1971)、《黑暗前的夏天》(1973)、《幸存者回忆录》(1974)、太空小说《南船座中的老人星：档案》系列、《简·萨默斯日记》(1984)、《好恐怖分子》(1985)、《又来了，爱情》(1995)、《马拉与丹》(1999)、《最甜美的梦》(2001)、《丹将军、马拉的女儿、格瑞特以及雪狗的故事》(2005) 等。莱辛是一位多产作家，除了长篇小说以外，还著有诗歌、散文、剧本、短篇小说等大量佳作。莱辛把对生活的追问、对人类命运的忧惧、对未来的疑虑以及当代人的困惑、恐惧与疯狂，都投射到文本中，因为对于她来说，作家的职责就在于表现现实，并将现实生活的真实经验清晰地传递给读者。

2007 年 10 月，88 岁的莱辛获得了 2007 年诺贝尔文学奖。瑞典文学院在颁奖词中称莱辛"以怀疑主义，才华激情和预言力量，深刻审视了一个分裂的文明，她是女性经验的史诗作者"。莱辛无愧这样的赞誉，甚至有学者说莱辛诺获贝尔文学奖是"迟来的正义"，而该年度的另外两位候选人安伯托·艾柯和玛格丽特·阿特伍德都在第一时间表示祝贺，阿特伍德则表示这是瑞典学院做出的"伟大决定"。虽然这个决定晚了 30 年，但仍是一个伟大的决定。

第四节　法国文学

一、法国文学概述

法国文学历来重视将哲学与文学理论的思考与文学创作实践相结合，引导欧洲思

---

① Clair Sprague, *Reading Doris Lessing*, Chapel Hill, The University of North Caroline Press, 1987, p. 64

② Jean Pickering, *Understanding Doris Lessing*, Columbia, S. C., University of South Carolina Press, 1990, p. 6

想与意识形态的创新。所以各种流派的思潮在 20 世纪法国文坛上精彩纷呈：精神分析学批评、社会学批评、结构主义文学批评以及来自于英美的"新批评"与现象学批评等理论相当活跃。文学创作中的各种流派如达达主义、超现实主义、新小说派、新寓言派以及通俗文学等都有不俗的成就。但是仍然有坚持传统文学的大师活跃在文坛，弗朗索瓦·莫里亚克（1885—1970）的《给麻风病人的吻》（1922）、《爱的荒漠》（1925）、《苔蕾丝·德斯盖鲁》（1927）、《蝮蛇结》（1932）等从宗教角度审视社会上的丑恶现象，揭示普通人的不洁情感，描写固守旧习惯、走向毁灭的灵魂，具有浓郁的乡土气息和宗教色彩。正是这些立足传统，又能反映新思潮的作品为他赢得了 1952 年的诺贝尔文学奖。

具有深厚现实主义传统的法国文学，在 20 世纪涌现了不少卓有成就的作家，法朗士的《苔依丝》喊出"上帝，苍天，这一切都等于零。只有尘世的生活和活人的爱情才是真理"，其长篇小说《企鹅岛》（1908）是人类社会的寓言，展示了"每个民族的生活只不过是贫困、罪行和疯狂的交相更替"。安德烈·马尔罗是法国著名小说家、评论家，小说《人类的命运》获龚古尔文学奖，被列为"20 世纪的经典著作"。小说的故事发生地点在中国，描写了蒋介石领导的国民党与中国共产党人的冲突，共产党人不惜牺牲生命、前仆后继地与蒋介石进行了殊死的战斗。马尔罗首次发表一部诗体小说《纸月亮》，意境朦胧，受超现实主义的影响，哲理性小说《西方的诱惑》讨论一种历史哲学概念；《胜利者》作者描写了 1925 年在中国爆发的有名的省港大罢工，其中塑造了一名非凡的革命者加林的形象；《王家之路》讲述主人公寻找隐匿在亚洲丛林里的庙宇故事。其后期作品有《反回忆录》，其中马尔罗是作为法国文化部长的反思。另一部小说《砍倒的橡树》中则寄托着对法国杰出政治家戴高乐将军的怀念。如同英语文学中的世界级的移民作家康拉德和奈保尔一样，杰出的法语作家米兰·昆德拉的小说以知识分子的疏离与流寓作为主要内容，创新小说的叙事方式，在世界文学中有较大影响。

关注小说的文体革新是法国 20 世纪文学的一种重要现象，如安德鲁·纪德的"小说中的小说"，在小说写作技巧的革新方面不断推进；马塞尔·普鲁斯特认为，小说只是小说本身创作的历史，这其实也是小说的一种新视野；弗朗索瓦·莫里亚克的小说以关注社会生活的不公，直面现实为主题；柯莱特有独特的美学思考，她用自己"心目中的自然世界"为法国女性看待新世界提供了一种新的看法；马尔罗则提出艺术即反命运，艺术的使命在于超越，包括从超自然到非时间性等不同方面；当然还有法国存在主义文学的阿尔贝·加缪的荒诞体验，实际上是对存在的价值与意义的一种反思；让-保罗·萨特的存在主义既有哲学家的无力的自由，又有根据存在主义思想创作的小说与戏剧，是世界文学史上为数不多的哲学与文学相结合的典型。

20 世纪法国的诗歌同样对世界文学有相当影响，代表性的诗人有纪尧姆·阿波利奈尔（1880—1918），他的诗歌提倡新思想与意识的革新；保尔·瓦莱里（1871—1945）的诗则是意识与话语的结合此外尤具特色的有：保尔·克洛岱尔（1868—1955）的诗艺与宗教灵性，圣-琼·佩斯（1887—1975）诗歌的庄严品性，让·科克托（1889—1963）的"拓印无形世界"，弗朗西斯·蓬热（1899—1988）追求永恒的话语，雅克·普雷韦尔（1900—1977）的大众语言的诗歌革新。

二、罗曼·罗兰

罗曼·罗兰（1866—1944）出生于一个中产者家庭，他自幼喜欢音乐，敬佩贝多芬，崇拜列夫·托尔斯泰泛爱的人道主义思想。他结识了歌德的后裔——70多岁的玛尔维达·冯·梅森柏女士，她的智慧与见解启发和鼓励罗兰。罗兰的"信仰悲剧"包括《圣路易》（1897）、《阿埃尔》（1898）、《时间总会到来》（1903）三部，目的是重新激发起国民的信仰和英雄主义。罗兰把戏剧看作"群众的战斗武器"，他创作了"革命戏剧"，包括《群狼》（1898）、《理性的胜利》（1899）、《丹东》（1899）、《七月十四日》（1901）、《爱与死的搏斗》（1924）、《罗伯斯庇尔》（1939）等八个剧本，均以法国大革命作为背景。他还撰写了几部名人传记：《贝多芬传》（1903）、《米开朗琪罗传》（1906）、《托尔斯泰传》（1911）、《甘地传》（1923）。罗兰颂扬了贝多芬"从痛苦走向欢乐"的精神力量，米开朗琪罗为坚持信仰而受苦受难的坚强意志，托尔斯泰以造福人类为己任的崇高品德。

《贝多芬传》使罗曼·罗兰一举成名。十卷的巨著《约翰·克利斯朵夫》因为"他的文学作品中的高尚理想主义和他在描绘各种不同类型人物所具有的同情之心和对真理的热爱"，1915年罗兰被授予诺贝尔文学奖，人们称他为"法国的托尔斯泰"。

第一次世界大战爆发后，罗兰发表《超乎混战之上》，谴责民族沙文主义，主张人道、和平，呼吁以精神力量遏制战争势力。他自觉地超越了狭隘的民族意识，"人是属于人类的。我是人。我在寻找人类的祖国……"战争结束后，罗兰发表了反战小说《皮埃尔和吕丝》（1920）、《格莱昂波》（1920）。罗兰的高风亮节与和平进步的立场，使他成为"欧罗巴的良心"的代表。罗兰在《我为谁写作》（1933）中宣称："我和人民在一起，和为人类长河开辟道路的阶级在一起，和组织起来的无产阶级劳动群众以及他们的苏维埃社会主义共和国联盟在一起。"1921—1933年，罗兰创作了长篇小说《欣悦的灵魂》（又名《母与子》），共分四部：《安乃德和西尔薇》（1921）、《夏天》（1924）、《母与子》（1926）、《女预言者》（1933）。作品探索了知识分子的命运问题，而且是20世纪文坛上首批反法西斯的作品之一。"我是一个囚犯"，罗兰一生都在与"囚禁"进行抗争，让我们看到了人类的尊严与高贵，激励我们为了和平、自由与幸福而奋斗。

罗曼·罗兰酝酿创作《约翰·克利斯朵夫》由来已久。"在罗马郊外的小山上，我仰观满天彩霞，俯瞰夕阳照耀的罗马城，心中突然大为震动。一霎时，我仿佛瞥见克利斯朵夫这个人物从地平线上涌现，站着涌现出来，额头先出土。接着是眼光，克利斯朵夫的眼睛。身体的其余部分，慢慢地、从容不迫地、年长日久地，都涌现出来了。""在霞尼古勒山上的一瞬间我就是那样一个创造者。后来，我用了20年功夫，把这一切表达出来。"是"神示"要求他写出伟大的文学著作。这部小说遭到巴黎舆论界的抵制。作者超越了民族意识，歌颂了一个德国艺术家；同时直言不讳地批评了巴黎文艺界，"直接接触到那些生活在文学之外的孤寂的灵魂和真诚的心"，使读者们重新审视自己的生活。

《约翰·克利斯朵夫》共有 4 部，分为 10 卷，作品主要描写约翰·克利斯朵夫，一个艺术家的从儿时音乐才能的觉醒，到青年时代对权贵的蔑视和反抗，再到成年后在事业上的追求和成功，最后达到精神宁静的崇高境界，表现了他对腐朽势力和黑暗社会进行强烈反抗的英雄主义精神。克利斯朵夫出生在音乐世家，胸怀大志。祖父发现了他的音乐天赋，大公爵夸这个 6 岁孩子是"再世莫扎特"。11 岁时，约翰挑起全家生活的重担。几次爱情的打击使他振作精神，埋头于音乐创作。克利斯朵夫因为对德国古典音乐大师的批评得罪了乐队指挥、演奏家、歌唱家乃至观众。他来到法国巴黎，结识了诗人奥里维。他在瑞士偶遇已丧夫的葛拉齐亚，两人心心相印。晚年的克利斯朵夫临终之际对上帝自语："我曾经奋斗，曾经痛苦，曾经流浪，曾经创造。让我在你的怀抱中歇一歇吧。有一天，我将为新的战斗而再生！"

罗兰的《约翰·克利斯朵夫》是按照贝多芬的形象来塑造主人公的，逐渐地融进了莫扎特、亨德尔、瓦格纳、沃尔夫等大音乐家的音容笑貌。罗兰自称，他塑造这个人物的时候，是"对着镜子来个自画像"。

克利斯朵夫是 20 世纪西方充满奋斗精神和追求精神的知识分子的形象，热爱自由，忠于艺术，敢于抨击经典的音乐大师和媚俗音乐。"我不是你的奴隶，我爱说什么就说什么，爱写什么就写什么。""愈来愈窒闷，艺术在堕落，厚颜无耻和道德沦丧的风气腐蚀着政治生活"，这里充斥着"文艺的市集，智力的卖淫和腐化的精神"。对此，克利斯朵夫选择反抗。"他看到人生是一场没有休息，没有侥幸的战斗，凡是要成为无愧于'人'这名称的人，都得时时刻刻向着无形的敌人抗战：天性中致人死命的威力，蛊惑人心的欲望，暧昧幽密的思想，那些使你堕落、使你毁灭自己的念头都是这一类的顽敌。"他听见了自己的"上帝"在呼喊：前进吧，前进吧！永远不要歇息。"人是不能为所欲为的，志向与生活是两件事情，应该自寻安慰，主要是勿灰心，继续抱着你的志向，继续生活下去，其余的便不由我们做主了。"

克利斯朵夫是一个"具有伟大的心的普通人"，富于人道主义情怀，对于社会问题深表关注，追求真挚的友谊和美好的爱情，致力于为人类造福的事业，主张用爱与艺术沟通人类、改造人的灵魂，减少社会的悲剧，实现人类友爱和谐的理想境界。"真正的英雄绝不是永没有卑下的情操，只是永不被卑下的情操所屈服罢了。""所以在你要战胜外来的敌人之前，先得战胜你内在的敌人；你不必害怕沉沦堕落，只消你能不断的自拔与更新。"晚年的克利斯朵夫进入"清明高远的境界"，达到完满的和谐统一。

《约翰·克利斯朵夫》是展示人类精神历险的史诗性作品，描述一颗坚强刚毅的心如何战胜自己心灵深处的怯懦卑鄙的阴暗面，由幼稚走向成熟，它是描述心灵历程的史诗。"我的目的达到了"，"青年时期拼命地努力……顽强奋斗，为了要跟别人争取自己生存的权利，为了要在种族的妖魔手里救出他的个性。便是胜利后，还得夙夜警惕，守护他的战利品……友谊的快乐与考验，使孤独的心和全人类有了沟通。然后是艺术的成功，生命的高峰……不料峰回路转……遇到了丧事、情欲、羞耻——上帝的先锋队，他倒下了……劈面遇到上帝……努力在主替我们指定的范围内完成主的意志。""我想把自己的生命多少阐明些，我想把它的意义解释给别人和我自己。"这部内容丰富、规模宏大、浩瀚深邃的长篇巨著奠定了罗曼·罗兰在 20 世纪世界文坛的地位，成为"一个时代的精神遗嘱"。

《约翰·克利斯朵夫》回荡着音乐的旋律，序曲、主旋律、变奏与协奏、长调短调、尾声等应有尽有，罗兰自己称这部作品为"音乐小说"，谱写出了一部反抗黑暗、个人奋斗的英雄交响曲。"该书同时又通过音乐折射了不同民族精神的融合与冲击，把 20 世纪初叶那一代人的奋斗与激情，用宏大优美的艺术手法表现得淋漓尽致，是一个时代精神的真实写照。这部书歌颂了人类的精神生活上的经历，它不仅仅是写克利斯朵夫一个人的故事，它也是千千万万人的心灵历程的写照，是真正的英雄的描述。它赞扬着这样一种精神：光明最终将战胜黑暗，尽管其间要经过众多曲折，但光明必将胜利。"

三、普鲁斯特与《追忆似水年华》

马塞尔·普鲁斯特（1871—1922）是 20 世纪法国极负盛名的小说家，也是意识流心理描写最著名的小说家之一，代表作有长篇小说《追忆似水年华》（也译作《追忆逝水年华》）、《让·桑德伊》，短篇小说集《欢乐与时日》，文学评论集《驳圣伯夫》等。

普鲁斯特的小说巨著《追忆似水年华》从 1906 年开始写作，到 1913 年小说结构已定，分为 7 大部分，共 15 册。1913 年，第 1 部《在斯万家那边》由普鲁斯特自费印行，反应冷淡。1919 年第 2 部《在少女们身旁》出版后获龚古尔文学奖。1920—1921 年发表第 3 部《盖尔芒特家那边》第 1、2 卷；1921—1922 年发表第 4 部《索多姆和戈摩尔》第 1、2 卷。作品的后半部第 5 部《女囚》（1923）、第 6 部《女逃亡者》（1925）和第 7 部《重现的时光》（1927），是在作者死后发表的。

《追忆似水年华》全书以叙述者"我"为主体，既有"我"对社会生活，人情世态的观察，也有自我认识的内心经历的记录，叙述更多的是感想和议论。整部作品没有中心人物，没有完整的故事，没有情节线索。"我"是一个家境富裕而又体弱多病的青年，经常出入上层社会，往来于茶会、舞会、招待会，钟情一个女人接着就失恋了，在悲痛中认识到自己的禀赋是写作，他发现只有文学创作才能把昔日失去的东西找回来。作者通过故事与故事交叉重叠的方法，描写 19 世纪与 20 世纪之交法国上流社会的生活图景：有姿色迷人、谈吐高雅而又无聊庸俗的人；有道德堕落，行为丑恶的人；有纵情声色、浪荡的人。因此有些西方评论家把它与巴尔扎克的《人间喜剧》相提并论，称之为"风流喜剧"。

《追忆似水年华》对外部世界的描述和感受浑然一体，物从我出，物中有我，外部世界与作者的心理融为一体。《追忆似水年华》是一部回忆录式的自传体小说，除了第一部中关于斯万的恋爱故事采用第三人称描写手法外，其余都是通过第一人称叙述出来的，叙述者"我"的回忆是贯穿全书的主体。"在我们幼小时，我觉得圣书上任何人物和命运都没有像诺亚那样悲惨，他因洪水泛滥，不得不在方舟里度过四十天，后来，我时常卧病，迫不得已成年累月地待在方舟里过活。这时我才明白，尽管诺亚方舟紧闭着，茫茫黑夜镇住大地，但是诺亚从方舟里看世界是再透彻不过了。"作品的叙述角度显然不同于传统小说。普鲁斯特的语言风格深受蒙田、塞维尼夫人和圣·西蒙等法国古典作家的影响，有着旷达、高雅、细腻、婉转的特点。1954年巴黎伽里玛出版社出版的《七星丛书》本的《追忆似水年华》序言中写道："一九〇〇年至一九五〇年这五十年中，除了《追忆似水年华》之外，没有别的值得永志不忘的小说巨著。不仅由于普鲁斯特的作品和巴尔扎克的作品一样卷帙浩繁，因为也有人写过十五卷甚至二十卷的巨型小说，而且有时也写得文采动人，然而他们并不给我们发现'新大陆'或包罗万象的感觉。这些作家满足于挖掘早已为人所知的'矿脉'，而普鲁斯特则发现了新的'矿藏'。"

四、法国存在主义文学

让-保尔·萨特（1905—1980）是法国存在主义哲学的主要代表人物，同时，他开创了"存在主义文学"，将一种哲学流派变为一种文学创作，这本身就是一种创造。萨特主要哲学著作有《想象》《存在与虚无》《存在主义是一种人道主义》《辩证理性批判》和《方法论若干问题》，中心观点是"存在先于本质"、"自由选择"等，作为存在主义思想家，他强调世界是荒诞的，但更是肮脏的。所以他主张人可以选择存在方式，进行自我创造。萨特的哲理融进了他的小说和戏剧创作，日记体的小说《恶心》、短篇小说集《墙》、长篇小说《自由之路》（三部曲）包括《理智之年》《延缓》和《心灵之死》等。

引起文坛关注的首先是小说《恶心》，主人公是自学者罗康丹，他对世界的看法是荒诞的，得了一种每个人都可能得的病——犯"恶心"。他企图摆脱其真实存在，通过某段时光的一瞬来认同，达到某种自由，其实不过是存在主义哲学的一种形象表达。萨特的文学成就相当重要的组成部分是戏剧，他共创作了11部戏剧。《苍蝇》取材于希腊神话，俄瑞斯忒斯战胜了暴君的统治，并且为父亲报仇，主题是人的存在先于本质，而人的本质取决于他的选择。与普通的复仇戏剧不同，萨特戏剧并不重视情节，而偏重思想冲突。《间隔》也是享有盛名的存在主义戏剧，设想三个男女死后被关在同一间强光照耀的房间里，毫无秘密可言，每个人的隐私与其他人之间的关系暴露无遗，表达了萨特的名言：他人即地狱。1964年的诺贝尔文学奖授予萨特，颁奖词中说"由于他那思想丰富、充满自由气息和探求真理精神的作品已经对我们的时代产生了深远的影响"。

萨特当年以"不接受一切来自政府的荣誉"为由，拒绝接受诺贝尔文学奖，成为百年历史上唯一一位不是迫于任何外部压力或是其他原因而是自愿拒绝诺贝尔文学奖的作家。

阿尔伯特·加缪（1913—1960）是法国小说家、哲学家、戏剧家、评论家，出生于阿尔及利亚，主要作品有：剧本《误会》《卡里古拉》，中篇小说《局外人》，长篇小说《鼠疫》，哲学论文集《西西弗的神话》等。其先后获法国批评奖、诺贝尔文学奖。

加缪的思想核心是人道主义、人的尊严。《西西弗斯神话》和《局外人》告诉我们，只有幸福的生活才会有人的尊严，从中我们可以看出加缪的观念不同于同为存在主义者的萨特。

加缪的创作存在大量的二元对立的主题：荒诞和理性，生与死，堕落和拯救，阳光和阴影，有罪和无辜。二元对立形成强大的张力，悖论和歧义性、多义性在此重生。

加缪在1957年接受诺贝尔文学奖的时候，称自己为存在主义者，不过不是萨特式的存在主义，通常，加缪被认为是荒诞思想的表达者。

小说《局外人》是加缪的成名作，加缪自己将主题概括为一句话："在我们的社会里，任何在母亲下葬时不哭的人都有被判死刑的危险。"他告诉我们任何违反社会的基本法则的人必将受到社会的惩罚。《局外人》是荒诞人生的一幕，"幸福和荒诞是同一块土地上的两个儿子"。该书描述了一个年轻的小伙子莫尔索从参加母亲的葬礼到因为太阳的存在偶然成了杀人犯，再到被判处死刑，凡事都漠不关心，无动于衷，冷漠地理性地而又非理性地存在着。"他人的死，对母亲的爱，与我何干？……他所说的上帝，他们选择的生活，他们选中的命运，又都与我何干？"死亡的前夜，莫尔索一直觉得自己是幸福的，过去是，现在也是。他感受到了世界的荒谬，所以一直到死他都是幸福的。

戏剧《卡里古拉》讲述古罗马皇帝卡里古拉悟到人生的真理：人必死，所以并不幸福。世界的荒诞令人无法容忍，他采取极端的办法实行暴政，任意杀戮，成了荒诞的代表，最终走向了毁灭。

哲学随笔《西西弗的神话》中阐明：西西弗是个荒谬的英雄，他藐视神明，仇恨死亡，但对生活充满激情。加缪通过赞美西西弗来抗拒荒谬。

长篇小说《鼠疫》是一篇有关法西斯的寓言，书写人与瘟神搏斗故事，书中所描绘的生离死别、友谊与爱情、地中海的奇幻画面，都增加了小说的艺术魅力。加缪自己曾这样说："《局外人》写的是人在荒谬的世界中孤立无援，身不由己；《鼠疫》写的是面临同样荒唐的生存时，尽管每个人的观点不同，但从深处看来，却有等同的地方。"小说号召人类团结起来反对法西斯，主题是积极的。

五、法国新小说派

新小说派主要由20世纪50年代初的4位作家所组成，他们都在法国著名的午夜出版社出版自己的小说，直到20世纪70年代初期，才被定名为新小说派，但是他们之间的创作思想与风格仍然有着相当大的差异。

新小说派的领导人物是理论家与小说家罗伯-格里耶，他于1953年出版了小说《橡皮》因而一举成名，以后陆续出版《窥视者》《嫉妒》《在迷宫里》等。他还是一个电影剧作家，电影剧作有《去年在马里昂巴》《不朽的女人》《横跨欧洲的快车》《说谎的人》《伊甸园及其后》和《欲念浮动》等，其中《去年在昂巴》（1961）在法国电影史上以具有革新性、现代性以及一定的荒诞性而引人注目。影片讲述在一个疗养地马里昂巴度假的少妇遇到一个陌生男人，但出人意料的是，他坚持说这个少妇去年就与他相约，要来到这里相会私奔。最后这个少妇竟然相信了这是真实的事情，与陌生男人一起离去。

无论是小说还是电影，罗伯-格里耶都反对叙事的陈旧模式，主张作家不介入叙述，要非人性化地再现真实。他的人物往往无名无姓，不过是一个字母 A 或是 M，表示重要的不是名字，而是人与物的实质。所以他的小说创作原则是，客观地再现事物，以事物的本来面目得到呈现，而不是通过人的眼睛看观察。所以叙事可以没有时空顺序，只是由一个个断开的画面所组成。

另一位新小说家米歇尔·布托尔的小说处女作《米兰巷》（1954）则在探索时空关系，他所描写的是巴黎米兰巷 15 号楼里各户居民一天的生活，从早上 7 时到晚 7 时，每一章写一个小时。布托尔还有小说《日程表》《变》《度》等，叙事方式都相当独特，关注一个短时间内如一个小时里，一个团体里众多人物的关系等。小说没有完整的结构，也没有情节发展，人物没有突出的性格。

出人意料，西蒙获得 1985 年的诺贝尔文学奖。在新小说派作家之中，罗伯-格利耶是当然的首领，一直名列首位。其次是著作相当多的布托尔。即使是娜塔丽·萨洛特这员女将在新小说派的排名也在西蒙之前。但是人们往往忽略，西蒙其实一直辛勤耕耘在小说这一园地里，并且成就斐然。西蒙，1913 年出生于法国殖民地马达加斯加首府塔那那利佛，少年时曾师从法国立体派画家安德烈·洛特学习绘画。中学毕业后入英国牛津与剑桥两所大学读书，学习哲学与数学。第二次世界大战时在骑兵团服役，受伤后被德军俘虏，从集中营逃出后，继续参加抵抗运动。战后的西蒙居住于故乡比利牛斯山地区，经营葡萄园并且写作。西蒙早期小说创作于 20 世纪四五十年代，这也是新小说派形成的时期。其主要作品有《作假者》《钢丝绳》和《格里佛》三部小说，60 年代以后作品更为成熟。代表作《佛兰德公路》（1960）以第二次世界大战为题材，描写法军在佛兰德公路被德军击溃后三个骑兵经历的逃亡过程，表现饥寒交迫的生活以及死亡的威胁和情欲的折磨。小说心理描写以意识流为主，心理现象与想象等混合起来。时空关系多重交织，过去与现实生活交叉描写，作者既有战争经历，又有绘画的经验，于是用画面来表达生活，小说叙事风格从中可见一斑。此外，他这一时期的作品还有《豪华旅馆》《历史》和《法尔萨鲁斯之战》。作为一个多产作家，70 年代以后，西蒙表现出一种大器晚成的品质，创作出《双目失明的奥利翁》《导体》《三折画》《事物的教训》《农事诗》和回忆录式作品《植物园》《有轨电车》等，其中以《农事诗》（1981）为代表作。西蒙获得 1985 年的诺贝尔文学奖，可谓实至名归。诺贝尔文学奖评市委员会在评价西蒙代表性作品时说道："《佛兰德公路》与《农事诗》写了个人的回忆、家族的历史传闻、近年的战争体验和过去时代战争的经历极为复杂的混合内容，表现了一种感官方面敏锐的感受力和语言方面高度的想象启发力。"[1] 这是对西蒙小说的内容与艺术的综合评价。但是必须指出，对于大多数读者而言，这位新小说派作家的代表作《农事诗》的文体味同嚼蜡，难以卒读，难以理解

---

① 宋兆霖主编：《诺贝尔文学奖全集》，下，1038 页，北京，燕山出版社，2006。

其妙处。小说经常没有停顿，也不分章节。在叙事文字中突然插入毫无关系的统计表格、意大利文的记事本文字等。小说中三个不同时代的人物混合在一起，一个是法国大革命的将军，一个是第二次世界大战中的法国骑兵，一个是参加西班牙内战的英国青年，三个毫无时空关联的人物没有理性指导地同时出现，这种混融不是一般读者所能理解其妙趣所在的。

第五节　当代德国文学

20世纪德国文学分为三个历史时期。第一个时期是从20世纪初期到第二次世界大战结束，以现代主义与现实主义文学为主流，中间经历了德国纳粹法西斯统治，进步的德国作家流散到世界各地，直到战后才回到德国。所以反思历史经验，揭露法西斯主义对世界与德国人民的残害成为文学的重要主题，这一类题材的文学长期居于德国文学的中心地位。

第二个时期是从1945年德国战败后到1990年德国统一，1961年东西德分立，中间建立起了柏林墙，德国分裂为民主德国与联邦德国。民主德国即东德以现实主义文学为主体，代表作家有贝歇尔、布莱希特、西格斯、布莱德尔和阿诺德·茨威格等人。联邦德国即西德则以西方民主思想与个性自由为指导，主要有托马斯·曼、黑塞和雷马克等流亡作家的作品，也有"废墟文学"的博尔歇特、艾希、伯尔和施努雷等人的作品。

第三个时期是1990年至今，1990年分隔德国的柏林墙被拆除，德国统一，"转折文学"出现，主要内容是反映1989—1990年间，随着柏林墙的拆除，德国民族在意识形态与个人情感中所产生的巨大变化。其中有格拉斯的《说来话长》（又译为《广阔的田野》）、托马斯·布鲁齐希的《英雄如我们》，主要以作家在柏林墙以前的生活经历为素材，再现了民主德国在特殊历史条件下的社会生活场景。埃里希·勒斯特的《尼古拉斯教堂》以真实的历史事件为背景，莱比锡的尼古拉斯教堂每周都要举行一次和平祈祷，正是这种仪式引发了1989年的反政府大示威。小说以一个民主德国的普通家庭为背景，展示了德国统一的历史性转折。小说的主人公巴赫尔是民主德国的工作人员，他随身携带着一份国家安全局的黑名单，跟踪那些被认为反政府的人，而他的妹妹阿丝特丽德与他立场相对立，对于参加游行的反政府人士表示同情，双方矛盾日益激烈，最终走上完全对立的道路。

在新的历史时期中，对于德国纳粹战争罪行及其带给德国人民巨大痛苦的历史反思，仍然是重要题材。其中较为重要的作品有：马丁·瓦尔泽的长篇小说《喷泉》（1998），写一位普通的德国母亲，为了开一家小店铺来维持生计，竟然加入纳粹党，成为法西斯主义的帮凶的故事。伯恩哈德·施林克的《朗读者》描写一个30多岁的公交车女售票员汉娜与小她20岁的中学生米歇尔的恋情。汉娜为生活所迫，到纳粹集中营当看守。其实她目不识丁，仅靠别人给她读书来冒充有文化。在纳粹垮台后，她被判入狱服刑18年后获释，曾经给他读书的米歇尔已经成为一名法官。当得知汉娜出狱后，米歇尔要求与她相会，汉娜竟然自杀身亡。这部小说情节曲折动人，情感真切，让人反思历史迷途之可畏与人生道路的艰辛。

战后德国有大批土耳其人参加重建工作，还有来自东欧或是其他国家地区的移民，由此产生了移民文学。这些作家大多有东西方双重文化的基础，熟悉不同民族的社会生活，对于原本是单一文化的德国文学有极大推进。如出生于土耳其的作家埃米娜·塞夫吉·厄茨达马20世纪70年代进入德国，以长篇小说《人生是一个流动客栈，我从这扇门进，从那扇门出》轰动文坛。其第二部小说《金角湾之桥》同样反响极大，表现了一个从伊斯坦布尔到西柏林的土耳其姑娘的奋斗历史，她体验了移民融入德国主流的种种艰难，但从不畏惧，反而愈挫愈勇，最后终于取得了一定的成功。

一、现实主义文学与表现派戏剧

托马斯·曼（1875—1955）是德国的现实主义小说家，1929年诺贝尔文学奖获得者。长篇小说《布登勃洛克一家》（1901）是他的成名作，小说的副标题是《一个家庭的没落》。由于受叔本华、尼采哲学以及瓦格纳等思想的影响，创作主题贯穿人道主义思想的红线，描写资本主义社会的衰败和没落。托马斯·曼的创作还有长篇小说《魔山》（1924）、中篇小说《马里奥和魔术师》（1930）、长篇小说《浮士德博士》（1947）等。托马斯·曼吸收了现代派的艺术手法，使他成为德国杰出的现实主义作家。亨利希·曼（1871—1950）是托马斯·曼的哥哥，也是德国重要的现实主义作家。代表作《帝国三部曲》包括《臣仆》（1914）、《穷人》（1917）、《首脑》（1925）。其中，《臣仆》是作者最优秀的长篇讽刺小说。

德国表现主义戏剧鹊起是因为东西分裂，时局动荡，各自均缺乏安全感。表现主义主要书写内心激情，突出社会主题，形成扭曲与变形为特征的风格。戏剧中的情节变成隐喻，自然环境变成舞台布景，台词变成疯狂吼叫，利用梦境、幻觉、影子、幽灵的穿插，激起观众的兴趣，达到了强烈的剧场效果。德国表现主义戏剧在所谓"人"的观念上有新意，语言简练，总体上可以将它细分为三种类型：精神型、狂喊型、自我型。

格奥尔格·凯泽（1878—1945）是表现主义剧作家，其代表作《从清晨到午夜》（1906）书写金钱残害人性的现实，体现对新人的渴望，该剧由两个部分组成，共分七个场景，剧情是由一个一个片段组成的，主人公是出纳员，生活把他变成了一架机器。为了一个时髦女人，他卷款潜逃。他认为金钱可以买到一切，但事与愿违。人们在表达对一位权贵的尊重的时候，金钱是无法与权势抗衡的。一个女人的仁慈和无私感动了他，"世上所有银行里的所有金钱，都买不到任何真正有价值的东西"。那个女人出卖他时，他的希望和信心彻底破灭了。最后，他选择自杀，离开了无人性的金钱世界。凯泽的剧作体现了对新人的渴望，新人经历种种苦难才能诞生，新人最终会给世界带来安宁。

凯泽的创作还有《加莱的公民们》（1917）、《地狱·道路·尘世》（1918—1919）、《珊瑚》（1916—1917）、《媒气一》（1917—1918）、《媒气二》（1918—1919）三部曲以

及《美杜莎之筏》（1940—1943）等。他的作品具有明显的表现主义风格，从不同的角度、不同的背景探讨人类精神更新这一主题。

恩斯特·托勒（1893—1939）的重要剧作有《转变》《群众与人》《德国青年亨克曼》《哈啊！人生如斯》，另外还有诗集《燕子集》，以及自传《德国青年》、英译《我是德国人》等。《群众与人》（1921）全剧有七个画面，其中有三个是梦幻画面。主角是中产阶级，支持革命，一方面反对政府的压迫；一方面她的人道主义又反对暴力的革命手段，最终女人决定以自杀的方式寻求出路。全剧探讨革命动机和暴力手段之间、人性要求和群众自发的破坏力量之间不可调和的矛盾。

二、现代主义小说家卡夫卡

卡夫卡（Franz Kafka，1883—1924），奥地利小说家，著名的德语文学家。他出生于犹太家庭，主要作品为四部短篇小说集和三部长篇小说，可惜生前大多未发表，三部长篇也均未写完。

卡夫卡是欧洲现代主义小说的代表人物，被认为是表现主义作家。他深受尼采、柏格森哲学影响，对政治事件漠不关心，作品用变形荒诞的形象和象征、直觉等表现手法，描绘了充满敌意的社会环境中孤立、绝望的个人处境。美国诗人奥登认为："他与我们时代的关系最近似但丁、莎士比亚、歌德与他们时代的关系。"卡夫卡的小说充满非理性色彩的景象，"三四十年代的超现实主义视之为同仁，四五十年代的荒诞派以之为先驱，六十年代的美国'黑色幽默'奉之为典范"。卡夫卡共创作了78篇短篇小说和三部长篇小说。其中重要作品有《在流放地》（1914）、《乡村医生》（1917）、《为科学院作的报告》（1917）、《万里长城建造时》（1918—1919）、《饥饿艺术家》（1922）、《地洞》（1923—1924）、《女歌手约瑟芬或耗子民族》（1924）等。他的长篇小说《美国》（1912—1914）、《审判》（又译《诉讼》，1914—1918）和《城堡》（1922）都没有写完，但都是影响颇大的作品。而《判决》和《变形记》则是其独特艺术风格形成的标志。卡夫卡是现代派文学的鼻祖，是表现主义文学的先驱，作品主题晦涩，情节松散，思路混乱，语言的象征意义常给阅读和理解带来困难。卡夫卡描写的都是小人物，他们生活在惶恐、不安、孤独、迷惘的状态中，遭受压迫却无力反抗，憧憬未来又看不到明天。他在为人类敲起警钟，为人类的未来而忧虑。

卡夫卡读过中国古代哲学家的《南华经》《论语》《道德经》，偏爱道家学说，他说："在孔子的《论语》里，起初人们还站在坚实的大地上，但到后来书里的内容越来越虚无缥缈，让读者不可捉摸。老子的格言是坚硬的核桃，我被它们陶醉了，但是它们的核心对我依然紧锁。我反复读了好多遍，然后我发现，就像小孩玩彩色玻璃球游戏那样，我让这些格言从一个思想角落滑到另一个思想角落，而丝毫没有前进。通过这些格言玻璃球，我其实只发现了我的思想槽非常浅，无法包容老子的玻璃球。这是令人沮丧的发现，于是我停止了玻璃球游戏。"

《判决》是卡夫卡自己认为全部作品中"最可爱的"一篇。小说描写儿子故意接受父亲的判决以此抗议父权，用自虐的方式证明其荒谬。格奥尔格·本德曼订婚的消息遭到蛮横的父亲的横加指责。由于儿子的顶撞，父亲竟然要他去跳河。在父亲的淫威之下，儿子在害怕、恐惧中丧失理智，跳河自杀，主人公临死前的低声辩白："亲爱的父母，我可一直是爱着你们的。"作品显然不仅仅表现父子冲突，而是在普遍意义上揭示出人类生存在一种淫威之下。

《变形记》同样是书写父权力量的非人性和人的异化。推销员格里高尔·萨姆沙一觉醒来发现自己变成了一只甲虫。公司和全家人开始厌恶、嫌弃、憎恨他。父亲用苹果把他打成了重伤，伤口腐烂变质，致他死亡。作品描述了人与人之间的孤独感与陌生感，即人与人之间竞争激化、感情淡化、关系恶化，人与人之间的关系既荒谬又难以沟通。

《审判》写的是一个荒诞故事："一定有人诬告约瑟夫．K，因为他没做坏事，却在一天清晨被捕。"作品叙事线索扑朔迷离，悬念不断。K四处奔走，竭力申诉，倾家荡产，徒劳无功，终于认识到："这个法庭的种种作为有强大的机构做背景。它所干的就是把无罪的人抓起来，进行莫名其妙的审判。""这审判之所以是审判，只是因为我对它的承认。"在小说结尾，K束手待毙，直到死刑执行。"K从未见过的法官在何处？K从来没有能够进入的最高法院又在哪里？"K甘愿引颈受戮，唯一的遗言是感觉自己"真像条狗"。整部小说笼罩在一种不变的无情的令人不安的气氛里，小说表面上的主题是关于对法院的无能腐败的抨击，实际上展示了人类的困境：K的努力既没有方向，也没有结果。萨特说："《审判》可能是关于犹太人的。就像小说的主人公K，犹太人陷入了一场漫长的审判。他不认识自己的法官，甚至从某种意义上来说不认识自己的律师。他不知道自己的罪名是什么，但他是被认为有罪的。审讯在被不断拖延，他利用这段拖延时间不断地找人说情帮忙，但每一步都把他推向罪的深渊。他的外表虽然依然正常，但从出生那一刻起就陷入了审判。终于有一天他被告知被捕了，最后被处死。"故事荒诞性在于做人就是有罪的，他不承认他是有罪的，即他不承认他是人，一切都荒谬绝伦。《审判》里有一个梦魇般的世界，昭示着一种极端恐怖的人类历史命运。《审判》中另一个贯穿始终的现象是人的迷惘和困惑。"……我总是试图倾诉那些难以倾诉的，解释那些难以解释的，叙述我骨子里感受到的东西，这些东西只有在骨子里才能体验得到。"卡夫卡作如是说。

《城堡》是卡夫卡晚年创作的一部未完成的长篇小说。《城堡》"既不是一个古老的要塞，也不是一座新式的大厦，而是一堆杂乱无章的建筑群"，K富有韬晦策略，爱憎分明，应聘来城堡当土地测量员，翻越雪山，长途跋涉，半夜抵达城堡下的一个穷村。因无城堡统治者伯爵的居留许可证，他始终只是个"局外人"。在穷村招待所，K遇到了老板、老板娘、女招待，各种闲杂人员，就是不能见到伯爵、部长、部长秘书。城堡近在咫尺，K想尽一切办法，精疲力竭，到了第六天还是没能进入城堡。《城堡》描写了普通人与行政当局之间的对立。K的失败在于官僚作风和森严的等级制度，也在于周围人的冷漠。卡夫卡对社会结构和人与人之间的关系作了深刻的分析。对人生的否定和对人的存在价值的否定，使得小说通篇贯穿着痛苦惶恐和压抑绝望的情绪。《城堡》具有鲜明的表现主义特色。异化现象，难以排遣的孤独和危机感，无法克服的荒诞和恐惧在《城堡》中表现得非常精致。城堡的象征意义很多，如卡夫卡所言："资本主义是一个从内到外、从外到内、从上到下、从下到上的层层从属的体系，一切都分成了等级，一切都戴着锁链。"布洛德认为，《城堡》涉及犹太人失去自己的家园，在异国难以得到正常的认可。加缪认为，城堡是现代人孤独的象征。西方批评家本雅明认为，城堡是与父权同位的"官僚世界"，父子冲突是贯穿始终的主线。阿多诺认为城堡是对希特勒统治的预言。在索克尔眼里，城堡反映父权力量不能实现的沟通与对话的现实。艾姆里希肯定城堡表现"个体与社会的冲突"。但更为普遍和一致的见解则是：事实上《城堡》就是告诉人们，等级制度和官僚主义作风害人之深。

三、格拉斯的"但泽三部曲"

1999 年的诺贝尔文学奖被授予德国作家君特·格拉斯（1927—　），这其实是一个历史性的标志：德国法西斯在第二次世界大战中，曾经发动战争，屠杀犹太人与受害国人民，这是一种反人类罪。战争结束近半个世纪，即将进入 21 世纪时，世界文学关注德国文学家对纳粹历史的反思，当然是一个有重大意义的题材，正因为这种历史反省闪耀着人文主义的光辉，也赋予格拉斯作品最为重要的主题意义。

格拉斯 1927 年 10 月 16 日出生于波兰的历史名城格但斯克（今但泽市），父亲是一个德国商人，母亲是波兰人。第二次世界大战期间，格拉斯加入德国军队，不久就被俘进入美军的战俘营，直到 1946 年才获释。他以后从事过多种工作，曾经在杜塞尔多夫艺术学校学习雕刻与版画专业，以后又进入柏林造型艺术学院，师从名师卡尔·哈通，走上艺术创作的道路。他不但是杰出的作家，还是一位优秀的画家。

1955 年，格拉斯的诗歌《睡梦中的百合花》获得斯图加特电台诗歌比赛一等奖，这激起了他的创作欲望。之后出版了诗集《风信旗的优点》（1956 年）、《三角轨道》（1960）和《盘问》（1967）等。他的诗风多样化，既有现实性，又有德国艺术中流行的表现主义和超现实主义的风格，充满了大胆的想象与激情，其后期作品中表现出一定的政治宣传性。他也是一位剧作家，先后创作了剧本《还有十分钟到达布法罗》（1954）、《洪水》（1957）、《叔叔，叔叔》（1958）、《恶厨师》（1961）、《平民试验起义》（1966）和《在此之前》（1969）等作品。作为一位戏剧家，他的创作方法与风格主要是荒诞派的，但是后来也受到了布莱希特戏剧的影响。

他的小说代表作是"但泽三部曲"，包括长篇小说《铁皮鼓》（1959）、中篇小说《猫与鼠》（1961）和长篇小说《狗年月》（1963）。三部小说其实是各自独立的，人物与叙事都没有连续性。但是，为什么又要作为三部曲呢？一方面，这是因为三部小说所写的事件的地点与时间是相同的，以法西斯统治时期的但泽为叙事语境；另一方面，小说的主题也是一致的，以德国人的战争历史反思为主题。《铁皮鼓》的主人公是一个侏儒，名叫奥斯卡。奥斯卡有一种特异功能，可以粉碎玻璃，他的小铁皮鼓也显神乎其神。小说以第一人称开始倒叙，讲述自己在法西斯统治时期与以后的生活经历，这是对德国纳粹统治时期整个社会生活的描写，揭露法西斯的残忍罪行与对人精神的摧残，同时也对德国人的"庸俗心理"进行了抨击。小说的写法是所谓的流浪汉模式，时间集中于20世纪20年代中期到50年代中期大约30年的时间，反映了两到三代人的共同生活阶段。这部小说的写法主体是现实主义，但是明显的有现代派手法的运用。《猫与鼠》的主题是法西斯对青年一代心灵的毒害，一个原本单纯的青年在纳粹的英雄崇拜的宣传下，逐渐迷失了人生方向，最终陷入法西斯主义的圈套，走向了灭亡。《狗年月》则写了一对少年时的朋友，在纳粹统治期间，因为受到民族血统的牵连而分手，走上了不同的人生道路，最后又同归于尽。三部曲取材于一个重要的历史题材：德国人对于纳粹法西斯主义的忏悔、反思与检讨。这是格拉斯创作的一个中心，也是他对世界文学的重要贡献。战争是文学的主要母题之一，《荷马史诗》与美索不达米亚史诗《吉尔伽美什》都是以战争为主题的。但是人类社会发展又要求和平，因此反对战争其实是主题意义的真正价值所在。20世纪初期的第一次世界大战后，俄国列夫·托尔斯泰的小说《战争与和平》已经表达了对于战争历史的审视与观察。格拉斯的小说则是对第二次世界大战的战争发动国——德国所进行的批判与反思。德意志民族与其他民族一样，遭受了法西斯主义的祸害，特别是法西斯对于民族精神的毒害，格拉斯从一个德国人本身出发，对战争罪行与法西斯思想揭露与抨击，对当代社会的意义是相当重大的。

格拉斯另外的小说名作还有《比目鱼》（1977）和《母老鼠》（1986），这是两部有浓烈的现代派风格的小说，《比目鱼》中的主人公是一条鱼，它见多识广而又能说会道。这种形象是德国文学中常见的，德国浪漫主义作家霍夫曼的《雄猫穆尔的生活观感及乐队指挥约翰内斯·克莱斯勒尔的传记片段》（1820—1822）等作品就是写一只博学的雄猫的故事，这已经成了德国文学讽刺性手段的一个常用方法。《比目鱼》的时代开端从新石器时代直到20世纪70年代，而且同样是人与动物的对比与对话，比目鱼与渔夫艾德克之间互相切换，真实与虚构，历史与现实交融在一起，构建了一个魔幻的世界。《母老鼠》也是一个有动物的小说，作者自己出场与一只母老鼠在梦中对话。格拉斯是一个多才多艺的多产艺术家，他还有多部小说，如《我的世纪》（1999）、《蜗牛日记》（1972）、《伸出你的舌头》（1992）、《辽阔的大地》（1995）、诗集《十一月之地》（1996）以及文集《关于不言而喻之事》（1968）、《备忘便条》（1978）、《论文学》（1980）和《学习抵抗》（1984）。作为一个画家与雕刻家，他同样硕果累累，多次在国内外举办画展。

从艺术形式来看，格拉斯早期作品以表现主义、超现实主义与荒诞派戏剧为主要手段，以后则逐渐形成具有个性化的现实主义与现代主义互相融合的方法。他的艺术风格则是幽默和诙谐中夹有嘲讽，以荒诞的方式来进行社会批判。文体多样是格拉斯的一个特点。他的作品有长篇、中篇与短篇小说，有诗歌与评论。纪实文学、日记体小说、寓言式小说等，表明他是一个文类试验家，就像一个用各种材料来创作的雕刻家。各种文体一经他的手，就具有了创造性，变得多姿多彩。

人物心理描写是他的特长，如《左撇子》中有一段描写，第一人称叙事的作者与一位射击俱乐部的对手埃里希进行决斗，小说集中展现这场决斗中的心理变化，从心中最微小的念头到死亡的巨大恐惧，都惟妙惟肖地得到表现。

> 现在，我们的呼吸一致了。我们没有作任何暗示，便同时开了枪。埃里希射中了。我也没有使他失望。正如事先商量好的那样，各自都断了一根主筋，手枪跌落在地，再也无力握住它了。因此，继续射击已纯属多余。我们放声大笑，并开始伟大的实验，笨拙地进行急救包扎，因我们只能用右手了。

叙事语言细腻而流畅，作者努力在营造一种客观的，不具有主体倾向性的叙事风格，这就是所谓的"零叙事"风格，就是如同在叙述他人的故事，即使是在双方决斗这样的生死关头，仍然有一种冷静与幽默的感觉在语言中。

格拉斯的人物多样化，经常采用动物或是拟人化的方式，这样具有一种寓言性。故事从历史到现实，想象力丰富而奇妙，努力描绘社会中不为人所注意的区域，如侏儒、魔术、幻化，营造一个超越现实的世界。

事实上对法西斯主义的批判从来是多角度的，格拉斯以自己独特的方式完成了自己的使命。

第六节　美国文学

一、当代美国文学概述

当代美国文学有多种多样的流派，其中美国现代主义小说的倡导者是女作家 G. 斯泰因（Gertrude Stein，1874—1946）和 S. 安德森（Sherwood Anderson，1876—1941）等人。斯泰因追求文学改革，模仿儿童语言，注重声律节奏，创造出一种以稚拙为特色的文体，对当年旅居巴黎的美国作家产生了影响。安德森注重心理描写，擅长营造神秘氛围。其代表作是短篇小说集《俄亥俄州瓦恩斯堡镇》（1919）和自传性长篇《讲故事者的故事》（1924）。

20 世纪 20 年代，美国出现了"迷惘的一代"作家群，包括菲茨杰拉德（Francis Scott Fitzgerald，1896—1940）、海明威（Ernest Hemingway，1899—1961）、斯泰因等杰出作家，他们对物欲横流的当代现实深感失望。"迷惘的一代"作家有共同的艺术才思和敏感性，对世界的荒诞与非理性的洞察使他们获得了一种强烈的现代意识。弗·斯科特·菲茨杰拉德是"迷惘的一代"的一位重要作家，作品表现第一次世界大战后年轻一代对"美国梦"的追逐以及幻想的破灭，代表作是《了不起的盖茨比》。作品通过盖茨比的形象展示理想主义在一个物欲横流的世界中被击败的必然性和悲剧性。菲茨杰拉德的其他重要作品还有《人间天堂》（1920）、《夜色温柔》（1934）等。

辛克莱·刘易斯（Sinclair Lewis，1885—1951）的小说《大街》（1920）、《巴比特》（1922）中塑造了美国中产阶级市侩的典型形象。"由于他充沛有力而且深刻动人的小说叙述艺术，以及机智幽默、不断创新的才能"刘易斯荣获 1930 年诺贝尔文学奖。

约翰·斯坦贝克（John Steinbeck，1902—1968）有《人鼠之间》（1937）、《愤怒的葡萄》（1939）等作品，他的创作一般以下层人民为描写对象，表现了作者对下层人民的同情心和敏锐的洞察力。

这一时期中，诗歌的新气象已经出现，现代主义追求在美国初成气候，最早是在1912年芝加哥出版的《诗刊》几卷，曾刊出庞德（Ezra L. Pound，1885—1972）、H. 杜利特尔（Hilda Doolittle，1886—1961）、A. 洛威尔（Amy Lowell，1874—1925）、W. C. 威廉斯（William Carlos Williams，1883—1963）、桑德堡（Carl Sandburg，1878—1967）、T. S. 艾略特（Thomas Stearns Eliot，1888—1965）等人的诗作。

美国戏剧在美国文学中的地位原本并不太重要，这可能与美国的清教思想流行有关，但是在两次世界大战之间，奥尼尔（Eugene Gladstone O'Neill，1888—1953）成为新戏剧运动的主要代表，他的剧作《毛猿》（1921）、《天边外》（1920）、《安娜·克里斯蒂》（1922）、《榆树下的欲望》（1925）、《大神布朗》（1926）、《哀悼》（1931）风行一时，为美国戏剧上带来一片新气象。

第二次世界大战以后，美国小说仍然发展强劲，福克纳（William Faulkner，1897—1962）、海明威和斯坦贝克等人一直坚持写作。这些作家虽然都获得了诺贝尔文学奖，但是显然已经过了盛年。海明威的《过河入林》等作品刚一出版，就遭到素以敏锐而直言不讳的美国批评家们的苛刻评论。当然，福克纳的创作毕竟不同，但也未能有轰动性的力作发表，倒是一些第二次世界大战中经历了战争的作家有较为突出的表现，如诺曼·梅勒（Norman Mailer，1923—2007）的《死者与裸者》（1948）、欧文·肖（Irwin Shaw，1913—1984）的《幼狮》（1948）、詹姆斯·琼斯（James Jones，1921—1977）的《从这里到永恒》（1951）等作品。美国第二次世界大战后的战争小说与其他国家不同，作家主要是从人道主义角度来描写战争给人类带来的死亡、饥饿、身心痛苦等。但美国本土毕竟不是反法西斯主义的主战场，所以主要思想集中于对战争中军队内部的不公，违犯民主与博爱精神的生活现象的揭露。这种描绘受到美国人独特的文化视角的审视，如"黑色幽默"派的约瑟夫·海勒（Joseph Heller，1923—1999）的《第二十二条军规》，虽然其中也有对战争的残酷、军队内部黑暗现实的揭露，但是更为突出的是其象征性、冷酷的幽默感。

20世纪中期，冷战思想与麦卡锡主义成为美国政治的主导观念，这反而促发了民众对于政府的逆反心理。杰罗姆·大卫·塞林格（Jerome David Salinger，1919—2010）以青少年的独特视角，揭露资本主义文明的丑陋，其代表作是《麦田里的守望者》（1951）。少年霍尔顿·考尔菲尔德体会到社会的种种黑暗，认为成人世界是虚伪的、可怕的、堕落的，而青少年容易受到成人世界的污染，就如同在麦田里嬉戏的孩子太容易跌入旁边的深渊一样。所以他要做一个守望者，挽救孩子免于堕落。霍尔顿集中体现了成长的痛苦和时代的缺陷。

"垮掉的一代"的诗人金斯堡（Allen Ginsberg，1926—1997）的《嚎叫》也成为畅销书，青年一代的反抗精神越来越强烈。这不仅体现了一种文化的否定精神，对于诗歌文体改革也产生巨大影响。

美国犹太文学在 20 世纪 50 年代异军突起，这些作家以犹太文化为根基，刻画了移民在美国社会中的彷徨与奋斗，塑造了美国语境中的犹太移民形象。犹太人虽然来到美国并不算太早，但是最早成为少数族裔文学的先锋，为以后的黑人文学、亚裔文学等兴起提供了样板。索尔·贝娄（Saul Bellow，1915—2005）的《奥吉·玛琪历险记》（1953）、《雨王汉德森》（1959）与《只争朝夕》（1956）；马拉默德（Bernard Malamud，1914—1986）的《天生的垒球运动员》（1952）、《店员》（1957）等作品震动了整个美国文学界，形成一股潮流，提升了美国文学在世界文学的地位。直到 20 世纪后期，出生于新泽西纽瓦克的犹太作家罗思（Philip Roth，1933— ）仍然是美国最重要的作家之一。他在《波特诺的怨诉》（1969）中所描写的新犹太知识分子已经不再是犹太文化的继承人，他们成为新的美国文化的拥护者，与传统的犹太传统之间产生了对立。

美国戏剧在 20 世纪中后期有一定的发展，阿瑟·米勒（Arthur Miller，1915—2005）的《推销员之死》是戏剧创新的代表作，从思想上对以成功与金钱为标志的"美国梦"进行批判，这个戏成为美国长演不衰的节目。另一位杰出的戏剧家田纳西·威廉姆斯（Tennessee Williams，1911—1983）则是一位具有深厚素养的作家，他运用传统戏剧与现代戏剧手段相结合的创作方法，写出《欲望号街车》这样的杰作，这是一部以没落的美国南方为素材的作品，情节扣人心弦，人物心理刻画深刻，一定程度上吸收了表现主义戏剧的艺术技巧。

纽约百老汇这个当代表演艺术中心的兴起，为美国戏剧提供了世界最大舞台。但是同时，对经济效益的追求，庸俗与媚俗的表演风格，对美国戏剧又是最大的危害。在这种环境中，美国的荒诞派戏剧家阿尔比的创作则显然是一个奇迹。阿尔比全名爱德华·弗兰克林·阿尔比（Edward Franklin Albee，1928— ），1928 年 3 月 12 日出生于田纳西，出生两周后被美国富豪阿尔比家族收养，祖父与父亲都是百万富翁。虽然生活在纽约的富人区，但是作家对家庭相当反感。从青年时期起，他就脱离家庭，独立谋生。他的第一部作品是戏剧《动物园的故事》（1958），先后在柏林与纽约上演，从此一举成名。阿尔比的其他重要作品还有《美国梦》（1961）、《谁怕弗吉尼亚·伍尔芙》（1962）等。阿尔比与其他荒诞派戏剧家有所不同，他的戏剧中生活细节是真实的，这是现实主义的一个基本特征。同时，他的戏剧观念是积极的，他并不相信生活是完全没有意义的。

自 20 世纪 70 年代以来，美国文学基本发展趋势是多元文化的文学与世俗化倾向的结合。黑人文学成为最重要的少数族裔文学，小说家莫里森（Toni Morrison，1931— ）等人的创作获得世界性的承认，其余如亚裔文学、印第安人文学也兴旺发达，不断有新的杰出作家出现。一种被称为实验主义的潮流极具美国特色，如库尔特·冯内古特（Kurt Vonnegut，1922—2007）的黑色幽默式的作品，菲利普·罗思和罗伯特·库弗（Rober L. Coover，1932— ）的小说，也不同程度具有实验性，只是他们更喜欢将历史事实与事件和语言形式相结合，实验出一种新的叙事模式。托马斯·品钦的作品则将现代科技手段运用于文学之中，造成一种时空关系的错乱与剪辑，创造出一种崭新的叙事。

二、德莱塞的创作

德莱塞（Theodore Dreiser，1871—1945）是美国杰出的现实主义作家，他的作品有自然主义文学的成分，是一位有复杂影响的作家。1871年8月27日，德莱塞生于美国印第安纳州的特雷霍特镇，家庭是欧洲移民，家境贫寒，子女众多。为生活所迫，少年德莱塞与哥哥姐姐一起去拾煤渣，德莱塞的小说《珍妮姑娘》中，写移民的孩子去拾煤渣，珍妮为了救自己的兄弟出狱而被迫出卖肉体，就是以其亲身经历为基础的，德莱塞的一个姐姐曾为了养家而被迫做了暗娼。德莱塞从事过多种职业，店员，报童，来到大城市芝加哥后，在小饭馆、铁器店里做伙计。1888年，他靠一位女教师资助才得以进入印第安纳大学，一年后又回到芝加哥，当了房地产公司的推销员和洗衣店送货员。从1923年起在新闻界任职，担任几家报刊的记者。

1899年他开始小说创作，翌年完成第一部长篇小说《嘉莉妹妹》（1900）。出版商读了《嘉莉妹妹》手稿，发现此书"有伤风化"而封存之，直到1907年此书才在美国正式出版。《嘉丽妹妹》的主人公是一个农村姑娘，从乡下到芝加哥谋生，由于找不到工作，迫于生计，与一个推销员同居。以后，又同一个饭店经理私奔。但由于她天资聪敏，经过奋斗，终于成为一个名演员。作者通过一个农村姑娘的生活道路，描写了美国社会的真实面貌：广大人民生活贫困，少数人过着花天酒地的生活。经济在飞速发展，工厂里工人受到最残酷的剥削，生活中充满了冒险和欺骗，人与人之间关系十分冷酷。小说结尾时，嘉丽住在最高级的饭店，而当初与她私奔的经理却因贫困而自杀身死。嘉莉人本善良，相信依靠诚实的劳动能够过上好的生活，后来她逐渐明白，在美国只有出卖灵魂才能得到金钱和地位。于是，嘉莉成为推销员的姘妇、酒店经理的情妇，最终爬到了"社会的上层"。梦想实现的同时"她感到孤独……不幸福。她已经懂得了……在她目前的生活里没有幸福"。嘉莉的名利双收超出了美国人的"期待视野"，堕落的妇女没有受到严厉的惩罚。读者将愤恨的怒火转向对作者的侮辱。作者深受打击，悲观之际甚至想过自杀。辍笔十年后，《珍妮姑娘》发表。珍妮出身贫困，纯真善良，富于奉献，为了养家糊口，她和母亲到一家旅店给人洗衣服。参议员白兰德诱奸了她。后来她与富家子弟莱斯特相爱，但莱斯特根本没有计划娶一个女仆为妻，抛弃了珍妮而娶了一个富家寡妇。珍妮本人"那种天生的性情就是要她做牺牲的。她不能马上就被世界上叫人如何保重自己以防祸害的那套自私自利的教训所腐化"。珍妮成为弃妇的结局几乎就是作者自己家庭的翻版。《珍妮姑娘》出版不久，小说《天才》完成了初稿，但被控告为"伤风败俗"，这部小说中凝聚了德莱塞的自身体验和感受。

德莱塞的重要作品是长篇巨著《欲望三部曲》，包括三部长篇小说《金融家》（1912），《巨人》（1914）和《斯多噶》（又译为《禁欲者》，1947）。竞争社会弱肉强食使主人公柯帕乌得出"生活就是如此"的结论，坚定了"一切都靠吃掉对方才能生存"的信念，追求欲望的满足。正当他事业发达之时，其病发作，孤孤单单地死于路上，财产被拍卖瓜分，他的情妇贝丽妮西到印度学习瑜伽，从中寻求精神寄托。柯帕乌的一生，时间上横跨 19 世纪中叶到 20 世纪初，空间上横跨美洲、欧洲，作者生动地勾勒出了当时美国社会的整个历史风貌。三部曲的写作表现了作者写作大型著作的才能，三部书各有特色，又有一个统一的艺术色调。书中人物的形象和性格特征很鲜明，描绘也都十分深刻，有表现力。情节波澜起伏，跌宕多姿，扣人心弦。

长篇小说《美国的悲剧》（1925）的发表，标志着德莱塞的现实主义创作取得新的成就。德莱塞认为："我们不是一个具有艺术气质的民族。我们所关心的一切，就是发财和握有大权。"《美国的悲剧》是德莱塞最著名的作品，对美国 20 世纪二三十年代所谓经济繁荣、美国的文明做了深刻的揭露。中心人物穷牧师的儿子克莱德·格里菲斯是"欲望强烈，但是资质可怜"的那一类人，他由一个天真幼稚的青年逐渐演变成为一个崇拜金钱、放纵情欲、玩世不恭的人。狂热的金钱欲与色欲使他丧失了清醒的理智，最终成为牺牲品。作者认为："这本书整个讲来是对社会制度的一个控诉……小说之所以得到成功，并非因为'它是悲剧'，而正因为它是美国的悲剧。"作者把这部小说称为《美国的悲剧》，无疑是强调美国社会实际上是产生这类犯罪的温床。这部作品使美国青年感到不理解和惶惑。路易斯评价说："德莱塞常常得不到人们的赏识，有时还遭人嫉恨，但跟任何别的美国作家相比，他总是独辟蹊径，勇往直前。"德莱塞坚持"真实是人生的命脉，是一切价值的根基"的创作原则，揭露当时社会的残酷。《美国的悲剧》继承了巴尔扎克的现实主义传统，塑造了典型环境中的典型人物，并加入幻觉、潜意识、梦境的描写，使作品既有时代特色，又有人性深度。德莱塞在他对美国社会的揭露中表现了一位进步作家严肃的创作态度，显示了他高度的艺术才能。

三、海明威的小说

美国小说家海明威是现代英语文学史也是世界文学史上有影响的作家之一。海明威生于伊利诺伊州橡树园小镇。父亲是医生，母亲是虔诚的教徒，有很好的艺术修养。海明威从小爱好音乐和美术。在学校期间成绩优异，并开始尝试写作诗歌和短篇小说。1917 年中学毕业后，在《星报》当见习记者，简洁明快的新闻写作风格为他日后的创作定下了基调。他 1918 年入伍，以救护队司机的身份来到意大利参加了第一次世界大战，不幸身受重伤并因此而患上了失眠症。战后住在巴黎，学习写作，结识了庞德、斯泰因等知名作家。1923 年出版的第一部小说《三个短篇和十首诗》、1924 年出版的第二部作品集《在我们的时代里》，使海明威初获成功。后者收入短篇小说 10 余篇，主要描写一个带有自传性的主人公涅克青少年时期的生活。这个暴力世界的牺牲者形象，构成了海明威一生创作的中心，《在我们的时代里》也标志海明威艺术风格的形成，那种含蓄简约、欲说还休的叙述笔法在后来的创作中进一步发展为一场文学语言的革命。1926 年，海明威出版了他的第一部长篇小说《太阳照样升起》，"他在这部技巧与主题都堪称一次革命的作品中，集中运用了他已经把握了的各种文学模式"。小说的扉页上写着斯泰因的题词："你们都是迷惘的一代。"海明威则成为"迷惘的一代"的代表作家。1929 年，《永别了，武器》（又译《战地青梦》）问世，写的是战争与恋爱的双重主题。在作者的书里，战争是"地球上前所未有的最大规模、最凶残、指挥最糟糕的屠杀"，官兵盼望结束战争，重过和平生活，"什么神圣，光荣和牺牲，我一听到这些空洞的词语就感到害臊"，"如果有人带着这么多的勇气来到世界，世界为了要打碎他们，必然加以杀害，到末了也自然就把他们杀死了。世界要打碎每一个人，于是有许多人在打碎过的地方变得坚强起来。但是世界对于打碎不了的人就加以杀害。世界杀害最善良的人，最温和的人，最勇敢的人，不偏不倚，一律看待。如果你不属于以上这三种人，你迟早当然也得一死，不过世界也不特别着急要你的命"。海明威揭示了战争的悲剧与人生本身的悲剧。

20世纪30年代初，海明威到非洲旅行和狩猎，出版了《午后之死》（1932）、《赢家一无所得》（1933）、《非洲青山》（1935）等作品。1936年，他发表了《乞力马扎罗的雪》，这是一篇以意识流来创作的作品。1940年《丧钟为谁而鸣》出版，书名借用了17世纪英国诗人约翰·堂恩的布道词句："谁都不是一座岛屿，自成一体；每个人都是那广袤大地的一部分。……任何人的死亡都使我受到损失，因为我包孕在人类之中。所以别去打听丧钟为谁而鸣，它为你敲响。"《丧钟为谁而鸣》主人公美国青年罗伯特·乔丹是个理想主义者，也是一个行动主义者："我为了自己的信念已经战斗一年了，如果我们能在这儿打赢，在任何别的地方也一定能取得胜利。"死亡来临，"他用蓬勃的生命丈量了从天堂到地狱、从地狱到天堂的路程，热烈而不动声色地恭候着死神。"乔丹与玛丽亚之间的一曲爱情绝唱感人至深："要是你走了，那么也就是我跟你走了，这样也就等于我走了。"乔丹的形象也具有了强大的生命力。

1941年，海明威偕夫人玛莎访问中国，支持中国抗日战争。1952年，《老人与海》获普利策奖。一年后，"由于他在近作《老人与海》中表现出的精湛的小说艺术，以及他对当代创作风格的影响"而荣获1954年诺贝尔文学奖。1961年7月，海明威因病痛的折磨、精神的痛苦和才思的衰竭，自杀身亡。海明威的遗作有《海流中的岛屿》（1970）和《伊甸园》（1986）等。

《老人与海》的素材来源于海明威所写的一篇通讯《蓝色的海上》。桑提亚哥是个钓鱼的老人，在海上花费了84天，一条鱼也没逮住。在第85天，老人终于钓住了一条比船还大的马林鱼，回归途中与鲨鱼搏斗，回到岸上，马林鱼只剩下一个巨大的骨架。他疲倦地睡着了，梦见非洲的狮子。整部小说以摄像般的写实手法记录了桑提亚哥老人捕鱼的全过程。通过老人单枪匹马地与马林鱼的搏斗，作者表达了人类的命运，人类的孤独与苦难，失败与抗争，不屈不挠的进取精神以及面对莫测的自然、悲怆的人生所表现出的一种"重压下的从容"。小说创造了一些警句，如"痛苦在一个男子汉不算一回事"，"一个人并不是生来要被打败的，你尽可以把他消灭掉，可就是打不败他"等。作者说表面上讲的是现实的失败，而实质上却颂扬硬汉精神的胜利。《老人与海》反映了海明威本人的思想，"我的一生都写在我的书里了"。海明威小说长于叙事，而较少抒情："你根据已经发生过的事情，根据现存的事情，根据你知道和你不可能知道的一切事情，你根据这一切进行虚构，你创造出来的东西就不是表现，而是一种崭新的东西，它比实际存在的真实的东西更为真实。"

海明威把自己的创作比作"冰山"："冰山在海里移动，它之所以显得庄严宏伟，是因为只有八分之一露出水面。""我总是试图根据冰山原理去写它。关于显现出来的每一部分，八分之七是在水面以下的，你可省略去你所知道的任何东西，这只会使你的冰山深厚起来。这是并不显现出来的部分。"海明威的"省略"原则以及运用"电报式的语言"使海明威成为"精明朴实而又志趣高雅的能工巧匠"。

"海明威出色地把战争和男子气概作为两个最重要的主题，战后时期美国任何一个男性小说家似乎都不能完全摆脱他的影响。"[①] 海明威反映了在两次世界大战笼罩下的知识分子苦闷不甘绝望的精神面貌，在厄运面前保持人的尊严的悲壮。卢卡契说海明威的创作标志着一场捍卫自文艺复兴以来的人道主义价值观的伟大的"后卫战"。这一点我们可以在《永别了，武器》中有所感悟。《永别了，武器》是海明威第二部长篇小说，1929 年发表后，四次再版，成为畅销书。这部书的书名有双重意义，既可作"永别了，武器"解，也可为"永别了，怀抱"，巧妙地概括了所要表达的战争与爱情的双重主题。故事写一战中美国青年军官亨利在意大利前线与英国护士卡萨玲相识。由于两人同样对战争感到厌倦，对前途感到茫然，关系日益密切。不久卡萨玲怀孕。亨利伤愈归队，不料在撤退的途中被意军逮捕。他在被处决之前跳河逃脱，找到卡萨玲，一起流亡到瑞士。他们本渴望躲开战争，有一个安宁的生活。遗憾的是卡萨玲不幸死于难产，亨利孤零零一人留在世间。《永别了，武器》不仅以爱与死的变奏突出了反战情绪，表达了一代人的精神危机，而且也标志着作家的艺术探索日趋成熟。

四、索尔·贝娄与福克纳

贝娄生于 1915 年，父母是从俄国移居加拿大的犹太人，随家移居美国芝加哥，在芝加哥大学和西北大学学习人类学和社会学，后长期在美国大学任教。第二次世界大战，随着美国犹太文学的逐渐兴起而声名卓著，成为美国犹太文学的第一位著名作家。索尔·贝娄早期的主要作品如《晃来晃去的人》（又译《挂起来的人》和《受害者》）（1947）有存在主义哲学的意味。1953 年，他发表《奥吉·玛琪历险记》，标志着他的创作进入一个新的阶段。《雨王汉德森》（1959）的主人公不是犹太人，这在贝娄的作品中是不多见的。汉德森出身于名门，他仍感到不满足，不停地寻找什么。汉德森内心始终有一个声音"我要"，使他不得安宁。他到非洲，放火烧丛林，与王子战斗。因为炸毁了一个被堵的蓄水池，他当上了"雨王"。汉德森想造福人类，却总给别人造成痛苦。最后，汉德森领悟到自己只想到"我要"是不够的，要想到别人才能真正创造现实的"爱"。贝娄称他为"优秀品质的荒谬的探索者"。1976 年，他因这部作品获得诺贝尔文学奖。这部小说被认为是"最富于想象的冒险"，是"对当代文化富于人性的理解和精妙的分析"。

在贝娄的小说中，长篇小说《赫尔索格》（又译《赫索》，1964）是一部轰动一时的书，描写一个叫赫尔索格的大学教授，一个犹太人经历失败和苦闷，两次婚姻也不

---

① 霍夫曼主编：《当代美国文学》，128 页，北京，中国文联出版公司，1984。

幸福。赫尔索格认为自己是一个"患有受虐狂的，与时代不合的人……"于是，他放弃成为一个"有理想人物"的想法。这部作品与以后的作品都以个人理想与社会现实的矛盾冲突为主题，对现实生活不满，又无能为力。1970年，长篇小说《萨姆勒先生的行星》出版，作者进一步流露对人生、社会的忧虑之情。《洪堡的礼物》(1976)是一部重要作品，写两个犹太作家的生活道路和他们之间的联系。

在犹太文学中，贝娄是第一位大师，但是他自己并不承认自己代表犹太文学。美国犹太文学中最常见的主题，如侨居异国的犹太人父辈与孩子的分歧，个人与世界的对立，人物内心世界与灵魂的自我探索，尤其是犹太宗教思想的影响，在贝娄作品中都有重要地位。贝娄的作品对人物内心世界描写细腻，有很强的想象力，语言幽默，常有悲喜交加、令人哭笑不得的描写，具有独特的艺术感染力。

威廉·福克纳(1897—1962)在世界文学中，与伍尔芙、普鲁斯特和乔伊斯并列四大"意识流作家"，同时他也是一位地域作家，他以自己的故乡为基地，撰写了"约克纳帕塔法世系"系列小说，表现了美国南方200年来的社会变迁，人物的历史命运及其心路历程，广泛运用意识流、神话与荒诞派等观念与手法，和打破常规的叙事语言规范，使其小说获得了世界意义，对拉美作家马尔克斯、中国作家莫言的创作都产生了巨大影响。

福克纳是美国南方种植园主的后代，毕生完成了19部长篇和70多个短篇小说，大部分作品以约克纳帕塔法县为背景，这些小说的人物和事件相互间有一定联系。福克纳后期主要作品是"斯诺普斯三部曲"，包括长篇小说《村子》(1940)、《小镇》(1957)和《大宅》(1959)。《我弥留之际》写安斯·本德伦带领儿女送妻子艾迪的灵柩回乡，路上所遭受的磨难，共59节，每节是一个人物通过从旁观察、感受体验和心理活动。《八月之光》通过一个名字同耶稣基督相近的孤儿的命运反映种族矛盾和文化偏见，肯定原始人性，要求返璞归真。因为没有"身份"，孤儿经历了一系列悲惨遭遇，最后杀死情人，主动接受白人私刑而死。《押沙龙，押沙龙！》主要写南方贵族庄园的开拓和衰败过程，结构严谨，故事阴森恐怖，用的是伊丽莎白时代庄重严肃的英语，通过父辈罪孽、兄弟反目、乱伦谋杀、纵火毁灭等触目惊心的艺术描写，表现种植园主家族的兴衰和种植园制度必然灭亡的命运。小说具有扑朔迷离的神秘氛围和离奇的，有怪诞色彩的情节和结构。

《喧哗与骚动》是福克纳"总是撇不开，放不下"的一部作品。书名出自莎士比亚悲剧《麦克白》主人公的台词：人生就像"一个白痴所讲的故事，充满喧嚣与骚动，却毫无意义"。小说描写杰弗逊镇康普生家族的没落，及其主要成员的命运与感受。康普生先生有四个子女：大儿子昆丁心理脆弱，深为自己对妹妹的乱伦情爱所苦；二儿子杰生唯利是图，冷酷无情，连姐姐卖身挣来的外甥女的抚养费都占用；小儿子班吉是白痴，长期受虐待；女儿凯蒂未婚先孕，遭丈夫遗弃沦为妓女。小说分为四部分，由四个人物从不同角度分别讲述凯蒂的故事；"班吉的部分"，1928年4月7日讲述："昆丁的部分"，1910年6月2日讲述，昆丁就在这一天自杀；"杰生的部分"，1928年4月6日讲述；最后是"迪尔西的部分"，改用第三人称，讲述1928年4月8日发生的故事。白痴班吉33岁，只有3岁的智力。他没有时间观念，将过去与现在混为一谈，统统汇成一股狂乱混杂的意识流。康普生家充满仇恨、手足相残的故事，同基督"你们要彼此相爱"的告诫形成鲜明对照。福克纳通过对种植园主家族沉沦没落的描写，为南方传统和贵族精神谱写了一曲绝望的挽歌。《喧哗与骚动》成功地运用了多重人物视角的意识流叙事，并将之与象征隐喻、对位式结构有机结合在一起，造成了扑朔迷离、变幻莫测的神秘色彩，以及万花筒般繁复多样、引人入胜的艺术效果。

五、T. S. 艾略特与美国当代诗歌

T. S. 艾略特（1888—1965）是 20 世纪有影响的诗人和批评家，生于美国密苏里州的圣路易斯城的商人家庭。他少年时开始写诗，受白璧德、桑塔亚那思想影响，主张"建立积极的基督教社会"，挽救西方文明。1910 年艾略特获得哈佛大学硕士学位，随即赴法国巴黎大学研究亨利·柏格森的哲学。第一次世界大战爆发后，他一直在英国工作。艾略特的诗表现了怀疑与幻灭，常向宗教寻求解脱，诗歌不守格律、常用怪诞的独特隐喻来写情歌，也没有理性的思想脉络，他还认为诗"变得愈来愈无所不包，愈来愈隐晦，愈来愈间接，以便迫使语言就范，必要时甚至打乱语言的正常秩序来表达意义"。

艾略特的论文《传统与个人才能》（1917）提出：传统"不是继承得到的，你要得到它，必须用很大的劳力"。"现在的艺术经典本身就构成一个理想的秩序，这个秩序由于新的（真正新的）作品被介绍进来而发生变化。"艾略特提出的诗学观念主要是："感性脱节"和"客观对应物"。"感性脱节"主要指 18 世纪后诗歌理念化，思想与感情、与形象脱节；19 世纪又趋于模糊朦胧，所以向 17 世纪前期文学和玄学派诗歌学习。"客观对应物"就是意象和现实之间两两对应。艾略特后来强调：诗应该像玻璃窗一样，透过它可以看到窗外的景物。诗人的情感个性不应遮蔽事物本身。艾略特还表现出非凡的诗剧才能，著有《阖家团圆》（1939）、《鸡尾酒会》（1950）、《机要秘书》（1954）和《政界元老》（1959）等作品，最重要的是历史剧《大教堂凶杀案》（1935）。

代表作长诗《荒原》（1922）分五章，共 433 行，使用了七种文字和大量典故。题解中强调《从祭仪到神话》和《金枝》两部书中的圣杯传说、繁殖仪式和复活原型对其创作的影响。《死者葬仪》以荒原象征欧洲文明，荒原缺水，需要春天和生命。《对弈》将上流社会妇女和酒吧的下层市民生活两相对照，认为两者皆庸俗而无意义。《火诫》写情欲之火。《水里的死亡》暗示死亡不可避免，生命之水于事无补。《雷霆的话》宣扬宗教的"克制、同情、给予"。

《荒原》语言变化多端，典故冷僻。诗作"对艾略特而言，它仅仅是个人的、完全无足轻重的对生活不满的发泄；它通篇只是有节奏的牢骚"。全诗由一些互不相干的片段连缀而成，艾略特认可这样的评论："破碎的思想体系的残片充斥于市，多恩这样的人就像好收集杂货的喜鹊一样，拣起那些引他注目的亮晶晶的各种观念的残片胡乱装点自己的诗行。"

《荒原》旁征博引，以简洁的笔法表现转瞬即逝的美。比如："等我们从风信子花园回来，时间已晚/你的臂膊抱满，你的头发湿渡，我一句话/都说不出，眼睛看不见，我既不是/活的，也未曾死，我什么都不知道/望着光亮的中心，一片寂静/荒凉而空虚是那大海。"

也有的文学史将艾略特放在英国文学中，因为他加入了英国国籍，我们将此人放在美国的主要原因是他的诗学与美国的文学最为接近，就不再在英国文学部分介绍了。

美国现代诗人艾米莉·狄金森（Emily Dickinson，1830—1886）是惠特曼（Walt Whitman，1819—1892）之后的一位浪漫诗人。她创造出一种自由诗体，主题是关于爱情、自然与死亡等抽象思想，实际上成了美国现代诗歌的前驱。20世纪初期，哈丽特·门罗在芝加哥创办《诗刊》，提倡诗歌创新，诗人卡尔·桑德堡的诗风靡全国，形成了一次新诗的热潮。这是意象派诗歌之后的最重要本土新诗潮。

20世纪50年代，"黑山派"诗歌兴起，查尔斯·奥尔森（Charles Olson，1910—1970）是这个诗派的领袖人物，他们抨击在"新批评"的羽翼下兴盛的"学院派"诗歌，并且上溯到艾略特等人的诗风，号召诗人摆脱传统形式、格律与句法等的限制，放开喉咙，自由讴歌现实。与此同时，"垮掉的一代"成了诗歌中的一股有影响的潮流，其理论纲领是诺曼·梅勒出版的《白色黑人》：做没有奋斗目标的叛逆者、没有口号的鼓动者、没有纲领的革命者。"垮掉的一代"的代表人物是杰克·凯鲁亚克（Jack Kerouac，1922—1969），他的小说《在路上》（1957）描写了"垮掉"男女漫游美国，放弃家庭、婚姻，无固定收入，一路放浪形骸的生活。艾伦·金斯堡（1926—1997）的《嚎叫及其他诗》（1956）一经发表，就被视为是"垮掉的一代"的宣言。

被视为"自白派"诗人的普拉斯（Sylvia Plath，1932—1963）是这个诗派的代表之一。《晨歌》是记录普拉斯"自我毁灭"，同时也是对新生命赞美：

> 爱情使你开动起来，像只胖胖的金表。
> 接生婆拍击你的脚掌，你赤裸裸的叫喊
> 在自然界的要素中占了一席之地。
> 我们嗓音发出回声，放大你的来临。一尊新塑像。
> 在通风的博物馆，你的裸体遮蔽起我们的安全。
> 我们，茫然伫立，像一堵堵墙壁。
> 我算不上你的母亲，就像一块浮云，
> 蒸馏出一面镜子，反射出自己
> 在风的手中被慢慢地抹除。
> 你的飞蛾般的呼吸在单调的红玫瑰中间
> 通宵达旦地扑动，我醒来倾听：
> 遥远的大海涌进我的耳朵。
> 一声哭叫，我从床上滚下，像母牛一样笨重，

> 穿着花花绿绿的维多利亚式的睡衣。
> 你的嘴张了开来，像猫嘴一样纯净。方形的窗户
> 开始变白，吞噬一颗颗黯淡的星星。现在，
> 你试验着一把音符，
> 清晰的元音气球般地冉冉升起。

在美国"自白派"诗人中，这位女诗人的人生经历极其凄惨。她在诗中所展现的常常是一种几近绝望的自我揭露和自我毁灭的情绪。《晨歌》第一诗节说明新生命的来源是"爱情"、"开动"的结果。第二诗节和第三诗节富有哲理地阐述了新的生命与母体之间的辩证关系。诗的最后两行"你试验着一把音符，/清晰的元音气球般地冉冉升起"体现了女诗人欢悦之情和对新生命活力的赞叹。

综观美国 20 世纪诗坛，是一个新诗歌风起云涌、旗号五颜六色的时期。但是，总体的方向是明确的，诗歌的发展特色是锐意革新，各种流派层出不穷，目标集中于对传统诗风与形式的革新，成就相当突出。

六、美国叙事文学的繁荣

美国文学在第二次世界大战后逐渐成为西方的重要力量，在此之前，虽然有马克·吐温、欧·亨利与海明威等在世界文学史上有一定影响的作家，但是与传统深厚的欧洲文学仍然不能相比。美国批评家努力挖掘本土文学的优秀作品，政府扶持创作，终于见到了巨大成效。

首先初见成效的是小说创作。罗伯特·佩·沃伦（Robert Penn Warren，1905—1989）的政治寓言小说《国王的全部人马》获得了普利策奖，描写美国南方独特的历史风貌的作家福克纳于 1950 年获诺贝尔文学奖，向世界展示了美国本土产生的世界一流大作家的风采。其他作家作品也不断取得成就，如约翰·契弗（John Cheever，1912—1982）的《约翰·契弗短篇小说集》赢得普利策小说类文学奖，以及诺曼·梅勒的小说《裸者与死者》（1948）。

20 世纪 50 年代末，移民作家弗拉基米尔·纳博科夫（Vladmir Nabokov，1899—1977）的作品引起关注，被认为是美国黑色幽默和后现代主义文学的先驱。《左侧的勋带》（1947）、《洛丽塔》（1955）和《普宁》（1957）是他的代表，作品打破传统的创作与思维模式，运用语言的多义与歧义、结构的重叠，滑稽模仿等技巧。《洛丽塔》描写了一位中年男子与 12 岁少女的畸恋故事，不久在美国刮起了一场"洛丽塔旋风"。虽然书中的不洁描写与近乎变态的心理描写引起了人们的争论，但是小说仍然行销世界各国。

约翰·厄普代克（John Updike，1932—2009）以"兔子四部曲"成为美国当代最杰出的小说家，这四部作品包括《兔子，跑吧》（1970）、《兔子归来》（1970）、《兔子富了》（1981）、《兔子死了》（1990），主人公是中产阶级，是厄普代克小说的主要描绘对象。小说写绰号"兔子"的哈利·阿姆斯特朗从 26 岁到 55 岁的人生历程，他

经历了与妻子的几次分手出逃，不再出逃，在"石油危机"中发了横财，后终因心脏病发作而死。就此，厄普代克为"兔子"的一生拉上了帷幕。

20世纪六七十年代的"黑色幽默"派的共同点是：受存在主义思想的影响，关注现实，有悲愤感；调侃、玩世不恭的语调，喜剧形式上演的悲剧，"反英雄"情结浓厚，约瑟夫·海勒是作表作家，托马斯·品钦（Thomas Pynchon，1937— ）、约翰·巴思（John S. Barth，1930— ）等也被认为是黑色幽默的经典作家。

冯尼格特的《自动钢琴》（1952）一直用各种非传统的手法进行创作，以通俗文学形式表达了对当代社会科学、文明、进化、政治、道德、历史等重大问题的深刻思考。反战小说《第五号屠场》反对战争本身，认为以任何名义进行的战争都是以死亡与毁灭为代价的，都是荒谬野蛮的。《第五号屠场》是第二次世界大战以来对战争抨击最为猛烈与尖锐的文学作品之一。

托马斯·品钦的《万有引力之虹》曾经获国家图书奖，两年后又获豪威尔斯奖，他的主要作品有还《拍卖第49批》（1966）、《葡萄园》（1990）和《梅森和狄克逊》（1997）。《万有引力之虹》中"虹"的寓意为死亡，但悲观失望中又蕴含着一丝希望。该人物多达400余人，整部作品是个庞大的象征体系，可与乔伊斯的《尤利西斯》相提并论。

约翰·巴思的主要作品有《漂流的歌剧》（1956）、《路尽头》（1958）、《山羊小子贾尔斯》（1965）、《书信》（1979）、《休假一场罗曼史》（1982）、《某个水手的最后航行》（1991）。巴思创作手段是嘲弄与模仿传统文学已"枯竭的"叙事形式，并以此来揭示文学的虚构性。

约瑟夫·海勒（1923—1999）在1961年以《第二十二条军规》一举成名。第二十二条军规象征世界的荒谬和疯狂。海勒本人指出：在战争的非常时期作为军队的准则尚可理解，但把军队这一套搬到和平时期则不仅会产生荒谬的场面，还会导致悲剧的产生。《第二十二条军规》是黑色幽默的典范，悲剧性的东西置于一种喜剧的氛围之中，愤怒的事件用平静的语调来处理；反衬社会和人类存在本身的荒谬。

20世纪70—90年代，美国黑人文学成为小说创作中的一支劲旅。阿历克斯（Alex Haley，1921—1992）的《根》是美国寻根文学的代表作，以非洲黑人被贩卖到美国成为奴隶的历史回忆为主线，再现了美国黑人的历史与现实。艾丽斯·沃克（Alice Walker，1944— ）的小说《紫色》是一部名著，以美国黑人家庭残暴对待女性的生活经历，揭示了黑人女性的心理与现实生活的沉重负荷。

亚裔作家在20世纪70年代以后也崭露头角，1974年赵健秀与人合作的《哎——咿》，这是第一部亚裔作家的选集，被视为"亚裔文学的文艺复兴宣言"。其后有汤婷婷的《女勇士》（1976）等作品出版，引起美国社会的重视。其他如谭恩美、任碧莲、哈金等亚裔作家的小说，裘小龙的诗歌等都引起美国批评家的注意。特别是其中越来越多的从中国大陆进入美国的新移民作家的创作，正在成为美国少数族裔文学的主流之一。华裔作家具有东方深厚的文化积累，可能对相当多的作家来说，这些积累尚是无意识的，但这些移民作家一旦认识到这一座金山的可贵时，他们将会在元的"马赛克文化"的美国，创作出华裔文学的珍品。

七、莫里森的小说

美国黑人女性文学的代表是托尼·莫里森（Toni Morrison，1931—　）。莫里森原名克洛艾·艾福德，1931 年 2 月 18 日出生于美国亚拉巴马州的穷苦农民家庭。她出生时，父母亲已经来到克利夫兰市不远的一个钢铁工业生产为主的小城罗伦。莫里森从 12 岁起就过着打工者的生活，她毕业于华盛顿特区的黑人大学霍华德大学，并在康奈尔大学读研究生，研究福克纳与伍尔芙，1955 年起在休斯敦的德克萨斯南方大学教过英文，最后回到母校霍华德大学英文系任教。经历了离婚等事件后，她来到纽约的兰登书屋担任编辑，1970 年用托尼·莫里森的名字发表了第一部长篇小说《最蓝的眼睛》。她的成名作是《所罗门之歌》，包括这部小说在内，她这一时期连续发表了 8 部长篇小说。《最蓝的眼睛》写一个 11 岁的黑人小女孩幻想自己能有一双与白人小姑娘相同的蓝眼睛，心理负荷超重，导致精神失常。小说从一个独特角度书写了美国蓄奴制度对黑人精神所造成的深重损害。《所罗门之歌》获得 1977 年美国最佳小说奖，小说叙述黑人奶娃（书中人物名为米尔克曼·戴德）寻找自我的经历。奶娃的祖父是解放的奴隶，当一个喝醉了酒的办理黑奴解放事宜的官员问他的父亲时，祖父回答"戴德"（英文词 DEAD，意为已亡故），官员就将这一姓名写入了登记，从此这就成为奶娃家的姓氏。奶娃的祖父认为，这也意味着"所有过去的苦难也不会重返了"。所罗门是奶娃的南方祖先的教名，在当地的歌谣中经常出现。奶娃开始自己的自我精神寻觅之旅，最终在非洲的寻根终结。作者采用了近似于魔幻现实主义的写法，奶娃内心的精神风暴发作了，竟然拔地而起，直上天空，飞越万里，回到了他的故乡非洲。这种写法令人感到振奋，莫里森本人说："我的作品来自于希望的美好感觉，而不是来自于失望后的悲痛。"其实这正是莫里森所有著作中最富有黑人文化深层积累的一部，从非洲到美国黑人的历史、风俗、家族遗传等都有深层介入。从非洲开始被殖民起，到殖民运动结束，非洲大约有 4 亿人口被消灭和贩运，只有从这一悲惨的历史出发，才可能理解美国黑人女作家莫里森。

莫里森以《宝贝儿》（1987）获得 1988 年的普利策奖。故事发生在 19 世纪后期的俄亥俄州，黑人妇女塞斯因为担心自己的女儿遭到奴隶主的侮辱，竟然狠心杀死了女儿宝贝儿。塞斯这样做的原因是，她认为如果女儿的肉体被奴隶主所残害，她必然有更大的精神创伤，她给这个世界带来的女儿是她最心爱的人，为了保护女儿，必须杀死她。虽然如此，这件事却给她本人带来了心理的伤痛。于是在一个冥想的世界中，半人半鬼的女孩来到了她的身旁。出于对自己女儿的思念与一种悔罪心情，她将这个鬼女认作自己家中的一员。她们一起生活在一个幽灵的世界中。

塞斯所处的环境是如此的险恶，甚至可以说是万恶，如书中所写的黑人女性令人发指的悲惨生活状态：

> 她走进厨房时沙耶冲她大声嚷，可她仅仅背过身去探身拿围裙。现在这些已经无缝可入了，她已经努力把他们挡在了外面，但她清楚地知道他们随时都可能

摇动她，把她从自己的停泊处扯开，让小鸟吱吱叫着回到她的头发里，吸干她作为母亲的乳汁。把她的背打得皮开肉绽，伤疤像一棵树，也干了。把挺着大肚子的她赶入树林，也干了。一切关于他们的消息都是糟透了的；他们涂了霍尔一脸的奶油，在保尔的嘴里塞上衔铁，烧死了西克索，吊死了她的妈妈。她不想再听到任何有关白人的消息了，不想知道艾拉、约翰、斯坦普知道的那些关于按白人喜欢的样子来修整这个世界的事。一切有关白人的消息都应该和她头发里鸟叫声一齐停止。

这种描写中的"头发里的鸟"等其实是一种诗歌的意象的运用，所以诺贝尔颁奖词中说到莫里森小说时可谓恰如其分："托尼·莫里森用来打动读者的是一种令人痴迷的炯炯神辉，是一种催人泪下的缕缕诗情。"美国黑人的苦难从 19 世纪起已经是重要母题，在斯托夫人的《汤姆叔叔的小屋》（Harriet E. B. Stowe，1811—1896）、阿历克斯《根》等小说中残害黑人的描写，早已经浸满了血泪。而莫里森的作品并不是以血腥的残害为主，她运用了现代主义包括意识流与黑人传奇，这些神奇的想象，把对黑奴的残害加入到神话与无意识的语境，尤其令人感到巨大的感动。

小说不仅赞美罪恶的蓄奴制度下黑人的反抗精神，更为注重挖掘黑人女性的人格追求与母爱精神。但恰是这种母爱夺去了女儿的生命。宝贝儿的幽灵出现了，她向这个世界追索自己不公正的夭折与磨难，她有权利伸张自己的生的权利，当然，她也有权力得到真正的母爱。

《爵士乐》是莫里森取材于美国黑人最著名爵士音乐的名作，纽约的哈莱姆区是最大的黑人集中居住区，20 世纪 20 年代这里聚集着一群爵士音乐的民间音乐家，他们为生活与艺术而奋斗的精神在小说中得到生动的体现。作者以第一人称叙述，结合了语言、音乐与生活氛围等多种因素，创造出一种诗与音乐、叙事与生活的互相交织的风格。这部小说体现了莫里森的艺术追求，她在谈到小说叙事手段时说："我只有 26 个字母，我必须作我的技巧使读者看到声音，听到声音。"这是一种语言与音乐的通感，在莫里森的小说中得到完美的体现。

莫里森小说结合了现实主义与现代主义方法，叙事手段多样，充分运用了意识流、荒诞派魔幻现实主义等写法，同时将民族的神话传说与寓言和隐喻等融为一体，语言风格多姿多彩，炫人耳目。1993 年莫里森获得诺贝尔文学奖，这是第一位美国黑人女作家获得这一荣誉。

八、菲利普·罗斯的小说

菲利普·罗斯（Philip Roth），1933 年出生于一个犹太家庭，是美国当代最多产的作家，现在依然笔耕不辍，到目前为止已经创作长篇小说 23 部，短篇小说 4 部，非小说类著作 2 部，文集 3 部，曾先后获得美国国家图书奖、普利策奖、美国艺术与文学学院小说金奖、福克纳笔会奖、美国全国书评家协会奖、美国历史学家协会奖、W. H. 史密斯年度最佳图书奖等奖项，并数次问鼎诺贝尔文学奖，但都失之交臂。

1959 年，他出版了他的第一部小说《再见了，哥伦布及五部短篇小说》，并因此而获得美国国家图书奖。1969 年出版的第四部小说《波特诺伊的怨诉》在给他带来巨大商业成功的同时，也因出格的性描写尤其是对犹太传统的背叛而使他备受指责。1979年至 1985 年，《鬼作家》《解放的祖克曼》《解剖课》以及《布拉格狂欢》相继出版，这四部小说因为都以作家内森·祖克曼为视角进行叙事，从而被称为"被缚的祖克曼系列"。当然，罗斯随后也有一些作品是以祖克曼视角叙事的，如《反面生活》(1986)、《美国牧歌》(1997)、《我嫁给了一个共产党人》(1998)、《人性污点》(2000) 和《鬼退场》(2007)，与"被缚的祖克曼系列"一起统称为"祖克曼系列小说"。

罗斯的另一组知名系列小说是"凯普什系列小说"，以大学文学教授凯普什为主人公，有：《乳房》(1972)、《欲望教授》(1977) 和《垂死的肉身》(2001) 等，这些小说表现了后现代社会里的人们尤其是知识分子遭受的"主体的零散化"，以及随之而来的肉体放纵与精神挣扎。罗斯其他著名的小说有《骗局：一部小说》(1990)、《夏洛克行动：一场坦白》(1993)、《反美阴谋》(2004) 和《凡人》(2006) 等。

《鬼作家》(1979) 讲述的是 23 岁的年轻作家内森·祖克曼的故事，他刚从芝加哥大学毕业，受邀前往知名作家 E. I. 洛诺夫夫妇家里做客，因一场暴雪所阻而留宿。这时，他的回想夹杂着想象涌现出许多往事，集中于洛诺夫的过去、他与一名以前的年轻学生的关系以及他乡下的生活等。同时，祖克曼也回忆起了自己的过去、他与家庭的关系、自己对于写作的感受、对于犹太传统的义务和洛诺夫以前的学生艾米的过去，艾米的形象酷似第二次世界大战中受纳粹迫害而去世的犹太少女安妮·弗兰克（《安妮日记》作者）。最后，祖克曼发现洛诺夫的生活也充满了任性与不安全感，与自己所崇拜的偶像大相迥异。

祖克曼出版了小说《卡诺夫斯基》是一部独特的小说。该小说迥异于祖克曼所惯常的写作风格，大胆地表现了性放纵，让祖克曼备受关注与指责。这显然与罗斯1969 年出版的轰动性小说《波特诺伊的怨诉》十分相似。

《解剖课》(1983) 叙述的是祖克曼在安葬了父亲之后，发现自己面临中年危机和难以诊断的病痛。身体状况使他不能继续从事写作，他开始反思自己失败的婚姻和自己与家庭成员之间的关系。一番痛苦的回忆之后，祖克曼决定重回母校芝加哥大学攻读医学学位。

《布拉格狂欢》(1985) 是以日记体写就的，叙述的是祖克曼应朋友齐德耐克·斯索夫斯基的请求，奔赴被苏联占领的布拉格，去抢救一位丧命于纳粹的犹太作家的手稿的故事。但是，手稿最终被警察没收，祖克曼本人则被遣返美国。

纵观罗斯半个多世纪的文学生涯，他的作品充满了他自己对于世界、社会和人生的思考。出身犹太家庭，他却对犹太传统缺少足够的敬畏，反倒表现出了一些叛逆，最明显的是对自己背叛犹太身份的辩护，罗斯曾经说过"我不是一个犹太作家；我是个作家，同时也是个犹太人"。但是，另一方面，"他也不赞成美国犹太人完全失去自己的犹太身份"。在《反美阴谋》里，他虚构了历史上有名的反犹太主义者林白于1940 年当选为美国总统，从而给犹太人乃至美国人民带来了巨大的精神压力和恐怖气氛。他创作的立场显然超出了族群狭隘的界限，即使他关注的不是整个人类的问题，也至少应该是较为广泛意义之下的人的问题。

如果我们回顾一番，会发现"祖克曼系列小说"里面表现出了罗斯对于当代美国社会生活的思考，例如，《鬼作家》中，祖克曼对自己生活轨迹的反思和对犹太身份的思考，著名作家洛诺夫的形象由文学上的崇高而变为现实中的卑微；《解放的祖克曼》中，主人公祖克曼鼓吹个人的自主思考和独立地位，反倒在所谓自由民主的国度里被族群意识和历史传统所裹挟；《解剖课》，中祖克曼对肉体衰老和死亡表现出的思考与恐惧；《布拉格狂欢》中个人在严密国家体制下的无能为力与渺小。这些都是罗斯对于美国社会生活的深入思考。他的作品一般被称为"悲喜剧"，因为其作品既蕴含着主人公所遭受的不公或不幸遭遇，也蕴含着这种悲剧在现实生活中的不可避免和合乎自然情理。主人公的遭遇固然应该同情，但是我们找不到一个具体的施虐者，可以说是整个时代、整个社会在有意识或无意识地将这些值得同情的人一步步推向痛苦的境遇。这使我们想起了另一位美国作家詹姆斯·菲尼墨·库伯（James Fenimore Cooper，1789—1851）作品中体现的主题：一方是道义上的正确，另一方则是现实中的不可避免；一方值得同情，另一方却无法被指责，甚至可以说应该被理解。这样也就更加深入地表现了罗斯对于生活的思考，拓展了读者对于生活的理解。因为读完作品，读者陷入的是深入的、无休止的思考，而不是仅仅简单地或者肤浅地诉诸情感反应。从这个意义上说，罗斯的作品就是一种悲喜剧。

如果我们再将目光投到罗斯一些后期作品上，上述小说中所表现的主题在这些作品都得到了一种回应、深入和延续。《垂死的肉身》《凡人》中对于肉体死亡的恐惧与焦虑，《人性污点》中对于个人在无序群体中的孤立和无助，《反美阴谋》中国家体制下的族群或个人的渺小，以及这些所有作品中主人公们所表现出的精神挣扎，这些显然都是对于罗斯前期作品尤其是"祖克曼系列小说"主题的深度延伸。由此可见，罗斯对于人生与世界的认识是严肃而深刻的，步步深入的，不断拓展和深化的。从这个意义上说，罗斯是非常值得肯定与赞誉的，获得众多奖项也是实至名归。罗斯是一位资深作家，但他依然执笔写作，更难能可贵的是，他不断深化自己的文学创作深度，而不是故步自封、停滞不前。

第七节　加拿大文学

加拿大国名来自印第安语，原意是棚屋，16世纪法探险家卡蒂埃到达加拿大，他问易洛魁酋长当地地名时，酋长以为他问的是远处的棚屋，所以就产生了这个名称。这个面积约为9970610平方千米的国家，土地面积居世界第二。大部分国土在北纬50°上，约有三分之一的土地在北极圈内。生活在这块广袤土地上的人民除了少数印第安人和因纽特原住民外，主要是移民，以英语、法语为官方语言，所以加拿大文学主流分为英语文学与法语文学。

一、法语文学的主要历史阶段

法语文学主要指居住于魁北克的法裔移民的文学，也有少量传播到外地的文学。法语文学从 16 世纪初期起直到今日，大约可以划分为四个阶段。

第一阶段是新法兰西时期（1534—1673）。法国殖民者来到新大陆后，将北美东北部地区称为新法兰西，这一地区长期由法国殖民者统治，法国文化影响相当深。殖民者们整理了原住民的口头传说、神话与诗歌，也创作了一些殖民地的早期作品，主要内容是描绘加拿大本土的历史人文现象、自然景观与民间风俗。比较重要的是耶稣会教士给法国教会的报告《耶稣会教士报告》（1632—1693），这是一位教名是"圣母化身"的女修士的笔记与书信，法国军官拉·翁堂男爵的《游北美》游记等作品。

这一时期的文学属于初创时期，以纪实性与历史文化记录的文字为主，文风简洁，但是文字显得粗糙，具有加拿大文学初创时期的特色。

第二阶段是英国殖民统治时期（1763—1867）。1760 年英国军队在魁北克击败法国军队，1763 年《巴黎条约》规定新法兰西归英国管辖。从此，法国人大批撤离加拿大回到法国，只有少数留守者，他们于 1764 年在魁北克出版法、英两种文学的《魁北克文学报》，以后又用法文出版《蒙特利尔报》和《加拿大人报》。在反对英国殖民统治的过程中，曾经出现了一批政论文作家与演说家。

19 世纪 30 年代，米歇尔·比博的《书简诗、讽刺诗、歌曲、短诗及其他》（1830）和小欧贝尔·德·加斯佩的《探宝者或一本书的影响》（1837）相继出版，成为法语文学中最早的诗歌与小说。这些作品文风纯朴，叙事有欧洲文学特别是法国文学的特征。

第三个阶段为 19 世纪下半叶至 20 世纪初。1867 年起，加拿大成为英国自治领，成立了联邦政府，魁北克作为四省之一参加了联邦政府。在被英国人占领之后的 100 年间，加拿大法语文学中宗教文学是主流，而世俗文学如小说等发展较为缓慢。诗人与历史学家弗朗索瓦·格扎维埃·加尔诺的《加拿大史》及诗歌，对浪漫主义文学兴起有推动作用，冲破了传统的古典主义桎梏。

1858 年成立的"魁北克爱国学社"创办了自由派知识分子的刊物《加拿大人之家》，对于民族文学发展有一定贡献。奥克塔夫·克雷玛齐的诗《加拿大老兵之歌》《卡里永堡的旗帜》等作品是爱国诗的代表作，呼唤民族精神。而诗人路易-奥诺雷·弗雷歇特的诗集《北国之花》《雪鸟》获得法兰西学院的"蒙蒂翁文学奖"，他的重要作品是诗集《人民传说》。

19 世纪末期，加拿大小说创作有较大进展。特别是历史小说，如取材于英国殖民者征服魁北克的小说，菲力浦·欧贝尔·德·加斯佩的《老一辈的加拿大人》和拿破仑·蒲哈萨的《雅克和玛丽》等作品成为早期的杰作。但 19 世纪小说基本上模仿了法国文学，没有形成本土小说的特色，这不能不说是一种缺陷。

第四阶段是 20 世纪。西方教科书往往把这个时期的文学才称为近代文学。20 世纪是加拿大民族文学成熟的阶段，主要文学体裁都有重要的作品出现。

　　法语诗歌首推"加拿大当代四大诗人"。圣德尼·加尔诺是一位象征主义诗人，他的自由体诗歌以诗风简洁而著称。阿兰·格朗布瓦是一位与中国关系密切的诗人，他一生中多次来到中国，其第一部诗集《汉口之书》就出版于中国。诗人的另一部名著是《夜的岛屿》，主要描写他在人生道路上的探求。另外两位诗人是女诗人拉尼埃和埃贝尔，她们的主要作品是短诗，内容变化较多，既有深思哲理的作品，也有明白易懂的民间风格的作品。这四大诗人共同的风格是民族化，脱离了法国诗歌的影响。他们的诗中经常出现的"孤岛"意象，其实是对加拿大当时的文化语境的描绘，处于美洲大陆上的加拿大与欧洲不但距离遥远，文化发展也相去甚远。这种情况直到第一次世界大战后才改变。

　　20世纪40年代到60年代是魁北克文学发生巨变的时代，传统的伐木垦荒生活结束，现代工业化的浪潮袭来。各种文学流派异彩纷呈，安德烈·朗日万的小说中讨论各种社会问题，被称为"提问小说"。其代表作有《城市的尘埃》（1953）、《人们的时代》（1955）、《美洲驼鹿》（1972）等作品。这类小说有历史意义，可以帮助我们认识当时社会的主要问题。而本土化色彩浓郁的作家伊夫·泰里奥是一位杰出的小说家，他的主要题材是原住民的生活，对当代加拿大文学有相当深刻的影响。小说《阿加科克》（1958）、《阿西尼》（1960）、《死胡同》（1961）、《小人物的辉煌故事》（1963）等，推动了当代小说关注原住民生活的历史与现实，是一种寻根文学。雅克·费龙的小说语言幽默，思想活跃，主要人物则是社会中下层的小人物，如《未定型的国家的故事》（1962）、《爸爸上司》（1966）等。

　　除此之外，加拿大女作家的创作继续活跃。克莱·马丁的自传体小说《在铁手套里》（1965）、《右倾》（1967）已经触及以后女作家的重要母题——女性视域与教育成长，她的小说思想敏锐而见解深刻，反映了女性主义思想的一些基本观念，批评宗教与教育对女性的压抑，展现出加拿大女作家的远大前程。20世纪70年代，随着魁北克党上台执政，文学中歌颂民族独立精神的作品增多，特别是诗人加斯东·米龙的诗集《验明身份》（1972）和女作家安东妮·马耶的小说《拉小车的贝拉洁》（1979）获得法国龚古尔文学奖，标志着民族化思潮达到高峰。此外，类似于法国新小说的本土化小说创新波澜壮阔，女作家玛丽-克莱尔·布莱的长篇小说《埃马纽埃尔生命中的一季》（1965）、戈德布的小说《水族馆》（1962）和《你好，加拉诺》（1967）等，都是一种"新小说"与"反小说"的写法。

　　法语戏剧早期以反映城市下层人民生活的作品为主，如马赛尔·迪贝的《贫民区》（1953）和《普通一兵》（1957）。进入20世纪60年代后，中心转向人物心理描写，如迪贝的《白鹅回来的时候》（1966）等作品，也有部分讽刺社会现实的作品。1965年魁北克成立"剧作家试验中心"，开始推广新戏剧，讲求戏剧结构，抛弃传统的心理描绘为主的戏剧写法，出版了米歇尔·特朗布莱的《姑嫂们》（1968）、《永远属于你，你的玛丽—鲁》（1971）等名作。

　　20世纪80年代是加拿大法语文学的转型时期。女作家加布里埃尔·鲁瓦（1909—1983）的《寻觅幸福之路》获得法国费米纳文学奖、加拿大总督奖等，并被译成多种文字在世界各国出版，显示了这种文学的深厚传统与创新精神。加布里埃尔·鲁瓦的小说坚持法语文学的现实主义精神与写实手法，取材于 1940 年蒙特利尔的圣-亨利区工人阶层的生活现实，以女主人公弗洛朗蒂纳·拉卡斯对幸福生活与爱情的追求，展现当时的经济危机下工人们遭受的苦难。

伊夫·博歇曼是当代法语文学的杰出代表、伊夫·博歇曼 1941 年生于加拿大魁北克省西北部的乡村，在蒙特利尔大学获得文学和艺术史学士学位，毕业后先是在拉瓦尔大学和蒙特利尔高等商业学校任教，以后曾经从事多种职业，在出版社工作过，当过魁北克电视台的小职员。丰富的生活经历对他的小说创作相当有益，为他日后描绘魁北克的社会不同阶层生活图像积累了丰富的素材。1974 年博歇曼出版了第一部长篇小说《被愚弄者》，从此创作不辍。他初期的作品大多发表在杂志上，据他自己说，他一共写了 50 多个中篇但反响平平。1981 年，其长篇小说《街猫》出版，获蒙特利尔书展文学大奖与戛纳夏季小说奖、引起了许多评论家的注意，被称为"上世纪80 年代魁北克的'人间喜剧'"。伊夫·博歇曼也得以晋身加拿大法语文学院院士。其实小说《街猫》的叙事角度相当普通，通过青年布瓦瑟诺的成长经历，描写一代出身于社会中下层的当代青年们的奋斗历史。这个题材是当代西方作家讲述的老故事，特别是在美国作家笔下，几乎是千篇一律的通过奋斗成功的故事。但这部小说的成功之处在于，它没有被写成一部暴发户的历史或是杰出人才的成长史。小说中虽然也写了人生的苦难经历，但是基调是幽默而积极向上的，作家将社会底层的生活写得充溢着生活的乐趣，人物性格也生气勃勃，这也是加拿大文学的一个传统，从中可以看到作家对于生活的热爱。其中最精彩的部分是美丽富饶的魁北克地区的生活场景描写，将这里的自然风光、令人兴趣盎然的风俗，甚至著名的美食黄豆馅饼、"枫糖煎三文鱼"、"咔嚓饼"、"圣劳伦斯河下游口味的美味鸡"、"戴丽玛姑妈的拿手好菜"及"圣费里西安烩小牛肉块"、"复活节烤肉糜"等，一一写来，展开了一幅现代魁北克生活的百科全书。这种小说可以说是一种世态小说，传统现实主义小说家巴尔扎克式的"人间喜剧"写的是巴黎的封建贵族与工商业新贵之间的历史，而这本小说则写发达的西方社会中中产阶层与小资产者们的喜怒哀乐。小说的文字细腻，描写深刻动人，显示出作者杰出的写作才能，已被译成近 20 种文字，在 20 多个国家出版，并被改编成同名戏剧、电视剧和电影，是加拿大最畅销的法语当代小说。博歇曼曾任魁北克作家联合会主席，2003 年获得了国家级荣誉勋章。

二、英语文学

加拿大英语文学传统悠久，自从 1749 年英国开始大规模向加拿大移民后，英国宗教与文学就在这里生根。美国独立战争后，北美的英语文学向加拿大渗透，从此开始了加拿大本土的英语文学，主要分为三个发展阶段。

第一阶段是殖民地时期（1749—1867），加拿大英语文学进入初创阶段。美国独立战争后，原来居住在美国的保守派移居加拿大，他们的作品主要是拥英反美，歌颂英国传统，这些作者文化水平相当高，他们启蒙了加拿大的英语文学。

加拿大诗人奥利弗·哥尔德斯密的诗《后村》模仿自己的英国父辈的作品，歌颂英国移民在加拿大的垦殖。哥尔德斯密还是一位小说家，他的小说主要内容是写社会习俗，代表作为《新村》，其实是模仿了他的叔祖父——同名的英国诗人奥利弗·哥尔德斯密的名作《荒村》。另一位诗人亚历山大·麦克拉克伦则模仿英国诗人彭斯，写了《年轻的加拿大》等诗作。小说方面则有所突破，不再满足于单一的模仿。如约翰·理查逊的《瓦库斯塔》是一部有影响的小说，以 1763 年印第安人攻打底特律的故事为主线，写了一个印第安少女与一个白人的爱情故事。小说具有传奇性质，情感真挚动人，在民间有一定的读者群。

加拿大新斯科舍省地方法官托马斯·哈利伯顿的小说《钟表商》是一部语言诙谐、情节动人的杰作，作者看到美国兴起后的强大力量，不由为加拿大特别是自己所在省份的前途担忧，于是通过书中的主人公之口，对本地居民的懒散生活状态进行讽刺，目的在于警世，呼吁人们振作起来。主人公斯利克形象突出，具有典型性，给读者留下深刻印象。1867 年，英国议会通过了《不列颠北美法案》，加拿大成为英联邦的一个自治领，从此，加拿大文学告别了殖民地式的文学发展，步入新阶段。

第二阶段是自治领成立至第一次世界大战后创作。自治领成立后，加拿大人民普遍要求建立独立的本土文学，实现文学民族化。首先出现的是赞美加拿大自然风光的文学作品，也有一些社会历史题材的新作。其中查尔斯·桑斯特的诗歌《圣劳伦斯河与萨格奈河》出现较早，以纯朴的自然描绘表达出深切的爱国之情。威廉·柯比的历史小说《金狗》则是一部历史小说名著，描写新法兰西时代的贵族生活，这种历史回忆的目的在于抒发怀古之情，也表达出对祖先生活的历史回顾，有强烈的忆旧色彩。19 世纪 20 年代以后，加拿大英语文学的进步较大，直到 90 年代的经济危机之前，出现了 19 世纪文学的高潮时期。一批被称为"联邦诗人"的青年诗人推崇前拉斐尔派的诗风，受到英国诗歌的影响，他们主张唯美主义，特别推崇英国诗人济慈和丁尼生的风格华美的诗歌。但是，这些诗人毕竟生活在北美的土地上，风行一时的美国爱默生人文主义思想对加拿大人影响更为深刻。赞美自然美景与怀旧的情感成为诗歌的主流，其中，罗伯茨的《平日之歌》、卡曼的《大普瑞湖的低潮》、兰普曼的《大地抒情诗》在当时非常流行。

另外一种诗歌仍然相当流行，这就是印第安人生活与爱国主义情感的民歌民谣，这也是加拿大诗歌中的主要母题之一。在当时多种诗歌流行，相当精彩。

但是好景不长，20 世纪 90 年代的经济危机使加拿大文学受到重创，特别是诗歌，而小说则兴起了一种刺激后的繁荣。这一时期的小说与英美的畅销书大同小异，流行乡土文学等题材的作品。只不过在加拿大文学中，民族特性突显出来，北美所特有的大森林，雪域与原野，星罗棋布的农庄等时时在小说散文中出现。如女作家露西·蒙哥马利的《格林·盖布尔斯来的安妮》及其续集，描写一个普通女孩子的成长经历，是女性文学的代表作，也表现了加拿大女作家的雄厚实力。拉尔夫·康纳的《黑岩》也是一部颇有影响的作品，写偏僻西部的开发过程。

第三阶段是第二次世界大战前后的文学。战前的诗人们普遍受到庞德和艾略特的诗歌影响，不再使用传统的诗歌格律与语言，放弃华丽的诗风，转向自由诗体。这种诗歌以意象为中心，以世界诗歌为写作的样板，善于通过象征方式表达内心情感。到了 20 世纪 30 年代，加拿大完成了诗歌的转换，现代诗基本上取代了传统诗歌。现代小说的转型则与诗歌略有不同。加拿大现代小说是以本部草原农牧生活为题材的，罗伯特·斯特德的《粮食》、玛莎·奥斯滕索的《野鹅》等作品为读者再现了遥远的乡村生活。而传统的拓荒文学仍然经久不衰，如弗雷德里克·格罗夫的《沼泽区的开拓者》，描述了马尼托马地区早期移民的生活，这类小说仍然能激起一定的社会反响。小说一共四部，一度相当畅销。莫利·卡拉汉是加拿大文学史上重要的开拓者，他的长篇小说《爱的得失》与短篇小说集《四月来临》是首先描写城市市民生活的小说，主要人物是小人物与生活中的不得意者。他的作品以风光秀丽的蒙特利尔地区为基地，极具诱惑力。蒙特利尔的小说家有较大势力，他们提倡号称"世界内容"的文学，诗歌以口语化为主，基本上不用意象或象征，具有现实主义风格。但是也有一部分诗人受到美国黑山派诗歌的影响。值得一提的是，加拿大著名的文学理论家罗斯诺布·佛莱发展出一套系统的"神话原型理论"，他的文学理论名著《批评解剖》是世界文学理论名著。他认为文学都有一定的历史原型，这些原型是从神话传说与《圣经》中流传下来的，影响到世代作家，历代作家都会按照这些历史母题来创作。

这种文学理论对加拿大文学也有一定影响。但是绝大多数作家仍然是以现实为对象来进行创作的，第二次世界大战后，意识流文学曾经一度相当流行。著名作家休·麦克伦南的《两地孤栖》和《斯芬克斯重返人间》取材于加拿大历史上特有的现象，即英、法两大民族之间的矛盾冲突。这在加拿大社会中是古老的历史，但是却首次在重要的文学作品中作为主题，因此极受人关注。犹太人在加拿大社会中同样有重要地位，所以莫德凯·里奇勒的《杜德·克拉维茨的学徒生活》这部正面描写犹太人生活遭遇的小说，一经出版立即引起批评家们的关注。

20 世纪中期以后，美国文学的主要观念、社会问题与文学主题对加拿大的影响越来越大，这也是由于两国经济文化之间的联系更加紧密，发展更加同步的原因。其中描写生存的异化与危机，心理生态变化的作品不断增加，如米切尔的《谁见过风》、麦克伦南的小说《守夜结束》、劳伦斯的《石头天使》等都是名著。

加拿大女作家的创作依然强劲，其中最重要的有玛格丽特·阿特伍德的小说《浮升》与艾丽斯·门罗的短篇小说等，不仅是加拿大文学的名著，也在世界各国广泛流传。

三、诺贝尔文学奖获得者艾丽斯·门罗

加拿大女性文学传统悠久，名家辈出，如玛格丽特·阿特伍德等都是世界性的著名作家。2013 年诺贝尔文学奖授予加拿大女作家艾丽斯·门罗（Alice Munro，1931—　），可谓实至名归。在 40 余年的文学创作生涯中，门罗始终执着地写作短篇小说，锤炼技艺，并以此屡获大奖，包括三次加拿大总督奖，两次吉勒奖，以及英联邦作家奖、欧·亨利奖、莱南文学奖和全美书评人协会奖等。她的短篇小说集《快乐影子舞》《我青年时期的朋友》《少女们和妇人们的生活》《你以为你是谁?》《爱的进程》《公开的秘密》《一个善良女子的爱》《憎恨、友谊、求爱、爱恋、婚姻》《逃离》

《石城远望》都是获奖作品。由于作品数量多，而且以多种文字在世界各国出版，据不完全统计，这位勤奋的女作家出版了40余部短篇小说集。

门罗的小说大多是以其自身生活的安大略省的城郊小镇作为背景，笔触平淡而蕴含深厚力量，情节细腻生动，美国犹太裔作家辛西娅·奥兹克（Cynthia Ozick）称其为"我们这一代的契诃夫"。一方面，门罗擅长描写平凡女性的痛苦生活，关注少女对性与爱、爱与背叛等方面的人生初体验，如选自同名小说集的短篇《少女们与妇人们的生活》，有多处对"性"（sex）的直白描写，传递给读者最为自然纯粹的两性关系。作者将少女对"性交流"的幻想与现实中粗暴的性爱场面加以对比，展现性与爱的矛盾与少女的成长，并敦促女性去实现自我尊重。另一方面，门罗侧重于描写处于家庭生活与社会生活交叉的烦琐境遇中的女性的挣扎，譬如《空间》《办公室》和被称为门罗"封笔之作"的《亲爱的生活》，还原生活以本真面目，讲述女性在紧张的家庭关系与社会伦理约束下，如何从苦闷的徘徊中实现自我觉醒，凸显自身存在的社会价值。

1968年出版的短篇小说集《快乐影子之舞》是爱丽丝·门罗的成名作，而20世纪的60年代也正是美洲、欧洲第二波女性主义浪潮兴起之时，为了争取平等工作权，摆脱性别控制、家庭控制，抨击父权主义意识形态的女权运动正如火如荼地展开。这种强调集体行为，却忽视阶级差异、肤色差异以及个性差异的运动，在注重个人主义自由观的后女性主义理论中被解构，男女性别身份差异被弱化。区别于女权主义对男女绝对公平的要求。门罗作品中的女性角色，大多是带有传说色彩的小人物。她善于从残酷的日常生活中发掘生存价值，避免激进的话语对峙。以该小说集内较有代表性的《办公室》一文为例，女主人公"我"是一名女性作家，在干家务活儿时突发奇想，寻觅了一间办公室来进行创作。身为房东的马雷先生认为"一个年轻女人，据说有丈夫，有孩子，可是却跑到这儿来玩打字机，真是反常"。为了满足自己对这位反常的年轻女作家的好奇心理，马雷先生多次在"我"创作时叨扰，而"我"尽管有所不满，也只是锁上门装作打字的样子，委婉地回避来自男性的、他方的这种追寻。"我"与马雷先生的周旋，暗喻女性话语权尽管遭遇到明显的男性话语权的干涉，却选择尊重其话语主流地位，以避而不谈、"搁置"的策略来化解可能存在的矛盾。

"后女性主义"不是女权运动的延续，也不是反女性主义，而是从后现代主义的角度来发展女性主义，解构整体性和普遍性，追求多元化与差异性。后女性主义采取拉康的后精神分析理论来消解中心主义和二元对立，从尖锐的政治冲突中挖掘求同存异的方法。面对快节奏的现代生活与随之而来的生存压力，反女性主义希望逃脱男性霸权主义与极端女权主义的双重压制，在尊重性别差异的前提下，提倡平等对话。这里的"平等"并非指地位的绝对平等，而是倾向于话语权的相对公平，不以既定的观念来定义存在，逃离现代化、机械化生产带来的种种弊端，回归自然状态。这种自然状态既包括小镇生活的宁静与自得，也包括男女关系的基本状态。拉康曾经指出，从精神分析的角度来看，无论是在两性关系还是政治生活中，女性始终作为男性的"性客体"而存在。因此，女性主义要想"超越菲勒斯"（beyond the phallus）、超越男权中心，首先要正视现有理论中的主客体差异，利用两性关系中男女的差异性以获得补充，而不是取代或消除男权中心去建立新的女性中心。

《逃离》中的女主人公卡拉作为又一位"娜拉"逃出家庭牢笼，去往屋外更广阔的天地，而出人意料的是，卡拉在去往"别处"的途中已然反悔，最终选择回到了她曾经一度认为再也忍受不了的丈夫的身边，过回习以为常的平静生活，并且决定不再理会协助她出走的邻居西尔维娅。门罗这样写的目的不是让女性安于现状，服从于家庭、社会秩序，而是从另一个角度来思考"即便身体逃出去，选择了与现有生活对立的生存方式，是否就能够摆脱意识形态上的约束"。而当女性选择离开男性，或站在了男性的对立面，消除了男权中心与性别差异，是否就能够实现女性的生存价值——在门罗这里，答案显然是否定的。如果丈夫是比喻现有的男权社会，促使卡拉萌生出走契机的小羊弗洛拉则代表了女性内心对性别身份与生活现状的反抗。卡拉作为后女性主义的代表，一方面受到象征强势女权主义的邻居西尔维娅影响，选择构建自我生存空间；另一方面，她在建构过程中发觉了男女性别关系二元对立的不可行，因此，后女性主义选择放下对立的态度，反思现有男性话语社会的可行之处。她们选择回到性别差异这一理论原点，以差异性为前提，以发现问题并解决问题来代替一味地反抗现实。"逃离"并不意味着消极避世，而是从原有的状态中抽身，以他者的角度来审视社会需要与自身需求。门罗描写的不是"女性"这一群体，而是把目光转向存在着差异的女性个人，从最底层且最真实的平凡女子身上，探讨女性作为"独立的社会个体"的生存价值。

四、"担当"的主体性与自我认同

《你以为你是谁》是爱丽丝·门罗于 1978 年出版的小说集，其标题几乎可以被视作来自后现代主义的对"主体性"与"自我认同"的诘问。我们仍要引用拉康对"主体性"的阐释，以便进一步分析门罗笔下的女性如何作为"想象的主体"展现其个人存在的意义。拉康认为，"主体性"是无意识的产物，它经由镜像阶段，在俄狄浦斯阶段定形，又在社会语言阶段因为语言的能指—所指的不确定性而分裂的非实体的存在，是一个被主体化的缺失，是存在于他人话语中的"想象的主体"。所以，主体要想获得身份认同，只有通过他者（Other，"A"）的形象才能完成对自我的想象。这个"大写的他者"（Other，"A"）即由语言和言说话语构成的象征性的他者，是区别于大写"Father"的、关于"父名/父权"（Name of Father）的另一种能指（signifier），"而实际看来，主体是作为现实（real）与能指的中间项（而存在）"。由于"能指只有在与另一个能指的关系中才能发挥作用"，而我们无法接近大写他者，所以拉康为我们提供了小写他者（other，"a"），作为一个缺失的、具有不确定性的能指，介于主体与大写他者之间，从而满足自我身份认同的需要，而这正是作为他者话语的无意识。

在小说中，爱丽丝·门罗则通过将女性角色推入复杂的家庭生活与社会伦理之中，以他人的干涉来推动她们的自我觉醒，寻求主体性与身份认同（identity）。带有明显人物自我认同色彩的小说《脸》（选自《盛情难却》），是为数不多的以男性视角来写主体性追求篇目。而通过男主人公的内聚焦，门罗把小男孩对女孩的回忆记录下来，带有随意散乱的效果。"我"作为典型的镜像理论实践对象，因为脸上的疤痕，"我"的自我认同从始至终都是不完整、有缺陷的，而我作为一个他者来对包括母亲、南希、父亲等在内的人做出主观意向性的能指："我将父亲视作野兽，而母亲则是我的救星与守护者，我对此坚信不疑。"从拉康的理论中我们可以推断出，由于缺失的自我是通过他者获得界定的，而"我"作为主体无法来确认自己，所以在后文中"I believe"（我相信）转换成了"我看来是"，或是"我不能肯定"等，增加了非常大的不确定性，这使得叙事更加向开放性发展，而且尽管男主人公"我"与南希有过矛盾冷战，但本文在写作立场始终未将男性与女性对立起来，结尾有明知不可为却仍情不自禁地流露"希望再见南希"的忧伤。

另一篇小说《空间》中的女主人公多丽则是一位由完全依靠他者的建构成长为到社会中寻求自我建构的典型女性形象。多丽无论是在自己的丈夫劳埃德的眼中，还是在与同事玛吉夫人的交谈中，都处于一个"被定位"或被误解的状态，存在于一种想象的维度中，通过他者话语的文化无意识来建构自身形象；多丽也只凭借想象来界定和预测周围人的所作所为，穿梭于想象与被想象、构建他人与被他人构建的言语能指活动中。患有精神病的丈夫因弑子被禁闭于看守所内，在给多丽的信中提及他在劳教所中通过接触宗教而"认识自我"；另一端的多丽虽摆脱了丈夫神经质的约束，却突然成为一个无依无靠的孤独存在，在看似无形的社会重围中重新认识自我，（她）"心里升起另一个念头：在这个世界上，或许此时此刻她该与之相守的正是劳埃德。如果连听他诉说都做不到，她在这个世界上还有什么用，她还来这世上干嘛"。在这种认同危机的驱动下，小说结尾处，多丽选择停下来救治伤员，而不是搭班车去伦敦，这说明她开始有意识地摆脱对丈夫一个人的精神依赖和能指关系，企图在自己与陌生的社会之间建立新的话语联系，从救助他人的过程中实现"自我"，寻找到了社会认同感。自我认同出于他者话语的能指驱动，而当这个他者上升为社会、历史、政治层面，就成了政治/社会话语的集体无意识，文学形象则作为历史文本化与政治叙事化的一部分，通过政治无意识来调和个人与社会的能指关系。

五、可"调和"的叙事模式与历史总体性

詹姆逊在政治无意识理论中，将"调和"的观念定义为"符码转换"，希望借由拉康语言学基础的无意识理论，结合马克思主义对经济基础与上层建筑的讨论，打破晚期资本主义文化单一化和停滞僵化的格局，"非欲求的力量和无效被动的文化价值之间自相矛盾，因此必须以某种适当的叙事方式加以解决"。当女性作为独立的社会个体，通过与他者的互动实现自我认同，利用小说作为载体的后女性主义书写也就具有其特定的阐释意义，为了接近缺场的历史，我们将历史文本化，将历时纳入共时的范畴，作为社会象征信息与叙事构成的综合来重新书写。

詹姆逊认为小说作为一种还原意识形态的过程，内容大于形式，在小说文本叙事的过程中可用双重的方式来评价，一方面改变读者的主观态度对文本做出新的阐释，

而在此基础上又产生一种新的客观性。读者在讨论"主体构成"的时候，是一定会被纳入历史框架进行叙事分析的，因为他们都无法避免地被历史化。所以我们尽量选用审美化策略，避免将主体形象与客观存在界定在某个固定的框架中。艾丽丝·门罗的小说创作中运用了大量具有电影特征的文字与叙事技巧，譬如涉及人物性格与个性的设定时，门罗的笔触会变得平淡而细腻，繁复细致到每一片叶子、家具的每一根木条，利用跟踪特写，以多重视角来配合一组长镜头，由长焦距观察到以全景拍摄，来展现人物内心的变化。这样的叙事手段可以直观地呈现一种总体化的局面。而从作家预设的文本化的历史场域中，我们虽无法百分之百地将历史与现实复归到文本表面，却也能够在阐释的过程中，借用充足的言语揭示作为社会象征的文化制品是如何以意识形态基质被接受和被解构的。

从门罗的小说中，我们可以看到她如何描写不同时期的女性怎样回归社会与集体，同时，门罗也提供了一种以"对位的角度"去看待身处主流话语权的男性的生存状态。门罗没有把男性放在和女性对立的角度，在叙事策略上采取开放式的写作技巧，采取心理描写与对白交叉的方式，通过对不同年龄段的女性特质的描写，犹如在时间轴上安插人物道具一般，集中呈现出一个社会大观的效果。我们试图透过文本细节阐释女性在狭义历史维度上进行的角色转换：如何从单一的个体存在转化为集体中的独特存在，如何由简单的两性关系的书写发展为后女性主义寓言。门罗塑造小人物的过程，正是对"典型"的象征叙事的建构，把对独立个体的塑造扩大为对这一类文本形象主体性的建构，以及对这些个体生存的社会与历史的总体性建模。

另一方面，门罗小说使用特有的时空转换手法。叙述者往往采用倒叙的方式回忆童年的场景，继而回归当下生活，然后重点在于这种过去与现在的交叉点——一个充当"过渡"的中间状态的轴点，在封闭的人物关系中，从这个点产生反转的效果。譬如《空间》中孩子的不幸早夭，《逃离》中小羊弗洛拉的失踪，都是作为叙事策略被作家重新编码而设置的关键之处。然而无论这个契机多么出乎意料，作家都会采取一种尼采式的"永恒的回归"——回归家庭、回归社会。门罗没有刻意将现实作为寓言的载体来赋予历史丰满的意义，而是采用绵长平淡的叙事方式，运用蒙太奇手法穿插记忆片段，还原日常生活面目，展示普通女性的生存状态，接近意识形态上的历史。

正如詹姆逊所言，在马克思主义的文化阐释中："只有一种新的、创造性的集体社会生活形式，才能克服旧的资产阶级的自治，而克服的方式，则是将个人意识作为一种'结构的效果'（拉康）来实际经历，而不是仅仅将它理论化。"爱丽丝·门罗的短篇小说是将后女性主义与无意识理论作为"结构的效果"进行的文本创作，这种去中心的叙事模式消解了两性关系的矛盾，在尊重性别差异的前提下，借助他者话语的能指来实现自我认同，从而在后现代主义的政治无意识中，以集体寓言的方式从叙事中对社会和历史做出独特解释。世界范围内对门罗的研究方兴未艾，我们的分析只能作为一种参考。

第二十一章　世界化的中国文学

中国自五四运动之后的"新文学"（这个名称曾经相当普遍，以后改为"现当代文学"，也有称为"20世纪文学"的）是世界文学的一个组成部分。世界文学的历史阶段划分有多种观念，通常将20—21世纪的文学统称为现当代文学。这样，流行的一些概念，如现代文学、当代文学与后现代文学之间，其实并没有严格和统一的划分。一般认为：西方现代文学史从20世纪的第一次世界大战（1914—1918）起，到1945年第二次世界大战结束是现代阶段；从1945年以后至今属于当代文学。

不过我们还是可以发现，中国文学发展的阶段性实质与西方稍有差异，所以在划分时，我们可以兼顾中国文学的本土性与世界性，做出这样一种简明的划分：从1919年的"新文化运动"（五四运动），到1949年中华人民共和国成立，作为中国文学的现代阶段；而从新中国成立以后到21世纪，则统统看作当代中国文学阶段。这样基本兼顾了现代与当代的划分，同时也重点显示了两者之间的联系。最概括的说法是，我们把20—21世纪的文学一分两段：1949年以前的部分与以后的部分。

由于国际国内文学史写作中时代划分争论很多，我们这里只是综合了世界文学史历史阶段与中国文学基本形态，进行了划分。对于这种划分的不同意见必然存在，我们不再一一分析。

第一节　1919—1949年的中国现代文学

一、"新文学"运动与20年代

1919年，中国爆发了五四运动，也就是新文化与新文学运动，开始了中国文学现代化的历史，直到1949年，中华人民共和国成立，结束了半封建与半殖民地的社会，也使得中国文学进入一个崭新的阶段。

回顾这一历史阶段，中国文学最大的变化是废除了传统文学的几乎所有文类：传统格律诗（旧诗）、章回体小说、传统的"文"与戏曲；而代之以新诗、现代小说、现代散文和话剧。

这一变化使中国文学成为世界上为数不多的实现了传统文学文类基本替代的文学，不仅在中国大陆，其他用汉语进行写作的地区也基本如此，这是一个历史性的转型。关于它的意义与价值，直到 21 世纪仍然在进行反思。①

在新的历史语境下，思想革命、文化革命是新文学的中心，破除封建专制、张扬个性解放、争取自由独立、提倡民主科学是小说的思想主题。鲁迅及新潮社作家罗家伦、杨振声等提倡"问题小说"的创作。随后，文学研究会的冰心、叶绍钧、王统照、庐隐等以人生现实问题作为探讨的对象，掀起了问题小说的创作热潮。

这种努力在戏剧方面表现突出，由辛亥革命引起"文明新戏"高潮，随着时代发展，逐渐发展为市民戏剧。戏剧家们渴求一种表现现实社会人生的戏剧来重振剧坛。1919 年，胡适模仿易卜生《玩偶之家》创作问题剧《终身大事》，拉开了"娜拉剧"的序幕。紧接着，熊佛西《新人的生活》、欧阳予倩《泼妇》、余上沅《兵变》、庸觉《谁害我?》、陈大悲《幽兰女士》等一批社会问题剧产生了。剧作家们将各种人生问题一一写出，把社会现实的一切病症细细讲出，传达出作者的思想观念，以此来启蒙民众。这种社会问题剧的戏剧形态和理性化的创作思维方式，成为当时中国戏剧的重要特性。但在胡适、蒲伯英等剧作家眼里，这种真实性是和功利性相结合的。剧作家往往把焦点集中在社会问题的揭示和探讨上，以实现戏剧启蒙国民的功利主义目的，这在某种程度上偏离了现实主义戏剧观的真实美的原则，而流于社会学的模式。五四以后，洪深、田汉、曹禺等开始逐步纠正这种功利主义的写实戏剧观，构造激烈的矛盾冲突，塑造鲜活、真实、生动的人物形象，中国现代戏剧逐步走向成熟。

田汉是创造社的主要代表，同时是南国戏剧运动和南国社的领导者。不管是创造社还是南国社，都受欧洲浪漫主义思潮影响极深。五四时期的他，凭着一腔热情和正义感写作，可是现实的黑暗和个人反抗的无力和失败使他趋同于新浪漫派，追求超现实。他创作了《灵光》《名优之死》《父与子》《生之意志》《古潭的声音》《咖啡店之一夜》《获虎之夜》等名剧，成为中国新话剧的代表人物。

20 年代的诗人冯至，写作了大量的浪漫抒情诗，还有《吹箫人的故事》《帷幔》《蚕马》《河上》等叙事诗。这些作品中生活与艺术对立的主题及其叙事模式、作品的传奇或童话般的色彩以及所蕴含的情感理想都显示出德国浪漫派文学的精神境界，骑士、森林般的传奇世界。冯至三四十年代的诗（主要收在 1942 年版的《十四行集》中）受里尔克的影响很深。里尔克关于"诗是经验"和"工作"的观点，"居于幽暗而努力"的态度以及"变形"论，尤其是对于生命和存在及其意义的思考，对冯至三四十年代的诗歌创作产生了极大的影响。

二、30 年代的中国文学

从 1928 年至 1937 年抗战前，这一阶段文学创作的总特征是：中国现代文学从文学革命向革命文学转型，左翼文学和民主主义、自由主义合力构成了中国文坛的繁荣局面。体现在文学创作和审美倾向上，形成了 30 年代的三大文学派别（潮流）："左

① 方汉文：《中国现当代文学史的"替代言说"——传统形式的断流与缺位》，载《广东社会科学》，2011 年第 2 期。

翼"、"京派"和"海派"。这一时期，各种文学题材都得到了充分发展，能够涵盖广阔社会历史内容的中长篇小说是最有成就的文学样式，着重于社会批评的杂文和叙事体的报告文学在散文领域成就突出，表现具有重大意义的社会主题的戏剧获得很高的成就，注重及时地讴歌社会新变化的诗歌也有长足进展。如果纵观30年代的文学，应当说是在国际国内形势的剧烈变化中，中国文坛呈现出一派百花齐放、争奇斗艳的景象。

20—21世纪的中国文学进程中，思想政治一直是其核心价值观，这一特点在30年代中国文学的主流中表现充分。这就是革命化的主题与人文主义的美学思潮。其中，革命文学思潮的兴起，主要是受了国际左翼文学思潮的影响，并成立了"左联"。而另一个曾与左翼文艺思想产生过抵牾的人文主义思潮，则是新月派理论家梁实秋在白璧德的新人文主义影响下提出的。梁实秋以新人文主义为根据，反思和批判了五四以来的中国新文学，认为文学价值的标准应以人性为核心，应以古典主义的"节制"为美学追求。宗白华提出了"诗意人生"的主张。此外，梁宗岱以中国传统文化为参照的独特视角对象征主义进行了研究，在打破新诗的"诗言志"格局和开拓诗歌的视野方面做出了贡献。

30年代的中国小说取得了突破性的进展：小说作者新人辈出，小说题材丰富多样，中长篇作品剧增，三部曲小说大量涌现，优秀作品层出不穷。左翼文学作品融入了世界"红色30年代"的创作潮流。京派小说与海派小说则呼应了20世纪的现代派小说创作潮流。还有丁玲、柔石、艾芜、沙汀、叶紫等作家，分别以各具特色的短篇小说，奠定了自己的文坛地位。其中，现实主义方面，除茅盾、巴金、老舍分别以中长篇力作奠定了自己的文坛地位小，还有李劼人创作出了"长篇三部曲"包括《死水微澜》《暴风雨前》和《大波》，这三部作品在人物的真实性、叙事的客观性和内容的文献性等方面显示出自然主义写作方法。浪漫主义方面，沈从文、柔石等人在30年代的中国抒情小说创作中有重要贡献，无论是对历史的反思还是对生命与自然的感悟都产生了普遍的影响。张天翼、丁玲等人主张"写真实"文艺观，在小说中进一步强调理想与现实的关系，提升了作品的思想深度。还有艾芜的"流浪汉"小说，以对现实的强烈反抗和对理想的执着追求，表现出强烈的浪漫主义色彩；现代主义文学思潮相当活跃，其中有代表性的是刘呐鸥、穆时英、施蛰存等人的小说，他们受日本新感觉派文学和西方现代主义思潮的影响，创作新感觉派小说。另外，还有老舍、张天翼、巴人等创作了30年代中国讽刺小说。总之，现实主义、浪漫主义和现代主义汇集在一起，使得社会写实小说、浪漫抒情小说和心理分析小说、幽默讽刺小说，共同组建成了30年代的小说大家庭，带来了文坛的空前繁荣。

同样是在30年代，中国文学的诗歌、戏剧、散文也成绩骄人。如诗人戴望舒、卞之琳等人对现代派诗歌进行了探索。特别是戴望舒忧郁伤感、哀怨彷徨的《雨巷》，以民族化的诗歌意象与语言，结合了西方现代主义文学彷徨、失落的主旋律，成为传世的新诗杰作之一。后期新月派诗人卞之琳，则把西方现代主义文学中的法国象征主义以及后期象征主义诗作的创作技巧融入中国古诗的风韵中，化合了西方现代的暗示与中国传统的含蓄，形成了自己的独特诗风。戏剧方面，受国际左翼文学的影响，成立了"中国左翼剧团联盟"（简称"剧联"），提倡过"国防戏剧"。这一时期的主要戏剧作家有曹禺、田汉、洪深、陈白尘、熊佛西、李健吾、袁牧之等。其中，成就最突出的是曹禺，他将希腊悲剧和易卜生、奥尼尔、契诃夫等人的艺术思想与技艺融入中国民族文化中，他的话剧《雷雨》（1934）、《日出》（1936）和《原野》（1937）是最有影响的作品。散文方面，经过多方面的艺术探求获得了生机，尤其是杂文和报告文学得到了长足的发展，除了鲁迅、瞿秋白在进行杂文创作，还有何其芳、李广田、陆蠡、夏丏尊等人创作出了许多各具特色的散文。此外，梁遇春的散文，还有林语堂对幽默阐释与倡导的小品文，共同为中外散文的沟通做出了努力，带来了散文园地的繁盛。

三、40 年代的文学

到了 40 年代，中国小说形态随着抗日战争的发展而多样化，形成了国统区的讽刺暴露和体验追忆小说，沦陷区的洋场通俗先锋混合型小说，解放区的社会主义现实主义新型小说等多种类型。它们之间相互渗透，相互影响。随着文化中心的重新确立，一批新老作家在国统区集结，出现了以胡风的《七月》《希望》等期刊为阵地的七月派小说群和 40 年代中后期冒头的"新生代"，从而出现了错落有致、推陈出新的文坛格局。作家们对抗战的深入反思，出版业的恢复以及对西方文学译介的增多，国统区小说出现繁盛的局面，推动了小说现代性的成熟。同时，中国作家对外来文学的学习与借鉴已经度过了早期简单模仿的阶段，作家们将西方的哲学思想、文学思想和艺术技巧等融汇在自己的创作中，借鉴和消化中西方文化的精华，形成自己独特的艺术风格。1938 年张天翼发表讽刺名作《华威先生》，成为国统区讽刺暴露小说的开始。随着国民党政权的积弊和腐朽在抗战情景下进一步加深，讽刺小说逐渐勃兴，与讽刺诗、讽刺剧和杂文一起形成了 40 年代国统区的喜剧式否定环境。张天翼和沙汀某种程度上继承了鲁迅对国民灵魂解剖与批判的传统，成为这一时期较为成熟的讽刺小说家。沙汀注重写实精神、批判讽刺精神和人道主义精神。30 年代曾以小说《谷》获《大公报》文艺奖的师陀，在 40 年代以短篇集《果园城记》（1946），中篇《无望村的馆主》（1941），长篇《结婚》（1947）和《马兰》（1948）等作品再度引人注目。

在被日军占领的沦陷区，小说创作因特殊的政治背景、进步青年读者的大量流失以及商业文化盛行等缘故，通俗性作品得到大量发展的机会，因此，以上海为首的沦陷区都市中，海派作家的小说同时呈现出通俗和先锋的两面。1943 年张爱玲以《沉香屑·第一炉香》登上文坛，在短短两三年内，她奇迹般地以令人耳目一新的"传奇"小说、"流言"散文，成为上海沦陷区新起作家中引人注目的一个，在当时的文坛有一定影响力。张爱玲既受到中国古典文学、传统文化的影响，又较早地接受西方现代的历史观念和文化观念，这使她的创作呈现出融古典与现代、东方与西方于一体的特质，并透出一种雅俗共赏的文学气味。在文艺思想方面，张爱玲受到弗洛伊德精神分析学说的影响，在创作中对人的潜意识、变态心理和各种情结进行了深入的挖掘和逼真的刻画。如《半生缘》中许世钧和顾曼桢在潜意识中慢慢发生的爱情、《金锁记》中曹七巧的变态性爱心理，以及《心经》中许小寒的恋父情结等。

中国文学史上也有一些昙花一现，或是名重一时，甚至如彗星一般掠过的作家。当然徐讦并不是这样的作家，他的作品在文学史上的地位虽然因时间不长而没有被充分注意，但是其历史作用一直被称道。他在 30 年代以中篇小说《鬼恋》成名。抗战以后在上海孤岛期间，他创作了中篇小说《荒谬的英法海峡》《吉卜赛的诱惑》《精神病患者的悲歌》。1943 年长篇小说《风萧萧》荣登当年全国畅销书榜首。他大多数作品中"我"的形象都是一些超越阶级和政党利益而又具有爱国精神的民主个人主义者。徐讦作品带有强烈的奇幻色彩，特别是作品中塑造了奇特的女性形象，如《阿拉伯海的女神》中的阿拉伯女巫，《鬼恋》《吉布赛的诱惑》中的女性人物都丰富了中国现代文学的人物画廊。徐讦的作品同时也受到西方现代派的影响，最明显地表现在他注重人物的心理分析以及追求哲理化深度方面，如《精神病患者的悲歌》这篇脍炙人口的小说完全用弗洛伊德的精神分析理论来表现病人的心理。

在 40 年代，解放区文学成为一种独立的思潮，成为当时世界文学中一股强大的潮流。除了当时正在进行建设的俄国之外，各国文学很少有这种思潮。解放区文学的主导思想是社会主义现实主义，这种观念的根本点在于要求作家的创作立场转移到为革命事业和无产阶级人民服务方面。1942 年 5 月毛泽东主持召开的延安文艺座谈会上，对文艺为工农兵服务的方向、社会主义现实主义的创作方法等原则在理论上做出了更明确的认定。赵树理的小说是解放区文学的代表，他的成名作《小二黑结婚》以及后来的创作如《李有才板话》《李家庄的变迁》《孟祥英翻身》《邪不压正》等作品，都成功地开创了大众化的创作风尚。孙犁同样运用现实主义的创作方法，创作了有着大众化民族风格但又别具审美情趣的小说，如《荷花淀》《芦花荡》《嘱咐》等。周立波和丁玲自觉地把自己的创作置于一定的政治任务和革命事业的要求下，把展现一定的思想倾向和政治观念作为自己创作的使命。他们用社会主义现实主义的创作方法，踏着土地改革的足迹，及时写作了《暴风骤雨》和《太阳照在桑乾河上》等长篇小说，这种文学与社会实践相结合、文学为社会服务的创作，是当时中国解放区文学所独有的文学现象。除了俄苏文学之外，世界其他国家文学中并不多见。周立波与丁玲都是相当有才华的作家，他们的长篇小说结构规范，人物有丰富的内心世界，艺术技巧纯熟，达到了世界一流小说家的水平。虽然对于他们作品的评价因社会历史条件的变化而有不同，但即使今日重读这两位杰出作家的作品，仍然给人以深刻的感受。其中的重要原因在于，这两位有新思想的作家深入苦难深重的中国农村后，写出了当时农村的巨大变化，写出了真实的中国农民形象。两部作品的语言民族化追求，同样给人留下深刻印象。

在国统区，两个重要的文学流派——"七月派"（特别是以路翎为代表的小说家）和"九叶诗派"促进了中国小说与诗歌的现代化，显示出中国文学继续向多样化、现代化的方向发展。七月派是指活跃在胡风主编的《七月》杂志、《希望》杂志、《七月》丛书及其他有关杂志上的具有相似的生活态度和艺术追求的诗人和作家们所形成的艺术流派。七月派是中国现代文学史上一个重要的流派，它经历了整个抗日战争和解放战争的艰苦岁月，与时代和社会同呼吸、共甘苦，要求文学创作要服务于民族革命战争和祖国的进步，指出现实主义文学的重要标志就是反映人民大众的生活真实，表达出人民大众的生活欲求。七月派在创作上呼唤主观战斗精神的发扬，要求表现人物精神奴役的创伤。七月派的艺术创作包括诗歌、报告文学、小说、散文、杂文、剧本、论文、翻译和美术作品等，其中诗歌、报告文学以及小说表现出较大的成绩，推出一批具有鲜明艺术个性的作品。

曾经以《大堰河，我的保姆》的现实主义诗风打动人心的艾青，此后的诗风更加多样化，现实主义、浪漫主义、象征主义在他的创作中都有不同程度的融合。如果具体分析，如同中国现代文学中的多位诗人一样，象征主义启示了诗人，对他独特的艺术风格形成有关键性作用，使艾青的诗在触及社会题材时，总能站在时代的高度去审视，有一种批判的强大力量。但艾青的诗歌中没有让个人的情绪泛滥，他诗歌的中心仍然是社会的主题。艾青超越了对凡尔哈仑的简单模仿，他在模仿中有自己的创造，切合了自己所要写的题材和所要表现的主题。

九叶诗派是一个受到西方现代诗特别是 20 世纪以庞德、艾略特、叶芝、瓦雷里、里尔克为代表的现代主义诗歌影响的诗派。他们利用诗人的机智、聪明和运用文字的能力，依靠语气和比喻来传达诗情，使诗作产生一种活泼、流动的美，其中表现突出的袁可嘉和杜运燮明显受到奥登的影响。艾略特的"思想知觉化"和"非个人化"帮助九叶诗人较好地解决了主观与客观、感性与理性、思想与形象、诗情与意象的关系，实现了新诗综合的要求。穆旦是九叶诗人中最具有现代性的诗人，是中国最早有意识地采用叶芝、艾略特、奥登等现代诗人的部分表现技巧的诗人之一。从总体上看，九叶诗人走中西结合的道路，将审美追求建立在中西诗歌之间新的交汇点上，在诗歌观念与诗歌创作上代表着中国现代诗歌的一个高峰。

1949 年，中华人民共和国成立，中国文学进入一个新的历史阶段，20 世纪中国文学掀开了辉煌的一页。

第二节　1949 年以来的中国文学

一、中国现代文学新阶段：1949—1966 年

新中国成立前夕的 1949 年 7 月，第一次文代会在北京召开。新中国文艺的发展走向和基本纲领被明确确定，主要是重申和强调了毛泽东在延安文艺座谈会上讲话中的原则，规定了党对文艺工作的领导作用和文学为工农兵服务的基本方向。这一方向一直贯彻于新中国文学的各个阶段。

在第一次文代会所确立的文艺方针政策的影响下，中国文艺界出现了一系列反映时代精神的文艺作品。一方面，编辑出版了解放区优秀文艺作品选集 53 种，使大批解放区文艺作品得以在全国流传。另一方面，编辑出版了反映新中国成立之初文艺工作实绩的《文艺建设丛书》，其中包括柳青的《铜墙铁壁》、孙犁的《风云初记》、柯仲平的《从延安到北京》等一系列优秀作品。这一时期文坛上涌现了不少反映新中国

成立和建设的作品，体裁广泛，种类繁多。在诗歌方面，如何其芳的《我们最伟大的节日》、石方禹的《和平最强音》、郭沫若的《新华颂》、艾青的《国旗》、冯至的《我的感谢》等，都是这个时期影响较大的诗作。可以看出，无论是在早期文学史上就有过贡献的老诗人，还是刚刚登上诗坛的新秀，都唱出了心中的颂歌。这些诗歌格调高亢乐观，充满了新时期的幸福感和自豪感，集中体现了时代心理和情绪。

这一阶段的小说继承了五四以来的现实主义创作传统，严格贯彻文艺为工农兵服务的基本方向。长篇小说如丁玲的《太阳照在桑乾河上》，赵树理的《李有才板话》，马烽、西戎的《吕梁英雄传》等成为家喻户晓的名著，这些作品都已经被收录到《中国人民文艺丛书》当中。此外，据不完全统计，四年中（1949—1953）全国出版单行本小说共 256 种。如果再加上已经在各种刊物上发表的作品，总数还会更大。其中包括如反映农村生活的《新事新办》《老长工》《登记》等，反映革命斗争的如《山地回忆》《关连长》《远方的来信》等，其他方面的如《我们夫妇之间》《锻炼》等。还有一些中篇小说如《火光在前》《平原烈火》《新儿女英雄传》等。文艺理论家冯雪峰在评论小说创作时指出："这些作品在内容和形式上都有完全新的东西"，"都是向社会主义现实主义努力的结果。"在评论丁玲《太阳照在桑乾河上》时，他认为，该作品已经掌握了"社会主义现实主义"的方法，"有代表或标记社会主义现实主义的初步成长的意义"。这也从一个侧面反映了新中国成立之初在文艺战线上大力倡导的社会主义现实主义创作原则。但也未可讳言，这一时期的少数小说由于种种原因，尚停留在对局部生活现象的描绘上，未能从有典型意义的矛盾冲突中来揭示新的社会关系的变化，塑造有血有肉的人物形象，存在一定的公式化、概念化的倾向。在戏剧方面，话剧的创作走在了前面。剧作家们把目光关注到新中国成立后的新生活。如老舍的《龙须沟》就是反映了新中国成立以后社会生活发生巨大变化的具有代表性的作品，是话剧反映社会主义时代和人民生活的开山之作。

如果说第一次文代会为新中国文艺奠定了思想基础，制定了总体方针，那么第二次文代会（1953 年 9 月—10 月）则在总结了新中国成立初期贯彻执行工农兵文艺方向的正反两方面经验教训之后而对文艺工作提出了新的任务和要求。这一时期，又有一大批优秀的文学作品呈现在人们面前，诗歌方面如李季的《玉门诗抄》《生活之歌》，闻捷的《吐鲁番情歌》等；小说方面成就更为突出，特别是长篇小说的思想性与艺术性都更为成熟，如赵树理的《三里湾》、杜鹏程的《保卫延安》、刘知侠的《铁道游击队》、周立波的《铁水奔流》、李准的《不能走那条路》等；戏剧方面，如安波的《春风吹到诺敏河》、胡丹佛的《春暖花开》、崔德志的《李连英》等。这种持续的创作势头一直没有停息，特别是在 1956 年作家协会理事扩大会议上集中力量批判了公式化、概念化的创作倾向，认真总结了文学创作和理论批评的经验教训，探讨了文学创作的规律之后。这股创作势头越发展越大，涌现了一大批既具有革命的思想内容，又有上乘艺术表现的优秀的作品。如贺敬之的《回延安》《放声歌唱》，李季的《杨高传》等诗歌作品；梁斌的《红旗谱》，柳青的《创业史》，吴强的《红日》，曲波的《林海雪原》，周立波的《山乡巨变》，杨沫的《青春之歌》，罗广斌和杨益言的《红岩》等小说；剧作如老舍的《茶馆》、沈西蒙的《霓虹灯下的哨兵》、郭沫若的

《蔡文姬》、田汉的《关汉卿》等。

在一段时期的创作繁荣之后，第三次文代会（1960 年 7 月 22 日—8 月 13 日）召开，这次文代会的基调是："大跃进"、"反右倾"、"反修斗争"。大会的主题报告《我国社会主义文学艺术的道路》，论述的都是有关文艺方向方针的原则问题。报告明确提倡文学艺术要为政治服务，更加强调"以阶级斗争为纲"，"左"的社会思潮泛滥，到 1965 年由江青、林彪炮制的《部队文艺工作座谈会纪要》出笼，这个极左的文件实际上已经是"文化大革命"的先声。第二次文代会以来所形成的文学创作高潮到这一时期已经基本停滞，很少有优秀的文艺作品出现了。

二、"新时期"的小说创作

中国现代文学史上，一般把 20 世纪 80 年代以后的文学称为"新时期"的文学，"新时期"是指中国从 20 世纪 70 年代末到 80 年代初，进入改革开放的新时期。

在 20 世纪 70 年代末期，中国大陆的小说创作，主要经历了三次大的转变。第一次转变是现实主义创作方法上的复归，"文革"期间和"假瞒骗"文学遭到了彻底的抛弃，人们重新认识到"文学真实"的重要和必要性。真实写作成为作家们共同的美学追求。这种创作美学思想在小说创作中的表现，就是 20 世纪 70 年代末兴起的"伤痕文学"，以及后来出现的"反思文学"和"改革文学"。1977 年，《人民文学》刊登了刘心武的小说《班主任》，"伤痕文学"创作以此为开端。1978 年《文汇报》发表卢新华的小说《伤痕》，将"伤痕文学"创作推向了一个高潮。作家们从正面揭示了"文革"中"四人帮"极"左"路线对人民的迫害和造成的可怕后果。尽管当时遭到了一些人的批判，但历史的发展证明这类文学形式的出现不仅不是反动的，而且是必要的。1979 年，"反思小说"开始出现在文坛上，标志着文学现实主义向深化方向迈进。如果说"伤痕文学"揭示了某些社会现象产生的原因，那么"反思文学"则向人们分析和解决这些社会问题的方法和手段，后者是前者的自然延伸，也是更深层次的思考、更广范围的反思。比如对"大跃进"后农民命运的反思，有高晓声的《李顺大造屋》《陈焕生上城》，茹志鹃的《剪辑错了的故事》，周克芹的《许茂和他的女儿们》，古华《芙蓉镇》等小说力作；对"反右"扩大化后知识分子命运的反思，比如鲁彦周的小说《天云山传奇》，张贤亮的《灵与肉》等；对干部生活的反思如王蒙《蝴蝶》，李国文的《月食》等小说，同样有较大的社会影响。这些作品在思考总结历史经验教训的深度和广度上面达到了一个新的水平。与"反思小说"同时兴起的还有种被称作"改革文学"的创作思潮，蒋子龙的《乔厂长上任记》为其滥觞之作，后来的如柯云路的《三千万》、张洁的《沉重的翅膀》、李国文的《花园街五号》等作品都属于这一类作品。这些作品主要描写的是在社会主义改革大潮中涌现出来的一系列改革者的形象，从一个侧面肯定了改革所产生的巨大作用和其历史必然性。总的来说，这一阶段的小说，批判力度有余，但审美层次仍主要停留在社会学层面上，批判了一些表面性或者掩藏较浅的社会问题，作品人物关系与人物性格也较为简单化，有待于进行深层次的开掘。

　　从 1985 年开始，一批被称为"新潮小说"的文学作品出现在文坛，形成与传统现实主义完全不同审美形态的创作流向。这一阶段活跃在文坛上的有韩少功、郑义、阿城、李杭育、郑万隆等被称为"寻根派"的作家。80 年代以来，整个文化界弥漫着一种强烈的"寻根"情绪，试图通过对民族文化的挖掘，重新认识自我、认识民族，试图建立一种新型的民族观念与文化观念。这种寻根意识，强烈冲击着文学艺术，使其呈现一种新的审美特质。这类小说标志着文学的反思已经由表面的社会现实进入深层的民族文化，开始对国民性进行探寻。文学寻根思潮出现并不是偶然的，它有着深刻的国内国际原因。80 年代初，国内一些作家如王蒙、茹志鹃、宗璞等，借鉴西方现代派写作手法创作的文学作品，如《春之声》《我是谁?》等，代表了向西方借鉴与自主创新的努力。应该说，新技法的引入，对于新时期的小说创作多样性的出现，是有其积极性的意义的，也符合新时期文学创作多元化的历史趋势。然而这些小说发表之后出现了迭遭冷遇的尴尬局面，小说在写作手法创新的同时却失去了读者。严峻的现实告诉创作者们，对西方现代派文学形式的接受，不是一个一蹴而就的过程。而就在这一时期，现代派创作在世界文坛却大行其道，尤其是同为第三世界的国家的拉美作家加西亚·马尔克斯在这一时期获得诺贝尔文学奖，使国内文坛受到很大的震动。1984 年马尔克斯代表作《百年孤独》被译介到中国，作品的那种融拉美本土传统文化、神话与社会现实生活为一体的魔幻现实主义创作手法，也为很多作家所借鉴。这一时期的中国文坛上，出现了一批优秀的"寻根文学"的小说作品，如韩少功《爸爸爸》《女女女》，阿城的《棋王》《树王》《孩子王》（"三王"系列），张承志的《黑骏马》《北方的河》，扎西达娃的《西藏，隐秘的岁月》等。

　　同一时期活跃在中国文坛上的还有像刘索拉、徐星、莫言、马原、残雪、余华、苏童、格非等现代派作家，这些作家的作品无论在审美观念、主题指向还是表现方式和叙述方法上都与现实主义文学创作有着很大差异，处处表现出西方现代主义的后现代主义的某些特征，表达了人类生存的荒谬感、强烈的生命意识和非理性倾向。文体形式的探索和叙述方式的变化在这些人的作品中都有着鲜明的体现。刘索拉的《你别无选择》、徐星的《无主题变奏》等和标为"前先锋派小说"的作品主要表现在现代社会中的对人的自身生存价值的追寻，这与西方社会人性异化思潮是有着密切联系的。同时，约瑟夫·海勒的《第二十二条军规》，加缪的《局外人》等现代派作品对他们的创作有着直接的影响。此外，马原、莫言、残雪等人在文坛上的崛起，标志着"先锋派"小说创作群体的诞生。马原的小说创作前期基本属于现实主义小说，从 80 年代中期开始，他的小说风格开始出现大的转变，重视对小说表现形式的探索。这一时期他的主要作品有《拉萨河女神》《冈底斯的诱惑》《西海的无帆船》《虚构》等。在他的作品中，完全放弃了现实主义写作中时空的连续性，而采取一种场景和行为的片段性的叠加和拼贴。对于文中事实和事件的联系及其深层的含义置若罔闻，只追求叙事手法的创新，叙述人称和叙述角度多变。莫言小说则表现为作者主观心绪的随机外化，作品呈现感官、意象化的特点，他小说中的感官异常丰富而多变，使其所描写的对象获得很大的艺术张力。残雪的作品代表当代中国文学多元化的走向，是从一个特有角度对现代派小说、对荒诞感的表现和非理性的一种涉猎。她笔下的世界已经不再是作为外部存在的真实形态而是一种超越于生活表象之上的精神现象，作者通过自己对世界、对生命的独特的感知方式来暗示人性中极端黑暗的存在，代表作《山上的小屋》就是通过一个主观臆想的超现实的世界来表现亲人之间的那种怀疑和敌对，深刻体现人的生存的荒诞性。这一时期活跃在文坛上的另一些作家如余华、苏童、格非等人的作品也同样表现出多种文化因素与跨文化的作用力。余华小说平淡而又冷峻，以"零度情感"的笔触来描写暴力和死亡，对人的习以为常的生活常识予以颠覆和反叛。其作品《现实一种》《四月三日事件》《河边的错误》，都是以一种冷峻的风格来表现人与人之间的对立和相互伤害。苏童小说的特色在于超越真实的回忆性叙述，通过一种先验存在的主观性回忆对个体和种族的生命历程进行体验的确认。

继"寻根文学"、"先锋文学"创作热潮过去以后，中国文坛兴起了"新写实主义"小说创作思潮。1987年池莉的《烦恼人生》、方方的《风景》等小说问世，标志着新写实小说创作的发端。而后一系列的作品相继问世。新写实小说在文坛上占据了一个举足轻重的位置，代表作家有池莉、方方、刘震云、刘恒等。新写实小说从本质上来讲是我国传统现实主义写作在新时期的延续，但它又有别于早期的现实主义写作传统，并且保留与融合了许多现代主义写作技法。新写实小说注重表现人的生存状态的真实，"清除观念形态（尤其是政治权力意识）对现实生活的遮蔽，消解强加在生活现象之上的所谓'本质'以求复原出一个未经权力观念解释，加工处理过的生活的本来面貌"①。小说往往从最基本的饮食男女来展现人类生存的原生态，回避表现重大社会主题的宏大叙事。侧重物质环境对人的困扰，而对人的精神追求与人生价值的探寻观念则转为淡薄，这也不能不说是新写实小说的一个缺陷。

三、新时期的诗歌与戏剧

20世纪七八十年代以来的中国诗坛，经历了一个由现实主义诗歌复兴、现代主义朦胧诗的兴起到朦胧诗后新生代诗歌的流变过程。70年代末到80年代初期的拨乱反正掀起了思想解放的潮流，带来了实事求是的时代新风。诗人们沿着"天安门诗歌"运动带来的现实主义战斗诗风，开始了自己的现实主义诗歌创作。这一时期，大批"文革"期间遭到不公平待遇的诗人陆续返回诗坛，如艾青、白桦、公刘、流沙河等，亲身经历的苦难和忧患使他们执着于现实，呼唤着文学的真实性。1979年，诗歌理论界也提出了"说真话，抒真情"的命题，为诗歌的真实性大为呼吁，现实主义诗歌创作进入一个高潮期。重要作品有白桦的《阳光，谁也不能垄断》、艾青的《在浪尖上》《光的赞歌》、公刘的《哦，大森林》、流沙河的《故园六咏》等。同一时期，诗坛上出现了新流派"朦胧诗"，以独特的写作手法和审美特征引起了诗坛的关注。在80年代初期，它已经成长为一股不可遏制的创作潮流。这股潮流以1979年舒婷的《致橡树》、顾城的《无名的小花》的发表为开端，在诗坛上迅速壮大，产生了如顾城的《永别了，墓地》《远与近》，舒婷的《祖国啊，我亲爱的祖国》，江河的《纪念碑》

---

① 陈思和主编：《当代文学史教程》，307页，上海，复旦大学出版社，1999。

《祖国呵，祖国》，杨炼《大雁塔》《诺日朗》等一系列优秀作品。继朦胧诗之后，80年代中后期的中国诗坛出现一种纷繁复杂、派别林立的局面，但总的来看不外乎两种倾向：一种倾向于对本土民族文化的探寻，展示传统文化与文学的内容与形式；另一种则倾向于平民与世俗化，着重展示普通人日常的生存状态。前者代表人物主要有廖亦武、欧阳江河，后者的代表人物如韩东、李亚伟等。值得一提的是，在这一时期诗坛上还活跃着一批年轻的女诗人，她们以自己的独特风格在诗派林立的当代诗坛占据了自己的一席之地，人们把这些作品统称为"女性诗歌"，主要代表如翟永明、唐亚平和伊蕾。她们都具有强烈的女性意识，诗中充满关于女性生命和女性命运的深切思考。

在新时期的剧坛上，被中国戏剧尘封了近半个世纪的西方现代主义戏剧开始受到关注。这一时期的戏剧作品开始由原来的关注外部空间转向探索人的"内宇宙"，着重表现人的内心世界，其中谢民的《我为什么死了》，贾鸿源、马中骏《屋外有热流》两部作品拉开了戏剧现代主义探索的序幕。80年代中期，大量着重表现现实的"探索性"剧出现在中国剧坛，如陶峻、王哲东等人的《魔方》，孙惠柱、张马力的《挂在墙上的老B》，高行健的《车站》，沙叶新的《寻找男子汉》等。这一时期的戏剧已从表现领域的开拓转向戏剧体制的自我调适，为新的表现内容寻找恰当的美学形式，艺术形象的主体精神也得以逐步地实现。

特别值得注意的是，进入21世纪后，中国文学中正在出现一种传统文学的创新，无论是在小说、戏剧、诗歌和散文中，都兴起了一种对传统文学艺术形态的借重，这并不是完全恢复旧诗与章回体小说和戏曲等旧形式，而是一种民族化的突进，向中国传统的文学观念与表达手段的借鉴与向现代世界文学包括西方文学、拉美文学的学习互相结合，这是新世纪文学的一个重要特点。2012年出版的方汉文的章回体长篇小说《青雪盟誓》，以中国传统的章回体小说反映新世纪的世情世态，表现了中国当代知识青年近半个世纪的颇具传奇意味的经历，代表了中国当代文学对传统的创新，描绘新纪元中国知识分子的精神历程。我们预见到，21世纪将会是中国文学在传统形式与现代审美观相结合、在世界文学中有重要创新的时代。

第三节　鲁迅：中国新文学的旗手

鲁迅，原名周树人，1881年生于浙江绍兴的一个破落的"士大夫"家庭。19世纪末鲁迅在南京水师求学时，即已接触到了宣传变法维新的《时务报》和当时翻译过来的科学文艺书籍，特别是阅读了严复译述的赫胥黎的《天演论》，深受影响，由此接受了达尔文的进化论思想。但鲁迅摒弃了进化论中"弱肉强食"等消极因素，汲取了进化论中注重生存斗争、相信事物的新陈代谢和社会进步、强调人类精神发展的重要性等积极因素。鲁迅这样回忆早期所受进化论的影响："进化论对我还是有帮助的，究竟指示了一条路，明白自然淘汰，相信生存斗争，相信进步，总比不明白、不相信好些。"

　　1902 年，鲁迅东渡日本求学。当时的日本出现了最初的"尼采热"，鲁迅对尼采的思想也产生了一定的兴趣。他认为应当"掊物质而张灵明，任个人而排众数"，提倡所谓"个人主义"思想。他从尼采的"超人"学说里感受到一种主体意志的集中，有了唯意志的感触。如果追究其根源，这是他曾在科学者身上发现的"科学家精神"的延续。他呼唤精神界战士的诞生，主张与阻碍进步的庸众作战，从而推动整个民族的进步。在日本期间，鲁迅还广泛涉猎了外国文学作品。他读过林纾翻译的多种《说部丛书》，包括小仲马的《巴黎茶花女遗事》等。特别是读到林纾译的美国女作家比彻·斯陀的《黑奴吁天录》，"乃大欢喜，穷日读之，竟毕"。通过这些译本，他初步接触到了世界各国的文学名著，从而具备了丰富的外国文学知识。留日后，鲁迅通过学会的日语和德语，在更广的层面上接触了世界文学。他爱读森鸥外和二叶亭的翻译与里克拉姆文库，渐次加深了对外国文学的了解。

　　鲁迅 1903 年翻译了法国作家凡尔纳的科幻小说《月界旅行》《地底旅行》和雨果所作的《随见录》中的《哀尘》，1907 年写成了他的第一篇研究外国文学的论文《摩罗诗力说》，1909 年编辑了两本《域外小说集》。从那时起，他在从事创作的同时，不断翻译介绍和研究外国文学，直到 1935 年译完俄国作家果戈理的长篇小说《死魂灵》，在他逝世前三天，还为曹靖华译的《苏联作家七人集》写了序言。可以说，鲁迅一生的文学活动，是以翻介研究外国文学开始又以这一工作告终的。据目前不完全统计，鲁迅一生共翻译介绍了 15 个国家近 100 位作家的 200 多种作品，印成 33 个单行本，总字数超过 250 万字，数量同他自己的全部创作大致相当。经他翻译作品的国家，包括俄国—苏联、日本、英国、法国、德国、奥地利、荷兰、西班牙、芬兰、波兰、捷克、匈牙利、罗马尼亚、保加利亚等国，其中尤以俄苏和东欧弱小民族为甚。翻译作品的类别，有长篇小说、短篇小说、诗歌、剧本、童话和文艺理论著作。至于在他的创作中，在杂文、书信和日记中涉及的外国作家，据初步统计，共有 25 个国家和民族的作家达 380 人之多。

　　1911 年，鲁迅发表了第一篇小说《怀旧》。1918 年 5 月发表在《新青年》上的《狂人日记》，因其"表现的深切和格式的特别"而成为中国新文学史上第一篇现代型短篇白话小说。鲁迅称其写作《狂人日记》"大约所仰仗的全在先前看的百来篇外国作品和一点医学上的知识"。而这百来篇外国作品，"几乎全是东欧及北欧作品"，足见被压迫民族文学的影响。鲁迅又自述，《狂人日记》受到果戈理同名小说与尼采思想的影响，但鲁迅的《狂人日记》"比果戈理的忧愤深广，也不如尼采的超人的渺茫"。发表于 1927 年的散文诗集《野草》，是鲁迅摄取异域文学精华，博采众家之长，而又张扬着自我个性所凝结成的艺术精品。鲁迅写作《野草》时，正在译介厨川白村的《苦闷的象征》，对其极为推崇。在《苦闷的象征·引言》中鲁迅引厨川的话说："生命力受了压抑而生的苦闷懊恼乃是文艺的根柢，而其表现法乃是广义的象征主义。"《野草》正是鲁迅受到压抑的生命、深刻的内心矛盾的真实反映，采用了厨川"广义的象征主义"，表现出"具象化的心象"，这是鲁迅的"苦闷的象征"。《野草》思想内容的深刻、警策与隐晦，带有相当的"尼采气"；诗情温厚柔美处以及嗜写梦境，与屠格涅夫的散文诗有异曲同工之妙；个别篇什（如《墓碣文》）所表现的虚无主义，及其在幻境形象中揭示朦胧思想的表现方法，明显受到波德莱尔的影响；安德列耶夫式的"阴冷"在《野草》中也时有显现。

鲁迅的小说主要集中于《呐喊》与《彷徨》两个选集中。在《呐喊》中所收入的第一篇作品就是《狂人日记》，小说的主人公是一个狂人，并不是中国传统文学中的"狂士"，而是一个所谓的精神病患者。他感受到自己受到迫害，甚至连别人家的狗都对他"多看了两眼"。不过，这当然不是一个普通的病人，他所感到恐怖的其实是这个社会，他从写满了"仁义道德"的史书的字里行间，看到"满本都写着两个字：吃人！"对于他人是正常的社会现象，对于这个"狂人"则是极度的恐惧，这是作者通过狂人所表达的对于社会实质的认识。《孔乙己》则描绘了一个穷困的知识分子的生活状态，作者对于其性格的旷达与迂腐，表现出一种矛盾的心理。一个穷书生在衣食无着的生活环境下，不得已而偷书看，却被人发现后，遭到毒打。但他有传统读书人爱面子的思想，以可笑的理由为自己辩解，说窃书不为贼。虽然如此，却不能逃脱粗暴的责罚。作者以主人公与儿童的对话的细节，描绘出这个人物可爱又可怜的一面，但对他的命运表现出无可奈何的哀怜。

鲁迅的代表作《阿Q正传》是最早产生世界性影响的中国作品，鲁迅在世时已经译为英语、法语、俄语、日语、德语、世界语、捷克语等多种文字，受到罗曼·罗兰等大作家的赞赏。这部小说的主人公是一个南方的农民阿Q，这是一个极为普通的穷苦农民，可以说是当时中国农民的典型。他的性格与社会角色很难用好或是坏来代表，他常年劳作，但并不是"勤劳智慧"的劳动人民，而只是被人称为"阿Q很能作"。他并没有明确的思想观念与人生理想，而只不过是过日子，性格中还有浅薄或是轻浮的一面。他为了一点小事就与小D等人打架，他借机摸尼姑的头，甚至企图与吴嫂亲近。他对于当时的社会革命是完全无知的，却妄想充作革命党来达到个人目的，最终落了个悲惨的下场。这个人物代表了中国农民性格中的一个侧面，有评论家说，鲁迅描写了雇工这一特殊劳动者的性格中不光明的一面，这种说法是不对的。对于鲁迅来说，当时并没有严格的阶级分析理论，更不是选定了某一种阶层的人物来有意表达其阶级特性的。阿Q只是中国普通农民性格的集中，作者对于这种性格的感情是复杂的。既有哀其不幸，也有怒其不争的成分。这种中国农民的形象，经过作者的艺术提高，如同塞万提斯笔下的堂吉诃德一样，成为世界文学史上具有代表性的形象。我们不能简单用好或是坏来判定他，这就是活生生的人性的表达。

鲁迅的杂文是其重要文学贡献之一，由于种种原因，鲁迅晚年以杂文创作为主，杂文这种文体在中国文学史上的地位原本不高，但是鲁迅杂文是中国文学上的奇葩。他的杂文以思想主题深刻，具有尖锐的讽刺力量与独创的艺术形式，得到了"嬉笑怒骂皆成文章"或是"匕首"、"投枪"等美誉。当然，由于当时历史语境的限制，他的杂文往往有强烈的针对性，针对具体的现象与当时的事物而发，有一定的历史内容。但总体而言，这并不影响其艺术生命力，直到今天，鲁迅杂文仍然有其隽永的艺术魅力。

第四节　郭沫若、茅盾、巴金、老舍与曹禺

除了鲁迅之外，尚有五位作家在中国现当代文学史上享有盛誉：郭沫若、茅盾、巴金、老舍与曹禺。他们生活与创作的时代虽然有一定差异，但是大致相近。这些作家是与鲁迅同时代的，从 20 世纪 30 年代前后进入创作盛期，以后他们的创作活动长达半个多世纪，是新文学以来最有影响的作家。

一、郭沫若

郭沫若（1892—1978）年于 1892 年出生于四川乐山沙湾村，1913 年年底赴日本留学，1918 年升入九州帝国大学医科。1919 年开始在上海《时事新报》的副刊《学灯》上发表新诗，1921 年在东京与成仿吾、郁达夫等人组织创造社，同年出版第一部诗集《女神》，这部新诗集与胡适的《尝试集》齐名，被认为是中国新文化运动最早的新诗集。1923 年，郭沫若由九州帝国医大毕业，获得医学学士学位，同年出版了《卷耳》和《星空》。这是他创作的第一个高潮。他回国后，投入文学创作与革命活动，先后出版了《塔》《落叶》《三个叛逆的女性》《橄榄》《前茅》《恢复》《沫若诗集》等著作，同时发表了大量译作。1928 年他流亡日本，直到 1937 年抗战前夕回国，这十年期间他主要从事中国古代史与甲骨文、金文的研究，成为著名的学者。1942 年到 1947 年，郭沫若的文学才能再次展现，这一时期的创作主要集中于戏剧，他发表了《棠棣之花》《屈原》《虎符》和《孔雀胆》等优秀剧本，这些剧本的演出轰动了抗战时期的舞台，这些剧本思想深刻，艺术形式独具一格，这些作品对鼓舞民众的抗战士气，起到了积极作用。

郭沫若是中国与世界为数不多的在学术研究与文学创作方面同时取得杰出成就的作家，郭沫若早期曾有过"泛神论"思想，其中有他青少年时期对老庄哲学的领悟，但更重要的则是来自于泰戈尔等人的思想影响。1915 年他在日本读到泰戈尔的诗作《吉檀迦利》《新月集》，诗中的"泛神论的思想"、"'梵'的现实"、"'我'的尊严"、"'爱'的福音"等对他产生思想冲击。以此为触发点，他说："因为喜欢泰戈尔，又因为喜欢歌德，便和哲学上的泛神论（Pantheism）思想接近了。——或者可以说我本来是有些泛神论的倾向，所以才特别喜欢有那些倾向的诗人的。"而且，"和国外的泛神论思想接近，便又把少年时分所喜欢的《庄子》再发现了。"这是郭沫若的泛神论思想基础的主要来源，也可以看到它产生作用的过程。但是也要看到，郭沫若的思想与泰戈尔、歌德的思想也有文化差异，印度民族笃信宗教，泰戈尔反对"一神教"，认为"本体即神，神即万汇"。中国文化中宗教势力相对较弱，郭沫若将这种反抗精神用于反对封建偶像，成了他表现自我张扬个性的诗风。郭沫若对斯宾诺莎的泛神论思想也很感兴趣，他认为"泛神便是无神。一切的自然只是神底表现，自我也只是神底表现，我即是神，一切自然都是自我的表现"。可以说郭沫若创的泛神论思想其实

不完全等同于斯宾诺莎的泛神论，这是一种中国化的思想，它与五四时期个性解放与反对封建礼教的思潮合流。这些也是郭沫若浪漫主义的文学观的基础。

作为一位浪漫主义诗人，郭沫若极为赞赏诗是"强烈情感的自然流露"的主张，这是欧美浪漫主义诗人的诗歌定义。同时与西方诗人一样，他也提出诗的韵律和节奏要接近普通的散文语言。这可能与他借鉴美国诗人惠特曼的艺术技巧有关。在郭沫若的《女神》中，诗人情感充沛，表现出一种挣脱韵律、格式限制的冲动。他极为推崇诗歌中的主观想象与灵感直觉等因素。在他看来："自由诗散文诗的建设也正是近代诗人不愿受一切的束缚，破除一切已成的形式，而专挹诗的神髓以便于其自然流露的一种表示。"他强调，"艺术的精神就是这没功利性"，"生命是文学的本质，文学是生命的反映"。郭沫若形成了一种浪漫主义的艺术观：艺术是表现，不是再现，是作家情感的自然流露。艺术并不是为了什么，而只是生命的自然流淌。

郭沫若的小说《叶罗提之墓》《喀尔美萝姑娘》与《落叶》和抒情长诗《瓶》中，我们处处可以看到青春时期的感情冲动。但是，郭沫若的创作又是多样化的，作为一个历史学家，郭沫若在历史题材的戏剧和小说中又表现出完全不同于诗歌的风格。他是一位叙事的高手，他的戏剧情节紧张、扣人心弦，表现出一种历史文学的优秀技巧。他的人物性格塑造也相当突出，他的戏剧《屈原》中，主人公的爱国主义激情、过人的才华与光明磊落的行止，给人留下深刻印象。

郭沫若的诗作风格多样，他有浪漫诗人的饱满热情，同时也有田园诗人的情怀，如《别离》《春愁》《新月与白云》，还有五四后写的《岸上》《天上的街市》等诗作中，都有一种优美而淡远的诗风。在 1919 年下半年到 1920 年上半年，郭沫若以火山喷发式的激情创作了《地球，我的母亲！》《匪徒颂》《晨安》《凤凰涅槃》《天狗》等新诗。这些诗作，完全突破了旧体格律的诗的形式，热情奔放，不拘一格，体现出一种狂飙突进的内容和自由活泼的诗体，这是一种豪放的诗风，表达了一种革命的情调，为时代唱颂歌。同时他还有另一种更为复杂的内心世界，他的《棠棣之花》《女神之再生》《湘累》等歌德式的诗，表现了"主情主义"、泛神思想、对自然的赞美、对原始生活的景仰、甚至还有对儿童的一种崇拜。而他的《女神之再生》《湘累》等诗剧的创作又体现出一种新浪漫派和新兴起的表现主义的因素。

如果从郭沫若创作的总体而言，他的浪漫主义诗歌深深地融入了他的戏剧叙事，而他的叙事又表现了诗歌的精神，这可以说是一种伟大作家所独有的特点。艺术上的多样化甚至有时是互相对立的，思想上有时表现得相当矛盾，这种冲突精神贯穿着他的一生，当然也体现于他的创作之中。虽然在对郭沫若的评价中存在相当多的争论，但是无可怀疑的是，他是中国特定历史时期的一位杰出作家与学者。

二、茅盾

茅盾（1896—1981）的本名叫沈德鸿，字雁冰，曾用过的笔名有玄珠、方璧、M.D 等多种，他出生于浙江桐乡的乌镇。作为北京大学预科的学生，1916 年毕业后在上海商务印书馆的编译所工作。1920 年他接手来编《小说月报》，从此，这份报刊成为了新文学运动的重要阵地。1921年茅盾发起成立了文学研究会，同年参加中国共产党。他将五四时期文学研究会"人生派"的现实主义精神加以发展，在当时的小说领域建立起了一种全新的革命现实主义文学模式，使得30年代文学与五四时期的文学划分开来，成为另一个文学时代。

茅盾于1927年发表了处女作小说《幻灭》（三部曲《蚀》之一），翌年离开中国到日本。1930年回到上海。1931年至1937年，是茅盾创作的鼎盛时期，创作了《虹》《路》《三人行》《子夜》《林家铺子》《春蚕》《秋收》《残冬》等作品。

1933年1月《子夜》在开明书店出版，奠定了茅盾在中国文学史上的重要地位，这部小说以题材和主题的时代性与重大性，以巨大的思想深度、广阔的历史内容、复杂的人物关系，反映了时代的全貌及其发展的史诗性而震撼文坛。在这部作品中，可以看出受法国作家巴尔扎克的《人间喜剧》等作品的影响，这种影响表现在主题、构思以及人物形象塑造上，也体现在艺术结构与心理描写上。暴露资本主义世界的罪恶对金钱的揭露这一主题也贯穿于《子夜》始终，正是金钱的利害关系使得吴荪甫、赵伯韬、杜竹斋等资本家上演了一幕幕勾心斗角、你死我活的人生戏。尤其令人不齿的是，小地主冯云卿为了现实利益，竟然唆使女儿与人勾搭。这无疑使人想起马克思与恩格斯对资产阶级道德败坏的痛斥。作品构思上，茅盾以"社会研究"为目的来构思小说，在注重数字化的统计的同时，试图将社会的各种阶层、各个行业、各类性格、各样背景的人物都涵盖在文本中，以便能对30年代的中国社会做出较为确切的反映。而在人物形象塑造上，《子夜》塑造了一群阴险狡诈、残忍冷酷、吝啬自私、利欲熏心的中国资产阶级群像。其艺术手法重视典型的环境描绘以及书写环境对人物心理所带来的巨大影响。在艺术结构上，为了解决《子夜》因内容多、容量大、线索繁多、结构复杂难以布局的问题，小说作了精心安排，开始即为吴老太爷治丧的场面，通过这一场面引出了矛盾冲突的主线与副线，让小说中主要人物都露了面，从而使这一章成为了小说的总枢纽。此外，茅盾通过矛盾运动来刻画人物的心理发展，展示人物复杂的内心世界，把人物皆刻画得出神入化。

作为一位精通马克思主义理论的文学理论家，茅盾的作品与人物形象超越了当时多数左翼作家的简单化、庸俗化的写作模式。特别是《子夜》的中心人物吴荪甫，这是一个民族资本家的典型，他雄心勃勃，以振兴民族工业为自己的目标，但是没有真正认识到，在中国半殖民地半封建社会中，这种奋斗是注定要失败的。华裔美国文学批评家夏志清指出："吴荪甫虽然抱负不凡，但他却未能认识到，中国的政治和经济制度实在需要来一次大革新了。在达到此一目标前，个人的奋斗是徒劳无功的。"[①]

由于长期居于中国文学艺术界的领导者地位，并且写出了有影响的小说，所以茅盾一直被看作中国现代小说的代表性作家。他小说中的人物形象较多，其中写得最成功的其实是那些中小商人，如《林家铺子》中的林老板这类角色，在现代商业竞争与不公平的社会环境中挣扎求生，他们微末的求生欲望与人生悲苦往往令人动容。其次是一些进步知识青年，他们在从鲁迅、郁达夫到巴金的作品中都是重要人物，而论其

---

① ［美］夏志清：《中国现代小说史》，110页，上海，复旦大学出版社，2005。

思想观念之明确，生活之清苦与内心世界之丰富，茅盾的小说仍然是能数得着的。无可讳言，中国知识分子形象一直是最受关注、而书写最不成功的。特别是正式确立了文艺为工农兵服务的大方向后，这种形象的描绘受到极大限制，主要是被讽刺与嘲弄的对象。虽然不再是《儒林外史》式的嘲讽，但仍然缺乏有力度的形象创造，这也是茅盾的一个缺憾。

三、小说家巴金

巴金（1904—2005），本名李尧棠，字芾甘，曾用过多个笔名，如黑浪、王文慧、欧阳镜蓉、余一、黄树辉等。巴金出生于四川成都一个没落的封建官僚家庭。巴金少年时期正值新文化兴起，他当时在成都外语学校读书，立即接受了新文化运动中的新思想。他喜欢阅读《新青年》《每周评论》《新潮》《少年中国》等宣传新思想的杂志。当时引进中国的思潮复杂纷乱，各种思潮和"主义"使这个少年十分入迷。其中最吸引他的是克鲁泡特金的政论《告少年》和廖·抗夫的剧本《夜未央》。巴金读后深受感动，他自称这是读了两本让他"找到了终身事业的小册子"。克鲁泡特金是19世纪70年代俄国的无政府主义思想家，也是当时的国际名家。而《夜未央》描写的正是俄国的无政府主义的民粹党的革命斗争生活。在这种思想的启蒙下，巴金开始研究"安那其主义"（无政府主义），并向往俄国的"民粹派"。

1923年，巴金离开成都，到北京、南京、上海等地求学。1926年间，巴金翻译了克鲁泡特金的《面包与自由略取》，撰写了《法国安那其党人的故事》，并宣称自己"是一个无政府主义者"。1927年年初，为了进一步对"无政府主义"进行"深的研究"，他赴法国留学，于1928年年底回到上海。旅法期间，他研究了法国大革命的历史和革命家的经历，阅读了卢梭、伏尔泰等资产阶级思想家的著作，既钦佩卢梭的"梦想消灭压迫和不平等"的思想，又从《忏悔录》中"学到了说真话"。此外，他还翻译了克鲁泡特金的《伦理学的起源和发展》（上卷）、廖·抗夫的《薇娜》，编写了《俄罗斯十女杰》《俄国社会运动史话》等书，并创作了他的第一部中篇小说《灭亡》。

当时，中国国内的革命运动一直受到残酷的镇压，巴金感到极度的失望与愤怒，而无法找到救国救民的真理，只得在无政府主义中寻求精神安慰，《灭亡》是这一时期他的思想的真实表达。巴金主要接受了19世纪俄国文学中的革命现实主义传统，主张以批判现实主义为创作方法，建立了"为人生"的艺术观。不过，巴金开始创作时，不像茅盾那样有意识地对自己所吸收的西方文学经验进行选择，而是或多或少带有些盲目性，只是学会了"怎样表达自己的感情"。以此来表达心中强烈的爱与恨，成了他迈向现实主义的第一步。从《灭亡》《新生》《萌芽》（又名《雪》），到"爱情三部曲"这些作品都可以看出这样的痕迹，直到30年代"激流三部曲"的出现，才标志其现实主义创作进入了一个新阶段。这部历经18年才完工的作品，反映出作者及其个人创作风格在各阶段的演变情况，尤其是其中的《家》更具特殊地位。40年代后，巴金的作品风格发生了重大变化，在他日渐变冷的文风中叹息。

巴金以小说创作为主，他的人物重视思想性格的刻画，主要人物是从事革命活动的青年知识分子。这种题材与主题决定了他作品的中心人物其实是些个人行动家。1929年《灭亡》发表于《小说月报》，在作品主人公杜大心身上，我们看到了"西方革命家"的形象，他那"恨人类"的思想可以说是"宣扬极端的个人主义"，认为既"为爱之故而活着，就应该为爱之故而死"。1932年巴金重写了《新生》，文中的李冷、李静淑兄妹看似与杜大心心态相反，其实一致，都是源自以个人为中心的无政府主义观念。李氏兄妹就是为"爱人类"而献身"革命"的，而且所有的进步青年所信仰的都是无政府主义。应当说这种描写是脱离中国社会实际的。中国社会革命中，无政府主义从来没有成为主流力量，那种个人的反抗也不是社会斗争的主要方式与手段。与杜大心和李氏兄妹围绕爱与恨的争论相近，1933年的小说《雪》中仍然有明显的自然主义色彩，可以看出作家对社会政治与生活的理解仍然不够深入。1936年4月巴金出版了"爱情三部曲"，这是巴金最重要的作品，其中所展现的仍然是早期世界观，但是明显可见，作家自己也已经感到需要投身到社会现实之中去，反映社会生活的实际与革命斗争的时代要求。巴金的艺术表现力却显示出极大进步，经过长期的实践，他有了较为成熟的小说叙事技巧，他通过人物的恋爱观透视人物心理，塑造了周如水这样的多样性人物。

上海开明书店出版的《家》（1933）标志着巴金小说创作的成熟。作品中已不见生搬硬套外国文学的斧凿印痕，表现出一个具有独特立场与充实的创造力的作家形象。这一时期巴金的代表作是由三部长篇《家》《春》和《秋》组成"激流三部曲"。在"激流三部曲"中，作者已经不再把暗杀或是激烈的行动作为主要情节，但是小说的锋芒仍然针对封建家族制度与社会思想道德，这是巴金小说最主要的主题。在这些小说中，五四运动、当时社会生活中穷苦人的奋起斗争包括反租抗税等，都作为一种广阔的社会生活背景得到表现。但是必须看到，巴金并没有直接参加任何党派，这是巴金与其他左翼作家之间的差异。所以巴金笔下的人物并没有鲜明的阶级或是政党的色彩。巴金的人物仍然是"进步青年"与传统家庭之间的斗争，这对于当时中国的现实与思想来说，都是一种不同凡俗的表现方式。由此也产生出这样的问题：人们只是为一种"美好的生活"而斗争，而这种生活的性质是什么？这在小说中无法找到答案。巴金小说结构比较松散，他的语言有散文化的特点。从写作过程方面来看，巴金的小说也不先预设人物行动纲领，他喜欢一种"即兴"式的写作方法，他的作品中，以激情的迸发为特性，这是与普通的现实主义作家所不同的。所以有的学者认为，其实一定程度上，用现实主义或是浪漫主义的标签，很难准确地表达巴金这类作家的创作特点。巴金文笔细腻，叙述条理清晰，这是一个优秀作家的基本功，他尤其善于抒情和表现人物心理，特别是女性人物中的少女的心思。相对来说，他笔下柔弱的女性人物内心世界优美，而一些刚强的女性人物的刻画则不够成功。他的叙事风格比较平淡，以抒情为主色调，较少描写离奇的故事情节和宏大的场面。这就形成了巴金别具一格的抒情化小说，这一特色在"爱情三部曲"中形成，在"激流三部曲"中与现实主义方法达到了完美结合。

"激流三部曲"和以后的小说《憩园》都表现了一种"含着笑"来告别以往的人生态度，无论过去的生活如何残酷与让人窒息，都以宽广的胸襟忘却它、告别它，这是一种以善抗恶的生活态度，只有这样人生才能奔向真正的美好。到了40年代，历经人生风雨的巴金对于社会生活的观察更加深入。在他的作品中，那些一心造反的"学校内外的青年"，逐渐被"小人物"所取代，1947年出版的小说《寒夜》是巴金现实主义小说创作深化的代表作。在《寒夜》中，创作技巧更显得高超，取得了描绘"小人物"和"日常琐事"的巨大成功，从而显示出了其深厚的艺术功力，因为通过平常的事物写出不平常的真理往往难度最大。①《寒夜》描绘了一幅灰暗、苍白的家庭琐碎生活图，主人公都是"世界上最多的平常人"，在当时的阴暗社会中，生活本身就是造成生活悲剧的凶手，汪文宣的死就是明证。巴金曾多次提到，这部作品谴责的不是个人，而是制度。然而，这部小说的最大成就，不光在于巴金成功地塑造出了小人物，更在于它证明了巴金已很好地掌握了现实主义的创作方法，小说所批判的社会黑暗对人性的压抑，已经远远超过了单一的人物形象的内涵，为这一母题开拓了新的表现领域。

四、杰出的戏剧家老舍

老舍（1899—1966），原名舒庆春，字舍予，出身于北京市的一户普通人家，是满族人。1918年于师范院校毕业后，曾经任小学校长并兼任国民学校校长。1922年到天津南开学校中学部任国文教员。1923年发表第一篇小说《小铃儿》。以后回到北京任教。后因得英籍教授艾温士的赏识，1924年被推荐到伦敦大学东方学院任汉语教师。当时，为了提高自己的英语水平，他广泛、认真地阅读了大量外国文学作品，既有英国作家狄更斯、萧伯纳、康拉德、威尔斯、梅瑞狄斯、哈代等的作品，也有俄国的陀思妥耶夫斯基、法国的莫泊桑、福楼拜等的作品，老舍的创作水平也得到极大提高，在此期间，他先后完成了三部长篇小说：《老张的哲学》（1926）、《赵子曰》（1929）、《二马》（1929），并寄回国内，先后于1926年至1928年发表于《小说月报》。这三篇小说都以北京市民社会的日常细节与平凡生活为蓝本，表现出作者独特的富于北京特色的幽默风。此时，虽然老舍的美学风格尚未臻成熟，有时会为幽默而幽默，甚至有流于油滑之处，但却已见老舍创作个性端倪。1929年，老舍离英返国，先后在济南的齐鲁大学和山东的青岛大学执教。这一时期，他写了大量作品，显示出旺盛的创作力，共有长篇六部《猫城记》《离婚》《牛天赐传》《骆驼祥子》《文博士》和《大明湖》，中篇一部《新时代的旧悲剧》，以及短篇三部《赶集》《樱海集》《蛤藻集》。到了40年代则有代表作《四世同堂》，50年代以话剧作品蜚声文坛。

总观老舍的小说创作，就会发现有一明显特色：即以一种幽默的心态、用一种讽刺的笔法，对中国民族传统文化和国民性进行了反思与批判。正因为如此，所以有的评论者不能全面地看待老舍的作品，认为他的作品中有些"油腔滑调"，格调不够高等等。其实这种评价是不公正的，讽喻是中国文学也是世界文学的传统形式和手段，从《堂吉诃德》到卡夫卡的《变形记》，从中国的《诗经》到《儒林外史》，讽喻一直

---

① 参见汪应果：《巴金论》，372～373页，上海，上海文艺出版社，1985。

是文学的基本写作方法之一。

而老舍的贡献当然并不只是讽喻,在题材的开拓方面,老舍也有重要贡献。他首先把中国最重要的大城市——古城北京的下层市民生活直接展现在作品中,这如同巴尔扎克写巴黎、狄更斯写了伦敦一样。老舍把人力车夫、商人、孤儿、职员、平民等,作为自己的写作重点。如《老张的哲学》中的老张是一个无正当职业的闲散人员,其实这种人世代生活在这座古城中,他们与古城的历史一样古老,但是很少有作家能如此正面并且全面地来描写他们。而《骆驼祥子》中的祥子则是黄包车夫,再现了中国社会转型时期,进入城市的农民在下层社会的煎熬与经历。老舍笔下的人物形象具有个性,如车行老板的女儿虎妞的泼辣与直爽,贫民女子小福子的柔弱,其他如尤老二的贪、狂、愚、怯等性格特色,都表现得淋漓尽致。这些人物有些并不是主要人物,但是形象鲜明,着墨不多却令人难忘,表现出作者巨大的写作才能。同时老舍也是一位叙事大师,在故事结构安排上,有意识地强调正反、善恶两极对立。如在《离婚》中张大哥与小赵两个世界的对立,以及后来《四世同堂》中钱默吟与冠晓荷两家的对立,作者痛恨丑恶、追求善美的人生态度在这种冲突中客观地呈现出来。老舍的社会理想是人道主义的模式,但是这种思想从来不是政治话语,不是时代精神的传声筒式的表达,而是一种自然的流露。当然,老舍有一种幽默感,但这是出于他的人生理想,而不是油嘴滑舌。读老舍的小说时,我们不由会想到北京的老居民的言谈,老舍的世界观正是来自于这样一种生活,老舍具有一种世俗的温情主义人生态度,从而形成了自己独具一格的"老舍式"的幽默讽刺小说。在老舍的笔下,下层人物是主体,如车夫小赵、李景纯、丁二爷、曹先生等。老舍曾在《猫城记》以所谓爱与善的对立思想,对各种牌号的主义进行过嘲讽。尤其在《老张的哲学》中,作品主人公是灭绝人性的学校校长,还有虐待狂、吝啬狂、色情狂等形形色色的剥削者,文中还穿插了三角"恋爱"的故事。同时也要看到,老舍是一个创作风格多变的作家,他有自己一贯的风格,而实际上他不同时期的作品往往有相当大的变化。

如《骆驼祥子》这篇批判现实主义文学的力作,则可以说是老舍创造性地表现社会现实的代表。这部作品已不再为讽刺而讽刺,也不再为幽默而幽默。它不像作者早期的作品,仅对社会生活中某些现象进行模仿与再现,而是开始整体把握社会现实。作者通过对主人公祥子的命运的描写来进行反思,这种反思是关于中华民族的历史文化的回顾。这是一种相当深刻的写法,由此对不合理、不人道的社会进行控诉、批判。作品准确地把握了人与环境的思想向度,通过对祥子与环境的微妙关系处理,希望在两者间寻求到一种平衡,说明了人物的命运乃是社会环境与个性的结合。当然在这种作品中,作者的批判意识已不是仅停留在讽刺层面,而是上升到了理性的高度。到了40年代,在《四世同堂》这样的历史巨著中,作者进一步提升自己的历史主义观念,作品以漫画式的夸张,对汉奸们进行了无情的鞭挞与暴露,表现出作者深厚的爱国主义感情。

从某种意义上可以说,失去了幽默,就没有了老舍。幽默,作为老舍的个性气质与艺术风格,在他的整个文学创作中起到了决定性的作用。然而,生活的酸甜苦辣与世间的人情世故,使得老舍幽默的笑中饱含着心酸的泪,讽刺中充满着宽厚、仁慈和豁达，他从不会因自己洞察了同胞们可笑的缺点而自得，而是用自己幽默的语言对他们进行委婉的指正。是这种"含泪的笑"，把喜剧美与悲剧美相结合，融抨击与安抚于一体，为中国现代文学提供了一种新的美学范式，构建了老舍讽刺小说的独特美学价值。

老舍的戏剧艺术才能与小说同样杰出。从《龙须沟》开始，老舍就关注历史与社会变迁的主题，特别是古城北京千百年来的变迁，给人以深刻印象。特别是他的《茶馆》，可以说是老舍的社会历史观念的代表作，剧本结构新颖独特，以北京的一家茶馆为中心，叙述它在不同时代的命运。将中国从晚清到民国的历史展现在我们目前，这种史诗式的描写在中国现代文学中形成了传统，而老舍则是这种传统重要的代表人物之一。

五、曹禺及其戏剧

20 世纪 30 年代，中国现代话剧史上出现了一位大师级的剧作家——曹禺，他本名万家宝，字小石。祖籍湖北潜江，生于天津。他是一位对中国现代戏剧的发展做出了杰出贡献的剧作家，他以《雷雨》（1934）、《日出》（1936）、《原野》（1937）、《北京人》（1941）等经典剧作，在中国话剧史上确立了自己的地位。

曹禺于 1922 年考入有"中国话剧运动摇篮"之称的南开中学，作为"文学会"和"南开新剧社"的成员，先后参加过易卜生的《国民公敌》《娜拉》等剧的演出，获得了丰富的舞台实践经验。1930 年入读清华大学西文系，在读书期间，他开始文学创作。与其他作家不同，曹禺在青年时期就表现出巨大的戏剧写作才能。他在 1934 年至 1937 年间创作了《雷雨》《日出》《原野》等三部剧作，从此一举成功，跻身于中国最著名的戏剧作家行列。

1937 年"七七事变"后，曹禺从所任教的南京国立戏剧专科学校辗转四川，他教书之余从事创作，进入了第二个创作阶段，代表作品是 1941 年发表的《北京人》。另外，在此期间他还改编和翻译了一些外国剧作。1946 年他赴美讲学，回国后在上海任文化影业公司编导。1948 年发表电影剧本《艳阳天》。1949 年后，开始在中央戏剧学院等单位任职，并进入创作的第三阶段。为了配合抗美援朝和知识分子思想改造运动，1954 年发表了标志其创作风格转变的作品《明朗的天》，还有历史剧《胆剑篇》（1961）和《王昭君》（1979）等作品，此阶段的戏剧创作具有鲜明的政治动机和理性思维。从曹禺的一生来看，他并不是一位多产的作家，但是他的每一部作品都有相当大的影响。

对于中国戏剧来说，现代话剧是一种外来的艺术形式，虽然引进相当早，但它的成熟是 30 年代中期，中国现代话剧早期的代表作就是曹禺的《雷雨》《日出》。这两部被国内外公认为"具有国际水准和达到相当高的艺术水平的剧本"①。

---

① ［捷克］马立安·高利克：《中西文学关系的里程碑》，154 页，北京，北京大学出版社，1990。

那么，是什么因素使得这两部戏剧获得如此之大的成功呢？

戏剧艺术不同于其他文体，相当重要的是戏剧的故事或是结构，曹禺的话剧都有思想深刻的戏剧冲突，紧张而曲折，深深地吸引了广大观众。《雷雨》是他最成功的剧作，描写一个封建资本家庭里发生的曲折故事。资本家周朴园早年曾经抛弃过家中的女仆鲁侍萍，鲁侍萍带着与周朴园所生的女儿离开了周家。但这并不是一个始乱终弃的故事。多年以后，鲁侍萍的女儿四凤又来到周家做女仆，与周家的大少爷周萍相爱，两人并不知道他们有血缘关系。而周朴园的姨太太繁漪也与周萍有私情。当鲁侍萍再次来到周家做工时，一切矛盾爆发出来。这个剧的矛盾冲突承袭了希腊戏剧的某些成分，在结构上对易卜生的《群鬼》借鉴尤为明显。《群鬼》与《雷雨》在舞台设计、地点、基本事件、人物关系和"三一律"、"回溯式"结构等方面，有许多相似之处。[1] 但是曹禺并没有模仿易卜生。在两个剧中，都有"过去的戏剧"和"现在的戏剧"两种不同时间情节发生，为了突出时效与作用，两部作品都采用了锁闭式方法。不过两者也有不同，有人对两者进行了区分，认为前者是"回顾式"，后者是"终局式"，一个以表现"过去的戏剧"为主，另一个以"现在的戏剧"为主。这种分析只是从形式上比较。而不容否定的是，曹禺是一个富于创造力的作家，《雷雨》是植根于中国土壤上的一朵奇葩，它的主题思想、叙事方式与人物塑造，都体现了作者深厚的中国文学积累，如果没有这种积累，是无法写出这样杰出的剧本的。

但也可以看出，中国现当代文学中，外来的文学影响特别是西方或是拉美文学的影响极大，从 30 年代开始，直到 21 世纪莫言等作家，无不受到外来文学的影响。特别是中国诗人所接受的西方象征主义、戏剧家所喜爱的表现主义、小说家们中所流行的"批判现实主义"、"社会主义现实主义"与"魔幻现实主义"等各种类型的"现实主义"等。

当然中国作家也努力将这种外来因素本土化，在中国文化中寻找相对应的替代因素。相对来说，中国传统文学样式，包括中国戏剧、中国传统章回体小说与中国格律诗等一直没有成为中国文学的主体表达方式，这也是令人遗憾的。

1937 年曹禺创作《原野》，这时中国与国际戏剧的风尚已经发生了变化。《原野》有意识地运用了一些表现主义的戏剧因素。《原野》是一个复仇故事，作者把叙事的背景拓展到了中国北方的农村，曾经被地主家所迫害的农民仇虎潜入地主家的宅院，当年的仇人焦阎王早已离世，而他的子孙只是些衰弱无能的后辈。仇虎当年的爱人金子早已经成了焦家的儿媳，与有残疾的丈夫过着貌合神离的生活。仇虎虽然报了仇，但是无法逃脱命运的大网。我们可以看到，当剧中的主人公逃跑时，由于其恐惧心理，产生了精神幻觉，通过独白表达出来。曹禺把表现主义艺术融入了自己的创作中，把人的内心世界舞台化，将人的精神生活的流动变化直接呈现给观众，别开生面地展示了仇虎的内心悲剧冲突，成功地在现实主义中吸收了表现主义。对这部戏剧的评价历来不一，但正因为如此，可以看出一种历史主义的批评价值。

抗日战争以后，曹禺创作了《蜕变》《北京人》和《家》等剧本。《蜕变》取材于

---

[1] 参见陈瘦竹：《现代剧作家散论》，219～248 页，南京，江苏人民出版社，1979。

抗战生活，描写一家后方医院的内部斗争，创造了爱国医生丁大夫与清正的官吏梁专员的形象，更为重要的是揭露了当时国民党统治区（此时曹禺就生活在这一地区）的消极与腐败的行政作风。对于这部戏剧的评价也不一致。而相对来说，《北京人》要成功得多。从中可以看出，作者的艺术观念已经发生了转折。原先，他有一种生活"太像戏"的观念，而在这时，作者的思想发生了大变化，他认为应当将现实的哲理熔铸在日常生活的原形态中。曹禺在《日出》中，就开始描绘进出于陈白露客厅的各色人物，以及生活琐碎、打情骂俏等日常细节。但是这种表现仍然有一种西方的沙龙文学的意味，模仿的气息是较大的。而真正表现了一种中国式的日常生活的图景的剧本是《北京人》。

《北京人》是中国没落的封建大家族生活的写照，所以这个主题虽然并不新，却是时代的主流。当时的中国是一个半殖民地半封建国家，描绘中国社会的这一历史转型，一直是一个最适宜的题材。而戏剧中，能有深度地进行这种描绘的杰作并不多，曹禺的《北京人》是这方面的一个努力。《北京人》没有曹禺早期戏剧那种古希腊悲剧或是莎士比亚戏剧式的紧凑式结构，一变而为一种中国戏剧式的写意式结构。戏剧叙事的历史观念是北京古人类向现代人类的进化，北京是中国的人类起源地，"北京猿人"是中国发现的古代人类类型，剧中就有一个专门研究北京人的古人类学家。作者选择这样一种历史话语，意图在于说明中国悠久的历史文化其实具有两重性，一方面使中国人为之自豪；另一方面则是会导致封建大家族的腐败与没落。故事以一个大家族的崩溃为主线，曾家是北京的世家，但是已经败落到连老一辈人的棺材都买不起的地步，而暴发户的杜家则完全不将曾家看在眼里，与曾家争夺棺材。其实这个杜家也是"行将就木"的。而真正能代表北京人的则是那些工农，他们是未来的主人。

在 20 世纪中后期，曹禺的剧作如《王昭君》再一次显示了作家杰出的写作才能。一直以写作现代剧为主的曹禺，写作历史剧也是游刃有余。剧本寓意深刻，通过汉代中国被迫向匈奴求和，派出王昭君前往和亲的故事，歌颂了王昭君在团结不同民族人民，推进社会经济和文化进步方面的独有作用。剧本是古为今用，面对 20 世纪中期中国的社会历史状况。当时的中国的国际环境相当艰难，国内又遭受了严重的自然灾害，在这种历史语境下，曹禺的剧本对于弘扬民族精神，激励人民奋发图强、投入建设起了无可替代的宣传作用。这些作品配合当时的社会形势，表达了作者的爱国主义情怀，为当时的思想文化作了新诠释。中国文学史历来有"知人论世"的传统，如果从这一角度来评价曹禺，将会更为公允，也有更强的科学性与历史性。

第五节　钱锺书与张爱玲

中国现当代文学史上有一种奇怪的现象：钱锺书与张爱玲。这两位在 20 世纪 40年代中后期曾经有一定影响的作家，在国内数百部现代文学史中一直默默无闻，甚至无人提及。直到 20 世纪 80 年代以后，美国华裔学者夏志清的《中国现代小说史》（美国印第安纳大学出版社，1961 年英文版）传入国内，国内普通读者才知道有这两位作家的存在，继而掀起"钱锺书热"、"张爱玲热"等。这种迟来的声誉对于北京的中国社会科学院的钱锺书来说，其实并不突然，因为在这一段时期，他的学术巨著《管锥编》出版与《谈艺录》再版，1980 年小说《围城》再版，1979 年他还随中国社会科学院代表团访美，这些活动至少使他免于寂寞。而栖居美国的张爱玲则晚景不佳，改革开放后最早到美国留学的大陆留学生们还见过这位在美国生活艰难的女作家。1995 年她逝世的消息在纽约的华人报刊发表时，知道其人者已经屈指可数了。

其中可以理解的原因是，这两位作家在 20 世纪后半期的国内文坛基本没有流行的著作，钱锺书只是一个"业余作者"。他是中国著名学者，主要的文学作品发表于1941—1947 年，以后不再有文学作品。而张爱玲在中国只是短暂的活跃，1944 出版《传奇》，次年有一本散文集《流言》等，反倒是有《不了情》《太太万岁》与《南北和》等电影剧本问世。1952 年她就到了香港，以后转赴美国，此后寓居美国，生活境况欠佳，影响大的作品不多，只有《秧歌》等作品在美国发行。在此前后，第二次世界大战以来流亡美国的各国作家相当多，张爱玲虽然在 20 世纪 40 年代中后期在国内有过短期的兴盛，但早已经成了明日黄花，在美国文坛一直没有影响。由于意识形态的原因，她的作品在国内也不可能被翻译，这可能是造成她被文学史所忽略的客观原因之一。

当然，夏志清的书并非无懈可击，这部中国现代小说史篇幅有限，选择作家也有作者的倾向性，如中国读者熟悉的周立波与丁玲的小说、其余一些读者面相当广阔的现代作家的小说如《青春之歌》《林海雪原》《苦菜花》《大波》《欢乐的金沙江》《央金》等，都未能提及。如果离开这些小说，中国现代小说的历史仍然是片面的。但无可讳言，夏志清的书对于钱锺书与张爱玲在中国文学史的重新"发现"，是一个重要的贡献。虽然"发现"的时效是惊人的，但是既然有"热"，就必然有"冷"，过后再看其价值就并无发现之初那样惊人了，所以文学史的一冷一热，其实不过是随着时代潮流消长的起伏，都是不值得大惊小怪的。

一、钱锺书与小说《围城》

钱锺书（1910—1998）出身于江苏无锡一个书香门第，父亲钱基博是大学教授，著名学者。钱锺书自幼饱读诗书，他虽然不善交游，但由于家庭的原因，与当时的著名学者与文化人如著名格律诗人陈衍、文物专家徐森玉等人有过多次接触的机会。这些都给他的创作与研究奠定了基础。1933 年钱锺书毕业于清华大学外文系，在校期间他的才华显露出来，是著名的清华才子之一。他的老师吴宓是留学哈佛的学衡派学者，对自己的学生极为欣赏甚至很是钦佩。毕业后钱锺书在上海光华大学短期教英语，1935 年考取英国庚子赔款留学名额，进入英国牛津大学学习，后赴法国巴黎大学进修。受到西南联大师友包括著名学者冯友兰等人的推荐，回国后曾任西南联大外文系教授。后因故离开西南联大，到国立蓝田师范学院任英语系主任，一年后任上海暨南大学外语系教授、中央图书馆编纂等职。新中国成立后任清华大学外语系教授，1953 年转任中国科学院文学研究所研究员。他的作品数量并不多，但都称得上精粹之作，1941 年出版散文集《写在人生边上》，1946 年出版短篇小说集《人·兽·鬼》，

1947 年出版长篇小说《围城》，1948 年上海开明书店印行诗学著作《谈艺录》，1949
年后有学术著作《宋词选注》《管锥编》和《七缀集》。钱锺书学贯中西，博闻强记，
是继郭沫若之后中国屈指可数的学者型作家，虽然世人对他推崇极高，但他自己承认
的头衔就是人文学者与小说家。直到现在，多数文学史对于钱锺书的评论仍然不得要
领，如有的批评文章中说 40 年代中国的讽刺小说最后是由钱锺书结束的，这是"十
分出色的一笔"等。

　　钱锺书的小说以描绘中国知识分子在抗战及其他时期的生活为主，作品通常借助
于爱情、亲情及家庭关系等叙事线索来进行，作者亲身感受到中国封建传统与现代西
方文明的夹缝中生存的中国知识分子的精神病态，这是一个重要的领域，钱锺书并不
是这个领域的集大成者，也不是这一领域最深刻的思想者。但是他对于中国知识分子
生活状态与历史命运的叙述，却称得上是历史性的贡献。中国知识分子是中国这个有
古老文明却又处于历史转型阶段的国度的一种典型阶层，他们不同于西方中产阶层，
西方中产阶层是资本主义兴起的产物，而中国知识分子是中国封建传统的儒士在接受
了当代发达的科技文明与先进思想后的产物，他们身上的内在冲突与矛盾表现明显。
在《围城》中，方鸿渐在美国买了个假的博士文凭后回国，在十里洋场无法立足，生
活中处处困顿，爱情与事业都不能如愿，最后被迫到边远的三闾大学任教。即使在这
个闭塞地区的小学校中，他仍然处处受到挤压，最终离开这里，与孙柔嘉结合后，虽
然回到大城市，仍然处于烦恼之中，最后的结局竟然是无家可归。

　　从思想主题来说，这并不是一部简单的讽刺小说，应当说仍然是一种社会批判小
说，是对中国旧时代的社会，更是对中国文化的一种批判。方鸿渐与赵辛楣是普通
的、从欧美留学归来的青年知识分子。像这样的人当时非常多，直到今天，中国仍然
是向欧美输送留学生的大国，所以说像这样回国的青年知识分子只会越来越多。留学
生有高尚的追求与先进的思想，但是回国以后都不能在专业技术与科学研究中贡献力
量，究其原因，仍然是当时的社会现实与青年知识分子的理想是对立的。作为半殖民
地半封建社会，对一官半职、财富与权势的追求是社会思想的主流，像方鸿渐这种不
谙世故的知识分子，又没有强势的家庭背景，只会逐渐被边缘化，甚至会挣扎在社会
的浊流之中，随时面临被淹没的可能。这个社会中能生存下来的是李梅亭、高松年之
流，这些人不过是些利禄之徒，他们趋炎附势，既尔虞我诈又互相勾结，表演着一出
又一出人生的悲喜剧。

　　作为一位讽刺作家，钱锺书曾经受到英国讽刺作家菲尔丁的影响。林海在 1948
年《观察》周刊中曾指出："钱锺书与菲尔丁至少有两点相同：第一，他们都是天生
的讽刺家或幽默家，揭发虚伪和嘲笑愚昧是他们最擅长的同时也是最愿意干的事情；
第二，他们都不是妙手空空的作家，肚子里有的是书卷，同时又都不赞成'别材非
学'的主张，所以连做小说也要掉书袋。"①

　　《围城》是中国现代杰出的讽刺小说，是将才识和艺术完美结合的典范之作，
从《神曲》《堂吉诃德》《汤姆·琼斯的历史》等作品中吸取养分，把这类小说百科

①　林海：《〈围城〉与〈汤姆·琼斯的历史〉》，原载《观察》周刊，转载《读书》，1984（9）。

全书式的高度知识性推向了一个新的高度。《围城》在创作上受到菲尔丁小说的影响，但是这种影响与其他作家不同，钱锺书是一位有巨大创造才能的作家，他的创造表现在叙述和结构等方面。在叙述方面，钱锺书始终采用了一种夹叙夹议、连类引譬的讽刺性叙述模式。这种模式其实相近于中国章回小说的说书人评论。但是与新文学运动以来的作家一样，作者并不希望从民族传统的小说形式入手来展开叙述。虽然钱锺书十分熟悉中国传统小说，其中包括林纾翻译所用的中国传统文体。《围城》一书在写到方鸿渐在国外买假文凭时，作者随手写了一段议论，联系到柏拉图、孔子、孟子及清代官员和英国商人弄虚作假的例子①，从人物的立场出发，为他买假文凭辩解。这些随手拈来的典故既增强了作品的讽刺力度和喜剧效果，也使人物性格具有立体感——既显示了留学生方鸿渐的学者身份，又揭示了他当时复杂的心理。钱锺书采用菲尔丁式的连类引譬的讽刺性叙述模式，用一连串的比喻，多角度地描绘事物性质，如在描写方鸿渐对苏小姐的吻时，钱锺书连用三个比喻："这吻的分量很轻，范围很小，只仿佛清朝官场端茶送客时的把嘴唇抹一抹茶碗边，或者从前西洋法庭见证人宣誓时把嘴唇碰一碰《圣经》；至多像那些信女们吻西藏活佛或罗马教皇的大脚趾。"

关于小说的主题思想，钱锺书曾在《围城·自序》中写道："在这本书里，我想写中国某一部分社会，某一类人物。写这类人，我没有忘记他们是人类，只是人类，具有无毛两足动物的基本根性。"正是在这种思想的支配下，从这里我们看出钱锺书的人道主义立场，他的目的只是真实地表现一部分知识分子的心灵和人生：苏文纨的卖弄、嫉妒和残酷，孙柔嘉的矫揉、世俗与褊狭，李梅亭的贪婪和伪善，高松年的自私和奸猾。但钱锺书并没有对这些人物持彻底的批判态度，相反，他对作品中的人物表现了复杂的情感和态度，有批判，有同情，有"怒其不争"，也有"哀其不幸"。

《围城》的文笔是幽默的，但是情调是感伤的，所以无论是小说的结局还是人物的命运，其实有一种内在的悲剧性。有一种人与周围环境的对立，有人类自我欣赏与孤立无援的情感抒发。所以夏志清说："《围城》是一部探讨人的孤立和彼此间的无法沟通的小说。"②

其次，小说结构上有一种不太规范的流浪汉小说的雏形，总体上是区别于罗曼司的写法的。书中对乐观主义和浪漫派的理想进行讽喻，有一种反英雄的倾向。《围城》的主人公不是英雄，而是一个失败者，他受到命运和社会的嘲弄，表现了作者一种命运弄人的思想。当然不可忽略的是，小说中的人物并不是世界文学史上的"小人物"的套路，与用理想化的方式塑造人物不同，钱锺书以解构知识分子的心灵为目标。但是要强调的是，如果只看到小说的讽刺艺术，那就没有真正读懂这部小说，我们还是引用夏志清的一个判断："作为讽刺文学，它令人想起像《儒林外史》那一类的著名中国古典小说。但是，它比它们优胜，因为它有统一的结构和

---

① 参见钱锺书：《围城》，11页，北京，人民文学出版社，1980。
② ［美］夏志清：《中国现代小说史》，286页，上海，复旦大学出版社，2005。

更丰富的喜剧性。"①　这里我们还要加上一句，《围城》超越一般的讽刺小说，当然在于它的结构与喜剧性，更为重要的还是在于它的思想性，这是一种以中国文学传统的讽喻为主色调的批判。所描写对象是所谓的"士"阶层或称"儒生"，这个阶层历来有"君子之儒"与"小人之儒"的区分。钱锺书抨击的中心是"小人之儒"的心态与行径。这是一种深度的文化批判，它的矛头不仅指向当时的社会现实，而且直指中国传统文化中的腐朽成分。

二、张爱玲：中国大陆与海外的小说家

张爱玲（1920—1995）同样是被夏志清"挖掘"出来的现代文学名家，不过与一直生活在大陆的钱锺书不同，张早就到了海外，她的后期创作与生命中的最后岁月是在美国。她独居在纽约，死在公寓中多日后才被人发现。不过张爱玲的出身却并不一般，她出身于满族达官显宦的名门，祖父是清代名臣张佩纶，祖母是李鸿章的女儿。她的父亲是一个旧派的纨绔子弟，而母亲是受西方文化影响的新女性，两者关系之紧张可想而知了。张爱玲在这样的环境中生长，心理所受到的创伤也就无须精神分析学之类的现代心理学来解释了。但是由于她的作品中大量使用心理描写，所以评论者们一再回到心理分析。幼年的张爱玲受到中国古典文学和传统文化的熏陶，她就读于上海的教会中学和香港大学，又使她较早地受到西方现代的历史观念和文化观念的影响。抗战后期，张爱玲的作品在上海走红，出版小说集《传奇》（1944）和散文集《流言》（1945）。《传奇》中收入了她发表的短篇，主要题材是男女情爱，写青年在恋爱中的虚荣心与情感。

她的代表作是中篇小说《金锁记》，主角是曹七巧，是麻油店老板的女儿，嫁给一个官僚家庭的病人为妻，她的男人二少爷害了严重的痨病，她结婚的目的是提升自己那个社会地位较低的家，而她的哥哥则是此事的主谋。不过曹七巧并不因此而恨哥哥，因为她知道，自己迟早要出嫁，而嫁给一个病残并不完全是一件坏事。这样我们可以看出，这位女主人公的思想成熟到了令人吃惊的地步。青春年代的她也曾经打过丈夫兄弟姜季泽的主意，伸手去摸这位不务正业的三弟的腿，不过这位兄弟却无意于她的痴情，全身而退。好在这位大嫂也不过是逢场作戏，并没有真情实意，于是就不了了之。十年之后，当曹七巧掌握经济大权后，那位小叔子突然来向她谈情说爱，不过精明的嫂子仍然发现他不过是想骗钱而已，于是大怒之余，将昔日看好的小叔子赶了出去。在一种变态心理中，她破坏了自己女儿的婚姻，取得了自己在这个大家庭中的绝对胜利与支配权。曹七巧是张爱玲笔下最成功的人物。出身卑微的曹七巧在姜家这样的大家庭中处于极其尴尬的境地，她孤独、无望，无法在残疾的丈夫那里得到抚慰，因此她心底隐藏着的对男人的向往和爱便转向了她的小叔子季泽，这种精神上的更是肉体上的渴求受到了道德伦理观念的压制，情欲的长期压抑造成了曹七巧的变态心理。曹七巧无法满足的情欲使她把金钱作为自己生存的唯一支柱和目标，为了保住

---

① ［美］夏志清：《中国现代小说史》，282 页，上海，复旦大学出版社，2005。

维持生存和家庭地位的金钱，她怒斥了季泽。无法满足的情欲使曹七巧进行疯狂的报复，她恶毒地用鸦片和流言瓦解了儿子的家庭，亲手葬送了女儿的终生幸福，终于把女儿和生命里唯一的男人——她的儿子永久地留在自己的视线之内，曹七巧的变态心理使她对儿子和女儿病态的占有欲望成为这个人物与其生存环境的典型场景。张爱玲对变态心理的描写，不是要单纯表现和展示变态心理和畸形的人生情状，而是将其上升至时代和社会的高度，对造成这种变态心理的时代和社会进行揭露和批判。

当然张爱玲并不只是简单地进行心理描写，人们复杂的心理现实促使她探究社会、历史和人生，发掘内心真实是如何支配着人的意识和行为、影响着人的成长和命运的过程。特别对人的潜意识、变态心理和各种情结进行了深入的挖掘和逼真的刻画。张爱玲重视潜意识在主体心理结构中的作用，从深层次的性心理角度去考察人的命运和人与人之间的复杂关系。张爱玲的另一部重要作品《半生缘》中，许世钧和顾曼桢的爱是在潜意识中慢慢发生的。开始的时候，许世钧并没有注意到顾曼桢，"他只是笼统地觉得她很好"，在和好友叔惠的谈话中得知曼桢谈到他，他"心里却还在那里想着，曼桢是怎样讲起他来着"。为曼桢找回丢失的那只手套，他"也不知道是怎么样一种朦胧的心境，竟使他冒着雨又向郊外走去"。世钧和曼桢的爱情就这样经历了很长的潜意识的发展阶段才慢慢建立起来的，这样的描写显然比当时许多小说中一见钟情式的爱情描写要真切得多。

张爱玲的《心经》演绎了恋父情结，许小寒 12 岁时开始与父亲相互依恋，并合力排斥母亲，严重影响了她的正常成长和恋爱。父女二人彼此对爱的表白是毫不隐讳的，许小寒坚定地对父亲说"我是一生一世不打算离开你的"。父亲对这种畸形的恋爱关系感到矛盾、痛苦，道德伦理的禁忌使他内心不断地挣扎。父亲在情感上无力摆脱却极力摆脱，女儿则表现为对父亲大胆爱恋，对母亲嫉妒和厌恶。父亲最终选择了和女儿十分相似的女儿的同学绫卿作为替代，女儿跳脚追问："我有什么不好？我犯了什么法？我不该爱我的父亲，可我是纯洁的！"张爱玲笔下对恋父情结的诠释具有人性的合理性，平静的叙述中让人感受到了生命的悲剧性。张爱玲在《茉莉香片》同样演绎了"恋母情结"。通过对人物心理上多种情结的叙写，张爱玲探索了人物复杂的心理世界。

张爱玲继承了本民族的优秀文化传统，消化吸收了西方现代精神分析学说的营养。在文学创作中既巧妙地使用传统的词汇和手法，又娴熟地运用精神分析方法，透视人物心理，展现人物的内心真实，表现真实的人性。虽然近年来赞赏张爱玲的评论家较多，但当代批评界主流仍对她创作的历史贡献和小说的思想艺术水平存有疑问。无论如何，对一位被冷落在中国现代文学史外半个世纪的海外作家，分给一定分量的笔墨是本书的应有之义。

第六节　世界文学的中国新视野：莫言

一、莫言的经历与获奖

从 20 世纪 80 年代起，中国文学迎来了它的巨变。从 80 年代起到 21 世纪中，伤痕文学、寻根文学、先锋文学、反思文学等，涌现出一大批优秀作家，莫言就是其中优秀的代表。特别是进入 21 世纪以来，中国经济的高速发展举世瞩目，中国成为仅次于美国的世界第二大经济体，世界的目光正在空前地凝聚于中国。在这种语境下，中国作家莫言获得 2012 年诺贝尔文学奖，对中国文学发展很可能形成一个转折。

莫言，原名管谟业，1955 年 2 月 17 日生于山东高密，童年时在家乡小学读书，后因"文革"辍学，在农村劳动多年。1976 年加入中国人民解放军，历任班长、保密员、图书管理员、教员、干事等职。1981 年开始创作生涯，发表了《枯河》《秋水》《民间音乐》等作品，以充满"怀乡"和"怨乡"复杂情感的乡土作品成名，被归类为"寻根文学"作家。主要作品有《红高粱家族》《酒国》《红树林》《天堂蒜薹之歌》《丰乳肥臀》《四十一炮》《檀香刑》《生死疲劳》《蛙》等十多部长篇小说以及《白狗秋千架》《透明的红萝卜》《爆炸》《拇指扣》《师傅越来越幽默》等众多优秀的中短篇小说集，有《莫言文集》五卷。

莫言曾说"我永远不会为了一个奖去写作"，不管是茅盾文学奖，还是诺贝尔文学奖。他始终认为自己的文学成就是"世无英雄，遂使竖子成名"，但是奖项还是接踵而至：1997 年，以长篇小说《丰乳肥臀》夺得中国有史以来最高额的"大家文学奖"；2000 年，《红高粱家族》被《亚洲周刊》选入"20 世纪中文小说 100 强"；2001 年，《檀香刑》获《台湾联合报》读书人年度文学类最佳书奖；2003 年，《檀香刑》获第一届鼎钧双年文学奖；2005 年《四十一炮》获第二届华语文学传媒大奖年度杰出成就奖；2006 年小说《生死疲劳》，获颁福冈亚洲文化大奖；2008 年《生死疲劳》获第二届红楼梦奖首奖；2011 年 8 月，长篇小说《蛙》获第八届茅盾文学奖；2012 年 10 月 11 日，获得诺贝尔文学奖。委员会表示，莫言将现实和幻想、历史和社会角度结合在一起。他创作中的世界令人联想起福克纳和马尔克斯作品的融合，同时又在中国传统文学和口头文学中寻找到一个出发点。法新社的报道称，莫言将他青春的经验和在家乡的经历放置在了作品中。

莫言在小说中构造出独特的主观感觉世界，他惯用的天马行空的叙述、"陌生化"的处理手段，所塑造出的有神秘超验性质的对象世界带有明显的"先锋"色彩。他的作品受福克纳、加西亚·马尔克斯魔幻现实主义风格影响，他也曾经是当代"寻根文学"的主要作者之一。他的写作风格素以大胆新奇著称，作品激情澎湃，想象诡异，语言具有创新性。

二、《红高粱家族》系列

《红高粱家族》是莫言的代表作，属于"寻根文学"的大类型，由《高粱酒》《高粱殡》《狗道》《奇死》《红高粱》五部小说组成。《红高粱家族》是以抗战为背景，描写战争题材的组合型长篇小说，但不同于以往抗战题材的小说塑造的是几乎完美的正义的爱国英雄，《红高粱家族》中塑造的一些抗日的英雄却是民间化的传奇人物，他们是一群独特的生长于红高粱土地的英雄，有着鲜活的生命与人性。

主人公余占鳌是个热血男儿，为人正义但生性粗鲁。他杀死了一个与自己守寡多年的母亲发生关系的和尚，而后母亲也吊死了。他为了女人杀人放火，霸占了后来成了他妻子的戴凤莲。他为了报仇雪耻而苦练枪法，将曾非礼过他妻子的土匪花脖子一伙一网打尽。他为了还一个村姑的清白，不惜将酒后施奸的亲叔枪毙；为了小妾恋儿，不惜和妻子闹翻并分居。他为了民族大义，毅然抗日但最终全军覆没。作者莫言在文中曾经对他进行过如此的评价："他一辈子都没弄清人与政治、人与社会、人与战争的关系，虽然他在战争的巨轮上飞速旋转着，虽然他的人性的光芒总是冲破冰冷的铁甲放射出来。但事实上，他的人生即使是能在某一瞬间放射出璀璨的光芒，这光芒也是寒冷的、弯曲的，掺杂着某种深刻的兽性因素。"但是，正是这样的人物其实是抗日的力量之一，虽然他抗日，但没有真正地认识到战争的实质。他的身上固然散发着鲜活的人性，同时又充满了野蛮无知的兽性。小说在人物形象塑造上，除去了传统意识形态二元对立式的正反人物概念，把作为"我爷爷"出场的余占鳌写成身兼土匪头子和抗日英雄的两重身份，并在他的性格中极力渲染出了一种粗野、狂暴而富有原始正义感和生命激情的民间色彩，他的草莽英雄气概未经任何政治标准加以评判或校正，而是以其性格的真实还原出一种人性的本色。

小说中后来成了余占鳌夫人的戴凤莲是个有着花一样容貌、火一样性格的传奇女子。莫言这样写道："我奶奶的一生大行不拘细谨，大礼不辞小让，心比天高，命如纸薄，敢于反抗，敢于斗争，原始一以贯之。"她因为憎恨父母将其嫁于麻风病人而将其父拒之门外；她为了拯救自己与余占鳌，急中生智，拜县长为干爹，逃过一劫；她因为爱，毅然地与名义上的杀夫仇人而实为救命恩人的余占鳌结合；她为了维护爱情，赶走了恋儿；她为了报复、刺激余占鳌，和黑眼厮混；她为了支持抗日，让唯一的儿子前去战场，她自己最终也埋葬在高粱地。在那样一个封建保守、女性意识受到压制的年代，她确实算得上是个了不起的奇女子。

在当代西方评论家看来，"第三世界的文本，甚至那些看起来好像是关于个人和利比多趋力的文本，总是以民族寓言的形式来投射一种政治：关于个人命运的故事包含着第三世界的大众文化和社会受到冲击的寓言"。[①] 这种学说对于莫言的作品显然不是合适的。因为莫言的小说仍然是一种中国传统小说的个人与民族历史命运的叙

---

① ［美］弗雷德里克·杰姆逊：《处于跨国资本主义时代中的第三世界文学》，张京媛译，48页，北京，北京大学出版社，1992。

事。余占鳌、戴凤莲是《红高粱家族》中"红高粱英雄"的两个典型。他们不十分明白抗日的实质，但在那样一个动荡的年代，他们以自己的方式表达了对苦难的反抗与不满。他们坚强地守护自己的自由，傲然地活出生命的强度。他们是一群拥有高粱血统、浑身散发着鲜活人性的红高粱地的英雄人物。

小说的情节框架由两条故事线索交织而成：主干写民间武装伏击日本汽车队的起因和过程；后者由余占鳌与戴凤莲在抗战前的爱情故事串起。余占鳌在戴凤莲出嫁时做轿夫，一路上试图与她调情，并率众杀了一个想劫花轿的土匪；随后他在戴凤莲回门时埋伏在路边，把她劫进高粱地里野合；接下来余占鳌杀死戴凤莲的麻风病人丈夫，正式做了土匪，也正式地成为她的情人。不难看出，在这条故事线索中，包容了对性爱与暴力的迷醉，以狂野不羁的野性生命力为其根本，这显然逾越了政治意识形态的限制。前一条抗日的故事线索，从戴凤莲家的长工罗汉大爷被日本人残酷剥皮而死开始，到余占鳌愤而拉起土匪队伍在胶平公路边上伏击日本汽车队，发动了一场全部由土匪和村民参加的民间战争。整个战斗过程体现出一种民间自发的为生存而奋起反抗的暴力欲望，这在很大程度上弱化了历史战争所具有的政治色彩，将其还原成了一种自然主义式的生存斗争。

小说的叙事角度也很新颖，小说中的"我"是一个故事的叙述者，由于他没有在故事中出现，按理是一个客观的叙述者，但他又是故事中人物的后代，这使得他具有某种参与意识，从而又具有被叙述的意义。因此，这个视点是非常奇特而又新颖的，它使作者在处理全部故事情节时有了一种游刃有余的视点参照，非常自由而又具有全知性。

这部小说在写作上较深地受到美国作家福克纳和拉美作家马尔克斯的影响，从他们那里大胆借鉴了意识流小说的时空表现手法和魔幻现实主义小说的情节结构方式，莫言在《红高粱》中几乎完全打破了传统的时空顺序与情节逻辑，把整个故事讲述得非常散漫。但这种看来任意的讲述统领在作家的主体观念之下，与作品中那种生机勃勃的自由精神暗暗相合。莫言说："谨以此书召唤那些游荡在我的故乡无边无际的通红的高粱地里的英魂和冤魂。"通过这本书，莫言把他的"高密东北乡"安放在世界文学的版图上。从《红高粱》开始，莫言厚重的乡土情怀以及魔幻现实主义和传统文学叙事相糅合的独特文风逐渐形成。但莫言不是单纯地模仿，诺贝尔文学奖评委会主席谢尔·埃斯普马克说："莫言的作品定义为魔幻现实主义，会很容易让人联想到南美大文豪马尔克斯，联想到他是在模仿马尔克斯的作品。但实际上，莫言不是模仿马尔克斯，莫言对发生在中国的故事有自己的表现形式，在结合幻想和现实方面他甚至超越了马尔克斯。"说到对意识流手法的特色运用，就不能不提到莫言。莫言的作品从内容上来说都与民间有着紧密联系，他的写作素材大部分来自山东高密家乡，或者回忆童年辛酸生活，或者描述家族先人的传奇生活，这与西方意识流忽略情节的写作倾向迥然有别。但有一点使莫言的小说与意识流创作手法得到了契合：那就是其小说中那种意象性的朦胧的感觉。在他笔下，小说的哲学事件、情节、人物性格、环境描写都变为主观心绪的随机外化，文章充满了丰富的想象力，天马行空，大量主体心理体验的内容带来多层次的隐喻象征效果，对于现实、理性没有太多的倚仗，相反，现代主义笔法却处处可见。《红高粱家族》中"我奶奶"的临终狂欢，《酒国》中大段的意识魔术，以及《欢乐》这部公认的意识流小说，包括后来的《檀香刑》，都一如既往地延续了这类风格，其中《酒国》初稿的结局，莫言自己都说太像《尤利西斯》而加以删除。人性的恢宏高扬，生命的肆意泼洒，是莫言小说的根本所在。在创作过程中，莫言把眼光移向了中国传统文学语言，因境造语，即物即真，注重写意，慧思灵动。传统的文学语言点燃了他创作生命的火苗，诸多的事物事态以夸张变异的感觉方式去表现，成就了一种不期而至的对现实的超越，也成就了莫言这样的民间生态的意识流作家。

三、《丰乳肥臀》与《蛙》

在经历《红高粱家族》的写作高峰后，莫言继续寻求突破，创作了大量中短篇作品及数部极具影响的长篇小说。1995 年发表的长篇小说《丰乳肥臀》，见证了莫言驾驭历史时空、驱动人物命运的深厚功底。《丰乳肥臀》是一部波澜壮阔的"史诗性"大书，是莫言进行民间史诗性书写的成功试验。这也是莫言叙事长度与篇幅最为饱满的长篇小说，从抗日战争一直写到改革开放之后，描绘了一部波澜壮阔的历史。书中的母亲因为丈夫的不育和婆家逼迫着她传宗接代的压力，向几个不同的男人"借种"生下七个女儿，又和瑞典人马洛亚牧师生下了上官金童和上官玉女。作家把母亲描绘成一位承载苦难的民间女神，或者就是圣母玛利亚的化身。但世事难料，她生养的众多女儿构成的庞大家族与各种社会政治势力和民间组织以及官方权力发生了复杂的联系，并不可抗拒地被裹挟卷入 20 世纪中国的政治历史舞台。而这些形态各异的力量之间的角逐、争夺和厮杀是在自己的家庭展开的，造成了母亲独自承受的苦难现实：兵匪、战乱、流离颠簸、亲人死亡以及对单传的废人式儿子的担心、焦虑……母亲是一种意象符号，是对他作品中"我奶奶"式女人的集合，同时也涵盖了"作为老百姓的写作"的莫言对民间苦难及其承受者的爱戴、同情和关怀。美国当代著名小说家约翰·厄普代克说："一九五五年出生于中国北方一个农民家庭的莫言，借助残忍的事件、魔幻现实主义、女性崇拜、自然描述及意境深远的隐喻，构建了一个令人叹息的平台。"这位杰出作家的点评很有见地，特别是其中对女性书写的看法。当然这种点评与中国批评的话语体系存在差异，这也是事实。

《蛙》以新中国近 60 年波澜起伏的农村计划生育史为背景，通过讲述从事妇产科工作 50 多年的乡村女医生姑姑的人生经历，在形象描述国家为了控制人口剧烈增长、实施计划生育国策所走过的艰巨而复杂的历史过程的同时，成功塑造了一个生动鲜明、感人至深的农村妇科医生形象。作品写姑姑这样一个从医 50 多年乡村妇科医生的人生传奇，她的悲欢离合，她内心深处的矛盾，她的反思与忏悔，她的伟大与宽厚，她的卑微与狭隘，写出她的职业道德与时代的对抗与统一，写的看似一个人，实则是一群人。

莫言小说以其独特的艺术风格给 80 年代的文学和传统文学带来了强大的冲击力。首先体现在文学表现形式、样式上的冲击。80 年代以前的文学创作多是传统的、唯美的和保守的。莫言小说中出人意料的表述和情节中的怪诞结果，给读者带来了强烈的视觉和感官冲击，给读者带来了一种另类的、陌生化的感受，也可以说带来了一股活力。其次，其小说接近西方文学的表现形式，在中西方文学思潮融合中有推动作用，对西方当代文学思潮的中国本土化进行了尝试，同时也使中国小说在世界文坛上占有了一席之地。再次，莫言小说对中国当代文学多元化和文学走向产生了一定影响。这是显而易见的，他打破了中国文学固有的思维惯式和创作风格，走出了一条由审美走向现实判断的独特道路，从深层次上说，莫言小说实现了文学创作在哲学上的突破。总之，莫言小说以其独特的创作方式在一定程度上打破了传统的文学创作和审美局限，促进了当代中国文学的多元化发展。

第二十二章 大洋洲文学：澳大利亚与新西兰

第一节 澳大利亚文学

澳大利亚联邦（简称澳大利亚）位于南太平洋和印度洋之间，由澳大利亚大陆和塔斯马尼亚岛等岛屿和海外领土组成，其国土面积排名世界第六位，是大洋洲最大的国家。1770 年，英国航海家詹姆斯·库克抵达澳大利亚东海岸，宣布英国占有这片土地。1788 年 1 月 26 日，澳大利亚首任总督菲利普率领 200 多名海军官兵，押送 757 名男女流放犯人抵达悉尼湾，英国开始在澳大利亚建立殖民地，就此拉开了长达 100 多年的澳大利亚殖民主义历史的序幕。1901 年 1 月 1 日，澳大利亚各殖民区改为州，成立澳大利亚联邦。澳大利亚是一个由不同民族组成的国家，其原住民是 3 万年前来此定居的东南亚人，他们是澳大利亚土著人的祖先，但是澳大利亚的大部分人口是移民或者移民的后代。自 1788 年起，欧洲人开始来到澳大利亚，从此澳大利亚移民人数稳步增长。1851 年，随着澳大利亚金矿的发现，来自欧亚各国的大批移民和矿工相继涌入澳大利亚。在澳大利亚联邦成立之初，人口为 370 万人。到 20 世纪 40 年代，澳大利亚人口已经超过 700 万人。这段时期里，大部分移民来自英国或爱尔兰。第二次世界大战后，澳大利亚启动移民计划，这一计划为澳大利亚带来了大量的移民，到 2011 年，澳大利亚人口已达 2150 万人以上。

在英国人来到澳大利亚之前，澳大利亚土著人以歌声与神话故事反映自然、神灵和他们的生活，那些世代相传的歌曲与故事也具有文学的特征，但都是以口头形式传承下来，因此是一种口述文学。澳大利亚的书面文学应当从 1788 年英国殖民者首次登上澳洲大陆之日算起，从这个角度讲，澳大利亚文学的历史并不长，迄今为止也不过 200 多年，因此只能算作新兴文学。尽管如此，澳大利亚文学经过 200 多年的发展，如今它已经成为世界文学的一个重要组成部分。

澳大利亚文学经历了三个发展阶段，即殖民化时期、民族化时期和国际化时期。

一、殖民化时期的澳大利亚文学（1788—1888）

从英国在澳大利亚建立殖民地的 1788 年开始到 1888 年澳大利亚民族主义运动兴起前夕，这 100 年间的文学是澳大利亚文学的第一阶段，史称"殖民化时期"。这一时期的澳大利亚文学的创作主体是来自欧洲的具有较高文化与文学素养的流放犯人及自由移民，文学作品主要反映他们早期在澳大利亚的生活，因此澳大利亚殖民化时期的文学性质属于移民文学，也就是说，这种文学是以欧洲移民为主要创作者的文学。

这一时期的前期，澳大利亚文学以游记、日记等纪实文学为主，主要介绍澳大利亚独特的异域风光，讲述这一新大陆的逸闻趣事。到了后期，文体从纪实向叙事和抒情转变，产生了大量的诗歌和小说。最著名的小说家有亨利·金斯利（1830—1876）、马库斯·克拉克（1846—1881）和罗尔夫·博尔特沃德（1826—1915）等人。

澳大利亚殖民文学其实是后起的欧洲文学，继承了发达的欧洲文学传统，以叙事文体中的小说最为突出。此时的小说在欧洲也进入了它的黄金时期，英国小说又是欧洲小说主力之一，所以对澳大利亚文学影响最大。亨利·金斯利是最早用小说描写澳洲生活的作家，也是传奇小说的创始者。他的哥哥查尔斯·金斯利是英国著名小说家，亨利曾经就读于牛津大学，但是未毕业。1853年，亨利来到澳大利亚，经历了淘金工、牧人等多种职业后，于1858年返回英国定居，直到逝世。他的代表作是长篇小说《杰弗利·哈姆林的回忆》（1859）。小说出版后大获成功，奠定了作者在文坛的地位。这是一部牧场传奇小说，小说的主要人物都是英国人，讲述少女玛丽在英国与澳大利亚的生活经历。玛丽在英国时被外表英俊的乔治所迷惑，两人私奔后，乔治因为制造伪币而入狱。玛丽为自己的轻率付出了沉重代价，她与朋友巴克利少校、马尔赫斯医生等人随着移民潮来到澳大利亚，在这里他们投入了新的生活，这里美丽的自然环境使这些来自英国的移民感到处处新奇，他们原本是抱着到海外发财致富或是医治自己心理创伤的目的，在这里他们也各自达到了自己的目的。但是生活并不是一帆风顺的，乔治也被流放到澳大利亚，并且成为丛林中的强盗。他继续纠缠和威胁玛丽，使有了新的爱情与生活的玛丽再次陷入困境。正是在这种极端激烈的斗争中，善最终战胜恶，警察追捕到了乔治，这个作恶多端的匪徒被送上了绞架。小说是传奇故事的美好结局：玛丽等人依靠经营牧场而致富，他们最后回到了英国，荣归故里，玛丽与表哥汤姆一对有情人终成眷属，而且他们重振家业，赎买回了父亲过去因故而抵押出去的庄园，重新过上了幸福的生活。

从文体上而言，这部小说开了澳大利亚传奇小说的先河，澳大利亚以畜牧业为主，这种牧场传奇极为盛行。直到今天，富饶的牧场、浪漫的爱情故事仍然是澳大利亚文学的传统主题与主要文类。这种文体有自己的特色，叙事方面以紧凑的情节、剧烈的冲突和出人意料的巧合为主线，如小说中扣人心弦的玛丽母子与乔治之间的斗争故事。小说发挥了巧合与传奇性情节的特点，乔治在暗夜中潜入了玛丽在澳大利亚的家中，而与匪徒的交火中，玛丽与乔治所生的儿子竟然不知道敌人就是自己的父亲，最后，也是在不知情的局面下，乔治杀死了自己的儿子，从中可以看出欧洲传统戏剧的结构模式。

但是无可讳言，这种早期的传奇小说的主题观念与艺术手法都较为粗糙，带有英国传统小说模仿的痕迹，当然也就有了英伦文化偏于守旧保守的局限性，人物的精神世界显得相当单调。早期的欧洲拓荒者到新发现的大陆上来，是为了殖民，他们被写成高尚而文明的人，而当地原住民则不过是些野蛮而愚昧的人。这些英国殖民者是所谓的英国绅士，他们在蛮荒之地创造了财富，改变了这里的环境。小说的主题是殖民者的颂歌，情节虽然看起来相当曲折，其实有公式化的倾向，而且多数小说结构相近，使得人物不够突出。

马库斯·克拉克是另一位著名小说家，代表作《无期徒刑》（1874）也是一部传奇小说，被称为澳大利亚文学史上的一颗明珠。这是作家在流放地深入生活和实地考察之后所创作的，所以有一定的生活基础，故事与人物形象也都别具特色。

《无期徒刑》反映了澳大利亚部分底层民众的生活境遇，是社会客观现实的忠实写照，这种反抗的性质，也被评论家认为是一种对抗权威、企求平等的民主主义思想。小说生活场面广阔，殖民地的各种人物肖像都活灵活现，特别是在澳大利亚这一特殊的历史环境中，各种人物性格与生活环境令人耳目一新。这是一个流放者的世界，从英格兰和欧洲大陆来的西方资本主义原始积累时期的各色人物，如残暴的军官，表面善良其实内心相当恶毒的传教士，还有那些罪恶深重的罪犯们，另外也有被冤屈流放的青年人。主要人物鲁佛斯的形象比较成功，他是一个正直无私的人，却无辜地身陷囹圄，被流放到了澳大利亚。即使在这种生活中，仍然要受到邪恶势力的迫害。与鲁佛斯对立的是军官佛里尔，这是殖民者的代表人物，他生性凶残而且背信弃义，当他处于困境时，不得不求助于鲁佛斯，就许诺要报答这个自己的救命恩人。可是一旦脱险，发现鲁佛斯竟然可能成为自己的情敌，不但不思报恩，而且要施害于鲁佛斯。这种人物是殖民者的象征，英国殖民者的本性在澳大利亚这块土地上得到最彻底的暴露。这部小说因为其历史意义而成为名著，不断再版。

克拉克的小说艺术代表了殖民时期澳大利亚文学的一个新高度，小说的主要意义在于批判英国的流放措施。将英国的罪犯流放到殖民地，本身就是一种文化歧视，也是不人道的。小说中有大量关于流放地的充满血腥味的描写，流放地的犯人们受到酷刑，他们之间的关系更是冷酷，残杀、施暴的现象屡见不鲜。作者以近乎自然主义的手法进行了详细的描写，震撼人心。这种书写当然也与西方的自由、平等、博爱等观念相背离，作者的描写虽然是客观的，但是立场是明显的。作者痛恨这些暴行，将它放到阳光下，使世界知道这块流放地生存者的痛苦，所以也是一种批判。这种批判虽然并不彻底，但相当有感染力，包含作者的一种人道主义精神，因而引起了英国与澳大利亚两地的响应，提高了澳大利亚人的民族意识。正是由于这种历史反思，流放制度在英国遭到强烈反对，以致最后被废除。

罗尔夫·博尔特沃德是最后一位殖民时代小说的代表人物，他的《武装行劫》（1888）是澳大利亚警匪小说的标本。其中混合了英国传奇与美国西部小说的特点与技法，适合当地阅读气氛与兴味，因而大受欢迎。从 19 世纪 60 年代起，由于澳大利亚金矿资源枯竭，大批淘金者血本无归，最后被迫入绿林，以盗抢为生，这就是澳大利亚历史上的"丛林大抢劫"。《武装行劫》就是这一历史时期的产物，真实再现了殖民经济大萧条，民众生活贫困，绿林好汉们揭竿而起，争取生存权利与自由生活的社会历史境况。这部小说的主人公迪克·马斯顿性格突出，具有人性光辉，被认为是澳大利亚文学中第一位具有独特性格的本土人物。因此，从人物角度看，这部小说有其文学史价值与意义。

除小说外，英国诗歌也在世界文学史上独树一帜。所以澳大利亚诗歌在殖民时代也借助其优势，起步相当高。诗人查尔斯·哈珀（1813—1868）是澳大利亚诗歌的先驱者，他的诗歌受到英国诗人华兹华斯的影响，但并不是模仿，而是在澳大利亚土地上新生的诗歌。诗人由于出身低微，生不逢时，他的诗歌在其生前没有得到应有的评价，直到去世后才受到关注。他的诗歌相当精美，以描写澳大利亚自然风光为主，语言富于哲理，从自然与人类相融合的角度抒发诗人对于这片土地的深厚情感。

殖民时期的另外两位著名诗人是林赛·戈登（1833—1870）和亨利·肯德尔（1839—1882）。

英国伦敦西敏斯特有一个著名的"诗人之角"，这是英国历代名诗人的墓地，在这个被英国人视为神圣的墓园中，唯一的一位澳大利亚诗人就是戈登。由此可以看出，英国诗歌界对于戈登的评价之高。戈登短促的一生留下了四部诗集《世仇》（1864）、《阿希他罗斯》（1867）、《浪花和飘烟》（1867）和《丛林歌谣与跃马曲》（1870）。他的诗风典雅古朴，但他并不是一个复古主义者，他将英国传统诗歌用于书写澳大利亚的风光，形成了古今结合，英国与澳大利亚相结合的诗风，别具一格。戈登诗歌取材极富特色，他善于写骏马，这其实是一个很好的结合点。英国人喜爱赛马和驯养马，而澳大利亚又是牧马人的天堂，歌唱如风如电一般的骏马的诗歌受到普遍的喜爱，因此，《将死去的牧马人》一诗也成为诗人最著名且流传最广的作品。诗的主人公是一位牧马人，但是诗人将他作为一位"骑士"而不是普通的"骑者"来歌颂。这位骑士已经走到生命的边缘，在即将结束生命之际回顾自己的一生，他曾经在草原上狩猎，追杀野狗，赶走野牛群，也曾经在丛林中与盗匪进行生死搏斗。在这种危险的生活中，他感受到经历传奇般生活的乐趣。诗中感叹道：

> 我行将永世沉睡在山谷，
> 微风轻拂合欢树枝在摇摆，
> 请不要用石块与围栏来阻挡，
> 让牧场强健的儿童们到我的坟上来采花吧，
> 让我倾听他们在我头顶奔跑的脚步。

戈登还是一位歌谣体的诗人，他创造性地推广民间歌谣体的写作。澳大利亚的千里沃野上放牧着白云一样的牛羊，牧人们传唱着世代流传的歌谣。这些歌谣其实是民族诗歌的摇篮，而戈登是它的最早发现者与收集者，自己也用这种诗体来写作，并且成就斐然。

肯德尔是殖民主义时代最杰出的浪漫主义诗人，诗风秉承彪炳史册的英国浪漫主义诗歌传统，他的主要诗集是《诗和歌》（1862）、《来自澳洲森林的树叶》（1860）和《山谷之歌》（1880）等。肯德尔的诗歌取材相当广泛，以澳洲大自然带有原始野性的美为审美对象，讴歌本土的人民与劳作，诗情淳朴，但感情浓烈，可以说是感物咏志的代表。如脍炙人口的《铃鸟》：

> 小河边的古道上响起清凉的回音，
> 那是山谷的流水叮咚传入耳中。

> 小河啊，你在深谷中，
> 娇嫩的地衣与薰衣草轻抚河岸的山崖。
> 穿透雪松与梧桐，
> 阳光给花朵送来爱意。
> 铃鸟的鸣叫在山谷回荡，
> 胜过梦与歌，甜美而温馨。

肯德尔的诗歌能巧妙地运用格律，与山水自然相契合，形成自己独特的风格，清新淡雅，诗风俊逸，语言也很华美，充分显示了诗人的才华，为澳大利亚文学走出英国诗歌的影响光环，创造具有民族风格的诗歌建立了功勋。

二、民族化时期的澳大利亚文学（1889—1945）

19世纪80年代，澳大利亚酝酿成立独立的澳大利亚联邦，90年代兴起了民族主义运动，1901年，澳大利亚联邦成立。澳大利亚联邦的成立，不仅为资本主义在澳大利亚的产生和发展提供了条件，而且使得澳大利亚的工业、农业和商业都得到进一步的发展，同时也推动了澳大利亚民族主义运动。独立、民主和平等的民族主义政治诉求在文学上得到了充分的反映，开始了本土文学的新时代。

这一时期的文学一般划分为两大阶段：第一阶段是从联邦建立到第一次世界大战之前，即1889年到1913年期间，澳大利亚从欧洲殖民地发展为独立的资本主义国家，民族文学初步奠基，形成了大洋洲文学独特的形态；第二阶段是从1913年到1945年，经过两次世界大战，澳大利亚经济突飞猛进，成为发达的资本主义国家，其文学成就也受到世界的广泛关注，建立了独立的文学体系。

1880年，约·费·阿基布尔德（1856—1919）创办了杂志《公报》（*The Bulletin*）之后，澳大利亚社会发展产生了实质性的变化。《公报》宣传激进主义、共和主义和社会主义，公开提出"澳大利亚属于澳大利亚人"的口号。在《公报》的旗帜下，一大批作家凝聚在一起，逐步形成了"公报派"。阿·乔·斯蒂芬斯（1865—1933）担任《公报》编辑之后，于1896年开辟了文学专栏"红页"（Red Page），大力扶植青年作家，提倡创作短篇小说和"丛林歌谣"，并组织出版长篇小说。《公报》一时成为澳大利亚民族文学的重镇。作家们利用《公报》杂志作为文学阵地，期望在文学上摆脱传统英国文学的束缚，改变殖民主义时期简单模仿、缺乏活力的移民文学，建立起富有澳大利亚民族性的文学模式，并且使这一文学走向世界，脱离了英国文学的阴影，成为世界文学的一员。

从1889年到1913年第一次世界大战爆发前这段时期里，民谣体诗歌开始兴起。民谣体诗歌是殖民化时期从爱尔兰移植过来的，由于最初的诗人们来自较为贫困而移民又最多的爱尔兰，主要作者中不少是流放犯人与贫困的移民，这是一种民间诗歌的形式，风格较为沉郁坚毅，题材取自农业生产与民间生活。另一种主要形式是海员的诗歌，这是那些淘金者的歌，粗犷豪放，具有海上冒险者的风格。这些诗歌汇流以后，在澳洲丛林地区流行起来，用以描写丛林人的生活与情感。这种诗歌形式逐步成为富有澳大利亚地域特色的文学形式，并逐步取代了殖民化时期所采用的传统英国诗歌，成为澳大利亚特色的丛林文学的主流。杰出的诗人除了劳森之外，还有安德鲁·巴顿·佩特森（1864—1941）等人。

佩特森出身牧场主家庭，中学毕业后在悉尼的律师事务所工作，曾到乡间经营农场，但是都不成功，最后只得回到城市里，他以笔名"班卓琴"给澳大利亚影响最大的《公报》撰稿。1895 年，他的第一部诗集《来自雪河的人及其他诗歌》出版后，反应相当热烈，他成为民谣体诗人，与劳森齐名。此后，他曾担任记者、编辑和农场主，第一次世界大战期间还曾担任救护车驾驶员，在他的后半生中，主要职业是新闻记者。

作为民族化时期的代表性诗人，他的名作是《来自雪河的人》，描写丛林牧人们去追赶脱缰的野马的生活经历。身强力壮的丛林牧人们瞧不起来自雪河的小伙子，这是个外表羸弱的青年，就连他的马也显得瘦小。很多人劝他："小伙子，你还是算了吧！"也有人为这个小伙子鸣不平，最后，大家勉强让他跟随队伍。但是事情的变化令所有人大吃一惊，这群野马狂野难驯，它们深入山林之中，那里人迹罕至，自然条件十分恶劣，即使最有经验的老骑手也无计可施，准备放弃这群野马。正是在这种情况下，显示出雪河的小伙子强悍的性格，他单枪匹马，绝不放弃，紧追不舍，尾随这群野马直冲上了乱石坡，小伙子勇敢地征服了马群，将马群乖乖地带回了牧场。这首诗取材于牧场丰富动人的生活，诗句具有丛林诗的野性，所描绘的场面壮怀激烈，很是吸引人。

诗集中还收入了一首《肩囊旅行》，这首诗大约在 1895 年被谱成歌曲，立即到处传唱，甚至直到今天，澳大利亚的士兵们上战场时仍然要唱这首歌。由于人人会唱，有人还建议将它作为国歌。诗歌描述了这样一个故事，在丛林中，当一个四处流浪做工的人在水塘边的营地醒来时，他愉快地燃起篝火烧水，同时愉快地哼起了流行的曲子。这里他突然发现不远处有一只羊来池塘边喝水，他抓住羊将它塞进自己的干粮袋。此时，牧场主和骑警出现了，他们责问丛林中的流浪工。不料这位刚强的工人纵身跳入池塘，拒绝被捕。他在沉入水中之前仍然在高呼："你们休想活着抓住我。"这个故事从此流传开来，以后人们经过这里时，经常可以听到丛林里传来他的鬼魂的呼叫声。这首诗有着浓烈的澳大利亚丛林诗歌与民间谣曲的特点，它之所以受到人们喜爱，也反映了民族性格与历史。丛林生活是一种自由独立的象征，它是澳大利亚的民族精神代表，丛林人虽然生活穷困，但是他们崇尚自由与爱情，蔑视权贵，为了自己的尊严，敢于反对强暴。这种精神在诗歌中得到最彻底的表现，所以这首歌极受欢迎，到处传唱。

这一时期的诗歌还有象征主义诗人克里斯托弗·布伦南（1870—1932）的《诗集》，他是澳大利亚诗坛上硕果仅存的象征主义者。《诗集》可分为五个部分：第一部分是"源泉之行"；第二部分是"暗夜中的丛林"；第三部分是"流浪者"；第四部分是"波克弥"；第五部分是"尾声"。第一部分是对于人生完美境界，也就是《圣经》中所说的伊甸园的追求，主要是抒发诗人追求爱情中的欢乐、迷茫和哀伤。第二部分则是诗人在失乐园之后，与第一位新娘在暗夜之间的斗争。她名为力利斯，性格复杂多变，她阻拦亚当进入伊甸园，因此到处是一片黑暗。第三部分是诗人"我"的出场。"我"是一个苦苦求索的流浪者，虽然明知无法找到伊甸园，仍然追求不止。第四部分到第五部分，描述了这种追求的结果是相当凄凉的，无法找到圣境，只好在黑暗中摸索。诗中象征手法运用较为成功，伊甸园是美好生活乐园，黑夜是黑暗势力，流浪者是追求自由与美的诗人等，同时用黑夜、沙漠、森林、宝石、风和海等来作为象征的手段，明显受到法国诗人马拉美等的影响。

抒情诗人约翰·肖·尼尔森（1872—1942）是另外一位著名诗人，其诗风清丽，代表作有《春之心》（1919）、《民谣诗和抒情诗》（1923）等，他的诗作不同于象征主义诗歌，也不同于民谣体诗歌，是一种风格独特的抒发优美情感的诗歌。他的名诗《爱情正在来临》中写道："……静谧，就像无用的眼泪/洒向一个弥天大罪，/轻柔，有如小提琴上/奏出了忧郁的呼唤；/不见暴风雨和冰雹/也没有火和闪光的刀，/爱情的步履那么轻盈/我不知道他已来临。"

在小说方面，大部分作品反映丛林生活，也有少数反映城市生活的作品，但是无论在内容上，还是在形式上，这一时期的小说与殖民化时期的小说相比较都有明显的突破。这一时期的代表作家有丛林小说家亨利·劳森（1867—1922）、约瑟夫·弗菲（1843—1912）、麦尔斯·弗兰克林（1879—1954）、斯蒂尔·拉德（1871—1935），城市小说家路易·斯通（1871—1935）等人。

成就最高的是劳森的短篇小说集《当罐里的水沸腾的时候》（1896）以及诗集《在海阔天空的日子里》（1896）。亨利·劳森是澳大利亚民族文学的奠基人和澳大利亚现实主义文学的鼻祖。澳大利亚著名文学评论家 A. G. 斯蒂芬斯认为，"劳森是澳大利亚作家的代表，是澳大利亚培养的最具原创性和特色的澳大利亚作家之一"。[①]这个评价客观地反映了劳森在文学史上的地位，这是他应得的荣誉。

亨利·劳森出生在新南威尔士州一个淘金人的家庭，其父原籍挪威，母亲为英国人后裔。劳森曾读过三年书，后在农场和父亲所承包的建筑工地上干过杂活儿。16岁时父母分居，他随母亲到悉尼，先后做过油漆工、木匠等。他母亲拥护共和，热心妇女运动，曾创办《晨曦》报，他因而也常与记者、作家、妇权运动者、社会主义者接触，受到他们的影响。1887年，他的诗《共和之歌》在当时激进的《公报》周刊上发表，次年第一篇短篇小说《他父亲的伙伴》又在《公报》上发表，从此开始了他的文学生涯。1892年，在《公报》资助下，他深入西部农村，与牧民、赶车工、农场工人等进行广泛的接触。1894年，《诗歌与散文短篇小说集》出版。1896年，诗集《在海阔天空的日子里》和短篇小说集《当罐里的水沸腾的时候》相继问世，因而闻名。他先后出版了近20部诗集和短篇小说集，其中包括《通俗诗和幽默诗》（1900）、《在路上和在栅栏旁》（1900）、《我的祖国》（1901）、《乔·威尔逊及其伙伴》（1901）、

① Henry Lawson II' in *Perspectives in Literature* — *A. G. Stephens*: *Selected Writings*, ed. Leon Cantrell, London, Sydney, Melbourne, Singapore, Manila: Angus&Robertson Publishers, 1978, p. 254.

《丛林儿童》（1902）等。19世纪末至20世纪初是劳森的创作旺盛时期，他的许多优秀的短篇小说即在这个时期写成。他熟悉下层人民的生活和思想感情，同情他们的遭遇，在作品中刻画了他们的生动形象，表现了他们优秀的品质。他的主要成就在于短篇小说，着重表现人们的相互关系和真情实感，而不以情节取胜。他的语言朴实生动，富于幽默，体现了劳动人民的口语特点，被评论家誉为"普通人的声音"。他的作品无论在题材、风格、语言各方面都具有鲜明的地方特色，为奠定澳大利亚文学的基础做出了贡献。

劳森的主要成就在于开创了澳大利亚的民族文学，他的作品为激发民族意识和焕发民族精神做出了不朽贡献。他的一生，以丛林生活和他从小就熟悉的下层平民为题材，创作了300多篇短篇小说和大量诗歌，描绘出了他那个时代劳动人民生活和斗争的历史画册，被誉为"人民的诗人"（People's Poet）。所以有人认为："其作品的价值就在于个性和地方性而非国际性。"这也说明，劳森与世界文学史上的许多伟大作家一样，以鲜明的民族文学特色进入世界，而这种民族特色虽然表面上可能与其他国家文学有相当大的差异，但恰恰是这种差异性可以为其他国家与民族所珍视，这也是他对世界文学的贡献。

除此之外，弗菲的长篇小说《人生就是如此》（1903）用生动幽默的语言和带有浓郁的生活气息描写了丛林人的艰辛生活，揭露了社会的不公，抨击了富人的贪婪和冷酷，充满了爱国主义激情，表达了人民反抗压迫和要求民主、自由的强烈愿望。同时，小说讨论了一个哲理性的问题：人究竟能否控制自己的命运？作品所给的答案是，没有人能控制自己的命运，人一旦做了选择，只能任由命运摆布，而无能为力。因为"生活就是如此"，所以人只能接受现实，这种观点带有明显的宿命论倾向。

两次世界大战期间，经历了民族主义的洗礼，澳大利亚的民族意识逐步走向成熟。在此期间，澳大利亚文学仍然沿着民族主义道路前进，民族主义文学得到进一步的深化，逐步进入成熟期。从文学形式上讲，长篇小说得到了空前的发展，进入全盛时期，尽管人物仍然是丛林人，没有发生变化，但主题发生了实质性的变化：民族主义时期关于丛林人谋生的艰辛已经淡出作家的视野，取而代之的是自由自在、乐观豁达的丛林人如何实现独立以及孜孜不倦的抗争。这种变化与资本主义生产和生活方式有着必然的联系，澳大利亚联邦的成立为资本主义在澳大利亚的产生和发展提供了条件。在资本主义生产方式下，澳大利亚的工业、农业和商业都得到进一步的发展。经过民族主义的洗礼，澳大利亚的民族意识逐步走向成熟。

这一时期具有代表性的小说家主要有亨利·汉德尔·理查森（1870—1946），她的代表作是三部曲《理查德·麦昂尼的命运》（1930）。第一部《幸福的澳大利亚》描写爱尔兰医生麦昂尼到维多利亚来淘金，开了一家杂货店，但是他与这里性格豪放的淘金工们合不来，就带着年轻的妻子离开这里。他原本是医生，终于在医务上取得成就，过上富裕的生活。但是他怀念故国的生活，终于重返故里。第二部《归途》，描写麦昂尼虽然回到英国，但是由于离开已久，并不能适应这里平静的生活，他的妻子来自于澳大利亚，更是与英国传统生活环境不能融洽。他在英国处处感到社会中人与人的关系冷漠，人们自私卑鄙，反而不如粗放的殖民地生活。于是，他们重新回到了澳大利亚，并且在这里建造豪宅，自认为得到了"最后的归宿"。虽然此时他已经成为墨尔本上流社会的重要人物，也经常游历欧洲，但是他生活的根基其实是在澳大利亚。最后一部是《最后的归宿》，描写麦昂尼正在人生得意之时，经济生活突陷困境，他不得不重操旧业，但是仍然不能求得进展，他越来越感到沉重的生活负担，最后竟然罹患精神病，在困顿中逝世，结束了他作为一个移民也是一个奋斗者的一生。小说较为深入地刻画了澳大利亚的社会生活，人物性格相当突出，特别是麦昂尼夫妻的性格其实是随着小说的进程而不断发展的。最初的麦昂尼性格坚毅，才华出众，但是他性格上有缺陷，他相当内向，内心世界丰富，而应对社会生活的能力不足。妻子玛丽则与他相反，虽然由于年轻显得相当幼稚，但是随着社会阅历的增加，她渐渐成熟起来。她能够应对社会生活的各个方面，一定程度上弥补了丈夫的不足。两人在家庭与社会中的地位各自向相反的方向变化，虽然玛丽努力奋斗，企图力挽家庭生活的危困局面，但最终仍是以失败告终。

劳森派小说家迈尔斯·富兰克林（1879—1954）在澳大利亚文坛群星闪耀的女作家中，是一颗光芒四射的星辰，是所谓"民族主义文学"的中坚，代表作《我的光辉生涯》塑造了丛林少女西比拉·梅尔文的形象。这是一位具有女性主义思想的新人物，她不同于劳森作品中的那些为了衣食而奋斗的丛林人物，她内心世界丰富多彩，性格中充满矛盾，但是仍然坚持自己的追求，是一个特行独立的新时代女性，在澳大利亚文学史上有其独特地位。女作家凯瑟琳·苏珊娜·普里查德（1883—1969）的作品反映了劳苦大众的生活，代表作《库娜图》描写一位土著黑人女性库娜图与白人牧场主休之间的爱情。在休养病期间，库娜图悉心照顾他，两人产生了感情。当库娜图生下一个孩子后，休的妻子不能容忍，与休离婚而去。库娜图的丈夫病逝后，休却长期不愿与库娜图结合，反而纠结于库娜图的往事，甚至打了库娜图。库娜图万般悲愤，终于离开了牧场，开始自己流浪的生活。这部小说写了土著人物，这是文学史上的一大创造，打破了白人与黑人两个世界之间的间隔，意义重大。

女作家凯尔·坦南特（1912—1988）的小说集中描写了澳大利亚生活中的一种特有的重要社会现象——流浪者的生活，并形成了以此为中心的一种文学类型。流浪小说其实起源于丛林小说，在城市化之后，又加入了城市的流浪汉，这就使小说具有了历史的纵深度。历史小说家埃莉诺·达克（1901—1985）的小说《永恒的土地》以1788—1792年间首批登上澳大利亚土地的英国居民生活为主线，叙述白人总督菲利普为了改变移民与土著民众之间的关系，将一个名为班尼朗的土著青年送到英国去，企图通过这种方式达到培养欧洲化的土著的目的。但事实上，这仍然是一种幻想，班尼朗最后变成了既非土著亦非欧洲人的不伦不类的人物，他自己也深感痛苦。这一时期积极创作的还有旅居国外的诺曼·林赛（1879—1969）等。澳大利亚小说走向繁荣，也形成了"澳大利亚风格"，这种说法有褒有贬，既肯定了民族文学的成熟，同时也可以看出它的局限性。

不可忽视的是，这一时期的诗歌，著名的诗人有浪漫主义诗人罗伯特·菲茨杰拉德（1902—1987）、现代主义诗人肯尼斯·斯莱赛（1901—1971）和道格拉斯·斯图尔特（1913—1985）等。

三、世界文学体系中的澳大利亚

第二次世界大战后，澳大利亚摆脱了有史以来的孤立状态，迅速融入国际社会，经济迅猛发展，同时各种各样的思潮纷纷涌入，改变了澳大利亚人的思想意识。经济的繁荣推动了文学的发展。现实主义文学在澳大利亚一统天下的局面已被打破，取而代之的是形形色色的文学流派和风格，于是，澳大利亚文学真正走向了世界。1973年，作家帕克里特·怀特（1912—1990）获得了诺贝尔文学奖，从此，澳大利亚文学进入国际化的阶段。

小说一直在澳大利亚文学中占有统治性地位，劳森是现实主义文学的代表人物。现实主义小说在艺术上追求"澳大利亚化"，具有民族主义的内容与形式。虽然我们一般把它称为现实主义，其实并非完全如此，这些作家作品中有相当多的现代主义流派，如欧洲的自然主义文学在澳大利亚这个特殊的自然与社会环境中就相当发达。战后的文学中，怀特的小说已经基本形成一个流派，有人称为怀特派。20世纪以来，拉美文学在世界的影响加大，澳大利亚也产生了所谓"新派小说"，与现实主义、怀特派三分天下，鼎足而立。

现实主义小说仍然是主流之一，马丁·博依德（1893—1972）是这一小说流派的代表人物，他出生于知识分子与艺术家的家庭，家族曾经产生过多位著名画家和雕塑家，他自幼就随父母游历欧洲多国。第一次世界大战期间，马丁·博依德在英国军队服役，后长期定居英国。由于特殊的家族背景与生活经历，他的作品中经常描写欧洲多个国家的生活，所以被称为"国际性小说"。

马丁·博依德的代表作是小说《露辛达·布雷福特》，露辛达是一个牧场主的女儿，她容貌秀丽，气质高雅，在当地的社交界是一位引人注目的少女。在家庭的要求下，她嫁给了贵族出身的总督副官雨果·布雷福特，这也就是露辛达的夫姓的来源。后来他们到英国生活，露辛达却发现雨果是个生性浅薄而且自私的人，露辛达与雨果的朋友帕特·兰弗兰克产生了爱情，并且考虑与雨果离婚。不料此时雨果在第一次世界大战中负伤，失去了行动能力，只能依靠露辛达的照顾。直到雨果去世，露辛达才重获自由，但此时的帕特已经有了新的生活伴侣。露辛达经历了挫折后，将儿子斯蒂芬视为自己生命的结晶，但是斯蒂芬的生活也不尽如人意。斯蒂芬的妻子希瑟·文的家庭其实是布雷福特家族的世交，并且有过复杂的恩怨，希瑟本人爱慕虚荣，是一个势利的女人，最后抛弃了斯蒂芬与一个股票商私奔。斯蒂芬受到打击后，又因为在第二次世界大战中拒服兵役而入狱，在狱中受到虐待，最终郁郁而终，他的去世象征着一个大家族失去了继承人，也暗示着在澳大利亚社会中重要地位的英国贵族的整体衰亡。

这部名作气势宏大，人物众多，描写了从19世纪中期直到第二次世界大战结束百年间的社会生活图景。作者视域广阔，从澳大利亚到英国，用对比的方式描写了古老的英国的衰落与澳大利亚的兴起，其历史主义观念给人留下深刻印象。作品所塑造的人物形象鲜明、有个性，同时又是多层面的，雨果的风流潇洒与他的用情不专，斯蒂芬的正直与他的落落寡合都相当真实，他们都是饱满的人物形象。尤其珍贵的是人物性格的成长与变化，小说主人公露辛达从少女直到老年，性格从单纯到成熟，经历了社会与时代的磨砺，令人感到生活的多样性与历史性。

博依德有影响力的作品还有《蒙特福特世家》和《兰顿四部曲》，两者都是家族小说。从中可以看出，作者关注社会生活中大家族的命运，他主张文学艺术的本质是要刻画人性，要改造人的灵魂，从人性中来看世界。作者语言风趣幽默，行文如行云流水，语言优美。但是也有其不足之处，有的批评家认为，这种语言不能深入描绘现实生活的严峻与痛苦，所以也不能使读者进入大起大落的情感波澜之中。

怀特派小说家们不同于传统现实主义作家，他们以怀特的创作为主要模式，创造出既国际化又有本土特性的文学。新小说派则力求突破，他们直接表现新的社会现实，如性与吸毒等现象，以城市生活的新变化为主，特别是知识分子的生活。而在艺术上则追求创新，小说家们最为关注的是叙事方式、叙事的角度和语气等方面。迈克尔·怀尔丁（1942— ）和弗兰克·穆尔豪斯（1938— ）等人是其中的佼佼者。

20 世纪 80 年代以后，新作家大批涌现，如伊丽莎白·乔利（1923— ）、海伦·加纳（1942— ）、亚历克斯·米勒（1936— ）、布赖恩·卡斯特罗（1950— ）和蒂姆·温顿（1960— ）等，他们的创作日新月异，与国际小说特别是英美的现代小说基本同步，是一种国际化潮流在澳大利亚的兴起。而本土的原住民文学也是色彩斑斓，政府出台的"多元文化"政策鼓励原住民文化发展，在这一领域引导潮流的则是凯斯·沃克（1920—1993）、科林·约翰森（1939— ）和阿尔奇·韦勒（1957— ）等，他们的小说不同于传统的乡土文学或丛林文学，借鉴了拉美魔幻现实主义文学，表现手法既现代又现实，成为当代文学中一支实力强大的劲旅。

这一时期澳大利亚文学发展的总体特性是文体相当全面，除了小说之外，诗歌、戏剧等同样引人瞩目。20 世纪 60 年代后期，诗歌创作结束了长期以来的沉闷局面，"澳大利亚新诗歌运动"如一股新浪潮，强烈地冲击着以霍普、麦考利、赖特和菲茨杰拉德等人为首的主流派诗歌。新诗人们力图扭转传统的"澳大利亚民族派"诗歌的方向，主张向美国"纽约派"学习，从艺术形式到思想上进行革新。《现代澳大利亚诗歌》（1970）、《当代美国和澳大利亚诗歌》（1976）和《偷食禁果者》（1974）等诗集是这种"新诗歌"的代表作品。到 20 世纪 80 年代之后，诗歌发展进入一种平静而缓和的状态。当代诗人中，莱斯·默里和布鲁斯·道是两位杰出诗人。莱斯·默里的《葬礼上偷走尸体的孩子》是一部诗歌体的小说，歌颂了原住民的生活，这首诗其实有着传统的"丛林诗"的成分，却有新的开拓。诗歌通过一个偷盗尸体的离奇故事，突现出现代城市的浮华与丛林的深沉之间的对立，抨击了腐败的城市生活。默里的思想代表了澳大利亚的民族化回归，随着国家实力的增强，新的民族主义思想愈加强大，诗歌成为这种思潮的一种表达渠道。

布鲁斯·道是当代澳大利亚的一位杰出诗人，他的诗歌直面社会现实，捕捉当代最新的思潮与反响。他在诗中批评政府的各种言论，为普通百姓特别是青年人而讴歌，同时不断对国际新闻事件发表看法，反对越南战争，当然也包括反对澳大利亚服从美国参加越战，他的一首名诗《回家》，就是取材于越南战争：

　　日日夜夜，日复一日地，把他们运回家来。

　　他们提起那些能找到的他们，运回家来。

　　他们把他们塞进机舱、卡车车厢和船舱中。

　　拉紧拉链，把他们装进绿色的塑料袋中。

　　在西贡的停尸房，给他们贴上标记，

　　给他们贴上名号，把他们从冷冻箱里扔出来

　　——在用柏油和石子铺成的旦桑努停机坪，

　　贵重的喷气机如同猎犬一样狂吠。

　　他们把他们送回家。

　　……

　　飞机在跑道上滑行，迎接他们回家的是哭声，好像是他们生命最后的时刻
（虽然乱但是壮观）

　　然后他们就消失在城市之中，

　　与那蜘蛛网一样的郊区，

　　电报抖动得如同冬日的树叶，

　　只有那蜘蛛在抽象的几何图形中摇动，

　　——他们把他们运回家了，此时或许是太晚，也是太早。

这首诗不仅在澳大利亚历史上，在世界历史上也将留下永恒的纪念，为了铭记一场对
澳大利亚人印象深刻的海外战争。

四、帕特里克·怀特

　　帕特里克·怀特是 1973 年诺贝尔文学奖的获得者，也是迄今为止唯一获得该奖项的澳大利亚作家。怀特是当代澳大利亚最杰出的小说家，被英美评论家誉为"少有的天才"，他开创了澳大利亚文学"国际化"的先河，也使得现代主义文学在澳大利亚落地生根、开花、结果。怀特以长篇小说创作为主，兼涉其他领域。从 20 世纪 30 年代到 80 年代，怀特共出版了 16 部长篇小说和小说集、3 部诗集、1 部自传和 5 个剧本。

　　1912 年 5 月 28 日，怀特出生于伦敦，其时父母正在英国旅行。半年以后，怀特返回澳大利亚，在悉尼郊区父亲的牧场度过无忧无虑的童年。13 岁时，怀特被送往英国接受英式教育。17 岁时，怀特重返澳大利亚，在养羊场做了两年的帮手。这期间，他完成了 3 部小说，但均被出版商退回。1932 年，20 岁的怀特再度赴英，进入剑桥大学皇家学院攻读现代语言。这一时期他广泛阅读经典名著，接触了大量英国、法国、德国文学作品，并受到欧洲文化艺术的良好熏陶，深受乔伊斯、劳伦斯以及亨利·詹姆斯的影响。大学毕业后，怀特留在伦敦进行文学创作。1939 年，

怀特出版了第一部长篇小说《幸福谷》。第二次世界大战期间，怀特在英国皇家空军任情报官，到过非洲、中东和希腊等地，目睹了战争的残酷。这些丰富的经历成了他后来小说的素材。此外，他还爱好戏剧和绘画。1948 年，怀特回到了阔别已久的故乡，直到 1990 年去世。从 20 世纪 50 年代起，怀特声名鹊起，文学创作进入鼎盛时期。1955 年，长篇巨著《人类之树》出版，并获得"澳大利亚的创世记"之美名，给怀特带来了国际声誉。1973 年，长篇小说《风暴眼》出版，同年怀特获得诺贝尔文学奖。

怀特的创作以小说为主，著有《幸福谷》(1939)、《生者与死者》(1941)、《姨妈的故事》(1948)、《人类之树》(1955)、《沃斯》(1957)、《战车上的乘客》(1961)、《坚实的曼荼罗》(1966)、《活体解剖者》(1970)、《风暴眼》(1973)、《树叶裙》(1976)、《特莱庞爱情》(1979)、《百感交集》(1987) 等 16 部长篇小说及小说集，其中《沃斯》是其代表作，《风暴眼》是其诺贝尔文学奖获奖作品。

《幸福谷》《生者与死者》《姨妈的故事》三部小说是怀特的早期作品，它们构成其创作的第一阶段。这些小说在澳大利亚国内反响寥寥，但受到国外评论家的盛赞。《幸福谷》是怀特的第一部小说，描写了新南威尔士州一个名叫"幸福谷"的小镇沉闷、乏味和孤寂的生活，刻画了那里的居民难以找到自己的归属，即欧洲移民无法在澳洲土地上扎根的痛苦经历。这部小说采用意识流、象征主义等现代主义表现手法刻画人物的内心世界，这给现实主义文学一统天下的澳大利亚文坛以新鲜之感。《生者与死者》以 20 世纪 10 年代至 30 年代后期的英国为背景，刻画了死气沉沉的斯坦迪什一家的遭遇，反映了 30 年代伦敦枯燥乏味、缺乏生机的生活。这部小说是怀特创作上的过渡作品，开始显示出作者此后作品所具有的个性特色，在表现手法上较之《幸福谷》显得成熟了许多。《姨妈的故事》讲述了老处女姨妈希奥多拉寻找生活真谛的故事，反映了现代社会中人们在失去信仰之后寻求自我的徒劳努力。小说采用了超现实主义和印象主义的现代主义表现手法，极大地丰富了小说的内涵和表现力。

20 世纪 50 年代后，怀特的小说创作日臻成熟。长篇巨著《人类之树》发表于 1955 年，小说描写了在悉尼远郊落户的一对农民夫妇斯坦·派克和艾米·派克的生活经历。派克夫妇彼此亲密无间，垦荒种地，生儿育女，但随着时光的流逝，他们各自对生活的态度发生了变化，双方有了明显的分歧：斯坦安于现状，一切听凭命运的摆布；而艾米则态度积极，充满幻想，因此生活中矛盾迭起。由于城市的扩张，派克夫妇不得不出售苦心经营的农场。斯坦在去世前的片刻坐在自家的花园中忽然若有所悟地指了指地上，吐出一口痰，说："这就是上帝。"他的见解在他的孙子雷的头脑中扎下了根。雷希望有朝一日能写一首"生活的诗，一切生活的诗"。一棵象征着整个人类延续的小树又长出了新绿——生活在继续。小说通过斯坦夫妇的平凡生活表现人类生活的共同本质：人由诞生到死亡的过程是对生活不断探索和认识的过程，这个过程随着人类的繁衍不息而代代延续永无终结。小说为怀特赢得了国际声誉，也是他创作道路上的一座里程碑。

《沃斯》于 1957 年问世，它是怀特的经典之作。小说描写了德国医科学生沃斯率领一支探险队深入澳大利亚中部地区探险的经过。故事发生在1845年，沃斯在悉尼大富商邦纳的资助下，决定前往澳大利亚中部沙漠探险，以考察和锻炼自己的意志。他结识了邦纳的侄女劳拉，并与其建立了深厚的友谊。劳拉十分理解沃斯的这次远征的意义，并给予他巨大的精神支持。沃斯一行在途中遭遇了种种困难，最后全部葬身沙漠，一次轰轰烈烈的探险活动终告失败。小说最后交代了第二支探险队调查沃斯等人下落的经过，并由劳拉阐释了这次探险经历的意义。

《沃斯》是根据德裔探险家莱卡特的探险经历而创作的一部小说。作者并没有满足于对历史事件的客观再现，而是把史实作为载体，冲出历史的局限性，重新构筑框架，塑造人物，表达深刻的人生哲理，从而使得一向注重写实的澳大利亚小说变得空灵而富含诗的意蕴。这部小说无论在立意还是在表现手法上，都是作者创作上的一个转折点，也是对澳大利亚传统文学的一个突破。表面上看，沃斯的探险活动是一次人与自然的壮烈搏斗，反映出早期创业者不畏艰辛、勇往直前的开拓精神，似乎并没有超越澳大利亚传统的现实主义小说，但作者调动了一切艺术手段，包括语言和非语言的技巧，赋予作品以一种耐人寻味的深层意义，使一次试图征服自然的探险活动转变为一次对自身心灵的探索。肉体上的磨炼是为了实现精神上的价值，到达主人公所期望的心灵理想境界。小说将人类对物质的探索与精神的追求融为一体，大大地提升了作品的容量，丰富了作品的思想，从而打破了澳大利亚传统现实主义小说刻意追求表面真实的传统，也使得小说的表现手法呈现多元化的趋势。因此，《沃斯》的出版立即在英美国家引起轰动，《星期日泰晤士报》也载文赞扬，说《沃斯》就规模、意图和成就而言，是一个只有托尔斯泰可以匹敌的作家的作品。

小说《战车上的乘客》（1961）标志着怀特已形成了自己独特的风格，创作上已经成熟。小说以悉尼郊外萨斯帕里拉为背景，展示了四位身世迥异的主人公的命运以及相互之间精神上的交流与探索。

在小说《风暴眼》问世的1973年，怀特获得了举世瞩目的诺贝尔文学奖，这也使得怀特成为澳大利亚截至目前唯一一位获此殊荣的作家。《风暴眼》描写生命垂危的老年富孀亨特太太回顾自己的一生，围绕着老妇的遗产，家人们明争暗斗，世人则有人冷眼旁观，有人落井下石。小说并未止步于对人情冷暖的描绘，而更着眼于人类存在的意义与价值的探索，这种探索的尺度是人类社会道德。作者的笔如同锋利的手术刀，剖开了生活中隐匿的种种黑暗现象，进行道德的拷问。作者的艺术表现手法相当丰富，以意识流和自由联想的手法展开叙事，使用倒叙、插叙和多线交叉等多种艺术形式，对老妇的风流往事，她的真情与迷惘，最后的随波逐流的过程进行细致生动的描绘，其创作手法对当代创作有重要影响。诺贝尔文学奖颁奖词评述道：对《暴风眼》中的老太太，作者以其在一场飓风中的经历为神秘的中心，从这个中心得出人生的深刻见解，从而揭示出她充满不幸的一生，直到她死。这种评价结合叙事结构，言简意赅，说明了小说的主旨所在。

怀特还是一位杰出的戏剧家，他著有《四部剧作》（1965）、《大玩具》（1978）、《夜潜者》（1978）、《地下森林》（1983）、《信号工》（1983）等八部剧本。

西方理论界认为，怀特通过人来批评社会，是大胆的心理探索者，又提出人生的观念，或提出一种神秘的观念，从中获得教益与启迪。他对自身与人类心理的探索是一种持续不断的，要求赎罪与做出自我牺牲的负疚心理的研究。诺贝尔文学奖颁奖词说到其创作的意义时，特别强调：怀特的创作从忧郁中向人们提供了这样的慰藉和信念：人生的价值，必然会超越当前迅速发展的文明所能提供的一切。

五、彼得·凯里

彼得·凯里（1943— ）是当代著名的澳大利亚小说家、"澳大利亚新文学"的杰出代表人物。他的作品被译成 20 多种语言，曾两次获得英联邦奖，三次获得迈尔克斯·富兰克林奖，三次获得英国长篇小说最高奖布克奖，成为迄今为止获得布克奖最多的作家。

凯里出生于澳大利亚维多利亚州贝处斯·马什，父母都是汽车商。1948 至 1953 年，凯里在当地学校上学，毕业之前转到同州考瑞奥的吉隆文法学校读书。1961 年，凯里进入蒙纳希大学学习化学和动物学，后因交通事故而辍学。1962 至 1967 年，凯里曾在多家广告公司就职，其间开始阅读欧美小说。1968 年，凯里来到伦敦从事广告业。1970 年之后，凯里定居悉尼，并继续以广告业为生，同时从事文学创作。1974 年，凯里凭借短篇小说集《历史上的胖子》一举成名。同年，凯里前往巴尔曼（Balmain）为格雷广告公司工作。1980 年，凯里开设自己的广告公司。1990 年，凯里应纽约大学之邀，担任驻校作家。

彼得·凯里的主要作品有短篇小说集《历史上的胖子》（1974）、《战争的罪恶》（1979），长篇小说《幸福》（1981）、《魔术师》（1985）、《奥斯卡和露辛达》（1988）和《税务审查员》（1991）、《崔森·史密斯不凡的生活》（1994）、《杰克·迈格斯》（1997）、《凯利帮真史》（2000）、《我虚假的生活》（2003）、《偷窃，真实的故事》（2006）和《帕罗特和奥利维尔在美国》（2010）。其中，《奥斯卡和露辛达》《凯利帮真史》和《帕罗特和奥利维尔在美国》获布克奖。

彼得·凯里是当代澳大利亚文学的领军人物，被誉为"澳大利亚最有才华和最令人激动的作家之一"。凯里认为自己曾受到福克纳和索尔·贝娄等美国作家的影响，比较喜爱美国黑色幽默小说《第二十二条军规》和拉美魔幻现实主义小说《百年孤独》这样的作品。他是"新派小说家"中最富有独创性、最有才华的作家之一。《战争的罪恶》问世后，人们大加赞赏他的作品为澳大利亚小说增色，称他为具有国际色彩的作家，"终于使澳大利亚脱离顽固的狭隘地方主义角落"，走向"新的广泛性和复杂性"。凯里的创作态度极为严谨，他并不是一个高产作家，但所写的小说几乎都是上品，深获读者与批评家的赞赏。他的小说将现实主义和现代主义手法巧妙地糅合在一起，表现形式丰富多变，从历史、宗教、心理、社会多层面、多角度地反映了现代人和现代社会的问题。

长篇小说《奥斯卡和露辛达》是彼得·凯里的代表作，也是其最富有力度、受赞誉最多的一部作品。小说描写的年代是 19 世纪，主线是发生在奥斯卡和露辛达之间的一段怪诞、纯洁、感人的爱情故事。小说以奥斯卡和他父亲的冲突开场。奥斯卡出生在英国德文郡，自幼丧母，父亲是个科学家，也是个狂热的福音派宗教分子。由于奥斯卡不满父亲对他吃圣诞布丁所采取的极端行动，他对父亲所信奉的宗教产生了怀疑，而他的怀疑居然得到了应验，他只得离家出走，去投奔圣公会教教徒斯特拉顿先生。斯特拉顿先生后来送他去牛津大学学习神学。斯特拉顿先生很穷，奥斯卡在那里的生活很艰难。在同学沃德莱-菲什的引诱下，他染上了赌瘾。就奥斯卡而言，他笃信上帝，做了牧师，献身上帝的事业。然而赌博在他内心深处所引起的狂热骚动使他深感不安，深重的罪恶感油然而生，因此他全然不顾对水的恐惧，毅然地决定离开英国去澳大利亚的新南威尔士忏悔。于是他被送上了"鳄鱼号"。露辛达 18 岁那年从母亲处继承了丰厚的遗产。突如其来、不劳而获的遗产使露辛达高兴，但更使她困惑和不安。在去澳大利亚新南威尔士的船上，她与奥斯卡相遇。奥斯卡向其传播赌博无害的道理，认为信仰上帝本身就是一场赌博。下船分离后，他们又再次与古怪的红发牧师相遇，两人便在奥斯卡的住所天昏地暗地狂赌了起来。奥斯卡因此被剥夺神职。拥有大笔财产的露辛达帮其找了份工作，于是开始了两人离奇、纯真的爱情篇章。两人相互爱慕着，却都羞于启齿。冷酷的外界对他们充满了敌意。露辛达为了获取羞涩的奥斯卡的爱情，编织了和哈西特牧师相爱的谎言。天真的奥斯卡信以为真。为了表达他对露辛达的爱，他和她进行了最后一次赌博。有一天，奥斯卡突发奇想，让露辛达建一所玻璃教堂，赠送给爱慕她的丹尼斯牧师，并且主动表示自己将会把教堂护送给丹尼斯供职的伯令格。对此，露辛达欣然接受，并表示如果他顺利护送，便将自己的所有财产赠予他。其实深爱着奥斯卡的露辛达是有意要将财产送给他。为此，她还雇用了杰弗里斯这支庞大的队伍以助奥斯卡一臂之力。可是护送途中，杰弗里斯对土著人滥杀无辜，奥斯卡忍无可忍，便狠心杀害了杰弗里斯。当奥斯卡历经千难万险，终于将玻璃教堂送抵目的地时，他已身心疲惫不堪。正因如此，奥斯卡精神恍惚，一蹶不振。到达目的地后，当晚昏昏沉沉的奥斯卡就和当地一个一心想再嫁的名叫米丽安的寡妇发生了性关系，结果第二天就鬼使神差地与其结婚了。清醒后的奥斯卡对自己的所作所为懊恼不已，怀着对露辛达的愧疚来到船上的玻璃教堂，苦苦祈祷忏悔自己的罪行，不料玻璃教堂沉入河底，奥斯卡溺水而亡。此时，上帝似乎没有了踪影。虽然他至死都试图信仰上帝，可最终还是没有逃脱船毁人亡的悲怆命运。奥斯卡的悲剧显然就是人类选择了不可实证的信仰所造成的悲剧。露辛达也因为输了这场赌博，身无分文。怀有奥斯卡遗腹子的米丽安获得了露辛达的全部财产。

　　这部作品不是试图去发现新的文化，而是邀请人们重新审视旧文化。实际上把对19 世纪文化的批判和对 20 世纪人性危机的刻画，自然地结合在一起。在后殖民主义的视角下，为读者展现了殖民主义时期"文明"的真实面目。玻璃教堂及其建造和运送是小说中的象征物，象征着英国基督教文化入侵澳大利亚，与本地朴实的土著文化发生冲突，并用枪炮消融了后者，同时造成了其自身的堕落，结果就像康拉德的小说《黑暗之心》中所刻画的那样，原本要将"文明"带到殖民地的入侵者，自己也终于成为堕落者。小说问世不久后，有的评论家说，《奥斯卡和露辛达》"是彼得献给这个国家的 200 周年纪念的礼物"。

小说笔调轻松诙谐，略有嘲弄，语调缓慢，态度客观公正，让读者感受到有根有据的真实感，富有一种历史感。于是，真实的细节描写和荒诞虚幻的行动相结合，现实主义与超现实主义相交融，就勾勒出了凯里小说的经典特色。

《凯利帮真史》是凯里的另一部代表作。这部小说是以内德·凯利写给他没有见过面的女儿的 13 封信为线索，讲述了其 26 年的生活经历，重现 19 世纪六七十年代澳大利亚维多利亚东北部内陆地区的贫穷、腐败和不公。凯利的父亲被警察迫害致死，于是，12 岁的他和母亲就担负起了家庭的重任。不久后，凯利的叔父也被警察处死了。他被迫跟随哈里·鲍威尔学手艺谋生，可是在 16 岁那年遭人陷害而饱受铁窗之苦。出狱后他本想靠自己勤劳的双手踏踏实实过日子，远离阴暗的生活，可是事非所愿，统治者的压迫愈加激烈，内德·凯利就是在这种不堪的社会中逐渐成长。弟弟因为不堪忍受警察菲茨帕特里克对母亲和妹妹的凌辱而开枪将他击伤，于是警察开始编造证据，强织罪名，报复凯利一家。凯利为了营救入狱的母亲，率领众兄弟，与警察、暗探和奸细明争暗斗，展开一场惊心动魄的斗争。

小说通过内德·凯利一家的不幸遭遇来揭露帝国殖民时期的社会矛盾。实际上，彼得·凯里所要揭示的是弱小个体与强大殖民帝国主义之间的矛盾。一方面，广大农民要与恶劣的自然条件做斗争；另一方面，还得与剥削压榨他们的殖民统治者做斗争。小说塑造了凯利这样一个英雄形象。小凯利从小就是一个乐于助人、心地善良的好孩子，他曾经冒死救助了一位落水的同学，因而大受同学们的崇拜和老师的赞扬。小说好像在告诉大家，像凯利这样的好孩子，本应好好学习，好好享受家长的呵护，好好完成工作，享受美好人生的，可是腐朽的社会制度把他逼上梁山，使他成了一个盗马贼。其实他并不想偷马，但因为生活所迫，不得已而为之。他更不想杀人犯法，但他不断受到警察的恶意挑衅，不得不铤而走险。事后，凯利回忆在河边的血腥伏击时，把它描绘成为"恐怖的一天"，"我的全身都为死亡而伤痛"。作者用这些词来展示凯利无尽的懊恼，同时也感受到了凯利的至善至美的形象。凯利不仅是一位孝顺的儿子、忠实的朋友、体贴的丈夫和傲骨铮铮的爱尔兰人，更是一位具有浓浓情义的丛林大盗。

2010 年，彼得·凯里又出版了一部长篇小说《帕罗特和奥利维尔在美国》，作者 20 多年的美国生活经历使这部作品富有了更多的美国色彩。这部小说描写了 19 世纪的美国生活，主人公奥利维尔是一个法国贵族，法国大革命后流亡美国。而画家的儿子帕罗特也一心想成为画家，但时代和机遇使他的梦想破碎，最后竟然做了奥利维尔的仆人，两个人一起到新大陆去追求自己的梦想、幸福和爱情。他们在旅行中时分时合，在爱情与政治、监狱与艺术的世界中沉浮。由此，作者探索和考察了美国的民主制度以及新旧大陆之间的关系。

凯里的其他小说也屡获大奖，《幸福》描述了广告商哈里·乔伊三次死去、三次复活的经历，展现了对现实生活的讽刺与挖苦。《魔术师》通过自称已有 139 岁的骗子之口，讲述赫伯特·拜杰葛瑞一家三代想要建立民族航空事业的故事。

彼得·凯里作为小说高手之一，将瑰丽的色彩、耀眼的光芒，赋予一个早已褪色的故事；将滚烫的血、温暖的肉赋予了一个久远的神话。凯里的作品怪诞、幽默，具有寓言式小说和科幻小说的特征。由于创作历史题材小说而被誉为澳大利亚"民族神话创造者"的彼得·凯里是一位关注现代人生存困境、具有国际色彩的作家。

第二节 新西兰文学

一、新西兰文学的历史阶段

新西兰位于太平洋西南部，是个岛屿国家，距澳大利亚约 1600 海里。1840 年签订《怀唐伊条约》后，新西兰成为英国殖民地，并于 1907 年获得独立。新西兰是世界上最年轻的移民国家之一，要了解新西兰文学，需要追溯到新西兰的毛利人文学。波利尼西亚移民在 500—1300 年间抵达，成为新西兰的原住民毛利人。1350 年，毛利人迁移到新西兰的北岛和南岛定居。当时，他们还处在原始部落时期，使用的工具是石器和骨器，从事农牧业、狩猎，并兼有雕刻、编织手工业。

毛利人在传播与发展文学上具有自身的局限性，因为他们没有文字，有的只是口述文学，主要是神话、传奇、民谣这一类原始的叙事和抒情作品，内容涉及宗教信仰、历史传说、语言文化与社会生活的各个方面。毛利神话《创世记》就反映了世界各地神话的共同性：主神伊奥是创世主，他们的儿女又创造了世间万物，大地母亲对子女的宽容体现了毛利人的女性崇拜。毛利人民谣常在重大节日和庆典上展示，主题包括爱情、婚姻、聚会、战争等。许多民谣由于曲调简明、朗朗上口而代代相传，保留了较多的毛利人的民族特征和历史文化。

新西兰英语文学开始于 19 世纪，随着白人移民的到来，新西兰英语文学开始随着社会的变革而不断发展壮大，并具有本土特色，在世界文学中享有美誉。新西兰英语文学的发展大致可以分为三个阶段。

（一）殖民地时期（1840—1906） 殖民主义初期的新西兰英语文学，由于人口少，几乎没有读者，而且作家描写的也只是这片"新土地"上"上帝的故事"里的"野蛮人"的生活和风土人情，模仿《鲁滨孙漂流记》式的殖民地冒险的奇异故事等，这类著作往往荒诞不经，因此文学价值不高。新西兰的第一部英语小说——梅杰·斯托尼（1816—1861）的《塔拉纳基——战争的传说》就是这类小说的典型代表，它把毛利人描写成容貌丑陋、四肢发达、头脑简单、嗜血成性的食人生番。本杰明·法杰恩的《雪中行》（1865）以南岛黄金潮为背景，讲述了淘金者的美好幻想和惨痛下场。同时，反映毛利人生活状况的小说，有艾米莉·马里亚特的《毛利人中间》（1874）和 R.P. 惠特沃思的《毛利侦察兵》（1887）等，它们真实地描绘了早期移民生活和毛利人的风俗习惯，对研究新西兰民族文化和历史无疑是有价值的。

在殖民主义后期，由于南岛金矿的发现，殖民拓居的相对稳定，畜牧业和小手工业的迅速发展，许多作家提出描写现实生活的创作原则，展示了资本主义社会劳苦群众同严峻现实的冲突。此外，哈里·沃格尔的《毛利姑娘》反映了毛利人与白人婚后的种种问题，康斯坦斯·克莱德的《异教徒的爱情》（1905）反映了妇女解放问题。

（二）开拓、发展与丰收时期（1907—1945）　1907 年，新西兰获得独立，民族意识崛起，文化进一步发展。1861 年梅杰·斯托尼的《塔拉纳基》出版，这是新西兰的第一部小说，取材于毛利人的生活，这种海外猎奇的小说在欧洲很受欢迎，出现一大批追随者。其中有约翰、怀特、威廉·鲍克等名家。新西兰英语文学的第二部小说是艾尔默夫人的《遥远的家》（1862），小说取材于欧洲移民生活。20 世纪 20 年代以后，新西兰出现了比较成熟的小说和诗歌，逐渐摆脱了英国传统文学的束缚，建立起具有新西兰民族特色的文学。有国际影响的短篇小说家凯瑟琳·曼斯菲尔德（1888—1923）的《前奏》《园会》和《在海湾》等成为一时之选，影响了新西兰小说的发展。由于资本主义的发展，形成了阶级分化。许多作家在作品中揭露丑陋的资产阶级，并对广大贫民给予深切的同情。这些具有现实主义精神的作家主要有威廉·撒切尔（1860—1942）、约翰·李（1891—1982）、琼·德万尼（1894—1962）、弗兰肯斯·萨吉森（1903—1982）和约翰·马尔甘（1911—1945）等，他们的作品反映了社会现实，具有一定的生活广度与艺术深度。被誉为"新西兰文学之父"的弗兰肯斯·萨吉森的短篇小说富有深度，他的名篇《一个男人和他的妻子》（1940）被称为"新西兰之声"，也被认为是本土文学成熟的代表作。萨吉森注重心理的描写，其创作手法和语言技巧对后来的新西兰作家有着深远的影响。总之，这一时期的新西兰文学出现了不少优秀的小说、诗歌和文学评论，在创作技巧上日渐成熟，并且也注重把新西兰文化与欧洲文化相结合。

（三）当代时期（1946 年至今）　第二次世界大战后，随着国际交流的不断加深，社会经济日趋稳定，新西兰的文学创作进入了一个崭新时期。特别是 1947 年新西兰文学基金会的成立和 1950 年《陆地》杂志的出版发行，使长篇小说创作有了很大发展。A. P. 盖斯凯尔（1913—　）的《巨大的礼物》（1947）、珍妮特·弗雷姆（1924—2004）的《礁湖》（1951）、莫里斯·达根（1922—1972）的《伊曼纽尔的土地》（1956）、莫里斯·沙德博尔特（1932—　）的《新西兰人》（1957）等，都是比较优秀的小说。其中，珍妮特·弗雷姆为新西兰小说赢得了声誉，并曾多次获得文学奖。她于 1968 年发表的《雷恩伯德一家》（1969 年再版时更名为《澳洲居室里的黄花》）极富象征意蕴。作者通过荒诞的情节和痛苦的非理性，揭示了无法获得身份认同的困境，提出了存在的定义和存在的价值标准问题。

诗歌创作和戏剧文学也硕果累累，并逐渐形成了本土特色，涌现了艾伦·柯诺（1911—　）、霍尼·图法里（1922—　）、弗勒·阿德科克（1934—　）等一批优秀的诗人，他们的诗歌清新自然、细腻动人，传达着不同的观念。戏剧家雷金纳德·伯克利（1890—1935）的《不告而别》和《白色别墅》，莫顿·霍奇（1904—1958）的《风西》都震动了世界剧坛，走出新西兰，成为名剧。20 世纪 80 年代，用英文写作的毛利族剧作家哈里·丹西的《特劳库拉》（1980），再次让世界认识到新西兰戏剧传统的雄厚。

到了 20 世纪 60 年代，毛利人作家开始崛起，他们对此前白人作家对毛利人的描写进行了反驳，客观地反映了现代社会中的毛利人的生活习惯和民族个性。著名毛利人女作家帕特里夏·格雷斯（1939—　）的《月亮睡了》，主人公莉佩克是一位毛利姑娘，她嫁给了一位白人，虽然夫妻恩爱，但莉佩克总感觉到他们之间有鸿沟。作为毛利人的后裔，莉佩克保留了应有的种族记忆和文化积淀，反映了文化问题不是简单的婚姻就可以解决的。这一时期也涌现了不少毛利诗人，其中霍尼·图华里（1922—　）的诗集《不是普通的太阳》（1964）、威蒂·伊希马埃拉（1944—　）的短篇小说《绿岩，绿岩》（1972）和《新网捕鱼》等都享有盛名。作品不仅具有毛利民族的优秀文化传统，还借鉴了西方文学的长处，有人评价他的英语诗歌"闪烁着毛利人的思维方式和表述特色"。

二、珍妮特·弗雷姆

珍妮特·弗雷姆是当代最著名的新西兰小说家。说到她时，人们往往想到帕特里克·怀特那个无人不知的评价——"新西兰最了不起的小说家"，这句话至少道出了弗雷姆在大洋洲文学界的地位。她是第二次世界大战后新西兰最个性的作家，她的艺术成就是多方面的，但是艺术实践中心则在于：以现代主义的艺术思维与形式，在新西兰率先实质性突破了传统的现实主义界限，成功地开辟了新西兰小说创作的新途径。

1924年，弗雷姆出生于但尼丁市，她的家庭虽然相当穷困，但是她有着对艺术的热爱。她高中毕业后在著名的奥塔戈大学接受了教师资格培训，成为一名教师，之后还曾当过护士。在她的生活中有一段与众不同的经历，她曾经患过精神病并且在精神病院生活过几年。她本人坚持说自己的精神是健康的。但这种特殊的生活经历对她的创作产生了决定性的影响，她的主要作品中的内容或多或少都与精神病有一定联系。20世纪50年代，弗雷姆出版了短篇小说集《礁湖》，书中回忆了作者痛苦不堪的童年生活，家庭贫困，疾病折磨着家人。特别是两个姐姐连续溺水而亡，给作者造成深深的心理创伤，这种童年经历对作家以后的创作可能也有影响。在她的名作《猫头鹰在哀叫》中，威瑟斯家中的大女儿弗朗丝就有水火之灾，她在观看垃圾场的化学品焚烧时，竟然掉入了火坑，被活活烧死。这一惨剧就发生在她的弟妹都在场的情况下。所以有的批评家认为这种情结就产生于作家本人的童年经历，正是这种经历为这种叙事提供了经验。

弗雷姆的代表作是"威瑟斯家族三部曲"：包括《猫头鹰在哀叫》《水中面影》和《字母的利刃》。故事的中心是家庭中的四位子女的生活经历，其中最为著名的是第一部。在《猫头鹰在哀叫》中，威瑟姆家因为生活贫困，大女儿被迫辍学参加工作，为一富家当女佣，她认为自己已经成人，开始饮酒和交男朋友，也对未来的生活产生了美好的理想，正在此时，却在意外的事故中丧生。20年后，性格怪僻的二女儿达芙妮的生活轨道再次发生改变，她突然患上精神病，被送进了精神病院。但是她本人却并不认为自己是病人，时刻渴望重新获得自由。这就形成了尖锐的冲突，作者以此暗喻社会中的理性与癫狂的对立，批判世俗的理性标准。用什么来判断精神病患者与正常人？什么是疯癫？这是作者所思考的问题之一。然而祸不单行，儿子托比性格内向，在一家冷冻厂工作，但是他患有癫痫病，发作时会失去知觉，非常可怕。他一直单身，却经常幻想着发财，以解救家庭的贫困。他的命运也相当悲惨，最后被判刑入狱。只有小女儿奇克丝似乎能摆脱家族的厄运，她嫁给一位有钱的商人，进入上流社会，但是被迫隐瞒自己的家庭出身，生怕被人识破，从此与家庭所有成员断绝来往。但这也没能使她逃脱命运的安排，她最终被丈夫残忍地谋杀，结束了短暂的生命。

在小说的第二部《水中面影》中，达芙妮虽然痛恨在精神病院的生活，也被停止过治疗，但是无法摆脱自己思想的阴影。她在外面同样感到不自由，她的痛苦并不亚于在精神病院，所以她又被送进精神病院里，这里似乎成为她生命的归宿。小说的描写以理性与疯癫、清醒与梦幻为对立的两极，并且将两者融合在一起，创造了一个独特的世界。在这里，现实与幻想是同一的。在艺术表达手法上，作者打破了一般叙事的理性思维规律，时空是颠倒而混乱的，文字也不同于普通的叙事顺序，不断有穿插、中断和跳跃，呈现出非理性化写作与无意识叙事的基本特性。

在第三部《字母的利刃》中，小说仍然集中于怪异现象与非理性的感觉上，书中的主人公是托比，他是家族中唯一在世的人了，他身体有病，命运也经历了无数的困顿和厄难，极不顺畅，是社会中不幸的人。他虽然也力图改变自己，想进入主流社会，但最终不能成功。最后，他来到英国寻找自己家族的来源，也想改变自己的生存状态。他甚至尝试发表小说来改变自己的命运，但是事与愿违，他仍然是一个失败者。

三部曲的出版为作家赢得了巨大成功，其主题与艺术成就也渐为社会所认可。但是如何评价这样一种创新，也存在不同看法。有的评论家认为，小说主要描写心理畸形人物亦幻亦真的内心世界，展现了一部撼动人心的生活悲剧，揭示出生命与死亡、现实与幻觉、常态与变异等一些对立事物的本质，是新西兰文坛最具代表性的作品之一。也有人认为作者不过是学习欧美作家的写作手法，将其用于新西兰本土，取得了一定的成就。无论如何评价，弗雷姆小说所取得的成就已经得到肯定。有的批评家甚至认为，弗雷姆的小说是较早有"后现代文化"倾向的，特别是作品中的精神分裂，无意识叙事都是后现代文学的基本特征。

进入 20 世纪 60 年代以后，弗雷姆出版了《可塑的人》《围困》和《雷恩伯德一家》等作品，在这一时期的作品中，作者改变了自己的叙事主题与风格，她力图从更为广泛的范围来讨论人类与社会的关系。《可塑的人》的背景是在英国，作者对现代人的性格进行了深刻的揭示，认为现代社会的冷漠与人性扭曲是严重的社会问题，希望能够找到医治人类精神的良方妙药。《围困》则是作家探索人类精神生活的另一个方面的尝试，描写了一位新西兰的退休女教师一直在照顾自己的母亲，她本人则过着独身生活，母亲离世后，她突然感到异常空虚，无法度日，于是来到一座小岛上生活，幻想在这里能过世外桃源的生活。但是无法摆脱缠绕着她的孤独与失落，最终在各种幻觉和对旧日生活的追忆中感受到自己被围困，离开了这个世界。《雷恩伯德一家》被认为是一部讨论死亡主题的小说，这也是西方文学中的常见主题，作者所关注的是新西兰移民们的世界观。小说采用了荒诞手法，一个人在车祸中受伤，却死里逃生，当他回归社会时，却发现生活中已经没有了自己的位置，他失去了工作与所有的亲人，无法在现实中立足，最好的出路就是进入坟墓。这当然是对现实的理性社会的一种深刻反讽，只不过作者改换了一种新的手法。

　　珍妮特·弗雷姆以体现 20 世纪下半叶文学创作新观念、新视野的后现代派文学这一独特的创作风格，大胆地突破了传统的写实手法，以其前所未有的新颖与怪诞领导了新西兰小说创作的新潮流。弗雷姆有独具特色的创作风格，有的批评家指出：珍妮特·弗雷姆所代表的是 20 世纪下半叶以来，欧美文学一种新的思维范式、一种新的创作风格在新西兰本土化的范例，无论把它称为"现代主义"还是"后现代主义"，这种独特的写作方式都有自己的价值。

第二十三章　20—21 世纪的东亚、东南亚与南亚文学

第一节　蒙古文学

20 世纪是东亚文学的一个重要转折时代。第一次世界大战后,东亚国家进入民族独立与解放进程,也是一个现代化的历史时期,主要有两种文化思潮对东亚产生较大的影响。其一是来自欧美国家的西方文化。日本自明治维新之后,转型为资本主义国家,经济发展迅速。日本文学接受西方浪漫主义、现实主义、现代主义多种文学思潮,本土文学从长期接受汉文学的传统脱离,转而建立新型的具有东方性的现代文学。其二则是 20 世纪初期的社会主义思想,特别是 1917 年的俄国十月革命之后,苏联社会主义现实主义文学也曾经长期影响亚洲文学。同时日本不断在亚洲发动侵略战争,在日本侵略者的统治下,朝鲜与中国台湾的文学发展受到极大的限制。第二次世界大战中,日本法西斯主义战败,东亚与东南亚多国从日本军国主义的长期威胁与殖民下解放出来,亚洲文学迎来了民族独立与现代化的新时期。在这一时期中,朝鲜从日本的殖民统治下解放后,又经历了朝鲜战争、南北方的文学分化。20 世纪中后期,韩国经济发展迅速,与中国香港和台湾,以及新加坡,成为东亚经济发达国家(地区)。中国传统文学与西方文学影响在东亚国家和地区互相融合,形成一股具有当代创新性的潮流。

蒙古自从中古时期就受到中国文化的深刻影响,特别是藏传佛教进入蒙古之后,成为蒙古宗教的主流。从此藏传佛教成为蒙古的主流意识形态,元代的蒙古成为世界大帝国,成吉思汗发展了蒙古民族文化,但主要接受了汉族文化。明清两代,蒙古兴起了规模宏大的翻译活动。中国的汉语与藏文经典在蒙古文学中广泛翻译与传播,《水浒传》《三国演义》《红楼梦》《西游记》《聊斋志异》受到热烈欢迎。藏文的《甘珠尔》《丹珠尔》在佛教界与俗世也被普遍接受。同时,蒙古民族文学特别是一些长期在草原上流传的口述文学作品如《黄金史》《水晶史传》《青史》经过整理后,成为民族文学经典,奠定了蒙古民族文学的基石。

蒙古是一个以畜牧业为主的民族,民间传说、格言谚语等口述文学有深厚的传统。俄国十月革命以后,俄罗斯与苏联的文学对蒙古产生了决定性的影响。1924 年蒙古人民共和国成立后,现代文学得到全面发展。现代文学早期代表人物是达·纳楚克道尔基和策·达木丁苏荣。1929 年蒙古建立了第一个作家的组织蒙古作家小组,出版了第一部作品集《艺术语汇聚》,这是一本作品集与文学理论批评论文的合集。

进入 30 年代以后,蒙古文学民族化进程成就明显,达·纳楚克道尔基的小说

《浩沁夫》（意为人民之子）和《年节和眼泪》、诗集《我的祖国》和剧本《三座山》陆续出版。《我的祖国》是蒙古现代文学最早的杰作之一，首次以诗歌的形式赞美祖国的山川河流之美丽富饶，人民的勤劳勇敢，受到极高的评价，在国内广泛流传，直到今天仍然在蒙古人民中间流传不辍。《三座山》的戏剧结构取法民族艺术传统，剧中塑造了一对新青年人物，两人为了争取自由的爱情与幸福，与封建贵族进行坚强斗争。这种题材既是草原上民间流传的故事，又结合了 30 年代反封建的民主化进步思潮，可以说是左右逢源，因为有坚实的民族文学基础，所以大受欢迎，在戏剧舞台上久演不衰。

达木丁苏伦的创作活动长达数十年，早在 30 年代，他的中篇小说《被抛弃的姑娘》就已经声名远扬，小说的主人公是一位命运曲折的姑娘策伦，在封建社会中受尽苦难，直到民主政府时期才获得新生。这种作品与苏联和新中国的新文学主题合拍，有鲜明的思想倾向，叙事有现代性，所以成为当时蒙古文学的代表作。20 世纪 40 年代前半期是第二次世界大战期间，蒙古文学主题是反法西斯战争。与蒙古毗邻的俄国是第二次世界大战的主战场之一，蒙古与俄罗斯关系紧密，所以蒙古文学中出现了大量的诗歌小说戏剧歌颂苏联的卫国战争，作家们也创作了相当多的反映蒙古人民反对法西斯战争的作品。诗歌有达木丁苏伦的《北极星》、策伯格米德的《英雄奥拉吉白》等名著。特别值得注意的是，在面临战争的岁月里，蒙古传统文学题材显示了独特的力量。蒙古历史上曾经产生过成吉思汗这样的英雄人物，所以史诗性的作品在蒙古文学中极受欢迎，通过对光荣历史的怀念，鼓舞人民的斗志。这一时期，文学形式更加多样化，电影创作极为活跃，仁亲的电影剧本《朝克图台吉》、那木台嘎的剧本《沙赖河三千》、奥云的剧本《阿睦尔萨纳》《草原勇士》和拉哈木苏伦的长诗《勇敢的宝力德巴特尔镇压蟒古斯的故事》都是取材于民族英雄与历史的作品。这些故事通过历史英雄人物的赞颂，为反抗法西斯战争贡献了独特的精神力量。

战后蒙古文学进入现代化与多样化的发展阶段，特别是长篇小说成就突出。洛德依当巴的《在阿尔泰山》是蒙古第一部长篇小说。主要人物是地质勘探队的知识分子，这也是蒙古文学中第一部以现代知识分子为中心人物的作品。情节曲折而且结构组织得相当紧密，中间又采用了现代叙事手段，不断插入大量历史故事，相当吸引人。从此蒙古小说创作掀起高潮，相继出现一批杰作。仁亲的三部曲《曙光》以波澜壮阔的历史场面、英勇的人物性格刻画著称，再现了蒙古 19 世纪末到 20 世纪初期的社会生活全貌。20 世纪中期以后，蒙古开始了工业化建设，农牧业生产也进入现代化阶段。60 年代到 70 年代的小说中反映工农业生产题材的作品逐渐增加，以工业生产为主的有朝依吉勒苏伦的《汽笛的回声》、嘎尔玛的《地和天》、宾巴的《长征中的人们》。取材于农牧民生活的作品有图都布的《游牧和定居》，书中展现了一个新的主题，长期过着游牧生活的蒙古人民现在面临着新型的牧业生产要求，定居生活已经成为一种新的方式。老诗人达木丁苏伦的诗歌《克鲁伦河》是一部关于爱情与社会世态的名作，诗中直面社会现实，讽刺了当代新兴的腐败分子热衷于攫取权力与财富的行为，具有创新性。盖达布的长诗《霍尔罗·乔巴山》等作品当时受到较高评价，一定程度上可以看出蒙古现代文学的主要发展特征与文学批评的导引方向。雅布胡朗的诗集《银马嚼的声音》《住在野外的一个月》《哈腊乌斯湖的芦苇》等是典型的蒙古民族诗歌，描绘了美丽的自然风光与平凡的生活，也受到欢迎。

20世纪四五十年代的蒙古文学主要围绕推翻封建旧制度、建立社会主义新制度展开讨论，其中不乏一些优秀的作品。在小说方面，仁亲（1905—1975）的小说三部曲《曙光》（第一部《在清朝的奴役下》、第二部《水深火热中》、第三部《在战斗中成长的祖国》），描写19世纪末至20世纪30年代蒙古的自治运动和人民革命。① 小说主人公西尔臣从小被扎木巴家抱养，长大后当了兵，为实现蒙古自治流血打仗。可他逐渐发现封建统治者领导下的自治运动实际上只为上层统治者服务，下层的平民仍旧处于贫苦中无法脱身。所以，西尔臣转向参加由蒙古人民共产党组织的人民革命，革命胜利后成为劳动模范。仁亲在原序中承认自己的文学创作受到俄国文学影响，在表现人民为幸福生活而奋斗的主体上，俄国文学比温和的蒙古文学更展现出蓬勃向上的热情。而在翻译俄国文学作品的过程中，也锻炼了作家运用语法修辞手段的技能和清晰表达自我思想的能力。仁亲将自己的小说归为历史小说的范畴，自己只是"用艺术手法来真实地、具体地反映历史"，对景物陈设的详细描写，使小说真实而生动地再现了那个时期蒙古人民的生活状况。

策·达木丁苏荣（1908—1986）的小说《被抛弃的姑娘》（1929）是蒙古新文学的第一部中篇小说。它运用写实主义，描写富人包勒得的放牧人道林格尔一家在革命前的悲惨遭遇和革命后的幸福生活。② 小说从道林格尔的女儿策伦被孕育时写起，本欲被富人收养的策伦出生便被算命的说生辰不好，成为"被抛弃的姑娘"，跟着母亲在包勒得家做女婢，受尽压迫剥削。道林格尔的儿子从小被送去喇嘛身边学习，后因饥寒交迫病死。道林格尔更是因为被贪官乃阿报复而被迫充军。重重的苦难，更加说明了在僧俗统治下的劳动人民无法获得幸福，唯有通过革命才能拯救自身。婚后的策伦不满压迫，逃出夫家到了乌兰巴托，学习理论知识，在这个现今男女平等的新社会成为一名群众干部。小说以前后新旧生活的对比，体现了人民革命运动的优越性和必然性，也体现了旧的封建社会必定被推翻，革命党人领导下的新制度才能使广大劳动人民群众，包括其中使受歧视的女性同胞摆脱压榨，走上平等幸福的道路。

在诗歌方面，达·纳楚克道尔基（1906—1937）的诗歌《我的祖国》是蒙古现代最有影响的诗歌之一，诗中描写了蒙古的自然风光，包括碧绿的草原、宽广的河川、起伏的戈壁，运用排比的手法，在一草一木中抒发对祖国和新生活的热爱，诗歌结尾处卒章显志，展现了保家卫国的决心。③ 除此之外，达·曾格的《和平鸽》，以和平的使者鸽子为写作对象，表现了对安静平和生活的向往。策·达木丁苏荣的长诗《我的白发的母亲》（1934）（又译作《母亲》）以象征的手法，把祖国比作最亲爱的母亲，深情地向祖国告白自己的思乡之情，感情真挚。同时诗中明确反对贪图安逸的享乐主

---

① 参见［蒙］仁亲：《曙光》（共三部），达基译，北京，人民文学出版社，1958—1962。

② 参见［蒙］达木丁苏伦：《达木丁苏伦诗文集》，张玉元译，155～188页，北京，作家出版社，1961。

③ 参见［蒙］纳楚克道尔基等：《我的祖国 蒙古人民共和国诗集》，伊·霍尔查、陶·漠南译，上海，新文艺出版社，1955。

义，表现了对革命运动的坚定信念和必胜的信心，体现了"党的文学"的政治性。20世纪70年代两位女戏剧作家奥云和乌达巴拉合作的剧本《瓶中之宝》，内容描写当代工业化的生活现实，视域广阔而新颖，是当代文学中一定历史阶段的名作。

20世纪90年代，蒙古的社会体制发生重大变化，从社会主义国家转为多党制的国家。蒙古文学也开始了一个新阶段，创新性加强，现代主义与后现代主义文学的作品不断出现，特别是一些反映民主化进程与现代意识的创作，成为青年一代作家所追求的主流形态。这在东亚文学中是相当突出的。

第二节　日本文学

随着战后剧烈的社会动荡与变革，东亚各国、各地区的文学都有了较大的变化，在文学流派上不断有新生力量涌现，写作环境逐渐趋于宽松化。人们呈现出对原有社会思潮和文学话语的革新意识，文学与社会政治经济的联系也更加紧密。

二战后，日本经济发生了翻天覆地的变化，国家机器向发达资本主义过渡。作为东亚文学的重要组成部分，日本文学战后变化非常显著。在现代文学基础上发展起来的当代文学，呈现出新旧交接的趋势，各种流派层出不穷，不仅有反思战争的民主主义文学与战后派文学，也有以讨论人生意义为主题的无赖派文学。另外，一批战前成名、战后依旧坚持创作的老一代作家，此时也积极地进行写作，如谷崎润一郎的巅峰之作《细雪》（1948），诺贝尔文学奖获得者川端康成的定稿本《雪国》（1948）、《千只鹤》（1952）、《古都》（1962），都是在这个时候创作和完成的。

同样是以反思战争为主题的文学流派，民主主义文学和战后派的创作主张仍有区别。战后民主主义文学继承了战时无产阶级文学的现实主义传统，同时又融合了自由主义、民主主义和现代主义，提倡建立广泛的、具有民族性和民主性的统一战线。另一方面，民主主义文学在对待文学与政治的关系上有了更为深刻的认识，强调恢复文学的主体性，宫本百合子的小说《播州平野》，以及德永直的《妻啊，安息吧》，都是对文学与政治在新时期实现统一的创作实践。[1] 民主主义文学注重对文学多样性的大胆尝试，在控诉侵略战争和军国主义对人民生活造成的苦痛时，避免单一的角度，而采取多方位、多层次、多种创作手法结合的方式，围绕和平与民主的基本主张，全面揭露战争的丑恶。如宫本百合子的中篇小说《知风草》描写日本共产党人重吉出狱后立即投入党的重建工作中，以抒情的手法渲染变革社会现实的复杂性。在现实主义的基础上，对人生奋斗进行严肃思考，展现了日本共产党人坚持党性的始终如一和为民主独立的不懈努力，使作品极具感染力。

与强调文学政治性和变革现实重要性的民主主义文学相比，战后派借鉴西方现代派写作手法，主要反思战争在肉体上和心灵上带给人的双重创伤。战后派文学最重要的特点是他们大多依靠战时经验进行创作。在"政治与文学"的问题上，如野间宏（1915—1991）的短篇意识流小说《阴暗的图画》（1946）及其他作品，都"主张恢复

---

[1]　参见叶渭渠、唐月梅：《20世纪日本文学史》，245页，青岛，青岛出版社，1998。

文学主权的势力"，既是将文学从政治束缚中解脱出来，也是将文学与对政治完全避而不谈的极端主义加以区别。另外，三岛由纪夫的《假面的告白》（1949）通过一个青年"性的觉醒"和爱情故事，特别是在颠倒的性关系中展现出的对压抑的现实人生的反抗，运用内向型叙事来摆脱伦理、道德等来自社会大众的束缚。中村真一郎的《在死亡的阴影下》（1947）描述了战争现实的压抑与战争结束带来的彷徨，以及从紧张感中松懈下来后巨大的人生空白感，都体现拒绝平庸生活、讨论人生意义的主题。

这一时期，以太宰治（1909—1948）为代表的无赖派的作品，往往流露出明显的颓废色彩，作品大多描写战后人们对失序的社会的不信任感。无赖派以自谴的态度表现战后日本失调与百废待兴对现代人精神的冲击。无赖派抛弃私小说的自我写实主义，描写在空虚感与挫败感压力之下从感官到精神的全面颓靡。与战后派的拒绝平庸的积极应对方式不同，无赖派作家选择以颓废的、消极的"不抵抗"来避免社会的同化。太宰治在战后创作的短篇小说《维荣的妻子》（1947）、中篇小说《斜阳》（1947），几乎都是围绕颓废文人与没落贵族的战后生活展开故事，以表现人们的绝望情绪信仰幻灭后的空虚。其遗作《人间失格》描写的是弱者的不抵抗哲学，即"我的不幸，是无力拒绝他人的不幸"，而这种不抵抗的"不幸"实质是另一种对人生理想的坚持与执着。

随着 20 世纪五六十年代日本在政治与经济上实现独立飞速的发展，以安冈章太郎为代表的"第三新人"派兴起，安冈章太郎本人出生于 1920 年，该流派延续了第一代、第二代战后派的战时叙事，描写平民生活和战争带给人的灰暗心理。在叙事手法上，"第三新人"派结合了私小说对内心细腻的刻画，如安冈章太郎的代表作《海边的光景》，被誉为"在日本当代文学中开拓出私小说的新领域"（久松潜一语）①。小说主要记叙青年知识分子的失落和苦闷。主人公信太郎在获悉母亲病危后赶回故乡高知，照顾母亲直到她去世。信太郎漫步海边时的所见所想与自身灰暗的人生经历形成鲜明对比，通过刻画战后知识分子的心理创伤，突出战争对人的伤害。

20 世纪六七十年代社会小说兴起，以松本清张为代表的日本现代推理小说在电影、杂志等文化产业链的推动下引起巨大热潮，根据其小说《砂之器》改编的同名电影在中国也引起了广泛关注，使得"社会派推理小说"进入大众视野。同期登上文学舞台的"作为人"派与"内向一代"，以及稍后以村上龙（1952— ）为代表的"透明文学"，从不同的角度关注社会问题，书写人性的阴暗面，或是记录无意义的颓废人生，避开社会大环境，在封闭的人物内心世界探求作为独立个体的生存意义；或是大胆放纵的描写性问题、性体验，以性的解放带动思想、个性的解放。

继"内向一代"之后，日本文学创作充分吸收了西方尤其是欧美文化的特质，逐渐脱离战后文学的影响，而转向更加多元化的创作主题，关注当代社会在现代化进程中的一系列问题，讨论人的生存状态，代表作家有村上春树（1949— ）、吉本芭娜娜（1964— ）等。村上春树的成名作《且听风吟》（1979）、代表作《挪威的森林》（1987），深刻而全面的掌握都市人的"无自我"，特别是年青一代在快节奏的现代生活中流露出的倦怠感与茫然失措。在对奇幻的现实细腻的描写中，产生一种疏离化的

---

① 转引自刘立善：《浅谈"安冈章太郎"的文学》，载《日语知识》，1994（2）。

旁观视角。通过对角色和世界的隐喻，吉本芭娜娜描写民人在生与死的边界"再生"，即人生的创伤与治愈的过程。如短篇小说《厨房》描写从小失去双亲的女主人公樱井美影如何通过美食拯救自己，以及无血缘关系的他人。在以食物为中介的厨房中，她不仅在料理手中的食材，也是拯救处于失去亲人之痛的人们受伤的心灵。吉本芭娜娜的小说中，往往对人物关系的处理超越了简单的性关系，而是以两性微妙的共处互相治愈来诠释人与人之间非血缘的亲近感。

一、川端康成（1899—1972）

川端康成，日本著名小说家，新感觉派文学代表人物，也是日本第一位获得诺贝尔文学奖的作家。川端康成出生于大阪市北区此花町，明治维新后，自祖父一代起家道逐渐中落。尽管其父对文学、艺术颇有研究，但因身体羸弱，在川端幼年便早逝。父母双亡的川端康成随后同祖父母一起生活，直到15岁时，唯一的亲人祖父也亡故，川端彻底地成了孤儿。他14岁（以虚岁计算）时即写下了处女作《十六岁的日记》，记叙与祖父相依为命的种种情形和祖父逝去时的场景，表现独立生存的寂寥和对人们善意的感知。尽管如此，幼年失怙、亲人相继离去的童年阴影，深深影响了川端康成对人生疾苦的看法。在孤独与对死亡的恐惧中成长起来的他，在日后的创作中，将内心自然流露出感伤的情怀与传统日本文学中的物哀思想结合，形成了自己独有的文学笔调。

川端康成上中学时开始对文学产生浓厚兴趣，尝试创作新诗、俳句和书信写作，编成《第一谷堂集》《第二谷堂集》。川端康成的文学涉猎面非常广阔，包括国内外各位小说名家名作，如俄国的陀思妥耶夫斯基、契诃夫，本国的芥川龙之介、志贺直哉的作品，以及日本古典文学作品《枕草子》《源氏物语》等。其实，川端康成自少年起就在祖父的病榻旁阅读《源氏物语》，小说中呈现的日本古典美深深感染了川端康成，即便在战时，他也埋头于《源氏物语》的世界，"把自己的心融汇到《源氏物语》中去了"。可以说，《源氏物语》蕴含的"物哀"思想——这种日本民族特有审美观贯穿了川端康成的整个创作历程。阅读之余，他还尝试着向《文章世界》《秀才文坛》《新潮》等杂志投稿。就读于东京帝国大学（今东京大学）期间，川端康成热心地参与编辑出版《新思潮》（第六届）杂志，也发表了一系列小说，其中以《招魂节一景》获得日本著名小说家和戏剧家菊池宽的意外好评，打开了他通向文坛的大门。

1924年，初登文坛的川端康成和横光利一、片冈铁兵等人一同创办同人杂志《文艺时代》。该杂志并没有固定而明确的文学主张，作品大多依赖感觉创作，主张形式至上，借鉴西方表现派、未来派的写作技巧，强调"新的感觉、新的生活方式和对事物的新的感受方法"。这些青年作家的创作颠覆了旧的文学形式，而后千叶龟雄《新感觉派的诞生》一文发表，"新感觉派"文学由此得名。随着《文艺时代》在昭和二年（1927）休刊，川端康成也从"新感觉派"转向更为深入的意识流写作，审视在新感觉派中缺少的时代气息，模仿西方新心理主义进行实践。川端康成立足于日本传统文学基础之上，结合西方现代文学，希望找到二者的创作契合点，并模仿乔伊斯意识流写作手法，创作出小说《针与玻璃与雾》（1930）和《水晶幻想》（1931）等作品。

尽管"新感觉派"运动持续时间较短，但其文学影响力强，并且与无产阶级文学一起，揭开了日本现代文学的序幕。在此期间，川端康成依据自身经历写出了成名作《伊豆的舞女》（1926），小说以第一人称叙事，带有明显的主观色彩，抒情感性而恬淡。"我"是一名独自到伊豆旅行的男学生，在投宿温泉旅馆时遇见了一位美丽的舞女，作家用清丽的笔调描绘出了青少年男女情窦初开的懵懂和朦胧爱意，这种情意发乎情而止乎礼，纯真而浪漫。另一方面，小说中描写了"我"对沿途遇到的下层悲苦人民怀有强烈的同情，舞女薰子所领导的艺人团体是社会中最底层、最卑微的存在，他们不仅没有固定住处，而且处处遭受他人的凌辱与歧视。但是他们又是纯真而善良的，在困难与逆境中苦苦挣扎，"我"也花尽身上的旅费来全力帮助他们。"我"的悲悯与相助，体现了作者对人与人之间的真诚与善意的赞扬，也反映了作者的平民意识与忧患意识，这些与其他新感觉派作家刻意地与现实保持距离的姿态有所区别。作者将舞女的美、爱情的美与怜悯世人的悲恸、无果爱恋的惆怅结合，将淡淡的忧伤孕育在对景物细致的描写中，寓情于景，情景交融。

标志着川端康成文学创作高峰的《雪国》（1948）横跨了战前和战后两个时期，从1935年正式动笔，到1947年连载完成，1948年定稿本发表，川端康成陆陆续续写了十多年才完成这部中篇小说。战争与军国主义对川端康成而言，并不像其本人所说"没有太受战争影响和战争灾害"，他置身于战争之外来阅读、写作，恰恰是为逃避战争带来的压抑性与不安定因素，这也导致他日后走向更为自由的创作实践中。而对战后现实的失望，使得他对社会的面目有了更为清醒的意识，对美的追求也更加执着。小说《雪国》以短篇接续短篇的形式，描写岛村三次往返于东京与雪国之间与艺妓驹子交往的故事。一方面，小说以女主人公驹子为主要描写对象，延续了《伊豆的舞女》中对底层人物悲惨命运的刻画：驹子出身"雪国"农村，命运多舛，被迫当了艺妓后，还是对生活持有认真的态度和坚定的信念，譬如坚持记日记，对着群山弹三味线，卑微而顽强地活着。另一方面，在对爱情的描写上，川端康成在这部小说中不再写爱情懵懂的朦胧之美，而转向描写一种颓废的美，描写了男女之间不对称的爱。尽管知道岛村玩世不恭，驹子仍对岛村爱得死心塌地，只因为岛村对歌舞有过了解，吸引了驹子的注意。而当岛村表现出对驹子的迷恋后，驹子就义无反顾地投入到这份没有回报的爱情中。岛村的爱不是驹子那种真情实感，因为他整个人的生活态度就是虚无的，他的存在是无意义、无目标的。他将"雪国"和生活在这片土地上的女性都当作一种理想化身的存在，是存在于想象中的美好，这就意味着他从不曾真正想过近距离接近这样的爱与美，而不过是远观和欣赏而已。这样将理想与现实拉开距离的隐喻，也反映了作家自身对现实的不满，对事物的审美态度也主要侧重于主观的感受的描摹，通过男主人公道存的心理与视角，展现雪国自然风光的肃穆之美与女性的悲剧之美。

和《雪国》相比，川端康成写于战后的另外两篇作品《古都》《千只鹤》在叙事和抒情方面更加自由。《千只鹤》对复杂人物关系的畸形爱恋进行了大胆描写，颓废色彩愈发浓烈。小说《古都》以毫不夸张的感伤，动人心弦的手法，敏锐细腻的感觉，对京都古老街衢和庭院勾栏的精心描绘，充满诗情画意。总的来说，川端康成的创作理念，既有日本古典文学的传统因素，又注意与西方现代派方法有机地结合。值得注意的是，他作品中的虚无观念，实际上是源于佛教的"无"、"空"，而区别于西方现代虚无主义。川端康成在获奖演说中提到的"日本的美"，体现在他的叙事中，正是在描写诸多女性不幸遭遇时的"美而悲"的思想，是扩大了的"物哀"精神。源于传统和歌和叙事小说的对雪、月、花的歌咏，在川端康成的笔下，亦是古典女性文化的悲剧美意识的现代延续。

二、井上靖（1907—1991）

井上靖出生于北海道上川郡，当军医的父亲因工作需要必须不断来往于各地，所以井上靖从小由祖母抚养长大。上中学时，他对文学创作尤其是诗歌写作产生了浓厚兴趣。大学时期，他先后就读于九州大学英文系和京都大学哲学系，曾陆续发表过十多篇诗作，偶尔也从事小说和剧本创作。毕业后，凭借小说《流转》入选《周日·每日新闻》，并得到了免试进入报社工作的机会。多年的报社撰生活和所见所闻，为他日后的创作积累了大量素材。1950年，他以短篇小说《斗牛》获得第22届芥川龙之介奖，并于次年辞去报社工作，正式涉足专业写作。

根据小说题材，井上靖的创作可大致分为三类：社会小说、自传小说和历史小说。井上靖的社会小说多以报刊连载的方式关注社会上形形色色的人物，关注现实生活的冲击，主要作品有《明天来的人》（1954）、《冰壁》（1957）、《一个冒名画家的生涯》（1951）、《崖》（1962）、《夜声》（1967）等。也有学者将井上靖的这种写作模式称为"中间小说"，因为它介于纯文学与大众文学之间，兼具艺术审美性和大众趣味性。① 井上靖对现实并非采取针砭时弊的贬低策略，而是希望通过反映现实来引起人们对社会问题的关注，而又避免了说教意味，调动诗性的写作，融入抒情的色彩。

自传小说又称随笔小说，多是根据作者自己亲身经历和体验创作出的既像小说又像随笔的形式。这种自传小说以记录的方式，客观地写下"我"的所见所闻，主要作品有《孤猿》（1956年）、《幼年生活》（1973年）、《桃李记》（1974年）、《我的母亲》（1975）等。

井上靖最著名的作品是他的历史小说创作。因为曾经多次到访中国，井上靖有不少作品都是对中国史料的演绎与再加工，如《天平之甍》（1957）、《楼兰》（1958）、《敦煌》（1959）、《杨贵妃传》（1963）等；也有关于朝鲜历史的小说《风涛》（1963）和以俄国历史为题材的《俄罗斯国醉梦谭》（1966）。另外，关于日本国历史的小说方面主要有《战国无赖》（1952）、《后白河院》（1972），以及描写历史人物的《额田女王》（1969）等。

《天平之甍》是井上靖的第一部长篇历史小说，也是其历史小说的代表作。小说

---

① 参见叶渭渠：《日本小说史》，421页，北京，北京大学出版社，2009。

围绕唐朝开元、天宝年间中国高僧鉴真法师东渡日本传教展开叙事。"天平之甍"是日本人民对鉴真法师的尊称，意为他的成就足以代表日本"天平时代文化的屋脊（甍）"。733年，受日本天皇派遣，普照等五名和尚奉命到中国研究佛经，并聘请一位德才兼备的中国和尚赴日传经。扬州和尚鉴真决心应邀前往日本，但受当时航海条件的限制，鉴真一行五次东渡皆以失败告终。第五次失败后，鉴真因疲劳过度而双目失明。但其第六次终于成功渡海，为日本奈良朝天平年间文化的发展起到重要的桥梁作用，对后世影响深远。小说着力写出古代中日两国文化交流的艰难困苦，歌颂了鉴真和日本僧人的顽强意志和献身精神，生动地绘写了当时两国社会生活的风貌。这部小说依据奈良时代的著名文人淡海三船所著的相关传记，以小说笔法写成，所以鉴真和尚的事迹有史料可查，而五名遣唐使的事迹则是作者根据一些片段材料加以想象和创作的。井上靖认为，历史小说既要忠实于史实，不可随意编造与历史完全不符的内容；但又要允许合理的想象，运用完形理论去填补历史的空白。因此，小说回避了过多的主观心理描写，而尽量以旁观的记述呈现历史风貌。尤其值得注意的是，井上靖曾发表《钓鱼列岛（"尖阁列岛"）是中国领土》（1972）等论著，坚持正义与历史主义的态度，表现出一位优秀文史学者的良知。

井上靖的创作具有大众文学的真实性，又包含有诗意的写作和合理的想象。他把握了历史与命运的相互关系，对社会的内质也有敏锐的洞察力。在他的作品中偶尔会显现出一种悲凉的基调，然而在这种基调之上是作者对人生不屈的奋斗的记录与呼唤。作品体现出的趣味性和对大众心理的忖度，使得作家的创作有了更广泛的阅读群体，引起他们进行有深度的社会、历史思考。

三、大江健三郎

1935年出生于日本南部四国岛爱媛县，于1994年获得诺贝尔文学奖，是继川端康成之后第二位获此殊荣的日本作家。受父母的文学熏陶，大江健三郎幼年起就对中国近代文学和作家鲁迅特别感兴趣；而祖母的口述历史，为大江健三郎日后的创作提供了不少素材。

在学业上，大江健三郎深受著名教授、日本法国文学研究专家渡边一夫的影响。在东大法文系读书期间，他阅读了大量萨特、加缪等存在主义作家的作品，在萨特文学的启发下走上文学道路。1957年，大江健三郎凭借小说《奇妙的工作》，获选当年五月祭奖，引起著名文艺评论家平野谦的关注，并被评价为"具有现代意识的艺术作品"。同年又凭借小说《死者的奢华》（1957）获第38届芥川奖提名，次年，小说《饲育》（1959）获第39届芥川奖，可谓是少年成名的新生代作家的代表人物。1959年7月，大江健三郎出版了长篇小说《我们的时代》，小说从正面描写性，以荒诞的性意识，凸显都市青年孤独闭塞的内心世界；从性爱的角度寻求现代人打破社会与道德禁锢，解放自由人性的可能性。

1964年，大江健三郎结合自身经历发表了长篇小说《个人的体验》，围绕残疾儿童父亲的内心挣扎展开叙事。大江健三郎的长子光出生就有残疾，所以男主人公

"鸟"的故事带有很强的自传性质。1965 年，围绕核威胁问题，他把在广岛的见闻付诸笔下，出版随笔集《广岛札记》。这种真实记录冲击着作家的心灵，在直视战争悲惨后果的同时反思日本现代化进程中国家与个人的分离、社会道德与个人意志的分离，甚至是文学与人文性的分离。作者希望"以自己的羸弱之身，于钝痛中接受那些在科学技术与交通的畸形发展中积累的被害者们的苦难"，这也是对萨特存在主义的本土化阐释，同时对其老师渡边一夫教授倡导的人文主义加以扩大和推广。

长篇小说《万延元年的足球队》是大江健三郎获得诺贝尔文学奖的代表作品。小说记叙了"我"——残疾儿童的父亲根所蜜三郎的生活。蜜三郎的孩子有先天残疾，妻子因此陷入自责与内疚中。疯癫已久的大学友人这时自缢身亡，且死相怪异、令人作呕。备感城市生活重压的蜜三郎选择带着妻儿回到老家四国地区的森林与山谷中，回归自然，躲避来自社会的压力。曾因参与反对《日美安全保障条约》斗争而逃往美国的根所鹰四，结束了美国的流浪生活回国，与兄嫂一起回到四国，内心却仍渴望改变沉寂的现实。作品题名中的"足球"，既有暗示鹰四以训练足球队的方法，利用村民们的不满来发起暴动抢劫超市；也意指万延元年，即 1860 年，橄榄球的出现突破了足球只能用脚踢的限制，是革新精神的象征。鹰四将内心对兄妹恋乱伦的纠结向蜜三郎和盘托出，然后开枪自杀。而蜜三郎因鹰四的死受到震动，意识到相较于来自他人和社会的约束，人应该顽强地挣脱自我的精神捆绑。他改变了自己消沉、暧昧的生活态度，决心接回脑残疾的儿子，收养鹰四的孩子，开始了新的生活。

《万延元年的足球队》的艺术特点首先体现在时间与空间交错的复杂叙事。小说将 1860 年、1945 年、1960 年三年的历史事件交叉，以根所蜜三郎的视角与心理而折射出来，把领导万延元年农民暴动的曾祖父的弟弟、袭击朝鲜人部落而身亡的 S 兄、反对签署《日美安全保障条约》而失败的学运领袖鹰四联系起来，让过去与现在、传说与历史融会在一起，围绕着追寻、探索根所家族的性格因子和精神遗传而展开叙述。

其次，小说讨论了精神世界与现实世界的矛盾。无论是蜜三郎还是鹰四，抑或是自杀的蜜三郎的友人，他们都处于一种真实与想象、正常与疯癫交接的"暧昧"状态中。大江健三郎在主人公蜜三郎生活的对立面中设置了多个作为参照系的人物：暴戾的鹰四，精神怪异的大学友人等，以对比人们在固定的社会模式下的不同生活态度。以两兄弟的对比来看，蜜三郎保守懦弱，鹰四则仿佛继承了家族的果敢与担当精神，积极策划和领导暴动，企图颠覆这个社会旧有的准则与秩序，打破大众习以为常的暧昧状态。这种"暧昧"与神秘主义使得隐患难以被人察觉，虽然表面看来社会秩序稳定，政治制度的民主化进程良好，但家庭的、个人的体验往往在这种稳定的、普遍的假象中被遮蔽，而大江健三郎讨论的正是个人之间求同存异的不同生存体验。

作者反复写到森林山谷，这种森林意识使故事具有寓言的性质和存在主义观念。来自家庭与社会的持久苦难随着年龄的与日俱增，一直困扰着每一个社会成员，而大江健三郎将这些苦难的体验记录下来，"写成小说，并通过这种方式活在世上"，以这种哲理性阐释存在主义的观点。在现代社会，人的存在意义与价值，性、工业、经济、政治、家庭、伦理、道德等各方面因素都影响着人作为社会存在的状态。森林和山谷成了人们最后的救赎地，作者似乎以一种反现代的方式为人们提供了出路：回归自然，脱离工业化与现代化。然而，大江健三郎实际上并不赞成消极避世，无论是在这部作品中还是之前的小说《个人的体验》中，男主人公虽向往森林和山谷或非洲草原的原始状态，最后还是会发现真正不受现代化束缚的自然已经不存在了，整体的大环境督促着人回到真实的生活中面对问题、解决问题。所以，个体的人归根结底是在作为社会的人而存在，而非脱离这个世界去寻求自我孤立。

第三节　朝鲜、韩国文学

二战后，朝鲜半岛的文学发展较战前有了很大的提升。首先朝鲜民主主义人民共和国成立，为朝鲜文学发展创造了稳定环境。尽管在建国后，朝鲜人民又经历了3年抗击美国的战争，1950年到1953年期间的文学创作却并未停滞。战时作家不仅亲自投身战争，而且创作出不少革命文学，激起人民保家卫国的热情。战后的朝鲜文学主要以回顾战争历史、歌颂劳动人民为主要题材，以及描写社会主义建设运动，主要表达对和平统一的殷切希望和对祖国光明未来的坚定向往等。战后朝鲜文学的组成力量既包括"卡普"时期的老一代作家的创作，如朴世永（1902—1989）的《密林的历史》、李箕永（1895—1984）的《土地》（1948），也有赵基天（1913—1951）的长篇叙事诗《白头山》、小说家千世峰的《土地的序曲》等新一代中青年作家的成果。这些作品大多歌颂民族解放斗争的民主改革的新生活，成就明显。

与朝鲜的社会主义制度不同，位于朝鲜半岛南端的韩国在战后确立了资本主义制度，发展了一批被称为"战后文学派"的青年文学力量，代表作家有孙昌涉、河瑾灿等。在写作手法上，他们主要受西方后现代主义的影响，借鉴意识流与存在主义观念，从多个角度观察社会，怀疑人生、批判人生。到了20世纪60年代，新感觉派兴起，这一文学流派主要重视语言技巧而不强调文学的职能，注重语言的感觉，认为艺术创作来源于"无意识"，着重表现梦境和幻觉，代表作家有金承钰、朴太洵等。围绕艺术的主体性，分别产生了主张"为艺术的艺术"的"纯粹文学"和"为人生的艺术"的参与文学，呈现出创作的多样性。前者的文学作品多具有理想主义和虚无主义色彩，后者则体现了现实主义的特点。进入70年代后，以赵世熙、朴景利、李文求为代表的"参与文学"派发展较快，对文学与社会的紧密性的要求也得到更大的提高，呼吁作品与群众实际联系，参与到社会的变革中去。

李箕永出生于朝鲜忠清南道牙山郡，是朝鲜无产阶级文学的代表人物。1948年开始发表的长篇小说《土地》，是朝鲜第一部全面反映土地改革的作品。《土地》以作家创作于1946年的短篇小说《开辟》为雏形加以改编，讲述主人公雇农郭巴威在1945年解放前后不同的命运，小说反映了朝鲜人民同恶劣自然环境与一切阶级敌人抗争的勇气，以及在新时期的新生活中努力实现人身解放和当家做主的目标的昂扬斗志。小说塑造了典型的农民形象郭巴威，他忠厚老实，对民主和土地革命充满期待。本来是雇农的他在土改中分到了一片地，在改造恶劣的耕种环境过程中踏实肯干，积极改善着周边的生存环境，全身全意建设新生活，作品讴歌了朴实劳动者把建设祖国当作己任的主人翁精神和革命责任感。小说同时强调了工农联盟在建设民主独立国家的斗争中的重要作用，以及朝鲜劳动党在各项民主改革中的领导作用，歌颂了朝鲜领袖金日成对解放人民的丰功伟绩。李箕永的农村题材小说，语言朴实，运用简单通俗的口语和乡间流传的谚语，使叙事更贴近农民生活的本来面貌。

赵基天出生在朝鲜咸镜北道会宁郡，家中贫困，其父为躲避日本帝国主义的剥削压迫带领全家流亡至西伯利亚。赵基天在苏联完成了学业后，随苏联红军一起参与抗日战争，后为解放祖国而与本国人民一同作战，抗击外敌。赵基天对朝鲜新诗领域的开拓和发展具有较大影响，有"战斗诗人"之称。战后，他积极投身于社会主义新文化的建设事业，发表了著名的长篇叙事诗《白头山》。

《白头山》是赵基天的代表作，也是朝鲜现代诗歌史上第一部长篇叙事诗，为朝鲜的长诗创作开辟了道路。长诗描写了朝鲜领导人金日成带领一支游击队与日本帝国主义进行斗争的历史。诗歌讲述金日成亲自率领越战越强的朝鲜人民革命军主力部队，突破日本帝国主义所谓"不可逾越的"鸭绿江防线，发动了著名的普天堡战斗①。诗歌凸显了普天堡战斗的重大历史意义，突出了金日成在解放朝鲜人民过程中的正确政治领导作用，热情歌颂了金日成的丰功伟绩。作者采用他者视角，以序诗和尾诗的形式，"探寻着昔日的战迹"，运用革命浪漫主义的抒情手法来讲述动魄惊心的革命斗争，歌颂金日成带领下的革命队伍的英勇表现。

千世峰1915年出生于咸镜南道高原郡，是朝鲜当代著名小说家。他出身贫苦，小学毕业后在家务农，曾创办农民夜校。从20世纪40年代初期起，他在县城运输部门当雇员和公务员，一直到朝鲜解放。千世峰的主要创作都是在朝鲜解放后，代表作有短篇小说《土地的序曲》《虎老爹》《青松》《新春时节来了一个年青人》，中篇小说《战斗的村民》和《白云缭绕的大地》等。《战斗的村民》描写了朝鲜解放战争时期农民游击队的战斗事迹，他们活跃在敌人后方，巧妙同敌人周旋，保卫自己的村庄滩内村和自己祖国的土地不受美国侵略军及其走狗治安队的践踏。小说根据作者自己在战时的亲身经历完成。在与农民群众一同并肩作战的过程中，作者感受到了人民保家卫国的爱国热情，也见识到侵略者的可恨与走狗治安队的可憎面目，因此小说的叙事真实可感，爱憎分明，塑造的游击队员和农民形象丰满而个性鲜明。

《战斗的村民》开头从秋天叙事，而《白云缭绕的大地》从"战后的第二个春天"展开叙事，反映后方人民群众的生活。主人公金哲洙因伤致残，从部队复员回家，却发现熟悉的村庄满目疮痍，对农业生产有重要作用的抽水站也遭受了重创。小说中既有哲洙和村民们这样为齐心协力恢复抽水站而努力工作、劳动的人，也有如朴大炮这样表里不一的人，他挟嫌报复，想方设法阻挠人们的劳动。刚开始，村民们和村干部对修复水电站持有顾虑，认为眼下正在战争时期，修复工作耗时耗力且不能保证质量，在金哲洙的带头鼓舞下，人们终于抛弃顾虑和偏见，克服困难，热心投入修复工作中。在这个过程中，金哲洙也逐渐从爱情烦恼和个人矛盾中解脱出来，以党员的自觉性警醒自己，实现了自我升华。小说将提升个人思想觉悟与建设祖国相结合，将每

---

① 参见［朝］赵基天：《白头山》，张琳译，北京，人民文学出版社，1978。

一个独立个体的完善与社会整体的完善结合，将硬件设施的修复和个人的内心净化结合，可以说是将个体的成长与国家命运紧密结合在一起，也突出了党和党的理念在建设国家和提升人民思想觉悟中的重要作用。

河瑾灿 1931 年出生于庆尚北道永川邑，在釜山东亚大学土木系读书期间入伍，从军队复员后，曾从事过出版工作，1969 年开始专心投入文学创作。河瑾灿在学生时代就发表作品，曾获第七届南朝鲜文学奖，代表作有短篇小说《受难的两代》和《夜壶》。① 《受难的两代》通过刻画父子两代人的不幸遭遇，对战争的不义提出了控诉。小说欲抑先扬，开篇直写获悉儿子镇洙回来的退伍军人朴万道一路兴奋地赶去火车站接因南北战争久别的儿子。在去往火车站的途中，作者穿插了朴万道的对往事的回忆，抒发了劳役之苦和战争之害带给人们生活的深远影响。在朴万道看见儿子一条空荡荡的裤管时，他的兴奋一下子消失殆尽，故事转向更为沉重的叙事。父子两人一前一后归家，在过独木桥时，独臂的父亲背着儿子，儿子拿着拐杖和父亲早就买好的鱼，二人合力渡过这道难关，故事也在这儿戛然而止。在小说中，作者用独木桥隐喻了父子俩的独肢，也象征着残余的人生。父子两代人面对因战争带来的缺陷唯有用通力协作来弥补；尽管战争的伤痛无法消除，尽管是带有缺憾人生，人却不能轻言放弃。作者一方面反思战争的伤痛，从战火中走出来并渐渐恢复的民众，也应当在反思伤痛的同时，顽强的振作起来为建设新的社会而努力。

金承钰 1941 年出生于日本大阪，毕业于汉城大学法语系。1962 年，初登文坛的金承钰创作了短篇小说《生命演习》，登载在《韩国日报》上获新春文艺赏。金承钰的代表作有短篇小说《汉城，一九四六年冬》，长篇小说《我偷走的夏天》《雾律纪行》，其中《雾律纪行》后来被他改编为电影剧本《雾》搬上银幕。

小说《汉城，一九四六年冬》以对话体的形式展开，讲述了"我"（金）和研究生安在酒吧喝酒时遇见一个陌生中年男子，男子的妻子刚因脑膜炎去世，茫然中的男子将妻子的遗体卖给医院供解剖用，拿着所得的钱不知所措，与偶遇的"我"和安交谈之后，他当晚在旅馆上吊自杀了。② 作品中的三位男性代表了三类不同的生活状态，自杀的陌生男子对人生并无规划，盲目陶醉于爱情和自我想象中，借由浪漫的幻想来逃避现实，直到现实不可避免地袭来，打破他所有虚假的自欺欺人。而安对生活有着细致的观察，有意识地探讨个体存在的状态，清醒地作为旁观者审视社会，挖掘个体的差异。"我"对生活则持"无所谓"的态度，莫衷一是。作者在小说中有意识的强调对个人意识和心理的分析，"我"和安的交谈更多的像是安在自说自话，经常答非所问。这一方面是由于安虽然知道个人存在的状态未能尽如人意，却不知怎样去解构个人存在的意义，更不知道如何实现自我存在的价值；另一方面，也是由于"我"的消极处世态度，"我"不分析问题也不解决问题，只是安于现状。通过对三类

① 参见［韩］全光墉等：《南朝鲜小说集》，枚芝等译，212 页，上海，上海译文出版社，1983。

② 参见［韩］金承钰等：《韩国现代小说选》，金冉译，14～33 页，北京，人民文学出版社，2009。

不同青年内心的苦闷的描写，作者希望人们能尝试着积极地认识和分析自我，而不是封闭自我，脱离社会。

第四节　缅甸文学

一、当代缅甸文学概述

两次世界大战后，东南亚、南亚国家和地区相继摆脱殖民统治取得独立，然而这些国家的国内社会政治状况愈加复杂多变。在此背景下的文学一方面有着鲜明的战争和殖民烙印；另一方面反映当下社会状况的文学作品也不断涌现。第二次世界大战后，东南亚、南亚各国人民的民族独立情绪日益高涨，各国民族独立运动先后取得胜利。1947年，印度和巴勒斯坦首先实现独立。到1950年左右，东南亚国家大都摆脱宗主国的殖民统治而获得民族独立，南亚的斯里兰卡、不丹、马尔代夫等国家或地区也相继宣告独立。1971年，东巴勒斯坦宣布独立，1972年正式成立孟加拉国。国家与民族的独立所带来的时代变革正是民族文学大发展的契机。这一时期的东南亚、南亚各国涌现出一批有鲜明民族特色的杰出的作家及作品，成为当今世界文学中不容忽视的部分。然而频繁更迭的政权、复杂多变的政局、不断激化的社会矛盾、频发的国内战争和动荡不安的社会也使东南亚、南亚文学的发展道路艰难而曲折。描写爱国斗争，揭露社会现实，表达向往和平民主成为战后文学最常见的主题内容。作家一方面描写民族独立运动大潮下的国家和人民；一方面描写取得独立后的社会现实状况。艺术创作方法上，撇开民族性的特点，东南亚、南亚文学一方面继续受西方现实主义和浪漫主义传统的影响；另一方面开始使用西方现代主义文学创作手法，如意识流、荒诞主义、象征主义等，为民族文学注入新血液。此外，小说、诗歌、戏剧、文学评论等各种文学形式也在战后获得了长足的发展，其中小说所取得的成就最为突出，不仅有大量优秀的小说作品涌现，小说质量或艺术成就也确立了当代民族文学的基本形态。

缅甸于1948年宣告独立以后，民族文学获得更为自由广阔的发展空间。大量的古典文学名著得以整理出版，缅甸语言文学研究工作更为顺利地开展进行。缅甸翻译协会（又称文学宫）自成立以后，出版了数量甚多的各类期刊、读物，又设立文学奖，鼓励文学创作。缅甸作家队伍也不断壮大，他们思想进步，勇于创新。有德贡达亚、八莫丁昂、昂林、妙丹丁等众多著名作家参与的"新文学运动"影响深远，"新文学"主张文学应揭露现实，为革命服务，为广大人民服务，反对为艺术而艺术。

小说是当代缅甸文学的主力军。它们有的以反对殖民统治、反对法西斯侵略为主题，比较出名的如：貌延的长篇小说《鄂巴》（1947），真实而深刻地描写缅甸农民在日本帝国主义的残暴统治下的悲惨生活。八莫丁昂的《鄂奥》（1961）描写1930年的反对英国殖民统治的农民运动。有的小说以民族独立斗争背景下各阶层人民的革命斗争以及生活遭遇为主题，如吴登佩敏的《旭日冉冉》（1958）以缅甸民族独立斗争为背景，写一位普通大学生在革命斗争中不断成长的故事，同时以此为线索，为读者展示了广阔纷杂的社会生活画面。再如纳内的《缅甸北部》（1966—1967）描述的是缅甸北部人民的民族革命斗争，那加山貌基辛的《山区盛开平原花》（1964）写的是那加族人的生产生活，南达的《誓死保卫伊洛瓦底》（1969）写各族人民团结一致反对英国殖民统治，敏觉的《江喜陀》（1971）写江喜陀王领导民族团结一致建设国家。还有的小说以表现缅甸当代社会工人、农民、知识分子等各个阶层人民的生活为主题，如妙丹丁的《浪击声》(1976)描写恒枝岛渔民的生产生活，林勇迪伦的《公仆》（1954）写一位受尽地主剥削和迫害的雇农儿子为生活而艰苦挣扎的困境，加尼觉玛礼《不是恨》（1955）写妇女受到的不幸遭遇，吴拉的《监牢与囚犯》（1957）和《战争、爱情与监狱》（1960）写缅甸当代社会背景下囚犯的人生命运，德格多妙盛的《瑙都》（1978）写一位认真学习缅甸传统民族音乐戏曲的女子瑙都的故事。

当代缅甸诗坛比较成功的作家作品主要是内达意、八莫纽内、当内瑞以及一些青年作家的作品。战后大量世界文学名著被翻译传入缅甸，促进了当代缅甸文学的繁荣。文学评论创作也有了一定的发展，如玛利卡（作家纳内和敏觉两人合作的笔名）编写的五卷《缅甸小说指南》（1968—1973），这是一部较为系统的介绍和研究缅甸小说创作概况的评论性著作。

二、缅甸作家德钦哥都迈

德钦哥都迈（1875—1964）是缅甸现代最负盛名的文学家、爱国诗人和缅甸独立运动领导人、著名社会活动家，他把毕生献给了缅甸的爱国主义文学和民族独立解放运动。他用文学唤醒缅甸人民，激发他们的爱国热情。他的作品深刻反映了时代的特征和要求，表达了人民的呼声和愿望，成为缅甸语文学的典范。

德钦哥都迈原名吴龙，出身贫苦家庭，幼年目睹了英国殖民者武力占领缅甸，祖国沦为殖民地的过程。他年轻时在仰光一家印书馆当排字工，不久升任编辑。1911年德钦哥都迈和其他几位年轻人创办《太阳报》，由德钦哥都迈出任主编，实际是爱国组织缅甸佛教青年会的喉舌，宣传民主、自由、平等的思想，唤起民众。1885年缅甸沦为英国殖民地后，英语被列为官方语言，英语学校大量开设，而缅甸语学校濒临灭绝。传统的筒裙纱笼逐渐被西装革履代替，名字前的尊称"吴"、"哥"、"貌"等被"密斯脱"所取代。德钦哥都迈对这一切非常痛心，他用当时畅销书中的人物——恶棍"貌迈"加上"密斯脱"作为自己的笔名"密斯脱貌迈"，让热衷"密斯脱"的人们感到羞愧。他在《太阳报》上陆续发表了《洋大人注》（1914）、《孔雀注》(1918)、《猴注》（1922）、《狗注》（1924）、《罢课注》（1927）、《德钦注》（1938）等一系列作品。这些以"注"命名的系列作品，形式独特，表现力丰富，热情歌颂了风起云涌的缅甸民族独立运动，反映了诗人热爱祖国、热爱人民的真挚感情，成为缅甸人民广为传诵的优秀经典。"注"原来是缅甸人在阅读佛教经典、疏释教义时才用的，而作者吸收当时缅甸人民喜闻乐见的戏剧的形式，一段对白一段韵文唱词，也就是诗文夹杂，既可叙事也可抒情，在诗文交错后用一首四节长诗作概括。德钦哥都迈的作品主要采用口语体，通俗流畅、清新生动，善用活泼鲜明的比喻，使诗歌思想性和艺术性完美地结合，每一部"注"都成为缅甸语文学的杰作。

《洋大人注》是一部叙事抒情长诗，诗中回顾了缅甸古代历史和文学名著，描绘了缅甸民族的生活习俗以及缅甸被殖民后的情况，流露出作者对祖国文化被摧残的痛心疾首。作品重点歌颂了两件事情。一件是英国政府官职调查团来缅甸时，英国驻缅高级专员举行盛大典礼，当时应邀参加典礼的缅甸方面人士都西装革履，头上还戴着西式礼帽，而吴梅昂大律师身穿缅甸长筒裙，头扎白头巾。此事轰动缅甸全国，诗人听说后在诗中大加赞扬：

> 缅甸民族临沧亡，举目无亲又彷徨，民族文化和风俗，不可丢失且勿忘。殖民授勋大会上，身着纱笼民族装，威武不屈气节在，既是尊严又堂皇。

另一件事是曼德勒高僧莱里法师发起组织传教会，到英国弘扬佛教。诗人为此感到非常自豪，对此赞叹不已：

> 阿瓦朝时威名扬，无畏无虑不知忧。繁荣昌盛民殷富，声威光华照四周。昏沉黑暗一扫光，名声震南瞻部洲。如今王朝成往事，怎不令人愁难收。

缅甸灿烂优秀的文化、悠久光辉的历史，岂能就此遭人破坏。诗人期望改变现状，唤起人们保护民族文化的意识。

英国为了巩固在缅甸的殖民统治，实行英人缅人共同治理的双头政治体制，缅甸原来各种民族运动团体的领袖也纷纷加入新政制，当了议员或部长，领着英帝国主义的薪水，心甘情愿地当了奴才。对此，诗人义愤填膺，在《狗注》中用讽刺和幽默的笔调进行了鞭挞和揭露：

> 毛茸茸的哈巴狗，一副媚骨奴颜，为了中饱私囊，圆睁一双狗眼，争吃一块骨头，满嘴在流馋涎。

由于原来的民族运动领导人被英国殖民者收买，缅甸的民族独立运动遭到重大挫折，但缅甸人民并没有停止反抗。1930年12月，缅甸南部汉沙瓦底县发生了萨耶山农民起义，沉重打击了英国殖民者，起义持续大半年才被镇压下去，这次起义激发了缅甸人民反对殖民统治的热情。1934年，以仰光大学青年学生为中心成立了"我缅人协会"，该组织又被称为"德钦党"，"德钦"是缅甸语"主人"的意思，凡加入这个组织的人在名字前加"德钦"，所以诗人改名为"德钦哥都迈"。诗人在"我缅人协会"的旗帜下参加民族解放事业，不禁心情澎湃，诗作中饱含战斗的激情，他创作了《德钦注》，通过宣传德钦党的主张，推动民族独立运动发展。他在诗中歌颂人民团结战斗的情形：

令人兴奋时运转，纷至沓来众攀谈。仰光大厦柔美里，各地人士颇齐全。尽是昔日亲密友，罢课檀越女与男。敬奉虔诚真佛祖，法坛僧侣众圣贤。吾师面对亲弟子，万分高兴且爱怜。但愿魔罗齐泯灭，佛法光照遍人寰。

"德钦党"提出"缅甸是我们的国家，缅文是我们的文字，缅语是我们的语言；热爱自己的国家，提倡自己的文字，尊重自己的语言"的口号，在战斗中赢得了人民的支持，在民族独立解放事业中做出了新的贡献。1948 年缅甸终于获得独立，1950年德钦哥都迈被选为缅甸保卫世界和平全国委员会主席，同年获斯大林和平奖。在这场轰轰烈烈的独立解放运动中，德钦哥都迈以诗歌为武器，抨击殖民主义者及其走狗，鼓励人民团结起来参加斗争，教育缅甸青年人爱护祖国的文字和文化，他的诗篇成为缅甸语的经典之作。

三、"为人民而艺术"的德贡达亚

德贡达亚（又译作达贡达亚）是第二次世界大战后缅甸"新文学运动"的先锋，著名诗人、小说家、文艺评论家。他于 1919 年出生于一个富足的地主家庭，从小热爱音乐、绘画和文学，他的作品尤其是诗歌作品的音乐性与画面感十分强烈。德贡达亚的父亲是做稻谷生意的商人，因此他从小就有机会接触、了解缅甸底层人民的生活，这恐怕就是他的文学创作中现实主义印记明显的根源之一。德贡达亚的爱国主义情结早在他的少年时期就已显现。"我缅人协会"成立之初所提出的口号"缅甸是我们的国家，缅文是我们的文字，缅语是我们的语言；热爱我们的国家，珍惜我们的文字，尊重我们的语言"深深震动了他。他关注 1936 年仰光大学生们反殖民主义教育制度的罢课运动，积极帮助作为"我缅人协会"分会主席的父亲筹集罢课基金，参加全国学生代表大会。大学时代的德贡达亚正遇上缅甸民族解放运动，他的爱国热情更加高涨。1938 年他与缅甸著名爱国诗人德钦哥都迈相识，思想上受到德钦哥都迈及其爱国诗篇的激励与鼓舞。进步组织"红龙书社"更是引导他接触到社会主义和共产主义理论，同时也接受了外国进步文学的影响。1938 年，德贡达亚还曾作为学生代表发动组织人民群众，参加全国性的反英示威运动。

德贡达亚的生平经历是他文学创作的重要素材。1946 年，德贡达亚创办杂志《星》。在他为《星》撰写的社论中，他指出文学应追随时代的发展，有所创新。他反对"为艺术而艺术"，主张文学反映社会现实生活，"为人民而艺术"。《星》杂志自创刊起就不断刊登具有新思想新观点的文学作品、艺术评论或文学理论，如高尔基的作品、别林斯基的美学理论、马列主义的文学观、毛泽东的文艺思想研究的文章。得到来自各方的具有进步思想的有识之士的关注与支持，实验文学的领袖之一敏杜温称之为"实验文学的再实验"。1950 年德贡达亚在《星》上发表《新文学——产生与发展》，系统阐述新文学理论，指出新文学的核心是"为人民而艺术"，新文学要有新思想与新创作方法。新思想是指反映人民大众的现实生活，揭露批判资本主义制度，宣传社会主义的思想。新创作方法指以马克思主义的审美观、历史观描写社会现实，揭示社会本质，展示未来理想的创作方法。

德贡达亚还在《星》杂志上发表了一系列反映现实生活的新诗歌，如《森林的女儿》《三月革命》《风暴中的诗》《早开的紫檀花》《风雨兼程》等。他的新诗歌题材多样，语言优美、富音乐性，注重色彩与光的变化，呈现出一幅完整的社会画卷，真实地反映了缅甸社会在战争影响下的各阶层人民的生活状况。

四、"战士诗人"铁拉悉都

铁拉悉都原名吴梭纽，1932年出生于缅甸中部密铁拉市瑞悉蒂村。他18岁参军入伍，同年开始文学创作，从此笔耕不辍，创作诗歌1000余首，出版诗集14部。他的诗歌被译为中文、英文、法文、德文、日文和俄文等，受到各国读者的喜欢。铁拉悉都的诗歌大多取材于他的军旅生涯，因此被称为"战士诗人"。除诗歌外，他还创作了8部长篇小说、2部中短篇小说集、若干文学类学术专著及论文。

铁拉悉都的战争诗歌是当代缅甸诗坛中一道独特的景观。他从军人的角度写缅甸人民为争取独立和平而斗争的光辉历史。比较出名的如《革命初期的国家》，内容描写的是在1947年7月19日缅甸即将取得独立的前夕，领导独立斗争的昂山将军及其他几位领袖被亲英派吴素指使的暴徒枪杀，这场政治谋杀案使全国重新陷入黑暗，诗人在诗中表达了强烈的悲愤情绪。再如《丹漂扎耶》写日本帝国主义在殖民统治缅甸期间，逼迫大批劳工、战俘在缅甸南部的毛淡棉附近的丹漂扎耶修建泰缅铁路，在非人的待遇和恶劣的环境下，20多万劳工和战俘悲惨死去的历史。

铁拉悉都的长诗《湄公河上的一片枯叶》获得1962年缅甸国家级文学奖"文学宫诗歌创作奖"。长诗以缅甸历史上著名的"湄公河战役"为背景，写缅甸军民为取得民族独立和社会稳定而英勇战斗的历史过程。20世纪60年代的缅甸虽然已经独立，其东北部与泰国、老挝交界的"金三角"地区仍战事频繁。后来中国国民党军队从大陆败退时，一部分逃入缅甸，仰仗强权力量在缅甸境内建立军事基地，又勾结缅北少数民族制毒贩毒，严重危害缅甸社会治安。1960年11月19日缅甸政府采取军事行动，经过三个月的苦战，将国民党残部逐出缅甸，这就是"湄公河战役"。铁拉悉都亲历了这场战役，写下《湄公河上的一片枯叶》。全诗共52节，前13节写战争的缘起，后39节以战地日记的形式叙述了缅军英勇战斗的整个过程。战士们为祖国和平和尊严而奋战的英雄形象是诗人着力刻画的重点，另一方面铁拉悉都也描写了战争给国家和人民带来的灾难。铁拉悉都是一位在战争中几度与死神擦肩而过的军人，他以最真切的笔触向世人揭露战争的残酷，憧憬和平的到来。诗人在诗中向着极具象征意义的"小枯叶"倾诉祖国和人民正在遭受的苦难，以及为争取和平而付出的血的代价。

明镜般的水面，闪着粼光。

长流不息，永恒的湄公河。

世世代代，阅尽坎坷沧桑。

　　　　忽闻惊涛骤起，在这岸边，在我国土的一方。

　　　　那顺水而来，漂泊无依的枯叶啊，

　　　　是想在此岸歇脚吗？

　　　　你在打问可以休憩的地方？

　　　　那几经磨难，闪着泪光的枯叶啊，

　　　　请你倾听我的诉说……①

世代流淌的湄公河见闻多少战争杀戮、生离死别，诗人看似平静的诉说下隐藏着抹不掉的忧伤，这抹忧伤如平静的湄公河上闪烁的粼光，没有声响却遮掩不住。如此抒情细腻的语言让人很难想象作者是一位屡经沙场的军人。亲历战争残酷的诗人对着一片小枯叶倾诉心事，追问祖国何时能结束苦难？和平何时能到来？

　　"我没有形形色色的主义，我是站在国家和人民的立场上，以爱国之心去创作的。"与他的军人身份相符，铁拉悉都坚持严肃文学的创作态度。爱国主义是他诗歌里永恒的主题，这类诗歌比较著名的还有《恒枝岛战捷》（1958）、《班瓦战捷》（1958）、《泪水聚集的日子》（1959）、《血染仰光》（1960）、《直柳漂悲歌》（1961）、《胜利与眼泪》（1962）等。诗人立足本民族，以炽热的爱国赤子之心书写战争给祖国人民带来的灾难，表达对和平安定的向往。铁拉悉都的诗歌引起各国爱国志士的共鸣，具有一定的世界意义。

第五节　泰国文学

　　1932 年泰国资产阶级维新政变前后，大量西方资产阶级文学作品被译介到泰国。在主题内容、创作形式及创作方法上都影响到泰国本土文学的发展。第二次世界大战后的泰国文坛有过一段比较活跃的时期，文学思想上出现不同流派的分化。一派是纯艺术派，主张为艺术而艺术，艺术无政治指向，具唯美主义的某些特征。另一派以著名作家西巫帕拉为代表，提出"艺术为人生，人生为人民"，主张文学创作应反映现实社会生活，对社会有益。比较出名的代表作家作品如社尼·绍瓦蓬的长篇小说《魔鬼》（1957），小说以太平洋战争为背景，描写泰国人民对抗日本侵略军，反映泰国广大劳动人民困苦生活的历史。《魔鬼》以东南亚文学特有的民间传说式的叙事方式塑造了一位出身贫苦而勤于进步的知识分子形象，具有典型意义。小说中的女性形象也有突破，出身豪门闺秀的女大学生打破封建等级观念的束缚，走出封建家庭牢笼，展现了新时代新女性的形象。

　　战后泰国文学中短篇小说也有了长足的发展，一时成为泰国文坛举足轻重的文体。短篇小说较长篇小说而言更能追随时代脚步，反映时代变化。这一时期代表性的

---

　　① ［项］铁拉悉都：《铁拉悉都诗歌全集》，缅文版，第一卷，115 页，仰光，瑞卑文学出版社，2001。

短篇小说有素瓦·瓦拉迪斯科洛的《上帝》、奥·乌达贡的《黑色本能》和索·西拉玛洛赫的《眼泪》等。

泰国著名作家克立·巴莫的长篇历史小说《四朝代》也引起广泛的注意。克立·巴莫打破传统历史小说的限制，以独特的角度再现泰国社会历史生活的广阔画面。《四朝代》被认为是当时最重要的小说之一。

除小说外，50年代的泰国新诗歌也在印度史诗、中国抒情诗及其他多种文化因素的影响下向前发展，出现不少优秀诗篇，较突出的有乃丕的《东北》《妈妈，我们胜利了!》，吉·普密萨的《报之魂》等。

从1958年到1967年的十年间，泰国国内政治斗争十分激烈。由于军事武装组织发动武装政变，泰国陷入军事独裁政权统治之下，社会处于恐怖之中，国民经济受到重创。泰国文学一片死气沉沉，有价值的文学作品极少。经过数段政治波折与政权更迭，70年代前后，泰国文学开始复兴。占据主流地位的仍是反映社会现实的作品，成就尤为突出的有女作家吉莎娜·阿索信的长篇小说《人类之舟》（1969）、《日落》（1972）及素婉妮·素坤塔的长篇小说《甘医生》（1971），这三篇小说分获"东南亚条约组织文学奖"（"东南亚文学奖"）。70年代中期以后泰国文学开始进入多元化发展阶段，至80年代中期，西方文化对泰国文学的影响全面地展现出来，现代派文学的各种思潮此起彼伏。值得一提的是，东南亚文学奖的设立对泰国文学发展起了很大的推动作用。诗歌也在本时期文学中占据重要地位，萨西里·米索色的诗歌《素手》以其独特的视角、细腻的笔触与动人的抒情，引发了民族诗歌的创作热潮。吉拉南·皮比育的诗集《失落叶》也广受好评。泰国文学发展过程中一种特别突出的现象是，短篇小说发展特别迅速，而戏剧文学一直没有较大的起色。

西巫拉帕（1905—1974）是泰国新文学运动的奠基人之一，也是泰国当代文学史上承前启后的重要作家。他本名古腊·赛巴立，西巫拉帕是他的笔名，意为"东方之光"。他出生于曼谷一个中等职员的家庭，他中学时代就开始从事文学创作活动。他在曼谷法政大学获得法学学士学位，后又到澳大利亚学习政治学，学习经历丰富。1929年，西巫拉帕与西林母校的一些爱好文学创作的同学好友创办了《君子》杂志，后来这一批人形成泰国第一个新文学社团"君子社"。在《君子》杂志和"君子社"的带动下，泰国出现了一批朝气蓬勃的新文学代表作家。1958年，西巫拉帕在访问中国期间，泰国国内发生政变，他从此在中国避难，1974年逝世于北京。西巫拉帕是新文学的主力军之一，他也是一位多产的作家，主要作品有长篇小说《降服》《人类的恶魔》《男子汉》《色情世界》（以上均于1928年出版），《向往》（1929），《惹祸》《宫女之毒》《精神威力》《爱与仇》（以上均1930年出版），《生活的战争》（1932），《罪孽》（1934），《一幅画的后面》《生活的森林》（1937），《生活所需要的东西》（1939），《后会有期》（1950），《向前看》（上集1955年、下集1957年出版），短篇小说《回答》和《帮帮忙吧!》等。其中《画中情思》是奠定他文坛地位之作，在艺术上达到几乎完美的境界，被泰国教育部定为中学泰语专业课本的补充读物。

《画中情思》描写了贵族家庭出身的吉拉蒂听从父命嫁给老年丧偶的侯爵为妻，随后一起去日本度蜜月。在日本留学的泰国学生诺朋受托负责安排侯爵夫妇的旅日行程，在此期间诺朋对吉拉蒂一见钟情，狂热地追求她。吉拉蒂虽然不满于与侯爵没有爱情基础的婚姻，但由于封建礼教的束缚，她压抑了对诺朋的爱情之火，直到回国都没有接受诺朋的爱。侯爵病逝后，吉拉蒂希望和诺朋结合，而此时诺朋回国后听从家人安排与富家女结婚。吉拉蒂因此失去了精神支柱，不久在郁郁寡欢中死去。这部作品成功地塑造了吉拉蒂这一处于新旧观念和意识交替时期的贵妇人的形象：她厌烦空虚无聊的贵族式悠闲生活，但又不愿打破这种生活；她明知父母包办的婚姻不会幸福，但又同意了这桩婚姻；她渴望爱情，但又不能主动追求，也不能坦率接受。吉拉蒂生长在封建贵族式的生活环境中，虽然接受过新式教育，但对于自己的生活和命运一味地逆来顺受，甚至麻木不仁，这是加剧她的人生悲剧的根源。作品在描写人物性格的同时还揭示了人物性格形成的各种主客观原因，使人物形象更丰满，感觉更真实，达到了很强的艺术感染力。小说的另一位主人公青年留学生诺朋，接受新的思想和道德，对于勾引有夫之妇不认为是违反道德，但是这种爱情也只不过是一时的冲动，回国后还是接受父母安排娶了富家女，就是为了自己的前途。通过这些人物的刻画，作品反映了英国殖民下的泰国，传统的封建道德崩溃，西方的道德观念侵入人心，人们的行为方式按照各自的原则进行，一部分人固守传统，一部分人完全西化，也有很多人徘徊在新旧道德之间。作者真实地表现了当时泰国人的这种矛盾心理。作品结构严谨、思路清晰，而且语言清新、优美流畅，是现代泰国语文学的典范。

西巫拉帕是泰国文学转型时期的代表性作家。他的作品打破旧的文学创作传统，以描写现实社会为中心。《向前看》被认为是他最优秀的长篇小说，是"为人生而艺术"思想的样本。主人公詹塔是来自泰国东北农村的穷苦少年。依照泰国宗教风俗，詹塔到寺庙进修学习。后经寺庙方丈的举荐，他进入曼谷贵族丕班拉加塔尼老爷的官邸，做少爷的陪读仆人。在贵族府邸的经历成为詹塔成长的契机，一方面，他直接了解贵族们的生活，目睹贵族老爷们压迫穷苦百姓、仆役的恶行；另一方面，他的认知视野得到拓展，贵族府邸的生活使他有机会学习和阅读，他的思想境界不断提高。詹塔还遇到一位有民主主义思想的老师乌泰，这位老师教导他认识真理，向他介绍民主与人权。后来泰国发生民主革命，詹塔所侍奉的贵族老爷不再享有特权，詹塔自己的生活也因此发生转折，他却真心支持拥护民主革命。然而，新生的"民主政权"并没有带来民主、平等或和平，流血和杀戮仍在上演。这让曾对新生政权抱有殷切希望的詹塔十分失望。但詹塔没有放弃斗争，他与一批志同道合者决心依靠工人团体，继续推进民主事业。

《向前看》以1932年泰国资产阶级维新政变前后的社会生活为创作背景，描写了泰国新一代青年知识分子不断追求真理的成长过程。小说以社会下层人物为主要对象，一反歌颂贵族士绅的文学传统，开创了泰国文学的新纪元。小说也具有相当高的艺术性，人物形象的塑造十分生动，文笔流畅，叙事方式别具一格。小说也带有当时文学作品所常见的时代性缺陷，议论过多，说教意味浓厚，但这并不影响《向前看》所代表的泰国文学现代化与世界化的趋势。

《后会有期》是西巫拉帕的另一部代表作品。主人公是出身于地主家庭的青年歌梅，歌梅父亲希望儿子成为社会的"上等人"，光宗耀祖，送他去澳大利亚留学。歌梅在留学期间与进步女性南希相识，在南希的指导下，他不断反省自己的人生经历，意识到投身于社会改革才是人生价值实现的最佳途径。歌梅决心返回祖国，深入群众，发动民主运动，推动祖国民主进步。他与朋友们约定各自为共同的事业而奋斗，后会有期。这部小说将更多点笔墨留给主人公情感世界的转变上，而不是一味反映社会政治生活。《后会有期》主题思想深刻，构思安排巧妙，堪称杰作。

克立·巴莫（1911—1995）出生于泰国中部信武里皇室巴莫家族，是泰国王朝二世王菩陀勒拉的曾孙。克立·巴莫于1926年赴英国牛津大学留学，回国后曾在税务局、银行任职，服完兵役后，在大学教书长达十余年。克立·巴莫一直活跃于泰国政治界，曾任泰国第37任总理。他还是一位优秀的作家，在小说、诗歌、戏剧、翻译等方面都有所建树，一生创作大量文学作品，被誉为泰国"当代文豪"。

《四朝代》是克立·巴莫的代表作品。这部近百万字的长篇历史小说以曼谷王朝拉玛五世到拉玛八世四个朝代的历史为背景，通过主人公帕洛依的个人生活及家族兴衰展现出泰国社会向现代转型时期封建社会生活的万象。1868年到1946年正是泰国近代历史上的多事之秋，《四朝代》主要取材于泰国贵族生活，以一个中心人物帕洛依串联数起重大历史事件，有角度地再现了波澜壮阔的历史时代。克立·巴莫本人就是贵族出身，他熟知贵族社会的生活状况，了解贵族人所背负的历史命运，因此《四朝代》中的人物具有显著的真实性特征。主人公帕洛依是贵族家庭的庶出女，在家中不受宠爱与重视。她10岁被送进宫中侍候公主，为人忠诚，做事认真，勤学女红与宫廷礼仪，受到公主的喜爱。她的父亲却不务家业，荒淫奢靡。长女坤文实际掌握家族大权，她生性善妒，贪图家财，为独吞全部家产不惜终身不嫁。帕洛依成人后，遵照父命，经过公主赐婚，嫁给一位华人富商的儿子贝姆。贝姆也是朝廷重臣，曾有过妻子，娶了帕洛依后，夫妻恩爱，育有二子一女，生活幸福美满。战争的爆发带来了泰国政局的变化，从欧洲留学归来的儿女们彼此政见不合，家族和谐被打破。后来贝姆意外坠马身亡，第二次世界大战中家里住房被炸，一连串的变故给帕洛依以沉痛的打击。同时，帕洛依父亲去世后，帕洛依的娘家家族已名存实亡，娇生惯养又蛮横无理的坤文无力应付父亲亡故后留下的混乱局面，她的弟弟趁机夺取家中财产，这个世代贵族之家轰然倒塌。落魄的坤文来投奔帕洛依，帕洛依不计前嫌，出手相助。然而她一个人的善良善行并不能挽救整个社会时局的败落。小说结尾写道："那天傍晚，即公元1946年6月9日，礼拜天的傍晚，邦銮河的水几乎干涸了，由于疾病和痛苦而衰竭的帕洛依的心随着水波漂浮而去。"

《四朝代》真实历史为背景，用虚构的人物去串联一个又一个真实事件，构思巧妙，是泰国文学史上别开生面的一部历史小说。小说塑造了众多性格鲜明的人物形象，如贤淑善良的帕洛依、自私贪婪的坤文等。但需要指出的是，克立·巴莫的人物描写仍是传统的人物肖像画式的描写，有些描写方式略显陈旧，落后于20世纪以来现代性文学创作的要求。

克立·巴莫的《芸芸众生》在泰国也是一部广受好评的优秀作品。小说故事取材于一次事故：行驶在湄南河上的一艘邮轮在一场暴风雨中沉没，船上的11位旅客全部遇难。《芸芸众生》从不同的视角，对11位遇难旅客的人生经历、生平故事进行描述。这些旅客来自天南地北，身份不同，人生经历各异，却在同一天乘坐同一艘船一起遇难。作者刻意安排的结构有薄伽丘的《十日谈》的某些影子，但又有明显的特色。《芸芸众生》宣扬了佛教关于人生无常的哲理，这一深层思想意义远远超越了单纯的人生故事趣闻记录，泰国民族宗教信仰和民族性格在这部小说中得以展现。克立·巴莫的文学创作内容丰富，主题多变，形式多样，他本人对人生价值、人生意义的思考在他的众多作品中一再闪现出智慧的光芒，成为泰国文学史上最引人瞩目的星光之一。

第六节　越南文学的爱国主义热情

一、越南近现代文学分期以及阮公欢的创作

19 世纪中期，法国殖民主义者开始对越南进行侵略蚕食，清朝曾作为宗主国出兵抵抗。1885 年，清政府与法国签订《中法新约》，被迫承认越南独立，越南逐渐沦为法国殖民地。20 世纪初，法国为了巩固殖民统治，从文化上切断越南与中国的联系，强行推行越南语拉丁化拼音文字。这种文字简便易学，被称为"国语字"，很快在社会上普及起来，知识分子们用它来创作文学作品，一般下层民众的识字水平迅速提高，读者人群得以，促进了近代文学的诞生和发展。

越南的近现代文学（1900—1975）可以分为三个阶段：第一阶段（1900—1930）：近代文学的开端期。在这一阶段，由于拉丁化的越南语的普及，使越南民众有了能比以往更自由表达思想感情的利器，而且也有利于吸收西方文化，这些促使了越南近代文学以新的面貌诞生，涌现出潘佩珠、伞沱、武庭龙等优秀作家。第二阶段（1930—1945）：近代文学的繁荣期。在前一时期的文学的基础上，越南的文学逐渐成熟，形成了诸如"自力文团"等一些文学团体，出现了浪漫主义、现实主义和革命文学等文学流派。1930 年越南共产党成立，越南人民在共产党的领导下展开了反对法国殖民者、争取独立的运动。一些知识分子在这些运动的影响下积极投身社会活动，通过文学反映社会的现状，揭示社会矛盾，批判丑恶的现象。其中阮公欢是这一时期的杰出代表，他创作的一些短篇小说影响很大，受到各界赞扬。第三阶段（1945—1975）：抗战革命文学。1945 年 8 月由胡志明领导的越南独立同盟在日本帝国主义投降之际发动起义，在全国夺取政权，建立了越南民主共和国，推翻了长达 80 年的殖民统治和上千年的封建专制制度。但随后不久法国卷土重来，企图恢复殖民统治。1946 年爆发抗法战争。1954 年抗法战争结束不久，越南又进行了抗美战争，到 1975 年战争基本结束，越南南北统一，建立了越南社会主义共和国。这一阶段越南人民为实现统一和独立进行了艰苦卓绝的斗争，越南共产党在其间起了主导作用。这一阶段的文学作品大力赞扬民族解放和抗击侵略者的英雄事迹，作品的政治性较强。

越南著名作家阮公欢（1903—1977）出生在越南北宁省文江县一个旧官吏家庭，父亲是一位儒士，幼时受越南传统教育和汉文教育，19 岁时考入河内高等师范学校，

在学习期间结识了当时著名文学家伞沱，在伞沱的影响下，阮公欢走上了文学道路。从师范学校毕业以后，阮公欢在一所学校任教，希望通过教育开启人民智慧，改变社会现状。多年的教学经历使他对越南的社会有了更深的了解，广泛地接触了底层人民群众，为今后的文学创作积累了丰富的素材。阮公欢还经常阅读进步报刊以及国内外革命家的传记和文章，对民族解放运动寄予同情。阮公欢的早期作品主要刊登在伞沱主办的《安南杂志》、杜文主办的《日新》以及武庭龙主办的《礼拜六小说》等报刊上。阮公欢的第一部短篇小说集是《红颜身世》，共收 10 篇短篇小说，作品主要反映社会底层贫苦大众的痛苦境遇。真正奠定阮公欢在文学界地位的是 1935 年出版的第二部短篇小说集《男角四卞》，这部小说集由 15 篇短篇小说组成，内容都是描写贫苦百姓的生活，多用讽刺和幽默的手法，深刻地反映了当时社会的现状。主打小说《男角四卞》描述了滑稽戏艺人四卞为了还清因医治重病父亲而欠老板的钱，不得不在父亲病危时演出，小说一边描写四卞强装欢颜在舞台上逗得观众"笑痛肚皮，拍红手掌"，一边描写他父亲正在走向死亡。由于四卞内心痛苦而表面还必须装得很开心，他的表情更加滑稽可笑，观众一次一次地鼓掌让他"再来一个"。最后演出结束，他收到老板给他的钱时，传来他父亲去世的消息。这部小说用幽默诙谐的笔调叙述了艺人悲惨的境遇，从笑中体会到无限的悲凉，体现了阮公欢高超的艺术手法，受到当时越南评论界的大加赞扬。小说集《男角四卞》出版后还引起了越南文艺界"为人生而艺术"派和"为艺术而艺术"派的争论。当时他还没有加入共产党，但他的文学与无产阶级文学的观点很接近。1935 年法国的民主阵线执政，对越南殖民统治稍有放松，促使了越南文学的繁荣。阮公欢进入了创作的旺盛期，1935—1939 年他创作了《两个可怜虫》《有鬼的银币》《我的朋友之妾》等 80 多篇短篇小说，代表作长篇小说《最后的道路》也是这个时期创作的。作品描写了贫苦农民阮文坡一家在以范赖为代表的地主阶级和殖民主义相勾结的统治阶级压迫下家破人亡的悲惨故事，反面典型人物范赖是地主还是议员、高利贷者，他仰仗法国殖民统治者欺压百姓，为非作歹，搞得农民贫困破产，而他自己过着荒淫无耻的糜烂生活。阮文坡等农民弟兄最后在走投无路的情况下，奋起反抗。小说结构严谨，环环相扣，语言精练生动，具有极高的艺术性和思想性。该书出版以后很快成为畅销书，各界反应强烈，不久被法国殖民当局列为禁书。"八月革命"成功后这部书才重见天日。

在日本帝国主义入侵越南期间，阮公欢的创作陷入停顿，1945 年"八月革命"以后，阮公欢加入越南人民军，主办《卫国军》报，兼任中级军人文化学校校长和《军人学报》主编，1948 年加入印度支那共产党，1954 年抗法战争结束后，他回到河内，当选越南文学艺术委员会常务委员、第一届越南作协主席、第二届作协常务等。抗法抗美战争期间，阮公欢在担任公职以外，笔耕不停，写出了《农民与地主》《出狱》等短篇小说以及《天亮前后》《如果没有你》等长篇小说，还在越南《文学研究》上发表很多文学评论文章。1977 年阮公欢因病逝世，为了表彰他在文艺领域取得的丰硕成果，越南政府颁发给他一枚一级劳动勋章。

在 50 多年文学生涯中，阮公欢给读者留下了 200 多篇短篇小说和 10 多部长篇小说。有些作品被译成俄语、汉语、德语、法语、日语等多种语言，受到外国读者的欢迎，成为世界文学的组成部分。阮公欢的文学特色在于幽默诙谐、尖锐辛辣，他取得的文学成就归功于他善于汲取本民族的优秀文学传统以及民间大众文化，同时注意融合近代以来世界文学的技巧和观念，加上个人的勤奋，他的作品在亚洲乃至世界享有很高的声誉。

二、越南的爱国主义文学

越南曾经是法国的殖民地，文学深受西方文化尤其是法国文学的影响。进入 20 世纪，小说、诗歌及话剧等文学形式得到全面的发展。由于反对殖民主义与争取民族独立思想的涌起，越南文学作品内容往往以爱国主义思想为主。20 世纪文学基调相当昂扬，新作家也不断涌现。较有代表性的有：潘佩珠、潘周桢、伞沱、黄玉柏、武庭龙等。其中，黄玉柏用越南拉丁化国语字创作心理小说《素心》，开启了越南浪漫主义小说的先河。

1930 年之后，越南国民党领导的安沛起义和共产党领导的义静苏维埃运动相继失败，整个国家处于白色统治中。在这种社会环境下，一批诗人们发起"新诗"运动，主张"为花开而起舞，为花落而悲泣"，即诗人应该突破一切束缚，宣泄主体情感。这一时期多种流派盛行，颓废主义、唯美主义以及"感伤的浪漫主义"等都风行一时。同时，一些有声望的老作家也成立"自力文团"，宣扬个性解放，摆脱封建桎梏，这些都推动了浪漫主义文学在越南的发展。

但是，此时文学上的主要成就仍是表现现实的作品，然而这类作品并不限于所谓"现实主义"或是"批判现实主义"等个别流派，而是较全面地表现现实社会生活。阮公欢的短篇小说集《男角四下》《最后的道路》，吴必素《熄灯》和南高的小说《志飘》，都是这一时期的重要代表作。

受国内政治的影响，三四十年代也出现了一批优秀的革命文学作品，较有代表性的是胡志明的《狱中日记》。而在 40 年代反抗日本法西斯主义的过程中，抗战文学成就突起，如南高的《一双眼睛》《林中日记》，素友的诗集《越北》，武辉心的长篇小说《矿区》，阮文奉的《水牛》等，都记录了越南全国抗战的激烈斗争，表现了越南民族长期以来在与殖民主义与侵略者斗争中的坚强英勇，爱好正义与和平的民族性格。

至 50 年代，歌颂社会主义建设的作品相当盛行，诗歌创作方面有素友的诗集《急风》、辉瑾的诗集《天越来越亮》、制兰圆的诗集《阳光与淤沙》；而小说则如阮辉想的《阿陆的故事》，元玉的《祖国站起来了》，阮明洲的《河口》《士兵的足迹》，友梅的《最后的高地》等。而 1954 年之后，由于美军不断入侵，以及之后发动的震惊世界的"越南战争"，无论是美国文学还是越南文学都不可避免地留下了战争的烙印。大批越南作家在战争前线写出了战火味儿十足的杰作，如《南方来信》等都曾被译成多国文字，在中国与东南亚各国流传。其余如《拿枪的母亲》《他永远活着》《九龙怒潮》《土地》《故乡》等作品也充满了战斗激情与英勇不屈的反抗精神，成为越南现代文学史上精彩的一页。

越南于 1975 年实现南北统一，此时国家百废待兴，而文学也以更广阔的视角，关注统一后越南的社会生活，描写人们面对新生活、新事物的心理变化。一批关注平常百姓幸福与孤独，迷茫与痛苦，描绘他们内心深处的细腻变化，抒写人文主义关怀的作品应运而生。如麻文抗的小说《园中落叶》中展现了新的历史时期人们该如何处理家庭、生活与人生之间的关系；阮氏玉秀则在其《下季的种子》中表现人们面对革新时的矛盾心理；阮凯的《岁末的会晤》前瞻性地预言了革命所承担的历史责任；朱文《星星移位》则对比了越南年轻一代军人在抗美救国战争中的英勇表现与他们战后不公平的生活待遇；梨榴《遥远的时代》还表现越南人心理变化的历程，成功表达了对新旧交替时代的反思。

越南早年一直深陷战火之中，无论是 40 年代的抗日还是 50 年代的越战都使得"战争"成为文学作品的重要主题。而战争结束后，越南成为东方社会主义国家，文学作品也更多地以新社会的民主建国为主要内容，涌现出了一批优秀之作。如阮辉想的剧本《北山》、元玉的《祖国站起来了》、阮文奉的《冲击》、武辉心的《矿区》、友梅的《领空》（1971—1974）、勇河的《金星》（1974）等都描绘了新时期的新人形象。当然，历史题材特别是对战争历史的回顾与反思永远是文学作品不可或缺的内容，如1920 年出生的诗人素友的《诗集》，就是新时期一部反映越南独立战争的优秀作品。

阮明洲（1930—1989）出生在义安省琼琉县，于 1952 年后入加入越南军队，曾先后在军团、军队文艺处、《军队文艺》杂志处从事文艺方面的工作。其作品关注普通人的生活与命运，体现了越南当代社会与生活中逐渐萌发的人道主义精神，被认为是越南当代文学具有"现代性"的先驱者，也是新文学的开路先锋之一。主要著作有长篇小说《河口》（1966）、《士兵的足迹》（1972）、《燃烧的土地》（1977）、《楼房里出来的火》（1977）、《从林子里走出来的人们》（1982）、《爱情的土地》（1987）；短篇小说集《不同的天空》（1966）、《疾行船上的女人》（1983）、《乡村渡口》（1985）、《远方的一艘船》（1987）、《芦苇》（1989）等。另外，在其去世后出版的《阮明洲短篇小说集》（2003）则可以说是他作品的集中代表。阮明洲是越南 80 年代文学革新一代的代表性作家。但关于他创作的研究较少，仍有待于新的批评来补充与阐释。

素友（1920—2002），原名阮金诚，出生于承天——顺化省广田县富莱村。父亲是邮局职员，喜欢诗歌，并有一定的汉文修养。母亲在素友 12 岁时离世，但因她出身诗书世家，生前喜好民间俗语和诗歌谣曲，对素友影响颇深。素友从小就显示出诗歌写作的天赋，六七岁时即能赋诗。1939 年，他被法国殖民者逮捕入狱，三年后越狱逃脱，1980 年任越共中央政治局委员、中宣部部长、阮爱国学校校长。素友认为自己一生都在为"民族事业和共产主义理想而奋斗"，写诗也是为了"革命"，于他而言"百年的情结就是'党与诗'"。

素友的诗歌创作可分为三个时期：

以诗集《从那时起》（1946）为代表的第一个时期是作者对诗歌的探索阶段。《从那时起》共收诗歌 71 首，包括"血与火"、"枷锁"和"解放"三部分。作者感情饱满，笔下热情洋溢，再现了抗战中战士们英勇奋战艰苦斗争的情景，歌颂了他们为国奋战的爱国精神，以及抗战胜利后举国上下的喜悦之情。素友在 1938 年 7 月加入共产党时，作诗抒发自己热血澎湃、憧憬未来的欣喜之情：

> 从那时起我心中炽火点燃
> 真理的阳光照我心田
> 花香浓郁百鸟争鸣
> 我的灵魂犹如一座花园
> 我的心与大众相连
> 走遍天下我情愿
> 紧密联系穷苦人民
> 走进工农创造新的生命
> ……①

节奏鲜明，连篇成韵，适合诵读的语言使得诗歌极富感染力，贴合了当时的革命气氛，也一定程度上展现了诗人的创作理念。他在 1949 年所作的《建设人民文艺》中就表示，要获得人民群众的认同，文学作品就必须在内容上反映人民的命运，人民在生活中的疾苦、仇恨、幸福或希望；要让人民群众读懂理解诗歌，作家就必须走到群众中间，了解他们的心理活动，语言风格以及生活习惯。因此，素友诗歌一直践行着这种创作理念，追求诗歌语言的通俗易懂与朗朗上口，在群众中广为流传。

第二个时期，素友的诗歌创作以诗集《越北》（1954）为代表，风格由直抒胸臆向含蓄内敛转变。同时，也因《越北》一集在 1954—1955 年越南文艺协会评比中获文学一等奖，素友也从此确立了其在越南诗坛上的地位。诗集中的 24 首诗歌，以抗法战争为背景，简洁描绘了当时的历史面貌，突出刻画越南战士的英勇形象，深情赞美了越南人民为自由而战的爱国热情。

另外，诗集《劲风》（1961）也创作于这一时期，共录诗歌 25 首。与前者不同，《劲风》更多地着眼于抗法战争胜利后的新生活。素友在诗歌中充分表白了对当时越南南北方分裂现状的思索，一方面，歌颂北方蒸蒸日上、热情高昂的社会主义建设；另一方面，也在字里行间流露出对南方同胞的同情与思念之心。在这本诗集中，对祖国的歌颂，对统一的渴望成为诗人笔下的主旋律。

最后一个时期，诗人通过诗歌对历史进行反思和总结，艺术手法也渐趋成熟，诗歌更具张力与表现力。《怎能平静》《南方》、诗集《上阵》《血与花》，都是这一时期的代表作品。《血与花》是素友一部总结性的诗集，收入了作者从 1961 年到 1977 年 10 年间所创作的 13 首诗歌，表现了越南人民在抗法、抗美战争中血与火的奋战经历。

除诗歌诗歌创作外，素友还作有《建设无愧于人民、时代的伟大文艺》（1973）、《革命生活与文学艺术》（1981）等论文集，这些文集都集中表现了诗人的创作理念与文学信仰，并对越南现实主义文学创作起到了一定的推动作用。

----

① 引自余富兆：《越南现代诗人素友》，载《东南亚纵横》，2005（6）。

　　素友的一生与创作历程同越南社会发展的阶段基本一致，在每个阶段中，他的诗歌秉承着"为时代服务"的宗旨，成为国家、民族历史的记录。正如俄国诗人马雅可夫斯基的诗句所言："诗歌，这是炸弹和旗帜。"在越南，素友被认为是一位真正的民族革命诗人，他的作品记录了越南历史上几乎所有的重大事件，他的诗也因此被称为"越南革命历史的记事本"。

第七节　印度文学的新生

一、概述

　　印度是世界文学中创作语言最丰富的民族，但是在现代文学阶段，印度文学中的古代语言逐渐衰落。历史最悠久的梵语文学早在17世纪以后就不再兴盛，没有重要作品出现。20世纪的印度文学特别突出的是英语文学与印地语文学。

　　第二次世界大战后到80年代，印度文学主要经历了三个阶段：第一阶段是独立前后至50年代末。印度长期是英国殖民地，独立后属于英联邦国家，但是民族独立仍然对社会产生了深刻影响。民族主义文学开始产生，主题是反映社会矛盾，特别是印度社会所特有的社会不同群体、宗教、种姓之间的冲突与差别。第二阶段是60年代至70年代。印巴分治后，两国之间的冲突加剧，社会矛盾加剧，这是印度文学的主要内容。第三阶段是80年代以后至今，印度文学出现多元化的趋势。现代化经济转型使印度社会产生巨变，新兴的中产阶级、一夜暴富的企业家们成为社会关注的中心。而恐怖主义活动，及传统宗教所面临的信仰与道德危机，使印度社会分化冲突加剧。印度社会妇女地位一直很低，妇女遭受暴力侵害成为严重的社会问题。这些方面的问题都在印度文学中显现出来。

　　英语作家拉·克·纳拉扬的长篇小说《等候圣雄》《向导》《摩尔古迪的食人者》在世界多个国家中翻译出版，作者成为较早走向世界的当代名家。巴巴尼·巴达查里雅的长篇小说《饥饿》《骑虎的人》《黄金女神》等以对现实社会的强烈揭露大受欢迎。英语诗歌中现代派诗与传统的宗教诗并行不悖，充分显示出印度文化的一种多元化特色。如塞特纳的《启示录历险记》、迪拉普·古马尔·拉耶的《光之眼》都是宗教文学在当代最有影响的作品。现代派诗人道姆·莫雷斯的《开端》则以现代派诗风在国际诗坛流行。

　　杰南德尔·古马尔出生于1905年，是著名的印地语小说家，也是印度心理小说的开创者。他的小说及其文学理论深受近代西方精神分析学说的影响，文学表达"向内转"，突破了普列姆昌德以来的现实主义倾向，转而关注人物的心理状态。代表作《苏尼达》展现了革命者赫利长期受压抑的心理情结，不断挖掘他内心情结的复杂性，被喻为是"印度的《查泰莱夫人的情人》"。耶谢巴尔（1903—1976）是印地语进步文学流派的主要代表，其小说《虚假的事实》被誉为独立后印度文学中最优秀的一部作品。全书展现了一幅波澜壮阔的历史画卷，在印度独立后（第二次世界大战结束直到

50 年代末）的十多年时间里，城市中下层小资产阶级各色人等的进步与保守得到呈现；同时还关注民主自由思潮与封建教族主义思想之间的矛盾冲突，以及妇女争取包括婚姻自由在内的社会地位平等而突破传统束缚的斗争。

辛格尔·班纳吉（1898—1971）和玛尼吉·班纳吉（1908—1956）都是孟加拉语小说家。前者善于描写地方生活，主要作品包括《民神》《医疗所》等；而后者创作面更广，在小说《比黄金还贵》中借助现实主义的表现手法，并置城市与农村的社会面貌，对比两者不同的生活状态。近代印度诗歌创作方面，较有代表性的作者有孟加拉诗人迦吉纳·兹鲁尔·伊斯拉姆（1899—1976），作有诗歌《疯狂的过客》。但由于描写在英国殖民统治下所受的屈辱与经历的苦难，号召印度人民为民族独立而奋起反抗英国统治，其于 1924 年出版的两部重要诗集《毒笛》和《毁灭之歌》先后遭到当局的查禁。其诗歌充满了斗争精神与民族意识，连印度著名诗人泰戈尔也曾将自己新写的剧本《春天》题献给他。另外，还有用玛拉雅拉姆语写作并获奖的诗人——1901 年出生的异格尔·古卢帕和用印地语写作的阿葛叶（1911—1987）。前者作有诗集《竹笛》《印度的心》；而后者因编辑出版的《七星》诗集开创了印地语新诗流派，而被称为印度实验主义的鼻祖。

二、克里山·钱达尔

克里山·钱达尔（1914—1977），印度乌尔都语作家，于 20 世纪中叶出生在旁遮普邦拉合尔市（现属巴基斯坦）一个信仰印度教的中产阶级家庭。他的专业是法律，但对文学的兴趣与家国忧患意识伴随其一生。钱达尔童年和青年的大多数时光都跟随父亲在克什米尔度过。因而，其前期的作品中总闪烁着浪漫主义和理想主义的光彩，多描写克什米尔地区的绮丽风光、恬静生活以及纯洁的爱情，例如《想象的魔力》《流星》。但 40 年代以后，由于看到英国在国内经济与战争需求下对印度加紧压榨与剥削，人民生活悲苦空前，作者文风骤变，笔调凝重、激越，创作了《人生的转折点》《失败》等更多地关注严肃的社会问题小说。

1937 年末钱达尔到《信使》《北方评论》等刊物任编辑；之后在 1939 年至 1943 年四年间到全印广播电台任导演，后又就职于孟买夏里玛电影公司；至 40 年代还曾当选印度进步作家协会总书记。电台与电影的工作经历，使得克里山·钱达尔的剧本创作旺盛，共计 30 余部。但其主要成就仍在于小说特别是短篇小说。钱达尔于 1937 年出版第一部短篇小说集《想象的魔力》后又写了 30 余部中长篇小说，以及结成 20 多个集子的多达 400 有余的短篇小说，被誉为印度的短篇小说之王。

《失败》创作于 1939 年，有着早期创作特色的对山区乡村湖光山色明媚风光的描绘，也有对民族传统文化的反思。小说通过青年大学生希雅姆暑期到父母住地的见闻与经历为线索，叙述了两对青年在当时社会下的爱情悲剧。作者在描写的过程中，往往通过侧面呈现人物悲剧性的命运，使得作品无处不洋溢着浓郁的悲情：

> 病房门大敞着，但是新娘没有来。她披着线毯就坐在这病房的墙外，两者只

有一墙之隔，而且门又开着，但她始终没有过来。她坐得那么近，却没有听到他的声音。她披着的不是红披巾，而是一条破破烂烂的线毯。她一点也不知道在墙的另一边，她的情人在呼唤她，用自己身心和灵魂的全部力量在呼唤她——门又是开着的。

门始终开着，中间只有一墙之隔，但两个相爱的人永远无法跨越这一步现实的阻隔，只能在无尽的企盼与叹息中等待互相的毁灭。

那时，他是一个富于激情、满怀希望的攻读硕士学位的大学生，习惯于透过乐观的眼睛去观察生活。今天，他生命的每一个细胞里，身体的每一个毛孔里充塞着极度失望的岩浆，使他的容颜变得苦涩，眼神变得浑浊。

生活可以怎样改变一个人？一个年轻的、天真的灵魂在生活的磨砺中走向绝望，行尸走肉般在世间游荡。

《失败》的爱情描写不是仅仅限于世俗的悲剧，赚取廉价的眼泪，它更有着对民族内在精神的思考。印度传统民族意识中的守旧、盲目、自大都隐藏在小说的字里行间。

讽刺罪恶剥削制度的中篇小说《慈善家》以1943年孟加拉邦灾荒为题材，是钱达尔从浪漫主义转向现实主义的标志。小说在反映印度人悲惨命运的同时揭露了高等印度人和英国殖民者的丑恶嘴脸，揭示了罪恶的社会制度是造成饥荒的根源。

钱达尔的许多中短篇小说都敏锐地关注社会现实，《三个流氓》就以1946年2月孟买印度海军士兵罢工事件为主要叙事蓝本，而印巴分治后，他又继续在《花是红的》《我们是野蛮人》和《当田野苏醒的时候》等小说文本中表现社会政治矛盾激化时期，工人的罢工云起、宗教冲突剧烈和社会两极分化严重的状况。

论及钱达尔小说的艺术手法，其个人特色十分鲜明。一方面，小说的创作题材往往极为广泛，涉及的人物从工人到学生，从平民到中产阶级。同时，文本选取第二次世界大战到60年代的历史背景为写作素材，再现当时印度国内与国际上充斥着的阶级矛盾、宗教冲突、民族纠纷，以及国际斗争等问题，民主倾向鲜明，体现出一定的生活广度与深度。另一方面，作者同样注重小说结构的设计。小说写作视角多样化，常将小说人物、时间、地点连接起来，表达鲜明的主题思想。例如在《婚礼》《红心皇后》中钱达尔用全知视角展现情节发展的来龙去脉、发展变化与结局；而在《钱镜》《北夏华列车》等小说中，次要人物或者目击者则成为叙述主体，担负介绍背景、交代人物、叙说故事的职能；而主要人物第一人称的叙述视角也是作者常用的手段，《月圆之夜》就是通过主人公的喜怒哀乐将故事在细致入微而又真实的描述中自然地呈现给读者的；同时，戏剧式的视点是钱达尔在叙事上的一大突破，即文本中没有叙述者，取而代之的则是剧中人物的活动，如小说《我不能死》就采用了这一方式；另外，作者还经常在一个文本中将多种叙述方式相互交叉，构成组合式的视角。小说中的人物在如此多变的叙述中变得更为立体、丰满。

三、耶谢巴尔

耶谢巴尔（1903—1976）是印地语创作的革命作家，出生于北方邦费洛杰的一个贫苦教师家庭。他自小关注社会政治问题，思想激进，先后参加了改良团体"圣社"（"雅利安社"）、甘地的民族主义运动以及与帕格特·辛哈等人共同组织"社会主义青年印度协会"，希望通过自己的政治探索找到一条解放、发展印度的道路。辛哈在反英活动中牺牲后，耶谢巴尔也于 1932 年被捕判刑 14 年，从此他以笔为利器，对旧制度展开深刻的思索与批判。1938 年，他被提前释放后在北方邦首勒克瑙创办《起义》杂志，宣传革命思想，配合印度共产党进行斗争。但因英国殖民者的镇压，耶谢巴尔又于 1940 年再次被捕，直至第二次世界大战结束后方才出狱，并开始以共产党的同情者和合作者的身份继续从事斗争和写作。而印度独立后他则主要定居于勒克瑙韧专事文学创作。

耶谢巴尔继承了印度现实主义大家普列姆昌德的创作风格，但又根据自身所处时代的特定问题提出了自己的思索。两者都关注妇女问题，同情她们的社会地位与生活处境，但耶谢巴尔不同于普列姆昌德以现代印度农村尖锐的阶级斗争以及地主阶级、种姓制度的丑恶为批判焦点，而是深入当代印度城市中心，展现资产阶级与无产阶级的对立，并对资本主义制度及其意识形态以小说艺术或政论文的形式提出自己的批判。此外，相比普列姆昌德以人道、民族、民主为旗帜，开展其艺术工作，耶谢巴尔则深受唯物主义理论影响，以此作为价值批判的基础，使其笔锋更为深刻、彻底，述文也更具战斗性。

耶谢巴尔首先是个革命者，他将文学作为匕首，作为投枪，作为阐明政治观念、展示社会问题的舞台。被捕入狱后，一切政治活动停止，促使他真正开始从事文学创作。从入狱到印度独立之间的十年可以看作他写作的第一个阶段，多以革命为写作主题，批判帝国主义和封建主义，同情劳动人民尤其是妇女的悲惨处境。如 1941 年创作的长篇小说《大哥同志》，主人公是一位深受俄国革命和印共思想影响的青年，充满个人主义与反抗精神。他在与工人群众逐步深入的接触中，不断成长，最终与群众运动相结合，并领导他们起来反抗。这部政治性极强的长篇小说被认为是对当时著名孟加拉语小说家萨拉特（1876—1938）的长篇小说《秘密组织——道路社》的回应与补充，也是作者对二三十年代左翼青年和自己成长经历的写照。而《叛国者》（1943）则以"叛国"反讽国大党片面理解第二次世界大战期间共产党顾全大局与长远利益而采取保守政策不反对英国，批判国大党目光短浅。并依然通过描写青年的革命斗争活动，来展现当时复杂的国际环境。主人公康纳从事地下武装活动，后被迫越境到苏联寻找正确的政治方向，回国后帮助群众认识反法西斯战争的重要意义，被国大党告为恐怖分子，再次出逃而且身受重伤。整个过程都是为共产党的努力作解说，政治性很强。

从印度独立到 50 年代末，印度政治环境骤变，印度共产党虽然获得合法地位，取得国家政权，但社会制度与阶级结构仍未发生改变。作为共产党亲密战友又是清醒的革命者的耶谢巴尔对这一现实深感失望，继续用文字进行批判与斗争。因而除6部小说集与2部长篇小说外，耶谢巴尔的主要创作集中于政论、散文、杂文、革命回忆录以及游记。散文《在服务村谒见甘地》记录了作者就无神论与有神论的问题与甘地的辩论，将对方驳得哑口无言。而另外三卷革命回忆录则详细记载了耶谢巴尔参加政治斗争到第一次被捕的二十余年间发生的重大社会政治事件，以及自己的个人革命与生活经历，成为不可多得的文学文本与史料记录。而包括《你为什么说我长得美》(1954)、《圣战》(1950)、《画题》(1951)等在内的六部短篇小说集，则重视社会宗教矛盾及妇女地位问题，反映了当时社会的阶级矛盾。其中，反映妇女悲惨处境的以《一支香烟》这部短篇最具代表性，它以一支香烟贯穿全文，生动地表现了在政权、神权、族权束缚下的印度妇女的不幸命运。另外，这一时期他还创作了长篇小说《人的面貌》和历史小说《阿米达》，都不同程度地反映了当时的社会现实。

　　50年代末到1976年是耶谢巴尔创作最重要的时期，重要代表作《虚假的事实》发表出版。在这部长篇小说中，作者以非教徒的立场，清醒客观地展现印巴分治时期，印度教徒与伊斯兰教徒各有的善良与可恶的两面性。再现了印度独立前后一二十年中印度社会丰富多彩的历史生活画面。小说分为上下两卷。上卷以拉合尔为故事发生背景，从第二次世界大战结束写到印巴分治前的教族大骚乱；下卷的故事则发生在新德里，讲述从教族骚乱后到50年代末的社会现象。作家重点刻画了三个出身于中下层资产阶级的青年：布利、他的妹妹达拉，以及恋人格娜格。他们原来都是反对旧传统和对旧社会不满的青年，为争取个人恋爱自由进行了勇敢的斗争。当他们被卷入政治斗争激流后，却走上了不同的人生道路。原来富有上进心、充满正义感的布利变成了半官半商，最后做了省邦议员，追名逐利，成了一个自私自利的上层人；达拉是个勇敢独立的女孩，为了追求爱情的自由，她不顾教派的阻力与穆斯林教男友在一起。后来经过种种磨难，从家庭走向社会，成为印度妇女走向社会的典型。格娜格早期敢于爱上社会地位较低的布利，而当她发现他变得虚伪、专横、对爱情不忠时就毅然与之决裂。这三个人物典型地反射出四五十年代城市青年的一些共同特点，形象地展现了在社会政治潮流中青年人对人生方向的选择。此外，甘地主义者、国大党员、共产党人及其他一些人物形象也都不同程度地在小说文本中得到呈现。

　　耶谢巴尔极具革命战斗力的作品在印度很有影响力，受他的鼓舞与影响，许多青年开始关注政治，并投身于革命运动。

四、部分英语写作的作者

　　当代印度文学中相当活跃的是一批英语写作的作家，这些作家中的部分人物如奈保尔获得诺贝尔文学奖并且定居于英国，我们在英国文学相关章节就已经介绍，这里不再重复。而其他一些作家虽然也有的移居国外，被西方评论家称为"流散文学"的，但都与印度文学有较为密切的联系，我们选择当代印度文学中较为突出的英语文学作家做出简介。无论其现在拥有什么国籍或在何处居住，甚至由于种种原因不明居住地，我们都在这里一并介绍。

悉达多·穆吉克是印度裔美国医生、科学家和作家。他是哥伦比亚大学医学中心癌症医师和研究员，哥伦比亚大学医学院副教授。悉达多·穆吉克毕业于斯坦福大学、牛津大学和哈佛大学医学院，在牛津大学获得致癌病毒研究的博士学位，并在读书期间荣获罗氏奖学金。他曾在《自然》《新英格兰医学期刊》《神经元》《临床研究杂志》等自然科学研究期刊，以及《纽约时报》《新共和》等报刊上发表过文章和评论。

悉达多·穆吉克的代表作是《众病之王：癌症传》，这是一部饱含人文主义色彩的科技文化著作。悉达多·穆克吉凭借翔实的历史资料、专业文献、媒体报道、患者专访等众多信息，耗时六年写作了这本著作。他向读者阐述了癌症的起源与发展，人类对抗癌症、预防癌症的斗争史。作者借由医学、文化、社会、政治等视角透露出一种社会化关怀，以生动、文学性的写作手法展现出鲜活的人物和历史事件，让读者为之动容。作为一个病理学家，悉达多·穆吉克时刻以病理学家的眼光看待问题和事物。《众病之王：癌症传》中充斥着医学家、病理学家的天赋热情，也描写了忍受病痛折磨的病人。书中还描写了无所畏惧的解剖学家，描写了被急性白血病三天便夺走生命的灿烂活泼的小女孩，悉达多·穆吉克对"癌症"周围的各式人物都进行了描写。穆吉克·悉达多在书中提出了一个疑问，就是：在未来，癌症有可能终结吗？是否可能从我们体内和社会中彻底根除这种疾病？时至今日，这个问题依旧是医学家甚至普通百姓的疑问。

这部作品的内容与形式都相当独特，但仍然被认为是一部杰出的文学作品。正是这种多元化的作品，展示出高科技时代的独有现象，这就是科技与文学的结合，自然与人文的混融。所以这部作品受到世界各国读者的广泛喜爱。

萨尔曼·拉什迪是印度裔英国作家，1947年出生于印度孟买，他的家庭信奉伊斯兰教，但是萨尔曼·拉什迪从小就不信仰任何宗教。14岁时，萨尔曼·拉什迪被送到英国读书，后在英国剑桥大学三一学院攻读历史学位。萨尔曼·拉什迪是个文坛上的异类，他敢于讽刺自己的祖国和人民，更敢于讽刺人民的宗教信仰，所以他被自己的祖国和信奉伊斯兰教的国家视为叛徒和魔鬼。但他受到欧美国家部分群体的欢迎，因为他的作品迎合了欧美读者的口味，所以当他被伊斯兰国家视为叛徒的时候却得到了欧美国家的庇护。萨尔曼·拉什迪的主要作品有《午夜的孩子》（1981）、《羞耻》（1983）和《撒旦诗篇》（1988），其中《午夜的孩子》于1981年获得了英国布克奖。《羞耻》是根据巴基斯坦当代政治现实而写的小说，作者因在书中讽刺了巴基斯坦前总统而被指控为诽谤罪，并且该书在巴基斯坦被禁。1988年，拉什迪的小说《撒旦诗篇》（英文版）出版，立即引起巨大争议，对于作者本人也是毁誉参半。故事源于一个传说，撒旦在伊斯兰教圣典《古兰经》中加入自己的诗文。当天使透露有些经文有问题时，老先知穆罕默德就删除了那些有问题的经文。小说中，主人公吉百利和萨拉丁两人从一场空难事故中奇迹般幸存，并且获得了神圣和邪恶的力量。作品描写了正义与邪恶的斗争，穿插了对伊斯兰教和穆罕默德的不敬内容。伊斯兰教的一些激进主义领袖抨击它为渎神之作。1989年2月14日，伊朗原宗教及政治领袖阿亚图拉·鲁霍拉赫·霍梅尼宣布判处拉什迪死刑，并号召教徒对其采取暗杀行动。3月3

日，英国首相和外交大臣发表讲话，对《撒旦诗篇》伤害穆斯林的宗教感情表示理解，并要求伊朗撤销对拉什迪生命的威胁。3月7日，伊朗政府正式宣布与英断交。后拉什迪向伊斯兰世界公开表示道歉。拉什迪潜藏多年，过着有警方保护的"地下生活"，每年的保护费高达160万美元。1998年，伊朗政府宣布不会支持对拉什迪的死刑判决后，拉什迪终于获得了自由。萨尔曼·拉什迪的其他重要作品包括《摩尔人的最后叹息》《佛罗伦萨妖女》《格林姆斯》《哈伦与故事海》《东方，西方》《她脚下的大地》《愤怒》《小丑沙利马》《想象的家园》《越界：非小说文集1992—2002》。

《午夜的孩子》是一部以魔幻现实主义手法写成的现代文学经典之作。这部作品的构思是一个出人意料的奇思怪想：在印度同一时刻降生的1001个孩子，能够在一个人的心灵中每夜聚会，这个会议于是成了现代印度的一面镜子。这个基本构想足以造就一部杰作，因为它不仅给了读者一个新奇的意象，而且赋予《午夜的孩子》以史诗般广阔的画面，使读者得以从多个视角认识印度社会。作者以自由飞腾的想象力，通过一个人的命运来审视一个民族的历史，使作品具有丰富的社会内容和深刻的思想内容。这部作品除了故事与哲理，还包含印度神话、宗教、历史、风俗民情的丰富知识，在阅读中颇能给人以享受与启发。在这部作品中，拉什迪一直保持着诙谐风趣的笔调，夹叙夹议，妙语连珠。它是一部作者直抒胸臆的颇具黑色幽默色彩的作品。

维克拉姆·赛特1952年出生于印度加尔各答。他曾经在英国牛津大学、美国斯坦福大学学习。1980年到1982年，赛特在南京大学学习中国乡村经济统计，攻读经济学博士学位。从这时起，赛特开始了对中国诗歌的研究，并且为以后写作中国游记和以中国为题材的诗打下了基础。维克拉姆·赛特在印度当代英语文学史上具有重要地位，在长篇小说创作领域的成绩令人瞩目。长篇小说《如意郎君》（1993）是他的代表作，《如意郎君》以回顾和虚构的方式描写了20世纪50年代初期印度的城乡生活，构建了一幅生动、宏伟的社会画卷。

《如意郎君》中，赛特以一个印度教城市家庭少女拉塔选择"如意郎君"为主线，对50年代初期印度土地改革、民主政治、经济发展、宗教冲突、贱民安置等许多重要的社会问题发表了议论。一方面，通过小说情节设计中的对历史的想象和对未来的展望，作品表现出对尼赫鲁时代印度政治、经济政策的理解；另一方面，也表现出对独立后印度整体发展道路的思索。此外，《如意郎君》也表达了作者对西方文化、世俗主义的观点、印度宗教信仰、印度现代化发展以及中产阶级壮大等社会问题的看法。从内容方面、主题方面和思想方面来看，《如意郎君》都是印度一部十分杰出的著作。

女作家阿伦德哈蒂·罗易以一部作品引起文坛注目。阿伦德哈蒂·罗易1961年出生在印度东北部的山城锡隆。父亲是孟加拉裔的印度教徒，一个茶叶商人；母亲来自叙利亚的基督教家庭。《微物之神》是她的代表作，描写的是她度过童年的地方——阿耶门连。这个地方在早年是村落，到1992年她动笔写小说的时候已经扩张成为小镇。她幼时在邻近的果塔延镇上学，16岁离家来到新德里就读于著名的建筑与城市规划学院，毕业后转行做编辑、记者。1989年她自编自演了《安妮如此付出》——一部描绘建筑学院毕业生的电视电影，其后她还为电影《电月亮》

和电视剧集《孟加拉榕树》写过剧本。她的其他作品还有《生存的代价》（1999）、《正义方程式》（2002）、《强权政治》（2002）和《谈战争》（2003）等。1997年罗易获得英国布克奖，一跃成为当今最具影响力的亚洲女作家，她为英语文坛注入了一股新鲜的血液。

《微物之神》是阿伦德哈蒂·罗易的代表作，又译作《卑微的神灵》。《微物之神》是一部带有强烈自传体色彩的小说。本书讲述了一个叙利亚基督教家庭的悲伤故事，它以一对孪生兄妹的成长历程为经纬，透过这对兄妹的叙述，作者以华丽的文字呈现了现代印度的世俗人情、社会和文化，探讨了种姓制度、共产主义和女性问题等社会问题，分析了那些既古怪又可怜的人物身上体现出来的偏执、妒忌和社会偏见。这部小说充溢着作者自己的丰富而独特的直觉，正是在这独特的直觉诉求中，在作者自由驰骋的想象力和对细节（包括性关系）的精致的、热烈感人的描述中，作者抒发了个人的情感，甚至揭示了最隐秘的内心世界。在本书中，罗易用一种更为强烈的、更具有悲剧色彩的失败感代替了温和的理想主义。毫无讳言地讲，这是阿伦德哈蒂·罗易的一部最为杰出的作品。

第二十四章　现代阿拉伯文学

第一节　现代阿拉伯文学概述

现代阿拉伯国家包括 20 余个国家，但基本上使用共同的阿拉伯语言文字，同属一个有着共同文化传统、历史渊源和宗教信仰的统一体——阿拉伯世界，在国际上有阿拉伯联盟等组织，通过宗教、政治和经济的关系把这些国家联结在了一起。源远流长的阿拉伯—伊斯兰文化一直是世界最重要的文化体系之一。阿拉伯文学是阿拉伯—伊斯兰文化的重要体现与主要构成，当然，无论古代还是现代，它都是世界文学的重要组成部分。

我们已经看到，中古时期的阿拉伯文学曾以群星璀璨、佳作迭出而闻名于世，是世界文学史最辉煌的篇章之一。自从 1258 年蒙古攻陷巴格达，阿拔斯王朝覆灭后，在异族的统治下，阿拉伯文学日趋衰落。文人墨客热衷于仿古的文字游戏，进入了阿拉伯文学史上的中衰时期。始于 19 世纪的阿拉伯现代文学被认为是阿拉伯文学新的复兴。

在 19 世纪末期，复兴派诗歌的兴起成为阿拉伯现代文学的前奏。诗人最先举起了诗歌复兴的大旗，在继承和弘扬阿拉伯古诗歌的基础上，结合时代精神，发起了诗歌的复兴运动，形成了独具一格的新古典主义诗歌派别，该流派被称为"复兴派"或者"新古典派"。接下来出现了"笛旺派"诗人，他们受到英国文化的影响较深，因此与复兴派的诗歌主张截然不同，对复兴派诗歌提出了批评和质疑。

在 20 世纪前 30 年的阿拉伯文学中，曾出现过具有现代性与代表性的两个文学流派，分别是"旅美派"和"埃及现代派"。前者是由从黎巴嫩、叙利亚到美洲去的阿拉伯移民所组成的，在这些移民中出现了一批作家和诗人，他们在美国纽约成立了"笔会"，有了新的文学风格，称"旅美派文学"或"叙美派文学"。由于阿拉伯文化的紧密联系，他们虽然在美国创作，但是他们的作品其实流通于整个阿拉伯世界各国。他们的创作，主要是通过对宗教、爱情、婚姻等主题的探索表现了反封建思想，同时也表现了阿拉伯人民反对殖民主义的斗争，作品中人物与事件都有浓烈的阿拉伯色彩，从中可以看出作者怀念祖国的情怀。

第二次世界大战后，随着国家的独立，阿拉伯世界在生活方式、价值观念、伦理道德、思维方式等方面急剧变化，文学观念也发生了变革：认为文学是表现人生、社会、宇宙的整体认识，西方的现代主义文学也更多地被介绍进来。

然而，由于自身历史特点和外部环境影响的不同，阿拉伯地区各国现代文学发展并不平衡。特别突出的一个特点是，埃及、黎巴嫩、叙利亚等经济政治独立性强的国家其文学现代化也较早，而由沙特阿拉伯、科威特、巴林、阿拉伯联合酋长国、阿曼、卡塔尔、伊朗和伊拉克八个国家组成的"海湾"国家，因长期受西方势力的入侵，比其他阿拉伯国家更加西方化，本民族的现代文学起步也较晚。海湾地区的文学形式以诗歌为主，除诗歌外还有口头流传的民间故事，大约在 20 世纪三四十年代出现现代小说。在诗歌发展方面，大体有承先启后的新古典派，有在内容上表现自我、在形式上主张创新的浪漫派，亦有在内容、形式上主张进一步解放的现代派和自由体诗。

如果与古代和中古的阿拉伯文学相比较，可以看出，现代文学在题材和主题方面都有整体性的变化，传统阿拉伯文学给人的印象是沙漠中赶骆驼人的诗歌，或是美酒、妇人的颂诗；现代文学则不再围绕着赞颂、悲悼、讽刺、情爱等中心，而是把笔触指向社会生活，深入家庭、婚姻、习俗的领域，甚至宗教、生命哲学、妇女解放、政治自由等过去不敢涉猎的方面也都出现在了作品之中。内容方面，表现出反叛社会、反抗统治者、揭露教会和教士、对抗奴隶哲学、宣扬自我、剖析民族劣根性、表现灵与肉的搏斗等题材。根本性的变化也表现在文学样式上，小说、戏剧、散文诗、政论、回忆录等西方文体形式进入了阿拉伯现代文学作品中，真正使阿拉伯文学成为世界文学的一部分。

第二节　埃及现代文学概况

一、埃及现代文学概况

19 世纪初，阿拉伯现代文学兴起，这一时期的文学被认为是阿拉伯文学新的"复兴运动"，这一运动真正始于 19 世纪下半叶，上半叶则是准备阶段。埃及在这一复兴运动中处于领先并且实际上是引领者的地位。埃及的现代文学复兴运动，实际上是埃及—阿拉伯民族文化与西方外来文化相互撞击与融合的产物，这场运动促使本民族文学在传承、弘扬自身传统文化，引入、借鉴外来文化的基础上，进行创新与发展。这一运动实质上是在西方文化影响和民族意识觉醒的双重作用下，埃及文学走上现代化的运动。

埃及自 1919 年大革命之后，民族主义精神和国家意识不断强化，这种思潮与追求社会和个人的自由解放紧密联系，给埃及思想、文化、文学的发展带来了巨大而深远的影响。1919 年革命后产生的新精神动摇了原有的价值观，较之 20 世纪最初的十余年，这一时期的西方思想、文化和文学的影响趋向深广。文学上开始形成在 30 年代占主导地位的埃及现代文学流派。作家们在传统基础上力求表现社会生活的变化，寻求埃及民族性与作家个性的表达，以适应人们新的要求，使现代文学本土化。然而，尽管有像塔哈·侯赛因这样从欧洲回国的深受西方影响的著名作家、思想家，但

　　不少作家仍在西方文化和传统文化之间徘徊，更多的是用传统形式表现某些现代内容。在二三十年的文学发展中，新旧思想文化之间进行着激烈的斗争。埃及现代文学发展的过程，就是新思想、新文化战胜旧思想、旧文化的过程。

　　19世纪下半叶起，埃及诗坛弥漫铺陈空洞、纤弱与矫揉造作的诗风，之后这种脱离现实的诗歌开始受到人们的唾弃。新思想的传入、民族主义思想的勃兴以及严酷的现实生活，使得很多诗人感到不能再躲在象牙塔里玩弄堆砌辞藻或炫耀雕虫小技的文字游戏，他们决心起来打破这种陈腐的框子，于是诗坛开始复兴。这一派诗人被称为"新古典派"，亦称"复兴派"、"传统派"，其先驱和代表人物是在埃及，也是在阿拉伯现代诗坛承上启下、开一代诗歌新风的先驱者迈哈穆德·萨米·巴鲁迪。当然，如同许多诗歌革新运动一样，巴鲁迪的革新采取了"复古主义"的手段，即利用传统诗歌形式，阿拉伯抒情诗传统深厚，复古诗歌容易获得大众的好感。第一次世界大战后，绍基、哈菲兹·易卜拉欣等诗人将新古典派诗歌发扬光大，盛极一时。然而，复古思潮的限制性也逐渐显露出来，古朴的诗歌形式是无法表达现代社会斑斓多彩的社会存在与意识的。特别是英法浪漫派诗歌当时风靡世界诗坛，于是埃及诗歌也出现新现象，一些诗人主张在反映客观现实方面应侧重从主观内心世界出发，描述内心的反应和感受，抒发对理想世界的热烈追求，主张诗歌是强烈情感的自然流露，是想象和激情的语言。于是，埃及浪漫主义诗歌应运而生，而笛旺诗社和阿波罗诗社更使浪漫主义在埃及现代诗坛形成一股强大的势力。20年代末至30年代初，埃及诗坛上出现了一种新的现象，"诗王"绍基将西方诗剧引进埃及，创作了多部在阿拉伯文学史上起了改革作用的诗剧。20世纪50年代初，埃及诗坛开始兴起新诗——自由体诗，其代表诗人是阿卜杜·萨布尔等人。可见埃及诗坛一直是相当繁荣的，这与埃及思想开放的社会风气是相对应的。

　　埃及现代小说的发展历史并不长。20世纪初至20年代，现代小说的先驱者穆罕默德·侯赛因·海卡尔、穆罕默德·台木尔、伊萨·奥贝德和迈哈穆德·塔希尔·拉辛等人陆续亮相。其中，1914年海卡尔发表的第一部小说《宰伊纳布》，是埃及第一部真正完整的现代小说，小说描写了一对农村青年男女因社会地位不同而导致的爱情悲剧，为埃及带来了新的题材和人物形象。埃及20年代的小说在揭示社会矛盾、运用语言、使小说本土化方面，都取得了一定成功，但艺术上尤其在人物典型化、形象塑造以及小说的整体构思与布局上仍不够成熟。30年代以后，小说虽然在前一阶段的基础上有所发展，但仍然难脱初始阶段的窠臼。第二次世界大战以后，随着民族解放运动的深入，新一代作家大量涌现，现代派的力量日益壮大，埃及文学有了实质性的突破。1952年7月革命为进步作家和诗人开辟了更广阔的前景，这一时期出现的作家多，作品的题材广，思想性也显著加强。代表性作家有擅长描写农村生活和塑造农民形象的阿卜杜·拉赫曼·舍尔卡维，善于用细腻而曲折的手法揭示政治社会和道德等方面问题的伊哈桑·阿卜杜·古拉斯，对埃及现实理解深刻的阿卜杜·拉赫曼·哈米西和对埃及散文发展做出巨大贡献的尤素福·伊德里斯。

　　纳吉布·马哈福兹被公认为20世纪埃及乃至阿拉伯世界最著名的作家，享有"阿拉伯小说之父"、"埃及的狄更斯"等美称。马哈福兹早在20世纪40年代就在阿拉伯世界声名远播，多次获得埃及国家文学一等奖、共和国一级勋章和国家文学奖等，并在 1988 年获诺贝尔文学奖，成为阿拉伯世界第一个获此殊荣的作家。因为埃及的文化地位略显特殊，它在文化上属于阿拉伯世界，但在地理上属于非洲，按照文学史的惯例，我们将马哈福兹放在非洲文学部分予以详述。

二、塔哈·侯赛因

塔哈·侯赛因（1889—1973）是埃及和阿拉伯近现代著名作家、思想家、文艺批评家和教育家。他一生著述颇丰。其中，自传体小说《日子》被国际评论界一致认为是"阿拉伯现代散文文学的巅峰之一"，在阿拉伯现代文学中占有重要地位。

塔哈·侯赛因出生于埃及尼罗河西岸马加加城附近的乡村，家境贫寒。他 3 岁时双目失明，但生性聪慧，记忆力极强。13 岁时到开罗艾资哈尔宗教学校学习，其间受到宗教改革家穆罕默德·阿卜杜及其弟子所号召进行的社会改革运动的影响。1908年，埃及私立国民大学建立并招生，他转入该校。在大学八年中，他更多受到欧洲文学的影响，同时自学法文。新的环境和新的学习内容给予他很大的鼓舞，一些具有新思想的埃及学者讲授的课程，特别是几位欧洲东方学家的文学评论课，对他启发很大。1914 年，塔哈完成他的博士论文，选题是纪念中古时期阿拉伯盲诗人艾布·阿拉·麦阿里，并且将这篇论文出版。他在这篇论文里提出新的文学评论准则，即不受前人之见的束缚，要敢于提出自己的见解。这篇论文使年轻的塔哈崭露头角，文学界开始关注这位年轻的学者与作家。

其后塔哈到法国学习，在法国期间，他对古希腊文学、拉丁文学以及欧洲文学等有了更深入的了解，同时钻研哲学和社会问题，写出博士论文《伊本·赫尔顿的社会哲学》。1918 年回到埃及任教员，除教学外还经常写文章介绍希腊文化、文学和欧洲文学，并翻译索福克勒斯的戏剧、拉辛的《安德洛马克》、伏尔泰的《查第格》等欧洲文学名著。他每周在报上发表《星期三谈话》，接受与推广来自欧洲的新的文艺批评观点，并以此对阿拉伯文学进行重新评价，针对许多人们习以为常的观点和结论提出质疑，当然，这种新观点引起很大的争论。1926 年，他出版《论蒙昧时期诗歌》一书。他与众不同的崭新观点震动了文学界、舆论界、教育界、司法界，甚至震动了宫廷，更不用说宗教界，对以后阿拉伯文学批评的发展和阿拉伯文学本身的发展产生了巨大影响。

1942 年至 1944 年，塔哈·侯赛因任教育部艺术顾问。1950 年至 1952 年，任教育部部长，任期内实行中学免费教育制。1956 年当选埃及作家协会的首任主席，并任全国艺术、文学和社会科学最高委员会主席，阿拉伯语言学会主席等职。他写了大量关于思想、社会、教育、文学批评的文章和专著，出版了《星期三谈话》《我们的现代文学》《艾布·阿拉的声音》《埃及文化前景》《春天行》等文集。同时，他还创作了几部在埃及近现代文学中有着重要地位的小说。由于对文学的巨大贡献，他被人们称作"阿拉伯文学之柱"。

《日子》是塔哈·侯赛因用第三人称写的一部自传体小说。他以一个双目失明的孩童的回忆，记述他不幸的童年、少年生活，家庭、农村的贫困、落后和愚昧以及他的憧憬和追求等种种情景。这个孩童生活的家庭和农村，就是当时埃及千千万万个家庭和农村的缩影。

《日子》第一部出版于 1929 年。它主要记述了主人公童年时期的家乡生活。父亲是个小职员，有子女 13 个，他是老七。由于生活负苦，他不幸在三岁时患眼疾，更不幸的是被土医生治瞎了（两个眼珠都被挖掉），终生双目失明。小妹妹发高烧因得不到治疗而惨死，一个哥哥死于当时蔓延于城乡的霍乱。农村缺医少药，迷信盛行，文化十分落后。学塾里教的是《古兰经》，教法陈旧不堪。在当时，盲人常常依靠在婚丧喜庆仪式上诵读《古兰经》维持生计，可供盲童选择的生活道路便是接受宗教教育，以便将来成为一个宗教职业者。在这种情况下，他进入村里的学塾学习《古兰经》，以后又去开罗继续深造。作者在《日子》第一部里，描写主人公怎样"在家庭、学塾、法院、清真寺、督察员的住宅、学者们的座谈会和济克尔的会场上，度过了既不甜也不苦的日子"，其中主要涉及乡村的教育事业和宗教活动。小说对于不学无术的学塾教师西迪和他的助手"学长"以及贪婪的上埃及地区教派首领等人物作了真实的描写，特别是描写小妹妹惨死、哥哥暴卒，更是充满了深沉的情感，感人至深。

《日子》第二部于 1939 年出版。它记述了主人公在艾资哈尔宗教学校的学习生活。艾资哈尔不仅是埃及，也是阿拉伯世界历史最悠久，学术力量最强的大学，在阿拉伯世界享有盛誉。书中详细描写了年轻的艾资哈尔人的宿舍生活及其周围的人物，记录了艾资哈尔学校的教学活动，特别是从侧面反映了穆罕默德·阿卜杜教育改革的失败，并正面刻画了主人公对艾资哈尔经院陈腐的教学制度的反抗和决裂。

《日子》第三部完成于 1962 年。故事讲述主人公进入新式大学后，一些具有新思想的埃及学者和欧洲东方学家向学生传授知识，他们的观点、见解，使其茅塞顿开，视野大为开阔，为他后来的文学生涯打下扎实的基础。小说中，作家回忆了他在写出论文《纪念艾布·阿拉》获得埃及大学博士学位后，被大学派去法国深造的前后经过，记述了在法国的生活和学习，还追记了所接触的同时代的诗人、作家和社会名流以及本人的感受。其间，我们还可以看到作者对西方文明的向往和追求，洋溢着抑制不住的激情。作者虽然双目失明，但他似乎看到了明亮的世界，也要把光明带给埃及。

作者以高超的写作技巧描绘了 19 世纪末 20 世纪初动荡年代的埃及社会生活图景，特别是农村生活的种种情景。他用第三人称叙述，对事件和场景做高度艺术化处理，在叙述的同时进行必要的评说，使作品既有深度，又亲切感人，尽管使用的语调平静而深沉，但揭露深刻，揭示的问题也带有普遍的社会意义。《日子》的出版，使阿拉伯文学增加了自传体小说这种形式。它在艺术上的巨大成功，对后世文学产生了重大影响，先后被译成多种文字出版。

第三节　黎巴嫩文学

一、黎巴嫩现代文学概述

黎巴嫩在阿拉伯国家中是环境资源较好的国家之一，它地处地中海东岸，东、北毗邻叙利亚，南接以色列、巴勒斯坦，领土面积一万余平方公里。信仰伊斯兰教与基督教的居民约各占50％，这在阿拉伯世界中是唯一的。7世纪至15世纪末，黎巴嫩隶属于阿拉伯帝国。16世纪被土耳其征服，成为奥斯曼帝国的一部分，由于经历了长期的专制统治，思想文化发展受到禁锢，所以它的文学在阿拉伯国家中曾经长期落后。近现代的阿拉伯复兴运动中，黎巴嫩走在前列。究其原因，其中很重要的一点是："远在腓尼基人、罗马人、拜占庭人的时代，这个滨海的山区早已面向西方了。"① 西方利用这一地区很多居民是基督教徒这一特点，通过教会积极进行文化渗透。西方教会学校教育在黎巴嫩一直有较大的影响，再加上大量西方文学作品的翻译与传播，更是使该国文学出现了国际化的特性。尤其是法国委任统治后，西方文化进一步渗透，海外旅美文学频繁向国内反馈。同时，社会经济发展进程中，资产阶级的阶层与相关力量的兴起，促使要求社会改革的呼声不断高涨，使这个国家较早进入欧洲民主化进程的范围。这一切变化都促使具有创新性的浪漫主义文学流派很快在第一次世界大战后的黎巴嫩文坛占据了统治地位。19世纪作家纳绥·雅齐吉（1800—1871）的玛卡梅韵文故事《两海集》等作品的出版，代表着黎巴嫩的文艺复兴。但是，这种文学流派最突出的表现则是民族意识的现代化，而并不是绝对的欧化或是西方化。20世纪20年代末期，以诗人伊勒亚斯·艾布·舍伯凯、小说家海利勒·台基丁为首的"十人社"成为浪漫派文学的核心。他们创办《展示报》，积极宣传破旧立新的主张。在浪漫派兴起的同时，象征派、唯美派、帕尔纳斯派等西方文学流派也都在黎巴嫩找到了知音。其实早在20世纪初，侨居美洲的黎巴嫩作家建立了"笔会"，时称"叙利亚—美洲派"。主要有艾敏·雷哈尼（1876—1940），他的代表作有诗歌散文集《雷哈尼亚特》《黎巴嫩的心脏》等。此外还有米哈伊勒·努埃曼的小说集《往事》等。第二次世界大战期间，叙利亚、黎巴嫩反法西斯同盟创办《道路》杂志，作家欧麦尔·法胡里（1895—1946）任主编。《道路》杂志团结了许多进步作家，他们因杂志名而被称为"道路派"。这些作家创作的主题多为反对帝国主义侵略，宣传反侵略的思想以及争取和平、向往民主的愿望。另外，具有进步倾向的作家还有拉伊夫·胡里（1913—1967）等人。

黎巴嫩现代文学史上不可忽略的一位诗人是哈利勒·穆特朗（1872—1979）。穆特朗的创作推动了阿拉伯浪漫主义诗歌的发展，对阿拉伯旅美派文学家以及后来的阿波罗诗社的成员们都产生过影响。他在阿拉伯诗坛的地位在其40多岁时就牢牢确立，

---

① ［美］希提：《阿拉伯简史》，马坚译，302页，北京，商务印书馆，1973。

被称作"诗界前导"。他的诗《夜晚》中写道："我站在磐石上，但愿我有颗磐石的心。大浪冲击着它，如同疾病撕碎肉体……"他的诗既保持了阿拉伯文学的不朽个性，又给它指出一条通向高雅和完美的道路。但穆特朗没有成为一个真正的革新派诗人，他只是尝试着探索一条新路。

在守旧的古典派与创新的浪漫主义派之间铺路搭桥的是诗人小艾赫泰勒，他著有诗集《爱情与青春》（1953）、《小艾赫泰勒诗集》（1961）等，另有回忆录《记忆留存》。小艾赫泰勒擅长情诗和咏酒诗，兼擅叙事诗，既继承了古诗的传统，又勇于创新。他的诗歌想象瑰丽神奇，充满激情，追求意境美、音韵美，富有音乐感，经常为歌唱家们争相传唱。

浪漫派的代表诗人是伊勒亚斯·艾布·舍伯凯（1903—1947），主要作品有诗集《六弦琴》（1926）、《乐园里的蛇》（1938）、《曲》（1941）、《心的呼唤》（1944）、《永远》（1945），叙事长诗《沉默的病人》（1928）、《艾勒娃》（1945）等。

20世纪的黎巴嫩诗歌受法国诗歌的影响，不只浪漫派一枝独秀，还有象征派与之比肩。象征主义的真正兴起是在20世纪30年代末期，其代表诗人是赛义德·阿格勒，主要作品有诗集《兰德里》（1950）、《比你还美？不！》（1960），叙事长诗《玛吉黛丽娅》（1937）等。

小说创作方面，黎巴嫩籍的乔治·泽丹的历史小说在一段时间内极受欢迎。他本人是基督徒，但十分热衷于写伊斯兰教的历史和人物。他从1891—1914年先后写出20多部历史小说，如《古莱氏少女》《迦萨尼姑娘》《攻克安达鲁西亚》等，成为阿拉伯现代小说中极具特色的作品系列。

黎巴嫩现代小说的真正兴起则是在20世纪30年代。自1930年至第二次世界大战结束，是黎巴嫩小说的第一个繁荣期。主要小说家是凯莱姆·穆勒哈姆、海利勒·台基丁、马龙·阿布德和陶菲格·阿瓦德。其中，陶菲格·阿瓦德（1911—1989）被认为是黎巴嫩短篇小说的先驱之一，出版有《跛足少年》（1936）、《羊绒衫》（1938）、《面包》（1939）等短篇小说集。马龙·阿布德以描写农村日常生活的短篇小说见长，不少小说描写追求婚姻自由的青年，他的长篇小说《红色埃米尔》描写19世纪初农民起义反对暴君巴什尔的残酷统治。作家梅·齐亚黛、赛勒玛·萨伊格以及欧麦尔·法胡里、马龙·阿布德、陶菲格·阿瓦德等人后来也写出不少好作品。

第二次世界大战后，现实主义成为黎巴嫩现代文学的主流，涌现出一批新的作家和作品。新一代作家继承了前辈的传统，同时吸收了西方的一些创作手法。例如艾哈迈德·苏维德，其作品中的主人公大多是自发地同社会弊病作斗争的人物，如小说《来自太阳的宽恕》（1955）；苏海勒·伊德里斯于50年代发表《拉丁区》《深邃的堑壕》，60年代的主要作品有《我们燃烧着的手指》，70年代著有《野外》等；女作家莱伊拉·巴阿莱贝基的作品氤氲着浓郁的乡土气息，代表作为《我活着》（1958）。

黎巴嫩的小说家中成就最高的是旅美派，其中纪伯伦的中短篇小说在20世纪前20年间不仅对阿拉伯文学，对世界文学都有相当深刻的影响。

二、纪伯伦和他的《先知》

哈利勒·纪伯伦（1883—1931）是20世纪阿拉伯文学的一座高峰。他是阿拉伯现代文学复兴运动的先驱之一，是阿拉伯现代小说和散文的主要奠基者。作为20世纪初阿拉伯海外文学的杰出代表，纪伯伦与波斯的欧默尔·海亚姆和印度的泰戈尔堪称"在世界文坛占据了崇高地位的三位东方诗人"。

纪伯伦出生于黎巴嫩北部山区贝什里，童年时在当地的希克玛学堂念书，12岁时随母亲、哥哥和两个妹妹移居美国。15岁时，纪伯伦只身返回黎巴嫩，继续在希克玛学堂学习阿拉伯文学。在四年刻苦的学习中，他受到了阿拉伯古典主义文学的熏陶，为他日后的成就埋下了伏笔。四年后，他重返波士顿。在此前后，他的母亲、哥哥和小妹都相继因病离世。失去三个亲人的痛楚给纪伯伦沉重的打击，他只能与长妹相依为命，生活一度陷入了窘境。在这个人生的低谷，他遇上了改变他人生的贵人——玛丽·哈斯凯尔，一个女校的校长。玛丽十分欣赏纪伯伦的才华，与之成为挚友。在她的帮助下，1908年，纪伯伦奔赴遥远的法国巴黎潜心学习，在此期间，他汲取了法国绘画、文学和艺术的精华，眼界更为开阔。他的作品还曾经得到雕塑大师罗丹的赞赏。1910年，纪伯伦来到波士顿，1912年定居纽约，潜心于文学和绘画创作。除文学创作外，纪伯伦还和几位旅美作家一起成立了"笔会"，并任第一届笔会会长，成为阿拉伯旅美文学的领袖和灵魂。1931年，年仅48岁的纪伯伦因癌症不治而逝，他的遗体被运回祖国，葬在他日夜思念的故乡贝什里。

纪伯伦既受到阿拉伯文化的熏陶，又深受西方文化的影响。他的作品融合东西方的特色于一体，具有浓郁的浪漫主义和象征主义色彩，文字清新、典雅、洒脱、流畅，并常常具有深刻的哲理和寓意。主要作品有短篇小说集《草原新娘》《叛逆的灵魂》，中篇小说《折断的翅膀》，散文集《泪与笑》《暴风》《奇谈录》《心声录》，长诗《行列歌》等；英文作品主要有散文诗集《狂人》《先驱》，哲理散文诗《先知》《沙与沫》《人子耶稣》《彷徨者》《先知园》等。

以20世纪20年代为界，纪伯伦的创作大体可分为前后两个时期。前期以小说为主，几乎都用阿拉伯文写作；后期以散文诗为主，主要用英语写作，然后再译成阿拉伯文。纪伯伦的小说具有丰富的思想性和深刻的东方精神，着眼于社会现实，但不以故事情节取胜，而是着重表达人物的心理感受，抒发内心的丰富感情。作者往往以"我"作为主人公之一直接介入故事，增强了叙述的真实性。往往把哀怨和愤怒结合起来，充满着悲剧意味和批判意识，引发人们对社会丑恶现实的痛恨与深思。

长篇哲理散文诗《先知》是纪伯伦最深刻和最优美的作品，他借先知之口，宣扬了自己的人生观和哲学思想，被称作"东方赠予西方最好的礼物"，被公认为是他的"巅峰之作"。《先知》内涵丰富、风格独特、意境深远，具有教育性和启示性，是东方现代"先知文学"的典范，正是这部作品给纪伯伦带来世界声誉，使他跻身20世纪东方乃至世界最杰出的散文诗诗人之列。

《先知》是用近似诗歌的散文体创作的。它描写智者亚墨斯达法在离群索居12年后，即将出海远航。临行前，他对前来送别的民众答疑，对"生和死之间的一切"问题发表自己的见解，内容涉及爱、婚姻、孩子、施与、饮食、工作、欢乐与悲哀、居室、衣服、买卖、罪与罚、法律、自由、理性与热情、苦痛、自知、教授、友谊、谈话、时光、善恶、祈祷、逸乐、美、宗教、死共26个有关人生与社会诸方面的问题。《先知》中论及的问题，实际上是纪伯伦一生体验、观察、思索的结晶。

"爱与美"是《先知》的主旋律："当爱挥手召唤你们时，跟随着他，/尽管他的道路艰难而险峻。"在纪伯伦心目中，世界上只有一种宗教，就是"美"的宗教。美就是"上帝"，上帝就是"美"。而爱，便是通向美的圣殿的道路。纪伯伦还把"生命"当作美的体现："当生命摘去遮盖她圣洁面容的面纱时，美就是生命。"生命的无限与永恒，体现了美的无限与永恒。纪伯伦提倡的美是生命之美，提倡的爱是"给予"的爱。在谈及爱时，他说："爱除自身外无施与，除自身外无接受。爱不占有，也不被占有。因为爱在爱中满足了……爱没有别的愿望，只要成全自己……彼此相爱，但不要做成爱的系链。"纪伯伦表现的爱，已非表面意义上的爱，而是高于爱人、爱物具体的爱，凝结成为一种精神，一种价值。从爱出发，完善人的行为，促进精神复苏，建立新的价值，达于理想社会，这便是纪伯伦的"大我"境界。

《先知》在艺术创作上也达到了很高的境界，全篇充满了新颖、精辟的比喻、格言、警句，蕴藏着许多深邃、隽永的东方哲理，闪烁着智慧的光芒。其深刻的哲理、浓郁的抒情、丰富的想象、奇妙的比喻、多彩的象征、《圣经》式的语言等诸多艺术特征也被冠之以"纪伯伦风格"。

纪伯伦的著作是阿拉伯现代文学走向世界的一个里程碑，阿拉伯文学通过他进入了世界文学体系。在阿拉伯文学史上，古典文学的《一千零一夜》曾经是最早"世界化"的文学名作，而纪伯伦与其后的马哈福兹，则是现当代的阿拉伯文学进入世界文学的主要推动者。

第四节　叙利亚现代文学

叙利亚现代文学是在新与旧之间激烈斗争的道路上，在反对外国入侵与殖民主义、争取民族独立的过程中，逐渐与世界文学同步的。在20世纪叙利亚文坛，作家、诗人们不同程度地受到阿拉伯古典作家、旅美派文学及阿拉伯其他国家新文学以及世界多国文学的影响。

第一次世界大战前，由于土耳其统治当局实行愚民政策，以土耳其语为官方语言，造成了阿拉伯民族文化、文学甚为落后的情况。作家、诗人仿古成风，只注意音韵格律，雕词凿句，歌功颂德，无病呻吟。1919年，一批作家和诗人建立阿拉伯科学学会，出版文学作品和文学刊物，他们对复兴民族语言和发展民族文化做出了重要贡献。自1920年开始，法国取代土耳其，以委任托管的形式对叙利亚进行了长达40多年的殖民统治。法国殖民主义者在经济上残酷压榨，叙利亚经济日趋恶化，人民生活贫困；统治阶层在政治上不给叙利亚人民任何自由，残酷镇压、迫害爱国者，许多人被迫流亡国外。1921—1945 年，人民举行多次武装起义，这对叙利亚现代文学产生了深刻的影响。许多忧国忧民的诗人创作出一批优秀作品。如舍菲格·杰卜里的象征主义诗歌《黄莺之歌》、海鲁丁·齐拉克利的《我的祖国》、麦尔德姆·贝克的《盟约和邻居》等，用笔表现殖民主义对人民自由的压制，猛烈抨击殖民主义者的暴行，声援民族斗争。1951 年，一批作家成立叙利亚作家联合会，他们反对"为艺术而艺术"，提出"艺术为人民、为生活、为社会服务"的口号，对叙利亚现实主义文学的发展起了重要作用。

从这一进程可以看出，无论是亚洲、非洲还是拉丁美洲，20 世纪中期从古典和浪漫派向现实文学潮流的大转化，是世界文学史上一种极为普遍也极度壮观的现象。这也是马克思与歌德所提出的"世界文学"的远景最终在东方的实现，其意义自然不可低估。

这正是阿拉伯文学的历史潮流，叙利亚的诗歌也是围绕"复兴"与"创新"发展的。最早登上现代叙利亚诗坛的属于新古典派的著名诗人有穆罕默德·比兹姆、海鲁丁·齐里克利、海利勒·迈尔达姆、舍菲格·杰卜里等。在诗歌创作中，他们注重从阿拉伯古代诗歌遗产中汲取养分，特别注重音韵和谐、格律严整，讲究修辞，细心推敲。他们的绝大部分诗歌都是表达爱国主义、民族主义的战斗诗篇。他们用诗歌为武器，表达人民的情感，同人民一起反对殖民主义侵略。因此，他们是诗人，也是战士。但是无可讳言，这种诗歌的艺术仍然相当不成熟，有着初创与转化时期的基本特征。

后起之秀白戴维·杰拜勒是叙利亚现当代最著名的新古典派诗人，他主张诗歌应遵循传统的格律，对试图把阿拉伯诗歌从格律与韵脚中释放出来的自由体诗很不以为然。他从中学时代就积极参加爱国主义活动，在一些著名的报刊上发表诗文，宣传阿拉伯民族主义思想，反对法国的委任统治。为此，他曾被捕入狱。叙利亚的新闻界曾经这样评价他：这个国家喜庆时由他伴奏而欢唱，悲哀时通过他的诗篇擦去泪水。从中可以看出，阿拉伯文学重视本土文学特性，坚持在接受中的创新，这种特点在阿拉伯文学中表现突出，对全球化时代的其他民族文学应当有一定启发。

叙利亚浪漫派的代表诗人是欧麦尔·艾布·雷沙。诗人把一生都献给了民族解放事业，年轻时，曾因参加爱国运动数次被捕入狱；独立后又积极为巴勒斯坦人重返家园、为阿拉伯民族的团结奔走呼号。他不仅谴责帝国主义、殖民主义，也抨击那些为虎作伥的卖国贼和反动政客。他通晓六种语言，从阿拉伯古典文学和西方文学经典作品中汲取养分，开阔视野。他的作品以运用象征手法与寓意手法来抒发爱国激情，情思并茂。诗中往往表达出作者深切的忧患意识与忧虑，这也是一个特点。此外，他继承阿拉伯古典诗歌的技巧，还擅长情诗和景物诗，被称为"爱与美的诗人"。

与埃及、黎巴嫩现代小说相比，叙利亚小说的发展历程也极为相似，只是稍迟一步，可以说是一种思潮的传播。第一次世界大战后，叙利亚小说界出现了著名的历史小说大师迈阿鲁夫·爱纳乌特，其作品主要有《古莱氏族的主公》（3 卷，1929）、《欧迈尔·本·赫塔布》（2 卷，1936）、《叶齐德·本·穆阿威叶》（1938）、《塔里格·本·齐雅德》（1941）、《圣女法蒂玛》（1942）等。当世界现代化的浪潮袭来时，东方民族首先会反思自己的民族文化之根，依靠民族深厚的历史之本来抵御与融汇汹涌的潮流。这种历史小说受到国内民众的极大欢迎，为民族主义兴起埋下了伏笔。但是，他的历史小说事件堆砌过多，缺乏贯穿始终的情节主线，因而显得庞杂冗繁，艺术上的缺陷比较明显。1937年，旅居欧洲多年后回国的作家舍基卜·贾比里发表小说《贪婪》，该小说被认为是叙利亚最早反映现实生活的新式长篇小说。小说在很大程度上反映了作者本人的经历和他对妇女、爱情、美学等问题的观点。小说发表后在文坛引起轰动，褒贬不一。

两次世界大战之间，浪漫主义是叙利亚小说的主调，如苏卜希·艾布·厄尼迈的《夜晚之歌》、阿里·海勒吉的《春与秋》（1931）、穆罕默德·奈贾尔的《大马士革宫廷》（1937）等，它们在不同程度上表现了民族斗争和婚姻爱情方面的问题，但大多带有伤感情调，多以主人公自杀、发疯为结局。

20世纪30年代，叙利亚开始出现具有较完美形式的现实主义短篇小说。福阿德·萨伊卜便是先驱之一，他的短篇小说《机器的葬礼》（1932）表现先进的技术在农村引起的反响和矛盾；短篇小说《伤痕史》反映了农民自发反抗奥斯曼统治的斗争，艺术上富有特色，被认为是叙利亚现代小说的起点。

第二次世界大战后，特别是在20世纪五六十年代，随着欧洲文学与俄罗斯文学的影响，叙利亚小说空前繁荣，进入一个新的高潮时期。从文学思想倾向而言是现实主义，作品取材现实生活与当前社会现象的较多。哈奈·米纳是叙利亚著名社会主义现实主义作家，一生执着于社会主义现实主义文学创作，以独到的目光始终关注着生活在社会底层人们的辛酸苦辣，创作了多部具有相当影响的长篇小说，蜚声阿拉伯世界，在世界文坛也享有一定声誉。哈奈于1954年发表的长篇小说《蓝灯》是叙利亚社会主义现实主义文学里程碑式的作品。小说以法里斯参加反抗殖民当局的斗争，后去利比亚参加盟军作战，最后战死疆场及他和邻居的女儿冉达间的爱情故事为主线条，描写了第二次世界大战期间叙利亚人饱尝贫穷的痛苦生活以及他们不堪忍受殖民当局统治，自发组织起来为争取独立、自由而进行的可歌可泣的英勇斗争。

第五节　科威特等国文学

一、阿拉伯海湾国家文学发展概况

"海湾国家"系指"海湾"沿岸的国家，即沙特阿拉伯、科威特、巴林、阿拉伯联合酋长国、阿曼、卡塔尔、伊朗和伊拉克八个国家。他们曾长期遭受奥斯曼帝国的统治和英国等西方势力的入侵，沦为殖民地和半殖民地国家。

这一地区的近现代文学复兴始于20世纪初叶。随着西方势力的入侵和其他阿拉伯国家的发展，这一地区的有志之士看清了落后的现状。一些社会改革家通过传统的诗歌形式，呼吁人们认清现状，号召人们行动起来改变现状。随着一些商人、开明绅士和地方官员的响应，这里开始兴办学校，创建报刊，建立俱乐部和协会等，这些对海湾近代文学的发展起到了很大的作用。

第二次世界大战之后，相继勘探、开采出的丰富的石油资源引起了美国势力对这一地区的渗透和控制，但这一地区的人民并没有妥协，长期顽强地坚持民族斗争，西方现代文明与阿拉伯—伊斯兰教传统文化在这一地区的碰撞、融合是这一地区现当代文化、文学的一大特色。

海湾地区的文学形式以诗歌为主，除诗歌外还有口头流传的民间故事，大约在20世纪三四十年代出现现代小说。

阿拉伯民族的文学一向以诗歌为主，海湾地区尤甚。在诗歌发展方面，大体有承前启后的新古典派，有在内容上表现自我、在形式上主张创新的浪漫派，亦有在内容、形式上主张进一步解放的现代派和自由体诗。

海湾文学中口头流传的民间故事内容丰富多彩，多具浪漫主义色彩，亦有反映现实生活的，它们为现代小说的产生作了铺垫。然而，由于海湾地区的文化、教育长期处于落后状态，并受传统的鉴赏习惯的影响，这一地区的人们自古喜欢诗，把诗歌看成"国粹"，把小说看成"舶来品"，导致海湾地区的现代小说发展不仅起步晚，而且也少有引人瞩目的作家和具有轰动效应的作品。

科威特的诗歌大体分为三个流派：新古典派、创新—浪漫派、新诗—自由体诗。

哈利德·法拉季为科威特新古典派的著名代表诗人，被称为"海湾诗人"。他在诗歌形式上虽遵循古典格律诗的传统，但亦有自己独特的风格。他的作品语言晓畅、明快对传统格律的运用亦勇于突破革新。从诗歌内容上看，哈利德·法拉季是一位民族主义爱国诗人，在诗中抨击帝国主义、殖民主义侵略，歌颂人民的爱国斗争，针砭社会的各种弊端，表现忧国忧民的情怀。

科威特现当代诗坛中创新—浪漫派最著名的诗人是法赫德·阿斯凯尔。法赫德·阿斯凯尔出生于一个宗教氛围很浓的守旧家庭，父亲在海关任职，同时他又生活在一个政治、经济、文化全面变革的时代。时代环境的影响使诗人较早地接受了新思想，他积极主张变革，要求摆脱旧的传统束缚，因而被人指责离经叛道，受孤立与疏远，甚至其很多诗作亦被亲属烧毁。他的诗作主要抒发了自己的自由思想与社会传统观念发生冲突时愤怒、痛苦、孤独的感受，还有对未来的信念，充满了希望，向往着美好的未来。诗作《夜莺》较全面地反映了诗人的这些思想。

在科威特，新诗—自由体诗兴起于20世纪50年代中期，代表诗人有苏阿德·萨巴赫等。苏阿德·萨巴赫是科威特著名的女诗人、作家、学者、社会活动家，不仅在海湾地区声名远播，而且在整个阿拉伯世界都有很大影响。诗人一颗赤诚的心与祖国科威特及其人民共患难，把阿拉伯的团结与统一当成自己的理想，为精神失落悲哀，为人性发展而努力，为民族进步而奋斗，充分展现了她的博爱精神。她的诗歌浅白易懂，却富于哲理，她在诗中表达了对阿拉伯妇女在传统礼教、习俗束缚之下痛苦生活的同情，呼吁两性平等，诗中歌颂最多的是爱情，她认为爱情是实现两性平等的重要途径。

方汉文教授将当代世界文明划分为八大文明体系，其中之一的中东阿拉伯文明体系是"以伊斯兰教的传播为主要界限的文明体系"，包括"从阿拉伯半岛、西亚到欧洲的土耳其、东南亚部分地区与南亚巴基斯坦、伊朗甚至包括了阿富汗、非洲埃及和突尼斯（它们在历史上与西亚和地中海文明有密切关联）等地"。根据此划分，伊朗、土耳其文学属于广义的阿拉伯文学，即穆斯林文学，从古代阿拉伯到奥斯曼土耳其帝国的文学以及古波斯，都可以作为阿拉伯文学的前驱与内容。因此，本节也将重点介绍伊朗作家赫达雅特，"阿拉伯现代诗歌"一节将重点介绍一下土耳其作家希克梅特。

二、萨迪克·赫达雅特

　　萨迪克·赫达雅特（1903—1951）是伊朗现代著名作家，也是翻译家，还是研究伊朗古代语言帕赫拉维语的学者。他使伊朗的小说创作达到了一个高峰，被誉为20世纪伊朗最杰出的小说家。在伊朗，赫达雅特被文学界誉为在所有的现代作家之中最富有伊朗风格的。而在作家曾经生活和创作过的法国，每年都要举行纪念他的活动，以此哀悼这位伊朗现代文学史上的一代宗匠。

　　赫达雅特出生在德黑兰一个书香世家，从小受到良好的教育。这既培养了他优秀的文学才能，同时也养成了他精细敏感的性格。1926年，赫达雅特去法国、比利时继续深造。当时的欧洲文坛，被现代主义文学思潮所席卷，这给刚刚步入文坛且性格脆弱的赫达雅特很多负面影响。内心悲观苦闷的情绪、悲观厌世的思想始终时隐时现地纠缠着他，最终也没有逃脱。他往往从否定的角度看现实和生活，创作的主要笔墨是描写假爱国者违背民族利益的行为，在嘲讽和谴责中表达民族危机意识。这样的民族忧患和人生伤感也与他自身的悲情经历和体验有关。1926年，他在比利时求学时就写过一篇题为《死亡》的作品，赞颂死亡是痛苦人生的解脱，显示出强烈的悲观厌世倾向。因为喜好文学，违背父辈的安排，他与家庭断绝关系，不仅丧失了生活来源，只能以微薄薪金维持独立生活，还得偿还与家庭之间的债务。这使赫达雅特更加孤独和内向，他没有什么朋友，也没有相知相恋的女性，终身未娶，过着清贫潦倒的生活。1951年4月，在无法排解的悲观绝望中，赫达雅特在自己的寓所里打开煤气自杀。自杀前，他将身边所有的手稿和材料全部焚于一炬，没有遗言，没有解释，表明他对人世、社会的彻底绝望，不抱任何幻想。

　　赫达雅特是一位多产的作家，著有《活埋》（1930）、《三滴血》（1932）、《淡影》（1933）、《阿拉维叶夫人》（1933）、《海亚姆的诗歌》（1934）、《瞎猫头鹰》（1936）、《哈吉老爷》（1945）、《来自卡夫卡的信息》（1948）等20余部小说、小说集、论著和译著。以1941年为界，其创作可分为两个阶段：前期以现代派作品为主，其中以小说《瞎猫头鹰》（又译《盲枭》）为代表；后期以现实主义作品为主，小说《哈吉老爷》为其代表。赫达雅特的创作主题以伤感为基调，着笔的往往是生活的阴暗面，抒发的是哀伤之情，表现的是理想与现实相悖的痛苦，缺乏明丽的色彩，但其中却融凝了现代东方知识分子的民族情怀、历史责任感和社会良知，具有浓郁的民族色彩、强烈的爱国主义精神、深厚的人道主义思想和高超的艺术技巧。

　　赫达雅特后期的代表作《哈吉老爷》是一部带有鲜明时代特征和强烈政治色彩的中篇小说。小说深刻的真实性在于以1941年伊朗奉行亲德政策的礼萨国王被迫退位前后的社会现实为背景，再现了 40 年代伊朗地主资产阶级典型的哈吉老爷的形象以及聚集其周围的形形色色的剥削者、寄生虫和旧时代的残渣余孽群体。

哈吉的父亲原是个普通的烟草贩子，因为善于钻营投机，发了一大笔横财。他用攫取来的钱置房买地，营利聚财，很快发展成为一个殷实的庄园主。但他省吃俭用，一直过着吝啬克己的日子，最后在快要满 93 岁时，由于舍不得花钱治病，误用了家中所存的陈药而中毒身亡。哈吉是独生子，继承了父亲的全部遗产，就连其品行、思想道德也一概承袭下来，并且有所发展。哈吉从自己的庄园、开设的商店、澡堂，出租的房屋和经营的工厂中获得了巨额收入，从金融交易、商业买卖和在跟驻外使节勾结进行的走私活动中捞取了大批钱财。然而，他对每天配给家人的糖都要认真查点，对家中做饭用的木柴都要称斤论两，连大小老婆的破烂布头他也要仔细瞧个半天，再决定是否丢弃。哈吉爱之如命的还是金钱，只要提起"金钱"这两个字，只要听见金币叮当作响，或者数纸票的沙沙声，他就会心里痒滋滋的，全身泛起一阵酥软的感觉。

令人惊讶的是，哈吉虽然没有一官半职，却能安插自己手下的人出任部长；他是个半文盲，却经常出席文艺界的各种集会，冠冕堂皇地坐在主席台上，并兼任"社会舆论指导协会"和"语言文学研究院"的会员。哈吉的家总是门庭若市，不时地有贵族元老、社会名流、政府要员、市场商人、教会阿訇和报社记者登门造访。他们一伙凑到一起，表面上亲亲热热，你吹我捧，实则是相互拉拢，尔虞我诈。他们懂得"谁越是能诈骗人，谁就越能牢固地保住自己的利益"。因此，拍马逢迎、阴谋诡计、投机取巧、假仁假义便成为他们的座右铭。哈吉眼中的政治，乃是"一宗特殊的买卖"。为了确保既得利益和特权地位，他在经商的同时，积极参与政治活动，与朝廷显贵结党营私，在政府部门安插亲信，甚至与"极重要的外国人"都有联系。他深谙国家机器是专政工具的道理，在与政客和金融巨头打交道时，总是再三强调"我们需要秘密警察"。据说他本人还充当过警察局的密探，告发过几个造谣惑众的人，致使他们被捕入狱。人们背后指称他为"一条凶狠的老鬣狗"。

赫达雅特以幽默、辛辣的笔触，活灵活现地刻画出一个悭吝贪婪、骄奢淫逸、阴险狡诈、虚伪反动的亦商亦官的典型形象，全面而深刻地描绘了以哈吉老爷为代表的伊朗上层官商及社会各方面的上层人物，揭露了伊朗整个上层社会的黑暗和腐败。小说给人留下难以磨灭的印象，也深深地触及了巴列维王朝的痛处，以致小说在国内被禁止出版，直到 1979 年伊斯兰革命后才得以解禁。

第六节　走向繁荣的阿拉伯现代女性文学

随着 19 世纪末阿拉伯民族解放事业的发展以及近代思想启蒙运动的兴起，妇女问题作为一个社会问题被日益重视。19 世纪末到 20 世纪前半期，阿拉伯女作家致力于创办自己的杂志，为自己发表诗歌、小说和文学批评提供阵地。一些由女性编辑出版的女权主义杂志大大推进了阿拉伯女性文学的发展。20 世纪上半叶，世界性的女性解放运动开展得如火如荼，阿拉伯女性的解放意识、自我意识逐渐增强，要求获得平等自由的同时，反抗落后传统的呼声也更为强烈。受到西方女性解放运动的直接影响，阿拉伯女性作家作为一支不可忽视的力量出现在文学领域。伴随着阿拉伯文学从复苏走向繁荣，阿拉伯女性文学也逐渐走向繁荣。

　　然而，由于男权的压制和男性的主导性地位，阿拉伯女性作家大多是边缘化的，作品也无法进入正统文学史的视野。正如布赛娜在《阿拉伯女性小说百年》中所说："这种对阿拉伯女性文学的偏见早在伊斯兰教前就已经发生，女诗人创作的大量诗歌不受重视而没有记录，也不能得以流传。近现代，阿拉伯女作家的作品又被视为题材狭隘，只围绕婚姻，家庭，丈夫等日常琐事，因而'不值一提'。然而，事实上阿拉伯女作家不但不缺乏想象力和写作能力，而且具有独特的视野，细腻的感情，敏锐的观察力，其笔触深入社会，她们同样关心政治、国家命运。"①

　　阿拉伯现代女性文学中，埃及处于领先地位。埃及曾是东西方文化的融合之地，是近代阿拉伯文学的中心，也是阿拉伯世界最为开放的地区。随着埃及妇女解放运动呼声的日益高涨，妇女受教育的权利和妇女问题受到社会关注，埃及女性文学出现了前所未有的繁荣局面，其作品以独特的经验、敏锐的观察和细腻的笔触，大胆地表现女性的社会地位、现实处境，批判歧视、虐待女性的社会现象和社会陋习。② 这其中有苏菲·阿卜杜拉，她翻译了大量西方文学作品，其传记《妇女精英》《女英雄》及小说《身体的把戏》《四个男人一个姑娘》等作品，大多以女性为题材，表现现代职业女性所面临的困境。此外还有以小说、戏剧、传记和译著占据文坛一席之地的贾吉碧娅·苏德基；积极投身埃及妇女扫盲事业，创作的广播剧表现个人命运与国家的关系以及女性反抗意识的觉醒的法塔海亚·阿萨勒；创作小说《四分之一个丈夫》，深刻揭露埃及当时两性关系的不合理和妇女困境的伊赫桑·卡玛勒等。

　　梅·齐亚黛（1886—1941）是享誉阿拉伯文坛的黎巴嫩女诗人、散文家、翻译家，一代才女，也是阿拉伯复兴时期男女平权主义的代表人物，被视为巴勒斯坦女权主义者和东方女权主义者的先驱。

　　齐亚黛出生于巴勒斯坦的拿撒勒，父亲是黎巴嫩人，基督教马龙教派教徒，母亲是巴勒斯坦人，东正教徒。她自幼接受良好的教育，1908年举家迁居开罗后，在父亲的培养下开始学习阿拉伯语，表现出极高的语言学习天赋。1911年，她到埃及大学读书，学习伊斯兰哲学和阿拉伯语言，在阿拉伯修辞方面经历了良好的训练。这一年，她出版了第一部用法文写成的诗集。齐亚黛的创作还得益于与知识界众多作家和知识分子的广泛联系上，这主要有两个载体：其一是她父亲创办的《京城》报；其二则是1912年她自己创办的文学沙龙。她的沙龙成为当时杰出的知识分子和作家的聚集场所，许多著名的作家如塔哈·侯赛因等都是其座上客。该沙龙作为齐亚黛文学活动的重要组成部分，延续了20年之久。她与许多作家和知识分子建立了关系，通信是他们重要的交流方式，她的书信也成为其文学创作的重要组成部分。齐亚黛晚年曾遭受沉重的精神磨难，陷入抑郁危机，一度住进黎巴嫩精神病院，康复后回到埃及，

① 史月：《蒙尘的珍珠——评〈阿拉伯女性小说百年〉》，载《阿拉伯世界》，2003（3）。
② 参见陈晓兰主编：《外国女性文学教程》，300～301页，上海，复旦大学出版社，2011。

1941年病逝于开罗。

齐亚黛语言天分极高，精通多国语言，她站在阿拉伯的立场，用阿拉伯语、英语、法语和意大利语写作，一生著作颇丰，作品形式多样，尤以散文见长。主要作品有散文集《少女的良机》《黑暗与光明》《面孔》《语言与手势》等，小说《石上影》《回归的浪潮》，诗集《梦之花》，政论集《平等》，传记《巴希莎·芭迪娅》《沃尔黛·娅琪兹》《阿漪莎·台木莉娅》，演讲集《生活之林》等。

齐亚黛的思想和创作深受英国浪漫主义诗人拜伦和雪莱的影响，而对其影响最大的则是纪伯伦。尽管他们素未谋面，但自1912年开始直到1931年纪伯伦去世，他们之间的通信往来持续了19年，她写给纪伯伦的书信集结为《蓝色的火把》。

齐亚黛的作品表现出了其鲜明的浪漫主义、理想主义倾向和深切的道德意识；对黎巴嫩的历史与文化感知深刻，有着浓厚的爱国主义情怀；具有广博的文化知识，洋溢着对苦难人类的同情；关注阿拉伯妇女的解放，认为妇女是人类社会的基础，号召女性追求自由，不要忘记自己的东方身份。其作品强烈的情感和瑰丽的想象相互交织，语言优美，描写细腻，充满富有哲理的思考，语言风格繁丰、柔婉、绚丽。

《罗马喷泉咏叹》收集了齐亚黛最有代表性的50篇抒情和哲理散文，题名为"罗马喷泉咏叹"，不仅源于作家本人自幼所受基督教信仰的熏陶，也体现出她成年后发自内心的对西方文化的倾慕，同时更是对黎巴嫩、意大利及西方文化关系的礼赞。齐亚黛以诗的形式写散文，创造了独具特色的散文形式，其散文内容丰富，题材广泛，思想深刻，主要涉及东西方文化交流、阿拉伯民族复兴、对两性关系的探索、自然与乡土情怀、生命与幸福思考等，涵盖现实人生的重要方面。

第一，关于东西方文化交流。作为复兴时代末期的代表作家，齐亚黛深刻认识到外来文化尤其是代表现代文明的西方文化的引进对长期处于停滞状态的阿拉伯世界复兴的作用以及东西方文化交流对于改变祖国未来命运的意义。对于齐亚黛而言，东西方文化交流是复兴的最重要、最有影响的前提。透过其对罗马喷泉的深情咏叹，我们看到的是阿拉伯世界充满生机和活力的希望：

> 是你赋予那些雕塑以生命的气息，因为他们得到了你甘甜水珠的跃动着的抚摩，是你不断地从地壳深处汲取清水，然后再将它喷向空中，形成各种美的形态，谱写欢快的旋律。无论我们走到哪儿，都能见到你的倩影，呵，艺术和音乐的喷泉！在绚丽的空中你有时像跃动着的光柱，有时像水晶的彩带；那水沫组合在一起，似闪光的火焰，似划过天际的流星；有时你又像天堂多福河（《古兰经》天国之河）的闪电，像华丽无比的船帆，或像被光谱缀饰的丛林。①

第二，关于阿拉伯民族复兴。作为一名非常重视本土意识和民族情感的阿拉伯"大祖国"信仰者，齐亚黛生活里的一切，都在民族复兴的人生目标中重新定位。民族和地域的因素不仅是她赖以生存的土壤，更是她精神家园的重要组成部分，对其写作的意义非比寻常。然而，往事不堪回首，现实满目疮痍。曾经盛极一时的阿拉伯东方文学，如今已衰落沉沦；曾经所向披靡的庞大帝国，如今却沦落成任人宰割的羔羊。而由文明、宗教、环境引发的生存之争、武力之争、占领与反占领之争比比皆是。残酷而灰暗的现实，使得齐亚黛义无反顾地投身于各种社会活动，为阿拉伯民族的复兴而歌、为黎巴嫩的战乱而泣、为女性的平等而呼，并矢志不渝，奋斗终生。

第三，关于两性关系。齐亚黛虽然也希望打破男性意识形态一统天下的格局，但作为东方女性，她更倾向于温和地对待男性。一方面，她认为在男性权力话语一统天下时，女性因丧失说话的机会而无法显示其女性意识，从而掩盖了女性的真实存在和本质所在。传统女性对于男人的驯服，实际上是男性对"女性特质"刻意塑造的结果，而非女性天生如此。所谓的"女性特质"，实质上是在男人或男性中心的社会里按照男性的标准逐渐规范和诱导下形成的。与西方女权主义者相似，齐亚黛也企图颠覆男人的地位，以使女性改变"第二性"身份。另一方面，她又不希望把自己与另一性别隔离开来，把自己孤立起来，而是希望得到男性的理解。在这种矛盾心境交织之下，其作品中对男性的态度也是指责与褒扬同在：

> 男人啊除你们以外，你深陷在迷误和错讹之中，一味追求娱乐和享受，虽喜爱争辩却愚昧无知；男人啊，你围坐在桌旁，赌钱博彩，暴殄天物，吸食毒品；男人啊，你走在黑暗的弯道上，这些黑暗的弯道何以存在，唯有你自己知道，我们却不得而知。男人啊（除你们以外），你卑贱愚蠢，软弱无能，背信弃义；你是硕大无比的寄生虫，压迫着人类，吮吸着人血。
> ……
> 男人啊，你确是那样的目空一切，桀骜不驯，自尊自爱，真诚坦荡；你是那样的聪明睿智，刚劲有力；你还是圣战的英雄，令人羡慕，给人希冀，为人增光。[1]

第七节　阿拉伯现代诗歌

阿拉伯民族自古以来就是一个以诗歌而闻名的民族。诗歌被认为是阿拉伯人的档案。作为一种基于阿拉伯语言的艺术形式，诗歌体现了这个民族光辉灿烂的历史文化，也深深影响着世界诗坛的走向。

---

[1] ［黎巴嫩］梅·齐亚黛：《罗马喷泉咏叹》，蔡伟良、王有勇译，182页，上海，上海译文出版社，2002。

一、诗歌复兴运动

中古时期，阿拉伯诗坛人才辈出，一派繁荣景象。而近古至近代，在土耳其奥斯曼帝国的专制统治下，本土的阿拉伯语被无情地废除，土耳其语替代其成为官方的权力话语。社会动荡不安，民生凋敝。阿拉伯人平等自由的古老观念被打破，物质和精神生活极度匮乏。阿拉伯文化也饱受摧残，跌至谷底。这一时期，诗人的生存环境恶劣，有的潦倒民间，失去理想信念；有的矫揉造作，卖弄文字。整个阿拉伯诗坛一片死寂，万马齐喑，诗歌的创作几乎停滞甚至倒退。

帝国主义的殖民入侵无疑给阿拉伯人带来了更大的灾难，但是与此同时，也带来了先进的技术和设备。法国人在埃及大兴土木，建学校，盖剧院，开印刷厂，让埃及上层子弟去法国学习。在此期间，印刷业的兴起，使得古老的诗歌重新回到人们的视线中；报纸的问世，为先进思想的汇聚提供了广阔崭新的平台。这客观上为阿拉伯文化复兴创造了有利的外部条件。与此同时，埃及新一代的知识分子在西方看到了倡导自由、平等、独立的资产阶级先进思想，这与奥斯曼帝国的独裁专制、为虎作伥，殖民者无情的侵略和压迫形成强烈的对比，因而他们立志变革图新，振兴伊斯兰阿拉伯民族。

在内因和外力的共同作用下，阿拉伯国家反帝反殖民的斗争此起彼伏，踏上了追求自由、民主、平等的复兴之路。19 世纪下半叶，诗人最先举起了诗歌复兴的大旗，在继承和弘扬阿拉伯古诗歌的基础上，结合时代精神，开启了诗歌的复兴运动，形成了独具一格的新古典主义诗歌派别——"复兴派"，亦称"新古典派"。

（一）巴鲁迪 埃及诗人巴鲁迪是这场运动的先驱和代表。新古典派的主要成员还包括"诗王"绍基、"尼罗河诗人"哈菲兹·易卜拉欣和"两国诗人"穆特朗以及伊拉克的鲁萨菲、宰哈维等。

巴鲁迪是埃及贵族后裔，他的出身使得他自小就树立了远大的抱负，要有一番作为。他刻苦攻读阿拉伯古诗歌，受到民族精神的熏陶。巴鲁迪还阅读了大量的外国文学作品，受到西方文化思潮的影响。

巴鲁迪的诗不是单纯地模仿古诗，追求华丽的修辞和辞藻，而是吸收中古时期尤其是阿拔斯王朝时期的诗歌的精华，掌握古典诗歌的精神，生动而细致地把古代的经典诗句融合到自己的创作中。他的艺术准则是有意识地恢复古风，摒弃虚伪的陈词滥调，用独特的手法自然地表达出自己独特的人生经历和独特的感受。作为阿拉伯诗歌复兴运动的先驱和新古典派的创始人，巴鲁迪不仅推动了埃及诗歌的发展，也推动了整个阿拉伯近现代诗歌的发展。

（二）艾哈迈德·绍基 艾哈迈德·绍基是公认的登上新古典主义发展顶峰的先驱者，他成长于豪华的贵族家庭，从小在宫廷生活，养尊处优。他前半生在宫廷工作了 20 年，一直为统治阶级歌功颂德，作诗完全是政治需要，完全与底层民众脱离。第一次世界大战爆发后，他被英国人流放到西班牙。在流放期间，他的诗歌深深表达了对祖国的怀念和眷恋。1919 年，他回到埃及，正值一场民族革命轰轰烈烈地爆发，国家和人民重获自由新生，他的诗歌创作生涯也进入了新的阶段。这时他的思想和政治倾向发生了根本的变化，诗歌创作的人民性加强，开始注重和关心教育、妇女、宗教等社会问题，并热情吟咏阿拉伯民族之情，悲歌阿拉伯国家的苦难，以博大的胸怀呼唤民族团结和统一。诗歌艺术上继承了阿拉伯古典诗歌雄浑豪放的特点，富有激情，文辞优美，对后世产生重大影响。

晚年绍基致力于诗剧创作，把欧洲戏剧引入阿拉伯文学。从 1929 年创作《克娄巴特拉》起到 1932 年，绍基共写出《莱依拉的痴情人》（1931）、《冈比西斯》（1931）、《大阿里伯克》《安达卢西亚公主》《安塔拉》（均为 1932）和《胡达太太》等 7 部诗剧。他虽仿效法国 17—18 世纪古典派诗人的戏剧，但又不拘泥于内容、时间、地点统一的限制，其诗剧显得生动、活泼，人物形象总体上也很成功。他的诗剧兼具话剧和歌剧两种舞台艺术的特点，演出非常成功，流传很广。绍基将诗剧首次引入阿拉伯文学，为后来阿拉伯戏剧的发展开拓了道路，而且摆脱了阿拉伯诗歌的传统束缚，使诗歌格律和形式能表现更多更广的内容。虽然其诗剧还存在种种不足，但为阿拉伯诗歌的发展做出了巨大贡献，他是把阿拉伯诗歌推向永恒价值的诗歌复兴运动的最伟大的奠基者之一。

（三）哈利勒·穆特朗　哈利勒·穆特朗（1872—1949）出生于黎巴嫩名城巴勒贝克一个信奉天主教的家庭，自小就对语言、文学产生了浓厚的兴趣，能读懂土耳其语、法语、英语和意大利语。早年在贝鲁特天主教会学校求学，学生时代即开始写诗，并参加政治活动，他曾创办《埃及杂志》——阿拉伯最早的一份文学刊物，还担任过《金字塔报》的编辑。由于在诗中表达对土耳其异族统治的不满，受到土耳其当局的监视与迫害。他既是古典——复兴派诗人中的一员，又是创新的浪漫主义派的先驱。他在埃及与绍基、哈菲兹·易卜拉欣并称"三杰"，并被誉为"两国诗人"。

穆特朗的诗富于想象，感情强烈、深沉，善于描绘细节。他在艺术上反对单纯拟古，敢于冲破旧体诗的束缚，认为诗歌应体现时代的思想感情，在继承的基础上有所创新。穆特朗最具个性的是抒情诗，如把星星想象成恋人的《倾诉》、发思古之幽情的《在金字塔前》等。其中最感人的是《哭泣的雄狮》（《夜晚》），被认为是他最优美的抒情诗。

穆特朗不断扩大诗歌的社会容量与表达空间，让诗歌主题呈现多样化，并且在诗体上进行大胆革新，把带有史诗性质的故事诗，即叙事诗，引入阿拉伯诗歌园地。《山女》《两个孩子》《雅典长老》《中国长城》等都是写得较好的作品。他的叙事诗旨在激励沉睡者觉醒，软弱者奋起，集历史与现实为一体，直接或间接反映社会现状。

新古典主义诗歌形式上严格遵循古诗的韵律格调，内容上反映时代特征，贴近社会生活，贴近民众，唤醒了人们对诗歌一度压抑的情感和信念，给萎靡不振的时代注射了一针强心剂。诗歌中体现的爱国主义和民族主义热情激励着广大阿拉伯人民奋起与殖民主义和专制主义不懈抗争。但是，复兴派的新古典主义诗歌中缺少诗人个性的思考，缺乏内心的独白和情感的波澜，表达有时太过于直白呆板，也因此遭到了之后浪漫主义诗人的批评与非难。

二、阿拉伯浪漫主义诗歌的兴起

第一次世界大战前后，在西方浪漫主义诗歌的影响下，阿拉伯诗坛出现了"创新派"，其先驱是穆特朗。穆特朗在阿拉伯诗歌史上起到了承上启下的作用。他虽是复兴派的一员，却反对一味拟古，主张诗歌要大胆创新，不拘泥于形式，要有自己个性的发挥。穆特朗发起的这场革命，由于"笛旺派"、"阿波罗诗社"和"旅美派"的加入而催生出一场蔚为壮观的浪漫主义文学思潮。创新的浪漫主义诗歌盛行于两次世界大战之间，在 20 世纪三四十年代达到鼎盛。

（一）笛旺派 笛旺派兴起于第一次世界大战前后，其名字来源于该派两名诗人阿拔斯·马哈茂德·阿卡德和易卜拉欣·马齐尼所写的一本文学评论集《笛旺集》。笛旺派的先驱是阿卜杜·拉赫曼·舒克里，然后是易卜拉欣·马齐尼和阿卡德。

他们受到英国文化的影响较深，因此与复兴派对诗的理解是截然不同的，对复兴派诗歌提出了批评和质疑。他们认为诗歌要表现心灵，主张用诗歌表达大自然的奥妙。诗人应该挣脱政治、宗教等枷锁，拥有独立的思想和人格，善于理性地认识世界，勇于表达自我，表现真性情。诗的内容和形式都不应该因循守旧，蹈常袭故，而应大胆创新。

（二）阿波罗诗社 "阿波罗诗社"成立于 1932 年，是一个著名的浪漫主义流派。其创始人是艾布·沙迪，主要成员有易卜拉欣·纳吉、阿里·迈哈穆德·塔哈和阿里·阿纳尼等人。阿波罗诗社创办了一份名为《阿波罗》的诗刊，它的宗旨是提高诗歌的水平和关心人们的物质生活。名字则来源于古希腊神话，传说中，阿波罗是诗歌和音乐之神。

尽管诗社和诗刊的宗旨都明确指出，对于各种诗歌和各个流派一视同仁，兼收并蓄，但其成员的诗歌还是表现出强烈的浪漫主义倾向。

（三）旅美派 在"笛旺派"和"阿波罗诗社"兴起之时，浪漫主义的花朵也在美洲大陆悄然盛开。阿拉伯旅美派文学的主要倾向是浪漫主义，但同时又具有现实主义、古典主义、象征主义等风格。有关阿拉伯旅美文学在有关章节专门讲述。

三、自由体诗派

第二次世界大战结束后，随着阿拉伯民族解放运动的高涨，一些年轻诗人在西方现代派诗歌的影响下，渴望诗歌的革新以适应快速变化的社会现实，主张打破传统诗歌的格律的限制，以便于更充分、更自由地表达个人的情感和新的意境。在新的历史形势面前，浪漫主义文学受到冲击，自由体诗派应运而生。"这种诗歌诗行长短不一，韵律宽松，节奏富于变化，内容也往往自由、奔放，内涵丰富而深邃，具有强烈的个性，但有的诗显得朦胧、晦涩、费解。"[1]

---

[1] 仲跻昆：《阿拉伯文学通史》，585 页，南京，译林出版社，2010。

这一流派最早出现于伊拉克，代表诗人是娜齐克·梅拉伊卡（1923—2008）、沙基尔·赛亚卜（1926—1964）和白雅帖。

伊拉克女诗人娜齐克·梅拉伊卡是自由体诗运动的先驱之一。她注重表达自己的内心世界，在创作流派上趋向于存在主义。她的《霍乱》被称为自由体诗的开山之作，表现了霍乱给人们带来的灾难和痛苦。诗人营造了阴郁恐怖凄惨的气氛，作品中到处都是死亡和哀号，表达了对埃及人民遭受霍乱之后民不聊生的悲惨情状的无比悲痛与同情。

赛亚卜是当代阿拉伯新诗运动的先驱，被评论界公认为当代最杰出的阿拉伯诗人之一。其早年诗作受浪漫主义影响，多描写个人的感伤和爱情的痛苦；中期作品具有现实主义特色，较多反映民族的苦难、人民的抗争和对革命的向往；后期诗歌流露出孤独与绝望情绪，反映诗人对人生的深刻思考和对死亡的感悟。赛亚卜的诗歌擅长表达真切而深刻的感受，抒情意味浓厚，诗歌意象精美而独到，语言富有乐感。

白雅帖是伊拉克自由诗歌运动的代表人物，也是阿拉伯先锋派诗歌的重要诗人之一，被评论界视为"阿拉伯现代诗歌中的重要现象"。他家庭贫苦，自幼体验了人间的不平和压迫。书籍拓宽了他的眼界，使他遨游于阿拉伯古典诗歌和现代浪漫主义诗歌的王国。他不肯步别人的后尘，创作伊始就寻求新的韵律，谱写个人的心曲。他的作品谴责了外来侵略，表达人民要求自由独立的强烈愿望。诗人以一个为崇高理想而斗争的战士的姿态出现，诗作充满激昂的斗争精神，独具风格。

纳齐姆·希克梅特（1902—1963）是土耳其著名诗人、剧作家、社会活动家，以其描写社会生活的自由体诗而闻名于世，对土耳其诗歌艺术的发展有杰出贡献。

希克梅特出生于土耳其萨洛尼卡（今希腊境内）的一个贵族家庭。幼时随父母迁到土耳其故都君士坦丁，在那里受过良好的教育，后来进入海军学校学习，这期间参加了水兵革命运动。1920 年，因参加反帝爱国运动被学校开除，从此，他开始以诗歌为武器，开始了一生不懈的斗争。1921 年，他前往莫斯科，进入东方劳动者大学学习深造。在苏联学习期间，他开始同著名诗人马雅可夫斯基交往，同时结识了许多中国革命同志。1924 年，希克梅特从苏联回到土耳其，从事文学创作，撰写诗歌，参加进步报刊出版工作。他全身心地投入土耳其人民解放事业，遭到反动派的种种残酷迫害，曾多次被捕入狱，先后在狱中生活了 17 年。1942 年，苏联授予希克梅特列宁国际和平奖。迫于国内外舆论压力，土耳其反动当局于 1950 年将他释放。1951 年，诗人被迫逃往苏联，同年又获国际和平奖。1960 年，希克梅克又被推举为世界和平理事会国际和平奖金评议委员会主席。1963 年，诗人病逝于莫斯科。

希克梅特一生著有许多诗篇、剧本和政论。除大量诗歌外，他还创作了《骷髅》《被遗忘的人》（1935）等一系列剧本以及《德国法西斯主义与种族论》（1936）等著名政论。他的主要著作《希克梅特诗集》曾被译成汉语在中国出版。希克梅特的创作与时代紧密相连，"争取民族独立、人民解放和维护和平"的主题贯穿始终，其作品"深刻地反映了 20 世纪初到中叶之间的土耳其社会现实及世界人民的解放事业，给人民以战斗的信念和奋进的力量"。①

---

① 参见郑克鲁主编：《20 世纪外国文学史》，下，948 页，上海，复旦大学出版社，2007。

希克梅特的诗作大致可分为下述几类：

第一，表达了争取民族独立和人民解放的战斗心声。这类诗歌主要包括以饱蘸同情的笔墨表现人民的苦难生活并寄予深切同情的《饥饿的人们的瞳孔》（1923）、《安那托里亚的传奇》（1927）、《史前期的事情》（1929）和《牧童阿里》（1952）等；表达对革命同志和战友深厚的情谊的《十五处伤口》（1921）、《一月二十八日》《致狱中难友》《一个士兵的死》等；对敌人满腔愤怒，表达不屈的信念，激励人们奋起斗争的《声明》等。

第二，热情支持世界各国人民的解放事业，表达无产阶级国际主义情怀。这其中包括1950年诗人应邀参加新中国第一个国庆盛典时写下的七首激情诗篇：《知春亭》《聪明又强悍》《一九五〇年十月一日和冬宫前的英烈》《新的长城》《昆明湖中的石船》《北京的鸽子》和《鸽子和三十八条树枝》以及1952年在中国抗美援朝期间诗人怀着满腔愤怒写下的《给凡里·沃格洛·阿赫默特》等。

第三，吟唱自由与爱情的永恒主题。其诗歌《敌人》反复吟唱着"自由"并相信它一定会到来；《绝食的第五天》以铿锵的字句表达了对自由美好生活的热切追求和坚定信念。与一般的爱情诗表达风花雪月的柔情或哀愁不同，诗人在《我坐在大地上》等爱情诗歌咏唱中，将个人的爱情与波澜壮阔的社会解放运动相结合，以宽阔的胸襟、恢宏的意象和诗境传达出大地般的情愫。

希克梅特的诗艺术特色鲜明，主要表现为：善于抓住最能表现内在精神的人物的外部形象特征，并由表及里，深入地加以表现；善于使用生动形象的比喻；在运用自由奔放的节奏和自由不拘的表达方式等方面对自由诗体进行借鉴和创新。

第八节　阿拉伯旅美文学

一、历史背景

19世纪中叶，黎巴嫩、叙利亚、巴勒斯坦属于一个大的行政区，总称沙姆地区。与阿拉伯其他国家相比，这一地区更加直接受土耳其奥斯曼帝国统治。一边是土耳其奥斯曼帝国的腐朽统治，一边是西方殖民主义的残暴压迫。在政治黑暗、经济衰败、文化渗透、宗教歧视、人民群众特别是知识分子毫无思想言论自由的情况下，这个地区，尤其是黎巴嫩开始大量海外移民。带着脱贫致富、追求美好生活的憧憬，一部分人迁移到埃及、法国和澳大利亚，更多的人则奔向富饶的美洲大陆并在19世纪末20世纪初达到高潮。在此期间，以阿拉伯文发行的报刊在南美洲和北美洲陆续出现。大量报刊的创办，在为旅美派文学的产生、发展提供广阔空间的同时，也在客观上出现了旅美派文学的繁荣景象。

海外作家的具有崭新内容和形式的作品，不仅在广大侨民中影响巨大，还通过《艺术》《旅行者》等报刊传到阿拉伯本土，与本土作家遥相呼应，发挥了特殊的作用。这些旅美文学家在远离黎巴嫩的大洋彼岸，用自己独特的文学风格，汲取西方文学的养分，为阿拉伯文坛培育了一朵朵绚丽的文学奇葩，对现当代阿拉伯文学的复兴与发展起到了深远的影响。他们以大量别具一格的作品，丰富了阿拉伯文学宝库，影响了一代作家，在阿拉伯现代文学史上翻开了光辉的一页。旅美派文学和埃及现代文学流派，是20世纪20年代阿拉伯文学的两个重要现象。

二、旅美文学的"笔会"

1920年4月，在纪伯伦、努埃曼的倡导下，旅居美国的十多名诗人和作家在纽约成立了阿拉伯海外侨民文学团体——"笔会"，公推纪伯伦为社长，努埃曼为顾问。"笔会"主张阿拉伯文学从僵滞、保守、因袭的传统中解放出来，加强文学与生活的联系，使文学成为民族生活的一个有效因素。除纪伯伦外，"笔会"成员努埃曼、纳·阿里达、艾布·马迪等都是旅美派文学中的重要诗人和作家。"笔会"活动于20世纪二三十年代，后因纪伯伦的逝世和努埃曼的归国而解体。

此外，需要提及的是，艾敏·雷哈尼因最初同纪伯伦存有一些芥蒂，没有参加"笔会"，但仍被公认为是旅美文学的主将之一。纪伯伦、努埃曼和雷哈尼被称为"旅美派文学三巨头"。关于纪伯伦，本章第三节黎巴嫩文学部分已经详细介绍过，下面我们简要介绍一下旅美派文学的另外两巨头：努埃曼和雷哈尼。

（一）努埃曼 （努埃曼，1889—1988）出生于黎巴嫩的巴斯坎塔镇，曾在巴勒斯坦拿撒勒俄国人办的师范学校学习四年，后又进乌克兰的波尔塔瓦学院深造，其间进一步受俄国文学的熏陶。他多才、多艺、多产，在很多方面都很有建树。其作品主要有短篇小说集《往事依依》（1914—1925）、《豪绅》和《粗腿肚》，中篇小说《天花病患者日记》（1917）和《相会》（1946），文学评论集《筛》（1923）、《纪伯伦评传》（1934）和自传《七十述怀》（1959）等。努埃曼是阿拉伯现代小说的先驱者之一，其作品《又一年》（1914）和《不育者》（1916）是阿拉伯文学史上最早出现的新型短篇小说。

努埃曼在文学方面主张创新改革，反对因循守旧。他反对咬文嚼字，强调思想感情的表达是第一位的，语言是第二位的。他的小说创作基本遵循现实主义，注重典型塑造和细节描写，文风含蓄深沉。努埃曼还是一位创新派诗人，其诗打破传统诗歌的格律束缚，语句简短明快，节奏富于变化。其诗歌不像慷慨激昂的演讲，而像人们在相互低声耳语，使人备感温馨、聊以慰藉，因此，被人称为"细语诗歌"。

（二）艾敏·雷哈尼 （雷哈尼，1876—1940）出生于黎巴嫩山区的法利凯镇。童年时在家乡的学堂学习阿拉伯语和法语，12岁时举家迁居纽约。在此期间，雷哈尼做过商人，当过剧场演员，还在纽约大学读了一年的法律，后来因为身体原因回到黎巴嫩修养并学习。此后，他经常往返于美国和黎巴嫩之间，编纂了许多阿拉伯文和英文图书。雷哈尼可谓一个多产作家，他的作品包括小说、散文、游记和演绎诗词等，形式丰富多样，数量也十分可观。其中，阿拉伯文作品主要有小说《驴夫和教士》（1904）、《谷底百合》（1915）、《闺阁外面》（1917），游记、散文、演说词集《雷哈尼散文集》（又称《雷哈尼亚特》或《香草集》，1910—1924）、《阿拉伯列王志》

（1924）等。英文作品主要有诗集《梦幻的道路》（1921）、《神秘主义者之歌》（1921），小说《哈利德传》（1911），政论、游记《布尔什维主义的降生》（1920）、《伊本·沙特与纳季德》（1928）等。

《雷哈尼散文集》是他的代表作，其内容广泛，包括有关政治学、社会、宗教、哲学、文学等方面的杂文、演讲、散文诗、格言等。作品在表达作者改革创新，消除宗教偏见，要求民族解放、社会进步的真诚愿望的同时，也阐述了自己在文学、艺术、哲学、宗教、社会道德价值等方面的观点。

艾敏·雷哈尼对黎巴嫩和整个阿拉伯民族都怀有深厚的感情，他深知祖国在土耳其的统治下呻吟，于是猛烈地抨击暴虐的封建统治和殖民侵略。他常常游历阿拉伯各国，宣传他的主张，号召人们行动起来，摆脱困境，为争取独立而不懈努力。他还无情地批判了西方文明的阴暗之处。也正因为此，雷哈尼被认为是最著名的阿拉伯民族主义作家。

雷哈尼的创作兼具散文诗的文学艺术风格和历史著作的枯燥学术风格：其散文诗深受美国诗人惠特曼的影响，富有音乐感，充满想象力，流畅而和谐，思想内容深刻隽永，无论思想性和艺术性都可与纪伯伦相媲美；而历史题材的文章不太注重艺术美感，更具现实主义的特征。

三、"安达卢西亚社"

1932年，旅居南美洲的阿拉伯文学家在巴西圣保罗建立了一个新兴的文学团体"安达卢西亚社"。发起人米沙尔·马鲁夫担任首任社长，主要成员有"乡村诗人"——赖希德·赛里姆·胡利、舍费格·马鲁夫等。他们同"笔会"的文学家们一道，共同促进了阿拉伯旅美文学的形成与发展。1939年"安达卢西亚社"因"战时法"而暂停活动，第二次世界大战后恢复正常，最终于1953年解体。

阿拉伯旅美派文学在南美的代表是著名的赖希德·赛里姆·胡利，他是"安达卢西亚社"最早的成员之一，1938年任该社社长。胡利被认为是南美阿拉伯侨民中最负盛名、成就最大的诗人，其主要作品有诗集《赖希德集》（1916）、《乡音集》（1922）、《暴风集》（1933）、《勒韵三篇》（1946）等。收入《暴风集》中的长诗《最后之春》是其力作之一。他的诗在宣扬爱国主义和民族主义，号召阿拉伯民族团结一致共同抗敌，争取自由独立的同时，也充满了人道主义和人情味，常流露出游子思乡之情。

阿拉伯的旅美派文学是世界文学史的一种奇观。它虽然是移民或是侨居美国的阿拉伯作家为主体的创作，而这种创作的中心并不是归化美国文化的阿拉伯人，比如像美国的犹太裔作家那样，这些犹太裔作家其实是写美国社会生活的，而阿拉伯的旅美作家写作的中心是阿拉伯社会。作为一种独特的文化现象，这些作家们既继承了阿拉伯本民族的文化精髓，又借鉴了西方的先进思想；主张自由平等博爱，饱含着强烈的爱国精神和民族精神；反对玩弄文字游戏，主张真实地抒写社会现实；主要倾向是现实主义和浪漫主义并重，成为世界文学史上一股独特的力量。

第二十五章 20—21世纪的拉丁美洲文学

第一节 地域主义小说

一、民族化的地域主义小说

19世纪末20世纪初期，受法国自然主义文学的影响，拉丁美洲土地上诞生了有自己本土特色的文学，即自然主义—现实主义以及地域主义文学。

自然主义是19世纪后半期产生于法国的一个重要文学流派。阿根廷的胡安·安东尼奥·阿尔赫里奇和巴西的席尔维奥·罗梅洛最早将自然主义—现实主义介绍到拉丁美洲。此后，"现实主义"和"自然主义"便在南美部分国家中流行起来，一批现实主义作品相继问世，如阿卢伊奇奥·阿泽维多的《莫拉托》（1881）、卢西奥·维·洛佩斯的《大村庄》（1884）、埃马赫尼奥·坎巴塞尔斯的《情乐》（1884）等都在拉美文学界引起强烈的反响。越来越多的作家开始关注巴尔扎克和左拉等欧洲作家的作品，并从他们的创作中汲取养分，此类作品的数量逐渐增加。这类作品关注拉美的现实，如卖淫、犯罪、人的兽行，以及其他变态心理，并试图揭示导致这些现象的社会根源。

这一时期，拉美文坛佳作迭出。阿根廷作家欧亨内奥·坎巴塞雷斯的《迷途》（1885）关注"野蛮"的主题。米罗的《交易所》（1891）揭露了阿根廷社会日益膨胀的拜金主义和人与人之间赤裸裸的利益关系。波多黎各小说家塞诺·甘蒂亚的小说《低洼》（1894）和《扒手》（1896）把波多黎各比喻成既贫穷又肮脏的臭水坑。智利小说家埃德华多·巴里奥斯的《相思男孩的疯狂》（1915）揭露了智利社会的落后、保守与虚伪。智利作家爱·贝约和巴尔多罗梅·利略同样擅长抨击赤贫问题。巴西的阿·阿泽维多在小说中抨击种族歧视和种族压迫，他的成名作是《莫拉托》。秘鲁女作家玛托·德·图尔内尔的《没有窝的鸟》公开谴责对印第安人的野蛮奴役。墨西哥作家费德里科·甘博亚则将性和遗传作为表现的主题，他在代表作《圣女》（1903）中把墨西哥当作一个实验室，把那些统治阶级最忌讳的卖淫、赌博、凶杀以及政府官员的贪赃枉法等事实全部曝光。另外，反独裁小说家卢西奥·维·洛佩斯的《大村庄》和米罗的《交易所》，以及阿·阿泽维多的反宗教小说《莫拉托》和曼努埃尔·加尔维斯的《修道院的阴影》（1917）都有巨大的读者市场。

拉丁美洲自然主义—现实主义小说的产生使得拉丁美洲文坛小说和诗歌最终分道扬镳。诗歌日益走向为艺术而艺术的唯美主义，而小说则更加面对现实，注重实际功能和社会效益。20世纪20年代以后，拉美小说中的自然主义和批判现实主义更趋向合流。小说界、评论界因此也不再区分甚至不再使用"自然主义"、"批判现实主义"这类名称，而用"地域主义"取代，主要包括"墨西哥革命小说"、"大地小说"、"原住民小说"等，掀起了20世纪拉丁美洲文学的第一个高潮。

地域主义文学的诞生标志着拉美文学的逐渐成熟。它主要表现人和自然的冲突。地理环境在地域主义文学中占有突出的地位，人和地域有着密不可分的关系。在艺术上，地域主义文学作品是现代西班牙语在拉丁美洲的第一批文学创作。它虽然大量引用欧洲现代派文学的表现手法，但它本质上是现实主义文学，因为它面对现实，反映拉美社会问题，小说中的世界是不同于欧洲的"新世界"。地域主义文学重视印第安神话，对大自然和人物神话化的描写为后来魔幻现实主义的发展打下了基础。

地域主义文学创始于玛里亚诺·阿苏埃拉的《底层的人》，它以墨西哥革命为题材。此后，玻利维亚的阿尔西德斯·阿格达斯的《青铜的种族》，哥伦比亚的何塞·里维拉的《漩涡》，阿根廷的里卡多·吉拉尔德斯（1886—1968）的《堂·塞贡多·松布拉》（1926），委内瑞拉的罗慕洛·加利戈斯的《堂娜·芭芭拉》，厄瓜多尔的豪尔赫·伊卡萨的《瓦西篷戈》（1934），秘鲁的西罗·阿莱格里亚的《广漠的世界》，奥古斯丁·亚涅斯的《洪水到来之际》陆续问世。

地域主义文学立足本土，旨在创新，大胆抛弃欧洲模式，努力表现拉美的独特风貌，因此很快引起了世界文坛的关注。人们为原始大自然的巨大威力所折服，对拉美的草原、森林、河流、山脉心向神往。不过，地域主义文学也存在明显的不足，作家从狭义方面理解民族化道路，将文学的民族化与吸取外来文化加以对比，走上了极端化的道路。

二、墨西哥革命小说

1910年墨西哥爆发了反帝反封建的资产阶级民主革命。独裁者波菲里奥·迪亚斯实行了长达三十多年的专制统治，社会矛盾非常尖锐。1910年，这位独裁者再次"当选总统"，引起了国内的强烈不满，马德罗率领全国举行起义，迪亚斯下台。1911年马德罗当选总统后，没有兑现自己的诺言，招致举国的反对。萨帕特也拒不承认马德罗的总统职位。墨西哥国内陷入了混乱、复杂的局面。各派政治力量相互角逐，直到1920年阿尔瓦罗·奥夫雷贡当选总统，颁布新宪法，墨西哥国内局势才逐渐趋于稳定。

墨西哥革命小说是20世纪墨西哥文学的重要组成部分，在拉美文学史上占有重要的地位。它是以表现和反映1910年爆发的墨西哥资产阶级民主革命为题材的小说类型。主要作家作品有：玛里亚诺·阿苏埃拉的《底层的人》，马丁·路易斯·古斯曼的《鹰与蛇》《考地略的阴影》《潘乔·比利亚回忆录》和《大炮送到了巴钦巴》，洛佩斯·弗恩特斯的《土地》《印第安人》以及奥古斯丁·亚涅斯的《洪水到来之际》等等。这些作家以现实主义的笔触真实地再现了波澜壮阔的墨西哥革命的场景。

玛里亚诺·阿苏埃拉（Mariano Azuela，1873—1952）是20世纪上半叶的墨西哥小说家、散文家、文学批评家，也是墨西哥革命小说的鼻祖。他出生于墨西哥哈利斯科州拉戈斯·德·莫雷诺镇的一个小商人家庭。毕业于瓜达拉哈拉医学院。学生时代他是一位反对波菲里奥主义者。他在青少年时期便热爱文学和写作，1903 年他的短篇小说《我的故乡》问世，获得好评。1907 年第一部长篇小说《玛丽亚·路易莎》出版，次年长篇小说《失败者》的发表使他跻身于墨西哥文坛。1910 年墨西哥革命爆发后，他积极投身于反对迪亚斯独裁统治的革命洪流中，先后加入马德罗和潘丘·维亚的部队从事医务和革命工作。他深入了解革命队伍的内部情况，积累了创作素材。革命失败后，他被驱逐出境，1915—1917 年间在美国得克萨斯州居住，后辗转回到墨西哥城定居，从此远离政治，致力于文学创作。1949 年，他获得墨西哥国家文学奖，1952 年 3 月 11 日病逝于墨西哥城。

阿苏埃拉是个多产的作家。他的作品包括长篇小说、短篇小说、文学评论、随笔、散文等。早期（1907—1916）作品有《玛丽亚·路易莎》《失败者》（1908）、《莠草》（1909）、《底层的人》（1916）等。这些作品主要描写城镇生活，注重人物心理分析，风格简洁明快，具有自然主义倾向。中期（1917—1932）作品主要有《苍蝇》（1918）、《时间》（1919）、《一个体面家庭的灾难》（1918）等，主要表现墨西哥革命，具有现实主义风格。这一时期他还创作了《倒霉时光》（1923）、《清算》（1925）和《萤火虫》（1932）等几部脱离现实、追求象征、语言晦涩的作品。后期（1935—1956）作品有《佩德罗·莫雷罗》（1933）、《潘多哈同志》（1937）、《违禁的道路》（1949）和遗作《诅咒》和《血》等，大部分描写革命，针砭时弊，具有现实主义风格。

《底层的人》这部作品被视为墨西哥革命小说的代表作。小说共三部分，42 章，叙述了农民领袖德梅特里奥·马西亚斯率领的农民起义军从发展、壮大到失败的全过程。作者歌颂了起义农民的勇敢精神，也不回避他们的缺点，诸如纪律涣散、目光短浅，正是农民阶级自身的盲目性和狭隘性的先天缺陷导致了他们的失败，使资产阶级政客最后轻易地窃取了革命的胜利果实。"阿苏埃拉以磅礴的气势和现实主义写下了这个经典的故事，他的风格是断续的，神经质的，有时甚至是不准确的，然而始终充满着色彩和生命。他使用必不可少的字数以表达他的意思而不再多。这种写作的方法完全符合于他的题材，让革命的伟大人间戏剧不假掩饰地轮廓分明地显现出来，阿苏埃拉的主要优点在于他如此突出地掌握了这个戏剧的实质。"① 正是如此深刻的洞察力，使得小说能以尖锐、透彻的分析，独到精辟的政治见解赢得历史的荣誉。而在艺术表现上，阿苏埃拉采用现实主义和自然主义相结合的手法，全方位地展现了墨西哥革命，语言采用方言土语，并用大量对话来表现人物形象和性格。

奥古斯丁·亚涅斯（1904—1980）在墨西哥文学史上具有划时代的地位。他的代表作《洪水到来之际》（1947）结束了墨西哥革命小说时期，开创了墨西哥现代小说。亚涅斯青年时期便开始对文学产生兴趣。1929 年获得法学硕士学位后在家乡教书，

---

① ［智利］阿图罗·托雷斯-里奥塞科：《拉丁美洲文学简史》，吴健恒译，188 页，北京，人民文学出版社，1978。

1929—1930 年创办《州之旗》杂志，与"现代派"作家建立关系。他译介了乔伊斯和卡夫卡的作品。1951 年他获得墨西哥国立自治大学哲学和文学博士学位。1952 年他当选为墨西哥语言科学院院士和文学院院士。1953—1959 年他任哈利斯科州州长。1964—1970 年他担任墨西哥教育部部长，同时兼任墨西哥国立自治大学教授。1973 年亚涅斯获得墨西哥国家文学奖。

《洪水到来之际》《富饶的土地》和《贫瘠的土地》三部农村题材的小说代表了奥古斯丁·亚涅斯的文学成就。《洪水到来之际》是其最优秀的作品。他开创性地将"内心独白"、"内心反省"、"变换叙述时间层面"、"变换叙述视角"等欧洲先锋派作家的小说新技巧和描写墨西哥农村生活的旧题材成功地结合在了一起。

《洪水到来之际》以墨西哥一个偏僻的小镇为背景，描写了资产阶级革命前夕青年男女对生活、理想的不同的态度。小说实际上是由玛利亚、玛尔塔、达米利·利蒙、路易斯·贡加萨·斯雷佩、迈克尔·罗德里克等众多人物各自的生活遭遇组成的一个并不完整的故事。作品表现了这些人物各自不同的生活状态。一开始便用大量的形容词，突出描述了人物生活的一个封闭、单调、孤独、冷酷的镇子。这里充满了痛苦、绝望、窒息的气氛。宗教迷信从精神上奴役着人们，扼杀任何企图变革的希望。作品以迪奥尼西奥神父做完最后一次弥撒，由于意识到迷信统治即将失败，猝然死去而结束。神父预感和恐惧的正是即将到来的"洪水"——1910 年大革命。

小说采用传统的革命题材，具有写实和批判的特点，但是在表现手法上借鉴了欧洲现代派作家意识流的手法，如大量借助对话、自述、独白、议论来表现人物的心理活动，在叙事上将时间、空间交叉起来，改变了传统的叙事方式。小说具有高度的思想性和艺术成就，取得了巨大的成功。"首先在于它客观地表现了一个病态而停滞的社会群体——一个到处是穿着丧服的女人的小村庄，它是具有典型意义的。毫无疑问，由于这部作品提出的新思想和成功的艺术形式，亚涅斯是可以跻身于拉美第一流的小说家之中的。"①

三、大地小说

大地小说是"地域主义"小说的主流代表，是 20 世纪初期拉丁美洲最有代表性也最有成就的文学类型。"大地小说表现了两种现实：一种是人的现实：高乔人、平原人、山地人；另一种是自然的现实：草原、平原、森林、河流、大山。同时揭示了人和自然关系背后隐藏着的深刻的社会矛盾。这种矛盾表现为野蛮与文明的冲突……"②《漩涡》《堂娜·芭芭拉》《堂·塞贡多·松布拉》这三部小说的问世标志着大地小说的诞生。大地小说没有许多近现代作家怀念和向往的自然美景，有的却是美洲的原始、野蛮、纯朴和豪放。从亚马孙河流域到潘帕斯草原，广阔的拉美农村还是一片原始、落后、野蛮的未开发地区，这与迅速发展的城市建设很不协调。大地小

① 转引自赵德明等编著：《拉丁美洲文学史》，300~301 页，北京，北京大学出版社，1989。
② 李德恩、孙成敖编著：《插图本拉美文学史》，124 页，北京，北京大学出版社，2009。

说作家看到了拉丁美洲社会的这种畸形发展趋势，并对它作了真实的反映。作家们注重文学作品的社会效益，希望通过作品唤起人们的良知，促使当局改变农村的落后状况。他们的作品明显地带有自然主义的印记，真实地再现了拉美的野蛮、贫穷、落后。大地小说的代表作家为哥伦比亚作家何塞·埃乌斯塔西奥·里维拉、委内瑞拉作家罗慕洛·加列戈斯。乌拉圭作家奥拉西奥·基罗加也创作了 190 多部长篇小说和短篇小说来反映原始森林的图景。

何塞·埃乌斯塔西奥·里维拉（1889—1928）是哥伦比亚诗人和小说家。在他短暂的一生中，里维拉曾以哥伦比亚—委内瑞拉边界划分委员会委员的身份走遍奥里诺科河等流域，去过卡萨纳雷、梅塔等山谷，熟悉原始森林中印第安人的生活，了解橡胶工人的悲惨处境。这一切都成为其代表作《漩涡》的素材。

《漩涡》（1924）共分三个部分：《草原》《林莽》和《漩涡》。小说以第一人称展开叙事，讲述了主人公阿图罗·科瓦寻找被掠走的恋人阿利西亚的故事，描述了橡胶林中印第安人的非人生活。科瓦爱恋上阿利西亚，但遭到阿利西亚父母的反对，并受到迫害，两人决定逃入大草原，最后来到朋友弗朗哥的庄园。后来，一个叫巴雷拉的骗子拐走了弗朗哥的女人和科瓦的恋人。弗朗哥和科瓦决心深入丛林追杀巴雷拉。其间，他们目睹了橡胶工人和印第安人的悲惨生活。他们终于杀死巴雷拉，也杀死了橡胶园的法国老板。然而，弗朗哥和科瓦却消失在丛林中，"被林莽吞没了"。

小说具有浓厚的地域主义色彩和深刻的社会内容。里维运用客观主义的笔法，不仅对奥里诺科森林进行了照相似的描写，还通过这些描写客观地反映了 20 世纪初拉美橡胶工人的悲惨遭遇，揭露了资本家剥削工人的本性。

罗慕洛·加利戈斯（1886—1967）是委内瑞拉著名教育家、政治家和文学家，西班牙语现代文学大师之一。他创作了《爬藤》（1923）、《堂娜·芭芭拉》（1929）、《坎塔克拉罗》（1934）、《卡纳伊马》（1935）、《贫苦的黑人》（1937）、《异乡人》（1942）等多部小说。"他居于西班牙美洲最伟大的小说家之列，作为热带地区的表现者，只有写《漩涡》的里维拉能与他相比。"[①] 他曾经在 1947 年当选为委内瑞拉历史上第一位文人总统。为纪念他的文学成就，委内瑞拉全国文化委员会于 1967 年设立了以罗慕洛·加利戈斯命名的拉丁美洲最高文学奖——"罗慕洛·加利戈斯国际小说奖"，以奖励为拉美文学做出杰出贡献的作家。

加利戈斯描写了委内瑞拉的草原，这些草原既保持了大自然的魅力和宁静，也充满了文明和野蛮之间的冲突。他向读者展示了委内瑞拉平原的广阔图景。这些构成了其代表作《堂娜·芭芭拉》的背景。小说的主题是文明与野蛮之争，作者试图表现"文明必定战胜野蛮，民主必定战胜专制，光明必定战胜黑暗"的信念。小说讲述了混血姑娘堂娜·芭芭拉的故事。在一条船上，她被水手们强奸，她的未婚夫被害。因此她想利用自己的美貌用欺骗的手段报复所有男人。这样，她成了奥利洛科河北岸一座大庄园的女主人。她还想霸占毗邻的庄园，那是属于桑多斯·鲁萨尔多的地盘。但

---

① ［智利］阿图罗·托雷斯-里奥塞科：《拉丁美洲文学简史》，吴健恒译，183 页，北京，人民文学出版社，1978。

是在他面前，她的引诱手段失败了，因为鲁萨尔多爱上了她的女儿。她的面前只有两条路：要么失去土地，要么杀死女儿。最后她决定放弃自己的产业，神秘地消失了。

加利戈斯把象征手法引入创作，堂娜·芭芭拉代表着野蛮、专横、暴虐，而桑托斯·卢萨多则代表着文明、进步、正义和希望。他们各自的出身、社会地位、所接受的教育决定了他们本质的不同。这种野蛮与文明的冲突反映了20世纪20年代委内瑞拉国内的保守势力与进步势力之间的矛盾和斗争。作者成功塑造了堂娜·芭芭拉"首领主义"的完美化身，把写景、写人与叙事巧妙地结合在一起。她的行为和委内瑞拉大草原的自然环境紧紧地联系在一起。小说充满了野蛮与文明、善良与暴力的强烈对比。芭芭拉的最终失败意味着进步势力对野蛮势力的胜利，意味着大庄园制度的衰败。

四、原住民小说

这一类型的小说产生于20世纪30年代到70年代，是拉丁美洲反映印第安人的生活和斗争，抨击庄园主和压迫者的凶残与贪婪，为印第安原住居民伸张正义的一批作品。也有文学史家称为"原住民主义小说"。"原住民主义"（Indigenismo）一词是秘鲁思想家、马克思主义作家何塞·卡洛斯·马里亚特吉于1928年在《关于秘鲁国情的七篇论文》中提出来的。它的源头是1889年秘鲁女作家玛托·德·图尔内尔发表的《没有窝的鸟》。原住民小说主要以拉美西部的国家如玻利维亚、秘鲁和厄瓜多尔等国的印第安人的生活为题材。

玻利维亚小说家、进步政治家阿尔西德斯·阿格达斯（1879—1964）的《青铜的种族》（1919）是最著名的原住民小说，被称为"印第安人的《圣经》"。故事发生在玻利维亚喀喀湖畔一个偏僻的高原上。小说分为两部：第一部《山谷》讲述了几个来自玻利维亚高原的印第安人到山谷去卖他们产品的情况；第二部《荒原》则讲述了印第安青年阿希阿利和瓦塔-瓦拉之间的爱情故事，也描述了印第安人所受到的剥削和凌辱及他们的反抗和斗争。小说中虽然充满了印第安世界的神奇色彩，但是这些还是被悲惨的故事笼罩了起来，读者最终看到的是被奴役的"青铜的种族"的苦难。

原住民小说真实再现了印第安人所遭受的灾难和痛苦，作品具有强烈的社会和政治的倾向性。厄瓜多尔作家豪尔赫·伊卡萨的《瓦西篷戈》（*Huasipungo*）是其中的代表作。"瓦西篷戈"是印第安克丘亚语，意思是"一块土地"，是庄园主作为耕种其土地的代价送给印第安人的。印第安人可以在这块土地上盖茅屋，这茅屋也叫"瓦西篷戈"。小说描写了庄园主阿尔丰索·佩雷伊拉与同住在他土地上的印第安人之间的冲突和矛盾。庄园主阿尔丰索·佩雷伊拉为谋取暴利，不顾印第安人的强烈反对，将土地出租给一家外国公司来修建公路。印第安人失去了赖以生存的土地，纷纷起来反抗，与庄园主和外国资本家进行殊死的搏斗，最后印第安人全部被残忍地杀死。小说展示出野蛮、暴力、血腥和梦魇般的黑暗，揭示了印第安人生活的本质，显现出印第安人的反抗精神，改变了其他作品中印第安人一贯的逆来顺受的形象。

秘鲁的西罗·阿莱格里亚（1909—1967）是原住民小说的重要代表作家。他自幼生活在印第安人中间，年轻时因为参加政治活动而被迫流亡。之后开始文学创作，先后出版了《金蛇》(1935)、《饿狗》(1938)、《广漠的世界》(1939) 等作品。《广漠的世界》为他的代表作，讲述了秘鲁北部的印第安部落鲁米公社的三代人为保卫土地、保卫自由生活而进行武装斗争的故事，塑造了新旧两代酋长的形象，抨击了庄园主的凶残和贪婪，反映了社会的黑暗和印第安人生活的苦难。

第二节　先锋派文学

一、拉美先锋派的创造性

拉丁美洲先锋派文学是 1916 年以后拉美各种文学流派的总称。1910 年墨西哥著名诗人恩里克·贡萨雷斯·马丁内斯大声疾呼要"扭断那天鹅的脖子"，为现代主义敲响了丧钟。而 1916 年鲁文·达里奥的去世标志着现代主义诗歌的结束。尤其是 20 世纪初期世界上发生的改变历史发展轨迹的大事深刻地影响了文学的进程。墨西哥革命、第一次世界大战、十月革命等历史事件对拉美文坛产生了巨大的影响。在这种历史背景下，拉美文学在 1910 年到 1930 年间完成了由现代主义向先锋派诗歌的过渡，而在欧洲"未来主义"、"达达主义"和"超现实主义"的影响下，拉美的先锋派文学开始崛起。拉美先锋派文学主要包括尖啸主义、"现代人"派、极端主义、马丁·菲耶罗主义、创造主义、"现代艺术周"派、宇宙主义等。墨西哥和阿根廷是先锋派文学的两个主要发祥地。

墨西哥在 1922—1927 年间出现了尖啸主义的文学运动。"尖啸"意思是指要大声地呐喊、疾呼、咆哮，掀起强大的声波，振动空气，搅动像死水似的墨西哥文坛。该流派创始人为曼努埃尔·马布莱尔·阿尔塞，他宣称："尖啸主义是一种策略，一种姿态，一种挑战，一种革命。"他煽动人们"抛弃岁月强加的责任和模式，用铁锤砸烂文学老师的讲台"。这种主张获得阿尔盖莱斯·维拉、维尔曼·利斯特·阿苏维德、路易斯·根塔尼亚等青年作家的积极响应。尖啸主义历时五年，每年都有新作问世。如曼努埃尔·马布莱尔·阿尔塞的《内部脚手架》(1922) 与《禁止的诗歌》(1927)、维尔曼·利斯特·阿苏维德的《街角》(1923)、路易斯·根塔尼亚的《电台》(1924)等。这些作品主张"打倒一切文学上帝"、"推翻所有文学定义"，题材新颖，敢于在传统文学形式方面有所突破和创新。

"现代人"派产生于 1928 年，主要标志是墨西哥文学杂志《现代人》(1928—1931) 的创刊。现代派的主要成员有贝尔纳多·奥尔蒂斯·蒙特利亚诺、哈伊梅·托雷斯·波德特、豪尔赫·古埃瓦斯等诗人群体。所谓"现代人"派，就是要诗人写现代人的生活。

极端主义是阿根廷重要的先锋文学流派。它是以拉法埃尔·坎西诺斯·阿森斯为代表的一批诗人在 1919 年西班牙创建的，20 年代经博尔赫斯和维多夫罗改造后引进拉丁美洲。博尔赫斯沿用了"极端主义"的名称，维多罗夫则改用"创造主义"以示区别。博尔赫斯试图强调文学的创新。他在《我们》杂志上概括了自己的美学原则："（1）抒情最主要的手段是比喻。（2）摒弃不必要的连接词、句和多余的形容词。（3）去掉修饰成分、说教、忏悔、景况叙述和苦心追求的隐晦。（4）将两个或更多的形象融一体，从而使诗句更见耐人寻味。"① 但是，后来博尔赫斯渐渐脱离了极端派。他独辟蹊径，力图寻求艺术的永恒价值，而不注重生活的表面变化。

马丁·菲耶罗主义是拉美先锋派文学的重要一支。它源自阿根廷同名文学杂志《马丁·菲耶罗》（1919—1927），主要成员有该杂志的编辑埃瓦尔·门德松、阿尔图罗·埃塞拉、阿尔贝托·赫尔区诺夫等年轻作家。1924 年，《（马丁·菲耶罗）宣言》的发表标志着这一流派的正式形成。马丁·菲耶罗主义反对"狭隘的民族主义"和"民族主义文学"，呼吁人们走向世界，用新的眼光和感觉观察生活，主张用新的激情来讴歌新时代的现代文明。

创造主义是西班牙极端派文学进入拉丁美洲的另一种变体。其创始人是智利诗人维森特·维多夫罗（1893—1948）。他于 1921 年创办了新文学杂志《创造》，"创造主义"因此而得名。维多夫罗在阿根廷布宜诺斯艾利斯艺术协会的讲演中指出："诗人的天职，第一是创造，第二是创造，第三还是创造。"1925 年，维多夫罗在巴黎发表《宣言》，进一步阐释创造主义，说："创造主义不仅仅是一种文学流派，而且还是一种普遍的美学原则。"他相信一切问题都可以在创造中得到解决，而坚决要摒弃一切流派，打破一切传统。

"现代艺术周"派产生于 1922 年。在索萨·安德拉德、索萨·班德拉·菲略、格拉萨·阿拉尼亚等作家的积极推动下，一批分散巴西各地的主张现代主义文学艺术的团体开始频繁接触，巴西文学艺术界出现了大动荡和大辩论的局面。当时正值巴西宣布独立 100 周年之际，巴西文坛的年轻作家、艺术家于是决定在圣保罗市大歌剧院举办"现代艺术周"。期间，具有反传统倾向的巴西文学艺术家济济一堂，用讲演、朗诵、展览等形式公开宣布他们要用欧洲现代主义革新巴西文学。"现代艺术周"冲破了地域主义文学一统天下的局面，对巴西文艺走向世界起了决定性的作用。

"宇宙主义"一词源自墨西哥作家巴斯康塞洛斯的《宇宙种族》，本意为拉丁美洲种族是世界各种族交杂的产物，具有无与伦比的"世界性"和"宇宙精神"。宇宙主义思潮兴起于拉美的南北两端而后席卷整个拉丁美洲。宇宙主义重视对西方及外来文化的借鉴。宇宙主义的代表作家是博尔赫斯。20 世纪 40 年代前后，在拉丁美洲文坛爆发了一场如何借鉴西方现代派文学的争论，争论的焦点围绕在两个问题上：该不该借鉴？如何借鉴？这场争论加快了拉美文学走向世界的进程，促使拉美文学寻找适合这块土壤的文学之路。

二、重要作家与文本

先锋派诗人卡夫列拉·米斯特拉尔（1889—1957），是智利杰出的女诗人。1945

---

① 李德恩、孙成敖编著：《插图本拉美文学史》，85 页，北京，北京大学出版社，2009。

年，"因为她那富于强烈感情的抒情诗歌，使她的名字成为整个拉丁美洲的理想的象征"，成为拉丁美洲第一个诺贝尔文学奖获得者。

米斯特拉尔少年早慧，9 岁时就能即兴赋诗。1914 年，她参加了在首都圣地亚哥举行的"花奖赛诗会"，以三首怀念不得志而轻生的未婚夫所写的《死的十四行诗》获得金奖而蜚声文坛。1922 年，她应墨西哥政府的邀请和受智利政府的委托，前往墨西哥帮助实施教育改革。同年，纽约的西班牙研究院出版了她的《绝望》。《绝望》集共分七卷，其中五卷是诗歌，包括生活、学习、童年、痛苦、自然，另外两卷是散文诗和短篇小说。因此诗歌中除了表现爱情这一永恒的主题之外，米斯特拉尔已经开始表达她对教育儿童、拯救贫贱以及对西班牙美洲人民的关注。在艺术上，诗歌文字笔触细腻生动，感情真实，在形式上力求突破传统，锐意创新。

1924 年，米斯特拉尔的第二部诗集《柔情》出版。之后，她进入外交界，先后任智利驻意大利、西班牙、葡萄牙、美国的领事，晚年还曾任智利驻联合国特使。1938 年，她的第三部诗集《塔拉》(Tala) 问世。这本书包括：母亲之死、幻觉、疯女的故事、原料、美洲、乡情、婴儿、摇篮曲、世事趣谈、乐事、两个故事、赠言和十页的散文注释。诗集歌颂大自然的美丽，抒发对母亲的挚爱，反映被压迫的痛苦，充分反映了她视野的不断扩大。《塔拉》中的诗歌都是象征主义的佳作。另外，她还出版了《葡萄压榨机》(1954) 等诗集。她的作品题材广泛，艺术水准极高，使她成为一代女诗人的代表和中心人物。她在拉丁美洲诗歌史上是承前启后的人物，对智利乃至拉丁美洲许多诗人产生了重要的影响。

阿方索·雷耶斯作为三四十年代拉丁美洲宇宙主义思想家，对墨西哥文学产生了重要的影响。他 16 岁开始文学创作，是墨西哥青年诗社"雅典"诗社的创始人之一，1914 年后的十年间他在马德里留学，与西班牙、法国、意大利诗人建立了广泛的联系，是《西班牙语言杂志》《西方杂志》《太阳报》等重要报刊的撰稿人。回国后一度从事外交工作，先后出使西班牙、巴西、阿根廷等国，30 年代中期开始筹建墨西哥学院，1939 年出任该院首届院长。

雷耶斯的著作极其丰富，全集达 30 卷之多，最主要的作品《阿纳华克视野》(1917) 诠释了 1519 年墨西哥的历史、诗歌、批评等问题；《歌德的政治思想》(1937) 与《最后一棵水仙》(1942) 述说了美洲的历史；《划界：文学理论序言》为拉丁美洲文学理论的奠基之作。他的著作内容广泛，包括艺术、诗歌、美学、宗教、政治、语言、电影、历史、经济、文学理论等各个方面。此外，还有短篇小说集《斜面》(1920)，戏剧《残忍的伊费赫尼亚》(1924)。主要诗作有《足迹》(1922)、《墨西哥湾》(1934)、《塔拉瓦马拉的草》(1934)、《加西亚·洛尔卡坟前的康塔塔》(1937)、《一些诗》(1941)。文学理论著作有《美学问题》(1914)、《西班牙文学片断》(1934)、《鲁文·达里奥在墨西哥》和《新西班牙文学》(1948) 等。

雷耶斯一生致力于拉丁美洲文化事业的建设，作为"宇宙主义"的积极倡导者，他涉猎了几乎所有人文学科的经典著作，从《荷马史诗》到《乔伊斯》，并将大量作品翻译成西班牙语。雷耶斯的诗歌创作将诗的艺术与渊博的学识结合，凸显了墨西哥和拉丁美洲诗歌的多元和混杂。以至于在博尔赫斯看来，雷耶斯是 20 世纪西班牙语世界"最了不起的诗人、学者",认为他完全可以创作出像《尤利西斯》那样的鸿篇巨制,然而,雷耶斯的作品大都短小精悍,究其原因,在于他充当了墨西哥与拉美各国,拉美与世界各国作家之间的桥梁,他以文会友,把世界作家介绍给拉丁美洲的同时还为拉丁美洲作家做了大量的宣传,将他们推向世界的舞台。正是在雷耶斯的积极努力下,墨西哥乃至拉丁美洲文坛的多元格局开始形成。

维森特·维多夫罗被看作拉丁美洲创造主义诗歌的创始人。他少年时代就酷爱法国先锋派诗歌,1912 年与诗友创办《青年诗神》杂志。1913 年,他在《蓝色》杂志上发表文章,提出诗人应杜绝模仿,自由发挥自己创作才能的艺术主张。他认为真正的诗人应该能震撼时代并超越时代,次年他在智利圣地亚哥发表的宣言中说:"我们未经深思熟虑便接受了这样的事实:除了我们身边的现实之外,不会有其他的现实。却不曾想过,我们同样可以在自己的世界中创造现实,这样的世界盼望着它本身的动物和花卉。只有诗人能将它们创造出来,因为大自然母亲将这种特殊的本领赋予了诗人,而且仅仅赋予了诗人。"在文学上,他喜欢一切革新和创造,决心和智利文学史上的古典主义、浪漫主义决裂,和鲁文·达里奥的现代主义决裂,希望建立一个新奇的个人诗歌体系。

1918 年 7 月到 9 月,维多夫罗在西班牙马德里结识了以拉法埃尔·坎西诺斯·阿森斯为首的极端主义诗人。三年后他再次来到马德里,主办了《创造》杂志,这是一本属于先锋派文学的杂志,当时发表了许多标新立异的文学、美学以及音乐作品。1925 年在巴黎发表的《宣言》中,他对创造主义作了这样的解释:"创造主义并非我强加于人的一种流派,创造主义是一般的美学理论,我于 1912 年开始对它进行研究,在我很久以前首次去巴黎写的书籍和文章中,你们即可看到它的雏形和最初的痕迹。……"在维多夫罗看来,现实中的一切矛盾都可以在"创造"中得以解决,只有创造才能产生激情,才能发挥诗人独有的神奇的力量,在他看来诗人就像科学家一样,能够探测到毫不相关的事物之间内在的联系从而解决问题。他的理论超越了西方所有的思想范畴,反而趋近于东方玄学的精神境界。他的创造理论主张摒弃一切模仿,诗人应该创造前所未有的东西。他身体力行,在自己的诗歌创作中表达了自己的创作意图。他的作品有:《灵魂的回声》(1911)、《夜歌》(1913)、《寂静的岩洞》(1913)、《隐蔽的宝塔》(1914)、《亚当》(1916)、《水的镜子》(1916)、《北极的诗》(1919)、《逆风》(1926)、《阿尔塔索尔》(1931)、《最后的诗》(1949)。

在诗歌的艺术风格上,维多夫罗主张:把事物人格化;将一切晦涩的东西写得清晰准确;把抽象的东西具体化,而把具体的东西抽象化。在创作中,他与博尔赫斯不谋而合的是都非常注重意象的作用。他认为意象是诗歌创作的基础,联系不同事物的手段,表现意境和神韵的关键。《阿尔塔索尔》是维多夫罗的代表作,1931 年在马德里出版。诗歌长达 3000 多行,维多夫罗称之为自己最重要的诗,这部诗歌也奠定了他在拉丁美洲诗坛的地位。首先诗歌的标题就是先锋派诗歌的产物,它(Altazor)是"alto"(高的)和"azor"(苍鹰)结合而成。诗歌描写了现代人从理性、从信仰神灵到荒诞不经的堕落,表现了现代人追求的失败。在艺术风格上则具有先锋派诗歌的典型特点。维多夫罗在诗歌中创造了自己独特的语言,并不是打破语言,而是创造语言的再生能力，从而把语言变成了诗歌的主人公。在以往的诗歌中，语言的拟人化从未达到这样的境界。在诗歌中，诗人把一系列毫无联系的事物糅合在一起，在语法上无懈可击，然而在语义上则荒唐至极，而且始终重复同样的句式，通篇不用标点。显然维多夫罗已经把诗歌推向了极端形式主义的方向。在诗歌中，还可以看到诗人所受的法国诗歌的影响，他将阿波利奈尔的"诗画"特征引入自己的诗歌，语句参差不齐，在排列时注意将听觉的频率和视觉的节奏结合在一起。

维多夫罗的诗歌在艺术上刻意创新，给西班牙语诗歌带来了很多新的因素。他系统地阐述了创造主义的诗歌理论，开创了拉丁美洲先锋派诗歌的先河，对拉丁美洲诗歌的创作产生了深远的影响，并最终结束了现代主义诗歌的时代。

塞萨尔·巴列霍（1892—1938）是20世纪秘鲁最重要的诗人，也是整个西班牙语美洲最有影响的诗人之一。由于家庭的原因，巴列霍的作品受到西班牙文化和拉美文化的影响。1918年他在首都利马结识了科洛尼达派的作家们。次年便出版了第一部诗集《黑色使者》。1922年他发表了第二部诗集《特里尔塞》，这是一部与现代主义传统彻底决裂的作品，是拉丁美洲先锋派诗歌的里程碑。次年，他发表了短篇小说集《音阶》，接着又创作了讲述一个穷苦印第安人悲惨命运的小说《野蛮的寓言》。1926年，他与胡安·拉雷塔共同创办了《繁荣·巴黎·诗歌》杂志，成为欧美的先锋派诗人赫拉尔多·迪耶戈、特里斯坦·查拉、维森特·维多夫罗、胡安·格里斯、皮耶尔·勒韦尔迪、巴勃罗·聂鲁达等人发表作品的园地。1928—1929年间他先后访问了苏联、德国、捷克斯洛伐克等国。在旅居西班牙期间他创作了反映印第安矿工的生活和斗争的社会政治小说《钨矿》（1931）。另外，他还写了通讯《1931年的俄国》以及许多短篇小说、杂文、散文和戏剧等作品。西班牙内战时期，他创作了《西班牙，我饮不下这杯苦酒》（1937）。而他最后的诗集《人类的诗篇》是在他去世之后发表的，包括他在1923年后创作的其他诗歌。

巴列霍的诗歌具有鲜明的拉丁美洲特色。他认为诗歌创作首先要通过语言的创新去寻求真理。他的诗歌的主要题材是时间、死亡、人生、历史、家庭和故乡。他的语言风格虽然多变化，但是读者始终会读出令人心碎的痛苦。他的诗歌中地方的、民族的、本土主义的特点非常明显。

作为秘鲁最伟大的诗人，塞萨尔·巴列霍的诗歌代表了真正的秘鲁诗歌。正如有些学者的评论所言："他的诗是高耸的安第斯山发出的呜咽，这呜咽传遍了世界，震撼了世界，同时也包容了世界。"①

巴勃罗·聂鲁达（1904—1973）是智利伟大的民族诗人。1971年他以其无可比拟的境界和成就成为诺贝尔文学奖得主，被加西亚·马尔克斯称为是"20世纪最伟大的诗人"。

1904年7月12日，聂鲁达出生于帕拉尔城。年仅13岁时，聂鲁达一篇题为《热情与恒心》的文章就在特木科的《晨报》上发表。1919年在玛乌莱省举办的诗歌比赛中，他的诗《理想夜曲》获得三等奖。1920年起，因为对捷克现实主义诗人

① 刘晓眉：《秘鲁文学》，180页，北京，外语教学与研究出版社，1999。

杨·聂鲁达的仰慕，开始启用巴勃罗·聂鲁达的笔名。1923 年聂鲁达出版了第一部诗集《黄昏》，其中不乏带有神秘的浪漫主义和象征主义的色彩之作。1924 年，他的第二部诗集《二十首情诗和一支绝望的歌》问世，聂鲁达在智利文坛崭露头角。诗集形象地展现了美丽的自然风光，歌颂了爱情和青春，也表现了个人爱情的悲欢。感情真挚、朴实，风格清新。此后，诗集《奇男子的引力》（1925）、《戒指》（1926）和小说《居民及其希望》（1926）相继问世，他在当时也被称为"智利三大诗人"之一。1927 年开始，聂鲁达进入政坛，供职于外交界，先后出使仰光等多地，任驻外领事、总领事和大使等职。1935 年，诗歌集《大地上的居所》（第一、二集）出版。聂鲁达用充满象征、比喻、神秘莫测的语言和自由体诗歌来发泄绝望、苦闷的情绪，表现畸形的阴暗世界。

1936 年 6 月西班牙内战爆发后，聂鲁达回到智利，创作了著名诗篇《西班牙在我心中》。这是讴歌西班牙人民反法西斯战争的诗篇。1939—1940 年他出访美国等许多国家。他陆续写下了《献给斯大林格勒的情歌》《献给玻利瓦尔的歌》《献给斯大林格勒的新情歌》《歌颂红军到达普鲁士门口》等诗篇，这些作品连同《西班牙在我心中》等其他作品一同收录在了诗集《大地上的居所》第三卷（1935—1945）中。他的诗歌在结构上和形象上采用了超现实主义的手法，但在内容上则已经出现了向政治诗的转向。1945—1949 年间，聂鲁达积极从事政治活动，并且完成了两部长诗《1948 年纪事》和《漫歌》的创作。

《漫歌》是聂鲁达的巅峰之作。诗集共 15 章，248 篇。它具有史诗般的品质，述说了美洲的历史，古代印第安文化的历史，侵略与反侵略的斗争史、独立战争的斗争史并总结了 20 世纪 40 年代的世界形势。从第一章《大地上的灯》象征着人的潜意识中美洲对人的召唤，一直到十五章《我是》中作者作为战士和诗人的责任。其中包括对西班牙征服者的描述，对美洲解放者的颂扬，对压迫者、独裁者的谴责，对普通劳苦大众的赞美，表达了诗人的愿望和理想。其中第二章《马丘比丘之巅》是诗人在1943 年结束墨西哥总领事工作的归国途中参观秘鲁的印加帝国遗址——马丘比丘后而创作的，长达 3500 行，是《漫歌》的精华所在。

1950 年聂鲁达获得"加强国际和平"列宁奖金，随后访问了中国。1952 年 8 月智利政府撤销了对他的通缉令，他得以返回智利。之后，他完成了《元素之歌》（1954）、《葡萄和风》（1954）、《新元素之歌》（1956）等。《葡萄和风》创作于聂鲁达访问欧洲、苏联和中国以后，是他一系列关于保卫世界和平的政治活动的记述。而《颂歌》则是为这一时期的代表作。《颂歌》中的作品富有哲理性，人民和平凡的事物成为歌颂的对象，描绘了生活和社会细节。在表现形式上，语言简短、活泼，节奏较为缓慢。聂鲁达在 60 年代以后虽然也创作了大量作品，但佳作不多。

聂鲁达的诗歌通过博采众长来寻求自己的表现形式，无论是法国的超现实主义等先锋派文学，西班牙古典诗歌的巴洛克风格和民间谣曲，还是惠特曼的自由体诗歌，苏联玛雅可夫斯基的政治诗歌，他都会从中受益，从而使他的诗作"具有自然力般的作用，复苏了一个大陆的命运和梦想"（瑞典文学院诺贝尔文学奖授奖奖词）。

1990 年 10 月 11 日瑞典文学院将当年的诺贝尔文学奖授予了墨西哥诗人、散文家奥克塔维奥·帕斯（1914—1998），认为他是一位"用广博的国际背景材料进行创作的墨西哥作家，诗人和散文家"，并评价"帕斯作品的特点是充满激情，富有人道主义美德"。"视野开阔，将拉丁美洲史前文化、西班牙征服者的文化和西方现代文化融为一体"。帕斯成为拉美第五位诺贝尔文学奖的获得者。

　　奥克塔维奥·帕斯出生于墨西哥城一个书香门第。因为家庭条件的优越，帕斯从小接受正规的教育。14岁时他以优异的成绩考入墨西哥国立自治大学。就在这个时期，他开始尝试创作。1931年便与人合办了《栏杆》（1931—1932）。两年后创办《墨西哥谷地手册》（1933—1934），介绍英、法、德等国的文学成就，主要刊登西班牙语国家著名诗人的作品。他的第一部诗集《野生的月亮》（1933）也在这时发表。1937年，他应邀前往西班牙参加了反法西斯作家代表大会，结识了当时西班牙语诗坛上最杰出的诗人——巴列霍、维多夫罗、安东尼奥·马查多等。同年，阿尔托拉吉雷为他出版了《在你清晰的影子下及其他关于西班牙的诗》，宣告诗人与西班牙17世纪诗歌缘分的终结，开始创作社会诗歌。西班牙内战结束后，他出版了《在世界岸边》和《复活之夜》（1939），并创办了墨西哥后先锋文学的重要刊物《车间》（1938—1941）、《浪子》（1943），成为"车间"派诗人的重要一员。1944年他前往美国进行考察，同时着手对拉丁美洲诗歌进行研究。在美国，帕斯有幸结识了艾略特、庞德、威廉斯、斯蒂文斯等著名诗人。1945年，帕斯开始从事外交工作，他先后出使了法国、印度等国家。1949年，帕斯第一部重要诗作《假释的自由》出版。1953年帕斯回到墨西哥，结识了卡洛斯·富恩特斯。1955年帕斯创建"诗歌朗诵"小组，推动诗歌戏剧运动。此后又创办了《墨西哥文学杂志》来捍卫和实践现代派艺术理论。1956年，帕斯的诗论专著《弓与琴》出版并获得墨西哥文学的最高奖项——比利亚马鲁蒂亚文学奖。1957年出版文学随笔集《榆树上的梨》和第一部长诗《太阳石》，后者标志着帕斯诗歌艺术鼎盛时期的到来。次年《狂暴的季节》出版，表现了诗人对当时墨西哥现状的批判态度。此后他主要从事文学创作，这一时期发表的主要作品有《蝾螈》（1962）、《旋转符号》（1965）、《交流》（1967）、《可视唱片》（1968）、《东山坡》（1969）、《回归》（1976）、《内心之树》（1987）、《另一个声音：诗歌与世纪末》（1990）等。

　　《太阳石》是帕斯最具代表性的抒情诗之一，共有584行，与阿兹特克太阳历的纪年年份相同。它从15世纪雕琢的阿兹特克太阳历石碑切入，假借赞扬阿兹特克太阳历石碑来赞美灿烂的美洲古代文明，描绘了世界万物的特点，人类命运的变幻，抒发了诗人对祖国山河的眷恋和对美好生活的热爱。诗人展开想象的翅膀，飞跃过时空的界限，用蒙太奇、联想波、套合术等手法，将现实、历史、神话、梦幻、回忆和憧憬融为一体，充分显示出了帕斯通古博今的学识和激越奔放的诗情。这首诗被评论界认为是一部罕见的"当代史诗"。

　　帕斯的文学成就是多方面的。他不仅是一位诗人，还是一位杰出的散文家和批评家。他的散文《孤独的迷宫》是拉美为数不多的散文精品。他精通西方哲学、文学和历史，而且在伦理学、心理学、语言学和人类学等方面都有很高的造诣。他崇拜东方文化，潜心研究过老庄孔孟，熟读《周易》、佛经。帕斯的文论创作起始于诗歌创作成熟的时期,是他对前期创作包括他同时代人作品的总结和反思。此外,帕斯还是一个杰出的翻译家,他不仅翻译过葡萄牙诗人佩索亚、英国诗人卡明斯、瑞典诗人伦德奎斯等许多西方作家的作品,还翻译过大量东方作家的作品。他从英、法等西方文字转译过唐诗,特别推崇王维和李白。

作为西班牙语的杰出诗人和作家,帕斯取得的成就是辉煌的。1998年帕斯辞世后,加西亚·马尔克斯说:"对帕斯的荣誉来说,任何表彰都是肤浅的。他的死是一个美、思考和分析的漂流的无法修补的短路。这一涌流贯穿了整个20世纪,而且会波及今后很长的时间。"而巴尔加斯·略萨则说:"我认为当代文化一个最高大的形象和帕斯一起消失了。作为诗人、散文家、思想家和正义的觉悟,他留下了一条很深的痕迹。它使得自己的崇敬者和反对者都深深为他的思想、他的美学意象以及他用智慧和激情所捍卫的价值观念而折服。"

三、先锋派小说家

在20世纪20年代后期,拉丁美洲出现了大量的先锋小说,对新小说的崛起和后来拉丁美洲文学的爆炸起到先导作用。阿根廷作家马赛多尼奥·费尔南德斯创作了一系列古怪新颖的游戏之作,如《睁开双眼并非全是失眠》《新人手稿》《一部开始的小说》。埃德华多·马耶阿发表了短篇小说集《献给一个绝望的英国女人》和长篇小说《十一月节》,作品中有明显的普鲁斯特式心理探索的痕迹。墨西哥作家阿尔盖莱斯·维拉的《无人咖啡馆》将意识与潜意识、现实与幻想加以混合。奥文的《云状小说》兼有蒙太奇式的推陈出新和弗洛伊德式的心理分析。秘鲁作家马丁·亚当在《纸板房》中对结构问题进行了卓有成效的探索。在中美洲和加勒比地区,恩里克·拉布拉多尔·鲁耶斯的《自我的迷宫》是一部以内心独白为主的心理小说,而阿斯图里亚斯的《危地马拉传说》和卡彭铁尔的《埃古·扬巴·奥》拉开了拉丁美洲魔幻现实主义小说的大幕。维多夫罗运用大量电影技巧和"诗化语言"创作了《卡里奥斯特罗》。玛丽亚·路易斯·邦巴尔的《最后的雾》在形式和心理描写方面令读者耳目一新。乌拉圭作家奥拉西奥·基加罗的《阿内贡达》不仅标志着他作品的寓言风格日益成熟,而且还是拉丁美洲幻想小说的雏形。胡安·卡洛斯·奥内蒂的处女作《井》把笔触伸向了病态社会中的各色人等的病态心理。

20世纪40年代初期,阿根廷作家阿道夫·比奥伊·卡萨雷斯《莫雷尔的发明》将现实和幻想交织,巧妙地融情节小说、心理小说、幻想小说和科幻小说于一体。阿根廷的马塞多尼奥·费尔南德斯的《一部开始的小说》、埃德华多·马耶阿的《一切绿色终将枯萎》和博尔赫斯的《小径分岔的花园》以及乌拉圭作家奥内蒂的《无主的土地》等作品,以巧妙的手法、奇特的想象、崭新的手法和独特的心理描写,打破了地域主义文学一统天下的局面。

此后,拉美小说开始了多元化发展的道路。在幻想小说方面,博尔赫斯相继推出了《杜撰集》《阿莱夫》和《死亡与罗盘》等具有幻想小说特点的短篇小说集。比奥伊·卡萨雷斯也出版了《逃亡计划》《英雄之梦》和《奇闻》等中长篇小说。此外,另一位阿根廷作家胡里奥·科塔萨尔的前期作品《动物寓言集》和《游戏的终结》，墨西哥作家胡安·何塞·阿雷奥拉的短篇小说集《臆想种种》和《寓言集》都是脍炙人口的幻想小说。

在关注人内心世界的心理小说中也有不少优秀作品问世。如阿根廷作家埃内斯托·萨瓦托的《地洞》、埃德华多·马耶阿的《灵魂的敌人》和《塔》、卡洛斯·马桑蒂的《替物》、佩蒂特·德·姆拉特德《伸向死亡的阳台》、马丁内斯·埃斯特拉达的《梦之根》、哥斯达黎加作家约兰达·奥雷阿姆诺的《潜逃之路》、哥伦比亚作家埃德华多·卡巴耶罗·卡尔德隆《背后的基督》等都是其中杰出的代表。

魔幻现实主义通过对印第安人或黑人或混血人集体无意识来表现拉丁美洲社会的落后与神奇，在这一时期大量涌现并取代了原住民小说，主要包括有卡彭铁尔的《这个世界的王国》和《消失的脚步》、阿斯图里亚斯的《玉米人》、胡安·鲁尔福的《佩德罗·巴拉莫》、秘鲁作家何塞·马里亚·阿格达斯的《深沉的河流》、卡洛斯·富恩特斯的《戴面具的日子》和巴西作家吉马朗埃斯·罗萨的《舞蹈团》等等。

结构现实主义小说注重形式创新，如阿斯图里亚斯的《总统先生》、卡彭铁尔的《追击》、富恩特斯的《最明净的地区》、阿根廷作家曼努埃尔·姆希卡·拉伊内斯的《家》及马雷查尔的《亚当·布宜诺斯艾利斯》都堪称典范之作。

虽然先锋派小说深受欧洲文学的影响，但是拉美作家从欧洲现代派文学中借鉴更多的是艺术技巧。绝大部分拉美文学家坚持文学要植根本土和发扬民族文化传统。在他们看来，新大陆贫困落后的根源在于社会存在本身，拉美人民的悲惨命运具有普遍性。因此，拉美作家更加注重以客观、尖锐、深刻的态度去揭露、抨击、批判社会的痼疾，宣泄内心的愤懑与不平。他们严肃地探寻社会的出路，试图通过作品来促使拉美民族意识的觉醒和民族自信心的提高。他们认为，拉美灿烂的文化、古老的印第安文化是作家追根溯源的钥匙，作家应该深入心灵深处去了解原住民，进而了解拉美社会的特点。

因此，这一时期的现实主义拓宽了题材。其中阿斯图里亚斯的《香蕉三部曲》表达了反殖民反侵略题材，墨西哥作家罗萨里奥·卡斯特亚诺斯的《原住民巴龙—加南》描写了印第安原住民生活，何塞·雷布埃尔塔斯的《人祭》表现了劳资矛盾，阿根廷作家阿特丽斯·吉多的《天使之城》涉及妇女问题，阿根廷作家罗杰尔·普拉的《鲁滨逊们》触及青少年问题，墨西哥作家奥古斯托·塞斯贝德斯德《魔鬼的金属》和巴西作家若热·亚马多的《土地三部曲》则把笔触对准了工农生活，阿根廷作家奥尔蒂的《短暂的生命》与戴维·维尼亚斯的《无情岁月》表现现代人自我失落、人性异化、道德沦丧。

在艺术表现方面，拉丁美洲作家开始重视对人内心世界的探索，肯定了潜意识和梦幻作为一种精神现实具有认识价值和美学价值，从而冲破了传统小说的樊篱，大胆探究拉美人的内心世界，敢于涉足前人不曾问津的意识流和梦境的题材。因此，他们在语言上进行了勇敢的创新，如打破语言的逻辑性和语法条义，以表现"事物的非理性和非现实性"；在作品结构上，作者不再设置一个全能全知的叙述者，作品中的人物只负责讲述自己的感受，人物性格的塑造主要依赖人物自己意识的流动来完成；作品中出现了"主观时间",即按人物的情感,把过去、现在和将来互相交织重叠起来。

米格尔·安赫尔·阿斯图里亚斯(1899—1974)是危地马拉著名小说家、诗人。他生于危地马拉城,父亲是一位有名的法官,母亲是小学教师。由于父亲不满当时卡夫雷拉的独裁统治遭到迫害,全家被迫迁入内地,这使他从小受到反独裁思想的熏陶,日后积极投入了反对独裁统治的斗争。迁居还使他有机会接触到土生土长的印第安居民,逐渐了解了他们的风俗习惯、宗教信仰、思想情感和古老的印第安文化。这对他一生的文学创作产生了非常重要的影响。后去法国求学五年。在法国求学期间,正是超现实主义在欧洲风起云涌之时,巴黎成为这一新流派的活动中心。阿斯图里亚斯结识了超现实主义运动的倡导者勃勒东、本哈明·佩雷、查拉等人并同他们建立了友谊。同时,他还和当时在巴黎的许多拉丁美洲作家一起,接受并参与超现实主义。这些作家有智利诗人维森特·维多夫罗、秘鲁诗人塞萨尔·巴列霍、委内瑞拉小说家阿尔杜罗·乌斯拉尔·彼得里以及古巴著名作家阿莱霍·卡彭铁尔等。他还和卡彭铁尔一起创办了《磁石》杂志,宣传超现实主义的主张。

在法国期间,他在从事古印第安文化的研究和宣传超现实主义文学文艺思潮的同时开始了文学创作。其处女作《危地马拉传说》(1930)取材于民间流传的神话和《波波尔·乌》中的故事,用超现实主义的笔法描绘了印第安传说,反映古印第安人的宗教信仰、世界观和文化传统,并以诗一般的语言来描绘印第安人的生活的神奇和魔幻气氛。

1933年,阿斯图里亚斯回到祖国,在乌维科的独裁统治下生活了11年。1944年,乌维科垮台,他被新的阿雷瓦罗政府任命为外交官。1946年,长篇小说《总统先生》问世,这部小说获得空前热烈的反响,使他一举成名。1954年,阿雷瓦罗的继承人阿本斯被美国暗中支持的武装力量所推翻,阿斯图里亚斯再次流亡国外,在日内瓦一个国际文化交流机构工作。1966年,他又被蒙地内格罗的中立派政府起用,担任驻法大使。1965年,阿斯图里亚斯荣获列宁和平奖金,1967年,"由于其出色的文学成就,他的作品深深植根于拉丁美洲印第安人的民族气质和传统之中",阿斯图里亚斯获诺贝尔文学奖。1974年逝世于西班牙马德里。

阿斯图里亚斯的文学成就主要在小说方面。在《危地马拉传说》和《总统先生》成功之后,1949年以反映本土天主教文化和玛雅文化混合氛围下的农民生活的《玉米人》问世。在1950—1960年这十年间,他创作了反映危地马拉香蕉种植园生活的三部曲:《强风》(1949)、《绿色主教》(1954)和《被埋葬者的眼睛》(1960)。这些都是带有浓厚民间神话色彩的政治控诉小说。他的后期作品有《珠光宝气的人》(1961)、《这样的混血女人》(1963)等。

阿斯图里亚斯曾经说过:"在旅居巴黎的那些年代里,我看到许多'世界主义'的作家描写巴黎,描写凡尔赛宫,从那时候起,我就感到写美洲才是我的特长和义务,感到总有一天,写美洲的事情会引起世界的兴趣。……我认为,对我们所有的人来说,写作不过是将某种经验传播下去,在印第安人中保留着一种对伟大的喉舌的崇拜。这伟大的喉舌就是一个部族的代言人。从某一点来说,我正是表演了这样的角色：我们部族的代言人。"①《总统先生》以危地马拉的独裁者卡布雷拉为原型，成功塑造了一个拉丁美洲独裁暴君的典型形象，逼真地再现了拉美独裁统治下的社会氛围。

　　《总统先生》最早构思于1922年，最初是一篇名为《政治乞丐》的短篇小说，后又改写了十年，于1932年脱稿。由于当时的独裁统治和法西斯在全世界的猖獗，直到1949年才得以出版。小说共有三大部分，41章，但在洋洋洒洒的几十万字中，总统只出现了三次。作品勾画了一个充满乞丐、娼妓、密探、警察和政客的社会图景。但是，小说没有停留在对独裁者个人罪恶的谴责上，而是以一个社会学家和政治活动家的敏锐的眼光，用高度凝练的手法揭露独裁统治的政治根源和社会根源，即反动的社会制度、帝国主义的侵略、根深蒂固的宗教意识和宿命论思想的影响，因此，这部小说成为拉丁美洲"独裁小说"的典范。

　　在小说中，阿斯图里亚斯继承和发展了印第安原住民民间文学的特点，并将之与超现实主义的表现手法完美地结合在一起，从而形成了自己的创作风格。印第安传统观念中的"万物有灵论"以及预示和预感的真实存在在《总统先生》中都得到多次表现。《总统先生》中他对人物的梦魇进行了大量的描写，借以深刻展示人物的心理状态。

　　虽然《总统先生》尚未将魔幻和现实的结合全面渗透到创作中去，但超现实主义的梦魇和潜意识的写作手法无疑为"魔幻现实主义"风格的诞生开辟了先河，而用超现实主义的手法反映印第安原住居民的传统观念也成为"魔幻现实主义"创作的基本原则之一。

　　《玉米人》（1949）是阿斯图里亚斯的第二部长篇小说。书名来源于印第安神话传说中的一个典故，根据玛雅—基切人的"圣经"——《波波尔·乌》记载，世界上本没有人类，造物主先用泥巴捏出个人样，但是一场洪水或是一场暴雨冲毁了泥人，于是造物主用木头造了一个男人，用芦苇编了个女人，然而木头人太过死板，不知报恩和崇拜，也被洪水毁灭了。最后，造物主选择了土生土长的材料——玉米来造人，创造出了使他满意的人类，所以印第安传统观念认为玉米是人类的骨骼和肌肉，神圣而不能侵犯。《玉米人》这个书名和它的内容就是根据这段传说引申而来的。

　　小说分六个部分，情节像是一段段的故事，而贯穿全文的主线是白人和印第安原住民居民因为对玉米的不同观念而引发的斗争，虽然印第安人最后失败了，但敌人也得到了应有的报应。

　　《玉米人》深深地根植于《波波尔·乌》与《契仑·巴伦之书》的神话之中，这些神话和传统观念始终贯穿着小说的全部情节。对于印第安传统神话的继承和发展在这里比在《总统先生》中表现得更加丰富且深刻，也因此有了更多的魔幻现实主义色彩。小说中大自然里的各种因素，飞禽走兽，花草树木、河流山川都具有各自的生命和特点，扮演着各自的角色，已经不仅仅只是起烘托环境的陪衬作用。于是展现在读

---

①　段若川：《安第斯山上的神鹰：诺贝尔奖与魔幻现实主义》，100页，武汉，武汉出版社，2000。

者面前的是千奇百怪的人组成的王国。在这个王国中，时间是循环的，过去和现在，现实和想象，都同时存在于每一个故事的主人公的意识里。礼仪、行为、表情和事件不断地重复，又毫不留情地被无规律的停顿打断。阿斯图里亚斯怀着玛雅—基切人的信念、感情和语言，以他们的思维方式把一个神奇的危地马拉现实呈现在我们眼前。正是神奇的现实，丰富深厚的印第安神话传说底蕴以及强烈的社会责任感和历史使命感，铸就了《玉米人》丰富和深刻的价值。

古巴作家阿莱霍·卡彭铁尔（1904—1980），1904 年出生于哈瓦那，父亲是法国建筑师，母亲是俄国人。受父母的影响，他从小喜欢文艺。他大学毕业后，很快投身于文学和新闻出版，先后为《争鸣》《挑战书》和《前进》杂志工作。1928 年，因反对独裁统治者马查多的斗争入狱，在狱中创作了第一部长篇小说《埃古-杨巴-奥》。这是拉美表现美洲黑人文化的第一部作品，充满象征主义和黑人宗教神秘文化，具有"神奇现实主义"色彩。小说 1933 年在马德里出版。作者在法国超现实主义作家罗贝尔·兰索的帮助下流亡到巴黎。在巴黎，卡彭铁尔很快进入了文学界，直接参与了超现实主义的发展和传播运动，结识了大批的作家，如安德列·布勒东、普鲁斯特、纪德、萨特等。布勒东还邀请他为《超现实主义革命》杂志撰写文章。1937 年他和古巴诗人、作家胡安马里内约等一道参加第二届国际文化保卫代表大会。他还和阿斯图里亚斯等作家共同创办了介绍和推广超现实主义的文学杂志《磁石》。1924 年到 1925 年，超现实主义在法国达到高峰，卡彭铁尔也竭力将超现实主义的艺术形式和表现手法传播到美洲。

1949 年，卡彭铁尔出版了《人间王国》。在该书的《序言》中，卡彭铁尔第一次阐述了他关于"神奇的现实"（lo real maravilloso）的观点。他说："这里处处是神奇的现实，我想，这种神奇的现实并非海地独有，而是整个拉丁美洲的特性。"他认为，美洲的神奇现实是从其诞生之日起便存在的，这和哥伦布来到美洲，面对美洲奇特的自然景观和人种之后所发出的"神奇"的感慨是相似的。卡彭铁尔有长期的欧洲生活经历和欧洲文化知识的底蕴。他在《序言》的结尾处强调："必须指出，小说所叙述的历史是建立在真实的基础上的，不但历史事件真实，连人物（包括次要人物）、地点、街道以及一切细节都真实无误。纵然是貌似超然的时序也掩盖不了真实时间的显现。不过，在某个特定时期，以卡波城为神奇的交叉路口，戏剧性的离奇事件与富有幻想色彩的人物交织在一起，使得整个现实充满了欧洲无法企及的神奇，而这一切是如此的真实，如同小学教材中为传播知识而指明的典型事件一样。但是，整个美洲史不就是一部神奇现实的记录吗？"

除了《序言》之外，小说还由四个部分组成，讲述了 1760 年到 1820 年海地黑人起义的原因、历史嬗变和复杂的政治风云。作品融海地神奇的现实和超现实主义为一体，全方位反映海地革命和拉美大陆的现实，被公认为是魔幻现实主义小说早期重要作品，对拉美魔幻现实主义文学的创作起了至关重要的作用。

《启蒙世纪》（1962）是卡彭铁尔的又一代表作。作者以粗重的笔触、象征性的手法，通过主人公维克托·雨格命运的变迁，完成了对美洲经历的广泛概括和总结。小说描述法国大革命在新大陆尤其是在西属和法属加勒比地区的直接影响，展示出法国大革命的矛盾、暴力斗争及理想的破灭，其间涉及哲学、造型艺术、考古学、医学、神秘主义等不同的领域。《启蒙世纪》被评论家视为"代表卡彭铁尔的全部小说特色"。作品充分体现出作者的创作原则：表现重大题材，不落俗套。

《消失了的足迹》（1953）是卡彭铁尔的另一部力作。主人公从事音乐研究，他深入南美洲原始森林，沿热带丛林中一条宽阔的河流溯流而上，直至源头，去寻找一套古老的原住民乐器，最终未能成功。作品对生命、时间、历史和人类科学进行了透彻的探讨，富有哲理，见解十分独到。故事融入作者很多的亲身经历和感受，具有鲜明的自传性质。

卡彭铁尔一生从事新闻行业，而音乐研究也是他人生的重要部分，1946年出版的《古巴音乐》就是他的一大成就。

豪尔赫·路易斯·博尔赫斯（1899—1986），阿根廷作家、诗人，出生在布宜诺斯艾利斯的一个富有家庭，他的家庭教育对他的一生有着重要影响。他自幼阅读过大量的英语文学经典。1914年，全家迁往日内瓦，博尔赫斯在那里接受中学教育。1919—1921年间他在西班牙参加了极端主义文学运动，在此期间为一些西班牙杂志撰文，并自称"无政府主义者、相信非战主义的自由思想者"。1921年博尔赫斯回国后，与朋友创办了名为《棱镜》的杂志，介绍欧洲先锋派文学发展情况，开始文学创作。1924年，他与荒诞主义哲学家马塞多尼奥·费尔南德共同创办了《船头》杂志，发表了一系列批评拉丁美洲现代主义诗歌运动的文章，积极介绍欧洲的超现实主义文学运动。1923年，博尔赫斯出版了第一部诗集《布宜诺斯艾利斯激情》。《面前的月亮》（1925）和散文集《探询集》《我希望的尺度》（1926）也相继问世。1935年，他发表短篇小说集《恶棍列传》，1936年发表《永恒的历史》，这是他的文学生涯中两部关键性的作品。1937年，他和多米尼加文学理论家佩德罗·恩里克斯·乌雷尼亚合作出版了《阿根廷文学经典作品选》。

由于家族遗传的原因，博尔赫斯自幼眼力欠佳，青年时期高度近视，1938年以后开始逐渐失明。从此，他就在母亲的帮助下，从事文学活动。1939年，他发表了第三部诗集《圣马丁札记》。1941年，他的杰作《小径分岔的花园》问世。1944年，他发表了《虚构集》。后来，又发表了散文《新时间论》（1947）、《阿莱夫》（1948）和《死亡与罗盘》（1951）等。1950—1953年间，他担任阿根廷作家协会主席。1955年，他和卡萨雷斯共同发表《短篇奇异故事选》和两部描写20世纪初布宜诺斯艾利斯郊区生活中的恶劣行径的电影剧本。

1946年到1955年间，庇隆政府当权，博尔赫斯由于在反对政府的宣言上签名而受到迫害。1955年庇隆政府倒台，新政府鉴于博尔赫斯的文学成就为他恢复了名誉，并任命他为国立图书馆馆长。对担任国立图书馆馆长之事，博尔赫斯苦笑地说："上帝同时给予我80万册书与黑暗。"不过，他担任这一职务一直到1973年庇隆派重新执政为止。1955年，他被选为阿根廷文学院院士，并出任了布宜诺斯艾利斯大学哲学系和英国文学的教职。次年，获阿根廷国家文学奖。

博尔赫斯被称为"作家们的作家"。由于在文学上的卓越贡献，他一生获奖无数，其中的大奖有：1956年阿根廷国家文学奖，1962年法国文学艺术骑士勋章，1963年

阿根廷国家艺术基金大奖，1970 年巴西美洲文学奖，1980 年西班牙的塞万提斯奖
（与赫拉尔多·迭戈分享）等；唯独没有获得诺贝尔文学奖。

博尔赫斯的创作成就主要体现在短篇小说、诗歌和散文创作方面。"博尔赫斯的
小说虽短小精悍，但隐藏着一种深奥的哲理；运用典故和象征，营造梦幻、神秘的氛
围。小说的情节扑朔迷离，结构新颖，充满了想象力，有的评论家把博尔赫斯的小说
归入幻想文学。"① 而他的诗歌则涉及了很多主题：梦、迷宫、镜子、图书馆、无限、
有恒、宗教、神祇和"另一个我"。他的作品反映了"世界的混沌性和文学的非现实
感"。

《小径分岔的花园》是他的代表作之一，后来收录到《虚构集》中。小说表面上
采用了侦探小说的形式叙述了一个发生于第一次世界大战期间的故事：来自中国青岛
大学的原英语教师余准博士做了德国间谍，遭到英国军官理查德·马登的追踪。余准
躲入汉学家斯蒂芬·艾伯特博士家中，见到了小径分岔的花园，后来余准杀害了艾伯
特博士，以此通知德军轰炸位于艾伯特的英军炮兵阵地，最后被理查德·马登逮捕。
小说充斥了荒诞与虚构，博尔赫斯试图通过一种假托的故事表达自己的人生哲学：空
间的并存和时间的交叉；人生活在世间，就如同走进迷宫；人生充满无限的偶然性。
而且在小说中博尔赫斯宣称："小径分岔的花园是一个庞大的谜语，或者是寓言故事，
谜底是时间……""时间永远分岔，通向无数的将来。在某一个将来的某个时刻，我
是可以成为您的敌人。"②

《阿莱夫》是博尔赫斯的巅峰之作。作者的虚构技巧达到了炉火纯青的地步。小
说采用第一人称的叙事方法叙述了"我"的故事："我"的女友贝雅特丽齐在 1929 年
2 月去世。4 月 20 日是她的生日。这天，"我"总会去女友家探望她的父亲和表哥卡
洛斯·阿亨蒂诺·达内里。阿亨蒂诺供职于一家图书馆，是一位颇为自负的诗人，曾
因为一首歌颂地球的古怪的诗获得国家大奖。他打电话告诉"我"说，由于一家咖啡
馆要扩建，需要拆除他的住房，而这幢住房对于他完成一首长诗是必不可少的，因为
地下室的某一个角落有"阿莱夫"。我问他"阿莱夫"是什么，他解释说，"阿莱夫"
是空间中包罗万象的一个点。于是，"我"沿着他房子的楼梯走下去，发现一个名
叫"阿莱夫"的闪亮而神奇的东西。它是一个直径有二三厘米的圆球，可以将宇宙
万物都包容进去。"我"趁机劝他离开大城市，但是没有提到那个"阿莱夫"。小说
具有后现代主义的特征，博尔赫斯借"阿莱夫"表达他对世界的看法，从对世界认
知的多元性中否定了世界的一元性，从而合理地颠覆了宏大叙事。从艺术上看，小
说体现了博尔赫斯故事的共同之处：故事情节具有神学和哲学理论基础，作者即叙
述者和主角。

---

① 李德恩、孙成敖编著：《插图本拉美文学史》，95 页，北京，北京大学出版社，2009。
② ［阿根廷］豪·路·博尔赫斯：《博尔赫斯全集》（小说卷），王永年、陈泉译，132 页，浙
江，浙江文艺出版社，1999。

第三节　拉美的"文学爆炸"

一、历史背景

所谓拉丁美洲的"文学爆炸"（El boom Latinoamericano），其实是指发生在1960—1970年之间的文学运动。在经历了长期的借鉴、继承、探索、骚动之后，拉丁美洲文学终于悄然崛起，并开始了她的爆炸时代。"文学爆炸"至今余音未绝，后"文学爆炸"在小说创作方面也取得了令人瞩目的成就。

拉美的"文学爆炸"有着特殊的历史背景。在1960—1970年间，整个拉丁美洲都处于动荡不安之中，"冷战"的气氛笼罩在整个拉美上空。古巴革命，阿根廷、巴西、智利、巴拉圭、秘鲁等国家的军事独裁政权统治，都是拉美文学发生变革的政治根源。在这种背景下，拉美的文学创作日益贴近社会历史现实，西班牙语作家的自我定位也发生变化，他们创作了一批切合时代的作品。

学界认为，"文学爆炸"只是一个即兴而起的名称。起初是拉美新小说的反对派提出来的，为了贬低这些新小说而把它们称为"Boom"——这本是借用一个英语单词，意味着一个短暂的空泛的过程。很多人或走上大学的讲台，或在报刊上撰文，反对这个"文学爆炸"。正是他们的这种宣传，阴差阳错地使"文学爆炸"成为广为人接受的事实。实际上，"文学爆炸"没有固定的组织和纲领，也缺乏核心人物和学术刊物。它只是描述了在一段时期内拉美小说空前繁荣的这一现象。

"文学爆炸"期间，拉美文坛产生了很多作家和作品。最具有代表性的作品有加西亚·马尔克斯的《百年孤独》，巴尔加斯·略萨的《绿房子》和《城市与狗》，卡洛斯·富恩特斯的《阿尔特米奥斯·克鲁斯之死》，胡利奥·科塔萨尔的《跳房子》，何塞·多诺索的《淫秽的夜鸟》，埃尔奈斯托·萨巴托的《英雄与坟墓》，胡安·卡洛斯·奥内蒂的《船坞》，加夫列卡·因方特《三只悲伤的老虎》，莱萨马·利马的《天堂》，罗亚·巴斯托斯的《人子》等。

当然，"文学爆炸"鼎盛时期，每一个拉美作家都试图绽放出绚丽的花朵。虽然，墨西哥小说家胡安·鲁尔福（1918—1986）并不属于"文学爆炸"行列，但他的《燃烧的原野》（1953）、《佩德罗·巴拉莫》（1955）和《金鸡》（1980）写得异常精彩。其中，《佩德罗·巴拉莫》描写了庄园主卢卡斯的儿子巴拉莫的罪恶史，充满了阿兹特克人印第安的神话传说，被誉为"当代墨西哥神话"。而且，作家运用了时空颠倒、交错、隐喻、象征、夸张等艺术手法，使得小说显得怪异、迷离，极富有魔幻色彩。于是，在"文学爆炸"时期这本小说的价值得到普遍承认，成为拉美新小说的经典之作。

70年代以后，拉美的政治形势出现了逆转。大批作家对前途失去了信心，感到茫然，理想逐渐破灭，在创作上出现了向内转。他们对祖国、民族命运的关切程度降低，试图在作品中寻找自我，发泄苦闷，表达人生的感触。从创作群体看，到了80

年代，后爆炸时期的作家已变得很普遍，他们中大多数出生在 40～—60 年代，属于新生代。也有的作家如何塞·多诺索（1924—1996）被认为参与"文学爆炸"和后"文学爆炸"两场运动。他的小说《淫秽的夜鸟》（1969）被视作"文学爆炸的经典作品之一"。第三种群体则是那些爆炸时期的主要作家如富恩特斯、加西亚·马尔克斯和巴尔加斯·略萨在爆炸时期结束后续有优秀作品诞生。第四种群体应当属于女性作家，如伊莎贝尔·阿连德、路易莎·巴伦苏埃拉和艾琳娜·波尼亚托沃斯卡。

"后爆炸"时期的作家作品主要有阿根廷作家曼努埃尔·普伊格（1932—1990）的《蜘蛛女之吻》（1976）、墨西哥作家费尔南多·德尔·帕索（1935— ）的《何塞·特里尔》（1966）与《墨西哥的帕利努罗》（1977）、伊莎贝尔·阿连德（1942— ）的《幽灵之家》（1982）、赛尔希奥·比托尔（1939— ）的《夫妻生活》（1991）等。这些作品通常采用一种更朴实更易懂的风格并回归现实主义。

二、"文学爆炸"四主将

在拉美的"文学爆炸"中，阿根廷的胡利奥·科塔萨尔、哥伦比亚的加西亚·马尔克斯、秘鲁的马里奥·巴尔加斯·略萨、墨西哥的卡洛斯·富恩特斯堪称四位主将。他们深受欧洲和北美现代主义的影响，同时也继承了拉美先锋派文学的衣钵，向拉美文学的传统套路发起挑战，创作了一大批经典之作。

胡利奥·科塔萨尔（1914—1984）阿根廷作家。他与加西亚·马尔克斯、巴尔加斯·略萨、卡洛斯·富恩特斯、何塞·多诺索并驾齐驱，是拉丁美洲新小说的代表人物之一，也同为拉丁美洲"文学爆炸"时期的创作主将。

科塔萨尔生于比利时布鲁塞尔。后随全家辗转至布宜诺斯艾利斯。1938 年他发表第一部作品十四行诗集《出现》。1949 年他在博尔赫斯的直接影响下创作了新型话剧《国王们》。1951 年第一部短篇小说集《动物寓言集》问世，标志着他的创作已经达到了很高的艺术水准。

1951 年他远渡重洋，流亡法国。经过严格的考试，他被联合国教科文组织录用为翻译员。他陆续出版的短篇小说集有《游戏的终结》（1956）、《秘密武器》（1959）等。在短篇小说创作方面，科塔萨尔被称为"幻想小说大师"，因为他的短篇作品大多具有幻想色彩和神奇怪诞的描写。他自己也认为他写的任何东西都具有幻想、怪诞的成分。

1960 年，科塔萨尔的第一部长篇小说《中奖彩票》问世。作品描写了一群彩票得奖者在一艘远洋巨轮上长途旅行的故事。马尔科姆号船上有着神秘的气氛，活像一座移动的监狱。旅行者们既不知道旅行的目的地是哪里。他们身处何地，也不知道船长是何人。于是众人在船上尽情娱乐、喝酒、聊天、做爱，面对茫茫大海不知所措。当他们发现自己的处境时，纷纷反抗，但结果大不相同：有的获得了荣耀，有的受伤，还有的丧命。小说运用象征手法讽刺现实社会的混乱、荒唐和可笑，反映了人们命运的迷茫和人生的坎坷。小说的讽喻色彩浓烈。

1963 年，长篇小说《跳房子》的发表使他进入 20 世纪最伟大的作家行列。这是一部开放的小说，没有中心情节或连贯的故事，主要描写一个主要人物奥拉西奥·奥利维拉，小说主要描写他在巴黎和布宜诺斯艾利斯两城市的生活和遭遇。

作品分为三个部分：第一部分题为"那边"，包括第1章到第36章，写奥利维拉在巴黎的生活；第二部分题为"这边"，包括第37章到第56章，写主人公在布宜诺斯艾利斯的生活；第三部分题为"其他地方"，包括第57章到第155章，包括主人公的朋友莫雷利阐述的文学理论、作者的自我剖析和各种报刊、文学作品、哲学作品的引文、歌曲以及对上两章的补充和评论。第三部分和跳房子游戏中的人间、天堂和其他房间相对应："这边"是人间，"那边"是天堂，"其他地方"是其他房间。作者以跳房子作隐喻，表现主人公无望的人生追求。

作者在作品正文前为读者提供了一份《阅读指南》，告诉读者本书的阅读方法。根据作者的提示，这部小说有两种读法。一种是通常的阅读方法，即按目录上的次序，从第一章开始循序读完第一部分和第二部分后，第三部分可以略去不读。这是为"阴性读者"（作者把读者分为"阳性"和"阴性"）准备的，这一类读者被动地接受作者安排的一切，从头到尾顺利地读完一部小说。这类读者比较死板，机械，没有味道和情趣，作者对这类读者不抱希望，甚至劝他们不必去读第三部分。第二种读法是跳跃式的读法，按照小说每章末尾标出的序号接着阅读。万一记不住，可以参照《阅读指南》的图表。作者建议读者从第73章开始，然后回到第1章和第2章，再跳到第16章，按照《阅读指南》上的图表一直读到第131章结束，其中把第三部分各章有机地穿插进去。这种读法是为"阳性读者"准备的，这种安排给读者设置了一系列的悬念、疑惑点，迫使读者深入探索和思考，进入小说的境界，成为书中人物和作者在创作上的"同谋者"。也就是说，通过读者的阅读，重新创作一部或多部小说。科塔萨尔试图想通过这后一种安排，打破传统小说的结构，创造一种"反小说"，即一种开放性的小说。

《跳房子》的主题是追求、探索。跳房子是一种儿童游戏。顾名思义，都是要经过上下求索，达到中心。奥利维拉怀着对祖国命运的关心，抛弃舒适的生活条件，离开阿根廷到巴黎去寻找真理。但是到了巴黎（小说第一章"那边"和跳房子游戏中的"天"）就被虚伪的价值观念和残酷的社会风气碰得头破血流，西方资本主义的日益没落使他的梦幻变成了泡影，最后只好割断与拉玛伽的爱情，重返祖国，开始新的探索。在布宜诺斯艾利斯（小说第二章"这边"和跳房子游戏中的"地"），他继续探求，直至失去理性，从窗口跳下。小说中有一个细节，主人公在跳下之前看到庭院里地上划着跳房子游戏的格子，心想："我要是跳下，我一定能落入'天'格中"。这反映出拉丁美洲知识分子的上下求索、失望而不绝望的精神。

小说除了在结构方面新颖独特以外，作者还广泛地采用了一些现代文学创作技巧，如多角度的人物描绘、多人称的叙事方式、多层次的气氛渲染、多时序的叙事时间等，打破了传统小说的单线叙述形式，使作品具有很强烈的立体感。另外，小说的语言大胆创新，各章内容的安排简洁经济，具有不少亮点。

《跳房子》发表后，引起了世界文坛的瞩目，造成了"火山爆发"效果。经过二十多年的时间考验，这部作品不仅成为最受读者欢迎的作品之一，而且被誉为"拉丁美洲的《尤利西斯》",成为"第二次世界大战后意识及感情的最强劲的百科全书"。

科塔萨尔的其他作品还有《八十个世界一日游》(1967)、长篇小说《装备用的62型》(1968)、《最后一回合》(1969)等。他的作品对拉丁美洲和欧洲当代文学都有一定影响。

加夫列尔·加西亚·马尔克斯(1928—2014)是哥伦比亚著名小说家、随笔作家、新闻与电影工作者。1982年10月22日,由于其作品"融幻想与现实为一体,勾画出一个丰富多彩的梦幻般的世界,反映了拉丁美洲大陆的生活和斗争",而被授予了诺贝尔文学奖。

马尔克斯1928年3月6日生于哥伦比亚马格达莱纳省位于加勒比海边的阿拉卡塔卡镇。1940年他进入一所教会中学读书,为校刊《青年》撰写报道和诗歌。1944年,他的第一个短篇小说《无法摆脱的精神变态》发表。1947年进入大学法律系后,他创作了短篇小说《第三次无奈》。1955年他的第一部长篇小说《枯枝败叶》(*La hojarasca*)用内心独白的形式讲述了马孔多小镇的历史变迁。中篇小说《没有人给他写信的上校》(1956)描写了老实的退休上校和妻子苦度年华、徒劳等待政府发放退役补助金的故事。短篇小说《恶时辰》(1961)再现了一个小城围绕匿名帖发生的种种事件,描绘了各种人物的不同心态。1962年短篇小说集《格兰德大妈的葬礼》问世。1967年,《百年孤独》出版。1971年美国哥伦比亚大学授予他"名誉博士"称号。1972年短篇小说集《纯真的埃伦迪拉与残忍的祖母》出版。长篇小说《家长的没落》(1973)以漫画手法刻画了一个残暴、狡猾、荒淫无度、恶贯满盈的独裁者形象,是拉丁美洲反独裁小说中的一部力作。1979年创作的长篇报告文学《尼加拉瓜的战争》支持桑地诺民族解放运动。1980年重返哥伦比亚《观察家报》工作。他编剧的电影《我亲爱的玛利亚》获得卡塔赫纳国际电影节最佳影片奖。1981年,为躲避哥伦比亚反动政府对他进行的政治迫害,马尔克斯前往墨西哥请求政治避难,并在墨西哥接受了法国政府授予的奖章。小说《一桩事先张扬的谋杀案》于1981年问世,描写一桩根据无端的谣传和猜测而公开叫嚷并残暴杀害一个无辜青年的情景,暴露了封建的陈规陋俗对人们的毒害。在艺术上,这部优秀的魔幻现实主义小说结构严谨、语言精练、将现实和虚幻、写实与夸张、爱情纠葛与喜剧冲突融为一体。

1982年马尔克斯获得诺贝尔文学奖后,长篇小说《霍乱时期的爱情》(1985)发表。小说的男女主人公在20岁时未能结合,因为他们觉得自己过于年轻,经过了人生的种种曲折以后,到了80岁时他们仍难喜结良缘,因为他们青春年华已去。马尔克斯采用了19世纪欧洲的传统现实主义手法来表现人生的酸甜苦辣、悲欢离合。这被评论界称为"我们时代的爱情大全",被誉为"一部充满哭泣、叹息、渴望、不幸和欢乐的爱情教科书"①。1989年,长篇小说《迷宫中的将军》出版,小说描写了拉美解放者西蒙·玻利瓦尔生前七个月的生活、工作和若干鲜为人知的经历,塑造了一位有血有肉、真实丰满的英雄形象。随后,短篇小说集《十二篇异国旅行的故事》(1992)、中篇小说《爱情和其他魔鬼》(1993)先后出版。1995—1996年长篇报告文

---

① 朱景冬、孙成敖:《拉丁美洲小说史》,454页,天津,百花文艺出版社,2004。

学《绑架的消息》出版。1999 年，长篇小说《我们相会在八月》在西班牙出版。2000 年他访问古巴，关注在美国的古巴难民问题。2002 年回忆录《沧桑历尽话人生》出版。2014 年 4 月 18 日，患有淋巴腺癌的马尔克斯因肺部感染抢救无效离世。

《百年孤独》被普遍认为是魔幻现实主义文学的最高成就。1966 年小说问世以后，立刻引起西班牙语文学界以及整个世界文坛的轰动。拉丁美洲文学评论界认为《百年孤独》在拉美引起了"文学地震"，称赞它是"20 世纪用西班牙语写成的最杰出的长篇小说之一，完全可以和西班牙文学名著《堂吉诃德》媲美"。

小说以虚构的马孔多小镇为背景，描写了这个小镇在百年间的历史变迁和布恩迪亚家族七代人的命运：老布恩迪亚为了逃避被他杀害的邻居的冤魂的纠缠，携妻子出逃，在一个荒漠的沼泽地上建造了一个名叫马孔多的小镇，他年迈时因为精神失常而死去；小儿子奥雷利亚发动了 32 次起义，躲过了 14 次的暗杀、73 次埋伏和 1 次枪决，最终对战争感到厌倦而走上了自杀之路，但未遂，回家后依靠制作"小金鱼"打发余生；孙子阿卡迪奥被反对党枪杀；曾孙女雷梅德斯身披被单被风刮走；曾孙阿卡迪奥二世从运送罢工工人尸体的火车上逃走后，遇到了长达四年十一个月的大雨；六世孙恩迪亚和姑妈乱伦，生下一个长着猪尾巴的孩子；第七代人被一群蚂蚁活活地吃掉。小说的结尾，吉卜赛老人的寓言终于应验：马孔多终于被一场飓风刮走，从此不会在世间出现。

小说以马孔多为典型，象征性地表现了哥伦比亚和拉丁美洲近百年来的历史发展和社会演变历程，揭示了拉丁美洲民族深层的文化和心理特征，也深刻地剖析了拉丁美洲近百年来"孤独"的社会现实和造成这种现状的深刻的历史、政治、经济、文化等诸多方面的根源，指出了孤独落后所带来的严重危害，表达了作者对于哥伦比亚和整个拉丁美洲民族命运的深刻思考和热情关注，是一部当代拉丁美洲的百科全书。

小说描写的历史跨度大、人物众多、情节复杂，融入神话传说、民间故事、宗教典故、预言等神秘因素，充分运用夸张、象征的艺术手法，大量使用荒诞的描写，在叙事上采用时间轮回和循环叙事的手段，巧妙地糅合了现实与虚幻，向读者展现出一个瑰丽的想象世界反映了作者独特的认识世界和认识人类的方式。

马里奥·巴尔加斯·略萨于 2010 年获得诺贝尔文学奖，这是拉丁美洲作家第六次摘得诺贝尔文学奖的桂冠。这位秘鲁当代最著名的小说家于 1936 年 3 月 28 日出生在秘鲁阿雷基帕市。幼时随母亲在玻利维亚外祖父家生活。1945 年随父母回到秘鲁。1950 年，遵父命赴莱昂西奥·普拉多军事学校读书。1952 年略萨从军校毕业后考入了圣马尔克斯大学学习法律，后来攻读语言和文学。大学期间，略萨认识了青年作家路易斯·罗阿易萨，也因此认识了许多重要的作家，如博尔赫斯、胡安·鲁尔福和奥克塔维奥·帕斯等。1958 年他因为一次征文获奖获得去巴黎的机会。1958 年，短篇小说集《首领们》出版。1959 年，略萨获得文学博士学位。1962 年以军校生活为素材的长篇小说《城市与狗》问世，获得西班牙"简明丛书"文学奖，被评委认为是"三十年来最好的西班牙语小说"。1965 年长篇小说《绿房子》问世。随后《酒吧长谈》(1959)、《潘达雷翁与劳军女郎》(1973)、《世界末日之战》(1981)、《叙事人》(1988) 等作品。另外，略萨还出版了散文集《谎言中的真实》(1990) 等。

　　《绿房子》出版后，于 1967 年获得委内瑞拉罗慕洛·加列戈斯国际小说奖，这是拉美最高的文学奖。小说地点被设置在秘鲁北部城市皮乌拉和亚马逊地区的圣达·马丽亚·德·涅瓦镇，时间跨度为 20 世纪 20 年代至 60 年代长达 40 多年的时间，以五个人物命运的变迁为线索，通过皮乌拉城的妓院"绿房子"的兴衰浓缩了沿海、山地和森林萨格组成部分的整个秘鲁北部的历史和现实，涉及了广阔的社会生活和各色人物。小说揭示了秘鲁社会各色人等的生存状态和社会风俗，揭露了社会的愚昧、野蛮、暴力、欺诈等阴暗面。"绿房子"就是这整个社会的缩影。

　　《酒吧长谈》是一部批判奥德利亚总统独裁统治（1948—1956）的小说。作品通过对社会上种种弊端和罪行的鞭挞，揭露了上层人物的丑恶灵魂和行径，从而也展示了秘鲁社会的黑暗、肮脏的现实。从莱昂西奥·普拉多军事学校到皮乌拉地区进而到整个利马社会，略萨在小说中视野不断扩大，所展示的秘鲁社会现实图景也更加丰富，批判力度也更加深重。

　　由于在叙事艺术手法上成功实现了创新，略萨的小说被认为是拉美"结构现实主义"小说的代表。这类作品重视小说在形式上的创新和突破，没有固定的模式，宗旨是通过结构的变化来立体的、全方位、多角度的反映现实。略萨在作品中进行了大胆的尝试：《城市与狗》把同时把发生在城市与学校之间的事情穿插在一起，情节交互发展；《绿房子》则是"小块"拼接，多个场景交织并进；《酒吧长谈》则是先设置一个中心，然后波状放射展开，波再反扣到源，点明波与源的关系等。

　　略萨如今已成为当代西方最著名的小说家之一。从 20 世纪 60 年代开始，他获得了西班牙、法国、意大利、美国、秘鲁、委内瑞拉等国授予的各种文学奖和荣誉称号。1976 年 8 月，略萨在国际笔会第四十一届代表大会上当选为主席。1994 年获得西班牙塞万提斯文学奖。

　　卡洛斯·富恩特斯（1928—2013）是当代拉丁美洲文坛上的世界级作家。富恩特斯 1928 年出生于墨西哥城。因为家庭关系，他对美洲文化和欧洲文化有着深切的体验。他先后在美洲第一流的学校接受教育。成年后，他赴日内瓦学习国际法，兼任墨西哥大使馆的文化参赞。回国后，在墨西哥国立自治大学任教，后被任命为外交部文化司司长。20 世纪 70 年代，他曾任驻法国大使。80 年代以后，他周游世界，举办讲座。90 年代时期，他侨居伦敦，不断去欧洲和美洲旅行。直到 21 世纪，他仍然笔耕不辍。

　　1954 年富恩特斯创作了第一部短篇小说集《戴面具的日子》，体现了魔幻现实主义的特征。1958 年他发表了第一部长篇小说《最明净的地区》，被认为是 20 世纪墨西哥最有代表性的作品之一。小说以墨西哥革命后到 50 年代期间墨西哥城的社会生活为背景，以流浪汉西恩富戈斯为主要角色，塑造了一群不同阶级的人物，描写他们在革命前后的不同命运。长篇小说《好良心》（1959）问世，描写一个中产阶级青年背叛家庭走入社会，屡经挫折后仍然回到中产阶级舒适生活中的经历。《奥拉》发表于 1962 年，小说描写一位老态龙钟的夫人如何借古人的秘方追回逝去的青春的故事。值得注意的是，作者在小说开始趋向于纯小说，用第二人称进行叙述。同年出版的《阿尔特米奥·克鲁斯之死》描写墨西哥革命以后依靠外国资本发迹的新闻界、政界人物阿尔特米奥在临死时回忆一生的经历，借以反映民主革命后墨西哥政治社会的变化。小说采用复合式心理结构形式来表现人物弥留之际心理活动的三个层次，即人的生理本能、社会意识和潜意识。富恩特斯因此而被誉为和巴尔加斯·略萨与科塔萨尔一样的拉美小说结构现实主义大师。

《神圣的地区》（1967）中还能看到欧洲文学的影子，而《换皮》（1967）则采用了结构现实主义中似于扇形的"定向辐射结构"，这是富恩特斯在小说形式探索上的又一创新。作品写一个墨西哥大学教授和他的妻子、情妇、朋友一行四人从墨西哥城到乔鲁拉游览古印第安金字塔，四个人各自讲述过去的经历，反映第二次世界大战前后欧洲和美洲的历史背景。在 60 年代时期，富恩特斯还创作短篇小说集《盲人之歌》、中篇小说《兀鹰》、长篇小说《生日》和文学论著《西班牙美洲新小说》等。70 年代以后，他创作了《我们的土地》（1975）、《水蛇头》（1978）、《遥远的家族》（1980）等作品。

富恩特斯向来重视拉美文学中正视历史的传统。他的前期作品《最明净的地区》《好良心》和《阿尔特米奥·克鲁斯之死》都是以墨西哥革命为背景的。《我们的土地》是富恩特斯最宏伟和最复杂的一部作品。小说规模宏大，长达 763 页。小说分为三个部分：西班牙帝国与美洲、罗马与墨西哥、基督与羽蛇。故事围绕费利佩二世建造的巨大陵墓展开，讲述了欧洲、美洲和一个虚构的世界，是一部以历史事实为基础充分发挥了艺术想象的作品。它包括了无数的神话故事、历史事件，阐述了西班牙的全部社会生活，描绘了美洲的历史和现状，提出了宗教、艺术和文学于人类生活的功用。历史与幻想交融，古老的希腊神话、《圣经》故事和阿兹特克宇宙起源的神话统统被囊括进了小说，从而形成了一种崭新的神话。富恩特斯以其巨大的勇气、广博的知识和深厚的极强的文字表现力展示了自己的见解。语言细腻、精练，显现出浓厚的巴洛克风格。

富恩特斯进入 80 年代后将主要精力放在影视创作之上，而且参与了由《奥拉》改编的好莱坞同名电影的制作。而由他的小说改编的影视剧《月光下的兰花》更是大获成功。同时，他也创作了部分作品，如《美国老人》（1985）等。90 年代以后，他在文学创作上依然有《战役》（1990）、《迪安娜》（1994）、《劳拉·迪亚斯的岁月》这样优秀的作品问世，1992 年出版的《小说地理学》在文学评论界也颇有影响力。进入 21 世纪后，他先后创作了探讨墨西哥政治与民主前景的《鹰椅》（2003），表现人性的黑暗与残忍的《意志与财富》（2008），关于毒品交易的《伊甸园中的亚当》（2009）。2010 年，他尝试了一个畅销主题的作品《吸血鬼德古拉伯爵》。

因为他在文学创作和研究上的突出成就，富恩特斯获得了西班牙语世界的所有重要文学奖项：1977 年的罗慕洛·加列戈斯文学奖、1979 年的阿方索·雷耶斯奖、1987 年西班牙政府颁发的塞万提斯文学奖，1994 年西班牙王室授予的阿斯图里亚斯王子文学奖。

第四节　巴西文学

一、主要流派与历史阶段

巴西文学的历史分期，一般以 1822 年巴西独立为界限分为两个时期：独立前的殖民地文学时期，独立后的民族文学时期。在巴西被征服时期初期，文学样式以纪事文学和宗教文学为主；17 世纪以后受西班牙作家贡戈拉的夸饰主义文风的影响，巴西文坛上巴洛克-贡戈拉的诗歌风靡一时；18 世纪上半叶，巴洛克-贡戈拉派诗歌走到了极端，以贝略特·德·奥利维拉（1636—1711）于 1705 年写的长诗《帕尔纳索斯的音乐》为突出代表，18 世纪中叶以后，巴洛克—贡戈拉诗歌成了宫廷文学。1822 年巴西独立，文学发展进入了民族文学时期，浪漫主义文学在诗歌创作上先后出现三代作家，这三代作家都深受欧洲作家的影响。浪漫主义小说也早于拉美其他地区。19 世纪后半期，巴西现实主义文学得到迅速发展，小说进一步繁荣，诗歌创作上则是受法国帕尔纳斯派和象征主义的深刻影响，显示出较为强烈的现代主义特征。而且帕尔纳斯派和象征主义诗歌逐渐成为官方文学（或学院派文学），占据了巴西文学的中心，其代表人物为奥拉沃·比拉克和克鲁斯·伊·索萨。1902 年，长篇小说《迦南》《腹地》的问世，标志着巴西文学进入先现代主义时期。20 世纪 20 年代"现代艺术周"的出现，成为巴西文学进入现代主义文学时期的正式的标志。20 世纪 40 年代，巴西文学界诞生了"45 年代派"。50 年代以后，巴西的现代主义文学继续发展，取得了长足的进步。

巴西文学的起源 1500 年 4 月 22 日，葡萄牙人佩德罗·阿尔瓦雷斯·卡尔拉尔率领着葡萄牙探险队的水手们发现了一片无名大陆。卡尔拉尔宣布这一块陆地为葡萄牙王国的属地，在海岸边竖起了十字架，并且给这块大陆起了个名字——"圣十字地"。后来，一批又一批冒险家、历史家、征服者、旅行家以及许多怀揣着《圣经》的传教士来到了这块土地。由于当时巴西印第安民族的人数较少，居住分散，大都居住在内陆丛林中。从 1533 年起，葡萄牙政府采取了向巴西移民的政策。显然这些移民带去了欧洲的文化、思想、语言等。这些人用手中的笔写下了他们的见闻和经历，以及这里的自然风貌和原住民的生活。这样就产生了具有写实性质的纪事文学和天主教文学。早期的文学创作者主要是征服者，他们用葡萄牙语写下了编年史、报告等。

纪事文学的代表人物是佩罗·瓦兹·德·卡米尼亚（Pero Vaz de Caminna，生卒年不详）。他的《佩罗·瓦兹·德·卡米尼亚奏呈》描述了巴西的自然风貌和原住民人的情况，生动而具体，具有鲜明的文学色彩，因此被视为巴西文学的开端。在其后的时间中，还有几部类似的作品，如费尔南·卡尔神甫所写的《巴西大陆及其居民》等。

天主教文学的代表人物当首推胡塞·德·安希埃塔神甫（1534—1597）。他充满热情地在巴西传教，创办学校，写下大量的书信、报告和布道词。他还依据 16 世纪葡萄牙流行的模式写过诗歌，模仿葡萄牙著名剧作家古尔·维特森写过大量用来宣传教义的短剧。他被认为是巴西最早的一位作家。

从文学的角度来看，这一类作品很难算得上是真正意义的文学创作，其历史文献和宗教宣传的性质更加突出。然而它们毕竟具有一定的文学色彩，因此被视为巴西文学的起源。

16世纪中叶以后，反对宗教改革的耶稣会势力控制了文化教育界。1547年设立的宗教裁判所查禁了不少的文艺复兴时期的优秀作品，并通过书刊检查制度，对新思潮横加干涉，压制文学创作活动，阻碍了文学的发展。尤其是1581—1640年间，葡萄牙处于西班牙王室的统治之下，葡萄牙的人文主义文学和民族文学发展受挫，受西班牙贡戈拉夸饰主义文风的影响，追求形式与辞藻的巴洛克—贡戈拉派诗歌在葡萄牙极为盛行。这种文风也波及了巴西。

马托斯·格拉（1633—1696）是当时最著名的诗人。1652年前往葡萄牙科英布拉大学求学，后来返回巴西。他擅长写讽刺诗，被称为"地狱的嘴巴"。他也创作过一些爱情诗、抒情诗和宗教诗。其诗歌创作深受西班牙夸饰主义诗歌的代表人物贡戈拉和警句派代表人物克维多的影响，作品具有典型的巴洛克风格。

史诗《拟声》的作者本托·特谢拉（1560—1618）是巴西巴洛克文学的标志性人物。《拟声》在里斯本出版，极力模仿葡萄牙诗人卡蒙斯的史诗《卢济塔尼亚之歌》，歌颂伯南布哥领地的受赠人何塞·德·阿尔布克尔·科埃略的功绩。史诗本身的文学价值并不高，但由于它是第一部正式印刷出版的巴西作品，所以在巴西文学史上占有一席之地。

安东尼奥·维埃神甫（1608—1697）是巴西贡戈拉风格最优秀的作家。他一生写了六百多篇布道词和书信。雄辩，嘲讽，词汇丰富，感情充沛，富有战斗性，使他的布道词别具一格。

贝特略·德·奥里维拉（1636—1711）竭力模仿西班牙诗人贡戈拉而创作了《帕尔纳索的音乐》（1705）。作品显得矫揉造作，充满了精心雕琢和夸饰。然而，在他的一些描写自然景物的诗篇中，却透露出正在形成的美洲本土主义的曙光。

18世纪时期，巴西出现了最早的文学社团，如巴伊亚的"被遗忘者学会"（1724）和里约热内卢的"幸福者学会"（1736）等。这些学会的成员是一些为统治者和有权势的人物撰写歌功颂德式诗文的人。他们使得巴洛克—贡戈拉文学一时成了宫廷文学。但这些作家脱离时代，脱离社会，一味追求夸饰和造作，没有佳作传世。

二、阿卡迪亚派文学

所谓"阿卡迪亚派文学"是指新古典主义文学。其名来源于当时葡萄牙成立的两个诗社："葡萄牙阿卡迪亚诗社"（1756）和"新葡萄牙阿卡迪亚诗社"（1796），前者反对贡戈拉主义，强调诗歌反映现实生活，注重以古希腊、罗马为典范的新诗歌语言创新；后者既反对贡戈拉主义，又反对古典主义贵族诗歌，主张诗歌接近普通人的日常生活，文字要通俗朴实。① 巴西也出现了不少类似的文学社团，如巴伊亚的"复生者学会"（1759），里卡镇的"海外阿卡迪亚诗社"（1780）以及里约热内卢的"文学协会"（1794）。这些社团坚持传播法国百科全书派的思想和法国大革命的民主原则。"米纳斯吉拉斯派"出现了几位杰出的诗人，比如克拉乌迪奥·曼努埃尔·达科斯塔（1729—1789）、达·伽马（1741—1795）、圣塔·里塔·杜朗（1772—1784）、席尔瓦·阿尔瓦仑（1749—1814）、托马斯·安东尼奥·贡萨加（1744—1810）等。他们多数都在葡萄牙接受过高等教育，深受欧洲文化以及葡萄牙阿卡迪亚诗歌的影响，对古希腊、罗马文学以及16世纪文艺复兴时期的诗歌极为推崇。他们主张诗歌要简洁明快，通畅流利，反对17世纪流行于巴西的巴洛克—贡戈拉文学，把原住印第安人和巴西的自然风光作为写作的题材，作品中带有浓厚的美洲特色，从而使巴西文学出现了独立的倾向。

克拉乌迪奥·曼努埃尔·达科斯塔是把阿卡迪亚诗歌引入巴西的第一人，1768年出版了《诗集》，标志着巴西阿卡迪亚时期的开始。达科斯塔写出过极为出色的十四行诗。圣塔·里塔·杜朗的史诗《卡拉穆鲁》（1781）讲述了葡萄牙人迪奥戈·阿尔瓦雷斯·科雷亚发现巴伊亚的事迹。达·伽马于1769年出版了代表作《乌拉圭》。这是一部无韵史诗，描述了1756年西班牙和葡萄牙人对印第安人的战争。它在形式上突破了当时被视为典范的卡蒙斯的《卢济塔尼亚之歌》的模式，在内容上用印第安神话中的人物取代了西方神话中的诸神，体现了美洲本土主义的色彩。诗歌结构布局得体，语言质朴生动，叙事精当，佳句丽语俯拾即是。席尔瓦·阿尔瓦仑在诗歌创作中把主观的情调和对本土风光的真实情感交织在一起，已经开始具有浪漫主义的因素。

（一）浪漫主义时期文学 19世纪初期，由于欧洲大陆发生了拿破仑战争，葡萄牙王室受到威胁，于1808年被迫迁至里约热内卢。这不仅使巴西的经济得以开放，而且结束了巴西文化和思想上孤立封闭的状态，促进了巴西文化和文学的发展和繁荣。受欧洲浪漫主义文学的影响，巴西浪漫主义文学兴起，这标志着巴西文学开始由殖民地文学时期转向民族文学时期。巴西浪漫主义文学包括诗歌、小说和戏剧等样式，在语言上开始使用通行于巴西的葡萄牙语口语，体现了巴西文学的独特性。

1. **浪漫主义诗歌** 巴西诗歌有双重的渊源：一方面是欧洲的浪漫主义，另一方面是殖民地本土的诗歌，所以从一开始，巴西诗歌就具有浪漫主义的显著特征。浪漫主义文学时期的诗人通常可以分为三代。

（1）第一代浪漫主义诗人 巴西第一位浪漫主义诗人是贡萨尔维斯·德·马加良埃斯（1811—1882），他曾在法国巴黎留学，深受法国浪漫主义文学的影响。1832年出版第一本作品《诗集》时，他还是一个古典主义者；1836年发表《诗意的叹息和忧虑》时已转向浪漫主义，作品中时时流露出拉马丁式的感伤。他是一位把浪漫主义引入巴西的理论家和诗人。"巴西民族诗人"安东尼奥·贡萨尔维斯·迪亚斯（1823—

---

① 曹顺庆主编：《世界文学比较发展史》，下编，230～231页，北京，北京师范大学出版社，2001。

1864) 也创作了很多歌颂美洲大陆和有关印第安人的诗歌，具有反葡爱国的色彩，体现了巴西浪漫主义诗歌的特点。

(2) 第二代浪漫主义诗人 19世纪50年代以后，巴西社会进入一个相对稳定的时期，产生了第二代浪漫主义诗人。他们深受英国诗人拜伦影响，强调表现主观世界以抒发强烈的个人情感，所以这一代诗人也被称为"拜伦派"。他们的诗歌题材狭窄，脱离社会，对伤感、幻灭、病态和死亡进行夸张，作品情调低沉消极，这些诗人大多短命。代表人物有阿尔瓦雷斯·德·阿塞维多（1831—1852），他的诗歌创作及其生活方式都深深地印上了拜伦的痕迹，诗歌主要表现主观内心世界，对现实和传统的不满和对人生的悲观等。作品有诗集《20年的抒情诗》（1853）、《佩德罗·伊沃》（1855）等。"怀念诗人"卡济米罗·德·阿布雷乌（1839—1860）在《我的故乡》中抒发对故乡的怀念，诗作充满了忧愁和伤感。"拜伦派"的诗人还有杰克拉·弗雷雷（1832—1855）、法贡德斯·瓦雷拉（1841—1875）等。

(3) 第三代浪漫主义诗人 19世纪60年代，巴西第三代浪漫主义诗人开始崛起。当时的巴西社会动荡，要求推翻帝制、废除黑人奴隶制度和建立一个自由民主的共和国运动正处于高潮时期。此时的诗人们走出了"世纪病"的阴影，他们面对社会，面对现实，以诗歌为武器，旨在唤起民众为争取民主而斗争。由于他们深受雨果的影响，所以也被称为"雨果派"。其诗歌中充满了追求民主和自由的精神，节奏乐观明快，韵律优美，形式完美。主要代表人物有卡斯特罗·阿尔维斯（1847—1871），他的诗充满了"自由、民主、博爱"的精神，诗歌韵律优美，形式完美。主要作品有《浮沐集》（1870）和《奴隶集》（1883）等。时至今日，卡斯特罗·阿尔维斯依然是巴西拥有读者最多的和最受敬仰的一位诗人。

2. 浪漫主义小说 巴西的小说创作始于浪漫主义时期。早期的小说都是模仿欧洲小说模式的平庸作品。巴西的第一部真正的小说应当是曼努埃尔·德·马塞多（1820—1882）的《褐色女郎》。这部小说在题材和风格上都有明显的巴西民族的特点。浪漫主义时期最重要的小说家是阿伦卡尔（1829—1877）。他的小说几乎包括了浪漫主义小说的四种类型：①以印第安人为题材形象的小说如《瓜拉尼人》（1857）和《伊拉塞玛》（1865），这是被评论家称为"欧洲浪漫主义程式与新美洲主义的混合体"的小说；②以历史任务或事件为题材的小说，如《银矿》（1866）等；③以不同地区是农村为题材的地区性小说，如《加乌乔》（1870）和《蒂尔》（1875）等；④以城市为题材的社会小说，如《五分钟》（1856）和《年轻的寡妇》（1860）等。

埃斯克拉格诺尔·陶奈（1843—1899）的《伊诺森西娅》（1872）是一部以巴西腹地为背景的浪漫主义地区性小说的代表作。《拉古纳的撤退》（1871）则描述了巴西与巴拉圭在巴西境内马托格罗索州发生的一次战役。这部小说气势宏伟，内容新奇，尤其是作家的客观精神使其成为一部与众不同的作品。

（二）巴西现实主义文学 1899年巴西变君主制为共和制，反对传统观念、争取民主和自由的斗争为巴西现实主义文学运动的发展奠定了思想基础。受葡萄牙现实主义文学运动的先锋"70年代派"的影响，圣保罗市和累西腓市的一批青年作家猛烈抨击浪漫主义文学，为巴西现实主义文学运动的崛起而呐喊。巴西现实主义文学主要由现实主义（包括自然主义）小说和帕尔纳斯派诗歌两个部分。

1. 现实主义小说 马查多·德·阿西斯（1839—1098）在巴西文学史上具有崇高的地位，被尊为是"巴西的狄更斯和陀思妥耶夫斯基"。他在诗歌、戏剧、小说和评论等方面都取得了突出的成就。他的最大成就在小说创作方面，代表作有《布拉兹·库巴斯的死后回忆》《金卡斯·博尔巴》（1891）和《堂卡斯穆当》（1899），被称为巴西人"不朽的三部曲"。由于注重对人物性格和心理描写，他被誉为"人类灵魂的探索者"，被认为是巴西第一位和第一流的心理小说家。

阿卢伊西奥·阿塞维多（1857—1913）在 1880 年发表了处女作《女人的一滴眼泪》，这是一部感伤主义小说。1881 年成名作《穆拉托》出版，对社会进行了尖锐的批判和揭露。这是巴西第一部自然主义小说。作者力图用当时的科学理论解释巴西人，强调种族遗传和客观环境对人的影响，但作品也流露出明显的宿命论、决定论和悲观主义的倾向。

这一时期，受自然主义影响较大的作家还有：因格莱斯·德·索萨（1853—1918），他创作了一部典型的自然主义小说《传教士》（1888）；阿朵尔弗·卡米尼亚（1867—1897），这位巴西最无顾忌的自然主义小说家创作了《一位师范学校的女学生》（1893）；儒利奥·里贝多奥（1845—1890）创作了被称为"丑闻小说"的《贝尔希奥尔·德·蓬特神甫》（1876—1877）和《肉欲》（1888）等。

2. 帕尔纳斯派诗歌 受法国帕尔纳斯派诗歌和葡萄牙"七十年代派"的影响，巴西诗歌从 19 世纪 70 年代起，开始由浪漫主义转向帕尔纳斯派。到了 80 年代，帕尔纳斯派诗歌已经成为巴西诗歌的主流。巴西的帕尔纳斯派诗歌有自己的特点。这一派诗人不排斥抒发主观感情，不追求诗歌的纯粹的客观性和科学性。在诗歌内容方面，他们既以现实生活为题材，也以普遍存在的事物为题材。受宿命论的影响，作品中常常流露出一种悲观的色彩。在诗歌的形式上，他们追求唯美主义，强调韵律，注重词句的华美，但在格律和语言方面刻意达到尽善尽美的同时，也没有抛弃浪漫主义的华丽色彩。巴西的帕尔纳斯派诗歌延续时间很久，直到象征主义诗歌以及现代主义诗歌问世之后依然没有衰落。

吉马朗埃斯·比拉克（1865—1918）于 1888 年出版了第一部作品《诗集》。他在诗歌创作中追求诗歌形式的完美，主张诗人应该对作品反复推敲。他的诗歌格律严谨，韵脚丰富，用词讲究。

阿塞维多·科雷亚（1860—1911）被认为是巴西帕尔纳斯派最优秀的一位诗人。作品语言凝练精准，韵律和谐而富于音乐感，格律严谨，技艺精湛。1879 年出版第一部诗集《最初的梦》。1883 年出版的第二部诗集《谐音》具有鲜明的痛苦、怀疑、忧愁和悲观的色彩。

维森特·德·卡尔瓦略（1866—1924）是巴西帕尔纳斯派最杰出的诗人之一。在创作的过程中，他力求诗歌形式的完美和语言的精准，写下了大量优秀的十四行诗。他主要创作爱情抒情诗和描绘大自然景色的诗。

（三）巴西象征主义诗歌 象征主义诗歌作为一种流派在巴西历时虽短，然而对巴西后来诗歌尤其是巴西后来的现代主义诗歌却产生了深远的影响。当时有一些杰出的象征主义诗人，如克鲁斯·伊·索萨（1861—1898）出版了诗集《盾》（1893）和散文诗集《弥撒书》（1893），开辟了巴西象征主义诗歌的先河。由于诗人一生经历坎坷，饱尝苦难，只有把自己的苦闷和向往在诗歌中表达，故被人誉为"黑天鹅"。他十分注重诗歌的技艺，讲究形式的严谨和用词的精当。

另一个著名的象征主义派诗人阿尔蓬苏斯·德·吉马拉恩斯（1870—1921）的诗歌作品多为抒情诗和宗教诗。其爱情诗主要是描写对女性的柏拉图式的爱。强调精神方面的爱情诗、充满神秘色彩的宗教诗和逃避现实生活以死亡为题材的作品是诗人创作的三个主要组成部分。其作品用词讲究，音乐感强，语言富有诗意，感染力强。被誉为是巴西最杰出的"宗教诗人"。

三、20世纪巴西文学

进入20世纪以后，巴西文学有了长足的发展。依照巴西文学发展的线索，学界通常将巴西文学分为先现代主义、"现代艺术周"、现代主义和50年代以后的文学等不同阶段。

（一）先现代主义文学　20世纪初期，巴西文学仍是沿袭的19世纪末期的态势。作为官方文学的代表，巴西文学院所产出的作品乏善可陈，成为因循守旧、维系传统的化身。但是，格拉萨·阿拉尼亚（1868—1931）的长篇小说《迦南》（1902）和皮门塔·达·库尼亚（1866—1909）的《腹地》（1902）的问世，标志着巴西文学进入先现代主义时期。这些作家敢于直面巴西的社会现实，敢于揭露社会的阴暗面，有力地推动了巴西文学的进步。《迦南》是一部介于论文与小说之间的作品，它触及了20世纪初期巴西最基本的社会问题之一——移民问题。小说通过米尔考和伦茨两个德国移民之间的论争，论及了当时巴西社会所面临的各种问题。论争结束后，作者将笔锋转向叙述一个名叫玛丽娅的姑娘的悲惨遭遇。小说的结尾处，米尔考营救出玛丽娅与她一起去寻找充满希望的土地——迦南。小说的题材宏大，对景物和习俗的描写精彩，但是，在结构上不够紧凑，显得松散。《腹地》主要分为《腹地》和《土地》两个部分组成。它很难算得上是一部纯粹的小说，作者在其中涉猎的领域极为广泛，但从总体看来，它主要是对卡奴斯战役的报道。这部作品结构完美，语言和风格具有高度的艺术性，作家毫不隐瞒地暴露了当时巴西社会存在的残酷剥削、农奴制度等现象，从而确立了它在巴西文学史上的经典地位。

"现代艺术周"是一种艺术流派，"现代艺术周"派产生于1922年。在索萨·安德拉德（1890—1954）、索萨·班德拉·菲略（1886—1968）、格拉萨·阿拉尼亚等作家的积极推动下，一批分散巴西各地的主张现代主义文学的团体开始频繁接触，巴西文艺界出现了大动荡和大辩论的局面。除了上述三位作家以外，各文学流派的其他重要代表也参加了活动，如莫赖斯·安德拉德（1893—1945）、德尔·皮基亚（1892——）、罗纳尔多·德·卡瓦略（1893—1935）等。适逢巴西宣布独立100周年，巴西文坛的年轻作家、艺术家分别于2月13日、2月15日和2月17日在圣保罗市大歌剧院举办了"现代艺术周"。其间，具有反传统倾向的巴西文学艺术家济济一堂，用演讲、朗诵、展览等形式公开宣布他们要用欧洲现代主义革新巴西文学。此后不久，涌现了一批新的作家和作品，如马里奥·德·安德拉德的《马库奈伊玛》（1928）等。他们的最大特点和主要倾向是创作反映社会现实的小说。"现代艺术周"打破了巴西文坛上一片沉闷的气氛，成为巴西文学进入现代主义文学时期正式的标志。

20世纪30年代，巴西现代主义文学进入一个新的阶段，走向了以小说创作为主的道路。最有才华和最负盛名的是东北地区派的作家，代表人物有若泽·阿梅里科·德·阿尔梅达（1887—1969）。他的长篇小说《蔗渣堆》（1928）描述了农民瓦伦廷一家因为旱灾而被迫颠沛流离的不幸遭遇，标志着30年代东北部地区小说的开端。这一派作家林斯·多·雷戈（1901—1957）、拉谢尔·德·克罗斯（1910—　）、格拉西利亚诺·拉莫斯（1892—1953）和若泽·亚马多（1912—2001）也各自推出了自己的作品。另外，这一时期活跃的作家还有奥克塔维奥·德·法里亚（1908—　）和马尔克斯·雷贝洛（1907—　）等城市小说家和心理小说家，以及德罗蒙德·德·安德拉德（1902—1987）、若热·德·利马（1895—1953）、穆里洛·门德斯（1901—1975）、塞西莉娅·梅雷莱斯（1900—1964）等诗人。

（二）现代主义文学　从1945年到现在，巴西的现代主义文学进入了一个新的时期。1945年前后，巴西的小说和诗歌创作有了新的发展，涌现了一批敢于创新的作家，被称为"45年代派"。在小说领域有马朗埃斯·罗萨（1908—1967）。他从社会学和心理学的角度对小说的文体、主题、语言、叙事等方面进行了革新。1956年发表的《广阔的腹地：条条小路》集中代表了他所做的这种尝试。这部作品用优美的语言描绘了巴西腹地蛮荒的世界，描写了土匪的生涯。小说问世以后，引起了强烈的反响。作者被评论界认为是巴西第一位从世界角度成功地描绘一个地区的作家。"45年代派"应当提及的作家还有克拉丽赛·利斯佩克托尔（1924—1977）。她的作品通过独白、内省、暗示、隐喻和象征手法揭示了人物的内心世界。代表作是出版于1944年的《濒于冷酷的心》。

"45年代派"诗人的诗歌创作注重诗歌形式的严谨，讲求创作的技巧，强调作品的普遍意义。但是，这一派诗人的成就不大，最著名是若昂·卡布拉尔（1920—1999），代表作为长篇叙事诗《塞韦里诺的生与死》（1956）。

50年代以来，巴西文坛又有一批作家相继登台，比较重要的还有小说家奥斯曼·林斯（1924—1978）、以地区性小说而闻名的阿多尼亚斯·菲略（1915—　）、巴西当代最优秀的短篇小说家达尔通·特雷维桑（1925—　）、50年代后崛起的女作家莉吉娅·法贡德斯·特莱斯（1923—　）等。当代畅销书作家保罗·科埃略（1947—　）的创作在当代作家中颇具代表性，从他的创作中，可以对巴西当代文学有所了解。科埃略成名前从事过多种工作，1977年，他参加一个名为"拉姆"的宗教组织，并且受命环游世界，路线被定为中世纪朝圣的三条路线之一，行程要经过比利牛斯山到西班牙的加利西利去朝圣。根据此次朝圣之旅的经验，他创作了名著《朝圣之旅》，结果一举成名，成为畅销书。后来他的另一部名作《炼金术士》再次掀起热潮，久居巴西畅销书榜首，20世纪末期就已经印行了150多次，而且流行欧美各国，据说销售量高达近亿册，名列马尔克斯之后，是拉美最畅销的书之一。他以后所写的

《笼头》《主神的使女们》《我曾坐在彼得拉河畔哭泣》《第五座山》《光明斗士手册》和《韦妮罗卡决定去死》等，同样风行世界，使他成为世界畅销书大家。据说他的著作发行范围已经接近 100 个国家，达到 50 多种语言。

　　《炼金术士》的主人公是西班牙少年圣地亚哥，他的寻梦之旅富于传奇性。圣地亚哥两次在梦中得到启示：他可以在埃及金字塔附近发现宝藏，成为巨富。于是，他来到非洲寻梦，他独自一人穿越了茫茫的撒哈拉大沙漠，经历了一连串惊险之后，最后终于来到了金字塔，最终发现了藏宝之地。小说的主题其实非常简单，就是如果追求，就可能实现自己的人生梦想。但就是在一个科技高度发达，人类想象力日益贫乏的时代中，这种具有理想与梦幻的小说，格外能得到读者的青睐，从中我们不仅可以看到世界性的阅读行为的变化，而且可以感受到世界文学本身的转型。

第二十六章　20—21世纪的非洲文学

第一节　进入世界文学的非洲

非洲大陆是一块古老的大陆，有着悠久的历史，是人类文明的发祥地之一。非洲大陆有着无数优秀的民族，她的人民勤劳、勇敢、充满智慧，创造了绚丽多彩的非洲文化。埃及金字塔是世界八大奇景之一；塔西里壁画是世界艺术史上的奇迹；非洲口头文学传统源远流长；埃及《亡灵书》堪称世界上最早编辑的诗文集……由此可见，非洲有着光辉的文化传统，非洲人民为世界文化的多元发展做出了重要贡献。

非洲南部大陆的语言众多，各个民族都有自己独特的语言，再加上复杂多变的土语，让非洲大陆的语言呈现出一种纷繁复杂的现象。尽管非洲有众多的语言，但没能形成书写文字体系，造成了非洲书面文学的缺失，代之而起的是口头文学的兴盛。非洲口头文学除了由普通群众口头传播外，还通过专门的艺人"格里奥特"代代相传，"格里奥特"是那些专门从事演唱、保存和传授口头文学的艺人。口头文学与人民的生活密切相关，体现了一定的人民性和民主精神，有着浓郁的生活气息和民族特色，是非洲重要的文化遗产。丰富的口头文学也为非洲现当代文学提供了丰富的题材和想象力，为现当代文学的发展打下了一定的基础。

15世纪后，欧洲殖民者侵入非洲，这块有着丰富的物质资源和光荣文化传统的古老大陆开始了她的悲惨历史。几百年来，非洲人民一直进行着反对殖民主义、争取国家独立和民族解放的艰苦斗争。直到20世纪，这种艰苦斗争才结出了丰硕的果实，非洲绝大多数的国家终于走上了独立自主的道路。文学是社会的一面镜子，文学反映现实，非洲人民反对殖民压迫、争取民族解放的斗争在文学中得到印证，非洲现当代文学在殖民历史的背景下得到充分的发展，成为世界现当代文学的重要组成部分。

非洲各国现当代文学发展并不平衡，但是可以第二次世界大战为界将非洲现当代文学划分为战前和战后两个阶段。战前可以分为19世纪末至20世纪初西欧列强统治非洲的阶段，和20世纪20—40年代中期殖民制度相对稳定的阶段。战后可以分为20世纪60年代之前非洲民族独立运动蓬勃发展的阶段，和20世纪60年代后非洲国家开始取得独立的阶段。

按照地域划分，非洲现当代文学分为北非现当代文学（埃及和马格里布现当代文学）、西非和东非现当代文学、中部南部非洲和马达加斯加现当代文学。由于非洲各地区经济政治发展的不平衡，以及地理位置的差异，各地区现当代文学的发展有很大的不同。

第二节　北非现当代文学

一、埃及现当代文学

1798 年，拿破仑率军队攻占埃及，埃及从此开始了她的屈辱的殖民历史，法国侵略者在给埃及人民带来奴役和灾难的同时，也给埃及注入了新的科技和文明。法国侵略者在埃及创办学校、建立科学学会并出版报纸，向埃及传播先进的欧洲文明，古老的埃及在接触到先进文明的时候，受到了前所未有的震动。埃及人民的民主精神开始萌发，民族主义情感开始萌生。1805 年，穆罕默德·阿里担任埃及总督，开始了著名的穆罕默德·阿里改革，埃及的经济、政治和文化各个方面开始了新的发展进程。阿里加强了与西方的交流，从西方引进大批的学者来埃及教学，传播西方文化，同时派遣埃及学生到西方各国留学，学习先进的科技和文明。西方文化在埃及得到了广泛的传播。阿里之后，新一任总督伊斯马尔继续向西方学习，把西方文化的传播发展到了一个新的层次。文化的大发展必然推动文学的发展繁荣，伊斯马尔时期是埃及文学繁荣复兴的时期。

1882 年，英国人占领埃及，开始了对埃及新的殖民统治。埃及人民积极反抗法、英两国的殖民统治，同时也在不断反抗本国封建势力的压迫，经过长期艰苦的奋斗，埃及于 1953 年获得真正的独立。埃及现当代文学就是在反殖民、反封建的漫长岁月中发展起来的，并取得了举世瞩目的成就。埃及文学是以阿拉伯语为主体创造的文学，在整个阿拉伯语文学世界里，埃及文学处于领先地位，对阿拉伯各国的现当代文学有很深的影响。

20 世纪初到 50 年代，是埃及的文学复兴运动时期。诗歌在埃及文学复兴运动中发展显著，取得了突出的成就。复兴运动的先驱者是迈哈穆德·萨米·阿里-巴鲁迪（1839—1904），他的诗歌创作深受阿拉伯文学以及欧洲文学的影响，并且立足于埃及的民族文化传统，走在时代的前沿，在主题与内容上对诗歌加以创新，这使他成为埃及文学复兴运动毫无争议的先锋。埃及文学复兴运动的杰出诗人还有艾哈迈德·邵基（1868—1932）、哈菲兹·易卜拉欣（1871—1932）和哈里勒·穆塔朗（1872—1949）。他们的诗继承了古诗的精华，融入了新时代的精神和诗人的独特个性，成为文学复兴运动时期的典范作品。

第一次世界大战期间，"埃及现代派"出现，20 世纪 20 年代有了蓬勃发展，30 年代进入繁荣阶段。"埃及现代派"是埃及现当代文学的一个重要流派，虽然名为"现代派"，但与西方的现代主义派别委实不同。这一派别的文学创作主张以现实主义的态度描写现实生活，表现工人、农民、手工业者以及中产阶级的苦难生活，表达他们的理想和愿望，为反对帝国主义和封建主义的民族、民主运动服务。这一派的主要代表作家有艾哈迈德·邵基、塔哈·侯赛因、迈哈穆德·台木尔、易卜拉欣·马齐尼、阿拔斯·阿卡德和陶菲格·哈基姆等。

艾哈迈德·邵基（1869—1932）是埃及杰出的诗人，被尊称为"诗圣"、"诗王"。邵基的前期诗歌歌颂埃及王室和奥斯曼帝国，写了不少宫廷颂诗。到19世纪末和20世纪初，埃及民族解放运动蓬勃兴起，处在这种环境中的邵基不得不思考他的创作方向。他的诗歌开始表达对祖国深沉的热爱之情，以及对英国殖民者的憎恶。如《尼罗河谷的巨大事件》就描绘了埃及的历史画卷，表达了对埃及光荣历史的崇敬；而在《淡水洼的回忆》中，邵基揭露了殖民者的残暴，表达了对殖民者的痛恨以及对埃及人民反抗统治者的赞扬之情。此外，邵基在流放期间写的《尼罗河颂》，充分赞扬了尼罗河对埃及人民的哺育，并且表达了对伟大祖国的无限深情。邵基创作了大量的诗歌，他的诗歌想象力丰富，感情细腻，语言凝练简洁。他的诗歌具有强烈的感染力，在阿拉伯各国深受喜爱，他给阿拉伯文学留下了一笔宝贵遗产，为阿拉伯文学的发展做出了重要的贡献。邵基晚年开始了戏剧创作，代表作品有《克娄巴特拉之死》（1929）和《莱伊拉的痴情汉》。其中，《莱伊拉的痴情汉》被称为"阿拉伯式的《罗密欧与朱丽叶》"。

二、埃及现当代文学的主流

在埃及现当代文学中，塔哈·侯赛因（1889—1973）是有极大影响的一位作家，也是阿拉伯文学的代表性作家，被誉为"阿拉伯文学泰斗"。我们主要在阿拉伯文学的相关章节论述他的成就与影响。塔哈著述丰富，体裁多样，但是他的突出成就主要还在小说方面。自传性长篇小说《日子》是他的代表作，全书共分为三部：第一部写作者童年时期的家乡生活；第二部写作者在爱资哈尔大学八年的学习生活；第三部写塔哈进入新式大学后的喜悦心情。《日子》描写了19世纪末20世纪初埃及社会的生活图景，它通过主人公对童年和青年时代的回忆展现了埃及农村和爱资哈尔文化教育的落后状况，让读者了解了当时埃及的社会全貌，以及知识分子遇到的问题和他们为争取社会进步所做的努力。《日子》为我们展现了塔哈充满斗争的一生，他的励志故事激励了无数的青年和知识分子。《日子》的语言生动细腻，温柔纯洁，平铺直叙的方式既有音乐性又有思想性，让人易读而又能感悟他的精神魅力。《日子》的文体也很独特，它既是一部优秀的小说，又是一部优秀的抒情散文作品，被认为是当代抒情散文的经典之作。塔哈其他重要的小说作品还有《鹬鸟声声》（1934）、《山鲁佐德之梦》（1943）和《苦难树》（1944），在这些小说中，塔哈表现了他的民主主义和人道主义思想。

迈哈默德·台木尔（1894—1973）精于短篇小说的创作，他是现代埃及现实主义短篇小说的奠基人，被誉为"埃及的莫泊桑"，主要代表作品是《朱麻谢赫和其他故事》（1925）和《穆特瓦里大叔》（1927）。台木尔的戏剧创作也比较出色，以第二次世界大战为题材的《第13号防空洞》（1943）和《炸弹》（1943）是埃及现代剧中的名篇。

陶菲格·哈基姆（1898—1987）被誉为"阿拉伯现代戏剧之父"，他的戏剧为埃及戏剧创作做出了重要的贡献。早期代表作品有《讨厌的客人》《新女性》和《阿里巴巴》，由于创作上不成熟，所以未能出名。20 世纪 30 年代，陶菲格具有自传性质的长篇小说《灵魂归来》让他一举成名。其后他创作了一系列戏剧，如《洞中人》（1933）、《山鲁佐德》（1934）和《皮格玛里翁》（1942）等，这些作品大都具有悲剧的风格。到了 40 年代和 50 年代，他的创作倾向转向了现实主义，表达了维护人民利益的愿望。到 60 年代，陶菲格创作出了所谓的"非理性剧"（或者叫作"荒诞剧"），主要有《彷徨的苏丹》（1960）、《喂，爬树者》（1962）、《人人有饭吃》（1963）、《狩猎行》（1964）、《火车之旅》（1964）等。陶菲格·哈基姆创作了与西方戏剧相媲美的现代埃及戏剧，毫无争议的成为埃及戏剧的奠基者。

"埃及现代派"之后，埃及文坛又出现了很多新型作家。他们的基本创作原则是：文学必须忠于人民。这些作家有纳吉布·马哈福兹、阿卜杜·拉赫曼·舍尔卡维、尤素福·伊德里斯和阿卜杜·拉赫曼·哈密西。纳吉布·马哈福兹的代表作有《宫间街》《思宫街》和《甘露街》"三部曲"，以及《新开罗》《始末记》《我们街区的孩子们》《尼罗河上的絮语》《爱情的俘虏》等。1988 年，为了表彰他对世界文学做出的杰出贡献，瑞典皇家学院授予他诺贝尔文学奖。阿卜杜·拉赫曼·舍尔卡维（1920—1987）是一位创作丰富的作家。他创作了大量的小说、政治诗和戏剧，小说有短篇小说集《斗争的土地》（1952），长篇小说《土地》（1954）、《空虚的心》（1957）、《后街》（1958）；他的政治诗有《一个埃及父亲给杜鲁门总统的公开信》，表达了埃及人民渴望和平的愿望；戏剧作品有《青年麦赫朗》《阿卡，我的祖国》《自由的塑像》等。尤素福·伊德里斯（1927— ）的代表作品有《最便宜的夜晚》（1954）、《英雄》（1957）、《难道不是这样吗？》（1958）和《爱情的故事》（1967）等。阿卜杜·拉赫曼·哈米西（1920—1987）也是一位著名的小说家、诗人和剧作家，由于自己出身贫穷，他十分同情广大劳动群众，因此被誉为"埃及无产阶级作家"。代表作品有短篇小说集《血染的衬衫》（1953）、《我们绝不死》（1953）、《永不干枯的血迹》（1956）以及《罪恶之门》等。

三、马格里布现当代文学

非洲的马格里布地区一般泛指阿尔及利亚、突尼斯和摩洛哥三国，它们都曾经是法国的殖民地，所以法语文学在这三个国家中占据着重要地位。但是，作为使用阿拉伯语的国家，它们的阿拉伯语文学也很发达，尤其在第二次世界大战后，该地区的阿拉伯语文学有了突飞猛进的发展。

阿尔及利亚受法国殖民者奴役时间最长，其反殖民斗争也最激烈，所以它的现当代文学发展最快、最突出。20 世纪 20—60 年代，阿尔及利亚人民开始觉醒，并开始奋起反抗法国殖民者的统治。这一时期的文学主要表现不断觉醒的人民和迅速高涨的民族解放运动。阿拉伯语文学开始复兴，诗人穆罕默德·阿里-伊德·阿里·哈里发（1904—1979）继承阿拉伯古典诗歌的艺术形式，创作了大量政治题材的诗歌。著名诗人穆夫迪·札卡里亚因积极投身民族解放斗争而五次被捕，在狱中他创作了《请作证》（1956），抒发了强烈的爱国热情，后来这首诗被选为阿尔及利亚国歌的曲词。

在小说方面，反对殖民主义的题材不断出现，阿比德·阿里-季拉里创作的短篇小说成就巨大，他不但批判了殖民主义，还深刻批评了自己国家的罪恶。阿赫麦德·里达·胡胡（1911—1956）创作了阿尔及利亚第一部长篇小说《麦加少女》（1947），在这部作品里，作者对阿尔及利亚恶劣的政治环境表达了强烈的不满。这一时期阿尔及利亚的法语文学方面，主要成就是长篇小说。主要作家有穆罕默德·狄布（1920—　），他创作了阿尔及利亚三部曲：《大房子》（1952）、《火灾》（1954）和《织布机》（1957），作品描写了贫苦大众的悲惨生活和反抗殖民统治的艰苦斗争。他的另外两部作品《记得大海的人》和《荒凉的岸边奔走》，运用了西方现代派的手法。同时代用法语创作的小说作品还有穆鲁德·费拉翁（1913—1962）的《穷人的儿子》；穆鲁德·马默里（1917—　）的《公证人睡着了》《被遗忘的山丘》和《鸦片与大棒》；阿西亚·杰芭儿的《新世界的儿女》《急不可待的人们》等。诗歌方面，马莱克·哈达德（1927—1978）的《最后的印象》《我将献给你一只羚羊》《学生与功课》等，都是比较杰出的诗作。20世纪70年代初，阿尔及利亚推行阿拉伯化，阿拉伯语文学迅猛发展，阿尔及利亚文学进入一个新的历史时期。阿拉伯语文学方面，年轻诗人开始出现，他们用批评的眼光看待现实，采用自由的形式创作诗歌，代表诗人有阿赫默德·汉迪和阿赫拉姆·莫斯塔罕未。法语文学在这一时期受到了阿拉伯化运动的影响，但还是出现了像拉什德·布杰德拉的长篇小说《侵略备用的理想地图》和纳比尔·法雷斯的《橄榄地》《记住缺席者》等重要作品。

20世纪前期，突尼斯现当代文学开始诞生。阿拉伯语文学方面，阿卜·阿里-卡西姆·阿里-沙比（1909—1934）是突尼斯最杰出的诗人，被誉为"突尼斯民族之光"。他的代表作品是诗集《生命礼赞》（1955），表达了诗人反对压迫、追求自由的愿望，同时也表达了对殖民统治和封建统治下人民悲惨生活的同情。沙比是一位浪漫主义诗人，他在诗歌中广泛运用比喻的手法，经常用自然现象表现突尼斯的社会风貌，以此来表达突尼斯人民追求自由、谋求解放的美好心声。沙比的诗歌创作堪称突尼斯现代诗歌的典范。阿里·杜阿济（1909—1949）创作的游记《地中海海滩游记》（1935）是突尼斯真正的散文作品。长篇小说方面有哈穆德·马萨吉（1911—　）的《忘却的诞生》，新秀作家巴希尔·赫莱伊夫的《毁灭，或者你的爱情引诱我》《一把枣》，以及班契克创作的《我那份地平线》。20世纪50年代突尼斯开始出现法语文学，主要有诗歌和长篇小说。艾伯特·梅米（1920—　）的《盐塔》（1953）、《阿噶尔》（1955）和阿卜杜瓦-哈布·迈德布（1946—　）的《护符》（1979）是这个时期的重要法语长篇小说。诗歌方面，女诗人阿米娜·赛义德（1953—　）的诗集《正在消失的夜晚》，把着眼点放在探索北非妇女心理方面，比较新颖和突出。

摩洛哥的阿拉伯文学以诗歌为主体，诗人穆斯塔法·穆罕默德·阿斯·萨巴格（1927—　）比较有名。此时的阿拉伯古典诗歌主要表现斗争、自我牺牲和平等公正的主题。法语文学方面，诗人穆罕默德·阿齐兹·拉巴比著有诗集《希望的歌》（1952）和《苦难与光明》（1958），诗集里描写了摩洛哥人民遭遇的苦难和对光明未来的无限向往之情。小说方面，塔哈尔·本·贾伦（1944—　）的长篇小说《圣夜》（1987）最为出色，因为这部小说，本贾伦获得了当年的龚古尔文学奖。

四、纳吉布·马哈福兹

纳吉布·马哈福兹（1911—2006），埃及现当代民族主义作家，被公认为20世纪埃及乃至阿拉伯世界最著名的作家，享有"阿拉伯小说之父"、"埃及的狄更斯"等美称。在七十多年的创作生涯中，他辛勤耕耘，出版了近50部作品，其中，中长篇小说约30部，其余为短篇小说，总发行量达上百万册。其中很多作品被译成各种文字，在世界各国广为流传。1988年被授予诺贝尔文学奖，颁奖辞中赞扬马哈福兹"通过大量刻画入微的作品——显示了洞察一切的现实主义，唤起人们树立雄心——形成了全人类所欣赏的阿拉伯语言艺术风格"。

1911年12月11日，马哈福兹出生于开罗杰马里耶区一个普通的、笃信伊斯兰教的中产家庭，父亲是个小职员，后弃职从商；母亲是个典型的贤妻良母。在宗教和阿拉伯传统文化的熏陶下，马哈福兹打下了坚实、深厚的语言和文学功底，培养了浓厚的文学兴趣，而且毕生信仰坚定，关心国家大事和民族命运。马哈福兹生活的杰马里耶区是一个中下层人民混杂的居民区，那里五光十色的生活、三教九流的人物都成了他以后取之不尽、用之不竭的创作素材。

1930年，马哈福兹进入开罗大学学习哲学，1934年毕业。在校期间，他接触了各种哲学思想、流派，并深受当时埃及新文学运动和社会主义思潮的影响。同时，马哈福兹也开始进行文学创作，最初写诗，也写侦探小说，还发表过一些有关哲学与文学的短文，散见于《新杂志》《知识》《东方之星》等杂志上。

大学毕业后，马哈福兹曾在校务处做过书记员，在宗教基金部任过秘书，又先后在文化部、电影企业等处任职。直到1971年退休后，才应聘为《金字塔报》的专职作家，长期以来，他一直是从事业余创作。20世纪30年代至40年代初，马哈福兹写了大量的短篇小说，其中约30篇结集为他的第一部短篇小说集《疯狂的低语中》，有些还是他日后创作中长篇小说或某些情节的雏形。

不过短篇小说的创作，对于马哈福兹来说，只是牛刀小试，中长篇小说才是他的拿手好戏。发轫之作是三部以法老时代的埃及为题材的历史小说：《命运的嘲弄》(1939)、《拉杜碧斯》(1943)、《底比斯之战》(1944)。马哈福兹善于以春秋笔法借古讽今，对英国殖民者和土耳其王室这些外来侵略者及其统治进行抨击，表达了埃及人民追求民族独立的思想。

第二次世界大战后，埃及的民族解放运动出现新的高潮。1952年1月26日，华夫党政府宣布与英国断交，随后却又陷入国王法鲁克专制独裁的封建统治中。这种形势下，以纳赛尔为首的"自由军官组织"于7月22日午夜发动起义，推翻了封建统治，组建了新政府，进入了埃及真正独立和现代化建设的新时期。在此期间，马哈福兹进入了一个新的文学创作阶段——现实主义社会小说阶段，先后发表了《新开罗》(1945)、《汉哈利利市场》(1946)、《米达格胡同》(1947)、《始与末》(1949)和著名的《宫间街》(1956)、《思宫街》(1956)、《甘露街》(1957)"三部曲"等。这些小说主要反映了半封建半殖民地的开罗中产阶级的生活，对当时社会的种种弊病及其制造者进行了无情的揭露和批判。

埃及革命后，马哈福兹认为应该慎重对待革命后的艺术，辍笔五年。此后发表的《我们街区的孩子们》（1959）、《盗贼与狗》（1961）、《路》（1964）、《平民史诗》（1977）等标志着作家又进入一个新阶段——"新现实主义阶段"。这一阶段中，马哈福兹借鉴了许多西方现代主义的表现手法，如内心独白、联想、意识流、时空交错、怪诞的卡夫卡式的故事等，使其作品富有更深的哲理与象征意义。

其实，马哈福兹早在20世纪40年代就在阿拉伯世界声名远播，多次获得埃及国家文学一等奖、共和国一级勋章和国家文学奖等，并在1988年获诺贝尔文学奖，成为非洲大陆第二位获此殊荣的作家。2006年8月30日，马哈福兹在开罗与世长辞，但他为世人留下的作品将永世长存。

马哈福兹在漫长的创作生涯中，硕果累累，著作等身。他的作品就像一幅历史画卷，将埃及乃至整个阿拉伯世界20世纪的风云变幻，开罗这个大都市的兴衰、变迁以及街区里居民的生活冷暖，一一展现在读者面前。马哈福兹的作品中洋溢着对国家命运的关注、对中下层人民苦难的怜悯、对人性的关怀和对人生意义的追问。

一般认为，马哈福兹的小说可以划分为三类：历史浪漫主义小说、现实主义小说和新现实主义小说。后来，有人认为这种划分方法不科学，应该按不同的主题划分为历史题材小说、社会题材小说、人性主义题材小说和哲理题材小说。但不管怎样划分，马哈福兹的小说依然呈现了一些共性：以中产阶级为主要描写对象，故事发生的背景多是在老开罗的街区，坚持用标准的阿拉伯语进行写作，融贯东西文化，敢于创新，紧扣时代主题。

马哈福兹创作的艺术手法可以简单概括为：古为今用、东西合璧。马哈福兹自己曾经说过："我是两种文明的儿子。在历史上的一个时期里，这两种文明结下了美满的姻缘。"这两种文明就是法老文明和伊斯兰文明。幼年时，母亲常带马哈福兹参观古埃及法老的遗址，培养了他对法老文化的兴趣。《亡灵书》、各种优美的神话、传说和箴言都给他留下了深刻的印象。小学时，马哈福兹便开始阅读阿拉伯文学大师的作品，并曾经进行模仿创作。在世界古代文学中，阿拉伯文学具有非常重要的地位，有别具一格的民间故事，如《一千零一夜》《安塔拉传奇》等，有灿烂多彩的诗歌，还有韵味十足的散文。对于生活在笃信伊斯兰教家庭的人而言，《古兰经》更是一部值得一读再读的文学巨著，尤其是它的修辞手段丰富多样，被认为是"阿拉伯文学修辞的典范"。马哈福兹作品中高超的修辞手法和对阿拉伯标准语言的熟练运用，与《古兰经》的影响是分不开的。在马哈福兹的一些新现实主义的小说中，我们可以发现传统诗歌的印迹与影响，如《我们街区的孩子们》中多处出现的俚诗，《小偷与狗》中充满诗情画意的语言，《平民史诗》中大量使用的诗歌及诗歌语言等。此外，马哈福兹的小说也大量运用了阿拉伯古老的叙事手法——马卡梅体。例如在《我们街区的孩子们》中，马哈福兹正是借鉴这种文体，采用传统的叙事手法来推进小说进程的。作者设置了一个说书人，由他从头到尾向读者讲述街区发生的各个故事。

马哈福兹在继承优秀的阿拉伯文化经典时，不忘借鉴西方一些现代的表现手法，如结构主义、象征主义、意识流、荒诞派，乃至拉美的魔幻现实主义，并将它们巧妙地融会贯通于作品中，在体现民族性的同时体现了世界性。

马哈福兹是现实主义大师，在批判社会的丑陋与黑暗时，还表达了要求自由与民主，最终到达理想社会的美好愿望。他的思想主要可以概括为几个方面：爱国主义、宗教情结和人性主义。

当时特定的历史背景决定了爱国主义这个特定的主题。马哈福兹是埃及近现代史的见证者，目睹了封建主义、殖民主义对埃及人民的压迫与剥削。他先后经历了埃及历史上具有重要意义的1919年革命和1952年革命，对埃及社会的变革怀有巨大的热情。他深深热爱自己的祖国，关心政治生活却不谄媚于政治，关注人民的苦难却始终保持冷静与理智。他创作的许多作品，一面对殖民者进行无情的鞭挞，一面渴望国家独立、人民生活美满。

生活在宗教氛围浓厚的环境中，马哈福兹成为一个有信仰的穆斯林，他强调宗教和社会主义是他关注的核心，宗教精神和科学精神是其创作的基础。在伊斯兰教众多的教派中，马哈福兹只对苏菲教派情有独钟。苏菲精神，在马哈福兹的小说里作为一种向上的精神贯穿始终，代表了伊斯兰信仰的真谛和人类最高的理想。马哈福兹在作品中所表达的积极人生、行动哲学、不断前进，消灭世上的悲剧，把人间变成天堂，以及为他人的伊斯兰"公心"等，都可以视为他对苏菲精神的现代阐释，而这种宗教情结也使马哈福兹的作品充满了神秘感和厚重感。

人性主义，其实就是对人的关怀以及对社会与人生的哲理思考。面对深受殖民统治迫害的埃及人民，马哈福兹悲愤难当，他追求个人自由与民主，国家独立和富强；面对经济危机下社会各阶层，尤其是中产阶级的种种人生悲剧，马哈福兹悲悯同情，揭露造成这些悲剧的社会及个人原因，并试图寻找解决一切社会悲剧的出路；面对埃及革命后新时代下出现的新的问题和变化，马哈福兹通过观察与思考，转向对存在的意义进行探究，试图通过内心的省察，解决思想上的危机，找到人生的真谛所在。

马哈福兹于1956、1957年发表的"三部曲"，即《宫间街》《思宫街》《甘露街》，因故事发生在埃及开罗的三个旧城区，也被称作"开罗三部曲"或"老街三部曲"。这几部作品被认为是阿拉伯长篇小说发展的里程碑，被誉为"杰出的社会历史学的文献"。中国马哈福兹研究者曾指出："反帝反封建的民族民主斗争是'三部曲'的时代内容，而争取自由——民族自由和个人自由，就是'三部曲'的核心。"全书以独具匠心的庞大结构和细腻精巧的笔法描绘了开罗商人阿卜杜·贾瓦德一家三代的遭遇、变迁，生动形象地描写了从1917—1944年埃及革命前夕这一历史时期整个埃及的政治风云变幻和社会风貌，谱写出埃及近代争取民族独立的"血泪史"。

"三部曲"每部侧重描写一代人的生活，并以这一代人居住的街区为书名。第一代阿卜杜·贾瓦德是一位性格复杂的人物：他在家里道貌岸然、独断专行，实行严厉的家长式统治；在外却又放浪形骸、纵情酒色；同时，他又是一位民族主义者，不满于英国的压迫、剥削，具有反帝爱国意识。大儿子亚辛成日寻花问柳、醉生梦死；二儿子法赫米积极投身民族解放运动，牺牲于反英游行示威中。在第二代中，作者着力刻画小儿子凯马勒。他自幼的家教使他笃信宗教，但随着激烈的时代变革和西方思潮的影响，特别是达尔文进化论的影响和对哲学的研究，他动摇了对宗教的信仰。对真理、科学的追求与传统价值观念的束缚，理想与现实的矛盾，常使他感到苦闷、迷茫，从而陷于感情、信仰、精神的危机中。第三代人则明显地表现出了政治分野。外孙阿卜杜·蒙伊姆成了穆斯林兄弟会的骨干分子，他的兄弟艾哈迈德及其女友苏珊却走上了革命的道路，成为马克思主义者，积极传播社会主义思想。小说既反映了当时人们进行的反帝爱国的斗争，更反映了新思想如何引导新一代对陈旧的封建传统、保守势力的冲击、斗争过程。

纵观整部作品，马哈福兹似乎陷入了以本民族利益为核心的民族主义和以关怀全人类福祉为本的人道主义的矛盾与困惑中。一方面，他深知民族主义这一政治思想是埃及人民增强凝聚力，抵御外敌、实现民族独立的有力武器；另一方面，他从人性的角度出发，超越民族、阶级，希望全世界和平共处，共建美好家园。这种难题恰恰加强了"三部曲"的思想深度，发人深省。

第三节　西非和东非现当代文学

一、西非现当代文学

20世纪上半期，西非地区除利比里亚外，全都陷于英、法殖民者的统治之下。其中，前法属殖民地包括毛里塔尼亚、塞内加尔、马里、几内亚、科特迪瓦、上沃尔特、贝宁和尼日尔，20世纪五六十年代，这些国家相继独立。在法属殖民地中，塞内加尔和科特迪瓦的文学发展最为突出。前英属殖民地包括冈比亚、塞拉利昂、加纳和尼日利亚，20世纪五六十年代，英属殖民地的国家相继获得独立。其中，加纳和尼日利亚的文学发展最为突出。喀麦隆位于非洲的中西部，第二次世界大战前，是德国的殖民地，战后被英法两国瓜分，沦为英法殖民地，1960年，喀麦隆独立。其文学发展也比较突出。

塞内加尔、科特迪瓦和喀麦隆受到法国同化政策的钳制，当地语言文学受到极大破坏，而法语文学却得到了很好的发展。诗歌方面，20世纪三四十年代，塞内加尔法语诗歌得到较大的发展，老诗人比拉戈·狄奥普（1906—1989）提出民间文学遗产是非洲人民精神文化的宝库，其代表作有《和音》《祖先的呼吸》《圣像》《阿马杜·康巴的故事》等，著有诗集《回光与闪光》。塞内加尔另外一位著名的诗人是列奥波尔德·塞达·桑戈尔（1906—2001），是非洲享有盛誉的反殖民主义战士，他不仅进行文学创作，而且1960年塞内加尔独立后连任总统20年，致力于稳定政局和发展经济，受到非洲人民的高度评价。桑戈尔发起著名的"黑人性运动"，旨在恢复非洲的文化遗产和价值观念，从而肯定非洲人的个性。他的主要作品有《阴影之歌》（1945）、《黑蝙女人》（1945）、《祈祷和平》（1945）、《夜歌集》（1949）等，出版了《黑人和马尔加什法语新诗选》（1948），这些作品都体现了他所主张的"黑人特性精神"。塞内加尔诗人大卫·狄奥普（1927—1960）也是一位才华出众的诗人，他唯一一部诗集《槌击集》（1965）深刻揭露了殖民统治下黑人的悲惨生活。贝尔纳·达迪耶（1916—　）是科特迪瓦最著名的诗人之一，他的代表作品有诗集《昂然挺立的非洲》（1950）、《日子的流逝》（1956）、《五洲的人们》（1967）等。他的诗歌充满战斗性，表达了各族人民团结友爱的思想。

西非的小说发展具有举世瞩目的成就，出现了一大批优秀的作家和作品。塞内加尔小说家列涅·马兰（1887—1960）创作了长篇小说《巴杜阿尔：一部真正的黑人小说》，小说描写了欧洲殖民者对非洲掠夺的罪恶，表达了作家对殖民主义的痛恨之情。列涅·马兰的强烈的反殖民主义倾向，深深地影响了西非各国作家，各国作家的民族主义和爱国主义倾向明显加强。鉴于他的突出成就，1921 年，列涅·马兰被授予龚古尔文学奖。塞内加尔其他小说作品还有：阿赫默德·马派蒂·迪亚尼的《马立克的三个愿望》（1920）、马西拉·狄奥普（1886—1932）的《无家可归的人：一部关于塞内加尔姑娘的小说》（1925）、乌斯曼·索塞·狄奥普的《卡利姆：一部塞内加尔小说》和《巴黎的幻景》等。这些小说的主题都表达了对殖民主义的憎恶，以及消灭殖民主义的美好愿望。塞内加尔另外一个比较著名的小说家是桑贝内·乌斯曼（1923—　），他出身贫苦，只读了三年书便辍学，但他通过自己顽强的毅力和勤奋刻苦的学习精神，终于成为一名优秀的作家。他的主要作品有《黑人码头工》（1956）、《祖国，我可爱的人民！》（1957）、《神的女儿》（1960）等长篇小说，以及短篇小说集《上沃尔特人》（1962）、《热风》（1964）和中篇小说《白色的起源》（1965）、《汇票》（1965）等。乌斯曼在《祖国，我可爱的人民！》中塑造了乌马尔·法伊——一个典型的非洲青年知识分子形象，他的形象体现了非洲黑人青年要求独立、反对压迫和种族歧视的愿望，也表达了作者对殖民者的憎恨和对非洲人民的热爱之情。《祖国，我可爱的人民！》是一部走在时代前沿的作品，它预言了非洲大陆即将出现的民族独立和解放的伟大历史潮流。喀麦隆有两位齐名的杰出小说家，他们是斐迪南·奥约诺和蒙哥·贝齐。斐迪南·列奥波尔德·奥约诺（1929—　）青年时代在欧洲接受先进教育，20 世纪 50 年代中期回到祖国并开始了文学创作。因为他的小说表达了非洲人民对殖民者残暴统治的抗议，触动了殖民统治者的神经，所以遭到法国殖民当局的多次迫害。奥约诺毫不屈服，仍积极创作，深入剖析殖民统治的罪恶和必然灭亡的命运。他的代表作品有《童仆的一生》（1956）、《老黑人与奖章》（1956）和《欧洲的道路》（1960）。三部小说都以反殖民主义为主题，揭露了殖民主义的罪恶，展现了非洲人民的民族自尊心，表达了非洲人民反对殖民统治的强烈愿望。蒙哥·贝齐（1932—）的主要创作手法是嘲笑和讽刺，其斗争的矛头指向了殖民统治者和受殖民统治者影响的腐化的非洲上层人物，其作品具有强烈的战斗性。他的主要作品有《残酷的城市》（1955）、《孟普的穷基督》（1956）、《完成的使命》（1957）、《痊愈的国王》（1958）、《吕邦的回忆》（1974）、《永垂不朽》（1974）等。

在戏剧方面，塞内加尔的桑戈尔创作了历史诗剧《恰卡》，该诗剧在一定程度上振奋了非洲民族精神，激励非洲人民反对殖民主义的统治。科特迪瓦的贝尔纳·达季耶除了是一名诗人外，还是一名重要的剧作家，他的创作风格优美朴实，作品引人入胜，使他成为非洲大陆一名非常著名的戏剧家。他的代表作品有《托戈·格尼尼老爷》（1970）、《风声》（1970）、《刚果的比阿特丽兹》（1971）、《风雨岛》（1973）等。

英国在尼日利亚和加纳实行间接统治，所以在一些大城市如拉格斯、阿布尔、卡拉巴等殖民统治较深入的地方以英语为主要语言，而其他小城市或较偏远的地方则以本地土著语言为主，如优如巴（Yoruba）、奥萨（Hausa）、依格布（Igbo）。当地的非洲语言文学有较好的发展，诸如皮塔·恩瓦纳、阿卜卡尔·塔法福·瓦列瓦、阿卜巴卡尔·图那乌等作家用非洲语言创作了很多小说和剧本，但是影响并不大。在尼日利亚和加纳，英语文学是主流文学。20 世纪五六十年代，西非英语文学开始迅猛发展。相较于尼日利亚的比较发达的长篇小说和戏剧创作，但在诗歌方面成就并不显著，这一时期的诗人有约翰·佩珀·克拉克、加布里尔·奥克拉、沃尔·索因卡和克里斯托弗·奥吉格博等。而加纳诗人科菲·阿翁纳（1935— ）成就突出，主要诗集有《重新发现》（1964）、《流血的夜晚》（1971）、《驾驭我吧，记忆》（1973）和《海边别墅》（1978）等。

尼日利亚的小说成就突出，涌现了很多成就斐然的小说艺术大师。西普利安·埃克文西（1921— ）因擅长写城市题材小说，描写城市人的生活，抨击城市中的丑恶现象，被誉为"非洲城市小说之父"。代表作品有《城里人》（1954）、《艳妇娜娜》（1961）、《美丽的羽毛》（1963）和《伊斯卡》等。钦努阿·阿契贝（1930— ）是尼日利亚著名小说家，他写出了尼日利亚四部曲——《瓦解》（1958）、《动荡》（1960）、《神箭》（1964）、《人民公仆》（1966）。前三部描写了尼日利亚独立前的殖民地社会现实，最后一部写的是独立后社会出现的各种危机和矛盾。阿契贝才华出众，小说艺术魅力独特，所以他被认为是非洲文坛的天才人物。1991 年，阿契贝获得美国休斯奖。本·奥克利（1959— ）是尼日利亚新一代的作家，深受索因卡等作家的影响。他的作品包括短篇小说集《圣殿意外事件》（1986）和《新晚钟之星》（1989），长篇小说《花与影》（1980）、《室内景观》（1981）和《饥饿之路》（1991）等。《饥饿之路》讽喻了非洲不断出现独立与民主的希望，而这种希望又不断落空的现实，留给读者许多的思考和启迪。因为这部小说，1991 年，奥克利被授予布克文学奖。沃尔·索因卡的长篇小说《解释者》（1965）也取得了巨大的成功。在加纳，艾伊·克威·阿尔马（1939— ）的小说成就最为突出，他留学美国，有深厚的西学素养，其作品犀利地揭露了加纳独立后出现的社会腐败现象。代表作品有《美好的人尚未诞生》（1969）、《碎片》（1970）、《为什么我们这样有福？》（1972）、《两千季》（1973）和《治病者》（1975）等。阿尔马的小说不仅批判了加纳新贵们的物质腐败，还谴责了他们的精神腐败，小说富有哲思，令人深省。

在戏剧方面，尼日利亚取得了辉煌的成就。沃尔·索因卡（1934— ）是享誉世界的戏剧大师，他的作品有《新发明》（1958）、《沼泽地居民》（1958）、《雄狮和宝石》（1959）、《裘罗教士的磨难》（1960）、《森林舞蹈》（1960）等。鉴于他在戏剧创作上的巨大贡献，1986 年，瑞典皇家科学院把当年的诺贝尔文学奖颁给了索因卡，他因此成为非洲大陆第一位获得诺贝尔文学奖的作家。约翰·克拉尔克（1935— ）也是尼日利亚一名著名的剧作家，《山羊之歌》（1960）、《假面舞会》（1964）、《奥兹迪》（1966）等是他的主要代表作。除此之外，欧拉·罗蒂米的剧作《诸神不该怪罪》（1968）也很出色，在这部剧中，罗蒂米把现代戏剧技巧同非洲约鲁巴灵感成功地结合在了一起，令人耳目一新。值得一提的是，加纳女诗人和剧作家艾芙亚·特奥多拉·萨瑟兰（1924—　），与其他剧作家成立了戏剧社，创作了很多著名的剧作。代表作品有《埃都法》《福洛娃》和《奥巴萨尼》等。

二、东非现当代文学

东部非洲包括索马里、埃塞俄比亚、坦桑尼亚、乌干达和肯尼亚五个国家。除了埃塞俄比亚未受到殖民侵略以外，其他四个国家均受到英国的殖民统治。东非各个国家的现当代文学既有非洲民族语言文学，又有英语文学，其中民族语言文学比较发达。

穆罕默德·阿卜杜勒·哈桑（1864—1920）是索马里反对英国殖民统治的领袖，也是一位十分出色的诗人，他开启了索马里现当代文学发展的大门。他的代表作品有《理查德·考菲尔德的阵亡》，以及《诗人的爱马》《赛义德的回答》《地狱之路》《正义之路》等。这些诗歌都是用索马里当地语言写成的，在诗歌中，哈桑热烈歌颂了索马里的沙漠和平原，饱含着对索马里的热爱之情，而且诗中以强烈的宗教热情和爱国主义激情号召人民起来反抗英国的殖民主义侵略，争取民族解放。哈桑是索马里人民伟大的儿子，受到索马里历代人民的崇敬和爱戴。

夏巴尼·罗伯特（1909—1962）是坦桑尼亚最著名的诗人和小说家。他是一位虔诚的穆斯林，看重伊斯兰教的传统，但是并不排斥西方文化。在作品中，他巧妙地将坦桑尼亚传统观念与西方现代思想结合起来，给人民以启蒙和道德说教。夏巴尼坚持用斯瓦西里语创作，使斯瓦西里语免于被殖民主义灭绝，对斯瓦西里语民族文学的现代化做出了巨大贡献。由于夏巴尼的努力，斯瓦西里语文学得以大力传播和发展，从而使斯瓦西里语成为坦桑尼亚的国语。夏巴尼是一位宅心仁厚的作家，他的作品里饱含了对祖国和人民的仁爱和慈悲精神，他大力宣扬友爱和宽容，谴责报复和仇恨。夏巴尼的诗歌作品主要有说教诗《阿迪利和他的兄弟们》（1952）、《奥玛尔：格言长诗》（1952）和《夏巴尼诗集》（1959）等。他的诗歌具有说教意识，通过诗歌传达出他的道德观和价值观，给人民以思想的启迪。他的小说作品包括《可信国》（1946）、《理想国》（1951）、《为自由而战》（1967）、《农民乌图波拉》（1968）、《勤劳者的岁月》（1968）等。他的小说更具有启蒙主义的说教特点。在这些小说中，夏巴尼主张推行改革，反对落后、愚昧和守旧，主张有选择地学习西方先进的文明和科技，破旧立新，使落后的国家真正发展兴盛起来。在《可信国》中，夏巴尼利用民间寓言的形式，既描写了殖民主义统治下东部非洲的罪恶现实，也描绘出了一个理想国家的美好愿景，希望"可信国"能够终将成为现实。《可信国》有很高的艺术成就和思想魅力，是夏巴尼最重要的一部代表作。因为夏巴尼对斯瓦西里语现当代文学发展的卓越贡献，以及他的作品所具有的启蒙和教育意义，夏巴尼被非洲人民尊称为"东非的莎士比亚"。

第二次世界大战后，乌干达的现当代文学开始起步，著名诗人奥考特·普比泰克（1931—1982）对乌干达现当代文学的发展做出了重要贡献。普比泰克用英语和非洲当地的罗语写作，是个双语作家。他的重要诗集有《拉维诺之歌》（1966）、《奥考利之歌》（1970）、《囚徒之歌》（1971）、《两首歌：囚徒之歌和玛拉娅之歌》（1971）等。普比泰克的诗歌主题是非洲的土著文化和传统的价值观念，表现出了诗人对非洲文化的一种使命感。此外，普比泰克还用罗语创作了第一部长篇小说《你的牙齿白吗？那么笑一笑》，比较有名。

肯尼亚除了英语文学外，还有斯瓦西里语、康巴语、吉库尤语和罗语等非洲当地民族语言文学，但是英语文学取得了较高的成就。恩古吉·瓦·西翁奥（1938—　）是肯尼亚最著名的作家，他用英语和吉库尤语双语写作。恩古吉的英语小说作品有《孩子，你别哭》（1964）、《大河两岸》（1965）、《一粒麦种》（1967）和《血染的花瓣》（1977）等。《孩子，你别哭》和《一粒麦种》主要描写了肯尼亚人民积极参加"茅茅运动"，反对英国的殖民主义侵略的故事，小说表现出了肯尼亚人民追求自由和独立的迫切愿望，以及对英国殖民者的痛恨之情。作者以广阔的视角反映出了肯尼亚独立前夕的社会现实，和肯尼亚人民如火如荼地参加反殖民主义斗争的盛况，表达了诗人对人民的无限赞誉之情，以及对殖民主义的憎恨和面对殖民主义统治行将崩溃时的激动之情。恩古吉用肯尼亚母语吉库尤语创作的小说《钉在十字架上的魔鬼》（1982），揭露了殖民主义的罪恶，表现了对贫苦人民的同情，并鼓励受压迫的人民起来反抗殖民主义统治，积极争取自由和独立。恩古吉的戏剧也比较有名，主要的戏剧作品有《黑隐士》（1960）、《对迪但·吉玛瑟的审判》（1977）、《我想结婚就结婚》等。恩古吉的思想激进，不但对殖民主义统治者加以深刻的揭露、批判，还对独立后肯尼亚出现的社会问题进行了深刻的反思，他的作品触到了政府当局的痛处，为政府所不容，他不得不流亡国外。

三、沃尔·索因卡

沃尔·索因卡（1934—　）是尼日利亚当代著名的剧作家、诗人和小说家。1934年7月13日，索因卡出生于尼日利亚西部阿贝奥库塔城附近的农村，父母是约鲁巴人，信奉基督教。父亲在当地学校任督学，是一个知识分子。索因卡的童年和少年时代是在故乡度过的，在伊巴丹读完中学后，他曾在拉各斯政府医药部门工作过。1952年，索因卡考入伊巴丹大学。在大学学习期间，他对诗歌产生了浓厚的兴趣，曾在《黑俄耳普斯》杂志发表过几首热情洋溢的诗歌，值得一提的是，《黑俄耳普斯》杂志在尼日利亚乃至非洲都有很大的影响力。由此可见，年轻的索因卡在当时便展示出了过人的才华。1954年，他获得一笔奖学金，进入英国利兹大学英文系攻读语言文学，师从著名戏剧评论家 G. W. 奈特教授。1957年，他以优异的成绩毕业，获得英语学位。离开学校后，他当过一段时间的教师，随后进入伦敦皇家宫廷剧院编写剧本和担任审读，同时自己也开始创作剧本，还参与了导演和演出的工作。在伦敦皇家宫廷剧院，索因卡有机会广泛地接触英国以及欧洲其他国家的戏剧艺术，从而提高了自己的戏剧修养，培养了对戏剧的兴趣。索因卡先后担任过伊巴丹大学、伊费大学和拉各斯大学的教授，并且被英国剑桥大学、谢菲尔德大学和美国耶鲁大学、康奈尔大学聘为客座教授。此外，他还担任过非洲作家协会秘书长和联合国教科文组织国际戏剧学院院长等职务，在国际上享有盛誉。

1960年，索因卡从英国回到尼日利亚，先后在拉各斯和伊巴丹等地创建专业剧团，进行戏剧演出，将很多非洲新剧介绍给了人民，同时，他深入祖国内地，努力发掘非洲传统的音乐和戏剧艺术。他的戏剧创作开始着眼于将西方现代的戏剧艺术同非洲传统的戏剧艺术结合起来，争取创作出崭新的非洲现代戏剧。20世纪60年代末，尼日利亚爆发内战，索因卡不顾个人安危，奔走在交战双方之间，呼吁停止战争，但是被军政府逮捕，监禁长达两年之久。两年的囚徒生活给了索因卡沉重的打击，他进一步认识到了现实的黑暗，创作有了深刻的变化，呈现出内容深化和思想内向的趋势。

索因卡用英语进行创作，他的艺术成就首先体现在戏剧创作方面。他戏剧创作的主题是表现非洲大陆传统与现代之间的矛盾，反思非洲文化与欧洲文化的价值冲突，试图在解决矛盾冲突的过程中为非洲找到新的出路。他的戏剧创作对尼日利亚和非洲戏剧的发展有突出的贡献。索因卡的早期剧作有《沼泽地居民》（1958）和《雄狮与宝石》（1959）等。前者是一部诗体悲剧，描写了尼日利亚在殖民统治时期，城市资本主义畸形发展，沼泽地区农民生活惨淡，在农村受到层层剥削，无法生存，于是他们背井离乡，纷纷涌入了金钱统治一切的罪恶世界，从一个魔窟进入另一个魔窟。后者描写一个美貌的少女希迪宁肯与精明世故的老村长结婚，也不肯答应满嘴时髦名词的教师的求婚，以此来讽刺三四十年代尼日利亚出现的一批盲目追逐西方文明世界的青年，属于轻松活泼的喜剧。1960年后，索因卡的创作逐渐进入高潮，同时思想有所变化，更加注重社会讽刺功能，寓意趋向复杂，手法趋向隐晦。其中，两幕剧《森林舞蹈》（1960）是这一时期比较突出的作品。这个剧本是为了庆祝1960年10月1日尼日利亚民族独立日而作的，并在独立日期间由他亲自创建的伊巴丹大学剧团公演，获得了很大成功，引起了热烈的反响。《森林舞蹈》的故事告诉人们，过去并不那么伟大，从没有过什么黄金时代，只有正视历史问题，正视现实生活，面向未来世界，才能找到真正的出路，这是作者社会观点的体现，是作者对民族命运深入思索的表现。《森林舞蹈》不仅寓意深刻，哲理性强，而且在艺术上也有所创新。作者将西方现代戏剧的精巧结构和非洲音乐、舞蹈、戏剧的种种因素巧妙地结合在一起，将热情洋溢的现代派诗歌和含意丰富的约鲁巴文化自然地糅合为一体，显示出独特的风格。《孔其的收获》（1965）是一部思想清晰、风格明快的作品，着重揭露非洲国家社会的混乱和统治的腐败。除此之外，他的重要剧本还有《新发明》（1958）、《裘罗教士的磨难》（1960）、《强种》（1963）、《疯子和专家》（1971）、《死神与国王的马夫》（1975）、《失去控制的大米》（1981）、《未来科学家的安魂曲》（1983）和《巨头们》（1984）等。

《路》（1965）是索因卡后期戏剧创作的重要代表作，有荒诞派的风格，着重反映了作者对社会和人生的认识。全剧剧情发生在一家"汽车配件商店里"，时间也在一天之内，主要人物是教授，其他的出场人物都围绕着他活动。教授曾是教会学校的教师，而现在则自己开了一家"汽车配件商店"，主要出售一些汽车零件，并为司机们伪造驾驶执照。其他人物有汽车售票员沙姆逊，司机科托奴、萨鲁比，和一个教授从车祸中救回来的叫作穆拉诺的仆人。穆拉诺虽然肢体伤残，但是在教授的心目中，他是一个道德高尚的圣徒和永恒真理的卫士，也是一个可以帮助他寻找"圣经"的助手。教授一直在寻找"圣经"，这个"圣经"不是基督教宗教经典中所说的上帝的旨意和宗教信徒们信奉的《圣经》，而是借宗教外衣掩饰的民主自由的真理。教授寻找的就是这种民主自由的真理，他反对教会，反对种族歧视，同情文盲和乡巴佬，所以他为他们伪造驾照。教授追寻真理，但是手段也不免下流，他曾经故意更改路标，造成车祸，然后拿着放大镜赶到车祸现场勘察，想从尸体和汽车残骸碎片上寻找生和死的真谛。假面舞会上，教授在进行民主真理的说教，可是流氓的加入引起了冲突，教授在混乱中被匕首刺中，弥留之际，他讲出了他所寻找的"圣经"的真谛，真谛就是以死亡的题材揭示进步的意义和代价。

《路》这个剧本，体现了索因卡对尼日利亚和非洲前途的探索思想，表达了作者对非洲独立国家出现的各种问题的见解。"路"其实就是尼日利亚独立后所走过的历程，这条路千疮百孔，坑坑洼洼，象征尼日利亚独立后的社会现实，社会混乱、政治黑暗腐败、民不聊生，所以"路"上经常发生"车祸"，车毁人亡，使尼日利亚的发展止步不前。但是，索因卡在剧本最后并没有悲观，他用教授之口道出了一个真理：但愿能像路一样，"碰上倒霉的日子，也能混上一碗饭吃，不让肚子空着，把生死命运掌握在自己手里……像路一样呼吸吧，变成路吧"。这意味着尼日利亚、整个非洲的前途并不是幻灭和失望，而是充满希望的，因为在将来，非洲是有"路"可走的。《路》是一出哲理剧，它探索了死亡的本质，表现了非洲人民的苦难历程。因为曾经的苦难经历，作家对非洲大陆寄予了深切的希望，希望非洲能够走上健康、正规的发展道路。《路》既具有非洲民间戏剧传统的特色，也具有西方现代戏剧的特点，是非洲传统戏剧艺术与西方现代戏剧艺术的结晶，最能显示索因卡的哲学观和他对非洲社会现实的态度，被公认为是他最出色的作品。

索因卡还创作了很多优秀的诗歌。他的诗主要收在《伊当洛及其他》（1967）和《地穴之梭》（1972）等诗集中。《地穴之梭》所收入的作品是他1967—1969年被捕入狱期间创作的，其中流露出孤独和愤怒的情绪，但是没有低头认输和失望悲观的意思。他的大部分诗篇具有一定的社会意义，表现出他对祖国前途和民族命运的关心。他的诗歌创作风格是手法多样，诗歌的格调时而轻松，时而悲怆，时而讽刺，时而抒情，内容丰富多样。他的诗歌对生死和人生进行了深沉的思索，体现出了他的人生观和价值观。

索因卡的小说创作也取得了卓越的成就。他的第一部长篇小说《解释者》（1965）描述了五个青年知识分子出国留学归来之后的困惑心境，揭露了现实社会中所存在的种种不合理的现象。这部小说几乎包括作者以前创作的所有主题，被评论家称为"迄今为止黑非洲最复杂的一部小说"。他的第二部小说《暗无天日的年月》（1973）以60年代的尼日利亚内战为背景，描写权势者的为所欲为和普通人民大众的悲惨遭遇。他的小说采用寓意象征和意识流的手法，含意深刻，影响较大。

此外，索因卡的回忆录也颇负盛名。《死人——狱中杂记》（1972）回忆了作者的狱中生活，情真意切，感人至深。《阿凯的童年》出版于1981年，曾被《纽约时报书评副刊》评为1982年最佳文学作品之一。

索因卡在戏剧、诗歌和小说等文学领域取得了惊人的成就，是非洲大陆乃至世界文学史上一位重要的文学家。索因卡以反对外族人和本族人的压迫，维护人民的民主和自由为宗旨，创作出了一系列世界文学史上的优秀作品。他曾说过："虽然我受过西方教育，但是我把自己扎根于非洲人民，注重反映他们的现实，特别是他们蒙受的苦难和对未来的理想。但是我也接受西方文学、东方文学对我的影响，只要是有益的我都接受。"坚持着这种兼容并包的学习原则，他能够取得如此惊人的成就也是可想而知的。

索因卡在文学创作方面硕果累累，并"以其广阔的文化视野和富有诗情画意的遐想影响了当代戏剧"。1986年，瑞典皇家科学院授予他诺贝尔文学奖，以此表彰他的非凡成就。索因卡因此成为非洲大陆上第一位获得诺贝尔文学奖的作家。

第四节 中部与南部非洲和马达加斯加现当代文学

一、中部与南部非洲和马达加斯加现当代文学概述

南部非洲是一块广袤的土地，为了方便叙述，我们权且把中部非洲的刚果、扎伊尔和加蓬等国，南部非洲的安哥拉、莫桑比克和南非等国，以及岛国马达加斯加等的文学合起来进行叙述，统称为南部非洲现当代文学。

中部非洲现当代文学以刚果（刚果布）和扎伊尔（刚果金）两个国家为代表，发展比较突出。刚果1910年沦为法国殖民地，1960年独立；扎伊尔1958年沦为比利时殖民地，1960年独立。两国的现当代文学都是在反对殖民统治的运动中发展起来的。南部非洲现当代文学起步较早、发展较快的，有前葡萄牙殖民地安哥拉和莫桑比克，以及前英国自治领国家南非。安哥拉和莫桑比克现当代文学以葡萄牙语文学为主；而在南非，英语文学和非洲民族语言文学共同发展，且南非的民族语言文学较非洲其他地区的民族语言文学发达。马达加斯加1896年沦为法国殖民地，1960年获得独立。法语文学和马拉加什语文学并行发展。在反对欧洲列强殖民统治，探索民族独立、自由和解放的道路中，这些国家的现当代文学获得了突出成就，成为非洲乃至世界现当代文学的重要组成部分。

刚果的著名诗人契开亚·乌·塔姆西（1931— ）是刚果现当代文学的领军人物，他19岁开始发表诗歌，笔耕不辍，创作了一系列优秀的作品。代表诗集有《坏种》（1955）、《林火》（1957）、《骗心术》（1960）、《历史概要》（1962）、《饱腹》（1964）和《弯弯的竖琴》（1970）等。圭·芒加是刚果著名的小说家和剧作家，他的小说有《无谓的争辩》（1968）和《流浪汉的公开隐私》等，剧作有《神示》（1968）和《科塔-蒙巴拉的锅》。他的小说和戏剧反映了殖民主义者在刚果的恶行，鞭挞了殖民统治的罪恶。

扎伊尔的现当代文学的主要成就是小说，季叶顿涅·穆托姆波的《爱情的胜利》（1943）和《我们的祖先》（1948）；安东-罗杰·波拉姆巴（1913—　）的《意珊佐：献给我的国家的歌》（1955）和《习作集》（1956）；保罗·洛马米-契班巴（1914—　）的《鳄鱼》（1948）等是主要的小说作品。

南部非洲现当代文学以安哥拉、莫桑比克和南非三国成就最为突出。

安哥拉的重要诗人有热拉多·贝萨·维克多（1917—　）和阿戈斯丁诺·内图（1922—1979）。贝萨·维克多是一位古典主义诗人，他的诗歌充满了对非洲大陆和非洲人民的赞美。他穷尽一生为非洲歌唱，诗歌古典优雅，优美动人。他的诗歌集有《遥远的回声》（1941）、《在马陵木琴的伴奏下》（1943）、《在天空下》（1949）、《孤独的茅屋》（1958）等。内图是安哥拉民族解放运动的领导人，是一位杰出的政治活动家，他的诗歌具有强烈的战斗性，是安哥拉革命诗歌的典范。安哥拉在 1975 年独立后，内图被选为安格拉总统和作家联盟大会主席。内图的作品主要有《穆桑达朋友》（1957）、《诗》（1961）和《眼里没有泪水》等。卡斯特罗·索罗梅尼奥（1910—1968）是安哥拉著名的小说家，虽然拥有葡萄牙血统，但是他对葡萄牙人在安哥拉的殖民统治和掠夺进行了强烈的控诉和批判。他秉承现实主义精神，对殖民统治下非洲人民苦难的生活和悲惨的命运进行了细致的刻画。他的作品是安哥拉现当代文学的重要组成部分，代表作有短篇小说集《尼雅里，黑人的戏剧》（1938）、《暴风雨及其他故事》（1943）和《卡连加》（1945），中篇小说《惶恐不安之夜》（1939）和《没有出路的人》（1942），长篇小说《僵死的大地》（1949）和《转变》（1957）等。

莫桑比克现当代文学中，诗歌的发展最为引人注目，出现了很多优秀的诗人。路易·德·诺罗尼亚（1909—1943）是一位为民族解放而奋斗不息的杰出诗人，他一生历经苦难，用诗歌这种特殊的表达情感的方式，将他和祖国的苦难生动地表达了出来，感染了莫桑比克无数的人民，并且激励了莫桑比克人民为了独立自由而不懈奋斗。他的代表作品有《十四行诗集》和《肯格勒克赛》。若泽·克拉维林尼亚（1922—　）是一位才华出众的诗人，他的诗集主要有《施古波》（1964）、《古德隆神颂歌》（1966）和《话说从前》（1974）等。他的诗歌强烈批判了殖民主义侵略的恶行，表达了对非洲人民悲剧命运的同情，具有"黑人性运动"的战斗精神，深受广大非洲人民的喜爱。马尔塞林诺·道斯·桑托斯（1929—　）是莫桑比克伟大的诗人、政治家和社会活动家，他在青年时期积极反对葡萄牙的殖民统治，曾担任民族解放运动的重要领导人，莫桑比克独立后，任国家外交部部长。他的诗歌作品主要有《怀念祖国》《母亲—大地》《给我的祖国》《我们就在这儿诞生成长》《对立的情感》和长诗《山甘纳》等。桑托斯把祖国当作他的诗歌创作主题，表现出了对祖国深沉的热爱之情。他的政治抒情诗中充满了爱国主义的激情，表达了对殖民者强烈的憎恶，控诉了侵略者的种种恶行。桑托斯以诗歌作为武器，号召莫桑比克人民共同反抗奴役和侵略，在莫桑比克独立战争的历史上占有重要地位。桑托斯的诗歌语言质朴优美，有很强的音乐性和艺术感染力，深受人民喜爱。

南非的现当代文学十分发达，是非洲大陆重要的文学大国，英语文学和非洲语言文学都很发达，诗歌、小说、戏剧等文学样式得到了充分的发展，并且诞生出了像戈迪默、库切这样的文学大家，为非洲和世界现当代文学的发展做出了突出的贡献。

英语文学方面，白人女作家奥丽芙·旭莱纳（Olive Schreiner，1855—1920）是一位杰出的作家，她的小说关心儿童和妇女，对男女不平等的问题进行了深刻的思考，同时她对种族歧视深恶痛绝。她的代表作品有《一个非洲庄园的故事》(1883)、《人与人之间》(1926) 和《女水妖》(1928) 等。纳丁·戈迪默（Nadine Gorclimer，1923—　）也是一位杰出的白人女作家，她坚定地反对种族歧视，批判种族主义的罪恶，代表作品有《已故的资产阶级世界》(1966)、《伯格的女儿》(1979) 和《朱利的人》(1981)等。鉴于戈迪默对非洲现当代文学的贡献，1991 年，瑞典皇家科学院授予她诺贝尔文学奖。彼得·阿伯拉罕姆斯（Peter Abrahams，1919—　）是一名才华出众的小说家，他的代表作品有短篇小说集《黑暗的圣经》(1941)，长篇小说《矿工》(1943)、《雷霆之路》(1948)、《野蛮的征服》(1949)、《献给乌多摩的花环》(1953)、《该岛之日》(1971) 和《夜深沉》(1971) 等。秉承现实主义精神，他的作品真实地描写了殖民者残酷剥削和压迫非洲人民的暴行，表现了非洲人民的苦难和悲剧命运，同时描绘了非洲人民英勇反抗殖民统治的历史画面。约翰·马克斯韦尔·库切（1940—　）也是一名优秀的小说家，他的主要作品有《幽暗之地》(1974)、《等待野蛮人》(1980)、《迈克尔·K 的生活和时代》(1983)、《彼得堡的大师》(1994) 等。由于他的突出成就，2003 年他被授予诺贝尔文学奖，成为继戈迪默之后南非第二位获得诺贝尔文学奖的作家。诗歌方面，马蒂普·丹尼斯·布鲁特斯（1924—　）是南非共和国出色的诗人，他的主要诗集有《警笛、拐子和长靴》(1963)、《致玛莎的信和其他》(1968)、《执著的希望》(1975) 等。他的诗表现了南非共和国的苦难历史，表达了对祖国和人民的热爱，强烈谴责了种族歧视制度。戏剧方面，阿索尔·富加德（Athol Fugardi，1932—　）是一位多产的剧作家，他的戏剧作品有《血结》(1963)、《博斯曼和列娜》(1969)、《无用的星期五》(1974)、《哈罗和再见》(1966)、《诺戈戈》(1974) 和《这个岛》(1974) 等。他的戏剧作品着眼于南非的下层阶级，集中描写了种族歧视制度的罪恶。

非洲语言文学方面，各种语言文学迅速发展，都取得了不容小视的成就。皮得语剧作家埃里亚斯·马特拉拉（1913—　）创作了里程碑式的戏剧作品《犀牛》(1941)。南苏陀语比较出名的作家是索坡尼亚·马凯贝·莫福肯（1923—1957），代表作品有剧本《森卡塔拉》(1952)、短篇小说集《在旅途中》(1954) 和散文集《在我心中》(1961)。茨瓦纳语重要作家有 D. P. 莫娄托（1910—　），他出版了小说《莫克维纳》(1940) 和《一个迷途的人》(1953)，被尊称为"茨瓦纳语文学之父"。科萨语文学最出名的作家是阿尔基巴德·C. 乔尔丹（1906—1968），他的最著名的作品是《祖先的愤怒》(1940)，这部小说主要写了婚姻自主的问题。祖鲁语诗人本·乌·维拉卡泽（1906—1947），他发表的诗集作品是《祖鲁人之歌》(1935) 和《苍穹》(1945)。他是一位语言学家，有着极强的语言天赋，他的诗歌大多表达自己对祖国、人民和民族英雄的赞誉之情，同时也深刻批判了殖民主义罪恶的本质。阿非利肯语著名的小说家安德烈·P. 布林克（1935—　）是一位多产的作家，他的长篇小说主要有《注视黑暗》(1973)、《大风中的一瞬》(1977)、《雨的谣传》(1978)、《白茫茫的干季》(1979) 和《一连串的声音》(1982) 等。他的小说表达了反对种族歧视的主题。

马达加斯加的现当代文学，以诗歌成就突出为主要标志。让·约瑟夫·腊伯阿里维洛 (1901—1937) 是一位杰出的诗人，他是一位用法语和马拉加什语双语创作的诗人，诗歌大多表现了他的爱国主义情怀。他的突出成就是把法国自由体诗和传统的对话式的散文诗结合起来，形成了自己的创作风格。代表诗集有《灰之杯》(1924)、《树林》(1927)、《近乎幻想》(1934)、《译自夜的语言》(1935) 等。弗拉汶·腊纳依沃 (1914—) 创作出了十分出名的抒情诗，他的诗歌善用比喻和格言，有民间文学的幽默传统。代表作品有《影子和风》(1947)、《我的日常歌曲》(1955)、《归来请罪》(1962) 等。马达加斯加另外一位著名的诗人是扎克·腊伯马南扎腊(1913—)，他的诗歌代表作品有《幻想的羽片》《夜将来临》《在傍晚的台阶上》《七弦琴》和《千年的典礼》等。他的诗歌表现了反抗殖民主义统治、争取民族独立的主题。此外，扎克·腊伯马南扎腊还是一位突出的剧作家，戏剧作品主要有《马尔加什的神仙》(1947)、《黎明的航海家》(1956) 和《神宴》(1962)，他的戏剧作品是马达加斯加现当代文学的重要组成部分。

二、纳丁·戈迪默

纳丁·戈迪默 (1923—) 是南非著名白人女作家，至今已出版 10 部长篇小说、11 部短篇小说集，以及大量的杂文和文学评论。她曾获得过英国布克奖、两次美国现代语言协会奖、三次南非最高文学奖 CNA 奖。她是一位在欧美影响很大的非洲作家，被选为美国艺术科学院荣誉院士和国际笔会副主席。1991 年 10 月 3 日，曾经获得六次提名的戈迪默，终于摘得诺贝尔文学奖的桂冠，成为继索因卡、马哈福兹之后第三位获得诺贝尔文学奖的非洲人，也是非洲历史上第一位获此殊荣的女作家。瑞典皇家科学院对戈迪默的评语是这样的："她的文学作品在以深刻的洞见透视历史进程的过程中，帮助实现这一进程。""通过她恢宏的史诗般的作品对人类做出重大贡献。"

戈迪默 1923 年 11 月出生于南非约翰内斯堡附近犹太人和黑人聚居的矿山小镇斯普林斯，父亲是来自立陶宛的犹太人，母亲来自英国。戈迪默自小就对不同肤色人们之间的斗争深有感受，在小学期间，她就阅读了美国左翼作家厄普顿·辛克莱的作品，认识到种族隔离制度给黑人造成的苦难、不平等和危害性。她的文学天赋很早就表露出来了。9 岁时，她的小诗和小故事就刊登在当地报纸的儿童栏里；15 岁时，在约翰内斯堡一家周刊上发表了她的第一篇小说《昨日再来》，她认为这是一篇写大人的故事。十年后，她的第一部短篇小说集《面对面》问世。这一年，她的生活也发生了巨大的变化，她结婚了，并有了一个女儿。但这次婚姻并不成功，很快就以离婚告终。1952 年她的短篇小说集《毒蛇的温柔声音》在美国出版，引起了西方文坛对她的关注，《纽约时报》对她 1953 年发表的长篇小说《说谎的日子》的评价是"洞悉人生，思想成熟，笔法新颖自然，独具个人风格，堪与弗吉尼亚·伍尔夫的作品相媲美"。从此，她笔耕不辍，硕果累累。

戈迪默具有极强的社会责任感和政治勇气，她的文学创作力图实现自己的政治理想。她的人道主义精神使她以笔作为武器，愤怒地攻击着南非白人政府非人性的种族歧视制度。她的行为威胁到了白人政府的统治，其作品一度被宣布为禁书。长期目睹种族歧视制度的罪恶，使得戈迪默的创作主题以种族歧视制度所造成的人类关系扭曲为基础，主要关注几十年种族隔离和政治动乱对南非和南非人民造成的严重影响。鲜明的政治态度和进步的社会理想，构成了她文学创作的全部内容。

戈迪默的早期作品主要有短篇小说集《蛇的絮语》（1952）和《六英尺的土地》（1956），长篇小说有《说谎的日子》（1953）、《陌生人的世界》（1956）、《爱的花季》（1963）、《已故的资产阶级世界》（1966）等。《说谎的日子》是一部反种族歧视主题的长篇小说，在这部小说中，戈迪默开创了一种"政治＋爱情"的经典小说模式。《说谎的日子》主要讲了一个矿场官员的女儿，爱上了一个在约翰内斯堡市与黑人共同工作的青年，由于政府严格的种族歧视制度，两人的爱情以分离告终。在小说中，作者强烈谴责了政府的种族歧视政策，真实描写了种族歧视政策下人与人之间关系的扭曲。《已故的资产阶级世界》是一部重大政治题材的小说，是戈迪默对沙佩维尔惨案的一个坚决的回应。1960年，南非政府当局制造了沙佩维尔惨案，非洲人国民大会和泛非国民大会被强行取缔，无数左派白人和黑人受到迫害，戈迪默义愤填膺，愤而写出了这部小说。在小说中，戈迪默通过一个白人少妇在白人社会中产生的孤独感，揭示了欧洲人同欧洲人之间的鸿沟，指出白人必须割断同欧洲宗主国殖民主义的联系，放下自身的优越感，才能结束丑恶的现实，才能真正与非洲认同。《已故的资产阶级世界》言辞激烈，批判尖锐，严重激怒了白人当局，这部小说因此被列为禁书。可是禁令并没有打击到戈迪默的创作激情，她饱含人道主义精神，对南非非人道主义精神的种族歧视制度大加挞伐，影响了无数为平等、自由而奋斗的人。

戈迪默的后期作品主要有长篇小说《尊贵的客人》（1971）、《自然资源保护论者》（1974）、《伯格的女儿》（1979）、《专制的人》（1981）、《自然的变异》（1987）和《我儿子的故事》（1990）；短篇小说集《士兵的拥抱》（1980）、《影影绰绰》（1984）和《跳跃》（1991）等。《伯格的女儿》是戈迪默对1976年索韦托流血事件的回应，是一个悲剧故事。小说的主题是揭露和批判白人种族沙文主义，塑造了正面白人形象，弘扬了民主主义思想和人道主义精神。小说塑造了罗莎这样一个反种族主义战士的形象，揭示了南非尖锐的社会冲突和丑恶现实，歌颂了进步白人对民主的追求和大无畏的奉献精神，表达了作者的政治信念。《自然的变异》是一部带有预见性的作品。小说通过白人姑娘海丽拉流浪非洲十年，不断参加黑人民族、民主解放运动，最终成为新政权黑人总统夫人的曲折经历，展现了非洲波澜壮阔的民主、民族解放运动，畅想了非洲独立、自由和平等的美好未来。这是戈迪默非常重要的一部道德和政治小说，对南非人民追求自由、平等的运动产生了重要影响。

戈迪默是一位优秀的长篇小说大师，她熟练地掌握了这种艺术形式。在她小说创作中，现代主义手法是她最主要的创作手法。《我儿子的故事》就是这样一个具有现代主义特色的作品。这部小说写了在种族隔离制度下一个黑人家庭的悲剧。主人公索尼是一位尽心尽职的小学教师，也是一个好父亲、好丈夫。他和妻子注重精神需求，但在种族隔离制度下，他们看重的尊严和自由荡然无存。现实迫使他成为激进分子，带领学生游行示威，不久被捕入狱。在狱中他和前来探监的白人女子汉娜心有灵犀，出狱后两人成为情人。不幸的是，两人的恋情被儿子发现，父子之情陷入了危机。女儿由于不堪忍受家庭的微妙关系和严酷的社会现实，企图自杀未遂，后偷越国界参加了自由战斗队，他妻子也参加了革命，但两人之间的伤口难以愈合。

《我儿子的故事》的叙事在第一人称和第三人称中交叉进行，小说以儿子威尔为第一人称叙述者，故事在他的眼中得以展开，让人觉得真实可信，第三人称叙事的采用又使作品的客观成分加强，弥补了第一人称叙事视域的局限性。小说打破了现实主义传统的线性叙述方式，正常的时间流程被割裂，叙述主体具有较大的跨越性，自由出入于现在、过去、未来、回忆、现实、梦境等不同的时间、空间中，表现出现代零散化的特征。

戈迪默小说中的心理分析细腻而深入、丰富而厚重。《我儿子的故事》中有大量的心理描写。儿子威尔在电影院发现父亲与白种女人汉娜的恋情时，感到尴尬、痛苦、愤怒，甚至万念俱灰。他既想让母亲知道，又害怕她知晓，这一发现就像一条毒蛇一样吞噬着他的内心，作者对威尔的内心独白是这样铺叙的：

> 一个男学生的咸湿梦。我父亲的情人。但是哪天晚上我没有色情狂想。我在黑暗时醒来。对一个青春期的男孩来说允许自己哭泣是难以忍受的；那哭声很可怕，我想恐怕是因为碎掉的是他的声音。

一个天真、不谙世事的男孩发现父亲有婚外情，引起了他内心的焦灼和不安，这种狂热、矛盾、剧烈的情感在戈迪默的笔下被表达得相当真实可信。青春期过程中挣扎和狂野的成长、成熟历程也许是每个男孩都必然经历的，《我儿子的故事》这个书名部分地昭示了这种含义。

卡夫卡是现代主义文学之父，法国文学理论家加洛蒂曾从卡夫卡的小说中归纳出三个主题，其中一个是"未完成"的主题。有论者指出"卡夫卡的作品的本质在于问题的提出而不在于答案的获得"，如《城堡》是对生存境遇的无穷追问，它最大的特征是未完成性，这种未完成性是现代小说的重要特征。《我儿子的故事》就呈现出一种未完成的开放性结局。戈迪默喜欢开放性的结尾，她与美国伊利诺伊州思布鲁克市当代艺术学院教授马格丽特·沃尔特斯座谈时曾说，生活是没有定论的，只要没死，甚至死了也不能盖棺定论。因此，没有真正的结尾。这部小说的最后我们可以看到：贝比、艾拉已生活在遥远的他乡，索尼重新又投入战斗中去，他儿子威尔也表示将支持民族解放事业。在与种族隔离制度斗争的道路上，还有多少挫折、潜伏和等待？自由平等的明天何时实现？这些追问都包孕在这种开放性的结局中。

南非的现实与外来文化的交融使戈迪默处于一种独特的写作环境中，与同处其中的多丽斯·莱辛和艾伦·佩顿等作家相比，尽管戈迪默的写作题材同样重大，但没有说教意味，"我的确是一位反种族歧视的活动分子，但不是一个反种族歧视的鼓动家，我从来没有利用作家身份专门著书立说来宣传或鼓动什么"。她写作只是因为对人生充满了好奇，想解释生活和人性究竟是怎么回事。而她恰巧出生并生长在一个充满种族歧视的时代，作家的良知不允许她脱离当时的社会现实。于是，揭示种族歧视的罪恶就成为她自觉表现的主题。她对世界文学的贡献在于她创造了一种表现这一重大主题的文学艺术模式。戈迪默的作品博大宽广、浑然质朴，有着温克尔曼所谓的西方古典文化的"静穆的伟大，单纯的崇高"。但我们要看到，在"静穆和单纯"的表面之下，戈迪默的作品还蕴藏了惊涛骇浪般的社会历史现实以及丰富激烈的情感生活。戈迪默是一位不折不扣的政治性作家，她的作品也是高度政治性和高度艺术性相结合的典范。戈迪默博大宽厚的人道主义精神，以及她的卓越的艺术成就和社会贡献，必将永载史册。

三、约翰·马克斯韦尔·库切

约翰·马克斯韦尔·库切（1940—　）是南非当代著名小说家，1940年2月9日生于南非开普敦一个白人家庭。父亲是说英语的南非荷兰裔居民，母亲则具有荷兰和德国双重血统，兼通英语和德语。库切从小便接受双语教育，英语可以说是库切的母语，他在学龄期就读的也是英语学校。当时的南非社会是一个等级分明、种族歧视严重的社会，库切从小就感受到这种对立和不平等。库切的父亲因为政治原因失业，家境渐衰，库切也因此被开普敦的好学校拒之门外。这让库切深深地感到南非社会种族、阶级、宗教、教育区隔的森严，让他有了一种局外人的感受。

中学毕业后，库切进入开普敦大学学习并获得英语和数学学士学位。1963年库切在获得开普敦大学计算机方面的硕士学位后，来到伦敦，成为IBM公司和国际电脑公司的电脑程序员。同时，他开始创作诗歌并学习文学。1965年，库切来到美国德州大学学习英语文学，获得博士学位后，在纽约州立大学布法罗分校教授文学和英语。1984年他被开普敦大学聘为英语文学教授，2002年移居澳大利亚，在阿德莱大学担任文学研究员。目前，库切任芝加哥大学教授。

库切的小说创作以南非种族隔离制度和当代社会的价值标准、道德规范等问题为主题，他的作品以寓言的形式揭露了西方社会的弊端，讽刺了西方文明的"理性主义"和虚伪的道德观。他还在作品中探讨了人性、道德等问题。库切的小说创作成就斐然，他曾两次获得英国布克文学奖。2003年，瑞典皇家科学院因"在人类反对野蛮愚昧的历史中，库切通过写作表达了对个人斗争经验的坚定支持"，将当年的诺贝尔文学奖授予了他。库切也因此成为继尼日利亚的索因卡、埃及的马哈福兹和南非共和国的戈迪默之后，第四位获得诺贝尔文学奖的非洲作家。

1974年，库切发表了他的处女作《幽暗之地》。这本书由两个相关联的中篇组成：第一篇《越南计划》，是受美国60年代越战等事件的影响而写成的。主人公是一个对战争有狂热情结的人，他妄图帮助美国制订一个消灭越南的心理战计划，最后却导致自己精神崩溃。第二篇《雅各布·库切的叙事》，是一位18世纪荷兰殖民者的手记，写他在开荒过程中，与黑人土著发生冲突，进而屠杀整个部落的前后经过。两个主人公的共同特点是，他们都毫不留情地把自己的价值观念强加于他们认为的"低等人"身上，给当地人也给他们自己带来灾难。《内陆深处》（1977）的主人公是一位南非荷兰裔老处女玛格达。种族隔离期间，她与她的父亲生活在南非内陆深处的一座农场里，过着与世隔绝的生活。库切刻画的玛格达的形象象征了南非垂死挣扎的种族歧视制度，预示着种族制度必将像玛格达一样走向灭亡。从更深的层面上来看，这部小说是库切对人类极端精神，以及这种极端精神错乱所引发的灾难性后果的一种探究。

1980 年，库切的第三部小说《等待野蛮人》问世。该书荣获了南非最高文学奖——中央新闻机构奖。这部作品的场景隐约设在俄罗斯的某个城市，市长是一位正直宽厚的人，在他的管理下，城市居民与周边的野蛮人和平共处。然而钦差大臣的到来改变了这一切，冷酷无情的少校残忍地屠杀野蛮人，引起了市长的震惊和自责。他爱上了一位野蛮人盲女，由于遣送这位盲女返回部落，他被以叛国的罪名送往监狱，但他毫无悔意，因为在他眼里，文明世界才是真正的野蛮所在地。这是一个关于文明世界的寓言，书中充满了激情、内省、反讽和恐怖描写，带有卡夫卡和贝克特的影子。

1983 年，库切出版了《迈克尔·K 的生活与时代》。书中的黑人迈克尔·K 在南非内战期间，用手推车推着母亲回到记忆中的家乡，母亲死在途中，迈克尔·K 在非洲大陆上流浪。经历了种种极权和专制后，主人公意识到只有死亡才能给他带来真正的自由，他拒绝了医生的治疗，选择了绝食，以死亡来反抗压迫和不平等。由于库切独特的叙述方式和思想魅力，他获得了当年的英国布克文学奖。1986 年，库切对笛福的小说《鲁滨孙漂流记》进行了改写，创作了小说《仇敌》。这是部寓言小说，具有戏谑色彩。在这部小说中，库切主要探讨了文学与生活之间的关系。《彼得堡的大师》在 1994 年出版，写的是有关陀思妥耶夫斯基的故事。陀思妥耶夫斯基是 19 世纪俄国伟大的作家，这部小说并没有忠于作家的原貌，而是历史资料和想象力结合的成果。在这部小说中，库切继续探讨了极权的本质和可怕，在极权的统治下，所有的一切都被歪曲，真理不复存在。1999 年，小说《耻》出版，获得了巨大的成功，同年，库切再次获得布克文学奖，成为历史上第一位两次获得布克文学奖的作家。

《青春》（2002）、《伊丽莎白·科斯特洛：八堂课》（2003）和《慢人》（2005）是库切最近的三部作品。其中，《伊丽莎白·科斯特洛：八堂课》是一部比较优秀的作品。这部作品的主人公是澳大利亚的女作家伊丽莎白·科斯特洛。库切在小说中讲了这么一个故事：澳大利亚女作家伊丽莎白·科斯特洛与尼日利亚作家伊曼纽尔·埃古杜同在一艘远洋油轮上做文学讲座，分别以"小说的未来"和"小说在非洲"为题。埃古杜的演讲要点是：其一，关于非洲小说的本质特点，非洲小说的本质是口述小说，与声音并进而与身体息息相关，不可分割。这与西方小说根本对立，西方小说是声音和身体的书面文学，缺乏生气和活力，而非洲文学则是生动的适合表演的口述小说。其二，关于非洲小说家的文化身份，由于经济不发达，以及非洲人喜好热闹的民族特性，致使小说的市场在非洲本土很受限制。非洲作家只能把目光投向西方市场，其创作也因此受到很大的制约，但非洲作家依然努力地保持非洲文化的传统。科斯特洛否定小说的可表演性，认为这不利于小说的传播。并且认为非洲小说家为了生存，主动迎合西方话语机制而自我"他者化"，因此缺乏好作品。非洲是西方表征体系中永远的"他者"，在非洲"他者化"过程中起主导作用的是西方的文化霸权，但也不能排除非洲人的文化认同和共谋。科斯特洛更多地从澳大利亚本国的情况出发，对非洲的了解不够充分。显然，两者的看法都有偏颇，那么真理掌握在谁手中呢？谁的声音代表了库切的思想呢？在文中，库切与双方都保持了距离。库切并未让书中的人物生发出自己的声音，也许库切认为在众说纷纭的后殖民文学和文化批评思潮的背景下，不必给出一个确定的答案。

库切是一位文学才能全面的作家，除了小说外，还出版了《白人写作》（1988）、《回到原点》（1992）、《多有得罪：关于审查制度》（1996）和《陌生人的海岸：1986—1999 年文集》（2001）等评论文集。

《耻》是库切的代表作品。在这部作品中，库切对殖民制度衰落的问题，以及种族制度对南非社会造成的困境进行了深刻的批判。《耻》的主人公戴维·卢里，是开普敦技术大学的一位教授。他在大学里引诱了自己的一名学生梅拉妮，这件事被传了出去，卢里遭到了校方的调查。迫于无奈，卢里离开了学校到乡下去看望他的女儿露茜。但是，长时间的疏远使他与女儿之间有了很深的隔阂，两人根本无法交流。在一次意外事件中，露茜被三个黑人强奸。卢里打算报案，可露茜坚决拒绝报案，并且拒绝和他一起离开农场。不久，露茜发现自己有了身孕，所以她向邻居佩特鲁斯求助，希望做他的妻子，从此得到他的保护。卢里把这件事当成一种耻辱，可露茜并不这么认为。露茜觉得，如果想继续待在这片土地上，那么就必须付出一定的代价。小说结尾，露茜打算生下孩子，把希望完全寄托在了孩子的身上。

这部小说通过卢里的亲身遭遇揭示了南非社会的巨变。种族主义制度被推翻后出现了一系列的社会问题。黑人翻身做主，白人抱着赎罪的心理，提倡对黑人的过激行为采取忍让和逆来顺受的态度。《耻》表现了作者对南非社会问题深深的忧虑，以及对社会丑恶现象的无奈。小说中的"耻"体现在三个方面：第一个是卢里生活道德堕落之耻；第二个是露茜遭到强暴的个人之耻；第三个是白人后代沦落到以自己的身体和财产为代价苟活于黑人的庇护之下的历史之耻。小说通过对这些耻辱的描写，意图对曾经的殖民主义和种族主义进行反省，也描绘出经历了种族主义后南非社会的专制阴影。小说以简单的故事和语言，描述了种族制度结束后南非的社会现状和价值观念的巨变，阐述了"人是否能够回避历史"这个重大的社会命题，留给了后人深深的思考。

库切文学创作手法多样，由于有深厚的文学理论和批评素养，在他的创作中，现实主义、现代主义、后现代主义融会贯通，不存在裂隙与分歧。

后　记

　　《世界文学史教程》与《世界文学经典》属于北京师范大学出版集团的"比较文学与世界文学学科建设教材系列"，与前此已经出版的十部论著共同构成书系。

　　本书《世界文学史教程》作为21世纪新型的世界文学史写作，从古埃及、美索不达米亚文学起到21世纪第二个十年获诺贝尔文学奖的作家莫言、爱丽丝·门罗等人，历时6000年的世界文学史梳理、近百万言的篇幅，得到了全国哲学社会科学规划办公室与教育部的支持，有关专家在北京听取了课题组的汇报。中国社会科学院与全国多所大学的专家教授对课题与本书的写作提出了建设性意见。

　　国际专家学者热情参加本书的写作并提出修改意见，美国《诺顿世界文学选集》的主编马丁·普契纳教授，哈佛大学教授戴维·达姆若什，美国比较文学会主席、芝加哥大学教授苏源熙，美国北卡罗莱纳州阿泊兰恰州立大学终身教授陈致远先生远隔重洋，伸纸献言，使本书成为一套真正的国际化教材。

　　在此我们谨对国内外专家学者的支持与指教表示真诚的感谢。

　　北京大学、中国人民大学、南开大学、复旦大学、中国传媒大学、湘潭大学、中南大学、首都经贸大学、河南大学、陕西师范大学、扬州大学、淮北师范大学、池州学院等院校的专家教授与苏州大学比较文学研究中心的学者们参加了提纲的拟定与撰写工作。在全书定稿后，我们又组织了反复的校勘与修订。以下是作者与修订者的名单。

　　第一章　由方汉文撰写，徐文校订。

　　第二章　由黄晖撰写，吴雨平校订。

　　第三章　由朱安博撰写，吴雨平校订。

　　第四章　由张瑞云撰写，吴雨平校订。

　　第五章　由柳士军撰写，徐文校订。

　　第六章　由柳士军撰写，史元辉校订。

　　第七章　由柳士军撰写，史元辉校订。

　　第八章　由胡程撰写，方汉文、王际超校订。

　　第九章　由王际超、刘娇撰写，方汉文校订。

　　第十章　由方汉文撰写，王晓燕、王际超校订。

　　第十一章　由杜明业撰写，张荣兴校订。

　　第十二章　由李东军撰写，张龙龙校订。

　　第十三章　由姜深洁撰写，潘文东校订。

　　第十四章　由徐文撰写，刘娇校订。

第十五章　俄苏部分由湘潭大学张铁夫、何云波、曾思艺撰写；欧美部分由杜明业撰写，邹婷校订。

第十六章　由潘文东撰写，张龙龙校订。

第十七章　由邹婷撰写，公荣伟校订。

第十八章　由杜明业撰写，李晓科校订。

第十九章　由方汉文撰写，刘娇校订。

第二十章　由王晓燕、黄文凯、柳士军撰写，史元辉校订。

第二十一章　由方汉文撰写，徐文校订。

第二十二章　由张荣兴、郑玲撰写，王际超校订。

第二十三章　由姜深洁撰写，王际超、刘娇校订。

第二十四章　由夏凤军撰写，方汉文校订。

第二十五章　由杜明业撰写，李晓科校订。

第二十六章　由公荣伟撰写，徐文校订。

全书由方汉文和徐文统一进行修改与编订。

需要说明的是，本书的部分章节在修改中变动相当大，对原作者的初稿进行了大部分内容的修订，目的是维护学术研究的原则。著名学者、湘潭大学教授张铁夫先生直到病重之际，仍在电话中与主编商讨所写章节的内容。每念及兹，哀恸难禁，感谢张先生为我们留下了宝贵的篇章！这种感人至深的回忆如此之多，无法一一写来，谨此表达我们衷心的感恩与铭记之情。与北京师范大学出版社的合作中，马佩林先生及多位优秀编辑严肃而高效的工作令人钦佩，无怪乎他们出版的教材与图书的影响日益扩大与深远，实是其来有自。

本书作为国家社科基金重点项目与教育部规划项目的阶段性成果之一，首创性地反映了全球化时代世界文学新建构的国际性进程，但无可讳言，仍然存在诸多不足之处，希望得到海内外广大专家学者、高校师生与和各界读者的指正，以期再版时做进一步修订。

2013 年 11 月编者第三稿修订于北京高教园与苏州大学